柏桦 说 三十六计与中国古代政治智慧 上

亢龙有悔
跃于渊

——胜战计与敌战计

柏桦 等 著　王山甲 插画

北方联合出版传媒（集团）股份有限公司
万卷出版公司

ⓒ 柏桦 等 2018

图书在版编目（CIP）数据

亢龙有悔跃于渊：胜战计与敌战计 / 柏桦等著 . —沈阳：万卷出版公司，2018.8
（柏桦说三十六计与中国古代政治智慧）
ISBN 978-7-5470-4979-2

Ⅰ.①亢… Ⅱ.①柏… Ⅲ.①兵法－中国－古代－俗读物②政治制度史－中国－古代－通俗读物 Ⅳ.①E892.2-49②D691.21-49

中国版本图书馆 CIP 数据核字（2018）第 123819 号

出 品 人：	刘一秀
出版发行：	北方联合出版传媒（集团）股份有限公司
	万卷出版公司
	（地址：沈阳市和平区十一纬路25号　邮编：110003）
印 刷 者：	鞍山市春阳美日印刷有限公司
经 销 者：	全国新华书店
幅面尺寸：	145mm×210mm
字　　数：	480千字
印　　张：	19.5
出版时间：	2018年8月第1版
印刷时间：	2018年8月第1次印刷
责任编辑：	杨春光
装帧设计：	范　娇
责任校对：	高　辉
ISBN 978-7-5470-4979-2	
定　　价：	65.00元

联系电话：024-23284442
传　　真：024-23284448
E－mail：vpc_tougao@163.com
网　　址：http://www.chinavpc.com

常年法律顾问：李福　　版权所有　侵权必究　举报电话：024-23284090
如有质量问题，请与印刷厂联系。联系电话：0412-2228073

序言：

天圆地方与外圆内方

《三十六计》是经过长期流传和后人不断整理所成的书，可以说它是凝聚古代人们智慧的书。全书共分为胜战计、敌战计、攻战计、混战计、并战计、败战计等六套，每套各有六计。三十六计基本上是以众所周知的成语为定名，易记易懂，故在人们中间影响很深。因为这是一种比较有影响的计谋，在社会上自然有很大的市场和影响力。

《三十六计》是以兵家权谋的面目出现的，虽然它没有囊括古代兵家奇诡奸谲之谋的全部内容，但毕竟将兵家诡道的主要部分汇集起来，在一定程度上反映兵家权谋的概貌。

本套书定题为"三十六计与中国古代政治智慧"，一是在政治理论往往深奥难懂，政治心理学更是人们不大熟悉课题的情况下，借助这些很有影响的计谋来宣传推广。二是在复杂的政治斗争中，政治权谋与军事权谋是息息相关的，更何况三十六计中有许多计谋是从政治斗争中演变而来。三是军事斗争与政治斗争总

序　言

是交织在一起，二者存在着许多共性，彼此相互影响和交融，许多特点是一致的。四是军事与政治的立足点不同，政治是不流血的战争，战争是流血的政治，严格地讲，战争是实现政治目的的手段，脱离不开政治。五是兵家权谋强调"诡诈而多变"，政治权谋强调"仁义礼智信"，二者立意不同，但在实践中却是你中有我、我中有你，以诡道成正道，为正道行诡道，殊途同归。

兵家权谋因为是刀兵相见，你死我活，本无道德可言，可以毫无顾忌地将其诡诈加以公开，并且从不讳言其卑劣阴险。政治权谋纳入国家治理之中，在以正治国的前提下，有一种道德规范着人们的行为，所以不能公开言其诡诈，更忌讳谈及阴险毒辣。不公开不能说其不诡诈，忌讳谈不是不阴险毒辣，可以说，政治权谋是在虚伪道德的掩饰下更为诡诈阴险的谋略。

兵家权谋是崇尚诡诈的，《孙膑兵法》云："夫权者，所以聚众也；势者，所以令士必斗也；谋者，所以令敌无备也；诈者，所以困敌也。"这些论点与先秦诸子所论及的政治斗争情况相似。政治家们认为："权势者，人主所独守也"，"用术则亲爱近习莫之得闻也"，法、势、术相结合，构成一种隐密幽深而又变幻莫测的权术。可以说，兵家权谋影响政治权术，政治权术又促使兵家权谋更加完善，彼此有着密切的关系。为什么古代人们在谈论兵家权谋时津津乐道，唯恐其谋不诡诈阴险毒辣；而谈论起政治权术则噤若寒蝉，唯恐其术太明而遭非议？这与中国的历史文化背景密切相关。

首先，在君主专制、个人集权、宗法血缘关系贯穿着中国古代政治和政治制度的情况下，人们慑于专制统治的淫威，不敢毫无顾忌地议论政治，非议君主和当权者，以免身遭不测，这是政治权谋不能像军事权谋那样出现系统总结的重要原因之一。

中国属于大陆国家，西部有高山，峰峦连亘，东南濒临海洋，北方有广阔的沙漠和草原，形成天然的屏障。封闭的地理环境，在很大程度上支配着这一地区的社会历史进程。所以，在中国初期的国家形成过程中，缺少像古希腊、古罗马及地中海沿岸那样较为开放的地理环境和商业因素的作用，社会分工很不发达，农业始终是最主要的"本业"，畜牧业和手工业只是作为辅助性的生产部门存在。农业与畜牧业、手工业的结合，在相当长的历史时期内是人们主要的生活方式，在很大程度上决定社会组织的发展水平。建立在这种社会经济基础的上层建筑，家长制家庭关系便很自然地被长期保留下来。在这种情况下，中国古代国家的形成之路，则不是在家长制家庭解体，个体家庭与私有财产充分发展的基础上最后形成的，而是由家长制家庭公社内部的血缘关系和与之相辅相成的公社土地关系直接演变而来的。这也决定了中国古代社会没有经历过像古希腊时期的城邦制度或古罗马的共和制度，而是直接实行君主专制的统治，这是中国古代政治的根本特点。

中国初期国家形成之后，父系氏族公社时期的父权家长和军事首领的绝对权力便直接演变为专制君主的权力，公社内部的各级家长，也演变为国家机器的各级掌权者，并控制了不同的部门权力，以血缘关系为纽带的家长制家庭关系国家化了。因此，这样的体制必然带有浓厚的宗法性和原始性，在专制主义政治体制的早期阶段起着支配作用。

春秋以后，原有的社会经济已经发生变化，原有的社会等级结构也在日益解体；在战国时代更出现了中央集权专制国家，专

序言

制主义政治体制得到新的发展。这种发展并没有使宗法血缘关系消除，而是在新出现的中央集权制度中起到不可忽略的作用，并与当时国家的政治紧密结合和配合在一起。因此，在当时传统观念上，以君主专制作为统治的核心，以君主作为国家的象征和法定的权力主体，君主和百姓是君父与子民的关系，是绝少有人敢对此提出怀疑或否定的，所谓"天子作民父母，以为天下王"。当时许多人都认为，一切礼乐征伐都应由君主决策和发号施令，没有了君主，就好如失去首脑和主宰，所谓恓恓惶惶，天下不可一日无君，正是这种认识的反映。

正因为君主是专制统治的核心，君主的权力便被宣称是无限的。在通常的情况下，一切行政、军事、立法、司法、财政、文教大权，无不由君主掌握运用；对一切文武官员和勋贵人等的任免、赏罚、生杀予夺大权，也无不取决于君主，"天下事无大小皆决于上"。为了树立起君主的绝对权威，绝不容许非议君主以及与君主相关的人和事。政治权术是隐秘幽深的，它揭示出政治内部许多不可见人的阴暗面，不但对君主"天王圣明"的形象有损，也会对专制统治的稳定产生影响。对政治权术加以总结汇集，当然会影响专制统治，统治者当然也不会提倡；再者，专制统治的淫威足使人们屏息重足，绝少有人去冒触怒统治阶级利益的危险去谈统治阶级不愿公开的隐秘。既然有所顾忌，同时又很难回避，那么采取迂回的手法加以揭露，又不会触怒当权的势力，则成为古代文人士子所擅长的手段。这种毫不掩饰其真意的兵家权谋，难离政治权术，不能说不是这种迂回手法的表现。

其次，在君臣父子、等级上下的礼法思想支配下，在以三纲五常等伦理学说为理论依据的情况下，人们讳言政治权术，更怕言政治权术，政治权术才以兵家权谋的形式出现在政治舞台上。

一般说来，伦理道德与政治制度是两个不同的领域，政治制度与伦理道德相分离，是社会政治发展的根本途径。然而，中国古代这种分离始终没有完成。在中国传统的政治概念中，社会政治等级关系往往是家庭内部伦理关系的延伸，以"父慈、子孝、兄良、弟悌、夫义、妇听、长惠、幼顺、君仁、臣忠"为人之"十义"，由父子推及君臣。

在中国古代社会，长期占据统治地位的政治思想是儒家思想。儒家思想与政治结合的特点，从根本上体现了政治统治建立在伦理道德的基础之上。在治国的原则上，主张以德治国，认为统治者先要修身、齐家，然后方能治国、平天下。要求统治者不仅对社会负有政治责任，是社会政治权力的所有者；同时也要求统治者负有道德的责任，为伦理道德的表率。在这种情况下，全社会的所有成员都必须按照自己的身份，区分开尊卑、亲疏、上下、贵贱的地位来生活相处，必须各守其分，不得僭越，更不允许犯上作乱。于是乎，礼被作为判断正邪是非和必须恪守的唯一准则。所谓"辨莫大于分，分莫大于礼"，"道德仁义，非礼不成；教训正俗，非礼不备；分争辨讼，非礼不决；君臣上下，父子兄弟，非礼不定；宦学事师，非礼不亲；班朝治军，莅官行法，非礼威严不行；祷祠祭祀，供给鬼神，非礼不诚不庄"。如此说来，一切社会规范和道德规范，所有人际之间的各种复杂关系，军国大政，都被"齐之以礼"了。

基于伦理道德的压力，人们不敢，也不可能公开地谈论或总结政治权术，畅谈其诡诈阴险之处，免遭社会的责难和谴责。兵

序　言

家权谋没有这些顾虑，它很少受到道德的约束，即使是涉及政治，也因其所言兵事而免遭社会责难。这也是兵家权谋敢毫不忌讳地涉及政治斗争中尔虞我诈的主要原因之一。

再次，官僚政治与专制统治相结合，在行政权力包揽一切的情况下，人治的作用明显。人治的特点是以人的意志为转移，然而，人又不免受到社会条件的制约。"使人服从的动力与使人发号施令的动力同样真实而普遍存在，它根源于恐惧。"在人治之下，人拥有支配别人的权力，会使别人对之产生恐惧；同样他因怕失去权力，对别人也有一种恐惧。在这种情况下，人们不想得到奸诈诡谲之名而讳谈权术之道，却千方百计树立起个人威信。在当时的社会条件下，树立个人威信，不得不追求道德。这样，政治权术便不可能成为公开和统治者喜闻乐道的事，更难作为指导性的理论出现，这是政治权术不能像兵家权谋那样公开而系统的另一原因。

所谓的官僚政治，乃是指一种与专制统治相结合的政治形态，是指官吏普遍以食禄任官为固定职业，只对君主和上级负责而不问社会效益和民生疾苦，只知墨守成规，按例办事而不问实际情况的变化，遇事模棱两可，行动迟缓，推诿责任，甚至贪污受贿，营私舞弊，苟且偷安。在专制统治一代高过一代的情况下，君主和上级的意志决定着官僚们的生死荣辱，使官僚们难卜祸福，无所适从。一事当前，这些官吏总是率先揣摩朝廷和上司的意图，致力于迎合，不求有功，但求无过。在这种情况下，政治权术本来具有很广阔的市场，但以持盈保泰为己任的官僚们，决不会将政治权术公开。

在古希腊和古罗马的国家形成以后，很快就形成了立法、司法、行政三权分立的政治体系，而且还出现系统的神权政治。中国自国家形成之日起，首先确立的是独尊的专制王权，始终没有形成系统的神权，也没有三权分立，而是在专制王权统一控制下，由各级政府分别主管各方面的政务。这种在专制君主统一控制下的行政权力包揽一切的做法得以长期延续。为了驾驭行政权力，统治者非常讲究什么"以内驭外"，"以小驭大"，"内外相维，犬牙交错"，有意造成架床叠屋，以便加以防范和钳制，结果造成管官的官多，管事的官少，形成庞大的行政网络。在这个网络内，人治起到至关重要的作用，而政治权术则发挥着巨大的功效，但出于人事纠葛，又不得不讳言权术，这就使政治权术不可能像兵家权谋那样被人系统地加以总结发挥。

既然政治权术不能公开而系统化，能够公开而系统化的兵家权谋则难免作为政治权术的一种表现形态。"三十六计"大多是从政治斗争中产生，而且主要是应用于政治斗争，有大量例子证明这一点。

政治权术以兵家权谋的形式出现，这与中国自古以来的天圆地方的概念有一定的关系。自古以来，人们就将天地与人间之事相连，将天地虚无缥缈而又人格化，为当时的政治服务。例如，《白虎通义》云："天者，身也；天之为言镇也，居高理下，为人镇也。男女总名为人，天地所以无总名何？天圆地方，不相类也。天左旋，地右周，犹言君臣相对向也。"将天地比作君臣，但反过来又认为："君人者以百姓为天。"这种相互转换的天之说，实际上是人对当时政治情况的认识。天高而深，分为九重，即中天、羡天、从天、更天、晬天、廓天、咸天、沈天、成天。以其广又分为九野，即中为钧天，东为苍天，东北为变天，北为玄天，西北为幽天，西为皓天，西南为朱天,南为炎天,东南为阳天。九重天是以君主而言,故天子之宫深九重;九野是指人事,天子居中为方,民居八方为圆。这种"数术穷天地,制作侔造化"的理论,在今天来看是近乎可笑的,但它毕竟是古人的认识,而且是对现实生活的认识和反映。

天子深居九重天之内,外不易睹其容,增加神秘和威严的感觉;天子居中,万民环绕,既有向心力,又有依托。这是从表面上来看,而在实际上,君主专制政体无不体现这种学说。秦人赵高在说秦二世时讲道:"天子之所以贵者,但以闻声,群臣莫得见面故也。且陛下富于春秋,未必尽通诸事;今坐朝廷,谴举有不当者,则见短于大臣,非所以示神明于天下也。"这便是神秘和威严的解说。唐太宗李世民曾说:"天子者,有道则人推而为主,无道则人弃不用,诚可畏也。"便是向心和离心的解说。

与天圆地方学说相对应的是内方外圆之说。天圆地方是人们将天文地理概念结合政治现实所产生的一种认识,这里固然有深刻的内涵,但不容易为人理解。内方外圆之说是人们在社会生活中,通过人际关系交往中的现实和效果所总结的一种处世哲学。内方外圆说的术语较为复杂,很难用三言两语说清,故先打个比方来说明。

在每年正月十五,摇元宵、买元宵、吃元宵,元宵这种食品不知出现多少年,相沿成俗,过元宵节总少不了这种吃食,可谁又想到它可以比喻内方外圆之说呢?

凡是看过做元宵的,都知道元宵有馅儿,山楂、五仁、白糖、豆沙,种类繁多。人们先将馅儿和匀,然后铺开,用刀切成均匀的小方块待用。馅儿弄好之后,放在滚筒或笸箩里,和干糯米粉摇滚,待不黏合时,将之捡出来,蘸过水后再放回去摇,这样反复多次,到滚成鸭蛋黄大小的时候,成品元宵便告成了。方馅儿变成圆圆的白团子,是经过多次摇滚,不成圆则不是成品,这种成品则是内方外圆。

在君主专制政体下,有棱角的人很难在政治领域谋一立足之处,即便是有棱角,进入这种场合也得磨平,变得圆滑而老于事故。例如,古代有这样一则笑话,说的是某御史叫家人去裁缝铺裁衣,裁缝不问御史身长肥胖,只问御史为官几年。御史家人不解,怒而问何意。裁缝不慌不忙地说道:"如果你们老爷是初为御史,我这衣服要裁成前身长后身短;如果你们老爷是为官两年,我这衣服要裁成前后身一样长;如果你们老爷为官三年,我这衣服要裁成前身短后身长。"御史家人听后更是不解,急问为什么。裁缝道:"你没见初为御史的多是刚中进士的,年轻气盛,又手握弹劾纠参大权,其傲足以使他挺胸抬头,故衣服要前身长后身短方合其体。御史为官两年,所遇挫折难免,傲气虽不至全消,也使之明白宦海之险,做事小心,自然不再挺胸抬头,故衣服要前后身一样长方合其体。御史为官三年,行将任满外放职任,此时他还敢得罪那些达官贵人吗?万一将来落在那些人手下,其苦难言,能不低头赔小心?故衣服要前身短后身长方合其体。"这则笑话说明在君主专制政体下,凡是有棱角的都要被磨成圆滑的一般规律。

由此,可以比喻兵家权谋是有棱有角的方形,锋芒毕露;政治权术是内方外圆,外表圆滑而锋芒内藏。这也正是兵家权谋和政治权术的最根本的区别。

兵家权谋不必掩饰其诡诈,"兵不厌诈"始终为人们所接受,因为它可以克敌制胜。政治权术则需要掩饰其诡诈,因为"以正

序言

守国",难以诡诈的名义在政治上站住脚。这种掩饰则就是内方外圆,实际上锋芒无时不在,却从不外露,既要害人,又要装出爱人的样子;即使是以奸诈诡变的手段杀了人,也要表现出大义凛然的正气,这就使政治斗争比军事斗争隐秘高深得多。

政治权术的这种内方外圆的特性,并不是不可改变的。去其圆而见其方,则不难防其锋芒所向;给以外力以改变其圆,内方也难免变形,其锋芒也会改变;若内外交攻,其圆方自然可以任意雕塑。这和元宵一样,若是用热油猛炸,外力加热过猛,元宵可能突然爆裂,弄不好还要伤人;若是用温油徐徐加热来炸,外焦而里自然融化,其内方则不复存;若用水慢慢地煮,时间一长,不但外圆不复存在,其内方也化成汤水流出。例如东汉明帝刘庄,好礼务名,崇尚仁义道德,外表对兄弟诸王相亲相爱,如有病者,"遣太医乘驿视疾,骆驿不绝"。定养老礼,自己亲自参加,并亲诣原为自己老师桓荣处看视,拥经而前,抚之流涕,并赐什物。悬中兴功臣画像于云台,四时享祭。崇尚儒学,身自读经,以至"自皇太子诸王侯及大臣子弟、功臣子孙,莫不受经"。凡此种种,说明其外表如元宵一样圆。可是他"性褊察,好以耳目隐发为明,公卿大臣数被诋毁,近臣尚书以下至见提拽",其锋芒常露,而且棱角鲜明,可称内方。正因为他这种外圆内方的特性,外示仁爱,却连杀自己的亲弟弟,楚王刘英一案,穷治累年,前后抓起数千人,"诸吏不胜掠治,死者大半"。面对明帝的淫威,"朝廷莫不悚栗,争为严切以避诛责"。这种性格,若用猛治,自会伤人。陵乡侯梁松,对明帝的淫暴行为颇有看法,曾上书极谏,结果以"坐怨望,悬飞书诽谤,下狱死"。这正如猛火炸元宵一样,未得其利,反受其害。楚王刘英的门下掾陆续,因受牵连,"备受五刑,肌肉消烂",但意志不改,只是见母所作饭食,"悲泣不自胜",外表以孝闻名的明帝,得知此事,也感其孝可嘉,亲免其罪;这温火炸元宵,不伤其外而改其内。尚书仆射钟离意、侍御史寒朗,得知明帝敬鬼神,好虚名,多次打着天王圣明,天地灾变的名义进行劝谏,屡屡见其功效,再加上马皇后乘间进言,致使明帝常常"恻然感悟,夜起彷徨",而最终改变其最初所为;这正是用水慢煮,渐改其形也。正是这种可改变性的存在,使政治斗争的复杂化远远超过军事斗争,而且其变化往往令人叹为观止。

《三十六计》以《周易》为推演之本,这本身就隐藏着汇编者的政治意图。《周易》被列为经书之首,而经书是古代官吏和士子必须了解和掌握的基础知识,是治国安邦的必由。由此可见,以《周易》为本的本身就具有政治观点,其与政治的密切关系也就可见。基于这方面的考虑,借用几家有关《周易》的诠释进行对比,然后结合计谋使用要求和结果,在政治上进行推演。这样既可以使人们了解《周易》的丰富内涵,又可使人们对本计的变幻离奇的原因有所了解,更重要的是借此对古代政治斗争进行剖析,同时对这种天圆地方和外圆内方的存在与转换加以分析,以增强人们对中国古代政治现象的了解和认识。

基于以上的认识,将《三十六计》结合中国古代政治加以论述,这在现在不敢说是首创,却也是一种胆大行为。将权谋结合政治,这本身就容易引起政治反响,故人们唯恐避之不及,言之而心有悸,谈虎而色变。其实,在政治斗争中运用谋略,这是一种非常正常的现象。权谋作为政治斗争的手段,政治家可以使用之为广大人

序言

民谋利益；当然,也不能排除野心家、阴谋家为自身的利益而使用。本来,认识和评价历史,不是为了欣赏这些"国故",也不是单纯批判"尸臭",而是为了摸索它的发展演变过程中的规律,加以批判扬弃,从中吸取有用的知识和教训。从这一点上看,这种行为本身是具有积极意义的。

本书力图从学术研究的角度出发,兼及普及性,力图融知识性和可读性于一体。故此采用大量事例,意在用一些生动的事例来增加读者的阅读兴趣。通过事例结合本计的要点,分析实施本计的一些经过,使读者了解本计在政治斗争中应用一般情况的同时,尽可能地多了解一下用计者的心态。

立足于中国古代政治,重点对每计在不同的政治环境和历史背景下使用的情况进行分析,意图使读者对中国古代特殊的政治状况有所了解,同时也有助于读者增强对本计的认识和理解。为此,在每计之中都列有本计在政治斗争中应用范围一节。

政治理论和政治心理是比较难以解析的问题,为此,在每计中专门列有政治斗争中特点一节,重点对本计在政治斗争中的特征和鲜明的特性进行分析,以期增加读者对政治理论和政治心理方面的认识。

将兵家权谋结合中国古代政治进行研究和分析,这对于了解中国古代政治理论和政治心理是有帮助的,特别是在鉴古以知今的呼声日益高涨的情况下,将原本丰富多彩的兵家权谋和政治权术加以分析,一窥中国古代政治,了解一下中国古代政治的特点,无疑对认识中国社会有所帮助。这是编写此书的目的,也是所探求的根源所在。由于水平有限,本书肯定有不少缺点错误,希望各方面给予批评指正。

总说：

数术相辅而诡道高深难测

《总说》云："六六三十六，数中有术，术中有数。阴阳燮理，机在其中。机不可设，设则不中。"其大意是：在《易经》中，太阴之数为六六，其所乘之积是三十六，本是约计之词，极言其多，借此以象征着阴谋诡计多端；数，为量词或机变，泛指客观实际；术，为计谋或谋略；可以说在客观实际中蕴藏着谋略，谋略的运用离不开客观实际。阴阳，泛指客观事物；燮理，即调和、和谐，引申为认识；机，机变、机谋，机遇；只要认识到客观事物的矛盾对立统一规律，就能够掌握机遇，运用谋略。谋略和机遇不是凭空想象的，凭空想象则不能成功。

三十六计的由来

六六三十六，本是约计之词，本没有准确数的概念，只是极言其多。同样，三十六计也是指计策之多，只是后来好事者将其附会成现今的三十六种计谋，凑成实数。经考证，"三十六计"之名最早见于《南齐书·王敬则传》，传中云："檀公三十六策，走是上计。"此三十六策，即三十六计。传中所指的檀公，是人名，史未言其名，以当时对话情况来看，似指南朝宋名臣檀道济。

檀道济，高平金乡（今山东金乡县）人，世居京口（今江苏镇江），少孤，投军于宋武帝刘裕，逐渐起家，成为佐命功臣，得封为公的爵号，故尊称为檀公。史称檀道济曾经百战，威名甚重，择其主要记载了五件事：

其一，刘裕北伐，克复洛阳，抓获许多俘虏，许多人认为应将这些俘虏杀掉，筑起京观（用尸体封土为高冢以炫耀武功）。檀道济认为："伐罪吊人，正在今日。"将俘虏全部遣散，进而大得中原之民心，"归者甚众"。

其二，少帝刘义符游戏无度，执政徐羡之与辅政大臣谋废而另立，与他同为辅政大臣的谢晦，在此生死攸关之时，"悚息不得眠"，檀道济却"寝便睡熟"。

其三，宋文帝诛杀徐羡之、傅亮，而向檀道济问征讨谢晦之策。檀道济说："臣昔与谢晦同从北征，入关十策，晦有其九。才略明练，殆难与敌；然未尝孤军决胜，戎事恐非其长。臣悉晦智，晦悉臣勇。今奉王命外讨，必未阵而擒。"战事一如檀道济所料，谢晦果然不战自溃。

其四，檀道济以都督征讨诸军事，率军征伐北魏，军至山东济南，以资运枯竭被迫撤兵。这时有向北魏投降的士卒告诉檀道济乏粮，北魏军紧逼，本军因内外交困，也"忧惧莫有固志"。檀道济使人在夜间"唱筹量沙，以所余少米散其上"。在天明时，魏军发现粮食山积，以为军粮有余，不敢死命相逼，而以降者谎报军情，斩首示众。魏军不逼，外患已减；彼斩降者，我军只有死战方能脱生，内忧便去。不过，檀道济兵少，魏军众多，虽不相逼，但围而困之，足使檀道济军难逃劫难，军中也难免大惧。这时，檀道济"命军士悉甲，身白服乘舆，徐出外围"。这种目标明显而徐缓的行动，使北魏军以为有埋伏，竟让檀道济全军而返。

其五，檀道济威名日增，开始被朝廷猜疑，居然有人说："安知非司马仲达也。"将之比作司马懿，当然引起刘氏宗室的畏惧。当宋文帝病时，彭城王刘义康矫诏将檀道济收付廷尉处死。在被捕时，檀道济曾说："乃坏汝万里长城！"果然，北魏得知，以"道济已死，吴子辈不足复惮"，竟"有饮马长江之志"。

从以上五事来看，最为精彩的应是"唱筹量沙"和"白服乘舆"，这正是檀道济所采用的走为上策。王敬则所说的"檀公三十六策，走是上计"当是指此。亦可见所言三十六策仅仅是指计策之多。

那么在什么时候才将三十六计附会成现今这种三十六个计谋的呢？从这些成语来看，最晚形成的也在宋代以前。由此可以推断，在宋代以前尚未形成现今这种三十六计的模样。不过，在宋代以前已经有三十六计的流传，而后经过后人整理充填，逐渐形成现今这种样子，这大概已经是在明代了。

三十六计至今尚不知作者为谁，但可以肯定，它是在历史上长期流传，经过后人不断整理，才成为现在这种模样，可以说是中国古代智慧的结晶。

总说与立意

　　三十六计基本上以成语定名，以《周易》部分卦意为立意之本。按《易卦》所讲，奇数为阳，偶数为阴，其阴卦以坤卦为首，坤卦数为六，而每卦之中又有六爻，况且在六十四卦中，阴卦有三十六，这就正好符合《总说》开场所讲的"六六三十六"。

　　《周易》是一部具有神秘色彩的古书，在古代被列为经典著作的《十三经》之中，《周易》被列为首位，可见该书地位的重要。汉魏以来，无论是治国还是选拔人才，经书成为历代官吏和士子必须了解和掌握的基础知识。正因为如此，注经解义的著作代代相传。《周易》居首，更是为人们所看重，所以至今仅注解《周易》的著作就有上千种。注者繁多，解者各异，许多问题都没有统一的认识。不过，仁者见仁，智者见智，《周易》的许多难解之谜还是在不断地被解开。

　　《易传》中有一个象数问题，高亨先生认为："象有两种：一曰卦象，包括卦位，即八卦与六十四卦象之事物及其位置关系。二曰爻象，即阴阳两爻所象之事物。数有两种：一曰阴阳数，如奇数为阳数，偶数为阴数。二曰爻数，即爻位，以爻之位次表明事物之位置关系。"由此，也可以认为象数是认识和理解客观事物发展规律的一种认识手段，进而可推演"象数"是客观规律，亦即《总说》所讲"数"的根本立意。"数"的另一解是指气数命运，实际上泛指自然和社会现象，这也符合《总说》的基本立意。

　　"术"在这里是指策略或手段。按韩非理解，"术者，藏之于胸中，以偶众端而潜御群臣者也"，是不公开的，也就是阴谋。韩非强调权、法、势、术相结合,认为这是维护君主专制政体的最佳选择。

"权者,君之所独制也。""权出一者强,权出二者弱。"这是君主专制理论所推重的权力概念。他们认为:最高的统治权力必须由君主所独占和完全掌握,但凡有一分可能,绝不容许被分割。只有权柄在握,才有可能实现君主的统治,所以要求"善为国者,内固其威,外重其权"。

"势者,王之神。"这里所说的势,是决定君主能否充分支配权力的主客观条件。权和势是不可分的,所以"势"被视为灵魂,称之为"神",是以其能发挥权的作用。如果"有权而无势,虽贤不能制不肖"。

"法者,偏著之图籍,设之于官府,而布之于百姓者也。"这说明,法是国家用强制力公开推行的,既确定了人际社会关系,规范人们的言论行为,又使统治者的意志神圣化和绝对化。所以"道之于法也者,国家之本作也",是阶级统治的基本内容。

术与法的区别在于,法是要公开显示,而力求家喻户晓;术不是明文公布于众的。术是可因人因事因时而变的,是为了解决某些具体矛盾而采取的策略和手段。在君主专制政体下,术与法相抵触时,掌权者往往是舍法而用术;在术与当时倡导的道德准则相抵触时,当权者也会摒法而用术。在君主专制政体下,是否擅长于用术,被认为是能否治理好国家和妥用其人的大事,是独操的法宝,"用术则亲爱近习莫之得闻也",是隐秘幽深而又变幻莫测的手段。因此之故,术往往被视为与一些诡诈狡猾手段有关。正因为"术"的这些特性,《总说》才开篇就强调"术"的作用,而且在以后各计之中，不断加以论证。

　　《总说》之中重点还论述到"机"的问题。《说文》："主发谓之机。"本是指弩箭上的机关，因其重要所在，引申出枢要、关键、智巧、迹象、形势、时会等含义。这里所讲的"机"，实际上是指机变、机谋、机遇、时机等，这些都是不可预设的，是要根据现实情况而定的，所谓的随机应变是也。

　　"机"无处不在，"机"又不可完全按照主观臆断而生，这样见机行事的情况就比较常见。故此，《总说》强调"机"的存在，又申明"机"的不可事先设置。也就是说，反对机械地照搬谋略。这正是三十六计汇编者的良苦用心。

　　《总说》虽寥寥数语，但抓住谋略与客观实际和客观规律之间的关系。客观实际和客观规律是现实存在，计谋是在现实基础上生成的。计谋虽然不可替代客观现实，但它可以依据客观现实，按照客观规律而实施。之所以选用《周易》语词为依据，关键在于它的丰富而深刻的辩证内容，以及对立面相互转换的根本规律。

　　所知的八八六十四卦，它包含有二位进数的关系到卦变问题。每一卦有六爻，初爻有一变卦，二爻有两变卦，三爻有四变卦，四爻有八变卦，五爻有十六变卦，六爻，也就是上爻有三十二变卦。共六十三变卦，加一不变卦，而组成六十四卦。也就是说，在一卦之中可旁通六十四卦。在这里，不变卦为守恒，变卦为通变，两者共存。根据这个道理，在各计之中所设计名是永恒不变的，如借刀杀人、打草惊蛇、反客为主，这都是不变的；但在计谋具体施用时，存在着各种各样的情况，为适应现实，在实施计谋时，六十三卦内有宽阔的变化余地。从这里可见《周易》的博大精深，也可见三十六计汇编者立意的用心。

　　三十六计将计谋编成固定的形式，汇编者并不以这种固定的形式来束缚读者，要求读者掌握客观发展规律，根据现实，见机行事，不要生搬硬套。这样既介绍了计谋，增长读者的知识，又不愿使读者落入窠臼。汇编者的良苦用心在于让人们增长见识，虽不可照搬计谋，但不免急中生计。急中生计固然为形势所迫，但有知识与少知识的，所生计谋必有差异，其效果也必然迥然不同。

目 录

序言：天圆地方与外圆内方　　　　　　　　1

总说：数术相辅而诡道高深难测　　　　　　1

胜战计——胜者王侯

瞒天过海——熟视无睹　暗藏刀光血影　　8

　一、阴柔阳刚　不变内藏万变　　　　　11

　二、不露锋芒　制胜权谋上策　　　　　13

　三、官谋国策　计奇略深难测　　　　　39

　四、胜战之首　神奇多变易施　　　　　67

围魏救赵——趋利避害　力争后发制人　　74

　一、知己知彼　批亢捣虚顺势　　　　　76

　二、吉而无咎　分势乘虚攻弱　　　　　79

　三、敌强我弱　窥机待变出奇　　　　101

　四、攻守兼备　进退自在我得　　　　109

借刀杀人——尔虞我诈	心存损下益上	114
一、伤敌增己	其道上行得志	116
二、乱敌之心	不自出力得利	118
三、神鬼难测	损敌益己借力	151
四、向敌六借	力盟刀财将谋	163
以逸待劳——示之无为	实是无所不为	166
一、困敌之势	疲敌以增己力	168
二、与时偕行	损敌利己除势	169
三、利有攸往	智之所制在谋	186
四、避其锋芒	定能无往不胜	193
趁火打劫——就势取利	必欲乘人之危	197
一、敌有昏乱	可以乘而取之	199
二、旁观者清	促内忧兴外患	201
三、就势取利	谨慎方成此计	221
四、见利则取	险中富贵难求	226
声东击西——将欲取之	虚实出敌不意	232
一、聚合聚分	合兴盛分衰败	234
二、深知敌弱	深思熟虑而为	236

三、攻其不备　防守亦是胜道　　263
四、老谋深算　去恐惧除危机　　268

敌战计——阴谋者胜

无中生有——凭空捏造　意在栽赃陷害　　276
一、由诳而真　变虚无为实有　　278
二、真假莫辨　善造假能制胜　　280
三、造假逼真　计谋远胜刀兵　　328
四、阴损狠毒　奸邪毁誉欺诈　　333

暗度陈仓——明修栈道　实欲乘虚而入　　336
一、示之以动　利其静而有主　　336
二、善动敌者　佯动而后定之　　339
三、敌我拉锯　弱敌强己窥虚　　385
四、隐其真意　奇正明暗常道　　388

隔岸观火——坐观虎斗　助之自相残杀　　390
一、顺时以动　待其变取其乱　　390
二、静观其变　巧借力善寻机　　394
三、舍利诱敌　香饵能钓金鳌　　441

| 四、把握时机 | 急不得争不得 | 446 |

笑里藏刀——两面人物　常为口蜜腹剑　449

一、内刚外柔	变己险为敌险	451
二、甜言蜜语	阳为而阴陷之	453
三、趋利避害	官场常用之计	486
四、信而安之	以不足为有余	495

李代桃僵——势必有损　定要弃小存大　499

一、损阴益阳	失局部赢全局	499
二、争大失小	笑到后者为胜	503
三、反胜之计	以弱事强者易	541
四、小失大取	敌战计谋迭出	545

顺手牵羊——乘隙争利　定取蝇头小利　548

一、伺隙揭虚	积小胜为大胜	550
二、见利宜疾	当机立断者胜	553
三、伺机而动	寸利寸功必得	589
四、乘间取利	顺势谋得大利	594

胜战计
——胜者王侯

引 言

三十六计共分六套计谋，胜战六计列为首，这就突出三十六计的制胜根本。虽然三十六计是以兵家权谋出现的，但从计谋中可以看出，许多计是与政治斗争密切相连的，而大多数又是以在政治斗争中应用而著名的。

胜战六计是以瞒天过海、围魏救赵、借刀杀人、以逸待劳、趁火打劫、声东击西为排列顺序，其重点在于刚柔、奇正、攻防、劳逸、虚实、主客的对立和转换关系上。也就是说，在身处胜战之地，亦不能以势取胜，还必须使用计谋，掌握避实就虚的制胜之道。

本套计以"瞒天过海"为首，其立意在于利用对手的"意怠"和"不疑"的弱点，采取令人难以防备的手段来胜敌，这是在避实就虚的原则下演化出的计谋。本计突出一个"瞒"字，是指本计的手段；落在一个"海"字，是指本计的目的。从手段来讲，是为了实现目的；从目的来讲，是为了胜敌。手段本身要受到各方面的制约，如在客观上有社会条件、政治因素、力量对比等，在主观上有本人才能、权势、名誉、地位、财富、机遇等，这就决定了手段的多变性。目的是站在胜敌和自我保存上，本身比较单纯。为了同样的目的，采用不同手段，也就丰富了本计的内容。

"围魏救赵"是源于古代的战例，从战例来看，本计是指不直接出兵去解救被围攻者，而是击攻方之虚，达到制胜的目的，仍是避实就虚的具体表现方法之一。趋利避害，攻其必救，是本计的中心。本计的争胜、保胜、制胜的特征，在政治斗争中应用时体现出手段多样化的特点。本计的"围"是手段，"救"不完全是目的，则又体现本计是站在使用者的立场上来胜战的，这就使本计与其命题有一定的出入，也说明计谋是出自使用者，而使用者总是站在自身利益的基础上来设定计谋的一般规律。

"借刀杀人"是以谋略形式具体化所命题的计谋，其立意在于制造和利用对方的矛盾，同时还注意到利用第三者的力量。"引友杀敌，不自出力"是本计的重点，这本身就适应于政治权术。在君主专制政体下，君主专制和官僚政治是相互依存的孪生兄弟，彼此之间既有相互利用，又有相互制约，故此尔虞我诈是难免的。本计的"借"的手段是多样化的，"杀"的范围也是广泛的。本计也是基于用计者自身利益的计谋，其"借"的手段多样化应用到政治上，则体现出政治斗争的复杂多变和矛盾重重的特点；其"杀"的范围广泛性应用到政治上，说明政治斗争的无情性和残酷性。

"以逸待劳"也是以谋略形式具体化所命题的计谋，其立意是站在"逸"和"劳"的区别和转换关系，在充分理解这种关系之后，注意到利用对方之"劳"，造成对方之"劳"的态势，这就不是这种简单而形式化命题所能涵括的计谋了。本计的"以"是知己,"待"是知彼,是站在"知己知彼,百战不殆"的制胜立场上。逸己而劳人,这决定着本计手段的多样化,知己知彼则体现本计的制胜原则。故此,本计在具体实施上有着以我为主和积极进取的特点。本计在使用上可作为胜战的指导原则,同时又是具体应用的手段,这就使本计在具体实施上存在着许多变化,自然也就有丰富的内容。

"趁火打劫"与以上两计命题相同,立意也有相同之处,所不同的是借刀杀人是不自出力而借力,以逸待劳是制其力而变其力,趁火打劫是趁对方无力而就势取利,同时涵括以上两计的各方面,既要知己知彼,又要借势,体现本计乘势的特点。"火"是势,这种势有对方自己造成的,也有他方或已方促成的,这里包含着许多变化,也就使本计在具体应用上出现差异;"趁"是手段,这种手段是就势而生,不同的形势用不同的手段,则决定本计的适应性;"打"和"劫"也是实现本计目的的手段,这更决定本计在具体实施过程中的刚与柔的特点。

"声东击西"的命题也是由谋略形式具体化而定的,其立意是以假乱真,造成对方的不自主,然后乘势取之,这是以我为主而制造有利之势的计谋。本计是自己一方出力最多的计谋,按善胜者不以力的谋略方针,此计不是首选之计,故列于本套计之末。即使如此,本计仍有以前各计不能取代的特殊之处。首先,本计是站在避实就虚的胜战基点上的主动行为,其应用手法的灵活机动,使本计在具体实施过程中经常有出其不意的效果。其次,本计的主动行为使对手产生错觉,因循着"造虚"然后"击虚"的胜战原则,本身具有"诡道"的特点,也就增加了本计的复杂性。

再次，本计虽然主动而出力多，但主动而力多并不是优势，因主动容易被人识破，力多容易为人所乘，故此，本计在具体实施过程中存在机遇性，而机遇本身是由机会和凑巧组成的，这又决定了本计的风险性。

三十六计是以《周易》为推演之本的，《易》有六十四卦，每卦各有六爻，六爻推演本卦的不变内容和六十三种变化，合为六十四种变化。本套胜战计由六计组成，其基点是站在胜的态势上，胜的态势不能决定胜的结果，也就是说，胜的态势有胜人之资，并没有胜人之本。本套计的立意和推演，正是站在这种不变的基点上而注重各种变化。故此，本套计是一个有机的整体。

计源于势，谋出于情。胜战计基本上是处于主动的计谋，按势来讲，胜态者是身在进退自如的优势之内，有胜者之资。然而，以势压人，人不得不服，但以势压人，人又不可能心悦诚服，这就把势优者放在明显的位置。身处明显位置，弱点容易暴露，也容易为人所乘。故此，本套计虽为胜战，却丝毫没有以势骄人的设想，而是要求用计者掩饰锋芒，不要暴露自己胜人的目的。按谋来讲，一般是力不足而谋补之，身居进退自如的优势，也难免为人所乘，故要借助谋以补之。谋出于情，身处优势的人更应注意到情之所由和情之所变。故此，本套计在谋上多是以掩饰真情为基点，借人之常情以使人不防，出乎人之常情而制胜，这是本套计谋的重要特点。

胜者王侯，这是自古以来人们的看法。本套计是以胜战为基点，按理来说是王侯之谋。然而，本套计虽以胜战为基点，却强调胜后的修饰和自我保存之术。自古以来，形成的居安思危、月满还亏的思想，是与"官不与势期而势自至，势不与富期而富自至，富不与贵期而贵自至，贵不与祸期而祸自至"的官场规律相吻合的。"将无三代后"，"相无五世荣"，"旧时王谢堂前燕，飞入寻常百姓家"。稍有不慎，物换星移，王侯将相本无种，胜者王侯败者寇，占据胜者位置，固然是胜者之本，但保住胜利成果，不为他人所夺或所乘，这不但是胜者所求，也是胜战的最终目的。本计强调胜后的修饰和自我保存，正是基于当时的社会环境所制定的重点所在。

在君主专制政体下，无论是君主，还是官僚，他们都不是难于政务，而是难在各种人际关系。这种关系犹如一张网，把他们联结在一起。这张网内不但有历史和现实的政治、经济、文化、宗教、伦理道德等方面的因素，也有人的心理因素。这就决定人是织成这张网的结扣，在网络里发挥其独特的作用。计谋是发挥人的主动作用的体现，它不仅能够适应客观形势的发展，还能够以其主动来推动客观形势的变化，这就使计谋的作用得以体现，也使人们看到计谋的重要；正因为如此，使用计谋者容易忽略客观形势，进而步入用计之大忌的行列。本套胜战计注意到谋略的作用和功效，强调了谋略的重要，但不是忽略客观形势，而是站在就势取利的基础上，这就使本计具有实用性和适应性的特点，因此具有很强的生命力和影响力。

瞒天过海

——熟视无睹 暗藏刀光血影

本计云:"备周则意怠,常见则不疑。阴在阳之内,不在阳之对。太阳,太阴。"其大意是:如果你认为防备得十分周到,则意志就容易懈怠;你经常看到的事,司空见惯则不容易怀疑。阴者,计谋也;阳者,公开也;计谋就藏在公开的事物内,而不是与公开的事物相对立。非常公开的事物,往往隐藏着计谋。这是根据《周易·否卦》的"坤阴居内而乾阳居外","乾为天在上,坤为地在下,不相交和"的逻辑推演出来的计谋。太阳,太阴,是《周易·否卦》之象。

瞒天过海的"天",原意是指"天子"。唐太宗李世民率领大军讨伐高丽,在辽东大破盖苏文。盖苏文从海路狼狈逃回朝鲜半岛,唐太宗准备渡海进攻高丽而来到海边,驻马前望,只见海天相接,无边无际,不由得头晕目眩,险些栽下马来。大军将要渡海时,唐太宗却无论如何也不肯上船,众将苦苦相劝,全都无效。行军总管张士贵回到大帐,正在一筹莫展时,副将薛仁贵走进大帐说:"大人是不是在为皇上不肯渡海而忧愁?"薛仁贵耳语一番,张士贵不住点头,连称"妙计"。几天后,唐太宗被众人引入一座

楚庄王"三年不鸣,一鸣惊人!"

豪华的大厅，与众将尽情畅饮，直到醉卧席前。第二天，唐太宗醒来，酒意未退，看看屋子，修饰得美轮美奂，连窗户都用绸缎挡住了。这时，张士贵带人进来，又摆上美酒佳肴，陪着唐太宗吃喝，过了一会儿，唐太宗又入睡了。第三天，唐太宗醒来，走出屋子，顿时惊得目瞪口呆，原来自己正站在一艘楼船之上，再看旁边的张士贵，不由得惨然一笑说："爱卿骗得朕好苦。"就这样，不肯登船的唐太宗，被巧妙地引渡过大海。

顾名思义，"瞒天过海"就是有意制造一种假象，让人在毫无感觉中渡过大海的意思。它用在军事上，并不是专指瞒着天子过大海，而是一种利用假象掩盖真实意图的计谋，主要用于战役伪装，以隐藏兵力的集结、发动进攻的时间等，达到出其不意、攻其不备、克敌制胜的目的。

该计用于军事，主要是疑兵之法。在政治上则是示假隐真，借政敌防备严密而易怠之情事，以公开之手段来骗取政敌之不疑，却暗藏刀剑，必欲置之于死地而后快。此为胜战，胜者王侯败者寇。

瞒天过海之计是一种在政治斗争中经常为政治家、阴谋家、野心家们所应用的手段。也就是说，他们运用各种欺骗手段，在表面上隐藏自己的行迹，收敛自己的锋芒，掩饰自己的真正目的；进而麻痹对方，使之放松警惕；在时机成熟时，出其不意，以制胜的手段来实现自己预谋的政治目的。瞒天过海之计以其独特的神奇功效，历来为政治家、阴谋家、野心家所重视，普遍应用在政治领域。

一、阴柔阳刚　不变内藏万变

《周易·否卦十二》云：否：否之匪人，不利君子贞，大往小来。《象》曰：天地不交，"否"。君子以俭德辟难，不可荣以禄。

【一爻】初六，拔茅茹，以其汇，贞吉，亨。《象》曰："拔茅贞吉"，志在君也。

【二爻】六二，包承，小人吉，大人否，亨。《象》曰："大人否，亨"，不乱群也。

【三爻】六三，包羞。《象》曰："包羞"，位不当也。

【四爻】九四，有命无咎，畴离祉。《象》曰："有命无咎"，志行也。

【五爻】九五，休否，大人吉。其亡其亡，系于苞桑。《象》曰：大人之吉，位正当也。

【六爻】上九，倾否，先否后喜。《象》曰：否终则倾，何可长也。

瞒天过海之计的"阴在阳之内，不在阳之对，太阳，太阴"，是《周易·否卦》之象，其本意在于"内阴而外阳，内柔而外刚"。瞒天过海之计以此为推演之本，用意就在于此，这是不变之本。不变中又隐含多种特殊的情况，这也是六种爻辞所辩证的中心。

按否卦爻辞所示，再根据政治斗争的特点，将瞒天过海之计在政治斗争中使用的意图和可能出现的结果推演如下：

本计，备周则意怠，常见则不疑，这是瞒天过海之计不变的中心，其本意在于过海，而手法却是瞒天。也就是说：在与政敌斗争中，使用者收敛自己的才能，不使荣禄加于己身，可以逃避灾难，寻求制胜之道。

第一种，在与政敌斗争中，使用者可以将政敌除去，这是吉兆。然而此时的使用者，正处在不利的位置，是为"否塞"。经过使用此计，能将政敌连根除去，是为"征吉"。这需要等待恰当的时机（天命）。这是初爻，中间只有一变卦，也就是等待制胜的时机。

第二种，在与政敌斗争中，使用者与政敌实力相当，彼此对立，但政敌对自己尚能够包容。因为政敌权倾一时，使用者不得不潜隐，但又不能同流合污，其潜隐必是积极的。这是二爻，中间有两变卦，也就是相互包容和相互对立。

第三种，在与政敌斗争中，使用者因所处的位置不当，常受政敌的羞辱，而且还有危险，这就必需使用"小道"，也就是非正常交往之道处之，既承羞辱而又欲图之，故以韬晦为上。这是三爻，中间有四变卦，也就是承羞而处之小道，图之而有韬晦。

第四种，在与政敌斗争中，使用者的时机成熟，没有犯错误，同党也能够齐心合力，有志于对敌采取行动，天命的规律从否塞向泰通方面转化。有志于行，必须有正确的方法，才能完成否塞向泰通的转化，这中间自然会有许多变化。这是四爻，中间有八变卦，也就是转化当中的多种可能。

第五种，在与政敌斗争中，使用者的否塞已经终止，这是使用者的吉兆。然而，使用者不能因此放松警惕，应时时用"我将亡！我将亡！"来提醒自己，注意不利于自己的任何迹象，不要让政敌从厄运中转变过来；一旦让政敌转变过来，自己将前功尽弃，苦心将化为乌有。这是第五爻，中间有十六变卦，也就是使用者越是处于优势，其变化的可能性越大，越应该居安思危。

第六种，在与政敌斗争中，使用者经过苦心经营，终于战胜政敌，完成否塞向泰通的转化过程。然而，这种胜利能保持多久呢？要维持和确保战胜者的地位，这是最难的，故其变化最多。这是第六爻，也就是上爻，中间有三十二变卦，也就是使用者战胜政敌，要保住这种优势是十分不易的，中间有许多变化离奇、不可思议的事情。正是战胜政敌易，保持胜利难。

由上推演，可预想到瞒天过海之计包含着许多手段。下面就在政治斗争中使用本计的一些常用手法而试加分析。

二、不露锋芒　制胜权谋上策

《老子·五十六章》云："知者不言，言者不知。（塞其兑，闭其门）挫其锐，解其纷，和其光，同其尘，是谓玄同。故不可得而亲，不可得而疏；不可得而利，不可得而害；不可得而贵，不可得而贱。故为天下贵。"

陈鼓应先生译为："智者是不向人民施加政令的，施加政令的人就不是智者。（塞住嗜欲的孔窍，闭起嗜欲的门境）不露锋芒，消解纷扰，含敛光耀，混同尘世，这是玄妙齐同的境界。这样就不分亲，不分疏；不分利，不分害；不分贵，不分贱。所以为天下人尊贵。"陈鼓应先生认为："理想的人格形态是'挫锐''解纷''和光''同尘'，而达到玄同的最高境界。"

车载《论老子》解释说:"锐、纷、光、尘就对立说,挫锐、解纷、和光、同尘就统一说。尖锐的东西是容易断折不能长保的,把尖锐的地方磨去了,可以避免断折的危险。各人从片面的观点出发,坚持着自己的意见,以排斥别人的意见,因而是非纷纭,无所适从,解纷的办法,在于要大家从全面来看问题,放弃片面的意见。凡是阳光照射不到的地方,必然有照射不到的阴暗的一面存在,只看到照射到的一面,忽略了照射不到的另一面,是不算真正懂得光的道理的,只有把'负阴'、'抱阳'这两面情况都统一地加以掌握了,然后才懂得'用其光,复归其明'的道理。宇宙间到处充满灰尘,人世间纷繁复杂的情况也是如此,超脱尘世的想法与做法是不现实的,众人皆浊我独清的想法与做法是行不通的,这些都是只懂得对立一面的道理,不懂得统一一面的道理。只有化除成见,没有私心的人才能对于好的方面,不加阻碍地让它尽量发挥作用,对于不好的方面,也能因势利导、善于帮助它发挥应有的作用,'同其尘'是对立的统一道理的较高运用。"

从上述诸家解释来看,这也是瞒天过海之计最早的理论发端。它不仅是讲到韬晦的出现,而且看到对立和统一的道理。因此,使用瞒天过海之计就有相当丰富的内涵。尤其是在激烈复杂的政治斗争中,人们的真实面貌和目的,不但需要,也必须加以一定掩饰。在彼此都不肯将自己真实面貌暴露给别人的情况下,这种计谋的使用就具有相互使用,而终有一方中计失败。成者王侯,败者寇。为什么同是用一计,却有不同效果和功效呢?这一方面有人的志向、才能、名望、感情、生理、地位、权势等方面的因素,还有运用技巧和方法方面的因素。

讲此大道理，读者怕同笔者一样，不但坠入云雾山中，而且枯燥无味。因此不妨先把运用此计的一些常用手法举例说来。

第一，常见不疑，制胜计谋就在其中。

在春秋时，楚国有个楚庄王，自前613年即位以来，三年不理政事，日夜笙歌美酒，乐此不疲。他自知这样做必招臣下劝谏，便下令道："有敢谏者死无赦！"当时有个大臣伍举，不顾命令，进宫谏诤。进宫一看，只见楚庄王左手拥抱郑国美姬，右手拥抱越国美女，正在听乐看舞。见此情状，伍举不禁摇头，硬着头皮说："臣下有隐情相告于大王！"楚庄王听是隐情，便令歌舞暂停，两眼直盯着伍举。伍举此时不慌不忙，徐徐地说："大王，有一种鸟落在高山上，三年不飞不鸣，这是什么鸟呢？"楚庄王是绝顶聪明的人，一听此言，便知伍举的意思，马上回答："三年不飞，飞将冲天；三年不鸣，鸣将惊人。伍举你回去吧，我知道你的意思了。"伍举听了楚庄王的话，也心领神会了，很高兴地离去，静等楚庄王的振作。可是，一连数月，非但不见楚庄王振作，而且荒淫更甚，使朝内正直之士甚是不满。有个名叫苏从的大夫，再也按捺不住，冒死前来进谏。楚庄王一见就厉声喝道："你没有听到我的'有敢谏者死无赦'的命令吗！"苏从大义凛然地说："杀身以明君，臣之愿也。"楚庄王听得此话，乃为之罢去淫乐，开始听政。听政伊始，便诛杀数百人，重用数百人，任用伍举、苏从为大臣，国人无不为之欢欣，楚国也因此振奋。当年就灭掉庸国，而后连年征伐。伐宋国而获五百乘兵车，伐陆浑戎而观兵于洛，问鼎于周天子，灭舒国、破陈国而设之为县，围郑、宋二国，大

亢龙有悔跃于渊

败晋国援军，而虎视中原，楚国争霸之势也就确立了。

从上例来看，好像楚庄王是个只知淫乐的庸主，在伍举、苏从的劝谏之下才振作起来。实际上楚庄王是很有心计的人，用了瞒天过海之计。这是因为楚庄王是在各种政治势力交错中得以即位的。在当时，功勋贵戚交相呼应，既相互勾结，又彼此钩心斗角，盘根错节，足以置楚庄王于死地。这样说并不是耸人听闻，因为庄王之祖楚成王便是被太子，也就是庄王之父穆王，勾结弄臣江芈和潘崇，以卫兵围宫绞杀的。当时楚成王无奈，提出一个请求，说："能否等我将熊掌吃了再死？"这不算过分的请求，也没有得到同意。这些权臣以拥立之功，掌管国事，其威权足可震主，庄王之父都无可奈何，作为一个新即位的小王，更难以驾驭了。在这种情况下，庄王笙歌美女以自娱，示之无为荒唐，也使政敌不为之备。在欺骗过政敌之后，庄王不断发展自己的势力，暗中物色人选。作为当时在楚国的最重要的勋贵集团首领之一的若敖氏，是庄王主要争取的力量。这个集团虽然被庄王拉拢过来，但此时庄王还不知朝廷中拥护自己的有多少人。在这时伍举前来试谏，一番话已显出庄王的用心，伍举当然心领神会，欣然离去。伍举离去，肯定将此消息传出，如果这时动手，胜负在谁手还很难说。然而庄王数月无动静，这固然使政敌放松了警惕，也会使忠于庄王的势力心冷。苏从不畏死前来劝谏，这使庄王看到自己的人尚未松懈，人心可用。于是，庄王出其不意地听政，以迅雷不及掩耳之势，一下诛除政敌数百人，同时又将平日为国人所敬重的数百人封赏加爵。这种大快人心之事，当然得到国人的拥护，也使大权回归庄王手中。此乃胜战之妙计，运用得体，焉有不胜之理！此后庄王一面向外发展，扩大自己的声威，一面继续发展自己的政治势力，成功地击灭若敖氏之族，巩固了自己的统治。

　　常见不疑是瞒天过海之计的前提，但它同瞒天过海的真实目的是密不可分的。用计者经过一段时间的潜伏，使政敌警觉性减低或丧失，等待时机和条件成熟，然后突然动作起来，迅速向政敌发起攻击。这种"三年不鸣，一鸣惊人；九年不飞，一飞冲天"的做法，常常使政敌猝不及防，因而大大增加了瞒天过海之计的威力和实效。楚庄王就是成功地使用了这种方法。

　　第二，聪明刚察，能认识此计应用此计。
　　从事政治活动的人，必定要有一定的才能，而才能的外露，则是政治活动中的一大忌讳。这是因为在中国古代官场上，才能是抵不过权势的。权势大的，则认为自己才能要比别人高。也就是说，在君主专制政体下，专制君主是圣明伟大的，上司是永远正确高明的。因此，对于有才能的人，第一件要事是在君主或上司面前把自己掩饰起来。这是中国古代官场上所存在的现实。

　　如果臣僚或下属的才能超过君主或上司，又不会将自己的才能掩饰起来，其最终后果，往往要付出一定的代价，乃至身家性命。如东汉末年的杨修，为权臣曹操的主簿，此人"好学，有俊才"，聪颖过人，又是世家公卿大族，当然对自己才能不加掩饰，而且颇为自负。曹操是人们非常熟悉的人物，是在纷争时代的杰出人物，有一定的才能。有才嫉才，有能妒能，文人相轻，武人相鄙，这是一般常理，一般不会酿成大报复和事件。在政治上则不然，轻则受到打击，重则难保身家。曹操是"诸将有计画胜出于己者，随以法诛之"的人，岂能容杨修这样"才博"之士呢？尤其是杨修介入曹丕和曹植争嗣之事，这引起曹操极大不满和猜忌。所以在曹操平汉中攻守两难之时，传令以"鸡肋"为口令时，因杨修以"夫鸡肋，食之无所得，弃之则如可惜，公（曹操）归计决矣"，率先准备行装，曹操便以扰乱军心为罪名，将杨修杀掉。

　　杨修被杀，其中自有其咎由自取的一面，如为曹植出谋划策，骗取曹操信任，卷入争储斗争中；也有其才能太为外露的一面，如三番五次地使曹操相形见绌。血淋淋的现实告诉人们，在君主和上司面前，必须将自己掩饰起来。在这种情况下，瞒天过海之计就有了非常广泛的应用条件，因为这毕竟是保全自己的一种有效手段。如西汉时期的开国功臣陈平，凡六出奇计，为汉高祖刘邦夺取天下立下奇功。有功自然要遭人嫉妒，每次都能被陈平以计化解。其之所以能化解嫉妒和谗毁，就在于其善于掩盖自己的才能。例如吕后当权时，吕后的妹妹吕嬃经常谗毁陈平，其中最大罪名是"为丞相不治事，日饮醇酒，戏妇人"。陈平听得此事，非但没有节制，而是"日益甚"。这种胸无大志而醉心于醇酒美女的做法，麻痹了吕太后。才使陈平能与太尉周勃合谋，诛诸吕，立文帝，建立安汉第一功。然而在大功告就之时，陈平称病隐退，在汉文帝固问之时，陈平以"高帝时，（周）勃功不如臣；及诛诸吕，臣功亦不如勃"为名，让功不居，得到文帝的信任，而且得以善终。

　　陈平才能过人，好用阴谋。对于这一点，就连陈平本人也非常清楚。他曾说："我多阴谋，道家所禁，吾世即废，亦已矣，终不能复起，以我多阴祸也。"这是陈平对自己的评估。然而陈平不用此法，就连他自己也不能保全，何能及后世子孙！商纣王是中才之主，但好酒色，经常作长夜之饮。在昏醉不知昼夜之时，问左右的人，都说不知。于是，就派人去问当时的贤人箕子。箕子这时非常为难，对他徒弟们说："为天下主而一国皆失日，天下其危矣。一国皆不知而我独知之，吾其危矣。"不得不用瞒天过海之计，也假装昏醉，辞以不知。

在复杂的政治斗争中，众人皆醉我独醒，是非常危险的事情。被迫使用瞒天过海之计以保全自己，总不如主动使用者；主动使用者，又不如能识此计者；能识此计者，又不如用此计破此计者。瞒天过海之计的运用，重点在于熟视无睹，常见不疑。要达到这一点，就必须利用人们观察社会多见不怪的特点，进而来掩盖自己的计谋。当然作为常人，是很容易为这种假象所迷惑的。但头脑清楚的人，是不容易上这种当的，如战国时期的齐威王。

齐威王是前356年即位的。当时齐国的国势日弱，不但三晋频频征伐齐国，侵城略地，就连中小的鲁、卫等国也频来征伐。三晋伐灵丘，赵国夺甄地，鲁入阳关，卫取薛陵。外困之下，又有内忧，卿大夫当政，国人各从所主，谈何治理。这正是权臣当道，佞臣满朝，毁誉之言，交口而至。齐威王相当苦恼，恨不能根治。一日，威王在内宫之右室鼓琴，著名琴师驺忌子应召到来，正听得此曲，不由得推门而入道："善哉鼓琴！"威王勃然不悦，起身抽出宝剑说道："夫子见容未察，何以知其善也？"驺忌子见威王不悦，也不慌张，徐徐说出一番道理来。

驺忌子说："这大弦声音浊重，宽和而温，如春天之暖，象征着君主。这小弦清廉而不乱，象征辅佐。持弦深而释放舒缓，象征政令。均匀和谐相辉映，大弦小弦相补益，回转往复而不相害，象征着四时。由上我知道这琴弹得好。"听此一剖析，威王不得不佩服地说："善语音。"不想那驺忌子得寸进尺地说道："何独语音，夫治国家而弭人民皆在其中。"威王不由得又勃然不悦道："若夫语五音之纪，信未有如夫子者也。若夫治国家而弭人民，又何为乎丝桐之间？"驺忌子答道："夫大弦浊以春温者，君也；小弦廉折以清者，相也；攫之深而舍之愉者，政令也；钧谐以鸣，大小相益，回邪而不相害者，四时也。夫复而不乱者，所以治昌也；连而径者，所以存亡也；故曰琴音调而天下治。夫治国家而弭人民者，无若乎五音者。"这一番道理，不能不使威王点头称善。

  驺忌子从音乐中看出齐威王是位聪明而刚察之人，这虽然有些说客之宏论，可与实际也相差无几。在内外交困的情况下，齐威王励精图治，一方面朝见周王，尊崇正统的周天子。结果，"是时周室微弱，诸侯莫朝，而齐独朝之，天下以此益贤威王"。一方面整顿内部。首先他加紧对地方官的考察，抓住两个典型，这就是即墨和阿两地的大夫。齐威王首先召见即墨大夫说："自子之居即墨也，毁言日至。然吾使人视即墨，田野辟，民人给，官无留事，东方以宁。是子不事吾左右以求誉也。"当时封之万家。然后召见阿大夫说："自子之守阿，誉言日闻。然使使视阿，田野不辟，民贫苦。昔日赵攻甄，子弗能救。卫取薛陵，子弗知。是子以币厚吾左右以求誉也。"当时就把阿大夫和左右曾经为之美言者"烹之"。于是齐国震惧，人人不敢饰非，务尽其诚。齐国大治，诸侯闻之，"莫敢致兵于齐二十余年"。

  齐威王不但聪明刚察，而且善于知人用人。当时围魏救赵，增兵减灶，三败魏国大军的名将田忌、孙膑，就是在齐威王重用下显名于世的。对于人才，齐威王视同珍宝。前355年，齐威王与魏惠王会盟，魏惠王向齐威王夸宝说："寡人国虽小，尚有径寸之珠，照车前后各十二乘者十枚。"齐威王答道："寡人之所以为宝者与王异。吾臣有檀子者，使守南城，则楚人不敢为寇，泗上十二诸侯皆来朝。臣有盼子者，使守高唐，则赵人不敢东渔于河。吾吏有黔夫者，使守徐州，则燕人祭北门，赵人祭西门，徙而从者七千余家。吾臣有种首者，使备盗贼，则道不拾遗。此四臣者，将照千里，岂特十二乘哉！"似此善于用人知人者，瞒天过海之计就不好对其使用。阿大夫厚币买通威王左右以誉己，正行的是瞒天过海之计，但没有瞒过齐威王。因为齐威王不马上惩治那些毁誉者，而是瞒过这些人去核实情况，然后以迅雷不及掩耳的手法，在证据确凿的情况下，一举赏罚，这施行的也是瞒天过海之计。这正是强中更有强中手，头脑清醒的人不但能识破此计，而且还可以用此计破彼计，这也是政治斗争复杂性所造成的必然。

第三，掩饰锋芒，在保全自己的同时而力求成功。

在中国古代官场上，在政治斗争中，锋芒毕露，志向和野心使路人皆知，就会树敌招怨，使自己的政敌感到不安；也容易使对方猜忌和防备，乃至使对方先下手为强，率先置自己于死地。这不但会使自己的志气或野心难以实现，而且会断送自己的前程或生命。使用瞒天过海之计，掩饰自己的锋芒，以假象欺骗政治对手，最终实现自己的志向或野心，这便是善用此计者。因为人们对那些胸无大志，庸庸碌碌，才具欠缺的人，往往轻视或忽略，而政敌和对手也往往不以为敌，疏于防备。因此运用这种掩饰锋芒的方法，往往会取得出人意料的成功。

秦王嬴政虎视六国，灭韩、除赵、破燕、降魏，进一步要平楚。嬴政先征求将军李信的意见，问李信平楚要用多少兵。李信是连年征战的猛将，屡获胜绩，其轻敌之心流露于外，大言说："不过用二十万。"嬴政不放心，又征求老将军王翦的意见。王翦是个足智多谋的人，权衡之后说："非六十万人不可。"六十万军，等于将秦国主力全数征调出征，嬴政当然有些顾虑，只好自圆道："王将军老矣，何怯也！"派李信和蒙恬将二十万军伐楚。王翦见所言不用，又恐嬴政加害，便以病告退，回乡隐居。

李信和蒙恬出师，挟秦军之威，初战告捷，即引兵深入。楚军在秦军轻敌的情况下，三日三夜不顿舍，攻击李信，连破秦军两道营垒，斩秦军七名都尉，使李信大败而归。

败讯传来，嬴政深感后悔，亲自到王翦的家乡去请王翦，不无悔恨地说："寡人不用将军谋，李信果辱秦军。将军虽病，独忍弃寡人乎！"如此言重，王翦还在推辞道："病不能将。"嬴政不容王翦解释说："已矣，勿复言！"王翦见推托不掉，只好说："必不得已用臣，非六十万人不可！"嬴政只好答应。

六十万大军出师，嬴政亲自送行出咸阳五十里的灞上。在路上王翦一再向嬴政请要良田美宅，多得使嬴政感觉有些过分，不由说道："将军行矣，何忧贫乎！"王翦像一个小市民一样，斤斤计较地说："为大王将，有功，终不得封侯，故及大王之向臣，以请田宅为子孙业耳。"嬴政见王翦如此计较，不由得大笑。

王翦率军出征，在路上不断派使者回咸阳向嬴政索要田宅。

一连派遣五批使者，索要甚多，有人对此不理解，对王翦说："将军之乞贷亦已甚矣！"王翦说："不然。大王为人粗心而不信任人，如今他空国中之甲士而专委于我，我不多请田宅为子孙业以自坚，顾令王坐而疑我矣。"果然，王翦此举消除了嬴政的疑心。以嬴政来看，王翦不过是贪图利禄而无政治野心的平常人而已，对之也放心。也因此之故，王翦才能一举灭楚，而终保一身荣华富贵。他不但自己善终，而且荫及子孙，其孙王离在秦二世时尚为将军。在一统全国和赵高当权之时，功臣宿将多遭杀害，而王翦家族能够保全，这不能不说王翦有先见之明。当然这是王翦成功运用瞒天过海之计，掩饰自己的锋芒，才能成此灭楚之功，而且保存自己。

收敛锋芒，表面上是与世无争，实际上是无所不争，这是使用瞒天过海之计的一大特点。唐高祖李渊在未登基以前，相面人对他说："公骨法非常，必为人主，愿自爱，勿忘鄙言。"李渊听了，非常高兴，而且"颇以自负"。正因为如此，才招得隋炀帝杨广的猜忌。在这种情况下，李渊马上改变策略，"纵酒沉湎，纳贿以混其迹焉"。骗过杨广，使杨广不为之备，非但没有继续对之猜忌，却将其升任太原留守，使他占据隋朝重要据点，并以此为根基，走上夺权称帝的道路。碍于资料，还很难道出李渊如何欺瞒杨广的具体情节。要说生动的，则是明嘉靖时期的夏言与严嵩之间的争斗。

夏言，字公谨，号桂洲，江西贵溪人，1482年出生，1517年中进士，1539年就任内阁首辅。他的同乡，江西分宜人严嵩，1480年出生，1505年中进士，1542年才进入内阁，当然要在夏言的手下。严嵩虽然比夏言早为进士，但地位不如夏言。在这种情况下，严嵩对夏言是毕恭毕敬，"如子之奉严君，唯诺趋承，无复僚友之体"。夏言对严嵩的谦卑毫不设防，不但恣意凌辱，乃至"以门客畜之"。面对夏言的凌辱，严嵩谦恭益甚，曾一而再、再而三地置办酒席，邀请夏言赴宴，甚至亲临夏府，跪读请柬。夏言却常辞而不见，即便是去赴宴，进酒三勺一汤，取略沾唇而已，然后傲然离去，使严嵩所备山珍海味俱付之乌有。夏言扬扬得意，认为严嵩实在是不如自己，也不之为疑。实际上，严嵩对夏言早有意见，时刻准备取其位而代之。

首先夏言因奏疏误写字号，遭到嘉靖帝的申斥；其后又因修建太子东宫事再触帝怒；而后又因拒绝戴嘉靖帝所赐道冠而为帝所不喜。在这种处境不妙之际，夏言还不知收敛，尚自孤傲。到此时，严嵩感到机会到来，一方面迎合嘉靖帝的爱好，专以柔媚事主；一方面又广结奥援，巴结嘉靖帝所喜欢的道士陶仲文，图谋将夏言赶走。夏言素轻严嵩，本不为备，当得知严嵩计谋时，意欲反击，但为时已晚，早被严嵩在嘉靖帝面前"顿首雨泣"所中伤，被削夺首辅之职，回到老家江西。

夏言去后，严嵩进入内阁，并且花费不少力气将继任首辅翟銮赶下台去，荣任首辅。一时间，严嵩踌躇满志，专心固宠。孰料夏言回籍，"遇元旦、圣寿，必上表贺，称草土臣"。嘉靖帝原本曾对夏言有好感，一时动了恻隐之心，诏令夏言回京复职。

明代的首辅是按入阁先后而定的，夏言原比严嵩早入内阁，此次复职，当然还为首辅。夏言并没有接受以前遭严嵩谗害的教训，急于报复，根本不把严嵩放在眼里。在职务上，夏言是首辅，严嵩是次辅，虽有上下之分，但也有同僚关系。然而夏言直凌严嵩，凡所批答，略不顾及严嵩的面子。在盛气之下，严嵩"噤不敢吐一语"。按规定，入直阁臣由朝廷供应膳食。夏言则不食宫中之食，家中自备，甚为丰盛。以此丰盛饮食面对严嵩所食供应之饭，夏言"不曾以一匕及嵩也"，凌人之气无所不至。尤其夏言侦知严嵩之子严世蕃贪污盐银，收索贿赂，扬言要向皇帝告发（机事不密，扬言于外，乃政治家之大忌，于官场之中尤不可）。严嵩得知，自觉不妙，亲率其子，贿通夏府门役，直入夏言卧榻之前，父子一齐跪下，哭泣谢罪（政治家有时也要掉一些眼泪以为其政治目的，何况野心家，其眼泪来得就更快了。但要记住，这是鳄鱼的眼泪）。夏言见此，不由得心软起来，认为他们是屈服于他了，将此事按下来。其实这不是严嵩屈服，而是因此产生更大的仇恨。严嵩这次的计谋，不再是以赶走夏言为目的了，而是酝酿着杀机。

夏言为人慷慨，以经邦济世为己任。在恢复首辅地位之后，思建立不世之功以自固。适逢总督陕西三边军务曾铣，主张收复被俺答汗占领的河套地区，夏言赞同，并征得嘉靖帝的同意。严嵩表面上附和夏言，暗地里却构置陷阱，密谋驱逐夏言，争回首辅之权。

嘉靖二十六年（1547年）腊月，兵部呈递收复河套的方案。恰在此时，北京狂风骤起，阴霾蔽日。这本是北方冬天常见的现象，但对迷信道教，相信占卜的嘉靖帝来说，却不是正常的，占卜认为这是边境有警之兆。也正在此时，严嵩将本年七月，陕西澄城县麻陂山山崩之事呈上。阴霾之天，山崩之事，这对于正在祈祷长生的嘉靖帝来说，是非常懊恼之事。在懊恼之时，询问左右。那左右之人都受到严嵩货贿，按严嵩意思，反对收复河套，并以灾异乃是首辅之过，须免之以应天变为辞，将锋芒指向夏言。

嘉靖帝听信左右之言，反对收复河套之议。

一夜之间，情况全变，夏言毫无准备，一时不知如何处置。严嵩心知其故，连忙上疏，按照嘉靖帝的意图，向夏言发动进攻。严嵩先将嘉靖帝吹捧一番，又言河套之役非上策，最后将矛头指向夏言。面对攻击，夏言开始反击。河套之议是嘉靖帝赞许的，夏言反击，不得不涉及嘉靖帝。在君主专制政体下，专制君主是神圣英明的，岂容臣下指出己过！便以"诈称上意"之名，申斥夏言。严嵩此时又顺从嘉靖帝意思，上疏攻击夏言。夏言不堪其恶毒攻击，上疏反驳，并以"乞赠骸骨，归田里"相威胁。孰料嘉靖帝并不买账，下诏削夺夏言的少师、太子太师、大学士官职，让他以礼部尚书衔致仕。夏言被第四次罢免官职。

夏言三起三落，对嘉靖帝还抱有希望，希图嘉靖帝垂怜，恢复其官职。因此放慢回籍的时间，从北京到天津走了十二天。在路上他上万言书，为自己辩白，并指出严嵩等人的险恶用心，以期感化嘉靖帝。这种做法，不得不使多次为夏言凌辱的严嵩心惊肉跳。因为一旦喜怒无常的嘉靖帝一时心血来潮，将夏言官复原职，等待他的将是不堪设想的结果。于是，严嵩加紧谋划，欲置夏言于死地。

攻击夏言，莫若河套事件，河套事又离不开曾铣。为此，严嵩鼓动曾铣部下仇鸾诬告，将曾铣打入诏狱，百般罗织，以"隐匿边情，交接近侍官员"的罪名，从重议处，定为死刑，斩于北京西四闹市。一个智勇双全、廉洁公正的大将，在首辅之争，在严嵩的计谋下丧生，时人冤之。虽然曾铣在后来被昭雪，但饮恨而亡是千古之憾。夏言是在归途上得知曾铣死讯的，一听罪名是

"交接近侍官员",当时就从车上掉下来,长叹道:"噫,我死矣!"这位争强好胜的才子,到此时才知道自己回天乏术了,彻底败给自己最看不上眼的严嵩了。果然,他才到丹阳,锦衣卫的缇骑赶到,将之打入囚车,押解回京。夏言此时不无感叹地看着路边的白杨树道:"白杨,白杨,尔能知我此去不返乎?"

到了京城,罪名已定,夏言上疏辩白,并不得报。不过朝廷律条有"议能""议贵"之条,杀与不杀,嘉靖帝尚拿不定主意。夏言一日不死,就有死灰复燃的可能,严嵩对此寝食不安。不过他在首辅的位置,机会总是有的。嘉靖二十七年(1548年),俺答汗率众数万抵居庸关,京师震动。严嵩将此说是夏言欲收复河套,俺答报复。正好京城又发生地震,迷信道教的嘉靖帝,最怕天地有变,再加上严嵩说这是夏言怨望所致,只有杀之以息灾变。1548年11月1日,年六十七岁的夏言,被斩于北京西四闹市。时人叹道:"自古圣贤多薄命,奸雄恶少皆封侯。"大骂严嵩,并编歌谣云:

可恨严介溪,做事忒心欺,常将冷眼观螃蟹,看你横行能几时?

可笑严介溪,金银如山积,刀锯信手施,尝将冷眼观螃蟹,看你横行能几时?

可恨严介溪,做事忒心欺,善恶到头终有报,只争来早与来迟。

不管人们怎么骂,在夏言下野之后,严嵩第二次成为首辅,并且连任十几年,成为嘉靖年间任期最长、影响最大的权臣。虽然严嵩"无他才略,惟一意媚上,窃权罔利",但他多次使用瞒天过海之计，不露痕迹地打击异己势力，亦可见瞒天过海之计作为政治家、野心家、阴谋家常用的手段，经常应用到政治斗争中。

瞒天过海之计的这种掩饰锋芒的手法，无论是修身齐家平天下，刚正不阿，光明磊落的政治家，还是嗜权图位，贪残严酷，阴险狡诈，阿谀谄媚的政客，在不同程度上，都会使用瞒天过海之计中掩饰锋芒的手法来对付自己的政敌。因为要想对付政敌，必须先将自己的锋芒掩饰，这样才能在最大程度上保护自己，减少政敌注意，才能在时机成熟的时候，对政敌发起攻击，而这种攻击往往是置对方于死地。要想做到这一点，在政治上，不但自己要掩饰锋芒窥测时机，还要看清政敌是如何掩饰锋芒的，这样才能较好地应用瞒天过海之计。如果不善于掩饰自己的锋芒，不但用不好瞒天过海之计，而且非常容易中政敌的瞒天过海之计。例如东晋末年的刘裕和刘毅。

刘裕，字德舆，小字寄奴，彭城（今江苏徐州）人，南朝宋王朝的开国君主。其先祖是汉高祖刘邦的弟弟刘交，到刘裕时已经败落。少年时曾因赌博欠债，被刁逵绑在马桩上。后投入北府军刘牢之部下，参加平定桓玄之乱和镇压孙恩、卢循反叛，从而起家，成为手握军权而能争夺帝位的要人。

刘毅，字希乐，彭城沛（今江苏沛县）人，与刘裕同出身于北府军，一同平定桓玄之乱。刘毅刚猛沈断，专肆狠愎，战功与刘裕不相上下，因此深自矜伐。因他功高而位在刘裕之下，心中不服，尝云："恨不遇刘项，与之争中原。"意气骄纵，目空一切。

411年，刘裕因平卢循功升任太尉、中书监，执掌朝政。412年，刘毅都督荆、宁、秦、雍四州军事，升卫将军、开府仪同三司、荆州刺史，持节，加督交、广二州。刘毅"自谓京口、广陵，功业足以相抗，虽权事推公（刘裕），而心不服也。毅既有雄才大志，厚自矜许，朝士素望者多归之"。也就是说，刘毅一面扩大势力，一面用瞒天过海之计来欺蒙刘裕。刘裕对此相当清楚，也知道他是自己夺权的障碍，便"每柔而顺之"。使刘毅认为自己怕他，以松懈其防范之心。其实，刘裕已识破刘毅的瞒天过海之计，反过来还以瞒天过海之计。故此，刘裕在刘毅上表请自己从弟刘藩为自己助手时，欣然同意，乘刘藩进京陛见之时，一举将刘藩及刘毅支党收捕，处以死刑；而后以迅雷不及掩耳之势，亲自率军讨伐刘毅。刘毅不曾防备，一战即溃，单骑出逃后，见大势已去，只好自缢。由此可见，欲行瞒天过海之计，掩饰锋芒是相当重要的。

第四，利用人之常情而存非人之常情之心。

人们的常情，也就是人们常见的事。正因为常见，才不容易引起人们的疑心。能够使用瞒天过海之计的政治家、野心家、阴谋家，均善于利用人之常情麻痹对方。对于善于算计的人，使用起来更是得心应手。

比较为人所熟悉的"竹林七贤"，是魏晋时期的人物。他们是嵇康、阮籍、山涛、王戎、刘伶、阮咸、向秀。这七人都喜欢清谈玄学，崇尚老庄，常为竹林之游，故有此号，不过，他们七人的人品不一，处世态度不一，思想观点不一，命运也不一。

嵇康，字叔夜，为曹魏宗室之婿，拜为中散大夫，是个闲散官衔。史书说他"早孤，有奇才，远迈不群。身长七尺八寸（相当180厘米），有风仪，而土木形骸，不自藻饰，人以为龙章凤姿，天质自然。恬静寡欲,含垢匿瑕,宽简有大量。学不师受,博览无不该通,长好老庄",崇尚玄学,修身养性,弹琴咏诗以自娱。好友山涛曾荐举他为官,他为此与山涛绝交,写出《与山巨源绝交书》,现传于世。他说:"今但欲守陋巷,教养子孙,时时与亲旧叙离阔,陈说平生,浊酒一杯,弹琴一曲,志意毕矣。"他不愿卷入政治,但又脱离不开政治,曾写过《太师箴》,史称此足以明帝王之道,可见他对政治还是很关心的。当司马氏日渐强大,这位曹家的女婿,因反对司马氏夺权而就刑于东市。被杀之时,年仅四十。

阮籍,字嗣宗,是建安七子之一阮禹之子。史书说他"容貌瑰杰,志气宏放,傲然独得,任性不羁,而喜怒不形于色。或闭户视书,累月不出;或登临山水,经日忘归。博览群籍,尤好庄老。嗜酒能啸,善弹琴。当其得意,忽忘形骸,时人多谓之痴"。其实阮籍本身怀有政治抱负,但在"魏晋之际,名士少有全者,籍由是不于世事,遂酣饮为常"。当司马昭为司马炎向阮籍之女求婚时,他大醉六十日,使司马家没有机会和他谈此事而告吹。阮籍曾作《大人先生传》,把那些"上欲图三公,下不失九州牧",而专会钻营利禄的人,讥为裤裆里的虱子。他不拘礼教,而言谈玄远,放荡形骸,口不臧否人物,遇有必言涉他人之事,常饮酒酣醉以免于祸,力图避免卷入政治风波之中。但他也曾写过《为郑冲劝晋王笺》,并未超出政治之外。在楚汉战争遗址,他曾感叹:"时无英雄,使竖子成名!"可见其政治上的抱负。在当时的政局下,他很难施展抱负,却经常要以酣饮避免政治之祸。这也正是他能用出乎常情之外的方法来麻痹对方,进而保全自己,还不失名人而为人所重的声名。

　　山涛，字巨源。史书说他"早孤，居贫，少有器量，介然不群。性好庄老，每隐身自晦"。他对当时政局常能做出正确的判断，所以在魏晋之交这纷乱政局之下，他往往能泰然处之。在司马懿与曹爽争权时，他采取隐居不仕的方法，既避免卷入是非之中，又博得像吕望（姜太公）一样的声名，为他再入仕途打下良好的基础。司马师秉权时，山涛再度入仕。在钟会与裴秀二人据势争权，都来拉拢他时，山涛能"平心处中，各得其所，而俱无恨焉"，躲过这次政争危机。能够观望形势，是山涛的拿手好戏。在晋初时，他为太子太傅、尚书仆射、侍中、领吏部，主管选用官吏达十余年。他之所以能长掌选官，这是因为他掌握了诀窍。那就是遇到有官缺，他先选拟数人，奏请皇帝，看皇帝对谁有所偏爱，然后再明确奏明，选用皇帝偏爱的人为官。这样他既不拂上意，又使众多的官吏认为他心中有己。这种依违其间的做法，使他保全了禄位，直到七十九岁而终，葬礼十分隆重。山涛就是用不寻常的办法，赢得寻常人的心，才使他涉宦海如履平地，可谓是善算之人。

　　王戎，字浚冲，出身世家。史书说他"为人短小，任率不修威仪，善发谈端，赏其要会"。他与阮籍虽同为"竹林七贤"，但不为阮籍所重。有一次，在竹林饮酒，王戎后到，阮籍说："俗物已复来败人意！"从人品上，王戎为人比较鄙陋自私，但在看问题上，他还是能看出利害关系来的。因为他深知像嵇康、阮籍这样傲物，必招人怨，也难自立于官场之上。故此，他面对阮籍的讽刺，并不恼怒，却笑着回答说："卿辈意亦复易败耳！"在官场上，王戎一面邀取名声以自固，一面想尽办法以避祸。在邀名上，他除以"竹林七贤"之一得名之外，在母丧上，以哀毁的"容貌毁悴，杖然后起"，得到"死孝"之名，而深得君主的赞赏。在避祸上，他"苟媚取容"，寻找靠山，遭到弹劾，也能平安无事；为了苟全利禄，在"八王之乱"的关键时刻，他"伪药发堕厕，得不及祸"。就这样，他经常以出乎常人预料的方式，躲过一次又一次的政治危机。他贪黩财货，为人鄙陋，常自执牙筹，昼夜算计；园田水碓周遍天下，还要为他家所种植的好李子出卖不失其种想办法，竟想出卖李钻核的主意。为人吝啬，即使是亲友也不例外。他的女儿出嫁，曾向他借钱数万。在未还时，女儿回家，他很不高兴。当女儿还钱之后，他才和好如初。他的从子结婚时，他借给一件单衣，在婚后还要责取。

刘伶，字伯伦。史书说他"身长六尺（140厘米），容貌甚陋。放情肆志，常以系宇宙齐万物为心"。他最好喝酒，而且常醉。妻子劝他说："君酒太过，非摄生之道，必宜断之。"他却自誓说："天生刘伶，以酒为名。一饮一斛（等于十斗），五斗解酲。妇儿之言，慎不可听。"每日饮酒吃肉，常常酒醉，虽在官场上"以无用罢"，却得以寿终，留下酒仙的美名。他所著《酒德颂》一篇，为酒家所推崇。

阮咸，字仲容，是阮籍的侄子。史书称他"与叔父籍为竹林之游，当世礼法者讥其所为"。但他任达不拘，妙解音律，善弹琵琶，虽处世不交人事，不以礼法为怀，其做法常常近似于荒诞。有一次，他与宗人饮酒，用大盆盛酒置于地上，正好有一群猪过来，见盆中酒就喝。阮咸毫不躲避，竟与群猪一起共饮。实际上阮咸是有才能的，山涛曾说："阮咸贞素寡欲，深识清浊，万物不能移。若在官人之职，必绝于时。"然而他毕竟以耽酒之名，而未受重用。不过他也是以寿终。

向秀，字子期。史书说他"清悟有远识，少为山涛所知，雅好老庄之学"。在七贤中，向秀算是与嵇康比肩，但有学者之风，曾注《庄子》一书。本来他欲隐居，但在嵇康被杀之后，他感觉隐居难逃人害，便应本郡推举至洛阳为官。当司马昭问他"闻有箕山之志，何以在此"之时，他回答说："以为巢许狷介之士，未达尧心，岂足多慕。"巧妙地回避躲祸之意，赢得司马昭的欢心。而后他"在朝不任职，容迹而已"，也得以善终。

政治，不仅要追逐权力，也要追逐名望。权力与名望之间有着相当密切的关系。权力可以带来名望，名望可以巩固和获得权力。虽然权力和名望不是等同的，但这种名望与权力之间的密切关系，足以使权力持有者心神不安。《韩非子·爱臣》认为："爱臣太亲，必危其身；人臣太贵，必易其主；主妾无等，必危嫡子；兄弟不服，必危社稷。"由此看来，名望会使权力持有者受到威胁。"竹林七贤"在当时获得很高的声望，这对于当时司马篡曹的政局来说，可以说从曹曹重，从司马司马重，故而他们成为政治双方拉拢的对象。嵇康不从司马而被杀，使其他诸贤感觉到自己的困境，分别采用不同的手段来回避政治上的打击。

从以上七贤处世态度来看，他们有以醉酒示自己无他野心的，有以依违其间而不露锋芒的，有以贪黩以败坏声名的，有以荒诞不经而避己之所能，有不介入政治风波而安处的，所以大都以寿终。也就是说，除嵇康之外，其他诸贤都使用瞒天过海之计中的利用人之常情，以非常人所能理解的办法来保全自己，而且大都获得成功。由此可见，瞒天过海之计的这种手法应用范围是相当广泛的。

第五，示假隐真，出乎常人而出奇制胜。

为了一定政治目的，示假隐真，掩饰自己的真实感情，制造假象，迷惑和麻痹政敌，使其不备，实际上在聚集力量，以求得制胜。这是政治家、野心家、阴谋家常用的手段，也是他们经常出奇制胜的一种策略。这种手段常会出现在下列几种情况下。

在力量对比不利的情况下。政敌势力过大，自己明知现在不能与之相抗衡，如果自示其强，很可能先遭政敌的残害。既然不是对手，作为政治家、野心家、阴谋家来说，又不甘就此永远服输，必然要寻机振起和报复。力量不如人，那么只好采用这种掩饰自己真实感情而示假隐真的做法。当然这种做法要求当事者具有超乎常人的忍耐能力。即使如此，在中国古代政治斗争中还是屡见不鲜的。

春秋时期，吴、越两国相争，越王勾践率兵先在一次作战中射伤吴王阖闾，使阖闾受伤感染而亡。阖闾临死之前对自己的儿子夫差说："尔忘勾践杀汝父乎？"夫差回答："不敢。"果然夫差在即位以后，厉兵秣马，准备伐越报仇。前494年，也就是夫差即位三年，勾践见吴军日盛，恐以后难以对付，便采用先发制人的办法，向吴国发起进攻。吴国为复仇，早有准备，起兵相迎，而大获全胜。越王勾践兵败，只带五千兵马退保会稽（今浙江绍兴）。事到国破家亡的地步，勾践无计可施。谋臣范蠡劝说道："持满者与天，定倾者与人，节事者以地。卑辞厚礼以遗之，不许，而身与之市。"勾践听从，用大夫文种为使，卑辞乞和，情愿称臣归属。吴之谋臣伍子胥劝吴王夫差一举灭越，免生后患。夫差此时一是听左右进言而贪图越国货贿美女，二是看勾践没有什么能力，三是想到中原争霸，出乎意料地恩准赦免勾践之罪，准他回国。

勾践回国，自知现时国力难以和吴国抗衡，便一而再、再而三地向夫差献殷勤，向夫差的大臣送贿赂，充分运用"伐吴九术"。其九术是：一曰尊天事鬼；二曰重财币以遗其君；三曰贵籴粟藁以空其邦；四曰遗之好美以荧其志；五曰遗之巧匠，使起宫室高台，以尽其财，以疲其力；六曰贵其谀臣，使之易伐；七曰强其谏臣，使之自杀；八曰邦家富而备器利；九曰坚甲利兵以承其弊。这九术的前七术都是用来麻痹吴国的，使之不备。而在此时，勾践卧薪尝胆，"十年生聚，十年教训"，时刻准备报仇。

前482年，吴王夫差亲率大军北上与晋国争夺盟主，越国出兵伐吴了。经过几年征战，吴国不支。前473年，越兵将吴王夫差围困，这回该吴王派人肉袒膝行以请和了。前车尚在，越国不允，夫差无奈，只好自杀。人要将死，其言也善，夫差在临死时，方悔恨自己不用忠臣之言，乃蔽其面曰："吾无面以见子胥也！"其实他哪里知道，这是越国的示假隐真的手法欺骗了他。

王莽末年，南阳豪强刘縯、刘秀兄弟投身于绿林军队伍。刘縯自恃有功，又是贵族，图谋夺取最高领导权。在争权斗争中，刘縯被更始帝刘玄所杀。消息传来，刘秀自知此时不能与刘玄争锋，竭力克制自己，并出人意料地从征战地父城，赶回刘玄所在地宛城，当面向刘玄谢罪。在抗击王莽的围剿中，刘秀是建有卓越的功勋的，但他不伐功，不为刘縯服丧，"惟深引谢过而已"，在刘玄和众人面前，"饮食言笑如平常"。这样，不但使刘玄感觉有些惭愧,即使是绿林军将领也觉得刘秀为人不居功自傲,是个可交的朋友。就这样,刘秀逢凶化吉,官拜破房大将军,封武信侯。

其实刘秀知刘縯被杀,何尝不伤心和自危呢?这是在无可奈何的情况下,使用这种示假隐真的手法。在避祸以后,刘秀"每独居辄不御酒肉,枕席有涕泣处"。当然,若要人莫知,除非己莫为。他的这种做法被主簿冯异发现,并且为他出计,讨得行大司马事,持节北渡河、镇慰州郡的差事,避开政敌的迫害,带领自己的心腹,在河北寻求发展,最终重建汉王朝。

掩饰真情不易,在掩饰真情时又要装作若无其事,乃至做出许多为人不堪想象的事来,这在官场上是常见的。下面仅以司马懿和朱棣为例。

司马懿,字仲达,出身士族。曹操知其有才能,征召为掾属,他拒不应召。及曹操为丞相,再征其来,并对征召之人讲,如其不来,就将他抓起来。司马懿惧而应召,在曹操手下,历任文学掾、黄门侍郎、议郎、丞相主簿等官。曹丕时,又历任侍中、尚书、尚书右仆射、给事中、录尚书事等。曹丕临终时,以他为顾命四大臣之一。此后其在战争和政务活动中,声名和权力不断扩大。明帝死后,他与曹爽受命辅佐齐王曹芳,并进位太傅,子弟十一人皆为列侯,威势显赫。

有这样的威权,对于同为辅政的曹爽来说,当然感觉到是一种威胁。曹爽在谋士何晏、邓扬、李胜、丁谧、毕轨等人的谋划下,先将选举、监察、京师地方治理等权由自己的心腹替代,又将中央禁军的指挥权交与曹氏宗亲,逐渐掌握军政大权,削夺司马氏的一些权力。司马懿此时以退为进，索性装起病来。这病况如何，对曹爽来说，是至关重要的。就派心腹李胜以出任荆州刺史为名，前往司马懿府第去辞行，实际上是打探司马懿的病况。司马懿明知李胜所来目的，便借此装成病危的样子。当李胜到来，司马懿让两个婢女服侍，拿衣服则衣服从手中落在地上。而后又指口言渴，婢进粥，饮时粥从口边流出，沾满衣襟而不知觉。在言谈中，又"佯为昏谬"，李胜说将要出任荆州，他故意听成并州，且说年老病笃，死在旦夕，恐以后不得相见了。李胜果然将司马懿病况向曹爽说知，且认为司马懿将不久于人世了。一个垂死而糊涂的老人，看来不可能是自己的对手了，曹爽也就放心了。

249年，曹爽随同齐王芳去谒明帝陵，司马懿乘此机会，上奏太后，免去曹爽兄弟官职，夺回权力。然后通过合法手续，以谋反罪收捕曹爽兄弟及他们的谋士何晏、邓扬、李胜、丁谧、毕轨等，皆诛其三族。这样曹魏大权完全落入司马氏手中。曹爽小儿本不是司马懿的对手，曹操却比司马懿高明一些。曹操曾对儿子曹丕说过："司马懿非人臣也，必预汝家事。"所言不差，但祖孙三代都用司马懿，可见司马懿的政治才能过人之处。

燕王朱棣是明太祖朱元璋第四个儿子，据说他"姿貌秀杰，目重瞳子，龙行虎步，声若洪钟"，素有登临皇位的野心。僧人道衍（本名姚广孝），是一位颇有谋略的人，他料定在朱元璋死了以后，朱棣最有实力竞争皇位。姚广孝初见朱棣时，便说："大王使臣得侍，奉一白帽与大王戴。""王"戴"白"帽，是为"皇"也。朱棣听得此言，便向朱元璋讨得姚广孝，以之为王傅。姚广孝又推荐一名叫袁珙的术士，与自己一起辅佐朱棣。这二人是朱棣的主要谋士。

洪武三十一年（1398年），朱元璋谢世，皇太孙朱允炆即位，是为建文帝。建文帝用齐泰、黄子澄之议削藩，不到一年，朱棣的兄弟，周、岷、湘、齐、代诸王先后被废。朱棣感觉不妙，便一面装病，一面暗地进行练兵，加紧政变活动。当然，没有不透风的墙，这风声为朝廷所知。朝廷先将燕王府官校于谅、周铎以图谋不轨的罪名，逮捕至京师处死，同时下诏切责朱棣。面对危机，朱棣"乃佯狂称疾，走呼市中，夺酒食，语多妄乱，或卧土壤，弥日不苏"。朝廷派人前来北平核实时，朱棣于"盛夏围炉，摇颤曰：'寒甚。'宫中亦杖而行"。这番表演，使朝廷相信朱棣将不久于人世，暂时放松对他的追究，使朱棣赢得起兵反叛的时间。后来经过四年战争，朱棣终于夺得帝位。

以装病来迷惑政敌，使政敌认为自己将不久于人世，即使不会使政敌产生恻隐之心，也至少使政敌觉得安心。然而，采用这种示假隐真的做法是带有一定风险的。以司马懿来说，他装病是有明显破绽的。因为真正的呆痴老年病，绝不会说出自己死在旦夕的话。只是曹爽年轻，所用谋士又多华而不实，才会中此计谋。以朱棣来说，他装病也是有破绽的，当时就有人对北平布政使说："燕王本无病，你们不要松懈。"如果朝廷不相信朱棣真病，按既定方针办的话，朱棣是很难兴起"靖难之变"的。

示假隐真，必须还要附以其他手段。如刘秀密结私党，拉拢权贵替自己说话。司马懿实际上是在"潜为之备"的基础上进行这种示假隐真的。朱棣是拉拢了北平都指挥使张信，事先做好军事上的准备，使用谋士为自己出谋划策基础上来示假隐真的。用其他手段来与示假隐真手段相结合,这是获得成功的基础,失去此基础,其获得成功的概率是很低的。在人们比较熟悉的《水浒传》里,宋江在浔阳楼上吟反诗,被官府捉拿时,也曾使用这种示假隐真的方法,"披头散发,倒在尿屎坑里滚","白着眼,却乱打将来","口里胡言乱语"。即使是如此,他也没有逃过这场祸灾。这是因为在关键时候,没人为他这种装病说上一句同情话。这也说明示假隐真必有其他手段为附,否则,会偷鸡不成,反蚀一把米。

三、官谋国策 计奇略深难测

瞒天过海之计在政治斗争中使用相当广泛,无论是政治家,还是野心家、阴谋家,为了某种政治目的,都会以不同的手法来使用之。那么在什么政治条件下使用,在什么范围应用,这是有一定规律的。在适合使用瞒天过海之计的范围里,瞒天过海之计才会有效用。如果在不适宜用瞒天过海之计的范围使用之,不但得不到预期的效果,反而会因此计而招祸灾。因此在中国古代政治斗争中,政治家都非常注意应用范围。

第一,在敌国之间。

敌对之国,有国力强大的,有实力相当的,有国力弱小的。无论是哪一种敌国,都可以对之使用瞒天过海之计。不过,敌对之国因双方处于敌对状态,彼此之间本来就有一种防范心理存在,这就要求使用瞒天过海之计的一方具有相当高的水准。既要使对方相信本国的"真实"情况，又要使对方不能够看出本国的真实目的，而最终是以本国利益为基础。

1. 弱国对强国的使用

对于比自己国家强大的敌国，使用瞒天过海之计的重点在于"示弱"，运用掩饰锋芒、示假隐真的手法，使对方相信自己国家弱小，不会对他们构成威胁，从而在暗地积蓄力量，改变双方的力量对比，争取以弱胜强、以小吞大的机会。基于此种目的，使用此种计谋的国家，表面上向强国称臣纳贡，甚至不惜膝行向前，割地赔款，签订丧权辱国的协定等极端手段。他们故意，并且尽可能地夸大本国的弱小，将小的自然灾害夸大成灭顶之灾。在乞怜的过程中，尽量感化对方，既使对方看不起而疏于防备，又使对方因怜悯而慷慨资助。这样既使对方轻敌，又从敌方得到物资来充实自己。

前面所讲的越王勾践事例，则是这方面的典型。为了生存，他不惜卑辞厚礼，供献美女，甚至亲为吴王牵马前驱。在休养生息的过程中，稍有些自然灾害，便夸大其辞，向吴王乞怜，得到吴国的粮米资助，充实本国的储备。而当吴国发生自然灾害，向越国要粮时，他们将煮过的粮食送去，使吴国用此为种子，以致来年颗粒未收，进而削弱了吴国，为其后来灭吴复仇打下基础。

再有战国时，燕国进攻齐国，连下七十余城，仅即墨和莒两城未下。即墨守将田单困守孤城，激励士卒。在敌强我弱的情况下，他一方面使老弱妇女登城守望，显示本身之弱；一方面派人把黄金千镒送与燕将，说欲投降，以怠懈燕军斗志。在暗地准备火牛阵，在夜间向燕军发起攻击。结果大败燕军，尽收齐国失地。

当然，弱国对强国使用瞒天过海之计，多是求能苟且偷安即可，像越、齐两国这样复仇雪耻的，总是少数。因为当瞒天过海之计败露之后，没有置对方以死地的能力，必然会招致对方的报复，其后果则不堪设想。如宋朝与辽朝相抗衡时，在东北的金朝正在兴起。当时宋辽是有和约的，但宋看到辽衰，又想借金的势力收复丧失多年的燕云故地，便与金达成联盟。当时约定：金军攻辽的中原（今河北平泉县东北），宋军攻辽的燕京。灭辽后，燕云之地归宋，宋将原给辽的岁币转给金。双方规定进军路线，不得越界，不得单独议和。灭辽后，宋金在边界进行互市贸易。在协议中，宋没有考虑自己的实力，在战争中屡战屡败，不得不请金军相助来攻打燕京；在辽天祚帝走投无路时，宋曾密约其投降。本来宋认为这些事是可以瞒过金国，不想情报为金所获；在战争中又暴露自己积弱的实情。机事不密，实力又弱，既授人以口实，又使金轻视。结果金以宋背盟为由，大军南下，攻下开封，掳去徽、钦二帝，导致北宋灭亡。由此可见，弱国对强国使用瞒天过海之计，等于是与虎谋皮，没有使虎麻醉的话，要想保存自己也是相当难的。故此弱国多用此计以谋自安，图谋对方的不多。

2. 强国对弱国的使用

强国是具有相当强大的实力的，以实力可以震慑弱国，但以实力吞并弱国则不是一件容易的事。这是因为弱国面对实力强大的敌国，无论是从心理上，还是行动上，都怀有戒心和准备，这必使强国在吞并时遇到顽强的抵抗，付出很高的代价。这对强国来说，不能不是很大的顾虑。在这种情况下，强国也有必要使用瞒天过海之计，以期用最小的损失，取得最大的战果。

强国对弱国使用瞒天过海之计,主要使用常见不疑的手法,重点是让弱国失去戒备之心。如西晋平孙吴之役,就是使用这种手法。最初晋卫将军羊祜镇守襄阳,与孙吴守将陆抗对峙。羊祜重点是使孙吴失去戒备之心,捉到孙吴俘虏,资送遣还;自己士兵割了吴地禾麦,按价偿还绢帛;吴人打猎射伤的禽兽飞跑到自己的防地,及时送还。在这种情况下,"吴人翕然悦服"。这种做法使吴人产生误解,吴将陆抗对部下说:"彼专为德,我专为暴,是不战而自服也。各保分界,无求细利。"由此来看,吴人对晋早已失去防备大举进功的戒备。实际上晋在四川造作大船,在湖北集合重兵,时刻准备平吴。279年年底,晋朝二十万大军分五路向吴发动总攻,尤其是王濬所率的舟师,以火烧熔化吴军防江的铁锁,顺江而下,既克武昌,又向建邺(今南京市),与其他几路人马会合,攻下石头城,吴主孙皓面缚请降,孙吴至此灭亡。唐人刘禹锡有诗道:"王濬楼船下益州,金陵王气黯然收。千寻铁锁沉江底,一片降幡出石头。"

再有,隋朝平定南陈之役,也是采用这种计谋,只是更加隐蔽。先是隋军利用南北粮食收获季节差,在陈国粮食收获之季,以少量兵马集合于江边,声言要大举进攻。当陈军集中防备时,隋军便解甲回归。这样陈军在粮食收获季节集合兵马,错过农时;兵集之后,隋军即撤,一而在,再而三,常见不疑,也就疏于设防。此外还经常派出小部队过江烧毁陈国的粮储,使陈国日益凋敝。趁陈国疏于防备时,隋朝调动五十余万大军,兵分八路,向陈国发动总攻。仅用四个月,便生擒陈后主,灭掉南陈。

强国虽然强大,如不注重使用计谋消除弱国的戒备之心,即使是拥有绝对的优势,也难获得预想的结果。如北宋和辽国对西夏国的用兵就是如此。1044 年,辽兴宗以西夏不服,亲率三路大军征伐。此时辽国兵马强盛,雄踞北方,根本没把西夏放在眼里,便长驱直入。西夏面对强敌,一面诱敌深入,一面坚壁清野,使辽军骄而不得补充,然后出奇兵攻击,大败辽军。1081 年,宋神宗派五路大军攻打西夏。西夏也采用诱敌深入、坚壁清野的办法,并派兵抄袭宋军粮道,结果宋军先胜后败,无功而返。在西夏军追击中,宋军死伤惨重,进而失去对西夏的优势。辽、宋对西夏用兵,都采用大张旗鼓的方法,在大军未出,朝野上下无不鼓吹必胜,也没有注意军事机密,这就使西夏有了充分的准备,其败也就不足为奇。由此可见,强国对弱国也有使用瞒天过海之计的必要。

3. 实力相当国家之间的使用

实力相当的国家之间使用瞒天过海之计,各种常用手法都适用,主要为保持双方的均势,在势均力敌的情况下,寻求战胜对方之道,这对使用计谋的要求就比较高了。

因为在实力相同的时候,对双方来说,防备之心相同,都更加注意对方的举动,这就造成双方使用计谋上的困难。故此,实力相当国家之间使用此计,要非常注意隐蔽。

战国七雄并立,秦、楚、齐最强。秦欲伐齐,怕齐楚联合,故派张仪游说楚王。张仪说:"大王诚能听臣,闭关绝于齐,臣请献商於之地六百里,使秦女得为大王箕帚之妾,秦、楚嫁女娶妇,长为兄弟之国。"在这种利诱下,楚怀王很高兴地应允,很快与齐断绝关系,而秦却在此时与齐交好,结成联盟。张仪回秦,一改原来的口气，六百里地改为六里。楚怀王在发现受张仪之骗后，不顾实力对比发生变化，悍然向秦发动进攻。

　　双方在丹阳（今河南西峡县西丹水以北地区）大战，结果秦军斩楚甲士八万，楚军大败，并且丢失汉中郡，使秦的关中与巴蜀连成一片，不但排除楚对秦的威胁，反而使秦可以虎视六国。这种受骗和失利，楚怀王当然不肯罢休，竟悉发国内兵以进行反攻。秦、楚在蓝田（今湖北钟祥市西北）发生大战，又是楚军大败。楚军失败，使原来实力不如楚的韩、魏也得以乘虚而入，攻到邓（今湖北襄阳市北），楚在腹背受敌的情况下，不得不割两城给秦国，引兵回顾。说实在的，张仪这种计谋并不高明，当时就有人看出这是阴谋。只是楚怀王居强自满，贪图货贿，才会入此彀中。

　　南北朝时，南燕慕容超雄踞兖、幽、徐、青、并五州，与东晋对峙，经常侵扰晋边，掠夺财物。仅在409年，慕容超就两次攻晋，一次兵陷宿豫，执阳平太守刘千载，大掠而去；一次俘济南太守赵元，驱掠千人而去。对东晋兵的战斗力，慕容超非常轻视，认为自己"今据五州之地，带山河之固，战车万乘，铁骑万群"，自然会无往而不胜。针对慕容超的轻敌，东晋权臣刘裕决定北伐灭南燕。晋军以水战出名，出军前调动舟师。刘裕瞒过南燕之后，率轻骑长驱直入，直攻南燕都城广固（今山东益都西北），俘获南燕王公以下三千人，将慕容超押赴建康斩首，收复五州之地。实力相当，想方设法让敌国轻视自己，掩盖自己的长处，出奇制胜，这是刘裕在很短时间灭掉南燕的重要因素之一。也可见在实力相当国家之间使用瞒天过海之计，其隐蔽性的重要。

第二，在君臣之间。

中国古代大多处在高度专制主义中央集权制的统治下，在这种情况下，国家是以君主为中心的，从中央到地方层层控制的统治机构，是君主实行统治的工具。为达到君主"独制四海之内，聪智不得用其诈，险躁不得关其佞，奸邪无所依。远在千里之外，不敢易其辞；势在郎中，不敢蔽善饰非。朝廷群下，直凑单微，不敢相逾越"的专制理想王国，充分发挥君主的作用，成为中国古代政治理论家探讨的重点。

"权者，君之独制也。""权出一者强，权出二者弱。"他们从理论上申明，最高的统治权力必须由君主独占和完全控制运用，但凡有一分可能，绝不容许被分割。在实际上，专制君主为保住手中的权力，也无不想尽一切办法加强自己的权力，使专制程度不断加强。在极端专制下，官僚政治更加恶性发展起来。"在这种形式下，官僚或官吏，就不是对国家或人民负责，而只是对国王负责。国王的言语，变为他们的法律，国王的好恶，决定了他们的命运（官运和生命）结局，他们只要把对国王的关系弄好了，或者就下级官吏而论，只要把对上级官吏的关系弄好了，就可以为所欲为地不顾国家人民的利益，而一味图所以自利了。"（杨亚南语）也就是说，君臣之间是一种利害共存的关系，而这种关系的焦点在于权力。

按照中国古代"君临之术"的理论，君主应该以六柄、四位、七术、察六微、两手等，作为驾驭国家机器，驱役全国臣民的手段。

所谓六柄，即生、杀、富、贫、贵、贱；所谓四位，即文、武、威、德；所谓七术，即众端参观，必罚明威，信赏尽能，一听责下，疑诏诡使，挟知而问，倒言反事；所谓察六微，即权借在下，利异外借，托于似类，利害有反，参疑内争，敌国废置；所谓两手，即刑、德。

　　上述手段只是君主单方面的驾驭之术。然而，任何事物都不可能是单方面的，君主所面临的群臣，"有态臣者，有篡臣者，有功臣者，有圣臣者"。态臣对内不能够统一人民，对外不能抵御敌人入侵，但是会花言巧语，阿谀奉承，善于博得君主的宠爱。篡臣上不忠于君主，在下善于在人民中骗取声誉，不顾公道法律，结党营私，专干迷惑君主、牟取私利的事。功臣对内能够统一人民，对外能够抵御敌人入侵，人民喜欢，百官信任，还能上忠于君主，下爱百姓而不倦。圣臣对上能够尊敬君主，对下能爱护百姓，所施行的政策法令和教化措施，人们都愿意遵守，能够十分迅速应付突发事件，从容对待变化无常的情况，处处遵守法度。此外还有顺臣、谄臣、忠臣、良臣、谏臣、辅臣、拂臣、诤臣、社稷臣和国贼等，对付君主也有他们的"臣奉之道"。

　　中国古代政治家们对于臣下奉承和迎合君主的手法，有比较细致的分析，总结为奸臣"八奸"，术臣"五术"，忠臣"事君三道"，等等。

　　所谓奸臣"八奸"，其论大略如下：

　　其一曰"同床"。即君主大都具有喜夫人，爱孺子，近美色，喜荒嬉的弱点。奸臣通过买通这些人，使其惑主于宴娱酒色之中，然后趁机提出自己的请求，在君主不注意之时，达到窃权弄柄的目的。

　　其二曰"在旁"。君主身边常会有一些优伶侏儒来供君主娱乐。这些人善于察言观色，讨取君主欢心。奸臣通过贿赂他们，来充当自己的耳目说客,以达到自己想达到的目的。

其三曰"父兄"。在中国古代,宗法血缘关系占有相当重要的地位。以血缘构成的亲族关系,以婚姻构成的姻亲关系,在古代政治生活中发生巨大影响。这些与君主有亲族血缘关系的人,是君主主要依赖和重用的对象,他们大多为朝中的权贵。奸臣用声色财宝迷惑他们,结成联盟,以期共享荣华,同分权力,实际上是相互利用。

其四曰"养殃"。奸臣用声色狗马以乱其心,用楼台宫榭以纵其欲。这样,既达到取宠谋权之目的,又可遂贪污牟利之野心。

其五曰"民萌"。奸臣用国家或自己家财来取悦于民众,广施小恩小惠,进而树立自己的声望,并借此谋取更大的权力,乃至威胁到君主的地位。

其六曰"流行"。君主深居九重深宫,容易为所听到的舆论蒙蔽。奸臣便广寻能言善辩者,以巧饰之言,广为传播,流行于朝野,以蒙蔽君主,为自己歌功颂德,邀取声名,期待更大的权益。

其七曰"威强"。君,舟也;民,水也;水能载舟,亦能覆舟。君主一般都知民众力量的威慑性。奸臣通过自己掌握的权力,威胁民众,把自己的意志转化为民意,进而用民意来挟制君主。

其八曰"四方"。奸臣在国内重赋穷敛,浪费府内资财,消耗国力,使国穷民贫,不得不依赖于大国,再通过结交大国,来压服挟制君主。

所谓术臣"五术",一是使用大量财货贿赂以捞取声誉。二是使用嘉奖赏赐以获取众人拥护。三是专门结交朋党,以尊士为名,实欲擅逞其志。四是使用解免、赦罪、兴狱等手段以树立自己威信。

五是假意顺从民意，装成正人君子，以能言善辩来眩惑百姓耳目。

所谓忠臣"事君三道"，一是事圣君，应该是恭敬谦让，思维敏捷，不以自己之私来决断和选择政事，不以自己之私来剥夺和给予官爵，专心顺从君主。二是事中君，应该是忠信而不阿谀，谏争而不谄媚，刚强果断而无私心杂念，是非清楚。三是事暴君，应该是顺从而不随大流，柔顺而不屈从，宽容待人而不违反原则，用正确的道理来感化君主。

由上可见，无论是君，还是臣，都处在君臣上下左右的政治关系和复杂多变的人际关系之中，里面处处是陷阱，步步有危机，稍有松懈，便有罹难致祸的危险。为了应付这种局面，他们都必须使用计谋，而作为胜战计谋的瞒天过海之计，则是这些人所选择的主要对象。

1. 君主与权臣之间的相互使用

在一般的情况下，新君主即位伊始，朝中存在先朝所留下的重臣。这些重臣有些是先君托孤的辅政大臣，有些是拥立有功的功臣宿将，有些是颇有影响的外戚宦官。作为新即位的君主，无论是在声望，还是在实际权力行使上，都受到这些重臣的制约，乃至威胁到自己的君位。在这种情况下，不甘寂寞而胸有大志，不甘受制于人而权欲极深的君主，往往会采用瞒天过海之计，如前所述的齐威王、楚庄王等。权臣面对君主的天恩难测，也不完全是逆来顺受，他们也会运用各种手段，设法遏制或消除君主的猜忌，维持和巩固自己的权力和地位。不论是明哲保身，以退为进，还是铤而走险，发动政变，夺取帝位，使用瞒天过海之计都是比较有效的。

君主使用瞒天过海之计的手法也是多种多样的。如秦王嬴政年方九岁即位，扶立他的吕不韦，以"仲父"、相国、文信侯辅政，大权独揽，权势显赫，甚至将以自己名义而集众多门客编写的《吕氏春秋》，公布于咸阳市门，"悬千金于上，延诸侯游士宾客有能增损一字者予千金"。当然，人们畏惧吕不韦的势力，竟无一人能增损者。与此同时，吕不韦还同嬴政之生母有染。面对这种权势示威和欺母之恨，嬴政像一个若无其事的观众，而静心等待着。默默无语，不是没有思想，艰难的九年，终于让嬴政熬过，最终开始亲政，可以使用本来属于他的权力。于是乎，罢免吕不韦的相国之职，逼迫这位显赫一时的"仲父"饮鸩而死。如果在吕不韦弄权时，嬴政不能用瞒天过海之计将自己伪装起来，很可能他尚未亲政便被废黜，也就不会成为中国第一帝。

西汉中期，汉武帝遗诏霍光辅佐八岁的昭帝。昭帝死后，霍光先拥立昌邑王刘贺，后认为刘贺非人主之器，又假太后之诏，将刘贺废掉，选立幼年在狱中生活的、汉武帝曾孙刘询为帝，是为汉宣帝。霍光辅佐四主，权倾朝野二十年。汉宣帝是这位大权臣加外戚所立，其畏惧之心势在必然，每见霍光，总是"若有芒刺在背"。如不处理好与霍光的关系，他也恐怕会步昌邑王之后尘。宣帝令朝廷文书先给霍光，然后自己再阅览；霍光朝见时，他"虚己敛容，礼下之已甚"，谦卑忍让不迭。霍光死后，宣帝终于可以安眠了。于是乎，先收回霍家弟子掌握的实权，借故诛灭霍氏。

清康熙帝年幼即位，朝政由顾命辅政大臣索尼、苏克萨哈、遏必隆、鳌拜四人操纵，其中鳌拜最为跋扈。鳌拜广植党羽，排除异己，对于相好者荐拔之，不相好者陷害之，从中央到地方安插自己的心腹。在威势日张的情况下，他对百官，乃至部院大臣，轻则辱骂，重则治罪；康熙帝不允，他竟然"攘臂上前，强奏累日"，挥拳捶胸，疾言厉色，根本不把皇帝放在眼里，俨然以太上皇自居。康熙帝是具有特殊才能和远大理想的人，虽然此时年轻，但他不会自甘于充当傀儡，尤其是对鳌拜身穿黄袍，席下藏刀，欲加害自己的做法，自然是不能容忍，必然要有所反应。对于私党满天下，权倾朝野的鳌拜，康熙帝当然不敢公开与之相斗，所以他采用了瞒天过海之计。在表面上，康熙对鳌拜是很恭敬的，在鳌拜托病不朝之时，亲自去鳌拜家去探视，好言慰劳；在暗地里，康熙帝扶植自己的势力，佯装年轻好玩，挑选一批少年侍卫，在宫中练习布库戏（满语，即摔跤），故意让鳌拜看见，使鳌拜认为他"弱而好弄"，放松戒备。之后又顺着鳌拜弄权的心理，将鳌拜的党羽，以各种名义派出到外地。然后趁鳌拜上朝之际，指挥这些少年侍卫，将鳌拜擒住，列举他三十大罪，仅用十天便将鳌拜党羽驱逐，体现出康熙帝暗中准备的充分和才能。

君主多是在自身难以把握大权的情况下，才对权臣使用瞒天过海之计的，这当中有些是出于无奈，为了保全自己，不得不为之。如魏晋时，"君主虽有南面之尊，无总御之实，宰辅执政，政出多门，权去公家，遂成习俗"。在这种习俗下，这时的君主不敢奢望收回权力，但求保位，不被废黜已是万幸，故所用瞒天过海之计，其意只在保全而已。不过，由于权力排他性的存在，真正心甘情愿为傀儡的君主总是少数，他们一有机会，总会施展自己的报复。在权力争夺中使用瞒天过海之计，这就使瞒天过海之计在政治中赋有复杂多变的特点。

权臣因手中握有重权，稍有头脑的都会知道这是遭忌的祸端。然而，权力是非常诱人的，不但使人很难得到满足，还会使人为此不顾一切。英国著名哲学家伯特兰·罗素（Bertrand Russe，1872—1970年）认为："人对经济的需求是有限度的，是可以得到满足的，然而人对权力的追求则是无度的，永远不会满足的。正是这种人对权力的无止境的追求，造成了难以数计的多种社会弊端。"罗素的唯权力论虽不全面，对人的经济追求限度的理解也有欠缺，但其对权和利是人的欲望方面的认识，还是具有普遍意义的。

专制政体需要的是臣民畏惧和服从，但人的欲望总是与社会发生冲突的，在畏惧和欲望之间，在权和利的迫诱下，权臣们的心态是多种多样的，其应用瞒天过海之计的手段当然也不会比君主逊色。王莽"折节力行，以邀名誉，宗族称孝，师友归仁"，为了权力而伪装；为了权力，他自己四个儿子，除一个早死，其余三个都被其亲手杀掉，还杀掉了孙子和唯一的侄子。东晋王敦"既素有重名，又立大功于江左，专任阃外，手握强兵，威权莫贰，遂欲专制朝廷，有问鼎之心"，却在表面上"雅尚清谈，口不言财色"。唐代李林甫没有什么学问，却成为权相，这得力于他口蜜腹剑的权术，史称他"城府深密，人莫窥其际。好以甘言啖人，而阴中伤之，不露辞色。凡为上所厚者，始则亲结之，及位势稍逼，辄以计去之。虽老奸巨猾，无能逃其术者"，可见其固权的本领。明代严嵩能够"一意媚上，窃权罔利"，得益于他善于迎合，"帝以刚，（严）嵩以柔；帝以骄，嵩以谨；帝以英察，嵩以朴诚；帝以独断，嵩以孤立"。既相利用又相欺。权臣对付君主，唯有隐藏其锋芒,对上对下都要欺瞒,这也是权臣使用瞒天过海之计的特点所在。

2.君主与忠臣和功臣之间的相互使用

忠臣和功臣都有一个共同点,即是他们对内能够统一人民,对外能够抵御敌人入侵;虽然对君主忠心耿耿,有鞠躬尽瘁、死而后已之志;但他们能够得到人民喜欢,百官信任,这对君主来说,臣下的声名和威望日增,总不是他所期待的事情,其猜忌之心总是难免的。在这种情况下,君主必然会采用一些手段。其中与瞒天过海之计相关的,主要有如下几种:

其一,采用杀戮的办法,从肉体上将忠臣和功臣除掉。这样做的后果,固然可以清除功高震主的威胁,但这样的君主往往会博得昏君或暴君之名。例如,殷纣王,他智足以拒谏,言足以饰非,是个有才能之主,当然容不得臣下声望日著,竟然采用囚西伯侯、杀比干、醢九侯、脯鄂侯的暴行,落得昏暴之名。此外像汉高祖刘邦、明太祖朱元璋,也都采用过诛戮功臣的手段,虽因他们是开国之君而没得到昏暴之君的骂名,却不免落得"借诸功臣以取天下,及天下既定,即尽举取天下之人而尽杀之,其残忍实千古所未有"(赵翼《廿二史札记》)的名声。由此可见,使用这种手段,不是高明之举。

其二,采用授以虚职,明升暗降,给予荣宠,削夺实权的办法,使其失去震主的先决条件。这样做的后果,固然可以不流血便将威胁去掉,也不失为一种稳妥的做法。故此,这样的君主虽不免落下不容功臣之名,但也堪称是强者手段。例如,宋太祖赵匡胤的"杯酒释兵权",给予宿将功臣赏赐,让他们多买良田,多置歌伎舞女，欢乐一世。采取不杀功臣，只夺其权的办法，既消除功臣握权震主的条件，又使功臣知恩感德，这正是宋太祖高明之处。故此后人认为宋太祖："恃诈力以为强者，其强更甚也哉。"

其三，采用阴谋，逼迫忠臣和功臣自己提出辞职，或迫使忠臣和功臣自污声名，进而降低他们的声望。这样做的后果，固然使忠臣和功臣声名受损，减少震主的可能，但这样的君主往往会得到好弄权谋之名。例如，西汉第一任丞相萧何，功居第一，又以计诛韩信而进位相国。此时汉高祖刘邦为奖赏萧何，便"益封五千户，令卒五百人一都尉为相国卫"。刘邦的用心，为谋士召平看破，他告诫萧何说："祸自此始矣。上暴露于外而君守于内，非被矢石之难而益君封置位者，以今者淮阴侯（韩信）新反于中，有疑君心。夫置卫卫君，非以宠君也。愿君让封勿受，悉以家私财佐军。"萧何听从召平劝说，免去第一次大难。又听从别人劝说，强取别人田地房屋，自污声名，免去第二次大难。然而，出于国家财政上的考虑，萧何请以上林苑空地交民耕种，收取租赋，却被刘邦以萧何自媚于民为名，将萧何械系廷尉之狱。虽然在群臣固请之下，萧何得免于死，足以使萧何更加恭谨了，但刘邦也因此被后人指摘。

其四，采用尽量满足忠臣和功臣的种种愿望，虚心接受他们的建议，利用他们的声望来树立起自己的权威。这样做的结果，忠臣和功臣既不能震主，又会给君主带来圣明之名。例如，唐太宗李世民因能用人和纳谏而知名，史书说他"拔人物不私于党，负志业则咸尽其才"，"从善如流，千载可称"。史书的溢美，并不等于李世民在这一点上没有使用权谋。从下面两件事中，可以看出李世民是怎样使用权谋的。第一件是用人上,李世民在病时,将李世勣贬为叠州都督,对太子李治说:"李世勣才智有余,屡更大任,恐其不厌服于汝,故有此授。我死后,可亲任之。若迟疑顾望,便当杀之。"其对功臣宿将的猜忌,跃然可见,其借功臣之力而固己权之态也暴露无遗。第二件是在谏诤上,他让谏官把监督的方向指向百官,却摆出虚怀若谷的样子,实际上造成谏官"阿旨顺情,唯唯苟过,遂无一言谏诤",不过他为此却博得纳谏之名,亦可见李世民权谋之深。当然,这样做是君主对忠臣和功臣最好的谋略,是瞒天过海之计的最好应用,不是一般君主能够采用的。

总之,君主对忠臣和功臣采用的手段是多种多样的,其中心内容就是在权力争夺上。为了权力而使用计谋,这就使君主与忠臣和功臣之间的关系复杂化。在复杂的关系下,使用瞒天过海之计,也就使这种计谋显得更加多彩多姿了。

忠臣和功臣为了国家利益,为了自身的安全,也会采用瞒天过海之计,在应用上也有一定的手段。这些手段比起权臣来要逊色一些,但也不失为政治斗争技巧。这主要有:

其一,急流勇退,主动挂冠隐退,脱离权力中心,躲避谗毁。这是自我保全的一种比较有效的方法。因为在君主的内心总是怕臣属功高震主,而作为忠臣和功臣,他们本身并没有震主的意识,无奈君主身边总有一些谄媚之人,出于嫉妒或某种政治目的,对他们进行谗毁中伤,造成他们与君主的关系难以融洽。例如,田单以火牛阵大破燕军,收复失地,光复齐国,立下不世功,封安平君辅政。齐襄王"有所幸臣九人",终日在襄王面前谗毁田单,迫使"田单免冠、徒跣、肉袒而进,退而请死罪",若无宦者貂勃从中救护，田单难保性命。大夫文种、范蠡，共同辅佐越王勾践，在勾践霸业成功之后，范蠡以为大名之下，难以久居，乃变姓名，耕于海畔，苦身勠力，父子治产，脱离政治圈子，这样既成名于天下，又得善终于乡里。文种自谓有功，不肯离去，却被勾践赐令自杀。直到此时，文种才领悟到范蠡给他写的信。信云："飞鸟尽，良弓藏；狡兔死，走狗烹。越王为人长颈鸟喙，可共患难，不可与共乐。子何不去？"不过此时欲去已晚，文种只有拔剑自刎的一条路。汉代大将韩信所云的"狡兔死，走狗烹；高鸟尽，良弓藏；敌国破，谋臣亡。天下已定，我固当烹！"成为后世功臣的座右铭。基于此，他们的上计是早早脱离开权力中心，如张良、陈平等，一再推封让功，不与人争，尤其是张良，运筹于帷幄，决胜于千里，当大功告就，假学仙道以全身，也成为功臣们的榜样。

其二，自污声名，表现出碌碌无为，以期保全自己的身家性命。忠臣和功臣所表现的就是有一定的才能，而这种才能正是引起小人妒嫉、君主猜疑的根本所在。稍有心计的大臣，都会注意这一点，想方设法来掩饰自己的锋芒，如前文所讲的王翦、萧何等。既要不招君主猜忌，又要不让小人妒嫉，就要显示自己胸无大志，这是一些臣子常用的手法。正如明人于慎行所云："为大臣者，不惟不当有保位之心，即保名之心亦不可有。一有保位之心，则利害之说得以中之；一有保名之心，则毁誉之说得以中之。利害之说入，则有所趋避，其志不行；毁誉之说入，则有所顾忌，其志不行。"也就是说，作为大臣，无论是忠臣、功臣、奸臣、权臣，都必须掩饰锋芒，也就是要使用瞒天过海之计。虽然他们的动机不一样，但基点是在力争不败，这是此计列为胜战计而名列三十六计之首的重要原因之一。

3. 君主对宗亲外戚的使用

在古代宗法社会里，君主周围最亲近的应是他的兄弟叔伯子侄。他们或封王，或封侯，以宗法血缘关系构成君主的辅佐。由君主后妃的兄弟子侄们构成的外戚，是通过婚姻与君主结成的外姓亲属，是依附于君主的裙带政治集团。利用宗法血缘关系来达到君主集权的目的，这是中国宗法社会的特有现象。然而，在权力的作用下，宗法血缘婚姻关系往往又是君权的最大威胁。在血缘关系的作用下，宗亲往往成为君主位置的可能继承者或谋夺者；在婚姻关系的作用下，外戚得以入参大政，掌握军政大权，甚至一时凌驾于君权之上。在这种既矛盾又统一的情况下，双方都有必要使用瞒天过海之计来战胜对方，或保全自己。

在历史上，君主"驾崩"前后到新主即位，这一新旧交替时期内，统治阶层内部的斗争最为激烈和残酷。诸血亲、后妃、宦官、权臣中怀有野心者，无不把这段时期作为获取君位或控制君主的大好时机。他们策划拥立或废立的政变，制造伪诏、假谕，欺骗世听，或勾结外国和军阀，或调遣心腹死党，不惜进行血腥屠戮。其中著名于史籍的事件有：春秋齐桓公"尸染蛆虫"；战国楚悼王"尸箭如猬"；秦代"胡亥诈立"；西汉"诸吕乱政""霍氏废立""王莽居摄"；东汉外戚、宦官"定策帷帘""贪立幼主""临朝者六后"；西晋"八王之乱""南风弄权"；南北朝"权臣挟主""宗室绝嗣"；隋代"杨广杀父""宇文弑君"；唐代自"玄武门之变""太宗自投于地""武氏建周"到"宦官拥立者十帝"；宋代"烛影斧声""史祢远称诏";金、元皇太子"无一享国者";明代"靖难之役""夺门之变";清代康熙诸子结党争立、"慈禧立幼"等,可谓史不绝书。这些历史上的热点,都是在一定的特定时期和特定条件下发生的。胜利者登基嗣位或大权在握,失败者被称为弑逆之贼或身首异处。在权欲面前,统治者所津津乐道的父慈子孝,兄友弟恭,夫为妻纲,君臣大义,上下恪守其道、各安其位的伦理说教,显示出虚伪和怯弱。在这种情况下,玩弄权术,使用计谋,则成为政治生活中求胜或自全的重要手段。

以君主而论,乱之生者六也,即主母、后姬、子姓、弟兄、大臣、显贵。这些人无时无刻不在觊觎君主手中的权力,君主用"亲爱近习莫之得闻",隐秘幽深而变幻莫测的"君临之术"以统治之,是一条张牙舞爪而又极其凶恶可怕的"龙"。

以宗亲、外戚、臣下而言,君主虽是"龙",如掌握其弱点,只不过是一条"虫"。韩非认为:"夫龙之为虫也,柔可狎而骑也。然其喉下有逆鳞径尺,若人有撄之者,则必杀人。人主亦有逆鳞,说者能无撄人主之逆鳞,则几矣。"柔而骑之,不批逆鳞,正是大多数臣僚的为官之道。

在权力面前,君臣关系处于紧张而疑心重重之中,既不能以语言沟通,又不能坦诚相待,必然走向使用权谋的道路。这也是瞒天过海之计在君臣之间使用最多的重要原因。

第三,在臣僚之间。

在官僚政治下,官僚之间的关系是利害共存的。"人之于虺蛇也,恶之而不怒也;其于虎狼,畏之而不怒也;夫诚畏且怒也,避之已矣。安有见虎狼虺蛇而裂眦指发以必求一逞者乎？"（〔明〕于慎行语）畏上如虎狼虺蛇，趋利而避害，则是官僚们的共性。在这种情况下，他们对关乎自身利害的关系必然加意维持，对于弱者又像虎狼虺蛇吞食羊鸡。这正是臣僚之间关系的真实写照，也是官僚政治下的必然现象。

所谓的官僚政治，乃是指一种与专制统治相结合的政治形态，是指官吏普遍以食禄任官为固定职业，只对君主和上级负责，而不问社会效益和民生疾苦；只知墨守成规，按例办事，而不问实际情况的变化；遇事模棱两可，行动迟缓，推诿责任，甚至贪污受贿，营私舞弊，苟且偷安。

在君主专制主义中央集权制度一代高过一代的情况下，一切规章法令的制定和修正，一切重要部门的设置或并撤，重要官员的选用和迁黜，乃至生死荣辱，均由君主一人或重要决策班子裁定。君主和上司，或宠憎无常，或朝令夕改，这都使官吏们难卜祸福，无所适从。因此，一事当前，这些官吏总是率先揣摩朝廷和上司的意图，致力于迎合，不求有功，但求无过。他们只求符合朝廷宪章或陈年案例，便不问是否违情悖理，更不论是非曲直。清代嘉庆和道光两朝曾任内阁大学士、军机大臣的曹振镛，在谈到自己宦途经历之所以顺利时，曾总结出"多磕头，少说话"这六个字心得。宰辅重臣尚且如此，其他官吏也就可想而知了。以庸碌为可取，以"少办事，不生事"作为持盈保泰、保官升官的妙诀，这正是官僚政治的弊端所在。

在君主专制政体下，长期实行的是人治，缺乏健全的法制，人存政存，人亡政亡，使官吏们更加注意自身的利害。正所谓"知利害不计是非者,吏人也;是非,理也;利害,事也",一事当前,先从自身利害来考虑问题,使官吏之间的人际关系变得复杂起来。他们之间不能以坦诚相见,必然以权谋相处。

1. 上级对下级的使用

在君主专制政体下,要求下级绝对服从上级,而上级又决定着下级的官运和命运。似此看来,上级不用对下级实施权谋。其实不然,这是因为官僚不是世袭的,是处在经常流动之中。今日的下级,可能会在以后成为上级。尤其是与自己地位相差无几的,很可能取己位以代之。这就不能不使上级对下级有所防范,而采用一些计谋。一是防止下级取代己位,不与结仇,即使他将来升迁,也希望他能为自己的奥援。二是拢络下级为己用,予之恩惠,结成联盟,使之成为自己的党羽。三是压制下级,使之难以升迁,且寻机会置之死地而后快。要达到上述目的,这些上级多采用瞒天过海之计。

上级不得罪下级,这是为官之道。西汉时期,有位将军叫韩安国,因为犯法而被下狱。当时拘管韩安国的监狱官田甲,看他是个罪犯,经常侮辱他。韩安国不堪辱骂,便对田甲说:"死灰独不复燃乎?"也就是说:"你不怕我将来再为高官吗?"田甲自恃为监狱主管,主管犯人生死,即反言相讥道:"燃即溺之!"也就是说:"死灰若燃起,我用尿浇灭之!"果真没几天,皇恩有加,赦免韩安国之罪,官升中二千石。这下田甲可就慌了,匆忙逃走。韩安国当时下令:"田甲到我处当官,不来的话,我即诛灭你的宗族!"此时的田甲没有办法,只好肉袒前往谢罪。见面之后,韩安国并没有治罪于田甲,而是笑着说:"你的才能足以在我手下为官。"不但没有治罪，反而善待之，使田甲感恩戴德，而终成为韩安国的死党。在这里，韩安国以诛宗族为威胁，使田甲前来谢罪，最终又重用之，使用的就是瞒天过海之计。以重诛来威胁，这是瞒天过海。如不这样，田甲不来，来亦感恩甚浅，或者还会生防范之心；这样一做，田甲知罪，又为重用，自然以死力图报。

恩威并举，这是上级对下级的常用之道，如不这样，必反目为仇。同样是在西汉，有位大名鼎鼎的"飞将军"李广，因与匈奴交战，亡失兵马，当斩，赎为庶人，屏居陕西蓝田南山，以射猎为娱。有一次，他射猎晚归，走到霸陵亭时，被负责治安的霸陵尉发现，当场呵斥一顿。李广的随从说："这是以前的李将军。"霸陵尉此时被酒在身，拿出国法来对答说："今将军尚不得夜行，何故也！"就是不让李广过亭。李广只好露宿荒野。不久，匈奴入侵，汉武帝只好召李广却敌。李广受命，就请示让霸陵尉同行，到军前便将之斩首。以当初的霸陵尉来讲，李广是下属百姓，待之当然傲慢。以后来的李广讲，一下成为上级，以报复之心对之，则显得气量狭小。也正因为如此，李广与匈奴大小七十余战，功勋卓著而未能封侯，到老却因行军失期，以"终不能复对刀笔之吏矣"为叹，引刀自刭而亡。他不能善待这些小吏，此时自然畏惧这些小吏。

宦海沉浮，使一些高官权贵有可能陷于没有想过的处境，只有在这时，他们才感觉到那些原本让他看不上眼的下级的可贵之处。如汉代著名功臣周勃，佐高祖东征西伐，诛除诸吕，拥立文帝，威震天下。后为人所诬告，有旨下廷尉审问。在这时，堂堂绛侯、故丞相害怕了，"不知置辞，吏稍侵辱之"。出于无奈，只好以千金贿赂狱吏，狱吏一言使他得以无罪出狱。在这时，周勃不无感叹地说："吾尝将百万军，安知狱吏之贵也！"前车之辙，后人之鉴，稍有头脑的上级，总会不失时机地拉拢下级，一不使之有害己之心，二不会使之反目成仇。

作为上级，公开以某种恩惠来拉拢下级，这不但有失上级的身份，还会授人以把柄，成为结党营私的铁证。这就要求上级作得隐秘而有技巧，这正是瞒天过海之计的重要内涵之一。如唐玄宗欲重用被贬职为绛州刺史的严挺之，身为宰相的李林甫知此人是自己的劲敌，回京任职，对自己不利，但他又不好公开反对。李林甫找到严廷之的弟弟严损之，以关心的方式，对严挺之身在外地表示关心，并出计谋，让严挺之回京。严损之不知是计，便劝说哥哥"奏称风疾，求还京师就医"。这样唐玄宗因严挺之病而不能授以要职"叹咤久之"。李林甫既没得罪严挺之，又没违背唐玄宗的意旨，两面俱得信任。

李林甫是个"口蜜腹剑"的两面派，排斥异己，用人唯亲，本来是难久处权位的。但他惯会用计，却得以在宰相位上去世，这正是中国古代的怪现象。然用计者一味为自己私利而谋，是不能长久的。李林甫就是这样的人，在他死后，所作所为都被揭示出来，子孙也难免受其所害。其实李林甫是个相当明白的人，当他儿子李岫对他说："大人久处钧轴，怨仇满天下，一朝祸至，欲为此得乎？"李林甫虽不高兴，但也道出难言之隐，叹而说道："势已如此，将若之何！"虽为上级，上还有人制约，下也有人觊觎己位，身在火山口，不谋自存，必入炎渊。这也是上级官员常用计谋的主要原因。

2. 同僚之间的使用

在官僚制度下,官吏只要把对上级的关系弄好了,固然可以有恃无恐,但却不能忽视同僚的威胁。因为对上还比较好用欺瞒手段,对同僚则难以隐瞒。这是因为一同共事,知己知彼。虽然在很大的程度上,他们是利害与共的,但在某些情况下,他们还是有利害上的冲突的。这种情况的出现,在很大程度上是中国古代职官体制所决定的。

在中央辅政体制上。自隋唐以后,一直实行宰相参议辅政制。即设有固定的宰相机构,现任宰相无权更换各机构的属员,宰相的变动也不会导致相府人事变动,而宰相一直是多人。多人宰相依照君主的旨意参与国家军政事务的谋议和辅助决策,通过辅政机构来传达和执行君主的旨意,一切重大的事件必须事先请旨和事后复奏。宰相多人中虽有主次,但都有权直接向君主上奏。

在中央政务机构上。自秦以来,先后有过相府与诸卿系列;相府、尚书诸曹与诸卿系列;六部二十四司与九寺五监系列;部、院、寺、监、府系列。每个系列都构成内外相维、相互制约的态势。每个部门都设有正副职,有的还是重叠设置。这些部门都有权避开辅政部门,向君主单独上奏;正副职也都有权避开对方,单独向上司或君主汇报事务。这样就形成各部门和职官之间的相互牵制和监督的局面。

在地方行政上。中央对地方实行多层次、多渠道的管理,重点在于分权制约。以秦代而论,从中央到县乡,组成四个垂直的系统。即丞相、郡守、县令长、乡有秩为一系统;御史大夫、郡监(汉代为丞)、县丞、乡啬夫为一系统;太尉、郡尉、县尉、乡游徼和亭长为一系统；国三老、郡三老、县三老、乡三老为一系统。这四个系统构成纵向的监督考核和领导关系。在横的方面，每一级机构的职官又有横向的监督关系，都有权越过本级主管，向上级单独汇报事务。与此同时，中央各政务部门按政务分工，也有权监督地方有关政务，有些事还可以不知照地方主管，直接发布政令。

由上可见，在职官体制上所构成的内外相维，犬牙交错，主要是为了对职官实行防范和牵制。再加上长期实行的"人治"，这就使职官之间的关系变得微妙起来。他们既不能坦诚相处，又不得不相互提防，彼此之间使用权术也是非常自然的现象。

同僚之间相互使用计谋，主要焦点是在利害上。"知利害不计是非者，吏人也；是非，理也；利害，事也。"趋利避害，乃是官吏的常态。以同僚之间来说，因他们的职务有主次，所得的利益自然不均衡。例如，明代的县级衙门，在主官知县因故离任之后，定让佐贰官暂时署理。这些署理官，"入门即征租税，日夜敲扑，急于星火，俗言署印打劫，非虚语也"。主官离去，同僚有机会得到署任，既可以发财，又可以取得一种资历，当然他们都希望主官离任，力争占据主官的位置。然而，官缺有限，主位更是不能随意增加。如果有人占据，另外的人就很难得到，甚至得不到。要想得到，除非有官缺出现。官缺出现只有两个可能：一是官吏升迁、调职或退休，这是正常出缺；二是官吏罢免、处分或死亡，这是非正常出缺。前者循序渐进，有一定时间限制，来得比较慢；后者事发突然，没有时间限制，来得比较快。作为主官，当然是希望以前者的方式离开；作为次官则希望主官以后者的方式离开，以期自己能得到其位。

占据官位者，希望保官和升官；希望升官者，希望有缺和机遇。在这种情况下，彼此之间的关系紧张和冲突是在所难免的。在战国时期，就有人将官位比作杨树，认为杨树"横树之则生，折而树之亦生。然十人树之，一人拔之，则无杨矣。且以十人之众，树易生之物，然而不胜一人者，何也？树之难而去之易。今虽自树于王而欲拔者众，子必危矣！"一个官位，多人竞争，即使是有上司的支持，也难免陷入众人编织的网中。同僚之间的相互防范和竞争，使他们之间使用瞒天过海之计成为经常现象。

3. 下级对上级的使用

作为下级，最重要的是把对上级的关系弄好了。因为上级既关系到下级的荣辱，又关系到下级的命运和官运。生死荣辱，使下级对上级，尤其是关乎自己命运的上级，产生一种畏惧心理。在这种情况下，产生种种不同类型的下级：那些"以官爵为性命，以钻刺为风俗，以贿赂为交际，以嘱托为当然，以徇情为盛德，以请教为谦厚"者，可以不顾礼义廉耻；那些趋炎附势，狐假虎威，助纣为虐的，可以昧去良心；那些邪者贪者，善于用术者，可以欺人耳目；那些心怀叵测，为人奸诈的，可以争声名于当世。种种不同的下级，有不同的表现。

下级的愿望是尽量不得罪上级，最好是能得到上级的青睐。要达到这一点，不是一件容易的事。从理论上讲，会使用一些手段的人，当然就比不用手段的人容易得到上级的好感。那些不讲廉耻，昧去良心，欺人耳目，争取名声的表现，固然可以算作是手段，有些也算是瞒天过海之计，但于人品有碍，也非不败之计。

善于与上级搞好关系,又使自己立于不败之地的,这才是高明的手段,这也是居胜战计之首的瞒天过海之计的精髓所在。

从上级对待下级的常态来看,遇到利益,上级当然不让的多;遇到罪责,上级承担责任者少。利益不均沾,这只是一时荣华,对于下级来讲,虽失去这些,尚有机会。责任不承担,必然推卸于下,这对于下级来说,一旦治罪,按古代法规来讲,轻则处分丢官,重则身家性命全丢,乃是关乎前程和命运之事。也就是说,下级最怕上级推卸责任。为此,善于用谋的,不是与上级构成"猫鼠同眠",便是构成"犬狼相峙"的局面。

所谓的"猫鼠同眠",乃是下级与上级和平共处。中国古代的职官管理制度是非常严格的。对于官吏本人来说,如果"敝君之明,张君之恶,邪谋党比,几无暇时。凡所作为皆杀身之计,趋火赴渊之筹",那么职官管理制度将是一条充满危险而荆棘丛生的恶径。如果是"惟务为民造福,拾君之失,撙君之过,补君之缺。显祖宗于地下,欢父母于生前,荣妻子于当时,身名流芳,千万载不磨,专在竭忠守分",那职官管理制度则是一条集聚利益而金玉满地的通途。然而,在君主专制政体下,长期实行的是人治而缺乏健全的法制,人存政存,人亡政亡,处于这种矛盾变化中,必然使职官之间的人际关系凌驾于职官管理制度之上,也就决定了职官之间人际关系的复杂性。尤其是在趋利避害上,权力使这些职官变得缺乏人情味。在古代法规明确规定,下级出现问题,上级要负连带责任的情况下,上级虽然有条件将罪责推卸于下级,但为了自身利益,也尽量避免下级出现问题,尤其是事关自身前程的问题。作为下级,明知上级会将罪责推向自己,但他们也不是心甘情愿地任人宰割，必定想办法保全自己。针对连坐的法规，下级可以用上级贪图利益和畏罪心理来保全自己。以明清的知府与知县的关系而论。在政治上，知县的治绩关乎知府的治绩，而知府的治道又左右着知县。以经济而言，知县经手刑名钱谷所得到的"规银"，要分一半呈送知府；固然知府也要按比例再向上呈送，但毕竟知县"规银"收入多少关乎知府自身利益，而知县若无知府认可，也不敢放手收取"规银"。以惩处而言，知县出现问题，知府要受连带责任，而知府虽然有条件将罪责推卸于知县，但知县也会利用这种连带关系，收集知府的证据和短处来制约知府。在利害与共的情况下，上下级之间有一种"变幻离奇，不可思议"的关系，只要驾驭得住，下级自然可以与上级"猫鼠同眠"而互不侵扰。当然，下级的意图不能让上级知道，如使上级有所防备，自然上级会寻机将之除掉。害人之心不可有，防人之心不可无。下级出于自我保护，既要善于掩饰自己意图，又要以进为退地提防上级。这也是下级普遍使用瞒天过海之计的主要原因之一。

下级欲与上级达到"犬狼相峙"，要比"猫鼠同眠"困难许多。"猫鼠同眠"基本是防御性质，而"犬狼相峙"则带有进攻意识。有些下级利用贿赂上级，或掌握上级的隐私，以此为把柄，使上级不敢给自己小鞋穿，还能胁迫上级将一些美差肥缺给自己。上级遇到这样的下级来见，"每留饮幕中，亲陪说笑以结其欢心。盖奉承不暇，而何敢问其政事之得失乎？"当然，"犬狼相峙"于双方都有一定的危险性。若上级被逼不过，定会采用一些手段，乃至杀人灭口。若下级见势不好，也会利用自己掌握的材料，先发制人，将之公布或越级控诉，致上级于不利。既然有一定危险性，清醒的下级，不到万不得已，是不会使自己进入"犬狼相峙"的境界中。

四、胜战之首　神奇多变易施

瞒天过海之计能位于三十六计之首，这不但说明此计的重要，也说明此计应用范围相当广泛。概括起来，这种计谋在政治上应用有如下基本特点。

第一，就瞒天过海之计在政治上的应用目的而言，具有明确性、进取性、隐蔽性和突然性的特点。

所谓的明确性，即指使用瞒天过海之计不是没目的的行为，从开始使用到此计成功或失败，都是有非常明确的政治目的的。政治是经济的集中表现，政治目的是指一定阶级或社会集团所想往的政治目标，它反映在对经济和政治利益的预期认识和主观追求，以及某种获得这种利益的期望和愿望上。瞒天过海正是具有上述目的，并具有积极追求的特点，所以才列为胜战计之首。从前文所举的仅仅一小部分例子来看，所有使用者都是在为自己的政治目的在拼搏。作为帝王，为了巩固自己的统治，为了使江山能万世一系地传下去，他们之中，善用权术的，志在驾驭全局，可以"虚己敛容，礼下之已甚"，也可以"不露声色而阴为之备"，还可以"故作痴呆而实欲图之"，目的十分明确；他们之中稍明治道者，志在稳定全局，可以"静观待变，故作无为"，也可以"一听责下,以观其声容",还可以"使亲爱近习莫之得闻";他们之中为人所治者,志在摆脱傀儡的地位,可以对操纵者"故作谦恭,阴欲除之",也可以"使用近习,以成掣肘",还可以"安抚权贵,笼络新人,阴夺其权"。作为臣僚,为了巩固自己的即得利益,争取更多的利益,他们之中,善于臣奉之道的,志在争取更大的权力,可以"折节力行,以邀名誉",也可以"不露辞色,而阴中伤之",还可以"示以赢形,佯称不起,而阴为之备",更会用"变幻离奇,不可思议"的手段来谋夺他人;他们之中野心不大,志欲保官升官的,可以"甘言唊人,钻刺贿赂",也可以"嘱托徇情,欺人耳目",还可以"趋炎附势,奉承不暇",更可以"谦卑益甚,唯诺趋承";他们之中全节图存,志在保全身家性命的,可以"急流勇退,躲避谗毁",也可以"自污声名,故为贬损",还可以"故作沉沦,耽湎酒色",更可以"放荡形骸,徜徉山水"。无论他们用什么办法来掩饰,都具有明确的政治目的。

所谓进取性,即指在政治斗争中,瞒天过海之计是具有强烈进取精神的。从表面上看,用计者把自己真实意图掩盖起来,以弱者的样子出现在对方面前,显得消极被动。其实不然,示弱并不是弱,而是一种非常有效的自我保护和进取手段。常言道:哀兵必胜。弱者不为人防备,其出击才具有突然性,这是进取性的最好体现。在政治斗争中,站在胜者的地位,处在明处,树大招风,佼佼者易折;站在弱者的地位,可能本身尚不具备战胜人的条件和时机,需要积蓄力量,等待时机;不过,胜者也需要掩饰。示人以弱,消除对方的防范之心,才能出其不意、攻其不备,获得决定性的胜利。这正是瞒天过海列于三十六计之首,号为胜战的主要原因。

所谓隐蔽性,即指使用瞒天过海之计者不便明言。瞒天过海之计固然是为达到自己的政治目的而积极进取,但出于政治斗争策略的需要,其真实目的必须隐藏在种种意在欺骗对方的行为之后。有预谋的政治目的,本身就有不可见人的一面。即使作为占主导地位的统治集团,公开宣布自己的政治纲领,也需要掩饰其中实现的手段。正如本计所云:"太阳,太阴。"非常公开的事物里,往往隐藏阴谋。这正是本计隐蔽性的正解。

所谓突然性,即指使用瞒天过海之计者,总以出其不意的手段来实现自己的政治目的。掩饰自己的目的,这需要相当长的时间。因为要达到常见不疑,就要使人常见,而常见的事,非短时能够达到。经过长时间的积蓄,消除对方防范之心,当决定采取行动时,这就需要迅速,才能出其不意。当一切准备就绪,如不是以突然的行动来实现自己的愿望,不但不能制胜于政敌,还有可能使政敌赢得反击的时间,这就会使苦心经营的计谋付之流水。突然性是本计最后成功的关键,前面所举的例子,大都具有这个特点。

第二,就瞒天过海之计在政治上的作用而言,具有神奇性、实效性的特点。

瞒天过海之计是一种隐蔽而突然的计谋,在中国古代政治斗争中,其功效屡屡得到验证。无论是政治家,还是野心家或阴谋家,无不把瞒天过海作为制胜的手段。这就使本计在政治上的作用,增添许多神奇性的特点。例如越王勾践的"卧薪尝胆",楚庄王的"三年不鸣",范蠡的"泛舟五湖"等,无不留下神奇的色彩,且为后人交口称颂,流传不衰。

瞒天过海的神奇性,来自它本身的隐蔽性。当使用此计者在实施其计划时,必然掩盖其真实意图,尽最大的可能来减少政敌的注意,示之无为,这就要求要有很大的隐蔽性。正因为隐蔽,往往被政敌忽略,一旦用计者发动突如其来的进攻,政敌在不防备的情况下,败得很惨。用计者在突发行为下取得成功,自然具有神奇的色彩。例如,田单示敌以弱,以火牛阵突然发起进攻,以偏僻一邑,仅数日便光复七十余城,其神奇性自然为人所惊叹。

瞒天过海在政治上的实效性,主要是其成功率比较高。成功率高的重要原因是人们容易被假象所迷惑,而这种假象则是使用者虚假表演非常逼真的结果,使不明真相者上当受骗之后,还不知是怎样受骗的。李林甫凭借其"口蜜腹剑"的本领,多次使用此计,屡屡奏效,而受骗的人不知受骗,不但"专给唯诺而已",尚且"感之甚深",以至于"虽老奸巨猾,无能逃其术者",是因为太逼真之故。使政敌难辨自己真实目的,这是使用此计的重要方面,也是此计成功的重要因素之一。

瞒天过海计之所以容易奏效,是使用者在没有达到自己的政治目的时,使对方难以明白真实目的。当使用者的政治目的达到时,其真实目的和所作所为才暴露出来,政敌在既成事实面前,虽然大彻大悟,但已无可奈何。吴王夫差在被越兵围困,求生无望时,方才悔恨不用伍子胥之言,早将勾践杀死,只能覆面自裁。王莽"谦恭行仁",以骗世人,当人们发觉受骗,他已经篡位成功;虽败亡后被愤怒的人群割去舌头,但毕竟是在其死后。曹魏的曹爽，当司马懿把绳索加于项下，才想到"当初何不杀掉这老匹夫"，但已经是无可奈何。使用此计者，对上对下都要欺瞒，这也是权臣使用瞒天过海之计的特点所在。

瞒天过海在政治上的实效性，同使用者在其实现政治目的时的突发性有密切的联系。"三年不鸣，一鸣惊人；九年不飞，一飞冲天；九年雌伏，一举雄视。"突然发作，使政敌猝不及防，这就会增加成功的可能性，也使此计的威力加大。楚庄王三年不与政，一涉政便诛除政敌数百人，朝野震骇。齐威王纵情声色，一旦听政，赏即墨大夫，烹阿大夫，天下称贤。康熙帝智除鳌拜，十天内便将鳌拜党羽除掉，举朝莫不惊叹。突发性使实效性更令人叹服，也增强实效力的影响。

第三，就瞒天过海之计在政治上的影响而言，具有实用性和广泛性的特点。

瞒天过海之计作为在政治斗争中常见和比较有效的手段，具有很高的实用性。它不仅表现在手段的实效上，还表现在它的实用上。所谓的实用性，即指这种计谋非常适用于各种政治斗争，无论是强者，还是弱者；无论是政治家，还是野心家、阴谋家，都能够运用这种计谋来实现自己的政治目的，而且很容易见到效果。英国著名哲学家伯特兰·罗素在1938年发表的《权力论》中说："爱好权力，就其最广泛的意义说，是一种愿望"，"每一种愿望，如果不能立时得到满足，就会使人希求得到满足它的能力，从而引起对权力的某种形式的爱好。"既然权力是正常人的正常愿望，权力又是"永远不会满足的"，必然带来竞争。作为政治斗争是相当残酷的，权力又具有独占性和排他性的特点，这就使得到权力的愿望很难实现。为了愿望变为现实，就要进行努力。但在复杂的政治斗争中，这种努力不能是公开的，必须有所掩饰，而掩饰的最好方法，正是瞒天过海之计所具有的，因此也就具有实用的价值。从前面所讲的瞒天过海之计在政治上的应用范围来看，涵括了多种层面，也可见此计在政治上的实用性。

瞒天过海之计在政治上应用的广泛性，是因为此计有其存在的文化环境和政治条件，这就给此计提供了非常广阔的市场。

就文化环境而言，儒家思想长期占主导地位。儒家思想与政治结合的特点，从根本上体现了政治统治建立在伦理道德的基础上。在治国原则上，主张以道德治国，认为统治者先要修身、齐家，然后治国、平天下。要求统治者不仅对社会负有政治责任，是社会权力所有者；同时也要求统治者负有道德的责任，为伦理道德的表率。在统治方法上，礼和刑相辅而成，以礼入官，以礼入法。本来伦理道德与政治制度是两个不同的领域，政治制度与伦理道德相脱离，是社会政治发展的根本途径。正因为儒家思想的作用，中国古代这种分离始终没有完成，这就使政治本身带有很大的虚伪性。它不但阻碍公开竞争，而且压抑人的个性的发挥。在这种文化环境内，公开显露才华，展示抱负，以天下为己任者，不但树敌招怨，成为众矢之的，而且会得到狂妄自大、浮躁不谨等恶名。在这种文化环境的压迫下，无论是政治家，还是野心家、阴谋家，都必须注意在道德上给人以良好的印象，这在很大的程度上给瞒天过海之计的使用增加了市场。

就政治条件而言，君主专制、个人集权、宗法血缘关系、贵族特权、官僚政治、人治等，是中国古代政治制度的主要特点。以君主来说，"天无二日，国无二主"，君主自置于至高无上的尊贵地位，拥有政治上的独断权。他们所追求的是"令出惟行，大权从无旁落"。然而，现实政治不可能完全遵照理想而运行，历史上出现过许多君主权力受凌辱，或君主无力和不能执掌权柄的事例，这就使君主不得不用一些手段来改善这种情况，当然也包括使用瞒天过海之计。以官僚来说，他们拥有一定的特殊权益，有着"出则舆马，入则高堂；堂上一呼，堂下百诺；见者侧目视，侧足立"的权力和威严。细一点说："官带巍峨，官之容也；高车驷马，仆从如云，官之体也；高堂广厦，锦衣玉食，官之乐也；签拿票押，敲扑喧嚣，官之威也。"无论是仪仗威风、生活享受，还是所掌握的权柄，对黎民百姓来说，是处在"治人者"的地位，但他们又是君主的仆役，没有世袭罔替的特权。不过他们自跻身于宦途之日，就开始在君主那里合法地分享政治权力和经济利益，拥有一定社会地位和身份，并且随着升迁而不断扩大。所以，他们在未入仕之前百计求官，既入仕后又竭力保官升官。在这种社会背景下产生的官僚政治，当然扩大了瞒天过海之计的使用市场。

　　瞒天过海的实效性和实用性，决定了此计在政治斗争中的价值和魅力；其独特的功效和突发性，增加了此计的性能和威力；其强烈的进取性和完好的隐蔽性，助长使用者获得成功的欲望。无论从哪个角度讲，瞒天过海之计接连成功的实例，引起政治家、野心家、阴谋家们的重视，这就赋予此计经久不衰的生命力和稳定的市场。

围魏救赵

——趋利避害　力争后发制人

本计云:"共敌不如分敌,敌阳不如敌阴。"其大意是:如果使敌人集中力量,不如把敌人的力量分散;对敌人使用先发强攻的手段,不如使用后发制人的手段。这是根据《周易·颐卦》中的"观其所养也"、"观其自养也"的逻辑推演出来的计谋。

该计源于战国时期齐魏桂陵之战。前354年,魏、宋、卫三国联军包围赵国首都邯郸,赵向齐国求救。齐威王派田忌为将,孙膑为军师,率军前往救援。当时田忌想直接率兵去解赵围,军师孙膑进言道:"夫解杂乱纷纠者不控拳,救斗者不搏撠,批亢捣虚,形格势禁,则自为解耳。今梁(即魏)、赵相攻,轻兵锐卒必竭于外,老弱疲于内;子不若引兵疾走魏都,据其街路,冲其方虚,彼必释赵以自救;是我一举解赵之围而收弊于魏也。"译成白话的意思是:要解决杂乱纷纠的争斗,不能强拉硬拽;要排解别人打架斗殴,不能直接参加进去打。两敌正相抗拒,攻其势力强的,不如攻其力所不能及的虚弱之处,双方争斗自然解开。现在魏、赵相互攻击,魏国必然出动所有精锐之师,国内所留是老弱疲惫之卒。将军不若率军直攻魏国都城,占据战略要地,乘虚而攻

司马懿献计救樊城

打其必救之地，魏必然要释赵之围而回师自救。这样，既缓解赵国之围，又能乘魏回师之疲而战胜他们。田忌采纳这个意见，结果大败魏军，演成著名的齐、魏桂陵之战。

该计用于军事，主要是用于避实就虚，攻其必救；分散敌军，击其要害，以达到趋利避害、机动歼敌的目的。在政治上则是批亢捣虚，在与政敌相抗衡时，一是分散其注意力，找到其致命之处，发动猛攻；二是借攻击其党羽，在其欲救之时，将其连引在内；三是与一些政敌达成同盟，内外结合，攻击其最有权势的首领，使之树倒猢狲散。无论哪种手段，最终目的是置政敌于不利乃至死地，这也是胜战计的手段。

围魏救赵之计也是政治家、野心家、阴谋家在政治斗争中常用的手段。善用此计者，趋利避害，击其必救，使政敌陷入被动；不善用此计者，趋利争势，弱点暴露，易为政敌所乘；善用此计而能识别此计者，以其人之道还治其人之身，其胜券也就在握。在各种政治势力彼此处在相互利用和制约的关系下，围魏救赵之计是发展自己的势力，打击或消灭敌对势力的有效手段，在胜战之计中占有重要地位。故此，政治家、野心家、阴谋家，在有可能的基础上，都喜欢使用。

一、知己知彼　批亢捣虚顺势

《周易·颐卦二十七》云：颐：贞吉。观颐，自求口实。《象》曰：山下有雷，颐。君子以慎言语，节饮食。

【一爻】初九，舍尔灵龟，观我朵颐，凶。《象》曰："观我朵颐",亦不足贵也。

【二爻】六二,颠颐,拂经于丘颐,征凶。《象》曰:六二征凶,行失类也。

【三爻】六三,拂颐,贞凶。十年勿用,无攸利。《象》曰:"十年勿用",道大悖也。

【四爻】六四,颠颐,吉。虎视眈眈,其欲逐逐,无咎。《象》曰:"颠颐之吉",上施光也。

【五爻】六五,拂经,居贞吉;不可涉大川。《象》曰:"居贞之吉",顺以从上也。

【六爻】上九,由颐,厉吉。利涉大川。《象》曰:"由颐厉吉",大有庆也。

围魏救赵之计以《周易·颐卦》为推演之本,这主要在于本卦的"观其所养也"和"观其自养也"的辩证关系,这是本卦的中心,也是不变之卦。在不变当中有许多特殊情况,故以六爻六十四变卦来辩证,以示通变。这不但说明此计的奥妙,也说明社会复杂性,用计必须注意客观实际,不能主断行事。

根据上述见解,可以将围魏救赵之计在各种政治条件下使用的结果,结合中国古代所出现的事例进行推演,大概会出现以下六种情况:

第一种,舍去自己的特长,用自己所短去攻击别人,这不但难以获得成功,而且还是相当危险的事,故为凶。这是一变卦,可变为用己之长而攻敌之短,这样便可化凶为吉,完成本计所要达到的目的。

亢龙有悔跃于渊

　　第二种，知道自己的所长和对方之所短，但违反客观存在，贸然发动进攻，仍是危险的事，故为征凶。这是两变卦，一可变为遵守客观规律，不贸然发动进攻，耐心等待时机的到来。二可变为避开客观存在中对自己不利的因素，积极创造条件，化征凶为征吉，亦即避实就虚，仍有可能完成本计所要达到的目的。

　　第三种，违反本计的原则，是非常凶险的事，永远不要这样做，因为没有好处。这是四变卦，一变可为遵守本计的原则，不去履凶涉险，但不能完成本计的目的；二变为无利可图，舍此计不用，则此本意俱失。三变为循本计的原则，避开凶险，创造条件以完成本计的目的。四变为知其凶险利益所在，避开这些不利因素，以较少的时间达到本计的目的。

　　第四种，客观条件符合使用此计的条件，自然是吉事，即使在众人都是虎视眈眈，其欲逐逐的情况下，也没有什么危险。这是八变卦，有八种变化的可能，因此，即使是符合条件的吉事，也必须要克服各种困难，才能达到本计的目的。这是争胜之道。

　　第五种，本身占据有利的位置，但不具有全胜的条件，故以不动为吉，切不可贸然有所举动，因为动则不利。这是十六变卦，有十六种变化的可能。之所以变化多，因为身处有利位置，觊觎者必多；己不具备全胜的条件，弱点必存；这是不利因素。要保住有利，掩饰弱点，中间变化必多。这是保胜避败之道。

　　第六种，客观条件符合用计，自身又处在有利的位置，果断行事必吉，利于有大动作，这是上爻，以刚为好。上爻三十二变卦，其中变幻离奇之事更多，大的行动安排是不容易的，尤其是在各项条件都有利之时，更要考虑周全，否则仍有危险存在。

综其六种情况，说明围魏救赵之计在实施过程中是千变万化的，无论何种变化，都要求使用者以"观其所养"、"观其自养"为本，充分注意到知己知彼，根据不同情况使用不同的手段，这才是胜战之计的根本。

二、吉而无咎　分势乘虚攻弱

《管子·制分》云："待治者所道富也，治而未必富也；必知富之事，然后能富富者。所道强也，而富未必强也；必知强之数，然后能强强者。所道胜也，而强未必胜也；必知胜之理，然后能胜胜者。所道制也，而胜未必制也，必知制之分，然后能制。"也就是说，做任何事情都必须知道其所以然，才能将事情做好。知己知彼，才能像庖丁解牛一样，使游刃有余。

作为政治家的管仲，辅佐齐桓公成就霸业，使齐国成为春秋五霸之首。那么，他以政治家的眼光来看待事物，自然有其独到之处。他这种知其所以然，然后胜其所以然的认识，正是围魏救赵之计使用的必备前提。

在复杂激烈的政治斗争中，政敌之间是不肯将自己真实情况透露给对方的。在这种情况下，向对方使用计谋就有一定的困难。围魏救赵之计的最大特点是使用者处在旁观者的地位。这种旁观者在两方争斗之时，比较容易看出双方的弱点，自然容易达到避实就虚、击其必救的本意。然而事物是多变的，知其所以然，还必须胜其所以然，这其中也有许多技巧和手法。

第一，分散政敌，削其势而驱之。

在政治斗争环境里，除了统治阶级和被统治阶级这两大敌对双方之外，在各阶层还存在着各种政治势力。比如在统治阶级内部，存在着各种不同的集团和派别，他们因为利益上的冲突，彼此之间的争斗是不可避免的，这也是政治斗争的重要组成部分。政治斗争不可能单枪匹马，出于政治斗争的需要，就要有一定的基础，这就是政治集团和派别生成的重要原因。为了在政治上占据有利的态势，彼此之间的争斗和混战也是必然的。在争斗和混战之中，集团和派别结成盟友或构成敌对，这就使围魏救赵之计有了发挥效用的机会。

在各种政治集团和派别之间，为了本身的利益所发生的斗争是常见的。如何在斗争中占据胜敌的位置，分散政敌的注意力，削弱政敌的势力，这是取胜的前提条件。

战国时期，魏国人范雎，以能言善辩而为齐襄王赏识，受到魏中大夫须贾和权相魏齐的怀疑，动用非刑，将范雎肋骨打折，牙齿打掉。范雎假装死去，又被他们用草席卷起，扔在厕所中，让客人在他身上溺尿。范雎乘无人之际，向看守人员行贿。看守向大醉的魏齐请示，将在草席内的范雎扔到郊外。范雎以此逃出虎口，在魏人郑安平的帮助下，更名张禄，逃到秦国。

秦国当时是昭王在位，太后与权相魏冉当政。范雎是外来之人，又没什么势力，要想在秦国站住脚，自然要费一番心机。他先使用激将法，吸引秦昭王的注意，然后进行游说。在秦国权臣当道，"左右多窃听者"的情况下，范雎未敢言内，先言外事，以观王之俯仰。提出远交近攻的战略，即远交楚、赵，近攻魏、韩，孤立齐国。这种战略与权相魏冉远攻齐国的战略正相反。秦昭王听从范雎的建议，并任命他为客卿，与谋兵事。

范雎第一步先在秦国站住脚，又在远交近攻之计获准中，看到秦昭王与太后和魏冉之间的矛盾，找到可乘之机。经过几年经营，范雎终有机会向秦昭王进言。他先采用离间的方法，以"臣居山东时，闻齐之有孟尝君，不闻有王；闻秦有太后、穰侯（魏冉），不闻有王"为辞，使秦王与太后、魏冉的关系紧张起来。然后又说："夫擅国之谓王，能利害之谓王，制杀生之谓王。"把秦昭王的独尊之心激将起来之后，他又开始讲现在朝廷的太后及"四贵"，即魏冉、华阳君、泾阳君、高陵君的专擅，"乃谓无王也"。并且举出齐国淖齿杀齐王，赵国李兑杀赵王的事例，以"今臣观四贵之用事，此亦淖齿、李兑之类也"来激怒秦昭王，又恐昭王不信，再谈三代（夏、商、周）的亡国原因是"君专授政于臣"。说到这里，当然还不足以使昭王下定决心，于是他又回到现时，说道："今有秩（乡官级）以上至诸大吏，下及王左右，无非相国（魏冉）之人者，见王独立于朝，臣窃为王恐，万世之后有秦国者，非王子孙也！"这种丝丝入扣的辩说，终于打动昭王的心，使昭王废掉太后，逐去四贵。范雎借昭王之手，清除掉不利于自己的政势力，也争得丞相之位，并且被封为应侯。

范雎的所作所为，纯属统治阶级内部争权夺利的行为。他先从魏冉"远攻近交"的对外用兵政策讲起，看出秦昭王与太后和魏冉之间是有矛盾的。对外用兵事情，与魏冉等人的实际政治利益关碍不大，故没有引起魏冉等人的警惕。范雎却借对外用兵而逐渐取得秦昭王的信任，并且发展了自己的势力。在时机成熟时，

亢龙有悔跃于渊

看准魏冉等人的弱点，假借秦王之力，除去政敌，夺取其权位。司马光对范雎所作所为甚为反感，评论说："穰侯援立昭王，除去其害；荐白起为将，南取鄢、郢，东属地于齐，使天下诸侯稽首而事秦，秦益强大者，穰侯之功也。虽其专恣骄贪足以贾祸，亦未至尽如范雎之言。若雎者，亦非能为秦忠谋，直欲得穰侯之处，故扼其吭而夺之耳。遂使秦王绝母子之义，失舅甥（魏冉是昭王的舅舅）之恩。要之，雎真倾危之士哉！"

不论司马光对范雎有多么大的反感，范雎毕竟是政治斗争的胜者。范雎为相十余年，又有一个雄辩之士蔡泽欲取代他。范雎先是不服，曾责怪蔡泽。蔡泽以"日中则移，月满则亏"的道理，向范雎讲述"夫人立功，岂不期于成全邪！身名俱全者，上也；名可法而身死者，次也；名戮辱而身全者，下也"的道理。范雎听取这种建议，推荐蔡泽为相国，而自己托病免相，得到名成隐退的最好结果。由此可见，范雎虽可称为倾危之士，但他在政治斗争中很能保持清醒，这正是他的高明之处。

再有，三国时期，诸葛亮在《隆中对》中定三分天下，其中重要一点是搞好孙吴联合，共同拒曹。这条计策确实行之有效。赤壁之战，大破曹军。而后攻取益州，使蜀汉跨有二州之地，兵强马壮。再加上孙吴战后图强，吴蜀对曹魏已占优势。然而就在这时，情况发生了变化。

219年，蜀国大将关羽乘刘备夺取汉中之声势，与孙权联合。关羽自江陵北伐，孙权进攻合肥。关羽率军于樊城水淹曹仁部下于禁等七军。兵围樊城，华夏震恐。曹操不敌，准备迁都以避敌锋。司马懿、蒋济献计曰："于禁等为水所没，非战攻之失，于国家大计未足有损。刘备、孙权，外亲内疏，关羽得志，权必不愿也。可遣人劝孙权蹑其后，许割江南以封权，则樊围自解。"此计便是分散政敌，削其势而驱之的谋略，也自然被曹操所采纳。

　　面对曹操的谋略，孙权并不是不知，但为利益所诱，又兼关羽因孙权为子求婚其女不许，孙权袭破关羽，夺取荆州之心早有。孙权借曹操派人来游说之时，作书与曹操，愿讨关羽以自效，并要求曹操不要透露消息，使关羽有所防备。谋士董昭认为暴露这个消息为好，这样"可使两贼相对衔持，坐待其敝"。再者关羽为人好强，兵围樊城期望大功，必然犹豫不退，曹军知此却能提高士气。果不出董昭所料，关羽围而不撤，荆州反为孙吴袭破。关羽腹背受敌，最后败走麦城，被孙权所杀。

　　曹操利用孙、刘两家的矛盾，诱之以利，使双方的联盟破坏。当然受损失最大的是蜀国，因为自此以后，蜀很难再发展了。然而孙权也没得到太多利益，他虽然得到荆州，并在吴、蜀夷陵之战，火烧连营七百里，大获全胜，但自此也失去北上争夺天下的机会，也只有在江南发展了。曹魏因孙刘联盟破裂，稳住阵角，逐渐取得优势，孙、刘两家再度联合，也无灭曹之能力，三国自此鼎立，而魏最强，这是政治谋略的成功。

第二，避实就虚，择其弱而攻之。

　　在政治斗争中，各种政治势力为了自身的利益，时而联合，时而相攻，时而和平共处，为的是争夺有利的态势。那么，联其必欲联，攻其必须救，处其必想处，则是政治斗争的策略问题。而如何去联、去攻、去处，则是具体实践问题。所说的避实就虚，就是争取斗争主动权的重要策略和取胜的必要前提条件；所说的择其弱而攻之，就是斗争中的具体实践和争胜的现实。

汉高祖刘邦的皇后吕氏，是女中强人，在刘邦去世后，能牢牢地把持政权。在她当政的十余年时间内，刘姓诸侯王的势力强大，功臣集团是政权的主要支柱。宗室和功臣在当时关乎政权的稳定，吕后不可能像妒杀戚夫人那样，用凶残的手法除掉功臣集团；也不可能以毒死赵王如意的手法，用狠毒的手段清除刘姓宗室势力。为此，吕后寝食不安，处心积虑地扶植吕氏家族，以期与宗室和功臣势力抗衡，并试图占据有利的态势，以巩固自己的统治。

前180年，吕后病重，她自知难以久在人世，不由得为吕氏家族的兴衰焦急。她安排自己的侄子吕禄为上将军，掌管北军；吕产为相国，总领政务并掌管南军，并且嘱咐道："吕氏之王，大臣弗平。我即崩，帝年少，大臣恐为变。必据兵卫宫，慎毋送丧，为人所制！"吕后的安排很有必要，因为功臣集团与刘姓诸侯王暗中联合，静观待变，如不防备，吕氏之族将后果难料，亦可见吕后之强。

果然，吕后一死，刘姓的齐、楚等王就以除诸吕为名在外兴兵；功臣周勃、陈平等与刘姓诸侯王相谋，试图于内推翻诸吕。然而，吕禄、吕产把持南北军大权，"列侯群臣莫自坚气命"，因为他们的势力还不可能消灭诸吕。就在这时，号称"一生多阴谋"的陈平，出了关键一谋，就是围魏救赵之计中的避实就虚，择其弱而攻之的手法。

陈平和周勃先劫持了郦商，然后逼迫其子郦寄前往游说吕禄。

郦氏在当时是著名的游说之家，而且与吕氏相善，故陈平选中郦家。郦寄果然善辩，对吕禄说："高帝与吕后共定天下，刘氏所立九王，吕氏所立三王，皆大臣之议，事已布告诸侯，皆以为宜。今太后崩，帝少，而足下佩赵王印，不急之国守藩，乃为上将，将兵留此，为大臣诸侯所疑。足下何不归将印，以兵属太尉（周勃），请梁王（吕产）归相国印，与大臣盟而之国。齐王（刘襄）兵必罢，大臣得安，足下高枕而王千里，此万世之利也。"一番游说，使吕禄心为之动，也使诸吕犹豫不决。

在功臣集团与宗室合谋推翻诸吕之时，诸吕也在积极行动。双方在剑拔弩张之时，郦寄说服吕禄交出军权，使周勃得以进入北军，掌握了北军的指挥权，可以调动军队参与行动。此时吕氏尚拥有南军，若双方交战，鹿死谁手尚难分晓。

以汉代守卫京城和皇宫的、直属于中央的军队而言，主要由以下四个部分构成：

一是负责宫中殿内警卫的郎官，由郎中令率领，称为郎卫。郎官有议郎、中郎、侍郎、郎中、外郎的区别，其任务也不仅是宿卫，还有随从、顾问的性质，而且具有候补官的身份。郎中令（光禄勋）是负责宫殿内一切事务的总管。这部分武装是皇帝最亲近的警卫部队。

二是负责殿外宫墙内警卫的卫士，由卫尉统领。卫士的指挥机关驻在长安城内未央宫，因未央宫在长安城南，故称卫士为南军。南军前期总兵额为两万人，至汉武帝时减去一半。士兵是从各郡国轮番征调来的。卫尉下属主要有：南、北宫卫士令，掌南、北宫卫士；左右都候，掌徼循宫中；宫掖门司马，掌宫掖门守卫；

诸屯卫候、司马,掌宫门卫屯兵;公车司马令,掌司马门守卫,并负责收发传递奏章及贡献物。

三是守卫京城的屯兵,初期由中尉统领。因屯兵驻守在长安城的北面,故称为北军。汉武帝时改革北军,设有八校尉,每校大约八百人。北军负责京师的守卫,战时,一部或全部随皇帝所任命的将军出征。

四是驻守京师内外的卫戍军。汉武帝时,设执金吾统领缇骑巡徼长安城内,设城门校尉领城门屯兵守卫长安各门,左、右、京辅都尉领三辅郡兵保卫长安城外,由执金吾统一节制,形成一支单独卫戍长安的驻军。

由此可见,吕产掌握一支两万人的军队,又靠近皇宫,若举兵与周勃等抗衡,有挟天子之势,很难说不会获胜。吕产进驻未央宫,掌握军队调动权,则功臣与宗室的兵变行动很难成功。基于此,陈平和周勃一方面隐瞒住吕禄放弃兵权的消息,一方面嘱咐卫尉不要让吕产进入南军的指挥机关所在地——未央宫,然后让朱虚侯刘章率兵千余人驰赴未央宫。

本来吕产感觉有变,带着随从来到未央宫,在受到拦阻之后,他还不知事情的紧急,"徘徊往来",下不了冲进未央宫的决心。这时刘章率北军士兵赶来,吕产还以为是吕禄派来援助自己的,不期这些士兵竟砍杀过来,顿时慌乱起来,被刘章追杀在郎中府第的厕所中。吕产除去,大患已去,周勃则从容地派人搜捕诸吕男女,"无少长皆斩之",放弃兵权的吕禄,也没有逃过被杀的命运。

综观这次事变,陈平、周勃两次实施避实就虚的手法。第一次是让吕禄交出兵权,避开吕禄握有能征善战的北军指挥权的实,就吕禄意欲保全利禄的虚，乘机夺得兵权，将不利化为有利。第二次是阻挡吕产进入未央宫，避开吕产指挥南军的权力之实，就吕产犹豫不觉之虚，乘其不备而突施进攻，最终掌握胜券。这就是避开凶险，以己之长攻敌之短的成功事例。

第三，歼其渠率，攻其要以胜之。

在各种政治势力相互掣肘之时，某种政治势力欲争取有利的态势，常常会联合对自己有利的政治势力，以期抗衡其他政治势力。然而，与之相抗衡的政治势力，自然也不愿受制于人，必然要破坏对方的联合。在这种情况下，歼其渠率的手段则容易出现。东晋时期，世家大族把持朝政，皇帝实际上没有什么权力，"晋主虽有南面之尊，无总御之实，宰辅执政，政出多门，权去公家，遂成习俗"。这样，皇权与世家大族当权派之间的矛盾尖锐，彼此之间的冲突是不可避免的。

东晋穆帝（345—361年在位）时，世家大族中的桓温兴起，为荆州刺史、安西将军、都督荆梁等四州诸军事。会稽王司马昱畏桓温势盛，乃援引另一世家大族的殷浩来参与朝政，都督扬、豫、徐、兖、青五州诸军事，与桓温抗衡。桓温不愿意有人与之相抗衡，便多次上书请求北伐，以期通过北伐攫取更大的政治军事权力，希望能够打破这种平衡。殷浩和穆宗深知桓温的用意，不批准桓温的上书。然而，桓温声言北伐，光复故土，名正言顺，如果没有一定的举动，其理必在桓温，何况桓温拥众四五万于武昌，北可进击中原，南可攻打建康（京城）。为了搪塞，穆宗派褚裒、殷浩两次北伐，结果都损兵折将，惨遭失败。这就给桓温以把柄，使桓温得以"因朝野之怨,乃奏废(殷)浩,自此内外大权一归温矣"。而后桓温三次北伐,有一些建树,权力日益膨胀,身为都督中外诸军事、假黄钺,总督内外大权。桓温"既负其才力,久怀异志,欲先立功河朔,还受九锡",最终为攫取皇权,乃废掉晋帝司马奕为海西公,拥立简文帝司马昱,以便独揽大权。

司马昱原本与殷浩联合以抗桓温,殷浩被废,他已是孤掌难鸣。再加上桓温专权,剪除异己,左右都是桓温耳目。司马昱无可援之势力,又难受傀儡之辱,故常吟庾阐诗"志士痛朝危,忠臣哀主辱"以感叹。在位才两年,便忧愤而死。

桓温在这场政治斗争中,两次使用围魏救赵之计的"歼其渠率,攻其要以胜之"的手法。第一次是借北伐之名,实欲除掉与之相抗衡的政敌首领殷浩。殷浩与庾氏都是世家大族,并且都握有重兵,朝野上下也多是其党羽。以此之故,桓温攻击殷浩,意在歼其首领,使其失去统帅,然后各个击破。果然,殷浩一去,群雄无首,桓温先后杀掉庾倩、殷涓等,一举占据优势,连身为吴中世家大族首领的谢安,见桓温也得"遥拜"。在基本掌握主动权之后,桓温的野心也日益增加,便实施第二次,就是借推司马昱为帝,将其驾空,困而辱之,这也是歼其渠率的重要手段。司马昱死后,桓温拥立司马曜,开始向皇权进取。然其命运不济,大事未成而身先病死。

第四,挑敌纷争,趁其伤而灭之。

在政治斗政争中,几种政治势力的联合,固然能够占据有利的态势。由于权力的作用,这种联合必然存在着矛盾。在这种情况下，处于劣势的一方，利用对方的矛盾，破坏他们的联合，并力争挑起他们纷争，在他们纷争难以自顾之际而发动进攻，这正是在"虎视眈眈，其欲逐逐"中的争胜之道。

东汉末年，董卓为乱，被王允设计诛除之后，董卓部将李傕、郭汜、樊稠等惶恐不安，向王允请求赦免。王允自从计除董卓之后，认为大患已除，其他不足虑，竟不肯赦免董卓余党，使李傕、郭汜等人忧惧不知所为。就在这时，谋士贾诩向李傕游说道："闻长安中议欲尽诛凉州人。诸君若弃军单行，则一亭长能束君矣！不如相率而西，以攻长安，为董公报仇。事济，奉国家以正天下；若不济，走未后也。"这一说辞，打动李傕、郭汜等人的心，并且结成联盟，挥兵直攻长安，赶走吕布，杀掉王允，把持朝政。

凉州另一军事集团的首领马腾和韩遂，见同乡把持朝政，因"私有求于李傕，不获而怒"，举兵相攻。李傕派郭汜、樊稠及侄子李利率军相迎。马腾、韩遂战败，退走凉州，樊稠等率兵紧追不舍。在危难之时，韩遂乃利用同乡的关系，派人前往向樊稠说："本所争者非私怨，王家事耳。与足下州里人，欲相与善语而别。"韩遂与樊稠"乃俱却骑，前接马，交臂相加，共语良久而别"。此情此景被李利看见，便告诉李傕说："韩、樊交马语，不知所道，意爱甚密。"本来李傕对樊稠"勇而得众"之事心怀疑惧，听得此话，其疑惧更深。然他不露声色，加樊稠的官比三公，准许开府，参与选举，而暗地准备下手。

195年春天，李傕以会议为名，于坐中刺杀樊稠，"由是诸将转相疑贰"。李傕的联盟也因此而遭到破坏，代之是"各治兵相攻矣"。此是历史上有名的"李傕、郭汜之乱"。李、郭二人相争，

亢龙有悔跃于渊

一劫天子,一拘公卿,长安城几乎夷为平地。此后,军阀混战大规模展开,割据势力交争,李傕、郭汜因自相残杀,也就退出竞争的战场。

从上面的事例来看,韩遂在用计谋时,仅仅是出于保存自己,没有想到会导致李傕联合势力的分裂。即使有这种意图,以韩遂的势力,他是不可能趁李傕联合势力纷争之机而乘势攻取之。因此,韩遂即便是使用围魏救赵之计的这种手法,也只是完成前半部分,不算大胜,仅是"吉"而"无咎"而已。可见,使用这种手法者,要想获全胜,必须是自己拥有一定取胜能力的。

唐代永贞元年(805年),唐德宗病死,唐顺宗即位,任用东宫旧臣王伾、王叔文辅政,史称"二王"。二王是两个蹩脚的政客,一旦权力在手,"娴然自得,谓天下无人。荣辱进退,生于造次,惟其所欲,不拘程式。士大夫畏之,道路以目"。本来在唐顺宗的重用之下,他们可以有所作为,立志革新政治。在中国古代官场上,官职升迁过快,很容易招人嫉妒;再志满任意,目中无人,更容易遭怨。在这种不利的情况下,他们不知收敛,却只知弄权谋财,"不以簿书为意,日夜与其党人屏人窃语,人莫测所为",就给政敌以攻击的把柄。

二王主要决策者是王叔文,他知道要掌握政权,必须先掌握财权,乃调淮南节度使杜佑任宰相,兼领度支、盐铁使,但又不信任杜佑,自兼度支、盐铁副使,实际上是假杜佑之名而自专之。援引韦执谊为宰相来佐理政务,又不肯放权与他,常到相府去指挥公事。因此,王叔文虽掌握大权,但没有形成真正的势力,基础相当不稳固,况且还没有军权,这就留下很多的漏洞,给人以挑起他们内部纠纷的机会。

王叔文等骤掌大权，不但招致官僚们的嫉恨，更引起掌握神策军指挥权的宦官们的不满，他们之间的冲突已是不可避免的了。

二王与宦官的冲突是以立太子开始的。唐顺宗本来患有重病，即位不久便不能见百官。所有事务，在内由美人牛昭容和宦官李忠言左右，居中由王伾往来传达，由王叔文主管决断，韦执谊在外负责执行。这是一条龙运作，全是假借唐顺宗的名义活动的，一旦太子策立，天子不能临朝，例由太子监国，自然要破坏这一条龙运作，他们的权力也就无从发挥，反对策立太子则是这一条龙内的人的共同心愿。天子患病，策立太子，这是古代安抚内外之心的重要手段，也是必然要做的事，无论如何都要进行。对这样重大的事，二王不事先有所准备，寻找对自己有利的人为太子，只想反对策立和弄权。结果，被宦官首领俱文珍、刘光琦等一活动，策立了这一条龙最不愿策立的李纯（唐宪宗）为太子，他们才感觉到失策和危机的降临，故王叔文吟杜甫《蜀相》诗中的"出师未捷身先死，长使英雄泪满襟"以掩饰内心的恐惧。

当然，二王在受到挫折之后，也不可能就此束手就擒，必然有所动作。他们反思一下，认定是宦官掌握神策军指挥权，才有可能使唐顺宗听从，才会有众多官僚响应，谋夺宦官军权的计划也就由此产生。二王以唐顺宗的名义，任命宦官比较能够信服的老将范希朝为神策军京西诸城镇行营节度使，以本党人韩泰为其行军司马，"藉希朝老将，使主其名，而实以泰专其事"，以期夺得神策军的指挥权。

二王谋夺神策军指挥权之事，最初宦官并没察觉，可宦官也没停止活动，率先削夺王叔文的翰林学士之职，使王叔文不能居中决断，破坏一条龙运作。即便如此，二王的一条龙运作尚未完全破坏，俾能齐心合力，在政治上仍有取胜的可能。但在此关键时刻，王叔文与韦执谊因一件或贬或杀人的小事，竟互相交恶起来。二人的关系紧张，使"往来二人门下者皆惧"，哪里还有心思对付政敌。而后，二人又因剑南节度使韦皋要求扩大地盘之事发生分歧，竟"遂成仇怨"，更难一心对付政敌。

在二王集团内部交哄之时，宦官发觉二王欲夺兵柄的阴谋，乃密令神策军诸将"无以兵属人"。范希朝和韩泰无兵可用，此谋也就告吹，二王已经危在旦夕。在此危急时刻，王叔文的母亲病危，按规定应该求假归养，王叔文不得已而告假。本来归养、丁忧，如果朝廷挽留，还是可以夺情，使其继续为官。可是，二王集团内部交哄，无人为王叔文去留操心；王叔文一番不欲离职的苦心表白，非但没有得到同党的关注，反遭政敌首领宦官俱文珍的折辱。王叔文无奈，只好丁忧而去，二王集团也就失去主谋，也失去最后获胜的机会。

趁二王集团内部交哄，宦官集团先后将二王免职，而后，太子即皇帝位，顺宗为太上皇，二王集团失去保护伞，只有任人宰割，不数日便被杀贬殆尽。

二王在永贞元年正月参与大政，七月去职，共七个月时间。在此期间，二王的一些举措，被称为"永贞革新"。究其失败的原因，主要是二王没有社会基础。本来二王出身，既非大族，又非科第，况且还值顺宗身患重病，本身并不处在有利的地位，而他们之间又为睚眦之怨交哄不已，这就注定他们要失败。当然，如果他们齐心协力，趁大权在握之际，削夺宦官军权，团结朝内有声望的人士为援，其成功的可能性还是有的。但他们志在固权弄权，内部先起纷争，自然给人以可乘之机。故此，宦官集团略施计谋，二王集团便土崩瓦解。

从二王集团的失败，可以看到在"虎视眈眈，其欲逐逐"的情况下，使用挑起纷争的手法，应是"吉"而"无咎"的事。如果不是这种情况，使用这种手法很难成功，也是相当危险之事。也就是说，使用计谋要根据形势的需要，见机行事，且不可生搬硬套。

第五，内引外联，削其势而驱之。

在政治斗争中，各种政治势力为了自身的经济利益和不同的政治目的，彼此之间有着一种相互利用和相互排斥的关系。既然有相互利用的关系，各种政治势力就有内引外联的可能；既然有相互排斥的关系，各种政治势力就有削其势而驱之的可能。正因为有这些可能存在，这就使围魏救赵之计的这种手法有了用武之地。

隋文帝杨坚有五个儿子，即杨勇、杨广、杨俊、杨秀、杨谅。杨坚自夺得帝位以后，便立长子杨勇为太子，"军国政事及尚书奏死罪以下，皆令勇参决之"，颇受重用。史称杨勇"颇好学，解属词赋，性宽仁和厚，率意任情，无矫饰之行"。他作为长子，又出身富贵之家，早早立为储嗣，志骄意满，也就种下祸机。

杨坚尚节俭，自己服御的东西，或坏或旧，"随令补用，皆不改作"。本人平日所食，"不过一肉而已"。在他的提倡下，那时的"丈夫不衣绫绮，而无金玉之饰，常服率多布帛，装带不过铜铁骨角而已"。又"天性沉猜,素无学术,好为小数,不达大体"。杨勇则截然不同,好奢华,文饰蜀铠,养马千匹,"春夏秋冬,作役不辍,营起亭殿,朝造夕改"。在冬至时,"百官朝勇,勇张乐受贺",大张旗鼓地与百官来往,怎能不使"天性沉猜"的父亲心疑呢?杨勇又不会矫饰,稍有不满,便"形于颜色";其父派人"以伺动静,皆随事奏闻";那些善于逢迎势力的群臣,得知杨坚生疑,自然趋奉当今君主,"于是内外喧谤,过失日闻",使杨勇处在危机之中。

杨勇的所作所为,引起父母的猜疑,这就给其弟弟杨广谋夺储位带来希望。本来杨广身为次子,没有成为继承人的可能,但他"每矫情饰行,以钓虚名,阴有夺宗之计"。杨广先使用瞒天过海之计,骗取父母的信任,然后便使用围魏救赵之计的内引外联的手法。

于内,杨广深知父亲颇听信母亲的话,便千方百计骗取母亲的好感,期为内助。有一次,杨广要回扬州镇守时,拜见母亲独孤皇后。几句离别话未竟,便"哽咽流涕,伏不能兴",惹得独孤皇后"泫然泣下"。趁母亲悲伤之时,杨广开始进谗言:"臣性识愚下,常守平生昆弟之意,不知何罪,失爱东宫,恒蓄盛怒,欲加屠陷。每恐谗谮生于投杼,鸩毒遇于杯勺,是用勤忧积念,惧履危亡。"这一番话,引起独孤皇后对杨勇素日的不满,不由得愤然说道:"晛地伐(杨勇小名)渐不可耐,我为伊索得元家女,望隆基业,竟不闻作夫妻,专宠阿云,使有如许豚犬(指云氏所生诸子)。前新妇(指元氏)本无病痛,忽尔暴亡,遣人投药,致此夭逝。事已如是,我亦不能穷治。何因复于汝处发如此意?我在尚尔,我死后，当鱼肉汝乎？每思东宫竟无正嫡，至尊千秋万岁之后，遣汝兄弟向阿云儿前再拜问讯，此是几许大苦痛邪！"杨广闻言，"呜咽不能止"。独孤皇后见状，"亦悲不自胜"。杨广终于取得内援。而后，"中使至第，无贵贱，皆曲承颜色，申以厚礼。婢仆往来者，无不称其仁孝"。杨广运用这种方法，牢牢地巩固住内线。

于外，杨广在朝臣中看中了"兼文武之资，包英奇之略，志怀远大，以功名自许"的杨素，便"倾心与交"，将谋夺储位之意告之。杨素跟随杨坚，立下许多功勋，史家评论："考其夷凶静乱，功臣莫居其右；览其奇策高文，足为一时之杰。然专以智诈自立，不由仁义之道。"杨素得知如此重大计谋，也不由得权衡再三，便先探明独孤皇后的心意，认为杨广有为储贰的可能；又以为"诚能因此时建大功，王（杨广）必镌铭于骨髓，斯则去累卵之危，成泰山之安也"。便甘心为杨广的外援。

杨广运用内引外联的手法，使杨勇内失父母之爱，外寡群臣之助，削夺杨勇的内外势力，最终废掉杨勇，而代之为太子。在整个谋夺储位过程中，杨广"示无私宠，取媚于后。大臣用事者，倾心与交"。自己很少出面竞争，故上取爱于父母，下得心于群臣，这正是按爻辞"居贞吉"的卦象而行事的。如果杨广公开谋夺，这便不是"居"，其成功的可能就很小了，这也是爻辞"不可涉大川"所示。

使用围魏救赵之计的内引外联的手法，重点在于掩饰真实目的，暗中活动，不宜公开，这也是使用这种手法获得成功的根本。如果不是这样，很容易走向反面，非但难以获胜，而且凶险必至。

唐朝末年，藩镇割据，宦官专权，朝臣分党，尤其是经过黄巢军乱之后,"王室日卑,号令不出国门",唐王朝已经名存实亡。即便如此,朝廷内的政治斗争也没有因"朝廷日卑"而停息片刻。

888年,唐僖宗死后,宦官杨复恭拥立僖宗之弟李晔为帝,是为昭宗。昭宗"体貌明粹,有英气,喜文学,以僖宗威令不振,朝廷日卑,有恢复前烈之志,尊礼大臣,梦想贤豪,践阼之始,中外忻忻焉"。不过,这时的宦官与朝官之间的斗争达到白热化,他们各自拉拢藩镇为援助,昭宗虽有大志,很难伸其意,而且还要逃避藩镇争斗,避难他方。昭宗即位多年,非但没有夺回权力,反被宦官勾结藩镇,屠杀宗室十一个王。昭宗痛恨宦官,乃与宰相崔胤相谋去宦官。崔胤外结宣武节度使朱全忠为援,内引左神策军指挥使孙德昭为助。宦官也不示弱,他们内控昭宗,外结强藩为援。双方旗鼓相当,各不相让,都很难除去对方。昭宗感到渺茫,也就变得"多纵酒,喜怒无常"。宦官感觉到昭宗难以控制,乃阴相谋曰:"主上轻佻多变诈,难奉事;专听任南司(朝官),吾辈终罹其祸。不若奉太子立之,尊主上为太上皇,引岐(李茂贞)、华(韩建)兵为援,控制诸藩,谁能害我哉!"

900年12月,宦官的左军中尉刘季述,右军中尉王仲先,枢密使王彦范、薛齐偓(当时号为四贵)等发动宫廷政变,陈兵于殿廷,威胁百官联名署状,将昭宗幽禁少阳院,立太子李裕为帝。崔胤虽在兵锋之下联名署状,但内心不甘,暗地侦察四贵之短,于901年正月元旦发起攻击,诛除四贵,迎昭宗复位,平定这场宫廷政变。

唐王朝内部冲突不断之际,朱全忠已兼并河北,染指河中,控制河东,向关中地区发展了。就在诛除四贵之后,神策军指挥权又落到得到凤翔节度使李茂贞支持的宦官韩全诲手中，而崔胤又因欲得军权而得罪了李茂贞，只好全心投靠朱全忠。这样，"全忠欲迁都洛阳，茂贞欲迎驾凤翔，各有挟天子令诸侯之意"。崔胤欲诛除宦官，致书朱全忠，让他发兵迎昭宗赴洛阳。韩全诲闻朱全忠发兵，乃勒逼昭宗前往凤翔投依李茂贞。903年，朱全忠数败李茂贞，进军凤翔城下，以兵相逼。李茂贞无奈，只好杀宦官韩全诲等七十余人，交出昭宗，欲与朱全忠和解。

昭宗回到长安，实际上是出了狼窝又入虎穴，转为朱全忠所控制。崔胤自以为得计，认为诛除宦官时机已到，乃指责宦官"夺百司权，上下弥缝，共为不法，大则构扇藩镇，倾危国家；小则卖官鬻狱，蠹害朝政"。朱全忠以此为由，"以兵驱宦官第五可范等数百人于内侍省，尽杀之，冤号之声，彻于内外"。宦官集团在崔胤内引外联的压迫下，遭到毁灭性的打击。

崔胤依靠朱全忠的势力，诛灭宦官，排除异己，专权自恣，自鸣得意，孰知前门拒狼、后门引虎。朱全忠自攻破李茂贞，兼并关中，威镇朝野，篡夺之意已经昭彰于内外。在这种情况下，崔胤开始害怕，乃奏请昭宗，重建天子六军，每军步兵六百人，骑兵百人，共六千六百人，以分番侍卫。这一举动引起朱全忠的猜疑，便派朱友谅将崔胤杀死，解散六军，迁昭宗于洛阳，篡夺之势完成。

唐昭宗时的统治集团内部冲突，无论是宦官还是朝臣，都以外引藩镇为援，内控君主以为令，固然都是内引外联的手法，但此时利于相安，保持平衡，谁也不易有大动作，这正是"不可涉大川"的内涵。再加上他们谋夺对方目标明确，不注意、也不会掩饰，这就失去使用这种手法的成功之本，即使在表面上获得一些成功，肯定是难以持久，乃至招来灭顶之灾。

第六，攻其必救，择其弱而制之。

在政治斗争中，各种政治势力相互联合是暂时的，相互倾轧是必然的。既是必然的，各种政治势力相互争斗也就在所难免。在与政敌争斗中，强攻对方，往往是无功而返，乃至碰得头破血流。然而，事关生死存亡，又不能不发动进攻。这样，围魏救赵之计的攻其必救，择其弱而制之的手法，便成为进攻争胜的上策。

汉武帝时，魏其侯窦婴和武安侯田蚡产生矛盾。本来在汉景帝时，窦婴已为大将军，而田蚡才为诸曹郎，来往窦婴处，"跪起如子姓"。后来田蚡逐渐贵幸，"士吏趋势利者皆去（窦）婴而归（田）蚡"。田蚡日渐骄横，窦婴感到田蚡以势相夺，矛盾也就以此而起。在人人离窦婴而去之时，窦婴的好友灌夫，不以窦婴失势而引去，反而往来更密，"两人相为引重，其游如父子然"。灌夫为人刚直，好使酒任性，疾恶如仇，对田蚡所为甚为不满，多次借酒醉谩骂田蚡，加剧了田蚡与窦婴之间的矛盾冲突。

灌夫之所以敢数忤田蚡，是掌握田蚡的隐私，故田蚡在一次酒后，以"灌夫骂坐不敬"，将其捉进狱中，使之不能以隐私之事相邀；然后以"灌夫家属颍川，民苦之"为名，论灌夫及家属以弃市罪（死刑）。灌夫与窦婴关系甚密，窦婴不能不救，便上书汉武帝，试图营救灌夫，这就不免事涉田蚡。此时田蚡正贵，汉武帝也不好决断，乃令他二人在东朝廷辩之。

在廷辩中，窦婴申明灌夫是酒醉失控，田蚡是以他事诬陷之。田蚡身为丞相，知政情所在，以确凿的证据，盛言灌夫罪之恶极。

在廷辩难胜诉的情况下，窦婴不得不揭发田蚡的隐私，以期压倒对方。田蚡的隐私不过是贪财好色，这些行为对专制王朝并无大害。身为丞相的田蚡，深知武帝之心，只要是不威胁他的统治，驳其脸面，他是不会发怒的。因此，田蚡在窦婴直指他的隐私之后，便反言相讥云："天下幸而安乐无事，蚡得为肺腑，所好音乐狗马田宅，所爱倡优巧匠之属，不如魏其（窦婴）、灌夫日夜招聚天下豪杰壮士与议论，腹诽而心谤，昂视天，俯画地，辟倪两宫间，幸天下有变，而欲立大功。臣乃不如魏其等所为。"贪财好色，不会威胁汉武帝的安全，"腹诽而心谤"，已使汉武帝情不能忍，"天下有变，欲有大功"，则更有图谋不轨之嫌，何况还有"招聚天下豪杰壮士"之实，这更使汉武帝难以容忍，其倾向已经明显了。这样一来，不但灌夫夷族之刑难免，连窦婴也被论为弃市之罪。

在君主专制政体之下，向政敌发动进攻，必须掌握专制君主的心态。专制君主所关心的是自己的利益，只要是符合他的利益，他是不会关心臣民的利益的；他所要求的是臣民畏惧和服从，而不许臣民有野心。田蚡是深明此道的，故在这场争斗中，田蚡掌握汉武帝的心态，抓住攻其必救的要点，即是汉武帝所爱的权力，窦婴所爱的灌夫。攻其所爱，击其所惧，择其必救的弱点而制之，也就掌握了制胜的机关。

元世祖忽必烈晚年，重用丞相桑哥，"桑哥既专政，凡铨调内外官，皆由于己"。大权在握，使一些"谀佞之徒"尽力逢迎，欲为桑哥树立德政碑。按常情，这种做法是触动君主忌讳，但对桑哥宠任有加的忽必烈，非但不生疑虑，反而说："民欲立则立之，仍以告桑哥，使其喜也。"这说明忽必烈对桑哥信任不疑，桑哥固宠有术。

桑哥弄权专宠，自然要遭到政敌的嫉恨，发动攻击也是在情理之中。桑哥也深明此道，率先以"人必窃议"为名，奏请忽必烈恩准，笞杖御史，杜塞言路，隔断群臣面见君主的途径，控制章奏文书，使政敌所言无从进入。有幸能见到忽必烈的也先帖木儿等，多次向忽必烈诉说桑哥弄权黩货，"以刑爵为货贩"。忽必烈并不把此事放在心上，依然信任桑哥。这时有位叫不忽木的，受也先帖木儿等人的嘱托，借出使觐见忽必烈之机，弹劾桑哥。

不忽木是深明专制君主心态的，见众人攻击桑哥无效，早已成竹在胸。在觐见忽必烈时，寻机进言道："桑哥壅蔽聪明，紊乱政事，有言者即诬以他罪而杀之。今百姓失业，盗贼蜂起，召乱在旦夕，非亟诛之，恐为陛下忧。"不忽木并不攻击桑哥恶迹，只讲他蒙蔽君主；不讲君主之过，只讲桑哥弄权的后果是将危及君主的统治。这些都是忽必烈所关注的事，自然引起忽必烈的警觉，于是忽必烈"始决意诛之"。政敌们多次攻击桑哥不成，被不忽木三言两语就解决了。

掌握政敌的弱点，利于积极发动进攻，不给政敌以喘息弥补之机，获得成功的概率很高，爻辞中"厉吉，利涉大川"，就是这个道理。攻其必救是围魏救赵之计上策，因为"观其自养"、"观其所养"的真谛就是知己知彼，故在政治斗争中，屡试不爽。不过也应该注意，使用这种手法，必须是"厉"，才能达到"吉"。不能给对方以挽回不利局面的机会，这一点也十分重要，不然仍有失败的危险。

三、敌强我弱　窥机待变出奇

围魏救赵之计作为胜战计，是政治家、野心家、阴谋家在政治斗争中经常使用的手段，正因为如此，围魏救赵之计在政治上应用范围非常广泛。然而，胜战不是决胜，如使用不当，也可招败致祸，故此计对使用者提出很高要求，非善于把握机会者，很难达到预期的目的。

第一，在国与国之间。

国与国之间因政治和经济方面的利益及其冲突，彼此之间的斗争是不可避免的。为使本国能占据有利的位置，避实就虚，攻其必救，联合对自己有利的国家，共同打击对自己不利的国家，并在打击过程中发展自己的力量，这就要使用一些政治上的策略。在这种情况下，围魏救赵之计则成为各国所喜欢选用的计谋之一。

曹魏使用的分散政敌，计联孙吴，攻破关羽的计谋，以及围魏救赵本计的实例就是典型事例。为了自己一方的利益，救难者不顾受难者，径行向自己有利的方向出击。虽然他们是合作者，乃至打着救对方的名义，所采取的策略在一定程度上也起到救难的作用，但从本意来说，其最终是使自己立于不败之地，在不败的基础上才能言及受难方。如孙膑采用围魏救赵之计时，故缓其兵，使赵国尽力消耗魏国的力量，直至赵国投降，魏军回师时，才与之战于桂陵。孙吴因关羽占据荆州而耿耿于怀，曹魏欲借孙吴之力，以解樊城之围；孙吴欲借曹操与关羽交战而牵制住关羽主力，便于他们偷袭，故要求曹魏不要透露他们偷袭的消息。曹魏答应孙吴的条件，但在实际上却将此消息告知关羽。所以说，使用此计的国家，不论他们对盟国如何尽心尽力，总是先站在自己利益的基础上采取行动的。

围魏救赵是争胜之计，这就要求各国站在争的立场上去创造条件，使自己处在有利的位置。创造条件是使用本计的重要前提。既然国与国之间都是站在自己的立场上，都在为自己的利益而奋斗，在争胜中就不可能是一厢情愿的事。如何实现预想的方案，达到预期的结果，这对于一个国家来说，机遇和谋略是十分重要的，如果把握不住，往往事与愿违，非但不能争胜，反会自取其辱，丧权辱国。例如1259年9月，忽必烈兵围鄂州（今湖北武昌），南宋理宗派贾似道为右丞相兼枢密使率军驰援。贾似道是理宗的贾妃之弟，以贵显专权，但畏惧蒙古铁骑，驻守黄州（今湖北黄岗县），观望不前。这时蒙古蒙哥汗驾崩，拖雷（成吉思汗的幼子）幼子阿里不哥争夺汗位，忽必烈心在北方，无心恋战，急于回师争夺汗位，如贾似道进兵，忽必烈必不肯战。但贾似道怕兵败丢官，不肯进兵，反派人与忽必烈议和，拟以长江为界，年供岁币。以贾似道的推测，忽必烈北上争位，败亡在即，现在的缓兵和约自然失效，故认为与其同忽必烈相拒，不如促忽必烈早归，在忽必烈北归时，再从后击其尾。因此他没将议和之事禀报朝廷，竟自作主张。忽必烈欲北上争位，怕阿里不哥有防备，便声称要一举攻破宋都临安，期以此迫宋议和，以便回师北上争位。从双方的策略上看，都是在使用围魏救赵之计，欲批亢捣虚，以达到趋利避害、机动歼敌的目的。然而，贾似道错误估计形势，虽然他在忽必烈北上时，纵兵斩杀其后队七百余人，但忽必烈北上争位成功，贾似道便授人以把柄，使内忧外患全都降临到宋朝的头上。所谓内忧，即贾似道隐瞒私自议和，扣留元使郝经之事，此事此法足以使朝野纷争不已。所谓外患，宋朝已授元朝以把柄，对方师出有名，又扣使臣，适激其怒，大兵相加，宋朝亡在旦夕。由此可见，有机遇固然是用计的成功之本，但谋略也是使计的必备前提，一失足成千古恨，用计者焉能不慎！

机遇难得，用谋略去创造机遇，则比静待其变要高明。好的谋略，不但能够争胜，而且可以弥补本身的不足。例如，齐国攻打鲁国，以当时的力量对比，鲁国亡国在即，但作为鲁国人的孔子，不忍看到自己的国家灭亡，便派弟子子贡为此前往游说。子贡凭借卓越的才能和雄辩，挑动齐国内部纷争，利诱吴国攻齐国，说服晋、越两国攻吴国，造成各国之间的纷争，使弱小的鲁国得以在众强国中生存。司马迁为此感叹道："子贡一出，存鲁，乱齐，破吴，强晋而霸越。"可见成功的谋略是能创造机遇的。

第二，在君臣之间。

君主专制面临着三个重要问题：一个是如何保证政令信息承传迅速和准确无误，做到耳聪目明地制定正确的决策；二是如何使全体臣僚尽职守责，无僭越擅权之机，也无壅滞疏漏信息之由；三是如何广泛地了解各方面的意见，使人尽其言而无腹诽之弊，以因势利导地调整偏弊，稳定自己的统治。这就要求君主必须驾驭臣下，使之为己用，对于不忠顺者排而去之。

在君主专制政体下，专制君主就是赋予生命的太阳，可比作猛兽，比作雷电、暴风雨和洪水等无情的力量。对于他的臣民来说,君主确实像上述无情事物一样可怕,有着永恒的威力。然而,所有以君主名义行事的人,既希望能贯彻他的意愿,又希望能左右他的意志。在这种情况下,君臣之间的关系是处在既利用又防备的基础上,彼此之间有着一种上诈下欺的冷漠。因此,在政治上相互用谋是不可避免的。围魏救赵之计的趋利避害,批亢捣虚的方法,正是他们在政治斗争中所期望获胜的重要手段,故在可能的情况下,无不以使用此计为先择。

君主居高临下,审视臣僚,很容易形成旁观者之势。既是旁观者,就容易看出臣下的弱点,达到本计避实就虚、消权灭势的本意。正如《韩非子·主道》所云:"虚则知实之情,静则知动者正。"

君主居于尊位,操有实权,这是使用此计的前提。然而,君主也是人,人的智能必有等差,有条件,无谋略,也很难得心应手地使用这种计谋。如项羽在鸿门宴上,力足以杀刘邦,但"为人不忍",失去机会。正如韩信所分析的,"项王见人,恭敬慈爱,言语呕呕,人有疾病,涕泣分食饮;至使人有功当封爵者,印刓敝,忍不能予;此所谓妇人之仁也。"正因为如此,他把握不住对自己忠贞不贰的势力,使范增、钟离眜等难展其才,使自己难争天下;他轻信对自己不怀好意的势力,使英布、彭越等叛己而去,给自己带来很多麻烦。这是缺乏谋略,不善于掌握机会者。

君主身居尊位,本应操有实权,但"乱之所生六也,主母,后姬,子姓,弟兄,大臣,显贵"。这些人如果挟持了君主,君主本人的实际权力受到制约,也就失去使用本计的前提。没有条件,即使有谋略,再想使用此计也很难获得成功。如汉献帝在曹操的控制下,备受凌辱。外戚董承因反对曹操被诛三族,汉献帝的妃嫔董贵人也入其刑。是时董贵人正有孕在身，汉献帝为之求情不得，最终也被杀害。面对曹操的专横，汉献帝很想求助外力以自救。此时献帝皇后伏氏，便向其父伏完求救。然左右都是曹操的人，密谋泄露，伏皇后及其所生二子、兄弟宗族死者百余人。伏皇后向献帝求救，献帝悲不自胜地说："我亦不知命在何时！"在这种情况下，君主再有谋略，也无计可施。由此可见，君主使用此计也有一定的条件限制。

在君主专制政体下，君主是主宰，处于支配地位；臣下是仆人，处于被支配的地位。而如何顺应这种既定的政治体制结构，顺应君主的好恶脾性，以达到自己的政治目的，则是臣下必须掌握的技巧。在这种情况下，大概会出现以下几种可能和不可能。

其一，臣下可能是野心勃勃而谋求个人私利的政治赌徒，要排除异己，邀宠媚上，乃至谋夺君权；也可能是忠心耿耿而忧国忧民的忠良之士，要施展抱负，有所作为，乃至以天下为己任。

其二，臣下可能是道貌岸然而作伪称善的欺诈高手，要施展计谋，博取声名，乃至口蜜腹剑；也可能是胸襟坦荡而严己待人的正直之士，要明于体用，详明政理，乃至虚己下士。

其三，臣下可能是奴颜婢膝而谄媚取容的溜须惯手，要装腔作势，顺容取宠，乃至吮疽尝粪；也可能是贤良方正而不善逢迎的刚正之士，要教化正俗，以道论才，乃至疾恶如仇。

其四，臣下可能是作威作福而志骄意满的骄横权贵，要巧取豪夺，挥霍无度，乃至奢僭威福；也可能是谨小慎微而乍登显位的寒素之士，要儒雅自命，力保清白，乃至粗衣布被。

其五，臣下可能是久涉宦海而沉浮自如的官场老手，要明哲保身，看风使舵，乃至处世圆滑；也可能是涉世尚浅而盛气未衰的有志之士，要振颓革弊，施展抱负，乃至争强好胜。

以上诸种人和事，对君主来讲，对其统治都存在着威胁。对臣下来说，不对君主使用权变，使用一些手段，既不能保全自己，又不能使自己在复杂的政治斗争中站住脚。因此，臣下对君主使用计谋则是非常普遍的。

以围魏救赵之计的不变中心，"观其所养，观其所自养"来说，它要求知己知彼，以己之长攻敌之短。作为臣下，处于下位，如不掌握此点，就谈不上用计谋。而掌握此点，在伴君如伴虎而风波叵测的当时，就能如履平地。例如，西汉时，丞相王陵"为人少文任气，好直言"。在吕后专权，欲王诸吕的情况下，王陵抬出刘邦的戒约："非刘氏而王者，天下共击之。"以阻止吕后王诸吕，反被吕后"阳迁为帝太傅，实夺之相权"。那么，另一位丞相陈平，面对吕后王诸吕的事，却说："高祖定天下，王子弟；今太后称制，王诸吕，无所不可。"也正是这位陈平，一生六用奇谋，在灭西楚、定汉朝、制韩信、平诸吕、全社稷、安刘氏等重大问题上处置态然，在"事多故矣"的当时，陈平能"竟自免，以智终"，确实是不容易的。由此可见，臣下对君主使用此计，其必备的条件是"智"，如果舍"智"，就要用"诈"。智和诈同样是用谋略，但所得的结果则截然相反。前者多被称之为"忠"，后者多被称之为"奸"。

第三，在臣僚之间。

在君主专制政体下，臣僚们在政治上有朝廷认可的功名爵禄和职位，在经济上享有全部和部分国家赋税的优免权，在法律上可以得到优待权，在社会上又有受人尊敬和让别人另眼相看的荣耀，他们是特权阶级。

特权阶级也有高下之别和特权多寡的差异，而且是壁垒森严。在特权等级内的各种人物，出身各异，性格各异，语言各异，作用各异，命运各异。他们或颐指气使而昂扬，或潜行觅踪而待变，或唯唯诺诺而保位，或垂头顿足而悲命，或气短流长而叹哀；彼此之间相互排挤，钩心斗角，在为自身的利益而拼搏。从某种意义上看，这些臣僚们所产生的各种矛盾纠葛，主要集中在政治上。政治斗争的残酷性和复杂性，使臣僚们不得不花费许多心思去维持上下左右的关系，致力于保全自己，排斥异己。在这种情况下，作为争胜计之一的围魏救赵之计，则成为他们所喜欢选用的谋略之一，广泛地使用在如下几种场合。

首先，围魏救赵之计用于臣僚们争权的场合。权力影响臣僚们的切身利益，权力也必激起臣僚们争权夺利的欲望，刺激着臣僚们的胃口。对于臣僚们来说，权力总是充满强烈的诱惑力量。在这种情况下，争权是不可避免的。为了能得到权力，他们可以用倾危的手段，以达到本计要求的避实就虚。如战国时的范雎排挤魏冉，而蔡泽又挤掉范雎，蔡泽又不数月而免，所用的都是这种手段。也可以采用以强凌弱的手段，以达到本计要求的击其必救。如东晋桓温，倡言北伐，逼迫殷浩在准备不充分的情况下北伐，结果兵败而名声失，被桓温奏废。还可以用挑起纷争的手段，以达到本计要求的批亢捣虚。如东汉末年的李傕、郭汜之乱，唐代二王集团的内部不和，都为其他政治势力乘虚而入创造了争胜的条件。

其次,围魏救赵之计用于臣僚们保权升官的场合。作为官吏,未入仕时百计求官,即入仕则千方百计保官升官,只要能达到这种目的,对于他们来说,这就是胜利。为了保官升官,他们可以用欺人耳目的手段,以达到本计所要求的以己之长攻敌之短。如汉武帝时的丞相田蚡与窦婴之争,隐去自己"贪财好色"中的不法,诬窦婴以"腹诽而心谤",而掌握获胜的关键。为了保官升官,也可以采用观其俯仰的手段,以达到本计所要求的不可涉大川。如杨广的"示无私宠,取媚于后。大臣用事,倾心与交"。为了保官升官,还可以用见机行事的手段,以达到本计所要求的"观其所养"。如元代不忽木说服忽必烈诛除权臣桑哥。

再次,围魏救赵之计用于臣僚们避难逃祸的场合。在上下左右相互制约的官场内,不善于谋所以自存,必入炎渊苦海。在大难临头之时,只要能达到避难逃祸的目的,对于这些臣僚来说,也算是胜利。为了避难逃祸,他们可以用趋利避害的手段,以达到本计所要求的共敌不如分敌。如孙吴时,校事吕壹诬江夏太守刁嘉谤讪国政,事连侍中是仪。是仪自辩云:"今刀锯已在臣颈,臣何敢为(刁)嘉隐讳,自取夷灭,为不忠之鬼!顾以闻知当有本末。"辞不倾移,遂避其祸,即是此种手段。为了避难逃祸,也可以用后发制人的手段,以达到本计所要求的敌阳不如敌阴。如汉代陈平,"奇计或颇密,世莫得闻也"。在成败关键时刻,"竟自免,以智终"即是此种手段。为了避难逃祸,还可以用虎视眈眈的手段,以达到本计所要求的以强力逞雄。如三国蜀汉的姜维长久将兵与曹魏相争,宦官黄皓在内弄权,阴欲废掉姜维大将军之职;姜维自知祸之将至,便自请沓中屯田,身将重兵于外,使黄皓不敢轻易兴废,即是此种手段。

在君主专制政体下,"法不能独立,类不能自行,得其人则存,失其人则亡"。所有制度都要受到"人治"的左右。臣僚们怀有不同的目的和动机,其最终目的都在于谋求更大的权益,在权益争夺中,作为胜战之计的围魏救赵之计,自然成为他们谋权自固的必要手段,故在臣僚中得以有长盛不衰的市场。

四、攻守兼备　进退自在我得

在政治斗争中,围魏救赵之计能发挥其制胜的功效,是有其基本特点的。

第一,就围魏救赵之计在政治上的应用而言,具有隐蔽性和进攻性的特点。

所谓的隐蔽性,是指"围"的声势,这是本计的表面现象。这种表面现象掩盖"救"的实际,因此具有隐蔽的特点。

所谓的进攻性,即是指使用围魏救赵之计的一方,其目的就是向政敌发动进攻,在进攻中寻找政敌的弱点,亦即"共敌不如分敌,敌阳不如敌阴"。其进攻方向往往是出乎政敌意料之外,这样便使政敌难以防备,达到出奇制胜的效果。

隐蔽性和进攻性相结合,就使本计在争胜中占据了有利条件,这也是胜战计的基本特点。例如,范雎欲谋得魏冉的相国位置,先从与魏冉利害关系不大的对外政策下手,这就隐蔽自己欲谋倾其位的意图,也使魏冉放松警惕,最后"扼其吭而夺之耳"。实际上是达到出奇制胜的效果。再如，杨广"阴有夺宗之计"，但他从不暴露自己真实意图，而是上争父母之爱，下取群臣之心，把握住关键之后，再发动攻势，最终实现夺宗目的。这些都是隐蔽和进攻同时进行，以隐蔽而掩饰自己的真实意图，以隐蔽寻找政敌的弱点，以隐蔽而不招致政敌注意；与此同时，又以进攻争取主动，以进攻分散政敌的注意力，以进攻获得政治上的主动权。

从本计的演变来看，它很适用于"虎视眈眈，其欲逐逐"的政治环境。在这种环境中，既容易出现使用本计的机会，也为使用者争取和创造机会带来方便。"虎视眈眈，其欲逐逐"，隐蔽性和进功性能发挥最好的功效。

第二，就围魏救赵之计在政治上的作用而言，具有竞争性和实际性的特点。

从本计推演来看，其不变中心是"观其所养，观其所自养"，以己之长攻敌所短。从其所变的六十三变卦来看，虽然要求使用者遵照客观规律，但更多的是要使用者积极地创造有利条件，化不利为有利，这就说明本计的竞争性。从本计的上爻来看，即使是使用条件具备之时，还要求注意不利的方面，要求考虑周全，这说明本计的实际性。

所谓的竞争性，即是本计的趋时寻机的要求，如有时机，一定要竞争，不然时机很可能就失掉。在"围"和"救"的转换上，时机是非常重要的，把握机会，才有可能争胜，尤其是在"虎视眈眈，其欲逐逐"的政治环境里，如不竞争，机会很可能稍纵即逝。机会一失，使用本计的先决条件就不存在了。

所谓的实际性,是指本计的"围"是站在自己的立场上,"救"也是看对自己是否有利的基础上。使用者总是要从自己的实际利益出发,这就是本计的实际性。至于分敌力,攻敌阴的后发制人的手段,更是按照实际情况而制定的谋略。

围魏救赵之计是一种进攻性的计谋,在中国古代政治斗争中屡见其效。正因为此计屡见功效,才成为政治家、野心家、阴谋家们所乐于使用的谋略。这种谋略见效的原因是,只要把握住本计"观其所养,观其所自养"的根本,就能达到知己知彼,以积极进攻的手段而将政敌置于困境,这就体现了本计竞争性和实际性的特点。例如,曹操深知蜀、吴两家的矛盾,有意破坏两家的联盟,以期从中渔利,这是注意到在竞争的同时,结合实际情况,故而在三国鼎立时占据强者之位。陈平在诸吕专权时,自知力不足以制服诸吕,故能在当面阿附吕氏,而暗夺诸吕实权,削其势而利于己,稳扎稳打,既注重竞争,又注意到实际力量的变化,才最终取得安刘氏的成功。桓温步步为营,知政敌所畏者北伐,上表朝廷而将兵压向朝廷,迫使殷浩仓促北伐,这是注重到实际;殷浩北伐失败,他强兵压境,迫使殷浩垮台,争夺到内外实权,这是注意到竞争。

第三,就围魏救赵之计在政治上的使用基础而言,具有广泛性和稳定性的特点。

"虎视眈眈,其欲逐逐"的政治局面,在中国古代是经常的现象,在这种局面下,围魏救赵之计被政治家、野心家、阴谋家们经常应用到政治斗争中去,故其使用基础是广泛的。虽然围魏救赵之计要求机遇和谋略相结合,二者缺一不可,这就对使用者提出较高的要求,但是此计在政治斗争中屡屡奏效,对所有参与政治角逐的人们来说,不能不产生很大的诱惑性,基于这种诱惑,无论是何种政治势力都期望能够使用,这就使这种广泛性相对稳定。

就其使用基础的广泛性而言,因围魏救赵之计来源于古代有名的历史事件,其事经史书和民间传说,本来影响的范围就很广泛;再加上使用者经常能获得出奇制胜的功效,这对经常处在争权夺利中的统治集团的影响更深。在君主专制政体下,围绕君主的各种政治势力之间,既存在相互利用、狼狈为奸的关系,又存在相互排斥、尔虞我诈的关系。他们在巩固和争夺权力的过程中,往往会用自己熟悉的事情来进行比较,进而保持了这种使用基础的广泛性持续不衰。

王亚南先生曾经讲道:"在专制政治出现的瞬间,就必然会使政治权力把握在官僚手中,也就必然会相伴而带来官僚政治,官僚政治是专制政治的副产品和补充物。"在君主专制和官僚政治下,无论是君主,还是官僚,不使用权术,很难保住和争得权力和地位。他们都需要权术,这就保证本计在政治上的使用基础相对稳定。

第四,就围魏救赵之计在古代政治环境而言,具有特殊性和适应性的特点。

中国古代长期实行君主专制政体,君主专制、中央集权、官僚政治、宗法血缘关系等构成复杂的政治环境。在这种政治环境里,人为政治占有主要的地位。君统臣以术,臣奉君以道,都需要使用权谋。围魏救赵之计在胜战计中是需要掌握机遇和具有谋略的，它以其独特的争胜效能，适应于这种独特的环境。

所谓的特殊性，是指围魏救赵之计的"围"是手段，"救"并不完全是目的，这是其独特之处；这种独特之处，在古代政治环境中，"围"是进攻的手段，"救"是进攻的名义，无论"围"和"救"都是站在本集团的利益之上，这是此计的特殊性。在政治斗争中，使用本计多是用于权力的角逐上，使本计充分体现权力的独占性的特点。本来，君主专制政体，权力意味着地位和财富，决定着人们的生死荣辱，无论是政治家，还是野心家、阴谋家，无不把权力的竞争作为自己的主要目标。权力的竞争，固然要凭借实力，而实力不足，则需要以谋略补充。围魏救赵之计既可给实力强大者提供制胜的方法，又可给实力不足者提供创造胜机的策略，自然也就适应这种权力竞争的特殊环境。

所谓的适应性，是指围魏救赵之计适应于各种权力竞争的场合。权力的独占性和排他性，决定了权力的竞争复杂性。围魏救赵之计以其"观其所养，观其所自养"的独特之处，对使用者提出观察政敌弱点的要求，完全适应这种权力竞争的复杂性。

总之，围魏救赵之计作为胜战计，为政治家、野心家、阴谋家所喜欢使用，他们在政治斗争中，根据各种不同政治情况，不断变换手法，丰富本计的内容。本计在使用上的千变万化，又使本计在变幻离奇中，增添了许多神奇性。

借刀杀人

——尔虞我诈　心存损下益上

本计云："敌已明，友未定，引友杀敌，不自出力，以《损》推演。"其大意是：敌方的情况已经明确，而盟友的态度尚未确定，要引诱盟友去消灭敌人，保存自己的力量，要善于用《周易·损卦》中的"损下益上"、"损刚济柔"、"损益盈虚"等逻辑去推演。

本计用在军事上，是制造和利用敌军的矛盾，或利用盟军的力量。称之为诱敌就范，以逸待劳，以借敌力；迷惑敌盟，使敌错觉，以借敌盟；使敌互误，自相残杀，以借敌刃；取之于敌，用之于敌，以借敌财；离间敌将，令其自斗，以借敌将；探知其计，将计就计，以借敌谋。主要是保存自己，力争使敌方自相残杀，在乱中取胜。本计用于政治上，则主要是相互利用，尔虞我诈，其中含有许多变幻离奇、不可思议的手段。

借刀杀人之计是一种在政治斗争中常用的手段，在政治家、野心家、阴谋家们当中，善运用者，则战胜政敌，保存自己；不善运用者，常被政敌离间，自乱营垒，而终遭陷害；善于运用而能识破对方计谋，将计就计者，更能把握胜机。尤其是在复杂的派别政治斗争中，善于运用此计者，便争得胜战之道；不善运用

陈平献离间计,英布反楚

者，则很难争得胜道；善于运用又能识破对方者，胜道已经在握。虽然此计在表面上看是充满奸诈，富于诡道，按照传统思想来说，又是不道德的；可是，在政治斗争中，尤其是各种政治派别之间，这本身是你死我活的问题，用道德是很难衡量的。使用此计战胜对方，又能在道德上站住脚，乃至以此博取声名的，这乃是此计的全胜之道；使用此计战胜对方，而在声名上落下污点，这乃是此计的争胜之道。正因为此计既有全胜，又有争胜，才为历来的政治家、野心家、阴谋家所青睐，而经常应用于政治领域。

一、伤敌增己　其道上行得志

《周易·损卦四十一》云：损：有孚，元吉，无咎，可贞，利有攸往。曷之用？二簋可用享。《象》曰：山下有泽，损。君子以惩忿窒欲。

【一爻】初九，已事遄往，无咎。酌损之。《象》曰：已事遄往，尚合志也。

【二爻】九二，利贞，征凶。弗损，益之。象曰：九二利贞，中以为志也。

【三爻】六三，三人行，则损一人，一人行，则得其友。《象》曰：一人行，三则疑也。

【四爻】六四，损其疾，使遄有喜，无咎。《象》曰："损其疾"，亦可喜也。

【五爻】六五，或益之十朋之龟，弗克违，元吉。《象》曰：六五元吉，自上佑也。

【六爻】上九：弗损益之，无咎，贞吉，利有攸往，得臣无家。《象》曰："弗损益之"，大得志也。

借刀杀人计确定以《周易·损卦》为推演之本，这与《周易·损卦》的"损下益上，其道上行"的转换关系有密切的联系。八八六十四卦，它包含有二位进数的关系。每一卦有六爻，初爻有一变卦，二爻有两变卦，三爻有四变卦，四爻有八变卦，五爻有十六变卦，六爻也就是上爻有三十二变卦。共六十三变卦，加一不变卦，而组成六十四卦。不变卦为守恒，变卦为通变，两者共存。上引经文，共分出六爻，其不变卦为"损"，而"损"的中心是"损下益上，其道上行"，这是不变的，其余都有一定的变化。由此可见，借刀杀人计之中亦有许多变化。

从《周易·损卦》的演变，再按本计的内涵进行推演，可见借刀杀人之计的本意是用政敌的损失，来换取自己的利益，这是不变的中心。要达到这种目的，中间还有许多变化。这种变化，正是对事物辩证分析。虽然有些主观，但也不失对事物的正确认识。

按《周易·损卦》爻辞所示，基本上可以认为：一爻为"受到损失，但还算有益，是尚合志也"；二爻为"不受损失而有益，是中以为志也"；三爻为"损益难定，在取舍疑似之间要作出有利的决定"；四爻为"损者无怨，益者高兴，损益合理，亦可喜也"；五爻为"考虑周到，损少益多，等于有天保佑"；六爻为"被损者残重，获益者良多，是大得志也"。根据上述见解，将借刀杀人计的结果进行推演，也就是在政治上使用借刀杀人之计，大概会出现以下六种可能和结果。

第一种,在与政敌斗争中,使用者受到一定损失,但达到获益的目的,这应是使用者最基本的目的。

第二种,在与政敌斗争中,使对方不受损失,但达到自己的目的,这是使用者较好的目的。

第三种,在与政敌斗争中,使用者在难定损益之时,上者在三派中除掉一派,次者得友人相助,下者自定主张,这是立志之法则。

第四种,在与政敌斗争中,使用者损益合理,是可喜的事。

第五种,在与政敌斗争中,因考虑周到,造成自己损失少而获益多的局面,犹如有上天保佑一样。

第六种,在与政敌斗争中,政敌损失惨重,自己获益最多,这是本计最好的结果,可大得其志。

二、乱敌之心　不自出力得利

《荀子·荣辱》云:"骄泄者,人之殃也;恭俭者,得五兵也;虽有戈矛之刺,不如恭俭之利也。故与人善言,暖于布帛;伤人以言,深于矛戟。故薄薄之地,不得履之,非地不安也;危足无所履者,凡在言也。"也就是说,傲慢,是人的灾祸;恭敬而有节制,可以排除刀枪的残杀;虽有戈矛这样锋利的武器,也不如恭敬而有节制的行为效用大。因此,用好言赞扬别人,比给人以布帛更使人感到温暖;用恶语伤人,比用矛戟伤人更厉害。之所以说,社会之广大而没有立足之地,不是社会不安全;在社会上没有立足之地者，全在于他恶语伤人。作为古代的哲学家、政治家的荀况，在百家争鸣中能成为一家，其识见确实有他的独到之处。"戈矛之刺，伤人之言"，是借刀杀人之计的必备前提，也是政治斗争中必不可少的手段。

在复杂而激烈的政治角斗场内，政敌之间的争斗，有时是真刀真枪的厮杀，有时是假情假意的关照，有时是各怀鬼胎的相持，但最终目的都是战胜对方，取得政治上的主动权。借刀杀人之计的最大特点是"不自出力"，使用者通过各种手段，挑起政敌或政敌盟友之间的纷争，令其自相残杀。损敌益己，既要在政治上有安身立命之地，又不能给政敌以存活立足之地，这本身就是无情的斗争，当然也是不择手段的。

第一，引其就范，待政敌不备而图之。

在政治斗争中，各种政治势力都在为自身的政治权益而拼搏，为使自己在政治斗争中占据有利的态势，引诱政敌进入自己预设的圈套之内，待其志骄意满，不为防备之时，借用别人的政治势力，来达到自己的政治目的，这当然是一种比较深奥的谋略。

春秋末年，晋国的范氏、中行氏、智氏、赵氏、魏氏、韩氏，六卿最强大，平分晋地而治之。一国六卿，争权夺利自然在所难免。先是赵氏与中行氏、范氏发生冲突。中行氏和范氏联合，共攻赵氏，赵氏败走晋阳。却又在被困晋阳时，得到韩氏和魏氏的同情，赵氏趁机联络韩、魏，起兵反攻中行氏和范氏，中行氏和范氏败走。而后，赵、魏、韩又联合智氏，共攻中行氏和范氏，平分其地。这种私分土地的举动，激怒了时为国主的晋出公。晋出公欲联络齐、鲁等国攻打四卿。四卿恐，遂反攻晋出公。晋出公不支，在逃往齐国的路上死去。四卿之中，智氏最强，其主智伯，力主拥立晋哀公，形成挟天子以令诸侯之势，还趁机兼并了中行氏和范氏的土地，有了傲视公室、欺压诸卿的资本。

起初，智伯向韩氏索要土地。韩氏之主韩康子不想给，其谋臣段规说："智伯好利而愎，不与，将伐我；不如与之。彼狃于得地，必请于他人；他人不与，必向之兵，然后我得免于患而待事之变矣。"这是非常明确的借刀杀人之计，韩康子焉能不许，于是"使使者致万家之邑于智伯"。智伯心满意足，自以为得计。

然后，智伯再向魏氏索地。魏氏之主魏桓子也不想给，其谋臣任章说："无故索地，诸大夫必惧；吾与之地，智伯必骄。彼骄而轻敌，此惧而相亲；以相亲之兵待轻敌之人，智氏之命必不长矣。《周书》曰：'将欲败之，必姑辅之。将欲取之，必姑与之。'主不如与之，以骄智伯，然后可以择交而图智氏矣，奈何独以吾为智氏质乎！"这也是借刀杀人之计，魏桓子不能不称善，也与智伯万家之邑。

这样，智伯连取韩、魏两家的万户之邑，志骄而意不满，又开始向赵氏索地。赵氏之主赵襄子面对无故索地的智伯，自然非常生气，断然拒绝。志气骄横的智伯，焉能容得赵襄子这种态度，便纠合韩、魏之兵，共同进攻赵氏。赵氏不敌，兵败晋阳困守。智伯以水灌城，拼命攻打，赵氏危在旦夕。

在大水将冲坏晋阳城之时，智伯让魏桓子驾车，韩康子骖乘，自己居中，巡视战场。见波涛汹涌的大水冲击着危若累卵的城池，智伯不无感叹地说："吾乃今知水可以亡人国也。"魏、韩二氏闻此言，面面相觑，心里不由得想起，汾河之水足以灌魏之安邑，绛河之水足以灌韩之平阳，今日之赵危，焉知不是将来之己危？感觉到以前制定的借刀杀人之计，应该可以施行了。

在韩康子、魏桓子的目光相觑的一瞬间，早为智伯的谋士缔疵看见。为了主公的安全，缔疵便向智伯进言："夫以韩、魏之兵以攻赵，赵亡，难必及韩、魏矣。今胜赵而三分其地，城不没者三版（六尺），人马相食，城降有日，而二子无喜志，有忧色，是非反何为？"智伯不以为然，竟把缔疵之言对韩、魏二子讲了。二子虽力辩其辜，得免智伯暂时之疑，但倒智氏之心至此坚定了。

赵襄子身处危难之地，自然也想利用智、韩、魏三家的矛盾以自救，便派说客张孟谈潜出城去，前去游说韩、魏二子。张孟谈说："臣闻唇亡则齿寒。今智伯帅韩、魏以攻赵，赵亡则韩、魏为之次矣。"韩、魏二子本有难言之隐，急忙说："我心知其然也；恐事未遂而谋泄，则祸立至矣。"张孟谈见二子心动，便说："谋出二主之口，入臣之耳，何伤也！"与二子制订合攻智氏的计划。

赵襄子趁夜派人杀守河堤的官吏，反用水灌智氏军营，趁智伯救水之际，韩、魏侧击，赵直攻，大败智氏之军，杀智伯尽灭智氏之族，而三分智氏之地。自此，赵、魏、韩三家形成，而后又共分晋地，成为强国，掀开战国的历史新篇章。

从三家倒智的事例来看，赵、魏、韩三家都采用了借刀杀人之计，都力争在纷争中占据有利的位置。由于形势所迫，他们都用一定的损失以换取政敌的就范，待到时机，最终都实现了自己所要达到的基本目的——战胜政敌，保存和壮大自己。实际上是以小损换大益。

第二，扰其同盟，借政敌狐疑而弱之。

在政治斗争中，政敌之间为了扩大自己的政治势力，往往会结成政治同盟。通过同盟势力来打击政敌，这是政治斗争中常有的现象。面对政敌的同盟，使用借刀杀人之计的一方，最有效的手段是破坏政敌的同盟。这样，既可削弱政敌的力量，又可扩大自己的同盟，同时还有可能构成各个击破的态势。使用者能得到盟友的相助，这是使用者比较满意的结果；使用者能得到盟友相助，并能造成政敌同盟之间的相互残杀，这是使用者所能得到的最好结果。

楚汉战争时，项羽与刘邦之间争斗不息。项羽"力能扛鼎，才气过人"，在战争初期以西楚霸王的名义号令诸侯，兵多将广，更兼善战，处于优势地位。刘邦"仁而爱人，喜施，意豁如也"，虽勇不及项羽，地不如楚多，但他能采纳部下建议，分化项羽同盟，故常能败而复振，逐渐将劣势转为优势。

前205年，刘邦趁项羽东征田齐之时，率兵五十六万伐楚，一举攻下楚都彭城（今江苏徐州市）。项羽得知，亲率精兵三万回援，连续作战，收复彭城，驱赶汉军，竟斩获汉军二十万。刘邦慌忙逃窜，在途中竟将妻子儿女推下战车，老父也被项羽俘虏。刘邦逃至荥阳，赖萧何等发关中老弱全数赶来，方才稳住阵脚。

前204年，楚汉在荥阳对峙，"项王数侵夺汉甬道，汉王食乏，恐，请和，割荥阳以西为汉"。项羽厌烦战争，想允许刘邦的请和。项羽谋士范增说："汉易与耳，今释弗取，后必悔之。"项羽听从，急攻荥阳，刘邦愁极无奈。这时，刘邦的谋士陈平设计，等项羽使者来时，提供丰盛的饭食，等入席时，故意问使者是谁的使者，然后假装惊愕地说:"吾以为亚父（范增）使者,乃反项王使者?"叫人将美食撤下,另换粗劣的食物。使者回报项羽,项羽果然疑心。范增大怒,对项羽说:"天下事大定矣,君王自为之。愿赐骸骨归卒伍。"这本是气话,希望项羽能感悟。孰料项羽同意,范增只得离去,在回彭城的路上,连气带病,竟恨然离世。陈平又造谣言,说项羽的勇将钟离昧等欲降汉而求分封为王,使项羽对他的"股肱之臣"都失去信任,彼此相互猜疑,战斗力自然下降。

  刘邦一面用陈平的离间计来离间项羽的亲信,一面听从张良的计谋,趁项羽同盟者九江王英布、魏相国彭越与项羽"有隙"之时,利诱彭越,使之在楚后方绝楚粮道,派使者随何前去九江游说英布。英布此时与项羽虽有矛盾,但畏惧项羽强横,还不敢与项羽为敌。随何凭三寸不烂之舌,说得英布心动,但英布仍然狐疑不定。随何借楚使者前来九江催英布发兵之时,公开英布与汉有谋的事实,迫使英布最终下定反楚的决心。这样,项羽分兵去攻打英布,减轻刘邦的压力;英布兵败来投刘邦,也只有死心塌地助汉攻楚。刘邦不断地削弱项羽的同盟,扩大自己的同盟,这是成功地应用借刀杀人之计的扰其同盟,借政敌狐疑而弱之的手法。

  西晋惠帝皇后贾南风,是西晋开国功臣贾充之女,生得短黑而妒,手段狠辣,而惠帝却是个白痴,自然形成悍妇控制愚夫的局面。

  290年,晋武帝司马炎病死,遗诏后族杨骏辅政。杨骏是晋武帝继后杨氏的父亲、弘农的大族,专权好利,与其弟杨洮、杨济,把持朝政,专横于朝,号称"三杨"。晋武帝死后,杨氏立为太后,杨骏以太傅都督中外诸军事、侍中、录尚书事，总揽朝政。杨珧为卫将军，杨济为太子太保。杨氏把持朝政，不但引起司马宗亲的不满，而且引起贾皇后及其家族的不满。在这种情况下，一场因权力分配不均引起的争斗，在晋武帝尸骨未寒时，就已经初见端倪。

291年，贾南风与掌管禁军的楚王司马玮、东安王司马繇等合谋，称诏诛杀杨骏及其杨氏党羽，皆夷三族。在内外隔绝的情况下，杨太后无法救护父亲，乃于宫中亲写帛书云："救太傅（杨骏）者有赏。"用弓箭射到城外。这样，杨太后非但没有救护父亲，反将证据交到贾南风手中，被贾南风以"同逆"之名废为庶人。此时的杨太后一失贵人的风采，为救家族，"抱持号叫，截发稽颡，上表诣贾后称妾"，但并没有救护杨氏之族，自己反被囚禁于金墉城（洛阳西北角的小城），次年饿死，时年三十四岁。贾南风杀掉杨骏之后，用汝南王司马亮为太宰，卫瓘为太保，共同辅政，楚王司马玮升为卫将军，仍统领禁军。

贾南风借用宗室的力量诛除杨氏外戚集团，但宗室的政治势力却因此强大起来，对她的专横当然有所节制。面对这种情况，贾南风再次使用借刀杀人之计。

贾南风发现汝南王司马亮和卫瓘，因楚王司马玮手握禁军，好立刑威，实权在握，恐怕难以制之，而合谋削夺司马玮权力时，她便挟惠帝的密诏，让司马玮诛杀司马亮和卫瓘，待此计成功之后，她又以司马玮伪造诏书，擅杀大臣为名，将司马玮杀掉。一箭双雕，将宗室的在朝势力驱除，夺得专制大权。

当然，对权力的追求是无止境的。贾南风谋夺大权之后，就是要保住权力，并且尽可能地使权力在自己身上延续。贾南风虽"荒淫放恣"，而且因为偷情而"乱彰内外"，但她就是不怀孕，这就使她没有亲生之子来承继大位。好在她还年轻，尚有生育的可能，但必须将惠帝控制在自己手里。贾南风虽有本事让惠帝畏而惑之，使"嫔御罕有进幸者"，而且为惠帝移爱她人，"手杀数人，或以戟掷孕妾，子随刃堕地"，但还是防不胜防，惠帝的一位谢夫人，终为惠帝生下一子。在贾南风无所出的情况下，这位皇子当然至关重要，所以在惠帝即位伊始，便被立为皇太子，成为法定的继承人。

继承人非己所生，虽将来贾南风仍有被册立为太后的可能，但终是她心中最大的障碍。为此，贾南风用尽心机，"诈有身，内稿物为产具，遂取妹夫韩寿子慰祖养之，托谅闇所生"，算是有了自己所生的儿子。有了自己所生，就要谋废太子而立己子。299年，贾南风将太子囚于金墉城，并将太子母谢氏杀掉。

太子被废，这在专制王朝里是非同小可的事。朝野谣言四起，上下不安，尤其是宗室的怨望更是难平。贾南风自然也有所闻，但她过高地估计了自己的势力，认为杀掉太子，众人怨望自然就平息了，便不顾后果地将太子杀掉，这实际上是授人以口实。当时，已经调为禁军将领的赵王司马伦，因谄事贾后而深得贾氏的信任。现在赵王司马伦看准机会，与梁王司马肜、齐王司马冏举兵围困宫城，矫诏废掉贾后而大诛贾氏之党。事到如此，一向聪明奸诈的贾南风才知自己被梁、赵二王所欺骗，不无后悔地说："系狗当系颈，今反系其尾，何得不然！"被逼迫饮金屑酒而死。

赵王司马伦诛除贾氏之党后，自封为相国、都督中外诸军事，专制于朝。在301年，司马伦索性废掉惠帝，自立为帝。这时，身在武昌的镇东大将军、齐王司马冏见有机可乘，便传檄成都王司马颖、河间王司马颙等，联合讨伐司马伦。因为是"勤王之师"，名正言顺，兵锋所向，司马伦军不敌，洛阳失陷，司马伦被杀，晋惠帝复位，但司马冏却以大司马、都督中外诸军事而专制于朝。

司马冏专权，与他共同起兵的河间王司马颙自然心怀不满，便联合驻守在洛阳的骠骑将军、长沙王司马乂举兵攻打司马冏。司马乂认为司马冏势力大，希望司马冏能杀掉司马颙，然后他再以此为名，传檄四方以讨司马冏，这正是司马乂一箭双雕的借刀杀人之计。不料，司马颙以劣势之兵，竟将司马冏杀死，以太尉、都督中外诸军事而掌握朝廷大权。一计不成生二计，司马乂又联络成都王司马颖攻打司马颙。司马颙致力于拒敌，不想变生肘腋，被东海王司马越等于夜中捉住，交与司马乂的部将张方，用火烤死。

司马颙被杀，成都王司马颖为皇太弟、都督中外诸军事，控制朝政。自恃擒获司马颙有功的东海王司马越，因所得到的比预期的少，竟挟持惠帝向司马颖发动进功，结果大败，连惠帝也被俘入司马颖营中。在司马越与司马颖相争之时，司马乂看准时机，兴兵攻下洛阳。司马颖胜而复败，挟持惠帝退往洛阳，进入司马乂的势力范围，被司马乂的部将张方逼迫至长安。长安是司马乂的老巢，司马颖困境来投，自然没有好结果，皇太弟的名义也就被取消了。司马乂经过多次用谋，此时方以太宰、都督中外诸军事辅政。

东海王司马越当然不允许司马乂挟天子以令诸侯，不久又起兵攻打司马乂。306年，司马越攻入长安，挟惠帝回洛阳，先后杀掉司马颖和司马乂，以太傅、录尚书事而总领大权。除掉政敌之后，司马越无所顾忌，便毒死晋惠帝，拥立晋武帝第二十五子司马炽为帝，是为晋怀帝。"八王之乱"削弱了晋王朝的统治力量，为匈奴贵族刘渊、羯人石勒等乘机兴起，最后推翻西晋王朝创造了条件。

从以上两个例子来看，扰其同盟固然是借刀杀人之计的常用手法，但其成功的概率还要受到多方面的因素影响。

刘邦分化项羽同盟，之所以获得成功，而且能将成功保持下去，除了计谋上的成功之外，其驾驭臣下的手段，也是非常重要的因素。当九江王英布被楚将龙且打败之后，单身逃到刘邦之处。失去军队的将军，本来还不如一介勇士，此时的英布本来就羞惭万分，而刘邦又"踞床洗足"以见之。英布窘辱后悔反楚，欲自杀以报；当他回到客馆，见"帐御、饮食、从官皆如汉王居"，便转忧为喜，认为刘邦对他果然如遫何所讲，便死心为刘邦效力，招集旧部，与项羽再战。唐人颜师古云："高帝（刘邦）以（英）布先久为王，恐其意自尊大，故峻其礼，令布折服；已而美其帷帐，厚其饮食，多其从官，以悦其心。此权道也。"正因为刘邦深明"权道"，使用借刀杀人之计才得心应手，而鲜堕他人计谋之中。

贾南风分化利用宗室势力，在一定程度上也获得成功，但她凶狠专横，总自以为是，听不得别人劝解，这就种下她获得成功而保不住成果的祸源。她先借宗室的力量除掉杨氏外戚集团，又借宗室擅诛大臣之名除掉部分宗室，施展的计谋可称得上凶狠完善。然而，贾氏是以司马氏为依托，在古代社会里，"母以子贵，妻以夫荣"，她摆脱不开司马氏，又在自己羽毛尚未丰满之时，不顾后果地向太子开刀，这是她在"天下咸怨"的情况下，必定要失败的原因。

贾南风之后的"八王之乱"，每一王的势力都不可能完全制伏对方，彼此都有相互利用的关系。因此，借此除彼，借你除他，成为他们的共同策略。然而，他们一旦占有优势，便不顾一切地去总领国政，去满足自己的权力欲望，正好成为别人攻打的目标；这是他们往往成功一时，而不能保持胜利成果的重要原因。"枪打出头鸟，出头的椽子先烂"，在各种政治势力难分伯仲之时，谁先窃据令人瞩目的位置，自然就成为其他政治势力的攻击对象。之所以扰敌同盟，就是要消弱政敌的势力，而不能将自己放在令人垂涎的位置，这才是敌损而己益的事，司马诸王正缺乏这些，其成功一时，失败遂继，也是难免的。

第三，使其相误，趁政敌相残而破之。

在政治斗争中，政敌之间各有自己的政治势力。使用借刀杀人之计的一方，如果能使政敌内部造成误会，构成政敌内部自相残杀的局面，不但能够消弱政敌势力，还有可能使政敌自灭，即使政敌不灭，也易于自己攻破之。这种损益之道，较前两种手法更为有效，对使用者的要求也比较高，其中变幻的奥妙也更深一层。

春秋时期，公孙接、田开疆、古冶子三人，臣事齐景公。三子自恃勇力，倨傲不恭。相国晏子见齐景公对三子宠爱有加，便以三子"上无君臣之义，下无长率之伦"为名，劝齐景公除去三子,免留后患。齐景公根据晏子的建议,有意以两只桃子赐三子而食。在不能均分的情况下,提议"计功而食"。听到这种提议,公孙接先仰天长叹道:"晏子,智人也。夫使公之计吾功者,不受桃,是无勇也。人多桃少,不能不计功而食桃矣!像我一搏野猪、再搏乳虎的功绩,别人难与比肩,可以食桃矣!"因取一桃在手。田开疆也不甘示弱,盛言道:"我用伏兵退敌三军两次,像我这样的功劳,别人很难相比,也可以食桃。"也取一桃在手。剩下古冶子一人,更不甘居于人下,便大言道:"我曾经随君主过河,有一只大鼋衔君主左骖之马至砥柱中流。当时我年轻,又不会游泳,乃潜水而行,逆流百步,顺流九里,追得大鼋而杀之,然后左手拽马尾,右手执鼋头,像仙鹤一样,跳跃而出,在河边的人都说我是河伯也。以我看来,我是大鼋之首,功无人可比,可以食桃,你们二人为什么不把桃给我!"竟拔剑而起。公孙接和田开疆自愧功不如古冶子,乃说:"吾勇不子若,功不子逮,取桃不让,是贪也;然而不死,无勇也。"将桃奉还之后,拔剑自尽。古冶子见状,也很惭愧,言道:"虽然他们两人同食一桃,我独食一桃是最合适的。但二子死之,而我独生,这是不仁;耻人以言,夸其声,这是不义;恨自己行为不对,不死是无勇也!"把桃还给齐景公,也拔剑自杀。晏子不费吹灰之力,便将齐景公"搏之恐不得,刺之恐不中"的三个强劲政敌除去。这就是历史上有名的"二桃杀三士"的故事,也是使其相误,趁政敌相残而破之的成功事例。

借刀杀人之计的这种常用手法,在先秦时期就普遍应用于政治领域。《韩非子·内储说下》的《说六》中就有许多实用的例子。

其一，周文王欲灭商，恐商强大，乃资助费仲，令其以奢靡乱纣王心志，进而削弱商的统治。这是借佞臣以乱君主。

其二，楚国的使臣至秦，秦王见楚使贤能过人，深感敌国贤者多，对自己不利。群臣因献计，以"深知之而阴有之"的方法，使楚国认为贤能之士均有里通外国之嫌，将他们一一除掉。这是借敌国之手除掉对自己不利的政敌。

其三，孔子在鲁国为政，道不拾遗，国家大治。作为鲁国邻国的齐国君主齐景公，当然不愿鲁国强大，因此深感不安。齐国谋臣黎且对齐景公说："去仲尼犹吹毛耳。君何不迎以重禄高位，遗（鲁）哀公女乐以骄荣其意。哀公新乐之，必怠于政，仲尼必谏，谏，必轻绝于鲁。"果然如计而行，孔子无可奈何地去鲁而奔楚，乃有陈蔡绝粮之危。这是借敌国君臣相猜而除掉政敌。

其四，楚王与臣下干象谈论秦国谁可为相。楚王想以楚国之力扶助甘茂为秦相。干象认为甘茂是贤能之人，相秦于楚不利，不如使共立为秦相。"共立少见爱幸，长为贵卿，被王衣，含杜若，握玉环，以听于朝。且以乱秦矣。"在此之前，楚国曾扶立邵滑为越国重臣，"五年而能亡越"。这是在敌国扶植奸佞，借奸佞而乱敌国，并待机而取之。

其五，吴国伐楚，吴将伍子胥畏楚重臣子期贤而多谋，乃派人向楚国声言："子期用，将击之。子常用，将去之。"楚王闻言，果然任用子常而黜退子期。伍子胥趁机发兵，一举攻破楚国。这是借敌国之手而去掉自己的强劲对手。

其六，晋献公欲伐虞、虢二国，先送去华丽的车马、珍奇的美玉、娇柔的女乐，"以荣其意而乱其政"。这是借奢靡之物而使敌国玩物丧志，疏于防备。

其七，晋国使臣叔向至周，见周臣苌弘贤而有能，因伪作一书云："苌弘谓叔向曰：子为我谓晋君，所与君期者时可矣，何不亟以兵来？"然后假意将此书丢在周君的庭院而匆匆离去。周君见书，认为苌弘卖国，便将苌弘杀掉。这是借敌国之疑而除去敌国强将贤能。

其八，郑桓公打算偷袭郐国，先把郐国的"豪杰良臣辩智果敢之士，尽与其姓名"，编成簿册，把郐国的良田和官爵，分别写在各自的名下，然后"设坛场郭门之外而埋之"，并祭以鸡豕，像是盟誓的样子。消息传到郐国，"郐君以为内难也，而尽杀其良臣"。结果，郑桓公领兵奇袭，一举灭掉郐国。这是促使敌国内部猜疑，导致敌国内部自相残杀而趁乱取之。

由此可见，使其相误，趁敌相残而破之的手段是多种多样的，所获得的效果也不一样。从效果上看，上者可使政敌自残自灭，中者可使政敌受到重创，下者亦可使政敌自丧志气。无论上中下，都算是使用者获得成功。

使其相误，趁政敌相残而破之，在借刀杀人之计中是比较险恶的手段，使用者固有成功的希望，也存在着失败的可能，乃至借刀欲杀人不得，反被刀所杀。用此计者必须谨慎，把握时机，不然会以此招祸也。在《韩非子·内储说下·说四》中也有几则使用失败的例子。

其一，韩昭侯洗浴，发现热水中有尖利的石头，他没有直接怪罪负责洗浴事务的尚浴官，而是问主管人事的官员："尚浴免则有当代者乎？"当得知有时，便将此人召来，一讯而服，不得不坦白地说："尚浴免，则臣得代之，是以置砾汤中。"这是用计不成反自食其果。

其二，晋文公用餐时，发现烤肉上缠绕有头发，即时召宰人（厨师）而责怪之，宰人惊恐，顿首再拜说道："臣有死罪三：援砺砥刀，利犹干将（古代名剑）也，切肉，肉断而发不断，臣罪一也；援木而贯脔而不见发，臣之罪二也；奉炽炉，炭火尽赤红，而发不烧，臣之罪三也。堂下得无微有疾臣者乎？"晋文公听后觉得有理，乃召堂下人讯问，果然是有人欲害宰人，乃诛是人。这是欲借刀杀人不得，反将刀杀己的事例。

其三，魏冉为秦相国时，齐国强大。秦王欲称帝，恐齐国不服，乃使人去游说齐国，以秦为西帝，齐称东帝，然后共同伐赵。这时，纵衡家苏代来到齐国，乃对齐王说："愿王受之而勿备称也。秦称之，天下安之，王乃称之，无后也。且让争帝名，无伤也。秦称之，天下恶之，王因勿称，以收天下，此大资也。且伐赵孰与伐桀宋利？今王不如释帝以收天下之望，发兵以伐桀宋，宋举则楚、赵、梁、卫皆惧矣。是我以名尊秦而令天下人憎之，所谓以卑为尊也。"齐王听从苏代所言，称帝二日而去帝号。这样，秦以尊名而招致众国怨望，秦难以逞其志，两月以后，也只好去掉帝号。这是欲借刀杀人，人不中计，反以其人之道还治其人之身。

由上可见，使其相误，趁政敌相残而破之的手法，在借刀杀人之计中算是比较有效的手段，也是有一定风险的手法。在这种情况下，对使用者的要求也高；只有看准利害所在，把握住机会，才能在变幻离奇之中制胜。

第四，诱其以利，引政敌争利而分之。

英国著名哲学家伯特兰·罗素（Bertrand Russell，1872—1970年）说："人与其他动物之间有各种各样的区别。属于感情方面的主要区别，是人类的某些欲望跟动物的欲望不同，是根本无止境的，是不能得到完全满足的。"这些不能完全满足的欲望，主要是利欲、权力欲、荣誉欲等。正因为人们存在这些难以满足的欲望，这就给使用这种手段的人提供了广阔的市场。

诱之以利，这个"利"就是人们的欲望。在政治斗争中，政敌之间因利益冲突才成为政敌，而每种政治势力集团在利益分配上又不可能是均等的。在利欲的诱惑下，无论是集团还是个人，出于逐利的本性，往往会不顾一切地去追逐。将欲取之，必先与之，使用这种手法的人。并不是不追逐利益，而是以小的损失来获取更大的利益，这当然对使用者的要求更高，其中变化也更多。

战国时期，楚国春申君为相国二十余年，把持国政，"虽名相国，其实王也"。这样有权有势，在一个虚名王之下，可谓志骄意满。就是这样，也有人将"利"来诱惑他。

当时，楚考烈王无子，没有继承人，作为相国的春申君，自然心中也不安宁。就在这时，赵国人李园带其妹妹来楚国求富贵，李园原想把妹妹献给楚王，但看到楚国大权在春申君手里，便把其妹妹献给了春申君。不久，李园的妹妹怀孕，李园便开始谋夺更大的权力，便让其妹妹以利打动春申君。其辞云："楚王贵幸君，虽兄弟不如也。今君相楚二十余年而王无子，即百岁后将更立兄弟，彼亦各贵其亲，君又安得常保此宠乎！非徒然也。君贵，用事久，多失礼于王之兄弟，兄弟立，祸且及身矣。今妾有娠而人莫知，妾幸君未久，诚以君之重，进妾于王，王必幸之。妾赖天而有男，则是君之子为王也。楚国尽可得，孰与身临不测之祸哉！"这一番谈论，利害鲜明，春申君焉不求利而避害，也就按李园之计而行。不久，李园妹妹果然生男，而且立为太子。

太子即己子，春申君的目的达到，其忧虑也消除了，也更加自信了。所以，当谋士朱英以"王今病，且暮毙，陛而君相幼主，因而当国，王长而反政，不即遂南面称孤"，为无望之福；以"李园不治国而君之仇也，不为兵而养死士之日久矣。王毙，李园必先入，据权而杀君以灭口"，为无望之祸来相劝时，春申君不听。果然，楚王一死，李园在王宫伏死士，斩春申君于棘门之内，并且捕诛春申君之家，将春申君之党尽行除去。

李园的这种手段不是独创，在他之前就有吕不韦行使过这种手段。当时吕不韦还没有死，正为秦相国、文信侯、仲父，独揽国事。春申君以吕不韦威权在握，想自己也应如此，故居安而忘危。李园以吕不韦成功，也思而效之，更高其一筹。彼此之间都在为谋夺更大的利益而费尽心机。

吕不韦，阳翟大商人，在经营上颇具眼光。他曾与其父亲探讨经营之道。吕不韦问："耕田之利几倍？"其父回答："十倍。"再问："珠玉之赢几倍？"回答："百倍。"又问："立主定国之赢几倍？"回答："无数。"父亲的利润观影响了吕不韦，于是他慨然叹之："今力田疾作，不得暖衣饱食；今定国之君，泽可遗后世，愿往事之。"

吕不韦在赵国都城邯郸，见到秦国庶孙作为人质在赵国的异人（后改名子楚，即秦庄襄王）。因秦赵之间的战争不断，赵人对这位人质也不给礼遇，困苦异常。吕不韦以商人独特的眼光，看到这位秦国人质是"奇货可居"。于是前往见异人，两人之间的对话颇有意思。

吕不韦开门见山："吾能大子之门！"

异人不无惭愧地苦笑："且自大君之门，而乃大吾门？"

吕不韦故漏其谋："子不知也，吾门待子门而大。"然后开始披露自己的计划："秦王老矣。现在的太子所爱的华阳夫人没有儿子，你兄弟二十余人，你又居中，不甚见幸，何况还在外为人质。即使秦王去世，太子即位，你也不能争得继承权。"

异人听得这番话，产生很大兴趣，便顺其话说："然，为之奈何？"

吕不韦继续说："能使你得到继承权的，只有华阳夫人。我虽不富裕，愿以千金为你游说。"

异人闻之，大喜过望，急忙许愿："如果能够成功，我将来分秦国与君共之。"

双方最终达成协议。以异人来说，能得到继承权，则是梦寐以求的事。以吕不韦来说，用千金购得定国立君，能泽及后世，也是一本万利的事。于是，诱之以利在双方看来都是非常合适的。

经过吕不韦的活动，异人的名声顿起，而且争得继承权。吕不韦和异人的初期目的达到，吕不韦便开始泽及后世的活动。

吕不韦先娶邯郸美女，与之同居，待其怀孕，便请异人来家赴宴，待异人酒酣之际，让该女出来祝寿。异人在酒醉心摇之际，见此美女，把持不住，即向吕不韦请以为妾。吕不韦假装恼怒，最终还是将此女送给异人。这位美女后来生子，即是千古一帝的

亢龙有悔跃于渊

秦始皇嬴政。

一切都按吕不韦的计划进行，在秦昭王死后，孝文王即位，异人被立为太子。孝文王即位三日去世（此应是一疑案），异人即位，是为庄襄王。异人即位，践前约，以吕不韦为丞相、文信侯，食邑十万户。至此，可以说参加谋议的双方都如愿以偿，应该是心满意足了。其实，在他们完成各自的设想之日，也就是他们分歧产生之时。他们的分歧，史籍上缺乏记载，但从庄襄王即位三年而死，年方三十五岁来看，这中间的隐私是必然的，只是当权者故隐其详，使后人无法弄明其真相而已。

庄襄王死，嬴政即位。这位年仅十三岁的嬴政，在复杂的政治斗争中即位，实际上大权都操在号称"仲父"的吕不韦手中。然而，这位"蜂准，长目，挚鸟膺，豺声，少恩而虎狼心，居约易出人下，得志亦轻食人"的嬴政，是不甘久居傀儡之位的，经过九年的韬晦，终于除去操纵他的太后和吕不韦。

嬴政平定嫪毒之乱，本想诛杀吕不韦，但因吕不韦有"奉先王功大，及宾客辩士为游说者众"，尚不敢贸然下手，只是将吕不韦赶到河南封地。此时吕不韦势力还很强，"诸侯宾客使者相望于道"，向嬴政来说情。嬴政意识到吕不韦不除，于自己不利，乃修书一封给吕不韦云："君何功于秦？秦封君河南，食十万户。君何亲于秦，号称仲父。其与家属徙处蜀！"吕不韦此时才意识到泽及后世的危险性，不得不饮毒自杀。

汉人扬雄在《法言》中论道："或问：'吕不韦其智矣乎？以人易货。'曰：'谁谓不韦智者欤！以国易宗。吕不韦之盗，穿窬之雄乎！穿窬也者，吾见担石矣，未见雒阳也。'"也就是说：吕不韦是小偷里面的英雄,小偷所偷的东西是有数的,没有见过小偷能把雒阳城偷走的。

汉人刘向《说苑》中论道:"官不与势期,而势自至;势不与富期,而富自至;富不与贵期,而贵自至;贵不与祸期,而祸自至。"这是在官场中常见的,也是基本规律。因此,使用诱之以利,引政敌争利而分之的借刀杀人之计的手法,本身就具有很大的危险性。因为使用者所抛出的"利"是作为本钱,目的在于谋取更大的利;中计者见利而动,也是在于谋利。权和利是有共性的,那就是它的独占性和排他性,占有者是不愿别人与之分享的,竞争是必然的。这对使用者来说,其隐蔽性是十分必要的。李园是以弱者面貌出现,故春申君认为:"李园,弱人也,仆又善之。且何至此!"而终为李园所杀。吕不韦言利图利,毫不隐讳,谋利功成而不足,其最终被人所谋也是必然的。

"知利害不计是非者,吏人也;知是非不计利害者,儒人也;是非,理也;利害,事也。"在政治斗争中,无论是政治家、野心家、阴谋家,都非常重视利害关系。趋利避害是官场上的作风,这就使诱之以利的手法,有了非常广泛的使用市场。

第五,间其首领,使政敌互斗而伤之。

《孙子兵法》第十三篇《用间》中讲到,在战争中不肯在用间上花钱的,是"不仁之至也,非人之将也,非王之佐也,非胜之主也"。提出"因间、内间、反间、死间、生间"五间名称。

因间:利用敌国乡里普通人做间谍。

内间:收买敌方的官吏做间谍。

反间：收买或利用敌方间谍为我所用。

死间：故意制造或泄露假情报而给敌方间谍。

生间：派人到敌方去侦察，再返回汇报情况。

孙子认为："五间俱起，莫知其道，是谓神纪，人君之宝也。"而且是"非圣智不能用间，非仁义不能使间，非微妙不能得间之实。微哉，微哉，无所不用间也"。孙子把用间提到极为重要的地位，而且是"无所不用间也"，这就不仅仅是战争中使用，而是能够应用于各个领域。

在政治斗争中，各种政治势力在权力角逐中，往往会结成同盟。由于权力的独占性和排他性的存在，同盟之间的矛盾始终难以排除。利用矛盾，使用各种手段，离间政敌的首领，使他们相互争斗，两虎相争，非死即伤，敌损而我益，还可坐收渔翁之利，这是损益之道中比较好的结果。引虎相争必见虎，虎不相争必向引者，好的结果必有大的危险。故此爻辞中讲到，如获成功，似有天佑一样。

唐代安史之乱爆发，唐玄宗在西逃过程中，太子李亨在群臣拥护下，于灵武即皇帝位，是为肃宗。在艰难之际，肃宗之子李俶、李琰立有大功，其正妻张皇后及宦官李辅国因拥立有功而"相表里，专权用事"，谋杀李琰，拥立李俶为太子。

在争权过程中，张皇后与李辅国发生冲突。762年，肃宗病重时，张皇后召太子李俶入宫，对他说："李辅国久典禁兵，制敕皆以之出，擅逼圣皇（唐玄宗），其罪甚大，所忌者吾与太子。今主上弥留，辅国阴与程元振谋作乱，不可不诛。"太子不同意，张皇后只好找太子之弟李系谋诛李辅国。此事被另一个重要宦官程元振得知，密告李辅国，而共同勒兵收捕李系，囚禁张皇后，惊死肃宗，而拥立太子即皇帝位，是为唐代宗。

李辅国拥立代宗，志骄意满，对代宗说："大家（唐人称天子）但居禁中，外事听老奴处分。"听到这种骄人的口气，代宗心中不平，因其手握兵权，也不敢发作，只好尊他为"尚父"，事无大小皆先咨之，群臣出入皆先诣。李辅国自恃功高权大，也泰然处之，孰知代宗除他之心已萌。

在拥立代宗时，程元振与李辅国合谋，事成之后，程元振所得不如李辅国多，未免有些怨望，这些被代宗看在眼里，也记在心上，决定利用程元振，乘间罢免李辅国的判元帅行军司马之职，以程元振代之。李辅国失去军权，开始有些害怕，便以功高相邀，上表逊位。不想代宗就势罢免他所兼的中书令一职，赏他博陆王一爵，连政务也给他夺去。此时，李辅国知大势已去，悲愤哽咽地对代宗说："老奴事郎君不了，请归地下事先帝！"代宗好言慰勉他回宅第，不久，指使刺客将他杀死。

代宗用间其首领的方法，很快地除掉李辅国，但又使程元振执掌禁军。程元振官至骠骑大将军、右监门卫大将军、内侍监、邠国公，其威权不比李辅国差，专横反超过李辅国。程元振不但刻意陷害有功的大臣将领，而且隐瞒吐蕃入侵的军情，致使代宗狼狈出逃至陕南商州。一时间，程元振成为"中外咸切齿而莫敢发言"的罪魁。因禁军在程元振手中，代宗一时也不敢对他下手。就在此时，另一个领兵宦官，观军容处置使鱼朝恩领兵到来，代宗有了所恃，便借太常博士柳伉弹劾程元振之时，将程元振削夺官爵，放归田里，算是除掉程元振的势力。

程元振除去后,鱼朝恩权宠无比,擅权专横亦不下程元振。如果朝廷有大事裁决,鱼朝恩没有预闻,他便发怒道:"天下事有不由我乎!"亦使代宗感到难堪。鱼朝恩不觉,依然是每奏事,不管代宗愿意不愿意,总是胁迫代宗应允。有一次,鱼朝恩的年幼养子鱼令徽,因官小与人相争不胜,鱼朝恩便对代宗说:"子官卑,为侪辈所陵,乞赐紫衣(公卿服)。"还没得到代宗应允,鱼令徽已穿紫衣来拜谢。代宗此时哭笑道:"儿服紫,大宜称。"其心更难平静,除掉鱼朝恩之心生矣。

借一宦官除一宦官,一个宦官比一个宦官更专横,这不得不使代宗另寻其他势力。代宗深知,鱼朝恩的专横,已经招致天下共怨,苦无良策对付。正在此时,身为宰相的元载,"乘间奏朝恩专恣不轨,请除之"。代宗便委托元载办理剪除鱼朝恩的事,又深感此计甚为危险,便叮嘱道:"善图之,勿反受祸!"

元载不是等闲之辈,见鱼朝恩每次上朝都使射生将周皓率百人自卫,又派党羽皇甫温为陕州节度使,握兵于外以为援,便用重赂与他们结纳,使他们成为自己的间谍,"故朝恩阴谋密语,上一一闻之,而朝恩不之觉也"。有了内间,就要扫清鱼朝恩的心腹。元载把鱼朝恩的死党李抱玉调往山南西道任节度使,并割给该道以五县之地;调皇甫温为凤翔节度使,邻近京师,以为外援;又割兴平、武功等四县给鱼朝恩所统的神策军,让他们移驻各地,不但分散神策军的兵力,还将之放在皇甫温的势力控制下。鱼朝恩不知是计,只认为是自己的心腹居驻要地,又扩充了地盘,也就不防备元载,依旧专横擅权,无所顾忌。

李抱玉调往山南西道,其原来所属的凤翔军士不满,竟大肆掠夺凤翔坊市，好几天才平息这场兵乱。军队不听话，根源在于调动，鱼朝恩的死党看出不妙，便向鱼朝恩进言。鱼朝恩也感觉有些不好，意欲防备。可是，当他每次去见代宗时，代宗恩礼益隆，逐渐消除鱼朝恩的戒备之心。

一切准备就绪，在770年的寒食节，代宗在宫禁举行酒宴，元载守候在中书省，准备行动。宴会完毕，代宗留鱼朝恩议事，开始责备鱼朝恩有异图。鱼朝恩因有周皓所率百人护卫，强言自辩，"语颇悖慢"，却不想被周皓等人擒而杀之。宫禁中所为，外面不知。代宗乃下诏，罢免鱼朝恩观军容等使，内侍监如故；又说鱼朝恩受诏自缢，以尸还其家，赐钱六百万以葬。而后，又加鱼朝恩死党的官职，安顿禁军之心，成功地剪除鱼朝恩的势力。

代宗借元载之力除掉鱼朝恩，元载"遂志气骄溢，每众中大言，自谓有文武才略，古今莫及，弄权舞智，政以贿成，僭侈无度"。久而久之，自然也招致代宗不满。代宗曾对李泌说："元载不容卿，朕匿卿于魏少游所。俟朕决意除载，当有信报卿，可束装来。"

元载也深知代宗对他有成见，便深谋自固。他内与宦官董秀相结，借以刺探代宗的意向；外使百官论事自告长官，长官告知宰相，再由宰相上闻，欲控制各方面的信息，尤其是不利于自己的信息，便可以匿而不闻。以此，元载居相位达十五年之久，"权倾四海"之后，也不免"恣为不法"。于是，"货赂公行"，"僭侈无度"，家中"婢仆曳罗绮者一百余人"，贪污更甚，家中仅调味用的胡椒就有八百石之多。

十余年的宰相，其势力也是盘根错结的，代宗"欲诛之，恐左右漏泄，无可与言者"，乃找到自己的舅舅吴凑密谋。在777年，代宗先杖杀董秀，断绝元载内廷信息通道；然后命令吴凑前往政事堂收捕元载及其党羽，逼令元载自杀，又成功地除去元载势力。

代宗一朝，连除李辅国、程元振、元载，可谓是善用权术者。代宗使用借刀杀人之计，不可说是不成功，但杀一专横另生一专横，又不是完美的成功之道，更有失君主驾驭群臣之道。正如《荀子·王霸》所云"不隆本行，不敬旧法，而好诈故"，是"伤国者也"。唐王朝自此更加不振矣。

唐代宗一朝，在代宗的支持下，各种政治势力角逐，反复使用借刀杀人之计，而重点在于离间。因有君主支持，使用者可称之为有天来助，而那些孤立无援，仅凭离间，使政敌互斗，终除大害的，当然要比有天之助的要困难一些。也正因为困难，才显得此种手法的神奇。例如，明代杨一清智除刘瑾的事例。

明代正德年间，宦官刘瑾勾结马永成、高凤、罗祥、魏彬、丘聚、谷大用、张永等人为非作歹，时人号为"八虎"。刘瑾掌司礼监，马永成掌东厂，谷大用掌西厂。刘瑾又设内行厂，东、西厂均在其侦缉范围。刘瑾党同伐异，提拔亲信，排斥异己，千方百计引导正德帝寻欢作乐，使正德帝无心于政事，刘瑾却"事无大小，任意剖断，悉传旨行之，上多不之知也"。这样，刘瑾权倾天下，威福任情。正德三年（1508年），因一封告他的匿名信，他竟将五品以下的官员三百余人收入狱中，在盛夏之日，竟有渴饿致死者。其专横倾动天下，乃至有"朱皇帝，刘皇帝；坐皇帝（正德帝），立皇帝（刘瑾）"的传说。以及"马（永成）倒不用喂（魏彬），鼓（谷大用）破不用张（张永）"的童谣。上下切齿，但都畏惧刘瑾的权势，莫敢进言。

正德五年（1510年），安化王朱寘鐇叛乱，明武宗派太监张永为监军，右都御史杨一清总制军务，率兵前往宁夏讨伐。大军未至，朱寘鐇已被擒，杨一清则前往宁夏处理善后，不久张永也赶到。

张永是"八虎"之一，但刘瑾权势过大，张永等"所请多不应"，彼此之间产生矛盾。后来，刘瑾欲将张永赶到南京，张永为此曾与刘瑾挥拳相斗，虽经谷大用等人调解，但二人仍是面和心不和。杨一清深知内情，便主动与张永相结纳，伺机借张永之手除掉刘瑾。杨一清使用的就是借刀杀人之计的间其首领的手法。据《明史·杨一清传》载：

（杨）一清知（张）永与（刘）瑾有隙，乘间扼腕言："赖公力定反侧。然此易除也，如国家内患何？"（张）永曰："何谓也？"一清遂促席画掌作"瑾"字。永难之曰："是家（指刘瑾）晨夕上前，枝附根据，耳目广矣。"一清慷慨曰："公亦上信臣，讨贼不付他人而付公，意可知。今功成奏捷，请间论军事，因发瑾奸，极陈海内愁怨，惧变起心腹。上（指正德帝）英武，必听公诛瑾。瑾诛，公益柄用，悉矫前弊，收天下之心。吕强、张承业及公，千载三人耳。"永曰："脱不济，奈何？"一清曰："言出于公必济。万一不信，公顿首据地泣，请死上前，剖心以明不妄，上必为公动。苟得请，即行事，毋须臾缓。"于是永勃然起曰："嗟乎，老奴何惜余年不以报主哉！"

从这次对话中，可以看到杨一清先以"瑾诛，公益柄用"为诱饵。再以汉代宦官吕强在汉灵帝时谏诛贪黩，名重当时；后唐宦官张承业劝谏庄宗不听,绝食而死;并名垂史册,公亦及之,是激其斗志。然后以"必济"安其心,以"上必为之动"而绝其后顾之忧,以"毋须臾缓"而促其成。可谓是滴水不漏,料敌如指掌,也难怪后来发展一如杨一清设计。

史称杨一清"博学善权变"。正因为他处事严密,考虑周全,才能一举成功,进而将不可一世的"立皇帝"刘瑾除去,使"海内闻之,莫不踊跃相贺"。这正是借刀杀人之计的间其首领,使政敌互斗而伤之手法的最好结果。然而,行此道也是相当危险的。设若张永以"八虎"故,将杨一清出卖,其后果可知。杨一清之所以先与张永结纳,"向得甚欢"之后,才将计谋推出,也是为了减少这种危险。

第六,侦其谋略,因政敌之谋而灭之。

在政治斗争中,使用借刀杀人之计的一方,其意在于争胜,算是善用权谋者。然而,若被对方识破计谋,以其人之道还治其人之身,则更有争胜的把握,算是更善用权谋者。因为知己知彼,获益必多,政敌损失必重;这不但是借刀杀人之计的最好结果,也是大得其志的上策。成功的可能越大,危险的可能越巨,非善算多谋的人,是很难达到这个境界的。

唐文宗(826—840年在位)是一位很想有所作为的皇帝,面对藩镇跋扈、宦官专权、朋党相争的现实,他想有所振作,革除先朝积弊。即位伊始,励精图治,去奢从俭,革罢许多冗食官吏,释放内廷宫女,停去一些内府供应,而且是两日一朝群臣延访政事,一时"中外翕然相贺,以为太平可冀"。

文宗即位，对当时在朝的李德裕和李宗闵这两大派阀都不信任，将他们相继贬逐出京。在观察中，他认为翰林学士宋申锡"沈厚忠谨"，即把宋申锡升为宰相。以朝政而言，文宗认为最大的症结是在宦官专权，不去宦官，要想重振纪纲则很难，文宗便与宋申锡密谋诛除宦官。

宋申锡，字庆臣，史称他"清慎介洁，不趋党与"。正因为如此，他才得到文宗的赏识，得为大用。然他"剖断循常，望实不相副"，是"小器"之才。当文宗用他诛除宦官，所面对的乃是三朝有权的宦官王守澄。王守澄统领禁军，"恃其宿旧，跋扈尤甚"，又有郑注为谋士。这对宋申锡来讲，本来就是相当困难的事，他又如文宗不能识人而用他一样，使用吏部侍郎王璠为京兆尹，欲使王璠加强京师的防卫力量，并将文宗的密旨告诉王璠。王璠好"弄权怙宠"，权衡一下力量，竟将密谋泄露给王守澄。王守澄就命人诬告宋申锡谋立文宗之弟漳王李凑为帝，将宋申锡罢免。文宗此时有苦难言，只好开延英殿召宰相商议。宰相牛僧孺认为："人臣不过宰相，今申锡已为宰相，假使如所谋，复与何求！申锡殆不至此！"王守澄的谋士郑注怕密谋泄露，乃劝王守澄，将李凑贬为巢县公，宋申锡贬为开州（今四川开县）司马，宋申锡竟死于贬所。正是，文宗欲借刀杀人，机事不密，折其刀而又受其辱。

在这次计谋失败之后，文宗又物色人物，最终选择了郑注和李训。

郑注，绛州翼城（今山西翼县）人，初以医术游长安权豪之门，经李诉介绍，投到王守澄门下。王守澄以郑注"机辩纵横，尽中其意"，而深为信任。郑注"昼伏夜动，交通赂遗，初则谗邪奸巧之徒附之以图进取；数年之后，达僚权臣，争凑其门"，这也是文宗看上他的重要原因。

李训，宰相李逢吉的从子，本来以事被流放，因与郑注交结，由王守澄推荐，得升为翰林院学士，再升为宰相。李训除郑注援引之外，自己也有一定能力，史称他"本以纤达，门庭趋附之士，率皆狂怪险异之流，时亦能取正人伟望，以镇人心。天下之人，有冀（李）训以致太平者，不独人主惑其言"，这正是文宗能于朝臣中看上他的原因。

以文宗的设想，郑注、李训是宦官援引的，宦官对他们不会产生疑虑；况且郑、李二人与王守澄存有芥蒂，又"再三愤激，以动上心"，与文宗谈得很投机，所以文宗将消灭宦官的重任托付给二人。

郑注、李训接受重任，便开始采取行动。首先，他们利用牛、李两党之争，将李党首领李德裕、牛党首领李宗闵等贬逐；借机援引舒元舆、郭行余等人，分别掌握部分政令信息和兵权。而后又利用宦官集团的内部矛盾，把反对王守澄的韦元素、杨承和、王践言等三个权阉贬为监军，调到外地处死；提升宦官仇士良为左神策军中尉，以分王守澄之权；在仇士良有了与王守澄抗衡之势，再把王守澄提升为右神策军观军容使，罢免其禁军指挥之权，然后赐死于家。又借追查宪宗被害事件，杖杀了在外地监军的宦官陈弘志。于是，李训、郑注"威震天下，自中尉、枢密、禁卫诸将，见训皆震慑，近拜叩首"。郑、李二人心胸并不广阔，一旦得志，竟"平生丝恩发怨无不报者"。二人势位俱盛，又势不两立。李训"托以中外应赴之谋"，将郑注出为凤翔节度使，想等除去宦官之后，顺便将郑注除去。史称郑、李二人，"天资狂妄，偷合苟容，至于经略谋猷，无可称者"，关键在于二人在权力到手之后，肆行其志，不知掩饰，"深密之谋，往往流闻于外"。处事不密，自然就播下失败的种子。

835年年底，李训在条件尚未成熟的情况下，草草布置一下，就准备对宦官下手了。趁文宗召见百官之际，李训派韩约奏称在金吾卫左仗院的石榴树上有天降甘露。百官称贺之时，李训却说不太像真甘露。文宗借机让左右神策军中尉仇士良、鱼弘志，率诸宦官前往验视。这时，左右仗院已经埋伏甲兵，只等宦官一到便全部围杀。不想接待者韩约心虚，"变色流汗"，引起仇士良的注意。在发现伏兵之后，仇士良马上劫持文宗回宫，派禁军大肆屠杀。李训、郑注及其死党先后被追杀，殃及无辜数千人，横尸流血，狼藉涂地。史称"甘露之变"。

甘露之变是唐文宗与李训、郑注等人密谋策划的，失败之后，宦官借故滥杀无辜，"自是天下事皆决于北司（内侍省在宫城北，即指宦官），宰相行文书而已。宦官气益威，迫胁天子，下视宰相，陵暴朝士如草芥"。仇士良等得知文宗参与甘露之变，屡欲废而另立，但因文宗临朝九载，如骤然废去，恐藩镇责难，便暂时隐忍下来。失败的文宗，面对出言不逊的宦官，只有暗叹"受制于家奴"，泣下沾襟而已。

综观唐文宗两行借刀杀人之计，均遭失败的原因。一是他不善于识人，所用之人都是"小器"，难当大任。二是他谋事不密，机事常张扬于外，事未行而谋已失，这是自取其辱，虽可哀而不可怜也。三是使用此计本是险道，事到临头，他首先推脱，在危难之际不发一言,欲脱干系;尤其是在李训攀乘舆急呼之时,李训兵甲已经杀到的关键时刻,他竟叱责李训,使李训被宦官击倒在地,自己被劫持入宫;成败关键时刻,倒向宦官,是趋败也。其不如唐代宗远矣!

侦其谋略的手法,在借刀杀人之计中是获全胜的手法,虽然有很大的危险,但获得成功的概率最高,自己损失最小,故善用权谋者多采用之。以明张居正谋得首辅之位,并雄踞首辅十年而病死于任上为例。

张居正,字叔大,号太岳,湖广江陵人,嘉靖二十六年(1547年)进士。他两岁识字,五岁入学读书,十岁通晓六经,十二岁府试得中为生员,十三岁参加乡试。在那个时代,可谓是神童。张居正在青春得意马蹄疾之时,开始遇到人为的挫折。当时的湖广巡抚顾璘看到张居正的文章,认为是"国器也"。但他认为张居正少年得志,不知敛迹,是取败之道,应使他小受挫折,以磨炼其意志,故嘱咐主考官不录取他。果然,张居正自此以后,不再争强好胜,变得"深沉有城府,莫能测也",取得立身官场而不败的根基。

张居正进入官场,正是严嵩当权,忌恨徐阶的时候,"善(徐)阶者皆避匿",张居正照常与徐阶往来,这种行为非但未激怒严嵩,反被严嵩器重。张居正在两大政敌之中立住脚,在官场上初试锋芒。徐阶任首辅之后,"倾心委居正",使他很快进入内阁,而比他早进内阁的是曾与他为同僚的高拱。按明代制度,先入内阁的在前,为首辅者必是最早进入内阁的。

高拱,河南新郑人,嘉靖二十年(1541年)进士,入仕比张居正早，而且"负才自恣"。张居正在与高拱同在国子监任职时，"相期以相业"，关系相当密切，故张居正帮助高拱争夺首辅之职，彼此合作得很好，但不久便发生了矛盾。矛盾的起因是因为徐阶的三个儿子"事居正谨"，而高拱因徐阶起草遗诏不与他相商，与徐阶结下怨恨。徐阶死，高拱欲罪及徐阶诸子。张居正念与徐家的关系，便向高拱为徐家说情，高拱说张居正受徐家贿赂，"二人交遂离"。张居正谋倒高拱之心在此时生矣。恰在此时，高拱又与太监冯保产生了矛盾，张居正的借刀杀人之计便以此为根基而制定了。

冯保，深州（今河北深县）人，在嘉靖年间就是司礼监秉笔太监，隆庆元年（1567年）为提督东厂，兼掌御马监事。当时司礼监掌印太监缺员，冯保按资序应该递升。司礼监掌印太监是宦官中最高最有权的职位，岂不是冯保梦寐以求的。然而，高拱却推荐了御用监陈洪代补，冯保自然不快。不久，陈洪罢职，高拱又推荐尚膳监孟冲，冯保恨高拱更深。

隆庆六年（1572年）五月，明穆宗因纵情声色，病死于乾清宫，年方九岁的朱翊钧即位。穆宗之病，陈皇后和李贵妃痛恨陈洪、孟冲引导纵情所致，冯保就趁此时，借陈皇后和李贵妃之力，取代孟冲，充当起司礼监掌印太监。这当然使高拱不满，便想利用内阁和言官的力量除掉冯保。

在高拱与冯保相争时，张居正决定利用冯保之力除掉高拱。明穆宗去世，内阁只有高拱、张居正、高仪三人。高仪入阁不久，当然要看首辅眼色行事；张居正工于心计，隐而不发，善操胜券。高拱性格外向，又为首辅，对当前政局尤为操心；九岁皇帝在位，不得不使他感觉重任在肩，又感局势艰难，便向同僚感叹道："十岁太子，如何治天下？"说者无心，听者有意，张居正早将此语告知冯保。冯保将此语变为："太子为十岁孩子，如何做人主？"而告知陈皇后、李贵妃和九岁的朱翊钧，这不得不使皇室感觉高拱擅权，除掉高拱的决心也由此下定了。

高拱自以为是顾命大臣，乃奏请黜司礼之权，还之内阁。又让给事中雒尊等上疏弹劾冯保，必欲除掉冯保而后快。计划拟订，高拱便告知张居正，希望张居正支持。张居正表面答应，暗地里却报告了冯保，使冯保有所防备，率先与陈皇后、李贵妃和小皇帝拟下谕旨。

1572年7月25日，小皇帝召见群臣，这是他即位以后第一次接见臣僚。高拱非常高兴，以为驱逐冯保的奏章生效了，快步上朝。然而，他赶到朝堂，便愕然了。只见小皇帝端然上坐，身边站着冯保，手捧诏书。待群臣齐集，冯保开始宣读：

> 告尔内阁、五府、六部诸臣：大行皇帝宾天先一日，召内阁三臣御榻前，同我母子三人，亲受遗嘱曰："东宫年少，赖尔辅导。"大学士拱揽权擅政，夺威福自专，通不许皇帝主管，我母子日夕惊惧。便令回籍闲住，不许停留。尔等大臣受国厚恩，如何阿附权臣，蔑视幼主！自今宜洗涤忠报，有蹈往，辄典刑处之。

高拱惊呆了，几乎晕厥，"伏地不能起"，亏得张居正扶掖，才得走出朝堂，租辆骡车，出宣武门归籍。张居正与高仪上书请留高拱，当然不许；乃请给高拱以公车送还，得到允许。而后，冯保欲加害高拱，张居正不许，使高拱得以在家亡故。这些手段，使高拱对张居正心怀感激,至死也不知害己者为谁,这正是张居正高明之处。

由上可见,使用侦其谋略的手段,是借刀杀人之计的最好手段,也是最危险的手段。趋利避害固是人之常情,但利之所在,还是有许多人不顾其害而为之。兵行诡道,在于出奇制胜;将设权谋,在于欺人耳目。在政治斗争中,政敌双方都不甘任人宰割,都在为争夺有利态势而努力。因此,运用各种手段探测对方的真意,制定应付的对策,这就使侦其谋略,以政敌之谋而灭之的手法,成为政敌之间争胜的重要战略。

三、神鬼难测　损敌益己借力

在君主专制政体下,君主是统治集团的中心,围绕着君主所形成的各种政治势力,既是君主的支持者,又是君权的分取者,有时还是君权的觊觎者。君主与这些政治势力有着一种相互利用和排斥的关系。各种政治势力为自身的利益,彼此之间也有着一种相互利用和排斥的关系。君主和各种政治势力、各种政治势力之间的争斗不息,这就使以损敌益己,不出己力为指导思想的借刀杀人之计有了用武之地。本来,借刀杀人之计就是以其尔虞我诈、神鬼难测的手段而著称。再加上有让其生长的政治环境,其应用范围也就更加广泛。

第一,在国与国之间。

国与国之间,无论是友好还是敌对,彼此都有一种防备心理。

作为强国,他不希望有其他的国家与之抗衡;作为势均力敌的国家,不希望对方发展壮大;作为弱小的国家,为了生存,力图摆脱被欺凌的处境。凡此种种,使用损敌益己的借刀杀人之计,或多或少可以满足他们的愿望。

使用借刀杀人之计可以使强国更强,可以使实力相当的国家改变均势,可以使弱小的国家有赖以生存的环境。按一般道理来说,强国因有实力,力足以胜人,可以不用谋;然而,每个国家都在为自己能够独立自主,能够发展壮大而努力;弱国谋求不受列强欺侮,实力相当的国家谋求在实力上压倒对方,强大的国家希望更强大。谋求国家在众强林立的环境中生存壮大,各国都要从内外两个方面寻求发展。于内,增强国力,挖掘内部潜力,扩大本国的同盟。于外,削弱他国,制约他国的发展,破坏他国的联盟。于内的发展,固然是国家寻求强大的根本途径,也是为本国能够在实力上压倒对方的重要前提。于外的发展,也是国家寻求强大的途径,更是于内发展的必要保证。

从国家向外发展的情况看,对于邻国除了交和攻之外,还有中立和利益不相干的关系。利益不相干和中立,不构成威胁,彼此之间的冲突也比较少。交和攻的国家,关乎本国的切身利益,彼此的冲突也自然增多。各国为自己切身利益,往往结成某种同盟,利用同盟以增强本国的竞争能力。在竞争中,如果希望能够削弱敌对国家的势力,制约其发展,破坏其同盟,或利用同盟的力量,达到弱敌强己的目的,借刀杀人之计不能不说是重要手段。

从削弱敌对国家实力来看,借刀杀人之计主要是造成敌国的内乱,使其内部猜疑,自相残杀,或自我惊扰,自伤其实力。前文所举的例子中，有用此计造成敌国君臣猜疑的，如秦对楚，吴对楚，楚对秦，楚对越，晋对周，他们都是采用这种手段，使敌国君臣猜疑，自诛或自罢贤能之臣。有用此计迷惑敌国君主使其玩物丧志，增加其国家开支，使之靡费，以弱其力，如晋献公对虞、虢二国。有利用间谍造谣生事，使敌国自相惊扰，杀贤伤国的，如齐景公智去鲁国孔子。从效果上看，不是使敌国自相残灭而自损国力，就是使敌国受到重创而自丧志气，达到削弱敌国的目的。

　　从破坏敌国同盟来看，借刀杀人之计主要是离间敌国盟友，使其盟友背盟或相互攻击，造成孤立敌国或攻击敌国的局面。例如，战国时的各国采用合纵连横政策。其合纵是众弱国联合以攻击强国或防止强国兼并；其连横是强国拉拢一些弱国来进攻另外一些弱国，以达到兼并弱国的目的。"合众弱以攻一强"，与"事一强以攻众弱"，就是结盟和反结盟的关系。围绕合纵连横问题，战国时出现专门的纵横家。他们都强调借外力，夸大计谋，认为"外事，大可以王，小可以安"，"纵成必霸，横成必王"。这固然是单方面依赖外力，有失于内图强之本；但毕竟这种策略在一定程度上获得成功，在当时及后来都产生很大的影响。尤其是张仪首创连横，"散六国之纵，使之西面事秦"。多次使用借刀杀人之计，破坏各国同盟，使其同盟相攻，体现借刀杀人之计的胜战威力，故时人叹曰："张仪岂不诚大丈夫哉！一怒而诸侯惧。安居而天下息。"亦可见此计在当时的影响和使用上的成功。这种谋略和思想，实际上是国家之间外事交往的必由，乃至成为一些国家的外交指导思想，以之胜敌图强的手段。

　　总之，国与国之间的交往都是以本国的利益为本的，为了本国利益，他们不希望别国，尤其是与自己利益相关的国家对自己构成威胁。因此，使用外交手段，破坏他国联盟，造成他国内乱，以削弱他国的实力为目的，乃至吞并他国。基于此，作为胜战计而且很容易奏效的借刀杀人之计，在国家交往之中是有很大的市场的。

第二，在君臣之间。

在君主专制政体下，君主拥有至高无上的权力，支配着臣民的生死荣辱，享有天下的财富和天下最高的殊荣。这样就使许多人艳羡和千方百计地谋取其位而广生觊觎之心，也使争位和保位成为统治阶级内部冲突的焦点。在这种情况下，以尔虞我诈著称的借刀杀人之计，无疑成为他们经常使用的政治权术之一。

就统治阶级内部而言，能够觊觎，并且有可能利用、控制、掌握乃至得到君主权力的，当然是君主周围政治势力的代表人物。从历史发展来看，这些政治势力主要是来自君主的血亲、姻亲、高级官僚和近幸宦官等。这些政治势力从表面上看是君权的支持者和君主依靠的基本力量。从历史现实上看，这些政治势力多次造成挟天子之威福，胁制四海的政治局面。基于胁制与反胁制的现实，君主与这些政治势力之间的明争暗斗是不可避免的。

借刀杀人之计的手段，重点在于"借"。从君主与臣下的关系来看，君主向臣下所"借"的主要是他们的力和谋，包括其身家性命；臣下向君主所"借"的主要是权力，包括挟天子以令诸侯。

1. 君主对群臣的施用

在中国古代，君主向臣下借力和谋，主要有如下几种情况：

一是在争天下时，借臣下之力和谋以打天下；二是在治理国家时，借臣下之力和谋以治天下；三是各种政治势力所包围之下，借某种政治势力的力和谋以清除某种政治势力。前两者是君主必由之路，意在争国保位，大势使然。后者是君临之术所在，意在巩固权力，势在必然。

"借"的本意在于利用，所借之人欲借他人力和谋以成己事，被借之人付出力和谋欲将本求利，本身就存在相互利用的关系。在这种情况下，如果相互利用的关系掌握不好，借者容易出现风险，乃至饮鸩止渴；如前文所述唐文宗借宋申锡、李训、郑注等朝臣的力和谋除宦官，宦官未去，自己反受其害。被借者往往逐利而来，如果求利过多，借者满足不了，又会再借其他力和谋，被借者的命运，自然也会不妙；如唐代宗借一宦官除一宦官，在一个宦官比一个宦官专横的情况下，再借朝臣，朝臣专横，再借外戚，在他当政时期，先后除掉李辅国、程元振、元载，足以反映这种关系的复杂多变。

正因为"借"与"被借"都是为了谋利，才使"借"者容易找到被借的对象，"被借"者容易找到借主。但不考虑后果的贸然相借和出借，其结局往往是不堪设想的。作为君主，即借刀杀人之计的使用者，如不把握住"借"的时机，反被所"借"伤害的可能性是存在的，故《韩非子·内储说下》云："参疑之势，乱之所由生也，故明主慎之。"要求君主把握好时机。

在中国古代，君主向臣下借身家性命，主要有如下几种情况：一是在国家安全受到外力的威胁时，借臣下之身家性命以搪塞外力，躲过暂时的危机。二是在君主本人的安全受到各种政治势力的威胁时,借臣下身家性命以保全自己。三是在国内出现政治和经济危机时,借臣下身家性命以搪其责。前两者是在迫不得已的情况下而舍车马保将帅,有些不见得出于自愿。如南宋杀岳飞与金朝议和,函韩侂胄首级向金朝请和,汉景帝诛晁错时说:"吾不爱一人以谢天下。"司马懿迫魏帝下旨诛杀曹爽等,都是这种情况。后者是君临之术所在,君主借臣下身家性命,是为了推卸责任,巩固统治,是主动的行为,也符合本计的原意。

借身家性命与借力和谋不同。借力和谋,被借者还有获利的希望,借身家性命,则被借者完全失掉本利。以此看来,借者的市场应该是小的,被借者是不愿意的。然而在君主专制政体下,非但借者市场不小,被借者往往也是心甘情愿。能出现这种情况,其原因主要来自两个方面。

一是在思想和政治制度方面,使之保证君主能任意借臣下的身家性命而不受到任何抵制。自汉武帝罢黜百家、独尊儒术以来,经过统治阶级钦定的儒家思想成为正统的统治思想,并用以规范政治制度和施政方针,进而基本支配了其后两千年的中国历史。

儒家思想与政治结合的特点,从根本上体现了政治统治建立在伦理道德的基础上。在治国的原则上,主张以道德治国,认为统治者先要修身、齐家,然后治国、平天下。要求统治者不仅对社会负有政治责任,是社会政治权力所有者,同时也要求统治者负有道德的责任,为伦理道德的表率;但根本目的是在于孝亲忠君。因此,"父要子亡,子不得不亡;君要臣死,臣不得不死"成为当时社会天经地义之事。在这种情况下,君主借臣下之身家性命以推卸责任，是有充分理由的。自汉代开始，天地有灾害，策免三公，或杀三公以搪之，几乎成为制度。历史上有名的典故，"丙吉牛喘"就很说明这个问题。丙吉是汉宣帝时期的丞相，有一次，他出行，看见路上有人斗殴，"死伤横道"，他视若不见；当看到路上有人所牵之牛吐舌而喘时，便急令停车，询问原由。其掾属对他的行为不解，丙吉言道："民斗相杀伤，长安令、京兆尹职所当禁备逐捕，岁竟丞相课其殿最，奏行赏罚而已。宰相不亲小事，非所当于道路问也。方春少阳用事，未可大热，恐牛近用暑故喘，此时气失节，恐有所伤害也。三公调和阴阳，职当忧，是以问之。"使位居群臣之首的三公，不去关心政事是否理乱，而去关心天地灾异之变，是君主可以这些"不祥"为理由，归罪于三公而示自己敬天爱民，权术进入制度之中。

二是君主统治技巧方面的君临之术上，保证君主借用臣下身家性命而不遭到臣下的抵制。作为中国古代的主要思想体系的儒、法、道、墨、佛等思想，都崇尚权术，认为它是处理千变万化情况的利器。这对于中国古代碍于祖制，很难更改而缺乏应变的政治制度来说，不能不说是一种变通。

以此之故，君临之术的深奥，足以使君主借臣下之身家性命而臣下终不悔。例如，在《三国演义》第十七回"袁公路大起七军　曹孟德会合三将"中讲到这样一段故事：即曹操率十七万军攻打寿春，袁绍坚壁清野，又适值诸郡灾荒。顿兵于坚城之下，日费粮食浩大，粮食匮乏，曹操让管粮官王垕以小斛散粮，以解暂时危机。当将士无不嗟怨之时，曹操召来王垕，对他说："吾欲问汝借一物，以压众心，汝可勿吝。"王垕不知何物，曹操便明确告诉说："欲借汝头以示众耳。"当王垕惊呼无罪时，曹操说："吾亦知汝无罪，但不杀汝，军必变矣。汝死后，汝妻子吾当自养之，汝勿虑也。"不由分说，将王垕推出斩首，悬头高杆，出榜晓示曰："王垕故行小斛，盗窃官粮，谨按军法。"使曹操渡过危机。这虽然是文学作品，可信程度不高，但类似这样的事，在君臣之间经常发生。

再如清康熙时，平定三藩，收复台湾，平定准噶尔等役，军费支出浩巨，国家经费不支，乃开捐纳以卖官，解决部分费用。开捐三年，知县五百，占全国知县的三分之一成为捐纳知县。本来捐官者将本求利，得到官位，必借权力以捞取更多的金钱，吏治必定败坏，民怨必然沸腾。然而康熙时期却称盛世，百姓齐呼圣明。这是什么缘故呢？细考这五百知县的下落，就会明白这是康熙帝的政治权术之一。原来，这五百知县有近五分之三坏在知县任上，其中大多数是被抄家的；另外还有五分之一是坏在其他任上；除一些下落不明之外，可考到能升到知府以上的仅十余人而已。这样，康熙帝在开捐时收入一笔，抄贪官家时又收入一笔，肥了朝廷，苦了百姓；康熙除贪官，足以使百姓感恩戴德；百姓只知对除去一方之害而额手称庆，感谢皇恩浩荡，不知朝廷抄去贪官财产并不归还百姓，而是没入朝廷府库。由此可见，捐纳并没有使康熙名声变坏，反而越来越好，这正是君主借臣下身家性命以谋巩固自己统治的奥妙所在。

2. 臣下对君主的施用

在君主专制政体下，官僚的权力主要是来自君主，是一种"主卖官爵，臣卖智力"的雇佣加主仆关系。君主一方面以官爵来诱使官僚尽忠，一方面以刑罚来迫使官僚服从。"明主所操者，刑德二柄也。"在这种情况下，君主决定着官僚们的生死荣辱，对官僚来说，权力的中心来自君主。为了获取更大的权力，为了在众多官僚竞争中获胜，他们向君主借用权力，达到自己的政治目的，就成为他们图谋的重点所在。

向君主借用权力，并非是一件容易的事。地处最高位置的君主，实际上是危机四伏。君主对臣下不得不用，又不得不防，故有"君临之术"。即使是如此，臣下的"臣奉之道"，依然可以与之相抗衡，故此，臣下向君主借用权力虽不是容易的事，也不是不能做到的事。

在君主专制政体下，臣下向君主借用权力，主要是在如下两种情况下出现的：一是在朋党之争时，借君主之权以打击对手。二是在谋权保位时，借君主权力以清除妨害自己升迁的障碍，或除掉威胁自己位置的政敌。前者是各种政治势力之间的斗争，后者除包括政治势力斗争，还有臣下本人的私利在内。前面所讲的事例已能说明这些。

臣下向君主借权力以达到自己的目的，其手段是多种多样的。仅《韩非子》中就列有"有侈用财货以取誉者，有务庆赏赐予以移众者，有务朋党狥智尊士以擅逞者，有务解免赦罪狱以事威者，有务奉下直曲怪言伟服瑰称以眩民耳目者"等"五奸"，以及"同床、在旁、父兄、养殃、民萌、流行、威强、四方"等"八奸"。两者相和就达十三种之多。可见臣下向君主借权力手段的繁多和复杂，这里难以一一表述。

第三，在臣僚之间。

等级森严是中国古代社会最基本的特点之一，这在官阶上反映得尤为明显。大量的典章明文规定，不同的官阶应享有不同的政治和经济待遇，拥有不同的权力，绝不允许僭越，亦不允许假借。本来这些都来自君主，但官有定数，阶有明文，不是任何人都可能得到的，彼此之间的竞争是不可避免的。

臣僚之间的权力竞争是相当残酷的，为了得到自己想得到的权位，他们不惜采用任何卑劣阴险的手段，乃至置对手于死地。在这种情况下，能置对手于死地的胜战计中的借刀杀人之计，特别受到他们的青睐。

首先，借刀杀人之计用于臣僚之间的争权场合。本计所列举的借敌力、敌盟、敌刃、敌财、敌将、敌谋等六借，是本计的重要内涵，很适用于臣僚之间争权夺利，在本计的常用手法中，已经不止一次提到。

其次，借刀杀人之计用于臣僚保位固权的场合。人称创业难，保业更难。官僚得到现有的位置，可以说是经过千辛万苦，但在风波叵测的宦海中，稍有不慎，便有可能使辛苦所得付之东流。在这种情况下，官僚运用此计能保住权位，其获胜的欣喜不亚于升官。如唐代有名奸相李林甫，对"才望功业出己右及为上所厚、势位将逼己者，必百计去之"。所以，当他得到吉温、罗希奭这两名酷吏，将"所欲深浅，锻炼成狱，无能自脱者"时，不由得"大喜"，其喜悦之情溢于言表。

再次，借刀杀人之计用于臣僚避难逃祸的场合。俗语云："夫妻本是同林鸟，祸到临头各自飞。"在大难临头，臣僚们使用借刀杀人之计以避祸，无疑是起死回生，大获全胜。臣僚避难逃祸，主要是将罪移于他人，以逃己责。如宋代的吕惠卿，为王安石所器重，其辅政的位置在很大程度是王安石所提拔的，史称"安石于惠卿有卵翼之恩，父师之义"。王安石在位之时，他曲意奉迎，当王安石被攻讦去位时，他为了逃避责任，"遂极力排之，至发其私书于上"，使出借刀杀人的绝招以保全自己。虽然这种行为在古代就认为是"犬彘之所不为"的，但历史上这等人确实不在少数。

在君主专制政体下，官僚们对权力的追求、崇拜、畏惧、顺从，为了权力，他们当中一些人，不惜出卖自己的灵魂和人格，表现出变形的奴化心态，其所作所为，翻云覆雨，百般模拟，悉入魑魅魍魉变化之中。在这种情况下，以尔虞我诈著称的借刀杀人之计，在他们手中不断地变化出新的花样。

第四，在官府与百姓之间。

在君主专制政体下，官府与百姓的关系是治人者和被治者的关系。按当时的伦理观念，他们又是主从的"父子"关系。在这种情况下，治人者总是声称自己是爱民的，被治者则希望治人者是廉明公正的。在伦理上要求子对父之"小杖则受，大杖则走"。在政治上则要求民对官逆来顺受。政治和伦理均要求下服从于上，其影响也是非常深远的，故此，民众对专制的忍受力很强。他们"低头下气，叫人爹娘，思耻包羞，受人打骂"，只要不被逼上绝路，从来不敢和官府作对。不过，在官府"倚势恃强，视细民为弱肉，上下相护，民无所控"的情况下，民众也会铤而走险，走上反抗的道路。这就是统治者经常讲的载舟覆舟的道理。

官府又要刻剥百姓，又要百姓俯首帖耳地歌颂圣明，这是统治之术。统治之术的内涵丰富，非只言片语可以述说清楚。借刀杀人之计是统治之术之一，只要使用得合理，百姓为之赴汤蹈火也在所不辞。试举一例：

在唐代安史之乱时，安禄山的军队围困了睢阳城，守将张巡、许远率兵万余人防守，此时睢阳城内还有居民数万。城困苦战，尚且能支；但外无救兵，内无粮草，足使军心不稳，百姓害怕。先时尚有茶纸可食，而后杀马、罗雀、捕鼠，在全部食尽的情况下，张巡杀掉自己爱妾，许远杀掉自己奴仆，用来作将士食粮，"然后括城中妇人食之，继以男子老弱。人知必死，莫有叛者，所余才四百人"。近十万军民，在自己的统帅命令之下，一个个默默无言，而且是争先恐后地走向屠宰场，这是多么悲壮的情景！是什么力量使他们毫无反抗地走向死亡呢？史书说张巡"推诚待人，无所疑隐；临敌应变，出奇无穷；号令明，赏罚信，与众共甘苦寒暑，故下争致死力"。所讲的都是他的美德，而不及他驭下的权术。借刀杀人之计的"借"是手段，杀是目的。张巡杀其爱妾以享战士，这是手段；"括城中妇人食之"，这是目的。张巡正是运用借刀杀人之计，再加上他在道德上的表率，才使十万军民引颈受戮而无怨言，亦可见使用此计获得成功之大。

四、向敌六借　力盟刃财将谋

借刀杀人之计在胜战计中是比较凶狠，而且是以尔虞我诈著称的计谋。将此计运用到政治领域，则将政治斗争的残酷性表现得淋漓尽致，因此具有鲜明的特点。

第一，就借刀杀人之计在政治上的应用而言，具有欺诈性和残酷性的特点。

所谓的欺诈性，是指本计"借"的方法。正因为所借的范围相当广泛，仅本计列出的就有敌力、敌盟、敌刃、敌财、敌将、敌谋等六借来看，凡是敌方的东西都可以借，这些也正是敌方所需要的，你欲借，对方也欲借，其他政治势力也欲借，这就要看你用如何手段借到。

用自己的权力和强制力向敌方去借，被借之方出于无奈，也会为之出力，但不可能真心出力，也不可能完全按你所设计的方案去做。用欺诈的权谋去借，使对方不知不觉，或使对方为自己的利害去做，不但可使对方真心出力，还可以使之按自己设计的方案去做。故此，使用计谋去借是本计的重点所在。使用计谋，要看谁的手段更高明。如前文所讲，高拱欲借张居正之力，与自己一道除掉宦官冯保。以当时情况来看，高拱身为首辅，他向张居正借力，张居正碍于权势，不得不答应。然而，张居正在暗地里却借冯保之力，制定好除掉高拱的方案。贾南风借司马玮之力杀杨骏，又借司马玮擅杀大臣而杀掉司马玮。由此可见，这种"借"带有很强的欺诈性。

所谓的残酷性，是指本计"杀"的目的。杀本来就是凶残的，杀人则更是令人触目惊心的。政治斗争本身就是你死我活的，不能以道德水准来衡量的。在实际斗争中，表现出异常激烈和残酷也是正常的。前面所讲的事例，大多是置对手于死地，有些还是满门抄斩，可见本计的目的是残酷无情的。

第二，就借刀杀人之计在政治上的作用而言，具有激化矛盾和自乱阵营的特点。

借刀杀人之计是一种尔虞我诈的计谋，在政治上发挥着很重要的作用，这是因为在君主专制政体之下，君臣之间，大小官吏之间，以及围绕君主形成的各种政治势力之间，存在着许多矛盾和冲突。君主建立的各种制度和措置，本身就存在为臣僚所利用，甚至反过来损害君主专制的可能。在这种情况下，君用权必使臣，臣用权必用君，君统臣以权术，臣奉君以权变，这也是君臣关系的真实写照。这种关系，使他们不得不使用权谋，权谋成为他们维系统治的重要手段，在当时发挥着"定人民，安社稷"的作用。

由于借刀杀人之计的尔虞我诈，它所带来的则是政治上的混乱。在当时，君臣、上下、左右的政治和人际关系网络中，到处是陷阱，步步有危机，无论是君还是臣，略有松懈疏忽，便有罹难致祸的危险。集权与擅权夺权，保位与篡位，颠覆与反颠覆，总是层出不穷。这里充满了尔虞我诈，不但给当时政治带来混乱，也给社会的发展带来极大的危害。

可以说，权谋本身是一把三刃剑，它既可以为利，也可以为害，更可以兼顾利害。那么作为比较残酷的借刀杀人之计，正是这种权谋的体现。

第三，就借刀杀人之计在政治斗争中使用的特征而言，它具有险恶性和致命性的特点。

借刀杀人之计是一种有意识地、以害人为目的的政治权谋，是以损人益己为特征的。对于使用者来说，总是站在不出己力的基点上，把矛头指向政敌和政敌的盟友，就是自己的盟友也在其利用的范围。这种计谋的用意在于杀人，本身就有居心叵测的险恶目的，其应用于政治上，则显示出其特有的险恶性。

借刀杀人之计又是一种主动进攻的手段，而且很容易奏效。既然是以杀为目的，其应用在政治斗争中，一般会给攻击的对象造成致命的伤害。从前面的事例中可以看到，中计者或国破地分，或命丧家亡，或身败名裂，或断送前程，无论是什么结果，中计者都很难东山再起，足见此种计谋的致命性。

总之，借刀杀人之计虽然是胜战之计，但其声名并不太好，尤其是在政治斗争中应用，其所带来的影响不是很好。然本计最佳境界是使用此计战胜对方，又能在道德上站住脚，乃至以此博得声名，如果使用得体，奸诈的名声是不会加于身上的，这乃是三刃剑之剑锋所在。不过，要达到最佳境界是非常难的，其中的无穷变化，不是容易掌握的，故所使用者多达不到最佳境界。既然达不到最佳境界，必然带来许多恶果，乃至败坏国家政治，影响官僚素质，加剧社会动荡，这也是应当引以为戒的。

以逸待劳

——示之无为　实是无所不为

本计云:"困敌之势,不以战;损刚益柔。"其大意是:迫使敌人陷于困难的局面,不一定采用直接进攻的手段。根据《周易·损卦》中的"损刚益柔"的道理,采用《周易·益卦》中增益之道,来消耗或疲惫敌人,使敌人由优势转为劣势这是胜战之道。

本计用于军事上,是指依靠有利地形,一面防御,一面养精蓄锐,待进攻之敌士气衰落,疲惫不堪之时,再发动进攻;其上者是直接制造敌人疲惫的条件,为自己进攻创造有利条件。本计用于政治上,则尽量削夺政敌的力量,借此扩大或增加自己的力量,与此同时,还要趁政敌疲于应付之时,寻机向政敌发起进攻,造成以优势之师,临劣势之卒的局面。

以逸待劳之计是一种在政治斗争中常见的手段。在政治斗争中,善于应用此计者,则削弱政敌,充实自己,并能战而胜之,这是战胜之道;不善于应用此计者,常会被政敌所发动的进攻弄得心力交瘁,疲于应付,乃至走上败亡之道;善于应用而又能识别此计者,不但能利用政敌削弱自己的意图,使之化为疲惫政敌的实际,进而乘其疲而胜之,这是全胜之道。有战胜,有全胜,

史弥远密除韩侂胄

也有败亡，这就使政治家、野心家、阴谋家们在应用此计时颇费一些心思。

一、困敌之势　疲敌以增己力

《周易·益卦四十二》云：益：利有攸往，利涉大川。《象》曰：风雷，益。君子以见善则迁，有过则改。

【一爻】初九，利用为大作，元吉，无咎。《象》曰："元吉无咎"，下不厚事也。

【二爻】六二，或益之十朋之龟，弗克违，永贞吉。王用享于帝，吉。《象》曰："或益之"，自外来也。

【三爻】六三，益之用凶事，无咎。有孚中行，告公用圭。《象》曰："益用凶事"，固有之也。

【四爻】六四，中行，告公从，利用为依迁国。《象》曰："告公从"，以益志也。

【五爻】九五，有孚惠心，勿问元吉。有孚惠我德。《象》曰："有孚惠心"，勿问之矣；"惠我德"，大得志也。

【六爻】上九，莫益之，或击之。立心勿恒，凶。《象》曰："莫益之"，偏辞也。"或击之"，自外来也。

以逸待劳之计以《周易·益卦》为推演之本，与借刀杀人之计有异曲同工之妙。借刀杀人之计是用敌人的损失，来换取自己的利益；以逸待劳是削弱敌人，以补自己不足；二者都是寻找胜战之机的计谋。

按《周易·益卦》的六爻来推演以逸待劳之计在政治斗争中可能出现的可能和结果，大概也有六种：

第一种，使用者利用政敌疲惫，可以发动进攻，但自己实力过弱，应该考虑自己的承受能力而后用，方能无咎。

第二种，使用者有利用政敌的疲惫发动进攻的可能，但必须借助外力来补益自己的不足。如果借到外力，这是千金难求，似有天助的好事。

第三种，使用者利用政敌的疲惫发动进攻，固然能得到外力相助，但有可能这并不是好事，乃至是凶事。

第四种，使用者利用计谋，促使政敌疲惫，并且基本促成以逸待劳的形势，达到益己的目的，完成己志。

第五种，使用者利用给政敌造成的疲惫之势，适时发动进攻，定会大得其志。

第六种，使用者没有利用政敌的疲惫来增益自己，贸然发动进攻，立意不正，必遭政敌的进攻，此乃凶险之事。

由上推演，可以看到以逸待劳之计的手段也很多，成败之间的转换也很丰富。下面就本计一些常用手法而试分析之。

二、与时偕行　损敌利己除势

《吕氏春秋·察今》云："有道之士，贵以近知远，以今知古，以益所见，知所不见。故审堂下之阴，而知日月之行、阴阳之变；见瓶水之冰，而知天下之寒、鱼鳖之藏也；尝一脔肉，而知一镬之味、一鼎之调。"也就是说，善于以眼前的事物，来分析和料定过去和将来的事物,这才是有道之士。这也是以逸待劳之计的必备前提。

在政治斗争中,争胜是各种政治势力所共同的追求,但争胜是有条件的,并不是以个人的愿望而转移的。不过,争胜也是存在着许多人为的因素,可以积极创造条件,使形势向自己有利的方面发展。以逸待劳之计的特点是"凡益之道,与时偕行",这正是客观条件与人为因素相结合,似此才有"其道大光"。

第一,审时度势,调其就范而除之。

在政治斗争中,势力强大的政治势力,因自身处在有利的位置,志骄意满,欺凌弱小的势力。其实,这本是政治斗争中最大的忌讳,但身在此中,难观此道,以势压人总不能自拔。在强势压迫下,弱小的势力往往会依附强大的势力,以求生存;或者与一些同病相连的势力结成同盟,以期抗衡;真正甘心任人宰割的,则是少见的。既然不甘心任人宰割,争胜之心总是存在,创造条件,调其就范,则是争胜的重要谋略。

战国时期,著名的政治家、军事家吴起,是卫国左氏(今山东曹县)人,史称其"好名而猜忍"。最初出名是在鲁国,当时齐国进攻鲁国,吴起想为带兵的将领,因其妻子是齐国人,鲁国君主怀疑他的忠诚。吴起为释君之疑,杀掉自己的妻子,以此得到将领之职,率兵大破齐军,声名鹊起。正因为他出了名,嫉妒他的人也就多了起来。

鲁国一些嫉妒吴起的人,向鲁国君主谗毁吴起说:"起之为人,猜忍人也。其少时,家累千金,游仕不遂,遂破其家。乡党笑之,起杀谤己者三十余人,而东出卫郭门。与其母啮臂而盟曰:'起不为卿相,不复入卫。'遂事曾子。居倾之,其母死,起终不归。曾子薄之,而与起绝。起乃之鲁,学兵法以事鲁君。鲁君疑之,起杀妻以求将。夫鲁小国,而有战胜之名,则诸侯图鲁矣。且鲁、卫兄弟之国也,而君用起,则是弃卫。"这些话不能不使鲁君有所考虑,乃罢免吴起。这些话的真实性很少,因为吴起"善用兵,廉平,尽得士心"。为将时,"与士卒最下者同衣食。卧不设席,行不骑乘,亲裹赢粮,与士卒分劳苦"。也没有什么野心,其遭人嫉妒谗毁是很明显的。

鲁国不能容,吴起便来到魏国。此时魏国君主是魏文侯,是历史上有名的贤君。吴起到来,左右人说吴起"贪而好色,然用兵司马穰苴不能过也"。魏文侯知吴起之长,而不计吴起之短,任命吴起为将,有了功劳之后,就升之为西河守,让他独当一面。

吴起在魏国的处境渐好,但他本身固有的"好名"的弱点,并没有因在鲁国受到挫折而有所收敛。魏文侯死后,其子武侯即位,吴起以功高而有名望,希望得到相这一职位,但任命下来,却是声名远不如自己的田文。吴起很不高兴,竟然找到田文,要与田文论功。吴起说:"将三军,使士卒乐死,敌国不敢谋,子孰与起?"田文回答:"不如子。"吴起又说:"治百官,亲万民,实府库,子孰与起?"田文说:"不如子。"吴起再说:"守西河而秦兵不敢东向,韩、赵宾从,子孰与起?"田文说:"不如子。"于是吴起相当气愤地说:"此三者,子皆出吾下,而位加吾上,何也?"田文不急不恼,徐徐地说:"主少国疑,大臣未附,百姓不信,方是之时,属之于子乎?属之于我乎?"这一番话使吴起沉思许久，不得不承认："属之子矣。"田文乃说："此乃吾所以居子之上也。"从这次争功，可以看出吴起好胜争强，目中无人，这也是他屡遭别人谗毁的主因。田文还算是良相，对吴起的争功，并没有羞恨，也没有以自己职位在上而实施打击报复，可惜早亡。继其任者是公叔，他可容不得吴起恃才傲物，害吴起之心生矣。

公叔尚魏公主，是外戚，以裙带关系谋得相的位置。裙带关系本身就具有狭隘性和排他性，这种关系反映到政治上，则是极端自私，忌贤妒能，排斥异己，当然容不得吴起这样才高名大的人在自己身边，陷害也就难免。陷害吴起的计谋是公叔的仆人所定的，所采用的就是审时度势，调其就范而除之的手法。

所谓的审时度势，就是公叔的仆人深知"吴起为人节廉而自喜名也"。这也是吴起的弱点，也是君主易于生疑之处。因此，他让公叔向魏武公说："吴起贤人也，而侯之国小，又与强秦壤界，臣窃恐起之无留心也。"魏武侯当然不愿让吴起远走他国，想办法将他留下；即便留不下，也不愿这样有才能的人去资敌国。在武公问公叔如何能留住吴起时，公叔提出让吴起尚公主，认为："起有留心则必受之，无留心则必辞矣。"武侯认为此计甚好。所谓的调其就范，就是让公叔把吴起请到家中，然后叫自己的妻子，也就是魏国公主，当着吴起的面，对自己恶语相加，显示出骄横无礼的贵人气派，而自己则唯唯是诺。吴起见状，深感公主太骄横，自己则难以承受如此悍妇，故在武侯提亲之时力辞。这就调吴起进入自己预设的圈套之中。吴起辞亲，使武侯认定吴起无留魏之心，怀疑之形毕露。武侯的不信任，使吴起深感危机而难以安身，只好抽身逃往楚国。这也就中了公叔的计谋。

第二，借助外力，补己不足而并之。

在各种政治势力共存之时，彼此在争夺有利的态势，或是相互排斥攻击之时，都有必要联合一些对自己有利的政治势力，借以扩大自身的势力。联合其他的政治势力，固然可以扩大势力，如果在联合其他政治势力时，再借此时兼并一些势力，则是"弗客违"的事。

1189 年，宋孝宗退居为太上皇，其子光宗即位。光宗对他那位悍妒的皇后李氏颇为畏惧。有一次，光宗洗手，看到端水宫女的手白，非常喜欢；不想几天后，李皇后派人送来一个食盒，打开一看，竟是那位宫女的双手。自此光宗染上心疾，常不能临朝视政，政事多出于李皇后之手。太上皇孝宗对李皇后骄恣与欺凌光宗的行为不满，以"行当废汝"相吓。李皇后不服，便离间他们父子之情，使光宗渐渐不尽孝道。在提倡理学的宋王朝，不孝是很难为时人所接受的，尤其是孝宗病以至于死，光宗都没探视，也不主持丧礼，使内外议论纷纷。当此之时，宰相赵汝愚与朝臣韩侂胄，密请于高宗皇后吴氏，逼迫光宗为太上皇，拥立赵扩为帝，是为宁宗。这本是一次比较温和的宫廷政变，韩侂胄却因此拥立之功得到重用，以致独断朝政。

韩侂胄出身世家，是北宋名臣韩琦的五世孙，其侄女是宁宗皇后。就这样韩侂胄以拥立之功而身兼外戚，"窃弄威福"，渐渐"威行宫省，权震宇内"。其有权，当然会有一些"群小阿附"，也会有一些"谋而代之"者。为了巩固自己的权位，韩侂胄禁止伪学，扶植党羽，还想立盖世之功，即攻打金朝，收复失地。从 1203 年开始，在军事上进行准备，起用主战派辛弃疾、叶适等人，追封岳飞为鄂王，追论秦桧主和误国之罪，以期振作士气。

是时，金朝章宗在位，轻信佞人胥持国。胥持国内结李元妃，外营私利，使朝内竞利之徒，争相营进，吏治渐坏。此时金朝国力尚在，政治也非到不可收拾的地步。然而，韩侂胄所得到的大都是金国困弱不堪，外有流民向背，内有奸佞弄权，北有蒙古压迫等信息，这就助长了韩侂胄的轻敌之心。开禧二年（1206年），韩侂胄在准备尚未充分的情况下，向金朝发起进攻。最初收复一些失地，当金朝援军到达之后，形势急转而下，宋军大败亏输，"百年教养之兵一日而溃，百年葺治之器一日而散，百年公私之盖藏一日而空，百年中原之人心一日而失"。这使韩侂胄很为难堪。

本来，主和派是反对出兵的，尤其是礼部侍郎史弥远早有密谋除掉韩侂胄，属于"谋而代之"的一批。因韩侂胄权势太大，他们很难得到机会。现在韩侂胄兵败，金朝要求惩办战争祸首，这就给史弥远等人以外力。于是，史弥远外请荣王赵询奏请宁宗，内请杨皇后居中游说，终于得到宁宗的密旨。韩侂胄对"谋而代之"者，不是没有防备，只因军事丛集，无暇办理此事，才没有"尽击谋代者"。而"谋而代之"者，却抢先一步，在殿前暗伏兵三百，趁韩侂胄入朝之时，将之"拥至玉津园侧殛杀之"。韩侂胄权力虽大，但其身边的死党却很少，多是一些竞利之徒，见韩侂胄已死，早就星散。再加上金朝施加的压力，也没有人敢为韩侂胄出力。结果史弥远等没费多少力气，便清除韩侂胄的势力，并将韩侂胄的首级函送金人，重新讲和。

史弥远除韩侂胄，所采用的就是以逸待劳之计的借助外力，补己不足而并之的手法。史称史弥远"既诛韩侂胄，相宁宗十有七年。迨宁宗崩，废济王，非宁宗意。立理宗，又独相九年，擅权用事，专任狯壬"，死后还能"宠渥犹优其子孙，厥后为制碑铭，以'公忠翊运，定策元勋'题其首"。这是因为他专会巧言谄媚，看风使舵。正因为如此，他谋夺韩侂胄时才能够巧借外力以补自己实力的不足。

第三，甄别外力，不以己利而让之。

在政治斗争中，能借用外力以补自己的不足，固然是件好事。但外力并不是自己的工具，外力在政治上也想争夺有利态势。当引来外力剪除政敌时，外力图利，自己的努力就有可能被外力图去，而且还会威胁到自身的安全。因此，在借用外力时，必先对外力进行甄别，不能把自己现有或将得到的利益让给他人，这成为借助外力的重要条件。这正是《象》所云"益用凶事，固有之也"的推断。

南宋光宗时的宰相赵汝愚约朝臣韩侂胄，密请于高宗皇后吴氏，逼迫光宗为太上皇，拥立赵扩为帝，是为宁宗之事，就是赵汝愚借外力以获成功，但未获利，反遭其祸。

赵汝愚，字子直，是宋皇族的远房宗室，幼年家贫，但心怀大志，苦学不辍，终于以进士第一而跻入宦途。而后仕途平坦，官运亨通，直升至知枢密院事，入居宰执，与吕留正共秉大政。只因秉政，才有可能卷入这场宫廷政变之中。当宁宗得立，韩侂胄便想借此得到功赏和高官。赵汝愚认为："吾宗臣也，汝外戚也，何以言功？惟爪牙之臣，则当推赏。"竟不能满足韩侂胄的愿望，而且结下怨恨。

原来南宋之初，士大夫们喜谈论学术，渐分为两派，一派以提倡程颐理学为主，一派则提倡王安石的功利思想。两派见解不同，不断争执辩论，乃至以此为党，在政治上进行打击。在孝光之世，朱熹提倡理学，甚有声望，宁宗即位，赵汝愚即推荐朱熹为侍讲，给宁宗讲学。朱熹虽是学者，但对时政也很关心，看到韩侂胄"时时乘间窃弄威福"，便向赵汝愚出主意，"当用厚赏酬其劳而疏远之，汝愚不以为意"。于是，朱熹借讲学之时，向宁宗进言道："陛下即位未能旬月，而进退宰执，移易台谏，皆出陛下之独断，大臣不与谋，给舍不及议。此弊不革，臣恐名为独断，而主威不免于下移。"实际是指韩侂胄居中用事。韩侂胄闻之，便以朱熹迂阔不可用，力主罢去朱熹侍讲之职，而赵汝愚却不能挽回此议，反与韩侂胄结怨更深。

以赵汝愚的看法，韩侂胄"易制不为虑"。不想韩侂胄先控制台谏，掌握言路。然后以"彼宗姓，诬以谋危社稷，则一网无遗"，将赵汝愚罢相，并以"伪学"之名，将赵汝愚的同情者加以贬逐，韩侂胄的权势也就此稳固。

赵汝愚在这场政变中，借助韩侂胄这个外力，没有加以甄别，对之也不设防，最终败在外力之手，这正是不善用谋者。史臣评论："汝愚独能奋不虑身，定大计于顷刻，收召明德之士，以辅宁宗新政，天下翕然望治，其功可谓盛矣。然不几时，卒为韩侂胄所构，一斥而遂不复返，天下闻而冤之。"这也是对赵汝愚不善甄别人物的评价，然史臣不知政治斗争的残酷性，竟然以"信非人力之所能"来自圆其说，也说明政治斗争的复杂性。"益之有损，损之有益"，用谋者焉能不慎！

第四，促其疲劳，损敌益己而胜之。

在政治斗争中，各种政治势力之间始终存在着纠纷。如何在纷争中站住脚，并能战胜对方，这是各种政治势力所梦寐以求的。然而，各种政治势力交相存在，现实并不可能按照人们预想的情况存在，这就要求人们积极地创造条件，使自己的预想尽量变成现实。这样，以逸待劳之计的促其疲劳，损敌益己而胜之的手法，在政治斗争中便有了用武之地。

元世祖忽必烈中统三年（1262年）二月，益都行省长官、江淮大都督李檀举行叛乱。此时忽必烈正驻在漠南草地，全力应付北边其弟阿里不哥的侵扰，内地防守空虚。因此，李檀的叛变对忽必烈造成了极大的震动。为能及时平定叛乱，忽必烈请来汉人幕僚姚枢参谋。姚枢分析道："使檀乘吾北征之衅，濒海捣燕，闭居庸关，惶骇人心，为上策。与宋连和，负固持久，数扰边，使吾疲于奔救，为中策。如出兵济南，待山东诸侯应援，此成擒耳。"忽必烈问："今贼将安出？"姚枢回答："出下策。"果然，李檀进占济南城，按姚枢预计行动。

李檀为什么要行此下策呢？这是因为李檀拥兵五万，虽是精锐之师，实力终嫌不足，需要与别的政治势力联合，方显有利。如果联宋，固然可成中策。然而，他和他的父亲李全，在金、南宋、元朝之间投机坐大，政治上声名狼藉，难以取信宋朝。进据居庸关，固然可趋上策。但李檀所作所为，"积怨甚多，众皆不平"，足使李檀失掉自信。实力不足，又想联合其他势力，只有趋下策，占据一方以观其变。

实际上，李檀观变也有他的道理，因为元朝国号刚建，"病民

亢龙有悔跃于渊

诸奸各持两端，观望所立，莫不觊觎神器"。政权尚不稳固。李檀在叛变之前也曾广为联络各方军阀政客，得到他们的默许或支持，故此才选择忽必烈远在北方之时发动叛乱。李檀的叛变是带有赌博的性质，好的方面想得过多，而没有从最坏的方面考虑，况且对手又是有聪明大略的忽必烈。

忽必烈深知李檀敢于兴兵为乱，必有其党羽支持。当时，忽必烈的中书省平章事王文统，身居要职，又深得忽必烈信任，居然与李檀交通往来。而那些拥有强兵的地方军阀，更是观望待变，与李檀暗通款曲。面对如此险峻的形势，忽必烈采用了以逸待劳之计的促其疲劳，损敌益己而胜之的手法。

首先，忽必烈在分析完形势以后，马上清理自己左右，查出王文统与李檀交通往来的凭据，将王文统杀掉，清除内奸，断绝李檀的内线情报，实际上已达到促其疲劳、损敌益己的基本目的。

其次，对于观望待变而与敌暗通款曲的地方军阀，除那些公开打出支持李檀旗号，反形已露的，决惩不贷。对反形尚未暴露的，并不严加追究，而是将之加官进爵，委以征讨李檀之重任，使之心安，且借其力。这就完全达到促其疲劳、损敌益己的目的。

再次，忽必烈收买了阿里不哥的亲信阿鲁忽，使之投向自己。阿鲁忽的叛变行为，使阿里不哥非常恼怒，竟率兵西去攻打阿鲁忽，使忽必烈的北方威胁减轻，得以集中兵力来对付李檀的叛乱。有了这些兵力，不但平叛绰绰有余，同时也威慑住那些观望待变而与敌暗通款曲的地方军阀。结果李檀传檄四方而响应者寥寥，一场叛乱，首尾不足五个月便被平定了。

忽必烈使用这种手法而获得全胜，争得时间，掌握主动，得以全力以赴对付那些观望待变而与敌暗通款曲的地方军阀，迫使他们交出兵权，使他们失去与中央抗衡的实力。从这个例子可以看出促其疲劳而损敌益己手法的复杂性和多变性，若不能看清形势，是不可贸然使用的。

第五，侦其难弱，制造胜机而攻之。

在政治斗争中，各种政治势力之间有强弱之分。强者固然有制胜的条件，但并不是胜利之本。弱者固然力不如人，但并不是没有制胜之机。客观条件的存在，不能决定人们的主观努力；同样，那些弱者经过努力，不是没有机会战胜强者，况且强弱又不是绝对的。作为强者，本身仍然存在许多难弱之处，如果弱者抓住这些难弱之处，制造战胜之机，获得成功的概率也是很高的。即使是如此，弱者仍存在很大危险，这就要求知己知彼。这正是以逸待劳之计的侦其难弱，制造胜机而攻之的手法所必须掌握的要点。

中国历史上唯一的女皇帝武则天，通过种种手段，牢牢地掌握权力，"人人屏息，无敢议者"，是有名的铁女人，堪称是强者。即使如此，她仍存在许多难弱之处，使政敌有机可乘。

提起武则天的难弱之处，莫若她的继承人的问题。武则天共生有四子，长子李弘，年仅二十四岁便死了，据说是她给毒死的。次子李贤被立为太子，但宫中窃议，认为李贤是武则天姐姐所生，使李贤"内自疑惧"。因为李贤是武则天当皇帝的障碍，所以武则天把他废掉，流放到巴州，后来还是被杀掉。三子李显继为太子，在高宗死后不久，被武则天废掉。另立四子李旦为帝，而武则天完全掌握权力，武则天当皇帝之后，又被改为皇嗣，赐姓武氏。

武则天当了皇帝，武氏家族兴起，作为武则天的侄子武承嗣、武三思，看准这个时机，千方百计想谋得继承位置，认为"自古天子未有以异姓为嗣者"，这确实使武则天犹豫不决。

早在李贤"内自疑惧"之时，李贤为谋求自固，就曾作一首《黄台瓜辞》，命乐工歌之，以期感化武则天。歌云："种瓜黄台下，瓜熟子离离。一摘使瓜好，再摘令瓜稀，三摘犹尚可，四摘抱蔓归。"虽然武则天为了权力不能丢失，将李贤杀死，对另外两个儿子也较为不尽情理，但始终不听别人的谗言而加害之，可见母子之情尚存。母子之情可以说是武则天的弱点。忠于李唐王朝的政治势力，也就利用这点，保护李家这两个继承人，并以此在政治上占有一席之地。

武则天称帝以后，追封五世祖为皇帝，立武氏七庙于洛阳，尽王诸武，说明武则天对武氏的眷恋和依靠。在唐王朝时，父系为主的习惯已经形成。那么，父死子继是必然的，而母死子继也因血统最近是合情理的。不过，这样一来，继承权无疑要落到李唐子孙手里，武周王朝就会夭折。如果立武家子弟为继承人，武周王朝是延续下来，但毕竟血统有别。既恋亲子，又不放心武氏，这是武则天之难。武氏诸王就利用武则天之难，不断扩大势力，期望控制朝中大权，并力争继承之权，以使武氏在政治上保持绝对的优势。

对于武则天的难弱，忠于李唐王朝的政治势力和武氏政治势力都很清楚，关键在于谁能制造出制胜的机会。在这一点上，处于劣势的忠于李唐王朝的势力把握住要点，力争"损上益下"，争取达到"其道大光"，以完成复唐大业。

首先，忠于李唐王朝势力的主要人物狄仁杰，趁武则天犹豫不决时，及时地从容进言："文皇帝（李世民）栉风沐雨，亲冒锋镝，以定天下，传之子孙。陛下今乃欲移之他族，无乃天意乎！且姑侄之与母子孰亲？陛下立子，则千秋万岁之后，配食太庙，承继无穷；立侄，则未闻侄为天子而祔姑于庙者也。"武则天虽然以"此朕家事，卿勿预知"为辞，但狄仁杰自恃为武则天股肱，强进所言，并借武则天迷信，为之解梦，打消武则天立武氏为继承人的意图。趁此机会忠于李唐王朝势力的其他人也加紧活动，使武则天召回贬在外地的李显，策立为太子。这样忠于李唐王朝的势力便获得初步胜利。

其次，忠于李唐王朝的势力为清除武则天所难，实际上是为了保持和扩大胜利成果，开始安抚武氏政治势力。在正式策立李显为太子时，忠于李唐王朝的势力主张让太子与诸武盟誓，以示永远和睦相处，不得加害于对方。于是"即引诸武及相王（李旦）、太平公主（武则天之女）誓明堂，为铁卷使藏史馆"。这算是排解武则天之难，也使忠于李唐王朝的势力得到安全。

消除武则天的难弱，这对于忠于李唐王朝的势力来说，是至关重要的。上述手段固然起到一定的效果，但保持下去也是不容易的事。在忠于李唐王朝的势力顺利发展之时，有一位名叫吉顼的人，与武懿宗争功。"顼魁岸辩口，懿宗短小伛偻，顼视懿宗，声气陵厉"。这样便使武则天顿然感觉诸武将来的处境，便很不高兴地说："顼在朕前，犹卑我诸武，况异时讵可倚邪！"其难弱痛处再现，眼见忠于李唐王朝势力的努力前功尽弃。幸好吉顼善为口辩，在被贬官辞见武则天时，陈说道："合水土为泥，有争乎？"武则天不知何义，便回答说："无之。"吉顼又说："分半为佛，半为天尊，有争乎？"武则天说："有争矣。"然后吉顼顿首道："宗室、外戚各当其分，则天下安。今太子已立而外戚犹为王，此陛下驱之使他日必争，两不得安也。"此一陈说使武则天反悔之心暂安，也使日后在武则天老病之时，忠于李唐王朝的势力有能力发起政变，成功地恢复李唐国号。由此可见使用以逸待劳之计的侦其难弱，制造胜机而攻之的手法，其中变化是相当复杂的，其关键就是制造胜机，并且一定要抓住胜机，才有可能获得成功。

第六，见机行事，有益必抢而得之。

在政治斗争中，各种政治势力之间自觉不自觉地将弱点暴露出来。如果见有弱点，即发起进攻，这是趋利。趋利固是人之常情，但在不了解对方虚实的情况下，贸然发起进攻，这就不见得是有利的事，因为立意不正的本身就是致命的弱点。不过，看到政敌的弱点，而且有利可图，发动进攻有益无损，这就要立意果断，不能失去战机。善于知己之长，察敌所短，这是以逸待劳之计的见机行事，有益必抢而得之的手法所必须掌握的要点。

东晋王朝是南渡世族亦即侨姓世族和当地的江南世族联合支持下建立起来的，因此，统治阶级内部矛盾重重，既有世族地主与庶族地主之间的矛盾，又有侨姓世族与江南世族之间的矛盾，还有皇权与当权世族的矛盾，同时侨姓世族和江南世族内部也存在着矛盾。为了争夺权力，这些政治势力时而联合，时而相攻，联彼攻此，攻彼联此，情况复杂，争斗不已，政权极不稳定。在此混乱之时，政治斗争很有特点，各种政治势力的表现也很充分。

晋元帝司马睿是司马懿的曾孙，他在琅琊王氏的辅佐下登上帝位。当是时，王导身为丞相而居中执政，王敦为都督江扬荆湘交广六州诸军事而握重兵于长江上游，势力最大，故此当时有"王与马，共天下"之说。晋元帝司马睿感到王氏势力太大，对他是个威胁，便重用刁协、刘隗、周𫖮、戴渊等。刁协时为尚书令，"每崇上抑下，故为王氏所疾"。刘隗时为御史中丞，"为元帝所宠，欲排抑豪强"。周𫖮时为尚书左仆射，"以雅望，获海内盛名"。戴渊时为尚书右仆射，曾参与镇压杜弢之乱，有将兵之才。刘隗认为："王敦威权太盛，终不可制，劝帝出腹心以镇方隅。"于是派戴渊为征西将军，都督兖豫并冀雍幽六州诸军事、司州刺史，镇合肥；刘隗为镇北将军，都督青徐燕平四州诸军事、青州刺史，镇淮阴，"皆假节领兵，名为讨胡，实备王敦也"。

王敦是王导的从兄，尚晋武帝之女襄城公主，性情残忍。当武帝之时，豪家以奢侈相尚。豪族王恺在宴客时，女伎吹笛小失声律，便被王恺殴杀，在座无不改容，而王敦神色自若。后来王恺宴客，以美人劝酒，客人不饮，便杀美人。劝到王敦处，王敦不饮，王恺连杀三人，美人悲惧失色，而王敦傲然不视。人称王敦蜂目豺声，"若不噬人，亦当为人所噬"。现在王敦"既素有重名，又立大功于江左，专任阃外，手握强兵，群从贵显，威权莫贰，遂欲专制朝廷，有问鼎之心"。

从王敦和晋元帝所用之人的实力对比来看，晋元帝所用之人显然是处在劣势。论兵力，王敦掌握精锐之师，而晋元帝兵力不足，"发投刺王官千人为吏，调扬州百姓家奴万人为兵"，完全是乌合之众。论奥援，王敦在内有王导相助，而王导与江南世族关系颇好，王敦虽不敢保证他们支持自己，但可保证他们不进攻自己而去支持别人。那么晋元帝呢？虽为天子之尊，却乏天子之力。各大族观望不前，

"百姓哀愤，怨声盈路"，内外公私都困敝不堪，再加上晋元帝的"恭俭之德虽充，雄武之量不足"，很难制伏王敦，又过早暴露自己的意图，将自己不足尽亮给对方，自然给人以可乘之机。

王敦发现晋元帝等人的意图，又见自己优势尽在，便以诛奸臣刘隗为名，自武昌起兵，其党沈充也从吴兴起兵相应。晋元帝见状发誓道："是可忍也，孰不可忍也！今亲率六军，以诛大逆，有杀敦者，封五千户侯。"即召刘隗、戴渊还卫京师，以王导为前锋大都督，督兵防御；令江州刺史陶侃，荆州刺史甘卓，各领所部攻打王敦的后方。不料，王敦先锋率先攻占石头城，占据有利地形。刘隗等反攻不利，败走北方投奔石勒，余下均被王敦所杀。陶侃、甘卓，本来拥兵观望，见大势以去，各自引兵后退，结果甘卓被杀，陶侃逃回广州。王敦进入京城，官吏纷纷逃窜，晋元帝身边只有两名仆人。好在晋元帝还很从容，脱下军装，身着朝服，面见王敦说："欲得我处，但当早道，我自还琅琊，何至困百姓如此！"气虽雄壮，但身不由己。王敦自为丞相、都督中外诸军事、录尚书事，仍还武昌。晋元帝被软禁在京城，不久忧愤而死，其子司马绍即位，是为晋明帝，王导还受遗诏为辅政大臣。

晋明帝比他父亲司马睿要有主断而多谋略，据说他年幼时，父亲问他："汝谓日与长安孰远？"对曰："长安近。不闻人从日边来，居然可知也。"第二天，在群僚会集之时，元帝又问他这个问题，他回答："日近。"元帝失色道："何故异昨日之言乎？"对曰："举目则见日，不见长安。"可见其随机应变的能力。史书说他："有文武才略，钦贤爱客，雅好文辞。当时名臣，自王导、庾亮、温峤、桓彝、阮放等，咸见亲待。尝论圣人真假之意，导等不能屈。又习武艺，善抚将士。"这样的人即位，对王敦来说是很不利的，故王敦欲诬以不孝而废掉，可温峤等人力争，王敦只好暂时放弃这种想法，等待时机。元帝不久去世，明帝理所当然即位，这是王敦始料不及的。

先以现在的情况分析，王敦拥有重兵，朝中布满其亲信，足以挟制明帝。虽然王敦"既得志，暴慢愈甚，四方贡献多入己府，将相岳牧悉出其门"，但所结的亲信"并凶险骄恣，共相驱扇，杀戮自己"。其优势也就不复存在，也就貌似强大而实弱小。明帝虽被王敦以强相压，但他能曲为周旋，先保自己安全，然后借王敦内部纠纷之时，分化对方，化敌为友，使之反为己用。如丹阳尹温峤，本来是王敦派来"觇伺朝廷"的，现为明帝所用，竟能"具言敦所逆谋"。王敦之弟王导，本为王敦所信任不疑，现在倾向明帝，反而谴责其兄所为。王敦之党尚能分化，原来与王敦不和的势力更能为所用。这样一来，明帝貌似弱小而实强大。在这种情况下，明帝自然不能事事顺从王敦，而王敦又不能容忍明帝的傲视。故此王敦密谋用兵，明帝准备平叛，双方在剑拔弩张之中。

再就双方的策略而言，王敦在既将兴兵之际，曾估计形势，提出三条计策。其上计是如果王敦病死，"莫若解众放兵，归身朝廷，保全门户"。中计是"退还武昌，收兵自守，贡献不废"。下计是趁王敦还活着时，"悉众而下，万一侥幸"。可见王敦对这次出兵的信心不足，符合爻辞中的"立心勿恒，凶"的推断。明帝得知王敦将欲起兵，便化装"乘巴滇骏马，微行至于湖阴，察敦营垒而出"，了解王敦的虚实，"知其为物情所畏服"和王敦所用之计策，便诈言王敦已死，然后下诏征讨。这样一来，王敦的计谋便失去他还活着的根本。然后用王导、温峤等人"十道并进"，自己"亲御六军"征讨，使王导等人必为己用，符合爻辞中的"莫益之，或击之"的推断，因此，在开始时明帝便占先筹。战事果然按明帝所预料的形势发展，王敦之乱很快平定。

以上是历史上的"王敦之乱"的简单经过。从这里可以看出，政治斗争的双方，即便是在有利的形势下，也存在许多弱点，这就要看是谁能够抓住和利用对方的弱点，并能够作出正确的决策，这是取胜的根本所在。王敦对晋元帝，是抓住其兵敝将暗，准备不充分的弱点，避实就虚，直下石头城，获得胜利的，进而达到以逸待劳的目的。晋明帝是抓住王敦反叛立意不坚，其内部相互猜疑杀戮的弱点，采用分而化之，使其能为己用，并且断其所恃，进而也达到以逸待劳的目的。对自己有利，不得不抢，但抢不择时，其利则无。也因此故，知己知彼，见机行事，有利必争，才成为以逸待劳之计的上策，但其中变化复杂，非胆大心细不可为之。

三、利有攸往　智之所制在谋

以逸待劳之计在政治斗争中的应用范围是相当广泛的，也是政治家、野心家、阴谋家，为了达到自己的政治目的，经常采用的手法。经过他们不断地使用，不但丰富了本计的内容，也扩大了本计的使用范围。

第一，用于攻击政敌而争权夺利。

在君主专制政体下，政治权力具有强烈的诱惑力，政治权术也越来越丰富。在这种政治条件下，无论是政治家，抑或野心家、阴谋家，想在政治上占据优势，都需要使用权谋。这样做的目的是保全自己，并且尽可能地扩大自己的实力；而要扩大自己的实力，必然要削弱他人，削弱他人不如消灭。在这种情况下，攻击则成为削弱或消灭的重要手段。

　　本计是以《周易·益卦》推演来的，重点是观察"利有攸往"，趋利避害，这本是官僚政治的常态。有利必趋，必然出现竞争。在君主专制政体下，君主和他身边的各种政治势力、各种政治势力之间，争权力，争财富，争控制别人，尤其是争生命本身，因为置人以死地是取胜的主要手段。既然是取胜的主要手段，本计最佳选择则是攻击政敌，置政敌于死地。例如，宋代史弥远谋诛韩侂胄，取而代之，竟能独任宰相二十六年，死后还能封为"定策元勋"。忽必烈平定李檀叛乱，对反形已露的，决惩不贷，争取政治上的主动。

　　攻击政敌，置政敌于死地，固然是取胜的主要手段，但在中国传统的思想上认为："杀机之不可发也！杀机一发，害不在其身，必在子孙。"为此，可举出许多例子。如秦始皇好杀而诸子为项羽所杀，汉武帝好杀而杀己子，曹操好杀而其子自相诛夷，司马懿好杀而国运不昌，唐太宗杀骨肉而子孙亦杀骨肉，李斯好杀而父子被刑，李广杀亭长而自刎剑下，等等，不一而足。在这种思想影响下，使用这计谋的，往往求其次，置政敌于困窘之境。例如，魏公叔逼吴起远走楚国，韩侂胄致赵汝愚于贬逐而终生难复。其实，这种攻击方法比起置之死地还要残忍，因为死是暂时痛苦，而活着受困，不但身受困辱，备受人间之苦，而且还要承受巨大的精神压力，这比死还难受。如严嵩陷害杨继盛，投入监狱拷问，拶、敲、夹、鞭、杖五刑具备之后，"臀肉尽脱，股筋断落，脓血继涌，不亡如缕。又日夜笼匣，身关三木，痛不得抚，痹不得摇。昼不见日，夜不见星，药饵断绝，饮食沮抑"，备受痛苦。用此等手段攻击政敌，并不比置人于死地好多少。这正如猫抓住老鼠，不是马上吃掉，而是反复戏弄。然而，留得青山在，不怕没柴烧，只要政敌生存，就存在死灰复燃的可能，故使用此计者，不在万不得已的情况下，大多不会选用这种手段。

在攻击政敌时，前两种手段并不能轻易得到机会，比较常见的，则是去之而已。去掉政敌，仍可得利争权，也是本计的目的。如西汉昭帝去世，昌邑王刘贺即位。本来辅政大臣霍光"唯在所宜"，立刘贺是为了便于控制。不想刘贺即立，根本不买霍光的账，将自己原为王的官属都带到长安，"往往超擢拜官"，建立自己的势力集团。刘贺认为自己既为天子，当然可以为所作为，"日与近臣饮酒作乐，斗虎豹，召皮轩车九旒，驱驰东西"，完全不以政局为意。而霍光见所立非其愿，早就开始密谋废立。结果，霍光趁刘贺出游之际，召集群臣，胁迫太后，废去刘贺。刘贺被废，退回王邸，霍光亲送，并自我解脱道："王行自绝于天，臣宁负王，不敢负社稷！愿王自爱，臣长不复左右。"而且涕泣而去。这是去掉政敌，并且刻意加以修饰。正因为权谋者含而不露，许多被陷害的人至死都不知何人所害，乃至向陷害自己的人感谢不已。

第二，用于削弱政敌充实自己。

在政治斗争中，削弱政敌的势力，实际上就是增加自己的势力。本计的增益之道在于"损刚益柔",刚在明处是公开的事物,柔在暗处是阴谋权变,用权术来应付时变,达到保存自己削弱别人的目的,也是本计的立足点之一。

按本计的要求,当自己势力不济时,可以借助外力,亦即使用其他的政治势力来达到削弱政敌,补益自己的目的。在君主专制政体下,君主通过扶植一种政治势力以打击另一种政治势力,是在当时政治斗争中君主巩固自己地位的必要权术之一;各种政治势力蒐集在君主身边,通过君主或其他政治势力来打击自己的政敌,这也是他们的必要权术;而利用政敌,使之放弃攻击自己,并且给予自己某些利益,同样可以达到削弱政敌充实自己的目的。

中国古代有君子和小人之分,认为君子坦荡荡,不屑用权术;小人常戚戚,专用诡诈。但当你用心读史时,就会发现,诡诈并不是小人专利,君子也不免用之,因为这是政治斗争的需要。清人胡思敬在其《国闻备乘》一书中讲道:"《战国策》描画小人情状,后世虽极诡诈,莫能出其范围。君子恶其人,未尝不明其术。不幸当杌陧(动摇不安,困顿)之交,事处至难,不得不假借用之,以极一时之变。如胡林翼之出谋用智,其心亦良苦矣。林翼初授鄂抚,驻师江南,官文以将军署总督,驻江北。两府将吏颇构异同,林翼大惧,即渡江谒见官文,结盟为兄弟,执礼甚恭;出其爱妾拜官文太夫人为义母;月进羡余多金充督署公费。官文大喜,一切军政吏事悉让林翼主持,不置可否,事乃克济。"这里的胡林翼便是使用的"损刚益柔"的手段,削弱官文的权力,保存了自己,并且最终达到主持军政吏事的目的。

第三，用于中伤政敌保存自己。

本计的最佳境界是不使用直接进攻的手段而达到困敌灭敌之目的。不直接进攻，使用中伤的手法，也是中国古代官场常见的事。中伤他人，不能暴露自己的意图，这乃是官场求生之道，这就要求使用者手段必须巧妙。

明人袁中道曾论说官僚们"不用实，而专用虚，妙于趋，尤妙于避"的原因是"法虽密于牛毛，而人深于九渊。邪者贪者之用术愈精，止可以欺吾耳目；而正者清者之行己或疏，反至于遭吾之诟议"。在君主专制政体下，官吏趋巧逐妙是保存自己战胜他人的生存之术，不精者，很难浮于宦海。故当时人感叹："仕途倾轧排挤之风，至为可畏，苟一不慎，辄被中伤，殊有令人防不胜防者。"

战国初期，魏文侯派乐羊伐中山国。是时乐羊之子正在中山，"中山之君烹其子而遗之羹"，企图瓦解乐羊的斗志。乐羊为忠于魏，也为鼓舞士气，"坐幕下而啜之，尽一杯"，吞食亲子之肉，忍痛再战，"三年而拔之"，班师回朝，魏文侯向其出示"谤书一箧"。目睹此物，乐羊不得不再拜稽首曰："此非臣之功，主君之力也！"就是这样用人不疑而不轻信谗言的君主，也不免坠入中伤者的圈套。当魏文侯得知乐羊食子的举动时，曾经激动地说："乐羊以我之故，食其子之肉。"中伤者师赞从旁说道："其子之肉尚食之，其谁不食？"仅此一句，就把魏文侯引向自身。是啊，亲子可食，用之的君主亦可食，"其谁不食"的用意非常明显，自此魏文侯开始怀疑乐羊的忠诚，再也没有重用过乐羊。

宦海风波险恶，稍有不慎，便有倾覆罹难的危险。然而，对于那些老官僚来说，他们久经风浪，见多识广，在宦海之中乘风破浪，化险为夷，并非难事；因为他们熟习为官之道。以创"多磕头，少说话"的六字箴言的曹振镛来说，他就颇为擅长此道。

曹振镛是清代嘉庆和道光朝的内阁大学士、军机大臣，为官很有智巧，经常是"含意不申，而自出上意"。他所谓的"少说话"，并不是不说话，话一出口，必抓住别人致命之处。如当时的名人阮元，无论是在学识，抑或是资历上，都胜过曹振镛一筹。声名卓著，天子自然也有所耳闻，欲重用之。用人大权，素为君主独断，但君主恐耳不聪目不明，总要多方了解一下情况，那么身居军机大臣之位的曹振镛，便是君主率先要询问的对象。有一天，道光皇帝问曹振镛："阮元历督抚已三十年，甫壮即升二品，何其速也？"曹振镛原本嫉妒阮元的声名，恐他有朝一日进入军机处而取代自己，便回避问题的实质说："由于学问优长。"道光不知缘故，又问道："何以知其学问？"曹振镛是深明君主所重的是自己的家天下，不喜欢臣下沽名钓誉，便说道："（阮元）现在云贵总督任内，尚日日刻书谈文。"道光默然了，心中认为阮元只务声名，废弛政务，不但打消了征调阮元入军机的念头，就连方面大员也不想让他充任了。聊聊数语，没有恶语伤人，却起到中伤的功效。

中伤是在政敌无法防备的情况下进行的，他直接损害政敌的利益，削弱政敌的势力，进而获得一定的利益。这种做法虽不是光明正大，但在官场上却得到广泛的应用。这正是："官益久，则气愈媮；望愈崇，则谄愈固；地益近，则媚亦益工。"专制政体造就这种中伤的环境。

第四，用于排斥政敌扩大自己。

本计强调"困敌"，在造成政敌之困势之后，要"莫益之，或击之"，同时要求立心要恒。这计的上爻是"上九"，以"刚"为上。因此，使用本计者的最终目的都是尽可能地将政敌排斥掉，进而扩大自己的优势。

清人胡思敬在《国史备闻》卷一《同城督抚不和》条云："督抚同城，权位不相下，各以意见缘隙成龃龉，虽君子不免。两广总督那彦成与巡抚百龄相攻讦，百龄寻以失察家丁议遣戍。继百龄者为孙玉庭，劾彦成滥赏盗魁，彦成亦被逮。及百龄再至两广，以玉庭荵懦复劾罢之。此君子攻君子也。吴文镕初至湖广，与巡抚崇纶不协，崇纶百计倾陷，以孤军无援，死黄州。则小人攻君子矣。"这只不过是官场百态之一。

宋人洪迈《容斋续笔》卷十六《贤宰相遭谗》条云："一代宗臣，当代天理物之任，君上委国而听之，固为社稷之福，然必不使邪人参其间乃可，不然必为所胜。"作为宰相，重任在肩，其贤者以君主、国家为重也不免要排斥"邪人"，而图己之私者，更不免排斥他人，"不然必为所胜"，这里有你死我活的斗争，谁也不能后退半步，不然必履危机。正因为这种前途叵测的恐惧感和危机感，才使政治斗争变得复杂。

总之，在君主专制政体下，权力不平等的情况特别突出，权力大的人完全可以不顾权力小的人的利益，并且利用手中的权力来不断发展自己的实力。由此可见，权力大的排斥权力小的是正常现象。不过，在中国古代的权术论中认为，力不足则用谋，权谋往往能够弥补自己力量的不足。在这种情况下，即使是势力弱小的，也有可能战胜势力强大的。故此，本计的使用范围也就不仅仅限于上述所讲的几个方面，而是拥有更广阔的市场。

四、避其锋芒　定能无往不胜

以逸待劳之计以其劳人益己的特点，在政治斗争中发挥着重要作用，因而引起政治家、野心家、阴谋家们的特别关注，不断加以应用，并且不断地加以充实。这不但丰富了本计的内容，而且使本计的特点更加鲜明。

第一，就以逸待劳之计在政治斗争中的应用而言，具有明确性、实用性和致命性的特点。

以逸待劳之计以己之益就敌之短，本来就是一种有明确目标的攻击手段，在政治斗争中使用则更显得其明确性。这一是有明确的攻击目标，这就是"劳"；以己之逸攻其劳，这是其明确性。二是"待"也不是消极的待，而是想方设法促其劳，这则是用计的明确性。

以逸待劳之计本身是用于进取，其攻击目标的明确性，也就决定本身的实用性。在君主专制政体之下，各种政治势力交错，占据优势的政治势力，地处显要，觊觎者必多，故需要多方防范，其劳必矣。觊觎者处于旁观位置，很容易看出劳者的弱点，以己之逸待敌之劳，势力转换得当，获胜就比较容易，这就是其实用性之处。例如，韩侂胄身为辅政，欲立盖世之功，在众人阿附之下，有些得意忘形；就在此时，那些欲谋而代之者却引而不发，寻找可乘之机，结果使韩侂胄疲于战争，难于自顾，最后函首金国。

以逸待劳之计在政治上攻击目标的明确性和实用性，关键在于本计在攻击的致命性。因为以"逸"攻"劳"的本身就是乘敌劳敝，以优攻劣，易于致命。例如，吴起本身是才华横溢，但其本身不善于掩饰，锋芒毕露，不但劳心费力，还很容易被人躲避；避开锋芒而攻击，其本身就是致命的。以此之故，吴起虽空怀抱负，却屡屡为人中伤，乃至命丧乱箭之下。

第二，就以逸待劳之计在政治上的作用而言，具有实效性和完善性的特点。

以逸待劳是增益之计，它强调困敌，却不以战，而以谋略削弱和疲劳政敌，将政敌的优势转换成劣势，进而改变力量的对比，这在政治斗争中是非常有效的手段，也是争胜的手段，因此具有实效性。此外，以逸待劳之计还强调损刚益柔，这本身要求使用者不是消极等待，而是积极争取，既注意客观现实的存在，又注意到人为的因素，这就增加了本计的实效性。例如，在义和团事变中，陕西巡抚岑春煊和袁世凯因护驾和镇压有功，俱得慈禧的宠幸。"世凯恶春煊权势与己相埒"，乃"密奏春煊曾入保国会，为康梁死党，不可信"。慈禧虽痛恨康梁，但"以春煊新被宠，不应有是，待之如初"。袁世凯见此计不行，乃觅得岑春煊与康有为的相片各一，经过复制，变成二人的合影，上呈慈禧；在物证面前，慈禧不由得不信，其对岑春煊的宠信也就不如以前，不久将岑春煊改调两广总督。在赴任路上，又将岑春煊罢免，自此，岑春煊就失去与袁世凯抗衡的能力。这里，袁世凯便是充分利用人为的因素，成功地排挤了政敌。

以逸待劳之计能在政治上经久不衰地被应用，这是在于它的完善性。因为使用此计，往往在表面上不露痕迹，这样便容易在复杂的政治斗争中保存自己，而尽可能地不树敌招怨，这需要一定的谋略加以完善。明人袁中道在讲到武力与谋略的关系时说："夫胜本于谋，谋本于智；智藏于文，而可以役武者也。以天下全胜之时，而丑虏攻城陷堡，有如破竹，岂武力不足欤？猛虎之在深山，一夫以机取之，立食其肉，而寝其皮。牛至魁然也，三尺童子能穿其鼻，而惟其所使。何则？智之所制也。"本计要求的不以战，正是充分发挥智谋的作用，而智谋本身就要求完善。

第三，就以逸待劳之计的使用者的个人素质和心态而言，具有自我完善和求全争胜的特点。

谋略是人类智慧的结晶，使用谋略，本身就需有较高的素质。不同的素质在使用谋略的过程中，会出现不同的结果。例如，清代雍正朝，有广西举人出身的陆生楠，"其人或小有才"，对于当时政治颇有看法，乃细书《通鉴论》十七篇，"抗愤不平之语甚多"，遭到雍正的严斥，并拟为斩立决。同在一朝，孙嘉淦上书陈三事，即请亲骨肉，停捐纳，罢西兵。这三件事直接触动雍正的痛处，而且是直接上书，比陆生楠借古讽今要露骨得多，按道理应该是相当危险的事。然而，雍正却没有直接怪罪下来，而是召大臣商议曰："翰林院乃容此狂生耶？"在场的大学士朱轼不无回护地说道："嘉淦诚狂，然臣服其胆。"雍正默然良久，乃笑曰："朕亦且服其胆！"竟能升其官，而后不断受到重用，在雍正朝便升为吏部侍郎，乾隆时又连任总督，名重于当时。

　　孙嘉淦之所以敢于指斥当朝而不受其害，关键在于他的自我完善和他的个人素质。孙嘉淦曾有"居官八约"传于世，其略云：一、事君笃而不显。二、与人共而不骄。三、势避其所争。四、功藏与无名。五、事止于能去。六、言删其无用。七、以守独避人。八、以清费廉取。此"八约"可见孙嘉淦的为官之道，亦可见在官场上自我完善和本人素质的重要。陆生楠则不然，从雍正的朱批来看，其人"不惟毫无敬畏，且傲慢不恭"，不但有"踞傲诞妄之气"，而且还有"结为党援之处"，这些都是致命之处；从罪名上看，似有强加之嫌，但从人品来看，其去孙嘉淦远矣。这样相比，孙胜陆败则是必然。

　　以逸待劳之计的基点在于增益自己，故具有求全争胜的特点。本来用计的前提在于增益自己，这就是求全，增己损人，又是争胜，这对使用者就提出较高的要求。基于此，使用者必须费一番心思才能实现自己的目的。例如，东晋王敦之乱，晋明帝本身并不占优势，但其在复杂的政局面前，能够保持清醒的头脑，充分地利用政敌之短，使之化为己用，不但增益和保全了自己，而且削弱和分化了政敌，故此很快地平定了叛乱。

　　总之，以逸待劳之计重视实力的转换，避免正面强攻，在复杂的政治环境中，很容易发挥其胜战的功效，因此引起政治家、野心家、阴谋家们的重视。经过他们的不断应用和完善，使本计雄踞"无往不胜"的地位，成为政治家、野心家、阴谋家们所乐于使用的计谋，其在政治上的特点也就更加引人注目。

趁火打劫

——就势取利　必欲乘人之危

本计云:"敌之大害,就势取利,刚决柔也。"其大意是:当敌人遇到困难或是危机和内乱,就乘机发动进攻夺取胜利。按照《周易·夬卦》中刚决柔的理论,则为强者趁势攻击处在厄运的敌人。

趁火打劫的本意是:趁人家发生火灾,处于一片混乱惊慌而自顾不暇之时,就势去抢劫人家的财物。这是对乘人之危而谋己利的不道德行为的比喻。之所以本计成为军事家、政治家、野心家、阴谋家们所乐于选择的制胜谋略之一,那就是在军事上是两军对垒,在政敌之间是你死我活,根本上就没有人们习惯上的道德可言。

本计用于军事上,是"敌有昏乱,可以乘而取之",是乘敌之危,就势取胜的计谋。敌之危在内忧外患,我之势在齐心兵强,故可趁势攻之。本计用于政治,就是利用或有意制造政敌的危机,趁政敌混乱自顾不暇之际,发起进攻,力求全胜。由于有制造政敌的危机,就使本计在政治风云变幻中富有深奥的内涵。

趁火打劫之计也是一种在政治斗争中常用的手段。在政治家、

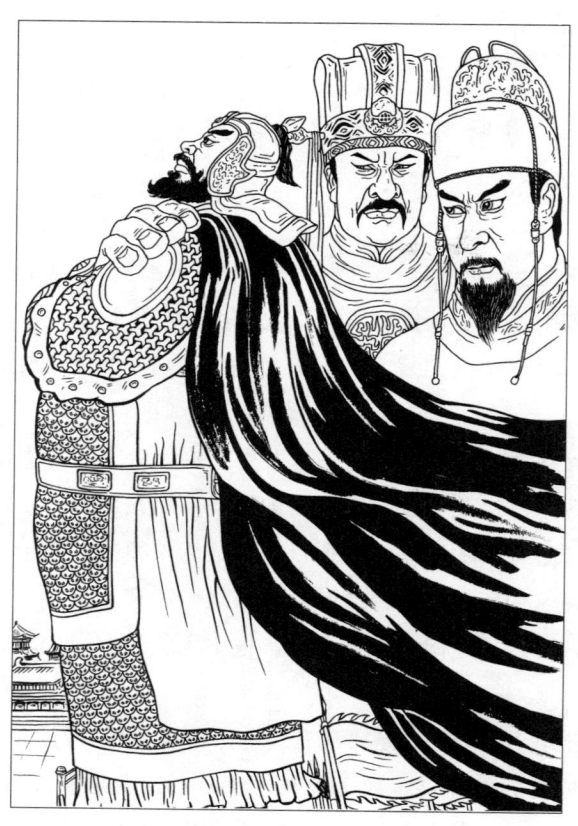

李怀光逼走唐德宗，朱泚趁火打劫

野心家、阴谋家们当中，善于运用者，则能把握政敌的危急时机，乘政敌之危而战胜之，这是争胜之道；不善于运用者，常不能把握时机，失去进攻的机会而进攻，非但不能战胜政敌，反会被政敌攻而胜之，这是求胜之道；善于运用并能够制造政敌危机者，其胜机则基本在握，为使用此计的上者，也是保胜之道。虽然此计是建立在不道德的基础上，而特别会使用者，往往既战胜政敌，又因此博得声名，这是把握住本计的全胜之道。由此可见，此计有争胜、求胜、保胜、全胜的区分，这就成为政治家、野心家、阴谋家们所愿意使用，并且刻意追求的胜战之计。

一、敌有昏乱　可以乘而取之

《周易·夬卦四十三》云：夬：扬于王庭，孚号有厉，告自邑，不利即戎，利有攸往。《象》曰：泽上于天，夬。君子以施禄及下，居德则忌。

【一爻】初九，壮于前趾，往不胜为咎。《象》曰：不胜而往，咎也。

【二爻】九二，惕号，莫夜有戎，勿恤。《象》曰："有戎勿恤"，得中道也。

【三爻】九三，壮于頄，有凶。君子夬夬独行，遇雨若濡，有愠无咎。《象》曰："君子夬夬"，终无咎也。

【四爻】九四，臀无肤，其行次且。牵羊悔亡，闻言不信。《象》曰："其行次且"，位不当也；"闻言不信"，聪不明也。

【五爻】九五，苋陆夬夬，中行，无咎。《象》曰："中行无咎",中未光也。

【六爻】上六,无号,终有凶。《象》曰:"无号之凶",终不可长也。

根据《周易·夬卦》的内容及六爻之辞,将趁火打劫之计在政治斗争中实施的预测可能和结果进行推演如下:

第一种,在与政敌斗争中,使用此种计谋者,看到政敌内部混乱,但政敌并没有因此伤掉元气,在胜负难卜的情况下,贸然发起进攻,这就是过咎。

第二种,在与政敌斗争中,使用此种计谋者,看到政敌内部发生混乱,但清醒看到对方还有实力,采取行动很警觉,避实就虚,这就是中正之道。

第三种,在与政敌斗争中,使用此种计谋者,看到政敌内部发生的混乱仅仅是在表面上的时候,不能暴露出自己的意图,也就是有趁火打劫之心,而不能表示出打劫之意,这样便可无咎。

第四种,在与政敌斗争中,使用此种计谋者,得知政敌内部争斗有伤,而且已经表现出难以自治的混乱,还要仔细观察,等待更好的时机,不要轻信上当,这就是闻言不信。

第五种,在与政敌斗争中,使用此种计谋者,已经清楚地看出政敌的混乱,自己发动攻击时,对方即便有回手之力,但不足以对自己构成威胁,这样只需采取中正之道,就是无过咎。

第六种,在与政敌斗争中,使用此种计谋者,看到政敌内部发生的混乱,已经是达到号令不行的地步,确实没有还手之力,破之在即,这是政敌的凶险之事。

由上推演，可见趁火打劫之计在实施时还有许多变化，内中含有许多应时的手段。下面便就在政治斗争中政治家、野心家、阴谋家们所使用趁火打劫之计中的一些常用手法进行分析。

二、旁观者清　促内忧兴外患

在君主专制政体下，统治集团的内部构成是相当复杂的，他们为了某种不同的经济利益和不同的政治目的，菌集在君主的周围，构成各种政治势力。这些政治势力，既是君权支持者，又是君权的分取者，有时还是君权的觊觎者。君权和这些政治势力之间有着一种相互利用和制约的关系，各种政治势力之间则有着一种相互依存和排斥的关系。各种政治势力为了争夺政治上的优势，无不以压抑或排挤对方为己任，千方百计寻找制造战胜对手的胜机。这样，趁火打劫之计就有很广阔的市场。随着市场的扩大，使用的手法和技巧也日益复杂。

第一，敌有内忧，趁其难以自全而攻之。

在兵法上讲，敌有内忧，可以攻而夺之。其内忧是内部遇到的困难，诸如天地灾变、经济危机、政治昏暗、内战纷争等。在政治斗争中，各种政治势力在相互倾轧时，内部的纷争相对减少；当在利益分配上不均衡时，内部的纷争就多。只要有政治权益和经济利益存在，不论是哪种政治势力，都会为此产生矛盾，在矛盾尖锐时，内乱就出现了。如果在此时政敌趁机发难，本方则难以齐心协力，其败也就显现。

亢龙有悔跃于渊

前299年,赵武灵王为了经略西北军事,将王位传给年仅十岁的少子何,即赵惠文王,以肥义为相国辅政,自称主父。赵武灵王胡服骑射,加强边防,增加赵军的战斗力,在诸国纷争中得以雄立一方。然而,赵武灵王做事主断,偏听偏信,宠爱不定,这就使其能去外患,而难去内忧。

少子何是赵武灵王所宠爱的吴娃所生之子,爱屋及乌,因喜其母而爱其子,把原已立为太子的长子公子章废掉,而改立少子何,为使少子能巩固王位,又提前传位。不想吴娃不久死去,屋不存焉,乌将何及?在这种情况下,赵武灵王又可怜起长子公子章来,认为废他有些对不住他。在传位三年后,赵武灵王把东安阳(今河北阳原县境内)封给公子章,称为代安阳君,并派田不礼为辅佐,准备征服代地而封公子章为代王。本来公子章就不服其弟为王,此时有实力在手,其不臣之心顿增。这时在赵国还有一大政治势力,就是公子成。公子成是赵武灵王的叔叔,在赵武灵王欲改胡服骑射时,他持反对意见,赵武灵王亲至其家才说服他,可见其有相当的势力,何况他手下还有一位谋士李兑。

公子成的谋士李兑清楚地看到赵武灵王的内忧,便找到相国肥义游说道:"公子章强壮而志骄,党众而欲大,殆有私乎?田不礼之为人也,忍杀而骄。二人相得,必有谋阴贼起,一出身徼幸。夫小人有欲,轻虑浅谋,徒见利而不顾其害,同类相推,俱入祸门。以吾观之,必出不久矣。子任重而势大,乱之所始,祸之所集也,子必先患。仁者爱万物而智者备祸于未形,不仁不智,何以为国?子奚不称疾毋出,传政于公子成?毋为怨府,毋为祸梯。"肥义也心知此事之棘手,但认为"昔者主父以王属义也",不肯将辅政之权出让，而准备以身迎难。翌日肥义对左右说："公子章与田不礼声善而实恶，内得主而外为暴，矫令以擅一旦之命，不难为也。今吾忧之，夜而忘寐，饥而忘食，盗出入不可以不备。自今以来，有召王者必见吾面，我将以身先之，无故而后王可入也。"而李兑与公子成却早已作好事变的准备。

前295年，赵主父与赵惠文王出游至沙丘（今河北巨鹿县境内）时，公子章与田不礼诈称赵主父之令召赵惠文王，准备借此时杀掉赵惠文王。不想肥义先来，便先杀掉肥义。因没有除掉赵惠文王，赵惠文王的部下便与公子章混战起来。就在这时，早已准备好的公子成和李兑，"乃起四邑之兵入距难，杀公子章及田不礼，灭其党贼而定王室"。于是，公子成为相，封号安平君；李兑为司寇，封号奉阳君。公子章在初败时，走奔沙丘宫去投主父，主父开门纳之。公子成和李兑就派兵围困沙丘宫，等公子章被杀死之后，公子成和李兑认为："以章故，围主父；即解兵，吾属夷矣！"便围住主父不放。"主父欲出不得，又不得食，探雀鷇而食之，三月余，饿死沙丘宫。"这时赵惠文王年少，公子成和李兑专权，而后李兑又为相，长期专断国政。

在赵主父因继承人问题上发生困惑而犹豫不决时，公子成和李兑抓住赵主父的内忧，不失时机地发起进攻，这就是使用了趁火打劫之计的敌有内忧，趁其难以自全而攻之的手法。如果公子成和李兑在攻杀公子章以后，就此罢手，则是劫而不全，其难免失去已经得到的利益。他们坚持围杀主父，最终才得到全胜。亦可见使用这种手法的变化，非善于掌握时机是难以获全胜的。因为劫而夺之是在别人难以自顾之时，被劫者当然不甘心情愿，如果让被劫者有还手之力，必然以死相拼。所以在使用此种手法时，关键要掌握"刚决柔也"的根本，失此将难获成功。

第二，敌有外患，趁其难以他顾而伤之。

在兵法上讲，敌有外患，就可以掠夺他的民众或财物。其外患也就是外敌侵犯。在政治斗争中，各种政治势力在相互倾轧时，必有旁观者。如果旁观者察觉某种政治势力在被别的势力进攻而自顾不暇时，趁机发起进攻，从中捞到一些好处，这便是趁火打劫之计的敌有外患，趁其难以他顾而伤之的手法，也是《象》中的"有戎勿恤，得中道也"的推断。但使用这种手法应注意到政敌在外患之下，是否是难以他顾。若政敌在外患之下尚有能力的话，使用趁火打劫之计，非但不能获利，反而会招来祸患，引火烧身。故此，使用此种手法，必须要了解对方在外患之下是否是真的难以他顾，这是使用这种手法的前提条件。

东晋明帝司马绍病死，其子成帝司马衍继立（325年—342年在位），此时年方五岁，由司徒王导、尚书令卞壸、车骑将军郗鉴、护军将军庾亮、领军将军陆晔、丹阳尹等共同遗诏辅政。因为护军将军庾亮是明帝庾皇后的哥哥，成帝的舅舅，又掌握禁卫军，故庾亮手握重权，专断政事。这些辅政都是平定王敦之乱的功臣，而且又都是世家大族。那些在平定王敦之乱立下大功的江南世族和庶族，在封赏和权力上都不如他们，其不满和抱怨之情溢于言表，如苏峻、祖约、陶侃等人。

苏峻，字子高，长掖县（今山东掖县）人，出身庶族，是在西晋末年战乱中，"百姓流亡，所在屯聚"时，"纠合得数千家，结垒于本县"而起家的。东晋建立,他"率其所部数百家泛海南渡"。在平定王敦叛乱中立有功勋,得封为邵陵公。史书云:"峻本以单家,聚众于扰攘之际。归顺之后,志在立功。既有功于国,威望渐著。至是有锐卒万人,器械甚精,朝廷以江外寄之。而峻颇怀骄溢,自负其众,潜有异志,抚纳亡命,得罪之家有逃死者,峻辄蔽匿之。众力日多,皆仰食县官,运漕者相属,稍不如意,便肆忿言。"庾亮也有所闻,便欲升任其为中央的大司农,以夺兵权。在战乱之时,军队是军阀的命根子,苏峻岂能放弃兵权?便拒不应诏,联合祖约,以讨庾亮为名,共同起兵。

祖约是名将祖逖的弟弟,祖逖北伐卒于豫州刺史任上,祖约接替其职。在平定王敦之乱中立功,进封五等侯,使屯寿阳,捍卫北边。他自以为是名辈,不在郗鉴、卞壸之后,而没有进到辅政的行列,期望更大的官职,庾亮又不见许,"遂怀怨望"。苏峻举兵,推崇祖约而斥责执政者,使祖约大喜,便起兵会合苏峻。

陶侃,字士行,是江南世家,在当时屡立战功,在王敦之乱平定后,为都督荆、雍、益、梁、江、交、湘、广八州诸军事,荆州刺史,领重兵驻守武昌。在明帝死后,陶侃"不在顾命之列,深以为恨",这使庾亮深以为忧。

庾亮对苏峻的反叛本有所料,但他在西忧陶侃,北忧苏峻,分散了兵力。苏峻和祖约联合,率兵直抵京城,庾亮应战不力,弃城逃奔温峤军中。苏峻、祖约"率众因风放火,台省及诸营寺署一时荡尽,遂陷宫城,纵兵大掠,侵逼六宫,穷凶极暴,残酷无道",进而控制晋成帝,欲挟天子以令天下。

乱事兴起之时,庾亮的同党温峤正领兵防备陶侃。京城失陷,温峤便主动与陶侃结盟，正好陶侃之子陶瞻又为苏峻所杀，温峤便以此说服陶侃去攻苏峻。于是庾亮、温峤奉陶侃为盟主，共同进攻苏峻、祖约。结果，苏峻战死，其弟苏逸代领其众，再战不胜，被俘斩首；祖约北逃投奔石勒，全家皆被石勒所杀。

从苏峻、祖约之乱来看，他们事起仓促，只是想拼死一争，不想庾亮是西忧陶侃，北忧苏峻，外患在即。不料正好形成趁火打劫之势，一举攻下京城，并控制天子，获得大胜利。但他们没有利用这有利的形势，联络陶侃，而是大肆屠杀，竟将陶侃之子杀掉，使庾亮的外患变成盟友，反而成为自己之患，这也就决定他们必然要失败。由此可见，使用趁火打劫之计的敌有外患，趁其难以他顾而伤之的手法，应该清醒看到对方的外患能否对自己有帮助，即使没有帮助，也不能让对方的外患成为对方的外力。

第三，内忧外患，趁其难以自完而取之。

在兵法上讲，敌有内忧外患，就可以吞并他。在政治斗争中，各种政治势力交相混战，必有一些政治势力因树敌太多又争利不让，造成内外交困之势。在这种情况下，别的政治势力自然不会见利不取。趁机消灭其他政治势力，扩充自己的政治势力，是各种政治势力的共同愿望，这就使趁火打劫之计的内忧外患，趁其难以自完而取之的手法有了用武之地。不过，使用者应该注意，谋夺利益者并非一家，见到别人正处在内外交困而有利可图时，不能过早地暴露自己的意图，更要注意螳螂在前、黄雀在后，这样才可能获胜而不被他夺。这也是使用这种手法的前提条件。

779年，唐德宗即位，所承接的政局是"征师日滋，赋敛日重，内自京邑，外泊边陲，行者有锋刃之忧，居者有诛求之困"，可称是内外交困，所以即位伊始，便想改变这种形势。

首先，德宗听从宰相杨炎的建议，实行两税法，使国家收支情况有很大改观，增强了朝廷的经济实力。其次对藩镇态度强硬，如不服从中央，即举兵争讨。这些措施如能按德宗预想的施行，当然是可以使君主专制制度加强。然而，事情不像德宗预期的那样发展，反而变得更加内外交困，连德宗的性命都差点丢去。这是因为德宗用人不当，形势估计不足，自履险境所致。

德宗即位伊始，任用杨炎，但此人爱以报复个人恩怨为事，使之独任大政，必使朝内的党争更加激烈。杨炎最大的失策，莫若是打击陷害当时出色的理财家刘晏。"晏有精力，多机智，变通有无，曲尽其妙。常以厚直募善走者，置递相望，觇报四方物价，虽远方，不数日皆达使司，食货轻重之权，悉制在掌握，国家获利而天下无甚贵贱之忧。"国家财赋"在晏所统则增，非晏所统则不增也"。对这样一位出色的理财家，杨炎却诬陷他在代宗时阿附宦官，意欲策立独孤氏为皇后，别立独孤氏之子李迥为太子，以废现任太子（即德宗）。德宗听信谗言，贬杀刘晏。不料这件事竟使朝野侧目，引起内外的不满，以山东强藩李正己为首的各藩镇要朝廷公布刘晏之罪，且讥斥朝廷。杨炎见势不妙，竟遣心腹宣慰，将杀刘晏之事推在德宗身上。德宗获悉，也就恨起杨炎，"由是有诛炎之志"。不久，德宗任卢杞为宰相，贬杨炎为崖州（今海南省内）司马，于中途缢杀之。卢杞为人"阴狡，欲起势立威，小不附者必欲置之死地"。德宗即位不久，连杀两位干练大臣，却又任用卢杞这样的险恶之人，使"中外失望"，也使本来就存在的内忧,更加危机四伏。

德宗对藩镇态度强硬,这本是矫正肃、代以来对藩镇姑息政策的必要手段,但这必须是在自己有一定军事实力的基础上。以当时的形势来看,藩镇大概有四种:一是地处河北、山东的诸镇,他们大都是安史之乱平定以后的安史余部,或是在平乱之后拥有重兵的悍将,都各拥强兵,表面上尊奉朝廷,实际上是供赋不入,自行任命下属,有自己的一套法令和制度。其位或父死子继、兄终弟及,或部下拥立、叛而夺之,朝廷难以更改,故最为跋扈,可称为反叛型藩镇。二是地处中原的诸镇,他们大都是在平定安史之乱时为朝廷所任命的,虽统有一定数量的军队,但其将帅的任命调动,中央尚能掌握控制,使他们担负着抗拒或平定反叛,屏卫关中,保护各地输入长安的财赋的重要使命,是王朝所依赖的基本力量,可称为基本型藩镇。三是地处关内和西北的诸镇,他们主要为防遏周边少数民族的入侵而设置的,如内地有事,朝廷经常调他们来援助,但此类藩镇虽比较善战,也比较骄蹇,朝廷也很难驾驭,可称为边疆型藩镇。四是地处东南地区的诸镇,因这些地方战事少、养兵少、军费少,势力也相对小,在中央的强压之下,他们所在地的税收大部分上供中央,是王朝的财赋的来源地,可称为财赋型藩镇。这些藩镇不论势力大小,都要看朝廷是否强大,邻镇是否强横,观望图利自全是他们的共同点。如果朝廷处置不当,无论哪种藩镇都能成为王朝的外患。

德宗即位伊始,"崔佑甫为相,务崇宽大,故当时政声蔼然,以为有贞观之风"。中外皆悦,反叛的藩镇军士大多欢呼:"明主出矣,吾属犹反乎!"然德宗即位不久,杀两大臣,内已不安,外又生乱。就在这时，成德节度使李宝臣死，其子李惟岳接任其位，要朝廷承认其地位，德宗不允许。为了维护世袭特权，魏博节度使田悦、淄青节度使李纳、山南东道节度使梁崇义和李惟岳联合起来，共同抗唐。不久，梁崇义和李惟岳兵败被杀，田悦和李纳也被唐军打败。卢龙节度使朱滔和成德镇降将王武俊为了争权夺地，又勾结田悦、李纳发动叛乱，曾经参加征讨李惟岳的淮南节度使李希烈也参加进来。一时间五人都称王，李希烈还自称天下都元帅。朝廷告急，德宗只好调动关内诸镇兵前往平叛。

建中四年（783年）十月，泾原节度使姚令言率泾原兵五千至长安。这些"军士冒雨，寒甚，多携子弟而来，冀得厚赐其家，既至，一无所赐"。第二天又让他们出发，路上皇家犒师，"惟粝食菜饭"。这引起士兵的愤怒，把饭菜踢翻，扬言道："吾辈将死于敌，而食且不饱，安能以微命拒白刃邪！闻琼林、大盈二库，金帛盈溢，不如相与取之。"于是回兵长安。德宗忙召禁军作战，竟没有一人前来，只好仓促带领部分人，狼狈逃往奉天（今陕西乾县）。泾原变兵便拥立朱滔的兄弟朱泚为主。不久，朱泚又在长安称帝，国号为秦（后改为汉）。此后，经过一年多时间，德宗依靠李晟率领唐军援助，很困难地收复长安，逐杀朱泚，但不得不与朱滔、王武俊、田悦、李纳等藩镇妥协，算是勉强地平定这场叛乱。在此期间，德宗忧虑异常，唐王朝的命运在险恶万状中度过，朝政更加不振了。

从德宗即位之初的所作所为来看，颇想振作一番，结果是兵祸连结，这是他不了解自己本处在内忧外患之中，而且"内信奸邪，外斥良善"，使内忧外患的形势加剧，乃至"几致危亡"。所赖当时趁唐王朝内忧外患而来争权夺利的，不是"外宽和中实恨刻"，便是"为人疏而愎"，缺少智谋和远大理想的人，不然，唐朝在此时就亡了，何待百年之后？

第四，促敌内忧，趁其内哄自伤而并之。

在政治斗争中，各种政治势力固然可以趁政敌内忧而攻夺之，然而这种机会并不太多，也不太容易抓到。因此，使用各种手段来促使政敌发生内忧，趁政敌内部发生交哄时，再发起进攻，其获得成功的概率更高。

唐德宗建中四年（783年），泾原镇兵哗变，德宗仓皇逃往奉天，叛军拥立朱泚，朱泚便亲自率兵围攻奉天。时京畿、渭北节度使浑瑊、幽宁节度使韩游瑰等苦战经月，城虽未破，而城中资粮俱尽，御供之粗米才有二斛，只有趁夜间缒城采野菜维持。朱泚恐怕久攻不下，长安生变，便发动强攻，"矢及御前三步而坠"，危急万分，普遍认为再能守三日。此时，正在征讨河北叛镇的朔方节度使李怀光，闻乱倍道前来驰援，在礼泉大败朱泚叛军，朱泚引兵遁归长安，城围始解。不久，神策军河北行营节度使李晟、神策军兵马使尚可孤等也率军来援，唐军转为优势，开始反过来围攻朱泚。

李怀光本性粗疏，自赶来驰援之时，就经常讲天下之乱，是宰相卢杞等两三人所酿成的。声言："吾见上，当请诛之。"当他解奉天之围，自以为功高，认为德宗定会接见他。卢杞等人怕李怀光见到德宗时说自己坏话，便向德宗建议："怀光勋业，社稷是赖，贼徒破胆，皆无守心，若使之乘胜取长安，则一举可以灭贼，此破竹之势也。"德宗轻信，没有接见李怀光，就下诏命李怀光、李晟等克期攻取长安。李怀光千里驰援，血战解围，"而咫尺不得见天子，意殊怏怏"。从此与德宗之间生起嫌隙。进兵到咸阳便逗留不前，屡次上书暴扬卢杞等的罪恶。德宗在不得已的情况下，只好将卢杞罢贬为新州司马。宦官翟文秀，上所信任也，怀光又言其罪，上亦杀之。李怀光要求虽然得到满足，但"内不自安"，又与李晟发生意见分歧，"遂有异志"。

李怀光与德宗之间的嫌隙，被朱泚侦知，便乘机"与怀光书，以兄事之，约分帝关中，永为邻国"。这就使李怀光有了反唐之心，居然打起李晟军队的主意。李晟有所察觉，请旨移师东渭桥，以免为李怀光吞并。德宗对李怀光抱有很大希望，要亲自到李怀光营垒督师攻打长安。有人说德宗亲征，乃是使用汉高祖云梦擒韩信之计，使李怀光"大惧，反谋益甚"。于是"辞亦不逊"。德宗还以为有人进谗言所致，便加李怀光为太尉，赐铁券，这就更增加李怀光的疑心，接到铁券便扔在地上说道："圣人疑怀光邪？人臣反，赐铁卷；怀光不反，今赐铁卷，是使反也！"德宗在奉天，地近咸阳，知李怀光之意，只好逃往汉中。

李怀光逼走德宗，举兵反叛，无奈部将多不愿意，纷纷引兵离去，转归李晟麾下。就在此时，与李怀光约分帝关中的朱泚，见李怀光势弱，乃以诏书的形式向李怀光征调军队，俨然以臣子看待。李怀光此时是惭怒异常，悔恨交加，"内忧麾下为变，外怒李晟袭之，遂烧营东走，掠泾阳等十二县，鸡犬无遗"。但他也没有逃过危难，被部将牛名俊斩首，献给德宗。其子自灭满门以免诛戮之辱，竟然绝后。

李怀光自恃有功而骄蹇，心知这样难免为人所嫉，故心不安，这是其内忧。朱泚与之约分帝关中，实欲借其力而除外患。当李怀光真正反唐，朱泚以臣礼待之，这是促使李怀光内忧，以期趁李怀光内部自哄之时将其吞并，这是有心使用趁火打劫之计的促敌内忧，趁其内哄自伤而并之的手法。唐德宗轻信奸臣，使李怀光不满，又在李怀光强兵之下处处忍让，非但没有使李怀光甘心为己用，反促使李怀光内忧加剧，等于是树敌于内，受其害也是理所当然的。

第五，造敌外患，趁其他顾不防而夺之。

在君主专制政体之下，君臣上下左右的政治关系，充满了各种难以预料的危机。在这种情况下，各种政治势力要想应付这种局面，躲过危机，不得不战战兢兢，如履薄冰，因为稍有疏忽，难免为其他政治势力所吞噬。既履薄冰身处危地，又不能不危中求存。因此，主动向政敌发动进攻，除去危险，使自己转危为安，便成为各种政治势力的共同愿望。正因为这样，趁火打劫之计的造敌外患，趁其他顾不防而夺之的手法，便成为各种政治势力所期望掌握的技巧之一。

春秋时期，田常欲作乱于齐，但又怕齐国内的高、国、鲍、晏等强族反对，便想立功于外而兴兵伐鲁。孔子为使自己的祖国不遭到涂炭，便派高足子贡前往游说，以化解危难。

子贡受命前往齐国，对田常说："你伐鲁是不对的。鲁国是难伐之国，城薄地狭，国君愚而不仁，大臣伪而无用，士兵又不善战，此为不易攻。你不如伐吴。吴国城高地广，兵器精良，士气高昂，又使良将把守，此为易攻。"田常听此不由得大怒说道："子之所难，人之所易；子之所易，人之所难；而以教常，何也！"子贡不慌不忙说道："忧在内者攻强，忧在外者攻弱。你现在是内忧。听说你三次求封而不成，大臣也有不听你的。现在你去破鲁以广齐地，战胜以骄主，破国以尊臣，而君得不到什么功劳，则与君主交情日疏。这是你上骄君主之心，下恣陵群臣，要想成大事，难矣！再说君主骄则恣，臣骄则争，这是你上与君主有嫌隙，下与大臣交争的事。如此，你在齐国的处境就很危险了。所以说不如伐吴。如果伐吴不胜，民人外死，大臣内空，这是你上无强臣之敌，下无民人之过，孤立君主而控制齐国的只有你了。"田常说："很好。可我已经派兵去鲁国，如果现在攻吴，大臣怀疑我怎么办？"子贡说："你先按兵不动，请派我去吴国，叫他们救鲁而伐齐，你因此率兵迎击吴军。"田常接受这个建议，便派子贡去吴国游说。

子贡到了吴国，对吴王说："作为王者不绝世，霸者无强敌，千钧平衡之重，一边加上铢量则倾斜。现在强大的齐国想要吞并弱小的鲁国，与吴国争强，犹如齐国加重，这是大王争霸的危险所在。何况大王救鲁，是显名之事；伐齐，是获大利之事。如果抚泗上诸侯，诛暴齐以服强晋，利莫大焉。这是名存亡鲁，实困强齐，智者不疑的事。"吴王听罢说："很好。可是我曾经与越国打过仗，越王苦身养士，有袭击我之心。你等待我征伐越国以后再按你所说的去办。"子贡说："越之劲不过鲁，吴之强不过齐，大王放弃齐而伐越，则齐已平鲁矣。何况大王方以存亡继绝为名，伐小越而畏强齐，非勇也。夫勇者不避难，仁者不穷约，智者不失时，王者不绝世，以立其义。现在大王存越示诸侯以仁，救鲁伐齐，威加晋国，诸侯必相率而朝吴，霸业成矣。如果大王畏恶越国，臣请东见越王，令其出兵以从，此名为有诸侯相从伐齐，而实空越，其忧可去。"吴王很高兴地派子贡出使越国。

越王勾践正处于兵败身辱之时，因此屈身恭迎子贡，而至馆舍向子贡问所来之由。子贡说："这次我来游说吴王救鲁伐齐。吴王心里以越为患，乃说：'待我伐越乃可。'果真这样，破越必矣。何况无报人之志而令人疑，拙之；有报人之志，使人知之，殆也；事未发而先闻，危也。三者举事之大患。"子贡的话戳到越王勾践的痛处，使勾践不由得顿首再拜说："孤尝不料力，乃与吴战，困于会稽，痛入骨髓，日夜焦唇干舌，徒欲与吴王接踵而死，孤之愿也。"子贡说："吴王为人猛暴，群臣不堪，国家敝以数战，士卒弗忍。百姓怨上，大臣内变，是残国之治也。您现在应当卑辞厚礼以悦其心，发士兵助他出战以骄其志，其必伐齐。如果吴王战不胜，是您之福。吴王战胜，必去进攻晋。臣请北见晋君，令其出兵攻之，弱吴必矣。吴之锐兵尽于齐，重兵困于晋，而您制其敝，此灭吴必矣。"勾践极为高兴，大谢子贡，子贡不受而去。

子贡又来到吴国，向吴王汇报说："我将大王的话告诉越王，越王大恐，说：'孤不幸，少失先人，内不自量，抵罪于吴，军败身辱，栖于会稽，国为虚莽，赖大王之赐，使得奉俎豆而修祭祀，死不敢忘，何谋之敢虑！'"此话先使吴王放心，几天以后，越国助征之兵赶到，吴王大悦，问子贡说："越王欲身从寡人伐齐，可乎？"子贡怕谎言被戳穿，便回答说："不可。夫空人之国，悉人之众，又从其君，不义。君受币，许其师，而辞其君。"吴王便没有让勾践随征,而亲率九郡兵马伐齐。

吴军出动,子贡又来到晋国,对晋君说:"臣闻之,考虑不定不可以应卒变,兵不先办不可以胜敌。现在齐与吴将开战,吴战齐不胜,越国必攻吴;吴战齐获胜,必以其兵临晋。"晋君大恐,问:"为之奈何?"子贡说:"您且修兵休卒以静观待变。"晋君应许,子贡便回到鲁国静等其变。

果然,吴国与齐国战于艾陵,大破齐军之后,以战胜之师攻晋国,双方战于黄池,吴军大败。越国闻吴军战败,涉江袭吴,与吴军战于五湖,吴王夫差兵败被杀,越王勾践东向中原称霸。司马迁在总结这段历史时说:"子贡一出,存鲁,乱齐,破吴,强晋而霸越。子贡一使,使势相破,十年之中,五国各有变。"子贡以一个普通人,为了鲁国的生存而游说各国,并获得如此成功。这是他掌握趁火打劫之计的造敌外患,趁其他顾不防而夺之的手法的技巧,有意识地给各方制造外患,使各方都成为顾此失彼之势。他促吴为齐的外患,促越、晋为吴的外患,改变整个政治态势,也就使弱小的鲁国有了一个安全环境。子贡给各方制造外患时,总是设身处地为对方着想,抓住各方的弱点,引诱或迫使对方就范,巧妙地掩饰自己真正的意图,这就抓住了使用本计的要点,也说明了使用这种手法的隐蔽性。

第六,制造忧患,趁其内外交迫而灭之。

在君主专制政体之下,臣僚处于被支配的地位,但君主又不能不依靠内外臣僚处理政务。这样,在政治斗争中,各种政治派别必须要顺应政治体制和君主的好恶脾性,巧妙地达到自己的政治目的。与此同时，内借君主之力，外借其他政治势力相助，则成为当时政治斗争的重要手段。因此，在政治斗争中，使用趁火打劫之计制造忧患，趁其内外交迫而灭之的手法，便成为各种政治势力应该掌握的技巧和试图掌握的技巧之一。

西周灭商，推行"封建"。所谓封建，就是封侯建国，裂土封爵。秦灭六国，罢封建，设郡县，停止对宗室的分封。汉高祖刘邦统一后，认为未封宗室以为屏藩是秦速亡的原因之一。因此，他专门分封了一批同姓诸侯王，让他们领兵分据战略和财赋要地，借以控制郡县，必要时又可以作为中央王朝的捍卫力量。为此规定："非刘氏不得王。"有意识加强宗室的力量，提高宗室的地位。然而，随着时间的发展，这些诸侯王凭借自己相对独立的统治权，渐呈尾大不掉之势。与此同时，北方匈奴强大，威胁汉朝的北边。故此，在文、景之时出现如何削藩和抵御匈奴问题的议论。

这两个问题，一是内事，一是外事。言外事是朝野都能接受的，没有什么忌讳，言内事则容易引起当权者的猜忌。故此，汉文帝时的贾谊因诸侯王势力太大，已呈难制之势，提出"欲天下之治安，莫若众建诸侯而少其力"的主张，认为可以给宗室以很高的政治和经济待遇，但不能给他们实际的军政权力。年轻的贾谊得到汉文帝的赏识，已招致一些诸侯大臣的嫉妒，又直言内事，积怨更深。于是，大臣们以贾谊"洛阳之人，年少初学，专欲擅权，纷乱诸事"为名，逼迫文帝不能重用贾谊。贾谊所提的建议也难以实施，以致唐代诗人李商隐有"可怜半夜虚前席，不问苍生问鬼神"之叹。

与贾谊同时代的还有两位年轻人，也谈内外事，自然也招致诸侯大臣的猜忌。由于两人进言的方法不同,所得到的结果也不同。这就是袁盎和晁错。

从出身来看,袁盎父亲是盗贼,在吕后当权时,袁盎走吕禄的门路,得为吕禄的舍人,从此进入仕途。在汉文帝即位时,袁盎凭着其兄的举荐,升为郎中,得在文帝身边为侍从,有了进言的机会。晁错也是家无渊源,"以文学为太常掌故",是凭自己的才能进入仕途的。

不同的出身和经历,使他们在为人处世上相差很远。晁错为人峭直刻深,袁盎为人圆滑含蓄。在文帝时,晁错上书凡三十篇,涉及内外重大事务,虽然没有使文帝完全听从,但使文帝知其才能,其官也就不断升迁,从太子舍人、太子门大夫到太常博士、太子家令,升到中大夫,虽不是什么显官,已招人眼热。袁盎虽没有晁错那样文笔,但身为侍从,向文帝进言的机会很多,常使文帝悦服,官运也很亨通,在文帝之时官至吴国相。

在景帝为太子时,晁错为太子家令,常为景帝出谋划策,人号为"智囊"。景帝即位,晁错升为中大夫,转内史,超迁为御史大夫而身居副丞相之职,故"宠幸倾九卿"。这种升迁速度,肯定招人嫉妒。在晁错为内史时,当时的丞相申屠嘉就很嫉妒,拟以晁错"穿宗庙垣为奏,请诛错"。幸而为晁错侦之,先行向景帝汇报,使申屠嘉计谋不成,深恨"吾悔不先斩错乃请之,为错所卖!"申屠嘉本是气性很大的人,"因呕血而死"。这使晁错更加荣宠,朝野也就更加侧目。

景帝即位,对袁盎来说,并不是什么好事,因为他身为吴国相,人在外地,难以进言,且景帝在为太子时,因与吴国太子下棋发生争执,"引博局提吴太子,杀之",与吴国结成深怨。现在景帝即位,这种深怨肯定会爆发出来。袁盎出于避祸心理,及时告归,投靠丞相申屠嘉,以求自全,不料申屠嘉又死去,所恃已去,处境危险可知。

晁错受宠,袁盎失爱,这两个人的积怨必然要激化起来。本来晁错与袁盎就不相善,"错所居坐,盎辄避;盎所居坐,错亦避;两人未尝同堂语"。现在晁错为御史大夫,袁盎在京闲居,正是晁错报复的好机会。但这位好谈"权术"的晁错,非但没有害掉袁盎,反被不好谈权术而会用权术的袁盎所害。

以二人的权术而论:晁错深得景帝信任,也非常忠于景帝。为了景帝的尊严,他不惜多次更定法令。他自恃有权在手,不听左右劝谏,就是其父亲劝他,也改变不了他的初衷,使他父亲感到"刘氏安矣而晁氏危!""不忍见祸逮身"而自杀。晁错本人因为是维护"天子之尊",所以才不怕别人"口语多怨"。但做事优柔寡断,缺乏应变才能。有景帝的信任和重用,晁错自以为是有恃无恐,孰料他的政敌竟使用很高明的手段,将其所恃变为所害。袁盎则不然,他比晁错要会看风使舵,其中伤人总能抓住要害。下面就他们所作的二三事进行比较。

在文帝时,袁盎不过是刚入仕的郎中,在文帝身边为侍从。这时绛侯周勃因平定诸吕,拥立文帝,志骄意满,而文帝也因周勃功高,礼之甚恭。袁盎借机向文帝进言道:"丞相(周勃)何如人也?"文帝对周勃正怀感激眷恋之情,便回答道:"社稷臣。"袁盎说:"绛侯所谓功臣,非社稷臣。社稷臣主在与在,主亡与亡。吕后时,诸吕用事,擅相王,刘氏不绝如带。是时绛侯为太尉,本兵柄，弗能正。吕后崩，大臣相与共诛诸吕，太尉主兵，适会其成功，所谓功臣，非社稷臣。丞相如有骄主色，陛下谦让，臣主失礼，窃为陛下弗取也。"自此以后，周勃的处境就不妙了，不得不辞相就侯位。然而在周勃被人诬告而抓进狱中时，袁盎力言周勃无罪，这又就使周勃感激他，"乃大与盎结交"。一石双鸟，上下均不遭怨。还有一次，袁盎安排文帝宠幸的慎夫人的座位时，把慎夫人的座位安排在皇后之下，慎夫人生气，不肯坐，文帝也因此恼怒，竟不入位，带慎夫人回后宫。袁盎因此进言："臣闻'尊卑有序，则上下和'，今陛下既已立后，慎夫人乃妾；妾、主岂可与同坐哉！且陛下幸之，即厚赐之；陛下所以为慎夫人，适所以祸之也。陛下独不见'人彘'（指吕后将戚夫人手足砍去扔在猪圈事）乎！"这不但使文帝转怒为喜，也使慎夫人心服，另赐袁盎金五十斤。由此可见袁盎处事多能抓住要害，对当时的政治斗争看得也很清楚，晁错当然不是他的对手。

晁错与袁盎结怨，现大权在手，足以置袁盎于死地，便使吏案袁盎受吴王财物，将袁盎贬为庶人。不久，吴、楚等七国叛乱，晁错也深知袁盎是其内忧。内忧不去，外患难除。晁错便对下属说："袁盎多受吴王金钱，专为蔽匿，言不反；今果反，欲请治盎，宜知其计谋。"希望下属为他查找袁盎参加反叛的痕迹。当下属以"盎不宜有谋"为辞时，晁错便犹豫不决，难以当机立断，最终又因此走露消息，使袁盎有转危为安的机会。由此可见，晁错在为人处世上不如袁盎，其受袁盎之害也是必然的。

袁盎得知晁错欲加害自己，乃托正受景帝眷爱的外戚窦婴为其引见，得以于深夜见到景帝，从容进言。景帝正为吴、楚反叛忧不能眠，与晁错在一起商议军事，见到原来为吴相的袁盎，自然话题就是此事。政敌在场，袁盎若不抓住景帝的心理，非但不能免祸，反而会给晁错以口实，故需相当高的技巧。当景帝问吴、楚反叛之事时，袁盎马上回答："不足忧也，今破矣！"一下就将景帝注意力吸引过来。景帝说："吴王即山铸钱，煮海为盐，诱天下豪杰，白头举事，此计不百全，岂发乎！何以言其无能为也？"袁盎得知景帝所虑，便为其释疑说道："吴铜盐之利则有之，安得豪杰而诱之！诚令吴得豪杰，宜且辅而为谊，不反矣。吴所诱皆无赖子弟、亡命、铸钱奸人，故相诱为乱。"这种分析与晁错所估计相同，故晁错说："盎策之善。"这就更使景帝关心如何平吴而向袁盎问计。袁盎见景帝入彀，便让景帝屏开左右，将晁错也屏开，得以单独进言。这样做虽招来晁错甚恨，但生死成败在此一举，袁盎只有孤注一掷了。袁盎说："吴、楚相遗书，言高皇帝王子弟各有分地，今贼臣晁错擅适诸侯，削夺其地，以故反，欲西共诛错，复故地而罢。方今计独有斩错，发使赦吴、楚七国，复其故地，则兵可毋血刃而俱罢。"实际上袁盎这种估计是完全错误的，七国兵已发，犹如离弦之箭，想要收回是不可能的；再者，即使能收回，结怨已深，七国还怕朝廷日后以此报复，势本不能息。这主要是袁盎害晁错以求自安。景帝听了袁盎的话，沉思许久，居然说："顾诚何如？吾不爱一人以谢天下。"于是，这位忠心于景帝，而自恃景帝为后台的晁错，便被景帝定为灭族了。而晁错尚不得知，其被捕杀时，还穿着朝衣。

袁盎陷害晁错，使用的就是趁火打劫之计的制造忧患，趁其内外交迫而灭之的手法。于内，他知道君主所关心的是自己的安全和江山万世一系，借此抓住景帝的私心，使景帝的侥幸心理萌发，进而使晁错所恃失去，而内忧生矣。于外，他得知晁错为景帝策划削藩，因与晁错有怨，故意隐瞒吴国实情，使晁错对此问题估计不足，实际上是借外力以反晁错。内外相攻，晁错内忧外患俱至，终被灭族。虽然后来景帝发觉杀晁错是失策之事，也不好再为晁错平反，因为平反就意味着对自己的否定，君主是不肯承担其过的，这正是袁盎的高明之处。

三、就势取利　谨慎方成此计

趁火打劫之计本是比喻乘人之危而谋利的，在政治斗争中，各种政治势力为了争夺有利的态势，从来不会怜悯任何政敌的危险，却常常趁政敌之危发起进攻，以期使本集团或本人在政治上谋得更大的利益。也正因为如此，本计在这种复杂的政治斗争环境中，能够得到广泛地应用。

第一，趁火打劫之计应用在君臣之间的争斗上。

在君主专制政体下，其权力和义务的分配原则是："君者，出令者也。臣者，行君之令而致之民者也。民者，出粟米麻丝、作器皿、通财货以事上者也。"要求下级服从上级，地方服从中央，最后一切听命于君主，否则便是有违"行君之令"和"事上"之责。臣下在君主面前，永远只能处于被管理和被驱策的地位，绝不能按自己的意图或根据客观条件运用独立的治理权。然而这只不过是当时的理想，真正付诸实行，中间有很大的差距。

亢龙有悔跃于渊

《韩非子·三守》云："凡劫有三：有明劫，有事劫，有刑劫。人臣有大臣之尊，外操国要以资群臣，使外内之事非己不得行。虽有贤良，逆者必祸，而顺者必福。然则群臣直，莫敢忠主忧国，以争社稷之利害。人主虽贤，不能独计，而人臣有不敢忠主，则国为亡国矣。此谓国无臣。国无臣者，岂郎中虚而朝臣少哉？群臣持禄养交，行私道而不效公忠。此谓明劫。鬻宠擅权，矫外以胜内，险言祸福得失之形，以阿主之好恶，人主听之，卑身轻国以资之，事败与主分祸，而功成则臣独专之。诸用事之人，壹心同辞以语其美，则主言恶者必不信矣。此谓事劫。至于守司囹圄，禁制刑罚，人臣擅之，此谓刑劫。"

作为先秦法家思想集大成者的韩非，不但是君主专制的鼓吹者，而且是专制理论的集大成者。他对政治领域的复杂性以及相关的技巧作过精深研究，其识见自然有他的独到之处。此三劫之说是站在君主的角度上讲的。即便是如此，从中也可以看到君臣之间争斗的激烈程度。

君臣之间的政治关系，本身就存在相互利用和相互排斥的现实；在这种现实中，无论是君，还是臣，都有遇到危机的可能。乘人之危而谋己利，这在政治斗争中是常见的政治现象。

以君主而论，大权旁落时，固然容易为人所乘；君主昏庸懦弱，处事犹豫不定时，也容易为人所乘。在这种情况下，某些臣下出于自身的利益，向君主打劫的情况也是常见的。前文所举的赵主父饿死于沙丘宫，公子成和李兑就是抓住主父在继承人问题上犹豫不决，趁机起事而专断国政的。当然，乘君主之危而打劫，这本身就是一件危险的事；因为趁火打劫，需起火之方无力自顾，若起火之方尚有余力,必拼死相报,困兽之斗往往事关生死。如秦二世在赵高指鹿为马的专横情况下,实在难忍,"使使责让",赵高见势不妙,急忙发动兵变,派遣其女婿阎乐率兵攻入望夷宫。二世在阎乐逼迫之下,欲见赵高不得,欲为郡王不许,愿为万户侯也不许,愿为黔首也不能,只有自杀。以阎乐本人来说,他是乘二世之危,意在杀二世以谋得更大的利益,却没有料到将来赵高会被夷三族,自己也难免于被诛的命运。由此可见,趁君主之危而打劫是有很大的危险的,因为毕竟是君主专制政体,劫一君主,并不能改变体制,其危险自然会因体制的反扑而到来。王夫之在论及辅政制度时说:"辅政者,危亡之本,恶得托周公之义,以召祸于永世哉。"无论是谁,虽能趁君主之危而打劫,并从中得到一些利益,但最终是逃不脱专制制度的惩罚。故使用者不到万不得已,是不能轻易向君主打劫的。

以臣下而论,即便是权势可炙的权臣,于上也要受制于君主,况且还有左右的政敌存在,更何况下面还有人觊觎其位,因此发生危机的机会很多。在这种情况下,君主有意识地通过扶植一种政治势力以打击另一种政治势力,则成为现实政治斗争中君主巩固自己地位的必要权术之一,因此臣下往往成为君主使用这种计谋的牺牲者。但是,臣下顺应政治体制和君主好恶脾性,巧妙地达到自己的政治目的,使用趁火打劫之计也是经常的现象。

第二,趁火打劫之计应用在官场之中。

历代统治者都有意识地赋予官吏以一定的特殊权益,使之合法地凌驾于人民群众之上,有意造成官民之间的对立。在历史上虽然有不少《循吏传》《清官谱》之类的记载，对一些比较清廉正派，关心民生疾苦，直言极谏和刚正不阿的官吏进行褒扬，但他们终是极少数，也绝不可能超出自己的阶级局限。绝大多数的官吏，不论是在体制、身份，还是其公务活动的社会效果上，都充分体现着对广大人民的压迫，和拥有特殊的权势和地位。清代著名作家蒲松龄在其名著《聊斋志异·夜叉国》中，对腐败的官场和贪官酷吏进行了形象的揭露，认为"出则舆马，入则高坐；堂上一呼，堂下百诺；见者侧目视，侧足立，此名曰官"。更细一点描述："冠带巍峨，官之容也；高车驷马，仆从如云，官之体也；高堂广厦，锦衣玉食，官之乐也；签拿票押，敲扑喧嚣，官之威也。"这些官吏无论是仪仗威风、生活享受，还是手握权柄、掌黎民百姓的福祉上，都处于"治人者"的地位。

正因为这些"治人者"有特殊的权益，得之者未免志骄意满，失之者难免灰心丧气。为了这些权益，有些人不惜出卖自己的灵魂和人格。例如，西汉哀帝时，身为三公的孔光，深知哀帝所宠幸臣董贤，不顾自己公侯尊位和祖辈的身份，在董贤前来拜访时，衣冠出门迎候，倒退入中门以待董贤下车，"乃出门拜谒，送迎甚谨，不敢以宾客均敌之礼"，在客观上促成董贤"繇是权与人主侔矣"。明代张居正秉政，有一次卧病在床，举朝士夫为之建醮祈祷，有一朱姓御史，"至于马上首顶香盒驰诣寺观，已而行部出都，畿辅长吏（知县）例致牢饩，即大惊，骂曰：'不闻吾为相公（张居正）斋耶？奈何以肉食馈我！'"表现出他们对权力的趋从和阴暗的心理。一旦这些权要失势，他们的嘴脸就要变换了。董贤在哀帝去世，顿失所恃，在王莽的逼迫下，夫妻双双自杀，孔光此时上书，历数董贤之恶，恨不得食之肉、寝之皮。张居正去世，万历皇帝欲清算他原来专权时对自己的罪恶，朱姓御史有所风闻，便追劾张居正回乡葬父时，"五步一井，以清行尘。十步一灶，以备茶炊"。时人认为"那得有许多井，许多灶。可笑"。为了权力，官吏们多是翻云覆雨，百般模拟，悉入魑魅魍魉变幻之中。正如元曲《冻苏秦》的结尾的《鸳鸯煞》所云："想当初风尘落落谁怜悯，到今日衣冠楚楚争亲近。畅道威震诸侯腰悬六印，也索把世态炎凉心中暗忖。假使一朝马死黄金尽，可不的依旧苏秦，做陌路看承被人哂。"

有特殊权益，不但可以改变自身的社会地位，而且会招致许多人的艳羡和妒嫉；艳羡者希望得到，妒嫉者希望取而代之。在这种情况下，争权夺利是在所难免的。趁火打劫之计的就势取利，正适应这种争权夺利的场合。彼有权势，我自趋奉；彼若失势，我自打劫，宦海风波险恶，全是这些势力官吏们所造就的。

第三，趁火打劫之计应用在各种政治势力角逐之中。

在君主专制政体下，各种政治势力相互利用和攻击。这样，他们虽然有得势之时，也经常会出现危机。为了本集团的利益，使用趁火打劫之计，趁他方危急之时而攻之，或有意识地制造对方的危机，以便乘危而取之，几乎成为各种政治势力所共同追求的目标。在这种情况下，趁火打劫计在各种政治势力中间得以广泛地应用。

《红楼梦》中讲到应天知府贾雨村在审理官宦子弟打死人命一案时，府吏曾对他有一番"忠言"说："如今凡作地方官的都有一个私单，上面写的是本省最有权势极富贵的大乡绅名姓，各省皆然。倘若不知，一时触犯了这样的人家，不但官爵，只怕连性命也难保呢！"这虽是文学的描写，但形象地刻画出在君主专制政体下，各种政治势力纠缠在一起的现实。在这种情况下，趋强害弱是官场常见的现象。在趋附和加害过程中所结成的各种政治势力，其斗争必然是激烈的。夬卦中的《象》曾经讲道："君子以施禄及下，居德则忌。"君子尚不免在政治斗争中失德，何况是在各种政治势力你死我活的斗争中呢！

总之，趁火打劫之计作为胜战计之一，得到政治家、野心家、阴谋家们的重视，并且被他们广泛地应用到各种领域，其应用范围也就无所不及了。

四、见利则取　险中富贵难求

在君主专制政体下的政治斗争，有君主与各种政治势力之间的斗争，有各种政治势力之间的斗争，有各种政治势力内部人与人之间的斗争。所有的斗争都是在他们的目的多少相似而互不相容的时候发生的，这种相似不相容的东西，就是权力。在政治斗争里，权力是一种手段，通过权力争得政治地位，通过权力来实现自己的政治目的；无论是政治地位和目的，又必须通过权力来保证。因此，在政治斗争中，权力的竞争最为突出，也最引人注目。趁火打劫之计以其就势取利的立意和制胜的功效，被政治家、野心家、阴谋家们经常使用，其特点也就十分突出。

第一，就趁火打劫之计在政治斗争中的应用而言，具有乱中取胜和险胜的特点。

按本计的要求，"敌有昏乱，可以乘而取之。"这本身就是建立在乱中取胜的基础上。"乱"到一定程度才能打劫，这是本计的中心。也就是说，敌方越乱，乘之者越能争取胜机。这也如邻家起火，如果火只烧到他家的院落，尚未危及他家人的性命，前去打劫者自然不会得到好结果，弄不好还会偷鸡不成、反蚀一把米。如果是大火蔓延，其家人生命尚且难保，无力顾及别人打劫，打劫者获得成功的可能性就高。同样，在政治斗争中，趁其乱而取之，也要求掌握政敌乱的程度，这就是本计乱中取胜的特点。

乱中取胜，乘人之危，这本是不道德的行为，虽然在政治斗争中难以用道德来衡量，但是乘人之危，危者必怒，所以说这种争胜是险道。这犹如一只猛兽受伤，只要猛兽还能挣扎，攻击它必然存在危险。困兽犹斗，何况是受了伤的猛兽，急怒之下，往往会迸发出难以预料的凶恶。之所以说此计是险胜，就是这个道理。例如，战国时，燕王哙在位，子之当权，将军市被和太子谋而攻之，双方交战，"构难数月，死者数万人，百姓恫恐"。齐国因燕内乱，派兵往伐，"燕士卒不战，城门不闭"。齐人只用五旬便攻取燕国，醢子之，杀燕王哙，可谓全胜。然而齐国并没有按燕人所想的另立新君，而是占据燕国为己有，所以燕人又起而驱逐齐人，并与齐人结下怨仇。经过多年准备，燕国起兵伐齐，若不是燕昭王听信谗言，罢废乐毅，齐国几乎灭亡。由此可见，乘人之危是险道，故本计以《周易·夬卦》为推演，其五爻为刚，上爻为柔，要求胜后的修饰，正因这种险胜需要再度巩固。

第二，就趁火打劫之计在政治斗争中的作用而言，具有投机性和冒险性的特点。

政治斗争是残酷的，尤其是野心家和阴谋家们，很难以政治道德、政治信念、政治气节来衡量。在争权夺利的场合下，乘人之危的投机行为则是经常的现象。趁火打劫之计由于有就势取利的特点，符合了这种乘人之危的投机心理。《韩非子·孤愤》中谈及当涂之人和法术之士的"五胜之资"和"五不胜之势"时讲道："夫以疏远与近爱信争，其数不胜也；以新旅与习故争，其数不胜也；以反主意与同好争，其数不胜也；以轻贱与贵重争，其数不胜也；以一口与一国争，其数不胜也。"处不胜之势，欲战胜有胜之资，更何况"智法之士与当涂之人，不可两存之仇也"。这必然促使投机心理的萌发。按韩非子的理论，当涂之人的"五胜之资"，也是"危亡之本"；有此危亡，法术之士自然就有乘危取之的机会，也就有了投机的成功可能性。投机者获得成功，反过来刺激其他人的投机心理，其欲使用本计的可能增大，也就使本计具有了投机性的特点。

在权力的诱惑下，野心家和阴谋家常常具有一种冒险心理。这种冒险心理，往往使他们只顾眼前利益，不考虑后果。铤而走险，成败在此一搏的做法，正符合本计的险胜要求。例如，明景泰八年（1457年），景泰帝病重，而继承人尚未确定，宫廷内和文武百官都十分忧虑。就在此时，身为太子太师，而且功封为侯的石亨，见景泰帝无康复的希望，便与都督张𫐄、左都御史杨善和太监曹吉祥等谋议。石亨认为："请复立东宫（朱见深，景帝之侄，英宗之子），不如请太上皇（英宗）复位，可得功赏。"后经太常卿许彬的介绍，又找到左副都御史徐有贞，经过合谋，决定乘此时机发动事变。拥立君主，在君主专制政体下是惊天动地的事，故徐有贞在出发前对家人讲："事成社稷之利，不成门族之祸。归，人；不归，鬼矣。"说明这些政治投机者孤注一掷的冒险心理。侥幸获得成功，这些人会一个个受到封赏，在权欲上分别得到一定的满足。

本计在使用上有一定的冒险性，另外此计还有一个很大的特点，那就是胜后需要一定的修饰，才能够保住胜利果实。也就是这一点，往往为使用者所忽略，那么胜利往往会随之而失去。石亨、曹吉祥、徐有贞等人的"夺门之变"获得成功，但这些人不知修饰，一个个为争权夺利而吵闹不休。结果，先是徐有贞被抓进诏狱，论罪贬为民而谪戍金齿；后是石亨在狱中被虐待而死，其子石彪、石俊被杀；再就是曹吉祥被凌迟处死，满门抄斩。主谋三人的命运，一个比一个惨。

第三，就趁火打劫之计在政治斗争中使用的影响而言，具有成功性影响大于失败性影响的特点。

中国有句俗语："好事不出门，恶事传千里。"在实际生活中，大凡成功的事，往往为人所传颂。例如，苏秦经过头悬梁、锥刺股，最终身配六国相印，此事家喻户晓。然而，众多士大夫寒窗苦读一生，到头来沿街乞讨，落魄一生，而鲜有人道及。这就是所谓榜样的力量是无穷的。为了博得金榜题名日，多少人白了少年头，又有多少人青灯之下耗费大好光阴，而终无悔恨！正因为是有人成功，有人而因此而名显于当朝后世。常见有人教育子孙，学习当刻苦,只有吃得苦中苦、方为人上人。宋真宗赵恒曾有诗曰:"富家不用买良田,书中自有千钟粟。安房不用架高梁,书中自有黄金屋。娶妻莫恨无良媒,书中有女颜如玉。出门莫恨无随人,书中车马多如簇。男儿欲遂平生志,六经勤向窗前读。"人们大多只看到因金榜题名时的人生得意之时,鲜能看到沿街卖字,缧系于囚徒之伍的读书之人。

正因为成功者名声远播,湮没那些凄泣悲惨,人们才向往成功,而鲜设想到失败。故此,使用本计所获得的侥幸成功,往往掩盖失败者的凄惨。例如,明成祖朱棣以藩王发动靖难之役成功,夺得帝位。而后其次子朱高煦也常想步乃父的后尘。朱高煦曾得到乃父的垂青,加过天策护卫,便以唐太宗以自比道:"唐太宗天策上将,吾得之岂偶然?"且说道:"我英武,岂不类秦王世民乎!"他哪料到朱棣以藩王夺位,在位者决不允许再有藩王夺位,故实行削藩政策,加强中央集权。朱高煦虽是朱棣的爱子,也不免被夺去护卫,徙封乐安州(今山东广饶县)。朱棣死后,朱高炽即位,是为仁宗;仁宗即位不及一年而死,其子朱瞻基即位,是为宣宗。朱高煦认为主少可欺,模仿乃父,向自己这位侄子发起靖难。不料这位少主亲征,不数日则大兵压境,只两日就迫之出降,最后落得身败名裂。从朱高煦叛乱来看,他只是看到别人趁火打劫的成功,而从不注意历史上趁火打劫的失败。他不顾变化了的情况,贸然发动叛乱,可见人们只看到成功,并未看到失败。

总之,敌有大害是对自己非常有利的事,见利不取,这在政治斗争中是罕见的。然而,在中国古代社会,传统的儒家思想占统治地位,用不道德的方法来战胜对手,往往会留下不好的声名。

使用本计来战胜政敌，从声名来讲，很难得到令人满意的好声名。因此，本计要求获胜之后的自我完善，达到既用不道德的方法去战胜对手，又能获得好的名声，便进入本计的最佳之处。当然，要达到最佳的境界不是容易的事，这就要求使用者善于掌握时机，因人施教，因权生变。

在当初，孟子学艺于子思，孟子曾问道："牧民之道何先？"子思回答："先利之。"孟子不解其中之意，说道："君子所以教民者，亦仁义而已矣。何必利！"子思剖析道："仁义固所以利之也。上不仁则下不得其所，上不义则下乐为诈也，此为不利大矣。故《易》曰：'利者，义之和也。'又曰：'利用安身，以崇德也。'此皆利之大者也。"孟子理解其中的奥妙是因人因事而异，故在魏王问他"不远万里而来，亦有以利吾国乎"时，他答道："君何必曰利，仁义而已矣！君曰何以利吾国，大夫曰何以利吾家，士庶曰何以利吾身，上下交征利而国危矣。未有仁而遗其亲者也，未有义而后其君者也。"这就是对不同的人、在不同的环境所讲话的不同之处。

本计要求胜后的修饰，正是根据不同的情况做出不同的反应，这也是设计者最初的心态，是古人在社会政治生活中总结的经验，也体现出社会的复杂。然而见利忘义、有利必取的人，往往会忽视胜后的修饰，自然也就很难得到本计的最佳效果。因此使用本计者往往难以获得完美的成功，乃至给社会带来很坏的影响。

声东击西

——将欲取之 虚实出敌不意

本计云："敌志乱萃，不虞，坤下兑上之象，利其不自主而取之。"其大意是：当敌方神志错乱，失于防备时，按照《周易·萃卦》之象，利于向其失于防备之处而攻之。

该计用于军事是以假象造成敌人的错觉，伪装攻击的方向，在其不备时，发起突然进攻，以达到攻其不备的效果，也是疑兵之法。该计用于政治，则是假借注重他事，造成政敌的错觉，借政敌注重他事之机，发起突然进攻，将其打败或除掉。这也是胜战的谋略，常出现于政坛。

声东击西是政治家、野心家、阴谋家在政治斗争中常用的计谋。他们用忽东忽西，若即若离的方法，不攻而示之攻，欲攻而示之不攻；似可为而不为，似不可为而为之，造成政敌的错觉，然后因势用计，攻其不备，进而达到出其不意的效果，实现自己的政治预谋。这种方法在政治领域是常见的，被政治家、野心家、阴谋家们常试不衰，而且屡奏奇效。

公孙弘善度圣意，荣华一生

一、聚合聚分　合兴盛分衰败

《周易·萃卦四十五》云：萃：亨，王假有庙，利见大人，亨利贞。用大牲吉，利有攸往。《象》曰：泽上于地，萃。君子以除戎器，戒不虞。

【一爻】初六，有孚不终，乃乱乃萃，若号，一握为笑，勿恤，往无咎。《象》曰："乃乱乃萃"，其志乱也。

【二爻】六二，引吉，无咎，孚乃利用禴。《象》曰："引吉无咎"，中未变也。

【三爻】六三，萃如嗟如，无攸利。往无咎，小吝。《象》曰："往无咎"，上巽也。

【四爻】九四，大吉，无咎。《象》曰："大吉无咎"，位不当也。

【五爻】九五，萃有位，无咎，匪孚。元永贞，悔亡。《象》曰："萃有位"，志未光也。

【六爻】上六，赍咨涕洟，无咎。《象》曰："赍咨涕洟"，未安上也。

声东击西之计是以《周易·萃卦》为推演之本，这是因为该卦是以"观其所聚，而天地万物之情可见矣"为中心，这是不变的内容。从这种不变之中，以刚柔相应相比为能聚，无应无比为不能聚。能聚为合则兴盛，不能聚为分则衰败。声东击西的重点，是使对方刚柔不能相应相比，使之走向衰败，这正是取胜之道。当然，这中间有许多变化，这也是爻辞所推演的重点。

按《周象·萃卦》之象与六爻之象来推演，在政治斗争中使用声东击西之计的可能和结果，大概有如下几种：

第一种，在与政敌斗争中，使用者弄错声东击西的方向，虽然于自己不利，但没有什么大问题，因在别人看来这是误会，故不用担心，无咎。

第二种，在与政敌斗争中，使用者的攻击方向正确，只要用心竭力则吉，也可能有所收获。

第三种，在与政敌斗争中，使用者遇到困难，不要叹息不前，那是没有益处的事，只有振奋向前；因为没有脱离本计正道，最多受些小损失。

第四种，在与政敌斗争中，使用者虽然在方法上有些问题，但得到大的胜利，可保无咎。

第五种，在与政敌斗争中，使用者的方法基本得体，也获得预想的胜利；但没有使政敌心悦诚服，还需经过一段政治上的好表现才能使政敌心服，这要是作长远打算的话，还不算完美。

第六种，在与政敌斗争中，使用者使用方法得当，获得预期的目的，但不能表现出志满意足的神态，而是以伤心反省的态度对待政敌，才能获全胜而无咎。

由上推演，可预想到声东击西之计中有许多变化。在与政敌斗争中，使用者的才能、素质、名望、地位、权势、感情等方面的差异，自然也会使他们在使用手法上出现差异。

二、深知敌弱　深思熟虑而为

《国语·晋语》云："君子目以定礼，足以从之，是以观其容而知其心矣。目以处义，足以步目。"也就是说，君子处世当观察各种变化，在明白事之真伪后再妥善行事。正因为事有真伪，而人们又容易被假象蒙蔽，声东击西之计才有活动的市场，才成为制胜的手段。

在复杂的政治斗争中，各种政治势力交相作用，如何争得斗争的主动权，是各种政治势力所追求的目标。在这种情况下，使用声东击西的方法，制造假象，分散政敌的注意力，然后寻找政敌致命的弱点发起攻击，这也是制胜的重要手段。然而，假的终究是假的，如不逼真，就会被人识破，弄不好还会自蹈灾祸。正因为此计对使用者要求很高，易蹈祸机，才列入胜战计之末。

第一，峰回路转，以可为而不为曲而得之。

在政治斗争中，对政敌采取明目张胆、大张旗鼓的攻势，固然可以在气势上压倒政敌，但这并不表明能够战胜政敌，而且将自己放在明处。身在明处固然可以使自己所长毕露，使政敌畏服，但所短也往往在此时暴露，反会为政敌所乘。因此，采取比较隐讳的形式，使用峰回路转的方法，迂回地达到自己的目地，便成为一种制胜的手段。

辅佐秦始皇一统天下的李斯，本为楚国上蔡人，年轻时充当书写文书的小吏，很不得志。有一次，他上厕所，发现一些老鼠在食粪便，听到人犬之声便慌忙躲避，其惊恐瘦弱之态毕露。后来，李斯因公事去官家粮仓，又看见许多老鼠，怡然自得地吞食堆积如山的粮食，见人开仓亦不走，"不见人犬之忧"。他不由得感叹道："人之贤不肖，譬如鼠矣，在所自处耳！"为了改变自己的处境，李斯乃从荀卿学习帝王之术。学成之后，开始走向政治角斗场。

李斯走向何方呢？综观当时形势，楚国是贵族的天下，没有他立足涉身的机会；其他国家固然有可谋之机，但又弱小，很难有建功立业的机会；此时秦王有吞并天下之志，国力又强，李斯便做出西行入秦的决定。

一个不知名的外乡人，来到一个陌生的国度，怎样才能使自己这个"久处卑贱之位，困苦之地"的人，进入高贵富足之乡呢？李斯权衡之后，不得不采用峰回路转的手法，迂回地向秦王身边靠拢，率先找门路投到吕不韦门下充当舍人。

当时，秦王嬴政年少即位，大权操在相国吕不韦手里。如果李斯直接找门路靠近秦王，这一定会引起权势正热的吕不韦的忌恨，以吕不韦当时的能力，除李斯易如反掌。投靠吕不韦固然可得到一定的地位，改变困苦的生活，但要为显贵而成其大志，则是不容易的。为不招吕不韦忌恨，也为在此能够有见到秦王的机会，李斯投靠了吕不韦，并得到吕不韦的信任，升任为郎。郎为侍从之职，官虽不大，但可以接近秦王，这正是李斯的本意。李斯借接近秦王之便，将自己所学的帝王之术向秦王倾诉，使秦王为之心动，先授长史，后拜客卿，开始了他的奔向富贵之路。

秦始皇统一六国，李斯也荣升丞相，达到人臣之极。在一次迎接自己长子、三川守李由的家宴上，"百官长皆前为寿，门廷车骑以千数"。睹此盛况,李斯不无感叹地说道:"嗟乎!吾闻之荀卿曰:'物禁大盛。'夫斯乃上蔡布衣,闾巷黔首,上不知其驽下,遂擢至此。当今人臣之位无居臣之上者,可谓富贵矣。物极则衰,吾未知所税驾也!"其保位固贵之心越来越强烈,这就给人以可乘之机。

前210年,秦始皇外出巡游,病死在沙丘(今河北巨鹿县境内),因秦始皇在死前没有把继承人定下来,这就给赵高谋立胡亥留下可乘之机。拥立新主大事,作为丞相的李斯是至关重要的人物,赵高不得不找李斯谋议。赵高所采用的也是声东击西之计的峰回路转,以可为而不为,曲而得之的手法。

首先赵高对李斯讲:"定太子在君侯与高之口耳。"说明李斯和他在这次安排继承人的决定作用。李斯惧祸,乃推托道:"安得亡国之言!此非人臣所当议也!"貌似恼怒,实是心虚。于是赵高将李斯与太子扶苏的亲信蒙恬相比,使李斯知"此五者皆不及蒙恬"。然后以"君侯终不怀通侯之印归于乡里明矣"相威胁,迫李斯就范。

其次,在李斯就范之后,将自己所考虑的计谋披露,在李斯尚有顾虑之时,赵高乃说:"今释此而不从,祸及子孙,足以为寒心。善者因祸为福,君何处焉?"在利与害的面前,使李斯妥协了,竟然仰天而叹,垂泪叹息,成为赵高的俘虏。

再次,赵高因策立胡亥成功,居中用事,以"沙丘之谋,诸公子及大臣皆疑焉,而诸公子尽帝兄,大臣又先帝之所置也。今陛下初立,此其属意怏怏皆不服,恐为变"为名,开始"尽除去先帝之故臣"。李斯自然也难免其祸,前208年的夏天,全家大小被押赴咸阳市问斩。在赴法场的路上,李斯对二儿子说:"吾欲与若复牵黄犬俱出上蔡东门逐狡兔,岂可得乎!"父子相哭,是后悔?是伤逝?还是想厕中之鼠虽有人犬之惊恐而无被灭之祸?个中滋味留给后人去猜想吧!

为实现自己的政治目的,李斯采用迂回的策略,巧妙地避开吕不韦的权势,实际上是声东击西。当他该能得到的都得到的时候,预感到自己的危险,发出未知今后吉凶止泊在何处的感叹,这本是一个清醒的政治家所能察觉的问题。但其太留恋所得,计较所失,也就给赵高以利用他的机会。赵高攻李斯必救,以这可为而取其不为,使之进入彀中,也算是成功地使用此种手法。司马迁在评论李斯时说:"斯知六艺之归,不务明政以补主上之缺,持爵禄之重,阿顺苟合,严威酷刑,听(赵)高邪说,废嫡立庶。诸侯已畔,斯乃欲谏争,不亦末乎!"亦可见胜人之计,人亦可以之胜己,使用者岂能不慎重行之,切莫"乃乱乃萃"。

第二,运筹帷幄,以不可为而为谋而破之。

在政治斗争中,政敌势力强大,要对之采取攻势,是很难获得成功的。然而,利益所在,又不得不对之发起攻势,这是不可为而为之的原因。虽然政敌势力强大,但弱者不是没有进攻的机会,这就要求弱者考虑得要周全,示其不为而为之,可达到出奇制胜的效果。把握战机,充分了解政敌的弱点,深思熟虑而后为,则是声东击西之计的运筹帷幄,以不可为而为,谋而破之的手法为必备前提。

汉高祖刘邦在即位第二年,就策立了太子刘盈,是吕后所生之子。后来得到定陶戚姬,爱幸备至。爱屋及乌,因宠爱戚夫人,便欲立戚夫人之子刘如意为太子。本来刘邦以刘盈仁弱,认为他

亢龙有悔跃于渊

不像自己，常欲废之而立刘如意。废立大事，在当时是事关国本之事，群臣焉能不争？刘盈之母吕后岂能罢休？可刘邦身为天子，大权在握，戚夫人又"日夜啼泣，欲立其子"，占有优势。在这种情况下，大臣虽力争，但"未能得坚决也"。吕后虽是女中强人，但也"不知所为"。在无可奈何的情况下，吕后找到"运筹策帷幄中，决胜千里外"的张良。

张良是开创汉王朝的功臣，深知功高震主，祸离不远。所以开国不久，就自称："家世相韩，及韩灭，不爱万金之资，为韩报仇强秦，天下震动。今以三寸舌为帝者师，封万户，位列侯，此布衣之极，于良足矣。愿弃人间事，欲从赤松子游耳。"乃学道，远离政治纠纷，实际上是自我保全的一种手段。在这种情况下，吕后找到张良，他当然不会卷入这场危险的政治斗争中去。吕后指使诸吕劫持了张良，对他说："君常为上谋臣，今上且欲易太子，君安得高枕而卧？"张良推托道："始上数在急困之中，幸用臣策；今天下安定，以爱欲易太子，骨肉之间，虽臣等百人何益！"诸吕此时只好强行问计。张良度不能脱身，再说他也偏向于众大臣的意见，乃出谋道："此难以口舌争也。顾上有所不能致者四人。四人年老矣，皆以上慢侮士，故逃匿山中，义不为汉臣。然上高此四人。今公诚能毋爱金玉璧帛，令太子为书，卑辞安车，因使辩士固请，宜来。来，以为客，时从入朝，令上见之，则一助也。"这四人便是所谓的"商山四皓"，即东园公、夏黄公、绮里季、甪里先生。张良此时使用的就是声东击西之计，名为助太子，实欲打消刘邦易太子之心。

"商山四皓"果然不凡，在前196年时，淮南王英布反叛，此时刘邦正患病在身，欲使太子刘盈将兵前往平叛。"四皓"认为：太子带兵打仗，有功也没什么好处，无功反受其祸，何况这些将领资历与刘邦差不多，"今使太子将之，此无异使羊将狼，皆不肯为用，其无功必矣"。再说君上正宠戚夫人，刘如意又在身边，一旦出现情况，其顶替太子地位定会成为既定事实，便出谋让吕后哭请于帝，让刘邦亲自率军去平叛，吕后和太子留守京师，暂时躲过易太子的危机。

刘邦亲自率军出征，群臣送行，张良扶病强起赶到，请刘邦以太子为将军，监关中兵。刘邦对张良是言听必从的，自然答应张良的请求说："子房虽病，强卧而傅太子。"此时叔孙通正为太傅，乃以张良行少傅事。张良此计是安太子的关键，因为刘邦正病，若有不测，太子掌握兵权，其位自固。

不料刘邦成功地镇压了英布的叛乱，又回到京师，因病情加剧，易太子之心甚急，张良劝说已不管用，叔孙通以死相争，虽得到刘邦的面许，但没有打消刘邦易太子之念。就在这时，刘邦见到"商山四皓"，乃惊而问道："吾求公，避逃我，今公何自从吾儿游乎？"四人答道："今闻太子仁孝，恭敬爱士，天下莫不延颈愿为太子死者，故臣等来。"这一番话，不得不使刘邦想到诸大臣的拼死相争，何况还有"天下莫不延颈愿为太子死者"之说。刘邦开始感觉太子的地位难以动摇了，不无伤感地对戚夫人说："我欲易之，彼四人为之辅，羽翼已成，难动矣。"戚夫人听此，不由得啼泣。刘邦强颜安慰道："为我楚舞，吾为若楚歌。"歌云："鸿鹄高飞，一举千里。羽翼已就，横绝四海。横绝四海，又可奈何！虽有矰缴，尚安所施！"老夫少妻，且歌且舞，"嘘唏流涕"，

亢龙有悔跃于渊

好不伤感。

面对"虽臣等百人何益"的易太子事,运筹帷幄的张良,明知不可为而为之,凭借他的聪明才智,调动各方面的力量,巧妙地避开刘邦的权势,此乃声东击西之计的运筹帷幄,以不可为而为,谋而破之手法的成功应用者。《史记·索引述赞》云:"人称三杰,辩推八难。"张子房真奇才也。

第三,大智若愚,以必然为不然避而弱之。

汉武帝刘彻为强化皇帝的权力,压抑以丞相为首的公卿的权力,有意提高大将军的职权,重用侍中、大夫等文武侍从之臣,使用原在宫中主管收发的尚书掌管机要,将一些朝臣封以"加官",使他们可以在宫中行走,渐次形成以大司马大将军领尚书事为首的中朝官体系。每次商议大政,领尚书事先行参议,而公卿大臣却不能与闻,使以丞相为首的公卿们成为奉诏执行人员。在这种情况下,中朝官和以丞相为首的外朝官之间的权力之争日益尖锐。

汉武帝时期,经济繁荣,政治稳定,国力强大,更兼他本人雄才大略,不甘固守祖宗成法。在他的指挥下,内外政策发生了剧烈的变化。作为辅政的重臣,丞相大多是以列侯继嗣,"无所能发明功名有著于当世者"。这对雄心勃勃的汉武帝来说,当然是不能够满意的,故一生杀十余名丞相。在元朔五年(前124年),汉武帝选中非贵族出身的公孙弘为丞相。这位没有家世渊源的公孙弘,在汉武帝数杀大臣的情况下,能守住丞相之位,老死于是职,可谓深知为相之道。

公孙弘,淄川薛(今山东曲阜)人。年轻时为狱吏,因有罪被罢职。四十多岁才开始学习春秋杂说,六十岁才以贤良文学应召,得为太常博士。然而,奉使匈奴时,不合汉武帝的意愿,以其不能,公孙弘只好以病回乡。到七十岁时,他再应贤良文学之举,被汉武帝拔为第一,重为太常博士。因上疏称旨,一年间便升为左内史。不久又为后母守孝三年,回来再任内史,很快升为御史大夫,身居副丞相之职,时年七十四岁。两年后,他得升为丞相,并封为平津侯,开创丞相封侯的先例。公孙弘在六年中(除去为其后母守孝三年,实为二十七个月),由一名普通儒生,荣升为丞相,这固然有他的机遇,当然也有他的为官之道。

首先,公孙弘善于窥测君主之意,从来不暴露自己的真实意图。"每朝会议,开陈其端,使人主自择,不肯面折庭争。"有不能不议的事,他常怂恿别人上言,自己从旁观察君主的倾向,知道君主的倾向之后,自己再上奏言事,因此常得到君主的欢心。在与公卿们商议国事时,本来他赞成大家的意见,但一到君主面前,"皆背其约以顺上旨"。公孙弘认为:"人主病不广大,人臣病不俭节。"所以身行节俭,虽身居高位,布被蔬食,夫人亲自劳作,俨然是穷老儒生的样子。史书称他"其行慎厚,辩论有余,习文法吏事,缘饰以儒术",才得到汉武帝的欢心。

其次,公孙弘善于在群臣中发现谁对自己有利,谁对自己有害。不论利害,他都能与他们和善相处,但内心知道他们可否对自己构成威胁,对不利于己的,总能不露声色地将他们除掉。正因为如此,他才博得"儒雅"之名。

再次,公孙弘深明君主和臣下的心理,能够用别人难以发现的谋略,多次使自己转危为安。例如,主爵都尉汲黯曾在武帝面前攻击他:"(公孙)弘位在三公,奉禄甚多,然为布被,此诈也。"当武帝问及此事时,公孙弘并不回避。先把汲黯说成是自己的最要好的同僚,再说明"以三公为布被,诚饰诈欲以钓名"的原委,即举管仲和晏子虽侈奢与节俭不同,但都是为君主图强为例,以比喻自己是专心事上的。然后说:"今臣弘位为御史大夫,为布被,自九卿以下至于下吏无差,诚如黯言。且无黯,陛下安闻此言?"既不得罪汲黯,又讨得武帝的欢心,同时还暗示汲黯嫉贤妒能,可谓是一石三鸟。由此可见公孙弘的智术之深。

史书称公孙弘"性意忌,外宽内深。诸尝与弘有隙,无近远,虽阳与善,后竟报其过"。且举出三个事例,即害汲黯、主父偃和董仲舒之事。观此三事,公孙弘所使用的都是声东击西之计的大智若愚,以必然为不然避而弱之的手法。

汲黯,字长孺,家世为卿大夫。"为人性倨,少礼,面折,不能容人之过。合己者善待之,不合者弗能忍见。"因早年便跟随武帝,武帝对他甚有好感,很礼敬于他。公孙弘为丞相时,他为御史大夫。正因他不能容人之过,所以对公孙弘的"怀诈饰智以阿人主取容"之态甚为反感,多次攻击公孙弘。汲黯是武帝信任的重臣,要想除去他可不是件容易的事。经过深思熟虑,公孙弘以"右内史(扶风郡)界部中多贵臣、宗室,难治,非素重臣不能任"为名,请示武帝,让汲黯充当此职。此乃声东击西,名为推崇,实欲害之。果然,汲黯为右内史才数月,便"坐小法,会赦,免官。于是黯隐于田园者数年",直到公孙弘死去,才重新授官,但已经是今非昔比矣。

主父偃,齐国临淄(今山东益都县内)人。以上书言事中武帝的意,岁中四迁其官,使朝野为之侧目,"大臣皆畏其口"。公孙弘也受其难绌。然主父偃身为中大夫，地处中朝，"朝夕在人君左右"，公孙弘得不到报复的机会。后来主父偃谈及齐王有淫失之行，公孙弘便借机推荐主父偃为齐国相。中大夫为六百石官，国相为二千石，越级而升，主父偃好不得意。到了齐国，"遍召昆弟宾客，散五百金予之，数曰：'始我贫时，昆弟不我衣食，宾客不我内门，今吾相齐，诸君迎我或千里。吾与诸君绝矣，毋复入偃之门！'"好一副盛气凌人的样子，不知大祸就在他升迁之时来临了。主父偃外出为官，正是公孙弘的声东击西之计。因为主父偃在武帝身边，不好进言，现在公孙弘有了进言的机会。后逢赵王上书告主父偃受诸侯金，公孙弘可就得到了报复的机会，以"偃本首恶，非诛偃无以谢天下"为名，迫使武帝下令夷主父偃之族。

　　董仲舒是著名的大儒，因其建议"罢黜百家，独尊儒术"，得到武帝的认可，用经过改造的儒家思想，作为统治思想，成为以后历代奉行不替的政策，故名气很大。董仲舒为人廉直，"进退容止，非礼不行，学士皆师尊之"，在当时便是名儒。这样的人当然看不上公孙弘的所为，不免有所议论。名重当时，又有议论，公孙弘当然是嫉恨在心，报复之心也就生矣！当时的胶西王是武帝之兄，非常骄恣，在他那里为国相者，多被他设计陷害，故此处国相是非常危险的职务。正好此处缺出，公孙弘便推荐董仲舒充当此任。当时董仲舒也正为六百石中大夫，荣升二千石的国相，应该是很大的荣耀。董仲舒毕竟不是主父偃，其头脑相当清醒，并不留恋利禄，而是告以有病，归家"以修学著书为事"，得以保全自己，并躲过灾难。

　　从上可以看出，公孙弘谋去政敌的手段。他以提升和推重政敌为必然，这就使政敌，包括政敌以外的人，认为他很有肚量，不以小恨为怀。实际上他正是以这种必然为不然，避开政敌之长，使之就短，然后趁其短而除掉他们。这真可谓是官场上的老手，政治斗争中的智者，也是声东击西之计的大智若愚，以必然为不然，避而弱之手法的擅长使用者。

第四，脚踏实地，以不然为必然争而胜之。

在君主专制政体之下，君臣之间，大小官僚及其集团之间，存在着各种矛盾和冲突，君主建立的各种制度和措置，却存在着为臣僚私自所利用，甚至以之反过来损害君主专制的可能。君用权必使臣，臣有权必用君，君统臣以权术，臣事君以权变，正是君臣关系的真实写照。在当时的君臣、上下、左右的政治和人际关系网络中，到处是陷阱，步步是危机，无论是君还是臣，稍有疏忽，便有罹难致祸的危险。集权与擅权、夺权，保位与篡位，颠覆与反颠覆，又总是层出不穷的。在这种扑朔迷离的政治环境中，权力是各种矛盾的焦点。因此，无论何种政治背景和各种阴谋，都是权力的角逐。角逐是必然的，但角逐之心暴露无遗，则容易致祸，至少因野心而遭时论的谴责，故善用谋者以掩盖自己的真实意图为必然，以示无角逐之心为不然，进而在角斗场上以不然实现必然，最终战胜对手。这就是使用声东击西之计的脚踏实地，以不然为必然，争而胜之手法的前提条件。

705年，宰相张柬之等推翻了武则天的统治，拥立中宗复辟，恢复唐王朝的国号，但武则天所留下的皇位继承问题还没有解决。武则天在位时，儿子、侄子、女儿都想做皇帝，虽然现在中宗即位，这些人及他们的依附势力，没有不窥测皇位的。因此，在武则天被推翻以后，太子李重俊谋诛韦后未遂，韦后杀死中宗，玄宗杀了韦后而拥立睿宗，睿宗以圣庶抗嫡的名义换玄宗为太子，谯王李重福洛阳谋乱未遂，睿宗禅位玄宗，玄宗诛杀太平公主而移睿宗于百福殿，在短短的八年半时间内，先后发生了七次宫廷事变。在这七次宫廷事变中，有四次与玄宗有关，亦可见这位人物在当时的地位和作用。

唐玄宗，名隆基，生于垂拱元年（685年），是睿宗第三子，史书称他"性英武，善骑射，通音律、历象之学"。始封为储王，后为临淄王，曾兼卫尉少卿、潞州别驾。

景云元年（710年）六月，韦后鸩杀唐中宗，后与太平公主（武则天女）等合谋，策立十六岁的李重茂为帝，韦后临朝摄政。为实现专权的目的，韦氏宗亲勾结宗楚客等，欲仿照武则天故实，改朝换代。这样便与原来的同谋者太平公主和唐室宗亲，尤其是中宗的弟弟李旦发生冲突，韦后与自己的女儿安乐公主相谋，准备除掉他们。

韦后杀掉中宗之后，恐李姓诸王生变，将在外的诸王大多召回京师，李隆基也在此行列。失去实权的李隆基，不甘任人宰割，"阴聚才勇之士"，准备待机行动。韦后与太平公主失和，李隆基早已侦知，乃与太平公主之子薛崇简等相谋，实际上是想取得当时颇有势力的太平公主及其死党的支持。就在此时，韦后等谋害李隆基的父亲李旦的谋划已定，兵部侍郎崔日用派人告密。为了不被政敌消灭，也为了使政敌措手不及，李隆基决定马上发动政变。这样大的事情，按常理应该通知其父李旦和太平公主。李隆基以"事成福归于王（其父），不成以身死之，不以累王也"为名，率所联络的羽林军所辖的"万骑",攻入长安宫的玄武门,杀韦后、安乐公主、上官婉儿等,灭其党羽,废李重茂,拥立其父李旦为帝,是为睿宗。李隆基发动政变,能够在一夜成功,这在很大程度上有太平公主的支持。

太平公主沉敏多权略,武则天认为她最像自己,也最爱她,使她很早就参与政事的谋议,在唐中宗复辟时立有大功,故在中宗之世,是非常有权的人物。这次与李隆基共诛韦后,拥立睿宗,可谓功高权大。

睿宗即位,议立太子。长子李成器是嫡生,李隆基是有大功的,究竟立谁,睿宗自己也犹豫不决。李成器在权衡利弊之后,自知李隆基握有实权,又有文武大臣阿附,难以与之抗衡,便以"时平则先嫡长,国难则归有功"为名,"涕泣固让"。李隆基本也有此意,但不能表示出来,所以"抗表固让"。然大臣多言,成器固让,隆基终于得到太子的位置。

睿宗在武则天时曾为皇嗣,但形同囚犯,自己正妃刘氏、德妃窦氏(玄宗母)被人诬告诅咒武则天,而被武则天杀死,也不敢申辩半句,而后又被幽闭宫中十余年。中宗复位,他仍遭猜疑,可谓是一直生活在惶惶不安之中。正因为如此,他非常怕事,又缺乏主见。即位后,凡宰相奏事,他常先问:"尝与太平议否?"然后再问:"与三郎议否?"然后才做出决断。军政大权实际上操在太平公主和李隆基手中。二雄不并立,这两位握有实权的人物,自然会产生矛盾,相互冲突也是不可避免的。

本来太平公主在立太子问题上,认为李隆基年轻,容易控制,所以非但没有反对,还支持他。不想这位青年"英断多艺",凡事自有主见，很难控制，便有些后悔，想重新找一位暗弱者立之，以便她控制。欲立新太子，必先除去李隆基，所以太平公主派人散布流言云："太子非长，不当立。"并派遣耳目，觇伺李隆基的一举一动，纤介必奏之，睿宗因为"朝廷皆倾心东宫"，威胁自己的地位，也有意废去李隆基。李隆基的地位岌岌可危，心不自安。

李隆基两面受敌，按常情和当时的道德规范，太平公主是李隆基的姑姑，而且是害李隆基的主谋，李隆基应该想方设法除去太平公主的威胁，这是必然的。睿宗是李隆基的父亲，又是当今皇帝，即使有废己之心，也不该有所非议。然而，太平公主欲害李隆基，必须依靠睿宗，没有睿宗的认可，太平公主是不可能废掉李隆基的，故决定李隆基命运的关键，还是在睿宗。

李隆基在权衡利弊之后，便悄悄地行动起来。他先让术者向睿宗说"五日中当有急兵入宫"，以使怕事的睿宗难以处置。然后让张说、姚崇对睿宗说："此必谗人欲离间东宫。愿陛下使太子监国，则流言自息矣。"连吓带哄，使睿宗命太子监国。李隆基借此得到更多的权力，以期得到与太平公主抗衡的实力。当太平公主得知姚崇、宋璟参与此谋，责备李隆基时，李隆基因实力尚不如，便顺从太平公主之意，奏他们"离间姑、兄，请从极法"，将二人贬官在外，进而安抚了太平公主，使她放松警惕，而暗中发展势力。这是李隆基第一次成功地使用声东击西之计的脚踏实地，以不然为必然，争而胜之的手法。

太平公主见李隆基忍让，便大肆援引心腹充当宰相，力争在多名宰相中占有多数，以便掌握政事。李隆基却不动声色地将羽林军控制在手，掌握应变的基本力量。

亢龙有悔跃于渊

712年秋七月，正好彗星临近地球，这本是自然现象，可在当时却是与国家政事有关的灾变。借此机会，太平公主使术士言："彗所以除旧布新，又帝座及心前星皆有变，皇太子当为天子。"欲使睿宗怀疑太子抢班夺权，借机鼓动睿宗废掉李隆基。不想睿宗却说："传德避灾，吾志决矣。"这是太平公主忽略睿宗久受磨难，胆小怕事的弱点，以天变为辞，正是逼睿宗传位与李隆基。事情发展至此，太平公主及其党力谏也不能挽回。太平公主只好求其次，"劝上虽传位，犹宜自总大政"。所以睿宗下诏："三品以上除授及大刑政决于上皇，余皆决于皇帝。"

当时有七名宰相，五名出于太平公主之门，太平公主仍掌握重权，睿宗虽为太上皇，但大权不下放，李隆基仍受到挚肘。以当时形势来看，太平公主所把持大权的后台是睿宗，李隆基想办法收回太上皇的权力应该是必然的，因为只有如此，才能夺回主动权；太平公主的党羽遍布内外，除之不易，应是不然，也就是不可妄动之事。然而，太平公主身在不安的地位，肯定会采取夺权行动，这将威胁李隆基的地位。故决定李隆基命运的关键，已经是太平公主及其党羽。

太平公主及其死党谋废立的事实已见倪端，李隆基尚为大权不在手而犹豫不决。这时，荆州长史崔日用前来奏事，顺便进言："太平谋逆有日，陛下往在东宫，犹为臣子，若欲讨之，须用谋力。今既光临大宝，但下一制书，谁敢不从？"促使李隆基下定决心。

713年秋七月，李隆基开始采取行动。他先发羽林"万骑"兵，肃清禁军的异己分子，然后再杀太平公主门下诸宰相，赐令太平公主自杀，将太上皇迁往百福殿，收回所有权力。自此以后，李隆基才成为名副其实的皇帝，先后任命姚崇、宋璟、张嘉贞、张九龄等为宰相，针对当时的弊政，进行一些改革，大唐王朝开始走向盛世。

第五，寻机乘势，以不攻示必攻巧而夺之。

在古代，权力本身包含着种种特权，还具有等级性、唯上性、变更性和竞争性的特点。由权力而获得的政治地位、经济利益和社会身份等，是特权的外部表现。权力的等级性则标志着特权的层次和大小。权力的唯上性，不仅表明君主和上级与各级官吏所形成的臣仆主奴关系，而且加深了各级官吏对君主和上级的依附关系。权力的变更性，既说明官吏自身权力在分定的秩序内经常流动，也表现出宦海沉浮、仕途叵测的恐惧和危机。权力的竞争性则包含着权力的独占性和排他性，进而表现出许多令人瞠目的激烈、残酷、奸诈、虚伪、苟且、曲从等现象。

由于权力涵括种种切身利益，势必激发统治阶级内部争权夺利的欲望，刺激着统治阶级内部各种野心家、阴谋家的胃口。权力，对于已经成为官吏的人们来说，总是充满强烈的诱惑力量。因此，他们对权力表现出奇特的崇拜、畏惧和顺从。为了达到保留、争取和实现权力的目的，野心家、阴谋家们，不惜出卖自己的灵魂和人格，庸俗的官吏则表现出变形的奴化心态。

由于权力的排他性和独占性的存在，权力的竞争和角逐是不可避免的。在竞争和角逐中，为了争夺有利的态势，一些利益相同、见解一致的势力，往往形成一些派别，构成一种集团势力，这就使权力的竞争和角逐更加复杂化。在这种情况下，声东击西之计的寻机乘势，以不攻示必攻，巧而夺之的手法，就有了广泛的应用市场。

明代自万历年间，朝臣中的两派斗争变得异常激烈起来，形成不同名目的党。其中罢职官僚顾宪成等，以无锡东林书院为据点，在讲学之余，不忘朝政，其书院里的一副对联则反映他们的志向，对联云："风声雨声读书声声声入耳，家事国事天下事事事关心"。他们议论朝政，褒贬人物，赢得许多在朝的士大夫的附和，便被他们的政敌称之为"东林党"，史家一般都以该党为正直派。

与东林党并存并且为敌的，是以其首领籍贯划分的宣、昆、齐、楚、浙等党，他们因攻击东林党，排斥异己的行为，被称为邪恶派。朝臣因此形成两大派别，相互之间的争斗，在万历中后期就已经达到势成水火，难以相容的地步，直至明亡，这种争斗仍未停息，故有人说："明亡于朋党。"

东林党，一般被称为正直派或主流派；宣、昆、齐、楚、浙等党，一般被称为邪恶派或非主流派。中国古代的朋党是在利益冲突、权力争斗、政见分歧下产生的，实际上是一种宗派集团。他们相互之间的争斗，只是为本集团能在政治上占有主动或优势地位。他们在争斗中，有一些派别表现合乎道德标准，代表了大多数人的利益，其行为也符合正直的标准；但他们只是统治阶级内部争权夺利时的组合，很难断定谁正直、谁邪恶，更不好妄下定语，这里也不争论他们谁是谁非，只就他们在争斗过程中，符合本计的事例加以评论。

东林党在野和在朝的，多是没有实权的中下级官员和不得意的士大夫，这就决定他们难以在政治上占有优势。而宣、昆、齐、楚、浙等党，是由在朝当权的高级官员为首领，又有着同乡地域和门生故吏的强劲优势，在政治上占据优势是不成问题的。然而，东林党人虽不得势，却以他们较高的学识和广泛的交游，通过社会舆论来褒贬时政，在社会上产生很大的影响。宣、昆、齐、楚、浙等党的人，是他们主要的褒贬对象。这当然是宣、昆、齐、楚、浙等党不能容忍的。然而，公开攻击名士，在社会上的影响太大，这是不攻。可又不能让他们肆无忌惮，这是必攻。由此来看，不攻是普遍的，攻是特殊的。以特殊方面的成功，赢得普遍方面的胜利，这是声东击西之计的寻机乘势，以不攻示必攻，巧而夺之手法的基本目的。

万历二十八年（1600年），右佥都御史、总督漕运、巡抚凤阳诸府（简称淮抚）李三才，对万历皇帝派宦官为矿监税使四处掠夺事，深感不安，遂上书劝谏，痛言矿税之害。说矿税使"万民失业，朝野嚣然"，使"上下相争，惟利是闻"。盛言"皇上爱珠玉，人亦爱温饱；皇上忧万世，人亦恋妻孥；奈何皇上欲黄金高于北斗，而不使百姓有糠秕斗升之储？皇上欲为天子万年，而不使百姓有一朝一夕之安？"措词激烈，痛指时弊，博得东林党人的好感，也使百姓感恩戴德，名声鹊起。

李三才，字道甫，顺天通州（今北京通县）人。万历二年（1574年）进士，历官户部主事、户部郎中，因忤执政谪东昌推官，再升南京礼部郎中、山东佥事、河南参议、河南按察副使等职，于万历二十七年（1599年）升任淮抚，因有政绩，曾加官至户部尚书衔。史称李三才"才大而好用机权，善笼络朝士。抚淮十三年，结交遍天下"。因他谈论"时政得失，无所讳避"，又曾多次上疏，攻击宣、昆、齐、楚、浙等党中当权者沈一贯的短处，因此得到东林党的好感，而使宣、昆、齐、楚、浙等党的当权者"恨之入骨"。

李三才虽有才能，但不廉洁，好财而不爱财，"其用财如流水"。当他得知东林党创始人顾宪成"好臧否人物"，在当时有很大的影响时，便与之深相结，不惜采用欺骗手法来拉拢顾宪成。据说，李三才"尝宴顾宪成，止蔬三四色；厥明，盛陈百味。宪成讶而问之，三才曰：'昨偶乏，即寥寥；今偶有，故罗列。'宪成以此不疑其绮靡。"李三才笼络朝士，结交东林党，是有他的政治目的的，即得到时誉，以期进入内阁，谋得更大的权力和地位。但他没有想到，这样做反而害了他自己，也牵连了东林党人。

事因李三才任淮抚日久，屡次被提名为都御史掌管都察院，"会内阁缺人，建议者谓不当专用词臣，宜以外僚参用，意在三才"。作为东林党的交好，要进入中枢机构，这对宣、昆、齐、楚、浙等党的当权派是极大的威胁。于是，他们经过谋议，认为攻击李三才，"则东林必救，可布一网打尽之局"。实际是声东击西，更何况李三才还有短处在身。

首先，浙党成员，大学士沈一贯的亲戚，工部郎中邵辅忠，弹劾李三才"大奸似忠，大诈似直，列具贪、伪、险、横四大罪"。其同伙，浙江道监察御史徐兆魁紧跟其后，也进行弹劾。李三才闻讯，连上四疏申辩，而且以乞休自清。东林党人或同情东林党的给事中马从龙，御史董兆舒、彭端吾，南京给事中金士衡等，也为李三才申辩。大学士叶向高以李三才"已杜门待罪，宜速定去留，为漕政计"为名，要万历皇帝速做出决断，不想万历置若罔闻。这就给了双方以争胜的希望，于是双方交章弹劾，互相指责，打得难解难分。

东林党的首领顾宪成见双方争论不下，心想助李三才一臂之力，便给大学士叶向高和孙丕扬写信，力称李三才廉直，并为之辩解。当时御史吴亮，与李三才相善，便把这两封信附在邸报中，这一下全国都知此事，也使宣、昆、齐、楚、浙等党人加紧攻讦，乃至罗列李三才"十贪五奸"。见此情况，李三才感觉失望，"亦力请罢，疏至十五上，久不得命，遂自引去。帝亦不罪也"。其免官命令在数月以后才下达。这场争论持续达一年零三个月。

李三才回到家乡通州张家湾，原想建立双鹤书院讲学，但此事并没有因他引退而罢休，宣、昆、齐、楚、浙等党继续攻讦，使他再也没有出仕的可能，在纷纷人事纠葛中，恨恨不得志，忧愤而死。东林党人虽因此更加出名，但与宣、昆、齐、楚、浙等党结怨更深，惨遭报复是早晚的事。

由此可见，宣、昆、齐、楚、浙等党的攻击李三才，"则东林必救，可布一网打尽之局"的设计是成功的，使用的是声东击西之计的寻机乘势，以不攻示必攻，巧而夺之的手法。但他们忽略了本种手法的另一重要前提，就是方法虽然基本得体，也获得预想的胜利，但没有使政敌心悦诚服的这一要素。本来使用这种手法，必须经过一段时间的安抚，才能使政敌心服，然而他们并没有这样做，反而变本加厉地进行打击报复。故此，他们虽获胜利，但留下让人指摘的话柄，也很难安处其位了。

第六，老谋深算，以必攻示不攻阴而取之。

在君权至高无上的情况下，君主对全社会有"生之、杀之、富之、贫之、贵之、贱之"的大权，成为管理和控制社会的最高支配力量。君权的实现和获得,要通过臣僚的执行和效忠。如无庞大的统治集团的支持和执行君主的政令,君主的权威和核心位置是很难确立的,君权也无从发挥。如何使统治集团的各种政治势力无条件地服从君主,使臣僚们死而无怨地效忠于君主,这除了要有政治、思想、军事、制度、道德等多方面因素来保证以外,在很大程度还要君主成功地进行驾驭,而在传统的"人治"社会更显得驾驭的重要性。

君主专制政体,君主的意志就是最高的法律。所以,君主的才智贤愚,决定一代政局的是否稳定。如果君主能在统治集团内部保持各种政治势力的平衡,能团结、维系一部分对他孝忠,又确能稳定其统治基础的人来佐助其治理,政局就相对稳定。如果君主不能使各种政治势力持以平衡,明显偏袒、惑于或受制于一方,就会造成权力的倾斜,政局也就容易出现混乱。

在君主专制制度下,君权赖臣僚们的支撑才能实现,臣僚们因君主授命和信任才能成为臣僚,两者是统一的;然而,臣僚们权势太大则会威胁君权的存在,君权又始终决定臣僚们的生死,两者又是对立的。在统一时,双方可以国士待之而以国士报之;在对立时,双方可达到势同水火而欲灭此而朝食。这些都在不停地转换,今日是亲信,明日可能就是奸佞。所以说,臣下伴君如伴虎,君主驭臣如履薄冰。这正是:"君不见,左纳言,朝承恩,暮赐死。行路难,不在山,不在水,只在人情反复间。"在复杂的政治和人际关系网络中,处处隐伏着危机。在这种情况下,声东击西之计的老谋深算,以必攻示不攻,阴而取之的手法,在政治上就有了广泛的应用市场。

汉高祖刘邦曾经和韩信在一起议论开国诸将的优劣，韩信自恃功高能谋，对诸将不足横加批评，竟没有一人能称为良将的。在这种情况下，刘邦有些不快，便问道："如我能将几何？"韩信也不观察刘邦的表情如何，此问是何目的，张口便说："陛下不过能将十万。"刘邦已有些不快，便问："于君如何？"韩信不假思索地答道："臣多多而益善耳。"听此，刘邦不由得轻蔑一笑说："多多益善，何为为我禽？"韩信见刘邦直戳自己的短处，不无难堪地说："陛下不能将兵，而善将将，此乃信之所以为陛下禽也。且陛下所谓天授，非人力也。"这是《史记·淮阴侯列传》所载的一段精彩对白。从这段对白中，人们可以看出刘邦和韩信各自的短长，以及在复杂的政治和人际关系下的态度。刘邦所说的"何为为我禽"，是刘邦曾三次将韩信的兵权夺回，使之失去权力而在刘邦的严格控制之下。三擒韩信，乃至最后杀掉韩信，刘邦和吕后用的都是声东击西之计的老谋深算，以必攻示不攻，阴而取之的手法。一而再，再而三，韩信屡屡中计，刘邦屡屡使用，真是耐人寻味。下面试加分析：

1. 单身称汉使，驰营夺兵权

前206年，刘邦拜韩信为大将，明修栈道，暗度陈仓，进入中原，与项羽争天下。项羽英勇善战，刘邦屡战屡败。这时派韩信去攻魏，木罂渡水，平定魏地。刘邦又派韩信和张耳，北举燕、赵，东击齐，南绝楚粮道。韩信先破代国，转攻赵国，又背水一战，大破赵军。然后问计于赵国的广武君李左车。李左车说："今将军涉西河，虏魏王，擒夏说；东下井陉，不终朝而破赵二十万众，诛成安君（陈余）；名闻海内，威震天下，农夫莫不辍耕释耒，褕衣甘食，倾耳以待命者，此将军之所长也。"让韩信镇抚赵地，以所长逼燕、齐，使他们望风而服。韩信请示刘邦，立张耳为赵王，镇抚赵国。刘邦同意，并以韩信为赵丞相，共镇赵地。

韩信在魏、赵打得火热，屡战屡胜；刘邦在荥阳与项羽对垒，屡战屡败。韩信休兵于赵，虽有楚兵袭击，终不为大患，故兵马强壮；刘邦与项羽苦战，损失惨重，虽有萧何频发关内民人助军，终感兵力捉襟见肘，急需补充兵力。当时虽两雄相争，各诸侯拥兵自保，汉强则归汉，楚强则归楚，没有强大的实力，是不可能向他们征调军队的。韩信虽归刘邦节制，但现在也是独占一方的强者，强行征调他的军队，很可能促使他反叛。

在刘邦为缺军发愁时，项羽发起强攻，刘邦仅得与数十骑逃出荥阳。刘邦本想回关中收兵再战，听辕生的劝说，先向南收英布之兵，将项羽的注意力引向南方，然后又回荥阳。项羽寻战不舍，破荥阳，攻成皋。刘邦不敌，于成皋单身逃出。此时刘邦成为光杆大王，身边无有一兵一卒。思前想后，何处才能弄到军队呢？刘邦想到韩信的军队。便北渡黄河，直向韩信、张耳的赵军军垒赶来。离军垒不远，暂时住下，在清晨时，自称汉使，驰入赵壁。这时韩信、张耳尚在睡觉，刘邦直入他们的卧室，夺得他们的军符印信，调遣起军队来。等韩信、张耳起床，军权已失，不得不前来请安。刘邦借机将他们打发回赵国，让张耳留守赵国，韩信则带赵的余兵去攻打齐国。

刘邦此次以韩信不备，声言为汉使，驰入赵壁，夺得兵权，可谓老谋深算。他身在成皋，离韩信军营尚远，此为声东；清晨至营，诈称汉使，守门军士不会因此等事叫醒主帅，此亦声东；

入门即夺兵符印信,迅速调兵遣将,掌握主动权,乃是击西。声东示之不攻,击西乃是必攻,此乃是刘邦高于韩信之处。

2.凯歌声未住,奔袭在夺军

韩信受命率赵余军去攻打齐国,将至平原时,就听说郦食其游说下齐国,韩信欲止攻。这时,范阳辩士蒯通劝说韩信:"郦生一士,伏轼掉三寸之舌,下齐七十余城,将军将数万众,岁余乃下赵五十余城,为将数岁,反不如一竖儒之功乎!"韩信乃袭击齐国历下军,直抵齐国都城临淄。齐王田广乃烹郦食其,败走高密,向楚求救。项羽派大将龙且来援齐,被韩信乘其半渡而破之,杀龙且,收楚卒,兵势大盛,乃平定齐国。

韩信自以为功高,乃向刘邦请示,立他为假齐王。当时刘邦正被楚军困于荥阳,见到韩信的书信,不由得大怒,骂道:"吾困于此,旦暮望若来佐我,乃欲自立为王!"这时张良和陈平正在刘邦身边,急忙蹑其足,又耳语说:"汉方不利,宁能禁信之王乎?不如因而立,善遇之,使自为守。不然,变生。"刘邦乃变脸复骂道:"大丈夫定诸侯,即为真王耳,何以假为!"乃派张良带印信立韩信为齐王,并征发其兵击楚。

此时韩信拥有重兵,独占山东之地,不独刘邦怕他,项羽也很怕他,便派武涉前来游说韩信。以"当今二王之事,权在足下。足下右投则汉王胜,左投则项王胜。项王今日亡,则次取足下。足下与项王有故,何不反汉与楚联合,叁分天下王之?"既有利诱,又有威胁。然韩信以刘邦待他优厚,不肯背叛。齐人蒯通知天下形势全在韩信的向背,也前来游说韩信。"韩信犹豫不忍背汉,又自以为功多,汉终不夺我齐,遂谢蒯通"。

韩信虽不忍背叛刘邦，但对刘邦还是有所防备，不肯轻易率军出齐地。前202年，刘邦追击项羽至固陵（今河南固始县），韩信的齐军，彭越的魏军，观望不前，项羽反击，大破汉军，刘邦只有坚壁自守。二人不来，难以胜楚，刘邦很是忧虑。这时，张良献计，以破楚所得之地和王号诱二人前来会师，大败楚军，将项羽困在垓下。项羽兵败，自刎乌江，楚地悉定。战胜项羽，全军都沉浸在欢乐之中，韩信也只等加封益地。孰料，刘邦借回师之际，驰入韩信军中，将其军权夺下。失去指挥权的韩信，只好随刘邦而去，刘邦以其有功，也不便处置，便将他改封楚王。

刘邦以王号和封地诱韩信离开齐地，此为声东；再以战胜还师为名，取道韩信军营，仍是声东；然后趁机急驰入韩信营垒，夺韩信兵权，此乃击西。韩信能将兵打仗，却不料刘邦在算计自己，此是韩信不如刘邦之处。然韩信两次被夺军权而不防，主要是居功自得，再加之刘邦常诱之以利。居功贪利，此是韩信之短也。

3. 游云梦假道入楚，会诸侯智擒韩信

韩信来到封地楚国，率先报自己少年在此地生活时的恩怨，然后准备享受其为王的快乐。孰料安枕生活难继，飞来奇祸常来。

项羽手下有几员能征善战的名将，即钟离昧、龙且、周殷等，因陈平施离间计，这些忠于他的将领遭到项羽的猜忌，也不听信他们的建议。当项羽死后，名将只剩下钟离昧，刘邦岂能容他在世？钟离昧原与韩信有交情，兵败无处安身，便来投靠，韩信自然收留。不料，钟离昧到楚之事为刘邦所闻，即下诏韩信，让他将钟离昧捕往京师，韩信为友，自然举棋难定。另则韩信荣归故里，自然得意非凡，巡行所属县邑，陈兵护卫，以壮声威，这也是常情。但正因这两件事，便有人告他谋反。刘邦听到此信，旧恨新怨涌上心头，便与诸将商议对策。诸将皆曰："亟发兵，坑竖子耳！"刘邦也深知用兵打仗，诸将和他都不是韩信的对手，所以默然不应。

国难思良将，有事求谋臣。刘邦与诸将商议不出结果，便去找"一生好用阴谋"的陈平商议。陈平献计云："古者天子有巡狩，会诸侯。陛下第出，伪游云梦会诸侯于陈。陈，楚之西界，信闻天子以好出游，其势必无事而郊迎谒；谒而陛下擒之，此特一力士之事耳！"刘邦听从其计，便照计行事。

有人告反，韩信也是有所闻，其疑惧之间，刘邦已到其国界边，按道理他必须要前往迎候。如果刘邦以大兵压境，韩信必然以兵相迎。现在刘邦游玩，带兵不多，韩信的疑惧也就去除，但终是有所心虚。正在这时，有人劝说韩信，杀掉钟离昧，再去见刘邦，一定无事。韩信便把钟离昧叫来，将此意告诉他。钟离昧听到此意，非常恼怒地说："汉所以不击取楚，以昧在公所。若欲捕我以自媚于汉，吾今日死，公亦随后亡矣！"乃骂韩信道："公非长者！"便拔剑自杀。正因为钟离昧死得怨枉，才为后人怜悯，乃至说他仙去，成为后来传说的八仙之一。

韩信拿着钟离昧的首级，心安理得地去见刘邦，不想武士出来，将其捆绑住，放在刘邦的后车上，急忙驰往洛阳。在路上，韩信对刘邦说："果若人言，'狡兔死，走狗烹；高鸟尽，良弓藏；敌国破，谋臣亡。'天下已定，我固当烹！"这种怨恨悔，使刘邦无言以对，不无难堪地说："人告公反。"将韩信载至洛阳，然后赦韩信之罪，改为淮阴侯，留在京城，使之从此失去指挥军队的权力。

刘邦此次擒韩信，采用的仍是声东击西计。声言游云梦，此是声东；不带重兵，轻车简从，使韩信不疑，此亦声东；韩信来到，急忙捆载而去，使韩信远离他的势力，失去反抗能力，击西成功，但仍有防备，此为善于用声东击西之计，故获胜而无咎。

4. 成也萧何，败也萧何，吕后斩韩信

韩信昔日带兵纵横，随从前拥后呼的一方国主，现在寄居长安，与远不如己的群臣为伍，心怏怏而怨望，悔恨之心常在，又不会掩饰，必然招祸。

前196年，代相陈豨反叛，刘邦亲自率军往征，韩信正在病中，不能随征，留在长安。据史载，韩信准备与陈豨里应外和，"谋与家臣夜诈诏赦诸官徒奴，欲发以袭吕后、太子；部署已定，待豨报。其舍人得罪于信，信囚，欲杀之。舍人弟上变，告信欲反状于吕后"。这事真假，颇值得怀疑，但韩信怨望，应是存在的。吕后知韩信欲反，急与丞相萧何谋议。

想当初，韩信在刘邦处不得意，乃弃职逃走，萧何惜韩信是个人才，来不及禀告刘邦，便去追赶，乃至有人告萧何逃亡。经萧何的推荐，韩信得为重用，得以建立不世之功。现在韩信谋反，萧何不得不为主人出谋。

萧何闻变，即令人诈从刘邦处来，传言陈豨已被刘邦擒获而斩杀。这样大的捷报，朝廷文武及诸侯应该到皇宫祝贺。此时韩信正在病中，原本可以请病不来。这时，萧何便对韩信说："虽疾，强入贺。"萧何是韩信的恩人，他的话当然使韩信不疑。于是，韩信也来宫中祝贺，被吕后派武士将韩信抓获，秘而不宣地斩在宫中。利刃加颈，韩信想起当初在齐国为王之时，不听蒯通三分天下，鼎足而居，时至不行，反受其殃等劝说，长叹道："吾悔不用蒯通之计，乃为儿女子所诈，岂非天哉！"

此次吕后杀韩信，用的也是声东击西之计。萧何诈称陈豨被擒杀，是按韩信与陈豨内外勾结而设的谋略。陈豨被杀，先断韩信的外援，又取得祝贺之名，是为声东；再借自己与韩信的知遇关系，请其必来，是为声东之助。既断其援又释其疑，韩信入宫，立即擒杀，击西目的完成。秘而不宣，趁势夷韩信三族，除其党羽，使无后患。环环相扣，可谓老谋深算，获胜而无咎也是必然的。

纵观三擒一斩韩信的经过，可以看出，刘邦和他的谋臣，在每次使用声东击西之计时，都是经过深思熟虑而后行的。他们利用韩信居功，自以为不会对他下手，在政治上优柔寡断的弱点；示之以不攻，造成声东的声势，使其不防，再以突发的形式，趁其优柔寡断之时，以出其意料的方式直捣其虚，故屡用屡奏其效，可谓老谋深算。三擒不杀，在当时国家初建，根基尚不稳定之时，能起到安功臣、用其力的效用。此正是这种手法获得全胜而无咎的根本，亦可见声东击西之计的老谋深算，以必攻示不攻，阴而取之的手法的高明所在。

三、攻其不备　防守亦是胜道

声东击西之计应用在政治上，是制胜的重要手段，其应用的范围也是相当广泛的。这种若即若离、忽东忽西的手法，本来就是政治家、野心家、阴谋家所经常使用的手段。三十六计作者将其归入胜战计的最后一计，不是本计在行使过程中不如上述几计，而是在中国传统看法上，认为此种手段是具有疑似之间，颇有些神奇鬼怪，即使获得成功，所留后遗症要比前几计多，非擅长者，很难掌握其根本。也正因为此故，本计才列为胜战计之末。

从本计在政治上的应用范围来讲，它同前几计一样，也具有广泛的应用范围和条件。就其在实际应用的效果来看，其在政治上应用范围大多在如下几个方面。

第一，用于在政治上主动进攻方面。

从本计来讲，声东击西要抓住政敌"乱萃"之时，发动突然进攻，这本来就具有进攻性的特点。基于此，使用本计者，不论是在敌国之间，抑或政敌之间，还是在利益冲突的各种集团和同僚之间，都有使用的可能。

用于进攻，一是有意识造成敌方的神志错乱，趁其失于防备之时，发动突然袭击，这是争胜之道。二是抓住对方失于防备之时，向其发动突然进攻，打对方以措手不及，这是取胜之道。三是根据自己的实力，攻其不备而避其锋芒，以小胜而求自全，这是保胜之道。三者情况不同，效果也不一样。前文所讲李斯之于吕不韦，实欲取而代之，反先投其门下，使吕不韦对他失于防备，然后借秦始皇之手谋得自己梦寐以求的荣华富贵；同样，赵高又利用李斯恋爵患失，有意识引李斯入彀，造成李斯神志乱萃，最后将李斯全家斩首。这都是争胜之道。刘邦三擒韩信，都经过深思熟虑而后行，抓住每次机会，总打韩信以措手不及，使能将百万兵的韩信不得不服气刘邦能将将。这是取胜之道。唐玄宗李隆基与太平公主明争暗斗，一步一个脚印，步步为营，渐渐地取得优势；公孙弘熟习官场权术，善用智术，经常是含而不露，出言往往一石三鸟，巧除政敌。这正是保胜之道。

进攻者锋芒无论如何遮挡，总会暴露出一些，这在中国古代社会是致命的弱点。人们常说：枪打出头鸟，出头的椽子先烂。只要你暴露出你的真实意图，难免成为众矢之的；即便是你获得胜利，要保持长久也是非常困难的。故此，本计的上计为阴爻，要求胜后有所修饰。如张良、陈平，除一生用谋而终能自全之外，在史书上尚能得到溢美之辞，好名声传之千古，就是掌握这种胜后的修饰之道。

第二，用于政治上积极防守方面。

本计的重要条件之一是利其不自主而取之，要想使人不自主，就不能够自己不自主。俗话说：害人之心不可有，防人之心不可无。在复杂的政治环境里，如果不保持清醒的头脑，很容易走入别人设定好的圈套之中，乃至被人害死都不知是谁人；更为可悲的是，直到人家把屠刀架在脖子上，还要感激涕零，诚惶诚恐地谢人家帮助之恩。在这种情况下，使用本计虽不想害他人，但有自全之功效，这也是大多数身处官场的人的最基本要求。

积极防守，并不亚于进攻，有时其效果比进攻还要好。例如，张良为保住太子刘盈的地位，请来"商山四皓"，以"四皓"之名对刘邦施加影响，借"四皓"之力来保太子，达到许多功臣欲想达到而力不能达到的目的。公孙弘在三年之间，由一名普通的儒生而为丞相，这固然有其机遇，也有其为官之道，更重要的是其积极防守；观其与主爵都尉汲黯在汉武帝面前的当庭对质，足可见他这种防守的高明之处。再有，唐代吏部尚书卢承庆主管考课，"有一官督运，遭风失米，卢考之曰：'监运失粮，考中下（考分九等，此为第六等）。'其人容止自若，无一言而退。卢重其雅量，改注曰：'非力所及，考中中（第五等）'既无喜容，亦无愧词。又改曰：'宠辱不惊，可中上（第四等）'。"这位督运官不发一言，比起直言申辩有效得多。按常情，考在中下是罚俸降级，中中可以保级加俸，中上可以晋级加俸。似此变化，不露形色，使卢承庆陷入自相矛盾之中，渐渐为对方的境界所感动，其不断地在考语中添加词句，正是这个原因。督运官以守为攻，将本来应受到处分的事，化为乌有，且得到加官晋级的意外所获，亦可见"声东击西"在防守上的妙用。

第三，用于政治上的进取方面。

从《周易·萃卦》的《象》中的"观其所聚，而天地万物之情可见矣"的解释中看，使用本计须注意到对方的弱点所在，避实就虚，将欲取之，必先与之，其志在必夺，而不能示夺。这种策略是在政治中的立足之本，也是向上进取的重要手段。

进取之心，这是人之常情；阻人进取，这是保位之人的常态。进取与阻挡是共存的，在这种情况下，进取则是比较困难的事。自隋唐以来，通过科举选拔人才，这本是"牢笼志士，躯策英才"的制度；它鼓励竞争，择优录取，确实为当时国家输送了许多人才，在一定程度上打破等级森严的壁垒，所以吕思勉先生说："科举之善，在能破朋党之私。"然而，由于当时社会制度的局限性，特别是政治腐败之时，其弊端总是防不胜防的，尤其是考官量"财"录取，以"势"取人，妨平人道路，不论是在正史和实录，抑或野史和文学作品上都留有许多记载。这正是"孔方主试合钱神，题目先论富与贫"。进取之难，使大多数人望之兴叹，乃至有人感慨万分，也有人如鱼得水，还有一些人用谋略钻营。

这种声东击西的计谋应用在这种进取上，是一种比较有效的谋略。大家比较熟悉的唐人朱庆余的《上水部郎中张籍》诗云："洞房昨夜插红烛，待晓堂前拜舅姑。妆罢低声问夫婿，画眉深浅入时无。"本诗的用意在于得到张籍举荐。白居易欲得到顾况的举荐，也送诗前去，一句"离离原上草"，使顾况将"长安米贵，居大不易"改为"居甚易也"。这些都是使用声东击西的方法达到自己目的。在君主专制政体之下，以私家权益计而求仕，以君主家天下计而选官，进取之人在"名实不相符，求贡不相称，富者乘其财力，贵者阻其势要，以钱多为贤，以刚强为上"的当时，使用这种"观其所聚"的手段，达到进取的目的，也是正常现象。

总之，声东击西之计在政治上的应用范围是相当广泛的，尤其是在君主专制政体之下，在统治集团内部的争权夺利斗争中，这些人"用尽聪明智巧，图度营谋，至于为名为利"，非用计谋难以自立，何况"以下拂上，徒自杀身，无益于事"的当时，凡是能够获胜的计谋，无不受到青睐。正如明人袁中道所言："处人世间不易，而事暴君尤难。"在"上所以伺察寻求者愈工，而下所以表见藏匿者愈精"的当时，那些官僚们"知世道之重小廉曲谨也，则借人品之局面，以盖破绽。知世道之严微疵小过也，则极回互之俗情，以逃物议。不用实，而专用虚，妙于趋，尤妙于避"。这就给声东击西之计的施用提供了非常广泛的市场。

四、老谋深算　去恐惧除危机

政治斗争有疾风暴雨的时候，也有引而不发的时候，还有暂时和平相处的时候。但无论在什么情况下，都存在着竞争。尤其是在君主专制政体下，竞争带有相当大的危险性。那么，先寻找到立命安身之地，再积极进取，则是统治阶级内部争权夺利所祈求的上策。声东击西之计因其独特的立意和功效，广泛受到统治阶层的注意，而且经常应用到实践当中，这是有其基本特点的。

第一，就声东击西之计在政治斗争中的应用而言，具有突发性和修饰性的特点。

声东击西之计的基本特征，就是其在于"声"是手段，"击"是目的。"声"造成很大的声势，将政敌的注意力引向他方；"击"是秘密进行，是攻其不备。这就是本计突发性的特点。

突发性是应用本计获得成功的要素。例如，刘邦三擒韩信都是突然行动，乃至在擒住韩信之后，载之后车，急驰而去。忽必烈欲北上争夺帝位，声言要一举攻下临安，挥戈南下，然后疾行北上，以迅雷不及掩耳之势，将阿里不花驱逐。凡此都说明使用此计的突发性。

修饰性是本计不同于其他胜战计之处。也就是说，使用此计虽能获得成功；然而，以突发的手段战胜政敌，大多不是完全消灭政敌，或者是消灭政敌而得到不好的声名，这必须加以修饰，才能算是完胜。《吕氏春秋·慎大览·第三》云："贤主愈大愈惧，愈强愈恐。凡大者，小邻国；强者，胜其敌也。胜其敌则多怨，小邻国则多患。多患多怨，国虽强大，恶得不惧，恶得不恐？故贤主于安思危，于达思穷，于得思丧。"如果不善于修饰，即使获得胜利，也是难以保持的。本计的上计为阴爻，以刚获胜，不能以刚处之，就是这个道理。前面所举的事例中，曾多次强调这一点。

第二，就设计和使用本计的政治心态而言，本计具有预谋性的特点，具体而论，也就是使用者都是意在胜人。

明人袁中道尝论当时世风云："以卑望高，淹而望迁，毁誉是非，相倾相轧，纷沓在前，奔走在后，风尘牛马，疲骨惊心者哉！"在复杂的政治环境里，期望在政治上谋得一席之地，期望自己这一席之地持之以衡，并日渐光大，这是官僚们的一般心态。在这种情况下，使用本计都有明确的目标，为实现这个目标而预谋，也是在情理之中。本计的"观其所聚"，要求了解对方，既要了解对方，事先必有预谋。如刘邦擒韩信，除自身有预谋夺韩信之兵外，还与谋臣暗自谋划。前面所举的各种手法内，都显示出事先预谋的策略。

以使用者的政治心态而言，他们都想因此战胜对手，也就是意在胜人。胜者王侯，败者寇，这是以成败论英雄。如果不以胜败来论，仅就使用者内心而言，无不具有侥幸心理。在侥幸心理下，也怀着一种恐惧心理，同时还有一定的危机感。正是在这种心理作用下，使用者在用计过程中表现出虚伪奸诈，在实施本计时又表现出残酷无情。如唐玄宗李隆基，本身对太平公主是恨之入骨，但当刘幽求劝他早将太平公主除去时，也是心领神会，"深以为然"；然而当事谋不密，走露风声，他急忙"列上其状"，说刘幽求"离间骨肉"，贬为外官；可见其中的虚伪奸诈。当李隆基发动进攻之时，凡对自己有怨者"皆斩之"，而后又"穷治公主枝党，当坐者众"。亦可见其中的残酷无情。

第三，就使用者的个人素质而言，本计对使用者的素质有较高的要求，具有因人而异的特点。

不同的才能、名望、地位、权势和心理、感情因素，影响本计实施后的效果。在三十六计以《周易》推演的计谋中，凡是上爻为"上六"者，都是阴爻，也就是说，不能以刚获得全胜，需要用柔才可保得全胜。刚者，阳之盛也。它不用什么掩饰，锋芒毕露也不会带来危险，这对于人的素质要求要少一些。阴者，谋之本也。它必须比较隐蔽，不能公开出来，这对人的素质要求就高。前文所讲的事例，凡善于用计者，总能掌握要点，获得全胜，如刘邦、萧何、张良、公孙弘、李隆基等，无不以自身的老谋深算，掌握制胜要点。而李斯、赵高等，虽在用计时获得成功，但留下许多短处，乃至成为他人攻击或陷害的把柄。可见此计对使用者的个人素质要求很高。

总之，在政治斗争中，避实就虚是制胜的要略，若欲得到某一东西，如果过早地暴露自己的意图，在实际上很可能是欲速则不达。掩饰自己的意图，将欲取之，必先与之，这是古人所总结的经验。本计的"声"是手段，"击"是目的，用"声"来掩盖自己真实意图，用"击"实现自己的意图。这种计谋在政治斗争环境里，有着广泛的市场；经过这些政治家、野心家、阴谋家们的不断使用充实，丰富了本计的内涵。

敌战计
——阴谋者胜

胜战计与敌战计

引　言

本部分叙述三十六计中的第七计至第十二计，计名分别为：无中生有、暗度陈仓、隔岸观火、笑里藏刀、李代桃僵、顺手牵羊，统称"敌战计"。

所谓"敌战计"，关键是抗和拒，即抗战、拒战。也就是说，在双方或多方争战中，施用计谋的一方用生、度、观、藏、代、牵等手法技巧，如何以虚掩实，以假掩真，最终获小利或大利的计谋。核心是以虚、假示人，而掩盖真实的目的。要做到这一点，又有看准对象、掌握时机与玩弄技巧等问题。否则，一着不慎，全盘皆输，不仅难获其利，很可能是人亡国破。在政治争斗中，则会导致"机"（会）失人亡、敌胜己灭的恶果。

"无中生有"列于"敌战计"之首计，意在实施高超的政治手腕，迷敌、惑敌、惘敌、愚敌，制造将无说有、以有说无的假象，但却又使政敌深信不疑为限度，再慢慢由假变真，无中生有，达到敌败而不释迷的目的。从字面言，"无中生有"的"无"，是假象，是欺骗，是迷惑对方的手段；而"有"，可解释为真、为实，是要获胜（胜的大小可视所处情势而定），是施此计的目的。"暗度陈仓"之计,与无中生有可属同一性质,又与声东击西有异曲同工之妙,即有主动之意,而这一主动行动是在示对方以虚、以假的情况下进行的。"笑里藏刀"亦可归于此类,即使对方相信我方之无力,失去警惕,不采取任何行动,而我方趁机策划,积蓄力量,再攻其不备,获得胜利。"笑"是虚、是假、是手段,"刀"是真、是实、是目的。也就是外示柔弱、暗藏杀机。

"隔岸观火"、"顺手牵羊",与上述三计不同之处在于非主动的主动。所谓非主动,意为获胜的条件不是以主观意志为转移,是以敌对势力的变化而作用的。所谓主动,即一旦捕捉到对方有乱、有隙,便不失时机地从中获胜。这种胜不限大小,大胜大获,小胜小获,从而达到增强自己实力的目的。

"李代桃僵"之计的核心在于,根据敌对双方力量的消长,当须损失局部利益时,就要忍疼割爱,以便换得更大的全局性的胜利,俗语说:舍车保帅,其道理就在于此。

本部分所收六计,一般地说,它是在敌对双方的力量对比相差无几,或此消彼长、此长彼消的变化,不至于十分悬殊,抑或有多方之争中,相机而行,巧施其计,以达到进一步削弱敌对势力、自我壮大的目的。其中有相当复杂的变化,关键是对象、时机和技巧。否则,为人所乘,也在情理之中。

若就敌战计实施的目的、性质而论,它的首要特征,便是其施计、行计、用计的机巧性。所谓机,既指时机、机遇,又指机会、机势。它是政治斗争中,诸多矛盾斗争形成的特定的态势,更是双方力量消长、对比中的暂时性错位与间隙。对它的认定把握、衍化,则是变、度、观、藏、代、牵,则仅是变幻运用的政治技巧而已。其次，它的另一特色则是权变性。有之能生，在于示无；陈仓能度，在于有暗；火之能渺，在于隔岸；刀之能藏，在于含笑；李能代桃，在于能僵；手能牵羊，在于顺势。故变有技，在于权宜、得适、顺势、巧饰而已。

无中生有

——凭空捏造　意在栽赃陷害

本计曰："诳也，非诳也，实其所诳也。少阴，太阴，太阳。"其大意为：设法制造使敌方相信的假象，但不是弄假到底；掌握住由假变成真的转化，使蒙骗敌方的大大小小假象成真，由虚变实，达到自己的目标；以各种假象的伪装，掩盖着真象，造成敌方的判断错误，给对方以不意的攻击。诳者，欺骗、欺诈也。以空无伪装成实有，即是欺骗。"无"是不能打败敌人的，只有"有"才能击败敌人。但在"无"的时候，如何达到击败敌人的目的呢？这就要以假象来迷惑敌方，借助于诳。同时做到无中生有，由诳而真，变无为实有。少阴、太阴、太阳，意指要由虚假逐渐转变为真实，即所谓阴变阳来，阴极阳生。当大大小小的假象迷惑住敌方时，施以出其不意的攻击，达到胜利，阳来也。

《尉缭子·战权》载："战权在乎道之所极，有者无之，无者有之。"《老子·三十四章》载："天下万物生于有，有生于无。"《诗法入门·诗论》载："盖诗人怨叹，有实叙者，有过对指点者，有无中生有者"，都是指在军事上的虚虚实实，由虚变实的欺骗之术。

秘本《三十六计》在无中生有之计的按语中，引用张巡草人

刘腾、元叉无中生有害元怿

亢龙有悔跃于渊

借箭示虚，再派兵突营示实，当为本计的注脚。其事说的是唐代的安史之乱叛将令狐潮率兵四万余包围雍丘（今河南杞县），雍丘守将张巡认为自己势单力薄，不能与之硬拼，便令士兵扎草人一千余，套上黑色衣服，用绳子拴住，趁夜色缒下城去。令狐潮的士兵以为城中出兵突袭，便争先恐后地放箭。结果，张巡不费吹灰之力，便轻易地得到数十万支箭。其后，又在夜间把士兵缒下城来，令狐潮的士兵以为是草人赚箭，看着大笑，不再放箭，也无战斗准备。张巡就用此法缒下五百多名敢死之士，杀入令狐潮军营，焚毁营栅帐幕，令狐潮溃败逃跑，张巡军士追杀数十里，雍丘围解。

一、由诳而真　变虚无为实有

《周易·益卦四十二》云益：利有攸往。利涉大川。《象》曰：风雷，益。君子以见善则迁，有过则改。

【一爻】初九，利用为大作，元吉，无咎。《象》曰："元吉无咎"，下不厚事也。

【二爻】六二，或益之十朋之龟，弗克违，永贞吉。王用享于帝，吉。《象》曰："或益之"，自外来也。

【三爻】六三，益之用凶事，无咎。有孚中行，告公用圭。《象》曰："益用凶事"，固有之也。

【四爻】六四，中行，告公从，利用为依迁国。《象》曰："告公从"，以益志也。

【五爻】九五，有孚，惠心勿问，元吉。有孚，惠我德。

《象》曰："有孚惠心"，勿问之矣；"惠我德"，大得志也。

【六爻】上九，莫益之，或击之。立心勿恒，凶。《象》曰："莫益之"，偏辞也；"或击之"，自外来也。

按照益卦的符号，当为上阴下阳，上下皆阴，上下皆阳。三象迭起为风雷益卦。益卦卦辞为："益，利有攸往，利涉大川。"其意为：有利于前进，有利于涉过大河和艰难险阻，进行冒险行动。然而，益卦是将天地否卦的上卦减一阳爻，下卦增一阴爻而成，所以有两个对立的含义：即增益和损失，益则损，损则益，这是事物的两个方面。具体说来，当获益时要谨防受损；未获益时，要设法以小损获大益。同时，少阴、太阴、太阳三象，可代表施谋获益的三个步骤：其一，阳代表真实，阴代表虚假。如少阴，意即当对敌方施以假象，目的在于使敌信以为真，继而发觉上当；象征敌人的心态，即敌人信以为真，顿时紧张，予攻击。但发觉上当之后，又陡然意志松懈。其二，太阴，两个阴爻，意味着要连续不断地、反反复复地施敌人以假象，借以麻痹，使其失去戒备之心。其三，太阳，两个爻，意即抛去虚假，显出真实，全力突击，彻底击败或消灭敌人。

本计用在军事上，是一种虚虚实实，由虚变实，迷惑敌人，攻击敌人的战术。即所谓的有者无之、无者有之之道，通过战场上军事力量的虚实变化，造成敌方判断失误，然后再打败敌人。此计用在政治上，是指在与敌相拒的抗战中，善于发挥无中生有、有生于无之道，凭空生事，无事生端，凭空构造出令敌人被动的事端，然后再抓住战机，或陷敌方于死地而后快，或夺己欲夺之果实。

二、真假莫辨　善造假能制胜

中国古代君主专制的政治体制，为政治权谋的滋生和兴盛提供了最优良的土壤和气候，权谋的应用和操作，成了政治角逐场上政治家、野心家、阴谋家们维护、巩固己方政治集团的权势和既得利益，排挤打击乃至肉体消灭政治对手的法宝，发挥出不可估量的作用。无中生有之计，作为敌战计之首计，歹毒险恶、行之有效，更多地被集权的君主、官僚政客、阴谋家、野心家们作为惯用的伎俩使用，其常用手法主要有：

第一，凭空生事，捏造事实，制胜之计在其中。

在政治斗争中，政敌之间为争权夺利，密切注意打探搜罗对方的情况，寻找政敌之破绽，抓住把柄，乘隙而攻，使对手陷于被动挨打，直至消亡。此类情况虽为常见，但在政敌对手无隙可钻、无机可乘的情况下，如何实现己方的政治目的呢？这就必须采取无中生有计谋之精华"造假"、"制胜"，即凭空生事，捏造事实，编织可以攻败政敌的证据。常言道："欲加之罪，何患无辞。"加罪必有"辞"。就"造假"、"制胜"而言，其方法亦有多种：

1. 凭空诬指

一些在政坛之中处主动地位的君主、权臣、阴谋家，常常在了无事实的情况下，利用占据的权势和地位，无凭无据地诬指政治对手。

事例：刘腾、元叉无中生有害元怿

北魏孝明帝神龟三年（520年），魏宫大太监刘腾、禁军统领元叉，欲除政敌清河王元怿。元怿为北魏孝文帝的庶子，是在任皇帝孝明帝的叔父，当时主管门下省事务，作为皇族王公辅助垂帘听政的灵太后，及年幼的皇帝执政。元怿颇有才干，平时对刘腾、元叉两人皆有限制，至结怨仇。是年七月，元叉、刘腾私下密议，认为元怿辅政，已欲不张，迟早祸及自家，不如先下手为强。但除去元怿，起事定当机密，只有采取欺骗办法，务必不让与元怿关系亲密的灵太后插手其事，而要以制造的假证据，蒙骗年仅十一岁的孝明帝，使其下诏定罪。同时，要行速决，防止朝官议谏，事体拖延，导致假证揭穿，务必一得手即行斩杀，况且元怿一死，即死无对证，届时假使有人谏议阻止，亦是枉然。

俩人议定，先由刘腾进宫，威逼手下专管皇帝饮食的太监中黄门胡定向、胡玄度，令其进诬言。胡定向、胡玄度畏惧刘腾威势，不得不从，立即向孝明帝禀报："清河王令我俩在食物中下毒药以害死皇上，自立为帝，并许以成功后给予我们高官厚禄。"孝明帝年幼，初听此言，吓得一惊，也不去辨问真伪，即信以为真，急匆匆跟随伪装前来护驾的元叉，奔至前宫显阳殿。此时刘腾早已利用总管大太监身份，令人封住宫内通道永巷，垂帘听政的灵太后已被隔在后宫不得前来。刘腾、元叉乘此宣布："孝明帝亲自执政，太后退帘，逮捕叛反的清河王。"恰巧元怿闻宫中有事，前来宫中打探究竟，进至含章殿，遇元叉拦住去路。元怿怒而责问："你想造反吗？"元叉高声喊叫："吾不造反，却要捕捉造反之人。"元怿听言，尚在疑惑，就见两边禁卫，一哄而上，把自己绑个结实。

这边元叉拿住元怿，刘腾已经以孝明帝名义，集聚百官。刘腾平时在朝中为所欲为，为乱已久，不少王公亦投入其门下，连河间王元琛都拜刘腾为养父。一些忠直朝官，对刘腾稍有微词，即遭逐杀。现在刘腾出面，又有元叉站在旁边，告元怿有谋反大罪，定为死刑，一时皆不敢发言。只有尚书仆射游肇站前抗争，认为此事应当谨慎处理，戒草率决定。刘腾、元叉不容游肇再议，以百官名义，连忙启奏孝明帝，栽赃元怿"大逆不轨，当斩杀"。孝明帝被骗，诏令批准，当天夜里，元怿在宫中被杀，时年三十四岁。

元怿被杀，是自北魏孝文帝时宦官干政以来，宦官和朝臣之间为争夺朝政的一场政争，中间又夹杂着元叉和元载两人之间的个人怨恨私仇，多种矛盾相互交织，加之垂帘的灵太后被刘腾监控失去自由，孝明帝年幼缺少主见，最后被刘腾、元叉从容使用无中生有之计，诬陷了富有才干的元怿。

刘腾，原是个靠告密起家的权阉。孝文帝时，因密告冯太后，迁中常侍、龙骧将军，再晋升大长秋卿、金紫光禄大夫、太府卿，成为宫中的总管。延昌四年（515年），北魏宣武帝元恪病逝，皇太子元诩继位，是为孝明帝。灵太后由贵嫔被尊为皇太后，帘后听政。刘腾因在铲除权臣高肇势力之中，告密有功，被灵太后封为开国子，食邑三百户，参与宫廷警卫，又任以崇训太仆，把太后所居的崇训宫一切事务交其全权处理。再另加侍中衔，位列门下省，参与朝中机要决策。不久，又爵封长乐县开国公，食邑一千五百户，晋迁卫将军，加仪同三司，成为北魏朝廷居中枢要位的权阉，一时间门庭若市，宫中外朝，宦官、朝官争相投其门下。刘腾等阉人的专权，引起了参与朝政的太尉、清河王元怿的不满。

元怿身为皇族王公，不仅长得仪表伟岸，而且理政有方，与灵太后私人关系亦暧昧密切。灵太后听政后，放权让其理政，元怿也有心重整朝纲，不避权贵，甚至连太后拜佛靡费过甚，他也直谏不辍。为此缘故，他与刘腾、元叉等人开始结下怨仇。

于忠是刘腾发动的密谋拔掉高肇，杀害高皇后，拥奉灵太后听政这场政变中的亲密合作伙伴，政变后，位居车骑大将军、崇训卫尉、尚节令，官至宰相，又总领皇宫宿卫。在朝中与刘腾狼狈为奸，坏事干尽，经常假传圣旨，擅杀异己。元怿见其飞扬跋扈，为乱朝政，发动王公亲族，要求灵太后予以处置。又单独上奏疏，使于忠爵封被削，远调京城，于忠因此抑郁而亡。刘腾兔死狐悲，从此愤恨于元怿，一直寻找机会，惩治元怿。

元叉出身皇族，又是灵太后的妹夫，灵太后上台后，官加至领军将军、位列门下省，又兼领宫廷禁兵，成为太后听政时皇族重臣，理应与元怿同心辅政，为振兴国政，做一番努力。但是元叉不思立功，反而恃宠骄横，四处勒民敛财，填塞自家腰包。元怿先对其劝诫，后见他无动于衷，就极力加以抑制，还依法把他降级使用，由此他对元怿也是衔恨于怀。

刘腾、元叉两人为对付共同的政敌，联起手来，策划于密室。他们的第一次阴谋，是买通曾被元怿看重，亲自推荐为通直郎的宋维，让宋维去诬告司隶都尉韩文珠父子，说韩氏父子图谋叛反，准备拥戴清河王元怿出来即帝位。此事闹到灵太后面前，太后亲自审问拘留起来的元怿和其他相关人犯，虽多次刑审，却没有找出谋反的实证，事情只好草草收场，元怿被释放后官复原职，而诬告的宋维也只是贬官了事。刘腾和元叉便策划了本文开头的一段杰作。

刘腾、元叉的第二次诬告栽赃活动是成功的。其原因首先是诬告得人。由皇帝的膳食厨师做诬告人，假称是元怿让他们在皇帝的饮食中下毒药。皇帝还活着，说明毒药还没有下。但还没有下毒药，不代表不想、不打算下毒药，这个设想与打算的问题，是存在于人的头脑中的，了无实证的事，你说有它就有，你说无它就无。其次是欺骗对象选择得好，孝明帝是个十一岁的孩子，听说叛反，只会跟元叉向前宫跑，哪有心思再仔细考虑刘腾、元叉所说的是否是事实，只能被其愚弄欺骗。刘腾、元叉在朝中又有势力，一个是权宦，一个是皇亲贵族，都是政权、军权集于一身者，是平时单手能遮天的人物，谁又敢与他们作对。即使个别人反对，也是难成气候。加上刘腾、元叉速斩了元怿，想救也来不及了。能够辨识刘腾、元叉所说真伪的人是灵太后，可是灵太后此时是身不由己，被刘腾等人控制软禁在后宫，元怿被杀，灵太后明白他是被诬杀，曾经伤心流泪过，但没有多少天，刘腾、元叉又以灵太后名义宣旨，太后决定敬逊别宫，退政归居，处于实际被废的地位。由此开始，元叉、刘腾执领北魏朝政，中间虽有灵太后的侄儿及张东渠等人谋杀元叉；中山王元熙、城阳王元徽等皇族起兵图谋执杀刘腾、元叉；右卫将军奚康生谋刺元叉等事件，结果都是以失败告终。直到孝昌元年（525年），灵太后才在一些王公大臣谋划下，复位出宫，再次临朝听政。

事例：固势力十常侍诬杀吕强

西汉灵帝时，宠信张让、赵忠、夏恽、郭胜、孙璋、毕岚、栗嵩、段珪、高望、张恭等宦官，灵帝先后封他们为中常侍，职掌宫中文书，传达皇帝诏令。张让、赵忠等人，利用灵帝贪色重财心理，为其在宫中建商业街，让灵帝和宫女、宦官扮成商贾，讨价还价，做市利买卖。又在西园建游乐场，招一班无赖子弟陪灵帝玩狗驾驴，把朝中文官所戴的帽子和绶带，戴在狗身上。又广收天下珍玩，进献给灵帝。甚至在宫中开办了一个官员交易所，把官职明码标价拍卖，谁出的价钱高，谁就可以做大官。十常侍凭借谀语迎合手段，取悦皇上，把灵帝玩于掌上。而荒诞不经的灵帝，不以为奸，甘愿被傀儡操纵，甚至公开对左右说："张常侍就是我父亲，赵常侍就是我母亲。"灵帝认仆作父，自甘为子，如此推称，使十常侍恃宠跋扈，乘机大饱私囊，过上了骄奢淫逸、横行不法的帝王般生活。一次，灵帝欲登长安宫的瞭望台，远眺皇宫四周景致。十常侍担心自家所建富比皇帝宫阙的府第被灵帝瞧见，就使人哄骗灵帝，说："皇上是上天的儿子，不应当登高。皇上登上高处，百姓就会四散，这是不吉的兆头。"灵帝受骗，从此再也不敢居高而远眺了。

汉灵帝的昏聩，十常侍的为非作歹，引发了东汉社会严重的危机。灵帝中平元年（184年），张角兄弟利用"太平道"，聚众起事。张角自封天公将军，其弟张宝、张梁封地公将军、人公将军，号召各地太平道教徒，头扎黄巾竖旗造反。一时间，许多城池府第，相继失陷，都城洛阳亦为之震动。汉灵帝惊慌失措，匆忙令大将军何进领兵镇守洛阳，以北中郎将卢植、左中郎将皇甫嵩、右中郎将朱俊征讨"黄巾贼"。

自桓帝以来，因党锢之祸受逐杀失势的一些党人，也被起用起来，不少人在镇压"黄巾贼"的过程中立功受奖。反而一直受重视信用的宦官势力，中间出了个封谞、徐奉，与张角相互联络，图谋宫内外夹击，攻下京城洛阳。灵帝为此责怪十常侍，迫使张让、赵忠等人不得不收敛贪欲，纷纷召回过去安插在各地州县做官为将的父兄子弟，暂做退避之状。由此宦官赵忠等人迁怒于屡次劝谏灵帝的吕强，便施行无中生有计谋，害死为人忠直，同任中常侍的吕强。

十常侍中的赵忠、夏恽，最先向吕强伸出魔爪。一天，他们乘灵帝退朝回宫，齐至灵帝前跪告："中常侍吕强经常同党人聚在一起，议论朝政。还私下阅读《霍光传》，有废立之心。他们兄弟居官的，全都贪赃枉法。"灵帝不辨真伪，立即命令中黄门领兵逮捕吕强。吕强生性耿直刚烈，难忍折辱，愤然明告："大丈夫要尽忠报君，怎能受狱吏审问。"说完引颈自杀。赵忠、夏恽未料吕强如此刚烈，急忙献言灵帝："吕强还没有清楚召他问什么事情，就自我了结了，说明他确实犯有罪行，才致如此。"灵帝受赵忠唆使，又收捕了吕强的亲属等人，把他家的财产抄没入官。

吕强被赵忠、夏恽凭空诬陷害死，其原因并非简单的同类人物之间好恶嫉妒，实质内容则是双方对灵帝执政以来的政治方针有着巨大的分歧。究其大端，一是对党人的态度，二是对宦官势力专政的态度。

东汉自桓帝以来，发生过两次著名的朝中大夫与宦官之间的冲突，被称之为"党锢之祸"。

第一次是汉桓帝延熹元年（158年），朝中耿直大臣李膺、陈蕃、王畅等人，与京城太学生郭泰、贾彪等互通声气，对东汉以来的宦官干政现象深恶痛绝，必欲除恶务尽，他们互相推荐，评议时政、臧否人物，抑浊扬清，同时对桓帝时的专权宦官侯览、张让等极力惩治打击。李膺为河南尹时，就要惩治与宦官紧密勾结、贪赃无数、声名狼籍的羊元群，结果反被诬陷。后来他为司隶校尉，带人到宦官张让家，杀死了躲在他家的其弟张朔，概因张朔公开杀戮孕妇，虐人害物。洛阳人张成，恃着与宦官关系密切，指使长子杀人报私仇。李膺不顾赦令，坚决杀死张成父子。宦官指使张成次子牢脩，上书诬告李膺等人私养太学游士，交结诸群生徒，结成党羽，诽讪朝政，惑乱风俗。宦官们群起借势推波，桓帝不分皂白，把李膺等人下狱，定为"党人"，下令全国搜捕。范滂、杜密、陈寔等二百多人都被下狱治罪，太尉陈蕃因反对拘捕党人，亦被灵帝免职。于是朝野内外，为之震慄缄口。直到翌年，因为李膺等人在狱中故意用招供牵连宦官子弟，加上窦武等人为"党人"上诉，二百多党人才得以出狱见天，但是朝廷同时宣布："党人遣回乡里，登记造册，书名三府，永远禁锢，再不得为官。"

第二次党锢之祸，比前一次更为惨烈，灵帝于桓帝死后登基，年仅十二岁。窦太后临朝听政，其兄窦武为大将军、陈蕃晋升太傅，共同辅政。窦武接近朝中正直官僚和士人，征召李膺、杜密、尹勋等名贤。灵帝建宁元年（168年）九月，窦武与陈蕃密谋，要除去操弄国权，为乱朝政已久的宦官势力。但是事机被泄，宦官王甫、曹节、郑飒等人首先发难，以武力劫太后、挟灵帝，杀害了窦武，陈蕃。第二年，又哄骗灵帝，大兴党狱，在全国之内搜捕迫害党人。李膺、范滂等党人一百多人被杀，家属被流徙边郡。一些官员任意指诬有威望或与自己有怨隙者，结果全国被废黜、禁锢的无辜的党人就有六七百名。

以上两次党锢之祸,都以宦官得胜而终。到了熹平元年(172年),宦官们又借机把与朝中官僚靠近的京城太学生一千余人下狱。从此以后,侯览、王甫、曹节等一帮宦官,势霸东汉朝野,为所欲为地祸害国家。对此问题,身为中常侍之一的吕强,却为国家大政着想,当中平元年(184年)张角起事发生后,吕强最先站出来,对汉灵帝说:"禁锢党人的禁令已有很长时间了,天下人心早已腹藏怨情,如果不予以赦宥,万一党人之心与张角相联,黄巾势力将会扩大滋长,到那时,后悔都来不及了。请陛下从现今起,诛杀左右贪赃污浊的官员,大赦天下党人,并考核检查各州刺史及各郡郡守的能力,如果能这样做,叛乱肯定能平息下去。"汉灵帝畏惧黄巾起事的威势,只好接受了吕强的建议,大赦天下党人,允许被流徙的党人返归故里。吕强要把同宦官势同水火的党人解放出来,极大地触犯了以张让、赵忠为代表的宦官集团利益。为此,他们敌视吕强,这是吕强被赵忠等人诬害的第一个原因。

吕强被杀的第二个原因,是他对汉灵帝的劝谏,破坏了张让等十常侍们利用灵帝贪财荒诞,让其沉湎其中而不能自拔,从而完成操纵灵帝,把持朝政,又能乘机中饱私囊的策略。灵帝是天下罕见的贪财皇帝。在宫中建交易市场,扮做赚钱的老板。又公开卖官得钱,有的人暂时无钱买,还可以赊账挂欠,等到自己走马上任去搜刮民脂民膏,私囊中饱以后,再连本带息交还。灵帝又好积私蓄,各地进贡的珍品,每次都要把精中又精的珍品先送到宫中的私库中,名之为"导行费"。为此,吕强上书规劝灵帝:"天下的财富,莫不归陛下所有,本无公私之分。但是现在中尚方广敛各州郡的珍宝，中御府中又广积天下的丝织品。西园保管的是朝中大司农该管的府藏，骡骥厩中拴的是太仆该管的马匹。又广征导行费，增加民困。一些奸吏乘机得利，百姓反受其弊。另外，一些阿谀奉承之徒，进献私财给陛下，以使陛下能纵容姑息，风气因此而进一步变坏。"吕强反对灵帝积私财，重佞臣，自然地与取悦灵帝，积极兴办此类活动的十常侍发生冲突。皇帝不贪财，赵忠等人就没有顺手牵羊的下手机会，那金碧辉煌的华宅豪第就建不起来。皇上清正英断，十常侍怎能在朝中发号施令，飞扬跋扈呢？吕强的上书，还反对灵帝撇开三公，仅由尚书负责选官，或是灵帝直接下诏任命官员的办法，暗中批评灵帝将宠信的十常侍父兄子弟宗亲们予以提拔任用，放到州郡做官，造成这些人横行不法，无官敢管的情状。吕强的劝谏，灵帝置之一旁。黄巾起事后，吕强再一次劝谏灵帝，要求灵帝诛杀贪官污吏，考察州刺史、郡太守的能力，其矛头也是指向任用兄弟亲属为官扰民祸民的张让、赵忠等人。后来，宦官们果然被迫召回了自己的亲属子弟，他们更加怨恨给皇上出主意的吕强，必欲去之而后快，也就有了篇首所述的一幕诬陷害人的惨剧，终于害死吕强。

事例：朱元璋借故逼杀傅友德

明洪武二十七年（1394年）十一月，太祖朱元璋在宫殿上大宴朝臣，太子太师、颍国公傅友德也在邀请之列。恰好，傅友德的两个儿子，驸马都尉傅忠、金吾卫镇抚傅让，正在御前值日。宴会尚未开始，朱元璋出殿稍作巡视，瞥见傅让忘了佩带箭囊，立即高声斥责傅让行为傲慢，不守礼仪。坐在御座旁的傅友德连忙躬身站起，打算代子赔罪。话尚未出嘴，却听耳边又响起朱元璋对自己的斥责，说他对皇家大不敬。朱元璋话说完不久，要傅友德把傅忠、傅让召来。傅友德情知不好，赶紧往殿外走去；将至大殿门时，禁兵传旨："携二子首级来见。"友德听旨，宛如五雷轰顶，挣扎着走向殿外。一会儿，傅友德双手提着两个爱子首级直奔大殿，来到朱元璋面前，盯着他一言不发。朱元璋见傅友德上殿，故作吃惊状，又大声叫道："你怎么如此残忍啊？莫不是想以此怨恨朕吧。"傅友德被逼亲杀两子，已失常态，又听朱元璋如此诬陷，再也控制不住自己的感情，随之高声向朱元璋说："你不是早想要我们父子的人头吗，现在是正合了你的意愿吧！"说完，抽出佩剑，引颈自刎。朱元璋随之下令，削傅友德的封爵，妻儿发配辽东等地。

朱元璋欲杀傅友德，又要找到一个合适的借口，借口不好找，只能无事生事。于是以其子箭囊未备为由，让傅友德亲自召两子上殿见君，傅友德早先站起来为两子赔罪，朱元璋又不给说话的机会，连带傅友德一起责骂，已见别有用心。等到傅友德出殿宣召两子，朱元璋却让内侍传旨，令其携两子首级前来相见。箭囊未备，是罪不至死的，即定为死罪，何故又要杀已备箭囊的傅忠呢？朱元璋是借故考察傅友德是否忠于自己。傅友德并不问传旨真伪，也不再面请，居然亲手将两子杀了。傅友德上殿，朱元璋又装作吃惊状，甚至斥傅友德杀子是残忍，是以此怨恨君主。世上人情，亲莫如父子，谁家的父亲愿意斩杀自己的孩子呢？傅友德是被朱元璋威逼，才手杀两子，如今被加上一个"残忍""罪君"的帽子，还有何面目立于人世！真是欲加之罪，何患无辞。朱元璋身为君主，在专制时代，君叫臣死，臣不得不死。傅友德是开国元勋，到了洪武二十七年（1394年），朝中元勋重臣已经所剩无几，要顺理成章地杀掉傅友德，并不太容易。

朱元璋在此实施了无中生有的计谋，只不过身为君主，实施的方法与一般栽赃陷害有所不同，一切都是在光天化日之下进行的。从傅让因箭囊事被怒斥，到傅友德亲杀两子，朱元璋无风起浪，以欺诈手法有意构事。从傅友德携两子首级上殿，到在御座前引颈自刎，朱元璋是有意诬赃陷害。明明是以帝王之尊传旨杀人，在大庭广众面前却不承认，还给傅友德加上一个残忍、怨君的罪名。这里，朱元璋所使用的伎俩，一是在大殿让傅友德去召两子，背地里却让内侍去传旨，在殿上的所有人都不知有旨杀人，而只见傅友德亲手杀子。二是故作假象，以势压人。傅友德刚刚亲手杀死两子，其怒难以抑制，有怨难以倾诉，势必怒火中烧，心情激动，所以面见朱元璋时难以言语，而朱元璋当着群臣的面，不但装出大惊失色的样子，还故意表现出出乎意料的神情，挟天子之威严，大发龙威而怒斥傅友德，也就在情理之中。好像傅忠兄弟的死，最伤心、最受害的是君主，而最残忍、最无情的是傅友德。傅友德性情刚烈，焉能受此奇辱，只好自刎，也省去朱元璋将他拿进诏狱的刑辱。难得傅友德临死也还明白，只是有百口也难辩白，更何况辩白也无用。

傅友德被无中生有逼杀，是朱元璋建国登基之后，对功勋元宿势力集团大肆杀伐，不断进行政治清洗的继续与扩大。朱元璋从一个托钵行乞的贫僧，乘元末动乱而以武力征战，逐渐登上至高无上的皇位。起事之初，朱元璋广罗人才，唯才是举，不拘一格。傅友德从1361年投奔朱元璋，多次跟随朱元璋征战，立有赫赫战功。朱元璋称赞傅友德"勇略冠诸军,可授先锋,当一面"。洪武三年(1370年),朱元璋封傅友德为开国辅运推诚宣力武臣、荣禄大夫、柱国,食禄一千五百石,位列开国二十八侯的第一位。后来北征元朝、平定云南、屯田边塞等重要战役,傅友德均有建树,被加封颍国公、右柱国,食禄三千石,还把寿春公主嫁给其子傅忠,又册立其女为晋王世子朱济熺的妃子,成为皇帝的亲戚。

当明王朝政权刚刚稳固,朱元璋就忌惮起往日的功臣勋贵,担心这些开国元勋势力显赫,尾大不掉,威胁到朱氏王朝的利益和儿孙们未来江山的稳固。而一些开国功臣慢慢地也恃功骄恣,纵情不法,又互相倾轧,结党朋比,形成了李善长、胡惟庸等淮西勋贵集团,刘基等浙东名士豪族势力。立国伊始,朱元璋即着手加强中央集权制度,多次对文武功勋豪族进行警告,要他们注意晚节,不可"事主之心日骄,富贵之志日淫"。洪武五年(1372年),颁布《铁榜文》,严禁公侯与都司卫所军官相互结纳,或侵夺田地等不法之事,对功臣权限亦颁文加以限制。洪武六年(1373年)着手修订《大明律》,确定"重典治国"的治政方略。朱元璋还号召功臣元勋,仿效信国公汤和,解甲归田,富贵还乡。但这些功臣宿将,罕有响应,令朱元璋大为气恼。

为了消除隐患,永保朱家江山稳固,朱元璋不惜大动干戈,屡兴大狱,株连九族,消灭异己。洪武十三年(1380年),身为左丞相的胡惟庸,仅凭几个人难以确定真伪的口供,就被朱元璋定为"谋不轨"大罪加以诛杀。此后,又加胡惟庸等"通倭"、"通房"、"谋反"等罪名,开始扩大牵连,使此案延续十年尚未结束。洪武二十三年(1390年),朱元璋借题发挥,大兴党狱,随意罗织，明朝首任丞相，位列开国第一名臣的韩国公李善长，以知情不报，即是心存异心、罪同反叛等十大罪名，被赐死而自缢身亡，还株连家属七十余人。列侯陆胜亭、唐胜宗、费聚等众多元勋均被株连网中，"词所连及及坐诛者三万余人。乃为《昭示奸党录》，布告天下。株连蔓引，迄数年未靖云"。洪武二十六年（1393年），朱元璋又兴蓝玉大狱，凉国公蓝玉、列侯张翼等人伏诛，又"族诛者万五千人"。几次大狱之后，开国元勋宿将几乎尽被杀戮。

傅友德因为长期在外备边，罕与朝政，几次大狱都得以幸免。李善长被赐死后，朱元璋曾改撰勋臣榜，傅友德因英勇善战，取荆楚吴越，下中原滇蜀，征金山等功，被再次列榜其中。

傅友德位列勋臣榜上一年多后，就倒在血泊之中，其中亦有他与太祖朱元璋的利害矛盾冲突加剧的原因。洪武二十五年（1392年），傅友德请求朱元璋拨其老家怀远官田作为园圃，供其全家使用，遭到朱元璋严厉责骂。蓝玉案后，同傅友德经常出征的定远侯王弼，在傅友德处私下感叹："皇上春秋日高，喜怒无常，令人捉摸不定，我们会不会也被罗织进去，没有一个好下场呢？"两人室中叙语，未料隔墙有耳，被特务听去，报与朱元璋。由此，祸根已经埋下，也就无怪朱元璋导演了这场无中生有，带有戏剧性的杰作。

2. 刑逼罗织

酷吏刑逼，屈打必能成招；罗织罪名，栽赃何患无辞。酷吏是古代司法行政中执法峻酷的官吏，自西汉开始，史书为他们立传，亘连二千余年而不绝。酷吏主要为君主所役使操纵，有时候也为一些权臣、阴谋家所利用。酷吏秉承君主或上司之意，"上所欲挤者,因而陷之"。如武则天任酷吏来俊臣、周兴等人打击反武势力,来、周两人动辄大刑、毒刑,入狱者受刑不过,无不自诬。

事例:千古奇冤,杨左六君子碧血洒诏狱

明代天启五年(1625年),朝廷之上,发生了一起轰动朝野的事件,即左副都御史杨涟、左佥都御史左光斗、给事中魏大中、御史袁化中、太仆寺少卿周朝瑞、陕西副史顾大章等"六君子"受贿大案。是年七月,六人先后被捕下狱,同月,杨、左、魏死亡。杨涟死时是体无完肤,土袋压身,铁钉贯穿双耳,仅用血衣裹身,得以勉强入棺。左光斗尸身腐臭,生有蛆虫。魏大中尸体溃烂,面不可识。次月,袁化中、周朝瑞毙命,顾大章紧接着自杀身亡。时人尊称,把死去的杨、左诸人号为"六君子"。六君子被杀之经过,史称之为"六君子事件"。

六君子事件是如何发生的,六君子为何如此惨死狱中,又为什么号称千古奇冤的呢?实际上,六君子事件是明王朝内部几十年来党同伐异的政治斗争白热化产物,而六君子之惨死,则是以明末大宦官魏忠贤为首的阉党势力,为了排除异己,不惜大兴冤狱,施用无中生有之计,栽赃陷害,再辅之以酷刑虐待,直至置其于死地而不休,其行为卑鄙无耻,阉党的凶狠变态暴露无遗。

明神宗以来,宫廷上层先后发生有"争国本""梃击案""红丸案""移宫案"等震惊百官,牵连朝野的政治风暴。

"争国本"是以郑贵妃为首的帮派势力,恃宠争立神宗三皇子朱常洵,而企图废黜皇长子朱常洛所引发的事件。"梃击案"则是争国本案的延续,郑贵妃愿望未达,试图谋害太子,建储朱常洵,遣张差欲以棍击杀皇子。"红丸案"是即位的太子朱常洛因沉湎于郑贵妃所馈送的美色环绕，掏空身子，在病中先吃了郑贵妃指使太监所进的泻药，后来又食鸿胪寺丞李可灼所进的红色药丸，结果一命呜呼，朝中群臣纷纷具奏，要求查拿进奉"红丸"的弑君真凶，牵连人众，李可灼被流放戍边，一些官员牵涉其中，也纷纷遭到贬逐。"移宫案"则是红丸案的尾声，明光宗朱常洛暴死，皇长子朱由校被给事中杨涟、刘一燝等大臣拥戴，承继皇位，是为明熹宗。明光宗选侍李氏，不愿搬迁，要与即位的朱由校同住在乾清宫，以便挟制新皇帝。杨涟、左光斗、周嘉谟等人上疏力争，一再敦请李选侍移出宫外，甚至施以颜色，逼迫李选侍迁出皇宫。

上述政治案件的发生过程中，围绕问题的中心，朝臣们意见纷纷不一，随之形成各自的势力集团，势力较大的有以地域关系形成的齐党、浙党、楚党，而与三党对立的一方则主要是东林党。

东林党原是一个文人政治团体，是在明王朝的朝廷内部激烈斗争中逐渐形成的。在"争国本"事件中，吏部郎中顾宪成，因政见不合于明神宗及首辅王锡爵，被革职回籍。在故乡无锡，顾宪成不甘寂寞，联络好友高攀龙、钱一本等志同道合的文人，在无锡城东的东林书院聚会讲学，"裁量人物，訾议国政"。一时朝野的士大夫遥相呼应，结果遭到反对派势力的敌视，称他们为"东林党"。

从"争国本"事件开始，三党与东林党之间，即展开权力的互相争夺。明熹宗即位，东林党人杨涟、左光斗等在"移宫案"中力陈争辩，迫使李选侍移宫，东林党人取得了胜利，其成员分任内阁首辅及吏、兵等部院长官，一时势盛。三党势力在与东林党人倾轧中失利后，怒而拜投宫中以魏忠贤、客氏为首的阉党门

亢龙有悔跃于渊

下，极力怂恿和辅助与东林党人亦有仇隙的魏忠贤，试图消灭东林党。

魏忠贤本是个市井无赖，因赌债高筑，无奈进入皇宫做了太监。进宫后，他利用与其"对食"的客氏（客氏为皇太子朱由校的乳母），先在后宫内大肆杀伐，对魏忠贤晋升有恩的王安、魏朝，都先后被魏忠贤杀死。不久，魏忠贤就变成了宫中说一不二的大太监，但他并不甘心做个阉人首领，为了达到专权朝政的目的，他一方面极力满足东林党人抬出的熹宗，因为熹宗昏聩无能、喜女色、好游猎，便于操纵。另一方面，魏氏在朝廷内外，广结私党。在宫内利用客氏，在朝中则广纳被打压的东林党，以及前来投靠的三党人物。王绍徽、阮大铖、崔呈秀、魏广微、冯铨、徐大化、霍维华、孙杰等，或认养父，或认同宗，纷纷聚集魏忠贤门下。在这些中过进士，读过四书五经的文化人帮助之下，本来只能一味蛮横，在后宫内犁廷扫穴的魏忠贤，很快地提高了攻击异己的弄权设计水平，诬杀杨、左六君子，便是三党人物与魏忠贤合作的一幕杰作。

天启四年（1624年）六月，东林党人杨涟首先上疏，指斥阉党首领魏忠贤"自行拟旨，擅权专政，斥逐直臣，重用私党，违背祖制，滥袭恩荫，毁人房屋，起建牌坊，利用厂卫，陷害忠良"等二十四项"大奸恶"的罪行。杨涟的奏章中还说，"当前宫廷和都城之内，人人只知魏忠贤，而不知有陛下，掌生杀予夺之权，而皇上何以不能自主决定，而受制于魏氏小丑呢？"杨涟的奏章直陈魏忠贤专权篡国的野心，使魏忠贤非常害怕，便串通阉党王体乾等人，大事化小，让客氏在熹宗前哭闹疏解，结果，魏忠贤不仅自己毫无损伤，反而杨涟遭诏书痛斥。虽然后来魏大中、左光斗等一百多人，皆上条呈奏章，纷纷参劾魏忠贤，都因熹宗的袒护和客氏的暗中运作，东林党人攻击阉党的努力终于失败，而魏忠贤则因杨涟、左光斗等人的参劾刺激，顿生杀意。经过与三党人物密谋，首先拿天启三年（1623年）曾被下狱革职，又与杨涟、左光斗关系密切的前内阁中书、东林党干将汪文言开刀。

天启四年（1624年）十二月，魏忠贤命心腹将汪文言第二次逮捕，交其党羽锦衣卫北镇抚司许显纯审理。意在通过汪文言，牵连出杨涟、左光斗、魏大中等东林党人，罗织罪名，一网打尽。三党人物徐大化，为魏忠贤献计，认为仅仅定汪文言一个在"移宫案"中交通他人的罪名，难以株连广大，也不易诛杀，若是定个受贿罪名，诬他个收受边疆大吏熊廷弼的贿赂，就可以行斩杀之名了。许显纯是个心毒手辣的酷吏，对汪文言施用械、镣、棍、拶、夹杠五毒刑具。汪文言下狱两月，备受刑逼。一天，许显纯在酷打汪文言后，要其招承杨涟、左光斗等人接受辽东败将杨镐、熊廷弼的贿赂。汪文言大叫："世间哪有贪赃的杨大洪（杨涟别名）啊！"斥责许显纯制造冤狱："要我作贪污受贿的伪证，去诬陷正直清廉的君子，宁死无招。"汪文言铮铮铁骨，使许显纯无法向魏忠贤复命。于是心生毒计，活活打死汪文言，又以汪文言的名义写好自供状，伪称杨涟、左光斗接受熊廷弼等二万金，魏大中等人收赃三千金不等。状后按上汪文言指印，呈送魏忠贤。

魏忠贤接呈，很快命人前去各处捕拿，杨涟、左光斗、魏太中等六人被押交锦衣卫北镇抚司拷审、追赃。杨涟为最先弹劾魏忠贤二十四大罪之人，为魏氏阉党恨之入骨。左光斗参与杨对魏的弹劾，而且自己草拟有魏忠贤、魏广微三十二该斩罪奏本。左光斗参魏忠贤奏本中，暗斥三党人物魏广微，身为东阁大学士，却自作下贱，做为魏忠贤的门生，使广微气恼万分，有意把左光斗牵扯到汪文言案中。周朝瑞、顾大章因为是魏忠贤心腹徐大化眼中的钉子，徐大化乘其机会窜其名于汪文言案中。他们都因得罪和触犯魏忠贤阉党和三党人物，被捕入狱。至于所说为杨镐、熊廷弼说情开罪，接受贿赂事，纯属子虚乌有。杨镐是在万历年间的萨尔浒战役失败，后来熊廷弼领兵出关，由于巡抚王化贞刚愎自用，广宁失守，熊廷弼、王化贞被捕下狱。熊失利后，左光斗还上书，弹劾熊廷弼守辽有余，复辽不足。这般的情况，如何能受杨、熊的贿赂呢？

杨、左六君子下狱后，许显纯屡次动用全套酷刑，逼迫六人招认收贿事。六人经几次施刑后，已经不成人形。左光斗膝下筋骨剥落，面目焦烂，眼睛肿烂不能睁，其他人均血肉翻出。在此情况下，书生气十足的杨涟劝告五人："他们欲处死我们，无非两个办法，或乘我们坚不承招，严刑打死，或谎称我们'患病'，暗中害死。同是一死，我们不如暂且屈招，等此案移交到法司定罪时，我们再翻供，讲出前后原因，或许不至于死。"杨涟的意见，得到了五人的赞同，六人便在下次审讯时全部屈招。魏忠贤见六人松口，马上令镇抚司严行追赃，限五日之内每家交足，否则动刑，并把此案仍置锦衣卫镇抚司审理。杨涟等人，被迫之下屈打成招，家中哪有资产可以抵"赃"。许显纯追赃火急，杨涟家人把家产变卖干净，两个儿子沿街乞讨供母亲、祖母饮食。左光斗家破人亡。魏大中之子学洢为借款抵"赃"，死于奔走之中。结果六人因款不齐，被许显纯全刑拷打。六人旧疮未愈，新痂又来，直至不能站立，躺着受刑。此时六君子拼死搏命，凡一苏醒，骂不绝声。杨涟以血书于地上，"魏阉奸党，天必诛之"。杨涟六君子下狱不长，终于难挨许显纯酷刑，皆惨死狱中。

杨、左六君子冤狱，充分反映了无中生有之计在政治斗争中的残酷、卑劣的特征。权阉魏忠贤以及欲置东林党人于死地的三党人物，为了铲除政敌，首先凭空杜撰了一个受贿案。汪文言铮铮铁骨、誓死如归，差点使魏忠贤牵连东林党人的计划落空。党羽许显纯，可谓造假到家，先写好假招供，按上已死的汪文言手印，终于制成了赃证，就此捕拿下狱杨涟等东林六君子，以无中生有，凭空捏造而又达栽赃陷害的目的。当杨涟等人入狱后，许显纯又秉承魏忠贤之意，以酷刑拷问，直至杨、左等人求死而不得，产生出屈招求生的愿望，终于拿到了生赃的证据。杨涟等人的屈招，目的是想为日后翻招保存体力，但是狡猾的魏忠贤并不把案子按明律规定交给法司，而是继续置于自己控制的锦衣卫之下，目的就是以诬证为借口，夺财杀人，一举两得。可惜六君子，自己遭戮，又连带了家庭，真正是一个倾家荡产、家破人亡的千古奇冤。

3. 直接伪造

用计者直接编织可以置敌于被动的假物证，对外却称是政敌所为。政敌在假物证面前，即便是有百口，也难以说清楚。

事例：江充借巫蛊构陷戾太子

西汉武帝刘彻在位时，极度迷信，尤敬鬼神之祀，追求长生不老。方士栾大，被拜为五利将军，食邑二千户，又娶武帝女卫长公主,陪嫁黄金万斤。皇帝亲自招鬼用巫的结果,使国中迷信盛行,尤其京城长安,方士神巫奔走街头,皆以左道惑众、无所不为。女巫出入宫禁,教唆宫中美人制作木偶埋入地下,祠祭祝诅,以蛊害情敌,争取宠幸,为此形成西汉皇宫中多巫蛊之祸。一些奸佞小人,乘势投机,戾太子刘据被构陷,即是其中一例。

汉武帝征和元年(前92年),刘彻年过六十一,身体日衰,多年求仙信巫不果,屡兴穷治,劳神伤心日重,总以为有人在用巫蛊咒他。一日白昼做梦,恍惚间,眼前数千持棍木偶扑面而来,梦里惊出一身大汗,醒来犹如病人。侍立左右的宠臣江充,向来与太子刘据有隙,乘机进言:"皇上的病定是出于巫蛊,近来宫中埋木偶念咒语、蛊气浓厚,皇上有病就是它在作祟,皇上病好后,一定要进行搜查治罪不可!"武帝点头表示同意。江充如此进言,是有自己的计划打算的。他先找到一名叫檀何的胡巫,由檀何向武帝献言:"宫中蛊气太盛,有害龙体健康,不除之,不终不瘳。"征和二年(前91年)七月,武帝令江充及按道侯韩说、御史章赣、黄门苏文等人,侦查宫廷巫蛊事,举证上报。江充领命,带着巫师,在宫中四处开挖翻地,闹得天翻地覆,又任意抓人提审。为逼供口实,用烧红的烙铁刑逼。又煽动告发,结果被牵连入狱的数百人,均被处死。为了除去太子刘据,江充先假意从宫守中失宠希望得幸的美人、妃嫔居室查起,然后才直奔卫皇后、太子宫室。太子宫中被掘地三尺,连放置床席的平地都没有放过。江充开始假做官样文章,仔细搜寻,然后从袖中拿出早已经预备好的木偶,对外扬言:"太子宫中发现木偶最多,所得帛书上写满诅咒皇帝的咒语。事关重大,虽事涉太子,亦不得不上奏。"说完即去报告武帝。

江充的威吓，使太子刘据非常惊惧，便问计于少傅石德。石德认为："几个月前，丞相公孙贺一家死于巫蛊，现在江充一伙蓄意栽赃罪证，欲加害于太子，皇上一时不明江充等人居心，加之又有实物，怎会不信江充所说呢？你现在也是有口难辩，这样的事也根本无法说清。太子不如矫制旨意，先把江充捕抓起来治罪。"刘据初时，犹豫不决，石德又以秦始皇时，赵高、李斯篡改遗嘱，伪书赐死公子扶苏，另立胡亥为史鉴。刘据不听石德劝诫，自思还是先去父皇处请罪为要，哪知到了武帝居住的甘泉宫，江充早已派人把紧宫门，拒绝为太子通报。太子母后卫皇后遣派的家使，也被挡于宫外。刘据回到自己宫中，仔细考虑，自己被江充逼到如此无路可走的境地，退让不可，只有往前赶。顿思少傅石德之言确是良策，便派手下人扮成武帝使者，带着武士一举抓获江充、檀何等人。按道侯韩说，最先怀疑使者有诈，当场被刺死，檀何在上林被烧杀，刘据亲自监斩江充，斥之无事生非，挑动自己父子家室不和，黄门苏文逃得性命，奔到甘泉宫报告武帝。武帝最初以为太子由恐惧生岔，杀了江充，是为江充逼急不得已而为之，便派使者出宫，召请太子进宫问清缘故。哪知所派特使害怕畏惧，出外转了个圈，回宫谎报武帝："太子是真的造反了，我奉命召请，差点没能回来。"武帝听报，立命丞相刘屈氂关紧城门，率兵拘捕太子。太子刘据此时也只能够铤而走险，把长乐宫中卫卒调为己用，打开武库散发武器，又把城中囚徒放出，招为士卒，甚至临时强征市民作为兵士。太子指挥兵丁与刘丞相所领部队大战五日，长安城中血流成河，结果刘据失败，逃出长安城，藏匿在湖县（今河南灵宝西）一户人家，后来消息走漏，遭地方官吏围捕，逃脱无门，刘据自尽而亡。刘据母后卫皇后在刘据引颈之前，已被武帝废黜，亦自尽。卫氏家族皆遭诛杀。同太子出城的司直田仁、北军使者任安、御史大夫暴胜之等连累被杀，出入东宫及随从太子兵变者，皆被诛，一时之间，长安城内外，增添了数万冤魂。

长安城内的厮杀流血，太子、皇后的相继逼死，粗看起来，不过是又一次巫蛊之祸，但实质是西汉宫廷中，围绕着皇储废立问题的一次政治争斗。太子刘据是卫皇后于元朔元年（前128年）所生，卫氏家族在朝中亦颇具有势力，大将军卫青为皇后同母异父弟，封长平侯；骠骑将军霍去病封冠军侯，是卫后姐所生，两人皆武帝时的朝中重臣，背靠朝中势力，加之女色美貌，卫皇后得以长时间被武帝专宠。刘据七岁，立为皇太子（因后来死于祸乱中，史称戾太子），卫皇后母以子荣，子亦因母贵。武帝好征战，每次出征，后事嘱托于太子刘据，宫廷则托付给卫皇后。元狩六年（前117年）、元封五年（前106年），霍去病、卫青相继去世，卫氏外戚势力在朝中开始式微，加之卫皇后年长色衰，受宠程度大不如前。武帝重色，晚年幸于赵婕妤，即有名的双手五指钩屈的钩弋夫人，婕妤怀胎十四月，太始三年（前94年）生皇子弗陵，武帝晚年得子，本已高兴异常，又把弗陵与尧母生尧相类比，视为神灵，把婕妤比之尧母，钩弋夫人所居钩弋宫门改称尧母门。自此对赵氏宠爱无比，有意废刘据，改立弗陵为太子。近臣江充，正为武帝宠信，日侍左右，焉能不领会主子之意？恰好江充又数次与太子构恶，便借口整治巫蛊，好除去太子，大动干戈，干起了构陷生事栽赃除敌的勾当。

江充本是一个两面三刀、卖主求荣的小人，因喜于阿谀奉承，被武帝赏识，封为直指绣衣使者，督捕三辅盗贼，检查贵戚近臣越法奢侈诸违法之事，成为汉武帝后期的弄权宠臣。太始三年（前94年），刘据家使乘车马在皇帝专用的驰道上疾驰，恰巧被江充遇到，使者及车马被江充拘押，太子闻讯，上门谢罪，请求息事。江充拒请不允，且奏报武帝，两人由此结怨。江充还有心捉弄太子，挑拨太子与武帝的关系。一次，太子进宫探望父病，江充故意对太子说："皇上最不喜见你的大鼻子，请安的时候，太子最好用手帕遮住。"太子听其言，以帕遮鼻。谁知太子刚走，江充就对武帝说："皇上是否知道太子为何捂着鼻子吗？"武帝不知缘故，江充解释说："太子怪你脓臭之味难闻。"武帝为此恼怒不已。江充得武帝信任，但他清楚，太子、卫后在朝廷之中，已积聚不少势力。太子为政宽厚，做事谨慎，不少亲贵朝臣投入门下，一旦哪天武帝死去，太子刘据上台，自己的下场就可能十分悲惨。所以，江充加紧布置，乘着武帝在台时宠爱有加的有利形势，废去刘据，为巩固自己在朝中地位打下基础。

江充施展无中生有之计，借巫蛊为构陷事由，拿着事先与胡巫檀何准备好的木偶、帛书，作为太子大逆不轨的证据，应该说假象的制造是成功的。如果一旦奏报给武帝，有征和元年（前92年）丞相公孙贺父子及卫皇后之女阳石公主、诸邑公主等人被诛杀的先例，此次真的上达武帝，难说还有太子刘据的性命。连太子少傅石德都认为凶多吉少，太子有理不能自辩。江充趾高气扬，大意轻敌，不知迫之太急，狗急都会跳墙，何况太子乎？结果激起了太子的武力反扑，自己被斩杀，再也没有机会完成无中生有的栽赃害人的步骤了。

第二，似类陷罪，制胜之计在其中。

制造一些似是而非的证据和事件，既能使政敌无以自明，又能使外界受其迷惑，难以判断是非。韩非认为："似类之事，人主之所以失谋，而大臣之所以成私也。"现实生活中有许多是非难断、模糊不清的现象，政客们利用人们对似是而非的事迷惑难解之情，以逞其私。

事例：桓温以宫闱床笫秘事栽诬晋废帝

桓温是东晋时拥兵自重，又不甘心仅仅做个朝臣，一心想自立为帝的野心家。东晋简文帝咸安元年（371年）十一月，桓温采用参军郗超计策，率部众由广陵到建康，屯于白石，向褚太后急呈奏章。原来，郗超揣度桓温有心谋帝位，又担心强制行事，舆论对自己不利，便为之谋划献计。先指使心腹在民间广散谣言，说是现居帝位的司马奕凤有痿疾，不能御女，与宫中二美人田氏、孟氏所生的三个儿子，都是废帝宠信的嬖人相龙、计好、朱灵宝等参侍内寝时所生，如从他们当中选立太子，将会潜移司马氏皇基。

民间所传，本非根据，但飞短流长的谣言力量是巨大的，传谣不久散到宫中，褚太后也时有所闻。现在拥兵势众的大司马桓温特来建康，呈奏章专言此事，听了谣言，心头已有疑惑的褚太后未等奏章看完，就拿笔批写道："未亡人不幸罹此百忧，感念存殁，心焉如割。"交内侍还给桓温，桓温见奏章退回，而且没有驳议之处，立即命人草诏。十一月己酉日（372年1月6日），桓温聚集百官，以褚太后名义下诏，当庭宣告：王室艰难，穆帝司马聃、哀帝司马丕均短祚，国嗣不育，储宫靡立。琅邪王司马奕，为哀帝亲弟，故此登大位。但是司马奕不图建德，反而昏浊聩乱，动违礼度。信用朱灵宝等人，生下的三个孽子，还不知是谁的种子。司马奕人伦道丧，丑声遐布。既不能奉守社稷，敬承宗庙，且昏孽并大，还想建树储藩，立不知谁姓的孽种为嗣，诬罔祖宗，倾移皇基，是而可忍，孰不可忍！命废司马奕为东海王，以王还第，供卫之仪，仿照汉时霍光废昌邑故实。念及此事虽然心如割肉痛心，但为社稷大计，义不获已。丞相录尚书事会稽王司马昱，体自中宗，明德劭令，英秀玄虚，神契事外，以具瞻允塞，又长时负有人望，故顺从天人之心，以统皇极。

诏令一下，百官相继失色，但得知是秉政的大司马桓温所倡言，又是王公之中势强的司马昱登位，谁也不敢再言。当天，桓温派散骑侍郎刘亨，前去宫中收回废帝玺绶，逼司马奕快速离宫。时值仲秋，天气尚暖，司马奕身穿白蛤单衣，一步一步走下西堂，乘犊车由神兽门出宫。朝中大臣一一拜辞，远望废帝，想起来莫不歔欷。侍御史殿中监，领兵士百名，护送司马奕萧瑟而去，抵达东海王府第，司马奕从此屈身忍辱，被迫做起了一个知命的东海王，直到死去。

司马奕被废当天，桓温率领百官，热热闹闹地到会稽王府迎请司马昱。司马昱单衣东向，拜受玺绶，旋入宫换上皇帝的龙袍，改元咸安，是为东晋简文帝。

从上述史实可以看出，桓温为逼晋帝司马奕退位，可谓机关算尽，主意冠绝。司马奕自建元太和（366年）即位，在位六年，并没有什么丧失帝德之处，何况当时桓温身为大司马，一切外政实由他所出，而朝政又有会稽王司马昱为丞相，司马奕处在两人内外夹隙中，与傀儡相比，也没有什么两样。桓温在司马奕身上找不到什么可以指摘之处，用谋士郗超之计，制造谣言，说废帝有痿疾，不能御女传种，所生三个儿子也是嬖人朱灵宝等人的孽种。这样谣言，真是登峰造极了。帝王的宫闱床笫秘事，谁人能去证实？就是处长辈位置的褚太后，恐怕也不能去亲自证实。田氏、孟氏所生的三个男儿，到底是谁人的孩子，在科学发达的今天，是可以借用遗传基因学说证实的。东晋时候，还没有如此先进技术，所以谣言高涨到宫中，大司马桓温又以势施加压力的时候，妇道女人的褚太后还有什么话可讲，只能说是心如被割，如绞肉之痛，自叹不幸而已。

古今中外，实施无中生有之计者，就凭空捏造、无事造谣这一点来讲，超出桓温者可谓寥寥无几，是可以同秦时赵高指鹿为马、无事生非相提并论的人物。当然，这中间也有郗超的功劳。郗超是一向自视甚高的桓温所信用的第一谋士，桓温手下的人都说，留着连鬓胡子的鬓参军郗超，"能令公喜，能令公怒"。郗超很善于揣摩桓温的心思，也得到了桓温礼遇器重。桓温产生废司马奕的想法，也是与郗超的鼓动大有关系。

自东晋定都建康以来，不少有志之士，不甘忍辱江南，有志北伐恢复旧地。东晋成帝、康帝时期，庾亮、庾翼、庾冰等兄弟先后倡议北伐，但每每因为东晋朝廷内部的势力牵制，都没有大的进展。桓温是个有才干，又有大志的人，人称眼如紫石棱，须作猬毛砾，是孙仲谋、晋宣王一类的人物。他是晋明帝司马绍的女婿，和主张北伐的庾翼关系密切。庾翼认为他少有雄略，可以委重任，托付救助危难的大业，特别向晋明帝推荐。庾氏兄弟去逝后，他不懈北伐之志，永和二年（346年），上表请求率兵伐蜀，次年，攻克成都，俘虏蜀帝李势，灭了蜀汉，一时威名大震。桓温有心北伐，且借功立威，但主政的会稽王司马昱重用殷浩，牵制桓温，以平衡权力。殷浩于永和八、九年（352年、353年），两次率师出伐，结果却失败而返，接着才有桓温永和十一、二年（355年、356年）的两次北伐取得胜利。永和十二年（356年），桓温乘军事上得手，上表东晋朝廷，请求朝廷过江北上，迁都洛阳，实际上是想以功要挟朝廷，故北迁之议遭到反对。不久，桓温被任命为大司马、都督中外诸军事、录尚书事等职，成了东晋朝廷在外的权臣。虽然后来，司马昱想把他调往京城建康，以削减其势。桓温借口国事危险，"镇守遐外，据守河洛，不敢解带逍遥于朝中"。他不仅不肯入朝，还想凭军功封爵，加受九锡，实现勋格宇宙、位极人臣的心愿。桓温曾对左右亲信说："为尔寂寂，恐将为文景所笑。"担心无所作为，甚至说："不能流芳百世，亦当遗臭万年。"太和四年（369年）他再次上疏，要求北伐前燕，结果在枋头（今河南浚县境）等地，陷入困境，第三次北伐失利而终。

　　枋头兵败，桓温遭到时议，声名顿挫。此战之前，谋臣郗超曾建议直趋邺城，缓兵作战方略，但桓温弃之不用，后来果然致败，所以到了太和六年（371年），他统兵克寿阳后，就得意地对郗超说："此次战胜，能雪前耻否？"郗超说："尚未。"郗超知道桓温心雄，自己的回答对桓温是一大刺激，当晚便同桓温共宿，至半夜时语及桓温:"明公要镇惬民望,非立大功不可。只有建有伊尹、霍光盛举,行废立大事,以此宣威四海,震服宇内兆民。"便献上架诬司马奕之计,把床笫之上这种无法对质的秘事广力传播。

谣言本是"空无",废司马奕以达建功立威,才是桓温真正的目的。桓温借助谣言,撰书上奏,褚太后对认真起来的大司马,只能顺其意愿。当太后诏令在朝中宣读,司马奕由此被逐出宫廷,贬为东海王的时候,桓温的无中生有计策完全成功了。只是桓温命薄,他立了司马昱,是想做了皇帝的司马昱能感其恩,行禅让,但司马氏的天下岂能轻易拱手相让,风雅的简文帝这时每见桓温,以泪洗面,使其行禅让之言难以开口。又吟咏"志士痛朝危,忠臣哀主辱"等诗句,感动了桓温的谋臣郗超。郗超以家族百口作为担保,保证不让司马奕之事再在简文帝身上发生。郗超的消极筹谋,加上朝中谢安等人有意的拖延,直到桓温临死之前,也未能受九锡,行禅让故实,当然这都是后话了。

事例:赵构、秦桧莫须有罪杀精忠岳飞

南宋绍兴十年(1140年),金将兀术统帅大队精兵南下,进攻南宋,抗金名将岳飞率岳家军北上抗拒,智破金兀术"拐子马",连获郾城、颍昌大捷后,岳飞策划收复北宋重要失地东京(今河南开封)。金兀术遭南侵以来最严重挫伤,手下兵将心离力散,纷纷准备投降宋军。遭受金兵多次蹂躏的中原人民,对岳家军寄予厚望,竭尽全力支持宋军。南宋自抗金以来,出现少有的好形势,岳飞与将士相约"直捣黄龙府,与诸君痛饮耳"。正当岳飞准备渡河北上,收复北宋失地时,南宋国内政局骤变,朝廷之上,宰相秦桧等人正与金国积极议和，南宋皇帝赵构下诏令岳飞班师后撤。岳飞见状，急忙上书："金兵士气低落，人心动摇，我军士气高涨，正是击溃敌人，收复失地的好时机，不能错过。"紧接着，朝廷一连降下金牌十二块，迫使岳飞回师南撤。岳飞接牌悲愤交加，仰天长叹，扼腕泣而叹曰："十年之功，废于一旦。"

绍兴十一年（1141年）三月，岳飞奉诏回南宋都城临安。不久，高宗赵构宣旨：张俊、韩世忠为枢密使，岳飞任副枢密使。张、韩、岳三人为南宋三大将，皆明升暗降，军权被剥。

南宋宰相、议和主持人秦桧为使宋金议和一帆风顺。秦桧为了防范和打击力主抗金的主战派代表人物岳飞，开始网罗右谏议大夫万俟卨、中丞何铸、侍御史罗汝辑等人，构织岳飞罪状，指派他们上折弹劾岳飞。先是万俟卨上书，进言岳飞在淮西战役滞留不前，坐观胜负，岳飞又主张放弃楚州（今江苏淮安），退守长江，对敌消极怠战。高宗赵构见弹劾折，以为岳飞"不可守楚州"之言确实。八月，赵构下诏，岳飞行为"有骇予闻"，令解除所任官职，遣岳飞归庐山闲居。接着，枢密使张俊找到岳家军统制王贵，施以恫吓利诱，逼其就范。秦桧派私党林大声前往岳家军大本营鄂州，担任总领，控制岳家军。秦桧又收买岳家军大将张宪、部属副统制王俊。张宪拒绝利诱，于是唆使王俊诬告张宪、岳飞谋反朝廷。王俊是个贪生怕死之徒，多年征战中因未受到岳飞的奖赏，对岳飞心存不满，又喜坑害无辜，人称王雕儿。秦桧的授意，他马上照办，先向都统制王贵投呈，诬告张宪得知岳飞被罢官后，心中愤恨，图谋统领大军前去襄阳，以军势逼迫朝廷还给岳飞兵权。王贵很快把王俊诬告信转呈张俊，张又报高宗，接着诏旨命军士捕拿张宪，施以严刑逼供，但张宪始终不认诬告。秦桧上奏高宗，建议将张宪、岳飞收捕，押往大理寺，一同审理。高宗旨准，要大理寺迅速置司根勘。不久，秦桧用计骗岳飞至临安，押往大理寺。御史中丞何铸、大理寺卿周三畏先期主审。审案之中，对反叛诬告，岳飞义正词严予以反驳。愤怒之下，还撕破上衣，袒露背部刺入肌肤的"精忠报国"四字。何铸是秦桧私党，受命秦桧主审此案，见此状难得实证，回报秦桧，并为岳飞辩冤。秦桧怒责何铸，且说："此皇上之意也。"秦桧立即上报赵构，建议万俟卨改任御史中丞，主审此案。万俟卨为吏酷烈，又一向为岳飞所瞧不起，便秉承高宗、秦桧之意，施以酷刑，又借机报复私怨。他凭空指证岳飞写信给张宪，让张谎报军情，以此恐吓要挟朝廷，又说岳飞给王贵、张宪写信，唆使造反。岳飞辩驳纯属冤诬，请其举证。万俟卨谎说信已烧掉。万俟卨又捏造事实，说岳飞曾对部下讲："国家了不得也，官家又不修德。"并拉出软骨头王贵出来做伪证。同年十二月，万俟卨具报宰相秦桧，依据栽赃捏造事实，判岳飞处斩刑，张宪为绞刑，岳云徒三年。秦桧把有司所判转呈高宗赵构，赵构提笔御批：赐死岳飞，张宪、岳云依军法施行。1141年12月29日，岳飞死于狱中，就刑之前，题写"天日昭昭，天日昭昭"。时年三十九岁。随即，张宪、岳云被绑身拉到闹市斩杀。岳飞、张宪家属皆被远逐外荒。

　　韩世忠于岳飞狱案前，也被高宗罢职在家赋闲，闻岳飞遇冤，挺身上朝质问秦桧："岳飞到底犯了何罪？"秦桧告之："虽然没有得到岳飞等人谋反的信件证据，但反叛朝廷的事件莫须有。"韩世忠怒责："相公，'莫须有'三字，何以服天下。"

从以上史实可以看出，赵构、秦桧杀害岳飞等人，采取诬告构陷办法，凭空罗织罪名，再置之死地而后快。在这里，赵构、秦桧正是施用了无中生有的计谋，以生事阴陷，最后找了个"莫须有"罪名。莫须有，意即或许有。世上道理有即有，无即无，怎能凭借不能肯定的或许有，去杀害国家的一个大将呢？它实质上反映了赵构、秦桧等人对岳飞必杀无疑的决心，至于杀人的借口，不过强行编造，安上一个罢了。

岳飞的被杀，实际上是自南宋以来，朝廷内部围绕着对金国战和问题，形成的主战派和主和派势力集团，相互之间政争的结果，也是宋朝以来，君主千方百计削弱武将势力，防范皇权旁落，不惜杀伐功高权重的武将这一政治路线的延续。

宋朝自建立以来，自赵匡胤始，最高统治者片面地总结历史经验，认为唐朝藩镇割据祸乱延续了百年之长，最后导致了唐王朝灭亡，主要原因是对外开边的结果，由外患而引发内祸。所以，北宋王朝，对外总是采取宁愿割地赔款，以达妥协求和的政策。宋太宗就对大臣说过："异族是不可能统治中国的，目的不过是想抢掠中原财富牲畜罢了，用数县的赋税就可以填塞其贪欲。"主和妥协，从一开始就已经成为宋王朝统治者中根深蒂固的观念，所以有宋真宗时期的澶渊之盟；宋仁宗时的每年给西夏岁币二十五万五千；宋神宗时割给辽朝山西七百里等众多事实。围绕着妥协议和问题，宋朝统治阶级内部的一些有识之士，站在民族和人民的立场上，往往力主抗战，反对妥协，这样在朝廷内部形成了主战与主和的势力集团，相互政争。如寇准、王钦若等人，李纲与李邦彦等人，而且每次政争激烈的时候，往往主和派取得皇帝的支持。如宋钦宗对李邦彦的信用，甚至罢免李纲。北宋的妥协投降政策，造成了严重恶果，连宋徽宗、宋钦宗及太皇太后、妃嫔、王公皆被金朝掳去为囚。

1127年，赵构登基应天府，建立南宋政权，理应好好总结历史教训，以雪靖康之耻，但是上台之后，根本无心抗金，继续执行妥协求和的投降政策。赵构上任不久，就重用黄潜善、汪伯彦等投降派，削弱宰相李纲的势力，直至罢免李纲。又重惩反对南迁都城的抗金名将宗泽，重用力主议和投降的秦桧。秦桧本是与金国有亲密关系的奸佞，绍兴初年，秦桧因为得到主和的范宗君推荐，以其所撰上金国书，甚合高宗心意，被赵构所欣赏，不久就晋升为右仆射、同中书门下平章事，兼知枢密院事，成为仅次高宗之下的当朝宰相，掌握了南宋朝廷军政大权。

秦桧上台后，招降纳叛，逐渐培植起自己的主和投降势力集团。他一面递书金国，表示议和心愿，一面在朝中大造"南人归南，北人归北"的投降理论。秦桧因为结党树帜过甚，遭朝中众人弹劾，一度被罢免。绍兴七年（1137年）十二月，南宋使金使者王伦回临安向高宗汇报，说金国愿与宋国议和。高宗心中大喜，为了保险起见，把主和的秦桧恢复宰相职务，议和妥协事全权交秦桧处理。当时秦桧吸取上次免职教训，害怕高宗临时反复，要求高宗精加考虑，直到高宗坚定首肯议和政策不会动摇，才奏上议和章程。秦桧很快派出王伦去金国，提出只要能议和停战，要什么土地，南宋就给什么，甚至不惜对金称臣，行跪拜礼。当时，朝廷内部以岳飞为代表的抗金主战派势力，对秦桧主和政策加以批评弹劾。岳飞自1127年投军抗金以来，因为战功赫赫，官至太尉，成为南宋势大的武将。他提出：金人不可信，和好不可恃，不能听信相臣秦桧的谎言，应北伐迎回二圣。岳飞主战，要迎回被金人俘去的宋徽宗、宋钦宗。对高宗赵构来说，二圣一返，自己的帝位是否保得住，就要打个问号，所以对岳飞的建议根本厌恶。秦桧则忌恨岳飞领头抗战，破坏了他和金国议和的气氛和步骤安排。

绍兴九年（1139年）初，秦桧接受金国提出的议和条件，愿意对金称臣，岁岁纳贡。岳飞再一次上书言战，反对议和，结果遭拒，岳飞愤而提出辞呈。另外朝臣之中，还有胡诠亦屡次上书，指斥秦桧、王伦投降派，要求高宗杀秦桧、王伦等人，振作民心。结果，胡诠被解职发配新州做苦力。

宋金议和初定，是高宗和秦桧多年努力的结果，他们当然不能容忍岳飞等人轻易破坏掉。高宗赵构早期为康王时，即是主和派的一个，参与了不少对金投降求和活动，曾公开劝说宋钦宗要避免与金兵锋芒相斗。在宋金议和时，凡金人提出割地、赔款，抵押人质等苛刻条件，都点头同意。后来他当上了天下兵马大元帅，却没有向金兵发过一矢一石。即位称帝后，重用投降派，一味南逃，由商丘逃到扬州，再到镇江、苏州、杭州、宁波，甚至跑到海上，置国家于不顾。他曾经写信给金军将帅，要求缓兵攻打宋国。信中写道："我胆战心惊地希望阁下可怜我，饶了我。我愿意削去帝号，这样天地之间皆为大金之国，你又何必兴师动众，远征南方呢？"赵构以投降求安为其治国路线，重用秦桧妥协议和，对宋金议和初定的形势，当然不愿意被岳飞的坚决抗金所干扰，所以当他们发现岳飞要渡河北伐，势将造成议和搁浅的时候，就定下决心,召之回师。针对岳飞刚正不阿的脾气和不可改变的坚决抗金态度,至1141年初,决定诛杀岳飞,并把此意秘密告诉秦桧,由其诱使岳飞回京,罗织罪名,以诬告构陷,置之死地。

岳飞被杀的第二个原因是与宋朝长期以来对武将功臣的猜忌、防范政策有密切关系。宋太祖赵匡胤本身就是以禁军首领身份发动陈桥兵变上台的,自建国后,一直提防领兵的武将,认为武将势力大,是国家最严重的内患。宋仁宗时,枢密使狄青,就因屡建奇功,又得士兵拥护,被猜忌免官,直至忧愤而死。南宋初年,迫于金兵屡次进犯的严峻形势,开始不得不重用岳飞等人。赵构虽然对外妥协求和,一副可怜相,但对内治政,极其残酷,又喜权谋。当岳飞率岳家军屡次败金,声誉日隆的时候,他虽然官封岳飞,让其居职太尉,秩比三公,予以器重,但从未想过要授予岳飞全权,造成功高震主之情况。绍兴七年(1137年),高宗曾满口许诺给岳飞节制指挥除张俊、韩世忠以外的各路军队,委托南宋中兴大业,秦桧就提醒高宗,不能忘记祖宗家训。高宗醒悟过来,很快取消成命,削岳飞之权。岳飞当时正在紧锣密鼓地布置抗金,高宗改令,使其计划落空;愤怒之下,上书请求解职,而且未等批准,就去庐山母丧守制。高宗为此事,指斥岳飞跋扈违令。岳飞顾虑重重,不得不到临安主动请罪。此事件发生后,赵构对岳飞开始戒备。后来为立皇子事,岳飞为国尽忠言相劝,又触犯了"武臣不得干政"的赵宋家规。赵构当面警告岳飞:"此等非卿所当与也。"绍兴八年(1138年),岳飞为抗金战役,要求朝廷增兵,被赵构拒绝。

以上事例已构成高宗对岳飞的猜忌,而岳飞不顺从高宗意愿,执着武力北伐抗金，更使赵构恼火不已。到了绍兴十年（1140年），南宋对金抗战经过岳飞等军民努力，战场形势得到根本扭转，与金议和资本已足，金人又明确要求南宋停止北伐，杀掉岳飞以成议和的条件，岳飞成了他眼中真正的危险"内患"，便采纳秦桧等人建议，勒令岳飞迅速撤军，又见秦桧与金人议和将成，为了铲除功高权大的岳飞，保住自己东南半壁江山的统治权，令秦桧等人绕开宋朝正常的司法渠道，以诬告栽赃的办法，不仅要杀死岳飞，还把原来秦桧上报的岳云徒刑三年，改为绞死，予以斩草除根。

第三，栽赃嫁"罪"，制胜之计在其中。

无中生有之计的实施，有一个由造假制赃，再栽赃嫁"罪"，然后罪敌败敌的过程。造假制赃的目的，是要把这些"赃"转嫁到政敌的身上，使其蒙罪，陷入被动无力还手的祸地。就栽赃嫁"罪"而言，亦有许多手段方法。试举几个常用手法。

1. 生事阴陷，诬罪他人

无中生有之计在于能够生"有"，这个有则在"无"中生，故此要将无与有结合起来，使人能够宁可信其有，也不信其无。

事例：武则天生事阴陷王皇后

武则天是唐朝前期为乱宫廷、善于弄权的一个有名人物。她为了谋夺皇后之位，构陷并杀害高宗王皇后、萧淑妃，排除长孙无忌等异己重臣，杀死亲子李弘、李贤，高宗时称天后，后来干脆以武周代唐，废子为王，自己做了神圣皇帝。武则天的得势，依靠一步步设计弄权。王皇后之被废，即是明证。

亢龙有悔跃于渊

贞观十一年（637年），十三周岁的武则天因美貌绝伦为唐太宗所闻，选入宫中立为才人，赐名武媚。二十三年（649年），唐太宗逝去，武媚被送到感业寺削发为尼。次年，继位的唐高宗至感业寺烧香，巧遇早结情丝的武媚，两人相泣而别。唐高宗的王皇后此时正为与萧淑妃争宠而苦恼，便乘机把武则天迎入宫中，试图利用武氏牵制萧淑妃。武则天姿色出众，才貌双全，诗史文章都会，入宫之后，先是屈身忍辱，想尽办法讨好王皇后，果然王皇后在高宗面前数次说起武则天的好话。迎武氏入宫，本来是高宗的心愿，王皇后的帮助，做了他所不便做的事，加之皇后的诚心称赞，不久，高宗即升迁武氏为正二品的昭仪，专宠日隆。

王皇后的算盘拨错了珠子，高宗日益专宠武氏，使王皇后大为后悔，便又联合已失势的萧淑妃，转而对付武则天。两人不断诉告武氏的坏话，可惜移情武氏的高宗对她们的"马后炮"已是爱搭不理，置若罔闻了。

武则天本来就聪明过人，皇宫中的把戏，岂难得住她。使高宗心无旁骛、集宠一身是一方面本领，但她知道，更重要的，是要彻底铲除竞争对手，自己的地位才能巩固。武则天开始大耍手段，先是买通左右，发展势力，凡宫中与皇后、淑妃有隙的人，都拉拢过来，把自己受赏赐的物品分给他们，让这些人随时报告王皇后、萧淑妃的一举一动，从而掌握情况，寻机下手。

王皇后是高宗父亲唐太宗亲自选定的，又是唐高祖同母姊妹的侄孙女，与当时朝中据有实权的关陇集团人物长孙无忌、褚遂良等关系密切，武则天的谗言，暂时还没有使高宗产生废后去王的想法。武则天是个不甘人后，一心想当皇后，唯我独尊的女人，高宗对自己的一时宠爱，并没有平衡她的心理。她决定不惜代价，实现自己的目标。

一天，王皇后去武则天处礼节性看望武则天的女儿，皇后性厚，对武氏新生之女颇为爱怜，好一番逗乐抚弄后，才离去。武则天见状，心生一计，先是扼死女儿，用被子盖好，然后在外室与刚来的高宗谈笑风生，装出一番若无其事状。高宗要看女儿，武则天领之至床前，揭被一看，女儿已无气息，武氏便号啕大哭。高宗心痛，一边安慰武氏，一边询问左右有何人来过，左右侍人均说只有皇后刚才来过，高宗一听，不辨真伪，大怒"后杀吾女"。武则天乘机泣告王皇后的坏话，数其罪状，王皇后有口难辩，无以自明。高宗怒而生厌，由此决定废掉皇后。

在君主专制制度下，皇后的册立废黜，不仅关系到一姓家族的利益，同时还关系到统治集团内部政治权力的平衡。高宗想废王皇后，就不能不顾忌到由此引起的利益冲突、权场矛盾。王皇后出身名门，背靠朝中关陇势力集团力量，轻易黜之，做起来并不容易。高宗偕武则天，带大量礼品前至长孙无忌家中，借口皇后未生有儿子，想废之。长孙无忌是唐初开国功臣，高宗的舅舅，又是太宗遗嘱辅助高宗理政的顾命大臣，对高宗的话，长孙无忌"顾左右而言他"，不软不硬地婉拒。后来武则天的母亲也去说情，长孙仍不表态。朝臣许敬宗再去劝说时，长孙干脆一顿训斥。

高宗谋争长孙无忌的支持不成，转而求助于另一些臣僚，中书舍人李义府打听到高宗想立武则天为皇后的消息，立即上表建议："立武昭仪，废王皇后，满足臣下的愿望。"高宗见表，立召李义府入朝，不仅赐宝珠一斗，还拔擢李为中书侍郎兼宰相。卫尉卿许敬宗亦表示支持废后立武氏，这些人都想通过拥立武则天，作为自己进身之阶，为他日飞腾官场，求取高官厚禄作投机。

到了永徽六年（655年），废后问题在唐朝廷中引起了激烈争论。除长孙无忌坚持反对外，褚遂良当面顶撞高宗，认为皇后出身名门，又是先帝选定，无什么过错，轻易废掉，就是对先帝的不敬。褚遂良甚至公开挑明："陛下必欲易后，伏请妙择天下令族，何必武氏。"大臣来济也主张立后"必择礼教名家，幽闲令淑"。宰相韩瑷上疏，以商纣宠妲己至殷亡，幽王宠褒姒使周灭为史鉴，劝告高宗不能做遭后人讥笑的事情。褚遂良在廷争时，还弃笏殿阶，以表示宁愿不做官，也要反对废后立武，惹得高宗大怒，帘后听政的武则天更是咬牙切齿，不顾场面，高声喊叫，要高宗杀了褚遂良，多亏长孙无忌说情，以太宗遗嘱顾命大臣，有罪不加刑为由，才使褚遂良得以保全。

高宗坚持废后主张不久就得以实现了。开国功臣之一、握有军权的李勣，明哲保身，以废立皇后为皇上的家事，"不必问外人"，表示同意高宗主张。许敬宗在朝中四处宣扬舆论，叫嚷"田舍翁多收十斛麦，尚欲易妇，况天子欲立后，何豫诸人事而妄生异议乎"。李义府、崔义玄等人均为之响应。不久，反对废后的褚遂良被贬为谭州都督。当年十月，高宗正式下诏，王皇后、萧淑妃废为庶人。十一月诏令又出，立武则天为皇后。武则天终于如愿以偿了。

武则天生事阴陷，致王皇后丢了宝座，这只是武则天目的所行的第一步。只要王、萧两人还活在世上，就是对自己的威胁。武则天非常清楚，一旦废王皇后的阴谋被识破，自己的处境就会危险。何况高宗有次去探视王、萧，居然还以皇后、淑妃相称，甚至表示要重新处理囚禁之事。武则天旋即命人前去棍打王、萧两人，又砍去两人手脚，置身入酒瓮中，令之骨醉。两人受此残酷折磨，即刻死去。临死之前，萧妃咒骂武则天："阿武妖道、狡猾，但愿来世为猫，她生做鼠，活活咬死她。"武则天终于除去了对手，只是从此失去了养猫的习惯。

王皇后死后，贪权的武则天又废了太子李忠，立了自己的儿子李弘为太子。接着指使人诬陷反对武氏的长孙无忌，长孙被削去职位封邑，直至被赐死于贬地。褚遂良连续被远贬，直至荒远天涯之地，他的两个儿子也被牵连入网，均在贬斥途中被追杀。王皇后的舅父柳奭被贬到象州，也被杀死。直至朝廷之中反武氏势力基本被消灭殆尽，才暂罢手。

后宫，历来是专制政治激烈斗争的交会点之一，武则天被高宗看中，因为皇后的帮助而得以入宫。老于世故，精通人情的武则天，不可能对王皇后迎其入宫的动机不清楚，故此先奉承于前，一旦为高宗专宠，就横下心来施展起计谋。做过太宗才人的武媚娘，当然知道王皇后在朝中的分量，及其背靠的关陇势力集团。对这样一个强硬的对手，又被太宗称为"好儿媳"的王皇后，轻易下手，借机寻隙是很难的，所以只有采用阴毒的手法，就是要无事生非，制造事端，栽祸于皇后之身，使之有口难辩。

实施无中生有之计，关键要掌握好两个条件：第一个条件，能以空无真正地做到迷惑对方。武则天巧妙布置，乘王皇后来探视亲女，高宗接着来探的当口，自残其女，使高宗坚信不疑，一定是王皇后"杀吾女"。王皇后被栽赃，跳到黄河也洗不清。高宗被诳骗,由此下了废皇后的决心。第二个条件,适时做好由无生有,变虚为实的转变。武则天栽诬王皇后只是计谋的第一步,贪权的武氏最终目的是要以此为进身铺道,废皇后,自立为后,才是真正的目标。武则天抓住机会,使高宗亲自出面为之活动废后,在遭到长孙无忌、褚遂良等人抵制后,转而寻找另外力量,以急于升官的许敬宗、李义府等打前锋,以这些人的力量牵制反对派,直至逐退反对派。当高宗下诏,正式废去王皇后、萧淑妃,自己爬上皇后地位,武则天又施斩草除根之法,诛杀王、萧两人,彻底断绝自己的对手东山再起的可能性。又贬逐追杀长孙无忌等人,直到这些敌对势力客死远荒为止。武则天的计谋运用是成功的,只是阴毒过甚,世间难找。

事例:骊姬下毒计杀太子申生

据《左传》记载,鲁僖公四年(前656年),晋献公夫人骊姬对太子申生说:"你的父君梦见了你的母后齐姜,你要赶快去祭祀你的母后!"又对申生说,回来时要把"胙",即祭肉、祭酒献给父君晋献公。太子申生是个忠厚老实之人,听骊姬一说,立即去了曲沃祖庙作祭礼,不久返回晋都,申生把"胙"献给父亲。时值献公在外打猎,骊姬收下祭肉等物品放入宫中。六天之后,献公田猎归来,这时骊姬偷偷在申生所献酒肉中下了毒药,然后让宫中宰人呈上胙肉祭酒。献公正要进口,站在旁边的骊妃急忙说:"胙肉等是从远地送来的,应当先试验一下才好。"于是把祭酒泼到地上,地上顿起水泡。又把肉丢给狗吃,狗当场死亡。又令一宫人吃肉,宫人亦断气身亡。可见祭肉及酒都是有毒的。

骊姬见状,首先放声哭泣,一边哭,一边对献公说:"这是太子申生下的毒药，有意要谋杀贤君啊！"晋献公闻声大怒，下令传唤太子申生。申生赶紧逃到新城（即曲沃），献公便杀死太子的师傅杜原疑，杜在临死前捎话太子："死不迁情，强也；守情说父，孝也；杀身以成志，仁也；死不忘君，敬也。孺子勉之！"当时有人劝说申生，可以向父君说明事情经过，或者去别国避一避风头。申生以为，父君既然没有明察自己无罪，儿子就不能身负陷害君父之罪逃到别国避难，何况也不会有哪个国家收留自己。正在申生为忠孝伦理观念自扰的时候，骊姬又假装前来看望申生，并对申生说："能忍心杀死父亲的人，怎会治理好百姓呢？既忍心杀死自己生父，却又要讨好百姓，这样的人，谁会说他好呢？你做的事情是人人反对的，不会活得长久的！"骊姬的构陷栽赃，申生自认没有办法申明，便按照师傅杜原疑所嘱，同年十二月戊申日，在新城自尽身死，以明心志。

　　以上事实可以看出，骊姬为除太子申生，明显施展了无中生有之计。故意设计让申生祭祖，借申生带回福物"胙"献给晋献公，献公外出未归，而由骊姬保管的机会，乘机下毒，又假装为献公安全着想，试验其是否能吃。有没有毒药，骊姬当然是最清楚的，设计出假象，是要迷惑住献公，造成献公怒火中烧，要治罪申生，为下一步自己害死申生找到了一条顺理成章的理由。申生又是一个恪守忠、孝、仁、勇伦理思想的人，自认仁不怨君，智不重困，勇不逃死，却丝毫不考虑是谁使自己不仁、不智、不勇。当骊妃为促其早日自尽，以话激其自杀的时候，很快引颈自尽。

　　骊姬下毒构陷，计除申生，是晋献公时期，围绕立何人为继承人争权斗争的继续和发展。晋献公最初的夫人是贾侯之女，可是这位夫人没有生子。又娶自己亡父的爱妾齐姜为夫人，结果生下一对儿女，儿子即太子申生，女儿后来嫁给了秦穆公。另外，晋献公还娶有两名戎狄女子，大戎狐姬生下公子重耳，小戎生子公子夷吾。骊姬是鲁庄公二十二年（前672年），晋伐骊戎时，骊戎君敬献给献公的两名美女之一，骊姬为姐，另一位是她的妹妹，嫁献公后生下卓子，骊姬生公子奚齐。骊姬本是个乖巧聪明的美貌姑娘，刚嫁时涕泣沾襟，但高贵的后宫生活，很快使她脸上绽开笑颜，甚得献公宠爱。生下儿子后，她就想利用专宠地位，立自己的儿子奚齐为太子。

　　为了达到此目的，骊姬先是贿赂受献公信任的大夫梁五和东关五，两人本为奸佞，人称"二五耦"，讥讽两人狼狈为奸状。他们果然接受骊姬指使，对晋献公巧言："曲沃是贤君的宗邑，蒲（今山西隰县西北）、二屈（今山西吉县境）是贤君的两座边疆重地，必须有亲信镇守。守邑之地如无人管理，就会引起戎狄的野心，一旦如此，百姓就会怠慢国家的政令。如果用太子主管曲沃，重耳在蒲，夷吾在二屈分别镇守，就能让百姓感到贤君的德威而敬畏，戎狄会因之害怕。这也是显扬贤君的功劳政绩。"晋献公听信"二五"之言，同年夏天就派太子和重耳、夷吾分守各地，其他公子也被派往边疆等地，只有骊姬姐妹的两个儿子奚齐、卓子留在都城。

　　骊姬调开了太子等人，乘着整日伴君左右的机会，曲意讨好献公，使献公产生立奚齐为太子之念。同时采取欲擒故纵之策，佯誉太子，先说太子的好话，称赞太子仁义慈爱，很得民心，又说不能让献公迷恋自己而影响国事，请求献公杀死自己，免得太子申生加害献公。骊姬赞扬太子申生功劳，以此刺激献公，挑起了献公对申生的反感，自立的太子变成了他心目中醉心篡权夺利的不逞之徒。

前661年，晋军伐耿、霍、魏等国，凯旋回国，论功行赏的时候，只为下军统帅太子申生修曲沃城墙，却把魏国封给毕万、耿国封给赵夙。毕、赵打仗时，只是献公兵车的御者，仗后封给大夫和封邑，两相比较，连大夫士芳都看出了门道，感叹道："太子申生以后不能被立为君主啰！因为既然封给他都城，却让他居卿的地位，先给他最高官位，后来又把他职位降得很低，又怎么会立他为国君呢？"他认为申生不如逃生，免得将来祸害临头。

前662年，晋献公又派太子征讨赤狄，大夫里克建议，太子是负责祭祖先社稷、侍奉国君起居饮食的人，率军作战之事，应属于国君和正卿的责任。太子作为君主的嫡传继承人，是不宜让他领兵打仗的。献公不听里克的劝谏，甚至说："寡人好几个儿子，还不知道立谁为太子呢！"申生这时也知道自己地位微妙，就问里克，是否会马上被废去。里克认为，没有任何理由来废立太子。"只怕不孝，不怕不被立为太子。进修自己的品德，不去责怪别人，就能免除灾难"。

大夫里克之论太过于乐观，一心想立亲子奚齐为太子的骊姬，不是靠品德修养就能吓退和免灾的。在政治权力之争中，更讲究的是计策和阴谋，何论仁义品德修养？不到五年，骊姬看到长期的居间挑拨已经在献公身上奏效，而又找不出更好的理由借口废去申生太子，便干脆与朝中心腹定下计谋，无理由找理由，无事生端，凭空构陷，终于逼死太子。不久又诽谤两位负有贤名的公子重耳、夷吾，诬告两人参与申生下毒阴谋。结果重耳逃到狄国，夷吾避难梁国，奚齐终于被立为太子。

2.巧设圈套

设置诱使政敌的圈套，使他们在不自觉之中上当，并以此迷惑欺骗政敌的上司，使其信以为真。政敌因为上了圈套，留下把柄而又无法自明，因此被上司疏远、治罪。

事例：贾南风以酒为谋计废太子

贾南风以奸诈凶狠闻名西晋后宫，也是引发"八王之乱"的祸首之一。晋武帝时，她因父亲贾充居开国功臣之位，又矮又黑的南风才得以入选，立为太子司马衷妃。司马衷本是个白痴，他对心毒手辣又多权诈的贾南风畏惧不已，基本上被贾氏操纵。

太熙元年（290年），晋武帝病逝，太子司马衷继位，为晋惠帝，立贾南风为皇后，立司马遹为太子。

太子司马遹是惠帝司马衷与宫女谢玖所生的儿子，谢本为晋武帝宫中才人，司马衷纳妃之前，武帝担心儿子年幼，不懂房中事，派谢玖去东宫侍寝，由此怀孕。俟到贾南风入宫立妃，谢玖因遭贾妃所忌，请求返回西宫，才平安生下司马遹。司马遹少小聪颖，一天夜里，宫中失火，晋武帝要上楼观望，他扯住祖父衣服，拉其到黑暗处。武帝问其故，他答曰："黑夜救火仓猝之间，秩序很乱，应防备于万一，免得火光照见祖父，被坏人窥见，乘机不轨。"乐得晋武帝连连称奇。又有一次，司马遹随祖父察看猪圈，对祖父说："猪已经养肥，为什么不杀了猪，来享士人，却让猪久费五谷，白白浪费掉粮食呢？"诸此小事，都合晋武帝心意，公开对朝臣称赞，夸之能使司马家族兴旺，还说司马遹的相貌酷似宣帝司马懿。晋武帝由此垂目皇太孙，爱屋及乌的结果，也打消了后期想废掉不能胜任的儿子司马衷的主意。晋武帝了解贾南风性忌凶，司马遹非其所生，便安排司马衷同母弟司马柬、司马玮、司马允等人，镇守要害之地，钳制贾妃势力。

贾南风是个生了四个女儿、一直未生男儿的皇后，所以非常嫉妒谢玖生了司马遹，而司马衷也是过了三四年后才知道有司马遹这个儿子。对司马衷的其他妃嫔宫女，只要听说怀有身孕，贾后就令人用戟痛打，必使之流产才罢手。后来，贾后又想了一个主意，把自己打扮成怀有身孕之样，暗中把妹妹的孩子抱入宫中，起名祖慰，对外称是为武帝丧居期间所生。贾后的目的，是要立祖慰为太子，废除原太子司马遹。贾南风要废太子，其意亦为晋廷中人所共知。当时洛中即有民谣传唱："南风烈烈吹黄沙，遥望鲁国郁嵯峨，前至三月灭汝家。"司马遹小名"沙门"，贾南风父亲贾充曾封为鲁郡公。（贾）南风烈烈吹沙，嵯峨鲁郡要灭（司马）门，即是暗示贾后要下毒手夺权。朝中一些佞人，焉有不懂贾后心思的，贾谧即其中之一。贾谧是贾南风妹妹的儿子，本姓韩又过继给贾家立为贾充的孙子，改姓贾。他经常入宫与太子游玩，司马遹性情刚烈，对贾谧厌恶之情不加掩饰，结果贾谧就经常到贾南风前诉苦，说太子敌视贾家之人。后来贾后礼聘王衍美貌的女儿为贾谧妻，却把长相不济的小女儿聘为太子妻，太子心中不平，在贾谧前言及。贾谧马上报告贾后，夸大其词说："太子有废皇后之心。"

贾南风哪能容忍太子有谋己之心，便加紧废除太子司马遹的步伐。先是四处大造舆论，诽谤太子的德行。当时洛阳城中童谣

亢龙有悔跃于渊

传唱："东宫太子莫聋空，前至腊月缠汝发。"好在太子固执，并不为别人的提醒所动，方便了弄权的贾后。

元康九年（299年）十二月，贾后果然动手了。她先诈称皇上要召见太子，将太子骗入宫中。太子入见，并没有见到皇上，却见贾皇后的侍女陈舞端酒三升，及一盘大枣而来。陈舞说："这是皇上赐给太子的，请务必饮尽。"太子见盛酒太多，推辞说不能尽饮。贾皇后从远处发话："你平日在父皇前喝酒爽快，为什么现在不喝呢？这是皇上赐的酒啊！"太子再一次婉拒，说皇上马上召见，喝酒太多误事。侍女陈舞上前强劝："不孝啊！皇上赐酒竟然不饮，难道酒中有不洁之物吗？"司马遹无法，只得勉强，饮完三升酒后，已是神志不清，摇摇摆摆。贾后拿出事先准备好的，以太子口气，实为心腹伪撰的一篇祷告文字，要太子抄写，诈称皇上所令，等着使用。太子已是酒醉迷惑，不辨内容，好一会儿才抄录完毕。

贾后见太子抄毕，立即呈给晋惠帝，惠帝拿来细看，只见文中写道："陛下宜自了，不自了，吾当了之。皇后亦当自了，否则吾当亲手了结。已与谢妃约定共同举事，不要犹豫不决，招致后患。将立道义为王，美人为后。事成，吾将三牲祭祀北君，大赦天下……"惠帝阅后，怒火中烧，旋召群臣入见，把太子所写示群臣，并说："太子所写大逆不道，要赐死。"此时，侍中张华劝惠帝不能轻易结论。尚书右仆射裴頠认为要核对笔迹，以防有诈。贾后见状，又假托长乐公主传话说："事宜速决，群臣若不从诏，宜以军法论处。"惠帝意在赐死，但张华、裴頠力保，贾后见机会将失，变动主张，奏请免太子为庶人，愚痴的惠帝立即诏准。

于是迁太子、王妃及其三子至金墉城，太子母谢玖则被拷打至死。次年三月，贾后让太医配制毒药，送至囚禁太子的许昌宫逼太子服吃，太子不从，被来人用药杵活活打死，时年二十三岁。

皇后贾南风杀死太子司马遹，是西晋宫廷中为争夺皇位继承的一场纷繁残酷的宫廷政治斗争。贾南风虽贵为皇后，但有无子之痛苦，为了永久巩固自己的地位，私下抱其妹妹之子入宫。但要让祖慰为嗣，就必须先废原太子司马遹。司马遹少小聪慧，在朝中早有好名声，贾后便先造谣中伤，以诽谤法，制造废太子的舆论。舆论有了，但太子仍在，如何除去太子？工于心计，又多权诈的贾南风，实施了无中生有，构陷栽赃之计。先把太子诳入宫中，大灌其酒，待其酒后迷惑，让太子抄录草好的文章，终于拿到了定罪陷害的证据。至此，贾南风完成了无中生有计谋的第一步，即凭空生事。第二步，贾皇后利用愚痴的丈夫晋惠帝，拟赐死太子，除去障碍。张华等人对太子的力保，打乱了她的如意计划，贾皇后及时转变，变赐死太子为废为庶人，虽然暂时太子还活着，但废去太子的目标已经实现。在此步由虚转实、由假成真的转化中，贾南风不愧为权变老手，裴頠要核对太子的笔迹，以防有诈，差点揭穿了贾南风的画皮。幸亏皇帝是个白痴，已为她所控制，她的"废太子为庶人"的奏请及时而乖巧，聪明的太子只好坐着粗糙的牛车至囚禁之处了。

无中生有之计在政治斗争中的手法很多，计谋的精髓，常常被政治家、阴谋家们领会后加以变通，变化创造出新的手法花样。如中国古代君主用牵强附会、生搬硬套之法，屡兴文字狱。政治权力对文化的直接干预，是君主专制政治的表现方式之一，政治上的独裁与文化上的绝对专制往往紧密相连，通过思想文化的控制，以维护君主的绝对权威。大兴文字狱，就是思想文化控制的一个例证。专制君主往往从文化人的文章中，吹毛求疵，横加挑剔，断章取义地妄加解释，制造文祸。如清时浙江文人徐述夔，写有《一柱楼诗》，其中有"大明天子重相见，且把壶儿搁半边""明朝期振翮，一举去京都"等诗句，这样一首咏景物之诗，被乾隆皇帝认为是嘲讽满清，心向大明。理由是"壶儿即胡儿"，意含诽谤；又不言到清朝，而言"去京都"，含有兴明去清朝之意，所以该诗语多"悖逆"，是"罪大恶极"，结果下诏，无中生有地加罪名于徐述夔身上，令戮其尸，他的孙子被杀，校刊者也被连坐处死。异族皇帝如此，汉族出身的皇帝也毫不逊色，朱元璋命中书詹希原书写南京太学集贤门门匾，詹希原书"门"字时，末笔微微钩起，朱元璋则疑心詹希原有意讽刺自己"闭门不纳人才"，下令把詹希原斩首。

三、造假逼真　计谋远胜刀兵

无中生有之计，因为其特征、内涵、效能与众不同，往往在刀光血影之外，致敌于被动，使其蒙罪陷祸，家破人亡。故此在中国历史上的政治斗争中，经常看到此计的频繁使用，其应用范围非常广泛，专制君主、官僚群臣、宦官外戚、豪强士绅，政治家、野心家、阴谋家，凡涉及政治角斗场上的一切势力集团、宗派群体，为了达到特定的政治目标，实现自身不可告人的目的，都实施和应用此计。就其常用范围来说，更多的是在统治阶级内部使

用。其一般的应用范围,主要有:

第一,敌对国家之间的使用。

在中国古代社会中,虽然多民族大融合的统一国家是历史发展的大趋势、大潮流,但分裂割据、相互对峙的众多政权各自存在的时间也较长久,无中生有之计,也被统治阶级用到国家之间的政权竞争之中。如楚汉相争时期,刘邦用陈平之计,设置圈套,伪造范增与己相通的信函,离间项羽与谋臣范增,最后使项王逼走范增,为刘邦击败项羽奠定了关键的一步。又如《韩非子》所载故事:郑桓公准备袭击郐国,出兵之前,设计了一招无中生有之计。他先广泛搜罗郐国豪杰良臣、辩智果敢之士的名单,然后把郐国境内的良田,以及官职爵位写在这些人的名下,且郑重其事地设坛于郭门外,把赏赐的功名簿埋在地下,"衅之以鸡豭,若盟状"。郐国国君不知是圈套,以为这些功名册上的人与郑国有串通,郐国内难将发,便尽杀名册上的良臣勇士。不久,郑桓公顺利地向郐国进兵,攻取了郐国。以上故实,实际上都是制造虚情假情,通过迷惑敌国的君主,或是要除政敌的上司,诱之上当受骗,以根本不存在的虚情,挑拨离间,最后达到削弱敌国的目的。

无中生有之计在敌国之间使用,要点在造假要逼真,并且对敌国内情有充分的了解,尤其是对受诳骗敌国君主的性格了解,再辅之以其他计谋的使用、配合,如借刀杀人之计等,则此计的运用成功就有很大把握。设计、用计,贵在用智,智高则计谋实现的可能性就大,从这点来讲,无中生有之计在敌国之间使用时,无论是弱国对强国、强国对弱国,或是势均力敌的国家之间使用,要求都是一样的。区别在于弱国对强国使用时，选择的诬陷栽赃对象、把握的时机要更准确，要求则更高，否则弄巧成拙，反而送给对方侵伐自己的借口。

第二，在君臣之间使用。

政治计谋的使用，并不是哪一个人或社会集团势力的专利，中国古代君主专制特征的政治环境，造成政治斗争极其错综复杂，君主专制和官僚政治的存在，使政治计谋在君臣之间、官僚之间极有市场，君主有驭臣之术，臣子就有弄君之术，官僚之间相互攻讦、争权夺利，更是须臾不离计谋。

法家集大成者韩非，在大声疾呼君主要善用权术的时候，提出"君臣上下一日百战"，指出君主与臣僚之间有着必然的矛盾冲突。中国古代的君主专制政治有两个公认的特征：一是君主对权力控制的绝对性。《商君书·修权》曰："权者，君之所独制也。"专制君主拥有整个国家的最高立法权、司法权、行政权和支配社会财富、军队各方面权力。二是独断性的特征，权力只能君主一人专有独裁，不可转让，终身至死。以上两个特征说明不允许有任何凌驾于君主头上的权力存在，而日夜提防着臣下对君权的"犯上作乱"。中国专制君主由于孤独至尊的特殊地位，常常被一种危机意识所困扰，促使他们神经质似的猜忌和防范别人：能够"覆舟"的百姓，功劳卓著的功臣，擅权的宦官，干政的外戚，后宫的女祸，四裔的外患，等等。就其担心出现的危险性来说，主要是君权旁落和改朝换代，能够导致以上两种局面出现的"人臣"中，就有君主每日见面的朝臣。皇帝与朝臣之间，既有一致的利益所在，又有冲突矛盾的存在，对擅专大权的权臣以及屡立殊功的大臣，君主向来的态度是缺乏信任感地猜忌防范，并不惜使用各种政治计谋予以限制、控管，一旦发现有碍于君主位置的稳定，或者是触犯君主的权益，则毫不手软，予以罢黜斩杀。在君主的"责臣之术"中，就有一个通过栽赃诬陷、罗织罪行的手法，君主把各种"莫须有"罪名，强加功臣、权臣头上，然后名正言顺地诛杀"乱臣贼子"。如赵构指使秦桧罗织罪名，杀岳飞、张宪等人。一些权臣，在不可抑制的政治野心膨胀下，也会垂涎于君主随心而治的权力，尤其是在皇权旁落、朝廷力量内空而自己势力坐大、羽翼已丰的情况下，就会施用各种手段达到取而代之的政治目的，或发动政变，或用计谋废旧君，拥立自己控制的傀儡皇帝等。桓温以无中生有之计，栽诬晋废帝司马奕即是一例。

第三，在臣僚之间使用。

政治计谋向来以统治阶级内部作为主要的表演舞台。中国君主专制政治造就了从上而下庞大的官僚机构及其臣僚队伍，生活在这样一个被马克斯·韦伯称为"失去人性的"等级层次中的臣僚们，就其心态来说，"国家的目的变成了他的个人目的，变成了他升官发财、飞黄腾达的手段"，为了追逐皇权之下有限的政治权力，维护和巩固自己的既有权力，获得更大的权力，互相之间钩心斗角、尔虞我诈，展开了你死我活的政治角斗。唐朝的权相李林甫，可以说已爬到了官僚位置的最顶层，处在"一人之下，万人之上"的宰相之位，仍不甘"寂寞"，有意设陷阱，使同列相位的李适之不知就里，向玄宗倡言开华山金矿，结果被李林甫愚弄，失去玄宗的信任，不久罢相。明代严嵩专权，以权谋私，无中生有，倾轧对手，被列入《奸臣传》，传中还有胡惟庸、陈宁、陈瑛、马麟、赵文华、鄢懋卿、周延儒、温体仁、马士英、阮大铖等，他们"内无阉尹可依，而外与群邪相比，罔恤国事，职为乱阶"，都是善于使用无中生有之计的高手。

第四，在皇朝的后妃之间使用。

庞大的后宫是君主专制制度的产物。《周礼·昏礼》记载："天子后立六宫，三夫人、九嫔、二十七妇、八十一御妻，以听天子之治。"随着君主专制制度的发展，后宫制度也同外朝的官僚制度一样，逐渐确立、完善起来。在外人的眼里，神秘难窥的后宫，妃嫔宫女都被划分等级层次，上下尊卑，排列有序。皇后则是后宫中等级最高的。皇后在后宫之中的尊贵位置，既引起了无数宫人的羡慕，也会遭到其他宫人的妒恨和排挤。后宫等级制度的维系，依赖于专制君主感情的变化，即使是今日之皇后，一旦君主移情别恋，就可能成为明日黄花，弃置一边。相反，宫人一朝被君主幸宠，则青云直上，高居显贵。故此，维护和争夺君主帝王对自己的专宠权，是后妃之间相互斗争的主要内容。为了争宠夺爱，后宫中的妃嫔们在搏斗竞争中无所不用其极。西汉时的吕后，为了报复高祖刘邦的宠姬戚夫人，把她做成"人彘"，斩去手足，投入酒瓮之中，可谓残暴不让君主。唐武则天，为去除王皇后，独占高宗李治，取得永久的专宠之位，不惜生事阴陷，手杀自己的亲生女儿，再栽诬嫁罪王皇后，最后自己坐上了皇后之座。

四、阴损狠毒　奸邪毁誉欺诈

在中国古代的政治斗争中，各种计谋权术的频繁使用是屡见不鲜的常态。无中生有之计，作为三十六计中的第七计，敌战计的首计，被广泛应用到对敌政争之中，并且显示出其特有的功能效果。其基本特点是：

第一，目标的明确性。

无中生有之计，以凭空生事、造假制赃为起步，目的是把所制之赃强加在要攻击的政敌头上。无论是制赃还是攻击，都要目的明确，制赃栽赃都要围绕着政敌的特殊情况进行特殊设计。

第二，就实施过程而言，具有手段的卑劣性、行为的迷惑性、内容的编造性的特点。

无生有之计在实施过程中，无所不用歹毒，生事阴陷，栽赃嫁"罪"于人，为达到害人利己的目的，手段极其卑劣污秽。岳飞被酷刑拷打，加上"叛反"罪除杀。司马奕被加上床笫之上有"痿疾"，三个儿子是"杂种"的罪名。

内容的编造性，是指用计者在制赃过程中，为了达到击倒政敌，根据害敌的需要，随意地捏造编制假的证据事实。历史上的无数冤案，其冤之情，正是因为被对手所编制作伪，冤在"恶行"被强加于身，心有不服。明朝的杨涟、左光斗等六君子沉冤一案，即是明证。

行为的迷惑性，是指无中生有之计的设计者，其所造假事，所制之赃，都是为了迷惑特定的诳骗对象的，如政敌的君主、上司等，利用君主、上司的轻信、易惑心理，施行欺骗。"信而喜信人者，可诳也，惑之。"凡运用此计者，对诳骗对象的选择极为重要，如武则天诳惑高宗李治，贾南风计废太子司马遹，选择愚痴的皇帝司马衷等。

第三，就用计者的政治心态而论，无中生有之计具有主动攻击的特点。

无论是君主驭臣使用该计，还是朝臣之间、宦官外戚、后妃之间，以及敌国之间的斗争施用，都是在目的明确的情况下，主动用阴设计、造假制赃、凭空生事、制造假象，待到政敌上当，身陷被动挨打境地，施行无情打击。所以常常被当作一种主动进攻的计策予以采用。

第四，就该计产生的功效而言，其有致命性的特点。

无中生有作为一种极易奏效的攻击手段，一旦发动，对被攻击者往往造成致命的后果，使其或蒙受不白之冤，或身败名裂，或者被君主冷淡远逐，前途断失，或身陷监狱，难见天日，或者断头街市，全家全族株连。用计者利用自己的权势，配合其他计策的使用，栽诬必陷。作为被栽诬中伤者，遭攻击后，则只有被动挨打之份，很少有还手反抗的资本。用计者栽赃时，往往又暗中进行，假象迷惑，被诬者常常是在不知不觉中身陷圈套，对凭空而来的罪名，有口难辩，无以自明。加上用计者所迷惑的对象，一般为蒙冤者的君主，这些君主有的本来昏庸愚痴、容易诳骗，即使是一些精明贤君，也难逃被欺骗，很少能做出公正、客观的判断。专制君主为了保护权力的独断性，往往对朝官臣属抱有强烈的猜忌心理，对用计者所栽赃假证，往往又是从"宁信其有"，"不可信其无"的防范戒备态度，并不排斥诬陷栽赃的行为。正如商鞅所说："君好言，则毁誉之臣在侧。"专制君主既是无中生有、栽赃陷害行为的怂恿者，也是此行为的直接策划者。如宋高宗赵构罪死岳飞，武则天行告密风，都是历史的明证。

第五，就该计谋对中国政治产生的影响来说，具有危害性的特点。

无中生有之计，因其功效明显，在中国古代的政治斗争中广泛应用。君主用之，臣僚用之，外戚宦官、皇后妃嫔都不释其手。如此不讲政治道德，歹毒卑劣，阴暗、险恶计谋的盛行，严重地败坏了中国古代的政治环境，造成了一批奸邪欺诈的政客，使中国政治更加趋于黑暗、腐败。栽赃陷害者为了逞己欲、驰自情、谋私利，甚至置国家、民族利益于不顾，不分时间、地点地滥用此计，常常给社会带来灾难性的后果。如赵构、秦桧以"莫须有"罪杀岳飞，乃是自毁长城。

总之，无中生有之计之所以列在敌战计之中，都是针对敌对关系，对敌手当然不会留情，竭尽全力进行陷害，则是该计的重点所在。爱憎由心，雌黄信口，流言蜚语，腾入禁庭，造谣生事，也是使用此计者经常使用的手段。

暗度陈仓

——明修栈道 实欲乘虚而入

本计云:"示之以动,利其静而有主,益动而巽。"其大意为:故意采取佯攻行动,利用敌方已有主见而固守原地的时机,暗地里采取迂回偷袭,乘虚而入,出奇制胜。

"暗度陈仓"一语,即源出于楚汉军事相争时的一次著名偷袭战役。楚王项羽自封为诸侯之首,立刘邦为汉王,封于巴蜀之地。刘邦被迫入巴蜀时,用张良之计,烧毁了从关中到汉中的栈道,既防止了雍王章邯的侵袭,又外示自己没有争夺中原的意图,麻痹项羽,松懈其警惕。刘邦经过练兵休整后,于前206年,由大将韩信领兵东征。韩信出征前,先派大量兵士去修复已烧毁的栈道。栈道长达几百里,蜿蜒悬崖峭壁之间,非一两年之工所能完成,结果章邯不以为意,放心图他。韩信见佯动取得成功,不待栈道修好,领兵暗走故道,迂回攻下章邯所辖重镇陈仓,终于击败章邯,平定了三秦。

一、示之以动 利其静而有主

暗度陈仓之计与无中生有之计一样,也是根据《周易·益卦》

赵匡胤明里将兵抗辽,暗谋帝位

亢龙有悔跃于渊

逻辑推演的,"益动而巽,日进无疆",是益卦的象辞,全文是:"彖曰:益,损上益下,民说(悦)无疆;自上下下,其道大光。利有攸往,中正有庆,利涉大川,杉道乃行。益动而巽,日进无疆。天施地生,其益无方。凡益之道,与时偕行。"《诚斋易传·益》解释道:"巽以动者,动必进。故曰:益动而巽。"益是损的反面,巽是动,前进之意。大意是主动迂回进攻袭击,能增加益处,定有收获。

前计无中生有,也是用益卦推演的,但与此计所处的客观条件有异:前者是处于困境,施以制造假象的目的在于摆脱困境,寻机突围,而后者是以处于主动地位,施以制造假象的目的在于诱敌上钩,聚而歼之。就卦本身而言,无中生有之计是以益卦的三象占卜,而此计是以益卦的象辞占卜。象辞涉及面广,具体到暗度陈仓之计,只有"益动而巽"。以卦的上下内外言之,下卦震为动,上卦巽为风为顺;内卦为己,外卦为敌。以此演释,即己动而彼顺。就斗争双方言,隐含我主动而彼被动之意,若展开争斗,彼必顺我而动,尤其是施与假象,彼定上当,且主动配合,使我方最终取胜。

暗度陈仓之计,在军事上的应用,是指一种迂回偷袭的策略。古代军事家,非常重视征战中的奇正关系,认为战斗中的出奇制胜,正是来源于正常的用兵之道,所谓不明修栈道,就不能暗度陈仓。在这里,明修栈道是"正",暗度陈仓是"奇"。明修栈道作为一种"正",佯动之法,吸引敌方的有生力量,掩盖暗度陈仓的"奇",最后取得战争的胜利。

暗度陈仓的计策,移用到政治斗争中,则是强调在敌我双方政治势力的抗争中，按照常道，故意示以假的目标和进攻意图，吸引住对方的视线和有生力量，借佯动的掩护，暗中施行出其不意的偷袭，乘虚而入，获取胜利。

二、善动敌者　佯动而后定之

《孙子兵法·兵势》篇中讲道："凡战者，以正合，以奇胜。善出奇者无穷如天地，不竭如江河，战势不过奇正，奇正之变，不可胜形也。奇正相生，如循环之无端，孰能穷之哉？"孙子强调在纷繁复杂的战争中，军事指挥官应"斗乱而不可乱"，要调动敌人，"故善动敌者，形之，敌必从之；予之，敌必取之。以利动之，以卒动之。"善于用假象迷惑敌人，达到最后歼灭敌人的战争目的。战争是流血的政治，军事家们以沙场作为自己的阵地；政治是战争的灵魂，是政治家驰奔的战场。官场即战场，战争的运动规律同样适用于政治斗争中的政治家、野心家、阴谋家，暗度陈仓之计，被他们广泛地使用，其主要斗争手法有：

第一，佯动示假，创胜之计在其中。

战争之中的佯动迷敌之法，很早就被政治场上的政治家们转借移用。在与政敌抗争之中，不管对手是强敌、势均之敌，以及孱弱之敌，都要善用计谋调动敌方，既要学会使用"明修栈道"之法，制造虚假的情况，迷惑敌人，使政敌判断失误，形成错误的观念，创造我方后来发动袭击的隙机，又要使用"暗度陈仓"之计，在对手毫无防备的基础上，发起攻击，最终夺取胜利。

1. 树立假的攻击目标，发布假的攻击意图

暗度陈仓之计，就是要攻其不备，使对手不知道攻击的方向，为此就要明设攻击目标，暗行既定之计，起到出其不意的效果，这是争胜之本。

事例：赵匡胤明里将兵抗辽，暗谋帝位

后周显德七年（960年）正月初一，正当朝廷群臣在开封欢度新春佳节的时候，突然边塞传来警报，北汉、辽军将会师攻周。禁军最高将领、殿前都点检赵匡胤受命，倾后周大军出征，北上抗辽。大军行至离开封东北二十公里远的陈桥驿，一幕"黄袍加身"的戏剧开演了。

赵匡胤的弟弟赵匡义、亲信谋臣赵普，指使亲信高怀德，在将士中散布谣言："皇上幼弱，我们纵然拼死力打仗杀敌，也无人晓得，不如先立殿前都点检为天子，然后再行北征。"集聚一起的出征将士，很快被传言煽动起来，赵匡义、赵普乘机诱导："改朝换代，异姓兴王，虽说是天命，人心向背才是关系成败的关键大事，诸位将领如能严饬军士，勿使掳掠扰民，使都城人心安稳，则四方自然安稳。大功告成，诸位亦能共得富贵。"第二天凌晨，鼓噪一夜的众将领披甲执兵，叩门叫醒昨夜醉酒卧睡的赵匡胤，由赵匡义、赵普带领相继而入，共同要求："诸将无主，愿策立点检为天子。"赵匡胤故作惊愕状，起身下床，众人一拥而上，把准备好的黄袍披在赵匡胤身上，接着排列跪拜，高呼万岁。赵匡胤随之乘马领兵南返，要求众将士，"如要保富贵，须听从号令。回城后不得惊扰宫阙，凌辱朝贵，劫掠府库。听从者厚赏，违命者戮及妻孥"。大军衔命，旋返归开封，城中早有赵匡胤亲信重将石

守信、王审琦布置内应，后周满城文武，尚未从惊诧中回过味来，七岁的北周恭帝柴宗训，就被迫在正月初四日禅让帝位。次日，赵匡胤正式登基，改元建隆，称国号为宋，成了大宋王朝的开国皇帝，即宋太祖。

陈桥兵变，黄袍加身，赵匡胤逼恭帝禅让登皇位一事，并非《宋史》所称的赵匡胤为大军所迫，顺从而行的一次偶然事件，实际上是赵匡胤施行明修栈道、暗度陈仓之计，发动了一场一切皆在密谋策划之中的政变，而其谋主，就是赵匡胤本人。

赵匡胤祖籍涿州，世代为将，李姓唐朝政权崩溃后，看到纷乱的天下，正是豪杰四出的风云际会之时，便投军到后汉枢密使郭威（后周太祖）帐下，亲自参加了郭威代汉的兵变。后来又被郭威的养子柴荣调至禁军任职。在周世宗柴荣统一关中、征战淮河流域、北伐契丹等一系列战争中，赵匡胤身为将领，既谋划得体，又身先士卒，很得柴荣信任。特别是在954年随周世宗出征北汉、辽国一战，赵匡胤拍马向前，立下了赫赫战功。先后被拔升为殿前都指挥使，拜定国军节度使。后周显德六年（959年），周世宗因病重难治，着手布置后事，以朝中甚得人望的魏仁浦为枢密使，兼宰相、中书侍郎、同平章事；宰相王溥，加门下侍郎，兼知枢密院事；宰相范质，兼知枢密院事；韩通以侍卫亲军副指挥使，兼宰相职；周太祖女婿，世宗的妻弟张永德任殿前都点检。同年六月，周世宗猜忌张永德心蓄异志，把张削去军职，改任为宰相，而以禁军中由低职慢慢晋升的赵匡胤任殿前都点检，掌率禁军。世宗认为赵匡胤资历尚浅，不至于有胆量篡夺帝位，而朝中王溥、魏仁浦、范质等一帮老臣，文武相兼，可辅助新任皇帝。

周世宗是后周历史上一个有为的皇帝，执政期间，厉行改革，在经济、政治方面，相继采取了一些有利于稳固国家政权，统一中国的措施。如对中央禁军的加强，使殿前诸班精兵强干，改变了唐朝后期冗兵之弊，也使中央朝廷有了足够的武力来控制住地方藩镇。而正是在藩镇问题上，周世宗虑事有理，却识人不当，去了"前狼"张永德，迎来了"后虎"赵匡胤，不知道赵匡胤也是一个窥视帝王宝座已久的野心家。

显德六年（959年）六月，年仅三十六岁的周世宗因病英年早逝，七岁的儿子柴宗训继父嗣位，母后符氏亦是一个入宫时间不长的妇人。新王不谙人事，太后不习国政，孤儿寡母高居台上，面对复杂的内政外侮，只能求助于辅政重臣。恭帝上台后，诏命李重进兼淮南节度使；韩通兼太平节度使；向训为西京洛阳的留守；赵匡胤封开国侯，兼归德节度使。四方布兵，拱卫京师。既掌禁兵大权，又节制地方藩镇的赵匡胤，见到后周朝廷内虚严重，正是谋夺帝位的大好时机，便召集谋臣赵普、弟弟赵匡义一起密商，最后明察善断、处世周密的赵普出谋，设计了一个明修栈道、暗度陈仓的计谋。

赵普等人计谋的第一步是利用幼主上台，畏惧边患，急于稳固政权的心理，先令人伪造假情报，谎报边患紧急，朝廷必然要求助掌握军事大权的赵匡胤，赵匡胤因此可以名正言顺地率领朝中大部分禁兵出征，离开京都。这样既可以使赵匡胤避开朝中与自己地位资望相近的朝臣将帅，以及北周宗室王公、宰辅们的耳目，又可以转移朝廷视线，削弱朝廷军事力量，造成后周政权内部虚弱，攻之无力还手的状态。赵匡胤以禁军首领，率领大军出征，亦是国家遇边患时采取的通常做法，丝毫不使人怀疑。果然，当显德七年（960年）正月初一，突然从定、镇二州传来北汉、辽朝合兵南侵的消息后，宰相范质正沉浸在欢度春节的气氛中。军情火急，仓促间，他也不思量辽朝刚刚在一个多月前战败而归，人马困乏未解，哪能马上再度南犯？便召赵匡胤紧急商磋，赵当然顺水推舟，尽带朝中禁兵精华、心腹亲将，离京出征。至此，赵匡胤的以假情报迷惑对方，佯动掩护，造成对方暴露薄弱之处的目标达到，也为下一步回师突袭创造了条件。

　　赵匡胤北御辽寇本来就是假，大军的先锋殿前副点检兼镇宁军节度使慕容延钊，是赵的莫逆之交，所以慢慢腾腾地走到了陈桥驿，就借故停了下来。心腹高怀德受赵匡义、赵普指使，先在军中煽动，鼓动军心。又有赵普、赵匡义从中以富贵功名相许，兵士当然兴致高昂。等到将领兵士们被鼓动起来，赵匡胤又故意装作醉酒，示以被迫顺从军心的样子。实际上，如果前方真的军情严重，敌人进犯，作为大军统帅，怎能第一天出征，就逗留不前，沉湎于酒仙之中呢？何况禁军在军中喧闹一夜，声音嘈杂，他如果是一个赤心为国，一心御敌的将帅，又怎能容忍这种严重犯纪情况存在呢？故此，当众将领一致推之为首，黄袍披上身之后，他就俨然以皇上口吻下令，要求众将领唯命是从，归城后不得违纪扰民，侵掠朝廷的府库财物，听命者重赏，违令者诛及子孙。起事的将领士兵已上圈套，当然会绝对服从。赵匡胤安顿了禁兵，第二天突然回师开封。京师本来兵力空虚，留下的石守信等人亦是赵匡胤的亲信。恭帝柴宗训、宰相范质正翘首以盼赵帅的报功消息，意料不到赵匡胤回马京师，群臣毫无还手之力，只

亢龙有悔跃于渊

能束手就范。回师当天，恭帝被迫诏令，要效法古代尧舜禅让故实，让位给有上圣之姿，神武之略，功德具备的殿前都点检，赵匡胤假惺惺地到崇光殿受命接禅让书，后周皇帝的宝座几天之内，移到了自己的身下。

事例：伪言伐北魏，宋文帝巧杀顾命三大臣

南朝宋武帝永初三年（422年）五月，刘宋开国缔造者刘裕病逝，临终前遗命司空徐羡之、中书令傅亮、领军将军谢晦、镇北将军檀道济四人为顾命大臣，令共同辅助太子刘义符执政。徐羡之等四人，都是长期与刘裕浴血奋战的开国功勋，刘裕病逝前，特意把营阳王刘义符叫到床前，为他分析每个人的优劣："檀道济精于谋略，负有才干，无野心易驾驭；徐羡之、傅亮也不会谋反；谢晦参谋军机，善于随机应变，如果有异心者，肯定是他。"几天之后，刘义符登位，他原是个纨绔公子，做东宫太子时，就在宫内招致无赖小人，为此刘裕责之不成气候。即位后，正值父皇服丧期间，北魏乘刘裕刚死，乘机南侵。外有强敌，又居父丧，作为一国之主，理应勤事谨守，做好国家的楷模，可是他依然不改旧习，与侍从女人，嬉戏游乐，整天歌舞饮酒，禁宫鼓声远扬城外，百姓不得安宁，丝毫也没有皇帝的样子。大臣范泰等人劝谏，被置之一边。刘义符的所为，引起了顾命大臣徐羡之、傅亮等人的焦虑，他们开始密谋策划，废掉将会断送刘宋江山的刘义符，但是废黜了刘义符，照长幼次序，身为次子的庐陵王刘义真应当继位。

刘义真也是一个性情轻浮的皇子，当时做南豫州刺史，喜欢与谢灵运、颜延之、慧琳道人交游。谢灵运性情傲慢，为人好偏激,蔑视法令和世俗成规,徐羡之尤为厌恶他。谢晦早就认为刘义真德轻于才,不是做皇帝的料。何况刘义真曾当众说过:"如能上台,要让谢灵运、颜延之为相,慧琳为西豫州都督。"刘义真又向朝廷多次伸手要物,每次都被徐羡之等人适量裁减,已招致刘义真的怨恨。所以,刘义真也不能被立。徐羡之等人,利用刘义真、刘义符兄弟之间的矛盾,数列刘义真的罪状,贬其为平民,逐放到新安郡。不久,徐羡之等人,召邀在刘宋将军中负有威望的檀道济,以及江州刺史王弘入朝,共谋废刘义符事。

元嘉元年(424年)四月,徐羡之、檀道济等人,乘刘义符游乐疲惫酣睡中,冲进皇宫,收去玺绶,废其为营阳王,流放到吴郡,不久派人先后杀害了被废的刘义符、刘义真。同时,傅亮亲自领着文武百官,携着皇帝的法驾,前往江陵,迎接宜都王刘义隆入京为帝。

就在徐羡之、傅亮、谢晦等人自以为是为国黜昏立明,诚心辅助刘宋江山的时候,未料到杀身之祸就在眼前。

宜都王刘义隆时年十八岁,当傅亮带领百官浩浩荡荡到达江陵,呈上皇帝玉玺服饰,上表请求其还京继位时,开始非常犹豫,当即发布告示,口称自己无才无德,难负大任。现在只是暂回京师,乃是哀祭祖庙,再向朝中贤达陈述意见。对荆州府官要求称臣,改荆州各门名称等要求,也一概拒绝。后来又听说刘义符、刘义真相继被杀,更加疑虑,左右亲信纷纷劝说他不要回京。司马王华,有心借刘义隆攀登高位,极立怂恿刘义隆东下。他说:"先帝功盖天下,四海无不心服。虽然嗣主刘义符失德不纲,但刘姓人望未改。徐羡之、傅亮皆平民出身,没有司马懿和王导那样的

亢龙有悔跃于渊

野心，他们担负有托孤重任，位崇名高，谅一时不敢谋叛。只是畏惧庐陵王不会宽宥自己，担心自己今后被害，才痛下杀手。殿下仁慈宽厚，聪睿机敏，闻名于世，这次他们破格用隆重之礼迎接，也是想借机邀功求自保，所以说毫无根据的谣言不能当真。另外，徐羡之等五人，同功并位，谁也不肯服谁，即使他们中的个别人心怀不轨，企图谋叛，势必难成。被废的营阳王如果活着，他们担心将来被祸，因此动手杀害刘义符，这都是他们过去贪生怕死的缘故，怎敢一朝之间突然叛反呢？不过想手握大权以自固，奉立少主使自身被重视而已。"王华促刘义隆快马加鞭，赶紧入京都。这时长史王昙首、南蛮校尉刘彦之，也劝刘义隆东行进京。

刘义隆觉得王华等人分析得有道理，就说："徐羡之等人为顾命大臣，不至于背义忘恩。朝廷内外布满先帝的功臣旧将兵士，现有的士兵足以制住叛乱，如此情况不应再有怀疑。"刘义隆又妥善布置，以王华总管后方，留守荆州。本想以刘彦之为前锋开道保驾，后来考虑到如此将会刺激人心，易使徐羡之等人产生误解，乃以刘彦之镇守襄阳。

刘义隆决定东行入都后，召见傅亮。第一次见面，就使傅亮感到大事不妙。相见之时，刘义隆详细询问庐陵王刘义真、少帝刘义符被废杀经过，听后不胜哀恸，放声痛哭，悲痛之状，使左右侍臣不敢抬头举眼看，把傅亮惊得汗流浃背，不能对答。刘义隆前往建康路上，前后左右都用江陵兵将，傅亮所带文武百官及士兵，只能远离刘义隆的船队。刘义隆的中兵参军朱容子，手提佩刀，守卫在他所乘的船舱进口处，一连二十多天衣不解带，以防范万一。

元嘉元年（424年）八月初八，刘义隆抵达建康。初九日，接受百官推戴，承继皇位，是为宋文帝，改年号元嘉。上任伊始，文帝即开始布置削弱徐羡之、傅亮等顾命大臣势力的措施。

八月十二日，宋文帝下诏，谢晦由代理荆州刺史改实授，把顾命大臣中掌握军权的谢晦调出建康，削弱他的力量。荆州是刘宋政权战略要地，当傅亮逆江西上迎刘义隆时，乘其尚未进京，徐羡之以录尚书事、总领朝政的名义，让谢晦代理都督荆、湖等七州诸军事，兼荆州刺史，配备精兵精将，目的是防范万一，留下外藩据点。宋文帝让其由兼领改为实授，表面上看来是放虎归山，实际是考虑到徐、傅、谢等人群集京都，势力雄踞，动手不易，若强剥其权，易打草惊蛇，引起五大臣警觉，而在五大臣势强的情况下，甚至会打蛇不成，反受其害，未必能把谢晦轻意下职。十五日，宋文帝进一步采取措施，明升暗降削夺徐、傅等人权力。他下诏提升司空徐羡之为司徒，傅亮加开府仪同三司，王弘擢司空，谢晦进号卫将军，檀道济进征北将军，并不循先帝上台旧例，把刑法政务等朝廷事务依然让徐羡之、王弘处理。同时，文帝大力拔擢江陵所带来的人马。王昙首拜为侍中，兼右卫将军；王华封侍中，兼骁骑将军；朱容子为右将军；封皇弟刘义宣为竟陵王，加左将军，镇守建康城外重地石头；皇弟刘义恭封江夏王，皇弟刘义季为衡阳王。又征召亲信刘彦之进京，担任负责京师防守的中领军。当刘彦之由襄阳任上南下赴京时，为稳住谢晦，特意弃船登岸，至江陵看望谢晦，见面时与谢无话不谈，摆出一副友情诚恳态度，临辞别时，又馈赠名马与名剑利刀，使谢晦感到再也不用忧虑担心。

亢龙有悔跃于渊

元嘉二年（425年）十一月，宋文帝在属下王华、孙宁子鼓动下，决意诛杀徐羡之、傅亮、谢晦等人，但如何下手呢？便采用欺骗手段，在朝中公开宣称，为报复北魏乘先帝刘裕病逝时南侵之仇，收取河南失地，准备讨伐北魏。并命令集中战船，调集军队，并且说自己到京口兴宁陵祭拜祖母孝懿皇后，又整治行装，并放到战船上。

徐羡之等人迎立刘义隆为帝，虽是诚心为国，但自傅亮至江陵后，开始感觉到，杀害营阳王和庐陵王，已是大大失算，而刘义隆在迎立前后一系列所为，也使他们有所惊惮。傅亮一回建康，就对徐羡之说："宜都王未必明白我们的赤心。"刘义隆上台后，恢复庐陵王刘义真封号，以王礼安葬，封营阳王刘义符的母亲为营阳太妃，这些都让他们感到心惊。谢晦赴荆州任上时，把离开建康看作是脱离了"虎口"。宋文帝一系列安抚措施，让他们感到暂时的安定，傅亮、徐羡之主动归政宋文帝，徐羡之甚至还要辞职返乡，远避朝政。当宋文帝宣布要北伐北魏时，他们丝毫不予怀疑，傅亮写信给江陵的谢晦，明确告诉他朝廷准备远征河朔，皇上还将派万幼宗"前来征求你的意见"。

以上事实不难看出，傅亮、徐羡之等人实际上已中了宋文帝"明修栈道"的佯攻圈套。傅亮等人前期废少帝刘义符，杀刘义真，不能说智。但杀了人家的兄弟，再做别人的强臣，又怎么能维持长久？宋文帝的阴谋则是设计巧妙，剥夺了傅亮等人不少实权，还能使徐羡之甘心拱手让路，已是高明，而伪示假目标，施展佯攻，用攻伐北魏做幌子，令傅亮等人沉迷不疑，则更是高明中的高明，为下一步彻底消灭傅亮等顾命大臣，争取了好的突袭条件。

元嘉三年（426年）正月十六，宋文帝开始谋杀徐羡之、傅亮、谢晦的行动。动手之前，他把顾命大臣势力中参与废弑阴谋罪轻的王弘、檀道济拉拢到自己的旗下，集中力量攻杀徐、谢、傅三人。徐、傅二人身居建康，当日，文帝下诏布告徐羡之、傅亮、谢晦杀害刘义符、刘义真二王罪状，令兵士前去捕获，并且宣布："谢晦据守长江上游，如不能立即服罪，朕当亲自率大军征讨。令中领军刘彦之急速发兵，征北将军檀道济为后继，雍州刺史刘粹等人实行截击。符卫军府及荆州官属，应及时捕杀谢晦，罪犯只限元凶谢晦，其余一律不加追究。"当日，徐羡之、傅亮受诏进宫，因谢晦堂弟黄门侍郎谢爵使人告警，傅亮走至半途折回，且告知徐羡之。结果徐羡之逃至都城外新林后，无路可逃，引颈自杀。傅亮出城后，被半路追兵抓获，随即斩杀。谢爵也被捕入狱，谢晦在京的儿子谢世休也被杀死。

谢晦出镇在外，是最先得到其弟告警的人，但谢晦却不能相信，拿上傅亮给他的信函，对咨议参军何承天说："估计万幼宗马上会来，傅亮担心我轻意生事，是故先送此信来。"何承天认为外面传言朝廷西征荆州事很多，万幼宗不可能再来江陵了。谢晦坚信不疑，且让何承天拟奏朝廷，建议北伐延至明年为妥。这时江夏内史程道慧使人飞驰告警，说事情已经明确："朝廷近日内有非常行动。"谢晦这时才着急起来，赶忙问计于何承天。何承天讲有上中二策可行：上策是出国境外求生存；中策是以心腹占据要地义阳，然后谢亲率大军与敌在夏口决战，即使失败，可由义阳退至北魏。谢晦认为荆州为兵家重地，粮草易得，决战后再退走不迟，便下令草拟起兵檄文。当得到朝廷已秘杀傅亮、徐羡之等人消息后，立即筹兵集军，一面为徐、傅等人举哀，一面打着清君侧旗号，领兵两万由江陵东下，接连两次取得胜利，但后来檀道济率援兵加入王师刘彦之队伍，结果谢晦兵败，单身逃回江陵。二月二十日，谢晦在向北逃跑途中被俘，旋被弃尸建康。

宋文帝在佯攻的掩护下，突然发动对傅亮、徐羡之的袭击，是其暗度陈仓之计中的第二个步骤。阴谋之下，傅、徐已是在劫难逃，尽管事前收到谢爵的报警，但对一个已经失去不少权力而又疏于防范的政治家来说，失败已是必然的了。因此说，对于抗战相持的政敌双方来说，谁的阴谋高明，谁就能取得胜利，阴谋者胜。作为顾命大臣中据守京外重地的谢晦，虽手握兵马，具有一定的实力，但是当初傅亮等人的布置，是想以能征善战的刘宋将军檀道济驻屯广陵，谢晦兵守荆州，徐羡之、傅亮则居朝廷实权中枢，三者互为掎角，遥相呼应。现在徐、傅被杀，檀道济靠向宋文帝，三者已失其二，势力已弱，独角难支，况且宋文帝挟天子的权势，领全国军队讨伐一州，力量悬殊已大，加上朝廷名正言顺的讨罪旗号又极富影响和号召力，所以谢晦的失败也是意料之中的了。

2. 伪好示和，巧取豪夺

暗度陈仓，必须要使对方毫无防备，要想使对方不加防备，虚情假意地示好对方，伪装自己，迷惑对方，最终趁对方毫无防备，一举而攻灭之，乃是敌战计的要点所在。

事例：王曾睿智巧除权臣丁谓

丁谓是北宋真宗时一个有名的权臣，真宗时官升三司使，加枢密直学士，累官同中书门下平章事、昭文馆大学士，封晋国公。

他多才多艺，通晓诗、画、博弈、音律。正因为有才，被重才的宰相寇准推荐为参知政事，做自己的副手。丁谓又是一个狡猾过人，善于附炎趋势的奸诈小人。真宗初年，权臣王钦若得势时，他专投王钦若所好，唯王是从。王钦若失势被免宰相职后，他则采取欺骗手段，骗取了寇准的信任。大中祥符年间，丁谓劝诱真宗封禅祀神，从事虚诞邪僻之行。

丁谓迎合君意，对当时朝臣皆不多言的建宫之义，极力怂恿。他对真宗说："陛下富有天下，建一宫崇奉上帝，有何不可！"宋真宗随即命他总管建宫之事，丁谓便大肆铺张，不惜扰民害命，所建的玉清昭应宫，精美绝伦，工程中间稍有不合意处，即推倒重造，有关理财部门，丝毫不敢阻拦。为了建宫，他又令在南方大肆伐木，百姓服役者死亡无数，许多死亡者被诬指为畏罪逃亡，家中妻儿也被网织入狱。朝官张咏为此曾经上疏朝廷讲："陛下不该修造宫观，竭天下之财，伤天下之命，这都是贼臣丁谓诳惑皇上，请斩丁谓之头，悬于国门，以谢天下；再斩张咏之头，悬丁氏之门，以谢丁谓。"张咏以死相谏，反对劳民伤财修建宫观，却由于真宗的意愿，加之宰相寇准为其所骗，丁谓得以安然无恙。

大中祥符八年（1015年）冬，丁谓与曹利用同时出任枢密使，掌管军机大权。曹利用与寇准有宿怨，早仇恨在心。丁谓本来是由寇准所荐，得以进宫，但不久前因寇准当着群臣的面，对迎逢自己的丁谓表现的奴颜之相予以公开嘲讽，由此丁谓衔恨，决心与曹利用联手，共同对付正直的寇准。

天禧四年（1020年），宋真宗患病不能理政，皇后刘氏开始干预朝政。多年前，寇准曾铁面无私惩治了刘皇后的不法亲戚，刘皇后心中自是恼怒万分，此时自己执掌权柄，定然要乘机报复。这样，在朝中形成了刘皇后、曹利用、丁谓和翰林学士钱惟演为核心的反寇准集团势力。宰相寇准见刘、曹、丁、钱势焰熏天，而宋真宗卧病在床，便进宫私下建议真宗，要求他以社稷为重，传位给众望所归的皇太子，并选择干练的大臣辅佐朝政，说："丁谓、钱惟演，乃奸邪小人，万万不可辅佐少主。"真宗当时病重，已有传位太子之意，对寇准的建议颔首同意，并要他布置准备。可惜因寇准豪饮酒宴，醉后走漏风声，事被丁谓得知，反而串通刘皇后，至真宗前诬告，说寇准是挟太子夺权，欲架空皇上。真宗被惑昏聩，忘了自己对寇准的嘱托，随即免寇准之职。这年七月，把丁谓升为宰相之职。丁谓上台，随即排挤寇准，月内三黜，远贬为道州司马。

丁谓执宰相权柄后，宫内恃靠刘皇后，一时间势夺朝廷内外。朝中另一宰相李迪，与寇准相契，丁谓就勾结刘皇后无中生有，栽诬李迪结党营私，把他贬到衡州。当时有人对丁谓说："李迪如果死在衡州贬地，丁公如何受得了世人的舆论？"丁谓却大言不惭地笑道："不过他日好事书生记载此事时，写上一句'天下惜之'罢了。"果然，丁谓在传达皇后的懿旨时，有意让传令的太监在马鞍外悬带穗宝剑，示天子行将诛戮之意，诱使李迪自裁。幸亏其子及左右相劝，李迪才免枉死。寇准在李迪被贬的差不多时间，又被贬至雷州，做一个司户参军。太监受丁谓指使，传令时同样装扮成杀气腾腾样子，寇准坚持要看圣旨，揭穿了传令太监的画皮，被迫告以实情，使丁谓伪饰杀人的阴谋未能得逞。

寇准、李迪等清正大臣相继被排挤后，丁谓成了北宋朝廷只手遮天的人物，他恃势恣横，为所欲为，一时朝臣为之侧目。当时京城流传民谣："欲得天下宁，当拔眼中钉；欲得天下好，莫如召寇老。"讽刺丁谓当道弄权，向往正直之臣寇准返都执政。

乾兴元年（1022年）二月，真宗病逝，仁宗赵祯即位。此时王曾拜为宰相，对丁谓的揽政专权极为不满，一直想方设法除去丁谓。但丁谓为事机敏，清楚自己坏事做尽，朝臣心中不服，所以极力限制朝臣与皇帝接近，担心有人乘机参劾自己。当时朝中不少直臣，也想谋除丁谓，苦于丁谓不准朝官单独留在皇上身侧奏事的限制，只能无可奈何地远离丁谓，难以有所动作。王曾见状，心生一计，凡朝中政事，只要丁谓所说，一切顺从，从来不予顶撞反对。这样一来，丁谓逐渐放松对王曾的警惕。

一天，王曾对丁谓说："我自己没有生子，想把兄弟的儿子过继来作为继承人，此事想请皇上恩准，可是担心大人误会，又不敢单独留下奏明此事。"丁谓见王曾所说并非什么大事，而王曾一向顺从，便对王曾说："你尽管留下无妨。"说完自己先动身离朝。王曾便得以独见仁宗，呈上一份奏疏，尽列丁谓多年以来的奸事，有丁谓伙同内侍雷见恭，擅自改动先帝陵墓计划等。仁宗见疏，甚为吃惊，几天后，下诏宣布丁谓获罪，免去所居宰相之职。丁谓那天让王曾单独留下，走出没有多远，就十分后悔。免职诏旨一下，心中甚恼自己大意失荆州。不久，他又被查出勾结女道士刘德妙，欺君罔上，语涉妖邪。结果数罪并罚，被仁宗贬到崖州，也做了一个司户参军，去贬所途中经过雷州寇准贬地，寇准把欲杀丁谓的家仆关在府内，不准外出，又派人特意送蒸羊一只，借此暗示自己坦白胸襟。丁谓见状，赶紧离道逃到崖州，直到英宗明道年间，才离开贬地。

从以上事实可以看出，丁谓靠奉迎起家，以攻倒寇准，慢慢爬上了真宗的宰相职位，成为真宗末期、仁宗初年的独揽专权的权臣。面对这样一个强大政治对手，如何与之对抗，且要把他除去，确是一件难事。王曾用心良苦，施以暗度陈仓之计。作为同任宰相之职的大臣，从长计议，甚至做出忠直之士不耻的行动，先是事事顺从丁谓，以公开的假象迷惑住他。当下定决心参劾丁谓时，又明白告诉他是为自己过继儿子一事须奏明皇帝，害怕丁大人误会，特此提出请求。如此温顺的语言，终于一时欺骗了本来谋事机敏的丁谓，为参劾丁谓明铺下"栈道"，借此掩护，终于暗度了"陈仓"，能够单独面奏仁宗，把丁谓的丑行如实汇报于上。这时的丁谓已是俎上之肉，要后悔已是来不及了。那大宋皇帝当然难容威胁自己统治地位的权臣当道，数罪并罚，丁谓也只好做一个小小崖州司户参军了。

事例：假表心愿，吴王孙休杀孙綝

曹魏高贵乡公甘露三年（258年）九月，吴国权臣孙綝兵围吴国王宫，夺吴王玺绶，逼群臣同意废吴王孙亮，降其为会稽王。然后接受典正、施正建议，迎立琅琊王孙休为吴主，便派人送书给孙休，指斥废帝孙亮亲近刘承、全尚等佞臣，沉湎美色，搜取民女，不听劝谏，滥杀无辜大臣，为此自己推案旧典，运集大王，且百官立于道侧，"迎候王即帝位"。十月十八日，孙休将到建邺，孙綝的弟弟孙恩代执丞相职事，奉上御玺，孙休再三辞让，始接受皇帝玺绶。孙綝率士兵千人迎至建邺城郊外，拜于道旁，孙休也立即下车答拜。当天车驾朝廷正殿，宣布大赦天下，改吴国年号为永安。这时，孙綝又上殿交上印绶、节钺，自称草莽臣，诣阙上书说："臣自省才非国家干臣，虽位极人臣，不过因缘肺腑，伤锦败絮，罪负彰霸。陛下以圣德承大统，宜得良辅，但自思无益于朝政，故承上印绶节钺，退还故地，以求避让进贤之路。"吴主孙休赶快引其进殿，以好言慰解，下诏明示：大将军孙綝，忠计内发，抉危定倾，为安康社稷，立有赫赫功勋，令以孙綝为丞相、荆州牧，增加封邑五县。孙綝兄弟孙恩为御史大夫、卫将军、中军督，封为县侯。孙据为右将军，封县侯。孙干、孙闿均授将军职。

孙休由会稽王被拥为吴王，是在吴国朝廷内部权力斗争白热化的形势下，吴王孙亮被黜废，大臣全尚等人遭逐杀，权臣孙綝因为顾忌非议，暂时采取的权宜之计。孙休上台后，心里也非常清楚，自孙权晚年以来，朝政人事更迭频繁、互相倾轧残杀，从来没有停止，要想稳固住自己的皇位，非除去强臣孙綝不可。但自己在建邺城中力量不强，硬对硬的拼斗，只会重蹈孙亮覆辙。所以，登台伊始，为了稳住孙綝，极力予以笼络。孙綝一门，五人被封侯，且都是典掌禁兵，成为东吴以来，朝臣中罕见享受的荣耀。既是作为一项安置措施，也是一种以退为进。接着又对外明示无久居皇位之心，松懈孙綝等人的警惕性。当朝臣奏称请立皇太后、皇太子时，孙休明确下诏："我以微薄之力，继承东吴大业，即位初始，并没有广施恩泽，后妃名号，嗣子之位，并非紧要之事。"一再拒绝朝臣奏请。

孙綝拥立吴王，并非出于真心，他一直对帝位跃跃欲试，就是在已经遣人迎立孙休的时候，还想占借帝位。当时孙休正在驰往建邺的路上，孙琳打算搬进宫廷居住，且召集京城百官商议。群臣见状，大惊失色，但畏惧孙綝手握兵权，都一味地沉默，不肯公开表态。只有选曹郎虞汜，挺身而出说："明公现在是东吴的伊尹、周公，担当将相重任，执掌吴王废立的大权，居上安定宗庙社稷，下施恩惠于生民百姓，上上下下，大大小小，都为您欢呼雀跃，把您看作是商朝的伊尹、汉代的霍光再现于世。现在琅琊王还未来，您却想入宫，这样群臣百姓之心将为之动摇，人们会产生疑惑不解，此举非发扬忠孝，扬名后世的做法啊！"虞汜明褒暗贬的劝谏，群臣的沉默态度，孙綝虽然心中不满，但不便公开对抗，入宫打算只好暂时作罢。孙休即位不久，孙綝就带着牛和酒进奉，吴王以群臣送礼一律不收为由婉拒，孙綝干脆转送到左将军张布府里，张布赶紧设宴款待，酒酣意浓时，孙綝大声报怨："当初废掉少主时，不少人劝我自立为君，我以为皇上贤明，故此迎立。皇上没有我，哪能有今天。现在我给皇上送礼，都遭拒绝，这是把我与其他大臣同样看待，无所区别，我应当再立他人才是。"张布听其言，赶紧报告皇上孙休。

  孙休见孙綝已萌发政变之意，急思对策，便决意施行暗度陈仓之计，佯攻偷袭。先是屡次赏赐孙綝，表示对孙綝宠信有加。一次，有人上朝密告，说孙綝心怀怨恨，欲图谋反，请吴王注意。孙休听到后，不仅不予奖赏，反而把他拘捕起来送给孙綝处理，示以对孙綝坚信不疑。孙綝通过别人，要求带兵外出驻屯武昌，吴王立即答应，结果孙綝令自己所领中军万人，乘吴王有旨，尽取京都武库中的兵器，一齐装船驰往武昌。孙綝还要求把朝中两名中书郎带走，典领荆州军事，当时主管者声言中书郎官，不应离京外出，但孙休特许孙綝，允许其带走。

吴王以上措施，削弱了孙綝在朝中的力量，执告密者送孙綝处理，表面上外示对孙綝的相信，又是佯攻，暗示孙綝在京谋反不会成功，吴王孙休早有警惕，不可造次。果然，孙綝心虚，把自己的亲信精兵，赶紧运往荆州，甚至要破例带走两名中书郎。在吴王孙休看来，孙綝把亲信带走，当然是越多越好，而强留在京，只是增加孙綝的羽翼势力，所以，孙綝此类请求，孙休也痛快地答应。暗度陈仓之计，离不开明修栈道，而修栈道的目的，是为了削弱敌人的力量，减少自己行动的损失，孙休以上举措，达到了这个目的。

寻找什么样的时机诛灭孙綝呢？孙休找到了辅义将军张布，张布向他推荐左将军丁奉，讲其智慧过人，能决断大事。丁奉受召，为吴王出谋，认为在朝中孙綝的同党很多，人心分散，不易动手擒获，可以乘着即将举行腊祭集会之时，乘虚攻击，布置禁兵杀他。吴王认为丁奉的计谋高明，命丁奉、张布事先布置。

吴永安元年（258年）十二月初八，吴王孙休举行腊祭集会，群臣纷纷聚集，孙休多次派人邀请孙綝。孙綝先称病不去，后顾虑到公开拒绝不妥，决定入宫参加集会，临行前嘱咐手下："你们事先做好预备，等我走后少许，府中起火示警，我即以此借口速还府中。"随即入宫拜见吴王。不久果然外面火光出现，孙綝乘机要求外出查看，吴王说："外面兵力很多，不用相烦丞相亲去。"孙琳强行离席，丁奉、张布已令左右士兵一拥而上，把孙綝绑个结实。孙綝见状赶紧哀求吴王："我愿意迁徙交州居住，远离朝廷。"吴王反答："当初为什么不把吕据、滕胤送到交州去呢？"吕、滕两人都是被孙綝无辜杀死的吴大将，而且滕胤还被孙綝谋杀三族，是故孙休如此讥讽。孙綝又说："我愿当个官家奴隶。"吴王又说："当初为什么不让滕胤、吕据做官奴呢。"说完，亲自监斩孙綝，又拿着孙綝首级，对孙綝手下兵将说："与孙綝同谋的人，一体赦免。"结果五千人放下武器投向孙休。接着，孙休令夷灭孙綝三族，孙闿北逃魏国，路上也被追杀。

事例：石勒争天下，诈刘琨杀王浚

西晋白痴皇帝惠帝上台后，凶悍的皇后贾南风专权用事，引发了西晋政权固有的重重矛盾，一场长达十六年的"八王之乱"，使西晋政权仅剩的一点生气，消耗殆尽。王室的内乱，朝政的腐败，益发使天下人心怨愤不已。匈奴人刘渊乘势起兵，建立了汉国（传至刘曜时称前赵），羯族人石勒也聚众起兵反晋，先投拜刘渊，封为辅汉将军、平晋王、安东大将军，所领军队成为刘渊政权中的一支骨干势力。石勒利用独领军权的机会，企图谋就自己的雄伟大业。在长期作战之中，他先后灭除了自己的政治对手王弥等人。永嘉之乱之后，并州刺史刘琨和幽州刺史王浚，成为中原一带有强大军事力量的割据势力。石勒有心统一北方，便采用谋臣张宾建议，舍弃晋北中郎将刘演据守的邺城，进占襄国（今河北邢台西南），以此为立业基地，把消灭不利于自己建业的王浚、刘琨作为主要目标。

石勒占据襄国不久，广积储粮，积极修备，引起王浚的敌视。永嘉六年（312年），王浚勾结鲜卑首领段疾陆眷，围攻石勒。石勒闭门示弱，暗中出奇兵突袭，一举俘获鲜卑首领段末杯，然后放俘示好，使王浚联合鲜卑攻击的企图落空。

石勒与鲜卑结好之后,开始图谋消灭王浚、刘琨。第一步先计划把首鼠两端的王浚诛除,便问计谋臣张宾。张宾说:"王浚表面上称制南面,做晋朝的大臣,实际上怀有僭逆之志,企图废晋自立,可是担心四海英雄不能相从,他想得到您,就如项羽想得韩信,将军威振天下,举足轻重,如果用谦恭之辞、丰厚之礼折节迎逢,必能使其上当。"石勒采纳了张宾的建议。

晋愍帝建兴元年(313年)十二月,石勒派舍人王之春、董肇,携厚礼到王浚处拜见,表示臣服。所呈上表中写道:"石勒本是小小胡人,因遭世局饥乱,四处流离屯守,流窜冀州,不过想互相聚集保存性命罢了。现在晋室天祚沦亡,中原无主,殿下出身尊贵的名门望族,四海尊崇,能做天下帝王的人,非您莫属。石勒所以起兵诛讨凶暴,正是为殿下驱除乱贼强寇而已,希望殿下应天顺人,早早登位。石勒愿奉戴殿下如天地父母,请殿下体察我的心愿,把我当作儿子一样看待。"王浚此时正为鲜卑、乌桓离叛,手下属官百姓不堪残暴纷纷逃离而苦恼,见到石勒劝进表,虽然心中欣喜,但开始还有怀疑,对王之春说:"石公是一时的英武豪杰,占据赵、魏旧地,与我呈鼎峙之势,怎么向我称藩呢?"王之春赶紧巧言相劝:"殿下出身尊贵,势达于胡人、华人地区,自古以来胡人中有辅佐君主的名臣,却没有出帝王。右将军因顾虑帝王自有天道气数,非智力才能所能取得,即使强取,也未必为天人所承认,犹如项羽虽强,但天下终归汉朝。石将军相比殿下,犹如月亮之于太阳,所以鉴于前朝史事,归身殿下,这是石将军远见卓识远远超过别人的地方,请殿下不要相疑。"王浚听后心中大喜,封王之春、董肇为侯,予以重金酬谢。

石勒为消除王浚的疑虑，还重金贿赂王浚的心腹枣嵩等人。王浚的部属游统，当时镇守范阳，此时暗地里派遣使者到襄国，想依附石勒。石勒杀死使者送给王浚，王浚遂真心相信石勒忠诚依附自己。

建兴二年（314年）正月，王浚遣使者偕王之春到襄国，石勒令藏起精兵锐器，留下老弱残兵接待来者。使者出示王浚的信，石勒虔诚向北做拜后才敢接受。王浚送来的尘尾，石勒假装手不敢拿，悬之墙壁之上，朝夕叩拜，以示尊敬。他对使者说："我没见到王公，见赐物如见公也。"又令董肇遣表王浚，约定三月中旬亲至幽州尊奉王浚为帝。又给王浚的心腹枣嵩去信，请求担任并州牧、广平公。王浚的使者返蓟地回报王浚："石勒目前情形兵弱势寡，输诚之心无二。"王浚非常高兴，更加骄纵懈怠，对石勒不再戒备。

石勒从返襄国的王之春处详细询问幽州的政情，得知王浚刑政苛酷，赋税劳役频繁扰民，忠贤人士相继远离，夷狄胡人离心谋外。去年洪水灾后，幽州百姓无粮可食，王浚不思赈赡，反而囤积居奇。所属已是人心失散，皆知其将亡，王浚却若无其事，毫不察觉，甚而把自己看作比刘邦、曹操还要高明。于是，石勒决意攻伐王浚。

石勒虽然下令军队作攻伐王浚的准备，但对同为晋室将领的刘琨非常顾虑，担心刘琨乘自己袭幽州时，进攻襄国，为此迟迟不发进攻命令。谋臣张宾为之献计，认为应该出奇制胜，不能拖延时间，还说："刘琨、王浚虽同列晋朝大臣，实际矛盾重重，如果我们遣使去信，送人质请求停战，刘琨只会为我们的顺服和王浚的灭亡而高兴，肯定不会为了援救王浚而从背后袭击我们。"石勒听张宾所讲，不由得心喜，说："我所未想到的事，张右侯都已决断，我还有什么可以犹豫迟疑的呢？"

石勒这边遣人送信给刘琨，表示自己忠心晋室。刘琨见信，果然被欺骗迷惑，按兵不动。那边石勒亲率轻骑，举火把连夜行军，奔袭幽州，很快到达蓟城城下。大军过昌水的时候，王浚的部属孙伟本想阻拦，却被有心依附石勒的游统阻拦。王浚一心等待石勒来蓟城尊奉自己称帝，令部属宰杀牛羊，布置宴会。

三月初三日，石勒喝开城门，令前锋赶放数千头牛羊进城，声称是向王浚献礼，实际是堵塞街巷，防避城中伏军。王浚至此时才感到情况有异，开始坐立不安，刚想布置防御，可惜为时已晚，石勒领兵入其住地，王浚当众被缚。石勒命部下将其押到襄国，中途王浚投水自杀未成，结果被士兵拉到襄国，斩其首级向汉主刘聪报捷。擒住王浚的时候，石勒指着王浚的鼻子痛骂："你身为晋朝大臣，手握重兵，位居其他朝臣之上，却坐视朝廷倾覆，不去援救，还想自尊为天子，又专任奸诈小人，虐待百姓，残害忠良，祸害遍及燕土，真是凶恶叛逆，自取死亡。"

王浚被杀，刘琨才知上了石勒圈套，不得不上表晋室说："东北八州，石勒灭了七个，晋朝的州牧，只剩下我一个。现今石勒占据襄国，与我一山之隔，朝发夕至，各城堡为之震骇惊恐。我虽然心怀忠心和仇恨，却力不从心呀！"建兴四年（316年），石勒率大军与刘琨决战，大败其部将韩据、箕澹，韩据弃城而走，箕澹轻骑逃脱代郡，晋司空长史李弘率并州向石勒投降，刘琨进退失据，不知所措，投奔段匹磾，后来被匹磾杀害。石勒在河北的两个劲敌，均被其用计各个击破，大兴二年（319年），石勒称赵王。咸和二年（327），石勒灭前赵，兼并了关陇地区，建都襄国，称帝登极。

石勒是十六国时期杰出的政治家，由奴隶逐渐晋升，直至做了后赵的皇帝，统一了曾经分崩离析、割据不停的黄河流域。石勒的成功不仅在于军事征战，还得益于成功的谋略。石勒灭西晋割据权臣王浚、刘琨，即是一个成功的例子。这里他使用的就是明修栈道、暗度陈仓之计。要除王浚、刘琨，同时攻击两个目标，将会导致两人联手谋己，所以他采取各个击破的战术，先取王浚。王浚有野心，想自立为王，谋叛晋室，石勒就投其所好，上表称臣劝进，要尊其为天子，且想方设法消除王浚的疑虑，示弱兵于王浚的使臣，把游统派来的使者杀死送给王浚，明示自己的无二之心。以上措施终于使王浚完全放松了对他的戒心，石勒通过公开的以尊奉王浚为帝名义出兵，使王浚感到师出有名，乃常道也，不知常道之中，正隐藏了杀机。甚至石勒大军入城时，王浚还斥责要求防范石勒进攻的部下说："石公来是拥戴我的，妄说者斩首。"伪饰和好，上表称臣，使王浚懈怠戒备；遣使刘琨，呈信效忠晋室，造成刘琨麻痹，双管齐下，为成功偷袭王浚创造了好的条件。轻骑千里突袭，到达城下时，又以数千牛羊为诱饵，既可免王浚之疑，又防城中伏兵，可谓主意绝伦。王浚出府，来到中庭即被捆束手脚，也说明了石勒动手迅速敏捷。王浚被杀，刘琨孤立无援，正如他自己所说的，石勒大兵的到来，不过朝夕之间，其命运已定下，生死存亡只是时间问题，并州一失，最后刘琨逃到段匹䃅处，已是他人手中之物，自然不能成任何气候了。

3. 以常道造假

"兵以正合，事以奇胜。"古人认为，出奇制胜之法，正是来源于正常的用兵之道。政坛上的政治斗争，也有其一定的并被人们所认识的发展变化规律。政治家们正是利用人们对常道的教条和固执陈见，以常道造假，掩饰自己的真实意图。

事例：佯习布库，康熙帝计除鳌拜

1661年，不满八岁的康熙嗣承大统，登台即位，按照父皇顺治帝临终遗嘱，索尼、苏克萨哈、遏必隆、鳌拜四人担当顾命大臣，辅佐年幼的康熙帝理政。四大臣信誓旦旦，保证赤心辅政，不结私党，不信私言，不行非义，不求富贵，报答先帝的大恩。

顾命四大臣之中，索尼是清初四朝元老，排列顾命大臣之首，此时已年老体衰，很少管事。遏必隆明哲保身，遇事行推让。顾命大臣中，以位居最末的鳌拜最为跋扈，很快地走上了排斥苏克萨哈等异己力量，一心专权独断的权臣之道。

鳌拜出身满洲镶黄旗，祖父、父亲皆因战功赫赫，列为重臣。顺治初年，鳌拜因攻打李自成的军队，攻占明都北京有功，功升一等。顺治亲政后，升鳌拜为议政大臣，累进二等公爵，准世袭，又擢其领侍卫内大臣，少傅加太子太傅，进入了清政府权力核心。作为康熙初年的顾命大臣，鳌拜恃功跋扈，恣行不法，又结党营私，凡异己政敌，必欲除之而后快。内大臣费扬古与他心有隔阂，费扬古的儿子倭赫当时与西住、折克图、觉罗塞弼一起侍卫康熙，因对鳌拜稍有失礼，鳌拜即指诬倭赫等人擅骑御马，私拿御用弓箭射猎等罪状，把倭赫等人全部处死。又说费扬古口有怨言，随之定其死罪，并把他全部财产没收后送给自己的弟弟。

亢龙有悔跃于渊

鳌拜对位列自己前面的顾命大臣苏克萨哈最为不满。清初入关时旗人圈占领地，八旗中的镶黄旗，在当时的睿亲王多尔衮统辖下，划定领地在保定、河间、任丘、肃宁、容城一带，范围划定已有二十多年，但鳌拜认为所属领地贫瘠，要与正白旗的蓟县、遵化、迁安等州县领地相换。出身正白旗的苏克萨哈力持不可，表示反对。当时受鳌拜命令，办理调地事宜的大学士兼户部尚书苏纳海，及直隶总督朱昌祚、直隶巡抚王登联等人，也认为旗地调换扰民太甚，以为不妥，且上疏朝廷要求停办。康熙为此事召询顾命四大臣共议，鳌拜在会上为争私利，不顾事实指诬罪人，说："苏纳海拨地迟误，朱昌祚阻挠国事，这是轻蔑皇上，应一律处斩。"索尼、遏必隆两人胆小怕事，为鳌拜所吓，不置一言，苏克萨哈站起来持理相争。两人当场吵了起来，康熙帝一时难以决定，就命暂时搁议此事。为人专横的鳌拜却不能容忍，竟矫旨妄杀，把苏纳海等三人捕获处死。甚而多尔衮摄政时期受命办理分地事宜的前任户部尚书英俄尔岱，此时也被鳌拜追罪免职。

鳌拜的恣意妄为，在两件事上对年幼的皇帝刺激最深：一是康熙六年（1667年），十四岁的玄烨亲政前后，当时索尼已经病逝，苏克萨哈痛心于鳌拜独揽大权，上疏奏请，愿意辞职去守"先皇帝陵寝，如线余息，得以生全"。康熙阅罢奏章，对苏克萨哈所请感到不解，不识苏克萨哈遭何逼迫，在此何以不得生？守陵何以得生？把他的申请令交议政王贝勒大臣会议具奏。鳌拜见有机可乘，便唆使康亲王杰书，罗列苏克萨哈二十四条大罪状，要康熙下旨把苏克萨哈及其子、孙、侄及族人，一并处斩。康熙不同意所奏，鳌拜竟上朝与康熙力争。康熙问鳌拜："与苏克萨哈有何仇怨，而要行斩草除根。"鳌拜见康熙决意不准，攘臂上前，疾声恫吓玄烨，逼着年幼的皇帝御笔旨准。康熙虽有意留下苏克萨哈性命，无奈强臣压主，被迫同意鳌拜的要求，只不过把苏克萨哈由凌迟处死改为绞刑，稍减其临死前的痛苦。

第二件是鳌拜的结党营私，公开地欺君罔上。鳌拜把其弟弟穆里玛，侄子塞本特、讷莫，以及亲信班布尔善、噶褚哈、玛尔赛、阿思哈、济世等人，安插到朝廷的重要位置，朝廷六部，全由其亲信掌握。如把玛尔赛、济世强行塞入户部、吏部任尚书。所以，这些人凡议论政事，往往在鳌拜家中议论妥当后再请康熙下旨推行。朝中议事，遇有朝臣中有不同意见，鳌拜动辄呵斥，必强使康熙顺从己意。侍读熊赐履一次应康熙诏命陈述时政的得失，鳌拜厌恶其不顺己意，担心朝议盛行将有碍自己专权，乘机要康熙以后禁止言官陈述朝政。鳌拜还经常以生病，不能上朝理政为由，而要皇帝"幸其第，入其寝，问其疾"。一次，康熙至鳌拜家中礼节探问，在进入鳌拜寝间，发现他所睡的炕席里边公开放着短刀一把。清政府规制：臣下见帝，不得携凶器之物，否则罪同图谋不轨。鳌拜身为朝中执宰人物，如此毫无顾忌的动作，自然不是一时疏忽，只说明其人居心不良，轻蔑皇权。

君主专制主义中央集权制的一个重要特点，是皇帝对中央政权的牢牢控制，决不允许皇权旁落他人之手。现在鳌拜以强臣势压幼主，对于聪明敏感逐渐长大成人的康熙帝来说，已经到了无可忍耐的地步，便暗下决心，除掉鳌拜势力。

康熙帝为除掉鳌拜，施行了典型的明修栈道，暗度陈仓之计。康熙先后封鳌拜一等公爵、太师，给他的儿子纳穆福世袭二等公爵，加太子少师，予以安抚。对鳌拜的专权，康熙极力装出一副毫不留意的态度，鳌拜所奏凡朝政诸事，一般不予阻拦。同时，康熙召亲信侍卫索额图（索尼之子）密谋，假借陪自己宫中娱乐名义，在八旗子弟中找了身体强壮的少年十多个，令他们天天在一起练习"布库戏"，即满族一种两人相斗赌力的游戏，两人身着短装，互相扭斗，以脚相掠，先仆地者为败。自少年选好后，康熙常常深居宫中，看少年们习练布库为乐。有时鳌拜进宫奏事，康熙也不以为避，少年们照样嬉戏不停，甚至自己也玩耍起布库来。鳌拜亲见康熙整日和一帮少年厮混，不以为忧，反而暗思：皇上游戏贪玩，毕竟还是一个孩子，如此下去，自己专权执政不是更加容易了吗？想到这里不由得心花怒放。

康熙八年（1669年），宫中练习布库少年的技艺已经是熟练精湛，康熙以为除鳌拜条件也已成熟，便召鳌拜入宫单独议事，会见地点就在康熙和一帮八旗少年经常习布库的场地。鳌拜同往日一样整衣进宫，见康熙坐在椅子上，走至康熙面前询问道："皇上召见臣下，不知有何事？"话音刚落，只听康熙高声念道："你知罪吗？"鳌拜听罢，自度自己势强，幼主康熙暂时奈何他不得，便照直顶撞："臣何罪之有？"哪知康熙接着发令："左右给我拿下。"鳌拜顾视两旁，并不见王公朝臣和兵士，哪来的左右，正在疑惑间，却见早已面熟的一帮布库少年，一哄而上，把他摔倒地上，旋即绑了起来，这时鳌拜才清醒过来，原来自己上了幼主的圈套。

康熙见已擒住鳌拜，立即以鳌拜在朝廷结党营私，专权跋扈，不思悔改，数列其罪行，指令议政王公康亲王杰书等人审讯此事，杰书集众人之议，开列鳌拜罪行有三十条，定其大辟死罪，籍没家产。康熙念及鳌拜为朝廷效力时间长，予以宽大，不忍处死，改为终身禁锢，免其子纳穆福死罪，但其同党诸人，大多诛死。

康熙帝以布库戏少年陪伴娱乐为掩饰，训练自己的小型卫队，对鳌拜明示抚慰和非攻之意，使强臣鳌拜不以为然，放松警惕，然后乘其不备，单身进宫之时，就用这班令鳌拜不以为怪的游戏少年，一举而擒获鳌拜，铲除了他在朝廷中的势力。前者即是"明修"，后者即是"暗度"，两者相辅相成，计谋终以得逞。

事例：孝庄皇太后移住南苑，孝惠皇后安居暖宫

在清朝开国之初历史中，曾经有一个清世祖顺治帝痴情董小宛，离位出家做和尚的故事，现在看来，顺治与董小宛的故事多有凭空杜撰，不过是以真人附假事，牵强附会而已。在顺治为帝时，倒是真有一个董鄂妃，因端庄贤淑，夺了顺治帝的爱心，甚至置自己的皇后于一边，陷情难拔，打算册立为皇后，以终日厮守，结果触犯了出身蒙古科尔沁部落的以孝庄皇太后为代表的皇朝势力利益，孝庄皇太后巧施暗度陈仓之计，拖垮了本来身体欠佳的董鄂妃，残酷的宫廷争斗致使董氏年仅二十一岁，就命丧黄泉。

顺治帝福临有名位的妻妾有三十多人，其中四人持有或曾经被封皇后尊号，她们是原配皇后博尔济吉特氏，被顺治帝疏远的再立皇后博尔济吉孝惠皇后，被顺治帝专宠的董鄂妃为死后追封的孝献端敬皇后，因生子康熙母以子贵的佟佳氏孝章皇后。顺治帝前后几个皇后的册立废黜，并非简单地依在任帝王顺治好恶情怀，与操纵前清政局的清太宗皇太极的妻子孝庄皇太后

有着极大的关系。

孝庄皇太后出身蒙古王公，嫁给皇太极后，辅助丈夫，发动攻明战争，巧计劝降了明朝大将洪承畴。皇太极死后，她着眼于大清基业，为避免清室内乱，不计嫌疑围拢睿王多尔衮，力保六岁的福临上台，使顺治成为清廷入关后的第一代君王。正是孝庄皇太后多年的艰辛操劳培育，顺治帝得以小小年纪，就能顺利地操理军国大政。顺治帝本人，也对太后礼敬有加，基本上是言听计从，很少顶撞反对。但是在自己的婚姻大事上，顺治帝却几次使孝庄皇太后失望，由此而引起宫廷之内多起残酷的争斗。

顺治帝第一次娶后是在顺治八年（1651年），时年只有十四岁，皇后是由孝庄皇太后与皇父摄政王多尔衮亲自选定的蒙古科尔沁卓礼克图亲王吴克善之女博尔济吉特氏，即孝庄皇太后的亲侄女。很明显，这个婚姻具有很强的政治色彩，是满蒙王公贵族又一次势力的联合，对加强孝庄皇太后在宫廷中的地位是有帮助的。可是，就在孝庄皇太后亲自主持婚庆大典不过两年时间，顺治十年（1653年）八月，福临就叫人查询前代废后故实，一时间满朝为之震惊。满蒙出身的贵族大臣悚于皇帝的一意孤行，都不敢谏议，唯有一些汉臣，上疏劝谏，却被顺治帝斥为沽名之举。结果，博尔济吉特氏被降为静妃，迁居侧室。官方公布的谕旨上所写的理由是皇后"淑善难期，不足仰承宗庙之重"。实际原因，则是因为皇后妒忌心强，凡是宫女容貌妍艳者，都被其憎恶，必排挤打击，置之死地而后快，这对放纵自己情感性欲的皇帝来说，当然不能容忍。

在顺治帝废后的第二年，即顺治十一年（1654年）六月，孝庄皇太后给顺治册立了一位同样是科尔沁贝勒出身的博尔济吉特氏，即孝惠皇后。她为第一后的侄女，孝庄皇太后的侄孙女。孝惠皇后被册立皇后，对皇太后来说，目的如一，就是要加强蒙古贵族在内廷的地位，孝惠皇后秉心淳朴，与第一后相比，没有强烈的刻薄嫉妒心，又无大错，按理说可以安居后位，但时间不长，顺治帝又以其缺乏"长才"为由，疏远压抑，四处找碴，欲行废第一后之例。此时的顺治帝，欲废孝惠皇后的目的，只有一个原因，就是为了心爱的董鄂妃。

董鄂妃的出现，本出于偶然，她的父亲是内大臣鄂硕，十六岁嫁给顺治帝同父异母的弟弟襄昭亲王博穆博果尔，襄昭亲王常年在外征战，性情古怪，两人爱情生活并不融洽。清初，有一个宗室嫡亲郡王命妇轮番进宫，入侍后妃的旧制，董鄂妃身为顺治弟媳，也经常出入宫禁。知书达礼，颇有大家闺秀风范的董鄂妃，因得近天颜，不久就为顺治帝所看中，两人很快坠入情网。这时候，正是孝惠皇后迎立不久，皇帝的感情天平已经倾斜，孝庄皇太后发现顺治帝心情不对，立即以"严上下之体，杜绝嫌疑"为名，罢停命妇入侍后妃的规制。但是，顺治帝与董鄂妃爱情的发展，已经不以她的意志为转移，当听说董鄂妃在家遭到襄昭王申斥时，顺治帝不顾帝德，居然莫名其妙打了弟弟一个耳掴。不久，襄昭王怨愤致死，顺治帝干脆把"未亡人"董鄂妃接入宫中。顺治十三年（1656年）八月，他的弟弟死后两个月，董鄂妃被册立为"贤妃"；十二月，又正式册立董鄂妃为皇贵妃，颁诏大赦。

顺治帝对董鄂妃的恩宠，是有清一代仅有的。董氏入宫即为贤妃，起点已经很高了，又跃升皇贵妃，跃过贵妃直逼中宫，而

亢龙有悔跃于渊

且是按照册封皇后的大礼举行，颁诏天下，礼仪之隆异乎寻常，这一切不啻于向孝庄皇太后宣布，孝惠皇后的废立就在眼前。

清初以来，虽然满族贵族执掌朝政，但自清太宗起，蒙古血统的贵妇一直执掌后宫牛耳。清太宗的五位后妃，都是蒙古博尔济吉特氏，顺治帝亲政，亦全靠博尔济吉特氏出身的孝庄皇太后一手策划。现在，第一后刚被废黜，又一位博尔济吉特氏皇后将遭到同一命运，这对孝庄皇太后来说，无疑是一大挑战。尽管董鄂妃在宫中周旋得体，侍奉孝庄皇太后及孝惠皇后竭尽全力，无可指斥，但三千宠爱集一身的局面，如此妇道，就宫廷权力消长来说，并不是重要的，最重要的是权力和地位。

顺治十四年（1657年）十月，董鄂妃喜生贵子，顺治帝欣喜若狂，朝廷内外，都看出顺治帝不久会册立董鄂妃之子为皇太子，董鄂妃将居正宫皇后之位。这一切对于老于权道的孝庄皇太后来说，更是洞悉其中，便不惜母子之情，决意拆散董鄂妃与顺治帝这对鸳鸯，巩固孝惠皇后的地位。

孝庄皇太后的第一个措施是移位京郊南苑，把董鄂妃调出皇宫，造成顺治帝卧侧空位，为孝惠皇后占居宫内制造条件。顺治十四年（1657年）冬天，孝庄皇太后居南苑不久，即传出凤体违和消息，着令后宫妃嫔前去省视问安，董鄂妃产后不过两月，被宣诏至南苑，留在太后病榻前，朝夕奉侍，废寝忘食。结果劳心熬神过度，变得消容身癯，形销骨立，身体被彻底拖垮。孝惠皇后，却一改往日孝道，安居宫中，一次未去南苑看视，甚至连委派宫中侍人代为问安亦没有，很明显，孝惠皇后的举动，已得太后的旨意。

顺治帝有心立鄂妃为皇后，何尝不知太后明里迁居，暗中指使皇后居占帝侧的用意？不久，他也开始布置反击，借皇太后病中，皇后不去省视事亲，"有违孝道"为借口，停断孝惠皇后的中宫笺表，交诸王、贝勒大臣议行，甚至以太后痊愈，颁发大恩诏："王公以下，中外臣僚，并加恩赉。直省通赋，悉与豁免。吏民一切讹误，咸赦除之。"顺治帝如此大动干戈地做文章，目的还是想废孝惠皇后。贤淑的董鄂妃哭劝顺治帝，力反废后，并要以死表其心愿。不久，董鄂妃所生皇子，又不明不白地死去，仅活一百零四天。顺治帝为安慰董妃，追封这个还没有来得及起名的皇子为"和硕荣亲王"，修建陵寝，专门派官兵予以祭守。受到内外严重摧残的董鄂妃，已沉浸在悲伤之中不能自拔，转而拜佛崇三宝。孝庄皇太后见计策生效，旋降谕内外，孝惠皇后进笺等礼，一切恢复旧制不得更改。

顺治十七年（1660年）八月，痛子心切的董鄂妃，再也不堪宫廷的残酷斗争，忧郁病亡，时年二十一岁。顺治帝对这个"持躬谨恪，翼赞内治，殚竭心力，无微不饬"的难得伉俪之缘，悲痛不能自已。除命亲王以下，四品官以上，并公主、王妃以下命妇，齐集哭临，还亲自为其守灵，朝廷辍朝五日，甚至要对大臣命妇哭临不哀者议处。为圆满自己的心愿，追谥"孝献庄和至德宣仁温惠端敬皇后"，又亲撰《端敬皇后行状》四千多言，备述鄂妃德行情貌，尽诉恩宠悲恸，予董鄂妃以殊礼。

董鄂妃在宫中不过仅仅四年多时间，其生死之经过，充分反映了宫廷之中夺权争利的复杂和残酷性。孝庄皇太后为巩固蒙古血统贵妇永操权柄的地位，不惜在子媳之中，施展阴谋诡计，以明修栈道、暗度陈仓之法，阻拦顺治帝欲立董鄂妃为皇后。孝庄皇太后迁居南苑，作为佯攻措施，牵制住董贵妃。太后生病，妃嫔事奉，这是宫廷内正常的礼貌规矩，以此为理由召董鄂妃，董不能不去，皇帝也不能阻拦。但是此举深藏的含义却不是一般人能理解的。它割断了皇帝与董氏的联系，削弱了董氏与顺治的感情，为皇后专宠制造条件。及董贵妃子死体垮，皇后得以乘虚而入，稳固了后位，目的达到。

事例：巧布迷计，刘裕杀诸葛长民

东晋安帝义熙九年（413年）三月初一，太尉刘裕在京城建康自己的府第里，杀死政敌诸葛长民。

刘裕是东晋末期一位有为的大将，晋安帝元兴二年（403年），联合何无忌、刘毅，起兵反对东晋权臣桓玄，为恢复晋室立下大功，拜为侍中、车骑将军、都督中外诸军、录尚书事，一跃为晋朝廷权要。安帝义熙六年（410年），又率师讨伐南燕，恢复东晋大片领土，再晋升为太尉。不久，又兴师北伐，连破后秦大军，俘秦王姚泓，一时间，东晋王朝为之兴盛。也就在这个时候，刘裕因功高权重，遭到内外朝臣的妒恨和排挤。先是与他共反桓玄的卫将军、荆州刺史刘毅居功自傲，极力反对刘裕入朝辅政，又处处抑制刘裕军权，激起刘裕亲率大军，沿江北上江陵讨伐刘毅。义熙八年（412年）九月，刘裕由建康率师出发，临行前，以豫州刺史诸葛长民监太尉留府事，心腹刘穆之为建武将军辅佐左右，防范京城意外事变的发生。

诸葛长民也是早期与刘裕共谋东晋恢复大业的功勋人物，官拜豫州刺史，与刘裕先期关系亲密。他与刘裕矛盾的产生，是因为他在居官期间，骄横不法，又贪婪奢侈，视朝廷的法律为儿戏，百姓视之为祸患，从而与严律肃纪，一心立功建业的刘裕产生隔阂。诸葛长民也担心太尉刘裕借机执法查处他，所以在义熙八年（412年）十月刘毅遭刘裕谋杀后，万分惊恐，害怕哪一天祸临自己头上，就开始在心中打主意，企图联络他人，共治刘裕。诸葛长民对左右亲信说："前年醢彭越，今年杀韩信，我的大祸就要临头了。"诸葛长民的弟弟诸葛黎民，在朝中任辅国大将军，极力劝说其兄先下手为强，起兵反刘裕。他说："刘毅的死，就是诸葛氏为之惧怕的下场，应该趁着刘裕大军出征尚未返归而采取行动。"长民受其弟怂恿，暗中写信给冀州刺史刘敬宣，对刘敬宣说："狠毒暴戾，恣意专横的刘毅已自取灭亡，有异端之举的人将尽消灭，天下就要太平，如果有富贵的事情，希望我们要共享。"暗示刘与他一同联合行动。刘敬宣看到刘裕势强，早在刘毅起兵时，就与刘裕暗通声气，所以回信给诸葛长民说："自先后任职刺史、郡守以来，常常惧怕福分将过，灾祸将临，总思避开满盈的好处，宁可吃亏受损，您所讲的求富贵的旨意，实在不敢承当。"敬宣又把诸葛长民的来信送给刘裕阅看，刘裕高兴地说："阿寿（刘敬宣）没有辜负我的心愿。"

　　刘裕本人机警过人，对诸葛长民早有警惕，当他离都攻伐刘毅时，特意留下亲信刘穆之，让他加官添兵，名曰辅佐，实是监视诸葛长民。刘穆之是刘裕的第一谋臣，多年来为刘裕谋划有方，成为刘裕的重要帮手。此次诸葛长民心存异心，趁着诸葛有一次单独将他留下，询问刘裕对其态度虚实时，为稳住诸葛长民，他故意褒奖诸葛，反激说："宋公刘裕这次溯江远征，把家中老母稚子留下，要托您全权照顾，如果他有一丝不信任，怎么能这样做呢？"假言安慰诸葛长民，要他别再生妄议。

已经攻下江陵的刘裕，也密切注意京中诸葛长民的动静。当时荆州尚未完全平定，他先派辅国将军王诞先期回京。王诞是刘裕的宠信干将，轻装简行，单身回京，使诸葛长民产生错觉，以为如果刘裕怀疑自己，一定不会派最亲近的人前来送死，因而释去重负，暂时消除了诸葛长民的紧张心理，避免了诸葛氏在刘裕大军未还时，突然起兵，而刘裕当时在朝中势力薄弱，不足以抗敌。

义熙九年（413年）二月，刘裕拟率大军由江陵还都建康，让前锋运送物资辎重的队伍兼程而下，自己率领大队人马，在后面缓慢而行，有意经常滞留不前。诸葛长民作为太尉官属，接连几天，同朝廷百官一道，至城郊新亭迎候，但每每错过日期。实际上，刘裕在此有意虚张声势，连续干扰，造成诸葛长民再次放松警觉，用"经常日期错过"这个假情迷惑住诸葛长民，使他不以为异。三十日夜，刘裕离开大军，乘舟疾进，直达建康，悄悄回到东府。初一日凌晨，诸葛长民听到刘裕已经回到东府，大吃一惊，连忙至东府拜谒。刘裕见诸葛长民进府，连忙引至私室相叙，谈话中，刘裕故意把自己平生所不尽如人意之事情，向长民闲谈，诸葛长民听后非常高兴，只顾与刘裕谈话，丝毫未觉旁边有异。两人叙兴正浓之时，室内帷幕后，跃上刘裕早已经命令埋伏的壮士丁旿，即在座位上把诸葛长民杀死。刘裕随之命人把诸葛长民尸体用车拉到朝中让廷尉判罪，又出动兵士迅速抓捕诸葛长民兄弟诸葛黎民，以及大司马参军诸葛幼民、宁朔将军诸葛秀之，诸葛氏被一网打尽，尽扫朝廷隐患。

诸葛长民之死使刘裕排除了一个主要异己政敌，为他向晋室动手，行禅让夺权，扫除了一个障碍。刘裕除诸葛长民，施行的是典型的暗度陈仓之计。初始，由刘穆之施放温和气氛的烟幕，为刘裕后来从容实施计谋，提供一个充裕的时间。接着，刘裕故意让王诞单马一身回都，开始松懈诸葛长民的警惕，俟到大军由江陵还都，刘裕不是整队高奏凯旋之歌，而是让运送军需的辎重先行，大队人马缓行于后，接连几次的逾期未返，使每日在郊外新亭迎接大军的诸葛长民陷入迷惑之中，虚虚实实的变化，实际上是政治场上的佯攻，陷对手于判断失误。再说，要诛杀诸葛长民，总不能在朝中君臣相聚一起的时候强行动手，很明显，这与企图自己称帝夺权，又想通过"有道德，有礼貌"的禅让形式上台的刘裕来说，是相违背的，所以明修栈道的佯攻，非常必要。果然，已放松警惕的诸葛长民单独进东府拜见，他的生命在私室里被悄悄结果。此时的突然偷袭，已是囊中取物，万无一失。

4. 借事示假

暗度陈仓之计本身就是虚虚实实，示假于对方，乃是迷惑，只有迷惑对手，才能够实施自己"陈仓"之实，故此，借事示假便成为经常使用的手段。

事例：陈平用计擒樊哙

陈平是西汉高祖刘邦的重要谋臣，自汉高祖二年（前205年）投奔刘邦以后，屡以奇计辅佐刘邦，如以反间计离散项羽、范增君臣，使项羽失去了第一谋臣范增；汉高祖三年（前204年）五月设计乔装诱敌，使刘邦金蝉脱壳得以逃脱久遭楚军围困的荥阳。汉高祖四年（前203年），他及时暗示刘邦，封韩信为齐王，为后来联齐攻楚，最后在垓下击溃项羽势力创造了机会；刘邦欲除楚王韩信，消灭异姓王，又是他帮刘邦定计作云梦泽伪游，一举擒获韩信；汉高祖七年（前199年），刘邦因出征韩王信，在白登被匈奴冒顿单于以几十万大军包围，在粮尽援绝的紧要关头，又是陈平出计，以美人图活动单于之妻，大军得以解围而出，陈平由此功封曲逆侯，成为刘邦左右功臣中唯一尽食一县者。陈平以奇计谋略，获得刘邦的尊重和信任，尤其到了刘邦晚年，张良功成身退，陈平成为他赖以依靠的重要帮手，直至临死前，还向吕后嘱咐陈平可用。

汉高祖十二年（前195年），燕王卢绾起兵反汉，二月，刘邦命樊哙率兵平叛。樊哙出征不久，有人在刘邦前进言，说樊哙勾结吕后，就等高祖死后乘机夺权。刘邦听到此言，心中恼怒，说："樊哙见我病重，是要盼我速死。"打算临阵换将，以周勃替代。因担心樊哙领兵在外，手下有精兵强将，谋取不易，便问计于陈平。陈平认为，不能到军中强行执缚樊哙，只有巧取才为妥当。绛侯周勃不宜公开出面，最好先隐蔽起来，由陈平出面先稳住樊哙，然后，周勃突然闯入军中，乘樊哙没有戒备时，宣旨斩杀，夺印代将。刘邦认为计策高明，令陈平、周勃速去。

陈平、周勃领命出发，一路上两人商讨擒获樊哙的具体行动。在商谈时，陈平对周勃说："樊哙是皇上的故交，立下有如鸿门宴上救皇上等许多战功，又是现今朝中拥有强大势力的吕后妹夫，既是功勋，又是皇亲，皇上因一时生气，要我们杀他，如果事后气消，思之后悔，会归罪于我们。何况吕后及樊哙的妻子吕媭再在中间插手，我们罪名更深，所以，不如暂时拿住樊哙，送往朝廷，听由皇上惩处。"周勃同意陈平的意见。

　　陈平、周勃将到樊哙军营时，周勃藏身大车之中，陈平让人在樊哙军营之外从速建筑一土台，作为诏宣皇帝圣旨所用，又派人去面见樊哙，通知他陈平代皇帝宣诏。樊哙本为一武将，见只有文官陈平带一些随从前来，真的以为陈平是来军中宣布皇上的一般诏书，丝毫不怀疑其中有诈，立即随陈平的手下赶到土台前接诏。正在陈平宣读诏旨时，哪知背后闪出绛侯周勃，只听一声令下，左右两边隐蔽的一些兵士一起拥上，把樊哙缚住，关入狱车中，周勃则快马驰到樊哙大营，进入中军大帐，召文武属官集会，宣布樊哙罪行，自己遵旨代将。陈平则押解樊哙前往长安。

　　陈平不愧是汉初睿智的谋略家，耍起阴谋来也是不动声色，得心应手。这明修栈道、暗度陈仓之计，本是第一谋臣张良在西汉元年四月西就封国时，出谋要刘邦烧毁凌空高架的栈道，示意诸侯，自己无东归之心，为麻痹项羽所用。张良的"明毁栈道"，导致了四个月后韩信的"陈仓暗度"，定灭三秦。此类故实，对陈平来说都是身历其中，当然如数家珍，非常清楚的。那暗度陈仓的好手韩信后来又是败在他们计策之下，所以说陈平运用暗度陈仓之计，是有其得天独厚的优势之处，不过是现在他把此计由军事战场上，搬到政治权力场上的争斗。刘邦晚年，随着异姓诸侯王的相继被杀，刘姓子孙诸王的封藩，在朝廷内部，渐渐崛起一股外戚吕氏势力。吕后是刘邦的结发妻子，吕氏宗族亦是刘邦起兵的最早参加者，吕氏利用刘邦年老身体有病，自己有机会干预朝政的机会，逐渐地把吕家一班人安排进朝廷的各个部门。大将樊哙与吕氏结成姻亲，领兵在外，朝廷内有颇有心术的辟阳侯审食其，为吕后出谋划策，吕氏家族欲改刘家天下的苗头已经出现。在此情况下，陈平受刘邦命除杀与吕氏势力关系亲密的樊哙，这就不仅是一个简单遵旨杀人的事，更关系到陈平自身在未来的朝廷中能否存身的一件大事，故此，陈平巧施暗度陈仓之计，以一介文官身份，单独约见樊哙，迷惑樊哙使其上当，而以大将周勃，隐藏偷袭，一举擒住樊哙。明里建台宣旨，暗里突袭擒敌。这样既避免了与樊哙军将面对面的冲突，又能对刘邦交差，把杀樊哙的责任推卸给刘邦，使将要得势的吕氏家族，不至于怪罪自己。果然，陈平在押解樊哙至长安途中，刘邦在京病逝，吕家班子把持了朝政正要磨刀霍霍，向帮助刘邦开国的元勋功臣动手。陈平幸亏未斩樊哙，有了一个安抚吕氏的资本，便赶紧急驰京都，以哭丧为名，表面哭刘邦，实是示心意，泣告自己没有轻易处斩樊哙，不过押解来京。吕后及其妹吕媭得知樊哙未死，放下心来，转而安慰悲伤的陈平，且收回让其出外就职的成命，吕后执政后，还让他做了丞相。

第二，出奇突袭，创胜之计在其中。

"欲攻敌，必先谋"，设计谋制伴动假象的目的，是为了掩饰自己出其不意的突然袭击。是故政治场上，政治人物事事谨慎，处处小心，唯恐上当受骗，陷入阱中。政治斗争中，虚虚实实，真真假假，真亦是假、假亦是真的复杂事情到处存在，但究其"假"而言，都是在成功掩饰了突袭制敌，或自己落败而恍然大悟这两种情况之后，才显示出它的庐山真面目。在假情掩饰下，让人不可预料的袭击最具威力，唐朝的赵蕤称之为"始如处女，敌人开户；后如脱兔，敌不及距"。开始以处女之态，使政敌失去戒心，疏于防备，待其大开门户，然后如脱兔疾奔一般，发动迅猛进攻，以迅雷不及掩耳之势攻下，使政敌来不及抵抗即被击败。

事例：修栈道慈禧奕䜣除肃顺

清咸丰十一年七月十七日（1861年8月22日），咸丰帝在热河承德避暑山庄烟波致爽殿病逝，临终前按照清祖宗家法，建顾命制度，以六岁皇子载淳为皇太子，著怡亲王载垣、郑亲王端华、户部尚书协办大学士领侍卫内大臣肃顺，及景寿、穆荫、杜翰、匡源、焦佑瀛等八人为赞襄政务大臣，辅佐幼子继位。同时为防范顾命八大臣擅权，把"同道堂"、"御赏"两枚私章，分赐皇后钮祜禄氏和载淳，规定一切谕旨下发，须以两枚私章为符信。不久，载淳继位，建元改年号，定明年为"祺祥"，尊钮祜禄氏为母后皇太后，居烟波致爽殿东暖阁，故称东太后。生母叶赫那拉氏，住烟波致爽殿西暖阁，称西太后。就在肃顺等人为咸丰帝兴办丧礼和嗣皇帝继位的繁忙之中，一场悄悄布置的政变发生了。留居热河的西太后和留守都城北京的咸丰弟弟恭亲王奕䜣用暗度陈仓之计，斩杀肃顺，赐死载垣、端华，景寿等五人革职发配新疆，这就是晚清历史上有名的"辛酉政变"。

"辛酉政变"的祸根自英法联军攻打北京，咸丰帝避难热河开始就已埋下，其爆发则是因为肃顺等顾命八大臣与西太后叶赫那拉氏、恭亲王奕䜣之间，相互争夺执政地位，双方矛盾的尖锐化。顾命八大臣中，以肃顺最具才干，处领袖地位。

肃顺是咸丰帝生前宠信器重的重臣。咸丰帝由北京逃到热河后，肃顺以射猎、声色为诱惑，使咸丰帝乐而忘返。同时极力阻拦留守北京与英法议和的恭亲王奕䜣等王公大臣要求咸丰帝回銮京师，还假借咸丰名义严责奕䜣等人不得再行渎请。咸丰帝本来就是个荒淫的帝王，顺势推舟把一切政事托付肃顺等人处理，于是肃顺等人成为热河行宫发号施令的实际主人，"挟天子以令诸侯"。在肃顺眼中，奕䜣是王公之中与皇帝血缘最亲，地位最显，又异常精明果断，具有较高威信的一个劲敌。奕䜣以舆论为移，有心专权，将会是自己擅权道路上的拦路石。所以在咸丰帝面前，极力挑拨离间，煽动皇帝对奕䜣的不满，甚至散布谣言称恭亲王将借洋人势力谋夺帝位，结果造成咸丰与奕䜣兄弟之间，感情疏远。当奕䜣得知咸丰病重，奏请到热河问安觐见时，咸丰帝以相见徒增伤悲为由，予以拒绝，致使咸丰至死，兄弟两人也未见上一面。奕䜣知道这都是肃顺从中作梗，弄的诡计，由此，对肃顺痛恨入骨。

西太后虽为旗人，出身并不高贵，父亲只不过是一个安徽宁池太广道的道员，她入宫之后，为咸丰生了皇子载淳，一下显贵起来，被封懿贵妃，地位仅在皇后之下。皇后钮祜禄氏，忠厚随和，对政治不感兴趣。西太后则是个工于心计的女人，她清楚咸丰身体虚弱，寿命难说，不可太多恃仗。皇子目前年幼，她有心将来帮助儿子操纵国政，便不惜以娇媚手段，哄骗咸丰帝，换来自己代为皇上批答奏折的机会，开始"时时批览各省奏章"。西太后的干政，使肃顺、载垣、端华等人的权力受到了侵犯，在肃顺看来，当时还是懿贵妃的那拉氏，绝非一个安分守己的女流之辈，一旦往后以太后名义，挟年幼的皇帝专权，自己的揽权美梦就会破灭。肃顺等人一直以声色娱乐咸丰帝，使懿贵妃失去后宫专宠地位，早使西太后为之怨恨。尤其到热河以来，一路逃难的路上，自己的饮食供应就屡遭肃顺等人的克扣。肃顺又在咸丰面前，大讲汉武帝赐死钩弋夫人的"钩弋故事"，要求咸丰诛杀懿贵妃，避免日后性烈的那拉氏母以子贵，干预朝政。咸丰帝虽未采纳肃顺的建议，但对懿贵妃倒是日见疏远，甚至死前还给皇后钮祜禄氏立下密诏，如往后那拉氏不能安分守矩，可以出此遗诏令廷臣除害。这一切，被西太后得知后，对肃顺更是恨入骨髓。

咸丰帝病死后，围绕着谕旨拟定，恭亲王被排除顾命八大臣之外二事，西太后、奕䜣与肃顺等人矛盾趋向表面化，促使两人联手起来，共同对付肃顺等人。肃顺等人本意想在咸丰帝病危时，立怡亲王载垣为帝，彻底杜绝那拉氏以子专权的企图，皇后钮钴禄氏不肯表态，那拉氏整日抱着儿子载淳立于咸丰病床之前哭泣，咸丰帝怜其母子往后流离失所，因而对肃顺的建议不予同意。咸丰帝一死，肃顺等人又想不封太后，把那拉氏排除出政治权力场之外，此计也未得逞。于是公开在殿中宣布：一切谕旨，应由顾命八大臣拟定，太后只能钤印，不得改变谕旨内容，各地章疏也不进呈宫内览阅。面对肃顺等人的跋扈，西太后如何能容忍，就拉着东太后一起，当面廷争，并以不在谕旨上钤印相威胁。结果，双方妥协，各地所奏章疏，均要呈两宫太后阅览，谕旨诏令，则由赞襄八大臣拟进，换取两太后在谕旨上钤上"御赏"、"同道堂"两印。这样，热河方面，西太后与肃顺等人以"垂帘"、"辅政"两种体制相兼互得暂时维持。

西太后不甘心被肃顺等人抑限在热河，处处被动。大清以来，皇帝年幼，而由先帝临终指定亲信老臣为顾命，辅佐小皇帝执政，直到皇帝长大亲政为止，这类的顾命制度早有先例。另外一种办法，就是汉族皇朝历史上所发生的，由母后帮助年幼的皇帝，垂帘听政。太后要摆脱肃顺等人的限制，就必须以垂帘制度，替代目前的顾命制，而身在热河行宫，肃顺等人完全控制内外形势，要想达到垂帘听政目的，还必须借用外力相助。正在此时，西太后的妹夫、又是恭亲王奕䜣七弟的醇亲王奕譞提出，与肃顺等人争斗，必须联络在北京主持政局的恭亲王。西太后采纳奕譞提议，密写书札，要奕䜣来热河相商。

奕䜣身居恭亲王之职，并非承袭，是父亲道光皇帝，兄弟咸丰帝所亲封，在清政府现有诸位亲王中，本是最为显荣尊贵的。咸丰死后，怡、郑等亲王居然觍居顾命大臣之列，而自己却被排斥在外，肃顺甚至不准其赴热河行宫，经理丧事。奕䜣心中已是大为不满，早就有计划除去肃顺。他暗中安排自己的亲信，如热河行宫任领班军机章京的曹毓英等人，随时向京城密报肃顺等人在热河的行踪举动，这既是避祸所必须，又为日后上台执政作预备。但要除去肃顺等人，达到自己执政的目的，奕䜣也清楚，只有推翻现有的顾命制度，尽翻政体，代之以女后垂帘，自己才能较快地爬上辅政之位。虽然奕䜣精明能干，但是要一切由自己单独动手，毕竟孤掌难鸣。别无良策，只有与两宫太后联合。西太后与奕䜣为斗倒肃顺等人，相互需要，便正式联手起来。

奕䜣见到两太后密召热河的传话后，随即以叩谒大行皇帝梓宫的名义，前往热河，肃顺面对奕䜣哭丧的要求，不便阻拦。9月5日，奕䜣赶往热河，先到咸丰梓宫前，伏地大哭，声彻殿陛，两旁人等皆为之感动，无人不信他是专为叩谒梓宫，感念手足情深而来。一番哭奠后，奕䜣进宫，皇太后单独召见，密商之中，奕䜣提出要除肃顺，非还京城才易下手，并以京城一切，由其负责，做出"万无一失"的保证。至此，两宫太后与奕䜣共同做出政变决定，奕䜣离开热河，兼程赶到北京作预先布置。

两宫太后、奕䜣等人政变的第一步，是投放垂帘听政的试探气球，从舆论上为政变作准备，同时借机迷惑政敌。9月中旬，奕䜣同党、大学士周祖培的门生董元醇，最先上奏，要求朝廷以两宫太后垂帘听政，并从亲王之中选出一二人，用心辅弼一切政务。两宫太后见到奏折后，旋即召见顾命大臣，要肃顺等人按照所奏拟旨实行。八大臣勃然抗论，认为听命太后切切不可，清朝历史上更是没有先例。八大臣之一的杜翰肆言无忌，照直顶撞。西太后气得两手颤抖不已，年幼的皇帝被肃顺等人大声抗言所惊，啼泣不停，甚至溺湿了西太后的衣服。肃顺等人当天退朝后，又拟谕旨斥责董元醇，声称国政大端，非臣下所能妄议。接着又咆哮"搁车"，以不理政务，停止办公，威胁两宫太后，最后还是东太后中间劝说，肃顺等人才照常办事。西太后被迫放弃垂帘听政一说。

西太后、奕䜣发动政变的第二步，是利用输送咸丰帝梓宫及新皇帝回京之机，施用暗度陈仓之计，进行突然袭击，一举捕拿肃顺等人。董元醇的奏折被驳，不过是西太后、奕䜣等人施行佯攻的试探气球，借以吸引肃顺等人的注意力。果然，肃顺等人一看董的奏折被痛驳后，两宫太后被迫发出"我朝圣圣相承，向无皇太后垂帘之礼"的上谕，一时无人再敢言垂帘听政。他们以为胜利在握，政治危机已经过去，自己的权力地位已经稳固，便盲目自信，开始对西太后、奕䜣等人疏于防范。西太后、奕䜣则加紧布置。先是乘八大臣忙于大行皇帝及新皇帝回京登位筹备自嫌事多的时候，解除了端华的步兵统领，载垣的銮仪卫、上虞备用处事务，以及肃顺等人的兼差事关皇宫禁军及扈从护卫等多项兵权，随后西太后、奕䜣等人的亲信接任步兵统领职位，把管理禁卫兵之权基本掌握在自己手中，搬开了发动政变的重要障碍。另外，执掌热河到北京一带兵权的胜保、僧格林沁，又被西太后、奕䜣争取过来，胜保倒向西太后，在承德至北京沿线驻兵严密布置，以防不测。西太后见布置停当，10月中旬反复催促肃顺等人，要求早日返京回銮，最后明定两宫太后、嗣皇帝载淳随载垣、端华七大臣在行过奠礼后，为避免圣躬劳累，先行启跸回京，而后跪请灵驾。沿途一切事务由倒向西太后的仁寿负责，责令肃顺护送咸丰灵柩一路安全缓行。西太后等人的如此安排，真是妙不可言。肃顺是顾命八大臣之首，而景寿等人，皆忠厚有余，才智不足，八大臣实际是由肃顺控制的势力集团，肃顺与七大臣隔开，七大臣失去了首脑，变成群龙无首，而肃顺单独行动，又失去羽翼相助，变为孤掌难鸣。西太后这一招，削弱了顾命八大臣的整体优势，为自己放手动刀，创造了条件。

11月1日，两宫太后、载淳等人，以快班轿夫由间道急驰入京，抢先肃顺三天。恭亲王奕䜣早早到达城外迎接，再次落实北京政变的措施。早一天，胜保已上折朝廷，首先对顾命八大臣赞襄政务的合法性提出怀疑，指责八大臣有负重托，必须以皇太后亲理万机，召对群臣，通下情，正国体。又提出"亲亲尊贤为断"，另外简任近支亲王佐理庶务，尽心匡弼，否则不足以振纲纪、顺人心。11月2日，大学士、管理兵部事务贾桢，大学士、管理户部尚书周祖培，刑部尚书赵光等在奕䜣的暗示下，联名上奏，要求皇太后"敷宫中之德化,操出治之威权,使臣下有所禀承,命令有所咨决,不居垂帘之虚名,而收听政之实效"。贾桢、周祖培等是清政府元老重臣,他们提出要两宫太后垂帘听政,影响巨大。同一天,西太后在召见奕䜣、桂良、周祖培、贾桢等人时,又施以女人眼泪的战术,向众人哭诉肃顺等人如何在热河欺侮他们孤儿寡母。周祖培等人既感动又生愤,随即要求皇太后治罪肃顺等人。西太后接着用激将法,"他们是赞襄大臣,怎能治罪呢?"周祖培对答:"可以先降旨解其职,再治其罪。"西太后顺乎其意,拿出早在热河写好的谕旨,随即宣布,解除肃顺、端华、载垣三人赞襄大臣职务,交宗人府会同大学士、九卿、翰林院等严行议罪。一时间,京城缇骑四出,载垣、端华被捕。11月3日晚,肃顺护送灵柩到达京郊密云,尚不知朝中已发生政变,被醇亲王奕譞、睿亲王仁寿从卧室被窝中拿获,绑送宗人府狱中。同日,奕䜣授议政王大臣、宗人府宗令,在军机处行走。11月8日,肃顺被斩杀于京城菜市口,载垣、端华被赐自尽,景寿、杜翰等被革职,穆荫被革职且发往军台效力。

12月2日,两宫太后等在紫禁城中举行垂帘大典,奕譞以议政王总揽全局,新上台的皇帝载淳接受百官朝贺,改年号为"同治"。西太后、奕䜣的计谋取得了最后的胜利。

三、敌我拉锯 弱敌强己窥虚

恩格斯曾说:"马克思则证明,过去的全部历史是阶级斗争的历史,在全部纷繁和复杂的政治斗争中,问题的中心始终是社会阶级的社会和政治的统治,即旧的阶级要保持统治,新兴的阶级要争得统治。"中国古代君主专制和官僚政治之下,政治所要解决的问题,事关统治阶级和被统治阶级之间这一社会主要矛盾要处理。同时,在处身于剥削、压迫地位的统治阶级内部,各种集团、政治人物、各种利益团体之间的矛盾冲突,也集中反映到政治的斗争中来。政治计谋、政治权术则为统治阶级内部的政治斗争提供了相应的制衡、决战的工具性手段。暗度陈仓之计,作为三十六计中的第八计、敌战计中的第二计,有着十分广泛的应用范围。

第一,国家之间斗争的使用。

1. 在敌对国家之间

彼此对峙的敌对国家之间,为了弱人强己,互相征伐,其势力之消长,与计谋在作为"政治的继续"的战争中发挥的作用,关系密切,成效明显。如三国时期,蜀将姜维率军迎战魏国大将邓艾,先遣廖化驻军白水南岸,与邓艾隔河对峙。邓艾经过仔细分析,认为姜维敌而不攻,想以廖化牵制魏军,大军主力肯定想迂回偷袭魏军必经要地洮城,便下令赶紧拔军回撤,救援洮城。果然发现姜维领军在洮城渡河。这里姜维即施用"暗度陈仓"之计,惜被邓艾认破,目的未逞。

2. 在敌对的拉锯势力之间

在中国古代统一王朝政权崩溃后,往往群雄并起,逐鹿问鼎,相互吞并,抢夺地盘。拉锯势力常常自立封王,俨然国家,在拉据式的抗战中,双方争相用智,计谋百出。如秦亡后,刘邦用张良之计,烧栈道,消除项羽的戒心。韩信则紧跟其后明修栈道,佯示造假，却从旧道迂回，突袭陈仓，击败章邯，平定关中。

第二，在统治阶级内部的使用。
1. 君臣之间使用

韩非认为："乱之所生六也，立母、后姬、子姓、弟兄、大臣、显贵。"君主授权于臣子行政，又把臣子看作是自己最危险的敌人，这正是中国古代君主专制政治的一大特色。意大利近代著名政治思想家马基雅维利说："君主必须是一头狐狸以便认识陷阱，同时又必须是一头狮子，以便使豺狼惊骇。"马氏关于君臣之间是一种狮与狼关系，野兽与猎手关系的论断，用在中国专制制度下的君主和臣子们身上，丝毫也不过分。中国历史上君主对臣下的残暴酷杀，臣子们对君主的颠覆篡夺，萧墙之祸，宫门喋血，刀光血影中人头落地的无情事实，都是最好的例证。在人臣中，对君主最有威胁的是重臣、权臣、功臣、能臣，对这些人臣的防范控制，不仅表现在政治制度的设立和不断改变，如设丞相而又不断地抑相分权，还表现在君主随机地利用计谋，笼络、牵制、排挤、打击。暗度陈仓之计，常常被君主所采用，如康熙帝除权臣鳌拜，宋文帝杀傅亮等三顾命大臣，都是例证。

2. 臣僚之间使用

中国古代君主专制制度下，建立起庞大的官僚机构，通过征辟、察举、九品中正、科举等选官任官制度，网罗了大量的官僚臣属，帮助皇帝治国理政，以强化君主专制中央集权的统治。秦汉以来，从中央到地方，官吏成千上万，国家政权宛如一架机器，依靠这些臣僚百官们维系运转。但是，剥削阶级自私自利的掠夺本性，专制统治环境下的培养，甚至君主有意识的恣意操纵，使臣僚之间的政争了无休止。所以，有刘裕杀诸葛长民、王曾逐除丁谓、陈平用计擒樊哙、奕䜣发动政变除肃顺等众多事例。

暗度陈仓之计，还被统治阶级中的其他阶层、人物领会使用，如外戚与宦官之间，朋比为好的党派势力之间、藩镇军阀之间、后宫妃嫔之间，等等，可以说是不胜枚举，在此不再过多地论述。

四、隐其真意　奇正明暗常道

暗度陈仓之计，作为敌战计中的阴谋计策，在中国古代政坛上，被各种政治人物和势力集团视为"用阴"之宝，广泛使用。就其显示出的特点来说，主要有：

第一，由实施方法而言，具有掩饰性的特点。

暗度陈仓之计的实施，起步点即要通过虚假的佯动，吸引敌方的注意力，混敌视听，导其入歧途，造成敌方判断失误，行动失措。佯动的目的性即迷惑敌人，造成敌方的错觉和不意，以争取自己的优势和主动，决定了它的掩饰性特点。没有成功的佯动，就很难有后来的暗袭。因此用计者在实施佯动时，对佯动时机的选择、攻击对象心理的揣度分析、佯动的影响等，都要有充分的把握，否则稍有不慎，就可能前功尽弃。如被政敌识破，将计就计，则自己十分被动。

第二，就实施过程而言，暗度陈仓之计有反常性、诡谲

性的特点。

暗度陈仓之计在实施过程中,往往超出人们司空见惯的成见之外,正奇相合,明暗参用。"明"与"暗"、"奇"与"正"是中国古代的思想家和军事家们,从自然界和军事作战中总结出来的既相互对立,又相互依赖、互相转化的两对概念,明暗之间、奇正之间,具有朴素的辩证关系。政治家们利用奇正、明暗之间的循环变化特点,往往打破常道,克敌制胜。

实施过程中的诡谲性,是指该计实施当中,讲求欺诈迷敌,行事之道难以揣测,防守者在用计谋主的"明道"的迷惑下,经常作出错误的判断,从而产生松懈情绪,变得麻痹大意,最后在毫无防备之中,被敌击败。

第三,就用计者的心态而言,具有强烈制伏的特点。

设计谋主,以假示真,以虚掩实,靠突袭巧夺取胜,陷敌于无准备的状态,一旦行动,往往手到擒来。

第四,就该计运用的功能效应而言,具有突发性、有效性的特点。

暗度陈仓之计,以"明修栈道"的佯攻为掩护,以突然发生的袭击为效果,修栈道是大白于天下的公开行动,度陈仓是用千里暗行。袭击敌方出乎意料,疏于防守的陈仓,袭之突然,"一箭中雕",收到打蛇七寸、一击致死的功效。

隔岸观火

——坐观虎斗　助之自相残杀

本计云:"阳乖序乱,阴以待逆。暴戾恣睢,其势自毙。顺以动,豫;豫,顺以动。"其大意为:在敌方内部分裂混乱,众叛亲离时,我方静待其变,敌人相互残酷暴虐,反目为仇,势必自取灭亡。然后根据敌情进行策划,相机行事,就会得到愉快的结果。也就是说,要以和顺的态度,顺应敌情变化而动,做好在敌方情况发生突然变化时乘机取利的准备。

隔岸观火,典出于三国时期的赤壁大战。当时,诸葛亮帮助周瑜谋划以火攻曹操水军。曹操为了迅速取胜,不使水军溃败,采纳庞统的连环计,将战船用铁链连在一起。吴国战将黄盖以苦肉计诈降曹操,得以靠近曹操水寨,趁机发起火攻。当此之时,诸葛亮对刘备说:"主公可于樊口屯兵,凭高而望,坐看周郎今夜成大功也。"而隔岸观火,又与坐山观虎斗、鹬蚌相争、坐收渔人之利等相类似。

一、顺时以动　待其变取其乱

《周易·豫卦十六》云豫:利建侯行师。《象》曰:雷出

群雄并起，李渊计高取关中

地奋,豫。先王以作乐崇德,殷荐之上帝,以配祖考。

【一爻】初六,鸣豫,凶。《象》曰:"初六鸣豫",志穷凶也。

【二爻】六二,介于石,不终日,贞吉。《象》曰:"不终日,贞吉",以中正也。

【三爻】六三,盱豫,悔,并迟有悔。《象》曰:"盱豫有悔",位不当也。

【四爻】九四,由豫,大有得,勿疑。朋盍簪。《象》曰:"由豫大有得"。志大行也。

【五爻】六五,贞疾,恒不死。《象》曰:"六五贞疾",乘刚也。"恒不死",中未亡也。

【六爻】上六,冥豫,成有渝,无咎。《象》曰:"冥豫"在上,何可长也。

《彖》曰:"豫,刚应而志行。顺以动,豫;豫,顺以动。故天地如之,而况建侯行师乎?天地以顺动,故日月不过,而四时不忒;圣人以顺动,则刑法清而民服。豫之时义大矣哉!"《周易集解·豫》:"郑元曰:坤,顺也;震,动也。顺其性而动者,莫不得,得其所,故谓之豫。"其意是说:豫与愉通,就是愉快。豫卦有震雷、坤地,五阴一阳,系群阴随阳。若阳刚与阴爻相应而志向畅通,又能顺应时机,即顺应敌情变化而有所准备,就能达到预想的目的,豫卦顺应时机行动,正如同天地;天地如此,建立公侯基业,率师出征当亦如此。天地顺时而动,日月运行不出轨迹,四时循环亦能正常;圣人顺应时机行动,就会使刑罚公正廉明而百姓信服。豫卦所包含的时空之义，太广大了啊！

从卦形推演，五阴一阳，有阴追阳之意，使阳春风得意；上卦震为动，下卦坤为顺。亦是群阴顺而追阳，"建侯行师"定得成功。但是，必须注意"顺以动"，即顺应时机行动。否则，既难予建侯，而行师也可能不利，甚至会招致失败的挫折和痛苦。

五阴一阳的卦形，群阴顺从追随阳，仅是其含义之一。与此相联系，还有群阴系阳的含义在。内卦坤为己，外卦震为敌。震之性格不动，寓意为敌方动态剧烈，二女甚至三女、群女争夫，当为例证。然而，坤又以顺从、安静为其性格特点，所以就表明我方一定要忍耐，安静等待，顺应时机。所谓"顺以动"，就是说，在时机未成熟之时，不能轻举妄动。否则，群敌为其共同利益，团结一致向我攻击，结果不言自明。若能按卦理行事，静观其变，必能坐收其利。这是因为，敌之六五、上六两阴相斥，必然引起内争，相互仇杀。待其两败俱伤，我方再从中取利。此乃为不设计之计，无行动之行动。

此计用在军事上，是强调在敌我双方抗战中，在敌方内部矛盾突出，相互倾轧的情况下，并不急于趁火打劫，避免操之过急造成的联合反击，而是要坐待敌方矛盾继续发展直到反目为仇，才乘机出击，得到胜利。中国古代军事家孙子在其名著《孙子·火攻》篇中，即专门阐述了军中将帅要慎于用兵，戒于轻战的思想。文中说："明主虑之，良将修之。非利不动，非得不用，非危不战。主不可以怒而兴师，将不可以愠而致战；合于利而动，不合于利而止；怒可以复喜，愠可以复悦，亡国不可以复存，死者不可以得生。故明君慎之，良将警之，此安国全军之道也。"孙子这里特别强调要用慎重的态度达到战争的目的，不能不分青红皂白地发动军事进攻，造成自己付出大的代价。中国的道家学说也认为万物无常，随时光而改变，要会以静制动，以治待乱，等待时机，再采取适宜的措施迈向成功之路。

隔岸观火之计用到政治上，是强调与政敌相争时要学会采取一种"坐山观虎斗"的态度，按兵不动，坐待时机，利用政敌之间相互争夺利益的争斗，助之火并，待其势敝，乘机收全利，正如"坐山观虎斗"故事中的卞庄子一样，见到两只老虎吃牛，他没有马上刺虎，听从劝说，改为坐等两虎为争食相斗，直到两虎两败俱伤时，再从容刺虎，果然一举而得两虎。

二、静观其变　巧借力善寻机

在中国古代的政治场上，各个政治集团、势力群体、政治人物之间的争权夺利之斗，钩心斗角、尔虞我诈、尖锐残酷。敌对双方实力之强弱，并不是一成不变的，而是互有消长，往往一日之间，强势者一落千丈，而势弱者青云直上，一夜坐大。为了巩固和争夺更大的政治权力，壮大自己的力量，筹划计谋者总是会制造矛盾，利用矛盾，以达成己欲。隔岸观火之计，正是集两者于一体，被政治家、野心家、阴谋家们圆熟老到地操作运用。其常用手法主要有：

第一，静观其变，创胜之计在其中。

中国古代的智谋之士，早就从哲学的高度总结出"动"与"静"

之间的辩证关系，主张天道有变，万物无常，事物会随着时光的转移而发生变迁，强调要学会以静制动，以治待乱，静观时机的变化，再做出相应的措施。历史上不少政治家和权谋家得其深奥，临危不乱，处变不惊，镇定冷静地分析形势，通过"以静制动"的方式，利用敌方的内部矛盾，化解问题，往往收到《战国策》中所讲的渔者得"蚌鹬相争"之利。

事例：高、冯相争，江陵秉政

张居正是明神宗时的政治改革家，自隆庆六年（1572年）六月，在朝辅弼年幼的明神宗理政，躬身辅政，忠君爱国，又锐意革新，厘剔宿弊。政治上针砭沉疴，革弊除旧，裁汰冗官，条理刑狱，选拔英才。经济上清丈土地，行一条鞭法。又整饬边防，任用良将，练兵筹防，设茶马市、互通蒙汉，终于使明初以来的积弊衰败，在万历初年为之一改，出现了短暂的"海内肃清、四夷宾服。太仓粟可支数年，府库寺积金四百余万"的清平世界。

张居正得以成功革政，有他个人的突出才干、皇族的信赖等多方面的原因，但其中的一个主要原因，是他独居朝廷揆首地位，大权独揽，得以大刀阔斧地施展手脚。因为他籍贯湖北江陵，时人把他一人专断朝纲的现象，称为"江陵秉政"。

张居正由万历皇帝上台之初的三个顾命大臣共同执政，变为一人独揽权柄，得益于他成功的隔岸观火谋略。此事说起来，倒也有一番曲折的故事。

张居正生于嘉靖四年（1525年），二十三岁考中进士，选充庶吉士，二十五岁进翰林院为编修。张居正青少年时期即有远大政治抱负，曾上《论时政疏》，指陈朝廷有宗室骄恣、庶官疲旷、吏治因循、边务废弛、财用大亏五大弊端，要求兴利革弊。当时因为严嵩专权，他郁郁不得志，俟到严嵩失势，徐阶担任内阁首辅，张居正开始被重用，到了穆宗朱载垕隆庆初年，他连年晋升，晋迁礼部尚书，兼武英殿大学士。隆庆二年（1568年）加少保兼太子太保。徐阶致仕回乡时，推荐富有城府能担大任的张居正进内阁，由此，张居正始得操政，到隆庆六年（1572年）一月，他由太子太傅再迁少师兼太子太师。隆庆五月，明穆宗中风病逝，临终前遗命高拱、张居正、高仪三人辅弼皇朝。六月初十，明神宗朱翊钧即皇帝位，年方十岁，三个顾命大臣中，大学士高拱在穆宗之世，即专权用事，居三顾命之首。高仪体衰疾病缠身，穆宗死后，没多少天也一命呜呼。这样，剩下高拱、张居正两顾命居朝理事，就在这年的六月十六日，高拱突然被褫去官衔职位，勒令即日出京，回原籍闲住，张居正取而代之，成为内阁首揆。

　　高拱被夺职逐乡的原因是与宫内太监冯保的矛盾激化，被皇帝亲近的"大伴"冯保谗言挑拨，又利用穆宗皇后陈皇后、李贵妃的宠信，乘机以异己排挤。高拱是河南新郑人，嘉靖二十年（1541年）中进士后，为裕王朱载垕做讲官长达九年，后来升迁太常寺卿、国子监祭酒、礼部尚书等职。嘉靖四十五年（1566年），明世宗朱厚熜去世，裕王朱载垕嗣位为帝，即明穆宗。高拱由帝师得以入阁，拜文渊阁大学士。隆庆元年（1567年），因为同内阁首辅有矛盾隔阂，被迫还乡闲居。隆庆三年（1569年），因为宫内太监滕祥、陈洪、孟冲等人的帮助，再次入阁办事。上台之后，为了报答举荐自己的陈洪、孟冲，他打破惯例，把应由秉笔太监冯保升任的司礼监掌印太监一职，先后让陈洪、孟冲两人担任,把冯保置之一边。冯保在隆庆初年,还领掌过皇帝的耳目机构东厂,按成例,掌厂者必升司礼太监这个太监中的最高职位。冯保应该升补而不得晋迁,他清楚这是高拱从中阻梗作私下交易,不禁心中衔恨,对高拱由愤生仇,就想利用机会陷构高拱。

冯保自小进入宫中,在神宗皇帝做皇子时常伴身侧,提携捧抱,细心照顾,被神宗称为"大伴"。自嘉靖时起,长期担任仅次于司礼监掌印太监之职的秉笔太监,此职专掌章奏文书,照阁票批朱,也是一个事关机要的实权之职。冯保给人的印象平和谨慎,喜爱书琴文章,有君子之风,长期接近朝政权柄,养成胸藏城府笑而不露的习惯。明穆宗去世,神宗上台,他分析形势,认为凭自己与幼帝的关系,和经常接触幕后监政的神宗生母李贵妃、皇后陈氏的便利条件,加之内阁辅臣张居正的鼓励支持,现今正是除去高拱的最好时机。于是他连续施展阴谋,先是利用掌奏章批朱之便,篡改明穆宗遗诏,说自己与三大臣一起,同受穆宗临终顾命,为自己攻击朝臣高拱,议论朝政制造合理依据。接着,他又行诬言栽赃之法。

穆宗去世时,高拱在内阁号泣,神宗派冯保征求高拱对朝政的意见,高拱在悲伤之中,念及穆宗三十六岁即撒手人寰,遗留下十岁的儿子嗣位为帝,悲痛之中随口说道:"十岁太子如何治理天下啊!"冯保有心构陷,跑到陈皇后、李贵妃面前诬告,说高拱轻蔑新皇,说:"(指冯保)你捧了圣旨,我说这不过是一个不满十岁的孩子的话,难道真能做人主管理天下大事吗?"冯保挑斗皇后、贵妃对高拱的仇恨,伪言高拱居心不良,又在宫内暗地散布流言,说首辅高拱要废神宗另拥周王为帝,煽动神宗对高拱的厌恶。

高拱居内阁首辅，对冯保的逸言诬告已有所闻，虽然他没有冯保那样方便地进出宫室的便利条件，但在外朝，自度势力强大，便授意各位给事中、御史等众言官，上折弹劾冯保矫诏乱政，行为不轨，想以此定冯保死罪。冯保见言官纷纷上奏，开始也担心害怕，心念一动，干脆把全部奏章扣匿起来。高拱不知其中奥妙，还以为自己稳操胜券。六月十六日朝臣早朝时，他照例站在前列，却见冯保手执黄纸文书，代为宣读皇后、贵妃和幼皇谕旨："大学士高拱，揽权擅政，夺威福自专，通不许皇帝主管。我母子日夕惊惧。令回籍闲住，不许停留。"高拱大意失荆州，突遭袭击，神色大变，一下子瘫倒在地。即日收拾行装返回原籍。

高拱与冯保的权力争斗，最大的赢家是张居正。高拱被逐，冯保得胜后，只不过升上了自己理应升上的司礼太监之座，此职虽是内朝要职，但冯保毕竟只是宫中的一个奴才，当时李贵妃、陈皇后等人，对内宫控制甚紧，他要想大有作为，困难重重。张居正则不一样，从小怀有济世治乱大志，早就有意一朝执得权柄，实现自己平生政治抱负的愿望。高拱与冯保二人相斗伊始，他就看得清清楚楚，冯保的暗中活动，高拱的摩拳擦掌，时值穆宗新丧，幼皇嗣立之初，作为同列阁辅的张居正，理应居中调和劝解，安定混乱的时政。但是张居正并没有这样做，而是恪守保身、取利的原则，在冯保、高拱准备决斗，胜负未卜的情况下，他不直接介入，而是隔岸观火，坐观高、冯成败决战。当时他找了个十分正当的理由，就是与司礼太监曹宪一起，到天寿山为明穆宗卜择陵地，远离权力斗争的旋涡。六月初十日，明神宗登基典礼，他赶回京城，旋以中暑生病为由，居家养病。六月十六日，宣诏逐高拱后，他见大局已定，赶紧走向前台，不再回避。十九日，他在平台见神宗，旋升任内阁首辅，坐收高拱失势后的渔利，一任十年，终于成就了一番"中兴"事业。

事例：董卓拥兵观变，坐收渔利乱天下

董卓是东汉历史上一个最著名的奸宄乱臣，因其拥兵入都，挑起了东汉末期军阀混乱的局面。董卓之乱造成了千里沃野的洛阳和关中地区，在极短的时间内，变成了"出门无所见，白骨蔽平原，千里无鸡鸣，生民百遗一"的悲惨景况，东汉政权由此名存实亡，统一的中国再一次陷入分裂割据的历史厄运。

董卓之乱发生的一个重要的原因，是东汉末年外戚势力和宦官势力为争夺权柄，开展了激烈的互相残杀，为拥兵坐观的董卓，以隔岸观火之计，乱中取利，坐收成败，得以逞其凶志。这其中的缘故，说起来有着一段不短的故事。

自东汉和帝开始，外戚与宦官的争权夺利斗争日趋激烈，成为寄生在专制王朝政治上的一个恶性肿瘤，一直无药可治。汉灵帝中平六年（189年），张角兄弟领导的黄巾军，风起云涌，给本来已处在衰亡中的东汉政权以致命的打击，朝政更加腐败。内朝之中，先是王甫、曹节操权干政，乱杀忠良，后来又有赵忠、张让、夏恽、段珪等十常侍被灵帝宠信，在他们的诱导下，汉灵帝一心沉湎于做生意买卖、公开卖官鬻爵得钱、勒索搜刮百姓的荒唐生活之中。灵帝公开对百官说道："张常侍（张让）是我的父亲，赵常侍（赵忠）是我的母亲。"外朝的一些正直官僚士大夫，稍有忠谏，即被宦官排挤打击，尤其严重的是屡次兴起的"党锢之祸"，使大

亢龙有悔跃于渊

批朝官被罗织罪名诛杀禁锢，宦官势力成了内外朝政的实权势力。中平六年（189年）四月，汉灵帝病死于洛阳嘉德殿。十四岁的刘辩即皇帝位，改元光熹，尊何皇后为太后，临朝听政。何太后之兄何进参录尚书事，辅助朝政。何姓外戚势力的得势，与以蹇硕为首的宦官集团固有矛盾激化，一场剧烈的宫廷斗争由此而生。

原来蹇硕是汉灵帝非常信任的一个宦官，是著名的西园八校尉之首，典领禁军，连大将军何进也受他管辖，何进与蹇硕的矛盾曾因两件事造成不共戴天之仇。一是蹇硕利用近便屡次奏请汉灵帝把何进远调京都，试图削其权力。二是为立嗣帝之争。

汉灵帝娶何氏为后，生了刘辩，又与王美人生了刘协。何皇后嫉妒心强，畏惧王美人与己争宠，就下毒药毒死了王美人，又想毒死刘协。汉灵帝为防止事变再起，把刘协交给自己的生母董太后收养。两子长大成人后，汉灵帝有心立刘协，又顾虑何皇后兄妹，迟迟未决，直至临死前，当着董太后面，把蹇硕叫到床前，嘱托他保护刘协。蹇硕临终受命，就设计立刘协，除何进。先令宫中秘不发丧，假意召请何进入宫议事，埋伏刀斧手准备斩杀。哪知何进入宫时，被人使眼色提醒，何进逃回自己的兵营。蹇硕斩杀未逞，在何皇后、何进主持下，立了刘辩为皇帝，刘协封渤海王。

何氏家族秉权后，就想利用天下人共怨宦官的心理，除杀蹇硕等宦官。何进邀召袁绍、袁术兄弟，以及逄纪、荀攸等人，开始紧锣密鼓准备。蹇硕这边也磨刀霍霍，让宦官郭胜送信给赵忠等人，相约在宫中捕杀何进家族。郭胜见何氏朝中势强，把蹇硕密信送至何进府中。何进见信，决定先下手为强，立即诱召蹇硕。

蹇硕不知有变，入宫见面，被何进手下手起刀落，砍下了脑袋。何进随即公布蹇硕罪状，又把反对立刘辩的灵帝母亲董太后驱逐出宫，并逼杀了董太后的侄子骠骑将军董重，徙刘协为陈留王。

　　何进在取得了攻杀蹇硕、董重两次胜利后，还想乘胜前进，彻底根除宫中宦官。袁绍向何进献计说："从前窦武他们想消灭宦官，因消息泄露，反被其害。现在将军兄弟统领禁军劲旅，属下将佐，又都是俊杰名士，乐于效劳，真是天赐良机，将军应该为天下除害，不要错过垂名后世的机会。"何进认为所言有道理，就进宫奏请何太后，尽撤中常侍及下属宦官，改用士人郎官。何太后当初毒杀王美人，差点没被汉灵帝杀死，主要得力于宦官从中劝阻，因此犹豫不决。宦官赵忠等人又大量贿赂何进母亲舞阳君，以及何进之弟何苗。舞阳君、何苗收受贿赂后，到何太后前尽力劝阻，并且谗言何进："大将军擅杀左右，专权独断，削弱社稷。"何太后听信此言，也开始冷淡何进。

　　袁绍见何进有些进退两难，就促其坚定决心，要何进立即动手，否则将害及自身。何进百般无奈，想出一个折中方案说："可以杀一儆百，除去首恶。"屠夫出身的何进，少于机智，加上何太后的冷淡疏远态度，使他寡于断事，迟迟下不了动手决心。袁绍见此情况，就出了一个导致后来招祸董卓的馊主意，他说："将军可以调集四方猛将各路豪杰，令其进都，逼迫太后同意，达到尽除宦官目的。"袁绍的建议，明显是个引狼入室的愚蠢主意，主簿陈琳当时即指出："将军集皇家权威，手握兵权，对付宦官，恰如用炉火烧毛发，是件易事，只要速发雷霆万钧之力，当机立断，则上应天意，下顺民心，很容易达到目的。为何要放弃权要，征求外援？而大兵聚集京都，强者称雄，就如倒持干戈，把柄授给别人，将功败祸生，带来大乱。"缺少智谋的何进不能善纳，不听劝阻，一心想除灭宦官，独揽朝政，便下令召董卓、蔡瑁等人带兵入京。

董卓是个陇西豪侠，因武艺膂力过人，当上羽林郎，后因战功官拜并州刺史、河东太守，又因镇压羌族起事有功，受东汉朝廷重用。中平五年（188年），拜为前将军，与皇甫嵩共同镇压三辅地区的王国、韩遂、马腾等。董卓性狡猾多权诈，每次征战后，都乘机扩展自己的军队，逐渐形成自己的凉州军事集团，成为关西军阀之首。东汉朝廷对其凶残野蛮又缺乏军纪的队伍时有所闻，担心尾大不掉，曾下诏让其入朝担任少府等职，董卓以羌族胡兵不听命令为借口，拒不服从调遣。当灵帝病重时，迁董卓为并州牧，令他把兵权交给皇甫嵩，他则要求把自己的军队直接带到并州，死也不肯交出兵权。皇甫嵩为此特意上书朝廷，提出董卓违抗朝廷调遣，不交兵权是想拖延时间，按兵不动，静观朝政变化，心怀奸诈，要求朝廷处置。灵帝下诏斥责董卓，但是董卓就是不肯交权，反而领军至河东郡，以观时变。

董卓驻军河东郡时，正是洛阳城内何进与蹇硕斗争趋于激烈的时候，静观洛阳城内剑拔弩张，以为自己兵权在握，军驻京外，正是乱中取利的大好良机。但在蹇硕、何进势均力敌胜负不明的情况下，董卓明白，这时候不宜出头露面，只能按兵不动，俟其变乱，再相机行事，便采取隔岸观火之计，不表态，不支持。等到何进杀蹇硕、董重，秘密召见董卓带兵进京，图谋尽杀宦官，董卓认为时机已到，在何进召京部队中，立即响应，最先到达。

为了挑起洛阳城内更大的变乱，大军刚刚启动，就公开上书朝廷，要求尽杀宦官，书中说："中常侍张让等人，利用皇上宠爱，扰乱天下，我听说扬汤止沸，莫如釜底抽薪；疮痈虽溃，但胜于养毒腑脏。从前有赵鞅兴晋阳之兵来清除君王身侧的恶人，现今我鸣鼓到洛阳，请收捕张让等人，以清奸去污。"董卓在上书中，指名道姓要杀张让等人，暗示自己领兵入京，是有所召请，实际上是公开挑拨何进与张让等宦官相斗，目的是唆使何进与宦官双方进一步残杀。

当董卓大兵临近洛阳时，何进又听信何苗等人议论，赶忙派人至董卓军中，让董卓停止进兵。董卓当然不理会何进阻拦，一气把军队领到洛阳城外，这时何太后已眼看洛阳城外大军威逼，不得不将十常侍等人解职，但在怎样处置这些人的问题上，何进又一次犹豫不决。袁绍这时候有心抢功，干脆假借何进名义，令各州郡收捕宦官的亲属，一下子激起张让等人铤而走险。

八月，当何进入宫面奏太后，要求诛灭宦官时，张让率段珪等数十个宦官，立即刺死何进，且自拟诏书，任命官吏。袁术、袁绍听说何进已在宫中被杀，干脆领兵包围宫廷，宦官闭上宫门抵抗，袁术令在宫门外放火，袁绍领兵攻进宫内，连带何进之弟何苗在内，凡是太监模样，全部杀死，计杀有两千多人。张让、段珪则乘机挟持刘辩、刘协两人，逃向城外，途中张让等人被追兵急追，情急之下，跳河自杀。

董卓驻兵京郊，一见城中大火，急速领兵入城，第一件事是寻找到皇帝，结果在北邙山侧找到皇帝和陈留王。董卓一见刘辩、刘协兄弟，就产生了废立念头，果然入都后，董卓就强迫群臣废刘辩，立刘协为皇帝，即汉献帝，迁何太后至永安宫，不久又返遣人毒死何太后。从此以后，董卓挟制献帝，借天子之令为所欲为，这可以说是董卓隔岸观火之计成功后的第一个收获。第二个收获则是扩充了自己的势力。董卓昼夜急速进京，本来只带三千兵马，何进、何苗被杀后，其所领禁兵尽归其辖管，就连负责京师治安的丁原部队也被董卓收编。第三个收获是为自己的专权独断扫清了障碍。何氏外戚势力和宦官集团势力的自相残杀，双方俱亡，使董卓既除去了两个主要的政治劲敌集团，同时自己又获得了一个及时匡救社稷的美名。以此为资本，董卓排斥异己，大肆杀伐，袁绍、曹操等人争先恐后出京外逃，太傅袁隗等人相继被杀，太仆袁基一家五十余口，被灭门抄斩。从此以后，东汉朝政为董卓专断，所作所为，丧尽天良，直到三年之后，被王允、吕布等人杀死。

事例：郑襄公隔岸观火，择胜而从

三年不朝一鸣惊人的楚庄王，一心争霸，积极北进中原。鲁宣公十二年（前597年），楚庄王亲率大军围攻郑国，郑襄公一面坚守城池，一面派人到结盟的晋国求救。虽然郑国上下一心，英勇抗战，但是敌众我寡，力量悬殊，相持三个月，晋国援军也未到达，郑都终于被楚军攻破，郑襄公只得袒露着上身，手牵着羊，开城门迎接楚庄王入朝，表示驯服地任楚国宰割。又向楚王献上国书、地图，可怜兮兮地对楚庄王说："我未能上承天意事奉楚君，使楚君生怒到郑邑，这是我的罪过，怎敢不唯命是听，服从楚王的命令呢？即便贤君把我作为俘虏带到江南，放逐到海滨荒野的地方，我也唯命是听；或者贤君灭掉郑国分割其土地赏给诸侯，让郑人做臣妾奴仆,我亦唯命听从;如果承贤君开恩顾念从前的友好,让我托周厉王、周宣王、郑桓公、郑武公之福,而不亡郑国,使郑邑能事奉贤君,等同于楚国的一个县,这便是贤君的恩惠了。我不敢有太多的奢求,大胆地说出自己的心愿,但愿贤君任意处置。"

郑国是居于楚、晋之间的一个中小国家,长期以来一直在两强国夹缝中求生存,同时也是两个强国互相争霸的一个缓冲之地。郑襄公虔诚的求降之语,对楚庄王来说,并非听着入耳高兴就可以赦免郑国的,他对左右部下说:"允许郑国投降是顺理成章的事,如灭掉郑国,则名不正言不顺。况且郑君能谦逊下人,取信于民,这样的国家不是一下子可以灭掉的。"于是允准郑襄公的求和,楚军退舍三十里,派大夫潘进签订盟约,郑襄公遣弟弟子良到楚国做人质,示以诚意。

就在郑国服楚结盟不久,晋景公派来的援军才迟迟地来到郑地。郑襄公担心晋国大军拿郑楚结盟一事兴师问罪于郑国,这样郑国又要遭祸了,便召集郑国群臣商讨应付办法。大夫皇戌认为,晋楚强大,现在郑与楚和好,晋军势强,如果问罪郑国,郑国则不是其对手,不如说服晋军与楚军决战,郑国坐观成败,晋军胜则服于晋,楚军胜则服于楚。郑襄公认为皇戌的建议为良策,对郑国很有利。于是派皇戌前往晋营,鼓动晋军攻楚;又遣使楚军,怂恿楚庄王与晋军决战。

楚庄王在服郑之后,率军北进,驻于郑国的郔地,准备到黄河饮马之后,即凯旋返国。这时晋军在荀林父的率领下,也来到黄河岸边,得知郑国降楚,楚军已撤退将归,荀林父无意同楚接战，就想下令班师返国。上军首领士会也同意荀林父的主张，认为楚军在国内虽连年征战，却甚得民心，政治上也修明，兵阵每战必胜。典章制度，礼义道德，均有建树。楚君又善于选贤任才，这样的国家是不容易对抗的。"应该兼并衰弱的国家，攻打混乱的国家，何必去进攻楚国呢？"但是中军副将先縠认为："晋国所以称霸诸侯，是仰仗勇敢的军队、臣下的尽力。坐失郑国而不救，就不能说有强大的兵力。大敌当前不敢决战，就不能说是武功。见到强敌往后退，不是大丈夫的作为。由我之手失去晋国霸业，不如死去。"先縠不听荀林父号令，私自率军过了黄河。荀林父未能严肃军纪，害怕先縠与楚军战败，自己作为主帅回国后要担当罪名，干脆率三军渡过黄河。

楚庄王本来打算返师归国，不想与晋军兵戎相见，晋军过河后，楚庄王也不想饮马黄河了。令尹孙叔敖已经竖起大旗，把车头向南方，准备返师。只有庄王的宠臣伍举，一心想立功，鼓动庄王同楚军作战。楚庄王采纳了伍举的建议，掉车头向北，准备迎战晋军。这时候楚王也担心未必能赢强晋，几次派出使者，说明楚不想同晋争战，不过是惩处一下郑国。甚至派人到晋国求和，约好了订约媾和时间。在这时，郑国大夫皇戌受襄公之令，跑到晋军之中极力诱使晋军攻楚。他说："郑国服从楚国，是为了挽救国运而已，对晋国并无贰心。现今楚国突然获胜，就恃势骄狂，楚军暮气已深，没有什么防备，如果晋楚交兵，郑国从楚军背后攻击，两军夹击，楚军必败。"先縠被皇戌的话煽动起性来，更加逞狂，认为打败楚国，臣服郑国，就在此一举了。

郑国使臣的鼓动挑拨，加剧了楚晋之间的矛盾激化，两军终于在泌地（今河南荥阳县东北）发生了遭遇战，结果晋军战败，溃逃回国。郑国继续维持服楚盟约。

春秋时期，政治场上你争我夺，斗争的最大特点是强国争霸，中小国家依附大国而存立。郑国北临强晋，南接雄楚，晋楚逐鹿中原，相互争势，受害的是势弱的郑国。长期以来，郑国往往采取的是墙头草策略，楚国攻时，服于楚；晋国兵来，又臣服于晋。如鲁宣公五年（前604年），楚国攻郑，郑被迫服楚。一年后，郑又去参加强晋召集的会盟。总是反反复复，试图维持延续居中难存的国势。这一次楚庄王攻郑，郑国一心固守，终因势力悬殊过甚，差点被楚国灭国，后来楚国允许与郑国结盟，使郑国仍然存在，郑襄公也松了一口气。但是在危难时不来相救的晋军，在郑国降楚以后，却又姗姗而来。依据以往的经验，晋军入郑，不会空手而回。对郑臣楚之事，更不可能不闻不问。郑国自从与楚军恶战后，又面临被强大的晋军蹂躏。如何避免这种情况的发生，郑襄公接受臣下的建议，施用隔岸观火之计，坐山观虎斗，助其相争，再择胜者臣服之。

作为一般意义上的隔岸观火之计的运用，是指静观时变者，先是按兵不动，俟敌人相互杀伐，两败俱伤时收取渔利。在这里，对郑襄公来说，能够保持住郑国的原有地位，避免自家再次受到晋军的攻击，就是最大的收获，最大的渔利。郑国是一个弱国，与强大的楚晋相比不是他们的对手，谈不上要弱楚弱晋，灭楚灭晋的问题，能生存下来就是胜利，而要生存，又必须背靠楚、晋当中的任何一国。郑襄公已降服于楚庄王，晋军不来，郑能维持住郑、楚已定的盟约，即能生存下去。晋军来到郑国，势必以武力逼迫郑国臣服于己，如果郑襄公这时又倒向晋国，必将引起楚国的逼迫，严重的还会再一次引发楚郑战争，郑国将会付出更大的代价。所以郑襄公以隔岸观火之策，挑动晋军与楚军相战，把晋军的祸水引向楚军，楚晋相斗，必有一赢家，如果楚赢晋败，郑国就要背晋而臣于楚，而发生征战后的楚国势弱兵残，一时也不会进攻郑国，郑国也能安然生存，就从这一意义来讲，楚晋泌地之战，实际上是郑襄公政治谋略的一个胜利。

事例：静观时变，姚苌定计建后秦

姚苌是十六国时期后秦国的创立者，在西晋灭亡后的北方长期割据战争中，在关中地区建立了一个包括今天陕西、甘肃、宁夏和山西大部的羌族政权。姚苌在位时任用汉族地主，惩治贪污，废除苛政，整刑狱，倡节俭，立学校，善于听谏，重文治，修德政，收揽人心，使前秦以来关中地区的混乱局面得以改观。姚苌名微力薄，在群雄并立的混乱之世，能够建立一个割据一方的羌族政权，除了军事实力以外，还得力于能够实施正确的政治谋略，隔岸观火之计即是其中一个成功之例。

姚苌是依靠投靠前秦苻坚起家的，因为能征善战，被前秦皇帝苻坚封为扬威将军。383年，苻坚决定南下攻击东晋，当时前秦朝廷中阳平公苻融、中山公苻洗，及夫人张氏、僧人道安等，朝内朝外，众人皆劝苻坚不能穷兵黩武，独有姚苌联合鲜卑出身的慕容垂，一心想乘隙另立，极立怂恿苻坚做泛舟长江、南游吴越的盛举。当时苻融说："鲜卑、羌虏是我们的仇敌，经常盼望风云变幻以得逞他们的心愿，他们所献之策，怎么能听从呢？"苻坚固执，令苻融督领慕容垂等二十五万大军做先锋，以兖州刺史姚苌为龙骧将军，督益、梁州诸军随征。结果淝水一战，前秦军队战败，草木皆兵，溃逃而回。完整保全三万大军的慕容垂、慕容泓等人乘机起兵，图谋复燕。第二年三月，姚苌被苻坚封为司马，前去讨伐据守关东的慕容泓，结果接战失败，姚苌因惧怕苻坚诛己，逃到渭北，干脆另起炉灶，脱离前秦自立。

384年春季，姚苌在关陇豪族尹纬、尹详、庞漳等人拥戴下，率五万民户丁口独立，自称大将军、大单于、万年秦王，实行大赦。定年号为白雀，分封百官，称制行事，尹详、庞演为左右长史，姚晃、尹纬为左右司马，天水人狄伯支为从事中郎，玉据任参军，拜王钦卢、姚方成等人为将帅。

在姚苌起兵自立的差不多时间，平阳太守慕容冲在平阳拥兵反秦，慕容冲开始时被前秦将军窦冲击败，被迫投奔慕容泓，他谋杀了慕容泓，自立为皇太弟，并奉慕容觊为皇帝，设置百官。当时前秦苻坚以姚苌为重点攻击目标，紧追密打，姚苌的弟弟镇军将军姚尹也在战斗中死了。在此情况下，姚苌考虑自己势弱，长期与前秦作战，必将耗尽有生力量，做出了第一个重大政治决策，就是联合慕容冲，以势强的慕容冲牵制前秦。自己争取时机，养精蓄锐，静观时势的变化。为了向慕容冲结好相和，他把自己的儿子姚嵩作为人质，送到慕容冲处以表诚意。与此同时，命令部属转移北地，厉兵秣马，休整积蓄。

姚苌的谋略很快取得了效果。同年六月，当前秦大兵与自己两军相峙时，慕容冲领大军逼向长安，迫使苻坚不得不撤军回防。九月，慕容冲兵临长安城下。姚苌得知消息后，立即召集群臣会议，商议下一步行动计划。会上大部分人赞成与慕容冲共争长安，以此为根基，向外扩展，经营四方。姚苌考虑良久，做出了他的第二个重大政治决策：放弃长安，让慕容冲与前秦苻坚互相厮杀，自己避争地辟新地，等到前秦与慕容冲两败俱伤，再谋长安。他向群臣解释："目前的长安是一块争地，不宜马上急取；鲜卑人是因为思归心切，振兴故土而起兵反秦的，如果其志实现，必然不会在关中久留。在他们彼此相争时，我们把力量移屯到岭北地区，储蓄粮草，充实军资，扩大军队，坐以静观，等待秦亡燕去，我们就可以不费多大代价，轻而易举地夺取长安，占据关中。这就是坐山观虎斗的计谋啊！"姚苌的分析，得到群臣的赞同，便由长子姚兴据守北地，宁北将军姚穆守卫同官川，自己率部攻打新平（今陕西彭县）。

姚苌避开与前秦正面争战，另辟他地的谋略继续取得了成功。新平之战尚未结束，姚苌又进军岭北，岭北各城全都向他投降称臣，一时姚苌势力大盛。而此时慕容冲与苻坚，正在长安城下作困兽相斗。长安城内的慕容觥、慕容肃图谋政变，被苻坚察觉，二人及慕容宗族全部被杀，凡城内鲜卑人，不管男女老少，皆被杀死，慕容冲的内应外合的希望落空。

385年正月，慕容冲称帝，改年号更始，建西燕政权。紧接着的仇班、雀桑之战，慕容冲大败。不过百渠一战，前秦军队又大败溃散，苻坚差点被俘。慕容冲令部将高盖偷袭长安，军队进入南城，被前秦军队斩首八百。高盖攻打渭北秦军，又被前秦太子苻宏斩杀三万。以后的骊山之战，慕容冲抓获前秦高阳愍公苻方、尚书韦钟等人。后来慕容冲军被苻坚部下反攻，活埋一万多人。前秦西燕的争战，相互损失惨重。

385年五月，慕容冲率兵强打长安，苻坚亲自督战，身上被乱箭击中，弄得遍体鳞伤，前秦有名的猛将杨定也被俘。这时苻坚开始惧怕，留下太子苻宏守城，自己携张夫人等亲属王公，在数百骑士护卫下，逃往五将山，结果被姚苌布置骁骑将军吴忠包围。前秦士兵一哄而散，苻坚仅剩下几个侍从跟在身后。吴忠抓获苻坚，送到新平。姚苌令人逼苻坚交出国玺，或行禅让，苻坚痛骂姚苌忘恩负义，只求一死，又亲手杀死自己的两个女儿苻宝、苻锦。八月，苻坚被姚苌派人吊死在新平的一个佛寺之中。

苻宏在父亲苻坚逃走不久，也带数千骑出逃下辨，其余官属投奔姚苌。慕容冲攻入长安，在长安城内大肆抢掠。慕容冲的残暴引起了鲜卑人的仇恨，386年春季，慕容冲被杀，部将段随被立为西燕王，改年号昌平。没有过多少天，西燕的仆射慕容恒、尚书慕容永又杀了段随。慕容恒的儿子慕容𬯀被立为燕王，改年号建明。正如姚苌所料，慕容𬯀刚上台，就领鲜卑男女老少四十万，离长安东下，曾经各路大军云集的长安，一时空空荡荡。四月，姚苌不费吹灰之力，由安定出发进入长安。同月，姚苌在长安称帝立国，改年号建初，立国号大秦，史称后秦。姚苌追尊其父姚弋仲为景元皇帝，立妻子蚝氏为皇后，姚兴为皇太子，又建置百官。一次他与群臣饮宴，酒酣之时说："过去你们与我都是北面称臣于前秦，现在与我变成了君臣之间，会感到耻辱吗？"大臣赵迁说："上天不耻于把陛下做儿子，我们为什么耻于做臣下呢？"姚苌听后，高兴地开怀大笑。

当年苻坚在攻打东晋前夕，封姚苌为龙骧将军，并说："我过去就是靠龙骧将军的官位建立起大业的，从未轻易授人，你勉力而行吧！"没有想到，此话讲过没有三年，姚苌真的由前秦的一个龙骧将军，诛苻坚、伐西燕，成就了一番帝王大业。

从姚苌的成功背后可以看出，政治谋略对一个有志争霸立业之人，是何等的重要。长安是兵家必争之地，也是刚刚称王建业的姚苌梦里追求的地方，可贵的是他是一个现实主义的政治家，对自己的弱点和政敌对手的优势有清醒的了解。他认识到自己暂时还没有力量与强大的前秦相抗拒，便通好慕容冲，以势强的慕容冲牵制攻击苻坚，让两强相斗，自己则避开一隅，向岭北发展。果然前秦与慕容冲一守一攻，围绕争夺长安，两败俱伤。前秦苻坚被迫逃亡，自投罗网，被姚苌轻而易举地俘获杀死。西燕虽然占据长安重地，但是恶战之后，势衰体弱，政权内部围绕着争权夺利，你争我夺，互相残杀，果如姚苌所料，西燕无意久据长安，不久领兵东去，空虚的长安城，此时对一个养精蓄锐的猎手来说，不过是扣动枪机一事，手到擒来。姚苌争地不攻，隔岸观火，付出小的代价，获得最大的利益。

第二，借力助火，创胜之计在其中。

内部的堡垒最易攻破，分化的敌人最容易击败。政治斗争中，借助于挑拨离间、用间互疑、贿赂腐化等各种令人眼花缭乱的手法，破坏政敌内部的团结，助成敌方开展更加激烈的相互残杀。

1. 居中利用助火并

隔岸观火之计，并不是简单的观火，而是要尽可能地促使对岸的火势越烧越猛，在关键时候，再加上一把火，让对岸难以自救。

事例：孙秀献计，司马伦坐收贾后之利

永熙元年（290年），晋武帝司马炎病逝，白痴太子司马衷即皇位，凶悍阴险的贾南风立为皇后，从此拉开西晋历史上一场长达十多年，以血腥残杀为特征的"八王之乱"的序幕。

为了使自己专权独断，贾南风制造了一起又一起血案，大肆诛杀杨皇后家族，又一石二鸟，除掉了朝中势强的汝南王司马亮、大臣卫瓘、楚王司马玮，然后又施用无中生有之计，假白痴皇帝之手，于元康九年（299年）废掉了威胁其专权地位的太子司马遹，将其禁锢在金墉城。

贾南风的作恶多端，迭起血案，引起了西晋朝野上下的怨愤，也招引了宗室王公的虎视眈眈，其中担任右卫将军的赵王司马伦，就是一位觊觎政柄已久的野心家。

司马伦是司马亮的弟弟，长期以来，对专权的贾南风极力迎逢，深得贾后的信任。因为他性情贪婪，冒失武断，且手握兵权，被右卫司马雅、常从督许超等在太子东宫任过职务的一些人，视为除灭贾后的最好人选。司马雅等人，就在司马伦的谋臣孙秀跟前鼓动说："皇后凶悍跋扈，为非作歹，诬陷并废黜太子，使国家没有嫡嗣，社稷将危，朝臣愤愤不平，将发起大事，而司马伦名分上在中宫任职，与贾后关系亲密，太子的被废，人们都私下传言他预先知道，一旦事起，必将祸害牵连到他，为何不先考虑废黜贾氏呢？"孙秀许诺一定废黜贾后，并报告司马伦。司马伦也认为说得有道理，准备依言而行，且私下通知通事令史张林、省事张衡等人，让他们在宫内做内应。

司马伦准备动手时，谋士孙秀心生一计，赶紧对司马伦说：

"太子司马遹性情刚烈又聪颖过人,如果他回到东宫,肯定不会受制于别人。路人皆知您是贾后的私党,即使现今为太子复位立下大功,太子会说您是迫于老百姓的愿望,不得已如此,想以反目免自身之罪罢了。即使您忍气吞声,不念宿怨,太子也不会对您感恩戴德,您如果稍有瑕衅,免不了落到被杀的境地。我们不如按兵不动,拖延时间,贾后必定会加害太子,那时我们再出面为太子复仇,废黜贾后,这样不但能免祸,还能进一步得志,岂不是一举两得吗?"司马伦深以为然。

司马伦让孙秀等人四处散布谣言,说殿中有人要废贾皇后,迎立太子。贾南风自禁锢太子后,并未了却自己的心愿,经常派宫内使女伪装成民妇出宫侦察民情,了解外间情况。听到宫女的报告后,贾南风十分惊恐,担心太子在朝中的人望,会引起人们让其复位的念头,就想杀死太子,断绝众愿。司马伦、孙秀这时也劝说贾后侄子,也是她的心腹的贾谧,鼓动他们尽快除去太子。

永康元年(300年)三月,贾南风让与自己私通的太医令程据专门配制毒药,打着惠帝的牌子,矫诏让黄门孙虑到太子被囚禁的许昌宫,毒死司马遹。太子自从被禁锢后,也提防被人毒杀,常常让下人在自己面前煮食。孙虑无法下毒,让看守刘振把太子迁到小房中,断绝他的食物,逼其就范,结果宫人从墙上偷偷送食给太子。孙虑逼迫太子吃药,太子不肯,他干脆用随身携带的药杵活活把太子打死。司马遹时年二十三岁。

四月初三日夜,太子被杀死十天之后,司马伦、孙秀约定右卫等人,假称惠帝诏,令拱卫皇宫的三军司马:"皇后与贾谧等人杀了朕的太子,今派车骑入宫,废黜皇后,你等当服从听令,事毕赐关内侯爵位,敢不从命者,诛灭三族。"结果三军被骗,皆听从司马伦调遣。司马伦接着矫诏赚开宫门,冲进宫内。翊军校尉齐王司马冏带士兵百人破门入内,华林园令骆休为内应,把惠帝接到了东堂,贾谧被诏令到殿前斩杀后,司马冏被贾南风看见,她吃惊地问道:"卿为什么来这儿?"司马冏答道:"有诏令收捕皇后。"贾南风厉声说道:"诏书应当从我这里发出,你的诏书从何而来?"司马冏不回答,令士兵拥贾后外走,当她跌跌撞撞爬上楼阁时,贾南风大声遥呼惠帝:"陛下有妇人,为别人废妇,自己也会被废掉的。"司马伦的另一兄弟梁王司马肜也参加了废后预谋,所以当贾后向司马冏问:"是谁领头起事的?"答道:"梁王和赵王。"贾南风此时后悔莫及,恨恨地说:"系狗应该系狗之的颈脖,我错系了它的尾巴,怎么能不是这样的结果呢?"

贾后被司马伦宣布废为平民,先幽禁在建始殿,后来送到金墉城,过了几天,司马伦诈称有旨,遣使臣送来金屑酒,贾南风手捧毒酒,仰天长叹,杯空人倒,一命呜呼。朝中贾氏党羽,亦被司马伦尽灭。宰相张华及裴𫖯、解系、解结等人,因与司马伦有宿怨,加上在朝中有人望,被司马伦视为政敌,全部被杀,株连三族。司马伦自封相国,都督中外一切军事,不久又加九锡。次年春天,又逼迫惠帝交上玺印绶带,司马伦自己爬上了皇帝的宝座。

司马伦本来是一个靠献媚贾南风崛起的野心家,太子司马遹被废前,他任太子太傅,太子被废事件与他有着不容置疑的责任。贾南风的专权残暴,为他的再次投机提供了良好的机会。孙秀是司马伦成功的重要谋臣,本来司马伦同意宗族诸王废贾后复太子的政变主张，不过是想在世人面前洗刷自己与凶悍残暴的贾南风的关系，孙秀后来提出的先按兵不动，以谣言诱贾后，坐观贾南风杀死太子，再相机灭贾的计谋，即隔岸观火之计，一下子使司马伦醒悟过来。于是按计行事，广散谣言，让贾后的宫婢把所谓的民间消息带回宫中。贾皇后虽然凶狠狡诈，但这次还是中了司马伦、孙秀所精心设计的诡计，果然迫不及待地毒杀了太子。太子司马遹在晋室中较有人望，当初被栽赃、诬陷时，不少朝臣为之开脱，其被囚禁废黜，已使贾后招人怨恨，及至司马亮、司马玮被杀，贾后诛杀司马氏宗族的嘴脸更加暴露。在此情况下，她居然敢冒天下大不韪，还要毒杀太子，必将自食其果。司马伦就是要等待太子被杀，贾后招恨的时机，动手收拾贾后，最终自己获利。

　　司马伦隔岸观火之计的实施，使他成了最大的赢家。一是于己不利的太子被杀了，搬开了自己称帝道路上的绊脚石。正如孙秀所分析，太子司马遹性格刚烈，一旦回朝主政，定不会宽宥司马伦与贾后的亲密关系，更不会对司马伦的复兴太子活动给予多大程度上的感激。这样一个未来的景状，对司马伦显然是不利的了。从另一角度来看，司马遹对贾后专权是一种威胁，对同样怀有野心的司马伦上台即位的企图何尝不是一种威胁。所以利用贾后除废太子，是他赢得的第一张牌。二是诛贾后自立为帝。贾后恶贯满盈，谁与她相连结，谁会倒霉，而谁灭掉贾后，谁就是国家的英雄。太子一死，司马伦就打着，"共匡社稷，为天下除害"的名义领禁卫三军进宫黜后，这样为自己日后上台，奠定了威望和基础。

废除贾后的这场政变，不仅使贾氏家族在朝中的地位受到毁灭性打击，张华、裴𫖮等政敌也被随手除去，这则是司马伦的第三张牌。真可谓一计成功，每牌皆顺手。

2. 借物诱争助火并

隔岸观火并不是简单地观看，而是顺应时机；不是简单地等待对岸火起，而是要促使对岸火起，加大火势，最终让对岸的人死在熊熊烈火之中。

事例：晏婴机心定计谋，献桃两个杀三士

齐景公是春秋时代在位最长的一位君主，执政五十多年，自上台之后，一心想复兴齐桓公时期齐国的伟大霸业，他重用晏婴，要其像管仲辅佐齐桓公那样，帮助他成就齐国的千秋功业。晏婴被封为相国，一心辅佐，劝谏善议，一度曾使齐国出现小治的景象。

田开疆、古冶子、公孙接三人，因为早年随齐景公征战有功。深受齐景公的宠爱，三人结为异姓兄弟，自号"齐邦三杰"，自恃勇武过人，在齐国横行不法，常常口出大言，简慢公卿，甚至在景公面前，也是"你我"相称。他们还和佞臣陈元宇、梁邱据等人勾结，妄想乘景公疏于防范时，夺取政权。

晏婴对田开疆三人的为患日深，危害国政，深为齐国担忧。他清楚三人以武力为后盾，一旦同梁邱据等人共同作乱，局面将不可收拾。为此，他也曾向齐景公建议，劝谏景公杀死这三人。景公认为，田开疆三人同伙，威武有力，既不易逮住，又不易刺死，如果动作不慎，被三人合力反攻，就更不好对付。景公放任姑息的态度使晏婴担忧，于是就下定决心，寻机诛杀三恶。

亢龙有悔跃于渊

一次，鲁昭公带臣属叔孙婼等人来访齐国，齐景公令大摆宴席，任宰相晏婴为司礼，齐国的文武朝臣全体出席，田开疆、古冶子、公孙接三人也全副披挂，穿戴整齐出席宴会。晏婴上前执壶三巡，突然心生一计，便向齐景公请示："御园里的金桃已熟，能否摘些宴客，以隆宴会。"景公点头同意，命掌园官前去摘取。晏婴赶忙阻拦，说："为了显得我们庄重有礼，应由我亲自摘取才是。"

晏婴一会儿用盘子盛来仙桃六个，先呈给鲁昭公、齐景公各一个品尝，景公食后点头赞好，就对晏婴说："鲁国的叔孙大夫闻名四海，有功于齐鲁邦交，赏给一个吧。"晏婴举盘上前，呈桃叔孙，叔孙下跪拜谢，以为齐相晏婴应高于自己之上，晏相理应被赐食。景公一时高兴，说如此相让，"不如每人各吃一仙桃吧"。

晏婴食桃完毕，请示景公，是否把盘中所剩二桃，赐给齐臣之中劳苦功高者食之。景公称是。于是晏婴当庭宣布："凡功臣强将，可自报功绩，盘中二桃，论功赐食。"

公孙接最先站出，说道："我曾经随主公在桐山打猎，杀死了一只大野猪和一只凶狠无比的乳虎，为主公解了围困，此功可以食桃吗？"晏婴说道："公孙接救驾大功，理应赐食。"公孙接拿起鲜桃，一口而食。

古冶子接着抢先站起，高声说道："当年我随主公过黄河，一只老鼋咬住了左边驾车的马，把马拖到黄河激流中，是我跳进水里与老鼋相斗，杀死了老鼋救了主公，当我左手抓着马尾，右手提着老鼋的脑袋，跃出水面时，人们都认为我是神圣的河神呢！这样的功劳算不算大？"晏婴听言，送上仅剩的一个鲜桃，说："幸亏将军相救之功，否则主公可能就有溺亡危险。"古冶子食桃完毕，得意地环顾左右。

田开疆一向自诩自己为齐国立下功劳最大，见两桃已被尽食，不由得心中恼怒，大声咆哮："斩鼋打虎是小事，我曾经两次为国出征，打败徐国，使齐国势震诸侯，将军跋涉千里之外，血战立功，反而不能食桃，使我在两国之君面前蒙受侮辱，为后世万代耻笑，又有何面目站在齐国的朝廷之上呢？"说完拔剑自刎身亡。

公孙接、古冶子两人本与田开疆义气相投，三人曾相约共同生死，现在为争桃而食，互不相让，田开疆当庭自杀，自是在满朝文武朝臣中和二位君主面前折了公、古两人的面子。公孙接说道："我们都没有你勇敢，功劳也没有你大，都抢先食桃而不相让，这就是贪婪呀！如此情况还不去死，就是胆小怕死之人！"也一剑刎颈。古冶子见状，愤极发狂："我们三人结拜兄弟，现在两人为食桃而死，我偏独自活着，还有什么脸而再做一个不仁不义的胆小鬼呢？"话音刚落，脑袋也掉在地上。

晏婴是春秋时期著名的智士，一向以明智机心闻名天下，且善于劝谏和辞令。齐景公好酷刑，一时专为受刑砍脚的人穿的踊大量出现在市场上，齐景公为此问晏婴，他就乘机说："踊贵履贱。"使景公省悟应该宽刑。一个触犯过景公的人被抓住，景公命令把此人在大殿前慢慢肢解，凡劝谏者斩。晏婴就右手磨刀，左手抓其首，问景公："古代圣明君主肢解人，一般从哪儿开始割肉？"齐景公被他明里顺从，暗中嘲讽，只好令手下放掉此人，承认自己有错。诸如此类的故事，屡见不鲜，显示了他高明的睿智。

亢龙有悔跃于渊

作为一个春秋时期有远见有谋略的政治家，晏子与公孙接等三人的冲突，并不是简单的妒忌争利，隐藏在背后的，还有权力政见之争。古冶子三人都是因战功勇武被齐景公宠爱的臣下，如果仅是一般的跋扈不法，罪不至死，也不至于被晏婴作死敌仇视。晏婴身为宰相，约束朝臣，尊礼守法是其职责之一，更重要的是要维护现有君主政权的稳固。作为齐国的执政宰辅，晏婴曾先后侍奉过齐灵公、齐庄公，齐景公上台后，虽然有心复兴往日称霸大业，但是齐国毕竟势不如前，在内政方面，又出现了君权积弱的现象，君主与大臣之间、大夫与大夫之间斗争激烈。晏婴在激烈的政治斗争中，一向坚持加强国君力量的政治主张，反对危害国政的乱臣。梁邱据、陈元宇正是齐国的乱臣，长期以来与晏婴有隙。齐景公生了疟疾，梁邱据认为是太祝、太史对神灵不恭敬的罪过，要景公杀死祝固、史嚚辞谢宾客。晏婴则认为非祝史之过，而是齐国推行苛政，木材水草渔盐人民不能享用，却被官府垄断，百姓劳役苛重，商旅不堪暴敛，宫内外朝，官吏巧取豪夺，奢侈靡淫。因此，最好的办法是推行仁政，减免百姓租税，轻赋薄敛。齐景公喜爱梁邱据的谗言，晏婴则认为，梁不过是奉迎君主，不可相信。陈元宇一向被晏婴视为藐视君王的乱臣和野心家，现在公孙接等三人，与陈元宇、梁邱据相互勾结，齐国社会将出现混乱的局面，一旦齐景公被杀，被景公信用的宰相晏婴的位置也就难保，所以诛杀公孙接所谓"齐邦三杰"，蒴除陈元宇等人的羽翼，削弱叛乱势力，是当务之急的大事。要除公孙接等三人又有三个方面的不利因素。一是三人均勇武有力，是齐国有名的武臣，正面的冲突，如被三人结伙反击，必将惹灾生祸。二是齐景公并不支持杀"三杰"的行动。在此情况下,晏婴以智巧取胜。分析了公孙接等人虽结拜兄弟,但三人功名思想均非常严重,而且武功有余,谋略不足,便投其所好,施以名利诱饵,造成三人上钩,互相火并。晏婴以金桃两枚设计,要求群臣论功食桃,此事看起来公正平等,却是暗藏杀机的毒计。果然,公孙接、古冶子、田开疆三人,名为争桃,实为争功显贵。晏婴站在旁边不是操之过急地外露锋芒,而是坐观三人上钩,待其相互争桃,又不时以语言诱杀,暗助其自相残杀。三人果然上当,相继拔剑自刎,站在旁边的齐景公等人,如何清楚智人晏婴的"机心",待其省悟过来,想阻止也来不及了。

三国时诸葛亮,曾专门作诗吟诵晏婴,诗曰:"步出齐东门,遥望荡阴里。里中有三坟,累累正相似。问是谁家坟?田疆古冶子。力能排南山,文能绝地纪。一朝中阴谋,二桃杀三士。谁能为此者,相国齐晏子。"

3. 推奖功名助火并

隔岸观火之计,要点在静观其变,待对岸火起,再从中牟利,但不能机械地等待对岸火起,要尽可能地促使火起,待火起之时,再火上浇油,必能坐收其利。

事例:群雄并起,李渊计高取关中

隋炀帝杨广上台后,对内横征暴敛,对外三征高丽,沉重的徭役、赋税、兵役,使百姓苦不堪言,无以为生,一时间天下烽烟四起,遍地竖起义旗。到了大业十三年(617年),前后起事诸队伍之中,形成三股势力:即翟让、李密领导的瓦岗军,主要在河南一带活动;窦建德的河北军;杜伏威、辅公祏领导的江淮军。

亢龙有悔跃于渊

另外隋朝的一些地主官僚,亦乘隋末大乱,纷纷拉起了自己的割据武装,如涿郡的大将罗艺,自号幽州总管;朔方的梁师都,占据陕西北部;马邑的刘武周占有山西;江陵的萧铣,占据两湖、江西等地;吴兴的沈法兴,占据余杭、丹阳,以及占据河西各郡的武威李轨等。同年,出身关陇贵族的李渊起兵太原,不到半年时间,攻占长安,有着重要战略意义的关中地区的获取在手,为李渊集团后来经略中原,南下江南,最终建立大唐政权,奠定了一个极为重要的根据地。

李渊在群雄并起、强手如林的逐鹿者之中,最终成就建唐大业,主要得力于计高一筹的政治谋略,其中以隔岸观火之计,谋取关中,就是成功一例。

大业十三年(617年)六月,李渊巧妙地打着安隋匡乱的旗号在太原起兵,起事不久,就定下夺取关中地区的政治决策。李渊定夺关中,心藏深远的用意:一是关中地区极其重要的战略地位,关中号称八百里秦川,东临黄河,三面环山,进可以渡河南下,南取中原,退可以凭关据守,就地鼎立。肥沃的土地,充裕的粮草,众多的人口,决定了此地为历代建功立业者们为之必争的情势。周、秦、西汉,就是以此为发家的圣地,而势夺天下的。二是关中隋兵势弱,容易攻取。隋朝虽定都长安,但隋炀帝上台后,喜游幸好远征,经常把精锐禁军部队作为卫队护驾在外。群雄争起,隋朝的主力大军集中镇压东南部瓦岗军、河东军和江淮军,无暇西顾,暂时没有力量腾出手来聚兵关中。相反,东南地区的杜伏威部、河北地区的窦建德部、河南地区的瓦岗军、刘武周、薛举等称雄者,在关中地区四周围牵制了大量的隋军。基于以上因素的考虑，为"化家为国"，推翻隋王朝，大业十三年（617年）七月，李渊以长子李建成统领左军，次子李世民统领右军，四子李元吉据守太原、留守晋阳宫处理后方事宜。李渊以大将军统帅大军三万，誓师晋阳，向关中进发。沿途移檄各州县，声讨隋炀帝饰非好佞，拒纳忠良谏诤，听从谗言佞奸，巡幸无度，穷兵黩武，离散百姓骨肉亲情，召天下共怨，公开宣布废昏立明。又打着勤王的"正义之师"牌号，尊奉代王杨侑，争取隋朝官僚士民的支持，以减少进军途中的阻力。进军途中，李渊还派司马刘文静到突厥，拜见突厥始毕可汗，要求突厥派兵助攻，许诺攻克长安后，金玉绫罗归突厥，百姓、土地归李渊，以此壮大自己的力量。

李渊顺利进军关中途中，正是李密瓦岗军与隋朝主力军鏖战在东都城下，两相残杀，双方损失惨重的时候，这正是李渊进军关中途中所施展隔岸观火谋略的结果。

李密本是隋王朝宫中一个内卫官，因遭隋炀帝杨广忌恨排挤，大业九年（613年），愤而加入杨玄感反隋大军，并向杨玄感进献上中下三策，鼓动杨玄感建立代隋大业。其中策即是要杨玄感乘杨广远征高丽之机，大军轻骑远袭，经城勿攻，迅速攻夺边疆四塞，据有天府之国的关中险要地区，以此为基地，稳扎稳打，占据可进可退的万全之势。杨玄感没有采纳李密的谋略，弃上、中两策而取其下，执意攻打隋军力量雄厚的东都洛阳，梦想一蹴而就，结果久攻不下，隋朝各路援军四面而至，杨玄感战败被杀，李密也被俘虏，幸运的是送往高阳途中逃脱，改投翟让瓦岗军。又因善为谋划，得翟让相信。瓦岗军攻战了隋朝粮仓兴洛仓后，李密以筹谋有功，坐上了瓦岗军第一把交椅，称魏公，制三司等官，然后又再接再厉，攻取隋朝另一大粮仓回洛仓，逼近东都洛阳，朝野为之震动，调动各路大军兵援。李密整军修城，在洛阳城外，纵横驰奔，先后击败隋朝大将军刘长恭、王世充等数路大军，但是由此以后，李密没有吸取杨玄感失败教训，不仅否定了自己及左右谋臣将领攻取隋军实力虚弱的关中，兵锋西指的正确谋略，反而中了李渊的纵骄助战圈套。

李渊在进军长安途中，十分重视政治上的策略，多次写信给各路反隋义兵，联络交好。李渊对在河南势强兵多的瓦岗军，尤为重视，遣人送信给李密，表明自己反隋炀帝暴政起兵的态度，推颂李密屡建败隋大功。李密这时候正在洛阳城外犁廷扫穴、横扫隋军，各路州县纷纷投诚的兵锋正盛时期，对李渊的野心不能窥破。他给李渊复信说："我和兄长虽然不是李家同一支系，但同是李姓，根本相同。自己为天下英雄豪杰推为盟主，希望相互提挈扶持，勠力同心，建立在咸阳执秦子婴、在牧野灭商辛的大业。"李密以盟王自居，蔑视李渊，还要李渊亲率步骑数千到河内郡与他缔结盟约。

李渊本有心招附李密，未想到李密如此自负，看信后抚掌大笑，对左右说："李密妄自尊大，不是折简写信可以招来的。我们正在进军关中，战事很重，如果断绝了与他的往来关系，就是树立了一个强敌，不如以逢承的话推奖而纵骄他，使他心志骄横，让李密大军为我们塞挡成皋之道，使它与江都隔绝开来，避免江都隋兵西来，又能让李密大军牵制东都洛阳的隋兵，隋军因此不能往救长安。我们则可以专心西征，等到我据有关中，就可以依险而养威，虎视天下，静观鹬蚌相争，坐收渔翁之利。"便让记室温大雅起草,给李密去信,信中说:"国家有难而不出来扶助,这是贤士所责备的事情,我虽愚昧平庸,但幸承祖宗功业,在隋朝担任太守、将军等官,所以才大规模聚集义兵,与北狄和亲,想与天下英雄一道匡助天下,志在尊奉隋朝。芸芸众生必有领袖他们的人,而今领袖天下者,舍您莫属!老夫已经过了半百知命之年,已经没有这个心愿了。很高兴能拥戴你,已经是攀鳞附翼了,只希望您早日应图谶天意,安宁天下兆民。您是宗盟之长,我的亲属之籍还须得到您的容纳,如能再封为唐地,就是得殊荣足心愿了。我不敢闻说执子婴、灭高辛的事情,只是汾水晋阳一带,还需要我安顿管理,盟津的会盟,尚未顾上卜问吉期呢!"李密收到李渊的信,非常高兴,说道:"有唐公如此推戴我,平定天下已是指日可待的易事了。"他把李渊的信拿给左右僚属将佐传看,从此以后,李密一心专意对付东都洛阳之敌,再不思向关中经营一事,李渊得李密与东都隋军主力激战之机,击败霍邑隋将宋老生,连克临汾、绛郡、龙门,一路上以小部兵力牵制顽敌,主力则不拘于城池的攻占,直取长安。

义宁元年(617年)十一月初九,长安攻克。十五日,迎立代王杨侑即帝位,改年号义宁。十七日,李渊接受杨侑所赐黄钺,持节,任尚书令、大丞相、封唐王,以武德殿为丞相府,凡中外军政一切事务,皆由其处理。李渊还在相府置官设位,封他的儿子李建成为唐世子,李世民为秦公,李元吉为齐公。第二年五月,李渊废黜傀儡皇帝杨侑,自己即位为帝,改元武德,建立了大唐王朝。

在东都城下激战的李密,下场最惨,几十万大军,在与王世充、宇文化及等隋军主力的长期征战中,损伤严重。武德元年(618年)九月,北邙山一战,瓦岗军溃败,李密率二万轻骑向李渊投降。

从上举史实可以清楚看出,李渊以三万兵起兵太原,想成就建国大业,便仔细分析了隋末群雄并起后的国内形势,巧施隔岸观火之计,用推奖迎颂之语,鼓动当时群雄势力最强的李密瓦岗军与隋军在东都洛阳城下作战。李密本来智谋过人,在屡败隋军捷报频传的形势下,不料自我否定,弃上计不用,长期顿兵洛阳城下,中了李渊的圈套。李密在洛阳城下的作战,既阻止了洛阳城内的隋军声援长安,又牵制了江都城内的隋炀帝杨广,使江都隋军数十万精兵丝毫不敢有所动作,这一切都为李渊从容攻占长安,创造了一个良好的时机。隋军与李密瓦岗军在东都长期的拉锯战,使双方两败俱伤,李密战败,走投无路,投顺李渊。李渊一计坐收三利:一是占据了一个重要的战略要地,由此之后,有了一个作为经营天下的稳固地盘。二是不战而去一强敌,李密失败归顺,又带二万士兵到来,既使李渊壮大了兵力,又使李渊一个潜在的政敌被消除降服。三是隋朝主力大军在东都拉锯战中,被消耗殆尽,为李渊唐政权进一步经略中原、江南,统一全国,提供了有利的条件。

4. 借人成事助火并

隔岸观火之计,是看到对岸的人在相互斗争,存在着危机,就应该以和顺的态度,顺应敌情变化而动,未雨绸缪做好准备,在适当的时机发动进攻,而在进攻之前添油加醋,使对岸的人更加自顾不暇。

事例:宋太宗坐山观斗传位子孙

宋开宝九年（976年），宋太祖赵匡胤病逝，其弟赵（匡）光义嗣位登基，即宋太宗，改年号太平兴国。

赵匡胤死后没有传位儿子，皇位给弟弟继承，主要是总结了后周朝廷因幼主嗣位，被自己兄弟发动，陈桥兵变，黄袍加身，一举而篡夺天下的教训，担心传幼子之后，被别人以自己使用的故伎，加害到大宋赵家的皇帝身上。

早在建隆二年（961年），杜太后病危时，就把太祖匡胤和谋臣赵普叫到病榻前，当面问赵匡胤："知道是什么原因你得到天下登上皇位的吗？"赵匡胤说是托祖宗及太后的余庆。杜太后说："错了，是因为后周柴氏以幼主主宰天下。若是后周有成年君主，你就不会有今天了。你与光义都是我的亲生儿子，你百年之后，应当传位给弟弟光义，然后光义传位给弟弟廷美，廷美死后再传位给你的儿子德昭。天下地广事多，能立成年君主，这是造福社稷的事情。"宋太祖事母忠孝，谨守母训，当即答应杜太后，并命令站在身边的赵普把太后遗训记下，赵普赶紧听命，记录完毕后，还署上"臣普记"字样。太祖亲手封藏在金匮秘室中保存起来。

宋太祖赵匡胤着眼于宋王朝的安危，死后果然让位于弟弟。太祖皇后宋氏开始也想立自己的儿子，但被赵光义安插在身边的私党做了手脚，遣使召当时还是晋王的赵光义进宫入承大统，宋皇后对他说："我们母子的身家性命，全部托付给你了。"光义当面泣告而发誓说："一定共保富贵，请勿担心忧虑。"但是赵光义一登大位，所言所行就大不相同。兄长赵匡胤有四个儿子，两个已经夭折，剩下德昭、德芳，当时德昭二十五岁，已是成人，最有可能继位。所以赵光义首先把目标指向德昭。

亢龙有悔跃于渊

太平兴国四年（979年），赵光义带德昭出征幽州时，光义故意试探，令人散布谣传说皇帝不知下落，果然就有人想立即拥戴德昭称帝。太宗发现德昭上台可能性很大，出征返师回京后，以此出征未取得大胜为由，迟迟不予论功行赏。赵德昭善意劝谏，促叔叔光义速决此事。赵光义见侄子劝言，故意用语刺激德昭："等到你做皇帝时，再行赏也不晚嘛！"嘲讽德昭擅自干政。赵德昭性格耿直，善意为国，反取折辱，回府后思绪不平，自刎而死。两年之后，二十二岁的弟弟赵德芳也病死。这样来自兄长宋太祖一支威胁太宗后代继承皇位的危险彻底消除了，下一个目标就是赵光义的弟弟廷美了。

秦王廷美作为光义之弟，按太后遗训，当在赵光义死后上台继位。他看到了赵光义在长兄宋太祖时，扩大势力，为后来顺利上台，奠下扎实基础，便也想仿效，除了秦王府内早就豢养了一批幕僚将官外，新近还同当朝宰相卢多逊搭上了钩。这卢多逊原来是赵光义晋王府重要的爪牙，中过进士，宋太祖时，官至中书舍人，参知政事。太宗一上台，任命他为中书侍郎、平章事，做了当朝宰相，予以重用。卢多逊与秦王廷美勾搭一事，很快有人上报太宗光义。赵光义虽然十分恼怒，但虑及此事关系到皇位继承大事，且事牵太后遗命中的未来皇帝和在朝宰相，而且朝廷群臣到底什么态度，自己还没有十分把握，就想在朝中寻找卢多逊的政敌，促其内部互攻，既可以无损自己，又可以坐收别人攻敌之利。于是宋太祖时期的宰相赵普被召入京都，想利用赵普与卢多逊的矛盾，达到驱除卢多逊、廷美的目的。

赵普是宋朝的开国元勋，赵匡胤上台代周就得力于他的计谋，其后一直作为宋太祖重要的政治谋臣被重用。太祖乾德二年（964年），迁升门下侍郎、宰相、集贤大学士，独居相位，处理大宋国政。因为敛财受贿，私运木材扩展府第，加上结姻亲枢密使李崇矩，被太祖冷淡。就在此时，当时身为翰林院学士的卢多逊，每有召时，总是攻击赵普，导致开宝六年（973年），赵普被罢相，贬到河阳，做了一个三城节度使。赵普视卢多逊为不共戴天的宿敌，所以听到太宗召还入京消息，连日起程返都。

太宗对秦王廷美和卢多逊的暗中活动，一开始并没有采取过激措施，担心两人受到刺激在朝中联手反击，所以当一些卢多逊同僚因不满卢的专权，上折密告卢多逊和廷美时，他没有立即动手罢免卢多逊，只是奖励告密者，如对密告卢多逊的左拾遗田锡，赏钱五十万。这样做的考虑有两个：一是暗中鼓励卢多逊的政敌进一步告发，促使相互攻伐。二是赵光义认为这些人还不足以制胜卢多逊、廷美，尚需更高一级的政敌出面，引发更加激烈的政争，才能做到在敌方凶残反目的时候，一网打尽，坐收渔利。所以他召还赵普后，复赵普相位，以牵制廷美和卢多逊。

赵普复相后，卢多逊果然感到深深不安。赵普位列开国勋旧，秦王廷美也自感难以凌驾，主动提出让出自己首辅地位，前推赵普。赵普再相，总结了前次被太祖罢相的教训，极力讨好太宗赵光义，把自己当初与太祖受太后遗命的故事，详加叙述，还说自己要"备位枢机以察权变"。于是大力攻击政敌卢多逊，痛陈卢多逊以势欺压，结交私党，专权用事等情况。太宗看赵普上钩，随即命令赵普调查卢多逊与秦王廷美勾结一案。

赵普拿到赵光义给的尚方宝剑，不遗余力地明查暗访。廷美位居秦王,身为皇族显贵,卢多逊位列宰相,执朝纲权柄,两人都是居一人之下、百官之上的高位人物,平日与朝臣将官交结往来很多,如有意查找此类关节过失,自然不是难事。赵普还把卢多逊廷审杂治,卢多逊在赵普势逼下,供认自己曾遣派心腹属官密告秦王廷美朝中机密,向秦王输诚投靠,还对秦王说过:"等太宗死了,我将尽力事奉秦王。"秦王也以弓矢回赠自己,以增信任。赵普抓到了卢多逊的罪证,认为他勾结秦王,阴谋篡夺是大逆不轨的重罪,立即上报。宋太宗当然顺水推舟,命削去卢多逊的官爵,与家属一道配流崖州(今海南省南部)。秦王廷美在太平兴国七年(982年),就被免开封府尹,出为西京留守。此次赵普特意向赵光义建议:"太祖已经失误,陛下岂可再误。"鼓动赵光义去秦王,也怕哪天秦王上台,自己落个悲惨下场。所以当审查卢多逊案时,极力把卢多逊案件往秦王身上引,借机株连,以免后患。卢多逊供认后,赵普立即授意开封府尹李符,以廷美与卢多逊交通,要求把秦王再度远贬。李符还诬告秦王在留守西京期间,不思悔改,埋怨皇上,"不利朝廷"。赵光义视秦王廷美为身边隐患,见赵普等人如此卖力邀功,乐得心花怒放,立即诏令降廷美为涪陵县公,安置房州(今湖北房县),不许外出。一年后,廷美忧悸之下,病死贬所。

赵廷美和卢多逊一去,使赵匡义顺意地传位给自己子孙的计划得以实现。杜太后的"兄终弟及"的遗训被彻底抛在一边,宋太宗一支的嫡长子继承制度取得了稳固的地位。从此以后,赵宋皇位都是在太宗后代手中,延续传继。

赵光义利用隔岸观火之计,在卢多逊与廷美相互勾结,势力逞强的时候，尽管朝中卢多逊的一些政敌也攻击卢多逊，但不足以制胜。所以采取静观时变的态度，密切观察二人动向，以确定下一步策略，后来又调入开国元勋赵普，利用赵普和卢多逊的水火不容关系，暗中助其互相攻伐，挑起更大的火并，一举把卢多逊、秦王廷美赶下权坛，远贬荒芜之地。赵普赶走了卢多逊，自以为出了一口怨气，没有想到有赵宋第一谋臣之称的他，也有老来失手的时候，他的宰相之位还未焐热，紧接着，赵光义就向朝臣宣布："赵普有功于社稷国家，与朕是昔年故旧，现在花甲已过，已经是白发上头，牙齿松落，念及旧情，再也不忍让他辛苦劳累，应当择一善地，以尽享晚年。"赵普马上收拾行装，乖乖地到他的"善地"邓州，做一个武胜节度使去了。

事例：坐官观变，汉武帝计除公孙贺

汉武帝刘彻在征和元年（前92年），已经是一个六十五岁的老皇帝，体弱多病，性格多疑。一天，他在上林苑建章宫闭目养神，恍惚间，依稀见一执剑男子闯入龙华门，慌忙站起惊呼，命宫内侍从捕捉男子，可是找遍整个宫殿的每个角落，丝毫未发现有人进来的迹象。武帝惊恐未定，将守门宫者斩首示儆，又发三辅骑士大搜上林御苑，也没有发现什么可疑迹象。接着干脆下令，紧闭都城长安各门，挨门挨户地搜查，一时间长安城内人心惶惶，百姓不知所措。十一天之后，还是一无所获，武帝才令收兵停止。

搜宫搜城事刚刚结束，突然朝廷传出丞相公孙贺之子公孙敬声居太仆之职，私自挪用北军军费一千九百万，汉武帝不由得大怒，令把公孙敬声下狱审讯，也就在这时候，丞相公孙贺进宫求见。

公孙贺本来是汉武帝为太子时的舍人，武帝即位后，提升为太仆。居宰相职，则是因为他与武帝的姻亲关系。公孙贺的妻子君孺，是汉武帝皇后卫子夫的嫡亲姐姐，卫子夫是自陈皇后之后，最为武帝宠爱的一个妃子。元朔元年（前128年）春，卫子夫因生男儿刘据，乐得武帝开怀大笑，随即被立为皇后。卫氏宗族，也因为子夫的得宠，泽及全家及亲属。子夫同母异父的弟弟卫青封长平侯，官大司马，卫青的三个襁褓中的孩子，都被封列侯。子夫的侄儿霍去病，官至骠骑将军，封冠军侯。卫氏家族因一人得道，鸡犬升天，当时有民谣说："生男无喜，生女无怒，独不见卫子夫霸天下。"公孙贺正是沾着卫子夫的荣光，被武帝恩宠有加，先是封侯，太初二年（前103年）拜为宰相。

公孙贺居朝之初，亦能小心处世，谦逊待人，仅仅过了三五年，就恃宠弄权起来，变得贪婪奢侈。他的儿子公孙敬声，也是靠着与卫皇后的裙带关系，做了太仆，位列公卿，却不修道德，为人恣横不法，目中无人，为奢侈贪财，竟然贪污挪用军费。儿子下狱之后，平时不事子女教育的公孙贺，为挽救儿子的生命，赶紧进宫，为公孙敬声求情。汉武帝在殿中接见了他，公孙贺开口一声请罪，要求武帝允许自己追捕阳陵大侠朱安世，以此为儿赎罪。

朱安世是阳陵（今陕西高陵县西南）人，后来到长安，经常劫盗王公贵族家财，一时京师震动，皆知京师大侠神出鬼没，行侠仗义，官府奈何不得。汉武帝听说后，专门下诏，要求通缉捉拿，可是一直没有捕获。武帝听公孙贺要擒朱安世为儿子抵罪，思虑良久，点头允准公孙贺所奏。

公孙贺为救儿子，情急之下，也不思要捉拿的朱安世是何等人物，会给自己带来什么样的后果，就利用丞相之权，下令四处派兵收捕。说来也巧，汉武帝久寻不获，公孙贺却手到擒来，不过一旬，朱安世被士兵发现，围捕俘获，下到京师大牢。朱安世入狱后，悉知此次入狱，是公孙贺为救儿子，专意做的手脚，大声说道："我看公孙贺自己死到临头，就要祸及宗族了。"便主动向狱卒索要纸笔，上书朝廷道："公孙贺的儿子公孙敬声与皇上女阳石公主私通，还指使下人在通往甘泉的驰道上掩埋木偶，祭诅皇上。"武帝晚年，虽然自己喜爱礼神求仙，招鬼用巫，却又最厌别人用巫蛊之术，担心自己遭咒被祸，所以见到朝官转奏的朱安世的上书，即刻下令捕公孙贺父子入狱，吩咐廷尉杜周审查此案。

杜周是继张汤之后，又一有名酷吏，以善领武帝心意，置法不顾，变通刑狱而著名。杜周经常说："帝王的圣旨就是法律。"受命之后，猜透汉武帝的心思，知道当初公孙贺是以卫皇后的姐夫做上丞相，现在正因为是卫皇后的亲戚，又居丞相之位，对于武帝新宠幸的钩弋夫人不利。于是任意罗织公孙父子的罪名，穷治狱案，定公孙贺、公孙敬声死罪，全家灭门。不久，诏旨下达，公孙贺父子被杀于狱中，家门九族株连被杀。卫皇后的亲生女儿诸邑公主，卫皇后内侄、大司马卫青儿子卫伉及与公孙敬声要好的阳石公主，皆连坐被杀。

公孙贺父子等人被杀，实质是汉武帝刘彻布置的一场有预谋的政治屠杀。自从卫子夫生子为后之后，卫氏家族势力在西汉朝廷急剧膨胀，卫皇后所生子刘据七岁就立为皇太子，卫后则主持内宫。武帝好出征，常把后事托付太子，太子刘据主事时，亦勤勉操劳，在为政侍事方面，宽容人臣，又经常劝谏父皇。太子势力的慢慢形成，在治政方针上与父皇常相抵触，引起了好弄权术的武帝警觉。到了这时候，卫氏家族在朝中功高权大的霍去病、卫青两个大将又相继去世，卫皇后在朝势力减弱，武帝随意对卫氏开展行动的权力制约力量已不存在，加上卫皇后年老色衰，厌旧喜新的汉武帝这时宠幸的是居住尧母门的钩弋夫人赵婕妤。赵于太始三年（前94年）生下贵子弗陵，因怀胎十四个月所生，与尧母十四个月生尧相同，相信迷信的武帝刘彻视为天命显灵，弗陵生下不久，就欲改立他为太子，这样就必然要与卫皇后、太子刘据为代表的卫氏势力发生冲突。谋杀公孙贺父子等人，正是武帝刘彻打击卫氏外戚势力，企图废长立幼而进行的一次政治尝试。公孙贺不过是一场政治阴谋中的第一批牺牲者。

从公孙贺父子被杀经过可以看出，刘彻在这场政治阴谋中，首先上演的是一出隔岸观火、坐收渔利的开场戏。公孙敬声贪污巨额军费，对好用酷吏苛法的汉武帝来说，没有立即严刑穷治，却允准公孙贺去追捕一个自己多年缉捕而未获的阳陵大侠朱安世来抵罪。这事本身就耐人寻味，在刘彻看来，朱安世为乱京师，使朝廷颜面屡遭折辱，公孙贺前去捉拿，不是一件易事。如果公孙贺未能擒住，到时候不仅治罪公孙敬声，再定公孙贺欺君死罪，亦是顺理成章的一件事。如果能捉住朱安世，一是除害，二是阳陵大侠并非好惹，公孙贺必将付出很大代价，自己可以坐观公孙贺与朱安世争斗，然后再寻机下手。果然不出汉武帝所料，朱安世被擒获了，表面赢家的公孙贺非但没有得到实惠，反而招惹更大祸害。阳陵大侠因中上书，把公孙贺父子罪行全部兜出，而且找到的罪由是汉武帝最为忌讳痛恨的巫蛊之事，刘彻如何能饶过公孙父子？值得疑问的是朱安世囚中上书的启端，是否有人详细告诉了他公孙父子捕朱抵罪的前因后果，史书虽然没有明确写出是谁所讲，但有一点非常清楚，公孙贺父子案的经手之人，如江充、杜周，都是武帝亲近之人，这中间做些手脚，有意唆使朱安世上告公孙贺父子，也是极有可能的。朱安世的上书，结果使汉武帝成了这场阴谋中的最大赢家。骚扰京师的阳陵大侠被除去了，作为卫氏家族在朝中势力代表的丞相公孙贺父子满门诛杀。卫皇后的女儿被杀了，卫青的儿子长平侯卫伉也被杀。这一切为紧接着的无中生有构陷栽诬太子刘据、卫皇后，施行大规模地驱除卫氏势力，扫清了路障。

第三，黄雀步后，创胜之计在其中。

《吴越春秋·夫差内传》中，曾记载了太子友借景喻事，谏诤父王夫差不要北上黄池争霸的一段生动的对话。太子友对夫差说："适游后园，闻秋蝉之声，往而观之。夫秋蝉登高树，饮清露，随风伪挠，长吟悲鸣，自以为安，不知螳螂超枝缘条，曳腰耸距，而稷其形。夫螳螂禽心而进，志在有利，不知黄雀缘茂林，徘徊枝阴，踂朒毋微进，欲啄螳螂。夫黄雀，但知伺螳螂之有味，不知臣挟弹危掷，蹭蹬飞丸而集其背。今臣但虚心，志在黄雀，不知空陷其旁，暗忽陷中，陷于深井。"后世从太子友的言论中，凝练成"螳螂捕蝉、黄雀步后"的寓言故事，提醒人们不可只顾眼前之利益，而忘记身后之祸患。中国历史上的政治家、阴谋家、野心家们，深得其中三昧，善于伏藏于政敌之身后，趁敌眼前相争、不图他顾之机，一举出击，获取胜利之果。

事例：司马昭黄雀步后，坐收邓艾钟会相残之利

三国时期，曹魏高贵乡公曹髦一句"司马昭之心路人皆知"，使后世对司马氏代魏过程中司马昭一副权臣面目家喻户晓。但对司马昭借灭蜀战争，施隔岸观火之计，暗助魏国灭蜀两大功臣钟会、邓艾互相残杀，最后达到既去功高将臣，又坐收两人胜蜀之功的大阴谋，却罕有认识，在此特呈献如下：

曹魏在曹丕病死，司马懿发动政变诛灭曹爽集团之后，司马氏集中力量在国内诛锄异己。255年，司马昭继兄弟司马师死后，执掌魏政，加速了司马氏代魏步伐，诸葛诞、曹髦、嵇康、吕安等非司马氏人物，皆被一网打尽。到了景元四年（263年），司马昭见国内秉政局面已经稳固，就想借立外功，树立自己的威信，恰好此时蜀国自诸葛亮死后，在姜维等人主持下，内政大不如前，国内空虚，军力势弱，司马昭窥其内情，正是自己建功立威的好时机。263年春季，派征西将军邓艾率三万大军由狄道直奔沓中，牵制蜀国大将姜维；派雍州刺史诸葛绪率三万兵马奔赴武街、桥头，断姜维后路；以司隶校尉钟会率十多万大军由斜谷直奔汉中；以廷尉卫瓘兼镇西军司马，持节监邓艾、钟会诸军事。当魏国十八万大军分西中东三路杀向蜀国时，蜀主刘禅还整日沉湎于饮酒作乐之中，仓促应战之下，纷纷溃散。钟会神速攻汉中，智夺险关阳安关；邓艾克沓中，率轻骑走七百里阴平小道，穿过天险剑阁，袭江油、克绵竹、逼攻成都，迫使刘禅、姜维受降，进驻蜀都成都。就在邓艾、钟会节节胜利的形势下，由于司马昭暗中煽动，两位灭蜀功勋开始了相互残杀。

司马昭要除灭邓艾、钟会的原因有两个：一是两人迅速灭蜀，一时威名大振，司马昭不愿看到魏国出现英名势盛凌驾于自己之上的强将功勋，在"功高震主"的忌讳心理推动下，加上邓艾等人的居功自夸，开始萌动杀意。司马昭本来让邓、钟两人出征来蜀，是想树立自己的威望，没有料到邓、钟两军势如破竹，尤其是邓艾献策走阴平小道，自己身先士卒，突袭赚成都，连司马昭也承认他"不逾时，战不终日，云彻席卷，荡定巴蜀，就是白起强楚，韩信克劲赵，吴汉禽子阳，周亚夫灭七国，如论功计美，也不能相比"。钟会大军也是所向披靡，使蜀汉豪帅面缚归命，进军之中谋无遗策，举无废功，"作战中杀死俘虏数以万计，有征无战，战无不胜"。两人如此有勇有谋，百战百胜，形成了空前声望。

　　司马昭非常担心以后能否再驾驭两人，邓艾、钟会等人的居功自傲，更加重了司马昭的猜忌。例如，邓艾克成都后，就公开对蜀国僚臣自诩其功说："诸君幸亏遇见我，才得有今日，如遇东汉吴汉那样的人，蜀就灭亡了。"他又写信给司马昭，建议乘势攻吴，建统一大业。在信中又说自己的大军战后疲劳，要休整时日，且要留陇右兵二万，蜀兵二万，在蜀地煮盐炼铁，修造舟船，作为预备。他还要司马昭厚待蜀主刘禅，以待吴主孙休，封给刘禅扶风王，赐给资财、仆人、宫舍。对吴国先遣使者劝告，并以广陵、城阳二郡作为封国，等待吴王归顺。邓艾恃功对司马昭指手画脚，对不应由自己所管事逾界逞强，司马昭如何能够容纳？他联想到邓艾灭蜀过程中擅自定夺用事的一些事情，马上派心腹监军卫瓘去成都训斥邓艾："以后一切事情应该上报，不得自行其事。"司马昭话中已含有明显不满之意，邓艾却自认为是为国忠诚，也不避嫌疑，又一次写信给司马昭，要求让自己出征吴国，并且说："我衔命出征，按军行事，已经使首恶归顺，至于秉承旨意授他们官职，是合乎安抚刚刚归附之人的权宜之策的。为了尽早使蜀国安定，必须这样行事。如果等待朝廷旨令，道路往返，会拖延时间的。《春秋》之中也讲过，大夫出国在外，如果是安社稷、利国家的事情，也可以自行决断。"邓艾纳降刘禅后行邓禹故实，绥纳降附，自行安置蜀官且充军扩势，本已招司马昭猜忌，又强词固执己见，这样不仅触犯司马昭，而且为后来钟会等人密告其谋反，提供了"莫须有"的证据，使司马昭得以名正言顺从容定罪。

司马昭要诛杀邓艾、钟会两人的第二个原因，是长期以来对两人的戒心。邓艾自从军后，因向司马懿建议开河渠浇灌两淮良田，积储军粮，军队"且田且守"，并呈所著《济河论》一书，由此被司马懿重视，直到死前，他都是司马氏家族的忠顺奴才，在司马师讨伐毌丘俭、文钦等造反起事时，立有大功。由于受到司马氏家族信任，参与和知晓了司马氏家族在诛锄异己过程中干过的不少坏事，自然地，司马昭对其存有戒心，对钟会则更是如此。钟会敏惠机智，毌丘俭反对司马师专权起兵声讨时，钟会随同司马师出征，"典知密事"，即参与司马氏机密之事。司马昭上台，他又是"谋谟帷幄"，为司马昭谋划军机，并受司马昭推奖。自此之后，凡司马昭的机密，他都大多参与，如杀死诸葛诞、嵇康、吕安等，出力不少。司马昭多次给他晋官封爵，说他参与军机计策，能料敌制胜，有谋谟之勋。让他担任司隶校尉，虽然这是一个外司官职，但是财政事务，他无不参与谋划典领。正是钟会做司马氏家族智囊人物，了解太多的司马氏阴谋诡计，司马昭用他，不敢掉以轻心。当初钟会被司马昭宠爱重用时，司马昭的夫人就提醒丈夫，"钟会见利忘义，好为事端，宠爱过重，必然作乱犯上，不能让他担任大任。"司马昭要讨伐蜀汉，朝中大臣反对的人很多，只有钟会支持。司马昭任钟会为大将，领师出征。将要出征时，就有西曹属邵悌提醒司马昭："钟会单身没有家人作人质。"司马昭当即笑着说："这样的情况我能不了解吗？只是蜀国形势虚弱，现在不可不伐，伐蜀如果不用钟会，而用本来不同意攻蜀的人为将，就是把心存畏惧的人推上前线，军将先存畏惧，再高的智勇也会衰竭，就不可能战胜敌人。所以要用与我意见相同的钟会为将领兵灭蜀。至于灭蜀之后，如果出现叛反情况，是会有办法处理他们的。蜀国灭亡，遗留下的人受到震动，不敢与他共谋作乱；出身中原的魏国将士急于回家，肯定也会离他而去；钟会如果作乱，只会自取灭亡。"钟会做司马昭手下一个有智有勇的将军，成在计谋，但使他失信于人的，也是他太会使计谋。连钟会的兄弟钟毓也对司马昭说："钟会爱弄权术，难于自守，不可过于信任。"司马昭阴谋家出身，如何不懂得其中奥妙，当钟会密告邓艾已下狱后，司马昭就料到钟会必反无疑，很快率大军亲临长安，坐镇指挥蜀中谋钟会事项。

司马昭磨刀霍霍的时候，邓艾、钟会两人毫无戒备，反而为争功相互残杀。两人破蜀过程中，本来各有建树，只是两人都想先入成都，争夺降蜀主刘禅大功。当钟会率十万大军在剑阁受阻，久攻不下，粮草不济，准备撤军时。邓艾却以为"今贼摧折，宜遂乘之"，从阴平小道，砍树辟道，凿山架桥，穿剑阁走险路，突袭江油，以黑虎掏心之策，直捣成都，迫刘禅率蜀国群臣受降，建立灭蜀降国大功，如此成就，使钟会心生妒忌，自是心不甘口不服，恰好此时，司马昭又巧施隔岸观火之谋，故意抑钟抬邓。司马昭把邓艾晋迁太尉，增邑二万户，钟会只是升迁司徒，增邑万户。钟会自然心中恼怒，便以邓艾"承制专事"，擅自行事为由，密告司马昭："邓艾想谋反朝廷。"为了让司马昭相信，钟会还在剑阁截下邓艾上报的奏章和给朝廷的信，仿邓艾笔迹，改写内容，添加狂悖轻慢之辞。又仿司马昭手迹，又给邓艾写信，结果使邓艾大起疑心。司马昭有心要除掉邓、钟两将，最担心的是两人联手反击司马氏。所以在两人矛盾没有激化时，始终隔岸相望，坐镇朝中，暗观时变。

成都受降后，司马昭以封爵迁官作为试探，目的就是想挑动起两人更加激烈的厮杀争斗。钟会现在主动挑起与邓艾残杀的战火，送把柄给司马昭手中，他岂能拱手相让？于是下令钟会"以槛车征邓艾"，即把邓艾用囚车送回魏都。又令钟会进驻成都，接收邓艾部属，促邓艾、钟会相互搏杀。

钟会本是个善于弄权的人，此时也施展巧计，有意让司马昭心腹卫瓘，在自己的大军前面先进成都，把烫手的山芋推给别人。哪知邓艾没有成心造反，卫瓘只是略施小计，就把邓艾缚住，关进囚车。钟会进入成都，一面派人押送邓艾去京，一面休整军队。蜀国大将姜维被刘禅下令降魏后，有心想借钟会复兴蜀国，便鼓动钟会利用独领数十万大军良机，建平定天下大业。钟会此时也下定决心反魏，拟派姜维率五万大军作前锋出斜谷，自己率大军殿后，下长安，饮马黄河，会师洛阳，一统天下。可惜正在自作计划时，司马昭已经动手，乘钟会立足未稳，令亲信贾充领前锋万人由长安入斜谷驻东城,监视钟会一举一动,自己则挟傀儡皇帝曹奂,率十万大军进驻长安为后援。

司马昭步步先招,打乱了钟会的部署。咸熙元年(264)正月,钟会伪造诏旨宣布废黜司马昭,关闭城门,布置起兵事项,正在与姜维作准备时,未料到胡烈父子煽起士兵内乱,两人皆被乱军所杀。邓艾则被卫瓘杀死在送往成都江油的途中,邓艾在洛阳的几个儿子也都被杀,妻子及孙子被充军西域。司马昭一计杀二将,坐收邓艾、钟会灭蜀的战果。

三、舍利诱敌　香饵能钓金鳌

隔岸观火作为三十六计的第九计、敌战计的第三计,被中国古代的政治家、阴谋家们熟练地运用于政坛之上,究其应用范围,主要有:

第一,国与国之间的斗争。

1. 弱国对强国的使用

中国古代大一统的王朝政权尚待建立时期,各国之间的"伐交"、"伐谋"之斗激烈而残酷,相互之间斗智斗勇,日日不绝。一些弱小政权,为了国祚存立,或联合众弱,共制强国;或隔岸观火,静观时变。弱国因其国小力薄,与强国对峙,取得抗敌胜利得之不易,必须先养精蓄锐,修械整物,坐等强国国内出现动乱,或强国与他国相斗鏖战、疲惫力削时,再行出击攻伐。如周武王欲攻殷商,姜尚认为:"先谋后事者昌,先事后谋者亡。且天与不取，反受其咎，时至不行，反受其殃。非时而生，是为妄成。"所以坐等到忠臣比干被逐杀，商纣王真正的众叛亲离，国内怨声载道，人神共愤之时，武王发动攻击，果然迅速灭了殷商。

弱国对强国使用该计的另外一种方法，是主动放弃众国必争的地盘、城池等重要利益，诱导强国与它的敌国苦苦相斗，待到双方损失惨重之时，再行争夺。如姚苌建后秦之策，即是一例。

2. 强国与弱国的使用

强国敌对弱国，除恃仗其军事的武力征伐之外，也极喜运用隔岸观火之计。往往是利用弱国内部的矛盾，或者是挑起联合起来结盟的弱国之间矛盾，想尽分化瓦解之法，助弱国内乱，或弱国之间相互火并，然后发动攻击。如三国后期晋国伐孙吴，乘吴王孙皓暴政、君臣内讧、统治阶级上层发生严重分裂，而人心不堪暴政，民怨冲天之机发动平吴战争，取得灭吴成功。

《六韬·文伐》之中，曾记载了姜尚为周文王献计文伐的十二种方法，其要义都是要分化瓦解敌国，致敌内乱滋生。如"亲其所爱，以分其威，一人两心，其中必衰，廷无忠臣，社稷必危；取其内间其外，材臣外相，敌国内侵，国鲜不亡；养其乱臣以违之，进美女淫声以惑之，遗良犬马以劳之，时与大势以诱之，上察而与天下图之"等。姜尚主张通过"文伐"手段，即政治计谋的运用，先要扰乱敌国，坐待其乱后，再发动武装征伐，收取易成之果。

与姜太公"文伐"有异曲同工之妙的是，吴越相争时，文种为越王勾践进献伐吴九术：一曰尊天事鬼，以求其福；二曰重财币以遗其君，多货贿以喜其臣；三曰贵籴粟藁以虚其国，利所欲以疲其民；四曰遗之美女以惑其心而乱其谋；五曰遗之巧工良材使之起居室，以尽其材；六曰遗之谀臣使之易伐；七曰强其谏臣使之自杀；八曰君王国富而备利器；九曰利甲兵以承其弊。九计之中，也把瓦解敌方君臣关系作为重要内容。勾践接受文种之策，九计之中仅用其三，即擒获吴王夫差。

3．势均力敌的国家或割据势力之间的使用

在中国古代势力相当的国家或割据势力之间，也喜用隔岸观火之计，既是保持政治态势的平衡之需，也是为自己更容易地争夺土地、地盘着想。如战国时期，魏国攻打赵国，韩向齐国求救，齐王采纳谋士孙膑之计。孙膑认为：魏国恃其强，既然伐赵，即会攻齐，如若不救，弃韩给魏，有利于魏国势力的壮大。魏国刚开始伐赵，齐国立即出兵救援，则是代赵国受兵火之祸，赵国虽然安稳了，但危害了齐国。所以齐国相救的办法，最好先答应赵王的请求，但要等到魏赵相战，双方俱损时，再引兵出援，这样魏国被赵国的拼死抵抗，拖得疲惫不堪，势力大减；而赵国虽存，因遭受魏国重伤，也是势弱之弩，危险百出，如此出力少又见功多。齐王称善，缓出兵以存赵，既收救赵美名，又能做到疲惫强魏，促成了齐国与魏国势力均衡的态势。

第二，在君臣之间的使用。

1．君主对臣下的使用

在中国古代君主专制制度确立初始，一些法家代表人物就为专制君主如何对待和控制臣下，从理论上进行了比较系统的阐述。法家创始人之一的慎到认为：君主应该主操国政大权，在权力结构上应该是君主一元化的垄断，"两相争，杂则相伤"。要实现君主对权力的独占，就必须在权势上超过一切臣下。君臣之间的关系"犹权衡也。权或左轻则右重，右重则左轻。轻重迭相橛，天地之理也"。讲究术治的申不害，则提出左右大臣是君主产生危险的一个重要来源。"今人君之所以高为城郭而谨门闾之闭者，为寇戎盗贼之至也。今夫弑君而取国者，非必逾城郭之险而犯门闾之闭也。""妒妻不难破家也，乱臣不难破国也。"申不害认为：既然大臣对君主存在如此可怕的危险，那么君主对他们就应该有一个清醒的认识，不能指望臣下对自己的忠贞，要借助于"术"，如正名责实之术。在申不害所讲的"术"中，绝大部分都是为君主设计的计谋权术。

法家思想发展到韩非，集势、法、术思想于一体，他认为势、法、术三者都应是君主手中的工具。"势者，胜众之资也"，君主治国要"任其势"。势又分自然之势和人为之势。自然之势，指在客观既成条件下掌权和对权力的运用；人为的"所得而设之势"则是指君主在可能条件下主观能动地运用权力。人为之势对君主尤为重要，君主以此"使天下不得不为己视，使天下不得不为己听"。韩非主张君主治国要有法治，但韩非所讲的"法"，是以绝对维护君主专制为前提的。"法者，事最适者也。"也就是说法要适合时代，符合事理，利于君主之用。韩非强调法治，反对"尚贤"和贤人政治，因为君主尚贤则易被贤人所篡，"信人则制于人"。所以韩非的"法"，是主张君主以此为专制统治的手段，而君主以下的臣民则变成法的工具和奴仆。韩非认为，人性好利，即使是父母子女之间，也是计利而行。因此作为君臣之间这种没有"父子之泽"纽带的关系，更是一种利害关系。《韩非子·说难》

云："臣尽死力以与君市，君垂爵禄以与臣市。君臣之际，非父子之亲，计数之所出也。"韩非进而认为："君臣之利异"，双方之间"一日百战"。《韩非子·八经》云："知臣主之异利者王，以为同者劫，与共事者杀。"为了解决君臣之间的矛盾冲突，君主要学会用术。术有君驭臣之术，也有臣弄君之术，韩非则从君本位出发，主要强调的是君主南面驭臣之术。他说："术者，藏之于胸中，以偶众端而潜御群臣也。"韩非的术中，虽有一些积极因素，但绝大多数是诡计，如倒言反事，用人如鬼，设置暗探，深一以警众心，防臣如防虎，不食非常之食等。韩非把整日围在皇帝左右的大臣、近亲、显贵等，视为君主最危险的敌人，而君主之患，正是对他们的无防范的信任。《韩非子·孤愤》曰："万乘之患，大臣太重；千乘之患，左右太信。此人主之所公患也。"韩非等早期人物关于君臣关系的系统理论阐述，被后世专制君主视为至言。秦始皇读到韩非著作后，感叹道："如能面见，则死而无憾。"君主们在自己的政治实践中，把法家的驭臣之术充分地加以发挥。隔岸观火之计，正是作为政治场上的权智阴谋，被君主在臣下之间搞平衡牵制，借此抑彼，不留痕迹地去除权臣等，大量地借用。专制君主以臣制臣，以酷吏制重臣，以微臣制贵臣，以宦官权臣制外戚，煽动操纵臣属之间相互争斗残杀，自己作壁上观，坐山观虎斗，借力助火，隔岸观火，下纷争则上安，君主由此达到巩固君位，防止功臣、权贵、重臣等臣下犯上作乱，又能驱动臣属为君主献身卖力。宋太宗坐观赵普与卢多逊相斗，传位自己的子孙；汉武帝坐宫观变，铲除丞相公孙贺，都是典型事例。

2. 臣属对君主的使用

君有驭臣之术，臣则有谋君之术。臣属对君主使用隔岸观火之计，主要是一些有野心的臣子利用君主与后主、功臣、权臣或其他政治势力发生矛盾冲突时，煽风点火，输送炮弹，助其激烈争夺，而自己先伏藏于外，静观其变，等到争斗大局俟定，再侧身向前，抢夺别人之果实。近代权臣袁世凯，利用清政府压革命党，又用革命党压清政府，在武昌起事爆发后，迟迟不出山，先静观武昌革命党人与清政府互攻之战火，以静制动，隔岸观火，逼迫清政府答应自己出任责任内阁总理职务。

第三，臣属之间相互使用。

隔岸观火之计，也被君主专制时代君主之下的各个政治势力、利益团体和政客们相互使用。如张居正利用宦官冯保与首辅高拱之间的矛盾冲突，最后自己霸居首辅之位。又如权臣司马昭利用灭蜀功臣邓艾、钟会之间的火并，自己黄雀步后，收两人相互攻击之利。再如赵王司马伦，利用皇后贾南风与皇太子司马遹之间的相斗，一箭双雕，既去太子，又除贾后，最终自己爬上君主的金銮宝座。

四、把握时机　急不得争不得

隔岸观火之计，作为敌战计使用，以阴谋取胜，无论对专制帝王，还是功臣权贵、君主的近臣阉宦，以及各种朋比结党的政治势力集团，都具有无限的魅力。其在政治斗争中的基本特点有：

第一，就施计阴谋者目的来说，具有险恶性、明确性的特点。

政治斗争以权势实力为后盾，以阴谋机权作为手段，对弄权设计者来说，其目的明确清晰。君主以此计驭臣，是要巩固自己的专制独断地位，防止皇权旁落，是故施计的对象大多是蔑视皇权的朝中功臣名将、擅柄权臣、皇族显贵及干政的后妃、权阉等。臣僚们用此计，是要在君权之下，更多地争权夺利、铲除政敌对手。用计的每一人或每一方，都有着明确的预期的目标，而为了完全地达到既定目标，他们无所不用其极，用心之险恶，非常人所能想象。对岸大火，非去扑救，或是坐而观景，或是火上加油、拾薪加柴，助火苗更旺，如此行为，非险恶用心者，谁能为之。

第二，就实施此计的过程来说，具有强烈的待机制胜的特点。

花最小的代价，取得最大的胜利，是历代兵家所强调的用兵原则之一，政治场上又何尝不是如此！但是在什么时候、地点、条件下，才能取得最大的收获，政治家、阴谋家、野心家对此苦苦敏思、殚思竭虑，用尽智慧。

从隔岸观火之计的实施过程可以看出，"阳乘序乱"，敌方矛盾产生、倾轧争斗不休的内乱之时，是发动攻击的有利时机。但是隔岸观火之计与主张乘人之危的趁火打劫计谋又有不同，其区别在于隔岸观火之计更加强调时机的把握。其创胜之机，是在敌方内部矛盾斗争白热化，反目为仇，自相残杀，斗争中两败俱伤，丧失原有反抗实力的情况下，再发动攻击，制胜结果是坐收渔利。

如三国时期，曹操欲取袁尚、袁熙兄弟之法。曹操取得北伐乌桓胜利之后，袁尚、袁熙兄弟由乌桓逃到割据的辽东太守公孙康处避难，且以此为根据地，抗拒曹操。曹操没有采纳幕僚的急攻辽东之策，而是缓攻以待其变。果然，不久公孙康主动把袁尚、袁熙的首级送到曹操大营中，幕僚们惊诧其原因，曹操分析道："公孙康一向畏惧袁尚兄弟的势力，如果我们急于用兵攻打，强敌之下，双方必然会联手抵抗。如果我们转而他顾，缓兵相待，在不畏败亡的形势下，公孙康与袁尚兄弟固有的矛盾必然会加剧，成互相图谋之势，我们自会坐收相争之利。"曹操正确预测出对手"急则相持，缓而相争"的内情，用隔岸观火之计，引导敌人自相残杀，不战而屈人之兵，显示了高超的智谋威力。

第三，就计谋运用者的心态而论，具有制驭伏制、后发制胜的特点。

隔岸观火计谋，不管是设计者，或者是用计者，都是从临岸观火开始，经过助其火并，消耗敌方，最后坐收疲敌、弱敌的渔利。兵不动而利可全，"用阴"夺敌，使用阴谋算计敌人，消耗敌人的"阳气"，此类后发制人的方法，也正是隔岸观火之计的精髓所在。

第四，就计谋运用的功效而论，具有显著性的特点。

隔岸观火之计，不满足于一时的趁火打劫捞取少部、局部胜利。用计者以险恶的心理，准确算计政敌，一旦使用，收获巨大。往往"中箭落马"者并非一人，而是成双成对地获利。恰如下水的渔翁，蚌鹬兼收；观斗的卞庄子，两虎皆得。

笑里藏刀

——两面人物　常为口蜜腹剑

本计云:"信而安之,阴以图之;备而后动,勿使有变。附中柔外也。"其大意为:使敌方相信我方的示好诚意而变得麻痹松懈,我方则暗中策划准备,待机行动,切不要使对方发生变化,这就是外示柔和,暗藏杀机的谋略。

笑里藏刀,与口蜜腹剑、两面三刀、暗箭伤人之意相类似。笑里藏刀作为三十六计之一计的名称,意为笑中暗藏杀机,置敌方于死地。其典出于唐朝奸臣李义府,据《旧唐书·李义府传》载:唐高宗的宠臣李义府,面貌温顺和恭,依靠阿谀奉承得到高宗信任而得高官。一朝权在手,就想让臣僚依附于己,否则,便肆意陷害排斥。他陷害异己的手法,与常人不同,与要陷害的人说话,总是笑逐颜开,背地里却极尽排陷打击之能事,所以当时人称其笑,非正常之笑,而是笑有中刀。唐代诗人白居易在描写李义府人品的《天可度》一诗中说:"君不见,李义府之辈笑欣欣,笑中有刀潜杀人。"还有一首饮酒诗云:"目灭嗔中火,休磨笑中刀。不如来饮酒,稳卧醉陶陶。"

李林甫口有蜜，腹有剑，害贤才，乱朝纲

一、内刚外柔　变己险为敌险

《周易·坎卦二十九》云坎：习坎，有孚维心，亨。行有尚。《象》曰：水洊至，习坎。君子以常德行，习教事。

【一爻】初六，习坎，入于坎窞，凶。《象》曰："习坎入坎"，失道凶也。

【二爻】九二，坎有险，求小得。《象》曰："求小得"，未出中也。

【三爻】六三，来之坎坎，险且枕，入于坎窞，勿用。《象》曰："来之坎坎"，终无功也。

【四爻】六四，樽酒，簋贰，用缶，纳约自牖，终无咎。《象》曰："樽酒簋贰"，刚柔际也。

【五爻】九五，坎不盈，祗既平，无咎。《象》曰："坎不盈"，中未大也。

【六爻】上六，系用徽纆，寘于丛棘，三岁不得，凶。《象》曰：上六失道，凶三岁也。

"刚中柔外"的卦形为两个阴爻之间夹一个阳爻，此乃为坎卦。"象曰：习坎，重险也，水流而不盈，行险而不失其信。维心亨，乃以刚中也。行有尚，往有功也。天险不可升也，地险山川丘陵也，王公设险以守其国，险之时用大矣哉！"其意是说：两个坎卦相重达，预示艰险重重。水流入坑穴，不满不溢；无论陷入任何艰难险阻之地，都不能失去诚信，当豁达贯通。以刚中的德行，继续前进，定会有功。天险不可能再升高，地险无非是山川丘陵；

王公仿效天地，设险巩固边防、隐固其国统治。由此可见，因时致宜而设险的效用是多么巨大啊！

坎卦的含义是陷阱，而又是两坎相叠，可见之阴险艰难。就卦形言，阳在中，阴处上下，谓之为阳实阴益。阳实象征为君子的诚信、刚毅、德行，在处于重重陷阱中仍能显示其人格力量；同时，尽管一阳陷入二阴之间，由于有诚信、刚毅、德行和坚定的信念，便可以因时制宜、想方设法地变被动为主动，使敌方堕于其所设的陷阱之中。此其一变。其二，既然是二阴夹一阳，阴爻又有柔弱无力和巧语媚言的弱点，因此，要利用阳爻象征的刚毅和人格力量，摆脱困境。其有效的方法，便是本计计文所说的"刚中柔外"，以暂时的屈服，示以柔弱，使敌方失去戒备，同时将其注意力转移到他处，给自己留以积蓄力量的机会，化险为夷，再因时制宜，变己之险为敌之险。总之，笑里藏刀之计，强调的是阴而图之，却刚中柔外，即用温顺柔和的外表掩盖自己暗藏杀机的内心。

该计用于军事上是一种伪装疑兵的谋略，如两国交战时，借用政治、外交上的和谈或其他示和手段，欺骗敌方，掩盖己方正在进行积极准备的军事行动，为相机出击争取时间，寻找机会。所以《孙子兵法》中特别强调凡"辞卑而益备者，进也"，"无约而请和者，谋也"。即战争之中，说好话，扮笑脸，无故而请和者，其中必有阴谋，都是一种杀机外露的现象。

本计用在政治上，则是指一种表面和蔼，内心阴险，口蜜腹剑，两面三刀的阴谋家常用的伎俩。笑口常开、和蔼者，可亲也，这是人们生活中的正常心理，阴谋家正是利用人们对这方面的偏爱，借助于"笑"这种伪装，或是巧言令色，或是投其所好，或者矫情恭敬等，掩盖自己积极准备，相机而动的真实意图。所谓居心叵测者，正是指这类人难以了解掌握的一种状况。往往的情况是，这类阴谋家借助于表面的伪装，背后痛下杀手，使对手防不胜防，无从预备，最后落个身败名裂、家破人亡的悲惨下场。

二、甜言蜜语　阳为而阴陷之

政治学家华莱士曾经说过："人的冲动和思想产生于他的本性与他所处在的环境之间的关系之中。"现代心理学的研究成果认为，政治家的一切行为与他赖以生存的环境之间，有着密不可分、相濡与共的联系。中国古代君主专制政治环境和权力结构之下，政治战场上的尔虞我诈、钩心斗角、争权夺利之斗，既产生了一些至今耳熟能详的好的谋略，更多地是制造出一大批手法卑鄙、寡廉鲜耻、奸诈诡秘的阴谋伎俩。笑里藏刀之计即是其中之一，它常常被一些奸诈的政治家、野心家、阴谋家使用。其常用手法主要有：

第一，甜言蜜语、腹中铸剑，制胜之计在其中。

人有七情六欲，喜听赞歌，耳入颂言是人之常情，政治场上翻身打滚的人也难免其俗。笑里藏刀之计，正是利用人类此种天性，在政敌面前灌之于甜言蜜语，当面好话颂扬，抚慰政敌感情，迷惑和麻痹对方，使政敌失去对自己的警惕。

事例：李林甫口有蜜，腹有剑，害贤才，乱朝纲

亢龙有悔跃于渊

李林甫是唐玄宗（明皇）做皇帝时有名的奸臣和阴谋家，依靠狡诈计谋，攀附权贵，阿谀明皇，打击排斥异己，从开元二十二年（734年）五月至天宝十一年（752年）十一月，霸居宰相职位十九年，是玄宗时期在位最长的一位相臣，在位期间，因无德无才，别无建树，倒是被朝臣异口同声地公认"甘言如蜜，肚里铸剑"。后世"口蜜腹剑"一语，即由此得来。

李林甫小名哥奴，出身唐宗室，算起来还算是唐明皇李隆基的远房叔父。他因不善学业未能入仕登科，起初做一个太子府里的千牛直长，但他很会巴结钻营、厚颜无耻地投靠。如攀附御史中丞宇文融，唐玄宗的哥哥宁王李宁，私通武三思女婿侍中裴光廷的夫人，贿赂玄宗宠妃武惠妃，交好大宦官高力士等人，由此官升刑部尚书、吏部尚书、礼部尚书，终于当上中书令兼集贤殿大学士，爬上了大唐的相位。从他掌权开始，凡是被皇帝器重的人，或者自己睁眼看不上的人，或视为异己政敌的对手，一定施百计倾轧出朝。李林甫打击别人还有一大绝招，就是"阳与之善，啖以甘言而阴陷之"。就是说他要陷害一个人，表面上总是装作亲热和好的样子，用甜言蜜语引诱别人说出自己的过失，然后背过身子私下密告，驱除对方。例如他排挤打击严挺之、卢绚、李适之等人，就是典型的事例。

严挺之是朝廷中一个正直官僚，曾任中书侍郎，因为李林甫推荐的户部侍郎萧炅腹中空空，读文时把"伏腊"居然念成"伏猎"，严挺之告诉了宰相张九龄，说大唐朝廷怎能有"伏猎侍郎"，因而萧炅被降为岐州刺史。李林甫本身不学无术，最忌讳文人学士炫耀才能，当他知道是严挺之从中活动之后，由此衔怨，加上当时张九龄推荐严挺之为相，要严挺之交通李林甫，严挺之以李林甫为鄙薄少德之人，拒绝登李门拜访。李林甫知道后，更加痛恨，便趁着严挺之为其前妻的丈夫下狱辩护的时机，以莫须有罪名密告玄宗，结果严挺之被贬职削官，远徙外地。天宝元年（742年），唐明皇突然想起了朝中处世果断的干才严挺之，就问李林甫："严挺之现今在哪里？他是个人才，可以重用。"李林甫一看玄宗要用政敌严挺之，虽知其正在绛州刺史任上，但故意不说。下朝后把严挺之的弟弟严损之请到府中，装出非常亲密关心的模样，与损之促膝谈心，叙说旧情，说要引荐损之为员外郎。又以关心其兄弟的口吻对他说："皇上很惦念尊兄，可惜他远离天颜。尊兄为什么不趁机奏称有风疾，奏请皇上准予回京治病，这样就可以见到皇上，能得重用了。"严损之听信了李林甫的话，回家后给家兄写信，告诉京中近况。严挺之不辨真假，没有慎重考虑，果然上表朝廷，推说自己有病，想回京就医。李林甫接到奏表，赶紧奏告明皇："严挺之已年老体衰，得了风疾，不能理事，可以让他做一闲官，就近治疗养病，唐玄宗见到严挺之的亲写奏表，只好感叹可惜。天宝元年（742年）四月，晋升严挺之为太子詹事，员外同正，安居洛阳养病。李林甫的暗算，既使唐玄宗重用严挺之一事落空，又驱除了朝中与己有隙的政敌。

兵部尚书卢绚伟岸英俊，风度翩翩，一日走过勤政楼下，被楼上观看歌舞的唐玄宗望见，赞叹其风流蕴藉，目送至远。李林甫从亲信处得知唐玄宗喜爱卢绚，就嫉妒卢才表过人，害怕他被重用，危及自己之位，赶紧把卢绚的儿子找来，对他说："现在交州、广州需要人才，令尊尊崇清静，皇上想以令尊外出居官，不知你们愿不愿意去，如果害怕远行，可能要被降职。"卢绚在朝居高位，一家安居繁华的长安城内，当然不愿意远行广州。李林甫也算好卢绚一家的心理，所以接着又说："这样吧，我可以给你们帮个忙，让令尊到洛阳去任太子詹事或太子宾客，两个都是肥缺，愿意吗？"卢绚畏惧李林甫的权势，既担心降职，又不愿意出京都，便上朝请求做宾客虚事。李林甫考虑卢绚无缘无故被降职，招人耳目非议，先任卢绚为华州刺史，卢到任未及月余，李林甫就在朝中诬称他有疾病，不能处理华州繁杂政务，又改任他为太子詹事，员外同正。这是一个编外闲差，实际上等于挂职休闲。

户部尚书裴宽勤于政事，一度被唐玄宗器重，又和另一宰相李适之要好。李林甫不愿他被提升为丞相，就想排挤。一次，刑部尚书裴敦复因平叛海盗，返师回朝，因受人请托，乱报军功。裴宽知道后，向唐玄宗提到此事，但没有深讲。李林甫暗地里把裴宽奏告皇上事告诉裴敦复，敦复说："尚书也曾托我请功家属。"李林甫便鼓动裴敦复上报唐玄宗，密告裴宽。裴敦复听信李林甫之言，以重金贿赂，走了杨贵妃姐姐的门路，请她转告唐玄宗。不久唐玄宗就贬裴宽为睢阳太守，李林甫借别人之手，不动声色地又除掉了一个潜在对手。

李适之出身皇室，居官时赈济灾民，体恤百姓，卓有政绩，为人正直亦宽怀大度。天宝元年（742年）八月，一意迎奉李林甫的庸相牛仙客病死，唐玄宗任命李适之为副相，和李林甫共同理政。李林甫有心排斥李适之，一次他假惺惺地对李适之说："华山有金矿，如能开采，可以富国，皇上对此事还不知道呢。"李适之初次入相，对李林甫本质认识不清，以为李林甫所说的有理，很快奏明唐玄宗。唐玄宗非常高兴，便去问李林甫。李林甫故意说道："这个情况我早就清楚，但华山是皇上的本命，王气所在，有金矿也不能开采，所以我一直没有报告呢！"唐玄宗听李林甫这样一说，对李适之开始看轻，斥责李适之："今后奏事，要先跟李林甫商量，不要这么轻率。"李适之当时还兼兵部尚书一职，驸马张垍与李林甫有矛盾，张垍的哥哥张均时任兵部侍郎，李林甫为了搬倒李适之和张垍，密遣心腹诬告兵部铨选官吏时有舞弊现象，结果六十多人被告受刑，李林甫任用酷吏吉温，先用严刑拷打以重狱示儆，硬是以威逼供，确凿成狱，许多人因此被免官革职。李林甫因为要打击李适之，凡是朝中与适之亲密往来的官吏，如户部尚书裴宽、刑部尚书韦坚、京兆尹韩朝宗等，都被李林甫诬陷治罪。到了天宝五年（746年）四月，李适之被逼辞职。李适之的儿子邀请朝官在家聚宴，因为群臣皆怕李林甫，竟然没有一个人敢来其家赴宴。后来李适之被李林甫一手制造的韦坚案株连，贬为宜春（今江西境内）太守，天宝六年（747年）正月，李林甫另一位心腹酷吏罗希奭到各个贬地巡视，李适之听说后，害怕遭受酷刑，饮药自杀。

李林甫还善于利用当面一套，背后一套，讨好和欺骗唐玄宗，以便于自己专权用事。开元二十年（732年）左右，李林甫刚当上副宰相，当时张九龄任中书令，裴耀卿任侍中，二人学才博洽，忠良正直，尤其张九龄，好直谏。李林甫认为二人是阻挡自己独掌权柄的障碍，一心想除去，但知道明里硬碰，自己力量还弱，便玩弄善身之术，"媚事左右，迎合上意"。对张、裴两人客气恭敬，表面说好话，予以称赞。背过二人在玄宗面前，则拨弄是非，迎合玄宗之意，指责张、裴两人的不是。开元二十四年（736年）十月，唐玄宗巡游京都洛阳，原打算次年二月还长安，因为宫中偶发小事，玄宗迷信，想立即返回长安，便召三位宰相商议，张九龄、裴耀卿两人认为时值三秋农忙，皇上一路返都，惊扰沿途官民，影响秋收，建议推迟到冬季返归。李林甫对二相的议论当面不表态、不反对，等到退朝时，他假装腿痛，独留在后，玄宗问其缘故，他对玄宗说："臣下非有腿疾，而是希望奏明事情。长安、洛阳都是皇上的两宫，车驾往来东西，何必要等什么时机？如果担心妨碍农事，只要赦免车驾沿途两地的租赋就行了，请让我负责处理此事。"贪图享乐奢侈的玄宗本来就讨厌张、裴两人的谏诤，听了李林甫甜言，自然是极为高兴，立命起驾而行。也就是同年，唐玄宗想把朔方节度使牛仙客升为尚书，张九龄谏道："尚书一职一般用旧相补升，或者是任过朝中要员，又有很高人望的人担任，牛仙客由河湟小吏一下升高官，会招来人议。"玄宗又想实封牛仙客，张九龄对李林甫说："封赏大臣应是名臣大功，委任边地军将很重要，不是马上可以议定的，我俩要在皇上面前力争。"李林甫当面表态，同意张九龄意见。但是面见玄宗时，只有张九龄一人力谏，李林甫站在旁边一言不发。张九龄走后，他对玄宗说："牛仙客是做宰相的材料，何况一尚书，张九龄是书呆子，不识大体。"退朝后他又把张九龄的话泄露给别人，导致牛仙客到玄宗面前泣诉。玄宗心动，拟马上赐封，张九龄又上朝劝谏，用道理说得玄宗无话可辩。李林甫见状，私下讨好玄宗："天子用人有什么不可以行的。"玄宗称赞李林甫不专断用事，由此以后，逐渐冷淡张、裴两相，过了月余，就把二人罢免，以李林甫为正相、牛仙客为副相。牛居相位后，一切唯李林甫所言是从，朝廷权柄实操李一人之手。

从以上所举史实，可以清楚看出，李林甫作为一个阴谋家，为达到专权用事目的，熟练玩弄笑里藏刀计谋，表面上予人温柔恭顺形象，好像可亲可近，实际上暗藏杀机，在其笑面背后，下设悬崖陷阱，人们无以测深浅，一旦为其迷惑上当，不死即伤。李林甫靠此术逐步排斥异己，张九龄、李适之等贤才忠良，皆被贬逐或杀害。在他的专断跋扈下，加上唐玄宗的昏庸放纵，唐初比较清明的朝政风气，为之一变，正是在此时候，埋下了后来安史之乱爆发的祸根。

事例：袁世凯甜言蜜语，宋教仁饮弹身亡

袁世凯是晚清历史上的一大逆贼，虚伪权诈，欺骗诡谲，两面三刀，是他节节爬升，成功实现自己政治目标的一大法宝。甲午战争后，早年他攀援的李鸿章一时失势，转而投靠朝中势强、被慈禧器重的荣禄。荣禄拥兵势众，亦不缺资财，要想敲开荣禄的大门，靠一般的贿赂手段不能达到。袁世凯揣度荣禄重视练兵，便想把自己打扮成军事理论专家，以进献兵法书籍投荣禄所好。袁世凯少小泼赖，读书很少，后来到朝鲜虽接触过军事，曾帮助朝鲜政府练兵，但也是靠投机摸索，对兵法实际上知之甚少，回国后他对外自吹是新式兵学的专家，却投有任何理论建树，而真要动笔写书示人，毕竟肚中墨水太少，笔不达意，便想让手下幕僚为己代笔。某君一看讨好袁世凯的机会来临，就献策说："著此兵书并不太难，可以搜罗一些外国兵书译本，吸取精华，加以剪辑，再是把带兵期间所有的公牍函件，营规布告加以整理充实内容，用前者作为理论，用后者作为事实，只需要稍为修改，即可以成书，外人阅看，见到中外内容相互对照，洋洋大观，有理有据，会认为此书超过古代的兵家孙权、司马懿呢！"袁世凯听其所言，心中暗自赞同，但当面却装出一本正经之状，叱斥道："我要著述的兵书，是要藏之名山、传之后世的珍品，怎能同生员考试一样，靠抄袭挟带蒙混过去。"不久就借故辞去该人。过了一段时间，另外召来一个文人，让他代笔著书，把早先某君所说的著书方法，一一叙述作为指点。此君新来，见袁世凯说得头头是道，不知以前事情经过，还以为袁世凯真是一位兵法专家，便照袁意加紧著述，不久，书稿完成，定名为《治兵管见》。袁世凯把书印刷成册，分送荣禄和王公大臣，果然受到一片称赞，荣禄称他为"特殊人才"，是治兵专家，推荐他专练新兵，做直隶按察使，当巡抚等职，袁由此跨入清政府上层。而为袁世凯代笔著书的人，袁世凯送给几十两银子，就把他打发走了。此人认为自己著述劳累，且书中多有自己的心血，只换来几十两银子，心中很不服气。袁世凯却说："这本书全是发挥我的主张观点，中间参考其他一些书籍，也是在我指点下选择采用的，你不过是一个抄写的书吏，我给你数十两银子，已经厚待于你，怎么还不自量！"该君见袁世凯如此狡诈，不敢顶撞，只好自认倒霉，走人了事。

从此中事实可以看出，袁世凯以欺骗手段，行鬼诈阴谋，极喜当面一套、背后一套的权诈手段。此事例虽小，亦能反映出他的个性。当袁爬上了中国政治权要职位以后，此类手段，有了更加广阔的发挥天地。下面再举一个袁世凯在中华民国建立以后，为实现自己专制统治目的，如何算计以孙中山为代表的革命党人，使革命元勋饮弹牺牲的事例。

1912年元旦，中华民国建立，孙中山被推选为临时大总统，执掌国家朝政。袁世凯自武昌起事之后，恃仗手中的北洋军队，大耍两面派手段，以革命党压清室，逼清室退位；以清室压革命党人，逼革命党人推让袁氏为中华民国临时总统。3月10日，袁世凯终于窃取了革命党人斗争的胜利成果，在北京宣布就任临时大总统。4月1日，孙中山宣布辞去临时大总统职务。袁世凯如愿以偿后，又开始构建北洋军阀政权，妄想自己独裁专制，像专制皇帝一样，一统天下。

孙中山等革命党人，向袁世凯交出政权后，留下责任内阁制、参议院、中华民国临时约法三大法宝，想以此限制约束袁世凯搞专制独裁。革命党人在临时参议院占多数席位，南方数省政权亦为革命党人所掌握，还有十几万军队，也在革命党人手中，所以袁世凯一下子还没有力量马上实现自己的政治目标。于是他采取欺骗手段，伪示和好，把自己打扮成民主共和制度的坚定拥护者模样，刚登上临时大总统之位，信誓旦旦表示："共和是中国最优良的政体，要永不使君主政体再行于中国。深愿竭尽能力，发扬共和的精神，涤荡专制的瑕秽。"他深知孙中山、黄兴在国内具有崇高威信，为了掩盖自己积极准备动手搬开责任内阁制和临时参议院，去除独裁道路上两个障碍的行动，他采取欺骗手段，甜言蜜语，于1912年4月，发电邀请孙中山、黄兴到北京共商国是。此时，正是唐绍仪责任内阁倒台，驯顺如羊的陆徵祥混合内阁在革命党占多数的临时参议院遭到弹劾的时候，袁的用意是让自己的心腹赵秉钧出任内阁总理，担心参议院通过不了，让赵暂任代总理。为了让赵秉钧顺利上台，袁世凯声言总理人选俟孙、黄北上后商定，并拟派自己的长子袁克定到沪迎接。孙中山、黄兴两位革命党元勋，从巩固新建的共和政权的美好愿望出发，自辞职后，决意致力于实业建设，停止内争，繁荣国家，并想通过诚意，感化袁世凯。黄兴还主动撤消了"南京留守处"，遣散所属部队，以示拥护政府的诚意。所以对袁世凯的电邀，两人皆同意，复电袁世凯，缓日北上。袁世凯接复电后，派出蓝建枢等人持亲笔信，到上海迎接孙、黄，又责成赵秉钧、梁士诒、傅良佐等军政要员，专门负责接待孙、黄事宜，给人以热忱切盼的印象。

1912年8月24日，孙中山到达北京，袁世凯派梁士诒等人至北京车站迎接，又开正阳门迎接孙中山入城，一切按照迎接国家元首的待遇，隆重接待。当晚袁在总统府举行晚宴，袁世凯说："世凯识薄能浅，深盼中山先生有所教诲，以固社稷，我蒙受国民委托，代表四万万同胞，请求先生赐告。"当晚两人会谈至夜半，凡孙中山所说，袁世凯皆曲意相从，使孙中山感到"欢若平生，相恨见晚"，"彼此意见均相吻合。"8月28日，袁世凯举行盛大欢迎宴会，宴请孙中山一行。袁世凯在祝酒中对孙中山予以极高赞扬，说"孙中山北上进京，大大造益于民国前途"，并且高呼"中山先生万岁"。袁世凯的表面现象，使孙中山放松警惕，对报界说："袁大总统是可以接受善处的，绝对不会有不忠于民国的心意。国民对袁总统也万万不可心存猜疑，妄加攻讦。""袁世凯是治理当今中国最合适的人选。"孙中山还致电尚未北上的黄兴，说与袁项城（世凯）的两次会谈，实业计划各项，大致相同，外交、国防，亦所见略同。甚至认为"项城实陷于可悲的境遇，绝无可疑余地"，要求黄兴尽速北上，以停止南方的抗袁风潮，使得南北统一的圆满结果。

9月11日，黄兴率陈其美一行，到达北京。还在月初离沪北上途中，袁世凯就封授黄兴陆军上将军衔，赞扬黄兴"提倡共和、改革政体，热心毅力，百折不回，出生入死，艰苦卓绝""为国家奔走二十年，中外咸知"。到京之时，袁世凯同样予以接待元首的待遇，热情款待。黄兴同袁世凯相谈后，得出"大总统为国家宣劳之苦心及一切规划，尤为感佩"，"实为中国第一人物"的印象。要求一切爱国国民，赞助袁大总统建设的伟业。黄兴同样被袁世凯的伪装面孔所迷惑，错误地认为袁"真心维持民国"，当赵秉钧内阁在临时参议院受阻时，黄兴为其代为疏通劝说，使赵秉钧内阁顺利举手通过，黄兴则以赵内阁全部加入国民党，实现了政党政治而大有收获，颇为得意。

袁世凯一手制造的精诚团结假象，百般曲意相从的态度，使孙中山、黄兴入其彀中而不知。袁世凯亲信赵秉钧内阁的上台，使革命党人以责任内阁制限制袁世凯专制独裁的希望变成了画饼。赵内阁成立不久，就把国务会议移到袁总统府内召开。由此，一切政务处置都出自袁旨意。当孙中山、黄兴北京之行后，带着袁授给的"全国铁路督办""粤汉铁路督办"的头衔，四处奔走，要在十年内修二十万公里铁路的时候，袁世凯就授意赵秉钧，把主持政务的国民党代理董事长宋教仁刺死在上海车站。

宋教仁是因创建国民党，取得了参议院压倒优势，即将进京组阁，威胁到袁世凯御用赵内阁的存在。袁世凯不惜以暴力暗杀，消灭政敌对手。上海车站的枪声，打破了孙中山、黄兴对袁世凯的幻想，革命党人才真正认清了袁世凯笑貌之后，还有一副狰狞的面目。

第二，阳奉阴违，阳下阴夺，制胜之计在其中。

中国君主专制政治权力结构下，除了独裁君主之外，大小官僚臣工之间，其上下关系是相对而言的，对下为上，对上为下。野心家、阴谋家们，为了实现自己不可告人的目的，对其上司、主子，惯于使用当面奉承、顺其意志、令下必应、言之必答的方法，避免发生直接的顶撞冲突，却在阳奉之外，私藏夺权攻敌之心。

事例：阳下阴夺，韦昌辉借机杀东王

韦昌辉是太平天国首义领袖之一，家居广西桂平县赐谷村，因为是客家人氏，经常遭到当地地主豪绅的排挤打击。韦昌辉也参加过科举考试，只因官府黑暗，虽然成绩优良，无奈官场上没有靠山，结果名落孙山，对清王朝充满怨恨。他不甘心被官府劣绅欺压，当洪秀全、冯云山到桂平传授拜上帝教，宣传反清斩妖思想时，便倾其家产，全家加入了太平军。到了1851年，洪秀全正是在他族居的金田村，宣布团营反清，开始了一场轰轰烈烈的太平天国运动。

韦昌辉因为首义有功，在太平天国队伍中，一开始就居领导地位。1851年3月，洪秀全在广西武宣东乡称天王时，封他为右军主将、副军师。9月永安建制时，韦昌辉封为北王。在太平天国由广西打到南京的过程中，他率军奋战，屡立战功。1853年3月，太平军占领南京，改称天京，作为太平天国政权的首都，这样中国出现了两个针锋相对的对峙政权。韦昌辉入都后，开府授官，到了1856年，太平军经过几年的北伐西征，在战场上节节取胜，天国政权取得鼎盛。就在这个时候，天京爆发了太平天国领袖的互相残杀，主持太平天国军政实务的东王杨秀清及其几万部下，被韦昌辉屠杀殆尽。

韦昌辉与东王杨秀清相残的原因是两人矛盾的尖锐化，以及天王洪秀全的暗中鼓励。韦昌辉之所以取得诛杨成功，则得力于他的笑里藏刀计谋的运用。

杨秀清是太平天国实际的领导者，从金田起事开始，直到定都天京，军事主要仰赖他的天才军事指挥和正确的政治谋略，定都天京后，北伐西征，都是在他一手策划之下。杨秀清行政上仅居天王洪秀全一人之下，韦昌辉等诸王皆受其节制领导。在宗教上，他是天父的代言人，又居洪秀全之上。杨秀清军、政、教三权在握，到了天京后，在太平军捷报频传的情况下，逐渐变得跋扈起来，自恃功高，专权独断。按照太平天国的规定，军国大事本应由杨秀清、韦昌辉和翼王石达开三人共议施行，但杨威风张扬，不知自忌，常常压制韦昌辉、石达开，韦昌辉对杨秀清的跋扈，心中十分不满，但畏惧杨秀清在太平天国的至高威势，便采取阳下阴夺的办法，表面上对杨极力谄媚，私下里联络反杨力量，想夺权诛杨。

韦昌辉心中计定，以后凡军国大事，只要是杨秀清主意，都是点头同意。每次见东王舆轿到府，一定出门扶轿相迎。众人议事时，韦昌辉只要杨秀清刚说了三四句话，就跪下向杨叩谢说："不是四兄的教导，小弟肚肠嫩，哪知道有这些的道理。"肚肠嫩，是广西浔州方言，意即学问浅。韦昌辉一口一个兄长，贬己褒杨，口称自己眼界有限，称颂杨秀清料事如神。

杨秀清自己恃功自矜，亲戚故旧在他纵容下，跋扈专横。一次，杨秀清一位小妾的兄长，看中了天京城内一处府院，就想占为己有。这个院落早已住上韦昌辉的哥哥一家，他不知道要占房者是谁，依仗朝中有弟弟韦昌辉在做官，不买来者的账，坚决不予让房，结果这位小妾兄长，转而向妹妹诉苦，小妾又在杨秀清面前吹枕边风。杨秀清身为天国主持者，不从大局出发，为区区小事找到韦昌辉，训斥北王，并责令他立即处置此事。韦昌辉害怕此事处理不当会引起杨秀清的不满，为了向杨秀清讨好示诚，竟然下令把亲哥哥在京城五马分尸。

韦昌辉的伪饰面孔，使杨秀清暂时放松了警惕。趁此机会，韦昌辉加紧夺权的准备。他看到天王洪秀全与杨秀清矛盾也逐渐尖锐，便极力谄洪而联洪，想扩大自己的反击力量，借洪秀全天王之势，牵制杨秀清。杨秀清也是个人权力欲膨胀过度，不知君主之本性，三番五次利用自己是天父代言人身份，利用宗教上的权威地位，经常杖责洪秀全。韦昌辉在处理军政事务时，曾常常受杨杖责。1854年4月，命令承宣张子朋出师湖南湘潭，因封船一事处置不当，激变太平军的水营，杨秀清为此以天父附体，杖打韦昌辉数百。韦昌辉受刑伤重，身子都不能动弹。韦昌辉尝够了杨的苛责，但见到杨秀清要杖责洪秀全时，总是跪地请求，愿意自己代天王受仗。为此，洪秀全认为韦昌辉是一位"爱兄心诚"的心腹贤弟，所以当1856年8月，杨秀清再次以天父附体下凡名义，逼洪秀全封杨为万岁的时候，洪秀全立即密诏在江西领兵与清军作战的韦昌辉，要其回京图杨。

韦昌辉在前线接到洪秀全的密诏，一看是要诛杀杨秀清，大喜过望，匆匆把战事交给部将，自己和顶天侯秦日纲连夜率心腹部队三千人，9月1日赶到天京。当天深夜，韦昌辉指挥手下，把东王府包围得水泄不通。凌晨，乘着东王府酣睡之中毫无防备，把杨秀清及其妻室老幼、侍从部属四千人一齐杀死。韦昌辉为防止东王部下复仇，又利用洪秀全责备韦、秦且让其受审一事，召东王部下前往天王府前观看，暗中却埋伏士兵，乘东王属下放松戒备，一齐包围，不管男女老幼，求饶与否，皆"芟除净尽"，一次被杀者又增五千多人。随后，韦昌辉一不做、二不休，干脆关闭天京城门，在全城搜捕东王部下，屠杀前后持续一个多月，遭杀者二万之多。经此屠杀后，韦昌辉独揽天朝军政大权。

中国农民起事数千年延续不断，此起彼伏，是中国古代专制政治统治之下的一大特点。农民起事虽然建立了自己的政权，也同专制王朝一样，摆脱不了皇权政治的影响。韦昌辉作为太平天国政权中的一位领导人，为了争权夺利，同样施展笑里藏刀的阴谋，算计飞扬跋扈的另一位领袖人物东王杨秀清。太平天国在永安建制时，天王洪秀全共封五王，即东王杨秀清、西王萧朝贵、南王冯云山、北王韦昌辉、翼王石达开。规定西王以下皆受东王杨秀清的节制，后来冯云山、萧朝贵相继在桂林、长沙之战中战死，这样除天王外，只剩下杨、韦、石三王，洪秀全规定进京后一切军政要事，要三王共商，再奏准照办。杨秀清自恃征战以来立有大功，贬抑韦、石，很多事情使韦昌辉衔恨胸怀，不甘心被奴仆对待，心想只要杀死杨秀清，按官位大小即可自己替代，实现独揽朝政的目的。要顺利诛杨，对付东王这样的强敌，自然不能硬对硬地对抗，所以阳其下而阴夺其权，谄媚逢迎，讨好卖乖，用假面孔对待杨秀清，趁其松懈无防范，终于找到了杀杨的机会，而且大肆滥杀，斩草除根，使东王及其家室部属，极尽除灭，终于控制天朝军政，后来差点连天王洪秀全也被其杀掉，真可谓阴谋者胜，野心家逞也。

第三，笑脸逢迎，辞卑恭敬，制胜之计在其中。

中国古代的政治家们，特别强调用刚柔结合，柔中有刚，刚中柔外的政治手段，达到自己的政治目标。以温顺的态度、柔和的外表取悦于人，掩盖自己暗藏的杀机，正是吸取了刚柔相辅相成的精义，政治家、野心家、阴谋家们，常常借用笑脸卑辞，伪装自己险恶的用心。

事例：巧算计李斯毒杀法家俊才韩非

韩非是战国时期著名的思想家、法家的集大成者。他原是韩国公子，后来拜到荀子门下，和秦国的丞相李斯是同学。韩非天生口吃，不善于说话，却长于文章著述。当时韩国在战国七雄之中，已经势弱，可是韩王重用佞臣，排斥主张变法图强的韩非。国难当头之时，韩非在郁郁不得志的情况下，埋头于著述。他认真总结了有史以来的政治成败得失，撰成了《孤愤》《五蠹》《内外储说》《说林》《说难》等十万多字。在书中，全面总结了商鞅、申不害等人的法家思想精华，提出了较完整的法家理论。韩非认为法是国家的规矩准绳，要编著成书籍，设立于官府，布之于百姓。统治者应该以法为本，法、术、势三者合一，缺一不可。韩非的思想很符合秦王嬴政的心理，当韩非的《孤愤》《五蠹》二书被进献秦王。嬴政看后，惊叹不已，对丞相李斯说："寡人如果与此人相见同游，死也无憾。"

李斯过去与韩非共同师事荀子，韩非成绩优异，总是超过李斯。李斯入秦，靠走了吕不韦的门路，爬上丞相之职。李斯本是一个心胸狭窄的人，又见秦王如此推颂韩非，内心十分不快。担心韩非来秦，被秦王重视，自己的职位也就难保，便下定主意，要置韩非于死地。

韩非在韩国虽不为韩王重用，依然关心本国的安危。秦王政十年（前237年），李斯向秦王献计，要攻韩以威吓其他五国。当时韩王曾派韩非入秦，韩非也上书秦王，提出秦攻韩，韩国必将反抗，魏国会助韩抗秦，而赵国以齐国为靠山，更会趁机伐秦，是故秦国攻韩将会导致赵国之福，"秦国的祸事"，不如秦国直接攻打赵国，获利更多。韩非明里劝秦，暗里存韩的建议，当即遭到李斯的反对，他认为先攻弱小的韩国，而后再取五国，既可以避免战事失败的风险，又能打乱东方六国合纵抗秦的局面，坚决主张先韩而取天下。所以当秦国遣使召韩非入秦见嬴政时，从政治主张上来说，韩非与秦丞相李斯的观点亦存在着尖锐的对立。李斯有心助秦王嬴政建立统一六国大业，担心韩非到秦后，像韩国先期而来的郑国一样，不是助秦，而是为弱秦而来，所以韩非到达秦都之前，李斯就告诫嬴政，要警惕韩非其人。

前234年，韩非来到秦都。丞相李斯先以老同学名义，对韩非予以热情的接待，在府中设宴款待韩非说："自从辞去老师后，我们是多少年未见，平时很惦念你，秦王拜读了你的大作，称赞不已。这次秦王请你前来，是想重用你，你就有了大展鸿图的机会，秦国有了你，犹如老虎添翼。我也是甘拜下风，愿意让丞相位给君也。"李斯频频举杯，为韩非敬酒，并安顿韩非在秦都上好的客舍中居住。

韩非到了秦国时，即上书秦王嬴政，进献自己兼并六国之策。上书中写道："秦国应该先灭韩、赵、魏，以远交近攻之策，打破六国合纵盟约，然后再分别攻取他国，即可以一统天下。"秦王看了韩非的上书，心中很高兴，但丞相李斯早先提醒过他，要提防韩非，所以并没有马上重用韩非，而韩非不知李斯私下从中阻拦，还以为嬴政会召见自己，就在客舍中耐心等待。秦王嬴政在朝日理万机，因为已遣使专程召韩非入秦，本该韩非来京后主动求见，却过了很长时间未见动静，便问丞相李斯，询问韩非来秦后的近况。李斯答道："韩非这个人恃才傲慢，他不愿见陛下。"秦王不明就里，不由得恼怒万分，下令把韩非打入牢狱，同时要狱卒不要慢待韩非，希望他回心转意。

秦王嬴政是战国七雄中一位有为的君主，善于选拔和使用人才，为了实现统六国的雄心大业，不避远疏，网罗了不少六国的有才之士为己服务，如吕不韦、李斯等客卿。对此情况，身为丞相的李斯非常清楚，以韩非的才华出众，秦王如果召见识用，极有可能被重用，秦王虽然暂时听信自己所说，把韩非下狱，但是秦王的优待态度，正说明了秦王对韩非是心存尊重的，如此下去，一旦被秦王发现自己从中阻拦的秘密，自己的下场也会悲惨。于是一不做，二不休，串通好朝中与韩非有宿怨的姚贾，一齐到秦王面前谗言。姚贾说："韩非在狱中骂大王。"嬴政听后，怒火中烧。李斯则乘机进言："韩非是韩国的诸公子之一，现今大王要兼并诸侯灭六国，韩非毕竟是韩国人，最终会帮助自己的韩国，而不会为秦国设想，这也是人之常情。现今大王没有任用他，如果让他回韩国，将会给秦国遗留后患，不如以法律为借口杀死他。"秦王接受了李斯的建议，下令有司以秦朝法律名义治罪韩非。

韩非无端被下狱治罪，入狱之后才明白自己中了李斯笑里藏刀之计，被阴谋算计了。他想为自己辩白，但监狱已为李斯控制，无法与秦王取得联系。不久，李斯派人送毒药给韩非，并附亲笔信一封，信中写道："秦国已决定将客卿全部放逐，当然不会放他们回去，自己服药吧！"韩非痛心自己千虑一失，被小人李斯算计，便饮毒身亡。

李斯毒杀韩非，既有维护自己提倡的秦国"先攻韩而取天下"方略的政治色彩，又有浓厚的嫉贤妒能、挟私除敌的个人色彩。韩非是荀子的高足，在师门学习时，就被荀子所器重偏爱，才压李斯，曾经让李斯心存不服。后来李斯幸运地以客卿进入强大的秦国，得以出入宫阙，居丞相高位。才高的韩非，有雄才而不得贤主，最后国难临头，被迫客卿于秦国，偏偏遇上了老同学李斯。本来李斯心胸狭窄，作为韩非自应有所提防，却被李斯施展的和蔼外表、热情款待所欺骗，不知在灭韩的关头，身居秦相的李斯，如此示和，正是杀机外露的表现。难怪司马迁在写《史记》时，哀叹韩非能决断事情，明辨是非，虽写了一篇完美的尽述劝谏游说的《说难》，自己却难逃被逼饮毒的悲惨命运。

事例：假意迎奉，赵穿弑杀晋灵公

前621年，晋襄公病死，其子夷皋还是一个襁褓中的孩子，不能理政。执政大臣赵盾想从晋文公的儿子中立一年长公子为晋君，便派大夫先蔑、士会去秦国迎立襄公之弟公子雍。赵盾说："公子雍善良又年长，先君也很喜欢他，他又与秦国亲近，秦国是晋国的老盟友，所以，立一个善良的人为君主，国家会随之安定；立先君所爱的儿子为君，就是孝行；联合晋的旧盟国，有利于国家就是忠诚；尤其是现今国难当头，立年长者为君，符合臣民的愿望。"当时大夫贾季（即狐射姑），一心想立文公在陈国的另一个儿子公子乐。为了杜绝贾季的希望，赵盾专门派人把回国途中的公子乐杀死，贾季不甘示弱，派人刺死了赵盾的亲信大夫阳处父后，自己逃到狄国，避难出走。

正在赵盾和朝中卿大夫为立君问题矛盾对峙，公子雍由秦兵保护返回晋都的时候，晋襄公的夫人穆嬴抱着怀中的太子，每天到朝廷上痛哭说："先君有什么罪过？他的儿子有什么罪过？舍弃嫡长子为君，到外国去迎立庶子，把太子放在什么地位？"散朝之后，穆嬴又抱着孩子到赵盾家中，向赵叩头下跪说："先君临终时，把这个孩子托付给你，还说这孩子很聪明，寡人愿意由你辅佐，成才不成才，就看你对他的教育怎么样。先君已逝，可是他的话还在耳边，现在你要抛开太子不管，怎么对得起死者呢？"赵盾和朝中诸大夫都被穆嬴哭诉一事纠缠得头昏脑涨，又担心出现意外情况，便改变主意，放弃迎立公子雍，决意立太子夷皋为君主，是为晋灵公。

为了防备公子雍回国添乱，赵盾还亲率三军，在令狐与秦康王派遣的护送公子雍的秦军队打了一仗，击溃了秦军。到秦迎立公子雍的晋大夫先蔑，因为晋国失信，躲在秦国不敢回国了。

年幼的灵公上台后，朝政由赵盾主持，他尽心辅政，对外巧施外交，对内严于律法，执政期间，几次召开诸侯大会。如前613年，在宋地新城的会盟。过去附属楚国的陈国、郑国、宋国，都改而听从晋国的号令，连周王与人发生纠纷，也请晋国赵盾去为他们居中调停。一晃十多年过去，晋灵公由刚立时的毛孩子长大成人，开始亲政。他是一个荒淫无道的君主，前612年，与宋昭公、卫成公、蔡庄侯等各国诸侯在扈城会盟，讨论伐齐大计时，居然接受贿赂，使诸侯国军队中途而退，舍弃了到手的弱齐的机会。晋灵公对内向人民横征暴敛，贪图奢侈。所居宫室雕梁画栋，政事不理，却极喜做恶作剧，经常站在宫台上，用弹弓向下击打过路百姓，见到人们鼻青眼肿，抱头逃窜，便开怀大笑，以此取乐。厨师因烹炖熊掌不熟，就被杀死、剁成肉块，用草席裹着拖到宫外，经过朝廷时，被赵盾和已经被请回国的大夫士会两人看见。两人感到灵公如此行事，必将危及国家社稷的安宁。赵盾马上站起，要去谏诤。士会认为不如让自己先去劝说，否则两人一道劝谏，被灵公拒绝，以后就再也没有人谏诤了。士会一连上朝三次，都被灵公伪装没有看见，不予理睬。后来士会追到屋檐下，总算找到了，灵公马上说"寡人已经知错"。但过后照样挥霍无度，大肆刮民。由于赵盾多次当面直谏，灵公非常讨厌他。到了前608年，因为灵公的奢侈无度，朝中卿大夫们，一致要求把朝政交赵盾主持。由此，灵公视赵盾为眼中钉，加上奸佞屠岸贾从中挑拨，灵公竟然两次派人刺杀赵盾。

一次灵公派武士钮麑去赵盾家刺杀，钮麑一大早潜入赵盾府中，见到赵盾的寝室门已经打开，赵盾早已穿好朝服正襟危坐在室内，只是起来太早，坐在那里打盹。钮麑见状，退回室外，感叹道："如此勤奋为国、恭敬君主、替民办事的好人，才是百姓的主人，杀死这样的人是不忠，不杀又违背了君主的命令，如此两难，还不如死了好。"结果钼麑自己撞死在赵盾家院子中的一棵槐树上。

前607年秋九月，晋灵公亲自出马，假意请赵盾进殿赴宴，暗中伏下甲士，想乘机杀赵盾。赵盾不明就里，前去赴宴，正在饮酒间，幸亏卫士提弥明细心，觉察了情况异常，赶紧扶赵盾下堂。灵公见一计未逞，又放出恶狗咬赵盾，提弥明出拳击死恶狗，挥剑杀向围上来的甲士，不久力竭战死。赵盾正在孤身奋战时，突然甲士中一人倒戈反击，原来这个甲士叫灵辄，以前曾受过赵盾的救济，后来进宫当了灵公的甲士。灵辄感激赵盾在自己困难时伸出援助之手，此时感恩反戈。赵盾在他的掩护下，走出宫殿，也来不及收拾行装，就离城外逃，出城时遇见了族弟赵穿田猎归来，得知晋灵公杀赵盾的详情后，让赵盾暂时外出避祸，朝廷的一切事宜由他来布置安顿。

赵穿是晋襄公的女婿，灵公的姐夫，平时与赵盾关系亲密。赵盾逃走后，赵穿旋即上朝，装出一副诚恳的样子，对晋灵公说："我们赵家人犯了错误，侵犯了陛下，请贤君免掉我的官职，处治我吧！"晋灵公一听，以为赵穿诚心诚意来道歉，倒也心中感动地说："此事与你无关，是赵盾犯了欺君之罪，你还是好好供职吧！"赵穿又说："做国君最大的快乐就是及时行乐，先前齐桓公宫内美女充斥，正宫之外，还有妻妾六人。先君文公六十多岁还纳姬拥美，贤君正当年壮，何不多选美女入宫呢？"晋灵公本性荒淫，经不住赵穿鼓动，赶紧问："你看这事谁办合适呢？"赵穿答道:"大夫屠岸贾可以办理。"灵公听信了赵穿所说,很快把屠岸贾打发去选聘美女事宜。

赵穿见灵公已上圈套,又进一步施放迷惑烟幕,装作十分关心灵公安全的样子,献言道:"贤君经常出宫,安全很重要,我想挑选一些精壮甲士,卫戍陛下。"灵公夸赵穿忠诚,很高兴地接受所请。赵穿立即回府,挑出二百心腹甲士,详细布置好任务。第二天,赵穿禀报灵公:"甲士已经齐备,请您检阅吧。"灵公在桃园阅看甲士,果然个个英武过人。灵公心中大喜,令侍人赐酒宴予赵穿,两人行酒饮宴,正在酣热口干时,赵穿发出动手暗号,站在左右的二百甲士,立即挥戈向前,灵公还未来得及吭声,已被甲士砍下了脑袋。

赵穿杀死灵公后,立即派人通知赵盾。赵盾尚未逃出晋国国境,被赵穿遣人追回,请回都城主持国政。赵盾回都后,派赵穿前去周天子处,迎立晋文公另一儿子黑臀回国为君,是为晋成公。赵盾又改革旧的宗法制度,加强国内公族力量,由此以后,赵氏公卿逐渐占据晋国朝廷的重要职任。

赵盾是晋国卿大夫中一位有名的才干之臣,晋襄公时,拜为中军佐,居朝廷政要,史载他上任后制定典章,修正法令,清理狱讼,惩治罪犯,兴革国政积弊,选贤任能,完备晋国法律制度,促进了晋国社会的发展。就是这样一位才干贤卿,遇上了一个荒淫奢侈、残暴纵欲的暴君,也是正不压邪,两次被暗刺,险些丧命,最后只得匆匆逃向国外。对付此类暴君,倒是耍弄阴谋的族弟赵穿方法最有效,他一味以谀语奉承,曲意逢迎,顺着荒淫的灵公心意,选美女,说好话,表忠心,做假戏,以"笑口忠诚",掩盖诛杀动机。待到灵公被迷惑欺骗，赵穿就以"尽忠"的二百甲士一举而诛，使灵公人头落地，尚不知自己冤家的面孔。此事例证明，政治斗争之中，计谋的运用何等的重要，正人者赵盾之失利，行计者赵穿之胜利，正应了此章的标题——阴谋者胜。

第四，两面三刀，一身多色，制胜之计在其中。

中国君主专制政体，以家天下为重要标志。君主以家天下计而选官，臣下以私家权益计而入仕，其自私自利的特性明显。历史总为尊者讳，对于君主的描述多为君王圣明，即便是有些过失，也归罪于臣下。作为臣下，为了取得君主信任，攫取权力，也会不择手段，进而造就了一大批置政治道德于不顾的政治家、阴谋家，没有诡顺就无苟进，不能献媚取悦，哪能升官发财？翻手为云、覆手为雨，脸面之变化，恰如《镜花缘》小说中两面国之人，常人难测。

事例：两面人物，田乞立君公子阳生

田乞是春秋时期陈国贵族的后代，因为陈国宫廷内部争斗不息，祖先为避祸逃到齐国改姓田氏。到齐景公执政时，田氏家族已在齐国稳固了脚跟，并且利用齐景公一心称霸诸侯，对外逞威而疏于内政，苛暴百姓，履贱踊贵，怨声载道的社会腐朽局面，有心以田齐替代姜齐。田乞最终以笑里藏刀之计，行两面派手法，趁着齐景公逝世后的动乱形势，以阴谋手段除去齐君晏孺子，立公子阳生。

齐景公执政齐国时间长达五十八年，到了晚年昏聩愚执，虽然他的嫡长子已经死去，但儿子中成年者也在数不少，却迟迟不立嗣子。他嬖爱宠妾鬻姒所生的儿子荼，曾经自己趴在地上，用口衔着绳子，装作老牛状，让荼手牵着行走。一次因不小心，景公的牙齿竟被拉折，却毫无怨言。后世的"孺子牛"成语即由此出。朝廷的群臣都担心他弃长立幼，以荼为太子，就劝谏景公："贤君年事已高，至今还没有立太子，不知道该怎么办好呢？"景公却说："各位贤卿不用担心，担心发愁会生病的，只要各位自己快乐，何必担心没立君主呢？"景公弃国家立储大事于不顾，一意孤行，不久真的病重身危了，便立荼为太子，派国夏、高张两人辅佐荼理政，并把其他众公子逐赶到莱邑（今山东省黄县东南）居住。前490年冬十月，齐景公一病呜呼，荼在国氏、高氏扶助下，即君位，史称晏孺子。公子嘉、公子驹、公子黔逃亡卫国；公子鉏、公子阳生亡命鲁国。

齐景公的立储失措，给野心家田乞提供了大耍阴谋的良机。早在景公任内，田氏就联合国中鲍氏，把齐国擅权的公族栾氏、高氏排挤出政坛。田乞还采取收揽人心的办法，如济救贫困孤寡者粮食，或以小斗收米、大斗出贷手段，争取国中百姓的支持。对外结好诸侯以为外援。晏孺子上台，依靠国氏、高氏撑腰，田氏便施展阴谋，首先把目标对向政敌国夏、高张。

田乞先是假作伪装，千方百计亲近国夏、高张，对二人所言一意逢迎，把自己打扮成与二人同党模样。每次上朝，总与二人同乘一辆车，坐在车后作陪乘，好像是卫士一样，恭顺有礼。上车后，又必然谈论朝中的大夫们，田乞对高张、国夏说："朝中的大夫都很傲慢，桀骜不驯，不把二位贤公放在眼里，以后也根本不会听从二公的命令。他们还说：'高、国两人控制了国君，一定会威逼我们，为何不把两人除掉呢？'"田乞说完，又伪装成真切关心高张、国夏两人安危之态，假惺惺地说："我看这些大夫们，肯定会对两位贤公下毒手，你们应该早做准备，最好把他们全部杀死，等待迟疑，只是下策。"到了朝殿，他本应该站在高、国二相身边，可是却诚惶诚恐地说："那些人都是虎狼一般凶残的奸臣，见到我站在两位贤公身边，会把我立时杀死的，请让我站在他们身边吧！"

田乞在高、国两人面前表演完毕，又跑到诸大夫们中间反口说到："高、国两人恃仗国君的宠信，正要打你们这些人的主意，要收拾你们呢！二人还说：'齐国多灾多难，都是先君宠信的大夫们的缘故，不把大夫们铲除，国君的位子就不能巩固。'据说他们已商定好计划，你们为什么不趁二人还没有动手，先下手为强，把他们杀死呢？等他俩动手之后，你们可能后悔都来不及了。"大夫们都不明白田乞从中煽动的秘密，也就相信了田乞的话。

前489年6月8日，田乞联合鲍牧和被鼓动而起的诸大夫们，乘着高张、国夏没有防备，率甲兵攻进国君晏孺子的宫殿。高张得知消息后，与国夏坐车带兵冲出宫室，在都城临淄的大街"庄"地交战，结果高、国二人战败溃逃，国夏逃到莒国，高张、弦施和晏子的儿子晏圉等人逃亡鲁国。

田乞联合大夫们共同逐除了国、高二人，晏孺子被迫做了傀儡君主，但是鲍牧等人对他仍有牵制，田乞想个人在齐国的专权目的还没有完全达到，就想废晏孺子，把与自己要好的阳生迎回国内立为齐君。当初齐景公想立荼为齐君时，曾询问过田乞，为奉迎景公，故意说："国君值得快乐的事情，就是想立谁废谁，由自己做主，不管他人议论如何。国君想立荼，做臣子的就请求立他好了。"田乞内心反对立荼，却不愿当面明说，背过身子，私下告诉公子阳生："国君要立幼子了，废掉本应册立的世子，肯定还会把你杀死，我没有坚持立您，是想让您能生活下来，赶快逃离齐国吧。"田乞还送给阳生一柄玉节，让他逃到鲁国。国、高被驱逐后，田乞立即遣人去鲁国请阳生回国，阳生对田乞的举动很担心，在安置好自己的室家后，乘夜色悄悄进入京都，临淄的城民平时得到田乞不少好处，知道了阳生入城，住在田乞家，也没有外传。

田乞为了立阳生为齐君，也费了不少脑筋。他谎称自己的夫人要在家中做一次只有鱼、豆为祭品的祭祀活动，邀请立功的诸大夫们参加。结果大夫们到了田家，正在饮宴时，抬上了一只大口袋，打开袋一看，却是公子阳生。田乞马上说道："这就是我们的新君。"说完带头拜谒起来。众大夫突兀之下，虽然惊诧，但见事已如此，只好跟着叩头拜尊。田乞又要众人一起盟誓，盟约刚刚初定，不想同立驱逐高、国二相有大功的鲍牧，醉醺醺地赶到，车夫鲍点问众人："立新君是谁的主意？"田乞欺鲍牧酒醉，随口胡诌道："这是你家主人鲍牧的主意！"哪知鲍牧酒醉心明，见田乞当面说谎，怒斥道："你自己胡作非为，难道阁下忘记了先君景公要我们辅佐晏孺子的遗命吗？先君酷爱孺子，曾作牛而被拉掉齿，可是现今你就想背叛景公！"鲍牧当面揭穿了田乞的谎言，使众大夫都明白了自己被田乞所摆布。一时间气氛紧张，大家都一言不发，最后还是阳生给鲍牧磕头求情，要求和平解决。鲍牧见木已成舟，只好说道："谁不是君主的儿子呢？立哪个不都是一样？"同意参加盟誓。阳生即日登台,是为齐悼公。田乞把晏孺子遣往赖城(今山东章丘西北),不久又把他杀死。晏孺子母后鬻姒亦被诛杀,景公及晏孺子的党羽,如王甲、王豹、江说等人,或被杀,或被下狱囚禁。

田乞发动的这场废晏孺子立阳生的政变,加速了田氏代齐的步伐,田乞由此居相位,执政齐国。他极力逐杀异己势力,又用抛撒钱财手段收买人心,姜齐政权逐渐为田氏所取代。到了前484年,田乞的儿子田常杀悼公,先立齐简公,又杀死简公,立齐平公,此时齐国之政为田常大权独揽,国中公族中势强者如鲍氏、晏氏、监止等尽被诛杀,齐政权名存实亡。

从以上史实可以看出,田乞为了实现自己的政治目标,多次使用笑里藏刀之计,对景公遗命的权臣国夏、高张,貌似恭顺,亲服其劳,取得高、国的信任,实际是搜取二人的情报,转而告诉诸大夫。对高、国采取两面派的阴谋手段,暗中却挑拨诸大夫对高、国的仇恨,最后联合鲍牧等诸大夫,赶走高、国两相。对待齐景公立嗣问题,他心里反对立公子荼,却当面奉承景公,不表示自己的真实意见,背后又拉拢公子阳生,为他通风报信,让其逃到鲁国。等到以欺骗手段诳骗诸大夫进入自己府中立盟誓,拥田生为齐君,又当面撒谎,欺诈说立新君的主意是鲍牧所出,结果被酒醉心明的鲍牧当众戳穿其阴谋家嘴脸。幸亏阳生灵机一动,予以转圜,才没有被鲍牧所杀。从晏孺子被立到齐悼公上台,他是三次使用笑里藏刀之计,结果是节节胜利。

事例:袁世凯转首告密,六君子尸陈京城

1895年的中日甲午战争,中国被蕞尔小国日本打败,不得不求和，割台湾，赔巨款，中国进一步沦入半殖民地国家。到了1897年，俄、英、法、日等列强又在中国进一步掀起瓜分狂潮，强占旅顺、大连、威海卫、广州等租借地，划定辽东、山东、长江流域、云南、广西、福建等为势力范围，中国危若累卵，将有亡国灭种的危险。在此形势下，以康有为、梁启超为代表的资产阶级改良人士，试图通过自上而下的改革，挽救危亡的国家。一时间，他们办报纸、开学会、上书光绪皇帝，在全国上下掀起了一场轰轰烈烈的资产阶级维新运动。由于笑里藏刀的投机分子袁世凯告密，最后被代表专制顽固势力的慈禧太后一伙残酷镇压，康、梁二人避难海外，谭嗣同、康广仁等六君子被慈禧太后下令斩杀于北京菜市口，中国近代史上资产阶级第一次登台领导的一场政治运动，也以失败而告终。

维新运动的高潮期是在1898年初，康有为先前五次上皇帝书后，又撰写《应诏统筹全局折》，指出世界形势是能变则全，不变则亡；全变则强，小变仍亡。他说：日本因为学习西方，搞了明治维新的改革，走上了独立自强的道路，中国也应该效法，请皇帝以雷霆霹雳之势，创造天地万世之功。要变法维新，当务之急要做三件大事：一是大誓群臣，明定国是，以革旧维新，采纳天下的舆论，取万国的优良法律制度；二是在宫中开设制度局，选拔通才二十人，将以往一切制度重新商定；三是设待诏所，允许百姓上书朝廷。康有为还把自己的新近考证日本、俄国改革的著述《日本变政考》《俄大彼得变政考》，呈送给光绪皇帝。同时，康有为等人还在北京成立了爱国救亡组织"保国会"，汇集维新改良力量。

亢龙有悔跃于渊

康有为、梁启超等人发动的维新运动，得到了光绪皇帝的大力支持。自甲午战争之后，光绪皇帝有感于在自己手中丧地赔款，羞耻难当，同时又不满慈禧太后专权用事，自己仅做个傀儡皇帝，有心利用康、梁等维新派人士的活动，逐渐从慈禧太后为首的后党手中争回权力，摆脱慈禧太后对自己的控制。所以他让自己的老师、军机大臣翁同龢等人，与康有为等维新派人士密切联络，积极商讨。1898年6月11日，光绪皇帝颁布"明定国是"诏书，明确宣布要博采西学，改良维新。从这天起，由康有为等人起草的变法诏令，如雪片一样，纷纷而下。这些诏令中，既有政治方面的革新措施，又有事关发展农工商经济和发展文化教育事业的内容，一时间全国上下，有了一股革旧布新的气象。

维新运动的开展，从一开始就遭到顽固势力的反对和攻击，各省督抚多持观望态度，拒不执行皇帝的诏令。康有为等人要废除八股，那些醉心于科举的士人一致反对；撤并闲散衙门，裁汰冗员，那些丢了乌纱帽的官员，如丧家之犬，极力攻击变法新政；删改衙门旧例，腐朽的官僚们一齐反对；裁除旧军银饷，又遭到地方军阀势力反对；旗人自谋生计，那些养尊处优、过惯了寄生生活的八旗子弟们，对康、梁维新派恨之入骨；取消各地书院、私塾，改旧式书院为新式学堂，又使那些和尚、道士，以及把持书院的土豪劣绅痛心疾首，欲食尽康、梁等人之肉方才解恨。这些反对势力聚集在慈禧太后为首的后党顽固派周围，一齐要求扼杀正在开展的新政。慈禧太后等人先后采取了不少措施，予维新力量以限制、打击，把支持变法的军机大臣翁同龢革去一切职务，开缺回籍，剪除了锐意变法的光绪皇帝羽翼；规定新任命的二品以上文武大员，必须到慈禧太后面前谢恩，把人事大权控制在手中，使光绪帝无法提拔任用维新人士；慈禧又任命亲信荣禄为直隶总督、北洋大臣，统帅董福祥的甘军、聂士成的武毅军、袁世凯的新建陆军，又把北京城和颐和园的禁卫控制起来，监视光绪帝、帝党人士和维新派的活动。

光绪帝对后党的进攻也进行了一些反击，任命谭嗣同、杨锐、刘光第、林旭军机四章京，负责起草诏书，革斥了一些后党分子。例如9月4日，把礼部怀塔布、许应骙等阻挠王照上书的六堂官革职。怀塔布是慈禧的亲信，被革职后，带了同伙几十人到慈禧太后面前，泣诉皇帝无道。由此，顽固势力开始筹划反扑，积极奔走于颐和园的慈禧太后和驻守天津的身兼将相手握兵权的荣禄之间。慈禧还训斥到颐和园请安的光绪帝。早在8月23日那天，慈禧太后就要光绪帝于10月间，同她一道去天津检阅新军。到了这时候，帝后两党、新旧两派之间矛盾已尖锐激化，当时京津一带风传慈禧太后、荣禄等人要在10月阅兵时废黜光绪皇帝。

光绪皇帝感受到了顽固势力的强大压力，害怕皇位不保，接连二次发出密诏，命康有为、谭嗣同等人妥速筹商办法。又要康有为迅速南下上海，想缓和帝后两党的矛盾。9月18日，康有为、谭嗣同等人接到光绪帝密诏，跪诵痛哭，心潮激荡，迅速草诏谢恩，申言誓死救护皇上，但如何救护呢？便把一切希望寄托于袁世凯身上。

袁世凯，河南项城人，早年科举之路并不得志，靠攀援淮军将领吴长庆和李鸿章的门路，曾任驻朝鲜总理交涉通商大臣。甲午战争爆发前夕，装病回国。他性狡多变，喜欢投机，甲午战争爆发后，预计清兵不敌日兵，李鸿章会由此失势，回京后便拜倒荣禄门下。为讨好荣禄，把自己令人捉刀翻译的兵书呈给荣禄指教，卑躬屈膝表白自己倾慕荣公已久，因此被派到小站接替胡燏棻练兵，为自己日后北洋军阀势力的崛起，奠定了基本的班底。康有为等维新派开展维新活动时，他看到来势凶猛，潮流所趋，而且光绪皇帝为首的帝党也支持鼓励，便又与康有为交结示好，还与康有为饮酒商谈，极力讨好推赞。康有为等人办强学会，他捐款参加以示支持。袁世凯同时也看到光绪帝为首的帝党与后党争权不停，鹿死谁手尚待确定，所以又脚踩两只船，一边与翁同龢谈论时局维艰，一边不停地夤缘于后党中坚荣禄之门，大耍两面派手法。当光绪帝在9月感到形势严重的时候，经康有为等推荐，9月16日、17日，光绪帝两次召见了手掌七千新建陆军的袁世凯，袁当面向皇帝表示，国政腐败，非改革不足于扭转乾坤，表示自己拥护变法。光绪帝为此暗示他可不必受荣禄节制，并赏以侍郎衔，专办练兵事宜。袁世凯因召进京后住在法华寺内，虽蒙皇帝垂青，但他同时奔走于顽固派之间，打探慈禧太后的动向态度，也就是他在京期间，荣禄等人借口英俄即将海参崴开战，把董福祥甘军调迁长辛店，聂士成军驻天津，北京形势已十分危急。

9月18日，康有为等人经过仔细密商后，把救护光绪皇帝，防范顽固派政变镇压的唯一希望，寄托在一贯表示拥护维新的袁世凯身上。当天深夜，谭嗣同携带光绪帝密诏，到法华寺找袁世凯，劝说袁世凯勤王救主。袁世凯听说新近提拔的天子近臣来访，赶忙起身热情相迎。谭嗣同问袁世凯："君以为当今皇上如何？"

袁世凯赞叹道："今上是旷代的圣主。"谭又问："荣禄等人天津阅兵阴谋一事你知道吗？"袁世凯似是而非地答道："是的，当然听到一些传闻了。"谭嗣同便拿出光绪帝的密诏给袁看，情绪激昂地说："今天可以救我圣上的人，唯有足下，足下如愿救请救之；如果不愿意做，请到颐和园告发我，足下可以以此得富贵高官。"袁世凯听到谭嗣同如此说，正色厉声道："君以为袁某是什么人？我家三代受国恩深重，圣上是我们共同拥戴的主子，我和您一样同受圣上殊恩，救圣上之责，非独足下一人，我也有份，绝不会丧心病狂，贻误大局，如有指教，我很愿聆听。"谭嗣同见袁世凯如此表态，就把心中所想的如数说出："荣禄等人阴谋乘天津阅兵，胁迫圣上。天下英雄，唯有足下，如果荣禄等人起变，请足下以新军保护圣上，那就是立下不世功业！"袁世凯正襟说道："如果皇上阅兵时，急速驾驰我的营中，下号令诛荣贼，我必定跟随诸位君子之后，竭尽死力救护圣上，挽救局势。"谭嗣同又问道："荣禄待足下一向不错，你怎么对待他呢？"袁世凯笑而不答，他的一位亲信幕僚插话道："慰帅早知荣禄不过是施行险巧心计，利用罢了。"谭嗣同接着说："荣禄是曹操、王莽之类的雄才，对付起来恐怕不怎么容易呢！"袁世凯义愤填膺地说："如皇上在我的营中下令，则杀一荣禄如杀一条狗一样，没有什么难处，请君放心好了。"谭嗣同见袁世凯态度如此坚定，就与袁详细讨论救护皇上的措施。两人商议妥当，袁世凯假意说事情紧急，荣禄控制了军营火药枪弹，要速回天津调兵贮弹。谭嗣同见事情已定，满怀喜悦回去向康有为、梁启超等人汇报。

袁世凯当夜骗走谭嗣同后，辗转反侧，夜不能寐，如痴如病一般。袁世凯想到光绪帝并无实权，维新派书生用事，空谈居多。慈禧执政多年，权大势众，倒向帝党，自身恐怕难保。20日上午，他循例陛辞皇帝后，立即作出决定，乘车回天津，向荣禄告密。荣禄接报，漏夜搭车入京，到颐和园向慈禧告变。9月21日，慈禧太后率大批随从，赶回皇宫，把蒙在鼓里的光绪帝召至宫室，大加训斥，接着宣布重新临朝听政。光绪被囚禁中南海瀛台，同时下令："康有为以进丸毒弑大行皇帝，著就地正法"，"梁启超与康有为狼狈为奸，一体拿办。"在全国通缉，结果康有为、梁启超等人因得英人和日本人帮助，逃亡香港、日本。谭嗣同本来可以逃走，但他对梁启超说："不有行者，无以图将来，不有死者，无以酬圣主。自古以来，地球之上，没有行变法不流血的。中国二百年来，没有为民变法流血者，因此国家未能昌势，就让谭嗣同开这个头吧！"28日下午，谭嗣同、林旭、刘光第、康广仁、杨深秀、杨锐"六君子"在菜市口被杀，一场轰轰烈烈的爱国救亡运动宣告失败，而告密的袁世凯，则被慈禧赏识升官，做了工部左侍郎，也为进一步扩大自己的权势奠定了基础。

三、趋利避害　官场常用之计

笑里藏刀，作为三十六计的第十计、敌战计的第四计，在中国古代政治场上，被政治家、阴谋家、野心家们经常使用，但究其实施而言，亦受时间、地点、环境条件，以及用计者本身的身份、地位、权势等多方面限制。其主要应用范围有：

第一，敌对国家、割据势力之间的使用。

国有强弱，力有大小，无论是强国、弱国，或是势均力敌的国家之间，在相互为敌的抗战中，都善于使用笑里藏刀之计。春秋末期的军事理论家孙子，正是从中国古代的敌对国家之间的大量战例中，总结出"辞卑而益备者，进也"、"无约而请和者，谋也"这两条对敌作战的经验教训。古往今来，敌国之间的争战，以军事实力作后盾，无不同时借助于政治、外交手段辅助政敌，笑里藏刀之计常常被应用到政治行动中，以此掩护己方暗中积极策划的军事行动。一般的使用情况是，以主动输诚示好、结盟建交、外交和谈、互相交换资财、双方政治权要的互访等手法，使对方相信自己友好的诚意，放松对己方的警惕性，松懈武备。但己方这些行为都是一种伪饰手段，目的是掩饰自己正在加紧修整器械养精蓄锐，积极酝酿的另一次更加猛烈的军事攻击。如三国时期，吴国的大将吕蒙领兵与蜀国名将关羽相抗，吕蒙推荐既年轻又无名的陆逊做右都督，镇守要地陆口，与关羽大军对峙，自己则称病留在建业。陆逊利用假和好、真备战之策，走马上任后，立即送信关羽，信中盛赞关羽功名威重，武勇过人，才比韩信。辞卑恭敬，推奖关羽。关羽接信后，心中大喜，轻蔑陆逊，放松对吴军的警惕，不以陆逊为强敌，把驻守江陵的大部分兵马投入发动的对魏国樊城之战，结果被吕蒙用诈计突然袭击，江陵落入吴军手中。

第二，在君臣之间的使用。

专制主义中央集权制度的统治结构：一是有一个高高在上的

"真命天子"皇帝，拥有对国家社会绝对的支配权，"天下之事无大小皆决于上"。正如明太祖朱元璋所说："天子居至尊之位，操可致之权，赏罚予夺，得以自专。"君主以"朕"之名义，发制命、行诏令，黜幽陟明，任心而治。君主是行政上的最高决策者，司法上的最高审判官，法律上的最终决定者，天下是他的私产。正如顾炎武所讲："中外之财，皆陛下府库。"二是有一个从中央到地方庞大的官僚机构。君主虽然大权独揽，拥有国家的最高权力，但是行政、司法、政治、军事、文化、财政等诸项领域、众多事务，靠帝王一人去治理是完成不了的。因此必须分官设职，借助于文武臣工的辅助。从秦汉以来，专制君主围绕着强化皇权这个重心，从中央到地方，建起了庞大的官僚机构，中央有三公九卿、文武百官，地方上郡县制度，官设郡守、县令。一切机构、官职的设置，总是朝着皇权的强化、君权的集中方向趋进。

　　君主专制统治，需要借助于官僚机构这个中介物，通过官吏们具体地执行君主的决策，以行政措施形式表现出来。专制君主对国家权力的独断绝对性，又决定了一切官僚的权力渊源都来自君权，君主决不允许任何超越于自己权力之上的权力存在。君主与臣僚，同属于统治阶级中的利益集团，有方向上的一致性，又有利益上的冲突分歧。任心而行的专权君主，所享有的地位、财富、名分，对有权用权、整日与权力打交道的臣僚、野心家，无疑是一种诱惑。频繁的王朝更迭，从经验上也会刺激那些野心勃勃的臣僚们，产生一种取而代之的"非分之想"，企望有朝一日龙袍加身，尝一尝做帝王的滋味。因此，臣属对君主来说，既是自己必须依赖的力量，又是自己要留心戒备的人物。

中国古代的政治思想家们，对君主如何治国行政，巩固皇权，作了很多的探讨与研究。"为政之道，莫如得人"。君主要亲君子，远小人，选择忠贤才干为自己服务。但是人有庸贤之分，有"君子"、"小人"之别，君主识人是任人的前提。孔子认为"人有五仪，有庸人，有士人，有圣，有君子，有贤"。"庸人者，心不存慎终之规，口不吐训格之言，不择贤以托身，不力行以自定，见小暗大而不知所务，从物如流而不知所执；士人者，心有所定，计有所守。虽不能尽道术之本，必有率也。虽不能避百善之美，必有处也。智不务多，务审其所知；言不务多，务审其所谓；行不务多，务审其所由。智既知之，言既得之，行既由之，则若性命形骸之不可易也。高贵不足以益，贫贱不足以损。君子者，言必忠信而心不忌，仁义在身而色不伐，思虑通明而辞不吉，笃行信道，自强不息，油然若将可越而终不可及者。贤者，德不逾闲，行中规绳，言足法于天下而不伤其身，道足化于百姓而不伤于本，富则天下无菟财，施则天下不病贫。圣者，德合天地，变通无穷，穷万事之终始，协庶品之自然。敷其大道，而遂成惰性。明并日月，化形若神，慧下民不知其德，睹者不识其邻。"

孔子还说："君子喻于义，小人喻于利；君子怀德，小人怀惠。"小人的恶行有五：心逆而险；行僻而坚；言伪而辩；记丑而博；顺非而泽。

人既然有君子、小人之区别，又如何识别呢？孔子又说：人心之险，险于山川，难于知天。天犹有春夏秋冬、早晚之分，人却在淳厚的外貌下，掩盖内心的真情。所以有"貌愿而益，有长若不肖，有顺怀而达，有坚而缦，有缓而悍"。表面谦虚老实的，可能是内心骄傲自满；外表虽不肖，可能心似长者；外表急躁的，或许内心豁达识理；表面坚强的，可能内心软弱；表面和顺的，可能心中凶悍。《六韬》之中记载了姜太公答周武王"如何知士之高低"之问时，也列举了外貌与中情不相符合的十五类人：严而不肖者；主温良而为盗者；貌恭而敬心慢者；外廉谨而内心无至诚者；有精情而无情者；有湛湛而无诚者；有好谋而不决者；有果敢而不能者；有悾悾而不信者；有恍恍惚惚而反忠实者；有诡激而有功效者；有外勇而内怯者；有肃肃而反易人者；有嗃嗃而反静悫者；有势虚形劣而外出无所不遂者。人间万象，人心难测，世上之人言行面貌不一致者比比皆是。狡诈之人类智而非智，愚者似君子而实非君子，形貌温良者可能是心地卑猥，表面恭敬者可能心怀叵测，亡国的臣子看着似忠而实非忠臣。

中国古代的先贤们还提出了许多知人的办法。庄子说："远使之而观其忠，近使之而观其敬，烦使之而观其能，卒能问焉而观其智，急与之期而观其信，杂之以处而观其色。"《吕氏春秋》则云："通则观其所礼，贵则观其所进，富则观其所不养，听则观其所行，近则观其所好，习则观其所言，穷则观其所不爱，贱则观其所不为，喜之以验其守，乐之以验其僻，怒之以验其节，哀之以验其仁，苦之以验其志。"姜太公认为知人有八征：问之以言，以观其辞；穷之以辞，以观其变；与之间谋，以观其诚；明白显问，以观其德；使之以财，以观其廉；试之以鱼，以观其贞；告之以难，以观其勇；醉之以酒，以观其态。专制时代有为的君主，往往把识人看作是自己的德行，予以高度重视，通过各种方式、手段，观察、考察要任用的人臣，什么察气色、考志向、测隐恶、揆德行，等等，千方百计要辨其邪正。

由于君主对臣下的任用，关系到君主本身地位的稳固和国家大政的安危，对臣属的品分就非常重要。古代的政治思想家们纷纷予以探讨，各抒己见。荀子在其《臣道》篇中，把臣僚们分成态臣、篡臣、谄臣、顺臣、功臣、忠臣、谏臣、辅臣、圣臣。管子分之为法臣、饰臣、侵臣、谄臣、愚臣、乱臣、奸臣七大类别。唐朝的赵蕤依臣行的正邪，分为圣臣、大臣、忠臣、智臣、贞臣、直臣等"六正"；把具臣、谀臣、奸臣、谗臣、贼臣、亡国之臣等称之为"六邪"，以分出善恶。

圣臣：人臣萌芽未动，形兆未见，昭然独见存亡之机，得失之要，豫禁乎未然之前，使主超然立乎显荣之处。

大臣（即重臣）：虚心尽意，日进善道，勉主以礼义，谕主以长策，将顺其美，匡救其恶。

忠臣：夙兴夜寐，进贤不懈，数称往古之行事，以励主意。

智臣：明察成败，早防而救之。塞其间，绝其源，转祸以为福，君位终，己无忧。

贞臣（即廉洁之臣）：依文奉法，任官职事，不受赠遗，食饮节俭。

直臣（即直谏之臣）：国家昏乱，所为不谀，敢犯主之严颜，而言主之过失。

具臣（即安位素餐的充数之臣）：安官贪禄，不务公事，与世沉浮，左右观望。

谀臣：主所言皆曰善，主所为皆可为，隐而求主之所好而进之，以快主之耳目，偷合苟容，与主为乐，不顾后害。

奸臣：中实险议，外貌小谨，巧言令色，又心疾贤；所欲进则明其美，隐其恶；所欲退则彰其过，慝其美；使主赏罚不当，号令不行。

逸臣：智足以饰非，辩足以行说，内离骨肉之亲，外妒乱于朝廷。

贼臣：专权擅事，以轻为重，私门成党，以富其家，擅矫主命，以自显贵。

亡国之臣：谄之以佞邪，坠主于不义，朋党比周，以蔽主明，使白黑无别，是非无闻，使主恶布于境内、闻于四邻。

中国古代对臣属德行的品目区分，虽然为君主用人善任提供了比较明确的标准，但大都站在维护君权的角度，提醒君主对臣属加强考察监控。《史记·太史公序》云："春秋之中，弑君三十六，亡国五十二，诸侯奔走不得保其社稷者不可胜数。"宫门喋血，臣属篡杀，无情的政治斗争历史，像一面镜子，使君主们感到"君失臣兮龙为鱼，权归臣兮鼠变虎"。君臣之间永远充满了令人心颤惊悚的利害冲突，数不尽的权术计谋之斗。

1. 君主对臣子的使用

从理论上来讲，君主是一国之主，拥有无上大权、至尊之位，其个人之好恶，决定了臣僚的黜退晋迁，无须伪饰自己的好恶情感。但专制制度的政治现实，有不少君主只是从名分上占有对国家的支配权，皇权旁落，权落擅柄权臣、宦官近臣等手中的情况历朝皆见。专制君主为了铲除权臣，削夺功臣，驱除功臣，驱除权阉等，也会大耍两面派手法，以伪饰之笑脸，暂时安抚，寻找战机，翻脸除敌。

2. 臣僚对君主的使用

在古代有关臣僚品行分类中，数列了不少奸臣、逸臣、态臣（奸险之臣）、贼臣、乱臣、谄臣等罪行特征。奸者，诈也，貌似恭敬，居心叵测；外形温良，心中险恶；表面称是，心藏不是；示以顺从，暗藏杀机；大都是这些臣类的共同特征。臣僚对君主使用笑里藏刀阴谋，则大都出于保身固位、升官夺权二重目的。两面人物袁世凯，在戊戌政变中的告密，其两面性既是对谭嗣同，亦何尝不是对光绪帝。袁世凯表面以豪言壮语答应谭嗣同，是在看了谭携来的光绪密诏之后。临回天津前，还到皇宫，身受光绪第三次接见，对光绪帝的器重和期待，口中感谢龙恩，连连称是，但不过一天，就翻脸转向，倒向实力雄厚的荣禄、慈禧太后后党之下。袁世凯卖身投靠，既打消了慈禧太后集团对他的敌视心理，又为日后升迁捞足了资本。

第三，臣僚之间相互使用。

官僚政治，作为君主专制中央集权制度的衍生物，伴随着君主专制政治的始终。官场之上，排挤倾轧、争权夺利的斗争，风云变幻，令人莫测，稍一不慎，就会跌入深渊，踏上黄泉之路。成功者则直冲九天之上，光宗耀祖。官僚们手中权力的渊源皆来自于君主，是拥有至上大权的皇权的部分分割，与君主手中的权力相比，它尽管微小，相对于被统治的广大民众来说，则又是绝对的特权。官僚之间，虽有职务大小不同，但均有役民之权，官僚们则把朝廷措施，看作自己图谋利益的勾当。一旦为官，高车驷马，仆从如云，锦衣玉食，高堂广厦，荫妻封子的生活就随之而来。在专制制度之下,官僚权力缺乏有效的约束机制,政治权力渗透进社会的各个领域的每一个角落,成为社会财富再分配的一种变相标尺,升官就能发财,"三年清知府,十万雪花银",权力可以带来"名"和"利",精神和物质的双重享受满足感,对官僚们的心理产生了极大的诱惑,刺激了人们对权力追逐的欲望。所以读书之人不畏十年寒窗,为的是"学而优则仕"去做官,从而得到功名利禄。官僚阶层金字塔式的等级结构权力链,又助长了已入仕为官者对权力更加激烈的追逐。春秋时期"王臣公、公臣大夫、大夫臣士、士臣皂、皂臣舆、舆臣隶、隶臣僚、僚臣仆、仆臣台"的等级含义,到了秦汉以后,并没有实质改变。如唐朝的官僚,有品、阶、爵、勋之分,职事官分为九品,每品之中正、从又有不同,四品之下正从又分上阶、下阶,计九品三十阶,官僚们依品阶的高低不等,领取不同数量的职田、职钱、月俸、食料、杂费。宋代的官品也是九品制,每品正、从不同分为十八等,又有散官阶二十九。以品阶寓禄秩,官的大小,享受的官俸、禄粟、职钱、公用钱、职田、茶汤钱、给卷、厨料、薪炭都有不同。官僚制度本身又有其不可克服的痼疾。人们未仕之前,拼命追求入仕。既仕之后又设法保官、百计钻营升官。官僚的特权,给做官者带来的好处,官制等级结构对特权的充分肯定,使官僚们的权力欲无限膨胀,对权力的追求了无止境。位职少,争夺者众多;已官者不退,下僚者岂能坐等的现实情况,使官僚的相互争斗厮杀成为家常便饭,争斗又必使计谋。唐时的李林甫与张九龄同居相位,李用笑里藏刀之计,当面曲意迎奉,暗下密告诋毁张九龄,直到排挤张离位才予罢休。此类现象也就好理解了。

第四,在起事的农民政权上层人物之间使用。

中国君主专制政治之下,笑里藏刀的阴谋计策,不仅被执政的统治阶级大肆滥用,就是在揭竿而起的农民政权中,也被作为一种争夺权力的手段。中国历史上,农民起事此起彼伏,延续数千年,建立起来的政权,很快地向专制政权蜕化,究其原因:一是农民战争没有能有效地消灭专制的经济关系,还是建立在专制的经济基础之上,其领导者也不可能摆脱专制主义的影响。二是小农经济条件下培育的农民起事领导者,有其不可克服的局限性,他们不能超越自己的阶级之上,去构造一个不同于专制王朝的政权组织形式。正如恩格斯所说:"人们自己创造自己的历史,但是他们并不是随心所欲地创造,并不是在他们自己选定的条件下创造,而是直接碰到的、既定的、从过去承继下来的条件下创造。"君主专制制度被农民政权领袖们视为现成的榜样,效仿构筑,建立起一个带有浓厚皇权色彩的政权。太平天国的领导人韦昌辉、杨秀清、洪秀全等人发生内讧,大耍专制式政治计谋,由此观之,也就容易看清楚了。

四、信而安之　以不足为有余

笑里藏刀之计,以奸诈诡巧,行之有效的独特魔力,成为政治斗争场上司空见惯的阴谋伎俩,其基本特点有:

第一,实施方法的欺骗性、诱惑性的特点。

笑里藏刀之计,作为一种阴谋权术,以外示虚假的面孔、情感而开始,不管是笑脸逢迎、巧言令色,还是甜言蜜语、辞卑恭敬等,都是作为暂时取悦、安抚政敌的一种伪饰手段,目的是松懈对方对自己的戒备之心,使对方被迷惑麻痹,而对己方的攻击无所准备。用计者外表与心中实情的不符,正是该计的欺骗性所在。

笑里藏刀之计的诱惑性,是由它的欺骗性决定的。欢愉的笑容,甜蜜的语言,温和的面孔,当面的豪言壮语、满口承诺,谦逊恭敬的态度,都是予以人们耳目心理愉快的行为方式,也是诱导政敌、对手入己彀中的有效手段。政治家、阴谋家、野心家们通过施放此类令人悦目赏心的迷雾,诱其不知不觉上当受骗。李林甫要逐严挺之,把挺之之弟严损之找来,促膝谈心,叙旧说情,说要向皇上报告推荐损之为员外郎,又装出设身处地为其兄严挺之着想的态度,积极地出谋划策,说挺之可以通过称病求医进京的办法,面见天颜,创造被唐玄宗重用的机会。李宰相的如此热情帮助、和蔼可亲的态度,终于诱惑动摇了严损之,回家后即给挺之写信,让其呈称病折,为李林甫去严挺之主动送去了难以自明的把柄。

第二,就用计者的政治心态来说,具有表演性、后发制胜的特点。

笑里藏刀之计实施的成功与否,首先要得力于伪饰,运用者能否用假象"信而安之",不使政治对手、政敌察觉出用计者的真实动机,是"备而后动"取得胜利的关键。用计者在政敌面前的表演,笑得要自然,甜言能入耳,蜜语能中听,务必达到自然逼真。

在表演时，准确揣测政敌的心理，根据对象、时机、环境的不同，"火候"要掌握得恰到好处。恰如楚国的郑袖一样，生动逼真的表演，不仅欺骗了魏美人，连楚怀王也感叹她比孝子顺父、忠臣奉君还要好。

　　笑里藏刀之计，用阴以图之、备而后动的办法，绵里藏针，柔中寓刚。中国古代的思想家们很早就从哲学的高度阐述刚与柔之间的辩证关系。出生于春秋末年的道家思想创始人老子，曾经讲道："天下莫柔弱于水，而攻坚强者莫之能胜，以其无以易之。弱之胜强，柔之胜刚，天下莫不知，莫能行。"认为柔弱是可以胜刚强的，其方法是"将欲歙之，必固张之；将欲弱之，必固强之；将欲废之，必固兴之；将欲夺之，必固与之；是谓微明，柔弱胜刚强"。通过将收敛必先扩张，将夺取必先给予等方式，促进了强大的事物尽快地走向反面，从而达到以弱胜强。思想家哲学上的探索，很快地被军事家、政治家们用在战场和政坛之上。楚汉相争时的汉王刘邦面对项羽大军的咄咄相逼，说要"宁斗智，不能斗力，老其锋而用之"。《鬼谷子》云："柔弱胜于刚强，故积弱可以为强，大直若曲，故积曲可以为直，少则得众，故积不足可以为有余。然则以弱为强，以曲为直，以不足为有余，斯道术之所行，故曰道术行也。"西汉刘向所著的《说苑》一书，记载了叔向与韩平子"刚与柔孰坚"的答问："柔者纽而不折，廉而不缺，何为脆也？天之道微者胜，是以两军相加，而柔者克之，两仇争利而弱者得焉。"刚柔之间相辅相成的辩证关系，被中国古代的政治家们融会贯通，残酷的政治斗争现实使他们懂得单纯用刚，其刚必折。曹植任性而行，被曹操相弃；曹丕善于矫性自饰，臣僚宫人，都为他说好话,终于被曹操定为嗣君。所以政治家们更强调的是刚柔结合,刚中有柔,柔中有刚。君主驭臣要德威并举,宽猛相济,刑术相寓、文武并用。笑里藏刀之计,正是把刚柔相济精神加以贯通,刀为刚、为阳;笑为柔、为阴;阴以图之,备而后动,先之以柔,后施以刚,刚柔相寓,刚中柔外,最后制胜于敌。

第三,斗争中的实用性、有效性的特点。

政坛之上,翻手为云、覆手为雨的两面人物到处可见。笑里藏刀之计,无论对政治家、野心家、阴谋家、政治势力团体、对峙的敌国来说,都能适用,它是一种易于操作、行之有效的阴谋计策。以势力大小来划分,强者用之,弱者也操之,应用范围极为广泛,说明了它的实用价值。

笑里藏刀之计的有效性,是因为此计使用时,在技术手法上,利用人性的弱点,针对政敌的心理而设计,藏干戈于人们乐于接受的笑脸背后,伪饰的手段高明而难以察觉,政敌常常在不自觉之中踏入陷阱。

李代桃僵

——势必有损　定要弃小存大

本计云:"势必有损,损阴以益阳。"其大意是:当局势的发展到必然要有所丧失的时候,要舍得用局部的损失,以换取全局的胜利。阴者,小部、局部也;阳者,大部、全局也;损阴益阳,即以小换大,以局部损失换取大部胜利保全。

"李代桃僵"一词,本出于《乐府诗集·相和歌辞·鸡鸣篇》,诗中云:"桃生露井上,李树生桃旁。虫来啮桃根,李树代桃僵。树木身相代,兄弟还相忘?"虫来啮咬,用李树代桃,换取桃树的生活,喻指以彼代此,舍乙保甲。

一、损阴益阳　失局部赢全局

《周易·损卦四十一》云损:有孚,元吉,无咎,可贞,利有攸往。曷之用?二簋可用享。《象》曰:山下有泽,损。君子以惩忿窒欲。

【一爻】初九,已事遄往,无咎。酌损之。《象》曰:"已事遄往",尚合志也。

灭成济三族，司马昭掩代魏之心

【二爻】九二，利贞，征凶。弗损益之。《象》曰：九二利贞，中以为志也。

【三爻】六三，三人行，则损一人，一人行，则得其友。《象》曰：一人行，三则疑也。

【四爻】六四，损其疾，使遄有喜，无咎。《象》曰："损其疾"，亦可喜也。

【五爻】六五，或益之十朋之龟，弗克违，元吉。《象》曰：六五元吉，自上佑也。

【六爻】上九，弗损益之，无咎，贞吉，利有攸往，得臣无家。《象》曰："弗损益之"，大得志也。

《周易·咸卦三十一》云咸：亨。利贞。取女吉。《象》曰：山上有泽，咸。君子以虚受人。

【一爻】初六，咸其拇。《象》曰："咸其拇"，志在外也。

【二爻】六二，咸其腓，凶。居吉。《象》曰：虽"凶居吉"，顺不害也。

【三爻】九三，咸其股，执其随，往吝。《象》曰："咸其股"，亦不处也。志在随人，所执下也。

【四爻】九四，贞吉，悔亡。憧憧往来，朋从尔思。《象》曰："贞吉悔亡"，未感害也。"憧憧往来"，未光大也。

【五爻】九五，咸其脢，无悔。《象》曰："咸其脢"，志末也。

【六爻】上六，咸其辅颊舌。《象》曰："咸其辅颊舌"，滕口说也。

本计计文云:"损阴以益阳。"其本卦为山泽损卦,相参以咸卦。损卦上为阳,下为阴,即损下卦阴以益上卦阳。下卦为己,上卦为敌。损己益敌,于己不利;从"兑泽"言,兑为悦,意为多损而感高兴,定有他图,否则,不会有此损己益敌之举。同时,益敌的目的是取悦于敌,以少损而获大益。按易理推演,山泽损卦的对卦是泽山咸卦。所以必参以咸卦。其卦形:一是一阴在上,二阳在下,称"兑泽";一是一阳在上,二阴在下,称"艮山"。

损卦的卦辞为:"损,有孚,元吉,无咎;可贞,利有攸往,曷之用?二簋可用享。"其意为:损卦即减损。只要有诚信,就会元大吉利,没有过失;可长久持续,有利于前进。何以体现?两个竹篮的祭品,即可用来祭祀。

咸卦的卦辞为:"咸,亨,利贞。取女吉。"意思是说:咸卦即是感应,亨通,坚贞有利,娶妇吉祥无过失。

先看损卦,损下阴益上阳。下阴只有六三爻,上阳只有上九爻。所谓"损阴而益阳",是指只嫁女,不娶妇,如此,艮卦甘损而取悦于彼,使六三与上九恢复阴阳相应之道,而咸卦,总体是男女交合感应。兑上艮下,喻少女少男,因年龄相当,阳刚英俊的少男甘心屈居于娇美的少女之下,以示上九追六三,即少男追少女。再者,兑为我,艮为敌。以柔弱难于抵抗阳刚之敌。然而咸卦有"娶女吉"之辞,显示其仅有娶女之心,无嫁女之意。于是只有投其所好,满足其欲望,以女相送,阻阳刚之敌停止侵害。这样做的目的,一是转移视线,二是己方得以积蓄力量反弱为强,再寻隙战而胜之。

该计用在军事上,是指一种军事作战的机动权变之策,当敌我双方优劣对比出现差距的时候,要善于运用丢弃小的利益换取大的胜利,以局部的损失换得全局的胜利。恰如田忌与齐威王赛马,田忌用孙膑之计,宁愿丢失下等马,却换得整个赛马的胜利。在《孙子兵法》中,孙武讲到将帅的战争智慧时,指出将帅们要爱民,但不要怕在战争中丢弃土地、百姓,强调要以大局为重,以局部利益服从于全部利益,果断牺牲局部利益,换取全局的最终胜利。

该计用在政治上,是指在与政敌的抗战中,为了保存自己,实现自己的政治目标,不惜牺牲局部的小的利益,舍小就大,或"丢车保帅"或抛出"替罪羊",或舍甲保乙。要在权衡得失之间,不为眼前所失痛惜,而着眼于长期的、全局的利益。

二、争大失小　笑到后者为胜

政坛之上的临敌相战,以双方的权势实力为后盾,但在"斗力"之外,从来不排除充分发挥人们的主观能动作用的"斗智",李代桃僵之计,正是作为政治家、野心家、阴谋家或势力集团用以"斗智"的绝招之一,服务于他们的政治目的。在中国古代的政治斗争之中,其表现的常见手法主要有:

第一,推祸罪死,创胜之计在其中。

中国古代的一些专制君主、权臣、野心家们,在作出了自己的政治决策之后,往往要派出下属具体执行,如果下属所行之事关系重大，事牵君主权要的身家性命、政权的安危，事成后又引起世人瞩目、非议共愤，在此情况下，往往通过推祸于执行命令的部下，以"罪死"办法平息事态、安抚人心，摆脱困境。

事例：篡大唐朱温巧计贬戮朱友恭

朱温是五代梁朝的创建者，在唐末藩镇割据的群雄中，能够一举建立梁国，除了依靠军事上的实力以外，还与政治上的大耍阴谋有着很大的关系。朱温杀唐昭宗，立傀儡皇帝为唐昭宣帝，又杀义子朱友恭以堵塞天下非议，以牺牲亲信部下，掩饰自己代唐自立的野心，等到后来条件成熟就逼着唐昭宣帝行禅让，衮冕加及自己，即是巧施李代桃僵之计谋而取得的成功之例。

朱温是安徽砀山人，从小为人凶悍，以孔武有力自负，反被乡邻人厌恶。唐末黄巢农民战争爆发后，他和兄弟朱存加入黄巢军中，由于作战勇敢，出任黄巢军东南面行营先锋使。中和二年（882年），黄巢军占领长安，建大齐政权后，被封为同州（今陕西大荔）防御使，担负防卫长安的重任。当唐王朝勤王大军云集长安时，他接受手下谋臣的劝说，临阵投靠唐朝廷河中节度使王重荣，被都统王铎，拜为左金吾大将军、河中行营征讨副使，唐僖宗还赐朱温名"全忠"。中和三年（883年），朱温因为"忠心"为唐，又被晋迁为汴州刺史、宣武节度使，驻兵汴州（今河南开封），并加任东北面征讨使，进攻黄巢之军。次年九月，僖宗加封他为同平章事。朱温虽然读书很少，但精明机智，长于谋略，在当时藩镇林立的情况下，他以汴州为中心，从并不势强的宣武镇起家，逐个消灭敌对者。黄巢军战败后，部将秦宗权在蔡州称帝，蔡州成为朱温攻取的第一个目标。文德元年（888年），朱温灭秦宗权。魏博节度使罗弘信被朱温五战五败，朱温示之以好，结为兄弟，从此朱温专心向东方经营，先后攻克感化节度使时溥据守的徐州、天平节度使朱瑄据守的兖州，泰宁节度使朱瑾据守的郓州，幽州的刘仁恭也为其屡败。这样朱温成为割据势力中最强的藩镇之一，势力扩展到河南、河北、山东、江苏和淮北。光化三年（900年），朱温开始向藩镇中的劲敌李克用发动攻击。当初李克用在征讨黄巢军过程中，曾留宿汴州，朱温表面上好酒款待，乘夜深人静，却令部下突袭，李克用仓促逃跑，报告僖宗，要求惩处朱温。僖宗对拥军自重的朱温无可奈何，事情不了了之，因此李克用与朱温结下怨仇。当朱温势强以后，就想与李克用争夺军事要地河东。为了出师有名，朱温还用重金贿赂唐昭宗任用的宰相张浚，使朝廷任命他为东南征讨使。到了天复元年（901年），朱温连克李克用占据的河中（今山西永济）及晋、绛、泽、潞等州县，昭宗任其为宣武、宣义、天平、护国四镇节度使。李克用势力已经渐弱，朱温成为上可以控制朝廷，下可以制约藩镇的朝廷权臣。

朱温在攻城略地过程中，密切注意唐朝廷的动静。天复元年（901年），当朝宰相崔胤暗中联络朱温，想诛杀专权宦官势力。朱温早有心挟天子以令诸侯，崔胤主动请兵，正是不可错过的良机，便率领七万大军进入关中。哪知与凤翔节度使相勾结的宦官韩全诲等人，闻风先动，抢先把唐昭宗劫持到凤翔。朱温一不做、二不休，又领兵攻打凤翔李茂贞。凤翔被朱温久围之下，粮尽无食，最后李茂贞无奈，杀死韩全诲等几十个宦官，请求议和。朱温派人飞表入城，要求昭宗跟随自己回京。昭宗早已失掉了唐天子的威风，乖乖地随朱温大军回到长安。哪知才离狼窝，又入虎口，已被昭宗封为梁王、天下军马副元帅的朱温，回都之后，立即把有碍自己篡唐夺权的崔胤等朝臣杀死。天祐元年（904年），朱温兵逼昭宗迁都洛阳，把长安宫阙和大部分民居拆除，木料运到洛阳，繁华的长安顿时变成一片废墟，断绝了唐朝廷回归之想。当昭宗领官民一路挣扎，将近洛阳，行至谷水行宫时，朱温下令把跟随昭宗左右的诸王和数百名内侍，全部诛杀，换成自己的心腹部将，唐天子成了真正的孤家寡人，像一个囚犯一样过着仰人鼻息的生活。

同年八月，李克用、李茂贞等藩镇，见朱温在洛阳挟天子以令诸侯，都想举兵征讨。朱温便暗地指使心腹去洛阳，要左右龙武将军朱友恭、氏叔琮，枢密使蒋玄晖等人寻机谋杀唐昭宗，一场李代桃僵的弑君阴谋开演了。

八月仲秋的一个夜晚，唐昭宗李晔夜宿在洛阳椒殿。夜深时刻，蒋玄晖带领牙官史太等百名士兵，叩打宫门，说有紧急军情面奏皇上。宫人裴贞一不知是假，打开了宫门，蒋玄晖等人一哄而入。裴贞一见许多士兵进宫，慌忙问道："如有急奏，何必带兵入宫啊！"话音未落，贞一已被史太砍倒在地。蒋玄晖入宫门后，大声呼喊："皇上在哪里？"昭仪李渐荣被喊声惊醒，披衣先起，推窗一看，只见刀光四闪，心知大事不好，出门向史太讨饶："我们宁愿被杀，请勿伤皇上。"昭宗从梦中惊醒起身，单衣赤脚，刚出寝室之门，迎面碰上史太持刀进来，慌忙绕柱子奔躲，史太在后紧追不舍，李渐荣上前以身遮挡，被史太砍死，接着再砍昭宗。刀落之处，血溅遍地，昭宗一命呜呼，陈尸椒殿。

蒋玄晖、史太杀死昭宗后，按照朱温的布置，对外宣称李昭仪、裴贞一弑死皇上，又伪造遗诏，立李晔十三岁的儿子辉王李祚为帝，改名李柷，是为昭宣帝，史称唐哀帝。

朱温闻报昭宗已死，心中暗喜，但表面上装作惊慌失措的样子，对左右说："奴辈负我，令我受万代恶名。"赶到洛阳，伏棺痛哭，使周围人都以为真的是痛心失君，为奔丧而来。朱温面见哀帝时，又奏称将军朱友恭、氏叔琮不能约束部下，应严加惩处，便贬朱友恭为崖州司马，氏叔琮为白州司户，随后又令两人自尽。朱友恭是朱温的养子，原名李彦威，接到贬戮之令时，向着周围的人群大呼："（朱温）出卖我而塞天下之人的诽谤，只能是骗人而已，怎能欺骗鬼神呢！你如此行事，难道不怕断子绝孙吗？"

从上举史实可以看出，朱温从投靠黄巢军起家，又靠镇压黄巢军和各地藩镇发家，上控朝廷，下压藩镇，成了唐末朝野内外一位拥有实力的权臣。唐昭宗到了洛阳以后，实际上已是朱温手中摆弄的工具，挟天子以令诸侯，本来是一盘好的计划，但是两个原因促使朱温要杀昭宗。一是昭宗虽然失势，但是毕竟为天子，当时的李克用、李茂贞等军阀，都打着拥戴昭宗、复兴李唐的旗帜，想把昭宗弄到自己手中，留着如此熟于世道的皇帝对己不利。二是朱温想亲自起兵征讨反对自己的李克用、李茂贞等人，却发现昭宗英武过人，不是自己可以随意处置的傀儡之人，不易控制住，尤其担心自己离开京都出征外藩后，昭宗利用天子的权威，内结朝臣，招揽外援，将会造成内乱，因此不放心昭宗。

既杀了昭宗之后，朱温又嫁祸李渐荣、裴贞一，还把自己的养子、一向视为亲信的朱友恭，以及氏叔琮作为替罪羊抛出，这

亢龙有悔跃于渊

是因为朱温考虑到唐朝廷虽然式微，但李唐王朝在全国仍有较大的影响和号召力，各地藩镇在连年的相互征战中，无不打着拥戴李唐的旗号，昭宗贵为天子，无缘无故在洛阳被杀，必将导致各藩镇怀疑和天下人的非议，因此需要抛出一两个替死鬼，以搪天下的舆论，树立自己顺乎民情公道惩凶的形象。以左右龙武将军，且兼掌宿卫的朱友恭、氏叔琮两人作为替罪羊，则有着极大的说服力。两人身为禁军首领，手握兵权，昭宗宫门内出事，正是他们的辖领责任范围之内；藩镇、朝臣都知两人是亲信，朱友恭又是养子，更是亲上加亲，所以贬戮友恭、叔琮，可以使外人信服。相反，如果把手杀昭宗的凶犯史太等抛出，则不足以搪塞天下之口。朱温顾虑的第二个原因，是当时虽然占据了黄河流域的大部地区，但藩镇中还有李克用、李茂贞等劲敌与自己相对垒，朱温还不能马上取得战争的胜利，优势并不绝对，这时候，李唐政权对自己仍然很有用处，因此赤裸裸地杀死昭宗后，不如抛出令人痛心的替罪羊，既可以遮掩天下人的耳目，得以体面地继续维持李唐政权的存在，又可以通过立一个不能理政的十三岁傀儡皇帝李柷，达到手操权柄，瓦解李家江山，减少自己篡唐阻力，为来日自己称帝铺平道路的目的。

果然，李柷上台后，完全成了朱温随意操纵的听话工具。朱温利用小皇帝之名，对外攻伐李克用等藩镇，对内用李柷作诱饵，把唐昭宗的儿子德王裕、棣王翙等九王召至洛阳，全部杀死。又将拥戴李唐的宰相裴枢等出身高门贵族，以及科举出身的朝官一百余人杀死，唐王朝真正地名存实亡、空有其名了。唐昭宣帝为求得自保，又进一步封朱温天下兵马大元帅、魏王、相国等职，增二十一镇为赏，朱温有了名正言顺的名号，方便地做起代唐建梁的大业。天祐四年（907年），朱温见时机已经成熟，把唐哀帝带到大梁，逼行禅让之礼，自立为帝，正式称起了大梁皇帝，大唐王朝在他一手策划之下，寿终正寝。

事例：灭成济三族，司马昭掩代魏之心

在司马氏三代代魏建西晋王朝的历史过程中，司马昭是一个重要的人物。曹魏政权改姓司马的原因，既与曹氏集团昏庸势弱有关，又与司马氏大耍阴谋诡计有关。司马昭巧施李代桃僵之计，指使成济杀死魏少帝曹髦，又夷灭成济三族搪塞天下舆论，掩饰自己代魏之心，即是其中一关键之处。

260年，司马昭以大将军拜相国，封晋公，加九锡，独揽魏国朝政。是时魏高贵乡公曹髦为魏帝，他年龄虽小，但心有雄志，被朝臣誉为"才同陈思（曹植），武类太祖（曹操）"。可是朝中上下，都是司马昭的心腹亲信，曹髦被紧紧控制，丝毫不能有所作为。上年正月，有人上报朝廷，说有黄龙两次出现在宁陵井中，以为祥瑞。曹髦心里清楚，龙象征着君德，现在上不在天、下不在田，却单单屈居于井中，怎能说是吉祥的兆头呢？联想到自己类似傀儡的处境，不由得哀叹，随口吟了一首《潜龙诗》，自我解嘲道："伤哉龙受困，不能跃深渊。上不飞天汉，下不见于田。蟠居于井底，鳅鳝舞其前。藏牙伏爪甲，嗟我亦同然。"曹髦把自己比作居身于井的飞龙，被泥鳅、黄鳝之类的爬虫爪牙所欺侮，其意明显是指向司马昭，发泄心中怨恨。这首诗后来被司马昭阅得，马上与谋臣贾充商量，贾充明确告诉司马昭："一定要早早准备图谋曹髦。"司马昭点头同意，要贾充做好预备。

曹髦自景元元年（260年）五月，加司马昭九锡之后，对司马昭包藏祸心的所作所为，愈来愈不能忍受。五月初七，曹髦召侍中王沈、尚书王经、散骑常侍王业进宫密商。曹髦说："司马昭篡魏的野心，是大街上行走的路人共知的。朕不能坐等被废黜的耻辱，今日，同卿等一起商计共讨此贼的计策。"三人一听魏帝如此说话，大吃一惊。王经立即站起说："古时候鲁昭公因为不能忍受季氏的专权，失败而逃，丢掉了国家，还为天下人耻笑。当今魏国朝政大权，掌握在司马氏手中已很久，朝廷之上，四方之臣，都为司马昭效命。而且陛下宫中宿卫很少，宫门力弱，陛下凭借什么同司马昭相斗？如不三思而行，缓而图之，就如身患重病的人吃猛剂之药，疾病未除，反而病深，祸害更大了。"曹髦年少少谋，一时气盛，也不计后果，武断地说："朕意已决，即使死，又有什么可怕，何况还未必谁生谁死呢？"说完从袖中扔出早已写好的黄绢诏书给三人，自己进内宫禀告太后。王沈、王业害怕司马昭的威势，魏帝一转身，他俩就跑到司马昭府中告密。王经不愿意卖身投靠，径自回府去了。

第二天，曹髦拔剑登辇，率领殿中宿卫中官童仆数百人，杀向司马昭相府。司马昭接王沈、王业密报，早已令中护军贾充严密准备。魏帝领兵到南阙时，与贾充迎面相战，贾充所领兵士有千人，曹髦奋力冲杀，走在前面。众兵见魏帝冲来，赶紧后退。贾充的部下，被司马昭私封为太子舍人的成济，急忙问贾充道："事情紧急了，该怎么办？"贾充大声说道："司马公蓄养了你们这么久，正是为了今天，今天的事还用问什么！"成济接贾充命令，连忙挥戈上前，一戈刺向曹髦胸口，曹髦挥剑抵挡不及，戈当胸穿过，立即丧命辇中；余下之人一看魏帝已死，一哄而散。

司马昭坐在府中正在静等消息，接到手下报告曹髦已死，心中大喜。他表面上却装出悲痛的样子，立即奔到朝殿，跪在地上痛哭。又命群臣入殿商议，独有尚书左仆射陈泰抗命不来，最后还是司马昭逼着陈的舅父荀𫖮请他来，陈泰才上朝，司马昭问陈泰："玄伯，今天你怎样对待我呢？"陈泰说："只有斩杀贾充，才能稍稍安慰天下人心。"司马昭不愿让重要心腹谋臣作替罪羊送死，就对陈泰说："你再想想其他。"陈泰说："我只想到这些，不知其他。"

司马昭见陈泰一定要杀贾充，心念一动，就把杀死曹髦的责任全部归罪于成济。立即令手下起草诏书，进宫逼郭太后下诏。诏书曰："魏帝曹髦性暴戾，造作丑逆不道之言诽谤太后，甚至鸩毒太后，伤害大将军。曹髦悖逆不道，自陷大祸，著废为庶人，以民礼安葬，使内外皆知此儿所作所为。"诏书一下，司马昭就要手下捕拿成济。成济心中不服，登屋拒捕，并将司马昭、贾充的幕后指使大声地全盘托出，结果被贾充令人放箭射杀。尚书王经，因为未同王沈等人主动告密，也被司马昭下令收捕。王经一家，连同白发老母一起被斩杀街市，行刑之日，满城之人都为其母子悲哀落泪。

五月二十六日，司马昭为进一步掩饰杀君之罪，又上殿向太后奏告说："前次高贵乡公驾车率兵，拔刀鸣鼓冲向臣的住所，我害怕兵刃相接，伤及公身，立即敕令手下将士不得有所伤害，违令者以军法处置。但是骑督成倅的弟弟、太子舍人成济冲出兵阵，击伤高贵乡公且致公死去。此次变故发生后，臣实想委身去死,以守君臣之节。但高贵乡公此次谋变,上危皇太后,倾覆宗庙。臣忝为相国,义在安国定邦,早已三令五申,但成济妄入兵阵,造事生变,为臣哀怛痛恨,五内摧裂。成济违国乱纪,罪不容诛,请收捕成济家属族人,交付廷尉处置。"郭太后明白,这事不过是司马昭幕后导演,但畏惧司马氏在朝廷的威势,只得允准。于是成济一家三族之内,全被诛杀弃市。司马昭又建议,立燕王曹宇之子、年仅十五岁的常道乡公曹奂为帝,即魏元帝。

从以上史实可以看出,司马昭自己策划杀死曹髦,却又嫁祸成济,抛出自己的部下,搪塞舆论,收买人心。司马昭在此是以李代桃僵之计,借部下成济之头,掩饰自己代魏自立的野心。只不过他觉得自立时机尚未成熟,还需要用曹魏的幌子作为遮挡。曹髦死后,新立的曹奂是一个比曹髦更听话的少年,更便于驾驭操纵。果然,他大权在握之后,四处拉拢社会名流,大造代魏舆论,并创造条件,迫使曹奂让位。

景元四年(263年),司马昭在肃清了国内嵇康、吕安等非司马氏势力之后,便准备扬威天下,派钟会、邓艾伐蜀,结果蜀主刘禅受降归顺。蜀国灭亡后,司马昭又忌惮起攻蜀立功的钟会、邓艾,行坐山观虎之计,坐收两人火并之利。景元五年(264年),司马昭进封晋王,增邑十郡,父亲司马懿被追封晋宣王,其兄司马师被追封为景王。司马昭制备了天子的旌旗仪仗,儿子司马炎也册封为世子,代魏之心真正地大白于天下了。可惜他体弱命薄,正在准备登台称制的时候,一命呜呼,其遗志只好由儿子司马炎来完成了。

265年12月,司马炎在其父司马昭早已铺设好的道路上,顺利地逼曹奂行禅让大礼，历经五个皇帝，历时四十六年的曹魏王朝彻底结束，司马氏三代代魏阴谋终于有了结果。当司马炎在洛阳城内行登位大典的时候，丝毫没有忘记乃父，追尊他为晋文帝，以永远铭记司马昭杀曹髦、犁廷扫魏的功勋。

第二，舍乙救甲，创胜之计在其中。

为了趋利避害，保存自己，中国古代的一些政治势力集团、朋党，往往不惜牺牲自己阵营中的同类、同党人物，以求得暂时妥协相安和势力平衡。

事例：卖友求生，赵忠出告蹇硕

东汉从汉和帝开始，内廷宦官在支持皇帝反对专权的外戚斗争中，壮大了自己的势力，逐渐形成了一个强大的政治集团。宦官同外戚一样，把持朝政，甚至随意废立皇帝。如汉顺帝刘保，就是在孙程等十九个宦官一手扶持下，诛除专权的外戚势力，坐上了皇帝宝座，而孙程等十九人，由此封侯加赏，其侯爵在死后还可以被养子承袭，说明宦官的权力已不仅仅限于掖庭之内，变成了手执王爵，口含天宪，人近天颜，位高操权的政治人物。到了汉灵帝时，宦官势力已成为东汉朝廷内外公认的势焰灼人，具有强大政治势力的集团，反对宦官政权的李膺、陈蕃等官僚文人、一脉清流，遭到宦官曹节、王甫等人致命打击，陈藩、窦武被杀，李膺、范滂也被害死，党人死了数百，株连涉案有六七百，京城的太学游士被捕拿者一千余人，"党锢之祸"进一步使宦官在朝廷获得优势。党人的门生故吏、父子兄弟在位者都被免官，而且今后禁锢不用，宦官的父兄子弟为官者却遍布天下州县。

汉灵帝在位时，宦官集团的核心领导力量是灵帝宠信的中常侍等人，即张让、赵忠、夏恽、郭胜、毕岚、段珪、孙璋、栗嵩、张恭、高望、韩悝、宋典等十二个太监，因取其大数，故称"十常侍"。中常侍是东汉宦官职位中品级最高、权力最大的一职，俸禄二千石，整日侍从皇帝左右，传达皇帝口谕，阅览外廷尚书呈进的奏章文书，是皇帝与外廷朝官交流的极重要中介环节。张让他们利用汉灵帝年少幼稚和荒唐昏庸的弱点，假传圣旨，诬害异己忠良，导诱灵帝公开卖官鬻爵，大肆搜刮民财，盘剥百姓。他们不仅向百姓勒索暴敛，还以助军费、修宫殿名义，公开要各地官吏捐钱献物，不捐者不得上任。宦官们则趁此大饱私囊，建造起豪比宫阙的府第，过上奢侈荒淫的王侯般生活。在这些为乱天下的宦官之中，张让、赵忠是其首领。汉灵帝公开对人说："张常侍是我爹，赵常侍是我妈。"对两人的信任超过了外朝官僚。中平二年（185年）六月，张让、赵忠等十二人被封为列侯。车骑大将军皇甫嵩征讨张角黄巾军，路过邺城时，看到赵忠府第，金碧辉煌，超过了朝廷规定的规格，曾上奏汉灵帝要求予以没收。赵忠见奏，立即同张让一道至灵帝前诬告，说皇甫嵩久战无功，浪费国家资财无数。灵帝言听计从，立即召皇甫嵩回洛阳，收回封赐的左车骑将军的印信绶带，还削其封邑为六千户。

中平三年（186年），汉灵帝提拔赵忠为车骑将军，执掌领兵大权。汉灵帝还让赵忠评定朝廷官员在镇压黄巾军中的功过，以便论赏行罚。执金吾甄举推荐傅燮，说他镇压张角时立有大功，尚未被封侯，如能举荐，将会顺乎民心。赵忠便派其弟弟城门校尉赵延去找傅燮。赵延说："只要你悄悄交结我哥哥赵忠，封万户侯不在话下。"傅燮为人耿直，不愿意交结宦官，厉声对赵延说："立功无赏，是我的命不好，我怎能乞求私人的恩赏！"赵忠知道此事后，对傅燮由怨生愤，只是顾虑到傅燮名望太大，不好公开加害，便以汉阳太守一职将之打发出京城。

中平六年（189年），汉灵帝病死洛阳嘉德殿，十四岁的刘辩即位，改元光熹，史称少帝。封刘协为渤海王，朝廷大权落到了何太后及大将军何进手中。外戚势力的入朝秉政，对于张让、赵忠为首的宦官集团造成了极大威胁，一场你死我活的宫廷斗争由此而生。正是在此过程中，赵忠巧施李代桃僵之计，出卖同类蹇硕，玩弄了一场舍乙保甲的权力游戏。

原来蹇硕也是汉灵帝器重的宦官之一。中平五年（188年）八月，汉灵帝设置西园八校尉，以小黄门蹇硕为上军校尉，典领京城禁军；袁绍为中军校尉，鲍鸿为下军校尉，曹操为典军校尉，赵融为助军左校尉，冯芳为助军右校尉，夏牟为左校尉，淳于琼为右校尉。黄巾起事之后，汉灵帝很注意军事，蹇硕身体强壮，通晓军事，为灵帝所欣赏，虽然他是个宦官，却委任为禁军统帅之职，连大将军何进也要受他辖领指挥。何进因妹妹何皇后关系，位进大将军，在黄巾军起事后，领左右羽林军和五校尉，负责京城洛阳的防卫。蹇硕的上任，不仅分其权，还要听从一个宦官的指挥，自然心中不服，加上灵帝临终之前，把王氏所生的儿子刘协托付给蹇硕。蹇硕临终顾命，就想立刘协为帝，借口召何进进宫议事，想杀死何进。哪知何进入宫时被人示警，及时逃回军营，并与何皇后商量，立了刘辩为皇帝。刘辩上台时是个十四岁的少年，何皇后以太后之名临朝听政，何进以大将军录尚书事辅政，何进的兄弟何苗等人皆手操兵政大权。何进上台秉政后,听从袁绍等人的劝说、鼓动,一方面想打击宦官,巩固何氏外戚在朝中的地位。另一方面,还想利用东汉中期以来,宦官专权,屡兴党锢之祸,招致天下共怨的情势,尽杀人人痛恨的宦官,以垂名后世,贪功邀名。何进决定向宦官动手,并把杀死蹇硕作为报仇雪恨的紧要重点。

蹇硕也感受到形势的危急,私下里也运筹图谋何氏外戚,写信给赵忠等人,要求联手杀何进。信上说:"现在大将军何进兄弟控制了朝廷,要与党人官僚共谋,把我们这些灵帝身边的亲信,扫除杀尽,只是因为我仍辖领着禁军,才暂且未动。我们应当一齐动手,关闭宫门,赶快把何进兄弟捕获处死。"

赵忠接到蹇硕的信,思虑良久。蹇硕信上所讲的,都是现今实情,但赵忠心里明白,自从少帝上台后,何氏外戚势力已经占据朝廷绝对优势,不仅有为天下豪杰所推戴的大豪强袁绍、袁术兄弟拜在何进门下,另外还有不少社会名流、文人谋士如荀攸、何颙、郑泰等人都为其所用。在此情况下,轻意出击,并无胜算把握。何况少帝非同灵帝,何皇后身为母后,对少帝的影响,要远远超过陪伴他长大的宦官们,灵帝时代的好时光已经一去不复返了,况且宦官作恶多年,天人共怒,何进乘机起势,容易得手。退一步讲,即使何进一时失手,宦官恐怕也难逃后来者打击的厄运。赵忠从自身利益出发,不如暂时缓和与何进的矛盾,平息事态,只要能得到何进的宽容,自己能及时退身,安享晚年,也是幸运不过的事了。赵忠如此一想,不仅没有答应蹇硕的建议,反而把蹇硕的密信送给何进阅看,揭发蹇硕以邀功。何进阅信后,立即领兵逼宫，令黄门搜捕蹇硕。蹇硕临死，才知同类赵忠出卖自己，虽咬牙切齿，但已无回天之力，旋即被何进处死，做了一个冤死鬼。其所掌禁军，全部为何进接管，何进成了东汉末年手执军政权柄的权臣。

赵忠等人出卖蹇硕，最大的收获是暂缓了何进尽诛宫内宦官的步伐，自己可以苟活于一时，可是并没有改变和打消何进诛杀宦官集团的计划。赵忠、张让等人又在何太后面前活动，用重金贿赂何进的母亲舞阳君和弟弟何苗，使何太后改变了态度，明确表示不同意诛杀宫内宦官。何进偏信了袁绍的意见，引豪强军阀董卓以及王匡、丁原等人领兵入京，逼太后退位。何太后在大兵临近城门的情况下，勉强同意把掌权的常侍、黄门等宦官赶出宫廷。十常侍们因有太后母亲舞阳君从中说情，旋被留用。何进在中平六年（189年）八月，再次进宫劝何太后尽诛宦官时，被张让、段珪等人抢先动手，砍下了脑袋。何进的部下吴匡、张璋、袁术、袁绍，听到何进被杀，害怕宦官势力重新复起，干脆领兵攻打皇宫，宦官二千多人被乱兵所杀，赵忠逃到朱雀门下，被袁绍捉住，砍成两段。豪强董卓，乘机领兵入都，由此之后，董卓玩弄东汉朝廷于股掌之中，成了最大的赢家，而何进、赵忠倒成了刀下之鬼，这都是两人当初都未意料到的。

第三，归罪臣下，巧寻替罪羊，创胜之计在其中。

古代的一些专制君主，同自己的亲信臣僚，在庙堂秘室之中谋划用权，但是一旦事机不密，泄于廷外，或施行之中遭受挫折，危害到皇权安定或成事大局，常常用归罪臣下，寻找替罪之羊的办法，渡过难关。

事例：出卖上官仪，唐高宗巧寻替罪羊

唐高宗李治是历史上一个昏聩荒淫的君主，李唐王朝正是在他手上，逐渐被武则天改姓武周。李治甚至不分黑白是非，把力保李唐江山的臣下出卖给武则天，以讨好卖乖，苟且偷安。史载，显庆五年（660年），高宗身患风疾，目不能视，不能正常理事，就把国家朝政大事委托给精明机智的皇后武则天。武则天手操权柄后，在内宫外朝大施淫威，任意用事，甚至连高宗李治也受其限制。

李治身为帝王，不能为所欲为，心有意而力不达，自然也怨怒起武则天来。麟德元年（664年），武则天因为进宫后，用阴谋手段废除了原皇后王氏和萧淑妃，并且把两人砍去手足，放入酒瓮折磨致死，而做贼心虚，一直以为有两人幽灵缠绕自己，长期居住东都洛阳不回西京。这一年高宗坚持要回长安居住，武则天仿佛看见王皇后、萧淑妃的幽灵又出现在自己居住的蓬莱宫，便召道士郭行真在蓬莱宫内四处设坛祈祷，并且不许他人进入，整日与郭道士独处密室。武则天在宫中大行厌胜之术，而且身为皇后，破坏男人不得入内宫的规定，长时间同处密室，引起了一些本来对武则天心怀怨愤的宦官的不满。宦官王伏胜偷偷跑到高宗面前告发，详细诉告武皇后的秽行。高宗身受武氏束缚，甚至连身边的嫔妃都被武氏赶走，本来不胜其愤，王伏胜的告发，使他怒火中烧，但没有勇气直接找来武皇后当面训斥，仔细权衡之后，密诏西台侍郎、同东西台三品的上官仪，对他说："近来皇后态度越来越狂傲，任性做事，又在宫中和道士做国法不容的厌胜之术，朕感到她不能再做皇后了。"

上官仪在唐太宗贞观年间进士及第，升弘文馆直学士、秘书郎等职，很受太宗李世民赏识，可谓是唐太宗旧臣。高宗继位后，由秘书少监，再升西台侍郎，位居同中书门下三品的宰相之列。上官仪对武则天在朝中排斥太宗旧臣的做法早就不满，所以听高宗要废武则天，便积极附和赞同地说："武皇后骄傲专横，天下无不怨恨，不如将其废掉，以安天下人心，确保大唐李氏帝业永继。"高宗对上官仪所说，深以为然，并命令他即刻起草废武后诏书。

武则天自主中宫之后，朝内朝外，四布密探，高宗私召上官仪密谋废武一事，很快被她侦知。武则天是个敢作敢为又心狠手辣的女人，欺高宗懦弱，得报后立即赶到高宗处，看见桌上上官仪还未发出的诏书中有"皇后专恣，海内所不兴"的文字，便欺身向前，一会儿哭，一会儿怒，缠住高宗不放。高宗昏聩，居然把废后大事置于脑后，有了妇人的仁心，当场答应不提废后一事，为洗刷自己，还把上官仪当替罪羊抛出，对武则天说："我初无废你之心，都是上官仪教我的。"结果武则天回宫后，立即指使心腹爪牙许敬宗行诬告，指控上官仪和王伏胜勾结太子李忠，危害皇帝，欲行逆反。结果，上官仪一家满门处斩，只留下儿媳郑氏带着一岁的孙女上官婉儿入宫充婢奴。凡是朝中与上官仪有亲密往来的人，如右相刘祥道，被贬官礼部；左肃机郑钦泰等人，非流则贬，牵涉之人极多。

高宗李治舍车保帅，抛出上官仪为替罪羊，并不是没有缘故的。原来武则天本是其父唐太宗的才人，太宗晚年病危时，作为太子的李治侍奉在侧，因为垂涎武才人的美貌，两人勾搭暧昧。

太宗死后，武才人被送到感业寺落发为尼，身为情种的李治割不断情丝，听从王皇后的鼓动，不顾礼制，把武才人召回自己的宫室以满足私欲。王皇后当初劝说高宗召武才人，是想以武则天为筹码，牵制与自己争宠的萧淑妃，哪知才貌双全的武则天，同时还是一个精于权术的野心家，自两次进宫后，先是百般讨好王皇后，利用王、萧两人的矛盾，自己顺利把持住专房好色的高宗，并且施展浑身解数，把高宗牢牢控制在手中，使高宗下定决心废王皇后、萧淑妃，逐杀朝中长孙无忌、褚遂良、来济等反武拥王的关陇贵族势力。武则天还收买朝中投机的奸臣李义府、许敬宗等人，大树私党。到了永徽六年（655年），武则天终于被高宗立为皇后。

武则天得宠立后，本应对高宗感激涕零，可她又是一个心雄志大的野心家，并不满足于在中宫之中发号施令，有心掌权揽政、夺位称帝，为此极尽权诈心机。王皇后、萧淑妃已被废，她忌恨政敌不死，遗有后患，行斩草不留根之术，残酷杀害王、萧两人，以两人骨浸酒瓮为乐。此事所行，使心存妇人之仁的高宗李治胆战心惊。武则天后来逐杀高宗亲舅父长孙无忌，计逼太子李忠，更使高宗感到武氏在朝已经根深叶茂，势力坐大。尤其是武则天严格控制李治与宫内妃嫔或中意美人接近，使好色的高宗难以忍受，所以到了麟德元年（664年），风眩头重的疾病已经消减，身体已经恢复，又可以为所欲为的时候，武则天的牵制和束缚，就为他所忌恨，一时想不出更好的办法，想通过位列宰相的上官仪废掉武则天。

高宗李治面对凶悍权诈的皇后武则天，丧失了一个君主的起码尊严，为保住自己的皇位，平息皇后的愤怒，抛出了上官仪，作为讨好武则天的资本，实际上这里是巧施替罪羊之法，也就是"李代桃僵"阴谋。不过李治在此所施阴谋，并非高明，最大的收获，不过是得以苟且偷生，使武则天一直让他快快活活挣扎了十九年，得以善终，武则天的收获则要大得多。武后借上官仪事件，大肆清洗政敌，危及自己以后称制为帝的太子李忠，就是在此事件中被杀。朝中一些反武势力也被加上罪名贬逐流放。由此之后，武则天还在高宗座位后面，以"辅弼龙体欠佳的天子"名义垂帘听政，事无大小，都要参与，朝政大权，实出自武后，高宗仅仅拱手而已，因而朝臣们把武则天同高宗同称"二圣"。到了上元元年（674年），高宗称"天皇"，武则天称"天后"。朝中一些正直大臣，虽然不满于武则天的专权，有心匡复李唐，但上官仪如此惨痛下场，使他们明白，高宗是一个扶不起的阿斗，何必得罪武则天，而白白把整个家族性命送进去，对不起自己的祖宗呢？所以说，高宗出卖上官仪事件，李代桃僵的阴谋施展得并不高明，从这点来讲，高宗李治还不能算是个合格的阴谋家。

事例：抢先出卖，李隆基下狱刘幽求

唐玄宗李隆基，人们只知他是一个风流皇帝，与杨贵妃爱情故事至今传唱通都大邑、穷乡僻壤，却不知他也是一个谋略家。李隆基上台之初，巧施李代桃僵之计，出卖亲信部将，安抚势众权大的姑母太平公主，后来又杀太平公主一伙，自己独揽朝政，成为唐王朝在位时间最长的一位君主，其中故事生动而有趣。

唐先天元年（712年）八月，唐睿宗李旦主动传位给太子李隆基，自称太上皇，五天一次在太极殿处理政务，凡三品以上大员的任免以及朝中大事，由睿宗处理，唐玄宗李隆基每日在武德殿理政。

李隆基由懂事开始，亲眼见到过武则天势力的膨胀和中宗韦后势力把持朝纲，历经宫中多次人事变乱，现在当了皇帝，按理应轻松愉快地吐出多年的晦气了，可整日里却是乌云挂脸。原来自己虽贵为天子，大权仍在父亲之手，尤其是姑母太平公主，一心要做第二个武则天，玄宗朝廷中的文武百官，也大多依附太平公主，七个宰相，除魏知古、郭元振、陆象先外，另外四人都是太平公主的党羽。姑母太平公主，把李隆基作为自己专权的政敌，两人在朝廷明争暗斗，已延续了多年，所以说李隆基虽登基称帝，心情并不怎么愉快。

李隆基登基后，也密切注意网罗自己党羽人才，书生王据虽然家穷，因为才华出众，即被李隆基拔擢为太子中舍人、中书侍郎，两人经常在一起密谋诛灭太平公主之事。王据讲："韦后因为毒死中宗，招致天下人心不服，才能一击而中，很容易除去。太平公主是则天皇后的女儿，凶狠狡猾，朝中大臣大多归顺她，对她不应该孝顺仁慈，天子当以宗庙社稷为重，为了天下安定，应去小节留大义。"

宰相刘幽求是玄宗李隆基的心腹，当年诛杀韦武集团，刘幽求立有大功，他见太平公主在朝势大，玄宗苦于应付，就私下里与右羽林将军张暐密谋，想把同居宰相之职的太平公主重要党羽窦怀贞、崔湜、岑羲三人杀死。两人谋划妥当后，张暐秘密请示玄宗，李隆基点头称是，要两人赶紧布置。哪知张暐谋事不密，消息传泄出去。玄宗得知消息泄密，在东宫极为紧张，思考再三，还是认为自己不能稳操胜券,担心势力强大的太平公主会乘机反击,自己的皇位即将不保,便抢先进殿,向睿宗主动揭发。就在玄宗告发时,果然太平公主得窦怀贞、崔湜密报,进宫向睿宗控告,说侄子隆基无端加害,要睿宗处置。睿宗面对亲妹妹的诉苦,只得严词训斥儿子,玄宗无法自解,就把一切责任推到刘幽求、张暐身上,并答应严加惩办。不久,崔湜等人在太平公主的暗示下,让台谏上奏列数刘幽求、张暐等人犯有大逆之罪,罪在处斩。玄宗不愿意在太平公主未除的情况下,先斩大将,赶忙到睿宗处说情,说刘幽求等人,立有诛韦武拥父皇登位大功,应当免死。睿宗准请,结果刘幽求由狱中放出,远流到封州(今广西梧州),张暐远流至峰州(治所在今越南河西省)。

李隆基要驱逐朝中太平公主的势力,舍得把亲信手下刘幽求、张暐作为替罪羊抛出,是心藏深谋的。

景龙四年(710年),武则天的儿媳韦皇后胆大妄为,毒死中宗李显,立少帝李重茂,韦后自己临朝听政,上演了一场武则天的故事。韦氏宗族亲信把持李唐上下,甚至要谋害相王李旦。为了逐杀共同的政敌,李隆基考虑到韦氏势众,便联合姑母太平公主,密结禁军,与刘幽求等人起兵突袭杀了韦后及其党羽,李旦上台,是为睿宗。李隆基因拥立大功,先是封相王,领马骑禁军,后又册立为太子。睿宗初上台,听从李隆基的劝告,任用宋璟、姚崇等人为相,整顿吏治,贬斥奸佞,一时政风变良。太平公主身为武则天之女,自小聪明过人,长得很像其母,又机敏沉着,善于权略,武则天当政时,即参与谋划。当初诛杀张易之兄弟,她立有大功,现在同侄子联手,再立灭韦新功。这两次关系到李唐王朝兴亡治乱的重要大功，加上自己的亲哥哥睿宗为帝，自然会使太平公主的权力欲和党羽势力在朝中也膨胀起来。她的三个儿子被封王，其他儿子起码也进入九卿之列。睿宗对她非常偏爱器重，每次与她议论朝政，往往相坐逾时。如果有几天太平公主不来朝殿，睿宗就叫宰相去她的府中询问。太平公主长期侍奉武则天身旁，善于猜测上意，所以每当与睿宗议事，都能迎合帝意，凡是她推荐的人，都会被睿宗封给高官，甚至当宰相。很快太平公主在朝廷中网罗了大批党羽，势焰灼人。睿宗上台伊始，太平公主还不曾与李隆基为敌，欺其年少，想他不会有多少作为，不过她逐渐地感受到这个侄子英武过人，在朝中又得到人望，刘幽求、宋璟、姚崇等不少人被其所用，已经势压自己。于是太平公主一改初衷，以李隆基为政敌，必欲除去而后快。先是她极力劝谏，反对睿宗立隆基为太子，布置密探，搜集李隆基活动的情报，又四处散布谣言，中伤李隆基。一时间，窦怀贞、萧至忠、岑羲、崔湜、薛稷、常元楷、李慈等宰辅重臣，都收罗在自己的羽翼之下。

李隆基面对太平公主的咄咄逼人之势，也寻机反攻。例如，指使姚崇、宋璟等人出面奏告，使睿宗下令，把与太平公主关系亲密的宋王李成器、幽王李守礼等人外放到京郊去做刺史，把太平公主夫妇迁到蒲州（今山西永济）居住，且让睿宗答应由李隆基监国行政。太平公主遭到排挤后，联合李成器、李守礼和李隆基两个被解除典领禁军之权的弟弟，一齐向李隆基施加压力。逼着李隆基自剪羽翼，以离间姑侄、兄妹关系之罪，忍痛把宋璟、姚崇两相贬职到地方去做刺史。后来太平公主又利用睿宗让位一事，迫使李隆基主动提请，召太平公主回京居住。到了景云二年

(711年），太平公主势力在朝中基本占了上风。

李隆基上台为帝，睿宗仍以太上皇之位掌握朝政大权，就是太平公主从中做的手脚，所以李隆基上台之初，还不具备与太平公主硬拼的实力，为了暂时稳固皇位，争取时机，以达到最后铲除太平公主势力的政治目标，玄宗需要暂时的妥协，这就是唐玄宗抛出刘幽求、张晔的主要缘故。

先天二年（713年），李隆基和太平公主之间的斗争更趋激烈，双方都磨刀霍霍。太平公主先是唆使宫女元氏乘机下毒，由于玄宗防范严密，事未得逞。她又与典领羽林军的常元楷、李慈等频繁密谋，想在七月四日以羽林军冲入武德殿，迫玄宗退位，由窦怀贞等人领南牙兵作声援，发动政变。哪知太平公主的消息被左散骑常侍魏知古侦知，即刻报告，玄宗集合兵部尚书郭元振、龙武将军王毛仲、殿中少监姜皎、太仆少卿李令问、内给事高力士、果毅李守德，以及岐王、薛王等人先发制人，七月三日，首先动手，领兵冲入虔化门，杀死羽林军首领李慈、常元楷，又把萧至忠、岑羲、窦怀贞等太平公主党羽斩首。太平公主闻变逃到南山的佛寺中躲藏起来，三天后抓捕下狱，被玄宗下令赐死，凡朝野内外太平公主党羽一举被杀者几十人。睿宗李旦见事已至此，下令今后朝政大权，一切由玄宗李隆基处理。自武则天称制以来的数十年宫廷政争，至此停息，李隆基取得了最后的胜利。那位被贬到峰州的刘幽求，也被玄宗及时召回京都，封为左仆射，重新予以重用。

事例：削藩国，汉景帝痛杀晁错

据《史记》《汉书》记载，西汉景帝刘启上台后，重用晁错，削弱藩国势力。吴楚七国起兵叛乱后，景帝误信袁盎谗言，杀晁错求罢兵，后世史家多以此事作为景帝为政的一大失策，加以指责，实际上以谋略论角度来看，却是景帝运用李代桃僵计谋玩弄权术的成功之例。

高祖刘邦夺到天下后，总结秦王朝迅速灭亡的原因，认为与朝廷缺乏拱卫京师的藩国有极大关系，便剖疆裂土，把王、侯二爵，广封刘姓子弟和功臣，用来镇四海、卫天子，维持刘姓的家天下。一些同姓诸王，连城数十，自置百官，修建宫观殿宇，就像汉天子一样，成为汉王朝的地方势力。

分封初始，诸侯王还能有效地作为朝廷的辅藩，加上自身势力不强，对朝廷还没有构成威胁，但是经过几十年的休养生息之后，诸侯王国都富了起来，逐渐怀有独立之志。吴王刘濞的封地，盛产铜、盐，他下令百姓开矿冶铜，铸铜为钱，又煮海盐作交易，吴国由此大富。刘濞便恃财骄横，不听朝廷的命令。汉景帝上台后，其亲信谋臣晁错，继文帝时期贾谊之后，成为又一个力主削藩国、强朝廷主张的鼓吹者。

晁错是河南颍川（今河南禹县）人，早年求师学习申不害和商鞅的刑名法术之学，后来又向秦朝博士伏生学习今文《尚书》，学成之后，被汉文帝任为太子家令，做了太子刘启的老师。晁错熟悉文史典故，口才出众，善于辩论和分析时政，为刘启宠爱，视为"智囊"。文帝时期，晁错就撰文上奏，主张加强朝廷权力，削弱诸侯国势力，并建议修改有关法律，作为削藩的先声。刘启由太子即位后，任用晁错为内史，掌京城长安的行政等事。晁错经常单独拜见景帝，议论国事，陈述治国安邦的想法。景帝也虚心听言，而且大多数予以采纳，对晁错的信用，超过了九卿。

景帝二年（前155年），晁错为御史大夫，位列三公要位，更加尽忠为国筹划，向景帝上"削藩策"。晁错认为同姓诸侯王的封地占了全国土地面积的一半，有的占地太多，如齐国有七十多座城，吴国有五十多座城，楚国也有四十多城，诸侯势力的强大，对朝廷越来越不利，朝廷应该监察诸侯的罪过，把有罪诸侯王的封地收回，仅留一郡，削去其余的郡。晁错在上书中还提出了削弱诸侯王的具体操作步骤。他对景帝说："过去高祖初定天下，兄弟多，子弟少，因而大封同姓王。可是占有大量封地的诸侯，如吴王，一直称病不朝，不念朝廷的恩德，反而骄横狂妄，铸钱煮盐，积聚财富，而且招纳天下亡命之徒，招兵买马，预谋谋反，其他诸侯王也多行仿效，不如趁早削减他们的封地。"景帝对晁错的话深以为然，可是又担心各诸侯国造事作反。晁错分析道："削藩减地，他们会反，不削他们也要反，今日实行削地，他们造反早些，对国家的祸患就小些，今日不削，他们造反迟些，国家的大祸就在后面。"

汉景帝有心削藩，加强中央集权，便召集公卿大夫，及皇亲贵族一起讨论晁错的上奏。大多数的朝臣都点头同意，只有窦婴等极少数人反对。关系到切身利益的诸侯们听到消息后，纷纷跳出攻击晁错。晁错的父亲听到此事后，专程赶到长安对晁错说："皇上即位不久，让你手掌大权，应为国家朝政服务，你却主张削弱诸侯，疏离皇家的骨肉，传言纷纷议论责骂，你这是为什么？"晁错说："不这样去做，天子不尊，朝廷不安。"其父听儿子如此回答，气恼地说："刘家的天下安定了，可是晁家危险了。"说完掉头回颍川老家，旋即饮药自杀，临死之前还说，"我不忍心活着看儿子被杀啊！"

汉景帝刘启采纳晁错的意见，先借口楚王刘戊、赵王刘遂、胶西王刘卬的过失，分别削其封地。过后景帝看到诸侯王反应并不激烈，就想乘胜而进，削减势强的吴王土地。刘濞得知消息后，立即联络胶东王刘雄渠、淄川王刘贤、济南王刘辟光，以及已被削地的楚王、赵王、胶西王等七王，就在晁错父亲死后的十几天，于景帝三年（前154年）正月，打着"清君侧、诛晁错"的旗号，起兵叛反，发动了吴楚七国动乱。

七国叛乱的消息传到长安后，景帝连忙找到晁错磋商。晁错主张，景帝应该理直气壮地领兵亲征，平叛乱军，而京城长安交由晁错留守。两人正在讨论平乱事宜时，朝臣袁盎进朝求见景帝。

袁盎与晁错互有怨仇，袁盎曾做过吴王相国，晁错当上御史大夫后，曾抓住袁盎收受吴王贿赂一事，将其下狱论罪，后来废其为庶人。吴王刘濞叛乱事发后，晁错又公开对朝臣说袁盎与吴王脱不了干系，应加以治罪，所以袁盎急于见景帝开脱自己，并想乘隙构杀晁错。于是支开晁错，私下对景帝说："吴王叛乱之事，不须多虑，指日可破。诸侯谋叛，事起于晁错擅削封地，只要立斩晁错，遣使七国恢复诸侯封地，就可兵不血刃而七国之乱自平。"景帝听了袁盎之言，沉思良久，表示同意派袁盎出使吴楚，并且说："如果真如你说的那样，我不能为爱一个人而失天下，只有忍痛割爱了。若杀一人足平民愤，兵不血刃平息吴楚之乱，朕何乐而不为呢！"袁盎说："我别无良策，还望皇上仔细斟酌。"

汉景帝倒没有像袁盎所说那样再深思熟虑，瞒着晁错，令袁盎等人秘密前往吴楚与刘濞等人谈和，同时指使丞相、廷尉等朝官上奏朝廷，弹劾晁错"不称皇上德信，疏离君臣百姓，怂恿皇上亲征，自留京都，阴谋篡权，罪在大逆不道，应当处以腰斩"。景帝见奏，即刻派中尉召晁错入朝，骗其到东市砍下脑袋，还把晁错的家属一齐斩杀。

从以上史实可以看出，景帝杀晁错之举，明显施用的是李代桃僵之计。以理推之，晁错被景帝所杀，是没有什么理由的，因为晁错主张削藩国，加强汉朝廷中央集权，明显是对景帝的皇位有利，景帝本人也是同意和支持的。西汉自刘邦封同姓王以来，在指望诸侯国成为辅藩的同时，就考虑到诸侯国成为离心势力的可能性，所以从一开始，朝廷就采取了防范措施。如设置王国辅相，由朝廷派出的辅相加强对封地政情的控制和监视。汉文帝时，采纳政治家贾谊"众建诸侯而少其力"和晁错削藩的意见，积极开展同诸侯王斗争，如把齐国一分为七，还把兵权集中到朝廷手中。

晁错提出的削藩提议，是汉初以来朝廷同诸侯王斗争方针的继承和发展，这一点汉景帝应该是非常清楚的。杀死晁错，是否像袁盎所说的就可以兵不血刃平息吴楚之乱？刘濞等人发动的七国之乱是否因为晁错一人主张削藩而起来的？是否为讨伐晁错而来？晁错是景帝重用的，削藩建议是景帝采纳的，刘濞等人的叛乱也是冲着景帝而来的。接受袁盎杀晁错退敌的意见，是因为景帝知道袁盎与晁错两人互为仇敌，顺袁盎意而行诛罪，可以名正言顺地找到杀晁错的理由，还能把罪名推卸到袁盎的身上，进而达到自己不可言告的目的。

景帝牺牲宠信谋臣晁错，主要考虑到两个因素：一是从前157年上台，至今不过三年时间，一切制度人事等兴革建立，都刚开始，对应付诸侯国叛乱，朝廷并无多少准备，可谓事起仓促。吴王刘濞等诸侯国，经过长期准备，兴兵之初，仅吴国就有二十万大军，朝廷仓促应战，并无多少胜算把握。采纳袁盎建议，杀晁错，示之以信；秘派使节谈判，示之以和；如此可以作为缓兵之计，为朝廷筹集兵马，争取到宝贵的时间。二是七国谋乱，确是因晁错建议削藩而起，现在刘姓诸侯打着维护刘姓江山，诛杀奸臣晁错名义，起兵叛反，在一般百姓看来，刘姓诸侯王封地，得之于高祖刘邦，同为刘氏子孙，现在景帝刘启要独占，采取"奸人"之计，要削减封地，说起来也没有多少理由；他们指名道姓要杀的晁错，景帝这样做，既可以堵塞叛乱诸侯王之口，又可为自己大张旗鼓平征吴楚七国，找到名正言顺的理由。综合两个因素的考虑，景帝决定不惜血本，抛出替罪羊，杀了晁错，还斩杀了晁错满门。

后来事实也证明，汉景帝的计谋权变是正确的。袁盎至吴王军营的议和，虽不为对方接受，却赢得了宝贵的时间，使景帝从容委托周亚夫等筹集兵力，采取先避敌锋芒、坚壁防守的方针，等敌方懈怠时机，再发动攻击。结果三个月之内，吴楚七国之乱即被平定。

第四，弃小就大，创胜之计在其中。

在中国古代政治斗争之中，政治家的眼界视角，往往从关系事情最终成败的大局，以及政治形势发展变化中的长远利益去透视思考，不计较小的、局部的、一时的利益损失，在争权夺利的斗争过程中，宁愿主动弃小，以保证大部利益的保全或获取。

事例：朱元璋杀马烨安定贵州

洪武十五年（1382年），朱元璋设贵州都指挥使司，为了稳定贵州社会，沿袭元代以来的土司土官制度，封各地少数民族首领为宣慰使、宣抚使、安抚使等官。主要理念就是恩威并济，具体实施过程中则是"以夷制夷"。这有两层含义：其一是因少数民族"蛮性未驯"，而流官又"不谙其俗"，故任用土酋为官，以确保对土民的治理，维护边境的稳定；其二是利用于少数民族各部落之间的复杂关系和矛盾斗争，不断削弱土司的实力，"鹬蚌相争，渔翁得利"，确保王朝在少数民族地区的统治地位。这种"以夷制夷"的治理策略，尊重了少数民族风俗习惯，土人土治，实际上是一种因俗而治。这种因俗而治的制度设计，不同于以往的羁縻制度，其目的除了保证朝廷所希望的"相安无事"之外，还要将少数民族地区纳入到高度中央集权体系的监管之下，建立一种由朝廷能够控制的因俗而治制度。

王朝的政策在具体实施过程中，地方文武官员却往往不能够将制度认真贯彻执行，所作所为往往促进矛盾的激化。朱元璋派遣镇守贵州的都督马烨，不能够把握朝廷施政的重点所在，却听信元王朝留任故官宋钦妻子刘氏的挑唆，要以流官替代土官，面对承袭宣慰使霭翠职位的夫人奢香，不知道采取安抚，却采取逼迫的方式，将其找来，竟然剥衣裸挞，欲逼土著居民造反。将女土司裸体羞辱，岂不是要官逼民反，若是造反，正中都督马烨下怀，便可以此为由，大动干戈，立功贵州了。奢香深明大义，对属下讲:"马烨领大兵虎视眈眈,其所为无非是想要我们鲁莽而起,他正好找到借口,以大兵进剿,然后强迫我们接受他派来的汉官,我们千万不要上其圈套。"然后整理行装,直赴京城,通过马皇后,得以见到朱元璋。

朱元璋得知之后,立即召见奢香。奢香拜谒行礼之后,详细诉告了马烨在贵州为政苛暴,随意惩办边民,唆使手下抢劫财物等罪状。朱元璋听完奢香泣诉之后,以同情的口吻对奢香说:"马烨身为朝廷命官,为乱扰民,罪该万死。但我为你除了马烨,你们以什么报答我呢?"奢香见朱元璋答应斩杀仇人,立即上前再三叩头致谢,并说:"蒙皇上明察,小民衔恩心怀,由此以后,彝人保证世世代代再不敢犯上作乱。"朱元璋笑道:"百姓安心守业,谨守君臣之道,尊奉朝廷,这是你们的本分,怎能以此作为报答呢?"奢香见朱元璋如此强傲,不敢推托诿事,只好说:"贵州东北有一通向巴蜀小道,皇上为我们报仇雪恨,我们愿开通此路,方便官府驿使驰往,以报答圣上慈恩。"朱元璋同意。

奢香辞谢朱元璋,即日回程,组织彝汉边民重新修通由云贵至四川的山路。马烨不久被朱元璋召回京都。朱元璋对马皇后说:"朕知道马烨都督贵州,为朝廷尽忠守边,功勋卓著,但是不能够怜惜这样一个人,而使一方得不到安宁呀!"乃召马烨,数其罪,斩之,遣奢香等归。因此奢香等土司深为感服,除赤水、乌撒道,立龙场九驿,直达蜀地,交通畅通,也便于朝廷政令推行。

从以上事实可以明白,朱元璋为安定贵州土著,以国家边关的安宁为大局,明知都督马烨忠心朝廷,但在土司奢香上京诉告,当地土著衔恨马烨将近起兵情况下,不惜以牺牲手下,换来土司奢香的忠诚，答应安民息乱，出力打通前往四川的道路。这样既平息了边乱，又加强了朝廷对贵州的控制，双重目的皆得以实现。其实，这正是表现了李代桃僵之计的精华，即以小部、局部之失，换得大局全胜。

明王朝自推翻元王朝以后，建立了一个包括汉、藏、蒙古、苗、彝、壮、维吾尔等众多民族在内的、统一的国家。贵州地区，主要散居着苗、彝等少数民族，这些少数民族在本族头领的治理下，由于社会发展的不平衡，有的已经与汉族广大地区无太差别，有的处在比较落后的社会形态，有的处在原始的社会形态。明王朝根据当时的情况，采取"因俗而治"。这种因俗而治的制度设计，不同于以往的羁縻制度，其目的除了保证朝廷所希望的"相安无事"之外，还要将少数民族地区纳入高度中央集权体系的监管之下，建立一种由朝廷能够控制的治理制度。土司土官的设置，是明王朝在少数民族地区实行的一种特殊制度，任用土官，因俗而治，授予土官以很大的权力，有一定的民族自治色彩。宣慰、宣抚司也是明王朝高度集权的产物，在中央与地方关系体系中，与其他行政区划一样，也受到层层制约，因此土司土官在实际上仅是明王朝的特别行政区划，虽然实行特别管理，但不是独立的政权。可以说土司土官的设置是因俗而治，可以引申为民族自治，但不能够脱离明王朝管理体制。

明王朝对于土司土官管理采取恩威并济的策略，朱元璋很好地把握这个策略的精华。当奢香向朱元璋保证世世永不为乱的时候，朱元璋认为那是他们应该尽到的本分，为了安抚奢香等土司，不惜以自己爱将的性命来获取土司土官的忠诚，并且让他们心服口服地为朝廷效力，可谓是深谙此道。

至于马烨是否真的被杀，《明实录》《明史》都没有记载此事，有可能是找个死刑犯，顶替马烨，传首枭示，算是安慰了奢香等土司土官。一些史料曾经透露，马烨此后曾经在西北带兵打仗。若是如此，朱元璋的李代桃僵之计，更有他高明之处。

第五，舍车保帅，创胜之计在其中。

车、帅是中国象棋中的棋子名称，楚河汉界两侧，双方对垒厮杀，帅是军中元帅、中枢灵魂，车是帅下最重要的攻守大将，但是一旦形势发生大的逆转，局面于己极为不利时，为帅者也只能牺牲手下爱将，舍车而保帅。棋坛之上棋理如此，政坛之上，政治家们又何尝不如此行事。

事例：李茂贞屯兵城下，杜让能忍痛赐死

大唐李氏王朝，虽然一度达到中国专制王朝的鼎盛高峰，但自安史之乱后，国家元气大伤。中唐以后，宦官专权，朝内党争，以及宦官朝臣之间的南衙北司之争，纲纪紊乱，加上几任皇帝的信道、佞佛，到了晚唐，唐王朝已经没什么实力，尤其是唐末的藩镇割据，许多地方节度使恃仗自己手中军队，不听朝廷调遣，在自己辖区内随意征兵征税，任命属僚，成了一个个独立王国。中唐以后，藩镇与唐中央朝廷之间、藩镇与藩镇之间，为争权夺利，兵连祸结，战事不息。到了888年，昏庸的僖宗李儇病逝，在宦官杨复恭的支持下，其弟李晔被立为皇帝。李晔即位，改名李敏，是为唐昭宗。

唐昭宗上台之初，针对朝廷威令不行，藩镇势力坐大的情况，本想有所作为，以挽救国命危艰的衰势；但是李唐王朝恰如重症在身的病人，已没有恢复生机的希望。内则宦官专权，朋党纷争；外而藩镇，尾大不掉。尽管李晔不惜官爵钱财，却没有人真正肯为李唐尽忠效力。当时割据战火，东尽青齐，西及关辅，南出江淮，北到卫滑，长安城外，极目千里，烟火稀少，人民流离失所。李晔虽贵为皇帝，也常常身受藩镇、宦官的凌辱，唐王朝已经在灭亡前夕的苍茫暮色之中了。

景福二年（893年）正月，拥兵自重的山南西道节度使李茂贞，因为要求同时身兼凤翔节度使未能如愿，上表朝廷说："陛下虽然贵为万乘天子，却连自己的元舅都不能庇护；尊极九州，却连一个宦官竖子杨复恭也不能戮杀；今天的朝廷，只看人势力强弱，不计是非公正，随意加恩赏赐。舆情易变，戎马难于羁控，生灵百姓，屡遭祸乱，朝廷不考虑远扬声威，自此以后，还有什么作为呢？"李茂贞以一个节度使身份，公然上表声斥、嘲弄万乘之尊的皇帝，使昭宗李晔难以容忍，就命令宰相杜让能准备兵马，要征讨胆大妄为的李茂贞。

杜让能身为宰相，虽受昭宗信任，但他心里清楚，以现在唐朝廷的力量，征讨李茂贞是不现实的，便上朝劝谏昭宗说："陛下登基的时间不长，危难一时未平。李茂贞领兵势众，离长安三百余里，臣以为不宜马上结怨，匆促发兵进讨，万一失利，将后悔莫及。"昭宗年轻气盛，受李茂贞刺激，难咽一口之气，对杜让能说："王室日卑，号令不能出国门，正是志士悲愤之秋。国威不振如同患病之人，不用药则不能去病，朕不甘做一个屠懦的天子，苟且度日，坐视藩镇凌驾侮辱，你只要为我调兵备粮，我自会委任诸王领兵打仗,胜败之事与你无关。"杜让能见昭宗执意孤行,又说:"即使陛下一定要兴师征讨李茂贞,也应该同中外大臣共同协商,才能成功,不能单独委臣下之身如此重任。"

昭宗见杜让能遇事退让,心中很不高兴,厉声说道:"卿身居朝中元辅之位,与朕休戚相关,岂能以辞推让。"

杜让能虑及再三,进一步上前泣告:"非是臣下见难退让,陛下要做的事,正是先君宪宗之志,但是时过境迁,势有所不能啊!只担心他日臣下遭受汉时晁错那样的下场,虽一人身死,终不能免七国之祸,所以臣下对此踌躇。如果陛下一定要委臣做事,臣下当以死相报。"

杜让能明知征讨一事无望,但屈于昭宗的欲望,只好一心报国,整日筹划招兵买马,月余不归家门。

唐昭宗命杜让能筹集人马攻打李茂贞一事,很快被李侦知。原来唐朝廷另一宰相崔昭纬,早已与李茂贞勾结串联,杜让能在长安一切筹划,李茂贞查得一清二楚。李茂贞还派出间谍,纠集长安城中的百姓,公开阻拦同受昭宗派遣的观军容西门君遂,以及宰相郑延昌、崔昭纬,三人就把一切责任推到杜让能身上。

同年九月,唐昭宗以宰相徐彦若为节度使,让覃王嗣周,领禁军三万,送徐上任,大军则驻屯兴平。李茂贞早得密探入报,立即纠合靖难节度使王行瑜,合兵六万,前往兴平抵抗朝廷大军。两军对垒时,覃王嗣周所领禁军,不战而溃。李茂贞乘胜进军长安城下,上表朝廷,指名道姓要朝廷杀杜让能。

唐昭宗本想征讨李茂贞立天子之威,却未想到正如杜让能所料,伤虎不成,反害自身,急得在殿中团团打转。杜让能见状,对昭宗说:"事已至此,请陛下归罪子臣,使李茂贞罢兵吧!"

昭宗被逼无奈,也只好出此下策,便革杜让能太尉职,贬为梧州刺史,并且把参与战事的西门君遂贬放儋州,内枢密使李周潼远贬崖州,段翊逐至骊州。

李茂贞由山南起兵,进军长安,朝廷之中得宰相崔昭纬内通,杜让能被视为死敌。唐室势弱,本来李茂贞意存轻蔑,有心觊觎皇位,怎能轻易地让杜让能存活,有朝一日再复位为敌呢?所以当即拒绝昭宗的请求。昭宗见李茂贞不为所动,又令把西门君遂、李周潼、段翊三人斩首示众,杜让能再贬为雷州司户。以此为退让,再次遣使出城,要求李茂贞罢兵回镇。李茂贞则坐兵观变,不达目的不肯罢休,立定要杜让能人头为信。十月,昭宗被逼无奈,虽然心下十分不愿,为了保住皇位,只好答应李茂贞的要求,便公开下诏说:"杜让能卖官鬻狱,聚敛财富超过巨万,著令赐死。"杜让能作为昭宗和李茂贞争斗的筹码,终于被抛出。同时被杀的还有杜让能的弟弟,户部侍郎杜弘徽。

李茂贞得到了杜让能的人头后,带着昭宗赐封的凤翔节度使、山南节度使和中书令三职,凯旋而归。

唐昭宗李晔逞一时之勇,不顾唐朝廷势弱的岌岌可危形势,拒绝宰相杜让能的劝谏,且强迫杜让能筹兵征讨,结果招致李茂贞大军屯兵长安城下。昭宗为了保存李唐王朝,最后又抛出一直赖以重用的杜让能和参与征讨事宜的西门君遂等人,暂时得以苟安。唐昭宗明显地使用的是李代桃僵计谋,只是李唐王朝行将就木,昭宗的阴谋施展得再高明,也是一时之计,丝毫不能改变积重难返的藩镇拥兵自重局面。后来李茂贞又几次攻到长安城下,昭宗再无别招，到了天祐元年（904年）八月，另一藩镇枭雄朱全忠干脆杀死昭宗，另立新皇，又过两年，衮冕加身，朱全忠称起皇帝来了。

事例：国宝被杀，王、殷退兵

东晋安帝隆安元年（397年），兖、青二州刺史王恭，联络荆州刺史殷仲堪，上书朝廷，列举左仆射王国宝，以姻戚频登显位，恃宠肆威，危害社稷，要领兵入朝，"清君侧、除小人"。奏表上达朝廷，东晋群臣大惊失色，主持政事的丞相、会稽王司马道子，坐立不安，下令全城戒严，严密防卫。同时召请其父孝武帝器重的大臣王珣入宫，征询计策。王珣早先任左仆射，参与国家大政，孝武帝死后，得势的王国宝乘机废黜旧臣，王珣只能做了一个尚书令，权力被削，所以对王国宝怀恨在心，但表面上装出若无其事的样子，一切如常，曾被王恭称赞为汉代的胡广。道子问："王、殷二藩叛乱，你知道吗？"王珣说："朝政好坏得失，珣均未参加，如何知消息！"说完再不发言，退宫返府。

司马道子想通过王珣解决问题的企图失败后，王国宝在京都惊恐万分，王、殷两人与自己久有宿怨，现在指名道姓要诛杀自己，叛乱朝廷，担心自身不保，不知如何是好，急忙问计于与自己狼狈为奸的从弟王绪。王绪献计说："王珣、车胤与王恭、殷仲堪私下勾结，两人在朝中又有人望，你应该假借司马道子的命令，召集车、王两人入府，杀死他们，先拔去内患，然后挟持安帝和道子，发兵讨王恭、殷仲堪。"王国宝认为王绪所言确是良策，立即动手行动。

王珣、车胤受命来到王国宝的府中，王国宝却临阵手软，畏惧二人的威望，不敢轻意加害，反而求计于王珣。王珣说："王恭、殷仲堪与你素无深仇，不过为争一些权势罢了。"车胤也告诉王国宝，如果调兵攻打王恭，可能遭到王恭的拼死反抗，那时殷仲堪再从上游东下，就不好对付了。王珣则劝王国宝暂时弃权，缓和与王、殷两人的矛盾。王国宝头脑简单，未杀王珣、车胤，反而听从王珣的劝说，上奏朝廷，自请解除一切官职。出宫之后，又后悔万分，对外假称自己得诏，一切恢复原职了。

司马道子一向把王国宝视为亲信心腹，对他们兄弟恩宠有加，本指望两人共同尽力，维持司马氏遥遥欲坠的政权，未想到王国宝招惹是非，送给早就觊觎朝政、拥兵自重的王恭、殷仲堪以出兵口实，道子心中本来就不快。王国宝反反复复，正在司马道子苦无计退兵的时候，还假传圣旨，一下子惹得道子怒火中烧，不由得厌恶起来，心念一动，王、殷两藩叛逆起兵，要杀王国宝，何不顺其意愿，杀王国宝以救燃眉之急呢？便公开宣诏，列数王国宝欺君罔上，挑拨君臣等大逆之罪，派骠骑咨议奉军司马尚之，拘捕王国宝和王绪。令赐死王国宝，王绪绑到街市斩首示众。把王国宝的兄弟侍中王恺、骠骑将军王愉革职不用，大赦天下。同时司马道子遣派使节，致书王恭，殷仲堪，陈述自己为政过失不少，特此致歉，现在顽凶王国宝等人已经被杀，国家之害已除，希望朝野内外，同心协力，在此乱世，共同维持社稷、宗庙的安全。王恭按照道子的来信，立即复书道子，同意罢兵。殷仲堪在王恭撤兵后，召回出征的部将杨佺期，一场东晋朝廷与地方藩镇的较量，由于道子主动舍弃了王国宝，暂时干戈平息了。

王国宝被杀，实际上是司马道子为代表的在朝当权势力集团

亢龙有悔跃于渊

与王恭、殷仲堪为代表的地方势力集团之间争权夺利政争的牺牲品。东晋自淝水之战后，尤其是谢安死后，祸乱四起，晋简文帝司马昱生下两个儿子，一个是后来做了皇帝的孝武帝司马曜，一个是司马道子。简文帝死后，孝武帝嗣位，开始时由崇德太后临朝听政，谢安等人辅政。淝水之战后，孝武帝重用弟弟会稽王司马道子，谢安遭贬斥。后来谢安病死，司马道子大权独揽，迁录尚书事、都督中外诸军事、领扬州刺史，权倾内外，一时间巴结投靠者不绝于道，王国宝就是其中之一。国宝看道子势大，背弃了老岳父谢安和舅父范宁，整日以谄媚道子为能事。孝武帝见兄弟道子权势灼人，为了牵制道子，巩固自己的皇权，把出身世家大族的中书令王恭、黄门侍郎殷仲堪拔擢重用。任命王恭做平北将军，督青、兖、幽、并、冀五州军事，领青、兖两州刺史，出镇京都重要门户京口；殷仲堪任振威将军，督荆、益、宁三州军事，领荆州刺史，出镇京都上游的重要城池江陵。王珣迁左仆射，王雅为太子太傅，这样朝廷内外，孝武帝以自己的心腹占据重要职位，分散司马道子的权力，防备他专权跋扈。司马道子则以王国宝和王绪等为心腹，结成党羽，与孝武帝势力集团对垒。

太元二十一年（396年），贪杯的孝武帝因酒中戏言，被张贵人勒死，太子司马德宗即位，司马德宗乃是一个白痴，口不能言，连生活都不能自理，大政实际是由司马道子主持。王国宝在孝武帝临终时，抢先叩宫，想代孝武帝撰写遗诏，自己做辅政大臣，因遭到王恭的弟弟侍中王爽的声斥，才未得逞。王恭回京参加孝武帝的葬礼时，当面告诫司马道子，要他以社稷大业为重，并疏远王国宝。王恭甚至做了杀王国宝的准备。王国宝和王绪也曾预备杀死王恭,所以当王恭、殷仲堪与司马道子、王国宝势力集团的矛盾已经严重激化,王、殷两人起兵反叛,矛头指向,名义上要清君侧,根本上来说,杀王国宝也是冲着司马道子来的。对此司马道子心中非常清楚,由此舍车保帅,抛出心腹王国宝,使王、殷两人暂时息兵,虽说是权宜之计,稍作损失,但赢得了宝贵的时间。后来司马道子父子,正是利用王、殷罢兵的机会,暗做准备,又用反间计,斩了王恭,安抚了殷仲堪,瓦解了反司马道子的势力。

三、反胜之计 以弱事强者易

李代桃僵之计,是三十六计的第十一计,是敌战计的第五计。此计策的使用,大多发生在敌对国家、政治势力集团、朋党、政敌之间相互夺权争利之斗的最激烈的时候,且常常被势均力敌,或势弱者作为阴谋之计所用。李代桃僵之计使用的范围虽然广泛,但实践之中要讲求适时、适地、适势,并与其他计策交叉穿插,相辅相成。

第一,敌国之间的相互使用。

中国古代国土崩裂、政权林立时期,弱国图存,强国制敌,虎视眈眈,国际政局波谲云诡,军事上的征战、政治外交上的纵横捭阖、折冲樽俎,权谋计策层出不穷。

1. 弱国对强国的使用

弱国对强国使用李代桃僵之计,一般表现为弱国对强国所提出苛刻条件，暂时予以应承、献出部分国土、宝器、美女、财物等，求得自存，或者借暂时的妥协，养精蓄锐，以图东山再起。

弱国对强国使用此计的方式还有，为求得自存，主动对强国提出结盟议和，以割地赔款，贬低自身君主之位的办法，与强国订立和约；为了议和成功，甚至不惜打击逐杀被强国仇恨，视为死敌，但实际对弱国君主和国家社稷立功尽忠的大将、功将。如北宋钦宗派李邦彦与金人议和，答应割地输城，做子侄皇帝，同时把主张反抗金兵的抗战派李纲罢去相位。

2. 在势均力敌国家之间的使用

势均力敌国家之间，因其实力相当，两国相争，双方都没有绝对把握取胜，在此情况下，往往通过调整自己势力的部署，主动舍弃一部分利益作为牵制、调动敌方的诱饵，却在其他大部分利益获取上，力争占取优势，取得失小胜多的胜利。

第二，在君臣之间的相互使用。

君臣关系，是中国古代君主集权专制政治要处理的一个重要主题。春秋以来，专制主义中央集权制度的确立，君主与臣僚之间的关系处理，在专制政治中的地位分量越来越重。"君待臣以礼，臣事君以忠"，儒家以抽象的道德准则作为标尺，要求把君臣关系建立在道德规范基础之上，主张君臣之间和谐统一，同舟共济，治理国家。孔子说要"君君"、"臣臣"、"父父"、"子子"，但是儒家的政治伦理观只是一种理想化的模式，无情的政治现实，早就打破了孔子等人的梦幻。孔子在自己撰述的《春秋》之中，不得不承认弑君亡国此类事例屡见不鲜，后世篡位攘权的故事，更是不绝于史。司马迁《史记·韩长儒传》讲："虽有亲父，安知其不为虎？虽有亲兄，安知其不为狼。"今日父子兄弟、夫妇之亲，明日即成干戈鸩毒绞缢之仇，亲亲如此，何况君臣呢？所以还是法家人物韩非的观点，鞭析入理，他把君臣关系看作虎狼利害的关系，更加贴切于专制政治的现实。君主专制制度的私有制本质，对权力的想往，刺激了每一个有野心的政治家的大脑、神经，只要有机会，无不力争攀向权力宝塔的顶峰。至高无上的皇权，虽有"天命论"为"真龙天子"辩护，但"王侯将相宁有种乎"的呐喊声，从没有停止断绝于天地之间。"天子，兵强马壮者为之，宁有种耶？"项羽见到秦始皇出巡御驾，想到的是"彼可取而代之"，连当时还不名一文的项羽都有威风自代心理，那些在专制王朝中职领权柄的权臣们，其野心自然是更加强烈。一部二十四史，君主杀臣、权臣篡位的故事难以计数，充分说明了君主专制主义中央集权政治下，君臣关系的和谐是暂时的，冲突矛盾倒是不可克服的常态。

1. 君对臣子的使用

李代桃僵之计，被君主使用，一般有两种情况：一是君主主动操作，目的是弃小求大，换取对君主统治更加有利的重要利益，如朱元璋杀马烨之事。二是君主在受制于人，形势被动的情况下，被迫采取的归罪臣下、以寻替罪羊之术，免祸自身，唐昭宗忍痛杀死宰相杜让能即属此类。

2. 臣子对君主的使用

李代桃僵之计，常常被权臣操用于君主身上，此类情况往往是在皇权旁落式微、权臣擅断朝政、羽翼丰满的时候，皇权已被权臣架空,君主任心而治的局面已不再现,仅有君主专制之名,并无专制之实。如司马昭实操曹魏国政已成稳固大局后,利用成济杀曹髦,然后推罪于成济而杀之。再如,唐室已空,昭宗已成朱温手中玩物的形势下,朱温指使部下杀死昭宗,罪死朱友恭以塞天下人口。两例之中,李代桃僵之计,都被权臣当作改朝换代阴谋加以使用。

第三,君主的臣属之间相互使用。

1. 外戚与宦官之间

外戚与宦官,是中国君主专制统治下的政治场上两种比较特殊的政治人物。外戚是皇帝的"母族""妻族",与皇帝有姻亲关系的一些人物。宦官则是阉割的"刑余之人",皇帝的家奴,在宫廷之内从事于皇帝及其家族的生活服务。外戚与宦官是作为与帝王最近、依靠皇权而生的政治人物,他们手中的权力寄生于皇权之上,权力来源方式主要是靠得宠于皇帝而被恩赐。宦官与外戚的政治斗争,主要是由对"沾光"皇权的独占欲和现有权力、利益的分割不均匀而引起的。在中国历史上,宦官与外戚的政治斗争,历来是政治斗争篇章中最惨烈的一页。如东汉少帝时,何氏外戚与蹇硕、张让等宦官集团的斗争,正是在这次斗争中,十常侍首领的赵忠,以出卖蹇硕,苟安于一时。

2. 臣僚之间的使用

臣僚之间相互耍弄李代桃僵计谋,大多是在官僚们结伙成党的情况下进行。朋党是中国君主专制社会统治阶级内部的政治派别,它不同于近现代意义上的政党,多是以血缘关系、地缘关系、宗法家族关系、乡土关系、联姻裙带关系，以及门生故吏关系等原因相互结合，官僚们朋党比周，既能上抗君主、下争权臣，又可以结党自重，图援保存。历史上的朋党斗争很多，如东汉的党锢之祸；唐代的南衙北司之争；牛僧孺与李德裕势力集团的牛、李党争；北宋有新旧、元祐党争；明代有东林党与魏忠贤阉党之争。朋党作为君主专制社会政治斗争中的常见现象经久不绝，它对专制政治造成了严重的危害。朋党比周，以图私为务，往往结党者"知有门户而不知有天子"，党同伐异，势如水火，拉帮结派，山头林立，贪污腐化，败坏吏治，向来为帝王所禁止和诛灭之物。但是禁止的欲望是主观的，专制的官场上，人只要一旦为官，往往会不自觉地因地域、血亲、乡土、同僚、政见、门生等因素，互相声援，最后变成有明确政治目的朋党成员。官僚们以同党为重，攻讦相异者，党同伐异、争权夺利中屡施阴谋。但是同党之间的关系因为是以利益、权力为动力的组合，趋利避害的本性决定了每逢政治斗争的紧要关头，朋党中的首领人物往往是不惜牺牲同党分子，作为交易，换取自己或党派政治目的的实现。如东晋王恭、殷仲堪为一边，与司马道子、王国宝势力集团矛盾尖锐，在王恭、殷仲堪声言要起兵攻击都城时，权臣司马道子，就以杀死王国宝为条件，要求王、殷两刺史退兵.

四、小失大取　敌战计谋迭出

李代桃僵之计，作为敌战计，以用阴取胜，它不同于攻战计中的抛砖引玉、混战计中的金蝉脱壳计谋，有着自己独有的实施方式和特征。在政治斗争中，此计运用的基本特点是：

第一，实施目的明确性的特点。

李代桃僵之计，是在势必有损、己方势力没有占据绝对优势、稳操胜券，身处困境、逆境，难以摆脱的情况下，以"损阴"为代价，目的是"益阳"。所谓损阴，即损失小部的、局部的；所谓益阳，是指壮大已有的胜利果实。无论是政治家、野心家、阴谋家，在运用此计时目的都非常明确，十分清楚损失已有的小的权力和利益，绝不是无缘无故的，而是为了获取更大的权力和利益。

第二，实施过程中的卑劣性、险恶性、伪诈性的特点。

李代桃僵之计以"损阴"开始，在政治斗争中，每一次都以一批人的无辜生命作为代价，充满血腥味道。《三国志·武帝纪》中引《曹瞒传》，记载了曹操借部下人头以平众怨的故事。曹操领兵出征，因仓廪军粮不足，要主粮官改用小斛发给军士粮米，结果众军士因为不能饱腹，为之大哗，群情共怨，人心不稳，将酿成事故。曹操便找到主粮官，"特当借君死以压众，不然事不解"。结果加主粮官"行小斛、盗官粮"的罪名，斩其首高悬军门，以平息军士对自己"欺众"的非议。无独有偶，西汉时的汉文帝，拘捕了一向忌惮仇视的淮南王刘长，削其王爵，流配四川。刘长性刚，因心中怨愤，于押解途中绝食而死。文帝得知后，虽然内心高兴，但担心民心非议自己有"杀弟"之恶，就下令把押解经过的沿路县级官吏全部杀死，罪名是他们未能及时递送食物给淮南王。以上两例，皆说明操用此计者的手段是如何卑劣、残酷、险恶。

实施方式的伪诈性，主要表现在该计策的实施者们，往往利用"利国家、存社稷"、"为国除罪"等幌子，不讲信义地把臣属、部下的人头作祭品，以此换取自己的成功、利益的保全。如汉景帝骗杀衣着朝服的晁错，目的是消弭七国叛乱，打着理由是"吾不爱一人谢天下"，装出一副为国为民的虚伪面孔，却又加罪名于晁错身上，"阴谋篡权、大逆不道"，为自己不留迹象地杀人寻找借口、搪塞天下舆论，真是虚伪和诡诈结合，故曰伪诈性。再如，司马昭杀曹髦、罪死成济，也是伪、诈两兼。曹髦被他指使部下杀死后，心中暗喜，却跑到朝堂上跪地号啕大哭，装出一副悲痛的假面孔。事后司马昭逼郭太后下诏书，把被杀的曹髦身上随意加上"性情暴戾"，再造作丑逆之言诽谤太后，鸩毒太后，加之伤害大将军，"悖逆不道"的罪名。又把执行杀人命令的成济杀死，加上"倾覆宗庙"、"违国乱纪，罪不容诛"罪名，把自己打扮成公正的审判官以收买天下人心。一波多折之中，虚伪奸诈的权臣之相暴露无遗。

第三，实施结果的后至性、有效性的特点。

势有大小之分，人有强弱之别，这是社会的常态；趋利避害，是人之常情。李代桃僵之计以长远的算计作为考虑问题的出发点，不拘泥、不痛惜于眼前的局部利益损失，"小失"而"大取"，政治家、野心家在政坛的争权逐利之中，经常使用此类计策，以收取最后的胜利为目标。

顺手牵羊

——乘隙争利　定取蝇头小利

本计云:"微隙在所必乘;微利在所必得。少阴,少阳。"其大意为:发现微小的空隙与漏洞,都必须充分利用。微小的利益,也必须力争获取。少阴,少阳,意指要抓住敌方小的疏忽,乘机利用变为我方小的胜利。

顺手牵羊之计,典出《礼记·曲礼上》:"进几杖者拂之。效马效羊者右牵之,效犬者左牵之。"孔颖达认为,这是相献遗及呈见之仪,进几杖者拂之,是拂去尘埃。效马效羊者右牵之,是呈见送人,马羊多力,人右手亦有力,故用右手牵掣之。效犬者左牵之,是因为犬好啮人,左牵之可用右手防御。这里进献马羊,均用右手牵领,牵马而随便牵羊,所以引申为顺手牵羊。

《西游记》第十六回"观音院僧谋宝贝　黑风山怪窃袈裟"记述说:西天取经,途经观音院,暂居其处。观音院方丈阴谋趁唐僧熟睡之机,举火烧死唐僧师徒,借机据有锦襕袈裟。不料,孙悟空没有睡着,看到方丈指挥和尚们点火,本想立即上前,乱棒打去,又怕师父责怪自己惹事行凶。因此,便想出一个计谋,让和尚自食其果。心中暗想:"罢了,罢了!我来个'顺手牵羊,将

奕䜣伺隙除杀大太监安德海

计就计'，让这帮和尚也住不成。"悟空在借避火罩保护住唐僧和白马之后，吹口气，加大火势，整个观音院，连同方丈、和尚们顿时化为灰烬。

与此相类似，还有一个顺手牵牛的民间故事：有一个人去偷牛，被发觉后扭送官府。司法官审问，他辩解说：牛不是我偷的。当时看到地上有条绳子，又没有人要，我觉得可惜，就把绳子捡回家，谁知绳子那头拴了一头牛，是那头牛自动跟上我的，不是我偷的。这则民间故事有其幽默和讽刺之意，但仍寓有顺手牵羊所含的计谋。

一、伺隙捣虚　积小胜为大胜

《周易·丰卦五十五》丰云：亨，王假之。勿忧，宜日中。《象》曰：雷电皆至，丰。君子以折狱致刑。

【一爻】初九，遇其配主，虽旬无咎，往有尚。《象》曰："虽旬无咎"，过旬灾也。

【二爻】六二，丰其蔀，日中见斗。往得疑疾，有孚发若，吉。《象》曰："有孚发若"，信以发志也。

【三爻】九三，丰其沛，日中见沫，折其右肱，无咎。《象》曰："丰其沛"，不可大事也；"折其右肱"，终不可用也。

【四爻】九四，丰其蔀，日中见斗，遇其夷主，吉。《象》曰："丰其蔀"，位不当也。"日中见斗"，幽不明也。"遇其夷主"，吉行也。

【五爻】六五，来章，有庆誉，吉。《象》曰：六五之吉，有庆也。

【六爻】上六，丰其屋，蔀其家，窥其户，阒其无人，三岁不觌，凶。《象》曰："丰其屋"，天际翔也。"窥其户，阒其无人"，自藏也。

《周易·井卦第四十八》云井：改邑不改井，无丧无得。往来井井。汔至，亦未繘井，羸其瓶，凶。《象》曰：木上有水，井。君子以劳民劝相。

【一爻】初六，井泥不食，旧井无禽。《象》曰："井泥不食"，下也；"旧井无禽"，时舍也。

【二爻】九二，井谷射鲋，瓮敝漏。《象》曰："井谷射鲋"，无与也。

【三爻】九三，井渫不食，为我心恻。可用汲，王明并受其福。《象》曰："井渫不食"，行恻也；求"王明"，受福也。

【四爻】六四，井甃，无咎。《象》曰："井甃无咎"，修井也。

【五爻】九五，井洌，寒泉食。《象》曰："寒泉之食"，中正也。

【六爻】上六，井收勿幕，有孚元吉。《象》曰："元吉"在上，大成也。

本计计文的"少阴、少阳"，系四象中的二象。少阴的符号为上阴下阳，意为阴之初生，加上阳爻为离卦、阴爻为震卦，合为雷火丰卦；少阳的符号为上阳下阴，意为阳之初生，加上阳爻为巽卦，以及阴爻为坎卦，合为水风井卦。以丰卦推演，要参考井卦。

丰卦卦辞的丰，指高杯盛物；亨，通达也；勿，即勿、无。意为丰卦表示盛大宽广，享通无阻；王者领天下，没有忧患，当处鼎盛时期，犹日在中天一般。可是，一般地说，日中则昃，月盈则亏。虽然日当中天，但无法持久，将施即偏斜，预示亨通中潜伏和萌发的危险。

丰卦外卦震为敌，内卦离为我。震为惊雷，离为闪电；震为动，离为火。结果是我之火为敌动照明服务，我当为其附庸。震为动，再加上九四、六五爻变，预示敌之动极为剧烈；又有意为盛大的丰卦，表明敌之行动规模巨大。而为我的内卦离，也有初九、六二爻变，预示我属其附庸，虽企图有所动作，但心存忌惮，仅为觊觎垂涎而已。

再参以水风井卦，丰之上卦震变之为井之上卦坎，坎为险，表明日中之天将变为偏斜，潜伏着危险将变为事实。慢慢地，一步一步降落，所以敌人的危险以及这种危险造成的损失，也是缓慢的、微小的。就丰之下卦离变为井之下卦巽，巽为风，而风有无孔不入之性。这就表明，我方必须充分利用强敌缓慢出现的危险这一空隙，取得小利，与此同时，要特别注意静爻的含义。

就丰卦卦形观察：九四是敌之先锋，即初九对九四，六二对六五，全不相应，意为无隙可乘，但上卦唯一的静爻是上六，表明迟缓，是我方可乘之隙，可以得到微小的收获。这是因为，上六与我方的九三是唯一的一对相应的静爻。所谓相应，就是彼此配合默契。于此时偷袭上六，顺手得点小利，上六也不会为此计较，因为我得一点蝇头小利，对方是微小损失，不以为意。

顺手牵羊作敌战计用，在军事上，是指在同敌方作战中，伺隙捣虚，创造和捕捉战机的一种谋略。如利用运动战中，敌方运动过程中战线拉长，各部分运动时速不同，协调出现漏洞而暴露出的破绽，乘机发动攻击。或者在与敌人对峙时，派出小股游击队伍，钻入敌方心腹之中，神出鬼没地打击敌人。或者指己方大军在完成主要作战目标过程中，瞅空入虚，向敌人势弱处发展力量，顺时顺手地夺取。

此计用在政治场上，则指与政敌争权夺利的斗争中，在取得主要胜利成果，确定主要目标利益的情况下，能够乘隙取利，顺势把敌对方的"羊"这种蝇头微利取为己用；同时也喻指，政治场上的斗争也应微利在所必得，并乘隙向敌方的薄弱处发展，扩大成果，积小胜为大胜。积累局部胜利换得全局胜利，中国历史上的政治较量中，充斥着此类的正反经验教训。

二、见利宜疾　当机立断者胜

中国古代的思想家们很早就从哲学的高度，去探索自然界、人类社会中事情的发生、发展、变化的规律和契机。在古代的道家思想中，就有一个"贵因"的观点，提出"道不可违，因而制之"的朴素辩证观。因者，承认、顺应；制者，驾驭、控制；贵因而制之，强调凡事必须遵循事物发展的客观规律，把握住事物变化中瞬间而逝的契机，使其为我利用，从而较顺利地达到理想的目标。据《吕氏春秋》云："三代所宝莫如因，因则无敌。"文中还专门列举了周武王顺因而动，乘商纣王暴政导致严重内乱，伐兵灭商的故事，作为论证。思想家们从哲学的高度思考世上的道理，军事家们则从克敌制胜的视角，总结战争的规律性。《吴子·料敌》篇中，列举了八种判断敌情，不须卜问凶吉，就可以发兵攻击敌人的情况：一是疾风大寒，早兴寝迁，割冰济水，不惮艰难；二是盛夏炎热，晏兴无间，行驱饥渴，务以取远；三是师既淹久，粮食无有，百姓怨怒，妖祥数起，上不能止；四是军资既渴，薪刍既寡，天多阴雨，欲掠无所；五是徒众不多，水地不利，人马疾疫，四邻不至；六是道远日暮，七众劳惧，倦而未食，解甲而息；七是将薄吏轻，士卒不固，三军数掠，师徒无勘；八是陈而未定，舍而未毕，行阪涉险，半险半出。吴子认为，只要敌人的人、时、地、事方面出现以上八种空隙破绽，可以击之无疑，都是必须抓住的战机。以智谋奇术闻世的鬼谷子在其《谋篇》文中指出："墙坏于其隙，木毁于其节"，同样认为隙空出现，是最易被政敌攻击的时机。思想家、军事理论家、谋略家展现的智慧，对政治场上的政治家、阴谋家、野心家们，有着重要的启发、借鉴作用。事实上顺手牵羊之计，正是在总结了中国古代思想家和军事家、谋略家们的高超智慧基础上，与风云变幻、残酷无情的社会现实相互印证，由此凝炼而成。顺手牵羊之计，作为敌战计中的一种阴谋之策，在政治斗争中有以下几个主要的表现手法：

第一，察其天地，伺隙捣虚，创胜之计在其中。

政治场上与敌相抗，首要大端要对政敌的内情有充分准确的了解，察天观地，即是分析判断敌情，以及可能的变化趋势，寻找敌人内情中可以被利用的微隙。隙者，虚也；以自己的实力，顺势攻击敌人的虚弱，获取胜利的果实。恰如兵家所言的用兵要审敌虚实而攻寻他的薄弱要害之处。

事例：奕䜣伺隙除杀大太监安德海

晚清的宫廷里，出现过三个有名的大太监，这就是安德海、李莲英、张兰德。三人都仗着清政府的实际统治者慈禧太后的宠信，权倾一时，但李莲英、张兰德后来能体面地安然退归，唯有安德海下场最惨，在其任上，为朝中政敌恭亲王奕䜣联合同治帝、慈安太后，乘其张狂轻敌而有机可乘，设计斩杀。

清王朝是女真人所建立，自入关定都北京之后，鉴于明王朝宦官当政，导致家亡国灭的教训，曾下禁令，不准太监干预朝政，亦不能与朝官勾结。顺治帝时，还在交泰殿前立一铁碑，上面明书：凡是犯法干政，窃权纳贿，嘱托内外衙门，交结满汉官员，越分擅奏外事，上言官吏贤否者，均凌迟处死。又规定宦官级不过四品，非奉差遣，不许擅出皇城，违者处死。形势发展到晚清，清初对宦官的严密监控的情况有了根本的改变。辛酉政变后，慈禧太后垂帘听政。青年守寡而又权欲强盛的慈禧，开始宠信起宦官，以便于自己控制朝政，安德海就是她所重用的第一个大宦官。安德海在慈禧太后勾结恭亲王奕䜣，联手除去咸丰帝遗命肃顺等顾命八大臣，而改由两宫太后垂帘听政的辛酉政变中，因为冒死为在热河的慈禧太后和驻守北京的奕䜣穿针引线，相互联络，立有一定功劳。安德海本来是一个性敏狡巧、善于讨好主子的人，对西太后平日里揉胸捶背、殷勤服侍，加上立有拥戴之功，一时为慈禧所垂目，宠信日隆，不久就被擢升为总管太监，成了宫中位于主子之下的第一号人物。由此，安德海的野心也膨胀起来，恃着执掌实权的慈禧太后，一面极尽手段讨好慈禧，一面以功名利禄为诱饵，广交朝臣，培植势力。门庭若市、势焰熏天的安德海，终于在辛酉政变后，与朝中位尊权高的恭亲王奕䜣发生了冲突，成了对立的政敌。

奕䜣是咸丰皇帝的亲弟弟，咸丰去世后，与慈禧太后联合，巧计除去了死对手肃顺等人。政变之后，虽然两宫太后垂帘听政，但慈安太后性情笃厚，又不通文墨，很多权力让与慈禧太后处理。慈禧毕竟是个年轻女子，执政伊始，缺乏老到的经验，在朝中势必仰伏奕䜣，故此，奕䜣于政变后得到很多职务，不但出任宗人府宗令、总管内务府大臣、领神机营、稽查弘德殿一切事务等，还授议政王大臣，领军机处，兼管总理各国事务衙门，军、政、财、外交均握手中。尤其是议政王一职，只有前清的多尔衮曾任过。大权在握的奕䜣，面对外患连祸、内乱不止的局势，刚上台之后，还想重振纲纪，于清政权的巩固上，成就一番作为，在一些事务处理上，难免与慈禧太后发生了分歧，加上安德海的从中挑拨和有意扩大事态，导致奕䜣十分衔恨安德海，两人势如水火。

慈禧太后于辛酉政变后回到北京，为去除在热河时期受肃顺限制之怨愤，借同治帝登极和自己的寿辰，大摆宴席，极力铺张，恣意享乐。垂帘前后，又大制仪驾，扩大宫中膳房，匙筷用赤金制作，宴桌亦包上金云角，开了奢靡之先声。安德海则乘其所喜，投其所好，又狐假虎威，借慈禧名义，不断向管内务府的奕䜣伸手要物。奕䜣开始对其有求必应，眼见安德海无底之欲，就面诫说："国方艰难，宫中不宜多取。"安德海不但不听劝告，还设计陷害奕䜣。

有次午餐，安德海有意拿出粗制碗碟，慈禧问其故？安德海告知是恭亲王限制，使西太后对奕䜣厌恨。又有一次，奕䜣向慈禧贡奉二十盆含苞欲放的梅花，慈禧命安德海在宫中陈列，供其欣赏。不想安德海暗中做了手脚，一夜之间，梅花全部凋萎，使慈禧扫兴之余，增加对恭亲王的疑虑。还有一次，奕䜣到宫中找慈禧奏事，往日茶几之上，按例应放上两个茶杯，奕䜣粗心，谈话中随手端起一杯茶，将要进口，发现茶几之上，仅有一茶杯，明显地这是慈禧太后所用，自己差点犯了大讳，细思起来，定是安德海从中有意做鬼。

安德海利用手中所掌之权，于琐事上挑起事端，使慈禧太后与奕䜣逐渐矛盾滋生。果然，安德海不断僭诉怨短，到1865年，慈禧太后利用翰林院编修官蔡寿祺参劾的奏折，以奕䜣有贪墨、骄盈、揽权、徇私四大罪状，以同治帝谕旨名义，革去了奕䜣的议政王职位。奕䜣因遭折辱，自此以后于朝中益谨，明白这与安德海的挑拨大有关系，对安更加痛恨。

1868年9月，安德海为讨好慈禧，暗中指使御史德寿，奏请修复被英法联军烧毁的圆明园，供慈禧太后享乐。又指使内务府库守贵祥拟列章程，要让京外各地，每户、每亩、每村皆要交捐。奕䜣获知这是安德海授意所为，力主不可，又把德寿、贵祥革职，流徙黑龙江给披甲人为奴。事情至此，奕䜣下定决心，要拔去安德海这个眼中钉。一次，安德海在朝中炫耀自己的翎子精美无比，周围朝臣畏惧，皆随声附和，奕䜣则当面讽之："你的翎子再好，恐也护不住后脖子吧！"

奕䜣要除安德海，并非易事，因为有慈禧的庇护。安德海在宫中只要没有大错，即使皇帝也是奈何不得的。同治皇帝渐渐懂事之后，就曾经对安德海的嬖宠专权，羞耻生愤。一次，同治帝曾为某事面斥安德海，事后却被慈禧训斥和责罚，自此以后，同治帝在宫中用泥捏成一小人，用剑砍去泥人首，边砍边喊："杀小安子！"借以出心中之气，却也不敢动真格的。同居垂帘之位的慈安太后，对安德海恶行早有所闻，但碍于慈禧的面子，也是不好直言斥责。

同治八年（1869年），同治帝已有十四虚年，两宫太后有意替皇帝纳后，派奕䜣等人预备大婚典礼。安德海趁机密谋慈禧，想亲往江南，为皇帝督制龙衣。慈禧开始还有顾忌，并未答应。安德海既得势后，于京城作威作福，早就想找机会离京外出，游历苏杭胜地，既快心意，又有敛财机会。于是极力巧言打动慈禧，以江南织造衣物，多么合适，皇上大婚，龙衣必须讲究，同时也可顺便为太后织造几件顺心合用的衣服。他还以言语激起慈禧的好胜心，认为不可为"祖制"所束缚，否则当个太后也不自由。性骄的慈禧同意了安德海的要求，但叮咛务必机密行事，不得让王公大臣知道，以免被弹劾，造成事端。

同年秋，安德海离京扬帆南下。清朝祖制，宦官不得出京办理公务，安德海恃仗慈禧撑腰，自以为天下太平，不知给宿仇政敌提供了一个极好的机会。同治帝得知小安子要外出，表面予以赞成，却密诏予以信任的大臣山东巡抚丁宝桢作诛杀安德海的准备。奕䜣也早得密报,也积极筹划除掉安德海,并且密切注意他的行踪。安德海恃势胆大,离京时瞒着太后,私选名妓女十人,乘太平船,沿河道而下,一路招摇。所乘之船,插两面大旗,上写"奉旨钦差"、"采办龙袍"字样,又竖有日形三足乌旗,意为西王母(慈禧太后)取食办事。船上娈童妙女、笙歌鼓乐不绝。所过州县官吏为之迎接,而安德海视之为自然,丝毫不予警惕。船到山东境内,丁宝桢早得恭亲王奕䜣的密令,要其在山东境内,借机予以捕拿,从严惩处,格杀勿论。

丁宝桢曾以正直、刚毅闻名清政府,接恭亲王所托之后,立即密饬德州知州赵新,要其侦探安德海不法事情,可以一面擒捕,一面禀闻。赵新接令后,虽明察安德海多起事情违犯清政府法律,但慑于安德海的淫威,不敢居前逮捕,连正式公文也不敢写,只用私写的便条,把安德海在沿途的各种违法情况告知。丁宝桢见赵新密报,急令东昌府等府县前去捉拿。东昌府知府程昌武在安德海船后跟踪三日,胆怯不前,总兵王正起发兵追赶,在泰安将安德海捕获,缚送济南。此时丁宝桢一面令快马加急送密折进京请旨,一面审讯安德海。

安德海开始对被捕事,并不紧张,神态自若地吃喝睡眠,甚至威胁地方官员,声称自子奉太后之命督织龙衣,"汝等自速死耳"。哪知丁宝桢不畏权势,当面怒斥安德海身为宦官私出,"非制也,且大臣未闻有名,必诈无疑"。丁宝桢又担心朝旨结果未知,便不顾其他官员的劝阻,决定先斩杀之,旋即斩杀了安德海,又囚禁安的随行人员。

丁宝桢的奏折到达京城时,先为恭亲王奕䜣所得,代为上奏。

亢龙有悔跃于渊

奕䜣先是找与安德海也有矛盾的东太后商量，取得了东太后明确"予以正法"的赞同意见，便亲自书写谕旨，以太监安德海擅自出京，若不从严惩办，则"何以肃宫禁而儆效尤？"著直隶、山东、江苏等督抚派遣干员，"严密捕拿，就地正法，毋庸再行请旨"。又请慈安太后钤印，令快马回送丁宝桢。因此当安德海已经被诛杀的时候，慈禧太后并不知道。

丁宝桢复奏进京，奕䜣也是先告知慈安，再告知慈禧太后。奕䜣以安德海违制犯禁为公开理由，力主斩杀。同治皇帝、慈安太后全力支持恭亲王，加之奕䜣等王公的谏诤，面对安德海违制在先，送把柄于人手的事实，慈禧也只能无可奈何地同意正法诛杀这样一个事实。奕䜣伺隙出击，先斩后奏，终于灭了权阉安德海，长长出了一口恶气。

安德海被诛之经过，可谓是顺手牵羊计谋运用于政治场上之典型事例。本来辛酉政变以来，喜欢弄权的慈禧太后，在站稳脚跟之后，不甘于当初放重权于恭亲王奕䜣之手，因此，当时清政府政坛之上，慈禧太后与奕䜣的争权为主要旋律。慈禧太后利用蔡寿祺的奏折，摘掉了奕䜣议政王大臣之职，即是明证。奕䜣对翅膀已硬的慈禧太后，是无可奈何的。但对从中拨弄是非，一直想加害于自己的宦官安德海，态度和度量就不一样了。奕䜣要除安德海，在京城，碍着慈禧太后的庇护，不易得手。安德海张狂轻敌，不知轻重利害，以为只要有慈禧太后撑腰，就能在朝廷内外为所欲为，哪知纵欲放胆，出京已明违祖制，把柄已送到了政敌之手。京城之外，大权在手的慈禧太后也鞭长莫及。故此出现了可以光明正大地斩杀安德海的时机，奕䜣紧紧抓住了这个时机,安排不畏强暴的山东巡抚丁宝桢动手,自己于京城中运动朝廷,终于把这个受慈禧太后宠信的总管太监"小安子"置于死地。

第二,审时度势,顺手扩隙,创胜之计在其中。

对敌作战,时机的选择、形势的判断非常重要。用计者依据这两个因素,应主动创造战机,要在有保证自己主要政治目的实现的把握下,正确而充分利用敌人的隙空,力争扩大战果。

事例:王莽借机下手顺势灭异己

王莽是西汉末年最著名的外戚,早年在汉成帝皇太后王政君王姓外戚家族中,因父亲王曼早逝,并不得志,但其不甘于清贫生活,精于苦心钻营,投机取巧。官位稍进,又极尽沽名钓誉,大肆收买人心。王莽平时以生活俭朴自诩,抛洒钱财以积德,终于在官场中博取了"清正廉洁"的好名声,得到了临朝听政的姑母太皇太后王政君的宠信。到前1年,官迁大司马,领尚书事,秉理朝政。1年,被封为安汉公。王莽又利用太皇太后王政君厌政心理,授意公卿进言,委事安汉公,结果王政君下诏,除封爵之事外,以后朝廷一切事务由安汉公与"四辅"平决,实际上权柄操于王莽手中。由此,王莽在朝廷中,成了一手遮天的人物。为了实现自己代汉称帝的目标,王莽步步用计,耍尽鬼蜮伎俩。凡是阻碍自己登极路上的一切明暗障碍,皆一一拔除。对政敌对手所现破绽,更是一有机会,决不手软,务必乘隙攻击,大肆株连,力求扩大战果,一网打尽。王莽灭除汉平帝刘衍母家卫姓势力,就是他创造的一幕杰作。

亢龙有悔跃于渊

汉元寿二年（前1年）六月，孝哀帝刘欣死于长安未央宫。九月，刘衎（原名刘箕子）即皇帝位，其时年方九岁，是为汉平帝，太皇太后王政君临朝听政。平帝的生母是卫姬，家中有一些亲戚在京做官，秉政的大司马王莽，担心平帝上台后，重用舅父家的卫姓亲属，形成另外一股势力，冲击王姓外戚既得利益，剥夺自己之职位，便在太皇太后前谗言道："过去哀帝刚坐上皇位，就立即拔擢自己的皇亲国戚丁姓、傅姓家族，陷国家于混乱，宗庙几乎倾覆。现今成帝之子刘衎入继大宗为皇上，就要特别强调正统大义，务必以前事为鉴，做后世的楷模，要抛弃私情。"他游说太皇太后，征得了王政君的同意，立即派出亲信、所谓朝廷"四辅"之一的甄丰，带着印信，前往中山国（河北定县），封平帝母亲卫太后为中山孝王后，封平帝舅父卫宝、卫玄为关内侯，平帝的三个妹妹也被加了封号。以太皇太后名义，令他们均留居中山封地，不得至京师，以免卫姓势力坐大。其时右扶风功曹申屠刚，对王莽所为表示不满，以为皇上年幼，上台之初，即隔绝骨肉亲情，断绝亲戚往来，与礼节不符。何况汉朝制度，虽任用英才治国，但同时也信用皇亲国戚，使朝廷亲疏交错，互为牵制，以利于皇室和国家的安定。申屠刚直言要求朝廷简派使节，迎接皇太后到长安，使皇上母子得以欢聚，还应该广泛征召皇上的母家亲戚，让冯姓家族（刘衎祖母的娘家）和卫姓家族之人，居住长安，授给闲散的官职，侍卫宫廷，防范灾祸。王莽见申屠刚上书，为之大怒，立即以太皇太后名义下诏："申屠刚谬言乱说，背离儒家经典，有违大义，令其免职。"不久，申屠刚被遣归老家。

王莽视平帝的国戚为死对头，暂时没有理由除去，就采取隔绝政策，并派人严密监视。同时则想方设法控制平帝，准备将女儿嫁给刘衎，立为皇后，以巩固自己的地位。公元2年，他上呈奏章，口称要仿效周、商制度，按照儒家"五经"所规定，为平帝选后。可是下属官员上报的名单上，列有很多王姓家族女儿，王莽担心竞争激烈，女儿可能被挤掉，便假意对太皇太后称："女儿没有什么才德，怎能列入帝后名单？"哪知王政君误会了王莽的虚伪谦虚，信以为真，公开表彰王莽的诚意相让行为，干脆下诏宣布，王姓家族的女儿，一律不予考虑为帝后。王莽弄巧成拙，慌忙指使亲信朝臣、儒生，一齐到未央宫前请愿或上书朝廷，请求把盛大功德的安汉公女儿列入帝后名册。事情越弄越糟，因为王莽亲口说过可以不予考虑，所以表面上对请愿之人，又不得不加以劝阻，以示公心诚意。王莽一看众人不得要领，只好撕下面孔，干脆直告太皇太后，"请察看我的女儿"。公元3年春，王莽的女儿经宫廷派人官样文章的察视，以为德容兼备，适宜于承受天命，侍奉皇家祭庙香火。接着又卜卦问神，得到吉兆，便定下王莽之女为皇后，下聘礼黄金二万斤。王莽见目的已达到，就把大部聘金散给同时入选的媵妾人家，以及同族贫苦亲属，取人之善为己之善，进一步笼络人心。

正当王莽紧锣密鼓地嫁女为帝后的时候，在他家的门前，发生有名的吕宽事件，王莽则乘机大做文章、大搞株连，终于一举铲除了平帝母后的卫姓家族势力。

原来，王莽之子王宇，看不惯父亲隔绝皇上母子，限制卫姓家族的做法，私下里同皇帝舅父卫宝联络，又暗示卫姬上书朝廷谢恩，借揭露丁姓、傅姓外戚的罪恶名义，希望得以感化太皇太后，让自己回到长安。哪知此招并不奏效，卫姬日夜哭泣，要求进京见儿子，王莽则再三回绝。王宇同老师吴章、舅兄吕宽商量，决定利用王莽迷信心理，在王莽府门前抛洒鲜血，以天意恐吓王莽。吕宽乘夜洒血王莽门前时，被守门人发现迹象，此案很快被王莽侦破，王宇被捕下狱，服毒自尽，其妻因有身孕，生产后亦旋被杀死。

卫姓家族在吕宽事件中，并不是主谋，但在卫姬要求回京刚遭拒绝的当口，王莽自然地要怀疑卫姬，加上王宇、吴章等被刑讯之时，又承认是为卫姬事起。王莽哪里能够杀了儿子、媳妇，却轻饶卫氏，放过除去政敌的好机会呢？旋即下令把卫姓家族，全部屠杀，仅留皇帝母后卫姬一人。吴章是当时著名的儒家学者，曾广收学生，在京城士人中颇有影响。王莽以为这些儒生与己有碍，早就有意除去，吴章此次是自动撞上枪口，被王莽令在长安东市，把吴五马分尸，又下令从今后剥夺吴章学生、门徒的政治权利，不准这些人入朝为官。

王莽不仅借吕宽事件，斩杀了卫姓家族，还扩大打击面，凡与己不合的公开、潜在对手，也借机一一消灭。汉元帝刘奭的妹妹敬武长公主，嫁夫后与王莽是族属，但与丁姓、傅姓外戚往来友好，曾经讲过不满王莽的话，王莽即乘此机会以太皇太后名义，令其自杀。王莽的叔父红阳侯王立，以及王谭之子平阿侯王仁，过去与王莽都有往来，王莽并不视之为同类，也被强迫自杀。王莽又令亲信大司空甄丰，派员去全国各地，扫除卫姓党羽。凡不依附王莽者，都可用"叛乱"罪名诛杀。前将军何武、前司隶校尉鲍宣、乐昌侯王安、护羌校尉辛通及其兄弟函谷都尉辛遵、水衡都尉辛茂、南郡郡守辛伯等数百人，都在此间相继成为王莽的刀下之鬼。这些人有的与王莽并无什么矛盾，只是诚心维护刘姓正统；有的自负才出名门大家，疏远同王莽的结交；有的因性格刚烈，骨鲠在喉，好直言议论。在王莽看来，维护汉室的人，就是他代汉称帝的绊脚石，应是早下手除去为宜。而有才又不依附王莽府门的人，就是潜在的政敌，当然不能放过。那些仗义直言的人，有碍于王莽的钓名沽誉的政治投机，与自己舆论不利，也要除之而后快。

吕宽事件的处置，使王莽一时廓清了朝内外的政敌，4年，汉平帝大婚，王莽女正式册立为皇后。王莽被下诏重赏，尊称为"宰衡"，位居三公之上。同年，梁王刘立被揭发与卫姓外戚有牵连，削封撤职，贬放南郑，被迫自杀。5年，诏令加赐王莽九锡。同年冬季腊月大祭，王莽向平帝刘衍献椒酒，鸩杀平帝于未央宫。同月，王莽借符命公开称"摄皇帝"。这些都是利用吕宽事件，王莽顺势残杀异己的继续和结果。

王莽背靠太皇太后王政君，逐步造成西汉王姓外戚专权的局势。一姓势立，怎能再容别人插足，所以，平帝上台后，其母后卫姓家族与王莽为代表的王姓家族，两大外戚势力之间争权夺利的斗争，是君主专制政治进程中的必然性因素。只不过王莽早先下手，采取隔绝政策，置卫姬家族于远离京城的中山，两大家族的斗争暂时被缓和下来。吕宽事件，点燃了两派斗争的导火索，同时给王莽提供了一个乘势下手的好机会。对已经势力坐大，还想自己代汉做皇帝的王莽来说，既然儿子、儿媳都肯杀，杀伐卫姓家族势力，当然会毫不手软。太皇太后的信任，满朝党羽握有实权的形势，为王莽搞株连杀异己，都提供了便利的条件。在中央的卫姓家族被灭，在外地的卫姓党羽由"四辅"之一的亲信大司空甄丰去杀伐。那些非己同党，或与己不和，或者是铁心维护汉室的忠臣们，现在都成了王莽杀伐的对象。除去这些人，平时并不容易，如汉元帝的妹妹，与太皇太后是同辈，平时说几句不满王莽的话，王莽也奈何不了。吕宽事件，使王莽有了一个最有利的时机，再加上一个与卫姓牵连的"高帽子"罪名，一切都顺理成章了。可怜数百冤鬼，被王莽当作计谋中的必杀的"羊"群，只能在九泉下控诉了。

事例：杨国忠乘机落石整王𫟹

唐玄宗时期，太原人王𫟹被李隆基异常宠信，先后担任监察御史、户部员外郎，兼侍御史。至天宝初，又连续升迁，为户部郎中、户口色役使、御史中丞、京畿察访使、京畿关内黜陟使、兼关内军访使等。王𫟹受宠为官，有两大诀窍：一是精明巧施；二是巧投玄宗所好。例如，天宝四年（745年），出任户口色役使，当年唐玄宗曾明令宣布，免除天下百姓一年劳役。王𫟹熟悉理财，玄宗此令公布，无异断了自己的财路，便建议玄宗：百姓劳役虽免，可因此征收脚钱，这样用增加的钱数，去买轻货。玄宗见王𫟹说得头头是道，随之点头同意，哪知百姓为此，负担未减，反而交钱更多，徒增负担。当时，各州郡上交物资，经常有水泡、伤破和质变价次等情况，他都叫各郡按照其物的价值，折合成钱买成轻货送到京城长安。王𫟹见到有些郡租庸难收，就叫一些富户任租庸脚夫，结果不少富户随之破产。王𫟹就用这些办法，搜罗钱财，呈献给玄宗。玄宗只知王𫟹能干，能弄来很多物财，对其他倒很少过问。王铼正是利用玄宗此项弱点，巧取献媚。

王铼任职户部时，还想方设法，为玄宗变通办事，每年皇帝都要大量赏赐宫中妃嫔等人，这些赏赐品，按惯例都是放在国库中，有专人临时取来，随赏随取。王铼见玄宗厌其搬运手续烦琐，干脆把大量钱财宝物放在内库，便于玄宗随时取用。玄宗高兴，问财物从何处得来，他说是国税之外的东西，非是向百姓征收的，玄宗因之宠信更隆。天宝七年（748年），王铼加检查内事，升户部侍郎，兼御史中丞，赐紫金鱼袋。天宝八年（749年），加任闲厩使、银青光禄大夫等职。九年（750年），迁御史大夫、兼京兆尹。这样，王铼成了身兼监察、财政、行政等数十职务的重臣。唐玄宗对他的宠信，连当时的权臣李林甫，都为之羡慕。李林甫儿子李岫经常与王铼儿子王准在一起斗鸡游戏，每当王准恃势折辱时，李岫只能忍气吞声。

王铼的受宠，遭到了杨国忠的嫉妒。杨国忠早期是个浪荡子，整日喝酒、赌博，有时输得精光，连本钱都没有，只能借债。后来发愤而投军，也只做了个小官，郁郁不逞志。偶然得到富翁鲜于仲通的帮助，委派他去京城结交刚刚被玄宗宠爱的杨家。杨国忠到京后，因杨贵妃等同宗姐妹的引见，见到了皇帝。玄宗爱屋及乌，允准杨国忠可以随供奉官入宫。在经常陪伴玄宗的游宴中，国忠因精于计数，被明皇夸赞，称他是"度支郎的好材料"。不久，还是王铼最先推荐，做了王铼手下的判官。李林甫当时看到贵妃的堂兄杨国忠经常能出入宫廷，可以影响到玄宗，便又拉拢杨国忠，升杨为监察御史、度支郎中兼侍御史。天宝七年（748年），杨国忠升给事中，兼御史中丞、专判度支事等职，成为受宠的幸臣。杨国忠也学着王鉷的办法，让各州郡把上交粮食物资等，按价值折成钱，买成轻货送长安，充实国库，然后领玄宗观看。玄宗一见府库满藏，果然奖赏杨国忠。天宝八年（749年），杨国忠受赐紫金鱼袋，兼太府卿。同年，玄宗赐名"国忠"（原名杨钊）。十年（751年），杨国忠领剑南节度使职。同年，王鉷封太原尹，兼殿中监。这时的杨国忠早已今非昔比，仗着贵妃撑腰，眼见王鉷受宠居然超过了自己，就想加以整治。

杨国忠要想整王鉷，亦非易事，因为王鉷上有玄宗袒护，又有丞相李林甫与之交好，加上王鉷在朝中办事多年，势力盘根错节，甚至王公贵族都退让三分，杨国忠要达目的，就只能坐以待机，寻找下手的时机。

王鉷有个同父异母弟弟叫王銲，担任户部郎中之职，此人目无法纪，为人凶残。王鉷不计小隙，非常友爱。有次王銲口中无忌地向术士任海川询问："我有为王者的骨相吗？"这样的说法，在专制王朝是要掉脑袋的，术士吓得逃走了。此事多亏王鉷从中按住，并以京兆尹的名义，令长安尉贾季邻毒死了知情的安定公主儿子韦会。王銲又与邢縡交往，因为都喜欢对弈，王鉷通过王銲，与邢縡经常在一起往来。天宝十一年（752），邢縡联络他人，想在长安发动政变，杀杨国忠、李林甫、陈希烈等当权朝官。哪知事不机密，起事前两天，邢縡被告发。

《登坛必究·叙战》曰："见利宜疾，未利则止。取利乘时，间不容息。先之一刻则太过，后之一刻则失时。"杨国忠的耐心等待，终于有了一个恰当的突破口，整治王鉷的契机到了。原来邢缚事败后，玄宗开始很信赖王𨧀，亲自临朝，给他阅看告发信，让王𨧀派人去抓邢缚。王𨧀身为长安的地方官，去捕拿邢缚，也是顺理成章的容易事，但王𨧀担心弟弟王锝在邢缚家，有意拖延抓捕时间，一边派人去邢缚家寻找王锝，直到明确王锝不在邢家，才令长安尉贾季邻、万年尉薛荣先率兵卒捕捉邢缚，王𨧀偕杨国忠率兵随后赶到。邢缚见事泄，令手下拿出武器反击，双方展开格斗中，邢缚手下牙将说："不要击伤大夫（王𨧀）手下之人"。杨国忠的副官见状，对杨说："贼兵互有暗号，不能打了"。等到高力士率军赶到，才斩杀了邢缚部众。

邢缚被杀后，杨国忠马上报告玄宗：王锝与邢缚是共同叛反之人，王𨧀也参加了其中的阴谋。杨国忠认为：王锝的手下贾季邻等，捕拿邢缚时与叛贼有暗通事情。事前王𨧀又同贾季邻相见，打招呼说："我和邢缚是老朋友，如今他谋反，恐怕事急乱咬人，请不要相信他的话。"杨国忠准备以邢缚案连坐王𨧀，玄宗要赦免王𨧀，只治王锝之罪。杨国忠正要乘机除去王𨧀，怎会把玄宗的意思完全转达。反而歪曲玄宗旨意，故意对王𨧀说："皇上厚待大夫，如今大夫应该割爱，上表请求治罪王锝，而且王锝也不会被处重刑，大夫亦得以保全，何必要一起被处罚呢。"王𨧀很看重兄弟情谊，不愿抛弃弟弟，保全自身，便对杨国忠说了自己的想法。杨国忠见王𨧀上钩，立即回宫向玄宗禀报，说王𨧀不愿按皇上意愿去做，宁愿受罚。玄宗见王𨧀胆敢违旨藏私，立令带上王𨧀兄弟，由杨国忠和宰相陈希烈两人负责审讯。陈希烈是专靠黄老玄学献媚玄宗爬上相位的人，虽居相位，都是与李林甫一唱一和，极力作为虎作伥之能事。王𨧀平时鄙视陈希烈，每回上朝，总是大声斥责。此次王铁落到他的手上，也是不肯放过。王铁、王铧被捕之后，杨国忠抢先问道："大夫知道谋叛的事吗？"哪知站在身边的侍御史裴冕有心保护王铁，高声吓斥王铧："足下为臣不忠，为弟不义。皇上看在大夫面上，提拔你为户都郎中，加五品衔，厚待于你，难道大夫知道邢绮的事吗？"杨国忠见状，只好顺势说："王铁真的知道，你不准隐瞒，如确实不知，也不能瞎说。"王铧答道："王铁不知。"王铧受审没有结果，但长安尉贾季邻出来为韦会之死做证。杨国忠立即报告玄宗，玄宗下令，赐死王铁，王铧乱棍打死。王铁夫人及几个儿女都被远放外地，财产全部没收。

王铁被害死后，收获最大的是杨国忠，除原任职务外，又身兼原王铁所任京兆尹职，再加御史大夫，京畿、关内采访使等，王铁所领的数十个职位，几乎全部被他接收。

杨国忠整治王铁，乃是专制王朝政治场上所常见臣下相互争权夺利的搏斗之事。杨国忠与王铁，曾经是好朋友，来京初期，还是王铁的推荐，才做了其属下的一个判官，有了一个正式的饭碗。天宝六年（747年），在铲除御史中丞、各道铸钱使杨慎矜的斗争中，两人曾有紧密配合，为整死杨慎矜，都出过不少力量。后来王铁受玄宗器重，因宠信日增，引起杨国忠的嫉妒，由妒生恨，昔日的好友，成了反目为仇的敌手。杨国忠为除王铁，利用邢绮反案，见缝插针，在事件处理中又扩大事态，最终整死了王铁，可谓既打了"虎"，又取了"羊"，满载而归。

事例：伯颜除政敌力求根绝

1333年，元王朝历史上最后一位皇帝妥懽帖睦尔在上都登基即位，是为元顺帝。伯颜以翊戴功拜中书右丞相，进太师，领太史院，封秦王，总领蒙古、钦察、斡罗思诸卫亲军都指挥。撒敦为左丞相，加号太傅，封荣王。1334年，撒敦被顺帝加开府仪同三司、上柱国、录军国重事，予以重用，不久却因疾病撒手人寰。左丞相一职即由年轻的侄子唐其势继任，但唐其势并没有得到朝中的实权，反而是右丞相伯颜被皇帝委以重托，朝内外大政多由其决断。由此，唐其势与伯颜因争夺权柄的矛盾激化，成为仇敌。

唐其势对伯颜家族朝中势力凌驾自己家族之上，极为愤愤不平，公开对别人说："天下，本是我家的天下，我和父亲、叔叔，为皇帝立了多少汗马功劳，功勋卓著，伯颜是什么东西，竟然位于我位之上。"

伯颜对唐其势的狂妄和不满早已悉知，因畏惧燕帖木儿家族在朝中的强大势力，只好隐而不发。甚至专折上疏顺帝，请把右丞相之位让与唐其势，只是皇帝以为不妥，才打消了让位之举。为提防唐其势的不意进攻，伯颜私下里早早做好应敌准备。

唐其势既然不甘居于伯颜之下，同样也暗地里加紧准备夺权。唐其势先是联络被封为句容郡王的叔叔答里，对其曰："只有我家里的人才能配享执掌朝政大权之位，现在皇帝以伯颜居重职，是亏待了我家。"答里早就蓄有叛反意图，一直想立与自己关系亲密、诸王之一的晃火帖木儿为帝，且双方已有多次秘密联络。唐其势的话甚得答里的心思，便对唐其势说："我也在考虑这个问题，皇帝凭什么放重权于伯颜，而轻视我们家呢？"唐其势则乘机鼓动道："咱家手中不是掌有一部分权力吗？何况我逝去的父亲手下亲信在朝中也有不少，不如干脆些，乘机把伯颜权力彻底夺过来。"答里对唐其势的话深以为然，当即决定先与晃火帖木儿暗中约定好，然后以突袭方式率兵攻打皇宫，成功后以晃火帖木儿为帝。不久晃火帖木儿来信，约请由唐其势叔侄里应外合，乘机夺权。

唐其势等人的谋叛行动事不严密，郯王彻彻秃对左丞相异于平常的行动产生了怀疑，立即报告给元顺帝。顺帝听到郯王的报告非常惊诧，又担心郯王的报告与事实不符，便想了一招计谋，召请答里来京觐见，如叛乱事实真实，答里必不敢入朝。果然，诏书下达后很长时间，京城未见答里身影。顺帝召右丞相伯颜入宫筹谋，委托伯颜做好防范准备。

伯颜接到元顺帝的命令，真是天降喜讯，老天终于送来了清除政敌的大好机会，便很快布置亲信将兵，加强皇宫守卫，同时派人监视唐其势的行动，只等唐其势自投罗网。

唐其势、答里、晃火帖木儿三人谋定之后，唐其势旋即令弟弟塔喇海设伏兵于宫城东郊，截杀皇帝与逃亡的大臣，自己则率手下精兵，向宫阙进攻，不料刚刚攻入禁城，就遭伯颜率领所属众多兵士迎面痛击。只见伯颜站在城楼上，指挥禁军和其他兵士，由四面向中央紧紧包围，本来唐其势指望以少数精兵出其不意的突袭，一举就能拿下皇宫，哪知早已在对手算计之中，伯颜不过是等待鱼儿主动上钩罢了。唐其势心中一急，赶快令手下亲兵向前杀开一条血路。正在厮杀酣战中，传来伯颜大声布告，"凡生擒唐其势者赏万金！"禁兵、武士在重赏之下，人人持械向前，混战之下，唐其势体力不支，被禁兵从马上一矛击中，倒在地上，兵士一拥而上，紧紧缚住。

唐其势的弟弟率兵埋伏东郊，久不见宫阙方面消息，正在疑惑之中，却见伯颜率大军迎面而来，赶紧令兵士跃起进攻，只是双方兵力悬殊太大，手下勇士很快被斩杀干净，自己也落得被生擒的下场。

伯颜见唐其势的军队已散，两凶已被擒住，旋即进宫，请求皇帝登殿审讯。元顺帝亲见唐其势进攻皇宫，哪能轻饶，立即谕令："两人罪行已经昭明，不必审讯，按律例处置就可。"伯颜见皇帝下旨，立命禁兵把两人揪出门外斩首；唐其势砍头在即，慌忙高叫："陛下曾明诏答应我父免子孙死罪，今日为何食言？"企图引以父亲燕帖木儿之功，救自己活命，不料话音未落，伯颜早令禁兵砍下了他的头颅。

唐其势的弟弟塔喇海做事机敏，一入宫室，即逃到元顺帝皇后的座位之下。皇后见弟弟一副可怜之相，想极力袒护，就用自己的外衣罩往塔喇海。伯颜见状，不容皇后开口，令禁兵走过去搜，果然塔喇海正在皇后座位下哆嗦不停，士兵强行把塔喇海拽出，伯颜立即拔剑出手，一剑刺向塔喇海，顿见鲜血四溅，皇后的衣服亦被染成红色。伯颜明白，自己手杀皇后兄弟，政敌虽除，那在位皇帝的皇后对自己终究是个隐患，一旦哪天皇帝信其言，自己遭诛的日子就不会太远，便一不做、二不休，立奏元顺帝："皇后兄弟大逆不轨，皇后罪在不赦；况且又公开加以庇护，显然为同党，请陛下割私情，依法处置，以戒后人。"说完也不等皇帝表态，就令士兵把皇后绑起来。左右士兵不见皇帝亲口下令，不敢上前。伯颜毫不手软，伸手把皇后从座位上拉下。皇后见状，赶紧向元顺帝求救，要求皇帝看在多年侍候在侧的情分，讨饶求生。元顺帝见此情景，虽然不无怜惜之心，但想起燕帖木儿过去对自己的示威和欺压，她的兄弟居然又谋叛夺位，便咬紧牙关，恨恨地说："你兄弟谋大逆不轨，岂能相救。"伯颜让士兵把皇后拉出宫外，先安排在开平民舍居住，不久又派人送去毒酒，鸩杀了皇后。

唐其势兄弟刚刚被杀，元顺帝就在伯颜的鼓动下，以大兵乘胜而击，答里很快被俘送京斩杀。那图谋皇位的晃火帖木儿，自感罪孽深重，朝廷不会轻饶，坚持反抗也是以卵击石，力量不济。思前虑后，别无逃生之路，只好挥剑自杀。佞颜奏请顺帝，凡燕帖木儿和唐其势亲信势力，以及所荐举的一切官员，均罢免去职，朝廷将唐其势家产入官。自此之后，伯颜做起了大权独断，恣意专横，威震内外的权臣，直到最后被侄儿脱脱算计，病死在贬职途中。

伯颜作为右丞相，在朝廷中的势力，初始并不比唐其势及其家族的力量强，只是因为元顺帝的重用，才使职位居于唐其势之上，由此导致两人势同水火，成为势均力敌的政敌。伯颜面对强大的对手，要想轻易地铲除消灭掉，不是一件简单的事。如以正面进攻手法强攻强夺，可能不能铲敌，甚至会祸害自身。以权谋智取，伺机而动，找出强大对手的破绽，趁机发动攻击，才是上策。古人说：要察其天地，伺其空隙。唐其势因不满伯颜的当道，进而想谋叛，达到彻底揽权，又失密事机，行动上被别人窥破根本。元顺帝召伯颜筹划，委托伯颜全力破除唐其势及其同伙，确实也找对了人，也给伯颜除政敌提供了一次难得的机会。伯颜真是烂熟于趁时、应手得利之道，不仅在宫室之中，当着皇帝的面，斩杀唐其势、塔喇海兄弟，更不顾皇后之位尊，不怕暴露权臣之脸面，乘虚扩大战果，以无形之力，强逼皇帝答应驱皇后下台，又暗地里下毒药，鸩死皇后。宫室之中除皇后，朝廷庙堂之上，则尽熄唐其势家族的一切余烬，不仅将其亲信心腹力量荡灭，对其逝去父亲燕帖木儿的残余力量，也丝毫不让其生存，如此清扫干净，自己终于真正地大权独揽了。

第三，捕机制敌，见利不失。

制敌的战机一旦捕捉在手，就要保证万无一失；胜利的果实得之不易，丝毫没有丧失的道理，所以微利势在必得。打了"老虎"，不能丢失"小羊"，理想的办法是"虎"、"羊"两者皆获。历史像一面镜子，从正反两面提供了启示。

事例：斩人头取玉璧，已氏报仇

周敬王执政时，已经是春秋后期，这时卫国的统治上层矛盾尖锐，政权更迭频仍，是春秋时期国君被逐，政变最频繁的一个国家。按史书所载，卫庄公曾受晋国容纳保护，但为君后又背晋，晋于是伐卫，卫人出庄公，立公子般师。晋师退，庄公复入，般师出奔。初，庄公登城，见戎州已氏之妻发美，髡之以为夫人髢。又欲剪戎州，兼逐石圃，故石圃攻庄公。庄公惧，踰北墙折股，入已氏，已氏杀之。史书记载卫庄公被杀事件经过，大都简洁，寥寥数句，甚至用一句话概括，仅说卫庄公出奔，很少论及卫庄公被杀之事的详情，实际上卫庄公之死，因暴虐而被仇人已氏残杀，倒是顺手牵羊之计在历史中运用施行的一个典型之例。

亢龙有悔跃于渊

卫庄公蒯聩在做太子时,即积极参加宫廷阴谋。前480年,筹划武力政变,通过姐姐孔伯姬的情夫浑良夫,亲自带领伏兵,杀子路,胁迫卫国孔氏家族重要人物孔悝,立自己为国君,接着大肆追捕原卫出公的党徒、亲信。第二年,蒯聩在向周王室请到册命后,得以名正言顺大权在握。蒯聩对为自己上台出过力的孔氏母子,假装设宴款待,灌醉他们,连夜驱逐出国。凡知晓他非法夺权底细的人,都被猜忌怀疑,担心自己不正当的手段被人看破,必欲除之而后安,连卫国重臣太叔遗也被逐出。由此,卫国国内人心纷乱,也就是在这一年,卫庄公上台的故伎,被儿子太子疾来了一个以其人之道还治其人之身。

原来,卫庄公大肆排斥异己,大臣纷纷外逃,卫出公辄把国家的宝物也带走了。卫庄公用浑良夫计,让太子疾等人回国,想早立下太子,取得宝器。不意引狼入室,太子疾顺势劫持卫庄公,胁其盟誓,并要他杀死浑良夫。卫庄公说原先答应过免除浑良夫三次死罪,不能立即杀他。太子疾暂时答应卫庄公的请求,但不过一年,借卫庄公之力,找借口杀了浑良夫,剪除了卫庄公的重要臂膀。

前478年,晋国大夫赵鞅,派人通知卫国。过去卫君在晋国期间,晋国款待热情周全,是故请"卫君或太子来敝国,向寡君寒暄,略表谢意,如此才能使我们为臣的面颜上有光"。如若卫君不施以答礼,则会是"臣子作事不当",将遭受晋君责难。卫庄公闻报,就以国内纷乱为由,不想去晋国致谢。太子疾派人至晋说父君之事,晋国大怒,以赵鞅为将,领军攻卫。

卫庄公执政失措,引发外患内争,心中十分虚弱,寝食不安。

有一次，他梦见自己在北宫，看到一个披发厉鬼立昆吾观上，向北高喊："登此昆吾之虚，绵绵生之瓜，余为浑良夫，叫天无辜。"卫庄公心中害怕，亲自求人占卜。筮史宫胥弥赦卜之说："没有什么事。"卫庄公听了非常高兴，赐给他一邑。胥弥赦不受而逃往宋国，实际上这时卫庄公已结怨全国，大乱将生而自己不知。

同年冬天十月，晋军再次攻打卫国，并很快入了外城。将要入城时，卫国人主动起来行动，赶走了卫庄公，与晋将赵鞅讲和。晋国立卫襄公之孙、庄公的从父兄弟般师为卫国新君，然后退兵回国。十一月，卫庄公又乘晋军兵退，从甄邑入都，般师被迫出逃。

恢复了执政统治的卫庄公，并不专注于朝政的调理以笼络人心，反而变本加厉，更加残酷对待臣民。一次，他登帝丘的城门远眺，望见城外有村落散居城外，随即问身边侍臣，得知是戎人居邑。卫庄公说："我是周室姬姓后代，怎么能容许戎州（丘城外的戎族）居住在我的城外呢！"便下令发兵，掠劫戎州财物，并彻底摧毁了这些戎人的居住村落，致使戎人对他咬牙痛恨。又有一次，卫庄公站在城门上，望见戎人己氏之妻的头发，长得特别浓密漂亮。卫庄公竟然派出兵丁，把己氏之妻的美发全部剪下，做成假发，给自己的夫人吕美戴上。

卫庄公的暴政专权，导致内政危机的进一步爆发。石圃是卫国上卿石恶之子，自己又居卿位，在国中有不少势力。卫庄公不喜欢石圃，想要放逐他。石圃见势不好，本拟先逃，恰好此时，为卫庄公所役使的百工匠人，长年修筑工程，制作器物，不仅衣食不保，连休息也没有，总是日夜不停地埋首做工，心里早就充满了愤恨。石圃见此可以利用,便在前478年10月22日,率领百工匠人先发制人,攻打卫庄公所居宫室。卫庄公猝不及防,只得关起宫门,派人请求谈判议和。石圃如何肯答应,反而发力紧攻。卫庄公知议和无望,为了求生,爬上高高的北宫之墙,跃墙逃跑。太子疾、公子青紧随卫庄公之后,跃墙而过,不料刚落地面,被闻讯赶来的乘卫庄公逃亡势弱之机报仇的戎人们杀掉。

先期跃墙而过的卫庄公,落地时已折断了腿骨,又见仇视自己的戎人纷纷涌来,赶紧躲进城外一户人家。哪知冤家路窄,正是被他剃光美发的已氏之家。庄公逃命要紧,急中生智,从身上拿出一块上等玉璧,呈给已氏主人,说道:"如果你能救我一命,我会把这块玉璧送给你。"已氏主人看了看卫庄公,微笑地对他说:"我杀了你,这块玉璧还会落到哪里呢?"说完,拿起刀来,只见血光一闪,一颗头颅落到尘埃,随手拾起玉璧,揣进自己的腰包。

春秋后期,正是社会变革急剧加快的阶段,过去的大国间争霸战争,渐渐为列国内部争权夺利的频繁政权斗争所代替。政治结构上,过去的礼乐征战自天子出,慢慢递变为诸侯出,自大夫出,甚至大夫的家臣,亦纷纷起而争政柄。卫庄公上台执政的卫国,正是君君臣臣、父父子子的旧秩序已被打破,父子争位,骨肉相残。君臣之间尔虞我诈,内亲之间欺诈杀伐。政敌争斗、权坛互击导致政坛改名情况频繁发生。卫庄公本来以政变形式上台,执政之后,大肆杀伐排斥异己,造成统治集团内部矛盾重重。他想驱逐势大的石圃,两人随之成为政敌,这是他所处的第一重矛盾。春秋后期,国人与统治阶级的矛盾已尖锐化,卫庄公长时间役使做工的百工匠人，造成国人怨恨，这是庄公所居的第二重矛盾。庄公不以大政为重，驭政无方，又昧于时势，轻开杀伐，还沉浸在周室王姓的美梦中，毁坏都城城外戎州人村落居室，又抢劫戎人的财产，尤其是不注意小节，居然为满足私欲，剃光已氏之妻的长发，为夫人吕姜做假发，卫庄公也就成为已氏及戎州等族的仇敌，构成了卫庄公所居的第三重矛盾。在这三重矛盾中，任何一种矛盾的激化，都将对卫庄公政权造成极大冲击，何况，外有晋军为敌，内有太子疾势力胁迫威逼，真是坐于火山口，危险即在眼前了。果然，当卫庄公驱逐石圃在即，事机触发，石圃即利用百工匠人对卫庄公的愤恨，乘机发动国人攻打庄公宫室。庄公性命不保，只好"狗急跳墙"，结果，被第三重矛盾的仇敌戎人乘虚而入，戎人砍杀了太子疾、公子青。已氏主人为报削妻发之仇，当然要杀卫庄公了。也是卫庄公命当该绝，偏偏躲进了已氏之家。为了逃生，想以利诱之，掏出一块玉璧，就想收买已氏主人。哪知已氏主人理智心明，报仇为大，玉璧为轻，何况完成了报仇这样一个重要大事，眼前的小利岂有飞去道理。杀卫庄公，再顺手把玉璧装入自己的腰包，真是大快人心，"仇"、"利"双收啊！

事例：楚文王计赚二侯兼猎艳

春秋时期，周室式微，各国之间相互争权夺利。前684年，蔡哀侯从陈国迎娶夫人，同年息侯也从陈国迎娶夫人息妫，息夫人与蔡夫人是为姊妹，蔡侯与息侯便是连襟了。蔡、息同为小邦，在春秋争霸时期，必须依附大国，才能够生存。蔡侯献午以齐国为后盾，积极参加齐、宋、鲁、陈攻打卫国的战争，护送卫惠公回国。息侯则以楚国为依靠,连襟则难以同心同德。息夫人妫生得美丽动人,号称"桃花夫人",不仅深受息侯宠爱,也引得蔡侯觊觎窥视。也就是嫁娶为妇的这一年,息妫因回归陈国娘家,途经蔡国,蔡侯不仅不以上宾礼接待,还垂涎于息夫人的美貌,假意迎接息妫入宫,试图动手动脚行非礼。

  蔡侯的行为不仅是对息妫本人的凌辱,当时周王室仍在,在上下尊卑礼节仍然着重讲究的春秋时期,也是对息侯及其国家的恣意侵侮。齐桓公曾经因从前在逃亡途中经过谭国时,谭国不礼貌对待,就找理由灭了谭国。息妫回到息国,把蔡侯对自己轻薄的言行告诉了息侯,立即惹得息侯大怒,立誓要借机惩处蔡侯。息国派出自己的特使去楚国拜见楚文王,讲蔡侯因为有齐国为后台,并不把楚王放在眼里,蔡侯平时还挑拨离间息、楚两国的关系,对楚国早已心存不满,希望贵国能惩罚蔡侯。楚文王此时上台没有几年,开始还担心对蔡国出兵会导致齐国出兵干涉,对息国的要求尚在犹豫。息国特使赶紧把息侯的话如数告诉楚王:"我国与蔡侯既是联盟,又是连襟亲戚,蔡侯争强好胜,请贵国假意派兵来攻打敝国,那时寡人将向蔡国求援,以便为贵国制造攻蔡的借口。"楚文王以为这是个绝好的主意,就接受息侯的建议。

  前684年秋九月,楚国派大兵浩浩荡荡拥入息国。息侯便向连襟的蔡侯求救,要求蔡兵援息。蔡侯亲率大兵进入息国境地,被埋伏在莘地的楚军一举击溃。蔡侯慌乱之中,带着自己手下的少数亲兵,向息侯所居城中逃去,当来到城下时,却见四面城门紧闭,原来守城士兵早接息侯命令,有意拒蔡侯于城门外。蔡侯无可奈何,慌不择路,逃亡途中遇到楚军,成为俘虏。

息侯得知蔡侯被俘，急忙开城门迎楚军，亲率息国文武官员，犒赏击灭蔡军的楚国立功将士，并隆重礼送楚王凯旋归国。至此，蔡侯方才明白，自己中了息侯的圈套。

前680年，楚文王决定释放蔡哀侯回国。本来楚文王从息国带回蔡侯，是想将之作为牺牲，以祭告大庙，因大臣鬻拳力谏，认为放蔡侯回国，既有利于安定齐国，又有利于楚国。楚文王思之有理，暂时留下蔡侯。当蔡侯要回国的时候，文王命大摆宴席，为之饯行。宴席间，文王命美女、乐工把盏奏乐助兴。弹筝女子，长得仪容俊秀，媚态艳人，令蔡侯为之心荡。楚王看到此景，得意地对蔡侯说："此女如此漂亮美丽，色艺俱佳，你见过世上有如此美貌的女子吗？"

楚文王的话令蔡侯想起了美丽的息夫人，以及因此引起的蔡军败亡，灵机一动地对楚王说："世上的女子，再也没有比息妫更漂亮的了。眼前的女子比起息夫人，只能是油灯，息妫则是天上一轮明月，最光亮，最美丽。"

蔡侯极力夸耀息妫美貌的话，打动了同样好色的楚文王，他叹息道："世上存有如此美貌的绝色佳人，寡人要是能见上一面，也就死而无憾了。"蔡侯见文王心动，乘机挑拨说："这又有什么困难呢？以楚王的威望，就是大国齐王的夫人，也能得到呀！何况息国只是楚国的附属国呢？"

楚文王送走蔡侯，却不能够忘怀美人息妫，便以巡狩为名，带兵到了息国。息侯为了酬谢文王惩蔡侯之功，大摆宴席，亲自敬酒给楚文王。席中，楚文王笑着对息侯说："早就听说息夫人的大名，寡人前次为贵侯出兵，替息夫人出了口气，也尽了一点微力，今日远道而来，尊夫人何惜为寡人斟一杯贺酒呢？"楚文王的话，使息侯心头一震，终于明白了楚王巡狩息国的用意，因畏惧楚国的强大威势，息侯只好小心听命，连忙传呼息妫出来相见。

息妫很快就来到了宴席桌前，面向楚文王敛衽致谢。楚文王抬头一见，果然是世上罕见佳丽降临人间，连忙答礼。息妫用玉杯为文王斟酒，让宫女转手献给楚王，婉拒好色楚文王伸长的双手，不久便回宫而去。

美貌的息妫终于见到了，楚王应该是死而无憾了，但好色之念犹如脱兔再也收不回来了。第二天，楚王假意设宴答谢息侯，暗中埋伏兵士，决定迫使息侯就范。息侯不明就里，应召入席。当酒到半酣之时，果然楚王推杯说道："寡人有功于尊夫人，楚兵也为她牺牲了不少性命，今日大军在此，为何尊夫人不出来酬劳慰问呢？"息侯说："敝邑虽然很小，却不足为从者优乐，让我回去同她说一说，看她态度如何？"楚王便勃然作色，声斥息侯花言巧语，对自己不恭，是无义匹夫，命左右伏兵，捆绑息侯，引兵入宫，劫夺息妫。息妫闻前面有变，仰天叹道："引狼入室，实自取之祸。"楚兵在宫中后花园拦住了欲跳井自杀的息妫，带往前宫面见楚文王。心爱之人终于到手，楚文王也格外怜惜，以好言安慰，并且答应不杀息侯，才迫使息妫服从。不杀息侯，并不意味着存其国，楚文王灭息国而把息妫带回楚宫，立为自己的夫人。

春秋前期，是诸侯各国互相征战讨伐，夺土争利最为激烈的一段时间，作为小小城邦的蔡、息两国，本是亲戚，理应互相团结，互为声援，使自己得到自存。虽然两国在立国之策、政治路线上各有不同，各自投靠强国齐、楚，也是能够理解的。蔡侯、息侯为了美人息妫,先是蔡侯施之非礼,挑起事端,息侯在自身不足以制敌的情况下,又想假借楚国强势,为自己出口恶气。想不到楚文王好色,在被俘的蔡侯挑拨之下,为了得到心爱之物,施展顺手牵羊之谋,利用息、蔡相恶,息侯对楚王惩蔡感恩推德,息国对楚军放松警惕的机会,带大兵入息国,以强力既除了息国,又顺手猎艳,满足了自己的私愿。蔡、息的相争,给大国强楚造成了不可多得的时机,正如息夫人妫所说,虽是引狼入室,实是自取之祸。对楚文王来说,这么好的时机,如果不乘机行动,倒也是却之不恭了。

据《左传》记载,那顺势挑拨楚文王,借楚文王之手,除去息侯的蔡侯,最后的下场也是很惨。当时士大夫对蔡侯多有诽议,息妫虽被楚文王掠为己有,却连一句话也不说,使楚文王甚为恼火。回过头来,就把满腔怒火发泄到挑动灭息国之事的蔡侯身上。几个月以后,楚文王就命楚国大军大举进攻蔡国,蔡国也随之而灭,楚文王最后又逮住了一只"大羊"。

第四,遇时不疑,乘胜追敌,创胜之计在其中。

俗语说:"机不可失,时不再来。"在时机面临之际,不应该处事犹疑,临断不绝,而应当当机立断。顺手牵羊之计,强调在时势有利于自己攻敌的情况下,要及时地乘胜而攻,击败敌人。

事例:元顺帝拥势翻旧账,一举除旧怨

1343年,元顺帝突然发出一份使皇宫震动,满朝文武为之目瞪口呆的诏谕,诏书中其略曰:"昔我皇祖武宗皇帝升遐之后,祖母太皇太后惑于憸憸,俾皇考明宗皇帝出封云南。英宗遇害,正统浸偏,我皇考以武宗之嫡,逃居朔漠,宗王大臣同心翊戴,肇启大事,于时以地近,先迎文宗,暂总机务。继知天理人伦之攸当,假让位之名,以宝玺来上,皇考推诚不疑,即授以皇太子宝。文宗稔恶不悛,当躬迓之际,乃与其臣月鲁不花、也里牙、明里董阿等谋为不轨,使我皇考饮恨上宾。归而再御宸极,思欲自解于天下,乃谓夫何数日之间,宫车弗驾。海内闻之,靡不切齿。又私图传子,乃构邪言,嫁祸于八不沙皇后,谓朕非明宗之子,遂俾出居遐陬。祖宗大业,几于不继。内怀愧慊,则杀也里牙以杜口。上天不佑,随降殒罚。叔婶不答失里,怙其势焰,不立明考之冢嗣,而立孺稚之弟懿璘质班,奄复不年,诸王大臣以贤以长,扶朕践位。国之大政,属不自遂者,讵能枚举。每念治必本于尽孝,事莫先于正名,赖天之灵。权奸屏黜,尽孝正名,不容复缓,永惟鞠育罔极之恩,忍忘不共戴天之义。既往之罪,不可胜诛,其命太常彻去脱脱木儿在庙之主。不答失里本朕之婶,乃阴构奸臣,弗体朕意,僭膺太皇太后之号,迹其闺门之祸,离间骨肉,罪恶尤重,揆之大义,削去鸿名,徙东安州安置。燕帖古思昔虽幼冲,理难同处,朕终不陷于覆辙,专务残酷,惟放诸高丽,当时贼臣月鲁不花、也里牙已死,其以明里董阿等明正典刑。"

这份令朝廷内外无不为之惊诧失色的诏书,数列了元武宗以来,元王朝政权的更迭变化的内幕,又事关在任太皇太后和皇太子的性命安全,犹如晴空霹雳,忽而轰响。那么,诏书颁发,有何气候背景,又有何目的呢?实际上元顺帝此诏,翻开的是一本元王朝宫廷政坛争夺的旧账,实质是复父仇,除旧怨。

原来,元顺帝是元明宗的长子,自幼即饱受皇室内部倾轧之害，曾被远逐皇宫，戍守高丽，于大青岛茕茕孑影地幽居，后又被贬谪静江（今广西桂林）。顺帝的父亲元明宗没有牺牲于沙场，却倒在兄弟残杀的宫廷阴谋之中。元明宗与怀王图帖睦尔（即后来的元文宗），都是元武宗之子，元明宗被叔父元仁宗封为周王，居诸王之长。元仁宗时，被驱逐出京城长期流落西北，但深受西北诸王拥戴欢迎，且勤于理政，善收人心，所辖属西北地区，一度出现人心安定、民众乐业的繁荣景象。泰定帝死后，元王朝内部发生两都之战，先期自立为帝的怀王图帖睦尔多次遣派专使，要迎迓兄长元明宗南下，声称自己愿意退位，拥元明宗登基。

1329年春，元明宗在和林（今蒙古后杭爱省）正式称帝，不久即偕同文宗图帖睦尔，遣派心腹大将燕帖木儿南下。图帖睦尔为示相让诚意，又亲自从大都启程北迎。一时间，使元明宗感到当年父亲武宗的"武仁授受"的场面重现兄弟之间，自以为皇权在手，大局落定，只顾快马加鞭兼程南下，实际昧于中原地区复杂的政治环境。南下途中，元明宗过早暴露了自己的施政方针，公开宣称："诸王百官有违法乱纪者，臣者皆可举劾。"即位后，以整纪重法，严惩乱臣贼子为首要大事，又过于轻视权臣燕帖木儿的势力。同年八月初二日，元明宗与弟弟文宗图帖睦尔，相会于河北的王忽察都，自此明宗沉浸于阔别十多年的两兄弟欢聚之中，整日里于蒙古包内觥筹交错。可惜，说不尽兄弟情义的日子并不长久，四天之后的初六日，内侍就突然宣布，明宗于殿帐之中"暴崩"。旋即文宗图帖睦尔再次即位于上都，委燕帖木儿以重任。这就是著名的王忽察都事件，也就是元顺帝诏书上所说的，令皇考"饮恨上宾"的来历。

亢龙有悔跃于渊

1332年，文宗图帖睦尔重病身死，临终遗嘱，按"兄终弟及、叔侄相承"原则，下诏立明宗之子为皇太子。也许是天良发现，以此作为对王忽察都事件的补偿吧。开始所立并非元顺帝妥懽帖睦尔，当时总揽元朝实权的权臣燕帖木儿，以顺帝七岁之弟鄜王懿璘质班作傀儡皇帝，但鄜王即位四十三天，便病逝身亡。此时元顺帝正在广西静江所贬之地，文宗在任时，对明宗母子十分刻薄，先谗言害死明宗皇后必已实，又把明宗长子妥懽帖睦尔远贬高丽，致使他小小年纪，就像一个成人，整日里不苟言笑，郁郁寡欢。后改贬广西时，文宗又明诏天下："元明宗出镇朔漠之地时，曾说妥懽帖睦尔不是自己的儿子，是故将他移居广西静江。"

不过，元顺帝能上台为帝，应该十分感谢元文宗的皇后，即顺帝诏书中所讲的太皇太后卜答失里。鄜王死后，权臣燕帖木儿是力主立文宗之子雅克特古斯，当时皇后卜答失里临朝称制，却坚持依文宗遗诏办事，立明宗长子妥懽帖睦尔。燕帖木儿以文宗有明诏说其非明宗所出，劝其改变主意，又提醒她，人心难料，万一皇侄并不领情谢恩，"将奈何？"卜答失里皇后不为所动，坚持己见，便派使臣至静江接回妥懽帖睦尔。当燕帖木儿率文武百官至良乡迎接未来的皇帝时，这个习于权坛的政治老手，被这位十三岁的未来皇帝的寒冷所震惊，强烈的不安全感使他感到顺帝人小，但心术难测。回大都后，他立即面见卜答失里皇后，以"恐于太后不利"、"为天下大计"为由，取得皇后的默认，先把顺帝放在皇宫中，借故拖延，不让顺帝正式登位。侥幸的是，这位恣意无忌的权臣，因荒淫无度，不久即虚脱身亡。至顺四年（1333年），元顺帝终于在上都即位。即位之前，卜答失里皇后亲自主持大臣会议，议定元顺帝百年之后，传位文宗子雅克特古斯。

弄清了明宗及皇后之死因，再了解了顺帝上台的经过，就不难理解元顺帝诏书中所说的"忍不共戴天之意"，要把文宗的庙位拆除，把文宗的皇后削号徙往外地，把文宗之子、皇太子雅克特古斯放诸高丽的缘故了。元顺帝翻起变天账，为父母复仇，却不是一上台即施行的，而是经过长期谋划，深得顺手牵羊之真谛，在消灭了主要敌手之后，拥势坐大，乘隙而入，最后才称心如愿的。

元顺帝上台之初，主要政敌目标还不是文宗皇后及皇太子，毕竟是卜答失里皇后主持下，自己才登基的。即位不久，元顺帝以伯颜为中书右丞相，封秦王。以燕帖木儿的弟弟撒敦为左丞相，加号太傅，封荣王。燕帖木儿的儿子唐其势为御史大夫，承父亲王爵，进阶金紫光大夫。燕帖木儿女儿为顺帝皇后。这样，朝廷之中，权臣燕帖木儿虽死，但其势力仍占着元朝朝廷的上风。元顺帝此时，以去除权臣燕帖木儿的势力为主要目标。他有意重用伯颜，以伯颜牵制对手，然后，乘唐其势兄弟及其叔父答里有谋叛举动，一网打尽，把燕帖木儿集团势力全部清除，甚至自己的皇后，也在所不惜，让伯颜鸩死。后来，他见到受自己宠信的伯颜威震朝廷，专横无忌，便又用伯颜之侄脱脱计谋，调虎离山，寻机除了伯颜的兵权，把他放逐到南方，使其死在贬斥途中。权臣伯颜一死，朝中大权终于回到了年轻的顺帝手中。多年以来梦萦之中的复仇愿望，终于可以得以实施了，便把进攻矛头指向了文宗皇后及她的儿子雅克特古斯。

卜答失里为顺帝的婶母，是顺帝上台的拥戴人。皇太子雅克特古斯也是顺帝亲口答应册立的，要除去两人，并非易事。虽然当时有一些臣僚，见皇上有意除去皇太后母子，趋机谗言，但毕竟没有可靠证据，不足以成事。恰好此时，卜答失里的失措，送给元顺帝一个良机。

原来，卜答失里在鄘王为帝时，是以皇太后名义一度听政，后来顺帝上台，按例以顺帝为子辈，她理应还称皇太后，不知什么原因，卜答失里非要做太皇太后不可。按宫中惯例，为太皇太后，皇上就变为孙子辈了。对此事当时一些大臣就有谏议，顺帝明白，这乃是要除政敌所露出的破绽。顺帝一面公开加以诏封，一面做除敌准备。也不同左丞相脱脱商量，就直接发出了这篇诏书。

右丞相脱脱继伯颜之后总理朝廷军国大事，元顺帝此次下诏，事前毫不知理，本来心中纳闷，虽然诏书中说的是皇家之事，毕竟牵涉到国家大计。脱脱忍不住上殿，劝阻皇上收回诏书。顺帝平时对脱脱的建议颇为尊重，不料此次，一口拒绝，口称"卿为国家，能大义灭亲，逐去伯父伯颜。难道朕为国家，放逐叔婶，不是一样的道理吗？"生生把脱脱的话驳回。脱脱又进言："当初皇上进宫，可是全仗太皇太后的一力主持啊。"元顺帝听到此话，则扭头不语。监察御史崔敬上疏云："既然文宗庙祀已撤，皇太后也被割去鸿名，皇上尽孝正名，都已做足，希望皇上念及皇太子雅克特古斯年幼，义当怜悯，何况同为武宗嫡孙。皇上富有四海，子育黎元，使天下一夫一妇都得其所，怎能对同气之人置之度外，而贻笑外邦。请求皇上遣归太后、太子，全母子之情，尽骨肉之义。而天意回，人心悦，则宗社幸甚。"崔敬的上疏，虽然写得有理有情,却也是石沉大海,全无回音。

顺帝诏书下达不久,做了太皇太后的卜答失里和太子雅克特古斯,就分别踏上了放逐道路,过去养尊处优的皇家贵人,哪里经得住此等打击。卜答失里想起燕帖木儿的话,真是后悔不迭,到东安州后,即一病不起,死于该地。年少的皇太子流放高丽,尚在途中,即被杀死。后世史家,认为元顺帝忘德思怨,撤庙驱母,戮杀皇弟,是不仁不义之举,却不知对一个政坛之中的权谋家来说,此等议论,只是不痛不痒的书生之论罢了,又有什么意义呢?

三、伺机而动 寸利寸功必得

政治是使用权力的事业,是各种利害关系的冲突场。顺手牵羊之计,讲求以阴谋取胜,最大程度上获取对敌成功的成果,它对政治斗争中以权力和利益的追逐为重心的政治家、阴谋家、野心家们,有着非常广泛的应用性。

第一,在敌对国家之间使用。

顺手牵羊之计,在中国古代国与国之间的临敌互战中屡见不鲜。春秋时期,霸权迭兴,周天子的王权独尊已经衰颓,多头政治崛起,大国争霸,小国图存,军事战场的争胜与政治计谋的运用交叉渗透。吴国与越国争霸,越王勾践乘吴王夫差率大军赴黄池会盟诸侯争霸之机,兵分两路,直捣露出空虚的吴国,迫使吴王夫差急返国中卑辞求和。此役胜利,是"玄虚"而成,是弱国对强国使用顺手牵羊之计的典型之例。

强国对弱国,也惯用顺手牵羊阴谋。即如吴越争霸之例,前482年,吴王夫差在黄池与晋定公、鲁哀公及周天子的代表会盟,夫差以大军作后盾,首先歃血,做了盟主。其时他虽然得到越国乘虚攻吴消息,但在急迫的归途中,仍念念不忘趁着兵多力强、新做盟主的好形势,顺路讨伐不赴黄池之会的弱小宋国,以显示霸主的威风。只是后来因为本国危急,才停止与宋国的激战。

势均力敌的国家相战,因实力条件相当,双方之间要想一下子置敌于死地,取得较大的胜利,难成现实。在这种情况下,双方之间力量的对比优劣,要依靠积小胜为大胜,积少成多,然后才有由量到质的转机,所以微利在所必争,"寸土不让,寸利必夺"就更显得重要。

第二,君臣之间的使用。

中国古代君主专制主义中央集权制度,专制君主视天下为一家一姓之私产,"普天之下,莫非王土;率土之滨,莫非王臣"。天下的人力、财富都是君主任意使用和挥霍的对象,臣子是君主役使的"良弓"、"走狗"。儒家政治伦理的"为人君者立于仁"、"为人臣者止于敬",君臣之间相得益彰、互相契舍的局面,从来都是理想主义色彩的图画,常见不怪的倒是相互猜忌,疑下防左右的防范戒备,黜陟逐杀、窃权夺篡乃是常态,也为阴谋计策的运用提供了广阔的战场。

1. 君主对臣子的使用

专制政治在国家中树立了居绝对权威地位的君主,但君主名分上对天下的支配权与权力支配权地位的实现,毕竟是有区别的。皇权有旁落的时候,更有"城头变换大王旗",落入外姓他人之手的可能。所以君王们要使用"术",施展阴谋伎俩,设计用权,务必最大程度上巩固和维护既有的君权。君主使用顺手牵羊之计,往往从巩固君权作为出发点,趁着形势对自己有利的时机,消除隐患,排挤和打击对君位有威胁的外戚、后党、权臣、功将等。如元顺帝上台后,利用已经消灭了唐其势的势力集团和权臣伯颜,在皇位空前稳定的有利形势,乘胜追击,拥势反目,把元文宗的皇后卜失答里、皇位继承人太子雅克特古斯,放逐到外地,既为父报仇,又消除了隐患。

2. 臣僚对君主的使用

专制君主驭臣有术,但臣子也不是傻瓜。历史的镜鉴,长期的政治生涯,都会培养起臣下对付君主的"欺君"之术、"弄君"之术。臣僚们有自我保护的手段,更有弄君固权、夺权,实现自己政治目的"机心"。臣僚们使用顺手牵羊之计,通常是趁着君主在执政中露出疏忽、破绽,加以利用,积小胜为大胜,逐渐欺身向前;或者利用君主的名义,名正言顺地除去对己不利的政敌及其党羽;或者乘着幼上弱君,昧于知事,自己权柄在手,顺理成意,不动声色地渐次安插党羽部下,架空君主,直到最后逼君主禅让退位。

第三,在君主以下的政治人物和势力之间使用。

1. 官僚之间相互使用

在君主专制的政治体制下,政治权力的得失,关系到官吏的功、名、利、禄，它有着难以自制的扩张性或普遍化倾向。政治心理学家们对权力和权力动机的产生曾经做过长期深入的研究。美国政治心理学家威廉·F.斯通《政治心理学》认为："一切动机都是习得的，动机常常是由某种环境线索唤醒的，这些线索还会唤醒情绪，环境线索还会产生一组独特的观念和信念。"君主专制制度的官场，走进来的官僚就像跌进了染缸，每一个人都被染上了颜色。"谋取和控制他人"的权力追逐，几乎成为官场上每一个人的观念，为此而极尽智慧，奇计怪招、阴谋伎俩随手施放。唐朝杨国忠除掉受玄宗信任的官僚王铁，可算是顺手牵羊之计在官僚中相互施用的典型事例。

2. 在宦官与官僚之间使用

站在政治社会学的视角，分析秦汉以来专制王朝上层政治社会的社会角色，可以看出存在着三个紧紧围绕着皇帝的政治力量，即宫廷中的宦官势力、外戚势力、官僚宰辅势力。三者之间以皇权为中心，分工、进位各有不同。从根本利益上来说，都是统治集团中的上层成员，维护专制制度，保持统治阶级的根本利益。三者之间有共同点，因而相互联系、相互利用。但是三者在国家权力支配上，又分属不同的政治集团，权力的分配不均，君主的有意操纵和倾向性，往往导致三大势力之间相互为敌，斗争不断。就宦官与官僚的对立斗争来说，从宦官产生、发展的历史可以看出，君主专制制度造成了宦官与官僚相斗的必然性；历史上宦官专权的出现，与君主维持君权的需要有着密不可分的关系。汉武帝设内朝，让一些宦官参与讨论和决策国家大事，而外朝的大臣们有的却未能与闻。东汉光武帝刘秀，采取以内治外策略，以宦官牵制朝臣,所以"一人之下,万人之上"的宰相及其他官僚的政治地位为之下降,中常侍、大长秋等宦官倒成了随从皇帝左右,帮助皇帝处理政务的主要助手。由于"人主之多欲",造成了数千年来的毒药猛兽般的阉宦之祸。黄宗羲揭露明代的宦官干政,导致了"奉行阉宦之朝政"。本来朝政应由宰相六部所出,但"本章之批答,先有口传,后有票拟;天下之财赋,先内库而后太仓;天下之刑狱,先东厂而后法司。其他无不皆然"。结果宰相和六部官僚倒成了阉官的奉行之员。宦官势力的上升得势,非制度地对官僚权力进行削夺,理所当然地遭到官僚们的抵抗,加上官僚们对宦官出身和行为从心理上根本的鄙视和排斥性,使得与宦官之斗不绝于史。从西汉时,石显与萧望之两人之间的斗争,亦可窥见一斑。

3. 外戚与官僚士大夫之间斗争的使用

外戚是对皇帝母、妻的娘家人之称,如皇后的父兄、皇太后的父兄等。因与皇帝有姻亲关系,被皇帝视为最为亲近的心腹,由此获得显贵的政治地位和权力。外戚与宦官的处境有区别,在君主专制时代备受褒崇,封爵加官。东汉光武帝刘秀上台,母族樊氏一门五侯,妻族郭氏一门四侯。君主对外戚的信任宠爱,并非一般的温良亲情表现,有着强烈的维护皇权目的。任何事情有正面的作用,肯定会有反面的影响,皇帝对外戚的宠信日隆,同时也带来了它的副产品。中国历史上外戚弄权干政、祸国殃民,严重的改朝换代,君上之权被外戚替代的史例俯拾皆是。西汉末的王莽篡汉改"新",即是一例。外戚弄权干政,势必会激化统治阶级的内部矛盾,官僚和士大夫因为自己的进身之阶遭帝王信任的外戚堵塞,切身权益被削夺,部分也因为政见的不同,往往会挺身向前,与外戚展开斗争。为此,使用阴谋手法,采用顺手牵羊之计,极力寻找对手的失误,伺机而动,微利必争。如东汉外戚梁冀擅政时,吴树因为在宛县县令任上,没有理会梁冀的嘱托,杀了梁手下的一些为非作歹宾客,被梁冀视为政敌。等到吴树升荆州刺史时,到梁府中辞行,梁冀干脆用毒酒把他鸩死。

四、乘间取利　顺势谋得大利

顺手牵羊之计,作为三十六计的第十二计,敌战计的第六计,强调以阴谋用权取胜,却有着与众不同的内涵和斗争特点,主要有:

第一,计谋使用有强烈目的性的特点。

顺手牵羊之计主张的微利必争,寸利必得,是在一定条件和目标制约下进行的,所叼之"羊",是指在确保主要目标利益实现的情况下,能够乘间取利,顺势而行。因此,用计者在操作中,务必注意:一是要有可行的预期作战目标;二是政敌确有可以利用,己方能够容易得手的利益;三是小利的获取不能影响到己方本来目标的实现。要之,用计者不能发生本末倒置的"捡了芝麻丢了西瓜"式错误。

第二，就用计的时机掌握上，有选择性的特点。

顺手牵羊之计在使用中，要求用计者对敌情有清醒、准确的判断，选择最适宜的时机，如乘胜、乘势、乘便取利，伺敌隙取利。例如，杨一清为张永谋划除刘瑾，选择在平叛获胜后，明武宗对张永宠信正隆，刘瑾罪行累累，臣怨民愤，且与自立的安化王叛反之事有直接联系。张永便在庆功宴会后皇上身旁无人，私奏武宗，取得武宗同意后，又立即动手，连夜捕获尚在梦中的刘瑾。再如，奕䜣除安德海，选择在安德海私出至山东境内，慈禧太后鞭长莫及，而山东巡抚丁宝桢与自己关系密切，可放心委托办事的机会，安排丁杀掉权阉。

第三，就用计者的政治心态来看，有强烈的投机性的特点。

清人毕沅《续资治通鉴》中，记载了一段关于南宋左丞相余端礼有关投机制敌的言论："古之投机者有四：有投隙之机，有捣虚之机，有乘乱之机，有承弊之机。因其内衅而击之，若匈奴困于三国之攻而宣帝出师，此投隙之机也。因其外患而伐之，若夫差牵于黄池之役而越兵入吴，此捣虚之机也。敌国不道，因其离而举之，若晋之降孙皓，此乘乱之机也。敌人势穷，蹑其后而蹙之，若高祖之追项羽，此乘弊之机也。机之未至，不可以先；机之已至，不可以后。以此备边，安若太山，以此应敌，动如破竹，惟所欲为，无不如志。"顺手牵羊之计，强调与政敌相斗之中，在敌方有"隙"可钻，自己又能顺势易行的时候，伺隙捣虚，不能轻视"小利"的获取，不能让唾手可得的利益白白失去。

第四，就该计应用中的功效来看，具有有效性的特点。

顺手牵羊之计的使用者，着眼于"寻隙"、"伺隙"，战机的选择，建立在对敌情的准确判断之上。建立在自己有势可恃的基础之上，不动则已，动之则胜。凡精领顺手牵羊之计谋深奥者，往往是"打虎"之中，得其"圈羊"，见利不失，收获颇丰。

柏桦说 三十六计与中国古代政治智慧 中

飞龙在天或见野

——攻战计与混战计

柏桦 等 著 王山甲 插画

北方联合出版传媒（集团）股份有限公司

万卷出版公司

ⓒ 柏桦 等 2018

图书在版编目（CIP）数据

飞龙在天或见野：攻战计与混战计／柏桦等著．—沈阳：万卷出版公司，2018.8
（柏桦说三十六计与中国古代政治智慧）
ISBN 978-7-5470-4981-5

Ⅰ．①飞… Ⅱ．①柏… Ⅲ．①兵法—中国—古代—通俗读物②政治制度史—中国—古代—通俗读物　Ⅳ．① E892.2-49 ② D691.21-49

中国版本图书馆 CIP 数据核字（2018）第 123817 号

出 品 人：刘一秀
出版发行：北方联合出版传媒（集团）股份有限公司
　　　　　万卷出版公司
　　　　　（地址：沈阳市和平区十一纬路25号　邮编：110003）
印 刷 者：鞍山市春阳美日印刷有限公司
经 销 者：全国新华书店
幅面尺寸：145mm×210mm
字　　数：480千字
印　　张：18.25
出版时间：2018年8月第1版
印刷时间：2018年8月第1次印刷
责任编辑：胡　利
装帧设计：范　娇
责任校对：高　辉
ISBN 978-7-5470-4981-5
定　　价：65.00元

联系电话：024-23284442
传　　真：024-23284448
E－mail：vpc_tougao@163.com
网　　址：http://www.chinavpc.com

常年法律顾问：李福　　版权所有　　侵权必究　　举报电话：024-23284090
如有质量问题，请与印刷厂联系。联系电话：0412-2228073

目 录

攻战计——置敌死地

打草惊蛇——观彼动静　实欲聚而歼之　　6
　一、勿使敌惧　以阳谋诱阴谋　　8
　二、驱之使动　窥其实攻其虚　　11
　三、触此警彼　意在出其不意　　59
　四、先声夺人　用计需要胆识　　63

借尸还魂——无为而用　拉大旗作虎皮　　68
　一、顺理成章　正名求实攻敌　　70
　二、借形借力　集无用为有用　　74
　三、居处有方　巧借尸智还魂　　106
　四、静以待借　斗智斗谋斗狠　　120

调虎离山——诱之以利　化为虎落平原　　124
　一、稳操胜券　诱九五离本位　　126
　二、示敌以利　去势避害制驭　　130

三、谙识虎性　化猛虎为驯虎　　173

　　四、后发制人　以待敌之可胜　　181

欲擒故纵——消其斗志　定擒疲惫之敌　　184

　　一、疲而弱之　寻战机长斗志　　187

　　二、纵擒有度　智谋诡计层出　　190

　　三、乘机利势　纵擒以我为主　　225

　　四、无不胜者　取予自在神机　　236

抛砖引玉——类以诱之　使其懵懂上当　　239

　　一、利而诱之　真假不分伯仲　　241

　　二、施惠厚予　取敌于贪利间　　244

　　三、择机有度　制敌于懵懂中　　274

　　四、乘隙造势　一举攻其不备　　286

擒贼擒王——摧坚夺魁　陷之道穷解体　　290

　　一、龙战于野　穷途末路之际　　292

　　二、动观态势　先发制人者胜　　298

　　三、摧坚夺魁　道穷体解心衰　　333

　　四、先发先制　奇计妙出不穷　　344

混战计——乱中制胜

釜底抽薪——不敌其力　以柔消刚之势　354
　　一、攻其要害　避锋芒击虚弱　354
　　二、巧思多变　窥虚问实求是　358
　　三、抓住要害　迫其就范入彀　387
　　四、不动声色　避实击虚待变　390

浑水摸鱼——乘其阴乱　利其弱而无主　392
　　一、以假乱真　乘机攻而胜之　392
　　二、与时变化　花样尽可翻新　396
　　三、聪明睿智　周密安排筹划　424
　　四、置身混沌　意在乱中取胜　427

金蝉脱壳——存形留势　志在稳敌脱险　429
　　一、阴柔善伏　分身刚强形事　431
　　二、巧妙脱身　方为智者之算　433
　　三、保全自身　是为进退之道　463
　　四、谋之所及　乱中以攻为守　465

关门捉贼——小敌困之 势在置之死地 467

一、柔而变刚 利在当机立断 467

二、见机行事 须知己更知彼 471

三、审时度势 行事果敢专决 499

四、避免疏漏 化风险为成功 501

远交近攻——利从近取 远交难以成害 503

一、各个击破 逐一消灭对手 506

二、认真筹划 避免远近皆失 509

三、知己知彼 远近均可驰援 524

四、利益至上 远交变为近攻 527

假道伐虢——敌胁以从 假势乘人之危 530

一、危行言逊 可受无穷之福 532

二、一石二鸟 意在彼而及此 535

三、利用孤立 事半功倍之效 574

四、威逼利诱 为己不择手段 577

攻战计
——置敌死地

引　言

"攻战计"是三十六计的第三套计，由打草惊蛇、借尸还魂、调虎离山、欲擒故纵、抛砖引玉、擒贼擒王等六计构成。

所谓的攻战计，强调的是"攻"与"战"，如同"计"与"谋"一样，是密不可分的一对孪生兄弟。既然三十六计是授给人们以诡道之术、对战之策与攻防之谋，那么，其中的攻战之技，则是其计中之计、核中之核、术中之术了。何以言此？凡是运用、实施、使用三十六计者，无论其本身水平如何、才技参差、智能高下等，会有所不同，但其初衷则一定是要克敌制胜，战胜对手！"攻战"六计，则是强者对强者、弱者对强者、强者对弱者、弱者对弱者之间，进行较量和殊死决斗，直至获胜的战略、战术、战技、战法的秘诀、高招、套路所在。它们具体是：一引、二借、三擒。

一引：即打草惊蛇、抛砖引玉；二借：即借尸还魂；三擒：调虎离山、欲擒故纵、擒贼擒王。

所谓"引"，即是引诱波及之意。打草惊蛇计、抛砖引玉计的共同特点，则均有施计者在行计时，对政敌、对手有着以此引彼的意思。或是抛出砖而引出玉；或打此草而惊出彼蛇，然后，再施行进一步的策略，将敌手制驭或降伏，以实现其预定的政治目标。

所谓"借"，即是指借用外力之意。借尸还魂计则有着暗中借用外力，来实现己方的政治意图和欲实现的政治意图，待政敌、对手发现、清醒、悟觉时，为时已晚，只得承认其既成、既定、既铸之事实。因此，它是一种暗借而明胜的战术与策略。

所谓"擒"，即是指擒拿、擒驭、降伏之意。在实施擒计时，则又有轻重缓急之别与手法之异。调虎离山计主张施计者使政敌脱离特定的环境，也就是离山，然后再加以制伏，手法是先调后降。欲擒故纵计则主张先暂时放走政敌，然后再加以消灭。手法是先纵后擒。擒贼擒王计则主张对主要的政敌贼王，采取直取智擒，然后再消灭其他对手众贼，手法是先擒王而后擒贼。

在中国历代形形色色的尖锐、复杂、激烈多变的政治斗争中，三十六计中的攻战之计，从来都受到政治家的高度重视与格外青睐，使用者临阵揣摩，深悟其道，谙习其术，巧用其策，以克敌制胜。然用计者，成功与失败皆有，致使代不乏人，更是史不绝书。在攻战计使用之中，既有成功者的凯歌，更有失败者的悲叹，不但表现各异，而且丰富多彩。自古以来，宦海是血海，官场是战场，在围绕权力和财富的较量争斗中，运用攻战之计，不仅在历史政治舞台上上演过英雄的悲歌，更有着弄臣权奸们的闹剧，还有耐人寻味的思考。

"尔曹身与名俱灭，不废江河万古流。""青山有幸埋忠骨，白铁无辜铸佞臣。""沉舟侧畔千帆过，病树前头万木春。"用计多少兴亡事，成败恰似过眼云。天若有情，历史若有情，人间则更有情。多少历史的风云变幻、多少历史的血雨腥风、多少政治角逐的悲喜剧，恰似历史长鸣的警钟，向人们告诫、启迪、提示！多少用计者的曲折故事，则更像历史的老人，在述说着昨天的权谋厮杀，叮嘱着今天的人们，千万别再掉进他人的陷阱。

打草惊蛇

——观彼动静 实欲聚而歼之

本计云："疑以叩实，察而后动；复者，阴之媒也。"其大意是：如果发现有可疑的情况，就需要以试探的方法侦察确实，也只有在准确无误地掌握了敌方的情况之后，才可以行动。而反复了解、判断和分析敌方的情状，则是发现敌人秘密隐藏而又情况不明的主要手段。

打草惊蛇计，源于唐代的一则成语故事。据唐人段成式的《酉阳杂俎》一书记载：唐朝的当涂县（今安徽省当涂县）县令王鲁，生性贪鄙爱财，在任职时，便采用各种手段，大肆进行贪污受贿，日营己身私家资产甚巨。一日，当涂县的百姓联名写下状纸，控告他手下的主簿贪赃枉法的不法之事。由于县令王鲁与主簿是同伙，且贪赃之事瓜葛颇深，害怕自己的劣迹也会因此而败露，所以在审理此案和宣读百姓的状纸时，胆战心惊，且情不自禁地在状纸上批了八个字："汝虽打草，吾已惊蛇。"意思是说，你们百姓虽然状告的是县里的主簿，而我作为县令，自己也感到惊恐，受到警告。此事后来遂演绎成为"打草惊蛇"的成语典故。本意为打草时惊动了暗中伏潜在草丛中的蛇，且以

佯忽醉臣策百官,精明过人宋太祖

此比喻甲乙事情相类似,当甲方受到打击惩戒时,便会使乙方感到惊惧慌乱。随之衍化为喻凡做事不周密,致使对方知晓了自己的意图而有所戒备。

一、勿使敌惧　以阳谋诱阴谋

《周易·复卦第二十四》云：复：亨。出入无疾。朋来无咎。反覆其道,七日来复,利有攸往。《象》曰：雷在地中,复。先王以至日闭关,商旅不行,后不省方。

【一爻】初九,不远复,无祗悔,元吉。《象》曰："不远之复",以修身也。

【二爻】六二,休复,吉。《象》曰："休复之吉",以下仁也。

【三爻】六三,频复,厉,无咎。《象》曰："频复之厉",义无咎也。

【四爻】六四,中行独复。《象》曰："中行独复",以从道也。

【五爻】六五,敦复,无悔。《象》曰："敦复无悔",中以自考也。

【六爻】上六,迷复,凶,有灾眚。用行师,终有大败；以其国,君凶,至于十年不克征。《象》曰："迷复之凶",反君道也。

据秘本兵法《三十六计》原文记载,打草惊蛇之计是由《周易》的地雷复卦和纯阴坤卦推演而来的。《周易》中有十二个卦代表十二个月，称为消息卦。纯阳乾卦为四月，阳极必阴，所以一阴之卦天风姤就是五月，姤卦的初六阴爻，为纯阳乾卦向阴转化的媒介。纯阴坤卦为十月，阴极生阳，所以一阳之卦地雷复就是十一月。复卦的初九阳爻，就是纯阴坤卦向阳转化的媒介。这就是"复者，阴之媒也"的含义。复卦："初九：不远复，无只悔，元吉。"意思是说："初九（倒数第一阳爻），人出行不远就回返，则无大悔，而且大吉。"《象》曰："雷在地中，复。先王以至日闭关，商旅不行，后不省方。"意思是说：雷在地中安静不动，这就是阳气回复的最初阶段。因而古代的君王在阳气开始再生的冬至日，将边界的关口闭锁，不使商人旅客通行，君王也不巡视四方。

复卦的卦义是复归。去是归的前提，有去才能有归，所以复卦的另一含义必是离去。此卦上卦坤为地，下卦震为雷，是雷在地中的形象。当阴阳相互激发时，才能产生雷。复卦一阳刚刚萌生，力量薄弱，不足以激发雷，所以雷在地下安静不动。一阳回复，在节气上就是冬至。由于阳气初萌，至为柔弱，必须安静摄养，才能调理此一阳，使其生长壮大。民间至今尚存在冬至日卧床以养阳的习俗，究其原因就在于此。古人圣哲是极其重视天时季节的，甚至国家大事、君王起居，都要顺应节气而行。冬至之日，既然惊雷都蛰伏地中以养阳，所以君王要封关闭路，停止巡视，以效法自然，顺应天时节气。

在作战时占得复卦，必有万籁俱寂之象。此象既合天时，又顺人情，所以最容易被人相信。内卦震为己。雷在地中，虽是安静之象，但雷之本性毕竟为动，只不过一阳初生，动而不着艮迹，是微动小动而非巨动大动。初九爻辞又为"不复远",意思是走得不远就回来。既然走得不远,那就是走过,也就是动过。这表明,我方已经搜索过敌人,但没发现什么。外卦坤为敌,坤乃至静之体,表明敌人毫无动静,不见丝毫动静。坤之性格又为至顺,表明敌人顺应时节,已经全部撤离,休养阳气去了。这一切都显得如此合情合理,没有任何值得怀疑的地方。然而,侦察敌情就跟侦破凶案一样,凡是过于合情合理,显得天衣无缝之事,多数总由人为制造而成。阴谋诡计、韬晦之术,常常是利用人之常情而得逞的。坤虽然至静至顺,但也是至阴之体,复卦卦义又为去而复返,表明敌人的深藏不露必有重大阴谋在内,其表面的退却只是为了掩盖进攻。初九阳爻是微动小动,表明我方只进行了小规模的探查,只是走马观花草草搜索。初九爻辞"不远复,无只悔,元吉",是告诫我方,必须立即返回搜索现场,才不会后悔,才会吉利。

参考坤卦,由于一阳复卦是纯阴坤卦开始向阳转化的媒介,所以,只要按照复卦的指示行事,就可以使敌人的阴谋暴露无遗。坤卦六爻皆阴,复卦五爻皆阴而初爻为阳,其差别全在初爻,用卦形来比拟,初爻为最低处,最底部,象征山洼草丛、芦苇茂林之深处。阴爻主静,阳爻主动。复卦之初九阳爻动,表明要在山洼草丛、芦苇茂林深处仔细搜索,必然会发现敌人的踪迹。打草惊蛇,原意是指打击次要人物,结果惊动了主要人物,此处用作计名,已经改变了原意,指有心打草惊蛇,目的在引蛇出洞。

打草惊蛇计用于军事,主要是一种攻战之计与谋略。两军对垒时,由于敌军隐蔽很深而又情况不明,或者是虽然了解一些事情,但情状可疑时,为着防止因盲目行动而误中敌军的圈套和阴谋，避免不必要的损失和牺牲，在发动、举行大的军事行动之前，必须先发动试探性佯攻，诱使敌军将自己的真实情况和意图暴露出来。只有经过全面反复和仔细的间接侦察，准确分析、辨清、断明敌情之后，才可以投入行动。

在政治斗争中，打草惊蛇之计，也经常成为政治家、阴谋家、野心家们所应用的手法。应用者在与政敌对手的斗争中，为摸清敌手的真实意图和实力，便用佯攻、伪饰、巧欺等方式，先触扫与之瓜葛、牵连颇深的外围人物、事情，以探得对方的实力布局和反应如何，然后反复，如此再三，以使政敌的真实情况、实力、行动意图，了若指掌。再决定方略，攻其不防不备，战胜、制伏、惊惧敌手。这样，致使此计在政治斗争中的反复、频频或与其他计谋交替使用，并且成功、失败之事例，历代皆有，不绝于书，更使它赋有突发性、袭击性、神秘性、惊惧性的色彩。

二、驱之使动　窥其实攻其虚

打草惊蛇计在政治斗争中，经常成为政治家、阴谋家、野心家们的惯用手法，虽事例各有不同，手法亦多种多样，但归结起来，可分为以下互为关联的三种手法：

第一，观彼后举，察情伺机，待胜之计在其中。

这种手法的重点是"观"，察其动静、察其详情，然后再伺寻其机，取得胜利。采用的具体手段，则又有佯攻、佯忽、佯错、明试、暗探等。

1. 佯攻

所谓佯攻即是对敌手的实力进行火力侦察，一般多派出小股力量或地位、职务卑贱者，进行对敌方地盘、势力范围的加速式冲撞试探，气势汹汹，佯装要发动强大的攻势，诱使敌手反击，又通过反击来判明对方实力强弱。

事例：吴将佯败观蜀军，打草惊蛇获全胜

军事是流血的政治，更是政治的延续。三国时期，魏蜀吴既是军事上的老对手，又是政治上的宿敌。因此，每当双方在战场上相遇时，总是施展各种政治谋略，以期将对手战败。其中，运用打草惊蛇计谋取胜利的典型事例，便是蜀吴两军对阵时，吴将陆逊派兵佯攻，故作兵败观察蜀军，然后举兵，一气大败蜀军的史事。

据《三国志》等书记载，蜀主刘备为报蜀国大将关羽（云长）被东吴斩杀之仇，便在一怒之下，亲率大军伐吴，行军到达虢亭时，摆开阵势，连营七百余里，与东吴军相对峙。东吴军的主帅大将陆逊，见蜀军来势凶猛，便力排众议，首先采用坚守不战的策略，等待时机。在蜀吴双方相对峙七八个月以后，陆逊为实施胸中的战略计划、核实自己的判断是否有误，便对蜀营采用佯攻之计，以观察对方实力。这时，他派营中的一员低职末将淳于舟，带上五千人马去攻打江南的蜀军大营。交战结果，吴军虽拼死交战，却仍大败而回。淳于舟因败而请罪，诸将也埋怨此战为白白消耗，陆逊却分辩说："我只为探察一下蜀军的虚实，现在已经知道破敌的方法了。"当晚，即命士兵每人握一把茅草，到蜀营中，每隔一营烧一营。一刹那，蜀军营中火光冲天，喊声四起，首尾不能相顾。混战之中，许多大将战死，蜀主刘备败后，只得只身逃回白帝城，吴军取得大胜。此战中，吴将陆逊虽已知晓对手蜀军的一些情况，但为进一步掌握其弱点，便故意派小股力量进行侦察，且以佯攻战败为掩护，实施自己胸中已定的火攻计划。这是运用打草而惊蛇夺取全胜，制伏敌手的成功事例，进而使东吴在对蜀、魏的外交上，争取到政治的主动地位。

2．佯忽

所谓佯忽即是在政治斗争中，与对手进行较量时，对其实情（实力、品德、忠诚度）所进行的一种佯忽（视）其小而实求观（察）其大的方法。佯装忽（视）小节（事），诱使对手得寸进尺，然后通过反击来辨明其大节和真相。

事例：佯忽醉臣察百官，精明过人宋太祖

宋代立国之初，百废待兴，百事待举，作为开国之君的宋太祖赵匡胤，首先抓吏治的整肃，百官的任免考察。在这场君主与百官的政治较量中，宋太祖便通过佯忽醉臣而察百官的事例，成功地运用了打草惊蛇的计谋，并取得了一些实效。

据《续资治通鉴》记述，乾德元年（963），翰林学士、中书舍人王著，平日不拘小节，为官行为不端，曾经乘着酒兴在娼妓家过夜，被巡逻的官吏抓获，但知道身份后又释放了他，又秘密将此事奏报，宋太祖置而不问。随后，王著在宫中住宿值班，夜里，敲滋德殿大门请求召见；太祖让宫中使者带领登上大殿，手持蜡烛审视王著，见其酩酊大醉，披头散发。太祖大怒，触发前日之事，就贬黜了他的官职。此年二月初一日，将王著责罚后授予比部员外郎。与此同时，宋太祖又通过此例，考察百官是否尽职，结果，御史中丞洛阳人刘温叟等人，都因为未曾弹劾失职，被削夺了两个月的俸禄。这是宋太祖由佯忽醉臣之失而后遇事责罚失礼失职（打草）之臣，以儆百官（惊蛇）群臣，整肃吏治，制伏失职臣下，建立、巩固皇权君威、统治秩序的成功事例。这既是宋太祖着眼全局、政治上的精明过人之处，又使他通过此计谋略的实现，在百官朝臣面前，处于赏罚分明、树威立望的主动、有利位置上。

3．佯错

所谓佯错，系指按照常理，本来不会出错，但在政治斗争中，根据需要，却故意失误出错，以引起他人注意，且将此失误通过他人之口传递到政敌的耳里。然而，此种失误，要大到足以引起政敌注意的程度，又要小到不会被政敌利用。将佯错自然、适度地流露出来，不留破绽，不引怀疑。待政敌的真实意图获悉、核实、印证，即以"错"换正后，方可采取相应对策。

事例：商臣佯错获王情，江芈恼怒激政变

春秋战国时，楚成王办事优柔寡断，在确立王位继承人的问题上，总是举棋不定。先是将商臣立为太子，但事隔不久，却又想改变主意，要立职为太子，正当成王犹豫不决的时候，太子商臣对此事有所觉察，但未知消息是否为确切，如不尽快了解实情，就会束手就擒、坐以待毙，此时他在老师的帮助下，决定采用佯错的办法，进行试探。商臣设宴款待他的姑母、楚成王的妹妹江芈，在宴席间故意装作无礼和不尊敬的样子，用以激怒江芈，其姑母果然真被激怒了，十分气愤地说："怪不得成王要废掉你，立职做太子，原来你真是个不争气的东西。"商臣听了姑母的话，证实楚成王要废掉自己的消息确属无疑，便发动宫廷政变，逼迫楚成王自杀身亡，一举夺取王位。这便是春秋时期的楚穆王（前625—前614年在位）。这是楚太子商臣使用佯错而获王情的打草惊蛇之计，获得一举成功的典型事例。当然，准确地说，这是一种佯错激怒法，宴其姑母，佯错无礼，激怒吐实，获而后举，这便是全计实施的"成功四部曲"。

4．明试

所谓明试，是指在政治斗争中，不知政敌准确实力、部署、意图等，却掌握与敌手相关的事物（或人或物）的情况，便通过"打草"，触动相关事物的办法，以侦知实情，察其意图，再决定行动。

事例：徐庶以马探人品，刘备仁德收能臣

东汉末年，徐庶是有名的谋士，与司马徽、庞士元、诸葛亮等人齐名，享誉甚隆。徐庶为寻求报效的人主时，听闻刘备人品高尚贤达，是一位爱惜人才的贤明之主，又不知刘备是否如人们传说的那样，很想亲自试验一下刘备的虚实和人品。这种试探又须当面验证，否则，再听别人辗转相传，也不过是传闻而已，耳听为虚，无法探得真底。只有当面试主，方能眼见为实，来得真切痛快，远较诸多"耳食之辈"强之万倍。故只能用"明试"之法，此法亦只有巧用，方为得宜。徐庶不愧为谋士之才，长于心计，终于把握时机，妙用打草惊蛇之法。

有一日，徐庶突然发现刘备正在专心致志地欣赏自己的坐骑战马，便走上前去，很恭敬地对刘备说："我以前学过一点相马之术，让我来看一下您的马。"刘备命人把战马牵出来，徐庶故作惊讶地说："这不是的卢马吗？它虽是一匹千里马，但将来却要伤主人的。"刘备很不在意地笑着说:"死生都是命里注定的,与马有什么关系,何况在檀溪的时候,是它救了我。"徐庶听罢则说:"这匹马终究要伤害一个人,您可以把这匹马先送给您所痛恨的人,等到伤害了他之后,您再骑它,就不会有事了。"刘备一听此言,大为不满,便愤愤地说:"我希望先生能讲述大道理,而您现在却教我害人的事情,我实在不敢领教。"徐庶一听此话,连忙向刘备赔礼道:"我一直听人传说明公仁德,但一直不敢相信,今天特意用这番话来试探您,果然不错。"从此以后,徐庶便开始辅佐刘备,且尽其全力。不仅如此,还向刘备推荐了卧龙岗的奇才诸葛亮,致使刘备作为蜀主,能与曹魏、东吴呈三分天下的鼎足之势。

谋士徐庶,在不了解刘备真实人品的情况下,采用试马而明探人的手段,诱使其急中暴露真实品德,这是运用"打草惊蛇"策略的典型成功事例。在此事例的"打草"(相马)而"惊蛇"(试主),探得实情的过程中,徐庶对此计策略手法的运用,有如下的机、巧、权、变的显著特点:

其一,机敏。东汉末年,天下各派势力纷争不已,政治斗争舞台上,各种力量进行重新组合、排列,变化之快、分合之速、争战之频、更迭之繁,绝非平时可比。另一方面,身处乱世,却也为各种人才的聚合、显示才能,提供了盛世所难以达及的广阔纵深舞台。各派势力,无论是地盘上、军事上、政治上的争霸,起关键、决定性作用的,则是人才的竞争。谁拥有的奇才、谋士多,谁就能拥有天下,永葆不败;否则,有了地盘、军队,也不能久存。因此,这对于像徐庶这样深藏不露的谋士来说,提供了千载难逢的选择机会与机遇。他机灵、敏锐地觉察到这一点,也深悉自身正在陡增的政治价值,但又不是"待价而沽",而是大体上瞄准了方位,即多方打听刘备的为人、品质、胸怀、气量等,先进行有针对性的调查准备,决不盲目从事。从而,为此计策略的运用,做了大的、有力的铺垫。这也是徐庶政治上机敏、深邃的表现。

其二,巧妙(巧用)。身处乱世的徐庶,作为谋士,拥有智力和一定的政治资本,但毕竟只是一个游离于政治核心人物、势力之外的孤家寡人。因此,他既有苟全性命于乱世的悲哀,又有摆脱困境,以求闻达于诸侯、施展抱负才华的强烈愿望。政治舞台上,各种头面人物,均粉墨登场,各种脸谱纷呈,各色叽叽喳喳主张议论,时时鼓噪,使人一时忠奸莫辨、贤愚难分。徐庶在此情此景下,能否择其"英主""贤君",便成为攸关自身政治前途、政治生命、身家性命的大事,稍有疏忽不当或闪失,便可能身陷囹圄,或为虎作伥,事业抱负付诸东流不说,还会落下千古骂名。更何况,古代的谋士策臣,讲求忠信二字。良臣择主而侍,良禽择木而栖,古已有之,且代不乏人。只有主上圣明,良臣策谋之士才愿效犬马,虽肝脑涂地,才会在所不辞。但主上是否真的圣明,则要经过事实检验才行,否则,即使众口皆碑而藏奸,万人皆骂却真诚是常有的事和人,何况谋士徐庶,更不会听一面之词。但要试验,则须当面、快速、巧妙、隐饰才行,形为明试,实则暗探。徐庶巧用相马之术,以马代人、以马拟人、以马试人,又以马定人,真可谓巧之又巧,妙之又妙。徐、刘以马作题,一对一应、一策一计、一意一否,你来我挡,急中生智,笑怒无常,却应对如流,双方均达到了目的,却又不露破绽。此计筹谋,徐庶运用之高妙,真是蜻蜓点水,轻捷快速,而又妙趣横生,至今读来，如闻其声，如睹其颜，如见其面，又如相其马。使人眼界大开，而又余味无穷了。

其三，权衡（得失、利弊）。当徐庶故意给刘备的卢马出主意，要他嫁祸转害于人时，刘备的愠怒以及对徐庶的反唇相讥，既是刘的人品、气量、胸怀、爱憎的真实流露，也是对相反之策、之行、之人、之品的轻蔑和鄙视，徐庶深知，"打草"到此，"惊蛇"的目的，即刘备的人品明白无误地呈现在面前。徐庶在权衡利弊、得失之后，也将自己的真面目、真实目的和想法，在未来的侍主面前，坦陈出来。这样，彼此的信任则由此时开始，奠定了成功、合作的基石。

其四，变应（变化、变换）。在此计的施展运用中，徐庶做法几经变动，一是听闻，二是核实，三是借相马试探，四是激怒吐实，五是转善陈述相拜，六是实心辅佐，并且力荐诸葛亮作为刘备建立蜀国的重臣。这一切变应、变换、变化，均据时、遇机、合情、逆理（反激）而行，结果，以"打"而"核"，再由"惊"而"实"，真是步步应用，得心应手，恰到好处。徐庶作为谋士的运筹帷幄之深厚功力，此时已初见端倪了。

5. 暗探

所谓暗探，系指在政治斗争中，为探得敌手、敌国、敌军的真实行动意图，以决定后举的策略时，用巧妙的"打草"方法，去暗中深探，既能取得真情，又能使"惊蛇"改变行动，"惊走"或化害为利。这里的暗探，关键在于"打草"是否巧妙、机警、灵活、多变。其中，春秋时期，郑国商人弦高以牛犒秦师，而巧避亡国之祸的故事，是以巧用"打草"（以牛犒师）而使"惊蛇"

（欲灭伐郑之秦军）溜走不致为害的计谋运用成功的事例。

事例：弦高牛酒犒秦师，惊敌避祸救郑国

前627年，秦晋两个大国争霸中原，秦穆公为了建立霸主地位，不顾晋国刚刚亡君，礼不应出兵，决定偷袭郑国，以对晋形成东西两面夹击之势。但郑国距离很远，又要经过晋国的境地，秦国的上大夫蹇叔认为，秦军到那么远的地方去偷袭郑国，不但师出无名，而且弊大于利。同时，劳师远征，长途跋涉，也必然会损失战斗力。远征行军，兴师动众，也必然会走漏风声，使郑国有所准备，无法偷袭，因而劝秦穆公放弃这个想法。秦穆公却根本不听蹇叔和百里奚的主张，认为自己有三名将领在郑国北门（即郑国都城北门）做内应，晋国又正遇国丧不便出兵，因而要以迅雷不及掩耳之势，一举占领晋国河东之地。秦穆公命令孟明视为大将，西乞术、白乙丙为副将，率领精兵三千，车三百辆，自秦都章东门出发。孟明视是百里奚之子，白乙丙则是蹇叔之子。他俩率军出发的时候，蹇叔和百里奚哭着对孟明视、白乙丙说："我只能看见你们今天出去，再不会见你们回来了。"秦穆公听了这话很生气地说："你们不要动摇军心了。"蹇叔只好又对孟明视他们说："你们这次出兵，不必多虑郑国，应对晋国多加小心。晋境内有个叫崤山的地方，是来去郑国的必经之路，那里山高地险，晋国很可能在那里埋下伏兵。如果你们不小心，我只好到那里为你们收尸了。"孟明视自恃才勇，以为伐郑必然成功，并没有把蹇叔的话放在心上。

孟明视等率军一路耀武扬威地向东进发，就连路过周天子王都的大门时，也不下马礼敬，在当时已经是很失礼的举动。一

飞龙在天或见野

直走了三个月，越过晋国境内，才到达了离郑国不远的滑国。这时，忽然有人来报，说有个郑国的使臣要拜见。孟明视暗自吃惊，原本偷袭，而如今对方却派使臣前来，不知道是凶是吉。孟明视叫使臣报名而进，得知使臣名叫弦高，便问所来何意。弦高说："我们国君听说三位将军出师到我国来，特派我带来肥牛远道相迎，以犒劳秦军。"孟明视问："既是郑君犒劳我师，为何没有国书呢？"弦高则说："你们是去年十二月就出发了，郑君唯恐犒军太迟，遂口授臣下，未暇修书。"孟明视心想，郑国不但知道我们十二月份就出发来了，还派人及时来犒劳，想必是在军事上早已经做好准备，肯定偷袭不成了，便对弦高说："我们这次出师，不是到郑国，而是为滑国而来。"弦高称谢而退。

弦高究竟为何许人，他根本不是什么郑国的使臣，只不过是郑国的一个商人而已，以贩卖肥牛牟利。前不久，弦高在滑国遇到刚从秦国来的一个朋友，听说秦军要出师攻打郑国，急中生智，便假扮使臣犒劳秦军，还真把孟明视给骗住了。西乞术和白乙丙对孟明视不去偷袭郑国产生了疑问，孟明视则说："郑国既然有了准备，便不好偷袭了，不如灭了滑国，把滑国的珍珠财宝献给穆公，这次出师也算有个交代。"秦军灭掉了滑国，把滑国的粮食、财宝装了几百辆大车，班师回朝了。郑国则因弦高的挽救，终于免除了一场被灭国的大灾祸。

这是一个巧用打草惊蛇之计谋，并且获得成功的例子。在整个计谋实施过程中，秦军虽然强大，来势浩浩荡荡，但却始终处于守势。郑国商人弦高，虽然孤身弱小，却以自己的智慧，在待发强敌面前，为自己的国家赢得了时间和免祸的胜利。弦高即是此计的主要实施者，当然处于攻势。其全过程，充满着惊、奇、妙、化的特点。

其一，是惊（惊险）。春秋时期，大国争霸，小国遭殃受害，这是常见的事情。郑国虽远离秦国，但因秦晋争霸，所以秦军要不远千里，去偷袭郑国，以对晋国形成东西夹击之势。在秦王的战略棋盘上，郑国只不过是一个可任意牺牲的小卒而已，更何况是偷袭了。也就是说，郑国在丝毫没有准备、戒备的情况下，即将遭到秦国的大军压境，真是危在旦夕。此惊且险为其一。郑国是一个小国，秦国是一个大国，派出的精兵有三千，车有三百辆之众，统军的三员大将，又都是年轻气盛、威武有为的战将，郑国和郑军当然远不是对手。此惊且险为其二。秦军从秦都出发，行军三月，过周王之地，穿晋国之境，一路浩浩荡荡，抵达滑国，郑国已近在咫尺，而郑国和军队却对秦军的真实意图，毫无所知，郑国的生死存亡，在于瞬间，此惊且险为其三。这就使弱对强（郑对秦）之间，实施打草惊蛇之计谋，如何变被动为主动，如何观其情、察其势，定其举、施其行，继而惊其走、避其害，既提供了特定的场合、政治舞台和斗争策略实施空间，也使计谋实施的全过程，带有强烈的惊险性、神秘性、惊惧性和戏剧性的色彩。政治斗争双方，彼此较量和胜负的紧迫性、急剧性，大有一触即发之势。

其二，是奇（奇特）。孟明视、西乞术和白乙丙率秦国三千精锐之师，企图偷袭郑国，目的在于攻其不防、袭其不备，这样才能以最小的代价获取最大的成果与成功。如果郑国有所警觉和防备，则偷袭获胜的可能性便不复存在。正待秦军师驻滑国，欲行偷袭郑国之举时，奇人、奇事、奇举却出现了，完全出乎秦军与统帅的意料之外。一是自称郑国使臣弦高的出现，且亲自来到孟明视帐下，要求拜见秦军统帅。这自然会使秦军与统帅大惊。对偷袭之师与偷袭之计来说，将有暴露的危险，此谓奇人。二是弦高身为郑使却无国书，而只有口授之诏，虽是半疑，但因秦军离国已有三月之久，音讯久隔，成为盲人瞎道之军，加之弦高的巧于应对，致使孟明视对其身份深信不疑，此可谓奇事。三是郑使弦高要求远道来迎秦师，并以肥牛犒军。此举表明郑国军队早有戒备与警觉，也表明郑国对秦军可能的偷袭，早已森严壁垒，众志成城，以逸待劳，更是有信心对付、战胜秦军的。这一切，使秦军陷于措手不及与十分尴尬的境地，不仅偷袭已不可能，而且在郑国派使臣犒军的义举面前，再行征伐，则真正成为不义之师，必败无疑，此可谓奇举。

其三，是妙（巧妙）。在郑国贩牛商人弦高实施打草惊蛇之计的过程中，其巧妙之处有三：一是巧扮、二是妙对、三是智打（打草）。弦高在探得秦军将偷袭郑的消息时，深为着急，急中生智，巧扮郑使，来到滑国秦军统帅的帐下，关键时刻出场，且在政治军事激烈斗争舞台上，扮演重要角色，此谓巧扮。二是秦军疑无国书，弦高却巧于应对、妙于口才，声言口授国诏，致使秦军深信不疑，不露破绽。三是为探得秦军的真实意图和动向，弦高舍其大群肥牛，以犒劳秦师，面对劳师、饥乏的秦军，弦高此举与其说是"雪中送炭"，倒不如说是"饮鸩止渴"。此种智打（打草），"打"得有理、有利、有节，机智沉着，却又使秦军难以推辞，不得不在弦高以肥牛犒师面前，乖乖地随郑使之"请君"而"入瓮"中，上其圈套，中其计谋。结果，这一"打草"，倒真使秦军意图大白之后，不得不"蛇惊"起来。这是巧妙之处，更是弦高妙用此计，及时、准确、谙熟地把握施计的有利时机之处，使"打草"打得妙、打得巧、打得准。同时，"草"既肥，又诱人，且动得快、动得响，致使"蛇"不得不惊，不得不动，不得不走。

其四，是化（化解、化避）。由于弦高巧妙打草之后，秦军成为惊蛇，为自下台阶，便佯称是为讨伐灭取滑国而来，非为伐郑。秦军统帅眼见袭郑不行，灭滑取财，班师回朝，以报秦王。这样，"惊蛇"便闻打草之草动而惊避转走，郑国亡祸遂解、偷袭之危已化。实施"打草惊蛇"计谋的目的，终于全部达到有惊无险、避害为利了。

这是中国古代春秋时期，由一个贩牛的小国商人，实施、参与、导演、谢幕的一出政治军事斗争，以弱胜强、以智胜盲、以计（打草惊蛇计）胜勇的绝妙活剧。区区一牛贩，舍血本犒敌军，施计而赢敌手，使国家免遭绝灭之灾的事迹，不但是政治军事斗争中，也是应用打草惊蛇之计，以政治策略权谋而解军事之围和灭顶之灾的成功范例，给后世留下诸多机巧权变的启迪，以及耐人回味的效仿余韵。

第二，驱甲赶乙，实势虚声，创胜之计在其中。

这种手法的重点是"驱"（打）其使动、赶其使惊，然后再创有利之势以取胜。采用的具体手段，则常有恐吓、激怒、欺骗、驱力等。

1. 恐吓

所谓恐吓，即是在政治斗争中，对与政敌有直接牵连、关涉

飞龙在天或见野

的人,寻其间隙,抓住把柄,施加威慑和压力,晓以利害,使之在恐吓之余而有惊惧之态。这样,则可扫清政敌的外围,然后顺藤摸瓜,使真正的、核心的、权大势重的敌手,在惊恐、惧慑之余,成为瓮中之鳖,迫于情势,只得俯首就范。

事例:巡抚严审贪考官,总督弥缝被罢官

清代统治者为延揽、招募人才,有三年定期举行殿前会试、地方乡试的科举考试制度。每遇考期,恰是各种政治势力、官场各色人等,进行角逐、较量的关键时刻。在康熙年间,江南的一场乡试中,受贿贪官与清官、巡抚与总督、满官与汉官、皇帝与地方官员们之间,进行过一场生死较量与搏斗,由于江苏巡抚张伯行一身正气,及时、准确、巧妙、熟练地在这场政治斗争中,运用打草惊蛇之计,终于得到皇帝的支持,伸张了正义,使大小贪官伏法。历时甚长,屡经波折,且又牵涉多人,最终才算了结,实属耐人寻味。

康熙五十年(1711)六月,乡试发榜了。江南乡试榜名公布后,一些不学无术的富户子弟金榜题名,不少有真才实学的考生却名落孙山。参加考试的士子们群情激愤,将考场的匾额"贡院"二字改为"卖官",同时联名上书告状,要求查办。当时,江苏巡抚张伯行是个正直、清廉的官员,接到考生们的状子后,立刻表示要查办此事,究其原委。后经初步调查得知,原来是副考官赵晋受贿,正考官则畏于权势,对受贿之事不敢过问。张伯行即上书康熙皇帝,对肇事官员进行弹劾。

康熙皇帝看了奏本之后,十分生气,决定派尚书张鹏翮、侍郎赫寿,到江南会同两江总督噶礼和张伯行一道对此案进行追查。

张、赫到达江南后，噶礼设宴盛情款待皇帝钦派的朝廷大吏，终日歌舞宴乐，当问及此案时，噶礼则说："已查明副考官赵晋私漏考题，依法逮捕了。"随后当堂会审。赵晋则跪在众官面前，只承认全系自己的过失，与他人毫无干系。但在回答问题时，却吞吞吐吐，并不时偷看噶礼的脸色。这一切，立即引起了巡抚张伯行的怀疑。

张伯行秘密提审赵晋，查出了行贿的考生为吴泌、程光奎。张伯行又顺藤摸瓜，审讯吴、程，二人虽然承认贿赂了考官，却宁死不把事实真相全盘托出。再审问赵晋时，赵则痛哭流涕地说："大人，奴才不敢再说了。否则一家人的性命难保哩！"张伯行感到这案子的背后，还有一股无形的压力，有更为隐秘、深藏的"蛇"在从中作梗。因此，犯人才会如此惧怕，这定有原因。

张伯行立刻派人连夜追查，从犯人的家眷那里，得知两江总督噶礼曾派人关照警告过。张伯行又继续秘密提审一行人犯，终于招出噶礼受贿最多，是他一手策划了这次舞弊案。张伯行将此情状通报给钦差尚书张鹏翮、侍郎赫寿，却不想他们与噶礼有说不清的关系，一直袒护噶礼，仅仅想处理副考官赵晋与行贿的考生，就要结案。张伯行反对，却先被噶礼倒打一耙，奏上张伯行七条罪名。张鹏翮、赫寿则落井下石，上奏云：赵晋与考生串通作弊是实，噶礼参与作弊则是张伯行的诬陷，要求朝廷罢免其江苏巡抚之职。

张伯行不畏权势，再次上书康熙皇帝，坚决要求对有关受贿官员依法惩办。康熙皇帝接着只好再派尚书穆和伦等人去复查此案。穆和伦等到江南后，同样得到噶礼的许多好处和甜头，主张维持原钦差的调查问拟。

张伯行虽一再受到诬陷打击，却毫不畏惧，再次上奏康熙皇帝，详明案情和审理经过，并附上案犯亲笔口供及旁证，表示了宁可丢官，也要依法办事的大义凛然精神。作为政治上颇为精明、清醒的康熙皇帝，在接此奏折后，感到一方要追查，一方不让追查，其中必定有鬼，便派了身边靠得住、信得过的人，前往江南秘密调查，其结果与张伯行的审理结果完全一样。经过康熙帝的核实无误，即下令将噶礼等人依法治罪，申饬各钦差之后，各自给予降级降职处分，升张伯行为尚书。

在这场围绕江南科场舞弊案的政治较量中，作为江苏巡抚的张伯行，在追查案犯、探究元凶的过程中，巧妙地运用了打草惊蛇的计谋，一步一个脚印，虽一波三折，险些夭折，甚至被蛇所咬，但最终却水落石出，使真相大白于天下。这其中，运用得法在于是一"驱"，二"赶"，三"打"，四"惊"，步步为营，稳扎稳打，致使计谋预期的案情、惩凶、伸正（气）、压邪（势）的目标，全部得以实现。

张伯行实施此计时，采用的手法，是驱甲（赵晋、贿主考生）赶乙（两江总督噶礼、此案元凶），实其势（人证物证在握）却又虚其声（即秘密严审案犯人等），终于打草惊蛇，使噶礼露其原形，自己跳出来，上奏不准再追查此案，而张坚持追查到底，相持不下，最后由皇帝辨其贪正，惊蛇被惩。这里"驱"的具体办法则是"恐吓"策略，却非一般意义上的恐吓、恫吓，是张伯行抓住赵晋在众官会审时的眼色、口供破绽，立刻单独秘密严审。经过威之以法，晓之以情，谕之以理，进行攻心，终使赵晋与行贿考生只得如实招供，再亲取物证，查明元凶。此种驱打（草），步步进逼，直抵蛇穴，致使蛇（噶礼）不得不惊，不得不惧，而终被捉住。

2．激怒

所谓激怒，即是用激将法将甲驱打，以使乙动而惊。这种打草之法，对于深藏之蛇（政敌、潜在敌人），确有牵一发而动全身之效。使蛇惊起而走，或避，或削其势。"激"则多用实势虚声，使之闻声而起，见势则怒。如此，则打草奏效，蛇必致于惊。

事例：太祖激变伐李筠，北汉兵败惊契丹

五代末年，后周殿前都检点赵匡胤，手握重兵，陈桥兵变，黄袍加身登上帝位，建立了宋王朝。当时，北有敌国北汉及与之相勾结的辽国，更有后周的旧部将李筠等拥重兵镇守西潞州，与北汉、辽等早有往来。建隆元年（960），宋太祖审时度势，在宋、李筠、北汉、辽四方的政治势力角逐中，便以激变李筠，而后征讨，以惊北汉、辽国等敌手，且削夺其外围势力（实为政治盟友的李筠）。致使通过激怒之法"打草"，达到既惊慑北汉、辽国"敌蛇"，又除掉边镇之患的多重目的。宋太祖应用此计，运筹帷幄，实现方略的具体推进步骤如下：

第一步：抚（招抚）。建隆元年（960）四月，宋太祖诏令原后周昭义军节度使、太原人李筠加官为宋朝廷中书令。当朝廷使者到达潞州时，李筠当即打算拒绝诏命。只是左右官员恳切劝谏，才请进太祖派来的使者，设置酒宴奏起音乐，但随后又取出周太祖画像，悬挂在厅堂墙壁，流泪不止。宾客僚佐惶恐惊惧，告诉使者说："令公醉酒有失常态，请不要见怪。"北汉国主睿宗刘钧听说此事，就用蜡封密信交结李筠共同起兵，李筠长子李守节此时哭泣劝谏，但李筠却不听。

第二步：激（激怒）。宋太祖听闻李筠的种种表现，一方面用亲笔诏书安慰招抚，另一方面又召李守节进京为皇城使。李筠则趁机派遣李守节入朝观察动静，太祖迎面对李守节说："太子，你为什么缘故前来？"李守节惶恐四顾，用头碰地说："陛下怎么这样说？此必定有说坏话的人在离间臣父和陛下的关系。"太祖说："我听说你多次劝谏，但你父亲不听，所以派遣你来，想让我杀你罢了。你回去告诉你父亲：'我没有做天子的时候，任凭你自己作为；我既然做了天子，你难道不能稍微让我一点吗？'"李守节驱马飞驰回去报告，李筠命令幕府起草檄文历数宋太祖的罪状。十四日，逮捕了宋朝廷所派的监军周光逊等人，派遣手下牙将刘继冲等押送到北汉表示归顺，要求支援，又派遣军队袭击泽州，杀死刺史张福，占领泽州城。

第三步：变（叛变）。李筠反叛朝廷后，从事闾丘仲卿劝说李筠道："您孤军起兵举事，形势十分危险，虽然表面上倚仗河东（指北汉）的支援，恐怕实际上也得不到他们的有力帮助。大梁（指宋朝）军队武器精良锐利，难以同他们争斗决胜。不如西下太行山，直抵怀州、孟州，堵塞虎牢关，占据洛邑城。然后向东去争夺天下，这是上策啊。"李筠却说："我是周朝老将，和周世宗的情义如同兄弟，宫禁警卫将士，都是我的故旧，听说我到达，必定会倒戈投归，怕什么不成功呢！"不采用闾丘仲卿的计策。

十七日，昭义兵变奏报。枢密使吴廷祚向太祖进言说："潞州岩崖险峻，贼军倘若固守的话，得用一年半载的时间攻破。然而李筠一向骄傲轻率没有谋略，应该迅速领兵攻击他。"十九日，派遣石守信、高怀德率领先头部队进军讨伐，太祖敕令石守信等说："不要放李筠西下太行山，急速领兵把守要塞，打败李筠就必定无疑了。"

五月，北汉睿宗闻李筠背叛宋朝廷起兵后，派遣内园使李弼将诏书、金银绢帛、好马赐给李筠，李筠派遣刘继冲前往晋阳，请求北汉睿宗起兵南下，自己作为前导。北汉睿宗派遣使者向辽国请求援兵，辽军没有集结，刘继冲陈述李筠意思，要求不用契丹军队。北汉睿宗当天举行军队大检阅，自己统领倾国之兵从团柏谷出发，群臣在汾水岸边为之饯行，左仆射赵华劝谏说："李筠起事轻率仓促，事情必定无成，陛下尽境内之兵赶赴征战，臣下看不出来其事可行。"北汉睿宗不听从。

当北汉军队行进到太平驿时，李筠亲自率领官员僚属迎接谒见，北汉睿宗命令李筠朝拜时，赞礼人不唱其名，坐在宰相卫融的上方，封为西平王。李筠看到北汉睿宗的仪仗卫队又少又弱，内心很后悔，却又自言蒙受周朝的恩宠不忍心辜负。北汉睿宗同后周世代结仇，听到李筠的话，也不高兴。李筠准备返回，北汉睿宗派遣宣徽使卢赞监视他的军队，李筠心中越发不平。卢赞曾经会见李筠计议事务，李筠不理睬，卢赞发怒，拂袖起身。北汉睿宗听说卢、李有矛盾，派遣卫融前往军中进行调解，致使叛军出师便不利。

第四步：赶（征讨）。宋太祖获悉李筠背叛朝廷，勾结敌手北汉、辽国军队，公开叛乱后，除调遣军队外，自己又亲自布防，并率军征讨。既剿平叛军，又能"惊"蛇、削弱北汉与辽军势力。

这是实施此计的关键一步。

同年四月，宋太祖召三司使、清河人张美征调军队、粮食。张美说："怀州刺史、大名人马令琮，估计李筠必定反叛，日夜储备粮草来等待王师。"太祖采纳宰相范质的谏言，由于大军北上攻伐，依靠马令琮按需要供给，不可再转移到其他州郡，将怀州提升为团练使州，让马令琮充任团练使，以保障后备供应。

五月初，宋太祖又任命洺州团练使郭进为本州防御使，兼任西山巡检，防备北汉军队。

叛军头目李筠留下长子李守节守卫上党，自己则率领部众三万人向南出击。不久，朝廷的军队石守信等部在长子击败李筠军队，又攻克他的大会寨。

十九日，宋太祖下诏亲征，讨平李筠叛乱。不久，从大梁出发，二十四日，在荥阳停留。这时，西京留守向拱劝说太祖："渡过黄河，翻越太行山，乘着贼军没有集结就攻击它。如果滞留拖延十天，那贼军的势头就越发猛烈了。"枢密直学士赵普也说："贼人认为我国家新建，不能出兵征伐；倘若日夜兼程，攻其不备，可以一战而胜。"太祖采纳此意见。

二十九日，石守信、高怀德在泽州南面打败李筠叛军三万余人，俘获北汉河阳节度使范守图，杀死卢赞。叛首李筠则逃入泽州，环城固守。该月，永安节度使折德扆攻破北汉河石寨，斩首五百级。

六月初一日，宋太祖到达泽州，督令军队攻城，过十天还没攻下。宋太祖召见控鹤左厢都指挥使蓟人马全义询问计策，马全义请求全力紧急进攻，就率领敢死军士首先登城，飞箭穿透手臂，马全义拔出箭头前进战斗，太祖则亲率领警卫部队继续跟进。十三日，攻克泽州城。李筠投火而死，俘获卫融。

第五步：惊（惊蛇）。通过宋太祖亲征，终于将李筠叛军讨平。同时，还对北汉军队有所斩获和俘擒。李筠叛军覆灭，宋太祖的"打草"之举（驱赶），使叛军背后的支使者、盟主的北汉、辽军大为震惊，亦大伤元气。由此使宋太祖通过计谋所企达之目标全部实现。

当时，北汉睿宗听说李筠战败，便从太平驿逃回晋阳，对赵华说："李筠不成气候，果如爱卿所言，我侥幸保全军队而归，只是悔恨丧失卫融、卢赞罢了！"赵华不久便告老还乡。至于辽军则听说潞州被宋军攻破，也没有出兵。

二十九日，宋太祖从潞州出发。七月十日，到达京师。

当初，北汉宰相卫融被擒，宋太祖责问他说："你唆使刘钧帮助李筠反叛，是为什么？"卫融回答说："狗见了不是主人就叫，臣下实在不忍心背负刘氏。"并且说："陛下即使不杀臣下，臣下也必定不为陛下效力。"太祖发怒，命令左右卫士用铁杖打他的头，血流满面。卫融呼喊道："臣下死得其所了！"太祖说："是忠臣啊，放了他。"用好药敷贴伤口，因此让他送书致信给北汉睿宗，要求归还周光逊等人。为了表示诚意，将卫融送归太原，北汉睿宗命其任太府卿。

到此时，北汉、辽军"敌蛇"，不仅因李筠叛军被宋军剿平而"大惊"，同时本身还损兵折将，丢城失地，甚至连北汉宰相都作了宋军的俘虏。卫融被俘后，宋太祖亲审、亲惩后，又突然放了他，让其做传书信使回归北汉，北汉之主对宋太祖的书信拒不答复,又不放宋监军等人,还贬了放回的卫融之官职。这既表明北汉已元气大伤,毫无任何反击应变之力,还预示着内部矛盾加剧。卫融俘而复回,无疑是安放在北汉之主身边一颗内耗型定时炸弹,随时可能引而待爆,"敌蛇"之惊,已实成"重伤""内创"之状了。这一计谋运用成功的关键恰在于此。

3. 欺骗

所谓欺骗,即是用欺隐蒙混、伪装骗取的办法,将甲驱打(打草),以使乙动而惊(蛇惊)。此种打草之法,对于狡猾的草中之蛇(多指敌手老谋深算),确有诱出使之惊惧的奇效。这样使蛇惊吓之余,或被擒,或被制伏。此处的"欺""骗",关键在于掌握火候与节奏,否则,过早就会败露、露馅,过迟则反会被蛇惊吓,甚至被咬伤。故要"欺"得巧妙,"骗"得深沉。

事例:陈洪进夺印欺主,唐后主畏宋惊魂

北宋初年,南有南唐政权敌对势力未能肃清。但宋军统一各地的战争胜利,对敌军营垒中的一些人确有动摇军心、瓦解意志的作用,进而思虑自身前程,观望之余,准备投奔宋王朝。其中,南唐政权掌管泉、南二州的清源军节度副使陈洪进,便是一个颇有心机的人,运用欺骗手法将大印夺到手,一方面向南唐求封要挟,另一方面则派牙将向宋王朝表示归顺希求任命,以此作为见面礼。这两手结果使南唐主子损将失地、被骗受惊,势力更加衰弱。陈洪进在用此计时,分三个阶段:

第一阶段:夺(骗)印掌军。

宋太祖建隆元年(960),南唐清源留后张汉思(清源军节度使),年迈不能治理军务,事情都由副使陈洪进决定。张汉思怕他专权，就设置酒宴，埋伏武装士兵准备杀死他。饮酒数巡之后，地忽然大震，同谋的人恐惧，将情况告知，陈洪进立即出来，埋伏的武装士兵便全部散去，张汉思从此严密警卫防备。

陈洪进袖中装着大锁，穿着平常衣服慢步进入军府，喝退值卫士兵。张汉思正在内室，陈洪进当即锁上门，对他说："军将官吏因为您年老昏聩，请求让我为留后，众人情义不可违抗，应当将大印交给我。"张汉思仓促惊惧，不知所措，就从门缝间投出大印。陈洪进立即召集将领官吏说："张汉思不能治理政事，将大印交给我了。"将领官吏都来祝贺。张汉思隐退，过了几年，寿终正寝。

第二阶段：欺呈（南唐）求封。

陈洪进在从张汉思手中夺（骗）得大印的当天，便将张汉思遣送到外面房舍，派兵看守，同时，派遣使者到南唐，欺主求任命，且以此为要挟。南唐立即授予他节度使之职，并且深信不疑。

第三阶段：投宋觅官。

在陈洪进遣使到南唐欺主求封的同时，又派遣牙将魏仁济抄小路奉持表章到宋王朝去报告，请求宋太祖下制令任命官职给他。同年八月，陈洪进又派遣使者前去向宋朝进贡，以示归顺效忠。

该年十月三十日，陈洪进派遣的牙将魏仁济，带着陈洪进的表章到达。陈洪进自称清源（军）节度副使，临时掌管泉、南等州，听从朝廷的命令。宋太祖又派遣通事舍人王班携带诏书安抚晓谕。

十一月初九日，宋太祖赐给南唐后主诏书，具体说明所以接纳陈洪进的本意，并且将要授予节度使之职。

第四阶段：惊主（放蛇）受损。

陈洪进夺印之后，拥军一方，一面欺主邀封赏，一面又投奔新主上表章邀官。这种"夺印"之打草法，既使旧主（南唐）损将失地而惊，同时又使新主因此举（拥有兵力）而不敢小视于他。此种欺主夺印惊南唐之举，恰是宋初地方军事首领两面讨好、打草惊蛇，自身更得以拥兵坐大、一石多鸟的策略精明之处，将此计效益淋漓尽致地发挥。

4．驱力

所谓驱力，即是利用外在的力量，使政敌、对手自身营垒内部起加速变化，以期达"自扰"、"自耗"、"自损"、"自惊"的效用。这种内哄互斗，自损自惊，瓦解了敌方阵营，破坏了敌方的团结，削弱了对手的力量，实际上起到了驱使政敌加速自溃的动力作用。这是以智力"打草"，而驱赶"蛇"（政敌、敌国）"自惊"的策略谋术。

事例：郑桓公驱诈谋夺，邻国君自惊亡国

春秋时期，郑桓公打算袭击邻国，出兵之前，先演出了一场驱使邻国君臣之间内乱自惊的假戏。用假戏真做之法来"打草"，然后再驱诈而使邻国君臣内部自扰自惊，一战而胜夺之。据《韩非子》载：郑桓公先将"邻之豪杰良臣、辩智果敢之士"编成名簿，然后再将邻国的良田和官爵分别书写在各自的名下，仿佛是事后论功行赏的依据。接着，郑桓公又煞有介事地故意大张旗鼓"设坛场郭门之外"，装模作样地将赏赐名簿埋在地下，还祭以鸡豕，似"若盟状"。此诈伪消息，郑桓公更不惜余力地向敌国传播，大肆渲染。消息传至邻国，"邻君以为内难也，而尽杀其良臣"。不久，郑桓公"袭郐，遂取之"。这一编（名簿）、一赏、一祭、一盟的智力游戏，既由郑桓公自编、自导、自演、自播，更由他驱力使诈伪的信息传至敌国郐君耳中。结果，郐君更是对假戏、伪诈深信不疑，则是自信、自乱、自杀、自惊、自溃，最后导致国破自毙的下场。郑桓公的假戏驱力（打草）妙计，不仅使蛇自惊，而且自咬、自残、自杀而亡。此计谋的高超智慧与阴毒之处，于此可见。

第三，触此警彼，后发出击，制胜之计在其中。

这种手法的重点是"警"（惧）使其惊，而其前提、前奏则是触使其动，然后再后发出击、后发制人，而行制胜、取胜之策。采用的具体手段，常见有告诫、示戒、惩戒、杀戒等。这四种具体手段，在诸多典型事例中，常是兼行并用；抑或分阶段、分不同类型的人和事（政敌、敌国、对手等），加以实施，力求以惩。

1．告诫

所谓告诫，即是用诬告、诡告、媚告、悦告、苦告等方式，来触此"打草"，以收"警彼""蛇惊"之效，同时，后发出击，攻其不防、击其不备，置敌于死地。

事例：石显弄权诬贤臣，元帝心惊害师傅

西汉元帝时期，作为中书令的石显及其党羽，为了擅权专制，结党营私，施展种种"告诫"之术，似"警"元帝，然后或用己之力，或借他人之手，或利用元帝之威与位尊之势，后发制人，将对手、政敌一个个除掉。同时，又采用媚、悦、苦等种种手法，取信于元帝，稳固其权势。

从宣帝时代起，中书令弘恭、仆射石显，就长期掌管中枢机要，熟悉法令条文。元帝即位后多病，因为石显长期担任要职，又是宦官，无婚姻之家，少骨肉之亲，在朝廷中没有党羽，精明干练，可以信任，就把大权托付。朝廷事无大小，都通过石显转奏，再由皇帝裁断。石显的权势，超越所有朝臣。文武百官，都对他恭敬地侍奉。石显为人灵巧聪明，通晓事理，能领会皇帝隐藏在内心深处的旨意。他心肠阴险狠毒，以似是而非的狡辩诬陷他人，任何一点小小的怨恨，都会被滥用法律加害。他跟车骑将军史高内外勾结，在讨论国家大事时，萧望之等人常坚争奉行旧制度，与石显发生分歧，陷害计划也由此而生。

第一步，诬告逼杀萧望之。

汉初元二年（前47），正月，汉元帝命外戚乐陵侯史高主管尚书事宜，前将军萧望之、光禄大夫周堪做他的副手。萧望之是当时著名的大儒，与周堪都曾担任过元帝的老师，旧情很深。元帝对二人也很信任，屡次宴请接见，谈论历代的安危兴衰，陈述国家的大政方针。萧望之推荐皇族出身、精通儒家经典、品行端正的散骑、谏大夫刘向任给事中，与侍中金敞同在元帝左右，纠正元帝的过失。四人同心合力，筹谋商议，规劝引导元帝实行古代制度，打算多方纠正其政治上的失误。元帝对此，十分满意，且纳用其言。史高不过在高位上充数罢了，因此跟萧望之有了嫌隙。

由于萧望之等人憎恶许氏家族和史氏家族的放纵，又痛恨弘恭、石显之间的专权，便向元帝建议："中书是传宣诏书的地方，位居朝廷中枢，掌管机要，应该由光明正大的人士担任那里的工作。武帝因为常在后宫游玩宴乐，才改用宦官，这不是古代的制度。应解除宦官的兼任中书官职的规定,这才符合古代君主不接近受过刑罚之人的礼制。"这项建议激化了萧望之与史高、弘恭、石显的矛盾。由于元帝刚即位不久,谦让谨慎,不想轻易改变祖先的安排,所以这件事久议不决。最后还是把刘向由中朝调出,改任外朝官宗正,以缓和矛盾。

萧望之、周堪多次向元帝推荐名儒和学者,作为谏官人选。会稽郡人郑朋暗中企图投靠萧望之,上书元帝,揭发车骑将军史高派遣门客到各地营私,以及许、史两大家族子弟的罪恶。元帝把这份奏章拿给周堪过目,周堪建议说:"命令郑朋在金马门等待召见。"郑朋遂上一份笺呈给萧望之,说:"现在将军为国家谋划法制,只不过像管仲、晏婴便止休?还是忙到中午才吃饭,直追周公、召公的勋业才停止?如果像管仲、晏婴便止休,那么我将回故乡延陵看守祖先的坟墓,直到老死。如果将军复兴周公、召公留下的事业,不倦地兼听群言,那么我也许愿意竭尽绵薄之力,奉献给您!"萧望之开始接见郑朋,推心置腹相待。后来看出他是一个投机取巧的邪恶之徒,即与他断绝了往来。郑朋由失望而怨恨,就改而投靠许、史家族,对过去所做的事解释说:"那都是周堪、刘向教唆我干的,我远在函谷关以东,怎么知道朝廷里的事?"侍中许章奏请元帝亲自召见郑朋。在跟元帝对话后,郑朋宣称:"我向圣上检举萧望之有五项小过,一项大罪。"待诏华龙,品行恶劣,也想加入周堪等人组成的派系,周堪等不肯接纳,便与郑朋勾结在一起。

弘恭、石显命令郑朋、华龙二人控告萧望之等密谋罢黜车骑将军史高,使圣上疏远许、史两大家族。等到萧望之休假那天,让郑朋、华龙呈递奏章。元帝交付弘恭查办，萧望之回答说："外戚身居高位，大多荒淫奢侈，我期望圣上疏远他们，是为了扶正国家，并没有邪恶的意念。"弘恭、石显上奏说："萧望之、周堪、刘向，结党营私，互相称许推荐，多次诋毁国家重臣，离间陛下的亲戚，图谋控制朝廷，独揽权势。作为一个臣子是不忠，诬陷陛下是无道。请派谒者把全案移送廷尉。"当时元帝不了解移送廷尉就是关进监狱，批准了奏请。后来，元帝要召见周堪、刘向，左右回答说："他们已被逮捕关押。"元帝大惊说："不是仅仅由廷尉问话吗！"责备弘恭、石显，二人都叩头谢罪。元帝说："快让他们出来办公！"弘恭、石显唆使史高对元帝说："陛下刚刚即位，没有以德感人而闻名全国，却先用法律核验师傅。既然已把九卿、大夫级官员下狱，应就此将他们免职。"元帝下诏给丞相、御史："前将军萧望之，做过我八年的师傅，没有其他罪过，现今事情久远，记忆遗忘，难于明了，赦免他的罪过，收回他的前将军、光禄勋印绶；而周堪、刘向一律免官，贬为庶人。"

同年四月，元帝又下诏，封萧望之关内侯爵，兼给事中，每月初一、十五日朝见。该年七月，再次发生地震。元帝再次征召周堪、刘向，准备任命他们当谏大夫。弘恭、石显向元帝进言，从中作梗，元帝便任命二人为中郎。

元帝一直非常尊重萧望之，想让他担任丞相。弘恭、石显，与许、史两家族的兄弟，都怨恨萧望之等人。刘向想改变处境，便指使他的外亲就地震灾难上书说："地震发生，大概是针对弘恭等人而来的，不是因为萧望之、周堪、刘向三个匹夫。我非常愚昧，但我认为，应该罢黜弘恭、石显，以示对于压制善良的惩罚。应该擢升萧望之等，以便疏通贤者的道路。如果是这样，则天下太平的大门洞开，灾异的泉源也就堵塞了。"奏章呈上之后，弘恭、石显怀疑是刘向干的，要求元帝准许追究其中的奸诈真相。上书人在供词中果然承认是受刘向指使，便逮捕刘向，囚禁于牢狱，免官，贬为庶民。

恰好萧望之的儿子散骑、中郎萧伋也上书为其父的前案呼冤，奏章交付给有关部门。有关部门复查后上奏说："萧望之以前被指控的罪证很明确，并不是诬告陷害。他却教唆儿子，向陛下上书，引用《诗经》上关于无罪的诗篇。有失大臣体统，不敬，请逮捕审讯。"弘恭、石显等了解萧望之平素气节高尚，不可能接受下狱的屈辱。因此建议说："萧望之侥幸没有牵连进前案中去，又得赐爵位封邑，不悔过认罪，反而满腹牢骚，教唆儿子上书，把过失推到陛下身上。自以为是陛下的师傅，无论怎么都不会治罪。如果不严加审讯，萧望之的怨恨还会滋生，陛下就再也无法施厚恩予他了！"元帝说："萧太傅素来性情刚烈，怎么肯受审讯？"石显等人说："人所最重视的是性命，萧望之被指控的，不过语言上的轻罪，必定不会有什么可担忧的。"元帝便同意奏请。冬季，十二月，石显等把诏书封好，交给谒者，命令让萧望之亲自拆封。同时下令太常迅速调发执金吾所属车马，赶来包围萧望之住宅。谒者到达萧宅，鲁国人朱云，劝说萧望之自杀。萧望之仰天长叹说："我曾经位于将相之列，今年纪已超过六十。这么大年纪还要与狱吏对簿，去苟且求生，岂不鄙贱？"遂呼唤朱云的字说："游，快把药和好，不要延长我死的时间！"便饮下鸩酒，自杀身死。石显一伙宦官奸人先用诬告陷害，后又出击逼杀萧望之的阴谋得逞。

第二步，石显以苦告警元帝。

当汉元帝接到萧望之自杀身亡的报告后，大为震惊，叹息说："我本来就怀疑他不会去坐牢，果然杀了我的好师傅。"这时，太官正呈上午餐，元帝不肯进食，泪流满面，悲哀感动了旁边的人。召石显等责问，他们承认当初判断错误，都摘掉官帽，叩头请罪，过了很久，事情才算了结。元帝追思哀悼萧望之，不能忘情，每年四季都派使节去他坟墓前祭祀，直到自己去世方止。

石显的阴谋败露以后，又故意装作一副可怜相，在元帝责问时承认判断失误，又是摘掉官帽，叩头请罪，以此"苦告"，将大事化小、小事化了，以"警"元帝，事已铸成，无可挽回。阴谋得逞后，对责任又是"阳承阴卸"，其罪名更是"一开二脱"，如烟消云散。

对这种政治"怪象"，司马光曾经分析："元帝这位君主，太奇怪了，容易受欺骗，而又难以醒悟。弘恭、石显诬陷萧望之，其阴谋诡计，诚然有时候很难分辨。至于他开始怀疑萧望之不肯入狱，弘恭、石显却说必定不会出现意外，不久萧望之果然自杀，则弘恭、石显的欺诈，已经很明显了。如果是中等智慧的君主，谁不为之激愤，勃然大怒，给奸邪的臣子以惩罚！而元帝则不然，虽然以痛哭流涕、不进食来哀悼师傅，却终究不能杀掉弘恭、石显，只不过使他们脱下官帽谢罪而已。如此，奸臣又怎么惩治呢？这正是导致弘恭、石显肆意妄为而不再有忌惮的原因所在。"

同年，弘恭因病而死，石显却继任了中书令的官职。

其实，深究起来，汉元帝的所作所为，并非"奇举"、"怪行"，只不过是所患"间歇性政治昏聩症"的"症状"表现而已。对萧望之的死，汉元帝既"心惊"，可是对弘恭、石显的阴谋、奸诈、狠毒，却又"胆怯"。所以才有此举，也是石显等人用计成功的表现。

第三步，诬告周堪、张猛，逐贬出朝廷。

汉元帝永光元年（前43），中书令石显忌惮光禄勋周堪、光禄大夫张猛等，不断在元帝面前诬陷诽谤。已经被罢黜成了平民的刘向，担心有一天会被陷害，便上书说："我听说舜任命九官，济济一堂，互相礼让，和睦达到了顶点。群臣在朝廷中和睦相处，万物则在原野上欣欣向荣，所以箫管吹出了名叫《韶》的乐章，吹到九遍，凤凰便会飞来朝拜。到了周厉王、周幽王的时候，朝廷不再和睦，转而互相排斥怨恨，则日食、月食相继发生，水泉沸腾翻涌，高山深谷改变位置，霜降不合节令。由此看来，和睦可以招来祥瑞，互相抵牾则会造成灾异，祥瑞多则国家安定，灾异多则国家自然陷于危境。这是天地常存的规律，古今一贯的公理。而今，陛下开创三代盛世的宏业，招揽儒家学派的学者，给他们优厚的待遇，宽容他们的过失，使大家同心进取。然而，今天贤能的人跟一些坏人混杂在一起，黑白不分，正邪混杂，使忠奸同时进入政界。臣民上书，由公车接待，因上书不妥而被捕的，满满地囚禁在北军监狱。朝廷臣僚意见不合，互相拆台，甚至谗言陷害，惹出不少是非。以不实之词欺骗主上的耳目，影响主上的心意，这类事情很多，无法一一陈述。他们结党搭帮，往往同心合力，去陷害正直大臣。正直大臣晋升，是国家大治的表现；正直大臣遭受陷害，是国家大乱的原由。面对治乱契机，却

飞龙在天或见野

不知道任用谁,而天灾变异屡屡出现,我所以寒心的原因在此。陛下登极以来已有六年。在《春秋》的记载中,六年之内,天灾变异从没有像如今这么频繁。所以如此,是因为说别人坏话的人和邪恶的人都进入朝廷的缘故。说别人坏话的人和邪恶的人之所以同时进入朝廷,是因为陛下心怀猜疑。任用贤能去推行好的政令措施,如果受到陷害,贤能的人被排斥,好的政令措施也就终止。由于陛下有怀疑之心,所以才招来奸臣陷害之口;由于陛下不能当机立断,才给群邪打开大门。说别人坏话的人和邪恶的人得意,则有德行和有才能的人失意,群邪增多则正人减少。所以《易经》上有否卦和泰卦,小人那一套如果得到欣赏,君子的主张就无法实行,则政治日益混乱;君子的主张如果得到欣赏,小人那一套就无法实行,则政治日益走上轨道。从前鲧、共工、驩兜,跟舜、禹同在尧的朝廷中当官,周公跟管叔、蔡叔一同居于周朝的高位。当时,他们之间互相诋毁,流言中伤,不可胜言!帝尧、成王能够肯定舜、禹、周公的德行才能,而排除共工、管叔、蔡叔,所以国家大治,荣耀永垂,直到今日。孔子和季孙斯、孟孙何忌同时在鲁国做官,李斯和叔孙通都在秦朝当官,鲁定公、秦始皇认为季孙斯、孟孙何忌、李斯贤能,而排除孔子、叔孙通,所以国家大乱,耻辱一直流传到今天。这可以证明:治和乱,荣和辱,首先在于人主信任什么人。一经信任贤能,就要坚持,而不再动摇。《诗经》说:'我的心虽非磐石,但却不可逆转。'说明坚持善行的态度。《易经》说:'出令如出汗。'说明君王发号施令,犹如出汗;汗既流出,不能再返回体内。可是现在的情形是,有关善政的命令,颁布之后不到三个月,即行取消,是一种'返汗'

现象。任用贤能的人，不到三十天便黜退，是转动了大石。《论语》说：'看见邪恶，赶快避开，好像将手伸到滚水里。'而今，二府所弹劾的谄佞之辈，不应再留在朝廷。可是历经数年，并没有离开。所以颁布命令，如同返汗；任用贤能，却跟翻转石头一样。排除邪恶，简直就像拔起一座大山。在这种情况下，希望阴阳调和，不也是很困难的吗？因此一群小人，到处寻找漏洞，运用文字技巧，丑化、诋毁别人，制造谣言，写匿名信，在民间广为流传。所以《诗经》说：'我忧愁如焚，因小人而愤慨。'小人成群，实在是令人愤慨。从前，孔子跟他的学生颜渊、子贡互相赞扬，并没有结为朋党。禹、后稷、皋陶互相提携，并没有相互勾结。为什么呢？因为他们忠心为国，没有邪念。而今，奸佞的小人，跟贤德的君子，手拿剑戟，同时在宫内担任禁卫官。奸佞的小人勾结在一起共设阴谋，违背善良，走向罪恶，不干本职工作，不断制造险恶的谗言，要使人主动摇，而忽然信任他们，这正是天地用变异先行提出警告，灾难又不断发生的原因。自古以来，圣明的君主从来没有不经过诛杀而可以使国家治理好的。所以舜对于'四凶'，有四项流放的惩罚。孔子也曾在两观门下，诛杀少正卯。然后圣贤的教化，才得以推行。而今，以陛下的贤明智慧，诚能深思天地之心，观览《易经》中否、泰二卦的主意，考察唐尧和周成王的兴盛，作为榜样，而以秦王朝和鲁国衰亡的原因，作为借鉴。注意到祥瑞给国家的幸福，与灾异带给国家的祸患，用以掌握当前局势的变化，放逐奸佞邪恶的小人，击破专门从事阴险构陷的集团，关闭群邪幸进之门，广开正大光明的道路，坚决果断，不再犹豫怀疑，使是非显明可知，则百种奇异的灾异都会消灭，众多祥瑞都会来临，这是太平的基础，万代的利益。"石显看到这份奏章，与许、史两姓皇亲勾结得更紧，对刘向等恨入骨髓。

　　这年夏天，天气寒冷，太阳呈青色，暗淡无光。石显跟许、史二大家族，都说这是周堪、张猛当权引起的天变。元帝心中尊重周堪，可是面对众口一词的攻击，又无法堵他们的嘴。当时，长安令杨兴以有才干能力受到赏识，而且常常称赞宣扬周堪。元帝想得到他的帮助，对杨兴说："有些朝臣愤恨、反对光禄勋周堪，这是为什么？"杨兴是狡诈而看风行事的人物，以为皇帝对周堪有猜疑，便顺势指责说："周堪不但没有能力在朝廷当光禄勋，就是当一个乡下的里长伍长，也不适宜。我从前听说周堪跟刘向等人阴谋离间陛下的骨肉亲情，认为应当诛杀，之所以上书表示不同意见，只是为国家培养恩德。"元帝问："那么，用什么罪名可以杀他？现在应当怎么办？"杨兴答道："依照我的愚见，赐封周堪关内侯，给他三百户人家的食邑，不让他掌权管事。这样的话，圣上可以仍维持师傅的旧恩，应是最上策。"元帝便开始怀疑周堪、张猛。

　　司隶校尉琅琊人诸葛丰，以刚强正直、不随波逐流而闻名朝野，多次冒犯皇亲国戚，所以权贵大都说他的坏话。后来被控在春季和夏季逮捕法办犯人，不顺天时，贬谪当城门校尉。他上书控告周堪、张猛有罪。元帝认为诸葛丰不正直，给御史下诏："城门校尉诸葛丰，以前称光禄勋周堪、张猛的美德。诸葛丰当司隶校尉时，不顺应四时天意，不遵守法令制度，专用苛刻凶暴的手段来获取虚假的威严。朕不忍心法办，令他改任城门校尉，想不到他不知反省，反而怨恨周堪、张猛，以求报复。控告的全是没有证据的话，揭发的全是无法证明的罪，随心所欲地毁谤和赞扬，不实的言论，全无信义到了极点。我怜悯诸葛丰年纪衰老，不忍施刑，立即免官贬作平民。"奇怪的是又颁布诏书说："诸葛丰指控周堪、张猛毫无忠贞信守，朕心怀怜悯，不肯追究，而又惋惜二人的才干无法报效国家。决定贬周堪当河东郡太守，张猛当槐里县令。"

可见，此时的汉元帝，被石显和外戚集团所施计谋"惊警"之后，不仅对石显的政敌、对手们，样样使石显的谄告得逞；而且在客观上按其阴谋设计，用自己之力、之手，亲将周堪、张猛逐贬出朝廷。石显等人"打草"（谄告）的第三步，既使"蛇警"而"惊"，又使"蛇"被制伏，任其驾驭的目的，确已实现。

对此，司马光指出：诸葛丰对于周堪、张猛，从前赞扬，后来毁谤，其目的不是为国家进贤除奸，不过是投靠皇亲集团，企图飞黄腾达而已。他也属于郑朋、杨兴一类人，何来的刚烈正直？作为君主，应该察看善恶，明辨是非，用奖赏鼓励善行，用刑罚惩治奸邪，这样才是治理国家的原则。如果诸葛丰的话属实，则他不应该被罢官；如果他是以不实之词诬陷人，则周堪、张猛又有什么罪呢？而今双方都受到责罚，同时废弃，那么善与恶，是与非，区别又在哪里？

其实，司马光哪里知道，汉元帝在诸葛丰其人其事的处理上，忠奸莫辨、善恶不分、是非混淆，归根结底，既是政治昏聩的表现，又是在石显等人用计得逞，使其"师死臣亡"，元帝受警怵而心惊后，处处受石显一伙制驭的必然结果。

第四步，害告忠良，后发杀身。

永光四年（前40）六月三十日，出现日食。元帝召集那些先前说天变灾难都是为周堪、张猛而发的官员进行责问，他们都跪拜于地谢罪。元帝下诏褒扬周堪、张猛，调回京师长安。任命周堪为光禄大夫，支中二千石俸禄，主管尚书事务；任命张猛当太中大夫、给事中。这时候，中书令石显兼管尚书，尚书五人都是石显的党羽。周堪很难见到元帝，所有建议，往往不得不拜托石显代为转达，大政方针的决定权被石显控制。正巧周堪得了失音病，不能说话而去世。石显又诬陷张猛，让他自杀于公车官署。

汉元帝建昭二年（前37），东郡人京房跟从梁人焦延寿学习《易经》。焦延寿常说："得到我的学问而丧失生命的，就是京房。"他的学说长于占卜天灾人祸，共分六十卦，轮流交替地指定日期，用风雨冷热作为验证，都很准确。京房运用这种学说，尤其功力深厚，被地方官推荐为孝廉之后，到朝廷充当郎，屡次上书元帝，议论天象变异，十分灵验。元帝喜欢他，数次召见，向他询问。京房回答说："古代帝王按功劳选拔贤能，万事都有成就，祥瑞显现。衰亡之世，任用官员则以遭诋毁还是受称赞为依据，所以政治腐败，因而招致天灾变异。应当考察文武百官的行政效率及其政绩，天灾变异才可停止。"元帝命京房主持这件事，京房便拟定了考功课吏法，上奏元帝。元帝下令，公卿朝臣与京房在温室殿举行讨论会。大家都认为京房的办法过于琐碎，使上级和下级互相监督侦察，不可施行。但元帝却倾向京房。当时，正好各州刺史向朝廷奏报事宜，集中在京师长安。元帝召见他们，命京房向他们宣布考核之事，刺史们也认为不可施行。只有御史大夫郑弘、光禄大夫周堪,开始时反对,后来转为支持。

这时,中书令石显正独揽大权。石显的好友五鹿充宗任尚书令,二人联合执政。有一次,元帝在闲暇时召见京房,京房问元帝:"周幽王、周厉王为什么导致国家出现危机?他们任用的是些什么人?"元帝说:"君王昏庸,任用的都是善于伪装的奸佞。"京房进一步问:"君王是明知奸佞而仍用他们?还是认为贤能才用他们?"元帝回答说:"是认为他们贤能。"京房说:"可是,今天为什么我们却知道他们不是贤能呢?"元帝:"根据当时局势混乱,君王身处险境便可以知道。"京房说:"如果是这样的话,任用贤能时国家必然治理得好,任用奸邪时国家必定混乱,这是事物发展的必然轨迹。为什么幽王、厉王不觉悟而另外任用贤能,为什么终究要任用奸佞以致后来陷入困境?"元帝说:"乱世君王,各自认为他所任用的官员全是贤能。假如都能觉悟到自己的错误,天下怎么还会有危亡的君王?"京房说:"齐桓公、秦二世也曾经知道周幽王、周厉王的故事,并讥笑过他们。可是,齐桓公任用竖刁,秦二世任用赵高,以致政治日益混乱,盗贼满山遍野。为什么不能用周幽王、周厉王的例子测验自己的行为,而觉悟到用人的不当?"元帝说:"只有治国有法的君主,才能依据往事而预测将来。"京房脱下官帽,叩头说:"《春秋》一书,记载二百四十二年间的天变灾难,用来给后世君王看。而今陛下登极以来,出现日食月食,星辰递行;山崩泉涌,大地震动,天落陨石;夏季降霜,冬季响雷,春季百花凋谢,秋季树叶茂盛,降霜后草木并不凋谢。水灾、旱灾、虫灾,百姓饥馑,瘟疫流行。盗贼制伏不住,受过刑罚的人充满街市。《春秋》所记载的灾异,已经俱备。陛下看现在是治世，还是乱世？"元帝说："已经乱到极点了，这还用问？"京房说："陛下现在任用的是些什么人？"元帝说："今天的灾难变异和为政之道，幸而胜过前代。而且责任不在这些人身上。"京房说："前世的那些君王，也是陛下这种想法。我恐怕后代看今天，犹如今天看古代。"元帝过了很久才说："现在扰乱国家的是谁？"京房回答说："陛下自己应该知道。"元帝说："我不知道，如果知道，哪里还会用他？"京房说："陛下最信任，跟他在宫廷之中共商国家大事，掌握用人权柄的人，就是他。"京房所指的是石显。元帝也知道，他对京房说："我晓得你的意思。"京房告退。后来，汉元帝还是不能让石显退位。

这一年，汉元帝还命京房推荐他的学生中通晓检验政绩和有能力考察官吏的人，准备试用。京房上奏："中郎任良、姚平，希望能用为刺史，在各州试行考绩制度。请准许我留在朝廷，转报他们的奏章，免得下情不能上达。"然而石显、五鹿充宗都痛恨京房，想使京房远离元帝，便向元帝建议，应该试任京房为郡守。元帝遂任命京房当魏郡太守，允许他以考功法去治理本郡。

京房请求："年终的时候，请准许我乘坐驿车前来，向陛下当面报告。"元帝许可。京房自知数次因为议论受到大臣的非议，跟石显之间怨恨已成，不想远离元帝身边，便上密封奏章："我一出京师，恐怕被当权大臣所害，身死而事败，所以盼望在年终之时，得以乘驿车到京师向陛下奏事，幸而蒙陛下哀怜而允许。然而，六月辛巳（二十日），阴云乱风四起，太阳光芒暗淡，显示高级官员蒙蔽天子，而天子心里怀疑。六月己卯（十八日）、庚辰（十九日）之间，定有要隔绝陛下与我的关系，使我不得乘坐驿车奏事的事情发生。"

京房还没有出发,元帝便命阳平侯王凤奉诏通知,不要乘驿车回京师奏事。京房心中更加惊恐。秋季,京房出发,走到新丰,托朝廷传送文书的差人再上密封的奏章:"我先前于六月间曾上书陛下,所说《遁卦》虽未应验,但占候之法说:'有道术的人刚刚寓去,天气寒冷,大水涌出成灾。'到了七月,果然大水涌出。我的学生姚平告诉我:'你可以说通晓道术,却不能说笃信道术。你所预测的天灾变异,没有一件事不应验。现在,大水已经涌出,有道术的人就要被放逐而死在外边,还有什么话可说?'我说:'陛下最仁爱,对我尤其宽厚,即令因进言而死,我还是要进言。'姚平又说:'你只能说是小忠,不算大忠。从前,赵高执政秦朝,有一位叫正先的人,因讥讽赵高而被处死,赵高的淫威从此形成。所以秦朝的衰乱,是正先推动的。'而今我出任郡守,把考核功效引为自己的责任,只恐怕还没有着手便被诛杀。求陛下不要使我应验大水上涌的预言,像正先那样死去,让姚平嘲笑。"

接着,京房到达陕县,给汉元帝再上密封奏章说:"我先前建议由任良负责官员考绩,让我留在朝廷。议论此事的人知道这样对于他们自身不利,而且不可能把我和陛下隔绝开来,所以说:'与其学生出面,不如试用老师。'可是,如果派我当刺史,又怕我面见陛下奏报,又说:'当刺史,可能与太守不同心,不如当太守。'目的在于隔绝我们君臣。陛下没有反对他们的主张,听从了他们的建议。这正是阴云乱风所以不散,太阳失去光辉的原因。我离京师长安渐远,太阳的昏暗越来越重。盼望陛下不要征我回京师而轻易地违背天意!邪恶阴谋,人虽不觉,上天却必有变化,所以人可以欺，天不可以欺，请陛下详察！"

京房仅离开一月余，竟被征回京师，逮捕入狱。当初，淮阳宪王刘钦的舅父张博是一个看风行事、无善行的人物，向刘钦要了许多金钱，到京师长安活动征召刘钦入朝。张博曾跟随京房学习《易经》，而且把女儿嫁给京房。京房每次朝见，回家之后，都把跟元帝之间问答的话告诉张博。张博暗中记下京房所说的机密言语，让京房代刘钦起草拟请求入朝的奏章。他把这些密语记录和奏章草稿，都送给刘钦过目，作为工作的证明。石显知道此事后，指控："京房跟张博通谋，诽谤治国措施，把罪恶推到皇帝身上，贻误连累诸侯王。"京房跟张博都被捕入狱，在街市上斩首，妻子儿女被放逐到边塞。御史大夫郑弘，被控跟京房是朋友，遭免职，贬作平民。

对于此事，司马光评论说：君王的德行不昌明，则臣属虽然想竭尽忠心，又从何着手呢？观察京房对元帝的诱导，可以说是把道理说得十分清楚透彻了，而最终仍不能使元帝觉悟，可悲啊！《诗经》说："我不但当面把你教训过，而且提起过你的耳朵。不但是用手携带着你，而且指示了你许多事。"又说："我教导你是那么的恳切细致，而你却漫不经心、听不进去。"这说的就是汉元帝啊！

同年，御史中丞陈咸不断抨击石显。过了一段时间，石显指控他跟槐里令朱云是好友，泄露宫禁之中的机密，这是石显暗暗侦察得知的。于是陈咸、朱云都被捕下狱，判处髡刑，罚做苦工。

可见，此时的石显一伙，位高权大，又深得元帝的信赖。因此，玩弄权术，利用"害告"之计，进行"打草"，一"警"元帝必须听其摆布；二"惊"朝野群臣百官，凡有敢于冒犯他们权势、揭其奸行诈术者，轻则下狱受刑，重则斩首示众，妻小则放逐边塞之地。

第五步，石显媚告、悦告，警宠元帝。

由于石显的淫威和权势日益增长，公卿及以下的官员都害怕，人人自危，不敢稍有宽纵。石显与中书仆射牢梁、少府五鹿充宗结为死党密友，凡依附他们的人，都得到了高官厚禄。民间有歌谣说："你是姓牢的人，还是姓石的人，是五鹿家的门客吗？官印何其多，绶带何其长！"

面对朝野百官和民人的众愤群怒，石显心知专权，把持朝政，一旦被皇帝疏远，就可能全部丧失，因此不断地验证元帝的态度，施之以"媚告"、"悦告"。建昭二年（前37），石显曾经奉命到诸官府征集人力和物资，先向元帝请求："恐怕有时回宫太晚，漏壶滴尽，宫门关闭，我可不可以说奉陛下之命，教他们开门！"元帝允许。石显故意到夜里才回来，宣称元帝命令，唤开宫门入内。果然有人上书控告："石显专擅帝命，假传圣旨，私开宫门。"元帝听说了这件事，笑着把奏章拿给石显看。石显抓住时机，流泪说："陛下过于宠爱我，委任我办事，下面无人不妒火中烧，想陷害我，类似这种情形已不止一次，只有圣明的主上才知道我的忠心。我出身微贱，实在不能以我一个人去使万人称心快意，担负起全国所有的怨恨。请允许我辞去中枢机要职务，只负责后宫的清洁洒扫，死而无憾。唯求陛下哀怜裁择，再给我一次宠幸，以此保全我的性命。"元帝认为石显说得对而怜悯他，不断慰问勉励，又重重赏赐。这样的赏赐及百官赠送的资金达一亿。当初，石显听说人们议论愤激，都说是他逼死前将军萧望之，怕招来全国儒生的抨击。由于谏大夫贡禹探明儒家经典，节操高尚而有名望，石显便托人向贡禹表示问候之意，用心结交，并向元帝推荐，擢贡禹为九卿，以礼相待，很是周详。因此舆论也有赞扬石显的，认为他不曾妒恨陷害萧望之。石显谋略变诈，善于为自己解围，以取得皇帝的信任，用的都是此类手法。

　　对于石显的阴谋诡计，司马光认为：只有用圣人的立论加以辨识，然后才能加以防范。诚如荀悦所说：奸佞迷惑君主的方法太多了。所以孔子说："要远离奸佞！"不仅不用他而已，还要驱逐到远方，跟他隔绝，把祸害的源头塞住，态度要至为坚决。孔子说："政治的意思，就是端正。"治理国家最基本的一件事，无非端正自己而已。耿直诚实，则是端正的主干。对于品德，必须核实是真实的，才授给他官位。对于能力，必须核实是真实的，才让他做事。对于功劳，必须核实是真实的，才颁发奖赏。对于罪恶，必须核实是真实的，才加以惩罚。对于行为，必须核实是真实的，才可以尊重。对于言谈，必须核实是真实的，才能够相信。对于物器，必须核实是真实的，才可以使用。对于事情，必须核实是真实的，才能够去做。所以各种端正风气都汇集到朝廷，则下面万事没有虚伪。古代圣王的道理，不过如此而已。

　　其实，此时石显一伙，玩弄权术，已达登峰造极地步。他们实现打草惊蛇的计谋，目的全部达到，手段则已炉火纯青。各种告诫的方式均已先后采用，且收到出乎意料的效果。汉元帝这条被石显一伙用各种告诫"打草"，而"警"、"惊"的"蛇"，这时不仅被降伏、制驭，而且任人摆布。石显深懂元帝的意愿，时时窥悉元帝的内心世界，更加时时邀宠，肆无忌惮，挟帝无恐。几经摆弄之后，汉元帝这条心惊又胆怯的"惊蛇"，最后竟成为石显一伙赞美、颂扬、媚悦的"笛声"中，在百官朝臣面前被当众耍弄，翩翩起舞的杂技"艺蛇"了。既无帝尊，又无皇势，只不过是石显一伙人脖子上挂着的、炫耀此计谋成功的"胜利的花环"而已。这是古代打草惊蛇计，在政治斗争和生活中，被阴谋家、野心家得心应手加以运用，且带来一个时代历史悲剧的惊心动魄一幕。它将永远警示今人和后世。

2. 示戒

所谓示戒，即是用明示、暗示、正示、侧示等方式，来"触此"，"打草"，以收取"警彼"，"蛇惊"之效，同时，后发以击，将政敌、对手加以制伏。

事例：梁松计诬马伏波，光武吃惊冤功臣

东汉初年，虎贲中郎将梁松（伯孙）是光武帝的女婿，与老将马援同时受命出征，平息武陵蛮人叛乱。梁松自恃权贵子弟之势，遂与马援有隙，适逢战事小挫，便计诬马援，罗列罪名，以激"惊"光武帝刘秀。目的在于使权贵势力更为大张，排斥有功之将臣。其中，梁松实施此计时，便运用了多种示戒手段。

第一步，马援出征，梁松探病。

建武二十四年（48）七月，武陵蛮人攻打临沅，东汉朝廷派谒者李嵩、中山太守马成讨伐，未能取胜。伏波将军马援请求出征，光武帝怜他年迈，不肯应允。马援说："我还能够身穿盔甲，上马驰骋。"光武帝命他一试身手。马援跨在鞍上，转身回视，以示仍可征战。光武帝笑道："好一位精神矍铄的老翁啊！"便派马援带领中郎将马武、耿舒等率四万余众进军五溪。马援对友人杜愔说:"我受皇恩深重,但年事已高,去日无多,总是担心不能为国而死。今日得遂所愿,我心甘情愿,死也瞑目。只是顾虑那些权贵子弟,他们或者近在左右,或者随从办事,很难调动,我唯独有此心病!"

次年三月,马援的军队到达临乡,攻破蛮兵,斩杀、俘获二千余人。

起初,马援曾经患病,虎贲中郎将梁松前往探望。梁松独自在床下拜见,马援没有还礼。梁松走后,马援的儿子们问道:"梁伯孙是皇上的女婿,朝廷显贵,公卿以下官员没有不惧怕他的,为何唯独您对他不礼敬?"马援答道:"我是他父亲的朋友,他身份虽贵,可怎能不讲辈分呢?"

马援的侄子马严、马敦都爱发议论,结交游侠。马援先前在交趾时,曾写信回家告诫他们:"我希望你们在听到他人过失的时候,就像听到自己父母的名字一样,耳可以听,而口却不能讲。好议论他人是非,随意褒贬时政和法令,这是我最厌恶的事情。我宁可死,也不愿听到子孙有此类行径。龙伯高为人宽厚谨慎,言谈合乎礼法,谦恭而俭朴,廉正而威严,我对他既敬爱,又尊重,希望你们效法他。杜季良为人豪侠仗义,将别人的忧虑当作自己的忧虑,将别人的快乐当作自己的快乐。他父亲去世开吊,几郡的客人全来了。我对他既敬爱又尊重,却不希望你们效法他。效法龙伯高不成,还可以做恭谨之士,正如人们所说的'刻鸿鹄不成还像鸭';若是效法杜季良不成,就会堕落成天下的轻浮子弟,正如人们所说的'画虎不成反类犬'了。"龙伯高,即山都县长龙述；杜季良，即越骑司马杜保，两人都是京兆人。适逢杜保的仇人上书，指控杜保："行为浮躁，蛊惑人心，伏波将军马援远从万里之外写信回家告诫臣儿不要与他来往，而梁松、窦固却同他结交，对他的轻薄伪诈行为煽风点火，败坏扰乱国家。"奏书呈上，光武帝召梁松、窦固责问，出示指控的奏书和马援告诫侄儿的书信。梁松、窦固叩头流血，才未获罪。诏命免去杜保官职，将龙述擢升为零陵太守。梁松遂由此而憎恨马援，再加之去军中探望，马援拒不还礼，更使梁松在经几次"正示"、"明示"后，认为马援确实在轻侮自己这个权贵子弟，便决定乘隙寻机实施计谋，进行报复。

第二步，伺机侧示，诬马败军。

马援奉命征讨武陵蛮人，大军到达下隽，有两条道路可以入蛮界：一从壶头，这条路近而水势深险；一从充县，这条路是坦途，但运输线太长。耿舒主张走充县，马援认为那样会消耗时日和军粮，不如进军壶头，扼住蛮人咽喉，则充县之敌不攻自破。两种意见上报朝廷，光武帝批准了马援的战略。汉军便进兵壶头。蛮贼登高，把守险要，水流湍急，汉军舰船不能上行。适逢酷暑，很多士兵患瘟疫而死，马援也被传染，便在河岸凿窟栖身以避暑热。每当蛮贼爬到高处擂鼓呐喊，马援便蹒跚跛行察看敌情，左右随从无不为他的壮志所感而哀痛流泪。耿舒在给哥哥好畤侯耿弇的信中写道："当初我曾上书建议先打充县，尽管粮草运输困难，但兵马前进无阻，大军数万，人人奋勇争先。如今竟在壶头滞留，官兵忧愁抑郁，行将病死，实在令人痛惜！前在临乡，敌兵无故自来，如果乘兵出击，就可以将他们全歼。马援就像个做生意的西域商人，所到之处，处处停留，这就是失利的原因。现在果然遇到了瘟疫，完全同我预言的一样。"耿弇收到信后上奏朝廷，光武帝派梁松乘驿车前去责问马援，并就此代理监军事务。大权在握的梁松，认为时机已到，开始施展诬马败军而"惊"光武帝的计谋。

正当此时，马援去世，梁松乘机陷害马援。光武帝大怒，下令收回马援的新息侯印信。当初，马援在交趾时经常服食薏苡仁，因为此物可以使身体轻健，抵御瘴气。班师时，曾载回一车。等到马援死后，却有人上书诬告他当初用车载的全是上好的珍珠和犀角。光武帝益发愤怒。

第三步，辩诬失败，奸计得逞。

由于马援被诬告，光武帝既怒又惊。马援的妻子儿女获悉后又慌又怕，不敢将马援的棺柩运回祖坟，便草草葬在城西。门下的宾客旧友，没有人敢来祭吊。马严和马援妻子用草绳捆绑在一起，到皇宫门口请罪。光武帝拿出梁松的奏书给他们看，才得知马援的罪名，便上书鸣冤，前后共六次，情辞哀伤悲切。

前任方阳县令、扶风人朱勃，前往皇宫门阙上书说："我看见已故伏波将军马援，从西州崛起，钦敬仰皇上圣明仁义，历经艰险，万死一生，在陇、冀两地征战。他的智谋如泉水一样喷涌不绝，行动如转动圆规一样灵活迅速。他用兵战无不胜，出师攻无不克。剿伐先零时，飞箭曾射穿他的小腿；出征交趾时，以为此行必死，曾与妻儿诀别。过了不久再度南征，很快攻陷临乡，大军已经建立功业，但未完成而马援先死。军官士兵虽然遭受瘟疫，马援也没有独自生还。战争有以持久而取胜的，也有因速战而败亡的；深入敌境未必就正确，不深入也未必为不对。论人之常情，难道有乐意久驻危险之地不生还的吗？马援得以为朝廷效力二十二年，在北方出塞到大汉，在南方渡江漂海。他触冒瘟疫，死在军中，名声被毁，失去爵位，封国失传。天下不知他所犯过错，百姓不知对他的指控。他的家属紧闭门户，遗体不能归葬祖坟。对马援的怨恨和嫌隙一时并起，马氏家族震恐战栗。已死的人，不能自己剖白；活着的人，不能为他分辩，我为此感到痛心！圣明的君王重于奖赏，轻于刑罚。高祖曾经交给陈平四万金用以离间楚军，并不问账目与用途，又岂能疑心那些钱谷的开销呢？请将马援一案交付公卿议论，评判他的功罪，决定是否恢复爵位，以满足天下人的愿望。"光武帝之怒稍有消解。

朱勃十二岁时就能背诵《诗经》《书经》，经常拜望马援之兄马况，言辞温文尔雅。当时马援才开始读书，看到朱勃，自况不如，若有所失。马况觉出了马援的心情，就亲自斟酒安慰说："朱勃是小器，早成，聪明才智仅此而已，他最终将从学于你，不要怕他。"朱勃还不到二十岁，右扶风便试用他代理渭城县宰。等到马援做了将军并封侯的时候，朱勃的官位还不过是个县令。马援后来虽然身居显贵，仍然常常以旧恩照顾朱勃，但又卑视和怠慢他，而朱勃本人的态度却愈发亲近。及至马援受到诬陷，唯有朱勃能够最终保持忠诚不渝。

谒者、南阳人宗均则担任马援大军的监军。马援去世后，官兵因瘟疫而死的已超过半数，蛮军也饥困交迫。宗均同将领们商议道："我们如今道路遥远，官兵染疾，不可以再作战了，我打算权且代表皇上发布命令招降敌人，怎么样？"将领们全都伏在地上不敢应声。宗均说："忠臣远在境外，若有保护国家安全之策，可以专断专行。"便假传诏旨，调伏波司马吕种代理沅陵县长，命他带着诏书进入敌营，宣告朝廷的恩德和信义，自己率军尾随其后。蛮人十分震恐，冬季十月，他们一道杀死首领投降。宗均进入蛮贼大营，遣散兵众，命他们各回本部，又委任了地方官吏，然后班师。蛮人之乱平定。宗均还没到京城，先自我弹劾假传诏旨之罪。光武帝嘉奖他的功绩，派人出迎，赏赐金帛，命经过家乡时祭扫祖坟。

这样，梁松诬告马援，而"警"、"惊"光武帝的计谋，全部得以实施。乘进军受挫之机，诬告败军之罪；以从交趾载回草药之本，而指陷为满载珠宝归己，如此种种，"打草"之际，马援已出师未捷身先死，其诬难辩，其真难以剖白。又依仗自己的权贵身份，激怒光武帝，从而达成抬高身价，"警"、"惊"皇上不得依恃元老重臣，必须倾向权贵之家的目的。虽然有朱勃等人为马援辩诬，然不过是声小式微，难以根本扭转局势，未能雪冤。战功为宗均所获，赏赐为监军所得，而身先士卒、战死沙场的老将，却被钉在耻辱柱上。其妻小也只能忍辱偷生，苟活人间。梁松之辈，由忌恨马援→明示帐下（正示）→诬马败军（打草）→怒激光武（惊警"蛇"）→有诬莫辩的过程，也即是此计步步得逞的写照。梁松的诬陷、光武的"惊"、"警"，致使老将马援，在"打草惊蛇"计谋的"怪圈"里，生前是"出师未捷身先死，长使英雄泪满襟"，而死后更是诬名毁誉，"青山有幸埋忠骨，马革裹尸不能还"了。计谋的高超，战将的屈死，这一切只有留待今人与来者去评说了。

此外，关于惩戒、杀戒等手段的实施与运用，或兼施，或并用，或单用，或并行，以此作为用计施谋者的"打草"手段，进而"警"、"惊"藏蛇，使之惊走、制伏、驭使、驾用等，在上述的历史事例中，多有涉及，限于篇幅，兹不在此赘述。

三、触此警彼　意在出其不意

打草惊蛇之计在政治斗争中，被使用得十分广泛，无论是政治家，抑或是阴谋家、野心家，为了达到特定的政治目的，都要以不同的手法、手段来实施应用此计。然而，若就打草惊蛇之计运用的成功，须得讲求应用的范围及条件，否则，用计不成，反被惊蛇所伤。因此，使用它，且要收到预期效果，须把握应用的时间、范围、条件、背景的"度"才行。如此，既能打草，又使蛇惊，却又不为蛇所伤所害所咬，且能使它或惊走、或惊惧、或制伏、或驭用，即化害为利，变主动、主攻为制胜、获胜之举，以达用计之最终目的。

第一，在敌国之间。

敌国之间，虽互为敌手，然彼此的国力却大有差异和区别，有国力强大、旗鼓相当者，也有国力中等或弱小者。尽管如此，敌国之间在双方交战与争斗过程中，却大有施展此计的广阔舞台。重要的是，由于双方为敌手，相互交锋，彼此均有防范之心、警惧之惕，要应用此计必有一定难度，故制胜一方，须把握好时机，具有高超的智慧、惊人的胆识和进退适度的本领才行。

1．弱国对强国的使用

国力弱小的国家，由于面对比自身国力强大若干倍的强国，且要施用此计，获取成功，这里的关键则是要示强，运用技巧和智慧，掩饰自身的薄弱之处或薄弱环节，然后，以己虚强对彼真强，在士气、意志、思想上，直接挫其锐气、避其锋芒，先声夺人。同时，在示强的背后，则是打草之举，探强敌的真意实图、锋锐所指究为何方。然后，使之惊惧之余，或惊避、或惊走，化害为利，变被动为主动。要做到此点，"示强"的"打草"之举，必须具备：一是"奇招"，二是"智技"，三是"妙品"，四是"雷音"。实现这些的前提条件，则是强敌的"盲视"、"痹志"、"妄举"、"莽动"，还需加以充分、有效、准确、有节地利用。否则，待敌清醒过来时，则有可致被蛇惊咬的危险。故实施时的技（技巧）、时（时机）、度（限度）至关重要。倘差之毫厘，必会失之千里。前已述列的典型事例"弦高犒牛惊秦师"，便是弱敌对强军运用打草惊蛇之计，避害为利的实证。

2．强国对强国的使用

两敌、两军相遇，彼此均是国力强盛的国家，均想战胜、制驭对方。那么，要施用打草惊蛇之计的关键之点，在于向对方"示弱"。以松懈其警惕，麻痹其意志，瓦解其军心，然后，在创造特定的环境条件下，采用引诱、伪饰、欺骗手法，诱其上钩，挫其锐气，捕获上钩猎物和诱来之敌，开杀戒以惊众敌，使成惊弓之鸟和惧己之众。这样，便可在战略战术上处处主动，事事先发"打草"，后发制敌获胜以"惊蛇"。然而，实施此计的前提条件，则是敌方的判断错误、犹豫迟疑、盲动轻信、麻痹松懈，对此才需及时、有效地加以利用，再以自身的技高一筹的准确果敢出击，以收克敌制胜之效。

三国时期，诸葛亮率蜀军五出祁山时，与强敌魏军相遇，则将计就计，将魏军统帅司马懿派出的一支部队在伏击圈里消灭，魏军损兵折将。诸葛亮在将魏军的前锋"打草"消灭的同时，又惊惧了后续的主帅与大军之"蛇"，使其再也不敢贸然尾追主动后撤的蜀军，便是应用此计成功的事例之一。

当诸葛亮五出祁山时，率八万蜀军，司马懿带兵相迎。蜀军在陇西用计抢割麦子以充军粮外，又在卤城里应外合，打败魏军。因魏吴联合攻蜀，西川吃紧，诸葛亮决定撤军。为摆脱魏军的尾追，便决定设下埋伏，打草惊蛇，命杨仪、马忠率一万弓弩手在剑阁木门道设下埋伏，待魏军追到，只听号令将其歼灭。结果，司马懿命张郃领五千魏兵向前追击，自己带二万余魏军随其后。张郃中计被蜀军射杀，百余部将及魏军全部被歼。待魏军后援赶到时，山路已被阻塞。众军正要后撤，却听山头有人大叫："诸葛丞相在此！"只见诸葛亮立于火光之中，指着魏军说："我今天围猎，原想得一'马'（指司马懿），却误中一'獐'（指张郃）。你们回去告诉司马懿，我早晚要擒住他。"由此可见，蜀军的胜利与魏军的损兵折将、一败再败，正是诸葛亮充分利用魏军统帅和将领的判断失误，在发挥自身优势（心理优势、地形优势、战术优势、人才优势）的基础上，得心应手运用此计而取得的硕果。

第二，在君臣之间。

在中国古代的政治生活与斗争中，君臣之间，既存在着互相依存关系，又有着相互制约、斗争的一面。君主对臣下而言，臣"伴君如伴虎"；臣下对君主而论，更是臣"既可载舟、又可覆舟"。因此，双方彼此争斗时，多采用此计的谋略，以达获胜之目的。

1．君主与权臣之间的相互使用

朝中权臣，大权在握，或为功显，或为元老，或为重臣。他们对于在位的君主来说，既有需要依恃的一面，又有权臣手中日渐膨胀的权势，势必有"功高震主"的一面。为铲掉心腹之患，或削其威势，多用剪其党羽、惩其恶奸，以起"惊警"作用，打草之后，如果权臣继续作威作福，则一举而除之。清代康熙帝除鳌拜、嘉庆帝惩和珅，以及雍正帝清除诸王势力的斗争中，多用此法。在实施此计时，君主"打草"，一要隐蔽，以稳住权臣之"蛇"；二要打得巧妙、准确、及时，把握好时机，利用权臣及同伙、同党的外围人物的小过、小错，进行突破，顺藤摸瓜，紧追不舍，予以深究，使主子惊惧；三要智取，康熙帝在宫中，智擒鳌拜是典型事例。迅速、彻底、干净将权臣之"惊蛇"加以制伏，再将其罪行，诏谕天下，确立君主的至尊，又收惊警天下臣民之效。

2．臣僚对君主的施用

至于臣下对君主，则多用"触此警彼"之法，进行种种"告"、"试"、"诫"，以向君主传递各种信息，晓以利害、得失。石显一伙人对汉元帝所施行的打草惊蛇之计，采用软硬兼施的办法，既将元帝依恃的重臣一一打草清除，又使元帝惊慑之余，更加依靠石显及同党，最后甘心听其摆布，如同傀儡玩偶，毫无主见，便是实例。

第三，在臣僚之间。

中国古代官场中，臣僚之间，明争暗斗，为争权夺位，经常演出一幕幕政治惊喜剧，更时有火并发生。因此，在政治斗争中，为了立于不败之地，保有已经取得的荣华富贵、权势地位，臣僚们经常施用打草惊蛇之计，以制伏对手，或施加威惧，或警告政敌，或嫁祸落井下石，不遗余力加害于人，从中渔利。其中，既有臣僚的下级之间（如清代两江总督噶礼与巡抚张伯行之间，为科场贿案的争斗），又有上级对下级之间（如汉代石显一伙与元帝老师、前将军萧望之之间的争斗），还有臣僚之间（如东汉梁松对伏波将军马援的诬告陷害）等的用计，诸多实例，充分表明此计应用之广泛。然计谋的成功，还须施计者：一是要掌握权势，以使敌于未打而先惧；二是要瞄准政敌之要害，寻其突破口，进行"打草"；三是要手段外柔内刚、口蜜腹剑、名正而意邪、毁他誉而洁己身。非此则不能打草，又不易使蛇惊，甚至会导致草未打而蛇先惊，或蛇惊后反致咬伤打草人，而草蛇人俱亡的恶果。

四、先声夺人　用计需要胆识

打草惊蛇之计是三十六计中，第三套攻战计（优势之计）的首计，这表明它在谋略学中的鲜明个性与特征以及应用范围用途的广泛和重要。

作为源于政治斗争而又高于一般政治斗争经验的打草惊蛇之计，它不仅是长期政治斗争实践经验的总结与升华，而且更为重要的是，所蕴含严密的数理逻辑、抽象的策略原则、丰富的辩证思维方法，则成为人们普遍认可、俱能掌握应用的智能技巧，起着重要的启迪、示范、教育作用。

第一，就实施方法而论，打草惊蛇计具有应变性、技巧性的特点。

打草惊蛇计的实施和运用，多采用"毛驴负重上山式"的办法，亦可概括为"三上式"的方法：

一是"拉"（时：待时、待机、应时而拉，顺时、遇会），关键在于要"就机"。具体而论，应当要有"草"可打。

二是"推"（势：创势、造势，推波助澜），关键在于要"就势"：具体而论，是要"打"草，既有工具，又要频仍。

三是"赶"（胜：制胜、取胜，逼其就范，催赶、催化），关键在于要能"制胜"。具体而论，是要通过"打草"，以达惊蛇、避走、击毁的目的。

第二，就实施过程而言，打草惊蛇计具有演绎性、递进性的特点。

打草惊蛇计在实施与应用过程中，所表现出的特征，可形象总括为"水到渠成"、"瓜熟蒂落"的四部曲：

一部曲为"酝"（酝酿），这是敌对双方（敌手、政敌、集团）积聚力量，致使矛盾、能量转移的过程；关键在于"请君"，具体而论，是要"寻草"与"备杆"。

二部曲为"变"（催化），这是政敌双方能量变化、扩散，致使矛盾交织的过程。关键在于"入瓮"，具体而论，是要"打草"。

三部曲为"激"（促成），这是政治对手两方能量倾斜，通过"打草"致使矛盾力量重新组合的过程。关键在于"烹煎"，具体而论，是要"频"打草、"巧"打草与"准"打草。

四部曲为"成"（克敌），这是政治较量双方能量重新平衡，致使旧矛盾解决，优势归于"打草"者一方的过程。关键在于"飨成"，具体而论，是要"蛇惊"、"避走"，或被"击伤"、"打死"、"自毙"。

第三，就施计者而论，打草惊蛇计要求施计人的素质，须具备统驭性、深邃性的特点。

由于施用打草惊蛇计，是在政治斗争中，用以对付深藏不露的对手、政敌或同伙、朋党爪牙和支持者，同时，又要通过寻草、伺机、打草、呐喊、声势、蛇惊、惧慑、避走、克敌等阶段，才能最后达到目的。它既要求用计者能统观全局，又能驾驭事态发展，更能洞悉对方的一切蛛丝马迹，还要能把握好度，使得自己能克敌，更能及时脱身。这便要求施计者目光深邃，具有政治家高度清醒、冷静的头脑。使之动能打草，静能观惊"蛇"，举能扬杆，止能避害。具体而论，运用此计者，一需有胆（豹胆虎心），二需有术（鹰眼火睛），三需有识（奇才诡术），如此方能达及目标，克敌制胜，随心所欲，为所欲为，无所顾忌。

第四，就用计者的政治心态而言，打草惊蛇计具有制胜心理（先发制人）的特点。

具体而论，在施计的手段、方式上，有着实发性、袭击性的特征。目的在于，使政敌处于"解怠"、"不备"、"不防"的"常态"，而施此计，则用非常规的"实发"手段，加以"奇袭'，以使"蛇惊"。前述例中，清代江苏巡抚对主考的副手（副主考官）赵晋受贿的"突审"、"密审"、"严巡"、"暗访"，以使案主（两江总督噶礼）与同伙"蛇惊"。若非如此，"草响"之后，蛇不仅不会惊惧，还会"溜走"、"深藏不露"，甚至会出现顺杆袭击打草人的险情恶状。因此，政治心理上须得有先声夺人、先发制人、迅雷不及掩耳的进取优势和态度，方能运用"惊"的心理战术，制敌获利。

第五，就计谋智道效应而论，打草惊蛇计具有辐射效应（波及广泛）的特征。具体而言，施计的后果上，有着神秘性、惊惧性的特点。

在中国古代政治生活与政治斗争中，由于对峙的政敌双方，表面上是各自集团代表人物的"单兵较量"，然而，在应用打草惊蛇计谋时，所涉及、波及的面，则远非个人，而是群体（即代表人物身后的同党、同伙、党羽、盟友、支持者）之间的格斗冲突厮杀。因此，所打的"草"，便不是"单株"、"独棵"，而是"草丛"，人数不少；所惊之"蛇"，更非"独蛇"，是"蛇群"。其窟也会为多窟、深洞。譬如，三国时，魏蜀两军在祁山、剑阁木门道的战斗，表面上是诸葛亮、司马懿之间的用计斗法，实际上，通过此计的实施，孔明打草，所惊的远非"一马"，而是魏军将帅的"群蛇"，并且对整个政治、军事格局的发展变化，均有着重要的影响。诸葛亮与蜀军出兵施计的神秘诡诈，司马懿与魏军将帅的惊惧疑虑，用兵的被动迟疑，正好通过此计的效应而辐射、映照出来了。

借尸还魂

——无为而用 拉大旗作虎皮

本计云:"有用者,不可借;不能用者,求借。借不能用者而用之,匪我求童蒙,童蒙求我。"其大意是:凡是有能力,有作为的,均不可加以利用,因为人们难以驾驭和控制它。凡是没有能力、无所作为的,要加以充分的利用,因为这时它也需要依附于别人。利用没有能力、无所作为的并顺势控制它,不仅是要利用它,而且它也迫切地要求助于我。

借尸还魂计,源于古代的一则神话传说故事。据说,从前有一个叫李玄的人,长得十分英俊和潇洒,博闻强记,太上老君见其聪明伶俐,便收他作为徒弟,传授其长生不老的道术。

有一天,李玄要随师父太上老君到仙界去云游,但凡胎肉体却上不了天,就只好留下躯体,跟随师父去魂游太空去了。行前,在自己的灵魂离开躯体之前,李玄对徒弟说:"我的尸体留在这里,你要好好守护,不得有半点马虎,七天之内我就返回。如果到时未归,就是我已成仙了,那时才可将我的尸体火化。"

徒弟遵照师父的吩咐,日夜守护李玄的尸体,已至第六日时,突然传来母亲病危的消息,徒弟此时十分难办,进退维谷。倘若

李玄变身铁拐李

要回家,为母送终,师父的灵魂还没有归返;若要厮守师父的尸体,则自己难尽孝道,母亲死难瞑目。

正当徒弟两难之时,有人则劝说他:"在师徒之义、父母之情不能两全的时候,首先应当保全的是父母之情,何况你师父已有六日未归,说不定早已成仙去了。"徒弟听从劝告,只得洒泪将李玄的尸体焚化了。

到了第七日,李玄的灵魂却从天上回来了,然却四下里俱寻觅不到自己的尸体,无法还阳。正在他急切无奈之时,忽见路边有一刚刚死去的乞丐,只得借尸还魂了。可魂虽然是李玄的,但形却是乞丐的。致使一个体貌壮美英俊的李玄,却忽然一下子竟成为蓬头垢面、跛脚秃头的"铁拐李"了。

此传说后来便演绎成为"借尸还魂"的成语典故。其本意是,人死后,将自己的灵魂附归于他人的尸体而复活。在此基础上,又推广为泛指,比喻已经没落或死亡的事物,却又借助别的事物,又以另一种形式出现。在政治斗争与军事征战中,则是喻指能善于利用一切可以利用的事物,来达到、实现自己的政治目的、军事意图的举措。

一、顺理成章　正名求实攻敌

《周易·蒙卦第四》云:蒙:亨。匪我求童蒙,童蒙求我。初筮告,再三渎,渎则不告。利贞。《象》曰:山下出泉,蒙。君子以果行育德。

【一爻】初六,发蒙,利用刑人,用说桎梏。以往吝。

《象》曰:"利用刑人",以正法也。

【二爻】九二,包蒙,吉。纳妇,吉。子克家。《象》曰:"子克家",刚柔接也。

【三爻】六三,勿用取女,见金夫,不有躬,无攸利。《象》曰:"勿用取女",行不顺也。

【四爻】六四,困蒙,吝。《象》曰:"困蒙之吝",独远实也。

【五爻】六五,童蒙,吉。《象》曰:"童蒙"之"吉",顺以巽也。

【六爻】上九,击蒙。不利为寇,利御寇。《象》曰:"利用御寇",上下顺也。

据秘本兵法《三十六计》的原文记载,借尸还魂之计,是由《周易·蒙卦》的卦辞推演而来的。《象》曰:蒙,山下有险,险而止。"蒙,亨",以亨行时中也。"匪我求童蒙,童蒙求我",志应也。"初筮告",以刚中也。"再三渎,渎则不告",渎蒙也。蒙以养正,圣功也。

象辞的大意说:蒙即蒙昧幼稚,就像高山下有险阻,遇险止步,犹如童稚一样。蒙昧而亨通,说明把握适中的时机施行启蒙教育,便可走上亨通之道。不是我有求于蒙昧的幼童,而是蒙昧的幼童前来求教于我,双方志同道合,彼此感应。初次来求教,告诉他:因为蒙师有阳刚气质,行为适中。再三前来,就成为冒犯,冒犯了就不再告诉他,因为他亵渎了启蒙教育的原则。启蒙是为了培养正道,使之有正确认识,这是圣人的功效。

飞龙在天或见野

　　蒙卦之义，是蒙昧、启蒙、教育。此卦上艮下坎，艮为山，坎为险；山下有险，是昏蒙的征象。艮又为止，遇险为止，意味着内心恐惧，象征幼稚愚昧。此卦的主体是下卦九二，为蒙师，童蒙指上卦六五爻。九二阻刚得中，又与六五阴阳相应，具备启蒙教育的能力，所以才会"亨"，可以畅行无阻。解语点出"匪我求童蒙，童蒙求我"，表明蒙师与幼童的关系，就是此卦的卦眼。按照有教无类的教育原则，不管幼童资质天分的高下，蒙师都应该因材施教，悉心教诲。"匪我求童匪，童蒙求我"，两个"求"字，就把蒙师桀骜不驯、待价而沽、居心叵测的嘴脸逼真地描画了出来。所以，蒙卦也有两个对立的含义，一是教育蒙童，二是利用蒙童。而且，此卦的主体是九二，"蒙亨"的原因也在于九二，再根据两个"求"字，就显而易知，蒙童越蠢，蒙师越毒，蒙卦也就越是亨通。

　　蒙卦若是占战争国运，表明此时正是天下昏昏蒙蒙之际，也是有野心的人乘机崛起的大好良机。占卦人若要想成就霸王之业，施展用武的雄韬大略，建立丰功伟绩，就必须拿出蒙师的嘴脸手段，按照蒙卦的指示行事。上卦艮山为朝廷，下卦坎水为民间。坎为险，表明民间兵荒马乱，朝廷犹如水上之山，随时都有倾覆和灭顶之灾。五爻是君位阳位，阴爻居之，不当位。卦辞又点明其为童蒙，表明君主稚嫩柔弱，彷徨无依。六五爻与九二爻阴阳相应，表明六五在风雨飘摇之中，急盼九二阳刚武力之助，正如幼弱的童子渴望依附于蒙师而成才。九二爻虽然阳刚居中，但阳占阴位，又被上下两个阴爻小人包围，表明其身处民间，纵有雄才大略，奈何名不正言不顺，不被世人承认。九二爻一旦向上援助六五，正好比鲤鱼跳龙门，登时身价百倍，由民间草莽英雄一变而为朝廷的栋梁支柱。九二登上六五之位，阳爻居阳位，名正言顺，顺理成章。古人最重"正名"，名既正，则无往而不顺。此时以扶助弱主、中兴帝业为名，代弱主号令天下，使朝野上下皆有所归，咸感其德；自己却暗中培植势力，操纵一切，借尸还魂。久而久之，皇天后土，就莫不属己所有了。"初筮告"，是说当六五幼主初来向自己求助时，应当耐心告诉他治乱救世之道，使之深深地信任依赖于我。"再三渎，渎则不告"，是说自己一旦大权在握，六五再有事相问相求，就可以不理不睬，独断专行，翻脸不认人了。

借尸还魂，本意是比喻已经消灭的事物假借某种名义以另一种形式重新出现。此处用作计名，指出改朝换代之际，拥立亡国君主的后代，打着前朝的旗号去号令天下，利用人们的正统观念和惯用思维方式来借尸还魂，以实现自己的政治野心和军事意图。这种做法，与"蒙"卦的原理是极为吻合的。

借尸还魂计用于军事，它主要是处于优势地位者施展的一种攻战之计与谋略。在战场上，两军对垒长期厮杀，双方伤亡损失惨重。优势者在遭到暂时性的重大挫折、失败之后，仅凭现有的力量已无法挽回败局，更不能自我恢复原来的军事势力、优势地位时，为了能够东山再起，就需要利用一切可以利用的事物，凭借一切可以凭借的力量，使之能从另外的地方，以另外的形式重新出现。这样，虽然它改变了原来的面貌，却可以在战场上夺取最后的胜利。

在政治斗争中，借尸还魂之计，经常成为政治家、野心家、阴谋家们所惯用的手法之一。在与政敌、敌手激烈的搏斗格杀与较量中，当自己遭受暂时性失利、处于相对劣势时，就要凭借、利用外部某种力量，使之能东山再起、重振旗鼓，然后战胜对手，将政敌消灭。此时，所寻求、凭借的力量，便是"借尸"，而东山再起，则就是"还魂"之术。政治家们常交替使用欺伪（拣、偷、抬、换、逼）方式来"借"尸，或暂借，或长借；然后，再用诡诈（明、暗或半明半暗）之计来还魂，达到自己的政治意图、目的、目标。由于政治斗争常是风云变幻，险象环生，危机四伏，从无有"常胜将军"，所以，此计对于暂时失利者、欲有它图者、力求重振旗鼓和东山再起者、欲趁火打劫者与火中取栗者、久窥觎机夺大位者，具有特殊的吸引力和附着力，在心领神会、模计仿巧之后，在各种政治斗争中，反复、频仍地与其他计谋交相使用，致使成功者、失败者兼而有之。历史上，在每当改朝换代的时候，不少政治家、阴谋家、野心家，大都纷纷扶植亡国君主的后代，以达自身的政治目的，这便是运用借尸还魂计的典型。那些以武力支援别人进攻或防御的，也同样是为了控制别人，达到自己的政治目标，这亦是此计的应用体现。正因如此，使得借尸还魂之计在政治心理与智道效应上，更具有着伪装性、隐蔽性、转移性、逼夺性的强烈色调。

二、借形借力　集无用为有用

借尸还魂之计，在政治斗争中，经常成为政治家们为实现某种政治意图、达到特定的政治目的、克政敌而制胜的手段，其常用手法虽多，事例各异，然其要旨和总的特点则是：一是将无为而用之；二是拉大旗作虎皮，包裹着自己，然后壮自身之胆、势、力,以威震政敌、对手,一举而获胜。目的则在于东山再起。所谓东山再起,系指在政治斗争中,政治家对暂时的失势、失败有两种态度,一种是消极的一蹶不振,自暴自弃,自认其输;另一种则是积极的永不服输,伺机重新积聚力量,重振旗鼓,再展雄威。持后一种态度的政治家,常从战略的、全局的高度,进行判断、分析、评估,在暂时失利时,一是面对现实,二是保持清醒的政治头脑,冷静进行分析总结教训,准确作出判断,然后不惜一切手段、代价,使之主动地转败为胜。其实现的必备条件则是:其一,是将无为而用之。这即是在借助外力、外形时,一般不借用有能力、有作为的,因为它们对失利者政治家来说,还难以驾驭和从命,应借用那些无能力、无作为的。由于它既可以方便地控驭,又不易引起政敌与对手的注意。将无为而用之,即利用那些所谓无用的东西,加以有效利用,为己增威添势。其二,是拉大旗作虎皮。政治家若在失败时欲图东山再起,关键在于要会"借",一借形(虎皮),二借力(拉大旗)。由于自身力量不足以转败为胜,就要借助一切可以利用的力量,以壮大自己的势力,并争取一切可以利用的机会、机遇,以增加获胜的可能。同时,又要借用一切可用的形式(正统的、非正统的、邪的等),以尽快实现其政治意图。也就是说,只要能"还魂",其所借之"尸"的正畸、美丑、健跛,全不必过分计较,甚至可假借他人之名,偷梁换柱,推行自己的战略计划。不择手段,以达政治目的之最高准则。

此计常用手法的核心要旨、智理依据则是《长短经》中所述的智力竞技原则:古人有言曰:得鸟者,罗之一目,然张一网之罗，终不能得鸟。鸟所以能远飞者，六翮之力也。然无众毛之助，则飞不能远矣。以是推之，无用之为用也，大矣！

这一段话的大意是，古人有句话说：捕获飞鸟的，仅是罗网的一个网眼。但是张开只有一个网眼的罗网，无论如何也捕获不到鸟。飞鸟之所以能飞得很远，主要靠鸟的翅膀的力量，如果没有众多羽毛的帮助，就不能飞得很远。根据这些来推论，无所作为的东西，倘被利用起来，所发挥的作用也是很重要很广泛的。这即是说：集无用之众羽，方能成为奋飞鸟之六翮，亦可拉大旗作虎皮，化腐朽可为神奇！

借尸还魂之计，在政治家们长期的实践应用中，具体手法虽层出不穷，然归结起来，大体可分以下几种互相关联的手法技巧：

第一，尸死未僵，静以待借，待胜之计在其中。

这种手法技巧的重点是"借"，等其时机，静观其变化，然后再抓住这一机遇，决定其行动对策。这种手法实现的前提，必须是"尸死未僵"：一是原尸已坏，受到打击、挫折、失败，原形旧骸（指原有势力、实力、威势），确已不复存在；二是尸虽死，灵魂已无，然还其新魂，仍可复活。

对于借尸之术，政治家们常用的具体手法，则有借正、换形、易法、赖力、利机等方式。

1. 借正

所谓借正，系指借用"正统"的名义，来达到、实现自己的政治目的。名义本来是一种无形的外壳和事物的包装，但对于失利的政治家来说，应是非常有利用价值的无价之宝。可以借用他人、他国、他事（群体、事物）的名义，来趁机扩大自己的势力、影响，提高自身的声望，壮大自己。在改朝换代的时候，许多政治家、谋士，为壮大声威，招募部众，常借恢复"正统"之名，拥立早已亡国之君的后代，以达到、实现自己的政治目的，便是此法的典型。

事例：反秦之兵群无首，借名兴楚自称王

秦末，陈胜、吴广率农民义军，在楚地揭竿而起，向秦军发起猛烈攻击，随即各路义军纷起响应。陈胜死后，群龙无首，义军首领之一的项梁与诸将在薛城召开会议，提出为了将各路义军重新组织起来，并更广泛、更深入地发动群众，商议公推一位楚王，以作号召。在薛城会议上，对此众说纷纭，莫衷一是。有的提出请项梁将军决定，有的则认为就请项梁将军为楚王。项梁对此议亦颇为动心，亦有欲想自立为楚王之心愿。但此时却有一位名为范增的谋士，出面前来献策献计，并力排众议说："秦王灭掉了六国，其中楚国受害最大。几十年前，楚王被骗到秦国，客死他乡，楚国百姓仍刻骨铭心，愤恨不已。如果能找一位楚王的后代来做楚王，不但楚国的百姓人心皆向，楚国各地的义军也可以归附。"项梁一听，觉得范增的话很有道理，便派出专人，四处寻访楚王的后代。最后终于在牧羊的孩子群中，找到了楚怀王的一个孙子，刚满十三岁，名字叫熊心。义军将领们便急不可耐地拥戴这个牧童小孩熊心，做了新的楚王，即新楚怀王。

新的楚王拥立，且以此为"正统"相号召，一是使各路义军有了新的首领，大大增强了凝聚力与聚合力；二是迅速激发了楚国百姓的旧恨新仇，使之对秦王朝的反抗意识和情绪大增。致使农民义军在人力、物力上得到了极大支援，在政治上"正统"一提出、新王一拥立，更赢得了军心、民心、人心，使义军将士勇气百倍，声威大振。结果，在各路义军凌厉、势如破竹的强劲攻势下，秦军迅即溃败，秦王朝终于被推翻。

谋士范增，在农民义军首领陈胜死后，众军无首、暂时失利遭挫的关键时刻，提出立楚王之后为新楚王，并以"正统"相号召的计谋，便是政治上借尸还魂的典型实例。此计成功之处在于：时机把握准确，即义军由高潮到受挫之际，急需寻求旧尸（外力），此其一。其次，有旧尸可借，而且尸死未僵。楚国早已被秦国所灭，已属"不能用者"。但时隔未久远，人们仍能唤起旧的政治意识、亡国之痛、故国之思。即楚王在楚国百姓心目中仍有巨大的号召力和凝聚力。立了新的楚王之后，就等于借用楚国的名义，重新抬出和树起了楚国这面大旗，并用"正统"的美名号令天下，此其二。最后，农民义军立新楚王，借"正统"之名，实际上行反秦壮己之实，企达的政治目的则是推翻秦王朝统治，这是巧妙的还魂之术，而非恢复楚国的疆界和版图。因此，是借了旧尸而还的则是新魂，在政治家、谋士、义军首领将士的心目中，历史已不需要、也根本不可能彻底恢复旧貌了，此其三。

2．换形

所谓换形，即是以旧的、原有的形式，而因人们不能接受，需要换上新的形式，以求得生存、发展。"换形"若从广义上讲，既可以是换用新形式，利用旧内容，也可以是旧形式，灌注新内容，还可以是此形式而借彼内容。其目的在于使被借用之尸能为人们普遍接受，方才有政治号召力、吸引力、凝聚力，使还魂能企达目的。这是政治家们在政治斗争中，战胜对手、制胜政敌的重要变换手法与策略之一。

事例：秦穆公换立新君，晋重耳回国还魂

春秋时期，晋献公死后，国内发生了大乱。晋献公的一个儿子重耳，为了避免国内的混乱，便带着一些忠于自己的大臣，出外流亡。晋公子重耳先后到过狄国、齐国、宋国、楚国，但均遭冷遇，一直很不得志。当此之际，与晋国相毗邻的秦国，却很想控制晋国。就在晋国国内发生内乱时，秦国统治者便乘晋之危，插手拥立夷吾为国君，这就是晋惠公。但就在晋惠公拥立后，却对秦国统治者立即反目，恩将仇报，发兵攻打秦国，结果失败，晋惠公也做了秦军的俘虏。后来经人说情，晋国答应割让五座城池给秦国，并用太子圉作为人质去秦国，这样，秦穆公才将晋惠公释放回国。晋太子圉在秦国做人质时，得知父王生病了，怕君位传给别人，便偷偷地跑回晋国。到第二年时，晋惠公死，便夺得了君位，且从此再也不与秦国相交往。秦穆公对此颇为伤心，更令其忧愤的是，如此下去则无法达到和实现自己企求的政治目标。在这种情况下，秦穆公权衡利弊得失，决心拥立流亡在外的晋公子重耳做晋国的新国君，派专人从楚国接回了晋公子重耳，并把女儿怀嬴许配给了他，以示友善和礼迎。之后，为了帮助女婿晋公子重耳尽快夺得晋国的王位，秦穆公便发重兵前去攻打晋国。秦军入晋后，将晋军打得大败，且将公子圉赶跑，从而拥立公子重耳做了晋国的新国君，这就是晋文公。晋文公登上王位后，十分感激秦穆公的恩德和救助，从此，秦晋两国结为"秦晋之好"的政治、军事盟国。秦穆公多年的以秦"驭晋"的政治夙愿与梦想,终于得以机巧地实现。

此计的实施者为秦王秦穆公,通过拥立重耳,"以旧换新",结秦晋之好获实利的则是秦国本身。为施用借尸还魂之计,秦穆公一是乘晋国内乱之机、重耳远避他国备受冷遇之时。这样,既是"尸死"(重耳)然未僵,可加利用(废立在握);同时,又可进行感情投资,加重政治筹码的重量、抬高其身价。此为静观择机之术。二是换形借尸,巧伪得宜。为控驭晋国,秦穆公曾将晋国三易其王、三借其尸,以寻求秦国利益的代理人,但前两次均以失败告终。晋惠公抗借其尸,太子圉更拒借其骸,只有对落魄公子重耳,软(招婿)硬(出兵)兼施,方才拥立为新主,并结"秦晋之好"。从而,使换形得手,伪结而实驭的企图有实现的可能。三是为婿出兵,"还魂"技奇。秦穆公将公子重耳自楚接回秦,然后又招为婿,再以助婿为名而名正言顺出兵,加以拥立;又以新婿须加眷顾的血缘纽带,将秦控驭晋国合情合理合法化。可见,其还魂之技,真可谓精(施恩)、巧(联姻)、奇(出兵)、绝(眷顾)。

3. 易法

所谓易法,即是为借尸而易旧的、愚笨的方法,使用新的、更加先进完善的方法,以便更好地完成还魂任务。政治家、野心家、阴谋家们,多惯用此法,甚至为达到自己的政治目的,还借鉴别人的先进方法或模式。这样,在完成任务时,便可收到事半功倍之效。

事例:田子春巧易汉法,齐王复得拥兵权

汉高帝刘邦登帝位后,为剪除地方割据势力,便利用各种手段去铲除异姓诸王的力量，大封同姓王，在原有的封地上，分封刘氏家族子弟为王，且取而代之。高祖死后，朝廷由吕后独揽大权，致使汉朝已成吕家的天下。此时，吕后不能容忍刘家诸王势力的存在，对刘氏各王，不是捏造罪名加以杀害，便是借故削去他们的兵权，以防止他们对吕氏朝廷的反叛。

其中，齐王刘襄，见诸兄弟逐个被吕后迫害，极为痛心疾首，更加恐惧万分。有一天，齐王在封地的园中，正一筹莫展地散步，谋士田子春疾步前来相问："大王为何这般忧虑？"刘襄叹息说："我虽为王，现在却毫无权力，昔日父皇给予二十万大军的兵权，现在也被吕后收回，今后如何是好？"田子春听罢却笑着说："这有何难。我有办法去长安向吕后要回兵权便是了。"刘襄听后大喜，随即问有何办法。田子春却不语，只要了一些金钱和黑、白两匹骏马，便带着儿子上路了。

谋士田子春父子离开齐王封地后，来到长安。在京城长安的繁华街道住下，然后四处打探吕后身边的心腹为何人物，获悉此心腹为经常路过此地上朝的六宫大使张石庆。田子春了解到这些情况后，一日早晨，将白马拴在旅店门前桩上。张石庆上早朝入宫路经此地，见到这匹膘壮肉实的大白马，非常喜欢。次日，田子春又将黑马拴在门口，张石庆途经，见黑马更赞不绝口，问左右这是谁家的马匹，随从回答这是外地贩马者所贩卖的马匹。张石庆一听，急欲购买得手。田子春得知后，便亲自到张石庆府上，登门求见。门卫回禀说："外面有一个外地贩马者要求见大人。"张石庆心中窃喜，忙唤家人将贩马者带入。扮成贩马者的田子春与张石庆商议购马一事时，田子春说："如果大人果真喜欢这两匹好马,何言购买之事,小人愿意亲自奉上,以表致意。"张石庆一听此言,惊喜异常。随即反问道:"为何你卖马却不要钱呢?"田子春却说:"倘若卖马,我只能弄些钱,我愿以马借此疏通官府,得到一个差事做做。"张石庆一听,不断点头允诺说:"要想做官,这个好办,请暂且留在我的府上如何?"田子春听罢,心中暗暗高兴,一面答应,一面却在暗中思忖下一步棋该如何走。张石庆将良马得手后,心中高兴万分。因夫人娘家姓田,田子春为迎合其夫人,又攀了本家,与张石庆以妻弟相称,以博他们夫妇二人的欢喜。

  有一日闲谈时,田子春故意逢迎张石庆说:"姐夫要想讨好吕后的喜爱并不难,现今我有一计,准保能使姐夫上升为上大夫的显官要职。"张石庆急忙便问,究竟为何计。田子春却故意漫不经心地说:"听说吕后还有三个兄弟尚未封王,不如请姐夫上奏请封吕氏三人为王。这样一定能使吕后喜悦,姐夫被封上大夫也就指日可望了。"张石庆一听,觉得颇有道理,决定按此办理。第二天上朝时,张石庆便向吕后奏上此本,吕后果然接纳,并立即命封吕超为东平王、吕禄为西平王、吕产为中平王,又加封张石庆为末厅丞相,赏帛金三万。张石庆回到府中,便将上奏及升官得赏的经过,向田子春一一细述,并表致谢之意。田子春听完后,却故作满脸惊讶地说:"哎呀!这可不好,上次我只是随便说说而已,没有意思让你真的这样去做。这样一来,岂不是对朝廷不利了。"张石庆急问究竟为何故。田子春却说:"吕太后一日连封三王,刘氏的王爷会服气吗?如果他们借此而蓄意造反又如何是好。"张石庆一听,已急得满头大汗,急问该如何办。田子春又故作神秘地献上一计,张石庆决定再照计行事。

张石庆当晚入宫,见到吕后禀道:"外面已有传闻,刘襄、刘长、刘号三王知道太后又加封吕氏三王,甚为不平,恐有造反之意。百姓对太后此举也颇为不满。我的意思是,对于刘氏三王,有官者赏赐,无官者则付以兵权,以此来平息他们的不满和愤怨。"吕后听完也觉得很有道理,认为目前也只好照此办理了,随即便召见丞相陈平入宫商议。陈平听完后,说道:"刘氏三王中,现在只有齐王刘襄,是无职无权镇守山东。"接着,吕后便命立即召刘襄进京来议事。齐王到京城长安后,吕后对他说:"齐王镇守边城而无兵权,怎么能行使守卫之责,现在将兵印交付给你,务须谨慎从事!"刘襄听罢,立即跪地谢恩致意。但究竟给他多少兵马,吕后却一时拿不定主意。便问陈平说:"三万如何?"陈平、刘襄听后皆不回答。"五万如何?"俩人又不说话。"七万如何?"陈平此时向刘襄暗暗眨眼示意,仍皆不语。吕后一见此状,气愤已极地说:"如果七万不行,就不给了。"这时陈平却故意高声喊道:"齐王还不赶快叩头谢恩,太后已给你二十五万兵马啦!"刘襄连连伏地叩头谢恩。吕后却质问陈平,陈平说:"你刚才不是说'七万不行就二十五万'吗。"吕后见状,也只好心中暗暗叫苦,只得转过身来,无可奈何地向刘襄说:"看在高祖的分上,把兵带走,去镇守边防吧!"刘襄立即带领二十五万大军回到山东。此时,谋士田子春也不辞而别地离开了张府。过了不久,吕后得悉,刘襄果真在山东起兵造反,极为恼怒,急忙召问陈平、张石庆询问其中的因由。到此她才明白知晓,骗夺兵权者,实际乃是刘襄的谋士田子春施计所为。吕后命人立即火速捉拿田子春,却不想田氏父子已经溜之大吉。吕后只落得个中计丧兵权，封赏而激天下众叛，在内外交困的情况下，吕氏天下也难持久了。

此事例中，实施"易法"而借尸还魂之术者，为谋士田子春，中计者为吕后，所还之魂，即夺回齐王刘襄失去的兵权，行计中的穿梭人物则为张石庆。通观此计的实施全程，有如下特点：首先，认"尸"精准。田子春正当齐王丧兵失势、前途危惧之时，挺身而出，父子二人"单刀赴会"，铤而走险奔长安，抓住吕后亲信、六宫大使张石庆做主攻对象，认定此"尸"（外力）可借，实现了"距离敌人核心越近，反倒最为安全有利"的军事策略，从而为"借"、"还"提供了必要前提，奠定了制胜基础。其次，易法"借尸"巧诈。田子春为"借尸"，在张石庆身上狠下功夫：先投其所好献良马（情、物投资）；其次委身张府攀其亲（故作姿态以接近而释疑）；再则两献妙计假其手（设下圈套，圈内有圈，套外有套）。使之用常法之技难达之"借尸"目的，此"易法"则巧诈而得。此后的还魂便是顺理成章之事了。第三，还魂之术奇绝。齐王刘襄若用常法、常技、常规，向吕后索还兵权，既不可能，反倒可遭杀身之祸。经上面两步的运行、铺垫之后，刘襄的重掌兵权便是势所必然，备具安抚、政治平衡的性质。因此，刘襄被召入宫后，在吕后面前，才有兵力上讨价还价的余地和潜在理由。再加之刘、陈二人的一番真戏假做、假戏真唱，一唱一和的"政治双簧"的出色表演，终使吕后在"君无戏言"的信条下，乖乖地认输，默认刘襄率二十五万大军而去。待"梦醒时分"，方觉齐王叛势已成，悔莫当初。此"还魂"之奇绝、魂定之瞬息、失者之惨烈，可称之惊世骇俗了。

4．赖力

所谓赖力，即是在政治斗争中，自身处于弱势（或受挫、或刚兴），力量削弱或势始弱，又企图重复旧势或希望威声日炽时，就需要依赖外在的、别的力量（或名、或势、或声、或威、或力，即"借尸"），来逐步或一举达到自己的政治目的，实现其政治意图，置政敌、对手于死地（即"还魂"）。"赖"的目的，在于"壮"己之力、之威势，以还其魂。

事例：赖扶苏项燕之力，陈胜拉大旗称王

秦王扫六合，一统全国，用兵日久。统一之后，又北修长城，以抗匈奴；南伐百越，以振国威。再加之大修阿房宫、始皇陵，开凿驰道，百姓劳役赋税日重，大有不堪重负之势。

秦二世元年（前209）七月，秦王朝从汝阴（今安徽阜阳）、蕲县（今安徽宿县东南）征集了九百名贫苦农民去渔阳（今北京密云西南）戍守边防。他们在两名官吏的押送下，昼夜兼程，风餐露宿，苦不堪言。行至大泽乡（今安徽宿县刘村集）时，突遇暴雨数月，道路受阻延期，无法按期赶赴渔阳。按照秦王朝的法律，戍边误期者将被处斩，这些人均面临可能被处死的巨大威胁。

陈胜（又称陈涉）、吴广则在此次被征戍的民夫之中。陈胜少时，"曾与人佣耕"，饱经沧桑与苦难。他们被押送官员指派为这批戍卒的头领，亦深得人们的信任和拥戴。值此死生存亡之际，大家一致要求陈、吴二人想办法，商量如何死里逃生。陈胜说："咱们误了期，赶不到那里，非死不可。"有人提出："咱们逃跑吧！"也有人讲："那也不行，我们能逃到哪里去呢？所以说，不逃是死，逃也是死！"吴广对大家说："我们与其等死，不如去拼死，如果这样，或许还能有条活路。"大家同意这样办。陈胜、吴广虽然看到众戍卒均有拼死求生的强烈要求，但却需要有个有威望的人出来相号召，起事才有可能。他俩私下商议之后，便想出一个先在戍卒中制造舆论的办法，来树立自己的威信，此法即"鱼腹丹书"与"篝火狐鸣"。为实施此法，陈胜用丹砂在一块丝帕上，写上"陈胜王"三字，偷塞于渔夫刚捕捞到的鱼腹之中，故意让戍卒们买走这条鱼，待他们回去剖洗此鱼时，发现丝帕丹书，无不称奇。消息不胫而走，人们纷纷私下传说陈胜是个有帝王之命的人。与此同时，陈胜又叫吴广在夜里偷偷跑到附近的荒庙里，烧起一堆野火，假装狐狸的叫声，嘶喊着"大楚兴，陈胜王"，众人远远听到这种声音，又见闪烁不定的篝火，惊恐之际，越发相信陈胜绝非凡人。戍卒们中间，大家纷纷传说着连日来的怪事，认为这是天意所为。陈胜在人们的心目中，逐渐拥有了极高的威信。

在陈胜树威大获成功的同时，他俩又决定"拉旗"揭竿，以相号召，以凝聚众戍卒的战斗力，为一个共同的目标去决一死战。对此，他们则借用了秦扶苏太子、楚名将项燕的名义，"拉大旗"以行反秦暴政之义举。在当时，秦朝的各地百姓都知道扶苏是秦始皇的长子，理当继承帝位，且为人之贤杰，深得民心，却不知扶苏已经被秦二世胡亥所杀。项燕则是楚国的一代名将，屡立战功，为人们所崇敬、仰慕，在与秦国作战中，为王翦所杀害。由于交通不便、讯息不畅，人们不知其被害，纷纷传说二人逃亡在外，尚活在人间。为此，陈胜、吴广利用有利时机，便拉起扶苏、项燕为"大旗"，以相召唤，号召人们立即起义。陈胜、吴广在首先杀死了两名押送的官吏后,对九百戍卒说:"大家遇到了大雨,已经延误了到达渔阳的期限,误了期就得被处死。即使如期到达那里,防守边疆,十有六七也是受尽折磨,客死他乡。我们堂堂男子汉,不死则已,死也要死得其所,闻名于天下。"又说:"王侯将相,宁有种乎?"难道那些王侯将相天生就该享福,我们天生就该做奴隶吗?不是如此。大家听完这番话,觉得很有道理,便纷纷表示拥护。他们又与陈胜、吴广设坛盟誓,打起了扶苏、项燕的旗帜,公开提出了"伐无道,诛暴秦"的起义口号,以相号令天下,共举义旗。

陈胜、吴广率领义军,一鼓作气连续攻克五座城池。义军所到之处,杀官吏,放囚徒,废苛税,开仓放粮,赈济饥民,深得民心。四方民人纷纷来归,每日均有数千之众投奔义军而来。致使起事不久,义军迅速壮大到了数万人之众,战车达六七百乘之多,战马更拥数千匹之巨。

陈胜、吴广在率义军攻克五城之后,又直指陈县而来。镇守陈县的秦王朝官兵,闻讯早已逃散。起义军顺利占领陈县县城,陈胜、吴广随即召集当地贤达,共襄大计。这时,大家纷纷赞颂陈胜说:"将军披坚执锐,伐无道,诛暴秦,复立楚国之社稷,功宜为王。"故公推陈胜为王,拥吴广为假王(即副王),建立国号张楚。

这是秦末义军首领陈胜、吴广刚起事,势单力薄之时,依赖扶苏、项燕在人民心中的仰慕之力(吸附之力),拉大旗(借尸)举义帜,以相号召,从而获得成功的事例,也是赖力而"借尸"并以"还魂"的典型实证。这种赖力,一是充分利用扶苏、项燕的知名度和影响力;二是赖持其二人的人格力量,以作为聚积义军的凝聚剂；三是将扶苏、项燕作为义军反暴政、反无道的大旗，更具特殊的号召力。因为这二人是仁政、有道的化身和代表、体现者，使义军之举更加名正言顺。"伐无道，诛暴秦"的口号，会使社会各阶层人士均能信服、接受、理解，也更深入人心。还魂顺理成章，亦更持久。

5．利机

所谓利机，即是充分调动、利用一切可能的条件、机遇来"借尸"，既有自身条件、机遇的创造，也有外在的、别的条件、机会的利用，即见机行事，以达"还魂"，实现政治目的。诸多政治家、阴谋家、野心家，经常惯用此手法，为有效地再展宏图、扼杀政敌服务。

事例：刘琦长子承父位，刘备借机据荆州

三国时期，想雄踞一方的刘备，占据荆州的打算由来已久。早在诸葛亮的隆中对策中，便率先提出了要以荆州为根据地，方能称雄蜀地。所以，刘备与孙吴联兵在赤壁大败曹操之后，就抢先占据了荆州，欲图立足，以求发展。荆州实乃刘表之地，刘备初来乍到，对当时的混乱局势一时无法控制。正在一筹莫展之时，名士马良便对刘备献策说："主公如果举荐刘表的儿子刘琦做荆州刺史，那么荆州人就一定会归顺的。因为刘表是荆州的故主，刘琦又是刘表的长子，子承父业，名正言顺。荆州百姓自然会心悦诚服。另外，刘琦继承父业，理所当然，孙吴也就没有索要荆州的借口了。"刘备听了此话，觉得很有道理，便举荐刘琦做了荆州刺史。刘琦做了荆州刺史以后，荆州的形势和局面果然迅速安定了下来。后来，刘琦病死，刘备出任荆州牧，便趁机长期"借"

踞了荆州，以做入川的基地和依托之处。

刘备在施展"借尸还魂"之计，利机借占荆州时，主要手法有三个特点：一是乘虚，利用荆州军事力量上的暂时真空和空虚地位，拥兵去荆州，填补此一"空白"。二是趁乱，为安定荆州之混乱局面，首先借刘表之名（旧尸）之威之势；其次是用刘琦做刺史，子承父位，顺应民心，系念旧情，方能使民悦而安顺。三是"还魂"巧据。刘琦病死，刘备出任荆州牧，既顺理成章，又使人民不惊，更使孙吴无奈不还之借口。为此，刘备所要企达的政治目标（还魂），即以荆州为根据地，便名正而言顺地实现了。

第二，魂蓄未举，伺机创还，创胜之计在其中。

这种手法技巧的重点是"还"（魂），窥伺条件，创造机会，以所借之尸，而还其魂。此种手法得以实现，必须具备"魂蓄未举"的前提：即政治家们所要企达的意图、争夺的利益、力求的地位、实现的目的，这些"魂"，还未能"还"，未找到归附、依托的适合的载体（尸）。故在"借尸"完成之后，则势必要创势、伺机、觅隙而加以"还魂"。总之，一是要有可借之"尸"；二是有未还之"魂"；三是要有可创之机、可利之势。

"还"魂之技，作为政治家、野心家、阴谋家们惯用伎俩，则有拣还、偷还、抢还、换还、夺还等方式和手法。

1. 拣还

所谓拣还，则是多与"巧借"互为关联。先将别人抛弃不要的东西，即所谓无主认领之"尸"，加以巧借拾起；然后，再将此加以有效地利用，拣还"新魂"，变成自己的东西。由于拣来的东西,一般不会与别人或别的群体发生矛盾、利益冲突或争执。因此,这种"创机"、"造势"还魂之技,多为顺手牵羊式,或顺理成章式,不必花费多少机巧权术。然则所费政治家们心力之处,却在于拣还新魂时,务必要精确、及时、适度。否则,稍有疏忽、闪失,巧借之"尸"无主会变成有主(冒认者大有人在),而拣"还"更会导致错还(政治角逐中浑水摸鱼者甚众)。

事例:王莽谎言托借古,逼宫拣玺登帝位

孺子婴始初元年(8),梓潼人哀章在长安学习,一向品行不好,喜欢说大话。他看见王莽居位摄政,就制造了一只铜柜,做了两道标签,一道写作"天帝行玺金匮图",另一道写作"赤帝行玺某传予黄帝金策书"。所谓某,就是汉高祖刘邦的名字。那策书说王莽是真天子,皇太后应遵照天意行事。图和策书都写明王莽的大臣八人,又加上两个好名字王兴和王盛,哀章乘机把自己的姓名也塞在里面,共是十一人,都写明了官职和爵位,作为辅佐。哀章熟知齐郡新井和巴郡石牛之事,当天黄昏时,便穿着黄衣,拿着铜柜到汉高祖庙去祭庙,并将它交给了仆射。仆射奏报。戊辰(指十一月二十五日),王莽到高帝祭庙拜受天神命令转让统治权的铜柜,戴上王冠,晋见太皇太后王政君(即孝元后),回来便坐在未央宫的前殿,发布文告说:"我德行不好,幸赖是皇初祖黄帝的后代,是皇始祖虞帝的子孙,又是太皇太后的微末亲属。皇天上帝予以隆厚的庇佑,令我继承大统。符命、图文、金柜中的策书,都是神明的诏告,把天下千百万人民托付我。赤帝汉朝高皇帝的神灵,秉承上天的命令,传给我转让政权的金策书,我非常敬畏,敢不敬谨接受!根据占卜,戊辰日(二十五日)是吉日,我戴上王冠，登上真天子的座位，建立'新王朝'。决定政变历法，改变车马、服饰的颜色，改变供祭祀用牲畜的毛色，改变旌旗，改变用器制度。把今年十二月朔癸酉（初一）定为始建国元年正月的初一，把鸡鸣之时作为一天的开始。车马、服饰的颜色配合土德崇尚黄色，祭祀用的牲畜与正月建相应而使用白色，使者符节的旄头旗幡都采用纯黄色，写上'新使'、'五威节'，表明我们是秉承皇天上帝的威严命令。"

　　由于王莽将要即位当真皇帝，便先捧来各种符命祥瑞向太皇太后报告。太皇太后方才大吃一惊。这时，因孺子刘婴并没有即位，皇帝御玺仍放在太皇太后所住的长乐宫。等到王莽即位，向太后请求交出御玺，太皇太后不肯给。王莽让安阳侯王舜规劝。王舜一向谨慎恭敬，太皇太后平素喜欢、信任他。王舜来见，太皇太后因其是为王莽索求御玺，怒骂道："你们父子宗族，靠着汉朝的力量，几代富贵，不但没有回报，反而利用人家托孤寄子的机会，夺取政权，不再顾念恩义。这样的人，连猪狗都不吃他剩余的东西，天下难道会容下你们兄弟吗！而且你们自己以金匮符命当新皇帝，改变历法，改变车马、服饰颜色，改变制度，也应该自己另刻御玺，使它传到万世，用这个亡国不祥的玺做什么，别想得到它。我是汉朝的老寡妇，早晚都要死，打算跟御玺一同埋葬。你们终究得不到！"太后一面说，一面哭泣。王舜也哀恸落泪，不能自止。过了很久，王舜才抬头问太后："我等已无话可说，只是王莽一定要得到传国御玺，太后难道能够最终不给他吗？"太后听王舜的话恳切，又怕王莽用暴力胁迫，拿出传国御玺扔在地上，对王舜说："待我老死后，你们兄弟将被灭族！"王舜从地上捡起传国御玺后，报告王莽。王莽则万分喜悦，便为太皇太后在未央宫渐台设酒宴，让众人得以纵情欢乐。

王莽托古改制而篡汉，这是汉代历史上的大事，也是借汉之旧尸，而拣还新朝"新魂"的典型事例。此计的用计者，为政治家、阴谋家、野心家三者兼而有之的王莽，施用时则有如下特点：首先，是托古巧借"旧尸"，用金匮符命来为自己登上帝位制造舆论，造成既仰仗"汉朝高皇帝的神灵"，又"秉承上天的命令"的假象，使之神授化、合法化。这是典型的"拉大旗作虎皮"的手法。其次，则是拣"传国御玺"而还"新魂"。这是既要篡汉，又要将汉朝的"亡国不祥"的御玺拣拿到手，一则可以名正而言顺，二则可以挟汉朝"御玺"而令诸侯，三则更可以"拣"旧玺而"颁"新命、新诏。将汉朝的权柄（御玺）玩弄于股掌之间，发政令以还"新魂"（实现自己的政治意图、制驭政敌、消灭对手）于瞬间之时。真可谓将"拣还"之术，玩得信手拈来，淋漓尽致了。第三，王莽"借"、"拣"、"还"之技的实现，更与他善于用人（用投机的小人哀章、用太皇太后顺臣王舜）、擅长伺机乘隙（伺其托孤寄子之机、乘太皇太后寡弱情伤之隙）大有关系。这样，在短时期内，步步得手之后，改历法、改国号、改舆服、改供祭、改旌旗、改用器之旧制，而还"新魂"之制，一切为我所用，便是唾手可得，顺理成章。

2．偷还

所谓偷还，系指在政治生活与斗争角逐中，政治家们为实现其政治意图和目的，对别人正在使用，或虽一时不用，却仍未放弃之"旧尸"，趁其不防不备之际，偷还其"新魂"。"偷还"其魂，必须与"妙借"其尸紧密相关联。即"妙借"要不付任何代价，"偷还"之举亦当秘密进行，待发现之时，"新魂"已注入，目的已达到，其"旧貌"早已换了"新颜"了。运用这种手法，一须借尸高"妙"；二须还魂能"偷"巧；三须换"颜"及时、迅速，待主人发现，却早已生米成熟饭、木已成舟，只能默认了。

事例：刘璋失算派卑使，刘备偷图入四川

东汉末年，益州（四川）牧刘璋获悉据有关中（陕西）之地的张鲁之部，将兴兵入侵益州。刘璋深感势单力薄，难以抵御，十分恐慌。后听从谋士臣下们的意见，决定派部将张松，前往许昌去游说曹操，出兵攻汉中，使张鲁首尾不能兼顾，益州之围始解。张松其人外貌奇丑，气质猥琐不堪，在曹操眼中，这位来使形同猪狗，当然不放在眼里，遂使联曹以失败告终。张松事败气丧地出走荆州，刘备此时则乘隙施恩布义，收买了这位卑使。为回报刘备的恩德，张松不但默默交出所携带的载有各地山川险要、官府钱粮数目的益州（四川）地图，而且劝刘备准备入川，以图霸业。这位使魏的卑使，在刘备的恩惠面前，见利忘义，束手献图，被刘备"偷"去，并成为被刘备收买后充当说客的角色。

建安十六年（211），刘璋听说曹操要派兵讨伐张鲁，心中恐惧。张松乘机劝刘璋说："曹公兵力强盛，天下无敌，如果他利用张鲁的物资来攻取蜀郡，谁能抵抗住他呢？"刘璋说："我本来就担心此事，但是没有办法。"张松说："刘豫州（指刘备）是您的同宗，又与曹公有深仇，善于用兵，如果让他去讨伐，张鲁必败。张鲁败了，益州就会更强盛，曹公即使来了，也无能为力了。"刘璋欣然同意，派法正率四千人去迎接刘备，前后所赠礼物数以亿计。法正乘机向刘备陈述攻取益州方略。刘备留下诸葛亮、关羽驻守荆州,率几万步兵进入益州,刘璋亲迎,见面十分高兴。同年,刘璋回到成都,刘备则率三万兵力,各种辎重、物资,向北到达葭萌,却未立即讨伐张鲁,而是广施恩德,以收揽人心。

次年,刘备指挥军队转回来向南进发,攻城夺地。建安十九年(214),刘备进兵到成都,围城几十天。当时,成都城里虽尚有精壮士兵三万人,储存粮草绢匹虽丰,但刘璋为免去更多百姓的死伤,便出城去向刘备投降了。刘备则将刘璋迁到南郡公安县居住,自己则占据了益州,且以此为蜀国基地,与曹魏、孙吴呈三国鼎立之势。

在此计的运用中,刘备能"偷"图入四川,得益州而为霸业的基地。其"偷还"其魂,所赖实现政治意图的条件有三:一是张松的叛主献图,使刘备能乘刘璋不备将张松收买为说客,而成为刘备入川的引路人。这是妙借其"旧尸"的成功之处。二是刘璋对刘备的误识与不疑,且委以重兵讨张鲁,给刘备"偷还"其"新魂"以可乘之机,刘备恩将仇报反戈一击,南图益州,直逼成都,致使刘璋不得不束手就擒。此乃"偷还"其"新魂"之速。三是刘备善于审时度势,伺机察隙,充分利用刘璋的庸懦、用人的失算、决策的错误等造就的有利时机,推进了"妙借"、"偷还"的加速实现。

3. 抢还

所谓抢还,系指在政治生活与斗争中,政治家们在具备相当实力的状况下,将久蓄未举之"新魂"(政治意图、政治目的),"抢还"于"逼借"而来的"旧尸"身上。这是在"偷还"不可能的情况下，又非用此"旧尸"不行，才使出的伎俩和手法。这里的"抢还"其"新魂"，一有掠夺之意，二则须付一定代价，三则要有"逼借"而来的"旧尸"。否则，便不能实现。

　　事例：拥兵誓要清君侧，郭威称帝代后汉

　　五代十国时期，后汉隐帝时，大将郭威屡立战功，成为当时手握重兵的唯一主帅。当时的后汉隐帝暗弱无能，治国乏术，致使一些强臣骄横跋扈，朝中形成文臣与武将之间水火不相容的局面。乾祐三年（950），郭威奉命前去征伐南方蛮部和其他叛军。在郭威身边的一帮谋士，此时分析了形势，倘若平叛成功，定会功高震主，势必引起主上的猜忌。加之文臣奸佞在君前的谗言，定将落得兔死狗烹的下场。为避免遭临横祸，郭威一面广泛收买人心，另一方面当受到皇帝奖赏时则辞功不受，请隐帝重赏帮助过他的文臣、武将、地方官，从而广结人缘。此外，他又广结党羽，扶植亲信。为防不测，在平息叛乱获胜后，郭威更以防备契丹侵犯为名，移军大名府。这样，一则可以养兵，积聚实力；二则倘朝中有变，可即刻南下扫平异己之势。郭威将家眷妻儿留在京城，以使朝野不生疑心。不久，妻儿在京被杀、亲近文臣遇害，郭威深知这是朝中佞臣的政变所为。手握重兵的郭威，树起"诛奸佞，清君侧"的大旗，清除了一帮搞政变的奸贼。随之去拜见后汉王朝的皇太后，请求另立新君。

　　正在此时，契丹获悉后汉朝廷内乱，兴兵南侵。郭威便率军北上抵御，同年十二月十九日，郭威渡过黄河，寓居澶州驿馆。次日清晨，将要出发时，将士数千人忽大声喧哗，郭威即下令关上房门，将士们便翻越墙头登上房顶而进入说："天子必须侍中

（指郭威）您自己来做，我们已经与刘氏（指后汉皇室）结仇，不可再立刘氏为君了！"有人随即撕裂黄旗披在郭威身上，共同扶抱起郭威，欢呼万岁，震天动地，趁势簇拥着他向南行进。郭威向太后上奏笺，请求主持宗庙社稷，侍奉太后做母亲。不久，太后发布诰令，任命侍中代理国政。次年正月初五日，后汉太后颁诰，将传国玺授予郭威，正式即皇帝位，即是后周太祖。

郭威拥兵举旗，代汉称帝，是借后汉"旧尸"而抢还"新魂"（改朝）的典型事例。郭威能成就代汉帝业，主要基于：首先，是具有足够的实力，一手握重兵，二身居显要之职，三立有军功，四是抓有部众与军心、民心。其次，"逼借"旧尸有术。他打着"诛奸佞，清君侧"的大旗，颇能蛊惑人心，这样，便师出有名，且名正而行（动）顺。再次，是"抢还"快速、及时。黄袍加身后，郭威对皇太后、地方官、人民的举措，甚为得体，皇太后只得对此加以默认和服从了。

事例：众将士陈桥兵变，醉主帅黄袍加身

后周太祖郭威称帝后，功业又有新的进展。郭威死后，由其养子柴荣继位，这即是周世宗。柴荣英勇善战，且自幼备尝人间苦难，故能知人善任。赵匡胤由于屡立战功，且率军有方，深得周世宗的赏识和信赖。后周显德五年（958），柴荣由于长期征战，身染重病，三十九岁便沉疴不起。其子柴宗训年方七岁，其国家大业，原本托付妹夫张永德，但此人统领禁军却乏治国韬略，且久对帝位虎视眈眈。柴荣弥留时便将孤主幼子托予赵匡胤。960年正月初一日，后周朝廷群臣正贺元旦，镇、定二州使者飞驰来报，辽国契丹军队与北汉会合，趁后周主幼新立之机，南下进犯。

恭帝与众大臣商议，决定命归德军节度使、检校太尉、殿前都点检赵匡胤，率领宫禁值宿警卫的众将抵御来敌。赵匡胤执掌军政六年，深得士卒之心，早已是众望所归。初三日晚，大队人马在陈桥驿驻扎，此地离京城二十里，将士们相互密谋说："主上年幼弱小，我等出生入死拼力破敌，有谁知道！不如先拥立点检为天子，然后北上征战。"诸将随即将密谋之事告知随军的赵匡胤之弟赵匡义与归德节度使掌书记赵普。由于赵匡胤醉酒卧睡，一点也不知晓此事。次日黎明，众将身穿铠甲手执兵器，直接敲门说："众将无主，情愿策立太尉为天子！"赵匡胤惊醒起来，没来得及回答，立即被披上黄袍，众将围着下拜，口呼万岁，搀扶赵匡胤上马向南行进。赵匡胤觉得无法推辞，便勒缰问众将："你们贪图富贵，拥立我为天子。我有号令，你们能够奉行吗？"众将下马说："唯命是听。"接着，赵匡胤又重申军纪，命对百姓安抚，对人民应秋毫无犯，且要保护后周太后与幼主，不得侵犯皇宫重地，凡欺凌朝臣权贵与闯入内府大库者，满门抄斩。接着，又率军拿下京城，杀死敢于抵抗的朝臣部众。正月初五日，赵匡胤在崇元殿行禅代帝位之礼，受百官朝贺称帝，改国号宋。并侍奉周恭帝为郑王，符太后为周太后，迁西宫居住。

赵匡胤雄才大略，久孚众望，深得人心，被诸将黄袍加身，势所必然。陈桥兵变，致使赵匡胤"抢还"新魂，禅代后周幼主帝位成为可能；他身居显官要职、战功卓著，深得柴荣信赖，又委以家国之大任，这些实力，亦使得他方能"逼借"后周"旧尸"，号令三军，指挥部将，镇压一切敢于反抗者。继郭威之后，又重演了逼宫禅让、借旧朝之"尸"而抢还新朝之"魂"的历史活剧。所不同者,赵匡胤实力更充足,抢还付的代价甚小,而还的新魂、所建宋王朝,也终于结束了五代十国的纷争局面,掀开了历史再度辉煌的新篇章。

4. 换还

所谓换还,系指在"智借"旧尸的前提下,付出一定代价以作交换,然后换还"新魂",这种"交"与"换",双方既可以接受,又可得其好处。施计者却可以通过此,达到与实现久盼之政治意图。

事例:李愬智借用敌将,雪夜袭蔡平淮西

唐朝中叶,淮西镇(今河南东南)藩镇叛乱。814年,唐宪宗发兵九万,四路进讨,却四年之久,无功而还。于是命太子詹事李愬这位文职官员为节度使,指挥西路军进讨淮西叛将吴元济。

李愬是位很有政治头脑、长于谋略的官员。深知"智借"敌军的力量,来达到瓦解、击溃对手的重要作用。因此,特别在此事上先狠下功夫。

首先,"智借"敌将,化敌为友。一次,唐军生擒叛军骁勇之将、被封为"捉生虞侯"的丁士良。深受其苦的唐军将士纷纷要求处死他。李愬先同意,后见丁视死如归,认为可以争取,便亲自为之松绑,且劝其弃暗投明。丁大受感动,述其身世,愿为之效劳,以报不死之恩。李愬还当场封他为"捉生将",给予诸多优待。果然,丁向李献计,并亲自活捉了叛军之将吴秀琳的谋士陈光洽,又通过陈说服了吴部率兵投降。

其次,是"护借"敌将,以瓦解敌阵。叛军骑兵将领李祐,很有韬略,且深得吴元济信赖。李愬设伏将其俘获后,晓之以理、明之以利，谈至深夜。致使本不愿降的李祐终于感动，详述了淮西的地域及蔡州的布防、兵将情况。唐军却认为李祐是叛军奸细，多次要求将他斩杀。为防不测，李愬先密奏报到长安，说明情况及取蔡州的打算。接着又当着众将之面，将李祐押送长安，请圣上决断。结果宪宗命其释放返回淮西，听候调用。众将皆服。

第三，"换还"妙计，雪夜袭蔡州。李祐回到淮西，李愬便当众宣布了圣旨，又委任他为统率三千"突将"的六院兵马使。李祐深受感动，献出平叛妙计，被采纳后，李愬便趁风雪夜出兵，以李祐三千"突将"为先锋，自率三千兵马为中军，又命部将李进诚三千人为后军，奇袭蔡州，终于消灭叛军，活捉了吴元济。

唐代藩镇叛将，多系武夫，拥兵自恃，横行一方，既无政治远见，又无长谋韬略。李愬以政治家风度治军制敌而平叛，终获成功。关键在于：一是"智借"旧尸。如果直取，不是以投降通敌，便是以失败告终。但他却用攻心之计，将敌将或化敌为友，为我所用；或护借以还，以图妙计。这是化无为而有为、无用为有用的"借尸"典型。二是拉大旗作虎皮，以"护"其战略实施，充分利用宪宗克敌心切，用圣旨赦还敌将，更加能放心使用，保证战略行动的成功。三是"换还"新魂、克敌袭蔡，自然而又奇绝。因有上述铺垫，终使敌将以献计而"换"恩德、以敌计制敌，这既符合常理逻辑，却又因奇计成功而叹绝。结果，平叛成功，李愬得皇上之赐，丁、李等人受益得赏便势所必然。

5. 夺还

所谓夺还，系指在政治斗争中，政治家们自身力量还暂时不够充足、壮大时，便用"委借"旧尸的办法，以蓄积力量。到一定的时候，待时机成熟时，便反手夺其势、还"新魂"。这是一种以退为进的策略，也是变"有用"（他用）为"无用"，又变"无用"为"己用"的过程。

事例：刘秀巧夺绿林果，舍兄保弟还汉魂

西汉末，孺子婴初始元年（8），汉元帝皇后的侄儿王莽废掉了孺子婴，自立为帝，改国号为"新"。

新莽天凤年间，荆州、新市（今湖北京山）一带因自然灾害，饥民大增，加之王莽的倒行逆施，使社会矛盾加剧，引发了绿林军的抗争。地皇三年（22），南阳郡春陵的豪强刘縯、刘秀兄弟，为西汉的皇亲宗室，由于王莽废除了汉宗室的封号，切断了荣升进宫的仕途，心怀积怨，便以"复高祖之业"相号召，联络地方豪强，并把宗族族人、宾客组成七八千人的军队，号称春陵军，参加反对王莽的新军，从而发展壮大起来。刘秀是一位颇具政治野心，又具政治谋略和胆识的政治家，眼见绿林军的强大，很有发展前途，就劝刘縯暂时委身参加了绿林军，欲借义军的力量，击败王莽，恢复汉刘的宗室王朝。地皇四年（23）二月，绿林军拥立刘玄称帝的更始政权，以刘縯为大司徒，刘秀为太常、偏将军。同年六月，在著名的昆阳之战中，绿林军消灭了新军的主力，接着推翻了王莽政权。在昆阳之战中，刘秀立了大功，刘縯又夺取了宛城。更始帝刘玄怕二刘兄弟势力超过自己，借他们与农民义军分庭抗礼之机，以违令之罪，杀掉刘縯。刘秀闻讯，施巧计，以退为进，赴宛城谢罪，以搏更始帝信任，被封为破房大将军、武信侯，不久又行大司马事。不仅免死，而且升官。接着，被派往河北去招抚州郡。刘秀以计脱身，到了河北，犹如放虎归山，势力很快发展起来。次年五月诛灭邯郸的王郎，封萧王。河北地区的豪强势力归附，势力大增。同年秋，收编铜马等军，与绿林军决裂。建武元年（25），刘秀在柏乡称帝，史称光武皇帝。接着定都汉阳，称为东汉。此后，刘秀镇压了绿林军和赤眉军，用十二年时间，消平群雄，完成了中兴汉室的统一大业。

刘縯、刘秀兄弟，为实现政治野心和抱负，暂时委身于更始军之中，借义军之手消灭了政敌王莽政权。接着，又施展打进去、拉出来的办法，软硬兼施，甚至不惜舍兄而保弟，终于乘归河北回山之机，壮大自己而称帝（还其"新魂"）。反过来又消灭更始军、剪除豪强，将曾"委借"之"旧尸"彻底消灭、清除、深埋，以绝后患。这种委借"旧尸"到灭尸、埋尸，然后夺其果、还"新魂"的策略，是历史故技的重演，也显示了刘秀的政治控驭本领。

第三，瓜熟蒂落，顺势正名，制胜之计在其中。

这种手法技巧的重点是"正"（名），待瓜熟蒂落、水到渠成之时，再在此基础上，对已借到手之"旧尸"，以顺其时、正其名、利其势的态势，而还其"新魂"。这实际上是如何"拉大旗"，又如何名正言顺地"作虎皮"以还"新魂"的问题。此种手法得以实现，必须具备"瓜熟蒂落"的前提，即政治家、野心家、阴谋家们为达到自己的政治目的，所需要加以利用的"旧尸"已经找借到手，还其"新魂"的时机已到，但其借口、名义还未找到之时，故需以"正名"方式来为己开路、架桥、归服部众、收买人心，使还"新魂"之举的阻力减小到最低限度，以顺利达其目标。

总之，一是要巧借"旧尸"（或借题）得手；二是须还"新魂"时机得宜（或发挥有可乘之机）；三是应师出有名，名正言顺，能广揽人心。有此三者，则借尸还魂之计的实施，可收长效、显效、多效（一箭双雕或数雕）。

大凡高明的、远见卓识的政治家，在完成自己的政治使命时，除绞尽脑汁巧借"旧尸"之外，更要乘隙度势，名正言顺地去还"新魂"，以此来向人们验证"天意助我"、"得道多助"的信条。这是对对手进行"武力讨伐"获胜的同时，实施的"道义征服"。使政敌既"身败"又"名裂"，自己则功成名美，而众心归服。在具体运用上，则有扶正（去邪）、谏正（拒曲）等方式和手法。

1．扶正（去邪）

所谓扶正，系指施计者为实现其政治意图，在积蓄实力（借尸）、审时观势之后，为排除阻力、扫平道路，便打出扶正（助王）去邪（除奸）的旗帜，以使还"新魂"的行动举措一举成功，且师出有正名。同时，其"善后"更能稳操胜券、得心应手。

事例：殷侯三监齐作乱，周公辅王力除奸

周代著名的政治家周公姬旦，为辅佐成王行仁政，当殷侯与三监共同叛乱时，兴王师，举除奸之大旗，一举清除外贼（殷侯）与内奸（三监），而安定天下的置措，是后代儒家思想家与谋士们向帝王推荐、讲解"王道"、"仁政"时，所津津乐道的美谈盛事。

周武王兴兵讨伐无道暴虐的殷纣王，一举将商朝灭亡之后，周王朝统治者为了安抚商朝留下的旧贵族，便将商纣王的儿子武庚封为殷侯，留住在殷故都。同时，周武王为防不测，又特派自己的三个兄弟管叔、蔡叔、霍叔去监视他们，称之为"三监"。武王建立周朝后，身心交瘁，不久就病死了。继位的周成王年幼，年仅十三岁，便由武王的弟弟周公姬旦掌管政事，辅佐朝政。

虽然周公忠贞不贰地辅助成王，管理国事，但是弟弟管叔、蔡叔、霍叔却对此妒火中烧，心怀不满，不断造谣说周公有篡夺王位的野心或另有图谋等，进行中伤。对此，武庚误认为复国报仇的时机已到，便利用了"三监"对周公的妒嫉和怨气，故意极力迎合他们，且又彼此串通一气，联络了一批商朝的旧贵族势力，终于发动了东方的淮夷、徐戎，共同开始叛乱。致使周朝的国都镐京形势动荡不安，十分危急。

周公面对险势，临危不惧。首先说服朝中重要的大臣召公奭，安定了内部。前1062年，周公姬旦亲率王师，高举兴王除奸的大旗，进行东征，讨伐叛乱。同时，周公姬旦又授权太公望，控制了东方诸部。接着，又用了三年时间，终于平定了叛乱，杀死了武庚。管叔面对此局面，羞愧地上吊自缢身死。蔡叔则被充军，霍叔被革职。周公还将原有商朝的旧贵族定为"顽民"，集中迁移到洛邑，并派兵严厉地将他们监管起来，周朝的统治得以巩固和安定。

周公姬旦是一位深谋远虑的政治大家，在兴王师、平叛乱、除奸贼的过程中，高超地运用了"正名"之术，使政治、军事方略步步获胜而实现。其主要手段，一是伺机而动，以观后效。对殷侯的处置、三监的设立，既有相互监督的作用，也有朝廷便于制驭、监视的功能。二是兴王平叛，扶正除奸。平叛除奸，师出有名；扶正去邪，深得众心，故得以功成。三是除奸安内，迁监殷顽。对三监和殷顽的处理，既有区别，又目标一致，使得内外皆安。将"殷顽"迁监,更是"正名"的继续,是"道义征服"、"政治宣判"的实证,也就从根本上彻底清除了后患。

2. 谏正(拒曲)

所谓谏正,系指施计者为达到特定的政治目的(举荐、献策、出计、进谏),利用对手的速胜心理、虚荣心理、求全心理、制驭心理,以"逆反"(与众不同或力排众议)、"示正"(正面阐发、推行策略)的方式,巧借"旧尸"(对手的心理、处境、利害的利用),并以还"新魂"(达到推销自己策略、谏言、计划的目的)而言。其谏正的目的,在于拒绝曲理而行正理、正义、正道、正途,采纳明正谏言。此种"谏正"而还"新魂"的方式,多在君臣(直臣)之间、部属(上司与下属、臣属)之间,政治斗争紧张、危急时刻采用,是以常奏奇效。

事例:汉明帝苛察兴工,钟离意直言劝谏

东汉明帝性情狭隘而苛察,好用耳目窥探群臣的隐私,认为这就是英明。公卿等高级官员屡屡被辱骂,陪伴近侧的尚书以下官员甚至遭到殴打。当时朝中群臣无不胆战心惊,争着表现出严厉苛刻的态度,以逃避诛杀或斥责。唯独尚书仆射、会稽人钟离意敢于同明帝争辩,直言劝谏,屡次将他认为不妥的诏书封还。官员有了过错,便设法解救。永平三年(60),适逢天象接连出现怪异,钟离意便乘机上书谏言道:"陛下尊敬畏惧鬼神,怜悯体恤百姓,然而却出现气候失调,寒暑不合时令的现象,其过错在于百官不能推广皇恩和尽到职守,而以苛刻作为时尚。群臣之间没有相亲的心愿,官民之间没有谐调的感情,以致影响违逆了祥和之气,招致天灾。百姓可以用恩德来感化,却难以用强力来压服。

《诗经·鹿鸣》之诗一定要提到欢宴的缘故,是由于人神之心相通,然后气候才能调和。希望陛下赐恩德,宽刑罚,使天时之气和顺,以谐调阴阳。"明帝虽未正式采纳建议,但在实际所作所为上已有所收敛。明帝知道钟离意出于赤诚,所以基本上能够接受他的劝谏。

同年六月,汉明帝又大兴土木,兴建北宫。当时正逢天旱,尚书仆射钟离意来到皇宫门前,摘去官帽,上书谏正道:"从前商汤遇到旱灾,曾用六件事责问自己:是执政用权不节制吗?是使用民力过度吗?是修建宫殿建筑太多吗?是女人、宦官掌权吗?是贿赂贪污盛行吗?是进谗言的小人得势吗?如今,我看到正在大修北宫,农民不能适时耕作。自古以来,忧患之事不是宫室狭小,只是担心人民不安。应当暂且停止修建北宫,以顺应天心。"明帝下诏答复道:"商汤提到的六件事,错误只在一人身上。钟离意可以戴上官帽,穿上鞋,不要请罪!"并命令将作大匠停止营建一切宫室,减少不急的开支,还因此下诏向公卿和百官谢罪,承认过失。

汉明帝性格狭隘苛察,然却畏惧鬼神,既好大喜功,大兴土木,却又深信天人感应,迷信天象异变,必将降祸人间。他喜窥探臣下隐私,可又生怕落下暴君的恶名。对汉明帝的双重政治人格所导致的心理误区及性格弱点,作为尚书仆射、皇帝近臣的钟离意看得一清二楚,才能够向明帝谏(呈)正(见)。钟离意施展了"心理攻势"的伎俩,正言若反、答而故疑、意曲而直义,旁敲侧击,软硬兼施,以退为进,终于使明帝下令停工,罪己认过。在对臣下的责罚上,则不得不有所收敛,以免"天诛"。可见,这是以帝王贪图之虚名、惧畏之神鬼（借尸），投其所好，戒其所恶、惧其所畏、述其所应为，来达到（进）谏正（见）的政治目的（还"新魂"）。同时，更是拉鬼神的"大旗"来作天有异象的"虎皮"，包着自己，去进谏皇帝的典型、成功手法。所起效应，也就非同一般了。

三、居处有方　巧借尸智还魂

借尸还魂之计，是施计者在实力上处于优势地位时，所施用攻战计的重要一环，同时，又可配合其他计谋手法，作为总的策略方针中的配套性政治手腕。由于借尸还魂之计，有着一计独用、一计多用、一计合用、一计配用的特色，且实施后，尽可收短效、长效、近效、远效、多效、显效，所以此计向来受到政治家、阴谋家、野心家们的重视与青睐。在实现各种各样的政治意图（大至改朝换代，小到进谏纳言），达到各色政治目标的过程中，不仅惯用此权术伎俩，而且反复多次地加以运用。

借尸还魂之计的实施和保证其成功，必须具备若干先决的条件：

一是不能借错尸。如果施计者的政治家，将尸借错，既会招致为他人作嫁衣裳的结果，而且还魂之后面目全非。不仅久谋的政治目标不能企达，还可招致还魂后的对手、政敌的反咬和伤害，导致引狼入室的巨大恶果。

二是不能丢了魂。在政治斗争中，激烈的较量与角逐，随时可使政治家们暂时失利或受挫，但此时千万不能丧魂落魄。若丢了魂，则失去了借尸的根本与意义。若丢了尸，则还可以再借；只要不丢魂，则仍可东山再起，重新借尸，还其新魂。

三是借尸不能带进鬼。政治家在判断政治斗争的发展态势与动向时，一定要准确。由于每具尸骸的附近都有鬼相萦绕，还有其他各种政治势力相互牵制。如果借尸不当，方法不对，那么，该尸附近的野鬼便会附尸而来。这将会给还"新魂"带来阻力，延长驱鬼除害的时间，分散政治家的注意力和实力。可见，一定要区分有鬼无鬼之尸，窥其是否真的是"无为"还是"有为"，是"无害"还是"有害"的东西。这样，才能真正借到无鬼之尸，变无为而为有为，完成借尸的任务。

四是不能随便弃尸。在还"新魂"之后，大凡精明的政治家和用计者，一定会将弃尸深埋，或斩草除根，以绝后患。否则，随便弃尸，或仅将政敌、对手击伤、打败，而不是消灭或斩草除根，那么，一定会卷土重来，或留下无穷后患。更有甚者，敌人、对手还会将随便所弃之尸，为他们所用、所借，从而还敌之魂，反手击己。故一定不能随便将用完之弃尸乱扔，而是深藏、坑埋，或彻底消灭，以使政治敌手无计可施，无隙可乘，无口可借。

只有把握好上述实施借尸还魂之计的先决条件，并将应用的时间、范围、条件选择适度，才能用计成功，达到自己既定的政治目的。这样，才能巧借其尸、智还其魂，却又不为政敌留下任何借口、机会，且将其斩草除根、彻底消灭。或者能解燃眉之急，或者能顺利渡过生死存亡关头，总之，以达到、实现用计者预定的目的为标准。此计在政治斗争中的应用，大多在敌国之间、君臣之间、臣僚之间的范围内实施。

第一，在敌国之间。

敌国之间，时常兵戎相见、互为寇仇，同时，为战胜、制伏对手，则又软硬兼施、攻守并用。这就使得在战阵对列、攻伐相间的流血战场之外，又形成和开辟了双方斗智斗勇、施计图谋的第二个战场，即政治斗争的战线。为着战争的目的、战略意图的实现，在这两个重要的战场上，政治家与军事指挥者们，都力图将借尸还魂之计加以熟用与巧用。

然而，敌国之间，国势有强弱之分、军力有大小之别，实施军事行动的政治家、军事指挥者，能力有高下之异，判断、谋略更有悬殊之差。这样，能否用好、用准借尸还魂之计，达到克敌制胜的目标，既是敌对双方个人之间的斗智、斗勇、斗狠，更是群体之间的一场生死格斗与较量。

1．弱国对强国的使用

由于国力悬殊、威势难较，故弱国对强国的侵凌、军事征伐，往往采用政治、军事两手策略兼施，文攻与武卫双管齐下的办法。为克敌制胜，弱国在实施借尸还魂之计时，则多用避强攻弱、避实就虚的办法，使强敌不能逞其威；然后，再用强借、逼借、智借敌尸的办法，化害为利，以赢得破敌、避祸、自存的胜利，从而还其"新魂"。

弱国施用借尸还魂之计，要战胜强国，关键是要巧"借"智"还"，实现条件必须是敌愚敌盲而己明己醒，即时时引导敌手、政敌犯错误（误判、错断、偏信、诈言、盲行等），然后乘其隙、攻其懈、伐其痹、克其害。

事例：夜窃楚帅强借令，宋围遂解还国魂

春秋时期，楚国围困中原的弱小宋国。宋人认为楚军远离故土，不能久战，便采用坚壁清野的策略，待楚军粮尽自退。楚军看穿了这一策略，本要撤兵，却假装命令全军士卒在驻地附近开荒盖房，以此施加压力，示其久驻之意。宋国人果然惧怕起来，宋国大将华元说："我看楚国并无撤兵的意思，全城百姓都将被饿死，陈尸街头。如实在别无良策，就让我悄悄地出城，面见楚军元帅公子侧，或许能够得救。"当夜，宋人把华元从城墙上吊下去。华元偷偷来到楚军统帅公子侧的营帐中，只见公子侧喝醉了酒，正伏在案边酣睡。华元先整束好公子侧的衣服，把他搬坐起来，然后唤醒。华元陈述来意说："楚围宋已历九个月，城内粮食已经吃光，现在城内百姓都互相交换着吃孩子，把人骨头当柴烧，真是困难到了极点。即使这样，宋国上自国君下至士民，都愿为保卫国家而献身，誓与国都共存之！想逼迫我们签订屈辱的城下之盟，那是绝对办不到的。贵军倘能退避一舍（三十里），宋国愿意成为楚国的盟友。"说罢拔出匕首，在公子侧眼前晃了晃说："如果你不答应我的要求，华元我就在今天夜里与元帅同归于尽！"公子侧被这突如其来的举动惊得目瞪口呆，赶忙制止华元说："宋国被围困到了现在这种程度，我怎么忍心再去加剧这种惨况呢？"便请示楚王，和宋国订立盟约后撤围而去。

事例：齐顷公受三军围，逢丑父借衣救主

春秋时，齐国虽是强大之国，却也遭诸侯反抗。前633年，晋国应鲁国、卫国的请求，出兵攻打齐国。面对鲁、卫、晋三国，齐国一时处于劣弱之势。齐顷公被晋军围困在华不注山下，齐军兵败，被晋军紧紧追赶。这时，逢丑父见军情危急，便对齐顷公说："事情已经非常危急了，请您赶快把衣服脱下来给我穿上，您穿我的衣服，以此迷惑晋人，您就可以逃脱了。"顷公不得已和逢丑父换穿了衣服。果然，晋军大将韩厥率军误将逢丑父当作齐顷公俘获了去见晋君。这时，晋国另一位大将郤克已经知道韩厥中计，被逢丑父骗了，便要将此人斩杀。逢丑父大声抗争说："晋国的臣子们把我当作一面镜子吧！做人臣的理应救君于祸患，如今要把这样的人杀掉，从此以后你们晋国再也不会有敢于牺牲自己保全国君的人了。"郤克听了，认为言之有理，便说："我把全心全意忠于国君的人杀了，大不吉利。"叫人把逢丑父暂时关押起来，饶他不死。待到战事结束，两国签订盟约后，才把逢丑父释放回国。

在这两个事例中，弱手遇强敌，要免于灭顶之灾与束手就擒的命运，必须利用、借敌人的错误、弱点（即"旧尸"），来乘机化导，摆脱困境。宋将华元利用楚军的麻痹，偷袭主帅营帐，逼令撤军解围（还"新魂"），以命相拼，终致化险为夷、围解国存。逢丑父见国君被困，引导对方犯误识之错（诱借"旧尸"），以更衣使君脱险；更以敌人的心理弱势（惜名、顾义）为主攻方向，致使自存而返国（巧于"还魂"）。这是"心战"胜于"实战"、政治攻势挽救军事政局、以弱赢强的典型实例，其成功的关键、局势的转折点，在于运用此计的巧妙高超。

2．强国对强国的使用

强国之间，势均力敌，国势、国力不相上下，彼此以对方为敌手，长期进行较量。借尸还魂之计，是彼此双方常用的计谋手段。两强相争,胜者只有一方。其关键在于施用此计时,或隐借（尸）明还（魂）,或明借（尸）隐还（魂）,致使施计已完、目标已达时,敌手才大梦初醒,但却败局已定。

事例:申包胥明借秦师,伍子胥惧撤吴军

春秋时期,吴、楚、秦均是强国,雄踞一方。为争霸业,吴国军队攻破楚国都城郢,意欲灭掉敌国。这时,楚臣申包胥先修书给伍子胥,请求吴国允许另立一个继位之君,以便保存楚国的宗庙,维系国体。伍子胥为报杀兄弑兄之仇,对此不予理睬。申包胥转向秦国乞师以救楚,秦哀公一时难下决心,遂叫楚臣暂安客馆以待。申包胥却说:"我们国君楚昭王现在逃亡在外,奔波于草莽之间,要吃没吃,要住没住,作为臣子我怎敢在贵国客馆里享清福?"就站在秦廷,倚着柱子日夜痛哭。一连七日不吃不喝,结果眼里都流出了血来。秦哀公见此景况,终于动了恻隐之心,对他说:"臣子爱他的君主,竟达到这种程度啊!楚王有这样的贤臣,吴还要灭掉它,干出这样不仁不义的事,怎么能容忍呢?"秦哀公为申包胥的行为所感动,即兴作了一首名为《无衣》的诗,来表彰他对君主的忠心耿耿,同时也是为了勉励天下做臣子的人,并即刻决定发出拥有五百辆兵车的大军援助楚国。吴国闻秦发兵援楚,十分惧怕,只得与秦通好。楚围遂解,国以图存而复兴。

事例:借粮助越赈饥荒,蒸粟还吴削其强

吴越争霸,虽为近邻,却互为敌国。两强相斗,各有得失。越国图谋灭吴,时时伺机,欲使吴国先贫且乏,而后以武力制灭。越王便命令大夫文种到吴国去借贷一万石粮食,用来赈济国内的饥民。吴王夫差不以为然，如数借粮。

次年，越国农业获得大丰收，越王便与文种商讨还粮之事。越王说："去年借吴国的粮食，如不归还恐失信用，否则吴将借口伐越。可如数照还，却又有损于越而利于吴。此事你以为如何呢？"文种则说："我意，从粮食中精选出一部分来，蒸熟了以后再还给他们。他们定爱我们的粮食好，必将留作种用，如此，他们就中了我们的计了。"越王决定如数将蒸粟发还吴国。吴国人果然爱其还粮籽粒饱满，第二年春天用作良种以播，结果均未出芽，至秋颗粒无收。致使这一年，吴国发生了大饥荒，国力、国势大不如前，越国的国势却暗中增长，更使灭吴之举又大跨一程。

前例楚臣申包胥为救楚而明乞秦师（借尸），为说秦王，晓以忠义，感其恻隐，终使哀公发兵。然则所"隐还"（还魂）者，是借秦之强以克吴之灭楚之心。结果，迫使吴不得不与秦通好，解楚围，复楚王业，而兵不血刃。后例中，文种则"暗借"吴粮以赈饥，实则为"明还"蒸粟铺垫了道路。吴国以越明还之粮作种，阴受颗粒无收、大饥国贫之祸。这是两强相争，施用"明中有暗"、"暗中有明"，巧借（尸）智还（魂）手法，制敌得逞的实例。

第二，在君臣之间。

在古代政治生活与斗争中，君臣之间，关系微妙，错综复杂。他们既有共同维护统治政权，而风雨同舟、彼此共济的一面；又有因分属不同既得利益的群体，而有政争、权争、位争、势争、财争，互不相让、形同水火的尖锐冲突。为此，围绕权力这一中心，君臣之间，往往各施权谋，以相制驭。用借尸还魂之计，以达目的,则是惯用伎俩。

1. 君主与权臣之间的互相使用

君主与权臣之间,君主既要依靠权臣,以为辅政之用,但更重要的,还有防其谋反的一面。作为后者,君主则要不断施用借尸还魂之计,对权臣的忠心加以测试。其具体运用的手段,则是"明察"(明借)、"暗访"(暗还)、"反探"(仇借思还)等。

事例:秦子婴明察权奸,诛赵高斋宫设伏

秦朝末年,权臣赵高杀了秦二世胡亥以后,拥立二世的侄儿子婴为皇帝。子婴便私下对两个儿子说:"赵高之所以立我为帝,是恐怕群臣把弑君之罪加在他头上。如果不杀了他,说不上他又要打什么鬼主意。我正式册立的那一天,你二人可在斋宫设下伏兵。我则谎称有病,等赵高前来迎接,立刻抓住把他杀掉,借此来为父辈报仇雪恨。"到了这一天,赵高果然来到斋宫,为伏兵所杀,后又灭了赵氏三族。

事例:汉高帝反探权臣,快恩仇先封雍齿

汉高帝五年(前202),垓下一战,消灭了项羽的主力,统一了全国。之后,则大封功臣。起初,先封了张良、萧何、曹参等二十余人。其余的将领则日夜争功,久拖不决,一时无法定封位。有一天,刘邦到洛阳南宫,在路上,看见诸将三五成群地围坐在沙滩上交谈。刘邦便急忙询问身边的张良说:"他们究竟在谈论什么?"张良则回答:"陛下不知道吗?这些人是在谋反。"刘邦则不解地问:"天下既然已经安定下来了,为什么还要反呢?"张良回答:"陛下起于布衣,是依靠了这些人才取得了天下,而所封的功臣却都是萧、曹这一班故人,所诛杀的则是平生所仇恨的人。

这些人既怕得不到封赏，又怕因为过失被诛杀，所以相聚在一起愤愤不平。"刘邦忧虑地说："那怎么办呢？"张良便乘机向刘邦问道："陛下最憎恶，而且群臣都知道的人是谁呢？"刘邦说："雍齿与我有故怨，曾经几次窘辱我，我想要杀掉他，因为他功多，我又不忍心。"张良建议道："现在应该先封雍齿给群臣看看，群臣看到雍齿封侯，人心就安定了。"刘邦摆下酒宴，封雍齿为什方侯，又催促丞相、御史快一些定功行赏。群臣在酒宴结束后，都说："雍齿还能够封侯，我们这些人不用担心了。"这样，因封功臣所引起的不安情绪全都消失了，帝王对权臣的控驭，则大为加强。

事例：晋明帝微服暗访，惊叛军路遗宝鞭

东晋明帝时，朝内权臣王敦将要叛反，举兵内向。消息传到晋明帝耳里，为了探听虚实，便骑着巴滇地区产的良马，微服来到王敦率军在湖阴的军营。察看之际，军营中有人外出，突然发现晋明帝非一般寻常之人，形迹可疑，便回去禀告王敦。王敦闻讯，则立刻派五个兵卒骑马追赶，以询究竟。晋明帝发现行为暴露，叛军已惊警，便策马返回。王敦派出的五个兵卒，远远望见背影，在后紧追不舍。在一处地方，晋明帝见有一个卖东西的老妇，便将随身七宝马鞭递给她，并吩咐说："假如后面那几个兵来到这里，您可以把这件东西拿给他们看。"不一会儿，那五个兵卒果然追赶到了这里，便向老妇盘问晋明帝的去处。老妇人则说："已经走远了。"随即把七宝马鞭拿给他们看。那五个兵卒见此宝鞭，便相互传观，且不断称奇，万分惊喜，这样观赏了很久。当他们突然想起要再去追赶时，晋明帝早已跑远不知去向了，故得以脱身回朝。

这些帝王对权臣的"明察"、"暗访"、"反探"之举，目的在于除灭权奸或防止叛反，以安君权社稷。在施用此计时，帝王或借权臣的有恃无恐（如赵高），或乘叛臣的懈怠与不备（如王敦），或利用权臣有功待赏之心等，观其行，听其言，察其动（借"旧尸"）；然后，采取对策与行动，达到其政治目的（还"新魂"）。

2．臣下对君主的施用

如果说，君主对权臣使用借尸还魂之计时，具有以攻为守（君权）特点的话，那么，臣下对君主施用此计时，则多采用以守（臣权）为攻的策略手段。这是由于在大多数情况下，臣下对君主而言，处于受制于从属地位。因此，时时得体察"圣上"的言行、举止、好恶、需求、心态变化，然后再借其微识动静之机，乘其隙，或"识微"借情察变（借"旧尸"），而知己臣下之进退（还"新魂"）；或臣下借古喻今（借"旧尸"）说帝王，以行进谏之事（还"新魂"），达到保存自己（实力、权势、官职）和臣僚群体的目的。

事例：范蠡识微求退存，陶朱逍遥泛五湖

凡是高明有识的臣下，在伴君时，不但谙识虎性，而且能时时察变而知进退，以求自存。如有的虎只可饥饿时与之相伴（共患难），深通人性；饱食时则会张牙舞爪（不可共欢乐），伺机伤人。也有的虎乃是饱食则酣而可伴，饥饿时则食不择人而扑杀伴者。如此种种，不一而足。越国的名臣范蠡，既深通此道，又善用借尸还魂之计。当越灭吴以后，越王便在贺台之上大摆宴席，招待各位臣下。宴席间，群情甚为欢腾。越王勾践实现多年梦寐以求的灭吴复国愿望,此时却神态反常,面无喜色。深谙越王心性的大臣范蠡见此状,便在私下感叹说:"大王不想归功臣下,这就打开了怀疑猜忌的大门,有功之臣从此就该倒霉了。大王的为人,是只可以与他共患难,而不可以同享安乐呀!"范蠡便入见越王辞行说:"我听说过,君主受了屈辱,臣子也就不能苟且偷生。过去,大王在会稽被吴王夫差打败,做了俘虏,蒙受莫大的耻辱,我之所以未能死节的原因,是想忍辱负重,帮助大王完成复国安民的大业。如今吴国已经灭了,我请求大王能开恩赦免臣子在会稽犯下的死罪,留下一条生路,让我归老于江湖之间,以了却残年。"勾践好言相劝,再三挽留也不成。次日,再召见时,范蠡已不辞而去了。后来,范蠡浮海到齐国的临淄经商,致富后便周济亲朋,曾三致千金,史称其为"陶朱公"。

事例:汉冯唐说古喻今,汉文帝明辨忠奸

为使帝王纳谏,或改弦易辙,或平冤改过,或闻过则喜,或从善如流,臣下更须借助各种手段,伺机而行,方能达其政治目的,使帝王或臣僚均得以自全或转危为安。说古喻今,借古讽今乃是一种惯用的巧术上策。汉代郎署长冯唐,便是这样的能人。汉文帝时,魏尚任云中太守。当时,匈奴人时常侵扰边塞,使北方诸郡时刻不得安宁。魏尚任云中太守以后,便开始整治军队,积极抵抗,一时汉军声威大震。匈奴人闻知魏尚贤勇,故轻易不敢来犯云中。有一次,一支匈奴的军队进入云中境内,魏尚便亲率兵卒迎战,杀伤甚众,打败了匈奴入侵。由于一时疏忽,魏尚在向朝廷报功时,多报了斩杀的六个首级。汉文帝便认为魏尚冒功,撤消了魏尚的职务,且要依法治罪。臣下们都感到魏尚获罪有些冤枉,却无法解救。一天,汉文帝见到郎署长冯唐,便问:"你是哪里的人呀?"冯唐回答说:"我是赵人。"汉文帝一听,便来了兴致,说:"以前我听说赵国的将领李齐十分了得,巨鹿大战时,威震敌胆。现在,每当我吃饭的时候都想起李齐。"冯唐回答说:"李齐远不如廉颇、李牧。"文帝听后,对赵国当时拥有那么多良将,既感到惊喜,却又感叹道:"可惜呀,我没有得到廉颇、李牧那样的将才,如果有他们那样的人为将,就再也不担忧匈奴人了。"这时,冯唐见救魏尚而进谏的时机已到,便脱口说出:"陛下如果得到像廉颇、李牧那样的将领,如今也不一定会用。"汉文帝一听此言,却感到十分惊诧,反问说:"那你怎么会知道呢?"冯唐则回答说:"古时候的帝王派遣将领出征,总是说:'大门以内我负责,大门以外,请由将军治理。'军队里按功行赏,这本来就是将军们的事,由他们先决定以后再转告朝廷。以往,李牧在赵国做将军时,所在地的租税都自己享用了,赵王从不责怪,所以李牧的才智得到了充分的发挥,赵国也几乎成为霸主。而当今,魏尚做云中太守,其所在地的租税收入,全部用来供养士卒,因此匈奴才惧怕他,不敢接近云中的边塞。陛下仅仅因为六个首级的误差,便将他下狱治罪,削掉了官爵,所以,我才敢说,陛下即使有廉颇、李牧那样的将才,也不能够很好地任用他们。"冯唐的这番话,既借古而讽谏了汉文帝,又为魏尚说了情,鸣了冤,却没有因此而得罪汉文帝。因此,汉文帝听了冯唐这些话后,很受感触。当天,就派冯唐拿着符节到云中赦免了魏尚,并且恢复了其云中太守的官职。

范蠡对越王在庆功宴上的细微举止变化,将此"无意"(无用)

之心态流露,加以借题发挥、借情判疑,然后立决功成身退以求自保之计,而且坚辞以谢,浮海远游,终避兔死狗烹的杀身之祸,这是权臣将帝王的无为变有为(无意为有意),然后决策以达其政治目的(急流勇退)的生动一例。至于冯唐借古讽今,以进谏文帝,使魏尚冤洗而官复、功显而名正,则是明借暗喻以谏君,进辨臣之忠节的计谋手法具体运用。前者具有以退为进的特点,后者则以进为退,以求帝悟而臣保。可见,手法不同,然用此计的目的,却是殊途同归,有异曲同工之妙。

第三,在臣僚之间。

臣僚不论官职高下,地位尊卑,作为一个官僚政治群体而论,在帝王君主面前,均存在主奴关系,同属奴才效命之辈。官僚群体内部有着官阶、权势、贵贱、上下之别,更有着权位之争。在官场的政治角逐中,臣僚之间围绕权力为中心,所展开的明争暗斗、用计施谋,既有刀光剑影,又有杀机四伏的环生险象。为将政敌同僚置于死地,争相实施借尸还魂之术,便是情理之中的事了。

1. 同僚之间:霍光拉"圣上"大旗除政敌

西汉昭帝即位时只有八岁。根据汉武帝的遗诏,让大将军霍光(霍去病之弟)辅佐幼主,以决国事。霍光为人沉静详审,资性端正。辅政后,日理万机,精勤谨慎,却引起朝中同僚大臣的猜忌妒恨。其中,最不满的是左将军上官桀,他位居九卿,在霍光之上,且其子是昭帝的岳父,曾因为亲戚求封遭霍光拒绝而结怨。次为桑弘羊,亦因为弟及子求官未成而忌恨霍光。此外,长公主、燕王旦则因皇位而记仇于霍光。以此四人为核心,组成一个反对霍光的阴谋集团。经过策划，上官桀、桑弘羊便伪造了一封燕王旦的信。信中诬霍光私自动用朝廷的侍卫部队羽林军，又擅自调动、增加大将军府的校尉，要发动叛乱。此信乘霍光休假之机交给昭帝。桑弘羊更煽动大臣们，力主要罢黜霍光，但昭帝未从。次日上朝时，霍光获悉此事后，便在画室中停留不敢入朝。昭帝追问，上官桀乘机说因有人告他谋反，霍光已不敢入朝了。昭帝便下诏朝见，霍光便摘下官帽上朝谢罪。昭帝则说："大将军戴上帽子，我已知此信是假的，大将军没有罪。"霍光大吃一惊，忙问："陛下怎么知道呢？"昭帝说："将军大张旗鼓演习羽林军，此为分内之事。调选校尉之事还未超过十天，远在燕地的燕王怎知此事呢？且大将军倘要做不本分的事，也用不着调动校尉呀。"昭帝的话使朝臣惊惧，上书的人闻讯便逃跑了。不久，他们又阴谋杀霍光，废昭帝，均以失败受严惩而告终。

2．下属与上司间：寇恂借机矫令夺印

新莽政权覆亡之前，刘玄建立更始政权，遣使者巡行郡国，声言先降之人可复原爵。上谷郡功曹寇恂随太守耿况在郡界迎接使者，且交上了太守印绶。使者取印后过了一夜，却无发还之意。寇恂便带亲兵进见使者，求将印绶归还给耿况。使者却拒不交还，并说："我是天王使者，你想要胁迫我吗？"寇恂则回答说："使君持节负命巡行四方，反而先丧失了信用。耿府君在上谷一带很有威望，今天使君欺负他，必将产生祸患。"使者仍不答应。见此，寇恂借机令手下人矫以使者之令召耿况。耿到后，寇恂走到使者面前，取出印绶给他佩上。使者不得已，只好以更始帝的名义，让耿况继任上谷太守。

3．上司与部属间：苏章借酒秉公惩属

苏章是东汉时的冀州刺史，为官正直无私，深得众望。其友人为清河太守，属冀州下属之官。此人在任上，贪赃枉法，胡作非为，致使民怨沸腾。苏章到清河去巡视时，得知此情，便想惩治他。为此，苏章专门备办酒席，宴请此太守。酒宴中，二人畅叙友情，甚为欢洽。友人便误以为苏章会徇私情，不治他罪，便得意地说："别人头上只有一个天，而我头上却有两个天。"苏章回敬说："今晚，我与过去的朋友饮酒，这是私恩。明天本官冀州刺史去公堂办案，却是公法。"次日，苏章果然依法惩治了那位部属太守。

霍、寇、苏三人，使用此计，或为惩奸，或为夺印，或为治贪。其政治目的（还"新魂"）虽各异，但其借用的机会与手段、方式（借"旧尸"），则大致相同，即拉帝王的大旗作虎皮，以相掩护，或圣上的恩德、威势（诏令、法律）等，以相凭借。从而，打击、制驭、惩治政敌与对手，以收克敌制胜之效应。

四、静以待借　斗智斗谋斗狠

借尸还魂之计是三十六计中的第十四计，也是施计者处于优势地位时的攻战计中的第二计。它首先在政治斗争与政治角逐中，多为强者，或有理、有势、有权的官员或群体所使用，以伺机借题发挥，或乘隙进攻政敌，然后实施多次打击，达到与实现自身的政治意图（克敌制胜、消灭敌手、瓦解敌营）的策略手段。其次，这一重要的策略、战术手段，也常被暂时失利者作为扭转败

局、转败为胜的奇谋"良方"。至于阴谋家、野心家们，为了达到特定的政治目的（诬陷、消灭政敌对手），也常用此法，且在技巧上加以发挥，借题发挥、伺机寻隙找借口，然后置敌手于死地。借尸还魂之计，在历代政治斗争中，曾被广泛使用。同时，由于各色人等的交互应用发挥，致使它本身的文化内涵、智道积淀（感性的与理性的）更为宏富，形成了诸多显示个性的基本特点。

第一，借尸还魂之计在政治应用目的上，呈现出明确性、巧饰性与伪装性的特点。

所谓明确性，系指处于优势地位的施计者，在运用此计谋时，早已筹谋在胸，目标明确。为实现其政治意图更具把握，则须寻求中介力量（借尸）以助、以附、以依、以托，从而使获胜的过程大为加速。因此，其终极目标与所要企达的战略意图，则贯穿于行计的全过程之中。

至于政治应用目的上的巧饰性与伪装性，则是由借尸还魂之计自身个性与特点所决定的。由于政治目的实现，须经"借"尸、"还"魂两道工序。两次转折，而不能直达和一次性完成。因此，为使过程中目标不致过早暴露，使政敌与对手有机可乘、有隙可间，故必须加以巧饰与伪装。既须拉大旗，又须作虎皮，包裹自己，麻痹对方的视线，然后进而取之。

第二，借尸还魂之计在政治角逐施谋的技巧、方法上，则有着隐蔽性、转移性的特点。

"借"、"还"是本计的主要政治手段，也是施计能否成功的关键所在。"借"、"还"自身所具有的客体性、转移性、他偿性、选择性与不稳定性，致使实施时，"借"、"还"与政治意图的实现，成为三个互相联系却又大有区别的阶段。客观外在条件的变化，所导致的诸多潜在逆反因素，更可随时使本计实施过程中，诸个环节出现中断、夭折或意外。这一切，使得政治家们在应用技巧上，必须具有隐匿、深藏不露、流动转移的娴熟本领。否则，一环不慎，或目标过早暴露，将导致不仅会借尸不成反引"鬼"，更可能还魂无处敌已惊（避、走）的恶果。因此，首先在借尸这个前提实施上，须慎之又慎、择之又择、隐之又隐，在上述的借正、换形、易法、赖力、利机的手法中，均体现了这一点。其次，在实现待机、创胜、制利（功）的过程中，"静以待借"、"视机创还"、"顺势制（正）名"等，又无一不包含着施计者的随机而动、伺情察变、顺时就势，以达功利目标的流动性特色。

第三，借尸还魂之计在政治权谋效应上，更具逼夺性、威慑性的特点。

此计在政治权谋效应上的这一特点，具体生动地显现在"还"新魂的过程中。无论是巧借"拣还"、妙借"偷还"、逼借"抢还"，抑或是智借"换还"、凌借"夺还"，除敌对两方的斗智、斗谋外，更需斗勇、斗势、斗狠，否则，两军相对勇者胜与鹿死智者之手的法则，在针锋相对的双方均有可能实现。因此，保持施计者在"还"新魂时的压倒优势之外，更须在各方面创造逼夺性、威慑性的氛围与政治效应才行。届时，还魂才可能易若反掌，而致政敌对手不得不束手就范，或被迫承认既成事实。

第四，借尸还魂之计在政治心理与智道招数上，有着投机性、换偿性和启迪性、易仿性的特点。

在借尸还魂之计的实施过程中，由于存在着己、敌、尸主、魂归者四方，互为关联，这种彼此制约、相互牵制的利害关系，使得用计者，必须时时伺机而动，察隙而变，寻其有利之机以行事，方能成功。"借"尸、"还"魂的实现，更须权衡得失，进行有限度的偿换，才能得手。正由于此计谋内涵宏富，又通俗易懂，故在政治斗争的诸多领域，人们争相仿效，加以运用。然而，此计由于施展时头绪太多，方面甚繁，利害各异，目标更殊，加之外在时机、条件、环境的瞬息万变，制约性因素的不稳定性，这就大大增加了用计成功的难度与力度。正因如此，带给人们对主客观条件，事物内部的诸多机制，诸多因素的多样性、随意性、不稳定性、互为联系性等特点，以及远为深刻的认识和众多的启迪。

调虎离山

——诱之以利　化为虎落平原

本计云："待天以困之，用人以诱之。往蹇来反。"其大意是：等待天时对敌方不利时再去围困他，用人为的假象去诱骗他。运用蹇卦的原理：往前有危险，就反身离开，引诱敌人击战，则对我们反而有利。该计用于军事，在敌人比较强大，并占据着有利地势的情况下，我若向前强攻，则损失必然惨重，为削弱敌人的力量，先要把敌人同其所凭借的优势条件分离开来，使其处于对他不利而对我有利的环境中。在敌我优势发生变化之后，再与之决战，以图赢得最终胜利。

调虎离山之计，典出《管子·形势篇》："蛟龙，水虫之神者也。乘于水则神立，失于水则神废。人主，天下之威者也。得民则威立，失民则威废。蛟龙待得水而后立其神，人主待得民之后而成其威。故曰：蛟龙得水而神可立也。""虎豹，兽之猛者也。居深林广泽之中，而人畏其威而载之。人主，天下之有势者也，深居则人畏其势。故虎豹去其幽而近于人，则人得之而易其威。人主去其门而迫于民，则民转之而傲其势。故曰：虎豹托幽而威可载也。"托与"脱"通，托幽，意为离山。据此，有"龙游浅滩

伍子胥借伐楚名，公子光剪除三虎

遭虾戏，虎落平川任犬欺"之说。

一、稳操胜券　诱九五离本位

《周易·蹇卦第三十九》云：蹇：利西南，不利东北；利见大人，贞吉。《象》曰：山上有水，蹇。君子以反身修德。

【一爻】初六，往蹇，来誉。《象》曰："往蹇来誉"，宜待也。

【二爻】六二，王臣蹇蹇，匪躬之故。《象》曰："王臣蹇蹇"，终无尤也。

【三爻】九三，往蹇，来反。《象》曰："往蹇来反"，内喜之也。

【四爻】六四，往蹇，来连。《象》曰："往蹇来连"，当位实也。

【五爻】九五，大蹇，朋来。《象》曰："大蹇朋来"，以中节也。

【六爻】上六，往蹇，来硕，吉，利见大人。《象》曰："往蹇来硕"，志在内也；"利见大人"，以从贵也。

调虎离山之计是由《周易·蹇卦》逻辑原理推演出来的计谋。查《周易》"往蹇来反"，是水山蹇卦九三爻的爻辞。九三爻动，变为水地比卦。可以蹇卦九三爻辞为占，以象辞解释"蹇"卦。《易》云："九三，往蹇来反。"意思是说：九三，往前行走艰难，归来退回原处。"《象》曰：蹇，难也，险在前也，见险而能止,知矣哉!蹇利西南,往得中也;不利东北,其道穷也。利见大人,往有功也,当位贞吉,以正邦也。蹇之时用大矣哉!"意思是说:蹇,行走艰难,譬如险境就在前面,行走必难。出现险境而能停止不前,可以称为明智啊!行走艰难之时,利于走向西南平地,这样前往就能合宜适中;不利于走向东北山麓,往东北必将路困途穷。当置身于困境时,必须遇到伟大人物;给予协助,才能继续前进,获得成功。九五爻刚健中正,象征大人物;六二以上的五个爻,又都得正,表明坚守正道以致吉祥,可以整饬家邦。困境是不会永久持续的,而且困境有时反而会激励人奋发有为。这样"蹇"的功效就太大了。

　　蹇,原意是跛脚,引申为行走艰难、前进困难。此卦的象辞是较为费解的。下卦艮是山,上卦坎是水,山高水深,跋山涉水极其艰难。坎为险,艮为止,表明前面还会有危险,要立即停止前进。所以,象辞才说,见险即止,急流勇退,是智慧的表现。但象辞接着又说,利于走向西南,不利于走向东北。在《周易》中,八个经卦代表八个方位,艮为东北,坤为西南。蹇卦有艮无坤,有的易注家就认为坎卦也可以代坤。因为,在《周易》中,凡是一阳二阴的卦形,如震、坎、艮,都是由坤卦变来的。但是,内卦艮为己,而艮正是东北山路,"不利东北",就是要继续朝前进,不能停留在自己所待的地方。象辞刚说过见险即止,一会儿又要朝险而进,岂非自相矛盾?所以,此处以坎代坤是不合适的。西南指坤卦,而坤之性至阴至柔;东北指艮卦,而艮之性刚强固执。

　　此卦九三爻动,九三爻阳居阳位,阳刚得正,是内卦两个阴爻的唯一依靠。阳爻象征进军、攻击,九三又与上六阴阳相应,表明九三秉艮之本性，有急于冒险上登的欲望。但是，上位无位，柔弱的上六虽有援引九三之心，却无其力。而且，九三在内卦的最上方，再前进一步就是坎险。这表明，九三若执意逞性，等待着他的就必定是跛脚命运。所以九三爻辞谆谆告诫"往蹇来反"，要九三及早退归原位。九三爻辞说："往蹇来反，内喜之也。"意思是九三认清了形势，急流勇退，返回内卦，不仅使内卦两个阴爻喜悦，而且九三本身也懂得了以静应变，借此筑下了成功的基础。

参考变卦水地比。蹇之九三爻动，变为比之下卦坤。由于一卦的内容是可以兼容并蓄、包罗万象的，每个爻也可以从自己的层面来理解诠释卦义。从艮到坤，最能说明蹇卦彖辞"利西南而不利东北"的含义。这是暗示九三，一定要以坤道来制坎险。蹇卦的济蹇之法，虽然有赖于上卦九五大人之助，无非是诱使对方九五上当，来个无心插柳柳成荫。水地比卦五阴一阳，为五凰求一凤之象。当蹇卦之状时，九五虽然与六二阴阳相应，但中间隔着九三，也与六二阴阳相比。九五纵有恋慕之心，见有阻碍，自己又陷于六四、上六的阴柔圈内，也就不再作绮梦遐想。当艮卦变为坤卦，九三的阻隔消失，九五当五阴之众，首先便会选择六二之阴。这意味着，当战争形势于我不利时，不可逞艮卦之性，冒险进攻；应当仿坤卦之用，把九三主力部队的动向虚实隐藏起来。我方最害怕的就是九五阳爻，而只要九三突然由阳变阴，由实变虚，九五便会盲目地扑向下卦六二。一阳九五威如猛虎，而下卦坤为平地。所谓虎落平川被犬欺，只要九五一旦离开了本位，窜入非我方主力部队所在地，调虎离山之计便基本成功。我方九三主力，避开了难以抗争的九五，就能从容收拾敌之六四、上六。然后，集中所有兵力，围歼九五，必大获全胜。

调虎离山，原意是设法使老虎离开它所占据的深山，以便于捕获。此处用作计名，经过卦理分析，便意味着在战争中引诱敌人离开和错过对他有利的地形和战机，使敌人由强变弱，再与之决战并消灭之。本计包含调虎落平原、调虎分其势、调虎占其山三种含义。在一般情况下，需要调离其山的虎具有以下的特点：（1）老虎比较凶暴、强悍，不可等闲视之；（2）对环境有一定的依赖性；（3）具有调其离山的可能性。本计用于政治斗争则是千方百计把主要的危险人物引出他那根深蒂固、赖以生存的地盘，使他丧失了反抗的凭借，慢慢予以打击削弱消灭；或者是把他身边的危险人物弄走、杀死，削弱他的实力，然后逐步将他收拾或者挟持，变为自己手中操纵奴役的工具，发号施令，随意驱赶，以达到满足自己欲壑的目的。韩非子所说："夫虎之所以能服狗者，爪牙也。使虎释其爪牙而使狗用之，则虎反服于狗矣。"就是一个很好的说明。

调虎离山之计在政治斗争中经常为政治家、阴谋家、野心家用作争权夺利、钩心斗角，打击消灭政敌，保存自己的势力，扫清仕宦通达之途的惯用手段。在具体运用过程中，往往与其他计谋交替并用，智者用智，谋者施谋，计中有计，环环相扣，神秘莫测，难辨真假虚实，更具有诱惑性、巧饰性、快捷性、制驭性的特点，无论是成功还是失败的事例，在史载中不乏其例，多如牛毛，不胜枚举。同样的调虎离山计谋，在不同的时代、针对不同的对象，其表现形式也不尽相同，但其总的趋势是愈用愈为巧妙，手法一代胜过一代，运筹帷幄，神机妙算，更是越来越见神化，理论也是炉火纯青，登峰造极，令人叹为观止。

二、示敌以利　去势避害制驭

俗话说：官场如战场，政争必有敌手。古往今来，在错综复杂，生死攸关，瞬息万变，风云莫测的政治角逐旋涡中，彼此竞争的政治对手，不同的政治集团和成员，从各自的政治利益出发，为了在政治斗争对抗中击败各自的政敌，求生存，求发展，在运用智慧、实力的同时，往往设计谋策，故意制造冲突，混淆视听，冀图分化瓦解对抗的一方或数方，达到自己的目的。在这种日趋激烈残酷的斗争中，调虎离山计是各种政客惯用的手法之一。介入政治斗争的各方，无论其处何种政治地位，围绕权力，必然相互虎视眈眈，都不能摆脱用计或彼此用计的命运，只不过有计谋高超，能否识破对方计谋以及针锋相对，寸土必争，以其人之道还治其人之身的水平的高低之差别。各种计谋在政治斗争中的使用常常具有连环、多重交叉使用的特点，手段残酷不仁，无所不用其极，目的十分明确，以将政敌对手置之死地，永世不得翻身为终极目标。在政治角逐中，如果是忠臣贤良之吏剪除奸佞卑劣邪恶之徒，则有利于安邦治国，励精图治，得至太平盛世；相反，如果是野心家，阴谋家施计打击陷害社稷贤臣良将，指鹿为马，别有用心，祸国殃民，则其后果必是朝乱国衰。简而言之，政治角逐中调虎离山计的使用主要有以下三种主要方式。

第一，欲之以动，诱之以利，待胜之计在其中。

在这里欲使政敌上钩，顺从"调"、"动"是问题的关键，而要使之处于被"调"与"动"的前提，则必须有能使之动心的诱饵，"利"之所在，人皆趋之。"利"在这里有多重含义，它可以是美女、显名、金帛、厚禄高官、封妻荫子、锦绣前程等。具体运用此计的形式多种多样，一般是因势利导，推波助澜，主要有诱之以利、驱之以害、乱之以虚等惯用伎俩。

1. 诱之以利

可以用敌手渴求、欲得、争索而不能达的荣誉、钱财等，引诱政敌离开其赖以生存凭借之地。特别是在政敌冀求急功近利之时，用唾手可得、名利双收的小利来诱骗往往是很奏效的。在中国古代政治角逐中，不乏生动事例。

事例：卫石碏调虎离山，借陈国除暴戮子

东周末年，卫庄公有三个儿子，长子名完，次子名晋，三子名州吁。州吁生性暴戾，喜武谈兵，动辄兵戈车马，但庄公溺爱，任其所为，丝毫不予禁止。大夫石碏是一位正直而有远见卓识的人，国人对他十分信任。他预见公子州吁所为将来有害于江山社稷的稳固，曾经规劝庄公，说："臣闻爱子，教之以义务，弗纳于邪。骄、奢、淫、佚，所自邪也。四者之来，宠禄过也。将立州吁，及定之矣。若犹未也，阶之为祸。夫宠而不骄，骄而能降，降而不憾，憾而能眕者，鲜矣。且夫贱妨贵，少陵长，运用长，远间亲，新间旧，小加大，淫破义，所谓六逆也。君义，臣行，父慈，子孝，兄爱，弟敬，所谓六顺也。去顺，效逆，所以速祸也。君人者，将祸是务去，而速之，无乃不可乎？"卫庄公听后竟然当作耳旁风，对州吁的行为，照样不加干涉。

石碏有个儿子叫石厚，和州吁的个性一样，好似是天生一对宝贝，臭味相投，经常同玩同游，同车打猎游戏，骚扰民居。石碏看石厚不务正业，胡作非为，有恃无恐，将其鞭责五十，锁禁空房，不准再出去惹是生非。可是石厚恶怙难驯，野性不改，竟然翻墙而出，逃往州吁府里，一直躲在那里不敢回家。石碏预感不久将来便会有大祸降临，只得装聋作哑，把气忍在肚里。

不久，卫庄公死了，公子完继承了王位，即卫桓公。桓公生性懦弱，没有魄力，无所作为。石碏深知他不可能有所建树，而州吁又是那样嚣张不可一世，料定朝廷一定会生出乱子，身家性命难保，于是借口年老，辞职归家，远离政敌，对于朝政不理不问。这样一来，州吁更加肆无忌惮，有恃无恐了，日日夜夜和石厚密谋怎样篡夺王位。

适逢周平王驾崩，太子桓王林即位。这是国家的大事，各地诸侯要亲往去吊唁的，卫桓公便整装准备前往入朝。石厚认准这个机会，欢天喜地对州吁说："大事可成矣！明日主公往周，公子可设饯于西门，预伏甲士五百于门外，酒至数巡，袖出短剑而刺之。手下有不从者，即时斩首。诸侯之位，唾手可得。"州吁听后喜笑颜开，眉飞色舞，令石厚暗中部署一切。

次日一早，桓公便出发了，州吁亲自驾车，迎入行馆，宴席早已摆好，互相寒暄客气一番之后，州吁便躬身向卫桓公进酒说："兄侯远行，臣弟特备薄酒与兄侯饯别！"卫桓公说："又教贤弟费心了，此行不过个把月就可以回来了，烦劳贤弟暂时代理朝政，小心在意。"州吁说："兄侯放心，小弟会特别小心！"急忙斟满一杯酒奉上，桓公一饮而尽，亦斟满了杯酒回敬，州吁双手去接，诈为失手，酒杯跌落于地，慌忙拾取，亲手把杯子洗涤，桓公不知其中有诈，命令左右另取一只酒杯来，想再敬一杯，州吁乘此机会窜到桓公背后，抽出短剑，猛刺桓公后背，剑刃穿透前胸，桓公当场被杀死。

随行的文武大臣目睹这突发事件，大吃一惊，但平时已知州吁的行动非同一般，石厚又引军把公馆围得水泄不通，自知不能对抗，只好投降归顺。州吁很快就把桓公的尸体安葬好，向外界宣称是得了急症暴毙，便自立为君，拜石厚为上大夫，他的二哥公子晋见势不妙，慌忙逃到邢国寻求政治庇护。

州吁即位三天，听到外边的议论沸沸扬扬，都在说他弑兄夺国的事情，因此又和石厚商议起来，他说："你听见外面的话没有？举国上下都在说我的坏话了，看来唯有施展武威，征讨邻国，打两次胜仗，以此压制国人的反抗不满情绪。你说应该向哪一个国家动兵呢？"石厚很高兴地回答："那自然要攻打郑国，郑国侵略过我国，正好趁机报仇雪耻！"他们筹划密谋之后，立即调兵遣将兴师动众向郑国发动了攻势。在五天之内，打了一个小胜仗后，石厚下令班师。州吁不明其中奥妙，惊讶地问："为什么大军还未接触就要班师？"石厚请州吁屏退左右，秘密地告诉他："郑国的兵素称强悍，而且其君是王朝的卿士，我们没有全胜把握。现在打了小胜仗，足可以向国人示威一番了。何况王公登位不久，国事未定，若久留在外，恐怕国内有变乱。"州吁说："你想得真周到，我还没有考虑到这一点呢！"于是，石厚得意扬扬地下令班师，叫兵士沿途高唱凯歌，拥着州吁浩浩荡荡地班师回朝。

州吁对石厚说："打了胜仗回来，国人还是不服从，还有什么办法？"石厚回答："臣父石碏，昔位上卿，素为国人所信服。主公若征之入朝，与共国政，位必定矣。"州吁即命人带着白璧一双，白粟五百钟，前去问候、聘请石碏入朝理政、辅佐。石碏深谙"多行不义必自毙"的道理，卫国的实权落入弑君叛逆之手，必将后患无穷，百姓遭殃，国将不国，便推辞说："我年老了，病情一天比一天加重，昏聩无能，就是上朝也无助于任何事情了。"州吁又问石厚："你父亲已经托病不肯入朝，我想亲自造访向他请教定国安民的妙计，如何？"石厚说："主公亲往，他也未必愿见，还是让我回家一趟，代主公美言传意，看他的意思如何！"

石厚回家拜见父亲，并转达了新君的敬慕之意。石碏就问："新主要召见我究竟为了什么？"石厚告诉父亲说："就是因为国人对新主没有好感，人心不服，诚恐王位不稳，故想请父亲筹划良策，以安国人社稷！"石碏说："这有什么困难？凡是诸侯即位，必先禀告周王朝才算正统，如果新王能得到周天子的诰命，国人还会说什么呢？"石厚说："这意见固然很好，但现在无故入朝，恐怕周天子会起疑心，最好先派一个在天子面前说话有分量的人去疏通一下，但又有谁能担当此任呢？"其意是想让父亲承担此任。石碏说："目前陈公（即陈桓公）忠顺周天子，每年朝聘不缺，甚得周天子的嘉奖宠幸。我国与陈国一向亲睦共处，近来又有借兵之好，如果新主亲往陈国造请陈公，央求他从中撮合，然后入觐周天子，这件事顺理成章，定能成功。"却不想这是石碏的调虎离山之计。

石厚把这番话回告，州吁听后不胜欢喜之至，立即备好玉帛礼仪，命上大夫石厚护驾前往陈国而去。

石碏和陈国的大夫子针一向要好，见二逆上路，等盼已久的机会终于来了，便割破手指，沥血写下一信，派遣心腹之人，秘密送给好友陈子针，托他呈送陈桓公。信中写道："外臣石碏百拜致书陈贤侄殿下：卫国褊小，天降重殃，不幸有弑君之祸。此虽逆弟州吁所为，实臣之逆子厚贪位助桀。二逆不诛，乱臣贼子行将接踵于天下矣！老夫年耄，力不能制，负罪先公。今二逆联车入朝上国，实出老夫之谋。幸上国拘执正罪，以正臣子之纲。实天下之幸，不独臣国之幸也！"

陈桓公看罢来信，便问子针："你看这件事咋办？"子针毫不犹豫地回答："我国和卫国素相亲睦，希望相助。卫国的不幸，也就是我国的不幸，他们前来，乃是自己送死，万万不能放他们回去。"桓公说："好，就这么办！"便制订了擒获州吁、石厚的计策。

州吁和石厚威风凛凛地到了陈国，并不知卫国石碏与陈桓公之间已经秘密制订擒拿他们的计策。陈桓公特派公子佗出郭城迎接，安置他们下榻华丽的馆舍里，并致陈侯仰慕之意，同时约请第二天在太庙里接见。州吁见到主人这么殷勤客气，心里非常欢欣。翌日，太庙上摆设得严肃堂皇，陈桓公站在王位，左右文臣武将排列得十分整齐。大夫子针先陪石厚到来，一下石阶，石厚一眼瞥见门口竖立一个白牌，写着"为臣不忠，为子不孝者，不许入庙"十三个大字，顿时心里一怔，大吃一惊，回头问子针："立这个牌是什么意思？"陈子针很有礼貌地解释："这是我们先君留下的祖训，君王以示不敢忘记。"石厚这才放下心来，没有产生怀疑。

不一会儿，州吁驾到，站在宾位，赞礼官高唱，请诸臣来宾入庙去行礼。州吁整饰衣冠，正要鞠躬行礼。子针大声高呼："奉周天子命令，擒拿弑君贼州吁、石厚两人，余人俱免！"话声未完，已先把州吁拿住，石厚急忙想拔剑抵抗，一时慌神着急，拔不出鞘，只得赤手格斗，打倒二人。这时埋伏在左右壁厢的武士一拥而上，把石厚也捆绑起来。陈桓公想将州吁、石厚二人就地正法。左右群臣异口同声地说："石厚是石碏的亲子，况且这件事又是他主谋的，未知其意如何，不若请他自己到来，把两人交还给他亲自处置好了，这样才可以避免误会。"便把州吁和石厚分别囚禁起来，连夜派人前往卫国通告石碏。

石碏自从告老居家之后，未曾出户半步，看到陈国有使臣到，心里便明白一切，即令人驾车伺候，准备上朝，再派人通知各文武官员出朝相见。各官员见石碏破例要上朝议事，大为惊奇。石碏到朝当众宣读陈侯的来信，称州吁和石厚被陈国拘禁，专等卫大夫去亲自发落。群臣齐声回答说："这是国家大计，全凭国老主张是了。"石碏继续说："两个逆徒罪恶昭著，俱杀无赦，不明正典刑，何以告谢先灵？有谁肯往陈国诛杀这两个逆贼？"右宰丑站了出来说："乱臣贼子，人人得而诛之！臣虽不才，窃有公愤。逆吁之戮，丑当莅之。"诸位大臣都说："右宰足办此事矣。但首恶州吁既已正法，石厚从逆，可以轻议。"

话声未落，石碏勃然大怒，拍案而起，大声叫道："州吁之恶，皆逆子所酿成。诸君请从轻典，得无疑我有舐犊之私乎？老夫当亲自一行，手诛此贼。不然，无面目见先人之庙也！"家臣獳羊肩连忙说："国老不必发怒，我愿意去执行国老的命令。"

他们两人赶到陈国，谢过陈侯，先后分别执行使命。先把州吁押赴市曹，州吁对右宰丑说："我是君，你是臣，怎么敢于犯我？"右宰丑说："你兄长为君，你为臣，你竟胆敢包天把他刺死了，我现在只好跟你学一学罢了。"说完，一刀下去，州吁顿时身首异处。獳羊肩把石厚从监狱里押出来，石厚向他求情说："我自己知道死有余辜了，但是事到如今，只请你把我押回卫国去，见父亲的最后一面，然后就死！"獳羊肩说："我奉你父亲命令而来，就是要将你就地正法。你如果想见父亲，我带你的头回去见好了！"不由得石厚再说，一刀从脖子砍下去，一切宣告结束，祸害为虐卫国的恶逆终被根除了。

　　这是中国历史上，在复杂政治斗争中，巧妙筹谋运用调虎离山之计铲除卫国弑君恶逆的成功范例。在整个用计过程中，因为所调之虎非常凶猛而有智谋，胆识过人，武艺高强，系弑兄谋逆篡位之徒，身旁又有谋臣助纣为虐，筹划操纵，狼狈为奸，不但不易上钩，而且稍有破绽漏洞，就可能招致杀身灭族之祸，风险极大，所以谋计者确实花费了一些心机。贯穿调虎的过程中，还穿插使用了瞒天过海、借刀杀人、杀一儆百等计谋，用计过程较长，一波三折，高潮迭起，一环扣一环，调猛虎而分其势，夺其锐气，直至最终彻底制伏它，的确有许多高超过人的智慧在其中，足以给人启迪深思。

　　从本例可以看出：一要识虎（习性）。老虎有强虎、猛虎、恶虎、驯虎之分，但无论哪一种虎，其庞大凶狠的外貌足以使人望而生畏，不寒而栗，退避三舍，敬而远之。因而不仅接近它不易，而且稍有不慎即有被虎生吞活噬的危险。本计的巧妙运用者春秋时期卫国的上大夫石碏，确实是一位德高望重而足智多谋的贤臣，当他看到卫国的公子州吁喜武嗜斗的本性后，便高瞻远瞩地预感到此人的存在，将来势必会染指卫国的朝政，对江山社稷的安危构成巨大威胁，所以起初卫庄公在位，宠爱骄纵州吁时，他就曾忧心忡忡地劝谏庄公说："我听说喜欢儿子，应当以道义教导他，使他不要走上邪路。骄傲、无礼、违法、放荡，是走上邪路的来由。"并且说："如果准备立州吁为太子，那就定下来；如果还不定下来，这就会逐渐酿成祸乱。"卫庄公却置若罔闻，不予理会。亲生之子石厚，与州吁十分要好，臭味相投，虽有鞭笞教导，也不肯改悔，与州吁同流合污，随波沉浮。石碏感到大势不妙，于是在卫庄公去世、桓公继位后，看到新主已非旧主所望，不能有所作为，改变国家日趋严重的危象，便佯称年老无能托病归家。后来卫国政局的发展的确如他所料，州吁果然伙同石厚倒行逆施弑君篡位，不行仁政，穷兵黩武，滥施淫威，招致国人上下怨怒，人心沸沸扬扬，处于混乱飘摇之中。自己虽然不在朝廷辅佐理政，但关心着江山社稷安危，国家民族的生死命运。他不甘心国家就这样被无耻恶逆之徒操纵，虽然深藏家门，却密切注视政局的发展演变，等待并创造机会，以期铲除逆贼，重振国威，求存图兴。实践证明，州吁、石厚无法也没有能力治国安邦。然而尽管如此，石碏谙悉，改变现状必须首先扳倒祸国殃民的二逆，可是二逆仍然把持朝政，不可贸然铲除，仅靠卫国政坛的力量难以迅速拔除，必须借助他国的力量，才能达到分其势、夺其气，制伏它的目的。石碏精心谋划导演了上述精彩的调虎离山之计，终于如愿以偿，实现了重振卫国的宏大志愿。运用这一计谋之所以成功，关键的问题在于对"虎"要了如指掌，识其性，辨其迹，谙其嗜，懂得该如何驯服、控制乃至将其置于死地。

二要巧调（择饵）。要实施调虎离山之计，关键问题在会调，而且是善于巧调，实现"会"与"巧"，则须慎选"虎食"、"香饵（肉）"，只有这样才能因势利导，将老虎调出山，化为平原之虎，分其势，制伏它，并不被它吃掉。正因为老虎的存在时时刻刻都是一种威胁，又不能轻易制伏它，所以首先做的就是调其出山，使之丧失赖以生存的地盘。石碏作为卫国的元老忠臣，综合国力以及民众之势，在当时的情况下，凭借自己的力量确实不能制伏铲除州吁、石厚业已形成的党羽势力，又不甘心他们把持朝政，故当他们为稳固政权向他请教如何安抚民心，如何取得周天子诰命，获得正统地位时，便心生妙计，利用自己的智慧，顺水推舟，独具慧眼，用篡位之暴君急欲所求之"正名"、"服众"为调（钓）饵，设下圈套，将他们调到与卫国友邻的陈国，联合上演了智擒猛虎而无损国威的计谋。整个计谋的运用过程中，石碏老谋深算，对机会的把握（去其国），火候的恰到好处（出访陈），引虎诱饵的投置（见周天子），以及调虎离山分寸的掌握都做了精心细微的考虑与安排，所以州吁、石厚尽管勇猛凶恶，多谋猜疑，难以揣测琢磨，不易上当受骗，多么刁奸精明，在官场"老猎手"石碏面前还是暴露出了弱点，被其置于死地，未能幸免一损俱损、一亡俱亡的命运。

三要去威（乘隙）。剪除虎威则是调虎并置其于绝境的首要前提。再凶的虎也有其"弱"，再恶的虎也需食其"肉"。即强中有弱，壮中有虚，去威便有隙可乘。石碏在残酷激烈无情的政治斗争中，看到州吁弑兄篡位，在卫国耀武扬威，作威作福，嚣张横行不可一世，又有石厚助其为虐，但未能取得民心，弑兄不义又为当时的礼义所不容,其政治地位还没有得到周天子和邻国的认可,未取得合法身份,因此利用这样一个有利机会,在巧调老虎离山的筹谋中,又设计采用离其党羽爪牙(使其远离卫国至陈国,形同孤家寡人,毫无反抗能力)、昭彰恶名劣行(致书陈君,罗列弑兄篡位、不行仁义之举)、激起众怒天怨(民心不服)、伏其佞臣(大义灭亲,斩杀己子)、借其天威(尊奉周天子名义)等手法,贯穿其计之中,从精神和智谋上彻底打掉了州吁、石厚的威风,逼迫他们走上失道寡助、自取灭亡的暮途。

四要制伏(杀儆)。在政治斗争中,调虎离山之计的一个突出特点就是,调虎使之落入平原,或被犬驭,或被猎杀,或儆杀示众,甚或食其肉、寝其皮,以壮己威。总之,就是要制伏它,消灭它,其过程就是使猛虎恶虎变为庸虎困虎,然后寻机予以一网打尽,斩草除根。此例的结局也是如此,是以斩除卫国的两虎而告终的。但制伏它的目的并不在于惩处已有的老虎,而是还包含有一种更深层次的意义,那就是杀一儆百,警告伺机图谋不轨的后来者,是为前例。

事例:伍子胥借伐楚名,公子光剪除三虎

春秋后期,吴国的公子光(即后来的吴王阖闾),早就想除掉吴王僚,由自己取而代之,成为名符其实的吴王,实现霸业。吴王僚有三个骁勇剽悍的儿子时刻在身边保驾,作为左膀右臂,使人难以下手。公子光只能暗自着急,无机可乘。由楚国亡命吴国的伍子胥,"其状伟,长一丈,腰十围,眉间一尺",是一位足智多谋、善用诡谋的勇士,不但看出了公子光的心思,而且暗中活动,创造条件,等待时机,打算帮助他。这时正赶上楚国的楚平王因为内外交困而死去，楚国更加动乱不安，正是吴国乘乱取利，实现霸主之业的最佳时机，是分散吴王僚及其诸子的最好借口，也是伍子胥报家仇的最好时机。伍子胥便对公子光说："如果你向吴王僚建议，乘楚国发生混乱危机的时候，向他们发动进攻，吴王僚认为不费吹灰之力，灭其国，掠其财，夺其民，占其国，一定会同意的。然后你借口自己的脚被扭伤了，再建议吴王僚派他的儿子掩余和烛庸带兵前往，轻而易举，不费举手之劳荣立赫赫战功，他的两个儿子依恃骁勇气盛，决不会轻易放弃这样的良机，就会远远离开他。同时建议派他的另一个儿子庆忌出使郑国和卫国，游说他们一起参加伐楚，这样一条计策，就可以去掉吴王僚赖以淫威横行的三个羽翼，分其势，夺其气，驾空他，剩下一个吴王僚无论多么精明过人，足智多谋，善于用计，但毕竟势单力弱，丧失依托之盾，就很容易对付了。"吴王僚听信了公子光的建议，认为这是千载难逢的机会，把三个儿子全都委以重任派遣赴命。公子光认准这个机会，在伍子胥的精心策划布置下，请勇士专诸刺杀吴王僚成功，自己顺势登极为王。吴王僚的三个儿子知道等待他们的是什么样的结局，不敢回来，只好亡命他国，成为丧奉之奴。

在伍子胥眼中，吴王僚同他的三个儿子在一起时，人多势众，就好像是四条猛虎，仅凭公子光个人拥有的力量根本无法与之抗衡明斗取胜，唯有分其势，各个击破才有战胜敌手的可能性。公子光听从伍子胥的谋略，以"伐楚"、"复仇"之名为诱，将三只老虎"调"走，不但达到群虎"分其势"的目的，而且使虎王势力大减，使之由强变弱。沿着群虎（逞威）→调虎（分势）→杀虎（捣胆）→丧犬（失魂）的演化过程，自己则由弱变强，导引势态的进展，把握主动权，从而由被动转为主动，并且在吴王僚被刺杀的时候也失去了救助，使自己如愿以偿，顺利登上了王位。

2．驱之以害

趋利避害，图吉避邪，也是人之常情，特别在激烈复杂的政治角逐中朝不保暮，危在旦夕，正成为惊弓之鸟的政敌，对于即将出现的祸害更是避之唯恐不及，如果在他的背后以害相威胁恐吓，乱其方寸，那么其就会不顾一切力图摆脱即将从天而降的灾祸。运用此种手法调虎关键在于"驱"（逼使）虎，使之避害，对于虎来说，它有求安图存欲生的迫切愿望，并且有较为理想的避害场所可以藏身保命；用计者向老虎晓之以害，促使它避害，并不是纵虎归山，另筑新巢，正是要达到首先分其势，然后逐个予以收拾，最终达到彻底消灭它的目的。这是在战略策略上灵活运用调虎离山之计的一种常用手法。

事例：陈平设计除诸吕，周勃信谋安刘氏

陈平是汉高祖刘邦最重要的谋士之一，善于审时度势，分析情况，果断地选择最佳方案，能够提出奇谋异策，被史书誉为"六出奇计"。刘邦去世之后，陈平施展韬晦之计，赢得了吕后的信任，保全丞相职务。在吕氏子弟密谋篡权的关键时候，陈平与太尉周勃等人一举粉碎了吕党，平息了内乱。在平息诸吕、安定刘氏江山的过程中，陈平、周勃等人不但屡施奇谋保全了自己性命，而且巧用调虎离山之计，与瞒天过海、分化瓦解、借刀杀人、欲擒故纵等计谋手段交相迭用，彻底消除了诸吕势力。其过程如下：

第一步，明保暗潜，蓄谋以待。

刘邦死后，吕后在朝中专权，鸩赵王，害戚姬，为所欲为，嚣张煊赫一时。陈平虽为左丞相，但知吕后势力日大，多说无益，便施行韬晦之计，极少参与朝政，更不愿为吕氏诸族出谋献策。惠帝七年，吕后欲封吕氏子弟为王，朝廷顿时沸腾，人人议论纷纷。都说高帝曾与群臣杀白马饮血盟誓："非刘氏不得封王，非有功不得封侯；如违此约，天下共击之。"若吕后提出这个问题，答应不是，不答应也不是，难于左右逢源。人人忐忑不安，唯恐吕后问到自己头上，让自己表态。这日，吕后在朝议时，果然就此事问右丞相王陵，他当即表示现在分封吕氏为王，不符合白马之盟所约。吕后又问陈平、周勃，二人心想，此时吕氏掌管朝政，自己同意与否，她都会这样干。如果得罪了太后，丢了高官厚禄不说，就连尽忠高帝的机会都有丧失的可能，便违心地说："高帝统一天下，分封刘氏子弟为王；现在太后临朝管理国家，分封几位吕氏为王，没有什么不可以的。"吕后一听，喜笑颜开。陈平、周勃的回答，颇合太后本意，给太后解了围，来了个退避为守的策略，顺利过关。王陵听到此话，气得脸红脖子粗，朝议结束后，责备陈平、周勃说："当初与高皇帝饮血盟誓时，你们二位不在场吗？现在高帝驾崩了，太后以女主当政，要封吕氏为王，你们逢迎太后意旨而背弃盟约，又有何脸面去见高帝于九泉之下呢？"陈平、周勃对王陵说："现在，在朝廷之上当面谏阻太后，我二人确实不如您；可将来安定国家，确保高帝子孙的刘氏天下，您却不如我二人。"王陵无言以对。果然不久，吕后明升王陵为皇帝的太傅，实际上剥夺了他原任丞相的实权。王陵称病，被免职归家，由陈平接任其职。

第二步，外示假象，欲擒故纵。

接任右丞相后，陈平深知吕氏集团对高帝旧臣老将怀有很深的芥蒂，如有不慎，身家难保，便纵情声色之中，不问政事，心猿意马，拥赵姬，抱楚女，凡事由吕后及其亲信处理。吕后心中窃喜，以为陈平不给她捣乱，吕氏天下可保无虑。其实陈平心如刀绞，七上八下，十分矛盾。心想：自己对吕后委曲求全，意在保住官职，以求得一旦有变，安刘氏，整朝纲，以报先帝知遇之恩。无奈吕氏势焰，日盛一日，欲在此时阻止吕氏的活动，会过早暴露目标，恐如螳臂当车，不自量力。若听任其发展下去，万一吕氏篡权得逞，羽翼丰满，日益强大，自己有何面目见太祖高皇帝呢？又怎能对天下人解释呢？这个局面可比在荥阳、白登山时难办多了。冥思苦想，实在找不出一个万全之策，一筹莫展，以致忧思郁结，难以自拔。

正当陈平在屋中担忧诸吕横暴，自己又无力制止，恐怕大祸临头时，陆贾前来造访，劈头便问："丞相思虑何事，竟然如此全神贯注！"陈平抬头望见是因不满吕氏专权，托病辞职的大夫陆贾不请自到，从天而降，便笑着说："先生猜测我思虑何事？"陆贾说："您富贵无比，位极人臣。但您却有忧虑，不外乎是担心诸吕和皇上年幼罢了。"陈平见陆贾一语点破心机，也就坦诚地说："先生料事如神，陈某钦佩至极。敢问有何妙策，方能转危为安？"陆贾说："天下安，注意相；天下危，注意将。将与相关系和谐，士人就会归附；天下即使有重大变故，大权也不会被瓜分。安定国家的根本大计，就在你们二位文武大臣掌握之中。我曾想对太尉绛侯周勃说明这一利害关系，绛侯平素与我常开玩笑，不会重视我的话。丞相为何不与太尉交好，密切联合呢！"陈平是何等聪慧的人，马上领悟到陆贾的意思，连声说："高见，高见。"接着陆贾为陈平谋划将来平定诸吕的几个关键问题。陈平本来与周勃不和。当年他归汉时，周勃曾经说过他受金盗嫂，陈平当然心存芥蒂。但诸吕日盛，势必危及国家和自身安全，陈平决定"捐弃前嫌"，以五百金厚礼向周勃上寿，博取将相交好。周勃亦隐恨诸吕，自然与陈平情投意合，两人你来我往，经常筹谋除吕大计。陈平又让陆贾借交游公卿之便，联络反吕之人，结成联盟，伺机行事。自己仍作吕氏忠臣的模样，骗取吕后的信任，顺水推舟，将错就错，支持吕后干些蠢事，让其自掘坟墓。

第三步，迫吕（禄）交印，驱虎出军。

高后八年（前180）秋季，吕后病重，诏令赵王吕禄为上将军，统领北军，梁王吕产统领南军。吕后临终前预感到诸吕与高帝旧臣老将之间将会发生激烈的政治流血冲突，便告诫二吕说："封立吕氏为王，大臣心中多不服。我就要去世，皇帝年幼，恐怕大臣们乘机向吕氏发难。你们务必要统率禁军，严守宫廷，千万不要为送葬而轻离重地，以免被人所制！"诸吕加紧夺权步骤。陈平、周勃虽有心发难，但看到诸吕戒备森严，警觉事态发展无懈可击，也只有忍而不发。考虑再三，权衡利弊，陈平认为铲除吕氏必须一要借助封国刘氏诸子之力，转移朝廷视线；二要分化瓦解、离间吕产与吕禄的关系，破坏其联手同盟，各个击破；三要驱之害，迫使吕禄交出北军的权力，调他前往封国；四要在军队中寻找新的合作力量。陈平终于策划出一个较为周全的计划，秘密派人找到朱虚侯刘章，由他出面串联刘氏诸王在外起兵发难，

飞龙在天或见野

自己和周勃在朝中策应，内外结合，不信动摇不了诸吕的堡垒。

果然，齐王刘襄、琅琊王刘泽，率兵入京，欲诛诸吕。吕产、吕禄闻变大急，立即遣颍阴侯灌婴统兵征讨，消灭刘襄。灌婴行前向陈平告别请教，陈平面授机宜说："荥阳为天下重镇，进可攻，退可守，不可丢失。"灌婴心领神会，与其部下计议说："吕氏在关中手握重兵，图谋篡夺刘氏天下，自立为帝。如果我们现在打败齐军，回报朝廷，这就增强了吕氏的力量。"灌婴率兵行至荥阳屯兵据守，并派人告知齐王和诸侯，决定阵前反戈一击，互相联合，静待吕氏发起变乱，即一同诛灭吕氏。各王得知此意，就退兵到齐国的西部边界，待机而动。这时吕禄、吕产想发起变乱，但内惧朝中绛侯周勃、朱虚侯刘章等人，外怕齐国和楚国等宗室诸王的重兵，又恐手握军权的灌婴背叛吕氏，打算等灌婴所率汉兵与齐军交战之后再动手发动宫廷政变，阴谋篡权。

更令人担忧不安的是，当时双方的力量对比相差悬殊，此时济川王刘太、淮阳王刘武、常山王刘朝及鲁王张偃，都年幼，没有就职于封地，居住在长安；赵王吕禄、梁王吕产分别统率北军和南军，都是吕氏一党。列侯群臣没有人能保安全，太尉绛侯周勃手中没有军权。曲周侯郦商年老有病，其子郦寄与吕禄交情甚好。绛侯与丞相陈平商议，只要驱之以害，由人说服吕禄交出北军统率权，返回封国，二吕的联盟就会不攻自破，吕产就是再嚣张，也易于擒拿，而要说服吕禄扰乱其心，调他出京就封，最合适的人选莫过于郦寄。陈平、周勃便以议事为名，将郦商父子骗到相府，以郦商为人质，迫令郦寄游说吕禄说："高帝与太后共同安定天下，立刘氏九人为诸侯王，立吕氏三人为诸侯王，都是经过朝廷大臣议定的，并已向天下诸侯公布，诸侯都认为理应如此。现在太后驾崩，皇帝年幼，您身佩赵王大印，不立即返回封国镇守，却出任上将，率兵留在京师，必然会受到大臣和诸侯的猜疑。您为何不交出将印，把军权还给太尉，请梁王归还相国大印给朝廷，您二人与朝廷大臣盟誓后各归封国？这样，各兵必会撤走，大臣也得以心安，您高枕无忧地去做方圆千里的一国之王，这是造福于子孙万代的事。"吕禄本无韬略，以外戚身份掌权，哪里是陈平等人的对手。郦寄以从陈平那儿学来的一番话，居然说得吕禄头昏脑涨，不知所措。吕禄将此言转告吕氏父老，诸吕也是众口纷纭，莫衷一是。唯有吕媭头脑尚清楚，大叫："庸奴，汝为上将，不思保国安邦，反而终日离军游猎，还要交出兵权。你若交出兵权，吕氏一族，将死无葬身之地。"

恰巧在这个关键时刻，郎中令贾寿出使齐国返回，批评吕产说："大王不早些去封国，现在即便是想去，还能够吗！"随即贾寿把灌婴已与齐、楚两国联合欲诛灭吕氏的事告诉了吕产，并且催吕产迅速入据皇宫，设法自禁。平阳侯曹窋听到贾寿的话，快马加鞭，十万火急，赶来向丞相和太尉通报了突发的局势变化。

陈平得到报告，知道巧夺军权的谋略可能中途夭折，决心冒险行事。派人请来负责典掌皇帝符节的襄平侯纪通，晓以大义，让他与周勃一起，伪称奉皇帝之命允许太尉进入北军营垒，代吕禄统领北军。怕吕禄不服，再派郦寄和典客刘揭先去劝说："皇帝指派太尉代行北军指挥职务，要您前去封国。立即交出将印，告辞赴国，否则祸在眉睫。"陈平怕郦寄也不能说服吕禄，又派两名武艺高强的刺客，伺机下手诛杀吕禄。不料吕禄认为郦寄不会欺骗自己，就解下将军印绶交给典客刘揭，把北军交给太尉指挥。太尉进入北军时，吕禄已经离去。陈平、周勃等人谋划的驱之以害，调虎离山，分其势，夺其锐气的第一步策略取得了成功。太尉得了将印，召集将士们说："为吕氏右袒，为刘氏左袒！"北军将士都袒左臂，愿听周勃将令。但是，还有南军未被控制。丞相陈平召来朱虚侯刘章辅佐太尉。太尉令朱虚侯监守军门，又令平阳侯曹窋告诉统率宫门禁卫军的卫尉说："不许相国吕产进入殿门！"

吕产不知吕禄已经离开北军，进入未央宫，准备作乱。吕产来到殿门前，无法入内，在殿门外徘徊往来，被奉命前来保卫皇帝的刘章抓住，一剑杀死，并火速通报。陈平、周勃见吕产已死，二虎中的一只最凶猛的恶虎已被铲除，料知诸吕无能为力，当即派遣将士，分别捕杀诸吕，一场诸吕阴谋政变篡权的祸难，就如此平息了。

显而易见，在汉初刘邦死后，诸吕势力与刘氏后裔的朝政争夺中，诸吕占有明显优势，控制着政军大权，发号施令，朝纲独断，刘氏则处于劣势，直到吕后死去一直保持这种格局。刘氏诸裔之所以能够战胜诸吕，重掌朝廷大权，靠的完全是跟随刘邦南征北战，屡立奇功，名闻遐迩的老臣陈平、周勃等人运用政治计谋，巧调诸吕，分化瓦解其阵营，各个击破，里应外合战略实施的成功。在这场剑拔弩张、你死我活的政权争夺中，诸吕蓄谋已久，控驭着主动权，诸刘处于被动防范状态，斗争的双方都试图吞并对方，独霸一尊，均在玩弄政治权术与计谋，真是计计相对，环环相扣。诸刘面对复杂的斗争形势，尽管使用了多种计谋，但其中最关键的驱之以害（交将印），调虎离军，分化吕产、吕禄的计谋取得了成功，从而破坏了诸吕阴谋篡权中枢系统的正常运转，为倾吕安刘创造了条件，赢得了主动权，转弱为强，后发制人，以迅雷不及掩耳之势，铲除了诸吕势力，稳固了汉室江山。

3．乱之以虚

所谓乱之以虚，就是以虚虚实实的声东击西之法来扰乱敌人的视听，造成其判断上的失误，使其中枢系统发生混乱，不能把握全局，如同无头之蝇，四处乱撞，就可以将之引诱到次要的方向，或对敌不利的地方，然后置其于死地，达到完全控驭的目的。在政治争斗中，运用这一计谋对付政敌，乱其阵脚，惑其视听，致其歧途，剪其党羽，使其寡助，举而歼之，是常见的手法。如果运用者能够准确把握时机，并将之与他计套用妙用，更见奇效。

事例：陈平迭出神奇计，刘邦战胜楚霸王

楚汉战争的关键时刻，刘邦采纳陈平的"奇计谋，卒反楚"由弱变强，由被动为主动，终于战败楚霸王项羽，平定天下，登上了帝位。这里陈平的奇谋妙计，都是套用反间，乱之以虚的策略，达到调虎离山，削弱、孤立楚霸王而后将他制伏的目的。陈平"救纷纠之难，振国家之患"的奇计，是由以下几个战略得以贯彻实施并取得成效的。

一是捐金行反间，乱霸王阵脚，废谋臣钟离昧。

汉高帝三年（前204），刘邦进攻彭城失利，反被围困在荥阳城内，并被楚军断了外援和粮道。刘邦派人与项羽谈判，愿意割让荥阳以西讲和。项羽不答应，非要杀掉刘邦不可。打则寡不敌众，和又和不成，刘邦在内忧外困，进退维谷，无所施展之际，便召集张良、陈平诸谋士商议说："项羽乘我兵力分散，城内空虚,率兵围攻,有何办法退敌?"陈平回答说:"我在霸王手下干过,今又来到大王麾下,对他们的情况略知一二。项王能恭敬爱人,那些廉节好礼之士都愿意归附他。至于论功行赏,封官授爵,他却看得很重,吝啬得很。一个金印恨不得要在他手中磨成圆的,也不舍得给部下,因而那些追求官爵的人就不愿跟随他。大王您对人怠慢不注意礼节,那些讲究廉节的人就不愿前来。但大王您却舍得把金钱、爵位、封邑赏给有功之臣,那些不顾廉耻的人便会来投奔您。你们双方谁能克服自己的短处,吸取对方的长处,天下就是谁的。我希望大王能改掉随意侮辱人的恶习,尊重人才,就一定能得到更多人的拥护。"并且说:"顾楚有可乱者,彼项王骨鲠之臣亚父、钟离昧、龙且、周殷之属,不过数人耳。如果能够离间他们,就可以解散项羽的核心组织,使其不能同心同德对敌,就能削弱他的进攻力量了。"刘邦急问:"何以离间诸将,使其不和内哄?"陈平回答说:"项王为人意忌信谗,大王诚能捐数万斤金,行反间,间其君臣,以疑其心。他们必内相诛,然后汉军可举兵而攻之,破楚必矣。"刘邦认为分析的极是,随即拨出四万斤黄金给陈平,让他任意使用,"不问其出入"。

　　陈平见汉王如此信任他,便放心大胆实施其去除虎翼的"拔木之术",选定的第一个目标就是钟离昧。他亲自安排心腹小校,让他们扮作楚兵模样,怀金出城,贿赂项羽左右贪婪奸邪谄媚之辈,散布谣言。钱能通神,不过两三日工夫,楚军内已是传说纷纷,说什么钟离昧等人为霸王立下汗马功劳,始终未得封赏,他们心怀不满,要与汉王联合,灭掉项氏,瓜分楚地,各自为王,云云。一传十,十传百,一时楚营议论纷纷,军心大动;项羽有勇无谋，素好猜疑，一闻讹传，便信以为真，竟把钟离昧等视作贰臣，不加信任。只对范增信任如故。后人将陈平使用反间计，扰乱项羽视听，达到调钟离昧离开其核心组织，化害为利的计谋看作是其六出奇计的第一计。其实此计实属平常，只不过用得巧，用得是时候，用得干净、利落，对症下药，抓住了项羽的弱点和突破口，所以一下便收到异乎寻常的效果，使项羽的核心组织堡垒受到震撼，自溃内乱，开始出现裂痕。

项羽疏远了钟离昧，但对荥阳的攻势却丝毫没有放松，仍然挥军把荥阳围得水泄不通。然而汉军坚壁固垒，楚兵终不能越雷池一步，项羽十分急躁。陈平抓住时机，又向刘邦献计道："项羽攻城不下，正好派人去向他诈降。他必然应允，遣人来讨论条件，到时我们便以恶作剧戏弄来使，借此来离间范增，等到项羽军心浮动时再行突围。"张良也说："项羽断然不会亲临汉营和谈，只要能吸引他的臣下来到这里，事情就好办了。可以先差使数人去楚营求和，项羽刚而无韧，连日攻城不下，正在焦急，见有汉使前来，一定会派人前来汉营协商。"刘邦心领神会，遂命陈平、张良依计而行，借机演出谋害项羽忠臣范增的恶作剧。

二是无中生有，嫁祸于人，逼死谋臣范增。

却说张良、陈平派遣使者前往楚营游说，无非是厚礼甘言，说刘邦不敢与楚王分庭抗礼，愿各守封疆，共保富贵，划荥阳以东为楚界，荥阳以西为汉界。项羽果然中计，猜疑钟离昧诸人，并派人至汉军中一探虚实。项羽这一举动又为陈平进一步离间楚之君臣提供了千载难逢的良机。经过一段时间的对抗，项羽想到刘邦势力日大，韩信又善于用兵，继续对抗下去，两败俱伤，难料鹿死谁手,不如趁早讲和,休养生息,等待机会,东山再起,便召范增前来商量。范增分析形势,说道:"议和是刘邦的缓兵之计,和谈不是本意,把战局拖住,坐等韩信救兵才是真正目的。今日正可猛攻快打,不给其以喘息机会,把刘邦消灭在这里,再去对付韩信。"

听了范增的一席谈,项羽犹豫起来。汉使料定是范增从中作梗,乃对项羽进谗说:"陛下自应圣裁。左右的话,怕有私弊。因为战胜也好,战败也好,别人一样可以不当楚官当汉官,但陛下将怎样处理自己?况且汉王尚未势穷力尽,韩信的几十万大兵很快就会到来,内外夹攻,陛下师疲粮尽,那时欲退不得,欲进不能,不是后悔莫及吗?依臣鄙见,倒不如及时讲和,化干戈为玉帛,这样,不独汉王感恩戴德,百姓也会讴歌陛下的仁义呢!臣虽身在汉营,仍是天下一介贱民,望陛下三思,为天下着想,不要被左右暗中出卖了!"

汉使的话掷地有声,似乎入情合理,不容怀疑。项羽一时莫辨真伪,六神无主,难以回复,便道:"你先回营,我即派人入城讲和。"汉使的激将法,果然见效。陈平得悉,心花怒放,便导演了一出离间楚君臣关系,调虎离山,气走亚父范增,孤立项羽的活剧。

项羽不听范增的劝谏,派遣虞子期等人为和谈大使进入荥阳城。刘邦谎称夜饮大醉,命陈平前来接待。陈平见到楚使,故作高兴之状,问长问短,并亲自引楚使到客房,摆设了丰盛筵席,请虞子期上坐,顺便问起范增的起居近况,大赞范增,并附耳问:"亚父范增有什么吩咐?"虞子期回答说:"我们是楚王差使,不是亚父差来的。"陈平故作惊讶地说:"吾以为亚父使,乃项王使!"便叫几名小卒撤去上等酒席,随后把楚使领至另一间简陋客房,改用粗茶淡饭、残羹冷炙招待。陈平满脸愠色,拂袖而去。楚使莫名其妙,如坠云里雾中,弄不明白楚王的使者与亚父的使者有何不同。他们整衣急切求见,刘邦传话说还未梳妆。侍从领着楚使在密室休息,奉陪一会儿,托辞起身说:"虞大使请稍候,小臣去帮汉王梳洗。"遂离开密室而去。

虞子期受到这般怠慢,大为不快,在密室里翘首以待汉王刘邦的接见,久不见汉王,却发现桌上有几件秘密文件,随即走过去翻阅,找出一纸首尾不写名的信。内云:"霸王提兵远来,人心不附,天下离叛,兵不过二十万,势渐孤弱。大王切不可出降,急唤韩信回荥阳。老臣与钟离昧等为内应,指日破楚必矣。黄金不敢拜领,破楚后愿裂土封于故国,子孙绵延百世,臣之愿也。"云云。虞子期看罢大吃一惊,暗思此信必是范增的无疑。近闻亚父与刘邦私通,尚不相信,今目睹信函,相信真的假不了,假的也真不了。于是将信揣入怀中,返回楚营向项羽汇报。并把如何遭到冷遇以及发现亚父匿名信的经过向项羽渲染了一番。

项羽看罢密信,怒发冲冠,猜疑病又发作起来,说:"我前日便有所闻,还道他老成可靠,谁知他果有通敌之事。"想立即召见范增,当面问个究竟。左右劝他说:"大王切勿操之过急,无有真凭实据,怎能当面诘责?万一弄错了,岂不伤了和气?"霸王这才强压怒火,不遂发作,但更加猜疑范增。果然轻易蒙受陈平小技的愚弄欺骗,霸王的核心攻刘联盟中枢又一次出现了裂痕,陈平的调虎离山、借刀杀人的计谋开始生效。

范增对这些事无所知，还一心想着为霸王消灭汉兵，见项羽派人入城议和，又把攻城之事放了下来，不免暗暗着急，便面陈霸王，力主督励将士，迅速攻克荥阳。项羽心中已对范增产生猜忌，怎肯再听从他的意见？便优柔寡断，支支吾吾，莫衷一是，不肯发兵。范增急了，大声说："古人云：'当断不断，反受其乱。'从前鸿门宴时，臣劝大王速杀刘季，大王不听臣言，以致养痈成患。今日，天赐良机，把刘邦困在荥阳，若再被他脱逃，那可是纵虎归山了。一旦卷土重来，恐怕后悔莫及。"项羽被其激怒，强压心头已久的闷气骤然迸出，勃然道："你叫我速攻荥阳，但恐怕荥阳未拿下，我的人头就被你送到荥阳了。"范增一听，惊得目瞪口呆，一时竟不知如何是好。心想："自从跟随项梁起兵至今，从未听到他对自己用这样的态度说话，一定是中了汉王的反间调虎离山之计。多年来风风雨雨，出生入死，竭尽智慧为他效力，到头来还是个不信任。"想到这里，万念俱灰，忍不住高声说："天下事已经大定，愿大王好自为之，勿堕敌人狡计。臣已年老体衰，原本应引退归乡，现乞赐臣骸骨，归葬故里吧。"说完，头也不回地走了，项羽也不挽留。范增见项羽如此绝情，便挂印封金，当日起程东归。一路上生气伤心，劳累不堪，竟酿成大病，起初是寒热侵身，接着背上起个恶疮，没几天凄凄惨惨、冷冷清清地病死于途中。陈平一条小计，断送了范增的性命，不费吹灰之力，砍掉了项羽这只猛虎的一条臂膀，不但达到了削弱孤立项羽联盟的目的，从此以后，项羽的霸业，如同江河日下，日暮途穷，再无起色。

范增死后，项羽痛定思痛，深刻反省，醒悟中了刘邦的反间计与调虎离山之计，但悔之晚矣。他决心踏平荥阳，将刘邦碎尸万段，以报亚父之仇。便召集大将钟离昧等人，好言相慰，并嘱他们着力攻城，立功候赏。诸将果然身先士卒，奋力攻城，一时荥阳再次告急。韩信援兵迟迟不到，荥阳朝不保夕。张良、陈平决定：先救刘邦出城，入关收集散兵，留御史大夫周苛、魏豹、枞公死守荥阳，再会同韩信所部围攻项羽。陈平诸人又巧用项羽急擒刘邦的心理，智诳楚军，调虎转向离山，起死回生，回天有术的计谋。

三是瞒天过海，乱之以虚，声东击西，解荥阳之围。

面对楚军日益猛烈的攻势，陈平等人一方面将形势之危急向诸将和盘托出，激励诸将誓与孤城共存，抵御楚兵；另一方面与张良密谋，对汉王说："请大王速写一封投降信给霸王，约霸王在东门相见。霸王定会把他的大军布置在东门，我再想办法把西、北、南各门卫士引到东门口来，大王就可以从西门冲出去了。"

这时汉王帐下的将军纪信，认为与其死守孤城，不若突围求生。要想突围，唯一的办法是找一个人假作汉王，只说出城投降，好叫敌人无备，让汉王乘乱冲出包围。纪信悄悄来到汉王帐下，言愿假代汉王，去诳骗楚军，请汉王组织人马突围。陈平等人认为此计可行，但必须周密策划，要有其他伪装作掩护，三计并施，才能蒙蔽项羽，乘乱突围。翌日，天还未亮汉军便开了东门，陈平差遣二千妇女，一批又一批地从东门出去。楚军闻讯围攻上来，竟见全是些手无寸铁的女人，谁也不好意思刁难，只好闪开一条道来。南、西、北门的楚兵听说东门全是美人儿，争先恐后地涌向东门。直到旭日东升，才见城中有兵士出来，打着旌旗，拿着武器，簇拥着一部兵车，缓缓而来。"汉王"走近楚营，霸王才发现坐车出来的不是汉王，气得火冒三丈，暴跳如雷，吩咐将这个假汉王连车一同烧了。这时，汉王趁着东门混乱，冲出西门，带着陈平、张良、樊哙杀开一条血路，逃之夭夭。荥阳城头又列满了守军，一个个甲胄鲜明，武器精良。原来陈平的三计是：（1）让妇女出东门，吸引楚兵的注意力，减少城中非战斗人员的数量，减轻口粮上的压力。（2）让纪信乔装汉王，大骂项羽，目的在于拖延时间，以使汉王君臣得以走得更远，守城的将士有更充足的准备。（3）留下一支守军，荥阳是军事重镇，历来为兵家必争之地。能够守住自然是好，万一守不住，也可拖住楚兵的后脚，使之不能尽快地全力追赶汉王。就这样，陈平使汉王死里逃生，为日后消灭楚军，奠定了基础。

敌国与政敌之间的军事征战和权力之争，既是实力的综合对抗，又是智慧谋略的较量。在楚汉战争生死存亡的攸关之际，被楚军围追堵截，困守孤城荥阳的刘邦之所以九死一生，能够死里逃生；处于劣势被动地位的汉军之所以能够重振旗鼓，变被动为主动，变劣势为优势，与在关键危急紧要关头，陈平屡出奇计谋略，玩弄阴谋诡计，计计连环套用，各得其效有着直接的关联。尽管项羽军威声震，兵勇将谋，指挥中枢堡垒坚固，所向披靡，攻无不克，屡战屡胜，但是在荥阳围困汉军的激烈争战中，却轻而易举地败给了陈平以反间为手段，步步深入，扰乱楚军破坏项羽核心联盟的调虎离山之计。在施计过程中，陈平针锋相对，以出乎常人之情的手段，对症下药，反其道而行，把握准了项羽生性好疑、吝啬爵邑的不足，利用楚军的矛盾，以散布谗言，略施小恩小惠的手法，首先瓦解、挑拨了钟离昧（折虎翼），继之陷害项羽的谋臣范增，使其离他而去（去虎威），从而使楚军的坚固堡垒出现裂痕，不能一致对外御敌。接着又使用瞒天过海、调虎离山之计，以刘邦出降，美女为诱饵，吸引楚军到相反的方向，声东击西，制造混乱（虚乱以避虎），乘机突围而去。以上三计，每计的核心都是为了乱之以虚，达到调虎离山，分化瓦解楚军的目的，但在用计的对象、时间、方式上都采用了不同的隐蔽手法，示假隐真，令人将信将疑，使项羽在不能明辨曲直是否的前提下，不知不觉便上了陈平的当。其目的结果改变了战争的势态，待到其醒悟，欲加防范力抵再次上当受骗时，计谋又是魔高一尺道高一丈，防不胜防，毫无招架之势，只能听天由命。结果却是楚军功败垂成，而汉军刘邦则由被动渐趋主动，死里觅生，保存了卷土重来、东山再起的实力。

第二，去其要势，避之以害，创胜之计在其中。

这里所谓的"要势"，是指在安邦治国、政治权力之争，以及战争年代异军突起的，对各自集团个人利益、权势以及政治格局构成巨大威胁的，业已存在的或已经形成并正在兴起的各种政治、军事势力（如强有力的政治对手、朝廷外戚、宗室、诸侯封国势力以及家族、宗族以及边疆夷族力量等）而言的。这些"要势"的存在滋生，无论是对君主，还是朝廷辅政的大臣武将来说，都成为他们维持政治统治秩序与现状的巨大阻力与强有力的竞争对手，彼此之间完全是你死我活、针锋相对的利害关系，因此他们遇到这种态势存在时，便会不遗余力，千方百计排斥、打击，直至予以消灭。其用心之狡诈叵测,手段之卑鄙残酷,目的之险恶狠毒,真是机关算尽,无所不用其极。如在古代朝廷斗争中,君主为牵制平衡群臣以达驾驭百官群僚惯用的以小制大、以贱抑尊,以微臣制贵臣,以近臣制权臣,以"酷吏"制重臣,以及利用臣属之间矛盾冲突,制造群臣互斗,君主居上操纵,坐山观虎斗,使臣属之间互相牵制,便于君主操纵控制;或者借用一方的力量,消灭另一方中可能危害君主的势力;或者借此抑彼,防止另一方的势力过度发展膨胀,以免对君主形成潜在的威胁等计谋的运用,均是调虎离山,去其要势,避之以害,韬略诡谋的活学活用,淋漓尽致的再现。因为所调的虎是业已形成,或正在成长中的"要势",具备很强的反抗势力,极易伤人吃人,所以化其要势为劣势,直至为我所用,俯首听命,毫无反抗能力,关键在于一是否会调;二是否能因势利导,顺水推舟;三施用计谋是否高超,不会被其识破,运用得当,能够将其置于死地,趋吉避害。调虎去其要势需要借助诸多其他条件和因素,其态势也在因时因地因人发生变化,故稍有不慎,便会险象丛生,前功尽弃,甚至会被"要势"之虎,反戈一击,丧命黄泉,遭受不测之祸。历史上使用调虎去其要势之计,成功的范例很多,失败的例子也不少,但无论施计用谋是成功还是失败,经验教训均给后人以启迪、警惕,引为鉴戒。

事例:陈平调虎出封国,韩信就擒云梦泽

韩信是刘邦手下至关重要的战将之一,刘邦称帝之后改封楚王。因为韩信在楚汉之争中是一位"右投则汉王胜,左投则项王胜"的举足轻重的关键人物,卓立战功,连刘邦本人也说:"统兵百万，战必胜，攻必取，我不如韩信。"所以刘邦称帝后，对韩信格外小心，视为心腹之患，处处予以监视防范。特别是燕王臧荼发动叛乱之后，刘邦对韩信的疑虑更加重了，时刻担忧他会举兵叛乱，欲取而代之，因而对其动静密切注视，毫无怠懈，始终将他看作称帝为君、安邦治国乃至威胁刘氏江山的重要政敌。对刘邦的复杂矛盾心态，韩信似乎也有觉察，处处小心，谨小慎微，但还是防不胜防，屡被汉王抓住把柄，有口难辩。

项羽的亡将钟离昧，家住伊庐，"素与韩信善"，项羽战亡之后，钟离昧走投无路，只好躲到韩信处避难。刘邦得到这个消息，担心多谋善战的韩信和骁勇剽悍的钟离昧一起造反，恐怕难以抵挡。赶快请来陈平，问此事该如何处理。陈平说："韩信与钟离昧都是楚人，自幼要好。韩信在楚时，蒙他多方照顾，并有救命之恩，自是十分感激；今钟离昧穷途无归，投奔韩信，只是为了找个栖身之处罢了，决无反意。韩信若反，岂不早就发兵了？"刘邦将信将疑，不时派遣暗探潜入下邳，明察暗访，探看虚实，伺机而为。当暗探将韩信初至封国，"行县邑，陈兵出入"的情状告知时，刘邦愈加不安，唯恐韩信异军突起，挥戈汉廷，便设计待变谋算他。

汉高帝六年（前201）十月，有人上书告汉楚王韩信谋反。高帝便征求诸将领的意见，都说："赶快发兵，把这小子活埋罢了！"高帝默然不语。接着又询问陈平，陈平道："有人上书告发韩信谋反，这事情韩信知道吗？"高帝说："不知道。"陈平说："陛下的精锐部队与楚王的相比谁更厉害呢？"高帝说："超不过他的。"陈平又说："陛下的将领，用兵之才有能比过韩信的吗？"高帝说:"没有赶得上他的。"陈平接着评述说:"现在军队不如楚国的精锐,将领又比不上韩信,却要举兵攻打他,这是促使他起兵反抗呀。我私下里为陛下感到危险!"高帝说:"那该怎么办呢?"陈平说:"古时候天子有时巡视诸侯镇守的地方,会见诸侯。陛下只管出来视察,假装巡游云梦,在陈地会见诸侯。陈地在楚国的西部边界,韩信听说天子怀着友好会见诸侯的心意出游,必定是全国安稳无事,便会到郊外迎接谒见陛下。拜见时陛下就趁机捉住他,这不过是一个力士即能办到的事罢了。"高帝认为说得不错,运用此计谋调韩信出来,正是达到削弱其要势虎威的妙计,便派出使者去通告诸侯到陈地聚会,谎称"我将南游云梦"。高帝随即起程南行。

楚王韩信听闻这个消息后,坐立不安,颇为疑心害怕,心中明了汉高帝此行是冲着自己而来,稍有闪失便遭杀身灭族之祸,不知怎么办才好。这时有人劝韩信说:"斩昧谒上,上必喜,无患。"韩信听从了他的建议。钟离昧知道韩信欲借己头保全自己,便对韩信说:"汉所以不击取楚,以昧在公所。若欲捕我以自媚于汉,吾今日死,公亦随手亡矣。"同时骂韩信说:"公非长者!"自刎而死。韩信提着钟离昧的头颅前往陈地拜见高帝,高帝即命武士将之拿下,韩信这才如梦初醒,知道中了计谋,便大声喊道:"果若人言,'狡兔死,走狗烹;高鸟尽,良弓藏;敌国破,谋臣亡。'天下已定,我固当烹!"随后贬韩信为淮阴侯,留居京都,不使外任,处在刘氏的严密监控之下,再也不能有所作为了,只能等待命运的安排,听天由命,任人宰割,坐以待毙,无所适从。

这是一例运用调虎离山之计,没有兴师动众、调兵遣将,不费吹灰之力，玩弄政治权术与智谋，顺势解除政敌"要势"威力，使猛虎（韩信）落为平原之虎，毫无反抗为虐能力，只能束手就擒的典型事例。运筹帷幄，背后出谋划策者为汉代最善阴谋的陈平，施计用谋者为汉代的开国之君刘邦，而中计被调就擒者则为汉代最负盛名，足智多谋，骁勇善战，拥兵自重，独霸一方的韩信。从刘邦调韩信赴陈地云梦，然后一举而擒的用计施谋过程看，这调虎离山、去其要势的谋略，时机、地点均把握得恰到好处，不但达到了预期的目的，而且有如下的特点：

一是蓄谋已久，针对性强。刘邦对韩信的芥蒂，早在楚汉战争期间即已存在，只是当时由于战事正酣，鹿死谁手未卜，还需要利用韩信为刘氏打江山。因此，尽管韩信早已流露出称王为霸一方的端倪，刘邦从大局着想，也不得不忍让。如今刘氏江山已定，韩信拥兵割据楚地，对刘氏始终是一个巨大的心腹之患，刘邦统兵遣将征伐，恐有不胜之虞，何况刘氏子嗣更不是其对手，养痈为患，日益强大，危害更大，因此必须早除此患。可是韩信虽有一些把柄可以加罪，但还不足以将他置于死地。贸然行事，打草惊蛇，使他与其他异姓诸王联手共同对抗朝廷，得不偿失，所以最好的办法是智取，首先将他引离楚地，使其失去凭借施威的根基。去其要势，操之手中，任意摆布，也可以稳定其他异姓诸侯，达到擒贼擒王的目的。刘邦捉拿韩信之后，不是将之杀死，而是封为淮阴侯，置于京城长安，监护起来，可以随时处置。

二是施计者与用计者都是久经沙场、老谋深算、旗鼓相当之辈，彼此了若指掌，知根知底，势均力敌，足智多谋者胜。在这场高智商的政治角逐中，刘邦毕竟技高一筹；他虽然智谋不足，但却善于集思广益，集智集谋；韩信虽谙知刘邦的诡诈与阴险，预感将有不测之祸，然而在刘邦、陈平的周密策划下，又不能因怀疑而不来，落下不忠大逆的罪名，真是君叫臣来，臣不能不来，最终还是中了刘邦调虎离山之计，落入虎口，不能自容，应了智者千虑、必有一失的谚语。

三是刘邦调虎（韩信）去楚之云梦，并当即将他捉拿，削除其兵权封地（楚）的目的，也是刘姓诸侯王重新分配国土的治国安邦决策的一部分。韩信是否造反并不是根由，重要的是韩信的存在（如拥有楚地）本身就是实施这一战略策略的巨大障碍与威胁，因此必须铲除这一祸害，是为早晚之事，当时机成熟时，刘邦便毫不犹豫地采取了行动。刘邦的这一真实目的，通过前来祝贺的田肯之口说得极为透辟。田肯的贺词说："陛下拿住了韩信，又在关中建都。秦地是形势险要能够制胜的地方，以河为襟带山为屏障，地势便利，从这里向诸侯用兵，就好像在高屋脊山倾倒瓶中的水那样，居高临下而势不可当了。若说齐地，东有琅琊、即墨的富饶物产，南有泰山的峭峻坚固，西有浊河的险阻制约，北有渤海的渔盐利益，土地方圆二千里，拥有兵力百万，可以算作是东方的秦国了，因而不是陛下嫡亲的子弟，就没有可以去统治齐地的。"高祖说："对啊！"于此可见，韩信有无罪过，是否"谋反"无关轻重，最重要是以莫须有的罪名，控制了他，避免了更大规模的叛乱和战乱的爆发。达到了调其离楚，去其要势，避之以害的目的。

事例：谋臣施谋倡推恩，汉武建侯安社稷

西汉自文、景两代起，如何限制和削弱日益膨胀的诸侯王势力，一直是专制皇帝安邦治国中面临的严重问题。文帝时，贾谊鉴于淮南王、济北王的谋逆不轨，曾在《治安策》中认为当时形势是中央弱而王国强，像肿病患者一样，肢体和指头不能屈伸。他说，天子的近属有的并无封地以为藩屏，而天子的疏属有的却拥有足以逼天子的势力。认为，要使天下治安，最好的办法莫过于"众建诸侯而少其力"。具体做法是，令诸侯王各分为若干国，使诸侯王的子孙依次分享封土，地尽为止，封土广大而子孙少者，则虚建国号，待其子孙生后分封。诸侯国小力弱，不具备割据称霸一方的势力，就不易产生邪心，天子也便于驭控。这样天子治理天下，就能够指挥如意，像身之使臂，臂之使指。文帝在一定程度上接受了这一建议，但没有完全解决问题。

景帝即位后，继贾谊之后，晁错屡次上疏建议削夺藩王的封土，在《削藩策》中说，诸王"削之亦反，不削亦反。削之，其反亟，祸小；不削之，其反迟，祸大"。景帝采纳晁错之策，随即削赵王常山郡，削胶西王六县，以次削夺，将及吴国。吴王刘濞见将有大祸临头，便联合吴楚七国以武装叛乱相对抗。平定七国之乱后，景帝巩固削藩成果，废黜王国官制及其职权，降低诸侯王权力，规定诸侯王不再治民。从此诸侯王强大难制的局面有所缓和，但危机仍然存在。

至汉武帝初年时，诸侯王虽然不像以前那样强大难制，但有的王国仍然连城数十，地方千里，骄奢淫逸，阻众抗命，威胁着中央集权的巩固。元朔二年（前127），出身贫寒，早年学长短纵横之术，后学《易》《春秋》和百家之言的山东临淄人主父偃，被汉武帝破格重用后，上书提出了去其要势、避之以害的建议。汉初，诸侯骨肉的爵位是由嫡长子继承的，庶出的子孙没有继嗣的资格。主父偃认为，诸侯骨肉子弟无尺地之封，仁孝之道就得不到播扬，因此建议令诸侯推私恩分封子弟为列侯。他的奏疏说："古代诸侯的封地不超过方圆百里，朝廷强地方弱的这种格局，容易控制。现在的诸侯有的连城数十座，封地方圆千里，朝廷控制较宽时，他们就骄横奢侈，容易做出淫乱的事情；朝廷控制紧时，他们就会凭借自身的强大而联合起来反叛朝廷。如果用法令来分割削弱他们，就会产生叛乱的苗头。以前晁错推行削藩政策而导致吴楚七国叛乱就是这种情况。现在诸侯王的子弟有的多达十几人，只有嫡长子继承王位，其他人虽然也是诸侯王的亲生骨肉，却不能享有一尺的封地，这就使得仁孝之道不明显了。希望陛下命令诸侯王可以把朝廷的恩惠推广到其他子弟的身上，用本封国的土地封他们做侯，他们人人都为得到了希望得到的东西而欢喜；陛下用的是推行恩德的方法，实际上却分割了诸侯的封国领地，朝廷没有采用削夺的政策，王国却逐渐衰弱了。"这一建议既迎合了汉武帝巩固专制主义中央集权的需要，又避免激起诸侯王武装反抗的可能，因此立即为汉武帝所采纳。同年春正月，汉武帝制诏御史："诸侯王或欲推私恩分子弟邑者，令各条上，朕且临定其号名。"是为"推恩令"的全部内容。

推恩令下达之后，诸侯王的支庶多得以受封为列侯。《汉书·王子侯表》所记载的王子侯，大部分是在元朔年间受封的。由于实行推恩令，河间王国先后分为兹、旁光等十一个侯国，淄川王国分为剧、怀昌等十六个侯国，赵王国分为尉文、封斯等十三个侯国。此外，城阳、个川、中山、济北以及代、鲁、长沙、齐等诸侯王国也都分为几个或十几个侯国。按照汉制，侯国隶属于郡，地位与县相当。因此，王国析为侯国，就是王国的缩小和朝廷直辖土地的扩大。这样，汉朝廷不行黜陟，而藩国自析。其后，王国辖地仅有数县。淮南王、衡山王谋反败露后，汉武帝又作左官之律，设附益之法。元鼎五年（前112），汉武帝以列侯助祭的"酎金"斤两成色不足为名，一次削夺106名列侯的爵位。这样，诸侯不但辖地缩小，而且仅得衣食租税，不得参与政事。汉初以来，同姓诸侯王对于专制主义中央集权国家的威胁，至此完全消除。

汉朝刘邦消灭异姓王，改置同姓王作为社稷安邦的屏障以来，同姓王与朝廷的关系和王权之间的矛盾冲突便日趋激烈、公开与表面化，形成与朝廷抗衡的地方权力中心，时刻威胁王权的存在和安危，专制君王作为天下之主，君命神授的化身，当然不能对此熟视无睹，无动于衷，任其欲为，便采纳谋吏大臣的计谋实施削弱、打击同姓诸侯的策略。上述贾谊的"众建诸侯而少其力"、晁错的《削藩策》等主张建议，都是为了削弱诸王的势力，使其丧失与朝廷对抗的实力，完全听命于君王。由于这些主张策略的重点是由朝廷君王直接干预侯国政务，因此矛盾的焦点集中于朝廷与侯国之间，两者互不相让，针锋相对，往往引发尖锐的政治冲突，吴楚七国之乱就是两者严重对立抗衡的结果。斗争虽然以朝廷战胜而告一段落，但是侯国割据地方称霸的格局仍未得到彻底扭转。汉武帝时的中大夫主父偃的高明智慧之处就在于，他在总结历史的经验教训的同时注意到：一是辨虎威之源。同姓诸王之所以如此猖狂骄横，目无朝廷，分庭抗礼，根本在于他们占据着全国许多重要政区,在政治、经济、军事上自成一体,相对独立,操纵控制一方国土,类似猴子称大王,如果削缩其国土封地,其势必然衰弱,也就容易控驭;二是定暗斗之策。如果朝廷明令割弱他们,锋芒毕露,他们岌岌可危,势必联兵对抗,誓与朝廷决一死战,肯定会发生战乱,对政局不利。三是行明推(恩)而实虚(势)之计。将独虎占大山,化为群虎据小岗,虎哮之吼,则成群犬之吠。众虎争食,必自伤其势。这是将调虎离山衍化为"分虎群斗"的高明之举。现在诸侯王子弟有的多达十几人,只有嫡长子继承王位,其他子弟却不得一尺的封地,这既不符合仁孝之道,又非诸子弟所愿,有机可乘。他认为朝廷命令诸侯王把朝廷赐给的恩惠推广到其他子弟,用本国的土地封他们为侯,可以达到一石三鸟的目的:首先是诸王自己分了侯国,并因此而产生矛盾冲突,可企达互相交错制约钳制;其次是不费一兵一卒,只要一个诏令(推恩)便削夺了王国封地,将朝廷与诸王之间的矛盾转嫁给了诸王,让他们自己彼此争斗,在内讧中自溃自灭;再次是朝廷处在双方仲裁人的地位,可以坐收渔人之利。汉武帝采纳实施"推恩令"之后,果然削弱了诸王的势力,使之再也无法与朝廷抗衡,只能俯首听命。这是汉武帝运用"推恩令"(形式)实行调虎离山,去其要势,避之以害计谋的绝妙发挥,也是政治家以因势利导、顺水推舟、落井下石的调虎离山手法的成功范例。

第三,激智晓理,占山制驭,制胜之计在其中。

在你死我活、生死存亡的残酷政治角逐中,有些足智多谋、深谋远虑的君臣谋士,极会利用政治斗争中各方的矛盾冲突和利害关系，利用时机创造条件，化干戈为玉帛，避害趋利而达到用最小代价保存或壮大自己实力的目的，且积聚政治资本。有些明智卓识的政治对手，也善审时度势，顺水推舟，待价而沽，以保高官厚禄，宗祠永续。只要能把握时机，向有些明智且能辨别向势之虎（强硬的政敌、拥兵自重者等），晓以利害之理，使其能在冷静之中做出理智的判断，并做出聪明的选择，也是很有可能的。晓之以理，使之自动退让，使之由"恶虎"而变为"驯虎"，游离于权力中心之外，可谓上上之策。三国时的孙策诱逼华歆献城，以及宋太祖的"杯酒释兵权"等，用的就是这种方法，虽有卸磨杀驴之嫌，但君臣各得其所，安居乐生，相安无事，达到了调虎避害，占山制驭，化猛虎、凶虎、恶虎为己所用"活镇虎"的目的。

事例：孙策施计降虎占山，华歆图谋死灰复燃

汉献帝建安四年（199），雄踞江东称霸一隅之地的孙策，看到北方的大小诸侯互相征伐，拥兵自保，曹操与袁氏家族连年混战，雄雌未卜，无暇南顾，有机可乘，一反坐山观虎斗的常态，调兵遣将征伐江东各郡，乘机扩大地盘，开始实施割江而治的远大政治抱负。这年孙策运用政治权谋策略攻取庐江郡之后，统率大军准备进攻豫章郡，驻扎在椒丘。孙策认为豫章郡太守华歆"少以高行显名"，深明大义，派人向他晓以利害，或许能够不战而降。因此孙策对功曹虞翻说："华歆虽有名望，但不是我的对手。如果他不开门让城，一旦发动进攻，不会没有死伤。请你就在他的面前，讲明我的意思。"虞翻奉命先去拜见华歆，说："听说您与我郡的前任太守王朗在中原地区都享有盛名，受到海内的一致

尊崇，虽然我居住在偏远的东方，心中常常景仰。"华歆说："我不如王朗。"虞翻又说："不知豫章郡的粮草储存，武器装备以及民众的勇敢斗志，比我们会稽郡如何？"华歆说："远远比不上。"虞翻说："您说名望不如王朗，是谦虚之词；但兵力精强比不上会稽，则正如您的判断。孙将军智谋出众，用兵如神。以前，他攻破扬州刺史刘繇，是您亲眼所见；再向南平定我们会稽郡，您也一定有耳闻。如今，你要固守孤城，已知粮草不足，不早作打算，后悔就来不及了。现在孙将军大军已到椒丘，我这就回去，如果明天中午迎接孙将军的檄文还没送到，我就不会再与您见面了。"华歆说："我久在江南，常想北归家乡，孙将军一到，我就离开。"于是，华歆连夜赶写迎接孙策的檄文，第二天一早，就派人送到孙策军前。孙策随即领军前进，华歆头戴葛巾，身着便装迎接孙策。孙策对华歆说："您年高德劭，名满天下，深为远近人心所归；我年幼识浅，应当用子弟拜见长辈的礼节见您。"孙策便按照子弟的礼节拜见华歆，将华歆尊为上宾。

这是孙策利用绝对的军事优势与政治权谋，以明调策略逼迫汉朝豫章郡太守华歆（猛虎）让山（拱手奉上郡士人民）俯首为臣（化敌为友）的典型例子。孙策之所以能使素有"以为政清静不烦，吏民感而爱之"的豫章郡太守华歆不战而降，顺利接收该郡，既是政治计谋运用的结果，也是由当时特定的政治背景和军事势力的强弱以及地利人和的向背决定的。一是"天"降吴军压境。无论是从军事实力还是天时、地利、人和等条件看，孙策均占有绝对的优势，锐不可当。他派虞翻前来向华歆晓以利害，令其归顺称臣，只是投石问路，试探华歆的意向如何，并且有威逼他无论内心愿意与否，都必须接受孙策所指点的宏图之意。否则大军压境，也志在必得。二是"地"郡危若累卵。从当时的政治、军事格局看，华歆作为豫章郡的太守，深知自己肩负责任与使命的重要性，汉朝已名存实亡，北方各大军阀割据势力之间，连年混战，根本无暇顾及江南政务。豫章郡孤悬而南，后继乏援，四面临敌，寡不敌众，随时都有被攻占的可能性，处在如此岌岌可危的境地，决策上稍有不慎，便会招致虎视眈眈的政敌的蹂躏挞伐，黎民百姓生灵涂炭，自己作为一郡之守，无法向朝廷及江东父老交代。与其宁为玉碎，不为瓦全，还不如坐观政局发展态势，图谋东山再起，何况政治的角逐从来没有绝对的输赢，所以当孙策派虞翻向他晓利明义，利诱与威逼胁迫双管齐下，要求他双手拱奉豫章郡时，便将计就计表示归顺诚服，听候调遣，欲求"北归家乡"。三是"虎"择让（离）山避害智存之途。在特定的历史条件下，代表不同集团利益的彼此角逐的政治势力，既是政敌，又是盟友，其分化瓦解与重新组合，并不是一成不变的，而是伴随政治统治的需求，会有组成为新政统联盟的可能。孙策运用谋略计策，兵不血刃而克豫章郡，其战略用意即是想化敌为友，扩大政治盟友，少树政敌，以便争取更多的支持，企图早日完成统一江东的大业。孙策善于运用计谋，深谋远虑，又很会利用时机，选择对象，问病号脉，对症下药，故不费兵卒之力，便达到了降虎占山并制驭他的目的。化险为夷，化不利因素为有利，为统一江东赢得了政治主动权和时间，仅此而论，他不能不算是一位足智多谋的将军。从另一方面看，华歆作为镇抚一方的要员，并非愚钝无为，无所举措，摆在面前的出路也并非一条，之所以不作任何反抗，顺水推舟，举城依服孙策，关键一条在于，深谙自己所处环境及其在孙策统一江东中所占的分量，退一步便可逢凶化吉，化害为利，平安无事，保存自己在政治斗争中立足的资本，因此他迫于无奈，不得不委曲求全，苟且寄人篱下，伺机再起。四是"山"易新主与虎背上的政治、权谋的利剑。以政治标准而论，华歆可谓是识时务的俊杰，但要以仁义道德为准的尺度而言，他是一位不忠的叛逆，然而政治并不能完全按道德标准予以衡量，政治就是政治，要看他是为谁效劳，以及最终所要达到的目的是什么。因此，孙盛不顾特定的政治背景，仅就华歆屈从孙策威逼一事所云的"华歆既没有伯夷与商山四皓那样不慕荣利的高风亮节，又失去朝廷大臣尽忠忘私的操守，却屈从邪恶书生的游说，结交孙策那样的横行之徒，官位被夺，气节堕毁，有什么过错比这更大的"说法，是不够全面公正的迂腐之见。后来华歆历经艰险返归北方，为朝廷重用并功绩卓著的事实证明，孙盛的结论是错误的。

事例：宋太祖杯酒释兵，众将领均成驯虎

宋太祖赵匡胤扫平李筠和李重进，统一天下后，召见赵普问道："自从唐末以来几十年，帝王总共八次改姓，征战不息，生灵涂炭，那是什么缘故呢？我想止息天下的战争，为国家长治久安打算，有什么办法？"赵普说："陛下说到此事，这是天地人神的福分啊。这不是其他缘故，只是因为方镇兵权太重，君主弱小，臣子强大罢了。如今想要治理天下，只要逐渐削夺方镇的权力，控制他们的钱粮，收回他们的精兵，那么天下就自然平安了。"

当时石守信、王审琦，都是太祖的故旧，各自典领宫禁警卫。

赵普多次对太祖进言，请求授给他们别的职务。太祖说："他们必定不会背叛我，爱卿忧虑什么？"赵普说："臣下也不忧虑他们会叛变，然而仔细观察这几个人，都不是驾驭军队的人才，恐怕不能制伏他们的部下。万一军队中有人造反作孽，他们也会身不由己啊。"太祖省悟，便召集石守信等人宴饮，酒喝到痛快时，屏退左右侍从对他们说："我没有你们的力量，不会到今天。然而当天子也太艰难，完全不像做节度使那样快乐，我整夜都不曾高枕无忧啊。"石守信等人请问其中缘故，太祖说："这不难知晓，对于处在这个位子的人，有谁不想取而代之！"石守信等人叩头说："陛下为什么口出此言？如今天下已经安定，谁还敢再有二心！"太祖说："爱卿等固然如此，假如部下中有想大富大贵的人，一旦将黄袍披加到你身上，你即使想不干，还可能吗？"石守信等人叩头流泪说："臣下愚昧，想不到这点，企盼陛下哀怜，指示可以安身的活路。"太祖说："人生犹如白驹过隙那样短促，所谓追求荣华富贵的，不过是多积金银钱币，增加娱乐快活，让子孙后代不贫穷困乏罢了。爱卿等为什么不放弃兵权，出去镇守大藩，选择便利上好的田地宅第买下，为子孙建立永久基业；多多搜罗歌手舞女，每天喝酒相伴取乐来终养天年！朕将同爱卿们相约作为婚姻亲家，君臣之间，两相无猜，上下相安无事，不很好吗！"石守信等人都跪拜感谢说："陛下顾念臣子到这个程度，真所谓是起死回生而枯骨长肉啊。"第二天，他们都奏称有病请求罢免，太祖准从，赏赐非常丰厚。不久，宋太祖任命石守信为天平节度使，高怀德为归德节度使，王审琦为忠正节度使，张令铎为镇宁节度使，全部罢免军职；只有石守信兼任侍卫都指挥使照旧，其实兵权已经不在他手。殿前都点检之职从此也不再授人，藩镇割据之乱迄此止绝。

这是宋朝开国之君赵匡胤采纳谋臣赵普的计策，向拥位功臣及掌握禁军的宿将晓以利害得失，以明调（杯酒）方式，鼓励诸将多买更好田宅，为永久之业；多置歌手舞女，厚自娱乐，提倡"君臣两无猜疑，上下相安"，引诱胁迫诸将（石守信、王审琦等）交出兵权，化猛虎为驯虎，化害为利，以高超的谋略之道缓和君将利害矛盾与冲突，维系彼此之间相安无事格局的典型事例。从计谋的运筹过程中看到：从小军官到殿前都点检，又从殿前都点检跃上皇帝宝座的赵匡胤，十分懂得唐末五代以来，在政治局面变换中，兵权所起的决定性作用。"兵权所在，则随以兴；兵权所去，则随以亡。"深恐五代以来拥兵禅代拥立的事件（如郭威黄袍加身及诸将加封自己）重演。诸将无论是心腹之臣，还是结义兄弟，只要他们拥兵自重，握有兵权，对自己就能构成威胁，君将之间势必就会因为权力而产生矛盾和冲突，历史的悲剧就可重演。因此必须解除他们所拥有的兵权。又由于赵匡胤深谙这些将帅的本性及内心世界所向往的是什么，所以采用明示晓利的谋略解除了石守信等人的兵权，从而达到了专权的目的。从诸将来说，他们虽有赫赫战功，拥立之功，但功高震主，稍有不慎，随时都有横祸临头，性命不保。他们深知自己处境微妙，所以当赵匡胤说出自己内心的担忧，并指出他们的归宿以后，便顺水推舟，顺梯而下，谎称有病，全都交出兵权，解甲归田。赵匡胤的计谋之所以一拍即合，顺理成章，关键在于用谋及中计者双方知彼知己，均非等闲平庸之辈，双方不僵持而相让（赵匡胤让财利宅第，诸将交统兵之权），互惠互利，既可避免争斗厮杀，又能惠及子孙后代，何乐而不为。这也是智者对智者用谋的理想结局。

三、谙识虎性　化猛虎为驯虎

　　调虎离山之计是三十六计中的第十五计，也是攻战计中的第三计；它在政治斗争中的应用范围十分广泛，无论是政治家，还是阴谋家、野心家及涉足政治权力范围的各种社会集团势力和宗族帮派群体，为了达到特定的政治目的和企图，都要竭尽全力，挖空心思，采用不同的方法、手段实施应用此计。由于调虎离山之计有其特定的含义，故欲图运用此计获得成功，必须讲求应用的范围与条件，否则，用计不成不慎，反会遭"猛虎"反扑，致使用计失败，弄巧成拙。因此，在变幻莫测，风云骤变的政治权力斗争中使用此计，欲求达到预期目的，须得把握好应用的时间、范围、条件背景的适度，知彼知己才行。只有具备这些智慧素养，谙识虎性，辨别山形，才能创造时机条件，调虎离山，又不为虎所察觉，达到调虎、占山、制伏并驭用它的目的，化猛虎凶虎为驯虎驭虎，化害为利，变主动有利为制胜、获胜之举，显然是计谋在政争中演化的特殊功用。

　　第一，在敌国之间。
　　敌对国家之间，虽然互为敌手，但彼此的国力威势却差异悬殊区别较大，国力强大者、势力旗鼓相当者有之，国力中等或弱小者也有之。敌国之间在双方征战讨伐与频繁争斗过程中，彼此各方的阵营、联盟、国势的分合消长，尽管处于剧烈的变化与重新组合状态，但此计却大有施展的政治舞台与空间，为许多足智多谋之士提供了用武之地。不过由于双方为敌手，相互交戈，势不两立，针锋相对，寸土必争，因而彼此之间从来就有一种防范戒备心理存在，都想运用智谋达到削弱、制驭对方甚至诸方势力的企图，这就要求使用调虎离山之计的一方具有高超的智慧、惊人的胆识，以及审时度势，高屋建瓴，运筹帷幄的谋略本领，方能立于不败之地。

1．弱国对强国的使用

国力衰弱的小国，面对比自身势强力众的大国，要想施用此计，变被动为主动，以弱制强，获得成功，这里的关键则是一要避免与勇猛强敌（占据山巅的凶虎）贸然发生直接冲突，不宜硬拼，将自己的弱点暴露无遗，而应当运用智谋智取；二要示强，运用技巧智慧谋略，掩饰自身的薄弱之处和薄弱环节，然后伺机察隙，以己虚强对彼真强，在士气、意志、思想上，必须保持抗衡不屈态势，使强敌虚弱不辨，真假难分，举棋不定；三要辨虎威，谙虎性，想方设法将虎调离其赖以生存和施展威力所盘踞的山势，诱入最不利的环境之中，然后乘机斩虎爪，分其势，去其威，实行蚕食谋略，有的放矢，对症下药，声东击西，才能达到以弱制强，调虎而占其山，并化猛虎为己所用的目的。因为"猛虎"本身就具备势、威、智、谋于一身，占有绝对优势，并不是所有的弱者都能与之较量周旋，但也不是无懈可击的，其也有弱点可乘可击，这就要求弱者必须具备十分高超的智谋，善于利用一切可以利用的时机，施展自己的谋略，做到滴水不漏，环环相扣，虚虚实实，真真假假，使"虎"在茫然似醒非醒中误入圈套，不能自拔，愈陷愈深，直至被制伏或被逼夺锐气。否则猛虎识破天机，不但不能调虎离山，反而会有被其将计就计、反咬一口的危险。所以，弱国要对强国实施调虎离山之计，把握施计时的技巧、时机、限度至关重要，而且要设法与其他计谋合用套用以作掩护，方能取得奇效。如前所述的在楚汉之争中，势弱力寡的刘邦被勇猛剽悍的楚霸王围在荥阳城中，后来之所以能够转危为安，死里逃生，全靠陈平临危不惧，智设计谋，调虎离山，分化瓦解项羽的中枢指挥系统，离间战将谋臣钟离昧、范增，除虎爪，分其势，灭虎威所产生的结果。这是运用调虎离山之计，化险为夷，以弱制强，变害为利，与虎谋皮而成功的范例。

2. 实力相当的国家（强国对强国，弱国对弱国）与势力（军阀割据势力、宗族地方势力）之间的使用

实力相当的国家和政治势力集团之间，在势均力敌的情况下，为了保持双方的均衡态势与实力，都施用各种计谋，企图战胜制伏对方。因为彼此双方势力相当，同样防备之心相同，故更加注意对方的一举一动，这就自然造成双方使用计谋上的困难，所以实力相当的强国对强国，势力均衡的军阀集团之间使用此计，一要注意隐蔽诡秘，诱之以利，扰乱其视听，兵不厌诈，瞒天过海，调虎逐渐离山而去，使其丧失凭借威福的条件，再乘隙察机伺空降虎占山。二要示弱，以松懈其警觉，麻痹其意志，瓦解其军，然后审时度势，创造条件，采用引诱、伪饰、欺诈手法，欲擒故纵，诱其上钩，挫其锐气，将引出山巅之虎逐个消灭，占山为主，这样才能处于主动地位，达到后发制人（虎）的目的。如在战国

时期，秦国攻打赵国，名将廉颇坚守长平关，地势非常险要，易守难攻，秦军屡屡受挫。秦军便利用反间之计，使赵王对廉颇产生怀疑，派毫无经验而善纸上谈兵的赵括代替了廉颇。秦将白起为了引诱赵括离开长平关，故意示弱，主动打了几个败仗后，即败退而去，赵括求胜心切，不知有诈，轻易杀出长平关，出城追击秦军，结果被诱入埋伏圈。秦军又切断赵军后路及粮道，并将四十万赵军分割为两段，赵军只好筑垒困守，等待救兵，不料救兵又被打败。赵括苦等了四十多天，仍然无法突围，结果赵括又一次离开营垒，闯入秦军埋伏，在毫无屏障的情况下，遭到秦军的四面围攻，使赵军全军覆没。在这里秦军三次使用了调虎离山之计。第一次是"调"去了廉颇这只虎，使赵军失去了坚强的首领，代之而来的赵括，只是只纸老虎，山中无虎猴子称大王而已，这就是调虎分其势。第二次是"调"赵括离开权且可以防守的临时营垒。这两次都是调虎落平原，赵括本就不是白起的对手，又接二连三失去地利，当然惨败无疑。秦军调虎之法，第一次使用的是"乱之以虚"，第二次、第三次使用的是"诱之以利"。三要向虎晓理明义，使虎"瞻前顾后"暂时离山而去，从而达到调虎占山的最终目的。不过使用这一手法必须具有超人的智谋，善于把握恰到好处的时机以及施计的技巧，才能得心应手，达到事半功倍的目的。

第二，在君臣之间。

在中国君主专制主义中央集权高度发达时代的政治斗争中，君臣之间的关系是极其错综复杂而难以理清的。君臣之间，大小官僚及其集团之间，却又总是存在着矛盾和冲突，君主建立的各种制度与措施，却都存在为臣僚私自所利用，甚至以之反过来损害君主专制的可能。君用权必使臣，臣有权必用君，君统臣以权术，臣事君以权变，正是他们真实关系的写照。在当时的君臣、上下、左右的政治和人际关系网络之中，到处是陷阱，步步有危机，无论是君还是臣，略有松懈疏忽，便有罹难致祸的危险。集权与擅权夺权，保位与篡位，颠覆与反颠覆，又总是层出不穷，恒无宁日，任何稳定都是一时相对的。因此无论是君还是臣，为了保持各自的地位、权势、荣耀、高官厚禄、至尊至崇之隆，彼此厮杀之时，无不采用调虎占山、去其要势的政治计谋韬略以达目的。

1. 君主与权臣之间的相互使用

"君臣之利异"、"君臣上下一日百战"、"功高震主"、"飞鸟尽，良弓藏；狡兔死，走狗烹"等等，就是君主与权臣之间相互依恃，而又必然发生激烈矛盾与冲突的生动记录。由于高度集中的君权从来就具有强烈的排他性，不容第二者染指分享，所以君主与权臣之间，历来都会产生不可调和的矛盾。君主为了防范权臣谋篡夺权，往往不择手段采用各种计谋，力图削弱消弭来自权臣的各种威胁，运用调虎离山之计谋，夺其气，分其势，分化瓦解权臣阵营，使之四分五裂，无力抗衡，俯首听命，则是惯用伎俩。历史上君主以近臣（如宦官）制权臣；在"整肃朝纲"、"严明法纪"的幌子下，假手酷吏，大肆杀戮重臣；利用臣属之间的矛盾，坐收渔人之利以及明升暗降等政治权术，都是调虎离山之计原理的活学活用。如历史上以酷吏制重臣的手段，借以改变君臣之间力量对比最典型的代表，莫过于女皇武则天。武则天统治初期，李唐宗室和朝廷大臣中反对者甚多。为了巩固自己的统治，武则天先后重用了周兴、索元礼、来俊臣等著名的酷吏，运用种种残酷非人的刑法，迫害和杀戮政敌，并广为株连，大量冤杀不易控制的元勋重臣和皇室子孙。当政敌被消灭殆尽，女皇的统治安然稳固之后，武则天又利用臣属之间的矛盾，将陷害杀戮大臣的罪名全部扣在周兴、来俊臣等酷吏头上，为政敌"报仇雪恨"，处死了来俊臣等酷吏。来俊臣被处死后，"仇家争噉（来）俊臣之肉，斯须而尽，抉眼剥面，披腹出心，腾蹋成泥。"武则天看到民愤之大，又下诏书历数来俊臣的罪恶，宣布"宜加赤族之诛，以雪苍生之愤"。武则天"以臣制臣"的伎俩诡计，可谓"一箭三雕"：既消灭了颇具实力的政治反对派，又防止了酷吏势力的过度膨胀，且扮演了为苍生雪愤的"圣主"的角色。这是武则天运用调虎离山之计原理达到"制虎"、"驱虎"、占山为王而极具"匠心"的成功实例。

2. 臣僚对君主的使用

君臣"上下一日百战"，作为政治权力争斗的双方，必然各有各的看家本领和高超计谋。君既有驭臣之术，臣则有弄君之谋。君权的"神授天予"、"朕即国家"的天经地义，决定臣属的弄君之谋面临"欺君之罪"、"大逆不道"等罪名的威胁，随时都能招来杀身之祸与株连九族的灭顶之灾，因此，运用计谋只能战战兢兢地在暗中揣摩，依靠诡诈手段本身孤军奋战。历史上演出的一幕幕"清君侧，安社稷"，打击迫害异己，诬陷忠良贤臣，隔绝言路，封锁消息，蒙蔽君主等等伎俩，均是臣属玩弄权术，运用调虎离山之计谋，欲图孤立君主，把持朝政实权，将君主玩弄于股掌之上。如"请除奸臣，以清君侧"的弄君术，起始阶段以讨伐奸臣为旗帜，避免把矛头直指向君主本人，从而使阴谋诡计师出有名，"义正词严"，减轻舆论的阻力。然而，"项庄舞剑，意在沛公"，臣属的"剑锋"所指，实乃是君主身下的宝座，而非君侧之奸臣。在其真正的目的尚未达到时，即使奸臣已除、君侧已清，他们也不会就此罢兵休战，停止弄君的阴谋诡计。再如唐代奸相李林甫"欲蔽塞人主视听，自专大权，明召诸谏官请曰：'今明主在上，群臣将顺之不暇，勿用多言！诸君不见立仗马乎？食三品料，一鸣辄斥去。悔之何及！'"在李林甫的威胁利诱下，"自是谏争路绝矣"。从而达到了弄君与操纵朝政的险恶目的，君主因为失去耳目，诏命不能上传下达，形同傀儡一般，没有忠臣贤良可以依靠，只能听从李林甫的随意摆弄。这是历代奸佞之臣试图调君身旁之虎、占其山势、干预朝政惯用的伎俩。

第三，在臣僚之间。

在中国古代官场政治斗争中，臣僚之间，无论是忠君贤良还是奸佞权臣，其阵营的组合与分化瓦解，是随政治形势的变换（如王位的交替承袭、君王为政举措等因素）以及各自切身政治、经济利益的矛盾冲突而不断改变。为争权夺利，明争暗斗，将政敌视为仇雠，彼此时常火并则司空见惯，不足为怪。在你死我活的政治斗争中，为了保有已经取得的荣华富贵、权势地位，立于不败之地，政敌对手之间经常使用调虎离山之计谋，套用其他计策，谗陷、排斥打击异己势力，将政敌对手挤出朝廷，排除在权

飞龙在天或见野

力轴心之外，或置于死地，永世不得复出，以免构成对自己的威胁。如汉景帝时，内史晁错多次请求单独与景帝谈论国政，景帝每每采纳他的意见，受宠幸超过了九卿，经晁错的建议修改了许多法令。丞相申屠嘉因景帝不采用他的意见而自行黜退，妒恨晁错。晁错作为内史，内史府的门东出不便，就另开了一个门南出。这个南门，开凿在太上皇庙外空地的围墙上。申屠嘉听说晁错打通了宗庙的墙，就上奏景帝，请诛杀晁错。有人把此事告知，晁错很害怕，夜里入宫求见景帝，向景帝自首，寻求保护。到天亮上朝时，申屠嘉奏请诛杀内史晁错。景帝说："晁错所打通的墙，并不是真正的庙墙，而是宗庙外边的围墙，原来的一些散官住在那里；而且又是我让晁错这样做的，晁错没有罪。"丞相申屠嘉只好表示谢罪。散朝之后，申屠嘉对长史说："我后悔没有先把晁错斩首再去奏请皇上认可，现在却被晁错所欺。"回到府中，申屠嘉吐血而死，晁错因此越发尊贵。由此可见，朝廷臣僚之间的斗争是十分尖锐而不可调和的。丞相申屠嘉看到内史晁错深受景帝重用，构成对自己专权的威胁，颇感不安，于是欲借晁错打通宗庙之墙，大逆不义之罪加害于他，达到铲除（斩虎）并孤立景帝的目的，不料晁错更有高超，"恶人"先告状，骗得景帝的同情与怜悯，幸免于难。申屠嘉不但不能实现调虎、降虎的企图，反而遭到景帝的怪罪，被虎反咬一口，阴谋败露，在忧愤中吐血而亡。这里一个是用计失败，另一个是顺计行事，不费吹灰之力便实现了调虎离山，去其要势，铲除了强硬的政治对手。

四、后发制人　以待敌之可胜

在政治斗争中，各种权谋诡术的使用司空见惯，无所不在，无时不存。调虎离山之计作为攻战计的一部分，其应用范围是相当广泛的，常常被君臣、臣僚以及各种政治势力、集团用来当作铲除政敌、排除异己、保存自己和御敌制胜的谋略战术。在运用中，其往往与其他计谋诡道连用套用，更具魔力效用。其特点是：

第一，就实施方法而论，调虎离山之计具有诱惑性、巧饰性的特点。

因为调虎离山之计的含义有三：一是调虎落平原，二是调虎分其势，三是调虎占其山。要做到每一步都是极其艰难不易的，稍有不慎疏漏，就有前功尽弃和被虎吞咽的危险，所以调虎者除了具有高超过人的智谋韬略，能够创势、造势，顺应事态发展随机应变外，还必须会巧饰伪装，隐藏实意真迹，使虎麻痹懈怠，不存疑虑戒心，才能使用诱之以利或蛊惑其心智的手段将虎调离山，诱入早已处心积虑设置的陷阱，置于死地；或反客为主，占山降虎。如果被老虎识破诡计，顺计行事，不但弄巧成拙，反而会赔了夫人又折兵，性命难保，自掘覆亡之墓。

第二，就实施过程而言，调虎离山之计具有快捷性、制伏性的特点。

从政治斗争的需求看，在一般情况下，强硬有力的政治对手，运用该计将政敌（虎）调离其位（或权力中枢）不是最终目的，它只是一种手段，用来使敌我力量对比发生转化的手段，还不能达到消灭敌人的目的，而仅提供了削弱政敌的一个条件。所以调虎离山之计成功之后，立即就要进行降伏老虎的权谋运用，及时彻底清占虎穴，使老虎既不能带走"山"，也不能再添翼逞凶作威。不然老虎一旦返回，仍可占山为王，即使此只虎不能返回，其他的老虎借机利用，也是不可收拾的。因此，调虎离山之计要求施计者在用计过程中必须环环相扣，具有快捷迅猛的反应能力，一旦完成调虎离山之后，务必摧毁虎穴和断绝虎的后路，逼迫虎无路可走，束手待擒，这样才算最终达到了调虎离山的目的。

第三，就用计者的政治心态而言，调虎离山之计具有制驭心理（后发制人）的特点。

具体而论，运用调虎离山之计的目的，就是使对方远离有利的条件，而后诱使其处于不利的地位，使己抢占地利，在运动中使"虎"丧失反抗能力，而便于捕捉或降服。所谓要"先为不可胜，以待敌之可胜"，才能"立于不败之地"，就是讲的后发制人这个道理。调虎离山即为降虎并为我所用，是足智多谋的政客惯用的诡计奇术。

第四，就计谋智道效应而论，调虎离山之计具有突发效应的特点。

在政治斗争中，调虎离山之计与其他计谋连用叠用，在一般情况下，施计者所追求和企图达到的效果就是突发效应，不但政敌在突如其来、迅雷不及掩耳的攻势下显得沮丧无力，毫无反抗之本，只能坐以待毙，而且还可以起到打草惊蛇，威慑其党羽爪牙的双重目的，取得一石三鸟或多鸟的多重效果。

欲擒故纵

——消其斗志 定擒疲惫之敌

本计云:"逼则反兵;走则减势,紧随勿迫。累其气力,消其斗志,散而后擒,兵不血刃。需,有孚,光。"其大意是:如果逼得敌人无路可走,那么它就会拼命反扑过来。如果暂时放松追击,任其逃走,则可以减弱敌人的气势。对于逃走的敌人,要紧紧地跟踪,但不要过于急迫逼近,借以消耗他的体力,瓦解他的斗志。等敌人以为脱离险境、军心涣散之时,再突然擒获他,就可以避免流血牺牲。因而,暂时放松追击,使敌人心理上完全失败而屈服于我,可以收到更显著的效果。

本计的解语原文云:这里说的"纵",对敌人不是放任不管,而是在后边追随,只是追得不要太紧罢了。孙子说:"敌人已到穷困绝境的时候,不要过分逼迫他。"也是指这个意思。讲不追,不是不去追踪,只是不要过分逼迫他罢了。三国时,诸葛亮施用七擒七纵的计谋,就是既释放孟获,而又追踪他,逐渐把军队推进到边远地方。诸葛亮的七纵,意图在于扩大疆土,拿孟获作榜样,去降服其他的蛮族。这种做法是为了实现政治谋略,但不符合作战要求。如果按照作战要求,对被擒的敌人,是不能轻易再放走

群臣指鹿为马,赵高独揽大权

的。该计用于军事上，要想使敌军失去战斗力，彻底瓦解，必须示以一线生路，让其抱有不战而求逃生的念头，这样会造成更有利于我的战机。

欲擒故纵也可写作欲擒姑纵。该语出自《道德经》三十六章，云："将欲歙之，必固张之；将欲弱之，必固强之；将欲废之，必固兴之；将欲取之，必固与之。"陈鼓应先生译为："将要收敛的，必先扩张；将要削弱的，必先强盛；将要废弃的，必先兴举；将要取去的，必先给与。"并在《引述》中说道：（1）"将要合起来，必先张开来。"即是说在事物发展的过程中，张开来是闭合的一种征兆。老子认为事物处于不断对立转化的状态，当事物发展到某一个极限的时候，它必然会向相反的方向运转，好比花朵盛开的时候，它就要萎谢了（花朵盛开是即将萎谢的征兆）；月亮圆满的时候，它就要亏缺了（月亮圆满是即将亏缺的征兆）。这是老子对事态发展规律的一个分析，即"物极必反"、"势强必弱"观念的一种说明。对此，前人董思靖在《道德真经集解》中说："夫张极必歙，与甚必夺，理之必然。所谓'必固'云者，犹言物之将歙，必是本来已张，然后歙者随之。此消息盈虚相因之理也。其极虽甚微隐而理实明者。"释德庆在《老子道德经解》中说："此言物势之自然，而小人不能察，天下之物，势极则反。譬夫日之将昃，必盛赫；月之将缺，必极盈；灯之将灭，必炽明。斯皆物势之自然也。故固张者，歙之象也；固强者，弱之萌也；固兴者，废之机也；固与者，夺之兆也。天时人事，物理自然。第人所遇而不测识，故曰微明。"（2）"势强必弱"。在刚强和柔弱的对峙中，老子宁愿居于柔弱的对峙中端。老子对于人事与物性作深入而普遍的观察之后,他了解到:看来"柔弱"的东西,由于它的含藏内敛,往往较富韧性;看来"刚强"的东西,由于它的彰显外溢,往往暴露而不能持久。所以老子断言"柔弱"的呈现胜于"刚强"的表现。这些均是欲擒故纵之计最早的理论发端,也是对事物对立与统一关系的全面阐释。

《鬼谷子·谋篇》云:"去之者纵之,纵之者乘之。"其大意是:要逃离的,就应放纵它,被放纵的,就要寻找机会消灭它。《太平天国·文书》篇也说:"欲擒先纵,欲急姑缓,待其懈而击之,无不胜者。"大意是:要想擒拿,先要放纵,要想尽快取胜,暂且放慢攻击的速度。等待敌人的意志松懈了以后再攻击它,没有不获胜的。

一、疲而弱之　寻战机长斗志

《周易·需卦第五》云:需:有孚,光亨。贞吉,利涉大川。《象》曰:云上于天,需。君子以饮食宴乐。

【一爻】初九,需于郊,利用恒,无咎。《象》曰:"需于郊",不犯难行也。"利用恒无咎",未失常也。

【二爻】九二,"需于沙",小有言,终吉。《象》曰:"需于沙",衍在中也。虽小有言,以终吉也。

【三爻】九三,需于泥,致寇至。《象》曰:"需于泥",灾在外也。自我致寇,敬慎不败也。

【四爻】六四,需于血,出自穴。《象》曰:"需于血",顺以听也。

【五爻】九五，需于酒食，贞吉。《象》曰："酒食贞吉"，以中正也。

【六爻】上六，入于穴，有不速之客三人来，敬之终吉。《象》曰："不速之客来，敬之终吉"，虽不当位，未大失也。

据秘本兵法《三十六计》的记载，欲擒故纵之计是依据需卦的逻辑原理推演出来的计谋。计谋文中所云的"需，有孚，光"，是水天需卦的卦辞。需卦卦辞为："需，有孚，光亨，贞吉，利涉大川。"意思是说：需象征等待。心怀诚信，光明亨通；只要坚守纯正，就会吉祥，利于涉水渡过大河。"彖曰：需，须也，险在前也。刚健而不陷，其义不困穷矣。需，有孚，光亨，贞吉。位乎天位，以正中也。利涉大川，往有功也。"意思是说：需，就是等待，因为前面有坎之险陷。刚健的乾阳没有陷入危险，就是因为能够耐心等待有利的时机。等待必须信心坚定，才能光明亨通；更必须坚持纯正，才会吉祥。由于九五刚健中正，又居于至高无上的地位，所以利于涉过大河巨流，勇往直前就会成功。

此卦的彖辞，明显地分为两个部分。前一部分是针对下卦乾而言的。乾卦虽然刚健，但因为前面有险阻，不可贸然前进，应当等待时机；所以此卦命名为需，即等待之意。彖辞的后一部分，是针对坎卦九五爻而言的。由于九五刚爻居中得正，又在至高无上的天位，其形象中心充实，象征诚信和信心，所以前途光明，利涉大川，进取成功。就整体卦形而言，九五爻是主体，乾卦是九五君王拥有的刚健勇猛的部队。在遇到艰险时，君王能坚守信念，坚定信心，部队能耐心等待时机，所以最终能成就大业。

在战争中占得需卦，内卦乾为我，外卦坎为敌，乾卦与九五爻成了敌对关系，就不能再用象辞中的整体含义了。三阳乾卦，是阳卦中最刚强猛烈者，乃阳中之阳；其位又在下卦，阳气由下逼上，锐不可当。这表明，我方已占绝对优势，而敌人已陷入极大危险之中。按照乾卦的性格，此时定会乘胜追击，穷赶猛打，但需卦却告诫已方要等待一下，由于需卦的命名就是因乾的处境而起的，所以此时我方必须遵从卦义的指示。"需，有孚，光"是此卦的卦眼，也是我方何以要等待一下的原因。"有孚，光"，原指九五爻中心诚信，能坚定信心，所以前途光明。但敌人已穷途末路，诚信和光明根本无从谈起。这里应该理解为：此时我方要给敌人一线光明，使他们相信自己还有逃命的希望。因为，敌人虽然已遭惨败，但困兽犹斗。九五爻又是位居天位的中正刚爻，表明败逃的敌人仍很凶猛强悍。坎为水，当敌人被逼得走投无路时，必定要背水一战。人在绝望时，横下一条心，就会勇气倍增，以一当十。那时，我方固然能全歼敌人，但自己也会伤亡惨重。所以，此时要等待一下，放缓进攻的节奏。敌人有了侥幸求生的希望，就会失去决一死战的决心，四下奔逃，溃不成军。等到我方再发起总攻击时，敌人战机已失，斗志已丧，就很容易被捕获了。

欲擒故纵之计用于军事，主要是一种攻战之计与谋略。在敌人虽被击败，却仍有一定实力的情况下，为了防止其狗急跳墙，拼命反扑，便暂且虚留生路，纵其逃逸。而我们则紧随其后，但又不过分逼近，使之产生逃生厌战的心理，待其疲劳不堪，士气涣散之时，再发动突然袭击，一举将其擒获歼灭。

在政治斗争中，因为"纵"是为了达到"擒"这个目的手段，是一种以迂为直的手段，运用这一手段，往往还能达到防止政敌对手狗急跳墙，使其精力自耗，以及寻找有利时机的奇效目的。所以这一计谋也经常为政治家、阴谋家、野心家用作政治斗争的有力武器。在与政敌对手的斗争中，运用欲擒故纵之计，并不是将政敌放任不管，穷寇勿追，也并不是放虎归山，纵其任为，而是紧紧地尾随其后，稍松一些，不予过分紧逼，等待剪除消灭政敌对手的佳机利势人和。不紧逼又是为了"累其气力，消其斗志"，进而减弱其势，达到最后消灭的目的。所以"纵"是暂时的，这计使用的是疲而弱之的筹谋策略。其计谋被老谋深算、高瞻远瞩的政客对手与其他计谋交相套用后，常常能够收到事半功倍，不费吹灰之力拔除消灭政敌的效果。从该计在政治斗争中发挥的效应看，它具有权宜性、机巧性、隐秘性、瓦解性的特点。

二、纵擒有度　智谋诡计层出

在你死我活、针锋相对、瞬息万变、残酷激烈的政治斗争较量中，形形色色的政治家、阴谋家、野心家以及崇权诡道者，玩弄计谋权术为专权固势邀宠，甚至打击迫害异己势力服务，是司空见惯、屡见不鲜的。他们为了达到自己的政治目的与企图，或者为了保全已有的政治权势地位，排除政敌对手，无所不用其极，手段花样更是多种多样，令人目不暇接，难辨真假虚实强弱。三十六计中攻战篇的欲擒故纵计谋，更是他们频用的权谋之一。由于政治家常常是多种计谋诡道迭相并用，不断赋予它新的智慧内涵，所以其变化之多与对政治斗争中所产生威力之大，都是无与伦比的。简要概括欲擒故纵之计在政治斗争中的常用手法，可将其归结为以下互为关联的三种手法。

第一，任欲而观，迫而不反，待胜之计在其中。

这种手法的重点是纵而观之，横而随之。在激烈、复杂、多变、残酷不仁的政治斗争中，互为对应，彼此较量的政治势力、团体以及足智多谋工于心计、善于玩弄权术诡计的政治老手，一方面很会伪装、巧饰、自卫，形迹诡秘，深藏不露；另一方面对于任何威胁自身权势地位的对手和端倪，均会适时适机不遗余力地坚决予以铲除打击。如果当前的时间、地点条件不够成熟，或对自己不十分有利的话，也会暂时放过敌人，纵其逃逸，然后再寻觅有利的时机，予以沉重打击。这里纵容政敌，任其自走，不加任何限制，却要紧紧地跟随其后，密切监视政敌的行踪，追而随之，始终保持一定的距离，丝毫不放松，只是"不迫之而已"。横而随之，可以是公开的跟随，也可以是暗地里跟随。常见的具体手段，又有任纵、骄纵、放纵等多种形式。

1. 任纵

所谓任纵，就是纵容放开政敌对手，听其自便，向哪里走都可以，一般不加任何限制。之所以采用这一手法对付政敌，主要有以下原因：一是敌强我弱，寡不敌众；二是势均力敌，贸然对抗，鹿死谁手，颇难料定，硬拼不如智取；三是政敌对手的真实意图与目的尚未完全暴露，打草惊蛇，使敌手惊觉反而会遗患无穷；四是歼除政敌对手的时机条件暂时不利，或不够成熟。任纵并不是听任政敌肆无忌惮，胡作非为，高举屠刀熟视无睹，而是纵而随之，密切监视其行踪，待其气力、斗志自耗后，寻找佳机举而歼之。

事例：冒顿饰怯纵骄恣，东胡中计致亡国

前209年，匈奴单于头曼的太子冒顿杀了自己的父亲、后母和弟弟等人以后，自立为单于（单于系匈奴最高首领）。其时，东胡部落非常强盛，得知匈奴内部发生了政变后，便想给冒顿来个下马威，吓唬吓唬他。东胡王派出使者告诉冒顿说："我们想要得到头曼在位时拥有的千里马。"冒顿召集群臣商量，群臣都说："千里马是匈奴的珍宝，不能随便送给他人。"冒顿说："怎么能与人家为友好邻国，却还要吝惜区区一匹马呀！"随即冒顿不顾众人反对，力排群议，将千里马送给了东胡。东胡王初试顺利，尝到了甜头，得寸进尺，便又挖空心思，恬不知耻向冒顿再要一件东西。他听说冒顿的父亲生前有很多花枝招展、如花似玉、色貌绝佳的阏氏（即单于的妻妾），过了不久，东胡王又派使者来对冒顿说："想要得到单于的一位阏氏。"冒顿又征求群臣的意见，群臣听后勃然大怒，愤慨万分，异口同声请求："东胡这般无礼，竟然索求阏氏，请发兵攻打！"想不到冒顿却说："和人家是邻国，怎么能舍不得一个女子呢？"就选取自己所宠爱的美丽漂亮的阏氏送给了东胡。群臣见冒顿这样对东胡忍让，有求必应，百依百顺，都以为冒顿胆小无能，胸无大志，任人摆布。

东胡王见几次索要都达到目的，没有遇到任何麻烦阻力，轻而易举，便认为冒顿畏惧东胡国大势众，益发骄横放纵，肆无忌惮，猖狂不可一世。东胡与匈奴接壤的地方，有被丢弃的土地无人居住，方圆一千多里，双方各居其一边，设立屯戍守望的哨所。东胡王再次派使者对冒顿说："这些无人居住的荒地，我想得到它。"冒顿依旧召问群臣属僚，群臣见冒顿随便将国宝、美女送与东胡王，这区区荒芜不毛之地岂在话下？当下便有人说："这些荒无人烟的地方，割给他们可以，不割给也可以。"不料冒顿听后勃然大怒，说道："土地是国家的根本，一个国家没有土地便不成国家，怎么能随便割给人家呢？"冒顿将那些说可以给予的臣子都杀了。之后，迅即组织人马领兵袭击东胡。东胡王起初就非常轻视冒顿，自以为冒顿根本构不成威胁，没有防备，岂料到冒顿挥军转眼来到了国境线，率大军突袭东胡，势如破竹，所向披靡，一举灭亡了东胡。

这是匈奴单于冒顿智用谋略，故作怯懦无能之状，任纵东胡，懈其戒备之心，待机后发而举，一鼓作气攻灭敌国的成功范例之一。从冒顿任纵东胡的策略看，其足智多谋与出人意料表现在：一纵（舍国之宝马）在向东胡国王表明匈奴软弱，不敢违命，只能百依百顺，有求必应；东胡的威势声播遐迩，无所不在，使其愈加骄横，不可一世，根本不将匈奴视为威胁和对手。对匈奴群臣及部众来说，冒顿的做法却不合乎人之常情，因为匈奴此时的兵众国力完全可以和东胡对抗较量，匈奴也没有必要屈从求全，苟且偷生，所以群情激奋，同仇敌忾，一触即发。二纵（献国之绝色佳人）使东胡更加肆无忌惮，贪得无厌，忘乎所以，根本不将匈奴放在眼里，视若奴仆役力，欲令随时听候调遣，对其毫无戒备防范。此举不但出乎匈奴上下的意愿，而且犹如火上浇油，使本来就对东胡的所作所为极为不满的匈奴部众，更加义愤填膺，随时准备出击，报仇雪耻。冒顿认为民心所向志在灭掉东胡，灭胡的时机条件已经成熟，所以当东胡国王第三次遣使勒索匈奴国土时，出人意料地斩杀了谋求媾和的大臣，一反常态，出其不意，攻其不备，以迅雷不及掩耳之势，攻灭了东胡国，进而称霸北方，与中原汉朝对峙并立。

2．骄纵

所谓骄纵是指在政治斗争中故意退让，令来势凶猛的政敌对手自我膨胀，骄横跋扈，目空一切，丧失警惕，然后寻机、寻隙、寻时，实施攻战破敌的韬略谋划。有时在复杂多变的政治斗争中，凭借一方的力量很难与势力强大的集团或政敌对抗，为了战胜共同的强敌，也会出现数股弱小势力联合，共同对付一个政敌的格局。不过这种联盟是很松散的，一旦他们之间出现权力冲突时，彼此之间往往也会成为对抗的阵营。对抗矛盾是永恒绝对的，联合是暂时相对的。任何强大凶猛的政敌，随着时间、地点、条件的发展变化，不可能铁板一块，一成不变，相反会暴露弱点失误，出现疏漏，令人有机可乘。谙于世故、身经百战、深谋远虑的政治老手，是很善于利用骄纵的计谋，捕捉人性的弱点疏忽，伺察时机排除打击政敌的。

事例：谋臣骄纵智襄子，三家分晋韩魏赵

在晋文公称霸时，晋国有十几家有名的卿大夫，在内部的激烈争斗中，不少家族衰落下去，到春秋末期就只剩下智氏、范氏、中行氏和赵、韩、魏六家了。这六家几乎控制了晋国的全部军政大权，形成了"政出家门"、"军出六将军"的所谓"公卿专政"局面。后来范氏、中行氏又在竞争中失败，剩下了四家，其中智氏的势力最大，也最骄横。前403年，智宣子死后，接替他的是智襄子智瑶。这智瑶自恃才貌武艺双全，本家强盛，便目空一切，胡作非为，随心所欲。一日与韩康子、魏桓子在蓝台饮宴时，席间智瑶竟然戏弄韩康子，又侮辱他的家相段规。智瑶的家臣智国听说此事，就告诫说："主公您若不提防，灾祸就一定会来了！"智瑶说："人的生死灾祸都取决于我。我不让灾祸降临，谁还敢兴风作浪！"智国又说："这话可不妥。《夏书》中说：'一个人屡次三番犯错误，结下的仇怨岂能在明处，应该在它没有表现时就提防。'贤德的人能够谨慎地处理小事，所以不会招致大祸。现在主公一次宴会就开罪了人家的主君和臣相，又不戒备，还说'不敢兴风作浪'，这种态度恐怕不行吧。蚊子、蚂蚁、蜜蜂、蝎子，都能害人，何况是主君、臣相呢！"对于智国的好言相劝，智瑶不但充耳不闻，无所收敛，反而变本加厉，更加肆无忌惮，为所欲为。

智瑶时刻都在盘算削弱其他三家，独霸晋国。他以增强公室、治兵伐越、恢复晋国霸主地位为借口，向韩康子索要领地。韩康子想不给，段规进言说："智瑶贪财好利，又刚愎自用，如果不给，一定讨伐我们，不如姑且给他。他拿到土地会更加狂妄，一定又会向别人索要；别人不给，他必定向人动武用兵，这样我们就可以免于祸患而伺机行动了。"韩康子说："好主意。"便派了使臣去送上有万户居民的领地。智瑶大喜，果然又袭用此法向魏家提出索地要求。魏桓子认为智瑶欺人太甚，意欲拒绝。家相任章问："为什么不给呢？"魏桓子说："无缘无故来要地，所以不给。"任章说："智瑶无缘无故强索他人领地，一定会引起其他大夫官员的恐惧，我们给智瑶地，他一定会骄傲。他骄傲而轻敌，我们恐惧而互相团结，用精诚团结之兵，来对付狂妄轻敌的智瑶，智家的命运一定不会长久了。《周书》说：'要打败敌人，必须先给他一些好处。'主公不如先答应智瑶的要求，让他骄傲自大，然后我们可以选择盟友共同图谋，又何必单独以我们做智瑶的靶子呢？"魏桓子说："此言极当。"也交给智瑶一个万户之民的封地。

两次要地都轻而易举地达到了目的，智瑶顿时忘乎所以，利欲熏心，得寸进尺，更加贪得无厌，遂又逼迫赵襄子让蔡和皋狼两处地方，却遭到了赵襄子的严词拒绝。智瑶勃然大怒，当即率领早已貌合神离的韩、魏两家军队去攻打赵襄子。赵襄子慑于大兵压境，准备出逃，向臣下问道："我到哪里去呢？"随从说："长子城最近，而且城墙坚厚又完整。"赵襄子说："百姓精疲力竭地修完城墙，又要他们舍生入死地为我守城，谁能和我同心？"随从又说："邯郸城里仓库充实。"赵襄子说："搜刮民脂民膏才使仓库充实，现在又因战争让他们送命，谁会和我同心？还是投奔晋阳吧，那是先主的地盘，尹铎又待百姓宽厚，人民一定能同我们和衷共济。"便前往晋阳。

智瑶、韩康子、魏桓子三家出兵围住晋阳，又引水灌城。城墙头只差三版的地方就被淹没了，锅灶都被泡塌，鱼蛙孳生，人民仍是没有背叛之意。智瑶巡视水势，魏桓子为他驾车，韩康子站在右边护卫。智瑶说："我今天才知道水可以让人亡国。"魏桓子用胳膊肘碰了一下韩康子，韩康子也踩了一下魏桓子的脚。因为汾水可以灌魏桓子的都城安邑，绛水也可以灌韩康子的都城平阳。智瑶以为经此一吓，韩、魏两家必定不敢有二心。智瑶的谋士绨疵颇有头脑，听到这话就对智瑶说："韩、魏两家肯定会反叛。"智瑶问："你何以知道？"绨疵说："以人之常情而论，我们调集韩、魏两家的军队来围攻赵襄子，赵襄子覆亡，下次灾难一定是连及韩、魏两家了。现在我们约定灭掉赵襄子后三家分割其地，晋阳城仅差三版就被水淹没，城内宰马为食，破城已是指日可待。然而韩康子、魏桓子两人没有高兴的心情，反倒面有忧色，这不是必反又是什么？"第二天，智瑶把绨疵的话告诉了韩、魏二人，二人说："这一定是离间小人想为赵家游说，让主公您怀疑韩、魏两家而放松对赵家的进攻。不然的话，我们两家岂不是放着早晚就分到手的赵家土地不要，而要去干那危险必不可成的事吗？"两人出去，绨疵进来说："主公为什么把我的话告诉他们两人呢？"智瑶惊奇地反问："你怎么知道的？"回答说："我见他们审视了我以后，就快步匆匆离去，知道我看穿了他们的心思。"智瑶固执己见，没有听从规劝。

赵襄子见有机可乘，就派谋臣张孟谈秘密出城来见韩康子、魏桓子二人，劝说道："我听说唇亡齿寒。现在智瑶率领韩、魏两家来围攻赵家，赵家灭亡就该殃及韩、魏了。"韩康子、魏桓子也说："我们心里也知道会这样，只怕事情还未办好而计谋先泄露出去，就会马上大祸临头。"张孟谈又说："计谋出自二位主公之口，进入我一人耳朵，有何伤害呢？"两人秘密地与张孟谈商议，约好起事日期后送他回城。夜里，赵襄子派人杀掉智军守堤官吏，使大水决口反灌智瑶军。智瑶军队为救水淹而大乱，韩、魏两家军队乘机从两翼夹击，赵襄子率士兵从正面迎头痛击，大败智家军，杀死智瑶，又将智氏族人尽行诛灭，赵、韩、魏三家平分了智氏的土地和人口。

在上述事件中，势弱寡众，处于劣势的韩、魏、赵三家之所以能够三分家大势强的智氏并取而代之，根本原因在于运用骄纵智瑶的欲擒故纵计谋策略的成功。面对智瑶割让国土与人民的蛮横无理要求，韩魏两家无力直接对抗，不得不委曲求全，忍辱割让，因为他们心里明悉，摆在面前的出路只有两条，要么答应要求，苟且残存，或许还能保住东山再起、卷土重来的资本；要么寸土不让，直接冲突，危在旦夕，毫无回旋之地，将自己逼入绝境死地。在权衡利害得失之后，两君均采纳谋臣的计策，选择了前者，认为宁为玉碎，不为瓦全，还不如姑且暂时屈就，先存国体，再图雪耻，伺机重振家威雄风。所以他们不但答应了智瑶的无理要求，而且还察隙伺机实施了骄纵智瑶的计谋，并达到了预期的效果。韩、魏、赵三家共同的遭遇和命运，使他们不得不为了对付共同的强敌结成暂时的统一战线，将矛盾的焦点对准智瑶，全力以赴，为生死存亡而战。因为三家任何一方随时都面临被击败或吞并的威胁，使得他们不得不暂时联合，互为依托。联合的结果，使弱者从弱小变为强大，敌我力量的对比发生了根本的变化，从而为灭智氏奠定了基础。另一方面韩魏骄纵智瑶的结果，使其更加贪得无厌，得寸进尺，骄横不可一世，树敌渐多，弱点渐渐暴露，将自己拖入了愈益危险和难以自拔的绝境，注定其失败是迟早的事情。在骄纵智瑶的用计过程中，因为韩、魏、赵三家对智氏的底细了如指掌，能够对症下药，在具体用计的技巧上又能以人之常情，把握用计的时机，审时度势，恰到好处，在信疑之间，所以操纵势态发展，主动权开始被弱者一方掌握，进而导致了韩、赵、魏三家分晋的结局。此外，智瑶的刚愎自用、骄横贪婪，也是骄兵必败最为形象的注脚。

3．放纵

所谓放纵就是在政治斗争中让政敌对手肆意妄为，使其积累更多的错误，待其罪恶昭著、路人皆知时，再伺机予以一网打尽。这样做，一则诛除政敌师出有名，名正言顺；二则可以放长线钓大鱼，等待时机挖除深藏不露的政敌，以免过早打草惊蛇，遗患无穷；三则在放纵政敌的同时，选择等待最佳的时机和方式，出其不意、攻其不备，对其发动突然袭击，出奇制胜。

事例：智者韬晦纵敌乱，罪者师出有正名

春秋初期，郑国庄公接替武公王位后，在位四十三年，南征北战，屡建功绩。他曾经率军伐卫、讨宋、侵陈、占许，还打败过周、虢、卫、蔡、陈五国联军，在春秋初期的政治舞台上叱咤风云，出尽了风头。取得这些功绩虽然依靠了郑的强盛国力，但与郑庄公本人的才能以及足智多谋也极有关系。郑庄公善于审时度势，深谋远虑，运筹帷幄，当机立断，是一位工于心计的政治人物。他在处置谋乱的弟弟共叔段时，便运用了欲擒故纵之计，表现出了非凡的智谋。

郑庄公的生母武姜是两周之际颇有影响的申国侯君之女，颇为娇气。她生庄公时难产（即"寤生"），所以不喜欢庄公。生次子共叔段十分顺利，又见他长得一表人才，面如傅粉，唇若涂朱，且又多力善射，武艺高强。武姜十分偏爱此子，心想："若由共叔段袭位为君，岂不胜寤生十倍？"屡次向其夫武公称道次子之贤，宜立为嗣。武公说："长幼有序，不可紊乱。况且寤生无过，岂可废长而立幼？"遂立寤生为世子。只以小小共城为段的食邑，号称共叔。武姜心里愈加不快。武公死后，寤生即位，是为郑庄公。

郑庄公继位后碰到的第一个难题，是武姜为共叔段请求制地作为封邑。制，是一座紧要处所，如果被共叔段控制，将会对郑庄公造成很大威胁。郑庄公不便严词拒绝母亲的请求，便委婉地说："制地是危险的地方，从前虢国的虢叔曾经死在那里，所以不能把制地给共叔段作为封邑。请您再考虑，除制以外的其他地方，将唯命是从。"这个回答有理有据，又没有使武姜难堪。武姜只得另请把京地给共叔段为封邑，郑庄公痛快地答应下来。共叔段得到京邑以后，与生母姜氏串通一气，招兵买马，训练士卒，加紧谋划夺权的步伐。郑庄公耳闻目睹这些逆迹后，却表现出极大的镇静，不急不躁，耐心等待时机完全成熟。郑大夫祭仲了解共叔段大修京邑、图谋不轨的情况后，向郑庄公报告，并一针见血地指出了其危害。祭仲说："凡属都邑，城垣的周围超过三百丈，就是国家的祸害。先王规定的制度：大的都邑，不超过国都的三分之一；中等的，不超过五分之一；小的，不超过九分之一。现在京城不合规定，这不是应有的制度，国君将不堪忍受。"庄公说："姜氏要它，又哪能避免祸害呢？"庄公直称母亲为"姜氏"，对武姜的厌恶于此可见。祭仲听到这些，回答说："姜氏哪有满足的时候？不如及早安排，不要让它各处蔓延，否则就难以对付了。蔓延的野草尚且不能锄掉，何况是您受宠的兄弟呢！"祭仲劝郑庄公立即采取行动。庄公说："多行不义必自毙。您姑且等待吧。"郑庄公预料共叔段的骄横行为还会继续下去，所以用"多行不义必自毙"来指明共叔段自取覆灭的下场。

事情果如庄公所料，共叔段不仅加大京的城邑，而且让郑国西部和北部的边境地区听命于自己。郑大夫公子吕看到情势危急，便前来叩见郑庄公，说道："主公嗣位，不是出自国母的本意。万一中外（即指武姜与共叔段）合谋，变生肘腋，郑国将不被主公所拥有。臣寝食不安，是以再请。"郑庄公说："此事的干扰阻力定要来自国母。"公子吕说："主公难道没有听说周公诛杀管蔡的事情吗？'当断不断，反受其乱。'望您能早做决断。况且国家不能忍受这种两面听命的情况，主公打算怎么办？主公要把君位让给太叔，下臣就去侍奉他；如果不给，那就请除掉他，不要让老百姓产生其他想法。"庄公说："我早就深思熟虑过此事。共叔段虽然不道，尚未显然叛逆。我若兴师加诛，姜氏必定从中阻挠，徒惹外人议论，不仅说我不友，还会说我不孝。我现在置之度外，任其所为。他恃宠得志，肆无忌惮。待其造逆，那时明正其罪，则国人必不敢助之为虐，而姜氏也会理屈词穷。"庄公意识到共叔段多行不义之事，必然不能团结其众，势力虽说雄厚，也一定会分崩离析。

前722年，共叔段整治城郭，修缮武器，增加士卒，准备偷袭郑都。庄公认为仍需要让共叔段的阴谋进一步暴露。他和大将公子吕私下里商定：庄公假称去周王室当差，引诱共叔段和姜氏提早行动。与此同时，公子吕派兵在要道埋伏，截击姜氏遣差送与共叔段兴兵袭郑的密信，送与庄公看毕后重又封固，并派亲信假作姜氏所差送达，共叔段的回书又被庄公所得，以作凭据，且从中得知共叔段的行动日期与联络暗号。另外，公子吕还派部分士兵扮作商人模样，混入共叔段的封地京城，待共叔段兵马离京城之后，就在城楼放起大火，以造成共叔段军混乱。自己则率二百辆战车，在京城设下埋伏。实际上郑庄公并没有去周当差，而是率兵马守候于鄢城附近。

京城共叔段接到姜氏作为内应的密信，果然中计，他一面给其母写回信，一面谎称前去朝廷办事，率兵出城。共叔段离城不久，城楼便燃起了冲天大火，公子吕统军趁势攻入京城。共叔段得知京城老巢丢了，本想回兵夺城，可军中又起大乱。不得已，跑到鄢城，又被郑庄公打得大败而逃。历尽艰难险阻逃到他原来的封地共城，又遭郑庄公和公子吕两面夹击，全军覆没。共叔段喟然长叹，拔剑自杀，一场蓄谋已久谋国篡权弑君的政变，以失败而告终。

这是郑庄公运用欲擒故纵计谋，故作大智若愚之状，巧布迷敌阵势，放任纵使政敌，待其种种叛迹完全暴露于光天化日之下，再檄列罪状，兴师诛伐，将政敌一网歼灭。这一成功事例，从施谋用计的策略中看到：郑庄公对于自己嗣位并非国母之意，对姜氏和共叔段企图里应外合、篡权夺位的阴谋，心里是清清楚楚的，并时刻密切注视着政敌的一举一动，操纵着时态的发展。之所以迟迟未对野心勃勃、仗恃国母的娇宠、企图阴谋篡权夺位的共叔段采取断然措施，主要是因为：一是倡乱篡位的罪魁祸首，一个是自己的生母姜氏，另一个是自己的亲弟弟，生母的养育之恩，兄弟的手足之情，都使他不得不再三思量，审慎从事，瞻前顾后；二是他们的叛逆行为虽早有端倪，但尚不明显、公开，过早动手，不但会打草惊蛇，使问题更加复杂尖锐化，而且罪行不昭，证据不足，恐怕徒惹外人议论，反落个不义不孝不仁的罪名，处于被动不利；三是当时郑国所面临的内忧外患处境，也使得他不得不深思熟虑处理每一个问题。外有宋、卫等国虎视眈眈，内有社稷之忧，而且共叔段也与自己的政敌暗中勾结。某一环节一旦处理不慎，过于咄咄逼人，都可能导致共叔段狗急跳墙，引狼入室，使问题复杂化，江山社稷不保，生灵涂炭，后果不堪设想，有损于郑国的形象。所以郑庄公认为武取不如智取，而智取又必须讲究策略与等待时机，因此在用计过程中，庄公首先是忍耐、退让，保持镇静，居高临下，密切注视势态的发展变化。其次采用欲擒故纵的计谋，诱导放纵共叔段进一步暴露，加速其倒行逆施的步伐，以为兴师诛伐铺垫；再次是待时机条件成熟，便当机立断，斩草除根，一举全歼政敌。由此可见，中国古代一般的政治家均具有应付驾驭变幻莫测风云的本领，足智多谋、高瞻远瞩，洞察秋毫，察机伺变，善于审时度势，因势利导，随机应变，乃是他们共有的一些特征。从郑庄公的所作所为，便可看出，他的确是一位胸怀韬略、老谋深算的政治强手。受到宠幸而暂时得势的纨绔子弟共叔段与其斗智斗谋，不堪一击，落得身败名裂，死无葬身之地，真可谓是咎由自取。

第二，紧随迫势，限纵自耗，创胜之计在其中。

这种手法的重点是密切注意政敌的一举一动，紧随其后，因势利导，不断向其施加压力，纵迫其按照限定的路线或在限定的范围内活动，然后竭尽全力，运用一切可以使用的智谋手段或方法，激怒政敌，令其惶惶无有终日，不断暴露弱点，不断出现决策判断失误，处于高度紧张状态，待其自懈自疲自耗时，再审时度势，屡屡予以沉重打击，进而实现彻底征服消灭政敌的目的。常用的具体手法有迫纵、限纵、耗纵等多种多样的形式。

1. 迫纵

所谓迫纵是指在政治斗争中，彼此争斗较量的政敌，为了达到加速政敌对手覆亡自溃的目的，运用欲擒故纵计谋时，不是听任政敌随意而为，待其疲耗，而是在纵容的同时，还要不断向其施加威势，紧随不舍，迫而追之，消其斗志，疲其心智，操纵政敌往自己早已设置好的陷阱里跳，提早结束"政治生命周期"而又毫无反抗之力。许多政治老手，都擅长玩弄这一伎俩。

事例：宣帝欲擒迫纵计，崔氏贪婪遭族诛

霍光字子孟，霍去病的异母弟，西汉中期煊赫一世的权臣，由郎官、侍中升为奉车都尉、光禄大夫，供奉内廷二十余年，权重势大。汉武帝病危时，霍光受遗诏辅佐幼主，掌握汉朝的安危存亡，匡扶国家，安定社稷，维护汉昭帝，拥立汉宣帝，功勋可与周公、伊尹相提并论。然而，可悲的是霍光不学无术，不明大理，隐瞒妻子的邪恶逆谋，立自己的女儿为皇后，沉溺于过多的欲望，使覆亡的灾祸加剧，身死才三年，宗族就遭诛灭。

在霍光死后三年，霍氏家族便遭族诛，主要原因：一是因为霍氏贪得无厌，仗恃辅主有功，满门权贵，目空一切，傲慢不逊，冒犯了主上的恩威，与君主之间的矛盾对抗日益加剧，发展到了势不两立、不共戴天的地步，对此君主当然不能无动于衷；二是因为霍氏长期把持朝政，为所欲为，树敌众多，又做出许多大逆不道之事，故海内人怨天怒，众望所期，志在除奸；三是汉宣帝虽为霍氏迎立，但他作为一国之君，不能容忍霍氏的所作所为，听其摆布，于是在霍光死后，即着手解决这一严重问题。又由于汉宣帝善谋多智，很有韬略主见，所以运用迫纵的计谋，不但迅速铲除了巨大政治隐患，而且未引起社会的动荡不安。对霍氏的骄奢与汉宣帝施计剪除霍氏的具体细节过程，史书有详尽描述。

《资治通鉴》上说：霍光死后，霍氏一家在朝中势力强大，骄横奢侈。太夫人霍显大规模地兴建府第，又制造同御用规格相同的人拉辇车，绘以精美的图画，车上的褥垫用锦绣制成，车身涂以黄金，车轮外裹上熟皮和棉絮，以减轻车身的颠簸，由侍女用五彩丝绸拉着霍显在府中游玩娱乐。另外，霍显还与管家冯子都淫乱。霍禹、霍山也同时扩建宅第，常常在平乐馆中骑马奔驰追逐。霍云几次在朝会时称病而私自出游，带着许多宾客，到黄山苑中行围打猎，派奴仆去朝廷报到，却无人敢于指责。霍显和她的几个女儿，昼夜随意出入上官太后居住的长信宫，没有限度。

汉宣帝早在民间时，就听说霍氏一家因长期地位尊贵，不能自我约束。亲掌朝政以后，命御史大夫魏相任给事中。霍显对霍禹、霍云、霍山说："你们不设法继承大将军的事业，如今御史大夫当了给事中，一旦有人在他面前说你们的坏话，你们还能救自己吗？"后霍、魏两家的奴仆因争夺道路引起冲突，霍家奴仆闯入御史府，要踢魏家大门，御史为此叩头道歉，方才离去。有人将此事告诉霍家，霍显等才开始感到忧虑。

当魏相成为丞相后，多次在汉宣帝闲暇时受到召见，报告国事，平恩侯许广汉和侍中金安上也可以径自出入宫廷。当时，霍山主管尚书事务，汉宣帝却下令，允许官吏百姓直接向皇帝呈递秘密奏章，不必经过尚书，群臣也可直接晋见皇帝。这些都使霍氏一家人极为恼恨。汉宣帝听说不少关于霍显毒死许皇后的传闻，只是尚未调查，于是将霍光的女婿度辽将军、未央卫尉、平陵侯范明友调任光禄勋，将霍光的二女婿中郎将、羽林监任胜调出京师，任安定太守。几个月之后，又将霍光的姐夫给事中、光禄大夫张朔调出京师，任蜀郡太守，将霍光的孙女婿之一、中郎将王汉调任武威太守。稍后，又将霍光的大女婿长乐卫尉邓广汉调任少府。八月戊戌（十四日），改由张安世为卫将军，未央、长乐两宫卫尉，长安十二门的警卫部队和北军都归张安世统领。任命霍禹为大司马，却不让他戴照例应戴的大官帽，而戴小官帽，且不颁给印信、绶带，撤销他以前统领的屯戍部队和官属，只使他的官名和霍光同样为大司马。又将范明友的度辽将军印信和绶带收回，只让他担任光禄勋一职。霍光的另一个女婿赵平本为散骑、骑都尉、光禄大夫，统领屯戍部队，如今也将赵平的骑都尉印信和绶带收回，所有统领胡人和越人骑兵、羽林军以及未央、长乐两宫卫所属警卫部队的将领，都改由汉宣帝所亲信的许、史两家子弟担任。

霍显和霍禹、霍山、霍云，眼看霍家的权势日益被削弱，多次聚在一起痛哭流涕，自怨自艾。霍山说："如今丞相当权，受到天子的信任，将大将军在世时的法令全部更改，还专门宣扬大将军的过失。再者，那些儒生大都为贫贱出身，从偏远的地方来到京中，衣食无着，却爱说狂言，不避忌讳，大将军一向痛恨他们，但如今皇上却专爱和这些腐儒谈话。他们每人都上书奏事，纷纷指责我们霍家。曾经有人上书说我们兄弟骄横霸道，言辞十分激烈，被我压下没有呈奏。后来上书者越来越狡猾，都改成秘密奏章,皇上总是让中书令出来取走,并不通过尚书,日益不信任我。又听说民间纷纷传言霍氏毒死许皇后,难道有这回事吗?"霍显吓坏了,便将实情讲出,霍禹、霍山、霍云大惊,说道:"果真如此,为什么不早告诉我们!皇上将霍家女婿都贬斥放逐,就是为了这个缘故。这是大事,一旦事发,必遭严惩,怎么办?"开始有反叛朝廷的阴谋。

霍云舅父李竟有一位要好的朋友,名叫张赦,看到霍云一家人惊慌不安,便对李竟说:"如今是丞相魏相和平恩侯许广汉当权,可以让霍太夫人向上官太后进言,先将这两人杀死。废掉当今皇上,改立新君,全由皇太后决定。"后被长安男子张章告发,汉宣帝将此事交给廷尉和执金吾处理,逮捕了张赦等人。汉宣帝下诏,命令不要抓人。霍山等更加慌恐,商议说:"这是皇上尊重太后,所以不深究,但已可看出苗头不妙,时间长了还会爆发。一旦爆发,就是灭门之祸,不如先下手为强。"便命霍家女儿各自回家告知自己的丈夫,霍家各位女婿都说:"大祸一来,我们谁也跑不了!"

正巧李竟因受指控结交诸侯王而被朝廷治罪,审问中供词涉及霍氏家族,汉宣帝因而下诏命令:"霍云、霍山不适合再在宫中供职,免职回家。"山阳太守张敞向汉宣帝上了一道秘密奏章,说道:"我听说,春秋时期,公子季友有功于鲁国,赵衰有功于晋国,田完有功于齐国,都受到本国的酬劳,并延及子孙。但是后来,田氏篡夺了齐国政权,赵氏瓜分了晋国,季氏则专权于鲁国。因此,孔子作《春秋》,追踪考察各国的兴衰存亡,严厉批判卿大夫世袭制度。当年,大将军霍光做出重大决策,使宗庙平安,国家稳定,功劳也不算小。周公辅政才七年,就归政于周成王,而大将军掌握国家的命运长达二十年之久。在他执掌大权的鼎盛时期,威严震撼天地,势力侵凌日月。应由朝臣明确提出:'陛下褒奖、宠信已故大将军,以报答他对国家的功德,已经足够了。而近来辅政大臣专擅朝政,外戚势力过大,君臣之间没有明显的分别,请求解除霍氏三侯的官职,以侯的身份回家;对卫将军张安世也应赐给几案与手杖,让他退休回家,以列侯的身份充当天子的老师,由陛下时常召见慰问。'陛下则公开下诏表示对他们施恩,听从大臣所请。群臣再据理力争,然后陛下予以批准。这样一来,天下人肯定会认为陛下不忘旧勋的功德而群臣又知礼,霍氏一家也可以世世代代无忧无患。如今,朝中听不到直言,而使陛下自己下诏,这不是好策略。现在霍氏两侯已被赶出宫廷,人情大致相同,因此以我的心来猜度,大司马霍禹和他的亲戚僚属等必然会心怀畏惧。使天子的近臣恐慌自危,总不是万全的办法。我愿在朝中公开提出我的意见作为开端,只是身在遥远的山阳郡,无法实现,希望陛下仔细考虑。"汉宣帝对张敞的建议甚为欣赏,然而却没有召他来京。

霍禹、霍山等家中多次出现妖怪之事,全家人都非常忧虑。霍山说:"丞相擅自减少宗庙祭祀用的羊羔、兔子和青蛙,可以以此为借口向他问罪。"便密谋让上官太后设酒宴款待博平君王媪,召丞相魏相、平恩侯许广汉及其属下作陪,然后让范明友、邓广汉奉太后之命将他们斩杀,乘机废掉汉宣帝,立霍禹为皇帝。密谋已定,尚未发动,汉宣帝任命霍云为玄菟太守,太中大夫任宣为代郡太守。就在此时,霍氏的政变阴谋被发觉。秋七月,霍云、霍山、范明友自杀。霍显、霍禹、邓广汉等被逮捕，霍禹被腰斩，霍显及霍氏兄弟姐妹全部被当众处死，因与霍氏有牵连而被诛杀的有数十家。太仆杜延年因为是霍家旧友，也被罢免官职。八月己酉（初一），霍皇后被废，囚禁于昭台宫。十二年后，霍皇后又被迁到云林馆囚居，自杀身亡。

这是汉宣帝运用迫纵的计谋，干净彻底剪除霍氏的成功事例。该计谋的运用有如下的特点：一是任用信赖魏相等新人，削弱其权，打草惊蛇，迫使霍氏不自安，有所欲图；二是将其家族握有兵权朝权者调出京师，遣放为外官，调虎离山，除其虎爪，折其羽翼，众分其势，互不统属，天各一方，使其家族联盟分化瓦解，自然崩溃；三是纵迫其无路可走，因为恐惧怨恨，铤而走险，生出反叛朝廷的阴谋，然后名正言顺予以诛除；四是以迫纵为主，辅以逼、削、调等计谋，五管齐下，恰到好处，因而收到了很好的效果，顺利实现了纵迫之而又智擒的目的。

2．限纵

所谓限纵就是有条件地放开敌人。虽为放纵，却不能随意乱走，在路线或范围等方面都有严格的限制。因为政敌只能按照规定的路线行走，或在划定的范围内活动，所以政敌完全受到对手的严格控制，虽然有所放松，但却没有行动的自由，它的"牛鼻子"始终被对手牢牢控制，这样一来很容易在敌人必经的路线上设置埋伏，挖掘陷阱，张设罗网，等其自投，结果是政敌始终处在不利的环境之中。有时虽然不给政敌划定唯一的出逃路线，却划定出一定的范围，范围之内可以任其往来，范围之外则不可能或不允许。这样做既不失去严格的控制，又能有效地松懈和疲劳政敌，等待最佳的创胜灭敌之机。

事例：曹操胸怀韬武略，公孙识务献敌首

曹操可谓是中国政治舞台一位颇有韬略计谋，很会搞阴谋诡计的老手。建安十年（205），三郡之地的乌丸乘着中原各地大乱，攻破幽州，掳掠汉民十多万户。此前袁绍把他们的部落首领都立为单于，以本族姑娘作为自己的女儿，嫁给他们。辽西单于蹋顿势力特别强大，被袁绍优待，所以其子袁尚、袁熙兄弟被曹击败后，前去投奔他们。他们多次侵入边塞骚扰破坏。建安十二年（207）春，曹操将要北征三郡乌丸，将领们都说："袁尚只不过是一个逃敌罢了，夷狄贪婪而不讲亲戚之情，哪能被袁尚利用呢？现在深入乌丸境内，刘备定会劝说刘表来偷袭许都。万一出了事，就后悔莫及了。"只有郭嘉料定刘表必不能信任刘备，劝说曹操出征。八月，在白狼山一带，曹军与乌丸军遭遇，曹军出其不意击溃了强盛的乌丸联军。辽东单于速仆丸与袁尚、袁熙投奔辽东郡太守公孙康，跟随他们的还有数千名骑兵。有人劝曹操乘势追击穷寇，予以一网打尽，曹操说："我将使公孙康送来袁尚、袁熙的人头，不必再劳师动众。"

九月，曹操率大军从柳城班师。公孙康想要杀死袁尚、袁熙，作为对朝廷立下的功劳，便先埋伏精兵在马厩中，然后请袁尚、袁熙进来，他们还没有来得及入座，公孙康叫出伏兵，把他们捉住。斩杀袁尚、袁熙，连同速仆丸的人头一起送给曹操。将领中有人问曹操："您已退军而公孙康杀死袁尚、袁熙，这是为什么？"曹操说："公孙康一向畏惧袁尚、袁熙，我如果急攻，他们就会合力抵抗；缓和时，他们就会自相残杀，是形势使他们这样做的。"

在这里，足智多谋、老奸巨猾的曹操运用欲擒故纵计谋中"限纵"的手法，轻而易举地剪除了长期与自己为敌的强敌袁尚、袁熙兄弟及北方乌丸的首领速仆丸。其计谋的高妙在于：一妙在于善于审时度势，转嫁矛盾斗争的焦点，曹军击溃乌丸与袁氏的联军后，限纵袁氏及其残部只能投奔辽东郡太守公孙康，令其自投罗网，把祸水泼向他，坐观时机之变；二妙在于他深知公孙康的为人及气量，恰如其分地利用了公孙康急于改善与曹的紧张关系与立功迫切的心理；三妙在于对穷寇不是追击猛攻，而是因势利导，纵而迫之限之，自编自导了借刀杀人的把戏，既保存了实力，又铲除了政敌，同时又警告了对自己怀有二心的动摇分子，达到了一石三鸟或多鸟的效应。

事例：孙策设诡计限纵，刘勋无谋难藏身

建安四年（199），庐江郡太守刘勋收编扬州地区叛匪首领郑宝的数千人马后，势力更加强大，对其他郡守构成潜在威胁。会稽郡太守孙策对刘勋的强大势力颇为忌惮，寝食不安，图谋设计予以削弱或吞并，便假装言辞谦卑地对刘勋表示顺服说："上缭的宗党民众，屡次欺负本郡，我打算进攻他们，但是路远不便。上缭很为富庶，希望您进兵讨伐，我愿出兵作为外援。"并用珠宝和葛布来贿赂。刘勋大喜，内外一致祝贺，只有皇族出身的刘晔，不以为然地说："上缭虽小，但城堡坚固，壕沟深广，易守难攻，不会在十天内攻克。大军被困在坚城之下而后方空虚，如果孙策乘虚袭击我们，便难于自守。这样，则将军进不能攻陷敌城，退又无家可归。如果大军一定要出，灾祸今天就会到来。"刘勋不听，讨伐上缭。大军到达海昏，宗党首领听到风声，全都赶快逃跑，只留下空城，刘勋什么也没有抢到。这时，孙策率兵向西进攻黄祖，走到石城，听说刘勋在海昏，就分派兄孙贲、孙辅率领八千人驻在彭泽，自己与兼任江夏郡太守的周瑜率领二万人袭击刘勋的根据地皖城，攻克该城，俘虏了袁绍与刘勋的家眷以及部曲三万余人。孙策上表推荐汝南人李术担任庐江郡太守，拨给他三千士兵，守卫皖城，把其余被俘的人都东迁到自己控制的吴郡。刘勋率军返回，到达彭泽，受到孙贲、孙辅的截击，大败。刘勋退守流沂，向黄祖求救，黄祖派儿子黄射率五千水军来援助。孙策再次前来进攻，刘勋大败，溃不成军，无处可去，狼狈不堪，只好向北投奔曹操，黄射也战败逃走。

　　这是会稽郡太守孙策运用"限纵"计谋，诱骗政敌庐江郡太守刘勋倾巢而出，远离自己统辖的根据地，导入早已预设的陷阱圈套，然后乘机伺时，以实就虚、以逸待劳、以弱胜强的成功事例。孙策的计谋之所以得逞，首先，因为孙策诡计多端，善于韬晦之术，伪饰自己，向刘勋示弱示虚，表现出无能的惨状，好像只能在刘勋的卵翼下苟且图存，骗取了信任，故对他建议远袭上缭的计谋不存疑虑。其次，孙策的建言正合刘勋依靠势强人众掠夺财富，扩大地盘的好大喜功心理，所以一拍即合。尽管有刘晔对之提出异议，规劝他不要轻举妄动，否则会招致灭顶之灾，但他却利欲熏心，一意孤行，固执己见。再次，战略策略运用得当。因为孙策知道自己不是刘勋的对手，所以采取了迂回的战术，不是直接与刘勋接战，决一雌雄，而是避实就虚，等待刘勋率军攻打上缭之后，率部抄袭了其老巢皖城，然后挥军，在刘勋必经的路线设下埋伏，养精蓄锐，以逸待劳。刘勋久攻上缭不克，听说老巢被占，只得率军返回，长期征战不得休养，给养得不到补充，沿途又不断遭到拦击堵截，腹背受敌，完全处于被动状态，被孙策牵着鼻子走，屡战屡败，元气丧失殆尽，溃不成军，最终无处可去，毫无立足之地，不得不逃归北方投奔曹操。最后，把握战机得当，很会见机行事，将劣势变为优势；善于玩弄兵不厌诈的诡道，使自己由被动为主动，由弱变强。又因为孙策对刘勋的底细了若指掌，其作战行踪与目标又与其所建言无异，所以孙策不但掌握了主动权，导演了势态的发展，而且轻而易举地铲除了强大的政敌，壮大了自己的势力，借他人之手坐收渔人之利，不愧是一位深谋远虑、具有战略眼光的政治人物。

3．耗纵

所谓耗纵就是指在复杂多变的政治斗争中，对于发现的威胁自身权势地位和图谋不轨、兴风作浪的政敌对手，不是仓促采取行动，而是静观局势之变，因势利导，寻找政敌本身已有的矛盾、不足和弱点，密切注视其一举一动，施放各种烟幕，引诱迷惑政敌，使其举棋不定，丧失良机，待其内部四分五裂，处于自疲自耗的崩溃边缘而罪行昭著时，迅速将政敌置于死地，予以铲除。这是利用人之弱点与盲区，顺水推舟、釜底抽薪的除敌方法。

事例：刘安图谋欲作乱，武帝耗纵智除敌

刘安是淮南厉王刘长之子，文帝前元八年（前172），封为阜陵侯，十六年（前164）立为淮南王。他喜欢读书做文章，又爱沽名钓誉，罗致四方宾客和各种技能之士数千人。他的臣僚、宾客，大多是江淮一带的轻薄之徒，常常用厉王刘长在流放途中死于非命一事刺激刘安。建元六年（前135），天空出现彗星，有人向刘安游说道："以前，吴王刘濞起兵时，彗星出现，长仅数尺，尚且流血千里。如今彗星贯穿天际，恐怕天下将有大规模战事发生。"刘安认为说得有道理，就加紧制造进攻的武器，积好金钱。

郎中雷被得罪了淮南王的太子刘迁，此时，汉武帝正颁下诏书，让有志参军报国的人到长安来应征，雷被表示愿意参军去打匈奴。因刘迁在淮南王面前说了雷被的坏话，所以刘安将雷被斥责了一顿，并将其免职，以防止其他人效法。就在这一年，雷被逃到长安，上书朝廷说明自己的冤情。汉武帝将此事交给廷尉处理，因牵连到淮南王，公卿请求将刘安逮捕治罪。太子刘迁定计，让人身穿卫士服装，手持长戟站在淮南王刘安身边，如果朝廷派来的使者欲将淮南王治罪，就立即将使者刺杀，然后举兵反叛。汉武帝派中尉段宏到淮南王处询问有关情况，淮南王见段宏神色平和，便没有发动。公卿大臣奏称："刘安拒绝有志奋击匈奴的壮士的请求，是犯了阻碍圣旨的大罪，应当众斩首。"汉武帝下诏削减淮南国的两个县。事后，刘安自怨自艾说："我做仁义之事，反而被削减封地。"他以此为耻，谋反的准备越发加紧。

当时，刘安与衡山王刘赐在礼节方面相互指责，不能相容。刘赐听说刘安有反叛朝廷的打算，害怕被刘安吞并，便也结交宾客，置备武器，打算在淮南王西进以后，发兵攻占长江、淮河之间的地区。衡山王王后徐来在刘赐面前诋毁太子刘爽，企图改立刘爽之弟刘孝为太子。刘赐囚禁了刘爽，将衡山王印信交给刘孝，命刘孝延揽宾客。前来投效的宾客们隐约了解到刘安、刘赐的谋反计划，便日夜慢慢地劝刘赐起事。刘赐命刘孝门下宾客江都人枚赫、陈喜造战车、锻箭矢，雕刻天子印玺和文武官员的印信。

这年秋季，刘赐照例应入朝谒见皇帝，途经淮南国，刘安用亲兄弟的语言交谈，消除了以往的矛盾，约定共同反叛朝廷。刘赐便上书朝廷，借口有病，不肯入朝。汉武帝赐书信给他，允许他不来朝见。

淮南王刘安以为朝廷没有觉察其起兵谋乱的计划，便与其门客左吴等日夜加紧谋反准备，察看地图，部署进兵的路线。刘安派往朝廷的使者们从长安回来，谎称"皇上没有儿子，且朝政腐败"，他就高兴。如果说"汉廷政治清明，皇上有儿子"，他就生气，认为是胡言。

刘安召来中郎伍被，商议谋反之事。伍被说道："大王您怎么能有这种亡国的言论呢？我好像已经看到王宫中生满荆棘，露水打湿人衣服的凄惨景象了！"刘安大怒，将伍被的父母逮捕，囚禁了三个月。刘安又将伍被召来询问，伍被说："当初秦朝无道，极为奢侈暴虐，十分之六七的老百姓都希望天下大乱。高皇帝在行伍中崛起，最终成为天子，这是因为利用对方的缺点，把握时机，趁秦朝土崩瓦解的机会举兴大业。如今大王见到高皇帝得天下容易，却单单不看不久前'七国之乱'的吴、楚吗？吴王刘濞统辖着四个郡的地方，国家富强，人口众多，经过周密计划并充分准备，而后才兴兵西进。然而为什么大梁一战失败，向东逃亡，本人身死，祭祀灭绝？是因为他逆天行事，不知时势。现在大王的兵力还不足吴、楚的十分之一，而天下的形势却比吴、楚兴兵时安定一万倍。大王如不听从我的劝告，马上就会看到您丢掉千乘之国的王位，接到赐死的命令，先于群臣死在东宫的惨景。"刘安听了，流着眼泪莫衷一是。

刘安有一个庶出的儿子名叫刘不害，年龄最大，刘安不喜欢他，王后不把他当儿子看待，太子刘迁也不将他视为兄长。刘不害有一个儿子叫刘建，才高而气盛，对刘迁心怀不满，暗中派人告发刘迁曾企图刺杀朝廷中尉，汉武帝将此事交给廷尉处理。

刘安很害怕，想要举兵谋反，又和伍被商量道："先生认为当初吴王兴兵造反，是对呢，还是不对呢？"伍被道："不对。我听说吴王后来非常后悔，希望大王不要像吴王那样后悔。"刘安说道："吴王哪里懂得什么叫造反！当初朝廷的将领一天中有四十余人经过成皋。如今我截断成皋通道，占据三川的险要之地，再征召崤山以东的兵马，在这样的情况下举事，左吴、赵贤、朱骄如等都认为可以有九成把握，只有您认为是有祸无福，这是为什么呢？一定会像你说的那样，不可能侥幸成功吗？"伍被回答说："如果大王一定要干的话，我有一计。当今各封国国君对朝廷都没有二心，老百姓也没有怨气。大王可以伪造丞相、御史的奏章，说是要请求皇上将各郡、国的豪杰之士和殷实富户迁徙到朔方郡，大量征发士兵，使集合期限紧迫。再伪造诏狱之书，声言要逮捕各封国的太子和宠臣。如此一来，就会百姓怨恨，诸侯恐惧，再派遣能言善道之人接着到各地游说，或许可以侥幸有十分之一的希望吧！"刘安道："这是可以的。不过我觉得用不着这么麻烦。"

刘安伪造了皇帝印玺和丞相、御史大夫、将军、军吏、中二千石及周围各郡太守、都尉的印信，并伪造了朝廷使者的信节。又准备派人伪装在淮南国犯罪而西逃长安，投到大将军卫青门下，一旦发兵，立即将卫青刺死。刘安说："朝廷大臣中，只有汲黯喜欢犯颜直谏，能够严守臣节，为忠义而死，难以迷惑；至于游说丞相公孙弘之流，就如同去掉物件上的覆盖物，或摇掉树枝上的枯叶一般容易。"

刘安打算调动本国的军队，怕国相、二千石官员不肯依从，便与伍被商议，计划先将国相、二千石官员杀死，同时打算派人身穿官员服装，手持告急文书从东边奔来，高喊："南越国的军队攻入我国边界了！"要以此为借口起兵。就在此时，廷尉前来逮捕淮南国太子刘迁。刘安听到消息后，与刘迁密谋，召国相、二千石官员前来，企图杀死他们，兴兵造反。召国相，国相一人应召来到，内史、中尉却都不来。刘安觉得光杀国相一人没有什么好处，就放他走了。刘安犹豫，拿不定主意，刘迁便刎颈自杀，但没有死成。

伍被前往廷尉那里，告发与刘安图谋反叛的情节。廷尉便派人逮捕了淮南国太子和王后，并且包围王宫，悉数搜捕在淮南国内与淮安王一道谋反的宾客，取得谋反证据后，奏闻朝廷。汉武帝命公卿处治刘安党羽，派宗正手持皇帝符节前往淮南国处治刘安。没等宗正来到，刘安便自刎而死。便将淮南王后荼、太子刘迁处死，所有参与谋反计划的人一律灭族。

汉武帝因为伍被平常的言论中曾多次赞美朝廷，所以不想杀。廷尉张汤说："伍被首先为淮南王作谋反计划，其罪不能赦免。"伍被被杀。侍中庄助平时与淮南王关系密切，二人曾私下议论事情，淮南王还曾送给庄助许多钱物。汉武帝认为这是小罪，不想杀他。张汤认为："庄助出入宫廷，是皇上心腹之臣，与诸侯如此结交，如不杀庄助，今后类似的事情就不能禁止。"庄助也被当众斩首。

衡山王刘赐上奏朝廷，请求废掉太子刘爽，立刘爽之弟刘孝为太子。刘爽听到消息后，立即派亲信白嬴到长安上书朝廷，揭发"刘孝私自造兵车、锻箭矢，并与父亲的姬妾通奸"，想除掉刘孝。正好主管官员在逮捕参与淮南王谋反计划的人时，在刘孝家中抓到陈喜，便参劾刘孝窝藏。刘孝听说法律规定"先行自首的，可以免除罪责"，便先向朝廷告发了共同密谋反叛的枚赫、陈喜等人。公卿大臣奏请汉武帝逮捕衡山王治罪，衡山王自刎而死。王后徐来、太子刘爽及刘孝都被当众斩首，参与谋反计划的人一律灭族。总计淮南王和衡山王谋反两案，因受牵连而被处死的列侯、二千石官员及地方豪侠人物达数万人。

这是汉武帝运用耗纵的计谋策略，密观事态发展动向，巧用政敌内部的矛盾斗争，诱导政敌（刘安、刘赐）判断失误，错失良机，优柔寡断，待其懈怠疲惫，四分五裂，罪行确凿时，不费一兵一卒，轻而易举挫败犯上作乱强敌的成功事例。

第三，待机后擒，兵不血刃，制胜之计在其中。

这种手法的重点是故意制造各种假象，纵容迷惑政敌对手，使其不能保持冷静，出现判断失误，然后待时机成熟时，察隙伺机予以擒获。以计取、智擒为主，企达事半功倍，兵不血刃是其最终目的。常用的手法则有疲擒、诱擒、智擒等多种手法。

1. 疲擒

所谓疲擒就是指在政治斗争中，为了达到最终擒获政敌对手的目的，运用智谋韬略，权衡利弊，随机应变，故意向敌示弱示虚，以假象掩盖真实，迷惑纵容政敌对手，耗其心智，懈其斗志，待其疲惫不堪时，乘机攻取。这是示假隐真，化不利为有利，变有利为智取的制胜策略。与其他计谋并用套用，尤为生效。

事例：王翦疲敌有方略，后发制人灭楚国

前224年，王翦指挥六十万大军取道陈丘以南攻入楚地，夺城占地，所向披靡，势如破竹，声威大震。楚国为抗御秦军，调兵遣将，动员了全国所有的军队，在著名楚将项燕的统率下，前来与秦军决战。王翦看到楚军人数众多，士气旺盛，决定采取以逸待劳、后发制人的作战方针。因此，当楚军倾巢而出时，王翦命令秦军筑垒固守，坚壁不战。秦军在坚固的营垒里养精蓄锐，厉兵秣马，抓紧进行军事训练，士卒们整日练习跳跃投石。这样，两军相持了一段时间后，秦军士卒个个身强力壮，求战情绪日益高涨，士气颇盛。楚军来势汹汹，求战不得，屯兵坚壁之下，斗志日渐松懈，师老兵疲，难以持久，楚将项燕只得率楚军东撤。楚军撤退时防备松弛，王翦见有机可乘，立即抓住战机，穷追不舍，直追到蕲南（今安徽宿县南），击败楚军，杀其统军主帅项燕。楚军主将被斩，群龙无首，部队当即溃不成军，完全失去了抵抗能力。接着，王翦又指挥秦军乘胜猛击楚军余部，很快攻占了楚都寿春（今安徽寿县），俘虏了楚王，一举灭掉楚国。

这是秦将王翦以疲擒的计谋，故意向敌示弱，坚壁固守，耗疲楚军斗志，待其懈怠，无心恋战之机，出其不意战胜强楚的事例。明显看出，王翦的疲擒谋略有如下的特点：一是向楚军示弱，坚壁不出，不与楚军直接战斗，从而避免了长途奔袭，孤悬深入，后继乏援等不足，这就使楚军无机可乘，奈何不得，只能对峙；

二是王翦判断无误，攻战策略得当，深知秦军远袭楚国，不具有天时地利人和的优势，楚军倾巢而出，未必能够久拖持延，日久天长，楚军求战不能，欲克不得，不但士气会低落，斗志懈怠，而且时局还会发生变化，必然有机可乘；三是善于审时度势，随机应变，因势利导，利用一切可乘之机，化不利为有利，运用谋略攻势智取。

2．诱擒

所谓诱擒就是指在瞬息万变的政治斗争中，政敌为了击败各自对手，以阴谋诡计利用人的贪欲本性，布设陷阱圈套，投其所好，引诱纵容政敌判断失误，是非好歹不辨，上当受骗，然后乘人之危，反戈一击，坐收渔人之利，实现自己预期的政治目的。政敌对手运用此计谋，往往以物欲为诱饵，投石问路，不择手段，更具有诱惑和欺骗性，不易被利令智昏、刚愎自用者识破，所以其危害后果不堪设想。

事例：张仪诱楚绝齐国，怀王失地丧友朋

前313年，秦国企图攻打齐国，又顾虑齐国与楚国合纵亲善，秦惠王想到诡谋家张仪，由他出面引诱楚怀王，破坏齐楚之盟，便先免去张仪的宰相之职，然后派遣他出使楚国面见楚怀王。

楚怀王是个好大喜功、愿听奉承之人，张仪便尽可能拣好听的说，投其所好，纵其心智。进言道："秦王最喜欢的人莫过于你楚王，而我心甘情愿为效犬马之劳的人，也没有超过你楚王的。秦王最憎恶的人莫过于齐王，而我最讨厌的人也莫过于齐王。但是大王你却和齐国亲善友好，因此秦王不能够支持你楚王，我也不能为你效劳。如果你能听我的话，跟齐国断绝关系，你即可派使者跟我到秦国去，收回秦王过去从楚国兼并的商於地方的六百里土地。这样，齐国就变弱了。你这样做削弱了北面的齐国，施恩于西面的秦国，自己又得了六百多里的商於之地。同时让秦国的美女来做侍奉你的妾婢，秦、楚两国互通婚嫁，永远结为兄弟之邦，这是一举三得四利的美事。"楚王听了眉开眼笑，忘乎所以，不知中计，反而把宰相的印信交给了张仪，视其为功臣，每天请他饮酒作乐，并扬扬自得地说："我又重新得到了过去失去的商於之地了。"文武百官都纷纷前来向楚王祝贺，唯独陈轸郁郁寡欢前来吊慰。楚怀王见状，十分恼怒，问道："我一兵未发而得到六百里失地，有什么不好？"陈轸回答："你的想法不对。以我之见，商於的土地不会到手，齐国、秦国却会联合起来，齐、秦一联合，楚国就将大祸临头，危及社稷之安。"怀王问："你有什么解释吗？"陈轸回答："秦国之所以重视楚国，就是因为我们有齐国作盟友。现在我们如果与齐国断交毁约，楚国便孤立了，秦国又怎么会偏爱一个孤立无援的国家而白送商於六百里土地呢？张仪此来不怀好意，回到秦国以后，一定会背弃对大王您的许诺。那时大王北与齐国断交，西与秦国结怨，两国必定联合发兵夹攻。为你谋划，不如我们暗中与齐国仍旧修好而只表面上绝交，派人随张仪回去，如果真的割让给我们土地，再与齐国绝交也为时不晚。"楚怀王斥责道："请您陈先生闭上嘴巴，不要再说了，等着看我去接收大片土地吧！"又重赏张仪。随后下令与齐国断交毁约，派一名将领随张仪前往秦国接收土地。

张仪回到秦国，假装喝醉了从车上跌下来，托辞养病，三个月不出门，转让土地一事束之高阁。楚王知道后，说道："张仪是不是觉得我与齐国断交做得还不够坚决？"便派勇士宋遗借了宋国的符节，北上到齐国去辱骂齐王。齐王大怒，把象征着和好的楚国兵符也折断了，同时降低身份与秦国修好。秦、齐两国修好后，张仪才上朝露面，见到跟随来的楚国使者，故作惊讶地问："你为什么还不去接收割地？从某处到某处，宽广一共六里。"楚使说："我奉命接收的是六百里，不是六里。"便愤怒地回国向楚怀王报告。怀王勃然大怒，准备发兵讨伐秦国。陈轸劝阻说："我可以开口说话吗？讨伐秦国不是个好办法，不如拿一个大城市去贿赂秦王，联合他一起去攻打齐国，把我们给秦国的土地，从齐国要回来，这样我国尚可保全。如今大王已与齐国绝交，又出兵讨伐秦国，这是撮合秦、齐交好，将招引天下大兵群起攻击，国家一定会受到严重的伤害。"楚王一心想复仇雪耻，不听陈轸的劝说，便和秦国断绝关系，派屈匄率军队西攻秦国，秦国也任命魏章为庶长之职，起兵迎击。

前312年春季，秦、楚两国军队在丹阳大战，楚军大败，八万甲士被斩杀，屈匄及以下的列侯、执圭等七十多名官员被俘，秦军乘势夺取了汉中郡。怀王闻讯更加恼羞成怒，怒不可遏，征发国内全部兵力再次袭击秦国，在蓝田决战，楚军再次大败。韩、魏等国听说楚国危困，也向南袭击楚国，直达邓地。楚国听说了，只好率军回救，割让两座城向秦国求和。

当时，秦国向东扩张势力，遇到的强大阻力和主要敌人是关东齐、韩、魏、赵、燕诸国和南方的楚国，其中楚国和齐国的势力完全可以与秦的力量相抗衡，楚、齐联盟对秦来说，尤其威胁巨大，秦当然对此不能熟视无睹，无动于衷。秦惠王意识到齐、楚联盟的严重性，派谋士张仪出使楚国，运用诱擒的计谋说服楚怀王，不但完成了离间楚齐联盟的使命，而且凭借三寸不烂之舌，玩弄是非，挑拨君臣不和，乘虚而入，赢得怀王的信任不疑，从而为奸计阴谋的得逞做了铺垫。从用计的技巧看，张仪算是强中之高手，有其诸多巧妙之处：一巧在于他知悉怀王之习性，不以卑躬屈膝，好言奉迎，低三下四为耻，给怀王留下了好印象，初步取得了信任，有了对话的基础；二巧在于示假隐真，示弱隐强，以物欲美女为诱饵，投其所好，极力劝谏楚齐解除盟约以及秦楚联合美好前景，阐述其利害得失，居然使怀王利令智昏，贪得无厌，完全信服，是非不明，黑白不分，认贼为父，以敌为友，竟将楚国相印授予张仪，真是言听计从，百依百顺，使怀王完全变成了张仪奸计畅通无阻的"通行证"；三巧在于张仪离间楚国君臣关系有方，结果是反客为主，为其乘乱而入浑水摸鱼大开方便之门。楚国君臣上下不和，意见不一，刚愎自用的怀王又听不进忠臣的劝谏，反过来只能与张仪密商国政对策，为其火中取栗，更加纵容了张仪的奸诈阴谋行径；四巧在于使怀王久不得所诺商於之地，中了张仪的诱纵姑擒之计谋，还坚信不疑张仪是不会愚弄自己的，反而自责楚与齐的绝盟不够彻底，再次派人激怒齐国，逼得齐国乞求与秦联盟对付楚国；五巧在于竟然使怀王彻头彻尾上当蒙骗后，还不能冷静反省，听从忠谏善策，居然不分青红皂白，不作周密统筹布置，不顾江山社稷安危，为泄个人私怨，调兵遣将与秦交战，结果是损兵折将失地，又被韩魏诸国乘危占了邓地，最终不得不割城向秦求和，国势大衰。

3. 智擒

所谓智擒就是指在政治斗争中，政敌为了达到轻而易举制伏对手的目的，首先揣摩洞察对方的内心习性，然后寻找机会，对症下药，因势利导，运用智谋诡计，借助他人之力，乘隙察机将对手落井下石，置之死地，而又不会危及自身。

事例：郑袖妙施智擒纵，美人中计被割鼻

魏王为了讨好巴结楚国，赠给楚怀王一个如花似玉的美人，楚王一见钟情，很喜欢她。楚怀王的夫人郑袖知道楚王很宠爱这位新娶的美女，所以表面上也很爱护这个新人，倍加关心照顾。衣服和装饰品，都选择她所喜好的送去；房间和家具，也选择她所喜欢的让她享用，似乎比楚王更爱护她。楚王见此情此景就曾说道："女人用来取悦丈夫的就是美色，而嫉妒不过是人之常情。如今郑袖知道我喜欢新人，可是她爱新人比我更加周到，这简直是孝子侍候双亲，忠臣侍奉臣主的德行。"

当郑袖知道楚王以为自己没有嫉妒时，就去对新人说："大王喜爱您长得好看。虽然这样说，但是他讨厌您的鼻子，您以后见到大王，一定要捂住鼻子。"从此，新人见到大王之后，就捂住自己的鼻子。楚王对郑袖说："新人见到我，就捂住自己的鼻子，这是为什么？"郑袖见时机一到，就说："我倒是知道这件事。"楚王追问说："即使再难听的话，也一定要说。"郑袖回答："她好像是讨厌君王身上的气味。"楚王听后，勃然大怒："太刁泼了！"命人割掉新人的鼻子。郑袖由嫉妒而残害美人，正可谓绵里藏针，手段十分毒辣。从计谋的实施看，郑袖运用欲擒故纵之计，将怀王心爱的美人置于死地，确有高超过人之处：一是示假隐真，蒙骗怀王新人有方。其所作所为既合乎人之常情，又滴水不漏，无懈可击，弄假成真，难辨虚实，误以为出自真情实意，使人不得不信；二是取得信任，两相无猜后，选择新人鼻子做文章，确实意味深长，切中要害，将只可意会揣摸而不宣于人的奸计恶谋与美人的鼻梁挂上钩，让美人见了怀王就遮鼻，而且习以为常，的确为郑袖离间怀王与新人如胶似漆的关系，智废美人奠定了基础；三是时机恰到好处，怀王见美人一反常态，遮住鼻子与己保持距离，知道其中必有缘故不可告人，心中大为不快，只得向身边最亲密而又最了解美人的郑袖询问原因，这就为郑袖向怀王谗毁美人提供了绝佳时机，而且将怀王的体味与美人的遮鼻自然结合，犹如火上浇油，旁敲侧击便将美人割鼻毁容，真是一箭双雕，既铲除了情敌，不使怀王生疑，又保住了自己受宠幸的地位。于此可见，郑袖的欲擒故纵计谋的运用可谓炉火纯青，深谙其蕴。

三、乘机利势　纵擒以我为主

　　作为攻战计之一的欲擒故纵之计，在政治斗争中的使用相当广泛，无论是政治家、阴谋家还是野心家，为了达到某种特定的政治目的或目标，均会采用不同手法与技巧来使用它。然而无论如何，在何种范围内应用此计，却是有一定的规律可循的。即只有在适合于使用欲擒故纵之计的范围里使用它，用计才会收到预期的政治效应，达到既定的政治意图。否则，如果不视条件范围是否适宜，不加斟酌考虑，不但会达不到预定的政治效果，反而会因此招致弄巧成拙，打草惊蛇，暴露目标，功败垂成，遗患无穷。因此，在政治斗争中，各式各色的人都高度注意与重视欲擒故纵之计的应用范围。

第一，在敌国之间。

敌国也有强国与弱国之分，但无论是强国还是弱国，在敌对之争中，统治者都十分讲究斗争策略与外交智谋，欲擒故纵之计常常被用作主要的对敌武器。由于敌对国家之间，彼此之间本来就互有戒备、警惕与防范，因此，要使用欲擒故纵之计，必须具有十分高超的政治艺术技巧与驾驭全局的多变应付能力。否则，施计不成，反而会被敌国顺势利导，乘虚而入，坐受敌祸。

1．弱国对强国的使用

弱国在使用欲擒故纵之计时，对于比自己国力强大的敌国，首先是要示善示弱佯畏，即进行痹敌、懈敌；其次则是寻隙察机投其所好，纵容敌国，耗费财力与国力。只要能达到削弱敌国的目的，可以不遗余力，不择手段；再次则是狐假虎威与敌国的对手结成暂时的同盟，借助其力，预设圈套，故意激怒政敌，引其中计，然后乘其懈怠之际，出其不意，攻其不备，擒疲惫之敌。如前324年，苏秦与已故燕文公的夫人私通，被燕易王发现。苏秦十分恐惧，便对燕易王说："我留在燕国不能使燕国变得重要，而我要是在齐国，可以设法增强燕国的力量。"易王同意了，苏秦便伪装得罪燕国逃奔齐国，齐宣王不知底细，把苏秦当作客卿对待。齐宣王死后，齐湣王继承了王位。苏秦为了完成削弱耗疲齐国的目的，千方百计劝说齐湣王隆重地为齐宣王举办葬礼，以此表明孝敬之心，又极力诱导齐湣王大修宏伟的宫殿，扩大围猎的苑林,以此来炫耀齐国的国力。由于苏秦利用了自己足智多谋、名气鼓噪一时的特殊身份,所以苏秦替燕国消耗齐国的财力民力的阴谋,被齐湣王当作忠诚之举,而深得宠幸信赖。齐国的许多大夫不但未能识破此计,反而纷纷与苏秦争宠,甚至派刺客暗杀,苏秦虽没被一下子刺死,但也受了致命的重伤。这是弱国运用欲擒故纵计谋的智慧削弱强国的手法之一。

2. 强国对弱国的使用

强国具有雄厚的政治军事实力,对于相对处于弱势的政敌敌国,既可显耀其威势强盛,又可用多种方式计谋来惑敌迷敌,待其斗志懈怠精力疲惫之时,乘机利势,攻其不备,达到削弱惩罚敌国的目的,解除外部存在的不安因素。如战国时期,赵国良将李牧,防守北部边疆,对付匈奴时,便采取了欲擒故纵的计谋,示敌以弱,骄纵匈奴,然后乘其懈怠麻痹,全线反击,重创匈奴。史书上说:李牧曾经领兵驻扎在代、雁门防备匈奴入侵。李牧针对匈奴逐水草而居,到处游牧以及边地荒凉、兵少而防线较长的特点,采取了一系列强边措施。他在那里可以自行任用军政官员,而城市的税收也都直接送到李牧的帐下,充作养兵的经费。李牧令人每天宰杀好几头牛,供给将士们食用,并指挥部队练习射箭和骑马,小心谨慎地把守烽火台,多次派出侦察人员打探敌情,同时申明约束号令说:"如果匈奴兵侵入边境进行掠夺,我军应立即收拾人马、物资等退入堡垒中固守,有胆敢逞强捕捉俘虏的,一律处斩。"因此,匈奴兵每次入侵,李牧的军队都点燃烽火报警,然后人马、物资退入堡垒之中,只守不战。这样过了好几年,也没有什么伤亡损失。采取了骄纵匈奴、后发制人的方针。匈奴人因此认为李牧怯懦，就连赵国守边官兵也认为自己的将帅太胆小了。

久而久之，匈奴都以为赵军不敢出战，更加肆无忌惮，屡屡犯边侵扰。赵王得知此情，责怪李牧无能，一气之下，派其他人取代李牧统兵。此后一年多时间里，新任将领一改李牧的骄敌示弱战术，屡次率军迎击犯境的匈奴，不但屡次作战失利，损失惨重，而且使边境骚扰不断，百姓无法正常地耕作和放牧。

赵王见新任将领不胜任，就又请李牧出守。李牧声称有病而闭门不出，拒绝接见来者。可是赵王坚持着非要他重新出马不可，李牧便说："如果一定要用我，必须允许我仍照从前的办法行事，我才敢接受您的命令。"赵王答应了他的要求。李牧重返北部边境，继续实行以往的约束。匈奴几年来侵掠都毫无所获，却终究以为李牧是畏惧他们。守边军士每天得到赏赐却不被派去抗击匈奴，都希望与匈奴人打一仗。

常言道："骄兵必败。"李牧看到匈奴已被骄纵得容易战胜，而自己一方的实力又大为增强，除了使匈奴思想上继续麻痹外，便开始暗中筹谋反击。临战前李牧备齐精选的战车一千三百辆，战马一万三千匹，勇士五万人，善射的士兵十万人，加紧严格的战前训练。为了引诱匈奴上钩，李牧又故意让边民把牲畜都赶出来放牧，使放牧人遍布边境田野。当遇匈奴小股部队来抢掠时，赵军就佯装败退，故意丢下几十人让匈奴抢去。匈奴单于见有利可图，便将散居各处的匈奴人聚集起来，大举来犯。李牧见匈奴中计，多设奇阵，指挥部队从左、右两翼包抄，猛烈冲杀入侵之敌。狂傲已久的匈奴根本没有料到赵军会如此勇猛，很快溃不成军，仓皇逃跑。李牧率军穷追不舍，歼敌十多万人。紧接着又乘胜前进,降服丁东胡、林胡等许多部落。匈奴遭此重创后,十多年不敢再深入赵国内地袭扰了。这是赵国名将李牧为智胜弱势的匈奴,一再示怯示懦示弱于匈奴,使之疲懈,丧失警惕,消其斗志,然后突发奇兵,攻其不备,摧其锐势狂傲,重创匈奴的实例。这也是强国以较少代价而换取巨大政治声势的用计施谋之道。

3．实力相当国家之间的使用

如果是政治军事实力相当的国家,彼此之间使用欲擒故纵之计,前述的各种技巧手法普遍适用。在特定的环境、条件、背景、形势下,双方却绝非是旗鼓相当、势均力敌,这时敌对双方则必须要有明察秋毫、高瞻远瞩、更加巧妙应变的计谋手法、更加高超的心理战术,只有这样才能掌握主动权,察识敌国的纰漏,为纵容疲敌消志打开缺口,以达到擒敌的目的。如前597年春,楚庄王以郑国通晋叛楚为名,调兵遣将伐郑。这年六月,楚军在围郑三月后,攻破郑国都城。因郑国为晋国进入中原的通道,晋景公不能允许楚国控制这里,遂派荀林父为中军元帅,率军救郑。当晋军行抵黄河北岸的温县之地时,得悉郑已与楚媾和,荀林父便与诸将会商进止之策。荀林父认为:郑既降楚,已失去救郑的必要,不如等待楚军撤兵南归后,再行伐郑。如此便可不与楚国作战,而仍可恢复对郑的控制。中军佐将先縠反对这个意见,私自率其部属渡河南进。荀林父只得率军在衡雍(今河南郑州市东)渡河,行至邲地(衡雍西南),由西而南背靠黄河列阵。

楚庄王得知晋军已经来到了邲地,便派出使者前往晋营,明为谈判,实为探察窥伺晋军的意向与虚实。当楚庄王得知晋军存在着上下意见分歧的情形后,一面命令手下暗地里厉兵秣马、养精蓄锐，准备战斗，一面再次派人以卑屈的言辞向晋军求和。荀林父原来就是不得已而渡河的，现见楚军主动求和，立即答应。正当晋军等待着与楚军谈判的时候，楚庄王突然派出小股兵力向晋军发起袭扰，迷惑晋军将领官兵。晋将魏锜、赵旃素与荀林父不和，想乘此机会立功，给荀林父看看，一比高低。便根本不听荀林父的号令，借口与楚军讲和，率部向楚军进攻。岂不知这正是楚庄王求之不得的，见晋军杀气腾腾蜂拥奔来，便统领全军向晋军铺天盖地压去。晋军猝不及防，全线崩溃，损兵折将，一败涂地，余部逃往邲地，由荀林父接应渡河逃遁。

　　在晋楚对峙之初，显然晋军占有天时地利人和的优势，荀林父待楚军南撤，再袭取疲惫不堪的郑国，恢复对其控制与避免与楚军对抗的谋略也是极为正确的，然而晋军将领的不和，却导致事态向不利的方面转化。楚军长途奔袭，久围郑国，虽然最终破之降之，但师老兵疲，又远离本土，因此晋军突然而来，对楚军能否顺利南归的确是巨大的威胁。在对敌国敌军的真实目的不了解的情况下，楚军与之交战，当然会更加不利。楚庄王便故意向晋军示弱示卑，表示愿意和谈解决问题，借此对敌情做进一步的侦察。当他得知晋军将领上下意见不一时，认为有机可乘，但时机还不成熟，要进一步离间其矛盾。于是一面加紧备战，一面派人与晋军假装求和，在思想上纵容骄疲晋军。当晋军将领真误以为楚军要求和谈时，却以小股楚军袭扰晋军，使晋军将领固有的矛盾进一步激化，上下因为意见分歧而不能共同对敌，晋军的优势开始削弱，而楚军借谈判为名得到休整，士气振奋，所以晋军向楚军发起攻击，当然溃不成军。这是楚庄王运用欲擒故纵计谋与分化瓦解战术，成功击败强晋的成功事例。

第二，在君臣之间。

在君权至高至尊的中国古代社会，君主和文武百官虽然同在统治集团，但在具体利益方面难免存在种种矛盾冲突之处。频繁的王朝更迭，突变莫测的风云变幻，也会使野心勃勃的臣属产生"彼可取而代也"的奢望，梦想有朝一日自己也能黄袍加身，品尝登极称帝的滋味。一顶顶的王冠落地，也会使神经过敏的君主无时无刻不高度警惕着自己身旁的文武大臣，生恐他们当中又会立一新的"真命天子"。这就决定君主既是臣属获取权势福贵荣禄的来源，又是臣属随时丧失名禄地位的克星和觊觎最高统治权的严重障碍和威胁。臣属则既是君主必须依赖的力量，又是君主刻意提防的对象。因此，无论是在君臣之间，还是臣属之间，为了各自的政治利益，无不使用计谋圈套，欲擒故纵计谋是常用不疲的手法之一。

1．君主对权臣的使用

君主对朝中担任军政要职的权贵，一方面百般笼络利用，使之为江山社稷而效犬马之劳；另一方面又处处予以防范限制，恐其功高震主，滋生挟君端倪，更防其会犯上作乱。因此，君臣关系始终处于极度微妙的变化之中。君主一旦察觉大臣有忤君之动向，略有不满，便会施用欲擒故纵之计谋，纵其暴露"庐山真面目"，等待时机举而擒之，置之死地，根除政治隐患或不利因素。如前150年，太尉周亚夫因为平定吴楚七国之乱功勋卓著出任丞相，景帝诏令罢除太尉这一官职。不久，景帝因为与梁孝王是一母所生，关系最为亲密，又有平定吴、楚叛乱的大功，在窦太后等人的怂恿下,想废掉栗太子而立梁孝王为太子。周亚夫认为不妥,坚决反对,没有产生作用,景帝因此疏远了周亚夫。梁孝王每次来朝见,经常对太后说周亚夫的短处和不是。窦太后说:"皇后的哥哥王信可以封侯。"景帝表示谦让说:"当初,您的侄子南皮侯和您的弟弟章武侯,先帝都不封他们为侯,等到我即位后才封他们为侯,现在王信也不得封侯。"窦太后说:"人生在世,只各自根据当时的情况办事罢了。当年我弟弟窦长君在世时,竟然不得封侯,死后,他的儿子窦彭祖反而得以封为南皮侯,我十分遗憾!皇帝赶快封王信为侯吧。"景帝说:"请允许我和丞相商议此事。"便和丞相商议,周亚夫说:"高皇帝约定,'不是刘氏宗亲不得封王,没有立功的人不得封侯。'现在王信虽然是皇后的哥哥,但没有立功,如果封他为侯,就违背了前约。"景帝默然,只好把这件事放下来。后来,匈奴王徐卢等六人归降朝廷,景帝想封他们为侯,以鼓励后来人继续归降。丞相周亚夫说:"他们背叛自己的君主投降,陛下封他们为侯,那么还怎样责问不守节操的臣子呢?"景帝说:"丞相的议论不可采用。"把徐卢等人全封为列侯。周亚夫因此就自称有病,请求免职。九月戊戌(三十日),景帝罢免了周亚夫,任命御史大夫桃侯刘舍为丞相。

  在这里景帝以废栗太子立梁孝王为太子,以及封皇后之兄,与来降匈奴徐卢等人为侯为由,多次征询丞相周亚夫的意见,亚夫均以正当理由予以拒绝,说明景帝与亚夫之间的矛盾与分歧达到了相当尖锐的程度。其实这三件事,都是景帝自愿而为的,他之所以征询丞相亚夫的意见,就想借此试探劳苦功高的周亚夫对其的态度如何,对他是否尊重,是否言听计从,能够理会他的苦恼和内心世界。周亚夫全然不明晰其中的奥妙，不识抬举，均严词给予拒绝，让景帝难堪，使景帝类似傀儡皇帝，这当然也不是景帝所期望的答案。因此，周亚夫称病请求免职，正好遂其所愿，顺水推舟。不过，周亚夫虽被免职了，但心有不服，日久天长必会生成祸乱，又何况他是平叛定乱的老臣呢？景帝便开始寻找周亚夫的不是，等待时机，予以铲除，周亚夫便面临杀身之祸了。

没有多久，景帝在宫中召见周亚夫，赏赐食物，只放了一大块肉，没有切开，又不准备筷子。周亚夫心中不高兴，回过头来吩咐主管宴席的官员取筷子来。景帝笑着说："这莫非不满足您的意愿吗？"周亚夫摘下帽子向景帝谢罪，景帝说："起来！"周亚夫就快步退了出去，景帝目送着他走出去。说道："这位愤愤不平的人，不能做幼年君主的臣子。"此波未平，又起一波，把周亚夫送上了断头台。

当时，周亚夫的儿子给父亲从工官那里买了专给皇室制造的可用于殉葬的五百件铠甲盾牌，虐待搬运这些东西的雇工，却不给他们工钱。雇工知道这是盗买皇室专用器物，怀着怨恨上书朝廷，检举周亚夫的儿子，事情牵连到周亚夫。景帝见到检举信，知道置周亚夫于死地的时机已到，就下令将此案交给司法官员审理。官员用簿书逐条审问，周亚夫拒不回答。景帝得知，骂道："朕不必要你的供词，也可以杀你。"下诏让周亚夫去廷尉处接受审判。廷尉审问说："你为什么要造反？"周亚夫说："我购买的东西，都是殉葬用的，怎能说是要造反呢？"审案的官员说："你即使不在地上造反，也要在地下造反！"官吏的审讯逼供越来越残酷。起初，官吏逮捕周亚夫的时候，周亚夫就想到自杀，夫人劝阻了他，因此没有死，被送进了廷尉的牢狱。周亚夫惨遭迫害，实在无法忍受肉体的折磨，绝食五天，在悲愤交加中吐血而死。从中可以看出，自从周亚夫罢相乃至以前，景帝就想除掉与己为敌的周亚夫了，只是时机不够成熟，罪行不彰，所以运用欲擒故纵的计谋之后，亚夫果然上当中计，陷入了景帝设下的圈套中。景帝以欺君犯上作乱之罪名杀他，昭示天下，当然名正言顺。

2．臣下对于君王的使用

在政治斗争中，至高无上的权势地位与利禄财物，对于任何一位染指政治圈的文武臣僚来说，都具有巨大魔力，会乐此不疲地进行智力投入。为能获得这些荣耀，为臣者对君王一般是既顺从又崇拜，这主要是因为威惧君王手中的至尊至隆的权力。至于手中执掌权柄的权臣，更是欲壑难填，得寸进尺，贪得无厌，时刻不忘觊觎帝位，急欲伺机取而代之，或成为无冕之帝，代君行令。有些善于玩弄阴谋诡计的野心家，极会利用时机，创造条件，以各种名义，实行夺位之计。如秦国的奸臣赵高，就是利用欲擒故纵之计，代帝把持朝政的高手。史书上说：秦朝郎中令赵高，仗恃着受皇帝恩宠而专权横行，为他的私怨杀害了很多人，他怕大臣们到朝廷奏报政务时揭发，就劝二世说："天子之所以尊贵，是因为群臣只能听到他的声音，而不能见到他的容颜的缘故。况且陛下还很年轻，未必对件件事情都熟悉，现在坐在朝廷上，谴责、提拔若有不当之处，就会把自己的短处暴露给大臣们，因此便不能向天下人显示圣明了。所以陛下不如拱手深居宫禁之中，与我和熟习法令规章的侍中们一起等待公事呈奏，等公事来了就有办法决定了。这样，大臣们便不敢奏报是非难辨的事情，天下便都称您为圣明的君主了。"二世认为赵高分析得颇有道理，未加深思熟虑，便采纳了这一建议，不再坐朝接见大臣，常常住在深宫之中，赵高侍奉左右，独掌大权，一切事情由他来决定。

第三，在臣僚之间。

置身于官场较量与政治斗争角逐的文武百官，他们虽然以职权大小、地位高低、爵秩俸禄品级，被划为类似金字塔式的等级，但是他们之间的这种等级划分，随时都会因为权力的变化发生变更，重新排列组合。因此，他们之间存在着切身的利害冲突，祸福并存，喜忧同在，稍有不慎不当，便会招致种种危机，性命不保，身首异处。为了最有效地保存自己，他们都有一套为政避祸的谋生之道，真可谓狗猫各有其术。他们往往将政敌置于死地，以消灭或主动进攻，剪除异己作为壮大自己立于不败之地的资本和前提。玩弄欲擒故纵之计更是其司空见惯的伎俩。

1．上级对下级的使用

上下级文武百官之间，在政争与权势的逼夺中，存在着不可调和的矛盾和激烈的冲突。上级官僚一般要求属下官员对己忠心耿耿，绝对服从。有时为了试探属僚是否忠诚，上级官僚也会玩弄一些阴谋诡计投石问路。对于危险分子或强硬的竞争对手，更是不遗余力，千方百计予以打击迫害，各种计谋手法交相使用，以置政敌于死地而后快，其中欲擒故纵计谋则是频频连用的手法之一。例如，秦二世时丞相赵高想独揽朝廷大权，但又担心群臣不服，便心生一计，先试探群臣，牵来一只鹿献给二世说："这是马啊。"二世笑道："你错了吧，怎么把鹿当成马？"问侍立左右的大臣们，有的沉默不语，有的说是马以迎合赵高，有的则说是鹿。赵高便暗中借秦法陷害了那些明说是鹿的人。此后群臣都畏惧赵高，没有人敢谈他的过错。这是阴谋家们为了固势揽权而设的政治圈套，他指鹿为马，颠倒黑白，掩耳盗铃的目的，并不在于是马还是鹿，而是借题发挥，试探群僚是否与他同心，是否有人敢于与他为敌，借此辨敌擒敌歼敌，因为其做法出乎人之常情，故轻而易举达到了清除政敌的意图。这是历史上运用欲擒故纵之计，最为生动成功的事例之一。

2．下级对上级官僚的使用

在阶梯式的等级制度和官僚制度中，上下关系是相对而言的。对下为上，对上为下。通常情况下，上级掌有一定权力，往往对属下官员有升降予夺之权，因此，下级对上级官僚要在政治斗争中，使用欲擒故纵之计，不仅要有超人的智慧韬略，善于察言观色，捕捉时机，而且还要在奉承上级的同时，寻找其弱点缺处，对症下药，纵容其不断积累失误而又不被察觉，然后联络其他的力量，或借助君主的威势，出其不意，攻其不防，达到将其彻底铲除或钳制、惩戒的目的。此外，向上级谄媚，投其所好，利用物欲进行贿赂，巴结上司，也是下级官僚运用欲擒故纵之谋的常见手法。这么做的最终目的，是为自己继续晋升官阶，获取更大的利禄而扫除障碍，为本身的切实利益服务。

四、无不胜者　取予自在神机

欲擒故纵之计，是三十六计的第十六计，也是攻战计之中的第四计，说明此计极其重要，较之其他计谋而言，不但应用范围极为广泛，手法独特，而且概而论之，其在政治斗争中的应用，具有以下的特点。

第一，以欲擒故纵之计在政治斗争中应用目的来说，具有权宜性与瓦解性的特点。

所谓权宜性，是指随着政治斗争的特殊需要与形势的变化特点而采用的变通之策。正因为其具有权宜性的特点，所以其往往有较大的灵活机变性，能够适应多变的政治风云变幻，为政治家企达目的服务。所谓瓦解性，是就欲擒故纵之计的结果而言的。在该计中，纵是手段方法，擒获瓦解政敌，将其聚歼置于死地才是最终目的。纵敌者无论采用什么形式、何种途径，其目标的针对性强，所要达到的目的明确。

第二，以欲擒故纵之计在政治上应用作用来说，具有隐秘性和机巧性的特点。

所谓隐秘性，是指用计者常常韬光养晦，老谋深算，不露声色，使中计者在不知不觉中被引入圈套又不能自拔，而且越陷越深，直至斗志消疲，精力耗尽，势穷力竭，只能束手就擒，坐以待毙，毫无反抗之力。所谓机巧性，是就用计者所把握的时机和用计的技艺水平而论的。智勇双全富于韬略者，不但时机运用恰到好处，技艺高妙，滴水不漏，无懈可击，而且常常能够达到事半功倍、意想不到的效果。有些高明者，将此计的运用与其他计谋相辅交叉，形成连环之套，其效应更为广泛深远。

第三，以欲擒故纵之计在政治上影响来说，具有实用性和广泛性的特点。

欲擒故纵之计在政治斗争中的应用，屡见不鲜，这说明其有很强的实用性。它适用于各种形式的政治斗争，也适用于各种各样的人物。政治家使用这一计谋，而定擒拿疲惫之敌；野心家、阴谋家使用这一谋略，逞威作福，为所欲为。他们都可以运用此计来实现自己的政治目的，这也说明其他计谋是无法替代其在政治斗争中的特殊重要性的。就广泛性说，欲擒故纵之计运用手法多样，范围广泛，因此，该计在政治上的影响也十分引人注目。正由于它带有普遍性，所以具有长久而旺盛的生命力，并且随着时代的发展，人类智慧的丰富，更赋予它新的蕴含。

抛砖引玉

——类以诱之 使其懵懂上当

本计云："类以诱之，击蒙也。"其大意是：使用、运用彼此相类似的事物、手法去迷惑、引诱敌人，使其懵懂上当，然后再乘机去击溃、消灭它。

抛砖引玉之计，源于唐代的一则文学故事与诗坛佳话。唐代苏州诗人常建，为了请另一位颇有名气、自己又钦慕的诗人赵嘏作诗，便自己先在苏州名胜、赵嘏常去的灵岩寺墙壁上写了两句诗（半首），果然，赵嘏途经此处，阅毕墙壁上常建所写的两句诗句之后，突然诗兴大发，感慨万端之余，立即提笔顺此诗续了两句，使之成为一首完整的艺术佳作。赵嘏所续诗句，在用词、遣字、押韵、意境上，均比前两句好。此事迅速传开，成为诗坛上一段佳话。世人与文人骚客，即将常建这种以己之诗，引发出赵嘏的天衣无缝、艺高才溢的诗句佳作的做法，冠以"抛砖引玉"的美名。之后，便逐渐衍化为具有特定内涵的成语典故。本意为抛掷出普通、寻常的砖块，引发出了超凡、珍贵的美玉，并以此比喻甲乙两方事物，甲方使用与乙方貌似相类、雷同的事物，去引诱乙方，使之上当、受骗，然后乘其蒙昧，进行打击、惩治，

楚王掷柴薪之利，绞侯贪小失国家

以击溃之。比喻凡做事疏怠而无深谋,致使对方乘懈而用貌类实异、以假乱真的办法,使自己上当受骗被蒙,招致失败、受挫。

一、利而诱之　真假不分伯仲

《周易·蒙卦第四》云:蒙:亨。匪我求童蒙,童蒙求我。初筮告,再三渎,渎则不告。利贞。《象》曰:山下出泉,蒙。君子以果行育德。

【一爻】初六,发蒙,利用刑人,用说桎梏,以往,吝。《象》曰:"利用刑人",以正法也。

【二爻】九二,包蒙,吉。纳妇,吉。子克家。《象》曰:"子克家",刚柔接也。

【三爻】六三,勿用取女,见金夫,不有躬,无攸利。《象》曰:"勿用取女",行不顺也。

【四爻】六四,困蒙,吝。《象》曰:"困蒙之吝",独远实也。

【五爻】六五,童蒙,吉。《象》曰:"童蒙"之"吉",顺以巽也。

【六爻】上九,击蒙,不利为寇,利御寇。《象》曰:"利用御寇",上下顺也。

据秘本兵法《三十六计》原文记载,抛砖引玉之计是由《周易》山水蒙卦的逻辑原理推演而来的。卦云:"上九,击蒙;不利为寇,利御寇。"意思是说:上九,猛击以启发蒙昧;这种方式不利于侵略他人，却有利于抵御他人的侵略。蒙卦的含义是蒙昧幼稚，上九爻辞又明白提出要打击蒙昧，所以，占得此卦，表明敌人的主要弱点是愚蠢幼稚，而我方的取胜之道，也在于利用敌人的愚蠢幼稚。

此卦内卦坎为我，外卦艮为敌。两军对峙，从战阵部位来看，上九爻是敌人的大本营；从艮卦本身看，上九为唯一的阳爻，代表敌人的主力部队。所以，上九爻辞的"击蒙"，既可以暗示猛击敌人的老巢基地，又可以暗示猛击敌人的主力部队。"不利为寇"，是说不要采取直接攻打的方法。"利御寇"，是说要采取抵御敌人侵略的方法。可是，明明是我方要攻打敌人，这个"利御寇"又从何说起呢？参考变卦地水师。蒙之上九爻动，上卦艮变为坤。坤为至阴之物，暗示所谓"利御寇"，不过是阴谋诡计，无非是要制造出敌追我逃的局面，诱使敌人主力部队离开大本营。要使敌人能来追我，我方人员必须是极容易被捕获的。坤又为至柔至弱之体，象征老弱残兵；坤卦由艮卦变来，在战阵上代表敌人的部位。这表明，我方可派些非战斗人员，深入敌人的领地，有意让敌人俘虏去。等敌人尝到甜头后，我方六三前沿战士就可混在非战斗人员中，诱使敌人来追赶。六三与上九阴阳相应，上九爻动，必下迎六三。这表明敌人主力为了抓住六三，会穷追不舍。我方只要在途中伏击，必可使敌军溃败。内卦九二是我方主力，与六五阴阳相应，表明我方应该及早抢登六五之位，截断敌主力归路，然后两面夹击，必大获全胜。

卦是活变的。此卦的关键是上九动爻。无故不动，动必有因。《易》根据阴阳相吸的原理，上九爻动的原因，就是为了六三爻。如孙膑之斗庞涓,就是不断地向庞涓显示六三阴爻的柔弱之处,诱使上九庞涓穷追不舍,进入内卦坎之陷阱。此处用作计名,经过卦理分析,便含有把老弱、粮草放在敌人最容易捕获的地方,诱使敌人出动主力部队的意思。

抛砖引玉之计用于军事,主要是一种攻战之计与谋略。两军相对时,由于敌方还保存相当的实力,为了以较小的代价,换取更大的胜利,必须先用麻痹、引诱对方的办法。在战争中,迷惑引诱敌人的办法甚多,除去用似是而非,容易使敌猜不出的办法之外,最为巧妙而有效的,是用极相类似、以假乱真的方法。这样,即可以迅速吸引住敌力,使之不致起疑心,一直蒙在鼓里而真假难辨,不得不按照我方设计、希望的方向,不断地作出错误的判断决策,被我方军力所击溃和消灭。这是运用以类引敌,以假诱敌,然后克敌制胜的良方上策。《百战奇略·利战》载:"凡与敌战,其将愚而不知变,可诱之以利。彼贪利而不知害,可设伏兵以击之,其军可败。法曰:'利而诱之'。"即为此意。

在政治斗争中,抛砖引玉之计,也经常成为政治家、阴谋家、野心家们所惯用的手法。在与政敌、对手(包括群体性、帮伙性、集团性敌人)的较量争斗中,力图将兵法中的"类引"之法、商业中的市易之法(以少赚多、以假易真)、经济中的不等价交换之法(以小换大、以小抵大、以轻易重),通过抛砖引玉之计的实施运用过程,加以体现出来。古代众多战例表明,凡是指挥采用旌旗招展、鼓号齐鸣的"疑似"战术,倘遇上精明而深谋的对手,往往会被识破而不能奏效。但是,若用老弱残兵和缺粮断炊来迷惑敌人的策略,即用"类同"、"类引"、"诱取"之法,则一般易使狡诈的敌人误入歧途，使之上当受骗，从而利敌之误、攻其不防、击其不备，实现最终取胜。具体而言，在政治角逐与激烈斗争中，政治家们常用掷施、佯动、假忽等方式，以迷惑、引诱政敌对手，使之上当受骗，然后再根据时机的变化，将上钩、吞饵之敌，分割、瓦解、包围，乘其昏蒙懵懂与不防不备，一举聚歼。这样，致使此计在历代政治斗争中，被政客们反复、频仍且与其他计谋交替使用，成败事例，代皆有之，层出不穷，就更使得它富有引诱性、偿换性、假象性、易取性的神幻色彩。

二、施惠厚予　取敌于贪利间

抛砖引玉之计在激烈变幻莫测的政治角逐较量中，通常成为政治家、野心家、阴谋家们的常用之计与惯用法宝，虽然成败实例各有不同，胜负相异，但在多种不同手法中，归结起来，最常用的则有以下互为关联的三种手法：

第一，掷施小惠，以小引大，待胜之计在其中。

这种手法的重点是"引"（出）其美"玉"、引出政敌。既可以小引大（敌）、以虚引实（敌），又可以假引真（敌），然后再伺寻其机，予以击溃消灭。采用的具体手段，又有掷利、施惠、予隙、授机（柄）等。

1．掷利

所谓掷利即是指为引出政敌，使之上当、受骗，需掷抛出一定的小恩小惠，付出部分军事、经济、物质、人员的代价，方能使敌"鱼"群上钩吞"饵"。随后寻机以制敌，这是以掷小利而引出大敌，获得显胜的重要手段。

事例：楚王掷柴薪之利，绞侯贪小失国家

春秋时期，楚国为了称霸诸侯，曾多次降服小国以增国威，以强国力。前700年，楚武王率军伐绞国（今湖北郧县），但绞国却固城自守，两军相峙月余，仍难定胜负。楚武王急欲得破绞国之妙策，便征询部下谋士的意见。大夫莫傲屈瑕剖析了军事态势发展变化后，认为只能用政治权谋与"掷利"相诱的办法，才能引出固守城池的绞军，使之上当受骗，聚而歼之。他提出行此计的依据是，围城已月余，绞国城中的柴薪肯定多已耗尽用光，若掷以急需待用的柴薪之小利，诱之出城，必吞饵上钩。他向楚王献策后，楚武王决定按此计行事。

楚武王立刻下令：一批楚军士兵扮成伐薪的樵夫，进山砍柴担回营，故意诱绞军出城来劫道掠薪。一支楚军藏之深山，寻有利地形，以行埋伏；还有一支人马则包抄后位，伺机切断绞军退回城中的后路。困守城中的绞侯此时正因柴火的用光而犯愁，忽听前哨奏报发现楚国樵夫在山间打柴，遂令绞军将士在晌午时分，将进山砍柴而归的楚樵掳进城。第一天绞军便掠去楚樵三十余人，获不少柴火、衣物、干粮等。绞侯便以此为胜果。次日，又命绞军出城以掠楚樵所伐之薪，却又认为，如此行事，图利太小太慢，便令更大批的绞军出城进山以掳柴薪，以济城中军民之需。至第六日，出城进山追捕楚樵，以掠柴草的绞军士兵更多更众。楚樵夫见此状，便故作惊弓之鸟、受伤之兔、触网之兽的恐惧状，待大批绞军来抢，便慌乱地急急向深山中逃去，以引成批绞军抢掳。

绞军得柴火、抓楚樵以立功得赏之心过分急切，便纷纷奔入深山。当进入一片山谷地带，四周峰峦叠嶂，突然间冲出大批埋伏的楚军，喊杀声震天动地，回荡山谷云间。绞军见此状，早已魂飞魄散，丧失战斗力，毫无抵抗之志，便急欲返逃回城。在返城途中，另一支楚军又早已截断其退路，致使绞军进不能攻、退无可据之地，结果被楚军分割包围，左冲右突的绞军死伤无数，大批人还做了楚国的俘虏。楚武王命楚军乘胜攻城，绞侯见此，方才大梦初醒，知中计已无可挽回败局，只得亲自出城，向楚武王递交了降表，绞国遂被楚国攻灭。

绞侯因贪小利而失国，楚王则以掷柴薪之利引绞军上钩，一举获胜。败胜、得失的两相对照，恰好映照出施用抛砖引玉之计的智慧闪光。真正向楚王献此计谋的楚大夫莫傲屈瑕，确是一位颇有政治头脑与谋略的人物。他在与楚王讨论此计实施的可行性、必然性时，曾有一段精彩对白。屈瑕说："利而诱之。大王可派士卒扮作樵夫，以引绞军，让其先得蝇头小利，待其麻痹、肆无忌惮，大批出城时再设伏聚歼。绞城外围多山，颇宜行施此计。"楚王说："那绞军能够被引诱出城吗？"莫傲很肯定地说："绞国弱小而轻躁，轻浮急躁则遇事少谋略。若将此香饵巧置于他面前，恰合他胃口，定会吞饵上钩的。"事后的发展，果不出楚国大夫所料。在此，莫傲屈瑕恰是将政治心理战中的利诱、用敌心理之弱势，使之上当，使之进入心理误区不能自拔，最后才将自己真强以逞、克敌使败等战术，成功地演绎、运用在军事、政治斗争中。

2．施惠

所谓施惠即是指在政治斗争中，施计者为着引诱麻痹政敌对手，先寻机略施以小恩小惠，以行笼络，使之误上圈套，然后再达到施用武力、强攻等硬的一手所不能企及的政治目的。这实际是用"软绳"套住猛虎之办法行事，不过为使猛"虎"入绳套，需先施以鱼肉活禽等"活鲜"之物（恩惠），抛出此"砖"，方才能引"玉"（擒虎）。

事例：汉高和亲安边塞，匈奴盟誓待汉强

西汉初年，汉高帝刘邦平定天下以后，民困国弱，社会生产亟待恢复，社会经济更须复苏，以至于出现"天子不能具纯驷，而将相或乘牛车"的困顿局面。在内忧不止之际，边塞外患却时时频传，特别是北方游牧民族匈奴的军队叩边犯塞之事防不胜防。在经历过匈奴首领冒顿率军的"白登之围"后，汉高帝刘邦为此更加忧心忡忡，便召众臣商议击匈奴以安塞的良计妙策。

汉高帝八年（前199）秋，匈奴冒顿率军又侵扰汉朝北部边境。高帝刘邦一行刚自洛阳返回长安，便闻边塞急之战报，对此颇感忧虑，便询问建信侯刘敬，有何对付匈奴之策。

刘敬说："天下刚刚安定，士兵们因兵事还很疲劳，不宜用武力去征服冒顿。但冒顿杀父夺位，把父亲的群妃占为妻子，以暴力建立权威，我们也不能用仁义去说服他。唯独可以用计策，使他的子孙长久做汉的臣属，然而我担心陛下做不到。"汉高帝刘邦则问："你说应当如何做呢？"刘敬说："陛下如果能把嫡女大公主嫁给他为妻，又赠送给他丰厚的俸禄，他一定会仰慕汉朝的恩威，以公主为匈奴的阏氏，生下儿子，肯定是太子。陛下再命人每年四季用汉朝多余而匈奴缺乏的东西，去频繁地慰问与赠送给他们，乘机又派能说会道、能言善辩的人士前去说劝与讲解礼节。

飞龙在天或见野

这样一来，冒顿在世时，他本是汉朝天子的女婿辈；他若死后，则陛下您的外孙便理所当然地为匈奴王单于。难道曾听说过外孙敢和外祖父去分庭抗礼的事吗？如果这样做的话，我们便可以不经一战、不动一兵一卒，就会让凶狠剽悍的匈奴渐渐臣服。如果陛下舍不得让大公主去的话，而是令宗室及后宫女子假称公主前去，他们知道了，也是不肯尊敬和亲近汉家天子的，因此还是没有用。"高帝听了此策说："好！"便想让自己的亲骨肉大公主去与匈奴冒顿单于和亲。吕后知道此事后，便日日夜夜哭泣着说："我只有太子和公主，您为什么竟这么狠心地去把她扔给匈奴！"刘邦最终没有让大公主到匈奴去。

次年（前198）冬季，汉高帝刘邦为实行与匈奴的和亲之计，便在庶民之家找来一名女子，称之为大公主，嫁给匈奴单于冒顿做妻子，同时派建信侯刘敬作为特使，携诏书前往匈奴去缔结"和亲盟约"。

刘敬顺利完成任务，从匈奴归来，对刘邦说："匈奴的河南白羊、楼烦王部落，离长安城近的只有七百里，轻骑兵一天一夜就可以到达关中。关中刚遭过战事洗劫，缺少百姓，但土地肥沃，应该加以充实。诸侯最初起事时，没有齐国田氏，楚国的昭、屈、景氏就不能勃兴。现在陛下您虽然已经建都关中，实际却没有多少人民，而东部有旧六国的强族，一旦有什么事变，您也就不能高枕而卧了。我建议陛下把旧六国的后人及地方豪强、名门大族迁徙到关中居住，国家无事可以防备匈奴，如果各地旧诸侯有变，也足以征集大军向东讨伐。这是加强根本而削弱末枝的办法。"高帝听后，便说："对呀！"这年十一月，汉高帝刘邦便下令迁徙旧齐国、楚国的大族昭氏、屈氏、景氏、怀氏、田氏五族及豪强到关中地区,给予田宅安顿,共迁来十余万人之众。

由于采取上述软硬两手(攻防、和备相结合),确实收到了很好的效果。汉、匈代代联姻,睦边共处了数百年之久,直至王昭君下嫁匈奴之后,仍继续维持这一关系。这是以和亲、联姻这种政治形式为名,而行怀柔之实的具体表现。更是汉家天子借助和亲,对匈奴单于施加小恩小惠,而收政治、军事多种实利,以安定边塞,减少边患的"抛引"之计实施的结果。

3．予隙

所谓予隙,即是为使政敌、对手上钩、吞饵,便故意留给其可乘、可利、可用的"空隙"(空子),抛出此"砖",让其有可图之利、可钻之隙。接着,促成对手为图大利、为钻深隙,而误判、错辨、盲行,然后伺机将其击败或制伏。

事例:司马懿诈病予隙,曹宗室轻敌亡身

曹魏明帝景初三年(239),明帝曹叡死,养子曹芳即帝位,即邵陵厉公。根据明帝遗诏,由于曹芳年幼,命由大将军曹爽、太尉司马懿共同辅政。司马懿是曹魏的元老重臣,在魏明帝时抵御诸葛亮蜀军北伐和伐吴的战争中,以过人的胆识、军事才能,屡建奇功,故逐渐掌握了曹魏兵权。司马懿是早就怀有政治野心的阴谋家、野心家。明帝病危时,他自襄平驻屯前线赶回朝中,与大将军曹爽一起受诏辅政。

辅政以后,由于曹芳年幼,司马懿权重,不仅主幼国疑,而且功高权倾而震主,这当然会引起曹氏宗室对司马氏势力的膨胀野心的戒备心理。明帝之所以让曹爽、司马懿共同辅政,其意图也在于使曹氏宗族与司马懿之间形成一种力量较为均衡的政治格局。在政治角逐中，曹爽与司马懿二人之间，无论在年龄、资历、战功、才干、威望等方面，均非对手。司马懿曾与曹爽父亲曹真一起辅政于明帝，故属父辈、前贤。最初曹爽每逢军国大事，不敢自专独断，均由司马懿决断以行。随后，曹爽为增己势，以何晏、邓飏、李胜等人为心腹，委以要职。何、邓、李等人劝曹爽不要将军国大权委于司马懿。涉世未深的曹爽听信此言，任命何晏、邓飏为尚书，毕轨为司隶校尉，李胜为河南尹，将司马懿手中之权全部夺了过去，只让他当有名无实的太傅。司马懿为避锋芒、更好地窥伺时机，决计诈病予隙于政敌曹爽等人，让其得意麻痹。

司马懿病卧家中不出，曹爽以为获胜，朝中大患已除、心病已去。在此误判之下，便得意忘形起来，终日与何宴等人吃喝享乐，作威作福，用权使威。致使车舆服饰亦如天子规仪，仍觉得不过瘾，还将宫中的嫔妃、乐师也领回宅中，充作乐伎享用。

司马懿对此看在眼里，记在胸中，暗喜其昏昧无为。正始九年（248），李胜出任荆州刺史，曹爽便命他去司马懿家中看视，以窥动静。老谋深算的司马懿当然知道李胜来者不善、善者不来之真实用意，便故意让两个婢女搀扶着自己久病羸弱之身，倚坐在床上。及至李胜来探，又假装去拿衣服，失手无力，将衣服落在地上。更为奇妙的是，又向婢女示意口渴咽干乏力，当使女送上粥让其喝饮时，司马懿更让粥汁顺涎流至胸前，显示病危，连粥米流汁均难以进的险状。见到此情此景，李胜更误以为司马懿衰朽不堪，命在旦夕，便装模作样地哭着说："方今主上尚幼，天下人都依赖明公，人们只听说您风病复发，却万万没有想到病得这么厉害。"司马懿借机故意仰天长叹一口气说:"我年老体衰,又身染重病,沉疴不起,危在旦夕呀。君屈当并州,并州离胡人很近,好自为之,恐怕我们不能再见面了。"李胜一听,马上纠正说:"是赴任荆州,不是并州。"司马懿仍故作老而昏聩地说:"君将去并州,努力自爱吧。"李胜急了,连连大声说:"是去荆州,不是并州。"司马懿好像才稍做清醒之状,明白过来,才不紧不慢,却假装吃力地说:"君还本州去做刺史,盛德壮烈呀,正好建立功勋,我与你分别以后,恐怕再也见不到面了。"又故作身后吩咐之态,将两个儿子司马师、司马昭叫了出来,要李胜多加关照,并让三人结为朋友。一番嘱托之后,司马懿随后便呜咽难语,其情其景,表面上甚是悲凉、凄惨。

其实,司马懿此时身体状况颇佳,此番演戏,全是为了迷惑李胜,以此来抛砖,为引鱼来上钩罢了。果然,李胜从司马懿家出来,回见曹爽,竟得意忘形地说:"太傅病沉身危,言语错乱,口不摄杯,且昏聩莫辨,竟指南为北,肯定将不久于人世了。"曹爽一听,竟一厢情愿地深信不疑,对司马懿再也不加防范和戒备。

司马懿一见敌手对自己所抛之砖、所予之"隙",竟深信不疑,且吞饵上钩之后,便开始实现自己第二步、第三步"引玉"的计划行动。

次年春正月,幼主曹芳按照以往之惯例,前往高平祭祖先,曹爽兄弟均随御驾出巡。趁此空虚之际,司马懿在都城中部署兵马,调动士卒,强行先占据了武器库,将都城牢牢地控制在自己手中,又引军出屯在洛水架设浮桥。然后派人向曹芳、曹爽等人送信说:"臣以前从辽东归还时,先帝曾诏陛下、秦王和臣一起坐御床,把着臣的手臂,深以后事为念。臣也对先帝说:'二祖也曾嘱托臣后事,这些陛下都已见到了,万一有不如意的事情,臣一定以死奉明诏。'当时黄门令董箕等人都在场。今天大将军曹爽背弃顾命,败乱国典,内则僭拟,外专威权,破坏诸营,尽据禁兵,群官要职,皆置所亲,天下汹汹,人心危惧。过去赵高极意,秦氏以灭;吕、霍早断,汉祚永世。现在皇太后命令臣辄敕主者及黄门令罢免曹爽兄弟官职,自回家中,不得在外逗留,如果胆敢稽留车驾,便以军法从事。"曹爽见此信后,立即手足无措,六神无主。大司农桓范则建议说:"请大将军立即让车驾幸都城许昌,召集外郡兵马,以讨伐司马懿。"曹爽却甚为犹豫不决,一是家眷仍在洛阳,二是司马懿信中尚无杀意,只夺兵权,三是以为罢兵投降即可免死。便说:"即使没有兵权,还可做一个富家翁。"其实这是束手就擒的下策,他拒绝桓范的建议,为自身溃灭埋下了祸根。

果然,曹爽兄弟回家以后,司马懿便立即征发民工八百余人,在曹爽家宅四围强筑高楼,派人日夜监其动静。曹爽兄弟却仍蒙在鼓中,不知司马懿究竟要做什么,便写信索讨粮食接济。司马懿为了暂时稳住他们,便马上派人送粮一百斛,且送有肉、盐、大豆等食物,曹爽兄弟一见,又立即欢天喜地起来,以为司马懿宽免了他们。其实,司马懿正在朝中紧锣密鼓地加紧进行剪除曹爽党羽的事情,将何晏、邓飏等人统统罢官免职,收入狱中。又以谋反大逆不道之罪,将曹爽兄弟全部逮入牢中,然后诛杀殆尽,将政敌全部歼灭。这样,便为司马氏日后篡曹魏政权以代扫清了障碍,以司马懿大胜、曹氏大败,将此政争画上了一个段落的句号。

这是司马懿成功地运用抛砖引玉之计，实现政治意图、野心阴谋、消灭政敌的典型事例。他采用"予隙"手法以抛砖：一予退官隐位（在家）的韬晦之隙给政敌；二予沉疴不起、昏聩无力、行将就木的假象之隙给对手；三予嘱托后事，将子与敌交朋结友、再也无力关照之隙给敌人。均表明自己再无东山继起之意，又无政争夺权之图，更乏自存以保之力等等，借以瘴敌，使之作出轻视对手的错误判断。当敌上钩吞饵后，立即便行"引玉"之略，一是调兵遣将以实去都城之虚；二是拥兵架桥以自待，断其反抗之路；三是挟皇太后拥部众以令天子、大将军曹爽兄弟等政敌，逼其投降就范。同时，又充分利用曹氏兄弟的错判、误断、专行、侥幸、图存（身家）、轻信等弱点，攻其不防，袭其不备，将朝中内外政敌集团，全部罪以谋反不教之名，一网打尽，全部、干净、彻底、利索地歼灭诛杀之，斩草除根未留下任何后患。司马懿所引篡位夺权之"圭玉"，确乎光彩诱人，经此番较量，已稳稳地握在手掌之中了。

4．授机（柄）

所谓授机（柄），即是指在政治斗争中，为先引出对手、政敌，使之上当，须使用"授机（柄）"之策，以相类诱。行此计者，预先给敌人以一定限度的有利之机，使之尝到甜头，才能诱敌深入和继续暴露。然后，待政敌之情全部摸清时，再伺时机，予以"引玉"，加以制伏。

事例：李世民兵变玄武，李建成被斩失嫡

中国古代，为了争夺帝位，父子相残、兄弟互间，同室操戈，兵戎相见之事比比皆是。至于政敌之间，相互设谋用计，力求以逞，则更是层出不穷。李世民（即唐太宗）在唐初的帝位争夺战中，为战胜政敌对手（建成、元吉集团），便成功地运用了抛砖引玉之计，并以"授机（柄）"之策，使敌暴露无遗，且得其短，待时机一到，则导演了"玄武门之变"，将政敌射杀，且获美名之后，名正言顺地夺嫡而登大位。

在唐高祖李渊起兵代隋兴唐的事业中，秦王李世民襄赞最力，战功卓著，故天下人心多归之，更深孚部属之众望。因李建成是李渊的嫡长子，故被立为皇太子。此人颇忌恨李世民的功劳与威望，多次想将他谋害。626年六月，李建成在夜间叫李世民来饮酒，想以经过鸩羽浸泡的毒酒毒害李世民。李世民饮后突然心脏痛楚，吐了几升血，淮安王李神通搀扶着他返回西宫。李渊来到西宫，弄清事情后，命令李建成说："秦王平素不善于饮酒，从今以后，你不能够再与他夜间饮酒。"又对李世民说："第一个提出反隋的谋略，消灭平定国内的敌人，这都是你的功劳。我打算将你立为继承人，你却坚决推辞掉了。建成年纪最大，作为继承人，为时已久，我也不忍心削去他的权力啊。我看你们兄弟似乎难以相容，你们一起住在京城里面，肯定要发生纷争，我应当派你返回行台，留居洛阳，陕州以东的广大地区都由你主持。我还要让你设置天子的旌旗，一如梁孝王开创的先例。"世民听罢哭泣着，以不愿意远离高祖膝下为理由，表示推辞。李渊又说："天下都是一家。东都和西都两地，路程很近，只要我想念你，便可动身前去，你不用烦恼悲伤。"当李世民准备出发时，李建成与李元吉又一起商议说："如果秦王到了洛阳，拥有土地与军队，便再也不能够控制了。不如将他留在长安，这样他只是一个独夫而已，捉住也就容易了。"他们暗中让人以密封的奏章上奏皇帝："秦王身边的人们得知秦王前往洛阳的消息以后，无不欢喜雀跃。察看李世民的意向，恐怕他不会再回来了。"他们还指使高祖宠信的官员，以秦王去留的得失利弊来劝说，高祖便改变了主意，致使此事又半途搁置了。

李建成、李元吉与后宫的妃嫔日夜不停地向高祖诬陷李世民，李渊信以为真，便准备惩治他。由于陈叔达的劝谏阻止，才未能惩治。李元吉暗中请求杀掉秦王，高祖说："他立下平定天下的功劳，而犯罪的事实并不显著，用什么做借口呢？"李元吉说："秦王刚刚平定东都洛阳的时候，观望形势，不肯返回，散发钱财布帛，以便树立个人的恩德，又违背陛下的命令，不是造反，又是什么？只应该赶快将他杀掉，何必担心找不到借口！"高祖李渊却没有答应。

由于秦王府拥有许多骁勇的将领，李建成与李元吉打算引诱他们为己所用，便暗中将一车金银器物赠送给副护军尉迟敬德，且写就一封书信招引说："希望得到您的屈驾眷顾，以便加深我们之间的布衣之交。"尉迟敬德推辞说："我是编蓬为户、破瓮作窗人家的小民，遇到隋朝末年战乱不息、百姓流亡的时局，长期沦落在抗拒朝廷的境地里，罪大恶极，死有余辜。秦王赐给我再生的恩典，现在我又在秦王府注册为官，只应以死报答秦王。我没有为殿下立过尺寸之功，不敢凭空接受殿下如此丰厚的赏赐。倘若我私自与殿下交往，就是对秦王怀有二心，就是因贪图财利而忘掉了忠义，殿下要这种人又有什么用处呢！"李建成大怒，便与他断绝了往来。尉迟敬德将此书呈告，李世民说："您的心就像山岳那样坚实牢靠，即使他赠送给您的金子堆积得顶住了北斗星，我知道您的心还是不会动摇的，他赠给您什么，您就接受什么，这又有什么值得怀疑的呢！况且，这样做能够了解他的阴谋，难道不是一个上好的计策吗！否则，祸事就将降临到您的头上了。"不久，李元吉指使勇士在夜间刺杀尉迟敬德。尉迟敬德得知这一消息后，将窗户敞开，自己安然躺着不动，刺客屡次来到院子，终究没敢进屋。李元吉向高祖诬陷尉迟敬德，敬德被关进奉诏命特设的监狱里审问处治，准备杀掉。由于李世民再三请求保全他的生命，这才得以不死。李元吉又诬陷马军总管程知节，李渊则将他外放为康州刺史。程知节对李世民说："大王的辅佐之臣快走光了，大王自身又怎么能够长久呢？我誓死不离开京城，希望大王及早将计策决定下来。"李元吉又用金银布帛引诱护军段志玄，也不肯从命。李建成便对李元吉说："在秦王府有智谋才略的人物中，值得畏惧的是房玄龄和杜如晦。"李建成与李元吉又向高祖诬陷，使他们遭到斥逐。

李世民的亲信只剩下长孙无忌还留在秦王府中，他与尉迟敬德等人，夜以继日地劝说李世民诛讨李建成与李元吉，李世民则更加器重他们二人。此时，适逢突厥郁射设带引数万骑兵驻扎在黄河以南，进入边塞，包围乌城，李建成便推荐李元吉代替李世民督率各军北征突厥。高祖李渊听从了他的建议。

趁此时机，李世民便让长孙无忌秘密地将房玄龄等人召来，房玄龄等人说："敕书的旨意是不允许我们大家再侍奉秦王的。如果我们现在私下去谒见秦王，肯定要因此获罪致死，因此我们不敢接受秦王的敕令！"李世民生气地对尉迟敬德说："房玄龄与杜如晦难道要背叛我吗？"摘下佩刀交给尉迟敬德说："您前去察看一下情况，如果他们没有前来的意思，您可以砍下他们的头颅，带着回来见我。"尉迟敬德前去，与长孙无忌一起晓谕房玄龄等人说："秦王已经将采取行动的办法决定了下来，您们最好赶紧前去秦王府共同计议大事。我们这四个人，不能够在街道上同行。"便让房玄龄与杜如晦穿上道士的服装，与长孙无忌一同进入秦王府，尉迟敬德由别的道路上也来到了秦王府。

同年六月初三日，李世民开始实施铲除政敌的行动计划。他首先暗中奏陈李建成与李元吉淫乱后宫嫔妃，而且说："我丝毫没有对不起哥哥与弟弟的地方，现在他们打算杀死我，似乎是为王世充和窦建德报仇。如今我含冤而死，永远离开父皇，魂魄回到地下，如果见到王世充等人，实在感到羞耻！"高祖望着李世民，惊讶不已，回答说："明天就审问此事，你最好及早前来朝参。"

初四日，李世民便率领长孙无忌等人入朝，将士兵埋伏在玄武门内。待李建成、李元吉上朝时，李世民立即射杀李建成，尉迟敬德则将李元吉杀死。这即是有名的"玄武门事变"。

玄武门事变后，高祖李渊说："事情已经发生，应该怎么办呢？"萧瑀与陈叔达则说："李建成与李元吉原来就没有参与举义反隋的谋议，又没有为打天下立下功劳。他们嫉妒秦王功勋大，威望高，便一起策划邪恶的阴谋。现在，秦王已经声讨并诛杀了他们，秦王的功绩布满天下，我国疆域以内的人们都诚心归向，如果陛下能够决定立他为太子，将国家政务交托给他，就不会再发生事端了。"高祖说："好！这也正是我平素的心愿啊！"便颁布亲笔敕令，命令各军一律接受秦王的处置。不久，又立为皇太子，命军队与国家的各项事务，无论大小，全部交付太子处置决定即可。

作为政治家的李世民，在击败政敌集团的过程中，确属煞费苦心。为引敌人上钩受骗，他一授对手以图谋之"机"（毒酒），二授坚辞不另立大旗之机以示弱，三授众叛亲离、自身难保之机。如此种种，待政敌的全部阴谋暴露于外，所有诡计招数用尽之时，再定下"引玉"歼敌之决心。为此，他又做到有理（向高祖历数政敌对手之罪行）、有利（已多次被冤、被罪、被害，功高不显，博得李渊的同情支持）、有节（合法使用高祖要次日在宫中审讯建成、元吉二位敌手之机），同时又巧设伏兵，先斩后奏，造成歼敌的既成事实。使高祖不得不接受既成事实，并作出一系列果断决定，从而为登帝位，铺平了道路。因此"玄武门之变"的前因后果，既是一场敌我双方激烈竞争的帝位争夺战活剧，又是由李世民亲自导演、参与、谢幕、实现的运用抛砖引玉之计，进行夺嫡而登帝位的一幕"政治斗争艺术的杰出表演"。

第二，佯动厚予，以小易大，创胜之计在其中。

这种手法的重点是"易"（取）出其美"玉"，即通过佯动来抛出其砖，然后又进行"厚予"，以召唤、诱出政敌、对手，使之吞其厚"饵"、上其钩"予"。这一切完全实现后，再进行反击，一举实现预定的政治意图，达到克敌制胜的目标。这是以小利而易取"大玉"，以小失、小挫而获大得、大胜的典型伎俩。寻常采用的具体手段，则有佯动、佯攻、佯退、佯溃等。

1. 佯动

所谓佯动，即是指在敌人面前，故意佯装，显示出一副蠢蠢欲动之状、进攻之态，却无确定之向、既定之方，更乏良策、妙计。总之，通过佯动而向对手示弱、示衰、示颓、示乏，从而引起敌人的痹志、贪欲。待敌得其所予之小利丰益时，再诱使之"欲吞难咽，欲吐不能，欲罢未休"，随后，趁其手短、嘴软、中空、身困之际，将其制驭。

事例：王曾曲顺施佯动，丁谓大意失朝权

北宋真宗时，由奸臣丁谓执掌朝政，此人阴险狡诈，两面三刀，很会逢迎、讨好皇上，故深受宋真宗的器重与信任。恰因此，丁谓便凭借手中所握的大权，规定在朝会时，不许同僚单独面对皇帝奏事，想以此来防范大臣们在真宗面前说自己的坏话，以堵大臣们的嘴。其中，王曾是一位很有心计的朝臣，他深知要锄掉丁谓这个权奸，如果硬碰，不仅锄不掉，而且自己还会招致杀身之祸，便决定采用"抛砖引玉"之计的策略。王曾首先在表面上对丁谓百依百顺，事事从不悖逆他的旨意，从而博得丁谓的深信不疑。因此，王曾却可以单独面见皇帝，作为臣僚中的一个例外。

其次，王曾还在每次面见真宗时，事事请示丁谓，以示自己的"无能"、"软弱"和对丁谓的"依附"。有一天，王曾佯动，装作有事的样子，却又显出自己遇事无从做主的样状，便向丁谓毕恭毕敬地请示说："臣膝下无子，想让弟弟的儿子过继为嗣，使之后继有人，香火不致断绝。此事我将要面见圣上，以求恩准。但是，此事我又不敢一个人留下来面见圣上，这事您说究竟该怎么办才好呢？"丁谓则说："这事好办。这对你来说无妨，我信得过你。"于是，王曾被批准单独面见真宗皇帝。当王曾从丁谓府中出来时，便立即向皇帝奏事。他借机便在宋真宗面前，将丁谓在朝中耍弄权术的罪恶行径和种种劣迹，详详细细地呈奏给皇帝。听了王曾的陈奏以后，宋真宗才如大梦初醒，深知丁谓原来是一个心怀诡计的大奸臣，便下诏将丁谓贬官，发放到海南的琼崖地方去了。从此，朝中这一大害，方才铲锄。

王曾为锄朝中之大奸臣丁谓，一是表面归顺丁谓以示"无害"、"诚服"，以博取丁谓的信任和不防。二是佯动以示弱，事先向丁谓请示，以定其行止。从而以小事、家事见君，以使丁谓不疑、不虑。待吞此饵及钩后，王曾则单独面呈君，历数丁谓的弄权罪行，使帝深醒，而有将丁谓逐出朝廷、贬官外放的举措，一举将权奸锄掉。王曾以巧妙的"抛砖"之术，获取时机，一举锄奸，以达"引"君辨忠奸、溢美和"玉"成此事之目的。可谓是以静求动、以抛求引的典型事例。

2．佯攻

所谓佯攻，即是为制伏对手、政敌，必先作出故意进攻的姿态，使之造成错觉，以为是直冲他们而来，实际上矛头、锋芒却并非直指他们，待敌瞬间惊惧过后，再立即将矛头倒戈转向，直捣敌巢。这是行计者，先示强，以使敌恐；然后，又将锋锐改向，以痹敌；最后，才真攻敌营以制伏。

事例：张浚率军佯渡江，高宗下诏诛内贼

北宋末年，靖康之变后，金军铁骑渡过黄河，围攻汴京（今河南开封），将钦、徽二宗及宫中财物掳掠而去，致使北宋灭亡。在金人围城、掳帝、抢劫的过程中，宋军京城巡检范琼与张邦昌一道，不仅勾结金军，为虎作伥，且以武力逼迫徽宗去金军营而被掳掠。他们又乘机烧杀抢掠，为害百姓。终于成为金人的帮凶、宋军引狼入室的"内贼"。

南宋高宗时，范琼从洪州入朝，傲慢无礼，且又多次为发动叛乱、迫高宗逊位的苗傅、刘正彦说情强辩。由于宋高宗惧惮范琼的威势，不敢治他的罪，且委他任御营司提举。一时，范琼一伙更为嚣张。爱国将领、抗金名将张浚是一个很有政治头脑的人物。由于他将率军出征四川、陕西前线，为防朝中心腹之患，决定用"佯攻"而"抛砖"之计将"内贼"制伏。

有一天，张浚命令部将率领一千多名士兵，渡过江去，"佯攻"平止盗匪，但却让士卒们身披铠甲而来。以有军国大事为由，召集范琼、张俊、刘光世直接奔赴都堂议论政事，并设宴加以款待。待酒足宴欢之际，刘子羽坐在堂下走廊上，为防范琼有所察觉，便取来一张黄纸，快步走到众人面前，举起黄纸对范琼说："上方有令，将军请去大理寺当面对质。"且不断在范琼眼前挥动此黄纸，范愕然不知所措，刘迅速给手下人递个眼色，大家一拥而上将范琼强行塞入车中，再用兵押送监狱。这时，刘光世出面安抚范琼的部属，并历数范琼的投靠金人卖国罪行，致使范琼的部属投降。范琼在狱中招供其罪后，亦被伏诛处死。这样，朝廷中的"内贼"终被除掉。

勾结金军的"内贼"范琼，虽罪行累累，然手中仍握有部分兵权，且被南宋高宗委以官职。要诛除这样的政敌，只能"计伏"、"智取"，而不可强夺。张浚等人，以调兵"佯攻"渡江平息贼匪为名，故未引起敌人的注意，且又召集范琼入堂议事，再伺机将范琼智擒入狱，加以诛除。这也是将军事策略诱敌，运用于政治斗争中，行"抛砖"之计引敌智擒而后聚歼的成功范例。

3. 佯退

所谓佯退，即是指在政治斗争中，为引政敌、对手上当、受骗、中计，则先行佯装退却之状，以示败。由此，以痹敌、欺敌，然后，使之作出错误决策、判断，最后再伺机进行致命反击，将敌人击败、降伏。

事例：徐阶佯退实攻进，严嵩托孤失爱子

明朝嘉靖年间，严嵩与其子严世蕃横行不法。严嵩把持朝政，专横独断，结党营私，其子更是在地方作恶多端，官民均对严氏父子深切痛恨。因为严嵩深得嘉靖帝的宠信，故威势日隆，反对者多有畏惧。大学士徐阶深知严氏父子的恶行及对国家的危害，图谋清除这一祸根。他深感己力尚不能摧敌，便采用"佯退"实攻的策略，以谋有利时机。他先是违心委曲侍奉严嵩，日渐讨得严嵩的信赖与好感。嘉靖帝后来逐渐对严嵩产生了怀疑，且知道徐阶非严氏的忠实帮凶与党羽，便密语下令推举进荐能辅佐朝中大事的官员。致使袁炜等官员被引进，严氏党羽吴鹏等被免官，但总体实力上，徐阶认识到自己仍非政敌严氏集团的对手，尚需继续伺机以待。

不久，都御史邹应龙上奏弹劾严世蕃，奏书中历数他贪财受贿、横行不法的罪行。且认为此为严嵩纵容包庇所致，又指斥严嵩排斥贤能，在朝中结党营私的种种恶行。并称所述若非实事，愿割首以悬竹竿，甘愿向严氏父子谢罪。嘉靖见邹应龙辞陈恳切、有理有实的奏书后，颇为动情，便诏令严嵩辞官归家。当邹应龙上奏后，徐阶却故意前往严嵩家，进行百般抚慰，以除戒心。严嵩一见，大喜过望，连连拜首称谢。回到家中，徐阶又故意痛斥儿子要他趁机"雪耻"复仇的荒诞谬论，说如此将使人们不将他当人看待，正因他是"严氏之党"，方须如此。这番话是故意说给严嵩密派探听动静的亲信听的，此番"佯退"，深深获得严氏父子的信赖。实际上，徐阶知道，严嵩虽受挫，而严氏党羽未伤根本，嘉靖帝仍对严嵩恋恋不舍，不愿立即恩断义绝，致使严嵩虽离朝，嘉靖帝仍致信问询不绝，便是表现。徐阶感到消灭敌手的时机仍未成熟，须继续"佯退"，以蓄己力。

至于严氏集团另一元凶严世蕃，一向恨徐阶，曾借酒发誓要取徐阶之头以解心中之仇。待到严嵩被皇上诏归，徐阶的种种慰藉与奉承，渐使严世蕃的怨恨消散，且认定徐阶不会与他作对，勿须防范，便更放肆地、变本加厉地纠集工匠大修馆舍，聚敛钱财。此时，袁州推官郭谏臣，因公途经严世蕃住所，见纠集民工修如此浩大工程，甚为惊讶。严世蕃见郭不仅傲慢无礼，且借故寻衅，加侮于郭。郭谏臣立即将此上告御史林润，林润便奏呈嘉靖帝，历数严世蕃委人占卜，在深山筑城，乘轩车，衣蟒袍，大有占地为王，谋反之举。嘉靖帝闻讯，龙颜大怒，朝中皆惊，遂下诏将严世蕃以谋反罪打入狱中，并交法司严审。

至此时，徐阶才认定清除严氏父子时机成熟，便上疏痛陈严世蕃不法之事早已核实。他还外通倭寇，阴谋作乱，以作内应，人赃俱在，罪不容赦。应速正典刑，以伸正义，以平人之愤。嘉靖帝立即准此奏，命即速将严世蕃及同伙罗文龙斩首示众，又将严嵩家进行抄家，没收财产以充国库，且将严嵩逐出京城。为祸数十载、盘根错节、结党营私、气焰嚣张一时、不可一世的严氏父子集团，终于被彻底击溃，徐阶行计也以全胜告终。

徐阶所面对的政敌、对手，是一伙玩弄阴谋诡计的老手，恃圣上（嘉靖帝）支持而有恃无恐，又因广结党羽而助其势焰。对暂时性的敌强我弱的局面，要置政敌于死地，一须智斗，二须时机，三须痹敌抛砖（即委身曲意侍奉，以博信任；不求以逼，而是"佯退"以示弱、示惧、示赖、示求，以痹敌待机）。然后，待严氏父子谋反作乱、勾结倭寇事发、真相大白于天下，嘉靖帝动怒以惩时，徐阶才真正竭尽全力推波助澜，历数罪行，将政敌集团彻底摧毁，从而引化出以正压邪、忠存奸灭的"美玉"之正果。

4．佯溃

所谓佯溃，即是在敌人面前，佯装故作溃败之态，以此"厚予"敌方以进攻之机会，待敌深入时，再伺机夺其势、歼其有生力量，挫败敌人。这是实施以"佯溃"之小败，易取歼敌之大胜，行佯"抛"其砖，而诱引出"美玉"的良方妙策，

事例：蜀军佯溃归汉中，魏兵中计失战机

234年春季，诸葛亮统率十万蜀军，第五次北伐曹魏，驻屯五丈原（今陕西岐山）。司马懿则率魏军驻扎渭水之南，与蜀军对峙。由于蜀军远来，劳师以待，务求与魏军速决胜败。诸葛亮便每天派人在阵前叫骂，激魏军迎战，甚至派人给司马懿送去女人衣服进行羞辱，使之恼怒出战。司马懿深知蜀军补给不足，势难乏师久留，便相持以待，拒不出战，以守为攻。却每日打探诸葛亮的生活、身体健康状况，料定他日夜操劳过度，食少事繁，病入膏肓了。当年八月，诸葛亮果然病累交加，卒于军中。蜀军

遵循诸葛亮所遗之计行事，首先是秘不发丧，以定军心；其次是"佯溃"向汉中撤退。司马懿获悉诸葛亮已身亡，便立即率魏军追击。蜀军"佯溃"之中，若见魏军追兵将至，则突然间将战旗倒转，速做进攻魏军之势，且紧擂战鼓。司马懿鉴于以往追击蜀军，曾多次中埋伏之计的惨痛教训，以为又是计谋，深惧诸葛亮仍活在人间，是在诱之以战，遂不敢紧追深入，只好引军回到营中，致使蜀军从容、安然撤退。待司马懿再欲率军追击，且获确切情报时，战机早已延误，蜀军已经撤得无踪无影了。

诸葛亮率军北伐，五出岐山，驻师五丈原却未能迎战魏军主力，魏军以逸待劳，本该取胜，此其一；诸葛亮出师不利，累死军中，致使主帅有谋却身先死，万军无主理应乱，魏军趁乱又该胜，此其二；蜀军后撤回川，本是败军求存，司马懿更该率师追击而获胜，可事实和结局却正好相反。诸葛亮足智多谋，用政治斗争权术之策，来指挥军事行动，从而用心理战术、攻心为上之策；"佯溃"而真攻之术，表面上"厚予"魏军一次又一次即将获胜之机，却一次又一次地"抛"小砖而引"大"玉：一抛"辱"军之"砖"，对阵叫骂、送去妇人衣服，羞辱司马懿，以挫伤魏军士兵的士气，从而先声夺"玉"；二抛秘丧之"砖"，诸葛亮累死军中，却秘不发丧，使魏军真假难辨、虚实莫测，既可固己威，又可使敌手步入囊中而取"玉"物；三抛佯溃之"砖"，蜀军撤兵，见魏军追至，先佯溃，后举旗倒转，紧擂战鼓，做真攻之势，魏军鉴于以往战争之教训，不敢深追而撤，敌人的错判、误断，终为蜀军赢得时间，安撤回川。从而以小技易大存，完"玉"归蜀。

第三，假忽真取，以小抵大，制胜之计在其中。

这种手法的重点是"抵"（换），即以抛出之小"砖"（假忽），而抵换、换夺其大"玉"（真取）。在实施这种手法中，行计者要针对敌人、对手在特定的政治斗争环境、氛围中，所暴露出的弱点、盲区、误识、错觉，及时以假忽之状，麻痹、稳住政敌，获取无害、利己、可利之印象，然后，再伺机察势，攻之不防、击之不备，以制敌而获胜。采用的具体手段，则有假失、假错、假疏、假乱等。

1．假失

所谓假失，即是指在政治斗争中，敌我双方激烈较量之际，为诱敌、引敌、骗敌、愚敌，行计者假作失败、失手、失利、失势之状，引其彻底暴露政敌的后台、实力、伎俩、意图、目标等，待窥知一清二楚之后，再制订决战对策，时机成熟，一发而肃敌。

事例：温峤酒醉施间计，王敦轻信遭愚弄

东晋初年，王敦率军占据长江上游的江陵一带地区，手中握有朝廷的重兵，早就有图谋叛乱、反叛朝廷的打算。当时，足智多谋、遇事善断而又忠于朝廷的温峤，在王敦的部下任左司马，目睹王敦野心日渐膨胀，深感忧虑与不安。温峤先是装出一副勤勉谨慎的样子，时时处处迎合王敦的心意行事，进授一些小秘妙计，以博取好感。故王敦对温峤也越来越器重，愈加亲密。此时，王敦身边还有一个心怀叵测的亲信人物，名叫钱凤，温峤为使王敦、钱凤不疑，主动与钱凤交往，常常称道他经纶满腹、才智出众，使钱凤听得满心欢喜。不久，晋朝的丹阳尹去世，温峤乘机给王敦献策出谋说："丹阳一地，地处咽喉重地，公应该自己选派人去做丹阳尹。"王敦听后，颇觉有理，便反问他："谁可胜任此官职呢？"温峤便顺势推荐了钱凤，而钱凤获悉后又举荐温峤，温峤假装极力推辞。王敦听信了亲信钱凤的举荐，立即向晋明帝司马绍上表，请求任命温峤为丹阳尹。丹阳地处东晋京师建康（今江苏南京）附近，王敦之所以要推荐温峤为丹阳尹，其本意是想用温峤来窥伺朝廷中的动静，以便自己好乘隙起兵反叛。对此，温峤心中深知，却故意深藏不露。但他恐怕自己走后，钱凤这个两面三刀的人物，在王敦面前挑拨自己，从而使清除政敌王敦、钱凤一伙的计划过早暴露而招致失败。温峤便在王敦为自己赴任丹阳的饯别宴会上，故意在酒过多巡后，站起来行酒作答，待走到钱凤身边时，还没等钱凤举杯，温峤便故意假醉而失态的样子，手脚错乱，行步摇曳，用笏板将钱凤头上所戴的头巾碰掉在地上，并且在口中喃喃大声吼道："钱凤是什么人，竟敢在温太真行酒时而故意敢不饮！"王敦一见此状，便以为温峤是真的酒后胡言乱语，便急忙将此二人拉开，进行调解。待酒宴散后，温峤离宴向王敦告别时，又满脸涕泪横流，待走出门后又折返回来，一连几次均如此，颇大有饮酒深醉难醒、精神恍惚、有失常态之状。见此，王敦更加坚信温峤是真的喝醉了，一切皆酒后所为，不足为奇。待温峤走后，不出所料，钱凤果然对王敦忠告、告诫说："温峤与朝廷关系甚密，更与庾亮的交情颇为深笃，此人不可信，靠不住啊。"又提醒王敦应对温峤严加防范，王敦却大不以为然，便对钱凤说："昨天温太真饮酒醉了，因此对你说话时动了一些声色，触怒于你，又何必因为计较这些小事来进他的谗言，说他的坏话呢？"自此以后，钱凤便不敢再在王敦面前说温峤的不是与坏话了。温峤到了东晋都城建康以后,便将王敦密谋逆反作乱的阴谋,如实而详尽地奏告晋明帝,并且在暗中与庾亮计划、筹备讨伐王敦事宜。后来,当王敦起兵叛乱之时,由于温峤、庾亮对此早有准备,便立即奉朝廷之命,起兵加以讨伐,最后终使王敦一伙的野心未能得逞。

温峤只身一人,独在密谋反叛的王敦属下为官,要破敌,首先须保存自己,便用"假奉(承)"、"假恭(顺)"、"假谋(计)"等,以博取王敦的信赖与不疑,为赴丹阳尹之任,开辟了道路。其次,对钱凤则是一拉二打三离间,即先密交、后举荐,再"假(酒)失(态)"而辱之,以引私怨,这样,钱凤进谗言便有挟私报复之嫌,而失王敦之信任。而"间敌",则免后顾之忧,赢得筹备破敌的宝贵时间。再次,上奏朝廷,下谋庾亮,密谋紧筹,使王敦叛起而不慌,讨逆而有备。这是温峤行抛砖引玉之计,击溃政敌集团,使用一抛"假顺"之砖以博信,二抛"假失"之砖以间敌,以赢得时机,"玉"成朝廷讨逆破敌计划的实施。

2.假错

所谓假错,即是指在政争角逐中,施计者用假装出错的办法,麻痹、愚弄、欺骗对手,使之做出误判、轻敌的决策,再一举乘虚反击,挫败政敌的策略手段。

事例:孙膑装疯以避害,庞涓大意留敌手

战国时期,孙膑与庞涓本是鬼谷子的学生,也是亲密无间的一师之徒。鬼谷子因孙膑聪颖好学,性格淳朴,便单独将孙膑先人孙武所著的兵书《十三篇》秘授予他,致使庞涓因未获而不知。两人学成后,庞涓先至魏国,出任统军大将,孙膑后到,便向好友谋事做，但共事后，庞涓方知孙膑从老师那里另有所获，便起嫉友恨师之心。他生怕孙膑的才华高出自己而获赏识重用，便先发制人，在魏惠王面前诬告孙膑里通敌国的恶状，并请魏惠王加罪于孙膑，处以剜掉双腿髌骨的残酷刑法——"刖刑"，让孙膑成为活着的废人。由于魏惠王的轻信，以及对庞涓的信赖，便遵此而施酷刑于孙膑。

孙膑身受残刑之后，先是庞涓将他关押在一个秘密的小屋里，并假殷勤地供食养伤。孙膑不知原委，对庞涓之举感激万分。庞涓乘机便向孙膑索讨《孙子兵法》，孙膑因无抄录手本，只能记得部分内容。庞涓便拿来木简，让他抄录成书，待抄书成册后，再将孙膑秘密困饿致死。庞涓打发来服役的童仆，因怜孙膑的无辜受害，才将真相告之。孙膑恍然大悟之后，便想出用假疯之计以瘅敌脱身，再图东山再起。当日晚上，孙膑便做狂乱疯魔之状，一会儿号啕大哭，不省人事，一忽儿又嬉皮笑脸，抓耳搔腮，过会儿又做出各种傻相，不是唾沫横流，便是衣衫零乱，说话胡言乱语，并将自己前不久亲手抄录的书籍简册翻出，用火焚烧掉，情绪喜怒无常、笑骂不定。庞涓一见此状，先疑他是装疯卖傻，为试验真伪，竟命人将孙膑扔进厕所的粪坑之中，孙膑虽满身屎尿，却在粪坑中爬行，好像什么也看不见、闻不着似的。接着庞涓又叫人送上丰盛的酒席，并欺骗他说庞涓不知此举，孙膑却两目圆瞪，大声怒骂狂叫说："你们想毒死我呀。"便将酒食打翻在地。随后又叫人拿来土块和污物，孙膑便抓过来吃得津津有味。庞涓这时才相信孙膑是真疯而精神错乱了，疑心渐消。又派人继续秘密监视，孙膑依然如故，每日发疯不止。

正在此时，墨翟（即墨子）的弟子禽滑厘，从魏国到达齐国，便将他在魏国见到的孙膑的状况，如实地告诉了齐的相国邹忌，邹忌又立即将此转告给齐威王。齐威王下令辩士淳于髡到魏国去聘问魏惠王，几经周折，才设法找到了孙膑的下落，然后秘密地将孙膑用车拉回齐国，孙膑得以自存而东山再起。此后在率齐军解魏赵联合攻韩之围，攻魏都大梁（今河南开封）时，与田忌一起，成功地运用"退兵减灶"之计，使庞涓进入齐军陷阱，兵败如山倒，拔剑自刎。

孙膑在身陷庞涓所设置的囹圄之后，待真相大白，为求自存以图东山再起，次为传兵法于后世，决计用"假错"的抛砖引玉之计谋，一抛"假疯"之砖，焚书（木）简册；二抛"错乱"神经之砖，似痹敌，使庞涓感其真疯而再无用处，减少注意力。所有这一切为以后的脱身魏国而去齐，打下了基础。最终，以"假错"疯乱之砖，引得了自存脱身奔齐，东山再起之机"玉"（遇）。

3．假疏

所谓假疏，即是指在政治斗争中，行计者故意假装疏忽某事以相诱，使政敌、对手（或潜在对手）上当、受骗，做出误判、错行，然后，再乘势寻机制伏对方。

事例：李林甫诱华山金，李适之疏遭帝怨

唐玄宗天宝初年，李林甫被委命为朝中宰相。此人心狠手毒、口蜜腹剑，惯于使用两面三刀的手段，将朝中凡是与之意见不合的官员，通统予以排斥、清除。当时，李林甫与李适之共同管理政事。李适之此人性格粗疏，说话办事直率不忌，李林甫想堵住他的嘴，同时更想拿住他的短处之后，以便任其摆布，自己则能独揽大权，便对李适之说："开元年间以前，每年由朝廷内府供给守边士卒的粮食、草料、衣服的费用，不过二百万。天宝以后，由于兵员逐渐增多，每年须支用一千零二十万匹绢，粮食一百又九十万斛。如此繁多的公私劳务费用，致使国库空虚，库存越来越少。倘若不开源节流，财源将会要马上枯竭。华山有金矿，如果开采出来，定可以使国家富强。但圣上还不知道此事，您何不向圣上奏明。"

李适之按照李林甫所吩咐的办法，向唐玄宗李隆基奏明了。唐玄宗就此事询问管事的李林甫，他却回答说："这事我早就知道了。但是华山是陛下的根本，龙脉与王气所在之地，如果贸然开采，将是不吉利的呀！"唐玄宗一听此言，认为他说得句句在理，处处维护圣上的根本所在，是忠于自己办事的。唐玄宗便对李适之说："你今后再奏事，应当先与李林甫商议后才是。"李适之只得哑巴吃了黄连，难以表白，难言其苦，更不敢向圣上奏明此事的底细与原委。为保住自己的官位，从此办事说话唯唯诺诺，再不敢在李林甫面前道个不字，致使李林甫施小技而顺利独揽大权。

野心家、阴谋家李林甫，是唐代著名的奸臣，亦是玩弄权术与阴谋诡计的老手。在实施此计时，他向政敌、对手李适之，一抛公私费用日巨，国库空库之砖；二抛华山有金矿可开采之砖；三抛故作假疏之状，要李适之奏明皇上以开采，以开辟财源之砖。结果，李适之中计，向玄宗呈奏此事，而皇上又询问李林甫，他则较之"明"一套说法（对李适之）而言，又对皇上来了"阴"一套。致使引来取悦、讨好玄宗，媚上之"玉"；又引华山有金矿自己早知，但系龙脉、王气所在，故不宜开采，一切均为维护圣上之根本，忠贞不贰之美"誉"（玉）；再引在皇上面前赢得较对手办事更周到、勤慎、忠诚的桂冠，从而政治身价倍增之"玉"，为独揽朝政大权、制驭政敌对手，铺平了道路。真可谓李林甫抛"假疏"小利之砖，而引出独揽大权之巨玉。

4．假乱

所谓假乱，即是指在激烈复杂白热化的政治斗争与角逐中，敌对双方各施其计，而为获胜的优势一方，却采用假做胡乱、错乱、狂乱之状，向敌手示弱、示乱、示虚，借以痹敌、耗敌、懈敌，分散政敌的注意力，然后，暗中加紧积蓄力量、组织进攻，一旦时机一到，予敌手以致命打击。即抛"假乱"之砖，以引溃敌制胜之玉。

事例：朱棣佯狂求避祸，建文犹豫失帝位

明太祖朱元璋死后，由孙朱允炆登基，即建文帝。建文帝的首要政治举措是削藩，将有的王废为庶人，致使诸侯王各怀恐惧。燕王朱棣为太祖第四子，精明干练，颇有政治头脑。为求自保，他采纳了姚广孝的主意，一面加紧操练部卒、补充军械；另一方面，为避祸与分散朝廷注意力，便"假乱"而诡称得了癫狂的不治之症，一会儿狂呼乱叫，奔跑于北平街市之上，公然在市上夺取酒食，口中胡言妄语；一会儿又卧倒在地，终日昏睡不醒。政敌对手建文帝仍不放心，派张昺、谢贵亲入燕王府打探情况。时值六月，北平时当盛夏，暑热蒸逼，朱棣却坐在炉火旁，还浑身颤抖，直呼喊冻冷。见到张、谢二人，才勉强扶杖起身相迎。这种情况，使张、谢二人大吃一惊，认为燕王也许真的有癫狂之病。

燕府长史葛诚却私下警告二人说："燕王本无病，千万不可轻信而松懈。"

时值燕王朱棣派人入朝奏事，结果被抓严审，将内中情状和盘托出。朝廷发布命令，遣人乘机除掉燕王，又密令北平都指挥使张信，活捉燕王。张信如实告知，朱棣立即下拜说："给我一家人生路的，是您哪！"朱棣马上与姚广孝商量对策，命令护卫指挥张玉、朱能等人带领壮士八百人入府保卫。不久，削夺燕王爵位与逮捕燕王手下官员的诏书发到。谢贵等人率领甲士包围燕王府，朱棣召来张玉问对付之法，决定智取。

第二天，朱棣宣布病已痊愈，出御东殿，在朝官僚前来祝贺。朱棣先命埋伏壮士于左右和端礼门内，派人去召谢贵、张昺。二人不至，又派属下的内官带着已草拟好的逮捕名单去了，张、谢二人只好前来。此时，朱棣拖杖坐下，设宴款待他们，还拿上不少瓜果，并说："刚才有人献上新鲜的瓜果，愿与诸君一同品尝。"朱棣先拿起一片瓜来，欲食又止。突然，将瓜片猛力掷地，口中怒骂道："如今在籍的普通百姓，尚且知道兄弟、宗族之间应当互相体恤，我身为天子的叔父，性命却旦夕不保。朝官竟如此对待我，既然事已至此，天下还有什么不可为呢？"朱棣边骂，边将瓜摔掷于地上。暗藏的甲士见此信号，立即一拥而上，将张昺、谢贵及作为内应的葛诚、卢振等人捉住，斩于殿下。朱棣抛开手杖站起身来说："我哪里有病？迫于奸臣陷害，我不得不如此呀！"随同谢贵等人前往燕王府的军士，由于被拦截在府外等候，不知府内有乱，天色又晚，遂多自散。待张昺等人被杀消息传出，北平城中大乱。都指挥使彭二见势不好，跨马奔呼于市中，召集散乱军士,却仅得千余人。双方经过战斗,朝廷之兵大多乘机作鸟兽溃散,朱棣很快平定了北平的局势。次日,朱棣兴师问罪,率军直向南京讨伐建文帝。经四年激战,以朱棣获胜告终。朱棣登皇帝位,号永乐,并迁都北平。这便是有名的明成祖"靖难之役"。

这是中国古代众多用计谋夺帝位的成功事例中,运用"假乱"佯狂的抛砖引玉手法,颇为典型的代表。朱棣面对政治强敌、错综复杂、瞬息万变的政治形势,他一抛佯狂"假乱"之砖;二抛借病积聚兵力器械、扩充实力之砖;三抛病愈借机除"潜敌"之砖,从而为扫平道路、安定后方、剪除隐患,奠定了坚实稳固的基础。这就顺理成章地引来了举起"靖难"讨伐之旗;且"玉"成了登帝位、成大业政治目标的实现。

三、择机有度 制敌于懵懂中

在尖锐、紧张、激烈、复杂多变的政治斗争中,抛砖引玉之计被广泛使用,无论是多谋善断的政治家,抑或是心怀叵测、另有图谋的野心家、阴谋家,为着实现、达到某种特定的政治目标、政治意图,都会以不同的手段、方式、伎俩,将抛砖引玉之计,加以"创造性"地发挥和使用。当然,抛砖引玉之计的实施、应用,须具备相应的条件与范围,施计者更需具备足够的实力、灵活多变的技巧和控驭能力,才能将"抛"、"引"的力度、强度、范围、内容、发展态势掌握好,尤以实现目标的"机"(时机)、"度"(客观变化的临界线)的调节,最为首要。否则,将难以收到预期效果,实现既定政治目标。甚至可能导致适得其反的助敌恶果。在中国古代的千变万化的政治斗争激流中,无论是政治家,还是阴谋家、野心家,都非常注意此计应用的特定范围。

第一,在敌国之间。

中国古代,在敌对国家之间,有实力相当者,也有国力对比悬殊者。其中,有强国,亦有弱国;有大国,更有小国。无论强弱国家之间,或者大小国家之间,在彼此进行政治、军事、外交斗争时,均可以对之使用抛砖引玉之计。由于敌对国家之间,彼此防范甚严,加之客观条件、环境变化迅速急剧,敌对情绪的存在与增大等等,势必会给施计者带来重重阻力。因此,使用此计,并要获胜,这就要求使用抛砖引玉之计的一方,具有相当高的水准。不仅要使抛出之砖,敌国能够接受,并能正中其下怀,投其所好,这样才能"相诱"之,使之吞饵上钩,上当受骗,然后伺机引玉,制击敌手。尚有更高明的用计者,还能将自身的不利条件化为有利因素,能在隙中求存、死里觅生,最终使"类诱"者"饵"失钩断、"砖"毁人亡,自我反败为胜。

1. 弱国对强国的使用

弱国与强国之间,由于国力相悬,致使弱国在对远比自身实力强大的强国施用此计时,首先,须向对手抛出示弱又无害之砖以相诱;其次,则抛出可利、可用于敌方之假砖,然后,再以政治、军事、外交手腕,三管齐下(实际上,军事、外交不过是政治手段的延伸与补充而已),创机造势,一举引"玉",实现预期的政治目的。

飞龙在天或见野

事例：刘渊抛兵助之砖，刘宣引复国之玉

西晋初年，晋武帝司马炎封匈奴人刘豹之子刘渊为匈奴左部帅。刘渊自幼俊聪好学，广览经史。长成后援骑善射，武艺超群，性爽气豪，为人轻财好施。在被委命前，西晋朝中便有臣下向武帝声称，刘渊非我族类，其心必异，此人才气无双，不可委以重任。晋武帝没有听从此谏。刘渊任左部帅后，匈奴五部首领和幽州、冀州一带的名儒都与他交好，往来密切。他的从祖父刘宣便对族人说："自汉朝灭亡以来，我们单于徒有虚名，无有尺土可据，与齐民编户一样。现在我们人数虽然不是很多，但是也有二万人，为什么要徒手受奴役呢？现在司马氏骨肉相残（系指晋惠帝时期的八王之乱），四海沸腾，恢复呼韩邪单于的事业就在此时。"便推举刘渊为大单于，又派呼韩攸到邺城转告。刘渊在得知被推拥为大单于后，便乘机向晋朝廷请求回归本部落，晋惠帝并没有允许他的请求。当时，正逢成都王司马颖要作乱反叛朝廷，刘渊就先派呼韩攸返回部落，召集五部人马，声言要出兵帮助司马颖。刘渊在邺城说："现在方镇专横，恐怕宿卫之士不能抵御，请放我回去带领五部来保卫朝廷。"朝廷便放他回去了。刘渊回到左国城以后，刘宣等人便给他加上了大单于称号，二十几天时间，人马便增至五万之众。晋惠帝建武元年（304）十月，在离石（今山西）定郡称汉王。刘渊对部下说："我是汉氏的外甥，约为兄弟，兄终弟及，不是很好吗？大丈夫应该学汉高帝、汉光武，岂能效法魏、晋在孤儿寡母手中取天下。"便在永嘉二年（308）称汉帝，建都平阳（今山西临汾）。史称其国为"汉"——前赵。

刘渊以一弱国待位之主，被强国羁留之身，成功地运用抛砖引玉之计谋,乘强国之内争、自乱,一抛相助成都王起兵反叛之砖相诱;二抛引兵保卫朝廷之砖以作饵,对内乱双方,左右开弓,两面出击讨好,引其上钩以自脱。然后,回到左国城后立即集聚部众兵马,一举称王立都,随之再称帝立国。运用政治、军事、外交等手段,避其强敌之害之锋,得以在政治斗争的夹缝中求生存,实现称帝复国之"玉"(预)定政治计划。

2.强国对弱国的使用

强国的国力充盈、兵力强大,要击败弱国与小国,易若反掌。然而,强国在强大中亦有其弱,弱国小国在弱小之中更有其强。因此,强国在与弱国的政治、军事、外交的斗争较量中,也得仔细盘算一番,应力图以最小最少的代价来换取最大最多的胜利。因而,抛砖引玉之计,常是强国引诱贪婪、残暴、自信而又愚蠢的弱小敌国之君的香饵,伺机让其上钩之后,再乘其沾沾自喜、自欺自骗之时,一举进攻而予歼灭,待敌醒悟时,方知上当。可见,这是政治斗争中弱肉强食的最佳伎俩。

事例:强秦慷慨送金牛,弱蜀开路引秦师

战国时期,蜀国是一个既小又弱的小国,因其地处僻远之壤,入蜀之道艰险而漫长,故诸多大国虽对它的富庶垂涎欲滴,却终因兵无所至、鞭长莫及而束手无策,只得拭目而忍其存。蜀国虽小而能长期自存。

蜀国北部边界相连的是强秦之国,到秦惠文王时(前337—前311),便利用蜀侯的贪婪之欲与蠢行愚智,设计、运筹了一条抛"金"砖香"饵",而钓引蜀侯上钩,再夺取蜀国之地,以引"玉"的妙策。秦王探侦得悉,蜀国有五个大力士,俱有神力功夫，举国上下皆颇为钦敬，便命人用生铁铸造成五个大铁牛，放在秦蜀两国交界的边境地方，且派人四处扬言说，此铁牛乃是天降神牛，每天能遗出五斗的金矢（屎），且天天不断，具有神功妙力，价值连城。有此神牛之后，致使秦国更富，民人皆惊且喜，等等。借以招引起蜀侯的贪欲与夺获肥己之心。

与此同时，秦王还估算推测时间，借在秦蜀交界的边境一带打猎之机，故意装作偶尔与蜀侯相遇时，便向蜀侯谈及石牛（即铁牛）之事，且立即送赠给蜀侯许多金子，蜀侯问及来处，秦王则告知此为神牛所遗。蜀侯为报秦王的馈赠之礼，便送了一把蜀国的国土给秦王，以相答谢。秦王得到蜀侯的国土回赠后，却又佯作十分慷慨大方的样子，答应贪得无厌蜀侯的无理要求，表示愿将天降于秦国的五个能遗金矢（屎）的石牛送给蜀侯。蜀侯一听，真是喜出望外，美不自禁，一再感谢秦王的厚赠。秦王以无力搬运为名，要蜀侯派人来边界来搬取。蜀侯不知是计，连连答应，认为他们能够搬走石牛。蜀侯回国之后，急欲得取这每日能遗金矢（屎）的石牛，便派这五个大力士开通前往秦国边界的道路，准备取回这五只石牛。

五个蜀国的大力士，历尽艰险，终于带兵将蜀国首都通往秦国边境的道路开通了，也真的将石牛搬运到了蜀国，发现石牛的肚子里确实藏有很多金子，也是扬扬得意，却不想诡计多端的秦王派军队沿着搬运石牛的道路进军，很快便打到了蜀国，夺占了蜀国的首都，活捉了蜀侯，不但将这些石牛与金子全部收了回去，而且灭蜀，并且将蜀地划为自己的属部。

这是贪妄、愚昧的小国蜀侯，因贪得遗金矢（屎）之石牛，而吞金钩、食香饵，而误中强秦所设政治"金色"圈套，招致身亡国灭惨剧的历史典型。

第二，在君臣之间。

在中国古代君主专制制度之下，以"君为臣纲"为政治准则，君主握有对臣下生杀予夺的绝对支配权力。为了打江山、定社稷，任何君主均需要有一批文武双全，能够忠心耿耿的臣僚。与此同时对于任何敢于谋反作乱的臣下，一定及时加以清除，这自不待言。夺取天下之后，为防止功臣居功自傲、功高震主，形成尾大不掉的局面，大杀功臣、谋士，屠戮权臣的开国之君，亦不乏其人。这正好印证了"兔死狗烹"、"鸟尽弓藏"的信条与准则。也有一些权臣为求自保，或急流勇退，或引祸自存，甚或以自污而求生，以除君主之疑心，等等，不一而足。他们分别实施与运用抛砖引玉之计，以类相诱、以高官厚禄香饵美食作钓物，引其上钩。或以子作质，自扑罗网以灭势，使君王消疑而求生。总之，各抛其"砖"，亦各求护自己所引之"玉"。

1. 君主对权臣之间的使用

君主与臣僚的政治关系，一向十分微妙，既有相辅相成的一面，但更多的是相克相制的一面。虽然也有权臣挟天子而令诸侯的状况，但更多的是君要臣死，臣不得不死；主叫奴（才）亡，奴（才）不得不亡的专横。至于对权臣，君主对其忠心始终持将信将疑的态度，对其才华则是妒用参半，对其手握之权更是骨鲠在喉，不吐不快，对其功劳亦憎有震主之嫌，故势必乘机度势而夺之。更有甚者，则是国立而臣（权臣）灭。探究君主对权臣实施"抛砖引玉"之计，以达巩固君权政治目的过程中，行使的"抛"、"引"手段，政治伎俩及循行的政治行为轨迹为：一是"招"（招募），二是"引"（引荐），三是"用"（使用），四是"赏"（赏赐），五是"封"（封官、封侯），六是"荫"（荫子），七是"制"（制驭），八是"惩"（惩治、惩罚），九是"诛"（诛杀），十是"灭"（灭族）。总之，处处体现了"软"、"硬"兼施，"赏"、"惩"并用的特点。

事例：越王抛遗属镂剑，文种七谋无自裁

越王勾践率越军灭吴复国以后，范蠡不辞而别，大夫文种见势不妙，便抱病不朝，却遭朝中奸臣诬陷，并对越王说："文种自以为有功未得封赏，心怀不满，怨恨大王，才借故不朝。"越王深知文种才能超群拔众，在灭吴中未能派上大用场，故有余勇可用。如不加以制驭诛除，定会成为国之隐患，成为朝中的"定时政治炸弹"。如今感到时机已到，便以探病之名为由，乘辇前往文种的宅府。勾践进屋后，先解下佩剑，后落座问病。他看了看文种以后，便说："爱国的仁人志士，从不忧虑个人的身家性命，所忧虑的是自己的理想抱负不能实现。您有七套智谋，我才只用了其中的三套，就足以灭吴国而使我登上了越王的宝座。如今还剩下的那四套计谋，想用到什么地方呢？您愿意为我谋算已埋入地下的吴国先人吗？"说完，也不等文种答话，就乘车离去，有意将宝剑遗留在座位的旁边。

待越王离去，文种则取过长剑一看，剑名叫"属镂"，即是吴王夫差赐给伍子胥自杀的那一把。文种哀叹道："古人有云：'大功大德往往得不到好报。'我后悔当初不听范蠡大夫的话，以致落到今天的下场。"接着又大笑着说："百世以后，有论古人优劣的学人,一定拿我和吴国敢于冒死直谏的忠臣烈士伍子胥相提并论。这是我的光荣,死了又有何恨?"说完就用剑自杀了。

这是越王勾践在功成霸业、复登王位之后,故抛"遗剑"以诱迫权臣"自灭",而引诛除政治隐患之"玉"的典型事例,也是权臣助君完成霸业,而心存旧幻、另展新图,以致误中君王政治圈套而自寻末路的历史悲剧。

然而,历史既有悲剧,也更有君臣同演的喜剧。且高明的君王,为激励忠臣义士,更施"抛砖引玉"之计,导化出群臣争相"效死"的忠烈场面。

事例:美人宴席遭调戏,楚庄绝缨得死力

春秋时期,楚庄王有一次设宴待群臣,命得宠美人劝酒。突然,风过烛灭,宴席顿时漆黑。那位美人正席间劝酒,黑暗中不知被谁拽住衣袖,情急之中,她拉断这个臣子系帽的带子(冠缨)。随即奔回楚王身边,哭诉被人调戏经过,且说已将冠缨扯断,再点蜡烛,即可寻找。楚王却颇不以为然地说:"怎么能为了显示妇人的贞节,而使臣下受到污辱呢!"便在黑暗中大喊:"适逢盛宴,诸位要开怀畅饮,谁的冠缨不断,谁就是没喝好!群臣为讨楚王欢心,纷纷把自己的冠缨扯断。等蜡烛重新点燃时,大家的冠缨都断了,那调戏美人的人,自然也就蒙混了过去。及至后来,楚军围郑之役时,有一武将奋勇当先,五次交兵就斩首五人,使敌人闻之丧胆。楚国则最终取得了胜利。后来才知道,这人就是那晚被美人扯断冠缨的臣子。

这是楚庄王趁宴抛出"绝缨"之"砖",既诱群臣助兴以乐,更得文武争趋归君王之心,从而消疑释虑,弥合君臣之间可能引起的间隙与误解。转激群臣争相"效死"之情、报国之志、忠君之绪。伐郑围城之战表明,楚王此"砖"却引来喜人的战果与"效主"之"玉"。

2. 权臣对君王的施用

权臣对君主而言,既有报效、辅佐的一面,更有在政争中彼此争权夺利、图保自存的利害冲突。权臣既要效忠君王,建功立业,又要不致功高震主、引起君王猜忌难以求存,便广施抛砖引玉之计。在建立勋功大业之后,为防帝王对己有"难驭"之嫌,"二心"之不测,他们多抛身家妻儿性命之"砖",委作君王身边的"人质"、"活口",以迎引夹缝求生、身家作保以延命的护身"玉"符。

事例:寇恂自谋安身计,光武得质释疑心

东汉初年,光武帝刘秀建武年间(25—56),守卫河内(今河南黄河以北、京广线以西地区)、拥有军政大权的权臣寇恂,便是施用抛砖引玉之计,消除君主疑心、避其嫌乱的成功者。当时,刘秀北伐燕、代之后,寇恂守在河内,选练士卒,检修武备,甚得民心与拥戴。在破了苏茂的军队以后,更是威震邻敌。正是由于寇恂对河内的治理卓有成效,河内郡成为刘秀中兴大业巩固的根据地,军粮转输,前后不绝。刘秀几次派人来慰劳问候,以示倍加关怀、爱护之状。一见此状,茂陵人董崇便对寇恂说:"皇帝刚刚即位,四方尚未安定,而您占据大郡,内得人心,外破强敌,功名卓著,这正是谗人侧目怨祸的时候。过去萧何为汉高帝守关中,高帝也曾经几次劳问他,实际上是高帝已经有了疑心。经过鲍生劝说,他把自己的儿子、兄弟等能够参军的人都派到了高帝的军中。而今天,君侯所属的诸将,都是您的宗族兄弟,正应该以前人为借鉴。"寇恂便向刘秀申请跟随出征,刘秀却说:"河内没有安定,你不能离开。"为了避免刘秀猜忌,寇恂便完全依照了董崇的建议去做,立即派侄子寇强、外甥谷崇到刘秀军中为先锋。刘秀果然十分满意,便再也不像从前那样频繁地派人劳问寇恂,以探虚实了。

这是权臣寇恂,将君主刘秀对他所施"无功受禄"以探动静、以辨忠奸的政治伎俩,加以识破之后,便立即先抛跟随出征之"砖",却被刘秀拒收;又抛侄子、外甥充作君王军中先锋之"人质"之"砖",刘秀则喜纳胜收。这样,新君既可以此"活口"生死存亡相要挟,逼权臣就范、根绝谋反作乱之野心;权臣寇恂则以此"人质"作保相押,共同与君主玩这场政治游戏,致使政争中"棋盘"上的"对手"相防,而化为政治赌场上的互有输赢胜负、自寻其乐、舍予共存的"赌徒"、"博友"。君主刘秀对寇恂的嫌疑大释,而权臣寇恂头上笼罩的叛云骤散。终引潜存君臣对抗之"干戈",化为同赌共玩、互得助济之"玉帛"。

第三,在臣僚之间。

作为官僚群体本身而言,中国古代共同侍主御君的臣僚,有着某些共存的利害关系。然而作为群体内部,官阶有高下之分、权力有大小之别、威势更有强弱之差。趋利避害、追名逐利、加官晋爵、光宗耀祖,则是跻身仕途之人的同一心愿。人品有忠奸、君主有贤愚、弄权有巧拙、行计有直隐,用谋更有得失之差。结果是臣僚之间为企达某种政治目的,行计者绞尽脑汁,所抛出之

"砖",却未必能引化出美"玉",倒有可能导致砖碎人亡、玉焚瓦碎的苦果。因此,在本来就日常惯用政治权术伎俩、人鬼兼作的官僚群体中,要施用"抛砖引玉"之计,且获成功,就不仅要具备"道高一丈"的素质,而且还须在"与狼共舞"中,以活羊香饵相诱,用自己故作乱步狂蹈相惑,使之上钩被骗,在翩翩中陶醉被擒。使政敌对手在猝不及防中,含玉而死。

1. 忠臣对权奸之臣的使用

中国古代的权奸之臣,既是诸多冤狱错案的制造者,更是政治斗争中兴邪风作恶浪之人。他们一是能媚上讨好,深得皇帝及上司的信赖和赏识;二是能纵横捭阖、左右开弓,善于玩弄阴谋诡计,故施阴计却又多找替罪之身,专事诬陷却又伪作公正君子,置人死地却又佯装救人解悬;三是最善伪装巧饰与窥人隐私以作他日制驭之柄;四是心狠手辣与拉帮结伙。因此,忠臣施计对付他们,一要用手中之权柄;二须工于心计,抢在阴谋者的前面;三是以其人之道还治其人之身,亦善抛巧"砖"而引美"玉";四是要以得道之身,引其多助,即正直群臣、同僚的声援与支持,以夺奸敌之势,以间帮伙之徒,使诡计阴谋不得以逞。

事例:狠刘瑾谋杀政敌,智阳明投江避祸

明正德初期,宦官刘瑾深得明武宗信赖,专权横行。正德元年(1506),正直御史戴铣因上疏论刘瑾罪,而被谪发边疆。在戴铣蒙冤之后,兵部主事王守仁上书论救,为其辩白,奏书中言辞极其恳切。刘瑾知悉后大怒,便矫诏以假皇帝之名,责打王守仁五十大板,直打得王守仁皮开肉绽,多次死而复苏,随后将他谪贬为贵州龙场驿丞。王守仁被贬官后,刘瑾仍然是耿耿于怀,不善罢甘休，必欲置之死地而后快，以绝后患。权奸刘瑾便暗中派人在道途之上，伺机谋杀王守仁。而当王守仁赴贵州路上，行至钱塘时，自知刘瑾心狠手辣，不肯轻饶于他，亦不免一死，便施展"抛砖引玉"之计，抛出"投江"之"砖"，而引发"脱死"匿身之"玉"。便乘黑夜假装投钱塘江自沉而死之状，故意将鞋子、帽子浮在江水之上，并作遗诗一首，诗中则有"百年臣子悲何极，夜夜江涛泣子胥"的悲愤欲绝、不愿苟活人间的句子，以示与亲友故旧作诀别之留赠。次日，浙江藩臬及郡守杨孟瑛见遗物、留诗，对王守仁投江而死都信以为真，并在江上祭奠他的忠魂。王守仁的家人则身着丧服，进行祭奠，以悼亡灵。此时的王守仁，却早已隐姓埋名，进了武夷山中。不久，因怕连累家中的老父，才到驿站去赴职就任。刘瑾的阴谋暗算却始终未能得逞。到后来，权奸刘瑾一伙事败被诛，才得以复官。

2．权奸之臣对直臣同僚的施用

权奸之臣手握大权，又深得帝君的信赖，为清除、诛灭、惩治擅权的障碍政敌直臣同僚，往往好施"抛砖引玉"之计。或抛嫁祸之"砖"，或阴出其策，待事败密发，却又佯装不知，假持阳道正义，从而引来诛杀直臣、灭其政争对手，又在帝君面前留下秉公持正之美"玉"（誉）。

事例：奸诈严嵩巧谢罪，诚实汝夔失其首

明嘉靖年间，内阁首辅、老奸巨猾的权臣严嵩，乃是惯用"抛砖"，以类相诱政敌权臣、两面三刀，待其上钩后则诛灭之（"引玉"）的政坛老手。

嘉靖二十八年（1549），北方蒙古俺答部屡次进犯，率部逼近都城京师（今北京），内阁首辅、权奸严嵩不做任何迎战敌军的准备，却又故意对兵部尚书兼督团营的丁汝夔说："士卒力量弱小，难以与俺答争胜。都城是近地，败兵不好收拾。当令诸将坚守，不要出城。敌寇目的在掠夺财物，足了自退。"诸将便以为："有禁令不要出战。"俺答退兵以后，民间皆归罪于丁汝夔，嘉靖帝遂以惧战自守、拒不出战的罪名，下诏逮捕丁汝夔。严嵩恐怕前谋败露，便欺骗丁汝夔说："莫要害怕，我为你想办法。"丁汝夔对此信以为真，便不自诉辩白其冤，严嵩得以自保，丁汝夔却被判处死刑。丁汝夔临刑时大呼道："严嵩害了我！"遂被斩首示众。严嵩用计之奸诈，致使清除政敌直臣的诡计以此得逞。

严嵩为诛除直臣政敌，在施计过程中，他先抛固城自守之"砖"，以获丁汝夔之信赖与不疑；继抛事败后为了设法圆通之"砖"，以此作为诱丁之香饵、上钩之钓食，使丁不伸其冤、不辩其诬，至死方才醒悟，方知上了严嵩的当、误中其政治圈套，然为时已晚，终于成为严嵩施计成功祭坛上的牺牲品、供品。严嵩在抛"砖"设钩之后，却由此引来在嘉靖帝面前事败不露、秉公执法之美"玉"（誉），更引来敌诛臣灭、大可陷直养奸之难逢机"玉"（遇）。

四、乘隙造势　一举攻其不备

抛砖引玉之计是三十六计中的第十七计，也是"置敌于死地"的攻战计中的重要计谋。正因如此，处于优势地位的施计者们，往往施用此计，然后在尖锐、激烈、复杂、矛盾交错的政治斗争中，对政敌、对手乘隙造势，伺其心理上的懦弱和缺陷，进行攻击，类以相诱，诱之香饵，钓其贪欲，瘵其斗志，衰其心性，抛以假砖，而后使敌、逼敌、驱敌、诱敌，引敌懵懂上当、上钩、入网、进圈、挂套，再一举攻其不备，而置之死地。总括起来，这种计谋在政治上应用有如下基本特点：

第一，就抛砖引玉之计在政治上应用目的而言，具有假象性、易取性的特点。

所谓假象性，即是指施计者在以类相诱，使政敌对手在吞饵、上钩、中计的过程中，所掷抛之砖，颇具利、功、得、权、势、封、赏等诱惑性、吸引力，一旦他们花最小的代价，甚或无偿获取这些唾手可得之物时，不知其中均为带钩之饵、含毒藏针之香物。因之，对被施计者而言，它具有欺骗性、假象性、麻痹性等特点。待吞下之时，方知已上钩上当，然仍处于懵懂、侥幸之中，真正觉醒时，却为时已晚，木已成舟，祸已临头，败局已无可挽回。

所谓易取性，即是指用抛砖引玉之计的政治家、野心家、阴谋家，在政治斗争中，为战胜政敌，置对手于死地，以"抛"出诱物（或人、或财、或官爵、或封赏、或地盘、或权力等）来招引敌人，方能引敌上钩进套，然后，再引出美"玉"，达到特定的政治目的。这一"抛"一"引"之间，均以相类之诱物作为媒介、中介、黏合剂，方能成功。因此，确实是以最为低廉、普通、实惠之"砖"，来易（交易）取（夺取、换取、骗取）质高物罕的美"玉"。

第二，就抛砖引玉之计在政治上作用而言，具有引诱性、偿还性的特点。

所谓引诱性，即是指整个施计用谋过程中，为希望得到的美"玉"（即实现政治目的），必须首先要抛出"砖"，而这种"砖"，并非寻常之土砖、火砖、碎砖，而是色、香、味、形俱佳的"肥砖"，使贪得无厌、见利忘义之徒，政争中的政敌、对手及同伙，见"砖"眼开、爱不释手才行。因此，所谓抛砖，即是置放"诱物"之巧举；而"引玉"，则是以"诱物"在使敌人上钩吞饵之后，顺势钓取、收网，然后制灭，"玉"成用计者所要实现的宏图大事。

此外，在作用上，抛砖引玉的偿还性特点，亦十分突出。一个以物相诱、以饵相招、以利相偿于政敌；对手则在陶醉中，甘愿以物、以地、以权、以人、以官、以爵禄相报，以图获更大更多更丰的利益。结果，却在偿还中，因小失大、因末失本，因贪失身。

第三，抛砖引玉之计在政治心态与智道效应上，具有迷惑心理（引诱易夺）、征服效应的特点。

在紧张、激烈、残酷、瞬息万变的政治斗争中，敌对双方，无论是敌国之间，抑或君臣之间、臣僚之间，彼此防范、戒备甚严。要施用抛砖引玉之计，施计者首先要突破、打碎的障碍、心理"外壳"，便是上述的防范戒备心理。要做到这一点，则必须使"诱物"和所要达到的引"玉"目的均要有迷惑性，使政敌、对手在迷茫中中计上钩，且在懵懂中落入圈套。这种迷惑心理，既是引诱易夺，更是乘迷就惑而达到政治目的所致。

　　此外，在就抛砖引玉之计本身的智道效应而言，施计者在用计上，较之政敌、对手，必须先发制人，同时又要有居高临下、制驭全局的本领。因此，抛"砖"与引"玉"过程及目标的实现，均须要有征服意识与强制的手段，才能保证成功。

擒贼擒王

——摧坚夺魁　陷之道穷解体

本计云："摧其坚，夺其魁，以解其体。龙战于野，其道穷也。"其大意是：摧毁敌军主力，抓住它的首领，这样就可瓦解它的整体力量。这种状况，就好像龙离开大海，让它到陆地、野外去作战，面临着绝境一样。

"擒贼擒王"一语，出自唐代著名诗人杜甫的《前出塞》一诗："挽弓当挽强，用箭当用长。射人先射马，擒贼先擒王。杀人亦有限，列国自有疆。苟能制侵陵，岂在多杀伤。"对此，《古今图书集成·戎政典·戎政总部总论七》中，对擒贼擒王所加按语说："此杜甫《出塞诗》语也。'射人先射马'一言，虽诗人吟咏之语，然亦制胜之要法也。御敌者不可不知。"究其本意，擒贼擒王是指抓贼要先抓住贼中的贼王，即首恶分子。它形象地比喻凡做事先要抓住关键，必须要先抓住或处治主要人物。具体到军事计谋与指挥艺术上，则是指军事活动与作战中，应首先歼灭敌人的主力或主要的指挥人员，借此影响和动摇敌人的全军斗志、士气，进而使敌人遭到彻底失败。随之则衍化为，凡做事、决策、处置，在多头绪众纷繁的状况下，则必须先抓住与解决主要的问

陈玄礼明察祸首,引怒卒一举锄奸

题、矛盾，解开最大的死结，然后，其他诸多问题与中小疙瘩，便会迎刃化解了。

一、龙战于野　穷途末路之际

《周易·坤卦第二》云：坤：元，亨，利牝马之贞。君子有攸往，先迷；后得主，利，西南得朋，东北丧朋。安贞吉。《象》曰：地势坤。君子以厚德载物。

【一爻】初六，履霜，坚冰至。《象》曰："履霜坚冰"，阴始凝也。驯致其道，至坚冰也。

【二爻】六二，直方大，不习无不利。《象》曰：六二之动，直以方也。"不习无不利"，地道光也。

【三爻】六三，含章可贞，或从王事，无成有终。《象》曰："含章可贞"，以时发也。"或从王事"，知光大也。

【四爻】六四，括囊，无咎无誉。《象》曰："括囊无咎"，慎不害也。

【五爻】六五，黄裳，元吉。《象》曰："黄裳元吉"，文在中也。

【六爻】上六，龙战于野，其血玄黄。《象》曰："龙战于野"，其道穷也。

据秘本兵法《三十六计》原文记载，擒贼擒王计是由坤卦哲理推演而来的。卦云："龙战于野，其道穷也"，是坤卦上六爻象辞。爻辞："上六：龙战于野，其血玄黄。""象曰：龙战于野，其道穷也。"意思是说：两条龙在野外战斗，流着黑黄色的血，这是穷途末路的凶险时刻。

乾卦与坤卦是对卦，二者性质完全相反。乾为纯阳之体，其每一爻都用中华民族的图腾标志"龙"来象征。实际上，六十四卦中，凡是用来象征龙、虎的，都是阳爻。中国有关龙虎的成语，如龙骧虎视、龙行虎步、龙盘虎踞、龙腾虎跃、龙吟虎啸、龙争虎斗等，也都是用来形容刚健、骁勇、强悍、暴烈的阳性状态的。坤乃纯阴之体，按理不应当用龙来象征。其初爻至五爻，也无一字涉及龙，为什么到了上六爻，一下子出现了两条龙呢？这正是乾坤二卦阴阳变化的奥妙之处。坤卦全部是阴爻，到上六已达到阴的最高位，又当位，其阴气已盛到极点。阴极必阳，上六之中已含有乾阳之气，但上六阴恶至极，疾阳如仇；体内刚生一点阳气，通体阴气便逼之而出，化为上九亢阳暴戾之气。内阴毒而外亢阳，上六的凶残强悍，比乾卦上九亢阳有过之而无不及。所以，坤之上六便成了阴爻中唯一的一条龙，并成了坤卦的主体。从上六到上九的转变，是由阴至阳的恶变。阳已产生，但阴不肯让位，阴阳之间势必爆发一场生死搏斗。因此，上六阴龙的有形存在，本身就意味着还有一条无形的阳龙存在。坤为地为原野，所以爻辞象辞说"龙战于野"。古人认为天之色为玄，地之色为黄，故有"天玄地黄"之说。天为乾，地为坤；玄指阳龙，黄指阴龙。上六爻辞的"其血玄黄"，是说原野上流着黑黄两种颜色的血，暗示二龙恶斗，两败俱伤。由于阴极反阳是大自然不可抗拒的法则，上六阴龙尽管凶险，但毕竟已至上位，无路可退，所以上六象辞说"其道穷也"，意思是阴龙已到了穷途末路之际了。

在真刀真枪的战斗中，占得坤之上六，是不太吉祥的。一般说来，阴阳刚柔互相制化是人情物理的自然法则，但其间也有区别。以刚制柔难，以柔化刚易。因为，柔之被制出于无奈，而刚之被化心甘情愿。世间之物大都是阴阳互体的，阴中有阳，阳中有阴。但阴中的含阳量与阳中的含阴量，并不是对等的。为什么刚则易折、柔则长存？为什么阴柔的生命力要比阳刚长久？因为阴中的含阳容量，要大于阳中的含阴容量。阳中之阴少，其阴易于耗尽；阴中之阳多，其阳不易告罄。因此，阳对于外在之阴的需求量，要大于阴对于外在之阳的需求量。这在乾坤二卦的上九、上六中，也可得到说明。乾卦到了上九，便是亢龙有悔。上位无位，立即退位转化为阴。这个由阳转阴是自然的转变，出于乾阳本身的需要；因为乾阳到了上九，阳中之阴已经耗尽，急需外在阴气来维持生命。坤卦到上六，反而更加凶脸，成了坤卦的主体，上位有位，坚不让位。其由阴向阳的转化是一场恶变，要经过浴血奋战，拼死搏斗。因为坤阴到了上六，阴中之阳并未衰竭，不需要外在之阳来补充元气，由阴转阳也不是它本心所愿。看乾之上九与坤之上六，就可知由阳转阴易，由阴转阳难。也可知新旧事物的交替变革时期，玄黄之血难免要并流成河。乾阳为新事物，坤阴为旧事物；新事物既为乾阳，躁进便是其本性；进而至上九，难以为继，必然要向坤阴旧传统伸手求助。因为新事物若完全割断自身的历史基础，其生命也就到头了。向传统回归，是新事物继续发展的内在本身要求，自然而然就会发生。而坤阴旧事物到达上六时，遇到阳刚变革之气初生，其本来已经涣散的生命力，因阳之激，反而会在无位的上位凝聚起来。所以，对付纯阳乾卦，可用柔化；对付纯阴坤卦，却不能用阳制，须再济之以柔，使其本来已经涣散的生命力更加涣散。在战斗中占得坤之上六不利，其原因也尽在于此。

若在战争中占得坤之上六，不可便言凶，因为战争的范畴很广。此时，应当用阴柔之道来对上六，如阴谋诡计、打政治仗、玩外交手腕。上六的内在阴毒已外化为阳刚暴悍，所以只宜以阴攻阴毒，耗其阳气。具体的战斗，真刀真枪，就是纯阳之性了。坤卦到了上六，暴烈如火，逢阳如杯水车薪，反激火之怒。但战斗已经打响，卦纵然不吉利，也总有指导意义，坤卦象征敌军如蝗如蚁，密密麻麻。上六爻动，表明上六是坤卦的主体，敌军的首脑。以上六之凶强暴悍，再杀多少蚁蝗之兵也无济于事，唯一的取胜之道，便是消灭上六。所以，在战斗中占得坤之上六，除了擒贼擒王，别无他计可施。擒贼擒王之法，也是只宜阴取，不宜阳攻，亦即只宜暗杀，不宜明杀。

此篇计的按语中用了唐代张巡与尹子奇对战的例子，来说明坤之上六的卦理演用，是再恰当不过的。唐玄宗时，安史之乱爆发，长达七年之久。张巡时为真源县令，起兵抵抗安禄山叛军。尹子奇是安禄山之子安庆绪的部将，与张巡对阵。张巡的军队已经冲到尹军的大旗下，斩将五十多人，斩士兵五千多人，尹军虽然大乱，但张巡仍未获胜。这就是坤之上六的独特作用，占得坤之上六，正面的进攻，即便取胜，也只能奏一时之效。张巡是进士出身之人，必通易理，所以立刻用草箭为饵，设计辨识尹子奇；果然达到了目的。但坤之上六，阳气已见诸外形，只能用纯阴之计对付。张巡在战斗中设计，只是阳中之阴，所以只射中了尹子奇的一只眼睛，逼得其退军，却无法将尹擒获。参考变卦山地剥，"剥"是剥落之意。剥卦卦形，下面五个阴爻，全部象征剥落之状，而上九唯一的阳爻，其爻辞为"硕果不食"，即最大的果子未被摘掉。剥之上九是由坤之上六变来，也可见张巡虽然剥了尹军一层皮，由于所施之计为阳中之阴，所以没有捕获尹子奇，"擒贼擒王"之计也功亏一篑。剥卦上九一阳率领五个众阴，是凶悍之人率领暴徒小人作乱的形象。由坤之上六到剥卦，可见纯阴坤卦被迫转阳后，接踵而来的便是动荡骚乱、强者为王、天下萧条、万民受剥的时期。在战斗中占得坤之上六的张巡，虽然在此战中因计获胜，但其后仍被尹子奇围困在睢阳，壮烈殉国。张巡的命运，在坤之上六中，其实就有了预兆。对付坤之上六，若不用纯阴毒计，非当时遭难，必日后受殃。

在张巡对尹子奇的战斗中，尹子奇是坤之上六。在整个安史之乱中，安禄山、史思明便是坤之上六。坤之上六，表明只宜用阴杀暗杀来"擒贼擒王"，当时勤王之师虽多，但都是正面的阳性作战，所以战乱久久不能消弭。后来，安禄山被其子安庆绪所杀，安庆绪又被史思明所杀，史思明又被其子史朝义所杀。这连续的父子残杀，就是阴杀暗杀，也是安史之乱得以平息的主要原因。这表明，坤之上六，往往不是毁于外在之阳，而是毁于自己内在的阴毒。因为，阴极转阳毕竟是大势所趋，坤之上六已到了穷途末路，虽然不容易被外在之阳制伏，但以其阴毒之性，迟早会演变成自相火并残杀。所以，对付坤之上六，应当济之以阴毒，攻之以阴毒，激发其阴毒，这才是擒贼擒王的最好办法。

擒贼擒王之计用于军事，主要是一种攻战之计与谋略。在战场上，敌我两军对阵时，在向敌人发起主动进攻时，为了给敌人以致命的打击，达到彻底消灭的目的，防止放虎归山，其日后卷土重来，致使前功尽弃的后患，就要集中优势兵力，攻打敌人的首领及其主力，待其首领及主力被消灭之后，敌人便处于群龙无首的状态，这时再转而攻击其他的力量，便会势如破竹，所向披靡。这是运用擒贼擒王之计对敌人作战的基本原则。

在政治斗争中，擒贼擒王之计，是政治家、野心家、阴谋家们经常应用的伎俩与手法。在与政敌对手的斗争中，为达到彻底、干净、快速、利索地瓦解与歼灭敌人（或集团、或群体）的目的，在将对手的情况，即敌情、敌状、敌首（贼王）、敌力侦察探明之后，随即决定制敌克胜方略，采用软硬两手，进行擒王。擒王用"糖衣炮弹"法，是软的一手。它主要是从心理上驭敌之战术，须先从心理上对贼王发动攻击，摧毁其意。然后，消弭、损耗其体质、智能，使其丧失统帅的能力。用计者企达以最小的代价，而获擒王之巨功。其糖衣与炮弹，多用贼王求之若渴、急需的美女、金钱、利禄、名位等，加以包裹诱饰。硬的一手则是用真枪实弹去擒王。它主要是依靠武力、实力，再辅之以威慑，然后对贼王强行擒拿，不管政敌如何激烈反抗挣扎，也无济于事。这种手段需有强大的实力，行动要迅速果断，用计者唯有掌握主动权、制控权、操纵权，才能进退自如，游刃有余，贼王及其余众，任凭使尽浑身解数，也难逃被擒拿的厄运。此即为先擒与强擒、力擒、克擒。而前述软的一手，则为后擒（先发糖弹攻敌）与智擒、套擒、掏擒（恶虎掏心、掏窝）、硬擒，主要是敌对双方在政治斗争中赛勇斗力；软擒，则是政敌之间，彼此进行斗智斗谋的较量。

擒贼擒王之计在政治斗争中，被反复、频繁与其他计谋交替使用，更使它富有先发性、奇效性、伪饰性、扼制性的色彩。

二、动观态势　先发制人者胜

擒贼擒王之计在政治斗争中，经常成为政治家、野心家、阴谋家们的惯用手法，虽事例各有不同，技法亦因人而异，但归结起来，可具体分为以下互为关联的三种手法：

第一，动观其势，察识王主，待胜之计在其中。

这种手法的重点是察（识）其王主、动观其态势，然后审时度势，伺机擒其王主，消灭群贼，达到战胜政敌的目的。采用的具体手法，又有明（观）察、暗（侦）察、辨（分）察等形式。

1. 明（观）察

所谓明（观）察，即是对敌手的政治（军事）实力、背景、声势、常用伎俩、手法等态势，进行公开的、明确的观察，然后，在此基础上，对敌营的实力分布进行评估，对其决策者进行判断分析，确定识别其真正的王主，再进行擒拿。

事例：陈玄礼明察祸首，引怒卒一举锄奸

唐玄宗时期，身为朝廷右相兼吏部尚书，又兼领四十余使的权臣杨国忠，结党营私，贿赂公行，专权误国。因与三镇节度使安禄山矛盾加剧，终于在天宝十四年（755）冬，酿成安禄山以"清君侧"诛杨国忠为名，发兵反叛朝廷。天下人对致乱误国祸首杨国忠，莫不恨之入骨。唐肃宗至德元年（756）六月，叛军直逼潼关，唐守将哥舒翰战败投降后，唐玄宗获悉战报，才开始害怕，慌忙召集宰相商讨应变对策。由于叛军直捣长安，杨国忠便首先倡议到四川避难，皇上无可奈何，便委任崔元远为西京留守，命龙武大将军陈玄礼整备六军。借黎明时分，玄宗与杨贵妃姊妹、皇子、妃子、公主、皇孙及亲近宫人、宦官等一同从宫中出发。妃子、公主、皇孙以外的人，一概不得随从。

唐玄宗及随行车驾行至咸阳，时至正午，逃难的队伍还没有吃饭。这时有百姓进献粗食淡饭，掺杂些豆麦。皇孙辈因饥饿至极，便用手捧着狼吞虎咽起来，登时便吃得一干二净。六月十四日，一行队伍走到马嵬驿时，众将士由于饥饿、疲劳、困乏，个个怨怒愤懑，再也不肯向前行进。陈玄礼看到这种情况，目睹怒卒的恨杨（国忠）痛奸的义愤，认为此祸是由权奸杨国忠一手造成的，只有锄杀杨国忠，才能稳定军心，便通过宦官李辅国转告皇太子，而太子却一时决定不下来，更难当机立断。这时，恰逢有吐蕃使者二十多人拦住杨国忠的马，向他诉说与求讨食物。军士们见此状，怒火中烧，便趁势大声呼叫："杨国忠与胡人要阴谋造反！"随即，一拥而上，有人用箭射中了杨国忠坐骑的马鞍。杨国忠急忙逃命，逃至马嵬驿西门内，士兵们便应声杀了杨国忠，并肢解其尸体。哗变的士卒，还用枪挑着他的头悬挂在驿外，又一并杀了他的儿子、户部侍郎杨暄及秦国夫人与韩国夫人（杨国忠堂姐妹）。御史大夫魏方进说："你们胆大妄为，竟敢谋害宰相！"士兵们又把他杀了。

愤怒的士兵们又包围了驿站，玄宗听见外面的喧哗之声，就问是什么事，左右侍从回答说是杨国忠谋反。玄宗拄拐杖走出驿门,慰劳军士,命令他们撤走,但军士不答应。玄宗又让高力士去问话,陈玄礼回答说:"杨国忠谋反被诛,杨贵妃不应该再侍奉陛下,愿陛下能够割爱,把杨贵妃处死。"玄宗说:"这件事由我自行处置。"然后进入驿站,拄着拐杖侧首而立。过了很久,京兆司录参军韦谔上前说道:"现在众怒难犯,形势十分危急,安危在片刻之间,希望陛下赶快作出决断!"说着不断地跪下叩头,以至血流满面。玄宗说:"杨贵妃常住在戒备森严的宫中,不与外人交结,怎么能知道杨国忠谋反呢?"高力士说:"杨贵妃确实是没有罪,但将士们已经杀了杨国忠,而杨贵妃还在陛下的左右侍奉,他们怎么能够安心呢!希望陛下好好地考虑一下,将士安宁,陛下就会安全。"玄宗这才命令高力士把杨贵妃引到佛堂内,勒死了她。然后把尸体抬到驿站的庭中,召陈玄礼等人入驿站察看。陈玄礼等人脱去甲胄,叩头谢罪,玄宗安慰他们,并命令告谕其他的军士。陈玄礼等都高喊万岁,拜了两拜而出,然后整顿军队准备继续行进。韦谔是韦见素的儿子。杨国忠的妻子裴柔与小儿子杨晞、虢国夫人(杨国忠之堂姐妹)与她的儿子裴徽都乘乱逃走,到了陈仓县,被县令薛景仙率领官吏士卒抓获杀掉。

在马嵬驿事件中,龙武大将军陈玄礼面对饥疲劳顿、愤怒哗变的士卒,他一面主动观察太子的意图、士卒的动向与态势;另一面又明察其祸乱根由,悉由权奸杨国忠兄妹所致,故杨国忠在军士将帅的心中,实为贼王、祸首。他向太子要求诛杀杨国忠,太子却犹豫不决,便容忍且引导怒卒以谋反罪斩杀杨国忠,兵谏玄宗割爱缢杀杨贵妃,以绝后患。陈玄礼在这场攸关唐王朝生死存亡的激烈政治斗争中,采用擒贼擒王之计,用明察之法,动观其势,察识贼王与祸主杨国忠兄弟及其同伙,上陈奏(太子)"兵谏"(玄宗),引导借助怒卒斗士,快速果断干净地将他们诛杀锄灭。这是用明察共识其贼,再引行导势,同诛其贼王的成功典例。

2.暗(侦)察

所谓暗察,即是指对政敌、对手的实力、爱好、憎恶、背景、侧翼、状况,先动观其发展态势,后则侦探、暗察、觉察其真正的贼王贼主。然后,再寻隙伺机,将贼王擒拿,制驭政敌,并进而达到与实现其既定的政治意图与目标。

事例:后宫争宠各施计,武氏谋深成皇后

唐高宗的王皇后没有儿子,萧淑妃得以宠幸,致使王皇后十分忌妒。高宗做太子的时候,进寝宫侍奉太宗,看见才人武氏(即武则天)便十分喜欢。太宗驾崩后,武氏随着众位妃嫔到感业寺当尼姑。到了太宗的忌日,高宗到感业寺行香拜佛,见到了她,武氏哭泣,高宗也流泪。王皇后听说后,暗中让武氏留发,劝说高宗纳武氏入后宫,想要以武氏来离间高宗对萧妃的宠爱。武氏机敏聪慧,善施权术,刚进宫时,侍奉皇后十分谦恭有礼;皇后十分喜欢她,多次在高宗面前称赞她。不久颇得宠幸,拜为昭仪,皇后与萧妃均失宠,二人又一同诬告武氏,高宗均不予采纳。武昭仪想要追赠父亲武士彠官爵,苦于没有什么名义。永徽五年(654)三月十四日,便假托要褒奖赏赐功臣,所褒奖的功臣中就有武士彠。

由于王皇后、萧淑妃与武昭仪之间相互诬告诽谤,高宗不相信王后、萧妃的话,唯独信任武昭仪。王皇后不会曲意侍奉高宗身边的人,她的母亲魏国夫人柳氏及舅舅中书令柳奭进见六宫妃嫔，又不讲礼节。武昭仪侦察到皇后所不敬重的人，必定倾心相交，所得到的赏赐都要分送给他们。因此王皇后与萧妃的一举一动，武氏都要告诉高宗。

王皇后虽然失宠，但高宗并未有废后的想法。正巧此时武昭仪生下一个女孩，皇后怜爱并逗弄玩，皇后走出去后，武氏趁没人将女孩掐死，又盖上被子。正好高宗来到，武氏假装欢笑，打开被子一同看孩子，发现女儿已经死了，武氏啼哭。问身边的人是怎么回事，身边的人都说："皇后刚刚来过这里。"高宗勃然大怒说道："皇后杀了我的女儿！"武昭仪便哭泣着数落皇后的罪过。皇后无法解释清楚，高宗从此有了废皇后立武昭仪为后的打算。担心大臣们不服，便和武氏一道临幸太尉长孙无忌的宅第，宴饮酣畅欢乐到了极点，酒席上将无忌宠姬的三个儿子都拜为朝散大夫，又命人装载金银财宝、锦缎丝绸等共十车，赐给无忌。高宗乘机讲到王皇后没有子嗣，以此暗示，无忌顾左右而言他，竟然没有顺从旨意，高宗与武氏二人在不愉快中结束这场酒宴。武昭仪又让母亲杨氏到无忌的宅第，多次请求，无忌最终还是没有答应。礼部尚书许敬宗也曾多次劝说，无忌则正言厉色地斥责。

永徽六年（655）六月，武昭仪又诬陷王皇后和她的母亲魏国夫人柳氏，求巫师施厌胜术诅咒昭仪，高宗敕命禁止皇后母亲柳氏进入宫内。秋七月戊寅（初十），将吏部尚书柳奭贬为遂州刺史。柳奭赴任走到扶风县，岐州长史于承素揣摸圣意，上奏称柳奭泄露宫禁秘密，又贬为荣州刺史。

唐因隋制，后宫有贵妃、淑妃、德妃、贤妃，都是正一品。高宗想要特别设置一个宸妃，封给武昭仪，韩瑗、来济谏阻，认为无旧例可循，也只得作罢。

中书舍人李义府为长孙无忌所厌恶，降职为壁州司马。敕命还未到门下省，李义府已经暗中得知，便向中书舍人王德俭问计，王说："皇上想要立武昭仪为皇后，正在犹豫不决，一直担心宰相们会有异议。你如果能提建议立武氏为后，则转祸为福了。"李义府赞同，借代王德俭值夜班之机，叩阁上表，请求废掉王皇后，立武昭仪为后，以满足黎民百姓的愿望。高宗十分高兴，亲自召见李义府与谈，赐给珍珠一斗，让其官居原职。武氏又暗中派人慰劳勉励，不久破格提拔为中书侍郎。卫尉卿许敬宗、御史大夫崔义玄、御史中丞袁公瑜，都暗中向武氏表达其效忠之心。不久，长安县令裴行俭听说朝廷要立武昭仪为皇后，认为国家的祸患必定从此开始，便与长孙无忌、褚遂良私下议论此事。袁公瑜听说后，将这一情况告诉武氏的母亲杨氏，结果裴行俭因此而获罪，贬为西州都督府长史。

同年九月的一天，高宗退朝后，宣召长孙无忌、李世勣、于志宁、褚遂良进入内殿。褚遂良说："今天皇上宣召，多半是为了皇后的事，皇上的主意既已定了，违抗者必是死罪。太尉是元舅，司空是功臣，不可以让皇上承担杀元舅与功臣的不好名声。我褚遂良出身平民，没有汗马功劳，到了今日这个地位，而且接受先帝临终之托，不以死谏诤，无颜去见先帝！"李世勣称病没有去内殿。无忌等人到了内殿，高宗对他们说："皇后没有子嗣，武昭仪有，如今朕想立武昭仪为皇后，你们看怎么样？"褚遂良答道："皇后出身名家，是先帝为陛下娶的。先帝临终的时候，拉着陛下的手对我说：'朕的好儿子好儿媳，如今就交付给你了。'这些话都是陛下亲耳听到的，言犹在耳。未听说皇后有什么过错，怎么能够轻易废掉呢？我不敢曲意顺从陛下，以违背先帝的遗愿！"高宗十分不高兴，只好作罢。第二天又言及此事，褚遂良说："陛下一定要更换皇后，我请求遴选全国的世家望族，何必非武氏不可。武氏曾经侍奉过先帝，这是众所周知，天下人的耳目，怎么能遮掩呢？千秋万代之后，人们又将怎么评价陛下呢？愿陛下三思而后行！我今日触怒陛下，罪该处死。"说完将朝笏放在殿内台阶上，解下头巾磕头直至血流满面，说道："还给陛下朝笏，乞求放我回老家去。"高宗勃然大怒，命人将他带出去。武昭仪在隔帘内大声说道："何不就地杀了这老东西！"长孙无忌说："褚遂良是先朝顾命大臣，有罪也不可加刑。"于志宁不敢说话。

韩瑗找机会也来奏事，流着泪极力劝阻废皇后，高宗不予采纳。第二天他又劝谏，悲伤得不能自已，高宗命人将他带出去。韩瑗又上奏疏劝谏道："一般的夫妇，还要相互选择后再结合，何况天子呢？皇后乃是天下妇女的仪范，善恶由她而生，所以嫫母辅佐黄帝，妲己倾覆殷朝，《诗经》说：'赫赫有名的宗周，就灭在褒姒之手。'每次观览前朝史事，常会发出感慨，没想到今天圣明之世也会受到玷污。做事不依法度，后世子孙将如何看呢！希望陛下再三考虑，不要让后人讥笑。假使臣下的话有益于国家，即使被剁成肉酱，臣也心甘情愿！当年吴王不听伍子胥的话，结果吴都姑苏破败，麋鹿出没。臣下担心海内之人失望，宫廷长满荆棘，宗庙不能继续享有祭祀的日子，为其不远了！"来济上表章劝谏说："君主册立皇后，应该依据天地之理，必须选择礼教名家的淑女，幽雅娴静，贤淑美好，才可与天下人的厚望相符，符合神灵的意图。所以周文王造船迎接太姒，这才有《关雎》的教化，百姓承其福祚；汉成帝纵欲成性，以婢女为皇后，使皇统断绝，社稷倾覆。周代的隆盛是那样，汉代的祸患又是这样，希望陛下详察！"高宗对这些谏言，都不予采纳。

又一天，李世勣进宫见高宗，高宗问："朕想要立武昭仪为皇后，褚遂良固执己见认为不可以。褚遂良既是顾命大臣，他反对，那么事情就应该停办吗？"李世勣答道："这是陛下的家事，何必又去问外人呢！"高宗废后主意便定了下来。许敬宗在朝中扬言道："庄稼汉多收了十斛麦子，还想着要换个老婆呢！何况天子要立皇后事情，与这些人有什么相干而妄生异议呢！"武昭仪让身边的人将此话讲给高宗听。九月初三日，唐高宗又将褚遂良贬官为谭州都督。

唐高宗永徽六年（655）十月十三日，高宗下诏说："王皇后、萧淑妃阴谋用毒酒杀人，废黜为平民。她们的母亲兄弟一并削除官爵，流放岭南。"许敬宗上奏说："已故特进赠司空王仁祐授官的凭证还保存着，这将使逆乱的余孽还得以受荫任官，请一并削除他的官爵。"高宗采纳了他的意见。

十月十九日，百官上奏表请求立皇后。高宗下诏说："武氏出身于有大功劳的家庭，累世都任官职，以前因才德出众选入后宫，声誉满后宫，品德光照宫闱。朕从前当太子时，她蒙受我已故母亲的特殊恩惠，时常得以侍从皇帝，日夜不离左右，在后宫中经常检点自己的行为，嫔妃之间未曾闹矛盾，皇帝看得很清楚，时常赞叹，于是将武氏赏赐给朕，就像汉宣帝将宫女王政君赏赐给了皇太子一样。武氏可以立为皇后。"

二十一日，大赦天下，皇后上表说："陛下从前打算封我为宸妃，韩瑗、来济在朝廷当面谏争。这样做是难能可贵的，难道不正说明他们一心一意为国家吗？请求表彰赏赐他们。"高宗把她的奏表给韩瑗等人看，韩瑗等更加害怕，一再请求辞职，高宗不允许。

十一月初一，高宗亲临殿前平台，命司空李世勣带印玺册封武氏为皇后。当天，百官朝拜皇后于肃义门。

原皇后王氏、原淑妃萧氏，一同被囚禁在后宫别院，高宗因思念她们，私下去囚禁的地方，看见囚室封闭得极为严密，只在墙壁上凿个小洞以便送食物的器具进去。高宗悲伤地喊道："皇后、淑妃在哪里？"王氏哭泣回答说："我等犯罪已成宫中奴婢，哪里还能再有后、妃等尊贵的称号！"又说："至尊如果念及从前的情分，让我等再见天日，请命名这个院子为回心院。"高宗说："朕即有所安排。"武后听说后，大怒，派人将王氏和萧氏各杖打一百下，砍去了手足，投入酒瓮中，说："让这两个女人醉入骨髓！"数日后她们死去，又被砍去脑袋。当皇后王氏听到宣布处置她们的命令时，拜了两拜说："祝愿皇帝万岁！武昭仪承受皇恩，死自然是我的本分。"淑妃萧氏大骂道："阿武邪恶狡诈，竟然到了这种地步！愿来生我变为猫，她变为鼠，我活活扼住她的咽喉！"从此宫中不养猫。不久又改王氏姓蟒氏，萧氏姓枭氏。武后多次看见王氏和萧氏的鬼魂作祟，披散着头发，浑身滴血，如同死时候的模样。她后来移居蓬莱宫，还是看见同样的情形，所以她多居住在洛阳，终生不回长安。

怀有巨大政治野心却身为昭仪的武则天，在实现自己政治目的（立为皇后）过程中，最大的、最难以逾越的政治障碍，便是王皇后和萧淑妃。武则天便视她们为"贼王"对手，朝廷中的支持者们则为"众贼"，均成为打击、被擒对象。为此，她施展暗（侦）察的权术：一是侦知王皇后不会曲意侍奉高宗身边的人；二是察悉皇后不敬重的人，则与之相交，加以收买，以获行止情报；三是针对王皇后没有子嗣，不惜亲手掐死亲生女儿，以诬告皇后，离间帝后关系；四是在朝中网罗许敬宗、崔义玄、李义府、袁公瑜等人，为废后制造舆论；五是擒除长孙无忌、李世勣、于志宁、褚遂良、韩瑗、来济等"众贼"，软硬兼施、威逼有加，贬官的贬官，罢朝的罢朝，迫其就范；六是待高宗废后立武后之意定后，诏令颁示，武则天更加害于王、萧二氏。不仅就擒被囚，且施酷刑以除灭"贼王"政敌，致使武则天终于从昭仪登上皇后宝座。

3．辨（分）察

所谓辨察，即是指对所擒王主，施计者先行在"众贼"中加以区分、辨析、识别，然后在察明确定的基础上，伺机将其擒拿制伏。实现此法的具体步骤与举措，在于在"众贼"活动、行为模式中，动观其势、察辨其行、区别主次。只有将"众贼"与"王主"真正区辨清楚，才可能将主要实力、矛头对准所擒之王。并在先行擒拿"众贼"的基础前提下，后则擒"王主"政敌，予以消灭，实现既定政治目标。

事例：吕端辨察擒贼王，辅扶太子登帝位

宋太宗至道三年（997），太宗一直患病在身，及至三月二十八日，宋太宗病危，已不能视朝处理政务。次日，即二十九日，在宫中万岁殿驾崩去世，一场争夺帝位的激烈政治斗争，便

飞龙在天或见野

在此前后展开。

当初，宋太宗患病时，宣政使王继恩忌恨皇太子赵恒英明，便与参知政事李昌龄、知制诰胡旦等人密谋勾结，准备拥立楚王赵元佐继新皇帝位，便常常在太宗面前，挑拨离间皇太子与太宗的关系。宰相吕端，胆大心细，颇有权谋之策，国家大事铭记心中，遇临难之大事，绝不糊涂。当他到宫中去探问太宗的病情时，看到皇太子不在太宗身旁，便怀疑其中有政治阴谋，更恐发生重大变故，便急忙在笏板上书写"大渐"（即病危）二字，命令贴身亲吏人员，赶快持此笏板去皇太子处，催促他火速入宫侍奉弥留的皇上。

待到宋太宗驾崩去世后，王继恩禀报皇后到中书门下要召见宰相吕端，商议所立新皇帝的人选。吕端事先知道这是政敌王继恩一伙人，在皇后面前挑拨皇太子的结果，亦是他们准备另立新主的政治密谋的一部分。为擒住"贼王"王继恩，吕端先要稳住他，便哄骗王继恩，让他进入书斋检索太宗先前御赐墨写的诏书，接着便将他锁在屋子里面，自己则赶紧入宫见皇后。见面后，李皇后对吕端说："皇上驾崩，立继承人选择长子，还是他人，如今将怎么办？"吕端说："先帝册立皇太子，正是为了今天，岂能容许再有异议呢？"李皇后听此言后，很长时间沉默无语。

在宋太宗驾崩的当天，即三月二十九日，参知政事温仲舒宣读太宗遗制，让皇太子赵恒在太宗灵柩前即皇帝位。太子即位（即宋真宗）后，吕端又平身站在大殿下，立着不跪拜，请求卷起新皇帝面前的帘子，再上殿仔细端详明白，确实新皇即是原来的皇太子后，然后才走下台阶，率领朝廷群臣，高呼万岁，跪拜恭贺新皇帝即位。

按照常规常理常制，皇太子在皇帝驾崩去世后，御登帝位做新皇帝，系名正言顺、顺理成章之事。宋太宗晚年，各股势力却在继位问题上，展开了激烈的政治斗争。以宣政使王继恩为首的一批官员，主张另立新主，且手中掌握实权，又近侍重病在身的皇上；另一派则是宰相吕端力主维护皇太子的合法继承人地位。吕端在这场政治较量中，成功地运用擒贼擒王的计谋，一是察敌情动静，立召太子入宫；二是辨析事态，在皇后召见商议新帝人选前，决定对策，予以实施；三是擒王智取，将"贼王"王继恩锁在屋内，使其在关键时刻不能施展阴谋，诡计不能得逞；四是识主再拜，即位大典时，吕端又恐事变，要卷帘亲识新帝，确为皇太子，然后才率群臣，俯地再拜。这显示了吕端在政治斗争的关键时刻，辨清分（析）势（事态）、察敌以明的决断能力，表明他大事不糊涂、智禁"擒（贼）王"，再乘势实现既定政治目标、驾驭全局的高超本领和政治手腕。

第二，先发制奇，佯翼捣心，创胜之计在其中。

这种手法的重点是捣（心）擒贼王，用先发制奇之术，佯翼侧击之法，引敌"贼众"暴露实力、真相、内情，然后，再一举捣心，擒其贼首，消灭诛除群贼之众，以获取置敌死地的政治效应。采用的具体手法，有直（夺）捣、智（谋）捣、套（取）捣等。

1. 直（夺）捣

所谓直捣，即是在政治斗争中，敌对双方对峙中，施计者对政敌的"众贼"与"贼王"一目了然，能够分辨清楚的状况下，为捣擒贼王，多采取先发制奇的办法，与政敌内外勾结配合，假装佯翼侧攻（包括试探、窥敌情、进行麻痹活动等），然后乘其不备，攻其不防，一举直捣政敌营垒心脏，将贼王擒杀。

事例：骁果部将思故土，兵变直捣擒炀帝

隋大业九年（613），杨玄感发动兵变，被炀帝镇压。大业十二年（616），炀帝逃奔江都（今江苏扬州）。大业十四年（618），即唐高祖武德元年，春三月，隋炀帝杨广到江都后，更加荒淫，宫中一百多间房，每间摆设都极尽豪华，内住美女，每天以一房的美女作主人。江都郡丞赵元楷，负责供应美酒饮食，炀帝与萧后以及宠幸的美女吃遍了宴会，酒杯不离口，随从的一千多美女也经常喝醉。不过炀帝看到天下大乱，心情也忧虑不安，下朝后常头戴幅巾，身穿短衣，拄杖散步，走遍行宫的楼台馆舍，不到晚上不止步，不停地观赏四周景色，唯恐没有看够。

炀帝通晓占卜星相，爱说江浙话，经常半夜摆酒，抬头看星相，对萧后说："外间有不少人算计侬，不过侬不失为长城公陈叔宝，卿也不失为沈后。我们姑且只管享乐饮酒吧！"然后斟满酒杯喝得烂醉。炀帝还曾拿着镜子照着，回头对萧后说："好一个头颅，该由谁斩下来？"萧后惊异地问他为什么这样说，炀帝笑着说："贵贱苦乐，循环更替，又有什么好伤感的？"

炀帝见中原已乱，不想回北方，打算把国都迁到丹阳，保守江东，下令群臣在朝堂上议论迁都之事。内史侍郎虞世基等人都认为不错，右候卫大将军李才极力说明不可取，请炀帝御驾回长安，并与虞世基愤然争论而下殿。门下录事衡水人李桐客说："江东地势低洼，气候潮湿，环境恶劣，地域狭小，对内要奉养朝廷，对外要供奉三军，百姓承受不起，恐怕最终要起来造反的。"御史弹劾李桐客诽谤朝廷朝政，公卿都曲意阿奉炀帝之意说："江东百姓渴望陛下临幸，已经很久了，陛下过江抚慰统治百姓，这是大禹那样的作为。"于是炀帝下令修建丹阳宫，准备迁都丹阳。

当时江都的粮食吃完了，随隋炀帝南来的骁果大多是关中人，长期在外，思恋故乡，见炀帝没有回长安的意思，大都策划逃回乡。郎将窦贤便带领部下西逃，炀帝派骑兵追杀，仍然不断有人逃跑，令炀帝很头疼。虎贲郎将扶风人司马德戡一向得炀帝信任，炀帝派他统领骁果，驻扎在东城。司马德戡与平时要好的虎贲郎将元礼、直阁裴虔通商量说："现在骁果人人想逃跑，我想说，又怕说早了被杀头；不说，事情真发生了，也逃不了族灭，怎么办？又听说关内沦陷，李孝常以华阴反叛，皇上囚禁了他的两个弟弟，准备杀掉，我们这些人的家属都在西边，能不担心这事吗？"元、裴二人都慌了，问："既然如此，有什么好办法吗？"司马德戡说："如果骁果逃亡，我们不如和他们一齐跑。"元、裴二人都说："好主意！"便相互联络。内史舍人元敏，虎牙郎将赵行枢，鹰扬郎将孟秉，符玺郎牛方裕，直长许弘仁、薛世良，城门郎唐奉义，医正张恺，勋侍杨士览等人都参与同谋，日夜联系，在大庭广众之下公开商议逃跑的事，毫无顾忌。有一位宫女告诉萧后："外面人人想造反。"萧后说："由你去报告吧。"宫女便对炀帝说了，炀帝很生气，认为这不是宫女该过问的事，杀了这个宫女。后来又有人对萧后说起，萧后说："天下局面到了今天这个地步，没法挽救了，不用说了，免得白让皇上担心。"从此以后，再也没人说起外面的情况。

赵行枢与将作少监宇文智及，历来很要好，杨上览是宇文智及的外甥，赵、杨二人把他们的计划告诉了宇文智及，智及很高兴。司马德戡等人定于三月月圆那天结伴西逃，宇文智及说："皇上虽然无道，可是威令还在，你们逃跑，和窦贤一样是找死，现在实在是老天爷要隋灭亡，英雄并起，同样心思想反叛的已有数万人，乘此机会起大事，正是帝王之业。"司马德戡等人同意他的意见。赵行枢、薛世良要求由宇文智及的兄长、右屯卫将军、许公宇文化及为首领，协商定了，才告之。宇文化及性格怯懦，能力低下，听说后，脸色都变了，直冒冷汗，也只能够听从众人的安排。

司马德戡让许弘仁、张恺去备身府，对认识的人说："陛下听说骁果想反叛，酿了很多毒酒，准备利用宴会，把骁果都毒死，只和南方人留在江都。"骁果都很恐慌，互相转告，更加速了反叛计划。

三月初十日，司马德戡召集全体骁果军吏，宣布了计划，军吏们都说："就听将军的吩咐！"当天，大风刮得天昏地暗，黄昏，司马德戡偷出御厩马，暗地里磨快了武器。傍晚，元礼、裴虔通在阁下值班，专门负责大殿内；唐奉义负责关闭城门，唐奉义与裴虔通等商量好，各门都不上锁。到三更时分，司马德戡在东城集合数万人，点起火与城外相呼应，炀帝看到火光，又听到宫外面的喧嚣声，询问发生了什么事。裴虔通回答："草坊失火，外面的人在一起救火呢。"当时宫城内外相隔绝，炀帝相信了。宇文智及和孟秉在宫城外面集合了一千多人，劫持了巡夜的候卫虎贲冯普乐，部署兵力分头把守街道。燕王杨俊发觉情况不对，穿过芳林门边的水闸入宫,到玄武门假称:"臣突然中风,就要死了,请让我当面向皇上告别。"裴虔通等人不通报,而把杨俊关了起来。

三月十一日,天还没亮,司马德戡交给裴虔通兵马,用来替换各门的卫士。裴虔通由宫门率领数百骑兵到成象殿,值宿卫士高喊有贼,裴虔通又返回去,关闭各门,只开东门,驱赶殿内宿卫出门,宿卫纷纷放下武器往外走。右屯卫将军独孤盛对裴虔通说:"什么人的队伍,行动太奇怪了!"裴虔通说:"形势已经是这样了,不关将军的事,您小心些不要轻举妄动!"独孤盛大骂:"老贼,说的什么话!"顾不上披铠甲,就与身边十几个人一起拒战,被乱兵杀死。独孤盛是独孤楷的弟弟。千牛独孤开远带领数百殿内兵到玄武门,敲阁请求:"武器完备,足以破贼,陛下如能亲自临敌,人心自然安定;否则,祸事就在眼前。"竟然没有回答的人,军士逐渐散去。反叛者捉住了独孤开远,又为他的忠义行为感动而放了他。早先,炀帝挑选了几百名勇猛矫健的官奴,安置在玄武门,称为"给使",以防备突然发生的情况,待遇优厚,甚至把宫女赏赐给给使。司宫魏氏得炀帝信任,宇文化及等人勾结她做内应。这天,魏氏假称圣旨放全体给使出宫,致使仓促之际,玄武门没有一个给使在场。

司马德戡等人领兵从玄武门进入宫城,炀帝得到消息,换了衣服逃到西间。裴虔通和元礼进兵推撞左阁门,魏氏开门,乱兵进了永巷,问:"陛下在哪里?"有位美人出来指出了炀帝的所在。校尉令狐行达拔刀冲上去,炀帝躲在窗后对令狐行达说:"你想杀我吗?"令狐行达回答:"臣不敢,不过是想奉陛下西还长安罢了。"说完扶炀帝下阁。裴虔通本来是炀帝做晋王时的亲信,炀帝对他说:"你不是我的旧部吗?有什么仇要谋反?"裴虔通回答:"臣不敢谋反,但是将士想回家,我不过是想奉陛下回京师罢了。"炀帝说:"朕正打算回去,只为长江上游的运米船未到,现在和你们回去吧!"裴虔通领兵守住炀帝。

  天明后,孟秉派武装骑兵迎接宇文化及,他浑身颤抖说不出话,有人来参见,只会低头靠在马鞍上连说:"罪过!"表示感谢。宇文化及到宫城门前,司马德戡迎接进入朝堂,称丞相。裴虔通对炀帝说:"百官都在朝堂,需陛下亲自出去慰劳。"送上自己随从的坐骑,逼炀帝上马。炀帝嫌马鞍笼头破旧,换过新的才上马。裴虔通牵着马缰绳,提着刀出宫城门,乱兵欢声动地。宇文化及扬言:"哪用让这家伙出来,赶快弄回去结果了。"炀帝问:"虞世基在哪儿?"乱党马文举说:"已经枭首了。"便将炀帝带回寝殿,裴虔通、司马德戡等拔出兵刃站在边上。炀帝叹息道:"我有什么罪该当如此?"马文举说:"陛下抛下宗庙不顾,不停地巡游,对外频频作战,对内极尽奢侈荒淫。致使强壮的男人都死于刀兵之下,妇女弱者死于沟壑之中,民不聊生,盗贼蜂起;一味任用奸佞,文过饰非,拒不纳谏,怎么说没罪!"炀帝说:"我确实对不起老百姓,可你们这些人,荣华富贵都到了头,为什么还这样?今天这事,谁是主谋?"司马德勘说:"整个天下的人都怨恨,哪止一个人!"宇文化及又派封德彝宣布炀帝的罪状。炀帝说:"你可是士人,怎么也干这种事?"封德彝羞红了脸,退了下去。炀帝的爱子赵王杨杲才十二岁,在炀帝身边不停地号啕大哭,裴虔通杀了赵王,血溅到炀帝的衣服上。这些人要杀炀帝,炀帝说:"天子自有天子的死法,怎么能对天子动刀,取鸩酒来!"马文举等人不答应，让令狐行达按着炀帝坐下。炀帝自己解下练巾交给令狐行达，令狐行达绞死了炀帝。当初，炀帝料到有遇难的一天，经常用罂装毒酒带在身边，对宠幸的各位美女说："如果贼人到了，你们要先喝，然后我喝。"等到乱事真的来到，找毒酒时，左右都逃掉，竟然找不到。萧后和宫女撤下漆床板，做成小棺材，把炀帝和赵王杨杲一起停柩在西院流珠堂。

炀帝每次巡幸，常常将蜀王杨秀随行，囚禁在骁果营。宇文化及弑炀帝，准备奉杨秀为皇帝，众人以为不行，便杀了杨秀和他的七个儿子，又杀齐王杨暕及其两个儿子和燕王杨倓，隋朝的宗室、外戚，无论老幼一律杀死。只有秦王杨浩平时与宇文智及有来往，宇文智及想办法保全了他。齐王杨俊一向失宠于炀帝，乱兵仍不放过，并杀了朝中其他官员。

宇文化及、司马德戡等人，是随侍隋炀帝身边的骁果营将领，又是怀有政治野心、久窥帝位的阴谋家。他们乘隋末天下大乱、民怨沸腾、炀帝巡游江都之际，发动兵变，以达其兴"帝王之业"的政治图谋。为保证兵变，即宫廷政变成功，他们运用了直捣擒王的手段。一是对炀帝等"贼王"政敌，先发制人，利用骁果营将士思恋故土心切，要求返还北方，煽动兵变闹事，巧借"毒酒"之谣，加速反叛计划；二是与炀帝宠信的司宫魏氏内外勾结，传假圣旨给给使，引他们出宫，入宫城时才能出奇制胜；三是佯翼侧攻，直捣擒王，捉住炀帝后，历数罪行，并加以绞杀；四是将"众贼"，即诸王、宗室、外戚与朝中的官员，不分老幼，一律处死。既擒王又擒杀"众贼"，以收摧坚夺魁之效；隋王朝的政治机构与实体，亦随之彻底崩解。这是宫廷政变中，施计者运用擒贼擒王之计，实现改朝换代政治目的的成功事例，亦是阴谋以逞的典型。

2. 智（谋）捣

所谓智捣，即是指在政治斗争中，敌对两方对垒时，施计者对敌营中的实力进行分析、判断后，认为难以直接捣心以擒王夺魁，虽有摧坚之势，却难收速效，便采用先发制奇的战术，佯翼侧攻"群贼"，以摧其坚，然后再用智谋，一举夺其魁首，以擒贼王。这样，随计谋的实施，则其体亦渐解，而道则穷途，速取消灭政敌的政治效应。

事例：唐军破舟弃江流，李靖智捣擒萧铣

唐高祖李渊为统一全国，消灭自称梁王、建都江陵（今湖北江陵）的萧铣地方割据势力，便以唐军雄厚的军事实力作后盾，成功地运用政治计谋，"智捣"贼王，且一举将其斩杀。

武德四年（621）九月，唐高祖下诏征发巴蜀军队，任命赵郡王李孝恭为荆湘道行军总管，李靖代理行军长史，统领十二总管，从夔州沿长江向东顺流而下；又任命庐江王李瑗为荆郢道行军元帅，黔州刺史田世康取道辰州道，黄州总管周法明走夏口道，会同攻打萧铣。当月，李孝恭从夔州出发。当时峡江正涨水，众位将领请求待水落后再进军，李靖说："兵贵神速。现在我们的兵力刚刚调集，萧铣还不知道，如果趁长江涨水，疾速抵达他的城下，趁他没有防备突然袭击，这样必定能活擒萧铣，不可失去良机！"李孝恭听从了他的意见。

十月初七日，赵郡王李孝恭率领二千多艘战船，沿长江向东而下。萧铣因为长江正在涨水，未做任何防备。李孝恭等人率军攻克了萧铣占据的荆门、宜都二镇，推进到夷陵。萧铣的将领文士弘，率数万精兵驻扎在清江。初九日，李孝恭打退了文士弘，缴获三百多艘战船，杀死、淹死的人数以万计，一直追击到百里洲。文士弘收拾残兵再战，唐军又打败了他，进入北江。萧铣的江州总管盖彦举，以五州降唐。

萧铣裁去军队经营农业时，只留了几千名士兵担任警卫，听说唐军已压境，文士弘战败，大为惊慌，仓促征兵，所征之兵都在长江、五岭以南，路途遥远，不能马上调集，便将现有兵力全部用来迎敌。李孝恭准备攻打萧铣，李靖劝阻道："对方是挽救败局的军队，计谋没有预先制订，势头不会持久，不如暂且停泊在南岸，缓一天进攻，他们必然会分散兵力，有的留下来阻挡我军，有的返回城守卫，兵力一分散，势力就削弱，我军乘敌军松懈发起进攻，必然取胜。现在如果马上攻打，敌方会拼力死战，楚兵又剽悍勇猛，不易抵挡。"李孝恭不听，留李靖守卫军营，自己带领精锐部队出战，果然失败逃跑，奔向南岸。萧铣的部队放弃船只，去收拾抢夺唐军丢下的军资，人人都背负很多。李靖见敌军混乱，挥兵奋击，大败敌军，乘胜直抵江陵，进入江陵外城。又攻拔了水城，缴获大批船舰，李靖让李孝恭把所有船舰全部散弃于长江中。诸将领都说："打败敌人缴获战利品，应当利用，怎么能够放弃用来资助敌人？"李靖说："萧铣的地盘，南到五岭以南，东到洞庭湖。我们孤军深入，如果攻城不下，敌人援军从四方赶来，我军就会腹背受敌，进退不成，虽然有船舰又怎么能用？现在放弃船舰，让它们堵满长江顺流而下，敌方援军见到，必然认为江陵城已被攻陷，就不敢轻易进军，要前来侦察，他们行动迟缓十天半个月,我军取胜就有把握了。"萧铣的援兵见到舟舰,果然怀疑,不敢前进。萧铣的交州刺史丘和、长史高士廉、司马杜之松,准备去江陵朝见,得知萧铣失败,全都到李孝恭军前投降。

李孝恭带军包围江陵,萧铣内外断绝消息,向中书侍郎岑文本询问对策。岑文本劝他投降,萧铣对大臣们说:"上天不保佐梁,我们不能再支撑了。如果一定要等到力尽粮绝,百姓就会蒙受忧患,怎么能为了我一个人的缘故,让百姓遭涂炭呢?"

十月二十一日,萧铣用牛、羊、猪三牲在太庙祭告了祖先,下令打开城门出城投降,守城人皆哭泣。萧铣带领他的群臣,穿着丧服到唐军营门前说:"该死的只有我萧铣一个人,百姓无罪,希望不要屠杀抢掠。"李孝恭占领了江陵,各位将领想大肆掠夺。岑文本劝李孝恭说:"江南的百姓,从隋末以来,受虐政的残害,加上群雄争斗,如今生存下来的,都是刀枪下逃出的性命,他们苦苦盼望着贤明的君主。萧氏君臣,江陵的父老所以决定归顺,是认为也许可以从此安定了,眼下若是放纵军队抢掠,恐怕从江陵以南的广大地区,不再有归化之心了!"李孝恭认为他的意见很对,立即下令禁止抢掠。诸将领又说:"梁的将帅抵抗官军战死的,罪恶深重,请求籍没他们的家产,用来赏赐将士。"李靖说:"王者之师,应当以仁义为先声。他们为自己的君主战斗而死,是忠臣,怎么能与叛逆罪一样籍没其家呢?"江陵城因此井然有序,秋毫无犯。南方各州县闻讯,均望风归顺。萧铣投降后几天,他的十几万援军来到江陵,听说江陵失守,纷纷脱下征袍放下武器降唐。

李孝恭送萧铣到长安,高祖数说他的罪过。萧铣说:"隋朝残暴失去了天下，天下人都起兵纷纷来争夺。我萧铣没有上天的照应，才到了今天这种境地。如果要以此来定罪，我只有死路一条了！"最终在闹市斩了萧铣。

李靖等人是军事家，也是政治家，在降服梁王萧铣的过程中，首先是先发制奇，率领强大唐军战舰，沿江东下，攻克夷陵，致使敌人猝不及防。其次，"佯翼"侧攻，利用政治心理战术，将敌舰破击后弃之江流，使下游守敌见弃舟，一是误以为江陵被攻陷，军心动摇；二是前来侦察打探，大可延缓援军抵达的时间，这是一举数得之事。再次，将江陵久围困乏，再加上强大的政治攻势，使唐军得以智捣贼王老巢，一举而擒贼首萧铣。同时，又大肆收揽民心，严禁抢掠行为，使萧铣援军抵达后，不战而降，"众贼"亦被擒。最后，唐军摧坚夺魁，智捣擒杀贼王萧铣后，贼军大乱，援军十余万则群龙无首，致使道穷而体解，只能束手就擒，投降唐军。在这场斗争中，唐军以最小的政治、军事代价，成功地运用了政治心理战术和擒贼擒王的计谋，获取了政治军事的最大成果，五岭以南、洞庭以东的土地人民，均归顺唐王朝。

3．套（取）捣

所谓套捣，即是指在政治斗争中，施计者为达到、实现多种政治目的，或政治意图，既能使政敌不致发觉其计谋，又能将"众贼"擒拿，并将"贼王"捣擒而加制驭。这就需要高超、精明的政治谋略，布设智慧的政治圈套，引诱政敌、对手上钩，待其钻套中加以擒拿。该种手法，主要以政治攻心为上，使其"套捣"后既能"心悦"，又能"诚服"。这是真正的"摧坚"（防范心理的消除）与"夺魁"（收服王者），更是奇谋异术的"捣心"（对心的征服)与"道穷体解"(由敌对变友好,化干戈为玉帛)。

事例:班超火攻匈奴使,套捣慑服鄯善王

班超是东汉时期著名的政治家、外交家、军事家。东汉明帝永平十六年(73)时,他受朝廷之命,跟从奉车都尉窦固出击匈奴,以假司马将兵别击伊吾,战于蒲类海(今新疆巴里坤湖)。窦固对班超的胆识与谋略,非常赏识。同年春,为了完成从政治上抗击、孤立匈奴的任务,窦固又派班超与从事郭恂率吏士三十六人出使西域,以通友好,且使诸国诚服、归顺汉王朝。班超在完成此次出使任务中,便成功地运用了"擒贼擒王"的政治谋略。

永平十六年春,窦固派假司马班超和从事郭恂一同出使西域。班超到达鄯善国时,鄯善王广用十分尊敬周到的礼节,来接待这位来自汉王朝的使者,但后来忽然变得疏远懈怠了。班超对他的部下说:"你们可曾觉出广的态度冷淡了吗?"部下说:"胡人行事无常性,并没有别的原因。"班超却说:"这一定是因为有北匈奴的使者前来,鄯善王心里犹豫,不知所从的缘故。明眼人能够在事情未发生前看出端倪,何况事情已显著暴露!"班超召来胡人侍者,假装已知实情,说:"匈奴使者来了几天,如今在什么地方?"胡人侍者慌忙答道:"已经来了三天,离此地三十里。"班超把胡人侍者关起来,召集全体属员,共三十六人,和他们一同饮酒。饮到酣畅之时,班超借酒激怒众人说:"你们和我同在绝远荒域,如今北匈奴使者才来了几天,鄯善王就已不讲礼节了,若是使者命令鄯善王把我们抓起来送给匈奴,那么我们的骨头就要永远喂给豺狼了。我们应该怎么办?"部下一致回答:"如今处在危亡之地,我们跟随司马同生共死!"班超说:"不入虎穴,不得虎子。如今可行的办法，只有乘夜用火进攻匈奴人，使对方不知我们到底有多少人马，必定大为震恐，这样便可将他们一网打尽。除掉北匈奴使者，那么鄯善人就会胆战心惊，我们便成功了。"众人说："应当和郭从事商议此事。"班超生气地说："命运的吉凶就在今天决定，郭从事不过是平庸的文吏，听到我们的打算，定要害怕，计谋便会泄露，到那时候，我们死得没有名堂，就不是英雄了。"众人说："好！"入夜，班超便带领部下奔向北匈奴使者的营地。当时正刮着大风，班超命令十人拿鼓，躲到匈奴人的帐房后面，相约道："看见火起，就要一齐擂鼓呐喊。"其余的人全都手持刀剑弓弩，埋伏在帐门两侧。班超顺风放火，大火一起，帐房前后鼓声齐鸣，杀声震耳。匈奴人惊慌失措，一时大乱。班超亲手格杀三人，下属官兵斩杀北匈奴使者及其随从共三十余人，其余约一百人全部被火烧死。班超等人次日返回，将事情的经过告之，郭恂大为震惊，接着神色一变。班超明白他的意思，举手声称："从事虽然没有前去参与行动，可班超怎敢一人居功！"郭恂这才大喜。班超召鄯善王广前来，给他看匈奴使者的首级，鄯善全国震恐。班超将汉朝的国威和恩德告诉鄯善王，并说："从今以后，不要再同北匈奴来往。"广叩头声称："我愿臣属汉朝，没有二心。"便将王子送到汉朝充当人质。班超归来后，向窦固讲述了出使经过，窦固十分高兴，将班超的功劳上报，并请求重新选派使者出使西域。明帝说："有班超这样的官员，何必还另选他人呢？现任命班超为军司马，让他完成先前的功业。"此后，班超又多次出使西域。

班超在完成出使鄯善国的任务中，面对北匈奴使者这个"贼王"及其随从的"众贼",同时又有鄯善国王与臣僚,这些需要争取、威慑的力量,采用先擒后慑的方略,实施套捣擒贼王的政治目标。其具体的施计过程,共分四个步骤:第一步是察势观情,从鄯善王的态度变化上侦知敌情、了解态势,以决定对付之策;第二步是先发制奇,对侍者先发制人,用计摸底证实后,一举将侍者囚禁,以免事泄;第三步套捣擒贼王,设圈套,用火攻,将北匈奴使者"贼王"与随侍"众贼"全部擒杀;第四步是威服鄯善王,使之与北匈奴断绝往来。由于斩杀了北匈奴使者,使鄯善王大惊,结果在班超的强大政治攻势下,归顺汉王朝。可见,班超使用了套捣擒王的功效,既将北匈奴使者"贼王"擒杀,又将鄯善王的"王心"真正收归臣服。一计而收数利,一捣一套而擒二王。

第三,擒首自溃,分割待毙,制胜之计在其中。

这种手法的重点是擒(首),即先擒其首,夺其魁,擒住"贼王",使之群龙无首、群羊无头(带头羊);然后使之自溃,再将"群贼"、"众贼"加以分割、包围,摧其坚、拔其锐,使之待毙而降。这实际上是先擒王,然后再擒贼,使政敌从总体上道穷体解的高招谋术;更是克敌制胜、在政治斗争中获取具有战略意义的胜利制高点的有效法宝。常用的具体手法,有引(导)擒(强→强)、诱(惑)擒(弱→强)、逼(迫)擒(强→弱)、割(分)擒(弱→弱)等。

1. 引(导)擒

所谓引擒,即是指在敌对两方尖锐、激烈的政治斗争中,处于优势地位的施计者,为了抓住与充分利用对己有利的时机,一举克敌制胜，便设计出特有的政治圈套，将政敌招引、导入其圈套，一举将"贼王"群首擒住，在夺魁之后，再分割擒拿"众贼"，使之道穷而体解。这种手法多用在敌对双方实力相当、势均力敌，且有较大群体性的政治斗争中。如敌对国家政权之间的政争与对抗，便常借用此法以制敌。

事例：金军兵临汴京城，媾和引擒宋二帝

北宋靖康元年至二年（1126—1127），金军南侵，铁蹄所至，宋军披靡败溃，致使大军直抵汴京城下。金军在兵临城下之际，又施展媾和之计作诱饵，一举将徽、钦二帝"引（导）擒"至金营，最后连宗室、宫人、抢掠财物一起北掳而去，宋军则不战而自溃。中原大片土地沦入金人之手，历经"靖康之难"的北宋王朝则宣告灭亡。

宋钦宗靖康元年（1126）闰冬月十三日，金人攻下亳州，宋朝廷则派遣密使传呼各道兵救援京城。十六日，钦宗开始避居正殿。次日，金人越过登天桥，来攻打汴京通津门。当时救援兵不能来到，汴京城中可以用的兵只有三万，也是十分之五六都逃走了，却令官军挑战，以显示尚能够抗敌。金又派人来，声言不须皇帝出城，请亲王前往金营计议。十八日，朝廷派人出使金军请求议和，宋使到了以后，金军元帅宗翰又立即把他们遣送回来，没有讲任何话。二十日，金人又派使臣来议和，要亲王出城结盟。二十二日，金人攻打通津门、宣化门，范琼带领一千人出城，渡河，冰裂，五百多人被水淹没，从此宋军士气愈发受到挫折。二十五日，大风雪，金军登上汴京城墙，宋军四处溃散。金人进入南薰等各门，汴京终于被攻破。钦宗伤心地痛哭说："朕不用种师道的建言，以致到了这个地步！"二十六日，朝廷遣使至金军营中，请求和解。到了金营，金帅宗翰、宗望说："自古有南就有北，不可互相没有。今天所商议的，目的在于割地罢了。"使者回来，说金人打算邀太上皇（即宋徽宗）出行城外。钦宗说："太上皇帝惊忧而病，一定要让太上皇出郊，朕当亲自前往。"三十日，钦宗前往金营，后回京。

十二月初三日，金遣使来，索要金一千万锭，银两千万锭，帛一千万匹。初五日，宋割两河地区给金朝。靖康二年正月初三日，金元帅宗翰、宗望派人赴金朝廷奏捷，并呈上宋帝的投降表。正月初十日，钦宗又到青城金营。当时金人索要金银越发着急，打算放纵士兵入城。钦宗则留住青城金营，下榻之处，陈设帷帐等萧索不堪，饭食不能接继。金人手持武器守卫着宫门，并用铁绳系住，夜间则燃烧柴火敲击梆子，整夜传呼不绝。群臣相对大惊失色，钦宗每每对着他们流泪。二月初一日，钦宗在青城金营，都城百姓每天都出城迎接皇上，金帅宗翰却不让他回来。初六日，金太宗下诏废弃宋帝及太上皇（即宋徽宗）为庶人。二月初七日，范琼逼迫太上皇及太上皇后前往金营，金人又将宋朝皇子及后宫人员全部索取入军。

四月初一日，金元帅宗翰退军。钦宗、徽宗被掳北迁。皇后、太皇太后、皇太子都跟着一起走，举凡法驾、卤簿，皇后以下的车辂、卤簿、冠服、礼器、法物、大乐、教坊乐器、祭器、八宝、九鼎、圭璧、浑天仪、铜人、刻漏、古器、景灵宫供器、太清楼、秘阁、三馆的图书、天下州府图以及官吏、宫女、内侍、技艺工匠、倡优，府库的蓄积，为金人一扫而空。钦宗在军中，头顶青毡笠，骑着马，后面有监视的军人，从郑门向北去，每经过一座城，他总要掩面而号哭。

宋将宗泽在卫州，听说两位皇帝被掳北去，便提兵奔赴滑州，经黎阳，到达大名，打算直接渡过黄河，占据金人的归路，拦截救回二位皇帝，但勤王的兵卒到最后也没有一个来的，所以未能成功。

金统治者早就对中原之地虎视眈眈，要实现此一政治野心，亦绝非易事。一是北宋王朝有合法统治者及其官僚实体；二是宋王朝的军队尚有一定实力。在军事上，金统治者采取长驱直入，直捣汴京的攻势做法；在政治上，则以兵临城下作背景与依托。将军事、政治两手交替使用，攻诈相辅、战和并用，为其擒贼擒王的政治伎俩服务。其具体做法是：其一，引大军兵临汴京城下，大军压境，形成宋王朝朝不保夕之势，在政治心理上造成空前的"末日感"；其二，招降订立城下之盟，割地索财求金，以给宋统治者一线生机，使之在政治上、心理上产生麻痹与妄存侥幸之念；其三，导计擒"贼王"，第一次让钦宗来金营后则放回，第二次则来金营后予以囚禁，使宋王朝群龙无首，朝野军民大乱，在政治、军事、士气、民心上，不战而自溃；其四，掳人掠财，一发而收数功。金军不仅将钦、徽二帝"贼王"擒掳，而且将数以万计的财物珍品、官僚随从，满载北去。在汴京则留下傀儡政权，以作政治军事代理人。这样，便将其政敌北宋统治集团，在军事上加以击溃，在政治实体上加以分割制驭与消灭，在领土上则加以割让破碎不堪。真正实现与完成了摧其坚（汴京城破）、夺其魁（掳钦、徽二帝北去）、解其体（朝臣官僚战将死伤降叛无数），使之陷于"道穷"末路，导致北宋王朝政权的彻底覆亡。金军则取得了独霸北方中原的具有战略意义的胜利，打破了旧的政治格局，形成了宋（南宋）金对峙、划江而治的新局面。

2．诱（惑）擒

所谓诱擒，即是指在敌对双方的政治（军事）较量与搏斗中，势力处于弱势的一方，为了求得速胜与打破强方的壁垒，便常使用此法。弱方的施计者察情观势，从总体上分析判断后，感到难以从全局、总体实力上制驭、降服对手，便决定从局部进行突破，抓住有利战机，设置诱计惑阵，一举将对方首领的"贼王"擒住，使"众贼"自溃。先"擒王"，再对其残存余部进行分割包围，分化瓦解，或围而不攻，待其自毙；或攻而不围，使之歼灭。这样一来，敌我的力量对比，政治格局将会发生重大的、根本性的变化；其政治实力均衡的天平，将会向弱方一边进行巨大的倾斜。

事例：也先施计诱擒王，英宗惊俘土木堡

明英宗时期，朝中大权实际被宦官王振所把持。他百般讨好北方的元朝残部瓦剌，甚至让自己的党羽私自制造箭镞换取瓦剌的良马，以求边境的安宁。瓦剌则视明王朝软弱可欺，入侵则变本加厉了。

正统十四年（1449）春，瓦剌派使入贡，因王振等人强行压低马价，引起不满。同年七月，也先率瓦剌大军攻打大同。大同的明军遭到惨败，各处防御城堡相继陷落，朝中一片惊慌。英宗决定御驾亲征，与王振仓促率五十万大军离开北京，沿居庸关、怀来、宣化赴大同。由于出师仓促，加之天气恶劣，粮草准备不足，所经地区人烟稀少，筹粮困难。故还未到大同，耗粮已尽，且军中减员甚众。

也先知明英宗亲征,决定用计诱使"擒王"。也先令大队人马后撤,并命骑兵暗中向明军两翼迂回。八月初,明军赶到大同,见瓦剌军退去,决定追击,但中埋伏,追击的明军全军覆没。明英宗感到形势严重,决定班师回撤。也先打探到明英宗行踪后,调集瓦剌骑兵昼夜追击,结果在狼山、鹞儿岭一带,又消灭明军有生力量三万余人。

八月十三日,明英宗率明军逃至离怀来城二十里的土木堡。土木堡地势高,周围无一眼水井与泉眼,明军数日无水,致使军心动摇。也先猛攻两日却仍未能克,决定"诈以请和",佯作后退,明军必移营城外,待移营时加以歼灭。也先便给王振写了一封信,建议双方罢战议和,派使者将信送到土木堡,并许诺后退三十里。待明朝派去与瓦剌议和的使者刚走,王振便急令向有水源的地方移营。当明军离开土木堡不到四里,瓦剌军四面围攻上来,喊声震天,致使明军死伤无数。混战中,王振带着明英宗,由几百名卫士护卫,在瓦剌军的重围中,左冲右突,仍不能解。明英宗见此惨状,决定下马,走到一块大石头上坐下,仰天长叹,结果被蜂拥而上的瓦剌军生擒活捉。王振则被明军将士砸死以消恨。

由于明英宗被俘,明军群龙无首,全军不战自溃,顷刻瓦解。五十万大军全军覆没,二十万头牲畜与无数辎重财物,也被也先部所获。消息传至北京,朝野震惊。幸得于谦主战,保卫北京,才力挽明朝的颓势以自存。

瓦剌部本系旧元残部,与明王朝则系臣属纳贡的关系。从总体上看,瓦剌是弱方,明朝则为强方。在土木堡争战中,也先部却在政治军事斗争中，处处领先于明朝，处于优势地位。也先成功地应用了擒贼擒王的妙计，一举将明英宗生擒活捉，并击败了五十万明军。这一举足轻重的胜利，则与也先所施的诱擒贼王手段有直接关联。这种诱（惑）的方法具体体现在：一是诈退，瓦剌军攻占大同后，又佯装诈退，以引诱明军追击，设计将深入之明军全部消灭；二是诈和，如果前者属于是"先攻后退"的话，这后者则是"先退后攻"，故意与重围中的明军，互相遣使议和，网开一条生路，后退三十里，然后在明军移营水源之地途中，一举围歼；三是诱擒贼王明英宗，在乱军中将英宗生擒活捉，擒明军之首，使之不战自溃；四是分割击歼，英宗被擒，明军群龙无首，加之瓦剌军的包抄、中间突破，使明军首尾难顾，军不成阵，最后只得被瓦剌军分割消灭殆尽。这是诱擒"敌首"使之自溃，以少胜多、以弱胜强、出奇制敌的政治军事斗争谋略成功的典型事例。

3．逼（迫）擒

所谓逼擒，即是指在政治斗争中，敌对双方的实力对比，强者对弱方施加强大的政治、军事、心理攻势，形成强烈的胁迫氛围和多种压力，然后，再乘势攻其不防、击其不备，迫使其就范、被擒而降服。当然，强方对弱方所施压力、形成的胁势，往往主要对准"贼王"，冀图从政治心理上达到擒拿、俘获的目的。

事例：行计设谋斩巫师，班超逼擒于阗王

东汉明帝永平十七年（74）五月，班超在完成出使鄯善国的使命后，窦固又让班超出使西域的另一重要大国于阗国。出发前，窦固想为班超增加随行兵马的数量，但他只愿带领原来跟从的三十六人，并说："于阗是个大国，道路遥远，如今率领几百人前往，无益于显示强大。如有不测之事发生，人多反而成为累赘。"当时，于阗王广德称雄于西域南道，但该国仍受匈奴使者的监护。班超到达于阗后，广德待他礼仪态度十分疏淡。于阗又有信巫之俗，巫师声称："神已发怒，问我们为何要倾向汉朝？汉朝的使者有一匹黑唇黄马，快去找来给我做祭品！"广德派宰相私来比向班超索求赠马。班超暗中获知底细，便答应此事，但要巫师亲自前来取马。巫师来了，班超便立刻将他斩首，并逮捕了私来比，痛打数百皮鞭。班超将巫师的首级送给广德，借机对他进行谴责。广德早已听说过班超在鄯善斩杀北匈奴使者的事迹，大为惊恐，随即杀死匈奴使者投降。班超重赏于阗王及其大臣，就此镇服安抚于阗。于是西域各国全都派出王子到汉朝做人质。西域与汉朝的关系曾中断了六十五年，至此才恢复交往。班超终于出色而圆满地完成了这次出使的政治任务。

东汉王朝是雄踞中原的巍巍大国，于阗则是称雄西域南道的大国，二者相较，政治军事实力大相悬殊，强弱对比十分明显。由于道路漫长、距离遥远，故前者对后者亦是鞭长莫及，采用军事手段绝非易事。对此，完成出使政治任务的政治家、外交家、军事家的班超，深信不疑。他认为要归服受匈奴使者监控的于阗国，只有采用逼擒贼"王"的政治谋略手段才能实现。班超在逼与擒上，很下功夫，先后实施：一是智逼，将笃信巫术的于阗国的巫师，用计骗来汉使营房；二是斩逼，班超将巫师骗来后，立即斩首；三是惩逼，与此同时，班超又将巫师的同伙、宰相私来比，严惩数百皮鞭，以示惩罚；四是警逼，完成上述几步后，班超则将巫师首级送给于阗国王,并对他们谴责,以示警告威逼。有鉴于此,广德国王又早听闻班超出使鄯善擒杀北匈奴使者的威名,便立即将匈奴使者杀死而投降汉朝。班超运用此计,降服于阗国,从而打通了中断六十五年之久的汉朝与西域各国政治交往之路。班超的逼擒之计,所擒"贼王"则有二:一是匈奴使者这一敌首"贼王",终于被于阗国王斩杀;二是于阗国王心中降服匈奴、受命使者的"贼王",使原来附依于匈奴"贼王"的"众贼"亦被擒拿而降服。完成此的依托,则是示其强、显其威、施其计、行其谋的逼取。以逼而摧其坚,以逼而穷其道,以逼而解其体,再一举逼而擒其"贼王",夺其魁。进而以兵不血刃的代价,获取了重大的政治胜利。

4. 割(分)擒

所谓割擒,即是指在激烈的政治斗争中,敌对双方,较之更大强者而言,均属弱势者。弱势者对弱势者要加以制驭降服,不可能采取直逼、直取、直夺的方式,只能采用割(分)擒的办法,将对方加以分割包围,然后再摧坚夺魁,加以制伏,以实现其既定的政治目的。这种手法多在官僚群臣之间的政治斗争中进行使用,或为夺权,或为辩诬,或为正名。

事例:刘成巧施遗状计,割擒诬者以辩实

唐高祖武德年间,李靖智勇双全,多立军功,为政十分清廉,颇有政声。因他深得唐高祖李渊的器重,故招致群臣中阿佞之人的妒忌与不满。就在李靖当岐州刺史的时候,便有人控告他有政治野心,想要聚兵造反。唐高祖李渊获悉此诉状后,极为重视,立即命令御史刘成前去岐州调查是否属实。刘成知道李靖本人一向奉公守法，体贴百姓，多为民做好事，不可能图谋造反。因此，有人说他要造反，肯定是诬告与陷害。怎么才能够为他辩白，将此事的真相弄个水落石出呢？刘御史经过反复的思考，决定用"割"（分）擒"贼"王的办法，来处理这件诬陷之事。他请求和那个控告的官员一起去办理这个案子，唐高祖李渊答应。御史刘成领了圣旨，与那个控告的官员一起，直奔岐州而去。

刘成与随从仆役、控告的官员等一行人，从长安出发，走了几百里路程，正在此时，管行李什物的随从报告，将控告官员原来写的那张状子丢失了，却怎么也找不着。刘成命令再查找，可翻遍什物，却仍不见原状子的踪影。刘成大发脾气，用鞭子狠狠地将那个随从抽打一顿。那个随从胆战心惊，连连磕头求饶告错。一见随从那副惊恐万状之样，刘成从心里也是可怜，便放下鞭子，仰天长叹了一口气，对那个控告的官员说："现在随从把状子给丢失了，这可是要掉脑袋的杀头之罪。我们俩人若办不成此事，不仅辜负皇恩厚爱，而且也有和李靖勾结的嫌疑，定会受到严厉的惩罚。"那个控告官员一听此话，也觉事之不妙，便向御史刘成询问对策。刘成无可奈何地摇了摇头，说此事非常棘手难办，又踌躇一下说："我看就只能这样办了，如果要想您我俩人都不受连累的话，同时又要救随从一命，我看只有一个办法了，那就是您再重写一张状子，权当原控状子没有丢失。这样，我们还是照常去查办好了。"那个控告的官员一听此话，也觉得再没有第二个好办法了，便又重写了一张控告李靖谋反的状子给御史刘成。

这是刘成与随从定下的妙计，假装将状子丢失，实际上原控状子并未丢失。刘成拿出控告官员后写的控状与旧的状子相对照，发现其中的内容很不相同，且大有出入。御史刘成立即返回京城长安，向唐高祖李渊奏报了这种情况。唐高祖竟不知其中有何内情与文章，刘成便陈述说："如果李靖造反确有其真事的话，那么，控告人无论在什么时间、在什么地方，也不管在任何情状下，写出的控告状子应该是相同的；现在的新旧控告状子之间，有很大出入，许多地方甚至驴唇不对马嘴，这就充分证明这个控告状子是控告人凭空捏造出来的，否则这又作何解释才好呢？"唐高祖听了刘成的奏呈后，才恍然大悟，立即命令对控告的官员进行严厉的审讯，其有意捏造事实诬陷的真相大白于天下，刘成为李靖辩诬的政治目的也实现了。

在中国古代专制社会里，皇权至高无上，官员臣僚作为一个政治群体而言，本身均属政治实力上的弱势者。因此，官员之间的争斗，则属弱者对弱势者的政治斗争范畴。李靖被妒恨而招致诬陷，控告官员的罗织罪名，又使皇上深信不疑，要御史刘成查处治罪。刘成为其辩诬，便施用"割（分）擒"政敌"贼王"之计。为达此政治目标，先后采用如下步骤：其一，是引导贼"王"政敌上钩。刘成要原控官员一起去岐州查处，得到皇上应允，这就为施计提供了必要的前提条件。其二，是诱骗政敌"贼王"信计。借假失原状，痛打随从，晓以利害得失，逼骗原控官员，只得信计，答应重写新状子。其三，是割擒政敌"贼王"，刘成将新旧控状，分剖割析，详加对比参照，发觉其中巨大破绽，然后判定其有伪诈与诬陷不实之处。这既抓住了"贼王"罪恶之"手"，又有人证物证，人赃俱在，使之陷入道穷而体解的绝境。其四，是辩诬惩贼王。刘成将其中的原委，分析呈奏唐高祖，且新旧控状俱在，原控官员无法抵赖。皇上命令审此原控之官，终于招实为诬陷不实之词，且受反坐，而被惩办。刘成终于实现并达到了为李靖辩诬，又严惩政敌"贼王"的政治意图。这是巧施妙用擒贼擒王之计，在政争中对政敌摧坚夺魁，使之从进攻转为陷于道穷体解的被动局面，终致覆亡的成功例证。

三、摧坚夺魁　道穷体解心衰

作为攻战计之一的擒贼擒王之计，在政治斗争中使用十分广泛，无论是政治家，还是阴谋家、野心家，为了某种特定的政治目的，都会采用各种不同的手法与技法来使用它。那么，在何种范围内应用此计，这却是有一定规律可循的。也就是说，只有在适合于使用擒贼擒王之计的范围里使用它，施用者才会收到预期的政治效应、达到既定的政治目标。如果是在不适宜使用擒贼擒王之计的范围里使用，将不会得到预定的政治效果，反而会因此招致失败或遗患无穷。因此，在中国古代的政治斗争中，施用者都高度注意与重视擒贼擒王之计的应用范围。

第一，在敌国之间。

敌国之间，既有政治军事实力强盛的强国，亦有综合实力相对较弱的弱国。无论是强国还是国力弱小的弱国，在政治斗争中，均可以使用擒贼擒王之计。需要指出的是，由于敌对国家之间，彼此之间互有戒备，亦多有所防范，因此，要施用擒贼擒王之计，必须具备十分高超的政治技巧与驾驭全局的应变能力。否则，倘若施计不成，可能会反受敌祸。

1．弱国对强国的使用

弱国在使用擒贼擒王之计时，对于比自己国力强大的敌国，首先是要示善佯亲，即进行痹敌、懈敌；其次则是攻其不防，击其不备；第三，则是与敌国的对手结成暂时的同盟，然后借助其力量，联合一致，摧其坚，擒其王，夺其魁，使之陷于国无头首而道穷体解的困境。

春秋时期，楚文王在位期间（前689—前677），地处中原的两个小国息国与蔡国，本是亲戚之国。突然之间，两国却成为政治敌国。其中，蔡国又较息国国力强大，息国则国力较弱。两国成为寇仇，起因于息侯的夫人息妫回娘家探视，路过蔡国时，蔡侯仗其国力强盛，不但未将息妫作为上宾款待，反而欺凌戏谑了她一番。息妫只得强忍怒火，以示应酬，心中却非常恼怒，待她回到息国以后，便向息侯述说了她在蔡国的遭遇与不快。息侯因自己的娇妻受到蔡侯的戏谑调笑，十分震怒，便想寻找时机，惩治蔡侯，以报戏妻伤主的一箭之仇。息、蔡两国便立即反目，成为政治上的仇敌之国。

蔡国依仗与齐国有联姻关系，并与中原诸侯结盟，自恃有强大的靠山，因此对楚国颇多怠慢，不肯向楚国称臣纳贡，楚文王熊赀对蔡国此举深为不满。息侯想借助楚国的力量，以惩蔡国与蔡侯的骄气。息侯在前往楚国进贡时，故意提到蔡侯如何如何骄横，楚文王勃然大怒。息侯则趁机向楚王献计献策说："现有一个办法，可以使蔡国臣服于楚。"楚王便询问息侯有何妙计。息侯说："大王您派军队佯装攻伐我息国，我派人向蔡侯告急求救。蔡侯一向恃勇而无谋，容易受骗相信。那时，他必定亲自率兵来救，待到达之时，楚、息两国合兵来击蔡军，必定能把他打败，蔡侯还敢不向楚王称臣朝贡吗？"楚文王一听，觉得此计甚高，很快与息侯约定了楚军佯攻的时间与兵力合击的部署。到了预定的时间，楚文王便亲自率领大军攻伐息国。息侯则一边佯装组织军队进行防御，一面则火速派使者给蔡侯通信告急求救。蔡侯见此告急求助信后，果然亲统蔡军前来息国相救，还未到达息国，便被楚军强劲攻势打得个措手不及。蔡侯只得率领蔡军急忙向息国撤退，息侯见蔡侯与蔡军赶到，却故意紧闭城门不开，拒绝让他们入城。直至此时，蔡侯才方知上当受骗，急忙撤军，楚军紧追而不舍，在莘野将蔡军击溃，蔡侯被擒。

息国联楚而擒俘蔡侯，一是为了报爱妻受戏谑之仇；二则是为了削弱蔡国，使之不敢骄横；三则是为了降服蔡侯，使之向楚王称臣朝贡。这一切则都是为了息国更好地自存与示强。

2．强国对弱国的使用

强国具有雄厚的政治军事实力，对相对处于弱势的政敌、敌国，既可显其威势，又可用多种方式来"擒贼"或"擒王"。当然，这里的"擒王"，绝非仅指一般意义上的擒拿王首、帝王，而是指能智取或征服、擒住政敌的军事统帅、头目，或使之中计，擒拿其心智，实际上即是摧坚夺魁的方式之一，亦是使之道穷而体解的一条加速途径。

春秋初年，郑武公掘突（前770—前744年在位），图谋消灭弱小之国胡国。为了能够顺利吃掉胡国，擒拿胡之国君，决定采用佯装亲善、欺骗麻痹敌人，继而发动突然袭击，一举擒王的策略。郑武公首先假装与胡国进行友好往来，接着又将女儿嫁给胡国国君。为了更加取得胡国的信任，郑武公甚至故意召集来朝中的群臣商议该去攻打哪个国家。胡国既是弱小之国，且又离郑国不远，因此郑国攻伐吞并的首要目标应是胡国，这是早有预谋，且是不言而喻的。郑武公对此深信不疑，却明知而故问，而其中又设有陷阱。大臣关其思却不知其有计，便立即建议说："攻打胡国比较容易获胜。"郑武公听到此话，勃然大怒，不容关其思怎么分辩解说，便立即下令将其斩首，并对群臣们说："胡国，是我们亲如兄弟情同手足的近邻国家，而他（指关其思）却建议派兵去兴兵加以讨伐，这究竟是出自什么样的心肠呢？"大臣关其思因建议攻打胡国而被郑武公怒斩，消息传到胡国以后，胡国国君则认定郑国将永远是可靠盟友，两国将永远友好下去，对郑国便不加任何的戒备防范。郑武公见条件时机已经成熟，便一举率军对胡国发动突然袭击，消灭了胡国，擒拿了胡国国君。

在这个用计实例中，作为政治家的郑武公，本来是强国之君，但为擒住弱小的胡国"贼主"、"贼王"，却一再示善、示弱、示信于政治敌手，使之麻痹松懈，丧失警惕，然后突发奇兵，攻其不防，摧坚擒王夺魁，迅速灭掉胡国。这是强国以较少的代价而换取巨大政治声势的用计之道，唯其借关其思人头以示好，未免失之残忍。

3．实力相当国家之间的使用

如果是政治军事实力相当的国家之间使用擒贼擒王之计，前述的各种手法都适用。在特定的环境、条件、背景、形势下，双方却绝非是绝对的实力相当，敌对双方则需要有更加巧妙的手法、更加高超的心理战术，只有如此，施计者的一方才能一举获胜。

北宋仁宗庆历年间（1041—1048），由党项族建立的西夏国王元昊，称雄西北地区（今宁夏一带），政治军事势力正处于强盛时期，曾多次挫败宋军。宋王朝从来不敢小视其政治军事势力，特别是西夏立国之后，元昊觊觎宋军所据的麟州已久，一直想将之占为己有。由于麟州地处黄河套外，是控制西夏的战略扼守要地。此地虽属战略重地，但自然条件环境甚差，城中缺乏淡水供应，没有一眼水井，致使守城的宋朝军民人等，吃水供给极为困难。

西夏国大臣向国主元昊献计攻麟州城，认为麟州城内无井，只要西夏军队围困守城的宋军半个月，那里的军民就会渴死，城池便会不攻而破。元昊觉得这是妙计，便依此计而行。元昊亲自率领西夏军队骑步兵人马，包围了麟州。城中果然断水，守城的大宋军民形势万分危急。正在此时，宋军有一个军士想出了一条巧计，主张挖取城中的沟泥涂在城高处的草上，以示城中尚有饮水，且水源还十分丰足，这必可挫伤西夏国主与围城军队的锐气。麟州的宋军守将立即采纳了这个意见，照此办理。西夏国主元昊一见到城头草上涂着的稀泥，便立即泄了锐气，急忙问那个献计的臣下："你说城中无井，可是为何又有稀泥？"不容分说，便将这个西夏臣僚斩杀以泄其愤，然后撤军离去。

在这里，守麟州的宋军主帅，不仅对敌我实力、态势、动向了如指掌，深知西夏国主率军围城的真实目的和用意手段，更懂得"众贼"与"贼王"（敌帅）的真正心理弱势弱点之所在。在危急时刻,采纳了部下的妙计,向政敌示强、示实(水)、示定,成功地运用心理战术(用稀泥涂城高处之草上),对西夏国主进行干扰、攻击,致使这位"贼王"由主攻而变"被擒"中计之徒,结果,杀部臣,劳而无功地撤返,城围遂解,宋军起死回生,转危为安。这是一场斗智、斗勇、斗计的心理攻坚战,宋军用稀泥攻西夏国主心中之"坚(志)"、夺其"魁(围攻之主意)",进而使之道穷(杀臣下)而军撤"体解"。

第二,在君臣之间。

在君权至上的中国古代社会,君主拥有至高无上的权力,对臣下部属、对整个国家都有支配、制驭之大权,"朕即国家",便充分地反映出这一点。作为"主上"而"君临天下"的帝王,为维护自身的权力与统治,为分化瓦解敢于有谋反之心、有犯上抗命之嫌的臣下部属,便经常巧施擒贼擒王之计,以惩其"元凶"、"头领",从而起到"杀一儆百"之效。在臣下部属中,既有远见卓识、忠心耿耿的政治家,又有久觊帝位与权力的政治野心家、阴谋家,他们为达到其自身的政治目的、扩大其政治势力范围或驾驭主上"挟天子而令诸侯",往往亦对君主施展其"擒贼擒王"之计,使之中计受控。至于在臣属官僚之间,为争权夺利,为达到自己既定的政治目的,敌对的政治势力、官僚群体之间实施擒贼擒王之计,更是屡见不鲜。在施计中,彼此示强显弱,或智攻,或巧取,或直擒,或逼夺,手段繁多,层出不穷。

1. 君主对权臣的使用

君主对朝中握有政治军事实权的权臣,既委以重任,加以笼络利用，使之为巩固帝王的江山社稷而效犬马之劳，同时又加以诸多的防范，恐其功高震主而尾大不掉，更防其谋反而犯上作乱。倘一旦有所觉察，则多施用擒贼擒王之计，加以引诱擒拿，再夺魁而消灭，以除绝政治后患。

五代十国时，吴国太祖杨行密（892—905年在位）建国称帝，朱延寿、安仁义则是他的得力战将，更是朝中的权臣。此二人自恃功高权重，一向怀有政治野心，特别是他们率军将淮、徐地区平定之后，二人更是骄纵放肆，且图谋反叛吴国朝廷。吴王杨行密对此早有觉察，且决定施用擒贼擒王之计，伺机将此两个政治上的心腹大患一举除掉。

作为政治家的杨行密，政治上足智多谋善断，诡称眼睛有恶疾，每当接待朱延寿派遣来朝打探动静的使者时，便装作因眼病而将一切东西均看错了，颇有眼花目错之样，甚至行走时，也故意因眼病而撞在宫殿的柱子上，以致撞柱而身仆倒在地上。朱延寿夫人见状，搀扶他从地上爬起来，也要许久才能苏醒过来。吴王杨行密趁机借势，佯装哭泣着说："朕虽然立国之大业已成，然而却已双目失明，这是上天让我成为废人啊！我的儿子都不足以承继我立下的大业，如果能让朱延寿这位有本领有功劳的臣下来接替我的位置的话，那么，吴国的江山可保，而我也就没有什么遗恨了。"朱夫人听了便信以为真，万般感激，又将朱延寿亲自召来，要面听吴王的传位面谕。当朱延寿刚走进吴王杨行密的寝殿之门时，吴王便令人刺杀了他，随即又迅速将安仁义擒住，斩首示众。遂使欲行反叛的"贼王"被擒杀，而一场即将爆发的叛乱，亦很快被粉碎。

这是吴王向企图反叛的权臣政敌示病、示弱、示虚位、示信任，以引擒、诱招朱延寿入宫，加以歼灭的成功用计之举。也是他对拥有重兵部众"群贼"与大权在握的权臣"贼王"的"智擒"之术，且一发而擒杀二"贼王"，使"众贼"得以惊儆而归顺朝廷，其关键是借眼疾失明而做幌子，行计而痹"贼王"→诱"贼王"→擒"贼王"→斩杀"贼王"，消灭政敌，断绝后患。

2. 臣下对君王的施用

在政治斗争中，政治权力本身是具有巨大吸引力的。臣下对君王既顺从又羡慕其至高无上的权力，至于手中握有权柄的权臣，更是时时觊觎帝位，急欲取而代之。其中不乏在权臣中有一些政治上深谋远虑、远见卓识的政治家、野心家、阴谋家。他们在夺取帝位、由臣为君的过程中，苦心经营、等待时机，一旦时机成熟，便行夺位之计。然深究其全过程，仍是实施擒贼擒王之计的不同阶段而已。

五代十国中的后汉国，其大将郭威战功赫赫，屡建奇功，不仅手握重兵，而且掌握政治实权，是一位颇有政治头脑的实力权臣人物。在后汉隐帝刘承祐（949—950年在位）时，他率军攻占河中之地，在班师回朝的凯旋之日，汉隐帝对他及其部众犒劳赏赐的财物珍宝，甚是丰厚可观。大将郭威胸有宏图大业，富有高瞻远见，当即推辞这些赏赐，说："我率兵在外，凡是保卫京师重地的要点，供给亿万兵饷与前方将士所需，均是朝中各位大臣居中调停的结果，为何圣上只单独赏赐我郭威一个人呢？请陛下连他们一起都统统奖赏吧！"汉隐帝听了此话后，只能够遍赏宰相、枢密、宣徽三司、侍卫使等群臣官员，且赏赉财物珍宝的数量，均是人人一样的待遇，不分彼此与厚薄。

汉隐帝赏毕朝臣与群官之后，郭威又趁机建议说："现在朝中的执政官员普遍受到了皇恩，这样恐怕会引起藩镇绝望，圣上也应当赏赐藩镇官员，使之各有等差。"这样一来，郭威为他们请功求赏的举动，深得朝廷内外官员们的赞扬和赏识。自此以后，朝内外的人心都归向于他，这为他两年之后，即951年时，代汉称帝，建立后周国之举，打下了坚实的基础。郭威称帝后，即为后周太祖（951—954年在位）。权臣郭威在与弱主汉隐帝的政治斗争中，既不自恃军功以骄横，又不以手握大权而欺凌百官朝臣，却在凯旋之日，为内外官员求功请赏，借后汉帝王之手之财，遍赏群臣，自己却有收揽人心之效。用此伎俩，便使后汉国主的政治之"坚壁"不攻自破，用自己的手拆了自己的墙脚。由于百官群臣人心归服于郭威，又可收"擒王"之功。其日后取而代之而登帝位，便顺理成章了。因为，"王"已智擒而无威势，"坚"也早已被摧，且郭威手握重兵与生杀予夺之柄而使"道"入穷途，而"体"更因为官群臣心早已倾向郭威"新主"而"体解"了。这真可谓是，郭威大将：巧施赏赐收心计，实为"擒王"代（后）汉功。

第三，在臣僚之间。

置身于官场与政治斗争旋涡急流之中的臣僚百官，彼此各自存在切身的政治利益。因此，时时都在权衡行事做人的利害得失，事事均在为保存、扩大自己的权势而精打细算。官场如战场，风云突变，福祸并存，时有难测之风雨，更潜伏着巨大的种种危机。最有效地保存自己，除学会韬晦之术、潜存之法外，更重要的是置政敌对手于死地，将其制驭或消灭，剪除异己，壮大自我之势。这样，擒贼擒王之计，便成为他们在政争角逐中，常用、惯玩的政治伎俩。

1. 上级对下级的使用

上下级官僚之间，在政争与权势的逼夺中，存在着尖锐激烈的冲突。特别是对于那些怀有权力野心与政治目的下属官员及其部众群体，上级官僚除对之实行分化瓦解外，更重要的是在关键时刻，即视其有反叛行为或举动时，采取擒贼擒王之计，一举将其攻下、"贼王"聚歼消灭，以巩固自身的权力地位。

明熹宗天启年间（1621—1627），四川永宁（今四川叙永）宣慰司奢崇明反叛，进围成都，四川右布政使朱燮元率明军抵抗，在成都地方击破了叛军自制的吕公战车之后，大败叛军。奢崇明不甘心其失败，便派出间谍，要部将罗乾象假意向明军投降，然后伺机进行破坏与内部策应。朱燮元此时听说叛军有人来投降，知道这是叛首派来的间谍，将计就计，便对间谍进行收买与拉拢。朱燮元在进行了严格的防范与周密的部署后，就与罗乾象一起饮酒。罗乾象身着铠甲，佩着大刀，朱燮元却表现得十分镇定自若，毫无畏惧，表面上亦无所介意，甚至两人对饮之后，还同床而卧。罗乾象很受感动，对朱燮元说一定要以死相报。待罗乾象回到叛军营中后，贼营的大小举动，朱燮元均了若指掌，从而为平定叛乱、收集敌情起到了重要与关键的作用。

明朝镇守一方的大员朱燮元在平定军事叛乱时，颇具政治方略与计谋头脑，在施用军事剿灭之时，更施擒贼擒王之计，将"贼王"派出的假投降间谍，变为真投降，将间谍收买之后，又令其返回敌营，充当己方之内应。这样，在上级官僚对下属的部众叛乱时，便将敌首的情报"首脑"化为官军之用，这恰似擒扼住"贼王"的颈脖要害之处，将其置于死地，而使之"体解"和"道穷"。施此计成功的关键，则是朱燮元以上级官员的身份对下属部将的示诚、示厚，予以感化与进行政治攻心战，使之降服的结果。

2．下级对上级的使用

上级官僚手中既掌有权柄，又对下属官员有升降予夺之权，因此，下级对上级官僚要在政治斗争中施用擒贼擒王之计，则要另谋政治渠道，或讨好别的上司，以相制约；或直接巴结皇上，以对上司进行钳制、惩戒。这样，一些下属的政治家、野心家、阴谋家便可以伺机将政敌及政敌群体，通过编织罗列罪名，或陷害诬蔑，而将"贼王"擒住，再加以诛杀消灭，铲除其向上晋升的最大政治障碍。这里的关键是要识王与示伪。

秦王朝末年，朝中权奸、郎中令赵高，趁着秦二世胡亥（前209—前207年在位）沉湎于深宫的声色犬马，不理朝政之机，便在朝独断专权，玩弄权术。对赵高的专横跋扈，丞相李斯深感忧虑。赵高觉察后，怒火中烧，对李斯顿起擒杀铲灭之心，便实施阴谋诡计，加以陷害。他对李斯故意关照说："函谷关以东地区，现在盗贼纷起，皇上却从那里抽调更多的人去服徭役，修建阿房宫。我本想向皇上进谏言，因地位卑下，这应当是丞相您分内的事，您为何不在皇上面前进谏言呢？"李斯则回答说："皇上现在处在深宫之内，我想谒见他却没有寻找到适当的机会。"赵高则说："这样吧，等到皇上有空闲时，我再通知您好了。"终于有一天，赵高待秦二世正在举行盛大宴乐，宫女们簇拥在前，玩得正在兴头上时，便派人去告诉李斯说："可以向皇上启禀国事。"李斯立即赶到秦二世那里去谒见皇上，秦二世则认为李斯是要故意扫他的兴致，龙颜大怒。这时，赵高竟在一旁乘机编造谎言，述说丞相李斯久怀怨恨之心，想要伺机谋反作乱。秦二世便立即下令将李斯关进了监狱，判了他诛灭三族的重罪，进而使权奸赵高"擒杀"政敌与上司的政治目的、陷害忠良的阴谋得以实现。

位卑官微的赵高，因阿谀奉承有术，讨好秦二世，致使权倾一时，连丞相李斯均不在话下，更不放在眼里，可以随便罗织罪名，伺机"擒杀"陷害上司，更可以设置政治圈套，施之于政敌、对手，"摧坚"夺势，更可假手于皇上，罗织谋反之大罪，诛灭三族，将其所擒"贼王"消灭殆尽。这是权奸、阴谋家、野心家，对付上司政敌，先示诚、示卑，而后设置政治圈套以"擒王"，再予以诛杀的毒计得逞的必然结果。

四、先发先制　奇计妙出不穷

擒贼擒王之计，是三十六计的第十八计，亦是攻战计之中的最后一计，这就充分表明了它的重要性与价值、功能、作用的多元性、多向性。此计的应用范围颇为广泛，概括起来，这种计谋在政治上与政治斗争中的应用，有着如下基本特点：

第一，就擒贼擒王之计在政治斗争中应用目的而论，具有先发性与扼制性的特点。

所谓先发性，在于政治斗争中，敌对双方均处于临战状态，彼此戒惧甚高、防范甚严，要达到用计施策，而置敌于死地，欲擒灭"众贼"之时，轻而易举擒拿"贼王"，必须具有目标明确（辨认贼王精、准、无误），行动快速，反应及时，击敌要稳、准、狠、快等条件。在制驭敌人的力量上，更要集中主要力量，防止分散，以免被政敌各个击破。这一切具备之后，最为关键的是抓住行动时机。寻隙伺机，先发制敌、击敌、擒敌，直捣政敌的老巢，一举擒杀"贼王"，就可将"众贼"消灭。否则，后发制敌，失掉战机，不仅后患无穷，而且可能待政敌集聚力量进行反扑，可能会导致用计不成反被敌"擒"的巨大恶果。

基于擒贼擒王的用计者本身所要企达、实现的政治意图、目标，在于直接擒灭政敌头目、首领"贼王"，瓦解"众贼"，因此在施计的全过程中，采用、调动、实施的一切手段，均要有扼制敌人要害部位、要害环节、要害人物的作用。只有这样，才能在先发制敌的条件下，快速、敏捷地克敌制胜，"夺其魁"，扼制"贼王"，再"穷其道"，使"众贼"同伙陷于"体解"的境地，予以全歼，此为扼制性。

第二，就擒贼擒王之计在政治斗争中作用而言，具有伪饰性与奇效性的特点。

所谓伪饰性，系指在尖锐、复杂、激烈、多变的政治斗争中，敌对双方互相对立，均想置对手于死地。因此，对自己实施、制订、预达的政治目标、意图，须处于严格保守秘密的状态。在实施擒贼擒王之计时，行此计者，由于既非将政敌驱跑、惊走，也非仅为虚张声势，而是要直接夺取"擒贼"（众敌）、"擒王"（敌首），将其消灭的巨大胜利,因而在接近目标、进达敌城时,更须具有伪装、巧饰的功能。只有如此才能痹敌、诱敌、引敌,进而逼敌、迫敌、制敌、溃敌,一举而擒杀之。行施此计时所显现出的重要作用,在表面上看,像似仅"擒"众贼之"贼"而已,而实际上,摧政敌之坚后,根本目的在于擒王夺魁,只不过伪饰巧装加以掩盖而已。否则,难以企达彻底陷敌于道穷体解而加以消灭的目的。

正由于此计采用了"射人先射马"、"擒贼先擒王",即抓住事物的主要矛盾,则其他次要矛盾就迎刃而解了。在政治斗争中,其实施的作用方面,确有着奇效性的特点。所谓奇是指"擒王"之后,"众贼"无首,群龙自溃,此一奇;二是有杀一儆百之效,"众贼"见王擒被杀,便会不战自降,此二奇;三是"擒王"之后,余贼既陷于道穷无技、投奔无路的绝境,又因心无斗志而自沉自扰,便于一举歼灭,此三奇;四是"王"擒而无"首脑"划策之谋,"头"断而体解自僵,这就使再强大的政敌,此时亦可分割包围,一举聚歼,更可以最小的代价,换取政治上、心理上、声势上的巨大胜利,此四奇。

第三,就擒贼擒王之计在政治斗争中影响而观,具有易用性与广泛性的特点。

擒贼擒王之计作为在政治斗争中常见和行之有效的手段伎俩,具有很高的易用性,它不仅表现在这些手段的奇效上,还表现在它的易用上。所谓易用性,即是指这种计谋的特点、要领、技巧、关键等,都易学、易懂、易会、易用。无论是远见卓识的政治家,抑或是居心叵测、怀有种种政治目的的野心家、阴谋家,均对此计加以广泛灵活使用。在政治斗争中，敌对双方所争夺的唯一目标，即是权力的制驭权、控制权等。权力可以带来财富，也可带来巨大的物质与精神的享受，更使掌握权柄的人获得对他人的支配权、控驭权、使用权、操纵权、予夺权、玩弄权等，借此以获得心理上病态的、畸形的满足，在被制驭者的灵魂与躯体上，构筑自身胜利者的享乐圣殿迷宫。要达此目的，将权力独享、独霸、独占，则必须战胜对手、政敌，使之消灭，或成为阶下囚、被驭者。这种目标的实现，最为快速、简捷、方便的办法，便是实施擒贼擒王之计。政治斗争中的敌对双方均将此计作为易学易用之术，且目睹其他施此计者所产生的显效近利远功来看，亦备受鼓舞和多受启发，致使此计的政治效应影响大增。

擒贼擒王之计在政治斗争中，应用实施中影响的广泛性，在于施用此计的文化背景与政治沃土，为此计的胜利之果提供了广阔的市场。若就文化背景而言，由于儒家思想长期居占主导地位，这种思想与中国政治结合的重要特点，便是将政治制度的统治性、制驭性、剥夺性、扼杀性等残忍本质，用仁慈、伪善、仁义道德的华美外衣加以遮掩、裹饰起来，具体则简化为"礼"与"刑"相辅而成。统治者官员必须要将注意力集中到"礼"，集中到自身道德修养与完善这个无边的"名海"中去。这就使政治本身带有极大的欺骗性、伪饰性，越是巧妙的夺权者、用权者、擒王者，便越行得道，其计谋也就越有市场。此计正迎合了这些需要置敌于死地，却又名利兼收的政治家、野心家、阴谋家特殊的政治文化需求。再就政治沃土而论，东方专制政治中体现的重要特点，便是君主拥有绝对的权力，而各级官员则依等序，对权力进行再分配。权力的拥有者,生前显荣富贵,死后则谥美留芳,且恩荫后世及九族宗人。这就使诸多政治家、野心家、阴谋家在保官护位的同时,更渴望进入新的权力范围之内,分享更大、更丰的权力之果。然虚位不多、官职有限,中国又提倡昭穆有序、论资排辈而上,这就使那些跃跃欲试者需另辟蹊径,再寻升迁的捷路,而将政敌斗倒擒杀,并且取而代之的擒贼擒王之计,便是最妙最实用的高招巧术,理所当然地赢得了广阔的市场,且为用之不衰、经久不竭。

第四,就擒贼擒王之计的政治斗争心理与计谋智道效应来看,具有威逼心理与惧慑效应的特点。

在白热化的政治斗争与较量中,擒贼擒王之计的实施者,所采用的突袭、扼杀手段,来对政敌进行摧坚夺魁本身,恰是施威、诱逼于对手政治心理的生动反应,更是高压之下迫其降的信条具体运用。因此,先"攻心"、"夺志",然后再"瓦解"政敌、"体解"自毙,是其惯用之术。"擒王"之后,再擒"众贼",使之惧慑而后俯首就擒,即是此计应用的智道功能,更是将危惧之下的"垒卵"击溃的多效之举。

混战计
——乱中制胜

引 言

"混战计"系三十六计的第四套计,由釜底抽薪、浑水摸鱼、金蝉脱壳、关门捉贼、远交近攻、假道伐虢等六计构成。

所谓"混战计",其本意系指敌对双方斗争态势处于混乱之时,施计者在乱战、混战中使用的谋略计法。譬如,当力量不足以克敌时,为削弱其气势,便须用釜底抽薪之术,以柔克刚;当混乱之际,敌方内乱而自行削弱又没有主见时,为使其按照己方意图而行,便须用浑水摸鱼之计,夺取胜利;当争斗激烈,又有第三种力量出现,而又必须对付,那么就要存形完势,用金蝉脱壳之法,分兵迎击,使友不动疑,敌不进攻;当遇到弱小的对手,更须关门捉贼,围而歼之,不留后患;对远邦要结交,对邻国要进攻,这是地理形势使然;当遇到受攻击又侥幸图存的敌对势力,要诱之以利,迅速渗透,控其局势,兵不血刃,即可收到"假道伐虢"之效。

上述六计,就政治斗争中敌对双方力量对比、时机的选择和技巧的运用而言,亦有差异,尤其是处在复杂多变的争斗中,些微的变化,瞬间的异动,偶然的闪失,都会引发全局态势的激变与逆转,更关系到计谋的成功与失败。这是因为,混战计本身,就是在混战、乱战中寻求胜机。一个"混"字,表明它既有敌对双方的人员、矛盾相互交织,一时泾渭难分、胜负莫辨、真伪不明、虚实兼存的特点,也有相较其他计谋具有更为强烈、急速的变化因素。如釜底抽薪、金蝉脱壳二计,前提是我方力量比之对方为弱,或是遭到第三种力量的突袭,手段是示柔、示假;目的是减其势、保实力,以实现全局性的胜利。浑水摸鱼、关门捉贼、假道伐虢三计,在力量对比上,或者势均力敌,或者优于对方,或者对方矛盾重重,给己方以可乘之隙。据此,当充分利用摸鱼、捉贼、"伐虢",则可如愿以偿。远交近攻,与前两类计谋的区别在于,前者是行动,后者是策略。也就是说,在运用计谋之前,要考虑到周围的环境,尤其是地理环境、人文条件。此处的"远"与"近",有两层内涵:一是指地理实际距离而言,二是指政治上的亲疏、盟敌、类异关系而论,故实为地理空间距离与政治心理距离的概括。若策略得当,就会事半功倍;否则,不仅不能如愿以偿,且会危及自身。当然,就混战六计而言,也有其共同点,即乱中求存,乱中克敌,乱中耗敌,乱中取胜。若智能高超,当条件不成熟时,可以主动出击,创造条件,制造混乱,达到乱中取胜的目的。以混战计的性质及目的来观察,它的最大特点,则是闪击性,即在政治斗争中,双方呈现胶着、滞积态势时,为使局势急转,便运用诸计谋略,出敌不意,攻其不防,击其不备,在"混"、"乱"的烟幕掩护下,迅速克敌制胜。其次,它也具有相对的稳妥性。这是因为:一是施计者的实力和地位都可以与任何对手相抗衡;二是将获利的主动权掌握在自己的手中,能胜则胜之，不能胜则不为，均可见机行事。然而由于判断的失误，对稍纵即逝的时机把握不当，其结果就会适得其反。这又是稳妥之中的不稳定因素，由此也会导致危险。

釜底抽薪

——不敌其力　以柔消刚之势

本计云:"不敌其力,而消其势,兑下乾上之象。"其大意是:两军对垒之际,不直接抗击敌方的锋芒,而是以柔消刚,削弱其气势,从根本上瓦解它的战斗力。此为混战之计,避实击虚,乱中取胜。釜底抽薪,语出于《淮南子·精神训》。其说云:"以汤止沸,沸乃不止。诚知其本,则去火而已矣。"《淮南子》的作者从道家哲学的角度,论述克服人欲的根本途径,认为:"不本其所以欲而禁其所欲;不原其所以乐而闭其所乐,是犹决江河之源而障之以手也。"圣贤之辈禁欲而从善,其结果是"情心郁殪,形性屈竭";暴君独夫纵欲为恶,其结果是"残亡其国家,损弃其社稷,身死于人手,为天下笑"。问题的关键,就在于不能从根本上解决人欲的产生与泛滥。必须釜底抽薪,去其火势,才可收汤存而沸止、欲亡而心安之效。

一、攻其要害　避锋芒击虚弱

《周易·履卦第十》云:履:履虎尾,不咥人,亨。《象》

赵飞燕争宠夺爱

曰：上天下泽，"履"。君子以辨上下，定民志。

【一爻】初九，素履往，无咎。《象》曰："素履之往"，独行愿也。

【二爻】九二，履道坦坦，幽人贞吉。《象》曰："幽人贞吉"，中不自乱也。

【三爻】六三，眇能视，跛能履，履虎尾，咥人凶。武人为于大君。《象》曰："眇能视"，不足以有明也。"跛能履"，不足以与行也。"咥人之凶"，位不当也。"武人为于大君"，志刚也。

【四爻】九四，履虎尾，愬愬，终吉。《象》曰："愬愬终吉。"志行也。

【五爻】九五，夬履，贞厉。《象》曰："夬履贞厉"，位正当也。

【六爻】上九，视履考祥，其旋元吉。《象》曰：元吉在上，大有庆也。

在六十四卦中，乾为天，兑为泽，兑下乾上得履卦。象曰："柔履刚也。"意思是以柔消刚。《六十四卦经解》云："庄子曰：文王履纣之刚暴而亨也。又鸿门已无项，玉津犹有越，汉高、勾践，亦其义也。"周文王羑里之囚，汉高帝鸿门之厄，越王勾践卧薪尝胆，皆用以柔消刚之法战胜对方。可推演出此计在政治斗争的可能和结果如下：

第一种，使用者必须掌握抽薪的时机，把握到时机之后，也不要声张，最好单独行动，就是无咎之事。

第二种，使用釜底抽薪之计，以隐秘为吉，不能够自乱。此爻为阳，以刚强为上，因为有两变卦，刚则吉，柔则凶，避凶之术在于不自乱。

第三种，使用釜底抽薪之计时，有可能使自己受损，这是因为没有看清形势，把握时机，当然为凶险之事。要注意本计有行险而顺的变化，以坚定不移的信心去应对，虽然处在四变卦的阴爻之中，但把握好时机，还是能够化害为利的。

第四种，使用者处在刚阳的八变卦之爻，虽然面临各种危险，但心怀恐惧而终利于行。刚阳之爻，要以刚强为主，即便是面临种种困难，但不妨碍行事，所以为吉。

第五种，使用者依然处在刚阳的十六变卦之爻，还是阳卦，利于决断，即便是会出现种种情况，因为位置正确，可以大刀阔斧地行事，不用有顾虑。

第六种，釜底抽薪是把握机会，上九之爻虽然处三十二变卦之中，但各种变化都在机会之内，因此可以放心大胆去实施，一定会取得重大胜利，故此为大有庆，也应该注意排除不利因素，所以要考详。

该计用于军事，主要是不与强敌正面交锋，而是攻其要害，削弱其势力，逐步达到消灭强敌的目的。秘本兵法《三十六计》在解释此计时说：水的翻滚沸腾，是由于它的力量。而这股力量的来源，却是燃烧着的火。火为强猛力量中的最强者，乃"阳中之阳"，锐不可当。但是，作为烈火之源的柴草，却是"阳中之阴"，它易受控制而无害于人。认识到这一点，就掌握了不当其力而消其势的方法。尉缭子说："气实则斗，气夺则走。"气而夺气之法，则在攻心。当年，吴汉为东汉大司马时，有敌兵乘夜袭击汉军营地。军中惊扰，乱成一团。吴汉安卧不动，镇静如常。士卒见吴汉如此，军心逐渐稳定。吴汉便挑选精兵，突击敌阵，大获全胜。这就是"不直当其力而扑消其势力"。薛长儒为宋代汉州通判，有戍卒偷开营门，放火鼓噪，杀入州衙，企图杀害知州与兵马监押。有人前来报信，知州、兵马监押都惧而不敢出门。薛长儒挺身而前，对叛兵说："你们都有父母妻子，为何铤而走险呢？凡是没有参加谋反的，站到另一边去！"于是胁从之辈皆不敢动，只有八个首恶之人突门而逃，藏匿于村野之间，很快便被抓获。当时有人说，若非薛长儒在，则一城生灵必遭涂炭。这就是"攻心夺气"之法的作用。也可以说：敌对双方交兵之时，攻击敌人的弱点，能够阻止对方获得即将到手的胜利，使其功败垂成。

该计用于政治，则是避免正面冲突，掌握影响全局的关键，打击对手致命的弱点，使对方无立足之地，或自消自灭，或迫其就范，或令其规避，操主动权于自己手中。由于中国古代政治斗争的复杂性，政客或帝王要在错综变幻的形势下，想要保全自己，消灭对手，必须善于分析形势，抓住关键，避免陷入混局，招致惨败。釜底抽薪之计正是在这种场合下，能够出奇制胜的良策。因此高瞻远瞩之辈，老谋深算之流，无不乐用此计、善用此计。

二、巧思多变　窥虚问实求是

政治斗争的复杂性，导致斗争策略的多样性。在政治旋涡之中，釜底抽薪之计的运用，既常见而又善变。成功的经验与失败的教训，史不绝书，不胜枚举。其运用之妙，又足以使人瞠目结舌，拍案叫绝。

事例：暗设机关，志在除敌固宠

春秋战国时期，秦国大臣公孙衍，深得秦王的赏识，即将受到重用。秦王不仅经常与公孙衍商议大政方针，而且亲口许诺，要任命他为丞相。当时，秦国的丞相是甘茂，此人累世高官、老谋深算，在秦国政界中是一个很有影响力的人物。甘茂估计到秦王有意用公孙衍取代自己，忧心忡忡，又苦于抓不住公孙衍的把柄，只能眼看着对手权势日隆而无计可施。不过，秦王赏识公孙衍，受到威胁的并非仅仅是甘茂一人。秦军统帅樗里疾，因为害怕秦王用公孙衍为将，自己丢掉职位，同样也是惶惶然不可终日。为了防备不测，及早采取措施，樗里疾在秦王经常与大臣议事的处所附近，秘密地凿了一个地穴，派人藏身于其中，偷听秦王的谈话。过了一段时间，樗里疾没有得到秦王打算任命公孙衍为统帅的消息，却意外地知道了秦王准备用公孙衍为相的许诺，便把秦王与公孙衍的谈话张扬开去。一传十，十传百，很快就弄得人人皆知、满城风雨。正在焦急之中的甘茂，听到这个消息以后，心中暗喜，立即去见秦王。他对秦王说："大王得到了一位贤明的丞相，请允许我向您表示祝贺！"秦王闻言，心中暗惊，表面上却不动声色。秦王若无其事地对甘茂说："寡人已经把秦国的大政托付给您，哪里又冒出来另外一位贤明的丞相呢？"甘茂不慌不忙地答道："大王不是已经亲口许诺公孙衍，要任命他为丞相吗？"秦王更加吃惊，知道无法隐瞒，便问："您是从哪里得到这个消息的呢？"甘茂回禀说："此乃公孙衍对臣所言。"秦王听罢，真的以

飞龙在天或见野

为是公孙衍泄露机密,怒不可遏,立即下令将其斥逐。

运用釜底抽薪之计,既要抓住对手的把柄,又要明察形势、掌握分寸,才能击中要害。混迹于政界,难免给对手留下把柄。但是,究竟哪些把柄可以置人于死地,在什么时间、什么场合使用,才能够收到最佳效果,却要进行一番认真的筹划。甘茂是政坛老手,明于世故,深知秦国政治的症结所在。

春秋战国时期,正是中国政治大变局的时代。一方面是列国纷扰、争雄争霸、礼崩乐坏、生灵涂炭;另一方面却是专制政治日益强化,君主的权势不断膨胀。秦国发展的历史虽然较晚,但国力日强、疆土日广、君权日重。专制政治的特点之一,就是大权独掌而不能够公开,尤其是君主的意图不能随便泄露。因为权力的高度集中,固然会使君主威势赫赫,同时也会使其势单力孤,变成了真正的孤家寡人。不保持一种神秘性,就无法保持对臣下的威慑力,一旦被人看破虚实,后果不堪设想。甘茂正是深明此中的奥妙,利用秦王唯恐臣下窥测其虚实的心理,不去和公孙衍进行正面冲突,不向秦王流露与公孙衍争夺相位的实情,而是抓住公孙衍的把柄,一举破坏了秦王对他的信任感。公孙衍失去了秦王的宠爱,拜相之事自然也就随之告吹。一切都进行得极为自然,甘茂向秦王祝贺,并不是抱怨自己失宠;甘茂称公孙衍为贤相,看起来心悦诚服。但是,消息是从哪里走漏的呢?原来是公孙衍透露给了甘茂。绝不牵扯别人,避免节外生枝,公孙衍有口难辩,秦王信以为真,甘茂一身干净。把柄抓得准确,用得巧妙。

事例:审时度势,瓦解合纵之谋

运用釜底抽薪之计,关键在于审时度势。知己知彼,掌握要害,才能稳操胜券,力挽狂澜。

战国时期,天下分崩,列国混战。秦国日强,虎视眈眈,有统一六合、平定海内之志。列国实力不支,惊慌失措,策士们乘机奔走游说,谋取富贵。主张列国俯首事秦的,称为连横派;主张列国联合抗秦的,称为合纵派。两派明斗暗争,奇策满天下。秦昭王时,合纵派联络天下之士,相聚于赵国,谋划攻秦。秦王大惧,忧形于色。丞相范雎对秦王说:"大王不必担心,请让我来对付他们。秦国与天下之士并没有结下什么冤仇,这些人聚在一起谋划攻秦,不过是为了自己的富贵而已。大王难道没有注意到您的狗吗?或卧或起,或走或停,相安无事,和和气气。但如果扔过去一根骨头,马上就会咬在一处,乱作一团。这是为什么呢?就是因为有了利益争夺。"得到秦王的认可,范雎派唐雎携黄金五千斤,前往赵国,见机行事。唐雎来到赵国都城邯郸附近的武安,置酒高会,大宴宾客,请邯郸城内的士人前来取金,厚加馈赠。由于带来的黄金太少,谋划攻秦的主要人物并没有动心。唐雎千金散尽,无功而还。范雎对他说:"秦国只计算您的功劳,不管黄金都到哪里去了。用得越多,成功的机会也就越多。"范雎又派人载黄金五千斤随唐雎而行。这一次,唐雎来到武安,黄金尚未用完,而天下之士为了争夺馈赠,已经闹得不可开交,离心离德,合纵攻秦之谋就此流产。

范雎瓦解列国合纵之谋,釜底抽薪,令合纵之士不攻自破,主要是看准并且利用了对方的争利之心。"六国犹连鸡,群士如斗狗",天下熙熙,皆为利趋;天下攘攘,皆为利往。利益发生冲突,联盟便难以存在。范雎深明此理,所以不去与列国兵戎相见、正面冲突,而是避实击虚,以厚利收买士人,从根本上抽掉了列国联盟的基础。把天下之士比作"斗狗",固属刻薄,却也实实在在地抓住了问题的要害之处,掌握了人性之中不可克服的弱点。尉缭曾经向秦王建议说:"希望大王不惜重金,厚赂列国豪臣,使其谋略不行,不攻自乱。不过用去三十万金,就可以使列国消亡殆尽。"这一策略的核心,也正是利用了列国内部及相互之间的矛盾。列国之所以始终不能精诚团结,达到共抗强秦保存自己的目的,其原因除了实力不敌之外,各怀心腹事,使秦国有机可乘,各个击破,也是不容忽视的。

事例:攻其要害,务令言听计从

运用釜底抽薪之计,必须抓住对方的要害,这一点毫无疑义。但是,用计之时,却并不一定非要暗设机关、背后下手。秦庄襄王时,吕不韦为相,号为"文信侯",权势炙手、朝野侧目。吕不韦计划与燕国联兵伐赵,拓广河间之地。他请张唐到燕国去做丞相,主持伐赵之举。不料,张唐坚辞不肯,理由是去燕国的途中要经过赵国。赵王悬赏百里之地,捉拿张唐,此行凶多吉少。吕不韦不能说服张唐,怏怏而回,心中不乐。吕不韦有一位家臣,名叫甘罗,年方十二,聪明善辩。见丞相生气,便询问缘故。吕不韦恨恨地说:"伐赵之举即将实施,而我亲自请张唐相燕,主持大计,却遭其拒绝,功败垂成!"甘罗说:"让我去劝劝他。"吕不韦闻言,越发恼怒,斥责他说:"我自己去请,都没有说服他。此人顽固不化,你一个黄毛小子能管什么用!"甘罗不慌不忙地答道:"项橐七岁的时候,就做了孔子的老师。如今我已经十二岁,您应该让我去试一试,为何不分青红皂白遽加斥责呢?"吕不韦只好同意甘罗去见张唐。甘罗对张唐说:"先生的功劳,可以与白起相比吗?"张唐回答说:"白起战胜攻取,不计其数;攻城夺邑,不计其数。我的功劳不如白起。"甘罗问:"先生明知功劳不如白起,是不是?"张唐答:"我知道。"甘罗又说:"范雎与吕丞相主持秦政,哪一个更加独断专行?"张唐回答说:"范丞相不如吕丞相。"甘罗问:"先生明知范丞相不如吕丞相独断专行,是不是?"张唐答:"是。"甘罗说:"范丞相计划伐赵,白起加以诘难,结果被绞杀处死。如今吕丞相亲自请先生入燕为相,而先生不肯成行,我看先生将死无葬身之处了!"张唐闻言,矍然而起曰:"请转告吕丞相,我听从他的吩咐!"立即备车马、载货财,前往燕国。

　　甘罗说服张唐,并没有啰啰唆唆摆出许多大道理,而是单刀直入,申明利害,使张唐恍然大悟,认识到了自己处境的危险。张唐功不如白起,而吕不韦权过于范雎;白起尚且被杀,张唐以卵击石,岂不危哉!一经点破其中奥妙,便由不得张唐固执己见,问题也就迎刃而解。假如甘罗以说服张唐相燕开场,势必引起对方的反感。但是,换一个角度,提几个问题,让对方受到启发,灭其骄气、杀其威风,却收到了最佳效果。

　　张唐成行以后,甘罗又前往赵国。他对赵王说:"大王听说燕太子丹入秦为质了吗?"对曰:"闻之。"又问:"听说张唐入燕为相了吗?"对曰:"闻之。"甘罗便进一步向赵王进言:"燕太子丹入秦,表明燕国绝不会欺骗秦国;张唐入燕,表明秦国绝不会欺骗燕国。两国联盟,必将伐赵,形势太危险了。不过,燕、秦联盟,仅仅是为了攻打赵国以拓展河间之地而已。如果大王能够送五座城池,使秦国满足拓展河间之地的要求,秦国必将归还燕太子丹,与燕绝盟,而与大王联盟攻燕。"赵王闻言,立即割让五城之地予秦,秦国也马上遣送燕太子丹回国。秦、赵联兵攻燕,取三十六县,秦国得到了三分之一。

甘罗说服赵王,用的也是同样的方法。申明利害,打动对方,而且言必信、行必果,不留口实,不遗后患。在釜底抽薪之计的运用中,堪称高手。

事例:却楚存齐,巧用攻心之术

楚怀王时期,大将昭阳率军伐魏,魏军损兵折将,丧失八座城池。楚军乘胜前进,兵临齐国城下,边境告急,齐国震动。齐宣王计无所出,请秦国使者陈轸出面调停。陈轸应允,往见昭阳。陈轸见到昭阳以后,首先贺喜楚军战胜之功,然后不慌不忙地问道:"按照楚国的法令,全歼敌军、杀其统帅,会得到什么官爵呢?"昭阳回答说:"官为上柱国,爵为上执珪。"陈轸又问:"比这更高的官爵是什么呢?"答曰:"只有令尹了。"陈轸说:"令尹太高贵了!楚王不可能设置两个令尹。让我给您打个比方吧,贵国有一位贵族举行春祭,事毕,赐其属下一卮酒。属下商议说:'这一卮酒大家分享,显然不足,一人独饮则富富有余。这样吧,我们每人在地上画一条蛇,谁先完成,就由谁来喝酒。'众人便开始竞赛,其中一人首先画成,拿起酒卮,将饮未饮,左手持卮,右手画蛇,对众人说:'我可以为蛇再添上几只脚!'不料,蛇足未成,另一个人已经画完,夺过酒卮,对他说:'蛇本来没有脚,你怎么可以乱来!'便一饮而尽,而这位画蛇脚的先生,终于没有喝到本来已经属于他的酒。如今,您率楚军伐魏,击破敌军,杀其统帅,获得八座城池,自恃兵强,转而攻齐,齐国上下恐惧,不知所措。您的名声已经够大的了,但官爵却不能再高了。依我看,战无不胜而不知止足者,必将军败身死,死后爵位复归国家,真好比是画蛇添足!"昭阳闻陈轸此言,点头称是,立即传令退军。

陈轸使用釜底抽薪之计,却楚存齐,功莫大焉。陈轸之所以能够成功,关键却在于他掌握了昭阳的后顾之忧。功高不赏,且有震主之虞,这是专制政治之下人臣的共同忧虑。楚国局势混乱,主昏于上,臣谄于下,奸佞当道,忠良屏气。昭阳率军远征,屡建奇功,上则震主,下则遭忌,一旦国内有变,上下夹攻,后果不堪设想。陈轸正是了解此中的隐情,因此不去与昭阳展开正面辩论,而是先贺其功,消除对方的敌意,然后从昭阳所处的地位提出问题,用一个深入浅出的譬喻,一举说中对方的心事,当对方有所领悟之后,才点破题意。整个谈话的过程,一环扣一环,步步深入,使昭阳不知不觉地按照陈轸的思路,考虑目前的形势与自己的前途,认识到继续攻打齐国,不仅胜负未卜,而且有害无益,不如挥师凯旋,保全自己。

事例:申明利害,尺书劝退敌兵

前284年,燕国大举进攻齐国,夺其七十余城,几乎灭亡了齐国。后来,田单为国人推举,率领齐军反攻,在即墨城下用火牛阵,击溃燕军,杀其统帅骑劫。齐军乘胜前进,克复大部失地,进围聊城。不料,战事进行了一年有余,士卒死伤甚众,聊城却仍然没有收复。原来,据守聊城的燕军将领受到诬陷,惧怕归国之后被燕王诛杀,进退维谷之际,只好拼力防御,以求拖延时日。田单损兵折将,计无所出,只得与鲁仲连商议对策。

鲁仲连是齐国名士,深知此中原委,他立即修书一封,束之于矢上,命人射入城中。信中写道:"我听说,智者不背时而弃利,勇者不畏死而灭名,忠臣不先己而后君。如今,将军以一时之愤,抛弃君臣之义,这不能算是忠;城破身死,贻笑于齐国,这不能算是勇;功废名亡,无后世之誉,也不能算是智。机不可失,时不再来,死生荣辱,尊卑贵贱,眼下是一个关键时刻,希望将军认真考虑,不要为流俗之见所左右。

"也许将军认为,楚国进攻南阳,魏国兵临平陆,齐军受到牵制,不会全力以赴收复聊城,那就大错而特错了。此乃小害,齐国并不打算与楚、魏决战,而聊城关系重大,齐军志在必得。目前,秦国出兵救齐,魏国胆战心惊。秦、齐联盟,楚国的形势也十分危险。楚、魏退兵,燕国救兵不至,齐国无后顾之忧,一意攻打聊城,聊城指日可下。将军保据之谋必然不成。聊城决战,势在必行,将军岂有脱身之计?

"燕国政局混乱,君臣失计,上下迷惑。大将栗腹百万大军,而屡遭挫败。万乘之国,被赵军围困,割地折将,君主受辱,您听说了吗?如今燕王孤危,大臣束手无策,弊端百出,民心无所依归。而将军以聊城疲惫不堪之众,力拒齐国举国之兵,苦战累年,危城依旧,即使墨子当年却楚存宋,也不过如此;军粮乏绝,以人骨为炊,以人肉为食,而士卒无溃散北归之心,即使当年孙膑、吴起统帅之下的军队,也不过如此。将军威名,可以令天下之人折服了!

"因此,为将军的切身利益着想,不如罢兵休士,保全车甲,归国以报燕王,燕王必然心喜。燕国百姓,见到将军,必将如见到父母一样,奔走相告,谈论颂扬将军的功劳,使之大白于世。

将军就可以上辅孤主，下制群臣，休养百姓，资助辩说之士，改革弊政，移易风俗，使天下安康，国家稳定，此盖世之功名也。如果将军无意归燕，有心东游齐国，则可以裂地封侯，与陶朱公、卫公子荆一样富有，世世称孤道寡，与齐国俱存于永久，这也不失为一条好出路。这两条路都可收扬名致富之效，希望将军三思而行。

"我还听说，注重小节的人不能行大威，厌恶小耻的人不能树大名。当年，管仲射中桓公带钩，这是篡逆；忘记公子纠之恩而不能效死，这是怯懦；手梏足桎，束缚入狱，这是辱身。此三行，乡里不齿，君主不容。如果管仲因此而羞惭，避世不出，穷年而终，便不免沦为贱人恶行。然而，管子不拘此三行，掌握齐国大政，一匡天下，九合诸侯，为五霸之首，名高天下，光照邻国。曹沫为鲁国大将，三战三败，丧地千里。如果他不肯离开战场，不计后果，一味主张死拼，则不免为败军之将、阶下之囚。但是，曹沫认为军败被擒，非勇也；功废名灭，后世不留美誉，非智也。因此，他不顾三败之耻，退而与鲁君从长计议，报答知遇之恩。齐桓公称霸天下，大会诸侯，曹沫以一剑之助，劫桓公于盟坛之上，颜色不变而词严气正。三战之所失，一朝而复得，天下震动惊骇，威播吴、楚，名传后世。此二人并非不能行小节、死小耻，唯因杀身绝世，功名不立，算不得明智，所以息其怒恚之心，而成终身之名；弃其感忿之耻，而立累世之功，使其伟业与三王争流，美誉与天地同辉。希望将军慎重抉择！"

鲁仲连在信中并没有使用虚夸之词，卖弄浮诞之谋，而是实话实说，言之有物。从君臣之道说到处世原则，从聊城战局说到燕国形势，从古昔贤哲说到对方自己。婉转深切，用心良苦；除疑解惑，丝丝入扣。使燕将不仅明白了负隅顽抗无济于事，而且重新树立起归国效命的信心和勇气。山重水复，花明柳暗，坚守之志一旦动摇，釜底抽薪之计也便奏效。

燕将读过鲁仲连的信以后，说："谨遵先生之命！"立即解甲罢战，撤回燕国。

事例：塞聪掩明，毋令巧言惑志

赵惠文王时，李兑为司寇，掌握国政。苏秦远道而来，欲图游说。苏秦对李兑说："我乃洛阳乘轩里人，家贫亲老，无敝车驽马，负书担橐而行。触尘埃，蒙霜露，越漳水，渡黄河，日行百里乃就旅栈，脚板上长出了层层老茧，终于来到府前，愿一见大人，谈谈天下之事。"李兑不耐烦，对苏秦说："如果先生对我讲讲鬼神之事，倒还可以。如果讲人间之事，我已经全都知道了。"苏秦灵机一动，回答道："我就是想与您谈鬼神之事。"李兑高兴，苏秦便开始进言说："当我刚来到此地时，天色已晚，郭门已闭，找不到住宿之处，只好在田野里过夜，旁边有一大片灌木。半夜之时听见土埂与木埂斗嘴。只听土埂说：'你不如我，我乃土也，即使狂风暴雨袭来，将我摧垮，也只不过复归于土而已。你的情况可就糟了，非木之根，即木之枝，如果遇到狂风暴雨，漂入漳水、黄河，东流入海，恐怕永无休止之日。'我私下想，土埂与木埂的争执，大概土埂是胜利者。如今，您诛灭主君之族，恐怕形势危殆，难以立于天下。大人能听从我的计谋则有生路，否则，将死无葬身之地。"李兑闻言，不觉心动，对苏秦说："先生回旅栈休息吧，明天再来见我。"苏秦唯唯而出。

李兑有一位门客，精明过人，他对李兑说："我暗地观察您与苏秦的谈话。看来，苏秦的辩才与学识都远远超过您。您能听从苏秦的计谋吗？"李兑答曰："不能。"门客说："如果您不能听从苏秦的计谋，请您塞住两耳，不要听他的游说，以免为其蛊惑。"李兑依计而行，第二天，苏秦来见，侃侃而谈，终日乃罢。告辞之际，门客送行。苏秦对门客说："昨日我的谈话十分粗糙，而大人为之心动；今天我的谈话经过精心准备，自我感觉良好，李大人却无动于衷，这是什么缘故？"门客回答说："先生的计谋大而高远，我的主人难以运用。因此，我请主人塞住两耳，一句也不要听。"苏秦恍然大悟。门客又说："明日先生再来的时候，我将请人给您丰厚的资助。"次日，苏秦复见李兑，抵掌而谈，尽兴而返。李兑赠苏秦以明月之珠、和氏之璧、黑貂之裘、黄金百镒。苏秦受赠西行，得以大用于世。

苏秦随机应变，以鬼喻人，说动李兑，其言一举中的，不由得李兑不听。次日之谈，内容不得而知，但李兑既不能实行，又为之心动，徒乱方寸，其势尤其危险。苏秦自以为其说必中，却不料李兑门客釜底抽薪，为其定计，塞聪掩明，使苏秦无计可施，不解其妙，只能听门客的摆布，受赠而去。门客此计，堪称一绝。

事例：察言观色，消解冲天之怒

在说服对方时使用釜底抽薪之计，除了切实掌握对方要害之外，尤其需要注意分寸，循序渐进。当对方盛怒之下，如果不能察言观色，见机行事，而只是一味顶撞，针锋相对，令对方难以接受，也许不仅不能奏效，还会导致敌视情绪，造成僵局。在这一点上，赵国左师触詟说服赵太后，是一个相当成功的例子。

前265年,赵惠文王死去,其子丹立,太后掌政。当时,秦赵战事紧张,赵军屡败,损失许多城池。赵国势蹙,求救于齐国。齐国的答复是:"必须以长安君为人质,救兵乃出。"长安君是赵太后的少子,太后爱如掌上明珠,说什么也不肯答应。齐国的要求得不到满足,救兵不出,形势更加危险。大臣们竭力劝谏,太后益发恼怒。最后,赵太后干脆向众人宣布:"如果有人再来劝我送长安君到齐国做人质,我就吐他一脸唾沫!"这样一来,大臣噤口,再也不敢谈及此事。求救之举就此搁浅,陷入僵局。

左师触詟求见太后。太后盛怒之下,气势汹汹,等待触詟,准备一旦对方谈及长安君入齐为质,便撑他出门。触詟心知太后之意,便缓步而入,落座以后,向太后解释说:"老臣有足疾,好久没有见到太后了,私下里自己原谅自己。只是非常担心太后玉体欠佳,因此求见太后,以释悬念。"太后答道:"我以车代步。"触詟又问:"饮食没有减少吧?"太后回答说:"不过吃粥罢了。"这时,太后虽然敌意未消,但怒气为之稍解。

触詟察言观色,继续寻找可以打动太后的话题。他说:"老臣的儿子舒祺,年纪最小,尽管不争气,但我还是很疼爱他。我已经老了,希望能够安排他做王宫卫士。冒死奏于太后,请求恩准!"太后闻言,回答说:"好吧。他多大年龄了?"触詟回禀道:"十五岁了。虽然年幼,但我希望在死去之前把他托付给您。"触詟的话果然勾起太后的兴趣,她不由自主地问道:"难道大丈夫也疼爱小儿子吗?"触詟回答说:"比女人还要疼爱。"太后答道:"我真是感到太意外了!"

触詟见机行事,逐渐把谈话引入正题。他故弄玄虚地说:"老臣私下以为，太后疼爱长安君远不如疼爱燕后。"太后不服，争辩说："您错了，我最疼爱长安君！"这时，太后已经怒气全消，注意力转移到对方扯出的话题。触詟乘机进言说："父母疼爱儿子，就当为其长远打算。太后嫁燕后之时，持其足，哭泣不止，想到女儿远嫁，非常悲伤。既嫁之后，虽然经常思念，但在祭祀之时，还是祷告神灵，希望她不会被逐返国。这不正是为她长远打算，使其子孙可以世代为王吗？"太后点头称是。触詟继续借题发挥地说："三世以前的赵王子孙，如今还有继承侯位的吗？"太后答道："已经没有了。"又问："不仅赵国，诸国之中，可有这种例子吗？"答曰："没有听说过。"触詟点破题意，接着说："君主之子，近者祸及其身，远者害及后代，这并不是他们封侯有什么不对的地方，而是因为他们位尊而无功，禄厚而无劳，得到的名位与金玉太重太多。如今，太后已使长安君的地位十分尊崇，又封之以膏腴之地。厚赐以名位金玉而又不肯借此良机使他可以为国立功，一旦太后驾崩，长安君凭借什么在赵国立足呢？"赵太后闻言大悟，回答说："好吧，一切由您决定！"立即为长安君准备车乘，前往齐国。齐师出援，秦军退归。

事例：识破机关，顺势以毒攻毒

楚、秦相争之际，秦国屡胜。丞相张仪企图继续削弱楚国的实力，对楚国叛臣昭雎说："楚国丧失了鄢、郢、汉中地区，可以用其他地区来代替吗？"昭雎回答道："不可以。"张仪又说："如果没有昭滑、陈轸，别的大臣可以支撑楚国大局吗？"昭雎回答道："不可以。"张仪说："请替我转告楚王，如果他能斥逐昭滑与陈轸，秦国将把鄢、郢、汉中地区归还楚国。"

昭睢回到楚国，楚王闻其言，以为可以收失地，非常高兴。昭滑忧形于色，计无所出。有人对他说："楚王不明事理，简直到了无以复加的程度！当年韩国要求周王任命工陈籍为相，魏国要求周王任命綦母恢为相，周王都没有应允。为什么呢？因为这就等于周王成了韩、魏的县吏。楚乃万乘强国，楚王乃天下贤王。如今张仪要求斥逐您与陈轸，楚王顺从，这就等于楚国把自己贬低得不如周室，而张仪的身价却高出了韩王与魏王。张仪的如意算盘，是欲立功名于秦，取富贵于魏，替魏国进攻楚国。因此，外谋绝其睦邻之交谊，内谋逐其贤德之谋臣。陈轸乃中原贤士，通晓三晋之事，逐之则楚无谋臣；您深得楚人之心，逐之则楚众不可复用。人心离叛，势在必亡。这就是内攻之计，釜底抽薪，而楚王竟然不加明察，轻易许诺。这样吧，请您引荐我去见楚王，我可以说服楚王保持与齐国的联盟关系。楚、齐之交不绝，张仪归还鄢、郢、汉中之议便须从缓。如此，昭睢的花言巧语便会被楚王看破，失去宠爱。"

楚王重地而轻人，轻信叛臣巧语蛊惑，欲逐其谋臣，不啻自毁长城。张仪正是看透了这一点，才提出以地易人的建议，使楚国自己削弱自己。国无贤才，军无良将，有地而不能守，有民而不可用，岂能长久维持。如果不是有人为昭滑出此计策，使昭睢失宠，楚国的局面就会变得更加不可收拾。

事例：制造矛盾，以成尊己之势

运用釜底抽薪之计，要明察形势，掌握关键环节。眼界要开阔，行动要果断，要善于抓住那个牵一发而动全身的要害之处下功夫、做手脚。

秦惠王时，与楚国联盟，牵制燕、赵、魏诸国。张仪为人质，居楚。后来，秦、楚争商於之地，楚怀王大怒，囚禁张仪，将欲杀之。

张仪施展计谋，说服楚怀王纵其归国。不过，楚怀王担心张仪归国以后对楚国不利，犹豫不决。宠臣靳尚自告奋勇，对楚怀王说："臣请与张仪同行。如果张仪对大王有二心，就杀掉他。"

楚国有一位小臣，是靳尚的仇人，听说此事以后，前往魏国，对魏国重臣张旄说："张仪如此精明，在秦、楚两国之间纵横捭阖，形势对您非常不利。"张旄正在为此而忧虑，闻楚小臣之言，不由心动，询问计策。小臣说："大人何不派人在途中埋伏，在张仪与靳尚经过时刺杀靳尚。这样一来，楚王必然认为是张仪所为，恨之入骨。张仪失去楚王的支持，势穷力竭，大人的地位也就随之尊崇有加。不仅如此，楚、秦发生冲突，对魏国的威胁便会大大减轻。"

张旄深然其计，果然派人在途中埋伏，刺杀了靳尚。楚怀王大怒，与秦绝盟。双方兵戎相见，争先恐后，来魏国请求结盟，以牵制对方。张旄主持魏国大政，因势利导，也就成为举足轻重的人物。

楚国小臣之谋，深识远虑，有效而易行，一石数鸟。既为己除去仇敌，雪其积愤；又为楚王清洗佞臣，为魏国解除忧患，使楚国摆脱了与秦国的虚假联盟。对秦国借楚国之力牵制诸国，从中渔利的计划，不能不说是一个打击。其中的关键，就是靳尚。楚怀王惑于靳尚与张仪，楚小臣欲除仇敌，实非易事。楚、秦联盟，魏国欲求无害，亦非易事。靳尚目光短浅，与张仪狼狈为奸，惑主卖国，自以为得计。却不料被人抓住机会，身死而盟败，成为天下笑柄。楚国小臣可谓善于筹划釜底抽薪之计，张旄可谓深识明智，善于采用釜底抽薪之计。

事例：隔绝内外，以求专擅朝政

秦始皇死后，二世胡亥即位。二世为人庸愚而自负，宦官赵高恃恩专恣，独揽大权，多行不法。许多与他结怨的朝臣都被借故诛杀，弄得朝纲大坏，人人自危。赵高唯恐有人向二世奏明其事，处心积虑，日夜谋划，终于想出一条釜底抽薪的妙计。他对二世说："天子之所以高贵，是因为大臣只能遵行他的旨意，难得与他见面。今陛下年少，天下诸事未必尽通。坐朝廷、见大臣，一旦举措失当，就会被大臣小看，此非所以示神明于天下也。陛下不如深居宫禁之内，遇事与臣等仔细商议，然后采取对策。如此，则大臣不敢奏疑事难为陛下，天下人都会称颂陛下，天下人都会称颂陛下圣明。"二世采用了赵高的建议，从此不再坐朝与大臣面议军国大政。赵高得计，居中弄权，成了事实上的皇帝，主宰一切。

丞相李斯对此十分不满。赵高闻讯，心中怀恨，决心除掉李斯，以绝后患。他对李斯说："关东一带，群盗横行。如今，皇帝大征徭役，修建阿房宫，积聚狗马无用之物。我很想劝阻，但身贱位卑，不起作用。这正是您应该做的事情，为何无动于衷？"李斯不知赵高的真正用意，回答说："是这样，我早就想向皇帝进谏了。只是皇帝不坐朝廷，常居深宫，我想说的话，又不能由人转达，想见皇帝，又没有机会。"赵高见李斯中计，心中暗喜。他对李斯说："如果您能进谏，请让我为您寻找机会。"

不久，赵高通知李斯，请他入宫。当时，二世正在饮酒取乐。乐舞美人，罗列于前，心醉神驰，好不痛快。赵高在侧，曲意逢迎，弄得二世更加飘飘然。赵高见时机成熟，命人传李斯立即来见二世。来人对李斯说："皇帝正闲着，可以奏事。"李斯便至宫门，请求见驾，一而再，再而三。二世正在兴头上，闻李斯求见，怒不可遏，骂道："朕平日有的是闲工夫，丞相从来不求见；偏偏今天朕欢宴之时，丞相请求奏事！丞相这是以为我年少可欺呢，还是以为我愚蠢固陋？"赵高在侧，立即进言道："先帝驾崩于沙丘之时，李斯曾参与拥立陛下的谋议。如今，陛下已经立为皇帝，而丞相并没有得到什么更多的好处。他的企图，是裂地而封王啊！如果不是陛下问臣，臣何敢言。臣知道李斯的长子李由为三川太守，由于陈胜等人都是丞相的同乡，所以李由纵虎遗患，甚至群盗路过三川城，官军都不肯出击。臣听说他们经常有书信往来，只是没有拿到证据，不明详情，因此不敢奏闻。更重要的是丞相居外任事，权重于陛下。"二世听信了赵高的话，族灭李斯。从此，赵高更加跋扈。

赵高小人得志，阴险狡猾。他第一步是设计把二世与群臣隔绝开来，实现了控制群臣的目的；第二步是设计族灭李斯，实现了控制皇帝的目的。群臣居外，噤若寒蝉，李斯被杀，群龙无首；二世居内，懵然无知，李斯被杀，失去辅佐。李斯在这里是一个关键人物，除掉李斯，可使二世与群臣双方都失去支柱，只能听任赵高摆布。釜底抽薪，一箭双雕，用心可谓险恶。赵高之计之所以能够得逞，其中的原因并非仅仅在于赵高的手段如何高超。在君主专制政治体制下，君臣之间相互暌隔，本来就是不可避免的趋势。天下为私,君主视国家为己产,臣下视君主为路人,互相猜疑,各为身谋。一二贤臣,遇明君尚不能永保无咎,何况李斯乃贪权图富之辈,二世乃昏庸骄纵之人,沙丘定计,苟合而已,一旦生嫌,局面便不可收拾。赵高正是看准了这一点,才能施展手段,除掉李斯,独揽大权。

事例:赏其仇怨,以定众臣之心

运用釜底抽薪之计,既可以从根本上瓦解敌方的力量,乱中取胜;亦可以从关键处收拾己方的人心,稳定局面。运用之妙,存乎一心,要在掌握形势,击中要害。

汉高帝刘邦以布衣之身得天下,诸将随其征战,浴血半生,历尽艰险。及汉朝初定,刘邦只封了二十几个大功臣,其余文臣武将,不得封赏,焦躁不安,日夜争功,人心浮动。朝廷立足未稳,一旦将士哗变,祸乱立生,局面就将不可收拾。

刘邦浑然不觉,谋臣张良暗中着急。一日,刘邦在洛阳南宫与张良散步,偶然看见将士们三五成群,窃窃私语。刘邦顿生疑心,便问张良:"这些人在谈什么?"张良回答说:"陛下不知道吗?这些人在商议造反啊!"刘邦大惊失色地说:"天下将定,为什么要造反呢?"张良回答说:"陛下以布衣之身,依靠这些人冲锋陷阵,取得天下。如今陛下做了天子,而受到封赏的却都是亲戚故旧,被诛杀者都是平生仇怨。况且军吏计算将士之功,不可胜数,即使陛下把天下的土地人民都拿出来,也不可能使将士们的功劳全部得到酬答。这些人一来担心得不到陛下的封赏,二来惧怕陛下疑忌,获罪受诛,因此相聚私语,商议造反。"刘邦闻言,忧形于色,只好问计于张良。张良说:"陛下平生最憎恶,而又人人都知道的人是谁？"刘邦说："雍齿与我有旧怨，又常常使我难堪。我打算杀了他，却又感到雍齿立功颇多，于心不忍。"张良说："那就尽快封赏雍齿。如此，则群臣之心可以稳定。"

刘邦心领神会，依计而行，立即传令摆下酒宴，封雍齿为什方侯。然后督促丞相、御史迅速给群臣论功行赏。群臣宴罢，喜形于色，都说："雍齿尚且封侯，我们这些人就更不必忧虑了！"于是人心逐渐稳定，刚刚建立的汉王朝得以避免一次内乱。

张良使用釜底抽薪之计，抽去的是群臣恐惧之心。刘邦初得天下，用自己爱憎行赏施诛，使群臣往往怀有怨望之意。张良为其谋臣，委以心腹之任，虽宜知无不言，亦须见机行事。只有找到恰当场合，耸动刘邦私天下之心，使其认识到形势危险，才能变异其意，封其仇怨。此事中的深意，乃以私攻私，非常人可以领略。

事例：巧夺兵权，安定刘氏天下

专制政治得以维持，重要条件之一是掌握兵权。帝王攫夺天下，非由民意公举，根基既弱，如无军队控制，局面自然不能稳定。所以，历代统治者无不以控制军队为第一要务。尤其是京师禁卫，守护天子门户，统帅之任，举足轻重。历史上，勋臣悍将得禁军之助，篡取帝位，例子不在少数。

汉高帝刘邦死后，吕后擅权。吕姓贵戚掌握政柄，封王封侯，拜相拜将，权势炙手，不可一世。吕后死后，诸吕畏惧大臣不服，行将作乱。周勃、陈平之属，乘机谋划诛除吕氏及其党羽，以安刘氏天下。议来议去，感到赵王吕禄、梁王吕产掌握南北禁军，是一个最大的障碍。双方争夺的焦点，在于如何掌握兵权。

飞龙在天或见野

陈平老谋深算，善用奇计。他与周勃密议，劫持老臣郦商，命其子郦寄去见吕禄，动员吕禄交出兵权。郦寄素与吕禄友善，见到吕禄后，道明来意。他对吕禄说："高帝与吕后共定天下，四海皆知。刘氏所立九王，吕氏所立三王，皆大臣计议，宣示诸侯，天下并无异词。如今，吕后驾崩，皇帝年少，足下不马上前往封国，享受富贵，反而率领禁卫之军久驻京师，为大臣所疑忌。如今，外有刘氏诸王之兵，内有刘氏旧臣之谋，内外交困。足下何不归还将印，把军队交给太尉周勃，并请吕产归还相印，与大臣盟誓，归于封国？如此，则外兵必罢，大臣心安，足下可高枕无忧而为千里之王，此万世之利也！"吕禄认为郦寄言之有理，欲从其计，但吕产等人犹豫不决，事情便拖延下来。不过吕禄不知陈平之谋，尚以为郦寄可信，经常与其外出游猎。吕禄姑母吕媭见状，又怕又怒，大骂道："你身为将军而轻离军营，吕氏恐怕要死无葬身之地了！"便把家中珠玉宝器尽数取出，散于堂下，说："毋为别人看守这些东西！"

不久，有使者自外而来，把大臣与刘氏诸王合谋诛杀吕氏的计划告诉了吕产，并请吕产从速入宫，以备不测。陈平、周勃得到消息以后，打算入北军军营，夺取军队，却被阻拦未果。周勃只好又派郦寄去说服吕禄，郦寄对吕禄说："皇帝令太尉周勃统领北军，希望足下归国。您应尽快归还将印，告辞而去，不然，大祸即将临头！"吕禄以为郦寄不会欺骗自己，遂交出将印，把军队授予周勃。周勃进入北军军门，下令曰："支持吕氏者右袒，支持刘氏者左袒！"一军将士尽为左袒，北军遂定。

此时，吕产尚不知吕禄已将北军交出，率从官欲入未央宫，至殿门，不得入，徘徊往来，计无所出。周勃闻报，急发兵卒千余人，击吕产于廷中。正巧狂风骤起，吕产等人不战自乱，逃到郎中府吏厕所中藏匿，被朱虚侯杀死。周勃遂分派人马，将吕氏宗族不分老幼，一律搜捕处斩，大局始定。

吕后临终时，曾告诫吕产、吕禄："吕氏为王，大臣心中不平。我死以后，皇帝年少，恐大臣乘机为变。务必据兵守卫禁宫，不要轻易送丧离开军营，以免为人所制！"不料吕禄如此庸愚，轻信郦寄之言，交出军队，终于导致灭族之祸。所谓太阿倒持，授人以柄。

事例：推恩分地，削弱诸侯之力

秦并天下，废分封，立郡县，海内一统，大权归于中央，无复东周列国纷争，民不聊生之象。不料，秦祚短促，二世而亡。及刘邦立汉，惩秦之弊，以为秦朝之亡，在于宗室无尺土之封，势弱力单；危难之际，不足以藩屏帝室，便大封同姓诸王，割地裂土，遂致诸侯林立，各自为政。

诸王之中，吴王刘濞等七国势力最强。吴国地处东南，饶铜、盐之利，财力殷实，百姓无赋，乐为用命。吴王刘濞久蓄异谋，招诱天下亡命，四十余年之中，骄横跋扈，朝廷不能制。景帝时，晁错几次上书，奏言刘濞之罪，建议削弱诸王。其说云："昔高帝初定天下，昆弟少、诸子弱，于是大封同姓，齐七十余城，楚四十余城，吴五十余城，天下之土，几去其半。过去，吴王与文帝太子有旧怨，诈称老病，不肯朝觐，罪不容诛，而文帝不忍，赐几杖，厚抚慰。殊不料吴王不仅不能痛改前非，反而日益骄恣，即山铸钱，煮海水为盐，招诱天下亡命之徒，图谋不轨。如今，吴王反意已定，反势已成，削之亦反，不削亦反。削之则其事立发，祸小；不削，养虎遗患，尾大不掉，其事拖延下去，祸大。"景帝采纳了晁错的建议，削除了楚国的东海郡、赵国的常山郡以及胶西的六县。

朝廷计议削藩，吴王刘濞恐惧，遂密谋举事。前154年，刘濞联合楚、胶西等七国，以"诛晁错、清君侧"为名，悉发国内丁壮，凡二十万余人，起兵于广陵，攻掠州县，西渡淮水，数破官军。一时之间，形势突变。

晁错建议削藩，其父闻讯，对他说："皇帝初即位，你掌握大政，建议侵削诸侯，离间刘氏骨肉，天下哗然，议论纷纷，你这是何苦呢？"以窦婴、袁盎为首的大臣，也认为削藩之举不宜操之过急。晁错认为："不如此，则天子不尊，宗庙不安。"义无反顾，一意孤行。晁错用意，并非不善。问题在于，以当时形势，强行削藩，势必招来祸乱。晁错两害相权取其轻，为国设谋，忠诚有加，却不料遭到政敌攻击，内外交困，衣朝服而被腰斩于东市。扬汤止沸，其害至深，晁错不了解其中的利弊，遂致身死国难。

晁错被杀以后，吴楚七国并不肯罢兵。战事进行了许久，七国之乱方才平息。但诸王实力尚强，时有嫌隙，国家无力一一剿除，只好迁就姑息。

汉武帝即位以后，锐意进取，削平藩镇，势在必行，又惧怕激起祸变，因此左右为难。前127年，临淄人主父偃为中大夫，向汉武帝建议说："古者分封诸侯，地不过百里，强弱悬殊，易于控制。如今，诸侯或连城数十，或地方千里，缓则骄奢，易为淫乱；急则恃强造反，联兵进攻京师；以法割之，又恐激起祸变，晁错前车之鉴，不可不审。如今，诸侯子弟为数极多，除嫡长子之外，虽为骨肉，亦无尺土之封，于仁孝之道大不相宜。臣请陛下令诸侯推恩分封其于弟，使诸侯之子皆得裂地封侯，人人得其所愿，心中必喜。表面上是施恩于诸侯，实际上是分割其国，使其由大而小，不削自弱，自消自灭。"汉武帝闻言大悦，立即下诏施行。

诏书曰："诸侯王如欲推私恩分其子弟以户邑者，令各奏明，朕将亲自定其名号。"诏书颁布之后，诸王侯陆续分封子弟，称侯者遍及天下。原来国强地广的诸王，很快就分割成许多小国，实力大大削弱。其后，朝廷一一加以削除，而诸侯国小力单，已无力反抗，只好俯首听命。

主父偃之谋，顺乎形势，合于人情，因势而利导，使诸王乐从，确实高出晁错一筹。其实，中国之积弊，冰冻三尺，非一日之寒，急功近利，往往不仅不能奏效，还会激起祸变，使局面不可收拾。历史上许多改革家，处心积虑，以身许国，结果却是出师未捷，前功尽弃，关键就在于不了解这一点。那些老谋深算之人，往往暗中着手，釜底抽薪，于关键而不显眼之处下功夫，事半功倍，也就收到了神奇之效。

事例：迁徙豪民，杜绝地方割据

主父偃之老谋深算，尚不止于出奇计，行推恩之法削除诸王。就在他建议实行推恩之法的那年夏天，又向汉武帝提项建议说："茂陵刚刚建成，其地空旷。可将天下豪杰、兼并之家、乱众之民迁徙于此。一来消除州郡奸猾，杜绝祸乱；二来充实京师户口，可以收不行诛戮而除害之效。"汉武帝深然其计，遂徙郡国豪杰及财产在三百万以上的大户于茂陵。

其实，迁徙地方大户于京师，几乎是秦代以来各王朝的既定方针。自从秦始皇废分封，立郡县，集权于中央，如何控制地方势力，维护中央政府的权威，便成为令帝王们头疼的一个问题。集权之制，其意有二：一为中央控制地方；一为皇帝控制群臣。唐代以前，问题主要在于前者；唐代以后，问题主要集中于后者。汉代的七国之乱，表面上是诸王封地广大，实力过强，桀骜不臣，蓄意造反，实际上却是地方大户为诸王割据提供了基础，提供了人力与财力。从这个意义上来说，主父偃的建议，是推恩之法的继续。削除诸王封地，迁出地方大户，地方势力才有可能被控制在一定范围与程度之内，不至于再生祸乱。内重外轻之势，由此便逐渐形成。

汉武帝迁徙大户之时，牵扯到一位豪侠。关东人郭解，任侠尚气，远近闻名。其家本来并不富裕，但地方官吏忌其得人心，迫令迁徙。郭解有一位朋友，官为将军。闻讯以后，前往说情，称："郭解家贫，不应迁徙。"事闻朝廷，汉武帝不悦，认为："郭解不过是布衣而已，能使将军为其说情，看来并不贫穷。"便令其迁徙。郭解来到茂陵以后，汉武帝听说他因私怨杀过许多人，命官吏治其罪。但是，这些案子都出在大赦之前，不应予以追究。郭解乡里有一位儒生，在接待使者时，听到有人称赞郭解贤德，大为不满，斥责说："郭解专以私怨违犯公法，何以称贤！"一句话惹恼了郭解的一位门客，便伺机将这位儒生杀死，割掉了他的舌头。官吏怀疑是郭解暗中指使，但郭解却毫不知情，谁也不知道究竟是何人所为。官吏查不出证据，奏称郭解无罪。后来，有人认为："郭解乃一布衣，为任侠行权，以私怨杀人；郭解虽不知情，但其罪甚于亲自杀人，当以大逆不道论处！"郭解就这样被诛灭九族。

从这件事例中，可以清楚地看出迁徙地方豪民大户的深意所在。郭解之罪并未达到诛灭九族的程度，但其身为布衣，有如此盛誉，可以号令一方人士，便不能不引起汉武帝的忌恨。主父偃的釜底抽薪之计固然高妙，却并不能解决所有的问题。君主专制政治的存在，使中央与地方的矛盾不可避免。利之所在，冲突常以各种方式表现出来。仅仅削弱地方实力，并不会完全消融矛盾，化解冲突。地方不能与中央抗衡，可以巩固中央集权，减少祸乱，却也牺牲了地方的利益，尤其是发展的速度。其后果是地方的落后，牵制了整个国力的增强。利与弊，权衡之际，值得后人深思。

事例：争宠夺爱，残杀后宫幼子

西汉成帝好声色。一次，微服出游，路过阳阿县主之家，喜欢上了舞女赵飞燕，遂召其入宫，大加宠爱。赵飞燕体轻如燕，美姿色，善歌舞，其妹赵合德尤为美丽，凡是见到过她的人，无不啧啧赞赏。不久，赵合德也应召入宫，封为婕妤。姊妹二人俱侍成帝，贵倾后宫，奢侈腐化，假势弄权，不一而足。

起初，成帝宠爱许皇后和班婕妤。二人比较贤惠，太后也十分赏识。自赵氏姊妹入宫之后，恩泽渐衰。为了夺得皇后之位，赵飞燕诬告许皇后与班婕妤密为蛊术，以求亲媚。成帝轻信其言，废黜许皇后，幽于上林苑中的昭台宫。不久，赵飞燕被立为皇后。成帝欲立赵飞燕为皇后时，大臣们竭力反对，一时之间，议论纷纷。赵氏姊妹心中不安，常怀戒惧之心。于是千方百计，媚惑成帝。赵飞燕无子，惧因此而见疏，遂多与侍郎、宫奴之辈私通，却始终没有生育。为了杜绝告密者，赵合德对成帝说："妾之姊性刚烈，得罪了许多人。万一有人加以诬陷，则赵氏一族灭矣！"便哭哭啼啼，弄得成帝六神无主。此后，凡有上言告发赵飞燕之罪者，无不被成帝所诛杀。自此，内外恐惧，无人敢言，赵氏姊妹得计，更加肆无忌惮。

赵氏姊妹虽然权倾天下，却并非没有后顾之忧。在宗法制度之下，生儿育女、传宗接代，一向是婚姻的主要内容。尤其是在宫廷之中，母以子贵，是人人都十分清楚，并且体验深刻的道理。遗憾的是，赵氏姊妹就是不生儿子。尽管汉成帝并没有因此流露怨言，但姊妹二人还是感到担心。为了保持宠爱，赵氏姊妹设下毒计，对后宫嫔妃所生之子一一加以杀害，以绝后患。许多嫔妃在怀孕之时，便被用药坠杀胎儿。元延年间，女史曹宫有妊。生产以后，赵合德迫使成帝下旨，派中黄门田客与狱丞籍武杀死婴儿。三天以后，田客向籍武询问情形，发现婴儿未死，大惊失色，对他说："皇帝与赵氏已经发怒，你为什么不尽快下手？"籍武回答说："此儿乃皇帝之子。不杀，违反上命，罪不容诛；杀之，是残害皇子之罪，亦为十恶不赦！"遂痛哭流涕。田客无奈，只好回报成帝说："陛下尚无子嗣。此儿虽为庶出，亦当留意抚养。"成帝稍悟，乃命将婴儿交给中黄门王舜，选择乳母喂养。不料又过了三天，田客突然奉诏送来毒药，命曹宫自尽。曹宫大哭道："赵氏姊妹果有专擅天下之心，吾儿额上有壮发，貌似元帝。如今他在哪里？处境太危险了！如何才能使太后知道此事，保护吾儿？"曹宫死后不久，婴儿便被人取走，从此失踪，下落不明。其后，废后许氏也生下一子。赵合德怒气冲冲，质问成帝说："陛下常常骗我，说是不曾去见许氏。如果没有见过，许氏的儿子从何而来？陛下是不是要恢复许氏的皇后名号？"便大肆撒泼，以手自击，以头撞柱，从床上滚到床下，号啕大哭，不肯进食。又对成帝说："快放我走，我要回家！"成帝大惭，手足无措，回答说："告诉你实情，反而如此动气，简直不可理喻！"于是也不肯用膳。赵合德又说："如果陛下自以为没做错，何必如此。陛下亲口许诺，不会辜负赵氏。如今许氏生子，居然背弃前言，这算什么？"成帝无奈，劝慰道："我已经许诺不使许氏复立为后，令天下之贵者不得超过赵氏，你何必担心呢？"便下诏，命中黄门靳严从许氏处取来婴儿，盛于苇箧之内，送进赵氏居所。成帝与赵合德置帘闭户，侍御者皆出。须臾传旨，召中黄门吴恭，予以箧及诏记，命曰："将此箧交给籍武。告诉他，箧中有死儿，埋于隐蔽之所，勿令人知！"籍武承旨，将许氏之子埋在狱楼垣下。成帝之世，赵氏之宠长盛不衰，而许多无辜的皇子却因此而死于非命。一直至到成帝死后，其中的阴谋才得大白于天下。

事例：明而不断，终坠小人之计

三国时期，吴主孙休喜读书，颇识大体。即位以后，勤于政事。不过，孙休在即位之前，与左将军张布交谊颇厚。及其为帝，张布典掌宫省，弄权用事，倾巧百端，国人怨愤。

孙休在听政闲暇之时，常与博士谈论诗书。听说博士祭酒韦昭与博士盛冲博学多才，欲召二人入宫侍讲。韦昭、盛冲不仅才识过人，而且忠诚耿直。张布闻讯，十分担心，害怕二人入宫，揭露自己的种种过恶，心生一计，便向孙休进言，阻止其事。孙休清楚张布之意，对他说："孤努力向学，博览群书，仅仅打算与韦昭、盛冲讲习典故旧闻而已，有什么不好？你的意思，不过是害怕他们揭露臣下之奸慝,因此不愿他们进宫。这种事,孤心中有数,早已经有所准备,不一定非韦昭、盛冲入宫才弄得明白。"张布惶惧万端,又进一步申辩,认为二人入宫侍讲,有可能妨害政务。孙休不乐地说:"政务与学业,其流各异,互不妨害,算不得什么。你何必三番五次,非要孤依你不可?我不同意你的建议!"张布拜谢,叩头不止。孙休说:"孤不过是开导你罢了,何至于非要叩头呢?你对孤的忠心一片,远近皆知。孤得继此位,还不全是你的功劳?《诗》云:靡不有初,鲜克有终。开头易,坚持到底难。希望你能终如一。"

孙休心中其实并非不清楚张布之为人。张布施计,欲釜底抽薪,使孙休不得常近君子,而自己则可为所欲为,孙休已经一语道破。但是,孙休明而不断,只因为害怕引起张布的不安,终于听从了张布的劝阻,废其讲业,没有召韦昭、盛冲二人进宫,结果坠入张布计中,政事日昏,国势日弱。后来,张布助孙皓登位,主昏于上,臣佞于下,弄得国家空虚,民不聊生,被晋所灭。

事例:明宠暗忌,巧夺属下之权

用人之际,如用人不力,是掌权者最头疼的事情。熟视无睹,显然会贻误大事;明加黜责,又恐自断其臂,为政敌所乘。如何处理这一难题,确实需要动一番头脑心思。

北周末年,杨坚秉政,独揽大权,欲行篡位之举。北周旧臣纷纷举兵讨伐,一时之间,形势突变。杨坚日夜思虑,食不甘味,寝不安席。当时,刘昉与郑译位居要津,杨坚倚以为重,待之甚厚,赏赐不可胜计。不料,二人恃力骄恣,溺于财利,荒废政务。当杨坚与北周旧臣王谦、司马消难拼力周旋,废寝忘食之际,二人竟然只顾享乐，甚至拒绝出任监军之职。整日逸游纵酒，恣意奢华。如果不是高颎临危受命，力挽狂澜，杨坚的前程也许会就此断送。

杨坚对高颎日益信任，对刘昉、郑译则逐渐疏远。不过，二人毕竟是杨坚昔日功臣，不忍责罚。尤其是郑译，出谋划策，奔走于左右数年之久，如果显加废黜，一来令人有兔死狗烹之议论，于杨氏之党不利；二来给北周旧臣以可乘之机，一旦激起内讧，后果不堪设想。因此，杨坚虽然下决心用高颎取代了刘昉，对郑译还是照旧优容。不过，杨坚想出一条妙计，使郑译终于明白了主子的用心。当时，郑译还像平常一样到府衙听事，看不出有任何变动的迹象，心中稍安。不料一连几天，没有一个人向他请示政务。郑译就这样呆呆地在府衙之中干坐，无事可办，无令可发。原来，杨坚暗中早已经嘱咐其属下官吏，不得向郑译请示、汇报任何事情。郑译自觉没趣，恍然大悟，诚惶诚恐，立即前去拜谒杨坚，叩头请罪，自求解职。杨坚好言安慰了他一番。郑译感恩戴德，从此小心翼翼。

三、抓住要害　迫其就范入彀

釜底抽薪之计在政治斗争中的应用范围是相当广泛的。本计在敌强我弱的形势下，既可以用来消灭已经形成的敌对势力，又可以挫败萌芽状态的危险因素，而且行之有效。但是，在具体的运用过程中，必须慎之又慎，尤其不可使对方识破机关。否则，不仅有可能功亏一篑，还可能招致对方的全力反扑，使自己一败涂地，不可收拾。

第一，在敌国之间。

国与国之间，争夺各方面的利益，其例甚多，不胜枚举。利益之争导致冲突，自然不可避免；但利益之争也可以造成联盟，形成某种力量不均衡的局面。当某一国家面对几个国家组成的同盟时，釜底抽薪之计便大有用处。此外，本计在一国与一国单独对阵，甚至以强对弱之时，也可行之有效。无论在何种形势之下使用本计，都必须注意真正抓住问题的症结所在，否则一切都是纸上谈兵。秦相范雎瓦解合纵派联合攻秦之谋，就是因为看准了这些人不过贪图一己之富贵，并没有什么真正的正义感，甚至仇恨心理，只要略施小惠，就会使这些聚而图利的人，成为争食的狗一样，咬在一处，乱作一团。秦使陈轸退楚兵存齐国，齐名士鲁仲连尺书劝走燕将，是因为抓住了对方隐藏在内心深处的后顾之忧，使其权衡利害，不为无益之举，从而达到了釜底抽薪的目的。不过，运用此计之时，每一步都应落在实处。秦相张仪用釜底抽薪之计，企图欺骗楚王，驱逐楚之谋臣贤士，就是因为虚言无凭，被人看出马脚，结果其计不成，反而失去了楚王的信任。

第二，在君臣之间。

专制政治之下，君臣之间隔阂日深。权力的集中使君孤于上，臣惧于下。君使臣以术，臣事君亦需用术。双方既有共同的利益，又有各自的心事。利益发生冲突之时，互用心计自不必待说，即使为了共同的利益，亦需有所顾忌，保持一定的分寸。触詟说服赵太后以长安君入齐为人质，就是在利益一致的形势下，使用釜底抽薪之计的典范。至于君主防范、控御臣下，尤须善用此计。

汉高帝刘邦用张良之策，首先封赏其仇怨之人，稳定众臣之心，可以说本意为善而用心良苦；汉武帝刘彻用主父偃之计，推恩以分割诸侯之实力；隋文帝杨坚为了保全郑译，不明黜责而暗杀其气势，使郑译终于明白了杨坚的用心，则为善之又善。至于吴主孙休明而不断，识破张布釜底抽薪之计而又不能果断处置，终于坠入计中，以致国势日弱，则当为治国者所必戒。

第三，在臣与臣之间。

专制政治下，矛盾无处不在。由于小农经济的封闭性与分散性，人际关系往往不甚明确，其结果是政治斗争中往往呈现出无原则的特点。人人逐利，无所不用其极。利之所在，或分或合，全无一定之规。掌握了这一特点，便可以用釜底抽薪之计去瓦解对方的联盟，从而在劣势局面中反败为胜。尤其值得注意的是，专制政治之下，臣子之荣辱黜陟，往往只凭君主一己之意。争宠争利，关键是争取君主的欢心。因此，使用种种手段，破坏政敌在君主心目中的地位，始终是中国古代政治倾轧中的撒手之锏。甘茂破坏公孙衍在秦王心目中的地位，赵高引起秦二世对李斯的猜忌，都是运用釜底抽薪之计，使对手失去根本，无法立足，或遭贬逐，或遭杀戮。至于特殊情况之下，抓住对方要害，迫其就范，则尤须深识明察。甘罗说服张唐前往燕国，堪称一绝；而李兑门客用计堵塞苏秦驰说之口，则至为高妙。

四、不动声色　避实击虚待变

釜底抽薪之计作为混战计的第一计，在政治斗争中具有明显的特点，因为在混乱的局面下，能够抓住问题的主要方面，在具体实施上，则具有明显的特点：

第一，就釜底抽薪之计在政治斗争中应用目的而言，具有代价小而收获大的特点。

敌强我弱，抑或两强相遇，如果针锋相对，往往非自取灭亡，即两败俱伤。即使我强敌弱，进行正面攻击，也可能因对方背水一战而招致损伤。因此，善用釜底抽薪之计，往往是政治斗争中制胜的基本方法。此计运用得当，可于不动声色之间陷对方于死地，所谓不战而屈人之兵。避其实而击其虚，代价小而收效大，故老谋深算者，无不乐用此计。

第二，就釜底抽薪之计在政治斗争中作用而言，具有从根本上解决问题的特点。

政治斗争反复无常，形势复杂多变。正面冲突，拼死一战，往往不仅造成损伤，还容易留下后患。或为人口实，或予人可乘之机。如果善用此计，则不仅可以较为顺利地实现自己的目的，从而最大限度地保存自己的实力，还可以使对方丧失根本，无法东山再起、卷土重来。历史上应用此计而成功者，大抵极少后患。

第三，就釜底抽薪之计在政治斗争过程而言，具有清醒性与关键性的特点。

政治斗争的复杂性，也就决定政治局面是混乱的，施计者能够在混乱的局面下，发现问题的主要方面，抽薪不是火中取栗，所以危险性小。当人们关心沸腾的釜中之水时，施计者能够看到根本问题，即导致水沸腾的根源，不进入沸腾水中，免得被沸腾之水烫伤，去掉导致水沸腾的根源，也就抓住了问题关键所在，既可以保全自己，又能够静观其变，乃是清醒者所为。

浑水摸鱼

——乘其阴乱　利其弱而无主

本计云:"乘其阴乱,利其弱而无主。随,以向晦入宴息。"其大意是:乘敌方内部发生混乱,利用其力量虚弱而没有主见,使之顺从于我,就像人按照天时而作息一样自然。此为混战之计,以假乱真,乱中取胜。浑水摸鱼的原意,是把水搅浑,使鱼晕头转向,无所适从,乘机将其捕捉。

一、以假乱真　乘机攻而胜之

《周易·随卦第十七》云:随:元亨,利贞,无咎。《象》曰:泽中有雷,随。君子以向晦入宴息。

【一爻】初九,官有渝,贞吉,出门交有功。《象》曰:"官有渝",从正吉也。"出门交有功",不失也。

【二爻】六二,系小子,失丈夫。《象》曰:"系小子",弗兼与也。

【三爻】六三,系丈夫,失小子,随有求得。利居贞。《象》曰:"系丈夫",志舍下也。

纵横捭阖戏诸侯,浑水摸鱼存九鼎

【四爻】九四，随有获，贞凶。有孚在道以明，何咎？《象》曰："随有获"，其义凶也。"有孚在道"，明功也。

【五爻】九五，孚于嘉，吉。《象》曰："孚于嘉吉"，位正中也。

【六爻】上六，拘系之，乃从维之，王用亨于西山。《象》曰："拘系之"，上穷也。

在六十四卦中，"随"的意思就是随时变化。象曰："泽中有雷，随。君子以向晦入宴息。"意思是：夜晚来临，雷雨交加，洼地便要积水；而人亦需入寝休息。日出而作，日入而息，随时变化，理所当然。《六十四卦经解》云："随，从也。"又云："随有随时、随人二义。"无论"随时"抑或"随人"，顺应自然，随时变化，都是至为关键的一个原则。可推演出此计在政治斗争的可能和结果如下：

第一种，浑水摸鱼就是见机而动，而一爻为阳，乃是明摆着的事，所以是吉，但也应该注意把握时机，因为时机往往是稍纵即逝。

第二种，使用浑水摸鱼之计，虽然是见机而动，但不懂得把握机会，就不能够得到其利。此爻为阴，有二变卦，柔易失机，是小子所为，若是如此，则不能够兼得其利，却无所失。

第三种，处在四变卦的阴爻之中，若是使用浑水摸鱼之计，以把握时机为上，力求获利，但要注意取舍，不要因小失大，坐失其利。

第四种，使用者处在刚阳的八变卦之爻，若是有所收获，乃是凶事，必须把握时机，不要被收获所迷。刚阳之爻，在于把握刚强之道，得到此道，就能够获得成功，不会获咎。

第五种，使用者依然处在刚阳的十六变卦之爻，其位正义明，依道行事，自然是吉，当然要坚决实施，不用有顾虑。

第六种，浑水摸鱼本来就是明摆着的机会，但上六是阴爻，有三十二变卦，也就决定明摆着的机会，不能够明目张胆、大张旗鼓地去获利，要使用一些谋略，既获利，又不能够让人们知道自己趁机获利，也就达到该计的最高境界。

该计用于军事，主要是在敌人混乱之时，乘机攻之以取胜。秘本书法《三十六计》在解释此计时说：动荡局面之下，会存在相互冲突的多种力量，而势单力薄者往往依违无主。我方可以利用这一点，将其争取过来，或者消灭掉。《六韬》曾说："三军多次惊扰慌乱，队伍不齐，士卒惧怕遇见强敌，交头接耳地说着泄气的话。挤眉弄眼，谣言不断，人心浮动。不怕法令，不服主将。这就是怯弱的征兆。如此无主之"鱼"，在混战之际，应不失时机地加以捕捉。如刘备夺荆州、取西川，便是使用这一计谋的实例。而刘表、刘璋之流，恰是当时的阴乱无主之"鱼"。

该计用于政治，则是在混乱的局面中，采取主动行动，迷惑对手，使其无法了解形势，不辨真伪，无所作为，最终被我制伏。值得注意的是，浑水摸鱼不仅可以在水已浑之后乘机渔利，而且可以在水浑之前故意把水搅浑，有目标地从中渔利。专制政治的特色之一是君臣猜忌，臣与臣之间互相戒备，上下之情不通，缺乏透明感，有如捉迷藏一般。这种体制，不仅容易造成混乱，而且为形形色色的政治家、野心家、阴谋家所利用，可以在这种混乱中进行渔利。因此，本计不仅为人所乐用，而且不断得到完善与发展。

二、与时变化　花样尽可翻新

政治局势的混乱性，导致浑水摸鱼之辈层出不穷。在政治旋涡之中，浑水摸鱼之计的运用无处不在。与时变化，花样翻新，典范之例，随时可见。而用计之人，或虎口夺食，或死里逃生，或技高利厚，或弄巧成拙，亦足为前车之鉴。

事例：纵横捭阖戏诸侯，浑水摸鱼存九鼎

东周时期，诸侯争霸，天下大乱，天子势力日益衰弱。周显王的时候，秦国兴兵攻周，索求九鼎。九鼎乃天子的象征，失去九鼎，就等于亡国。周显王大惧，问计于颜率。颜率回答说："大王勿忧。臣请东去向齐国求救。"颜率来到齐国，对齐宣王说："秦国大逆不道，欲兴兵攻周夺取九鼎。周君臣想了许久，认为把九鼎送给秦国，不如归之于齐。大王想想看，保存危弱之国，可获美名；得到九鼎，亦称厚利。齐国功援，获美名、得九鼎，一举两得。愿大王考虑！"齐宣王闻言大悦，发兵五万，以陈臣思为将，驰援东周，秦兵闻报，罢兵西归。

秦兵解围，齐国准备按约索求九鼎。周显王更加担忧。颜率说："大王勿忧。臣请东行，以解此厄。"颜率再次来到齐国，对齐宣王说："周朝得齐国之援，君臣父子免于乱亡。感激之余，愿意献出九鼎。不过，不知道大王打算从哪条路把九鼎运回齐国呢？"齐宣王说："寡人打算取道梁国。"颜率曰："不可。梁国君臣企图得到九鼎，处心积虑，无日而止。如果九鼎路经梁国，必然被其扣留。"齐宣王说:"那么就取道楚国。"颜率回答说:"这也不行。楚国君臣欲得九鼎,同样也是由来已久,如果九鼎路过楚国,也会被其扣留。"齐宣王既恼怒又担忧,无可奈何地说:"那么,寡人究竟应该从哪条路把九鼎运回齐国?"颜率不慌不忙地回答道:"周朝私下里很为大王担心。大王想想看,九鼎并非一般的油壶酱罐,可以怀揣手提带到齐国;也不像鸟聚鸟飞、兔窜马奔,叮咛片刻即至。当年,周伐殷,得九鼎,运至周都,一鼎用九万人来运,九九八十一万人,其余士卒护卫、器械用具不计其数。如今,且不说大王难以找到这么多人来运送,即使有人,又从哪里出入呢?我私下里真是为大王着急。"齐宣王这才恍然大悟,狠狠地说:"原来您反复往来于齐国,却什么也不打算给寡人。"颜率说:"我怎么敢欺骗齐国呢?请大王早定路线,周朝迁鼎以待命。"齐宣王计无所出,只好作罢。

运用浑水摸鱼之计,要在蒙骗对方。但是,这种蒙骗必须经过慎重考虑和策划,一旦被对方识破机关,后果不言而喻。因此,在运用本计时,既要使对方不生疑心,又要留有充分余地。周室衰弱,给列国分据以可乘之机,但列国之间矛盾重重,钩心斗角,也并非不可以利用。颜率正是看透了这一点,利用齐国窥视九鼎之心,说动齐宣王,出兵救难。齐宣王求鼎心切,竟然没有考虑到诸如如何把九鼎运回齐国这样一些关键问题。直到秦兵已退,颜率方才点破机关,点醒迷津。整个过程毫无破绽。乘乱而自存,这是一个突出的例子。

事例:制造口实夺权柄,献策进计逐政敌

浑水摸鱼之计,不仅可以用来迷惑对方,以达到制伏对方的目的，还可以用来迷惑决定对方命运的人物，使其真伪不辨，为己所用。

春秋战国时期，齐威王聪明刚察，天下闻名。但有的时候也不免糊涂，坠入他人计中，为渊驱鱼。当时，邹忌为相，田忌为将，二人不和，互相猜忌，倾轧不已。后来，一位名叫公孙阅的人给邹忌出了一个主意。公孙阅说："大人何不向齐王建议讨伐魏国？如果胜了，是大人谋划得高明，可以领功受赏；如果败了，则是田忌指挥不力，不肯用命，即使不死在战场上，也可以找个罪名除掉他。"邹忌颇以为然，遂献伐魏之谋。

田忌督师伐魏，三战三捷。邹忌不悦，又去找公孙阅问计。公孙阅便派人携带二百两黄金，到闹市上去卜卦，又对卜者称："我乃田忌派来的人。将军三战而三捷，威震天下，欲反齐而自为王，请先生卜之。"公孙阅派去的人走后，邹忌立即向齐威王告变。捉来卜者案问，果然铁证如山。田忌无奈，弃职出奔于别国。

田忌从齐国出奔以后，到了楚国。邹忌独揽大权，更加得势。但是，又担心田忌会借楚国之力重返齐国执政，心中不安。杜赫对他说："大人放心，我会使田忌留在楚国。"于是，杜赫南下至楚，对楚王说："邹忌之所以仇恨楚国，就是因为担心田忌会借楚国之力卷土重来。大王何不封田忌于江南之地，向邹忌表明田忌绝不会返回齐国。这样，邹忌就将与楚国修睦。田忌亡命之人，得江南之封，必对大王感恩戴德。如果他将来有机会归国，也会尽心竭力，报答大王。这就是一箭双雕之计，使田忌与邹忌同时被大王所利用。"楚王点头称是，遂封田忌于江南。

邹忌浑水摸鱼，逐出田忌，其计可谓高明；杜赫说楚王封田忌于江南，亦不亚于前者。但是，兄弟阋墙，外人得利，真正从中得到好处的却是楚王。大局为重，是人们常说的话，但一到关键时刻，仍不免打浑水摸鱼的主意。摸来摸去，弄得国家虚弱，民不聊生，水浑鱼尽，用计者自己也在其中。

事例：利其所利夺其利，得其所失争其失

张仪初到楚国的时候，遭到冷落，心中不甘。他对楚王说："大王无用臣之处，请让我北上去晋国。"楚王正不耐烦，立即应允。张仪问道："大王不希望得到晋国的宝物吗？"楚王说："黄金、珠玉、犀角、象牙皆产于楚国，应有尽有。寡人没什么想要的。"张仪说："大王难道不喜欢美女吗？"楚王说："你这是什么意思？"张仪回答说："中原的女子，粉面黛眉，立于衢闾之间，外来客见了，无不嗟赏，以为遇见了仙子。"楚王心动地说："楚国地处僻陋，不知道中原的女子如此美貌。寡人怎么会不喜欢呢？"便送给张仪大批珠宝，请他寻找美女。

楚王后宫南后与郑袖听到这个消息，妒火中烧，十分害怕因此失宠。南后派人对张仪说："听说您要前往晋国。我们这里有黄金千斤，送给您做旅费。"郑袖也派人送黄金五百斤给张仪。

张仪收到双方的礼物以后，向楚王辞行，对楚王说："天下关津阻隔，交通不便，不知何日可得再见。希望大王赏臣一杯酒喝。"楚王允诺，摆下宴席，与之共饮。宴中，张仪再三叩首，对楚王说："这里没有外人，能否请大王把宠幸的姬妾召来共饮？"楚王便召南后与郑袖入席。张仪见到南后与郑袖以后，伪作惊奇之状，向楚王叩拜请罪说："臣有死罪于大王。"楚王不解其意，张仪回答说："臣遍行天下，从来没见过如此美貌的女子！这样说来,臣请为大王寻找美人,是欺骗大王啊!"楚王说:"你不必在意。我早就知道天下没有比南后与郑袖更美貌的女子。"

张仪在楚王与后宫之间蓄意制造了一场混乱,从中大捞了一把,受楚王之珠玉,获南后、郑袖之重金,然后溜之大吉。机关精巧,不愧为浑水摸鱼之高手。

事例:乘其争利失其利,窥其所失渔人利

浑水摸鱼,常须故意制造混乱。此中机关非轻易可以布设成功,倘若对手明察秋毫,且有一定之规,摸鱼者便不易下手。但是,乱局之中,总有可乘之隙。善于把握时机,善于布设巧局,就可以从中取得好处。

春秋战国时期,周室式微,日弱一日。列国窥伺侵夺,不一而足。但周室内部并未因局势窘迫而团结一致,内讧时起,矛盾重重,局外人乘机插手,浑水摸鱼。当时,周室领地的东部与西部分裂为二,西部居上流,控制水源,东部居下流,常为其所阻扼。东部打算种稻,西部便截住水源。东部常常为此而大受其害。苏秦之子苏代见有机可乘,便对东周君说:"臣可以说服西周开放水源,何如?"于是西行,往见西周君,对他说:"您的计谋是个大错误。如今,水源阻绝,东周改种麦子,这岂不是使其更富裕吗?您如果真打算坑害东周,莫不如给他们放一次水。东周之民只有麦种,一旦放水,必重新改为种稻,麦种便被抛弃。然后,您再阻断水源,迫其复为种麦。如此,则可令东周之民承仰西周而活命,您不就可以令东周之民为您驱驰效命了吗?"西周君称善,遂开放水源,并重赏苏代。苏代于东西之间翻云覆雨,得双方之厚贿,而东西之争遂愈演而愈烈。

事例：体贴入微伪施爱，阴险毒辣真心狠

魏王赠给楚王一位美人，楚王大悦，甚加宠幸。爱姬郑袖心中不平，千方百计加以倾害。她装出一副毫不妒忌的样子，对新人倍加关心，体贴入微，衣服器物，恣其所欲；宫室卧具，择其所善，比楚王想得还要周到。过了一段时间，新人放松警惕，以为郑袖果真贤德淑惠，并不像外间传说的那样阴险毒辣。楚王心中也十分满意，称赞道："妇人侍奉丈夫，靠的是美色。有妒忌之心，人之常情。如今，郑袖知道我宠爱新人，不仅不妒忌，而且比我还更要关心新人。如此贤淑，即使孝子侍奉父母、忠臣侍奉君主，也不过这样！"

郑袖闻楚王之言，心中暗喜，马上开始行动。她对新人说："大王十分喜爱你的美色，这你是知道的。不过，大王很讨厌你的鼻子。以后见到大王，一定要捂住鼻子才行。"新人不知是计，以后见到楚王，果然以手掩鼻。楚王纳闷，询问郑袖："最近，新人见到寡人，总是捂住鼻子，这是怎么回事？"郑袖说："妾知之。不过，说出来怕大王不高兴。"楚王说："你尽管从实说来。"郑袖回禀道："新人大概是讨厌闻到大王身上的臭味。"楚王大怒，骂道："悍妇！如此无礼！"下令对新人施以劓刑。郑袖得计，专擅后宫。

郑袖善用计谋，蛊惑楚王，不一而足。外廷诸臣，亦时常遭其倾害。当新人初入之际，郑袖曲意奉迎，博得双方欢心之后，立刻施展毒计。虚虚实实，真真假假，楚王不察其奸，自毁所爱，终于坠入郑袖计中。郑袖此计，利用的是新人的无知与楚王的昏庸。郑袖略施小计而楚王自乱，以此治国，安能不亡。

事例：澄本正缘清彻底，浑水摸鱼计难施

运用浑水摸鱼之计，先决条件是对方没有主见。天下大势，时时有乱，但也并不是时时可以从中渔利。

长平之战以后，秦军大胜而归。秦王派使者来到赵国，声称如果赵国割让六座城池，便可以议和。赵国新败，举国震动，闻秦使之言，君臣惶恐。这时，楼缓刚刚从秦国来到赵国。赵王问计于楼缓，楼缓已有主张，却故意推托，声言："此事非人臣可知。"赵王固请，楼缓说："大王听说过公甫文伯的母亲吗？公甫文伯在鲁国做官，病死以后，房中妇人有十六位自杀以殉。但是，其母闻讯以后，却不肯哭泣。有人问其缘故，其母回答说：'孔子当世贤人，从鲁国出奔，我的儿子不能追随左右。如今死去，却有十六位妇人为之自杀，这不是说明他对长者礼薄而对妇人恩厚吗？'这番话，从其母之口而出，是贤母之言；如果从妻室之口而出，不就成了妒妇了吗？话还是那句话，但由谁说出，则意味大不一样。如今，我刚刚从秦国到达赵国，如果劝大王不割城池，显然行不通；如果劝大王割让，又害怕大王以为臣替秦国说话，因此不敢妄言。不过，我私下以为，站在本王的角度考虑，还是割让的好。"赵王闻言，点头称是。

虞卿得到消息以后，立即去见赵王。赵王把楼缓的意思告诉了虞卿。虞卿说："此话甚无道理。"赵王问："从何说起？"虞卿回答道："秦军攻赵，是力尽而归呢？还是尚有余力，可怜大王而罢兵了呢？"赵王说："秦攻赵，不遗余力，一定是力尽而归。"虞卿说："秦攻赵，力不足而罢兵，而大王却使秦国得到了本来得不到的东西，这不是帮助秦国进攻自己吗？明年秦兵再来，大王岂不是没救了吗？"

赵王犹豫不决，又把虞卿的话告诉了楼缓。楼缓说："虞卿岂能完全了解秦国的实力？既然知道秦军攻无不克，又不同意割让弹丸之地，如果秦军明年来攻，岂不是要割让腹地才能讲和吗？"赵王说："如果我听从您的建议，割让六城，您能保证秦军明年不进攻赵国吗？"楼缓说："这我不敢保证。当年，三晋与秦相善，如今秦国放过韩、魏而专攻赵，看来大王侍奉秦国必不如韩、魏尽心。请允许臣为大王排忧解难，开关通商，与秦、韩、魏三国修好，至于来年秦军会不会专攻赵国，臣不敢保证。"

赵王狐疑，又去询问虞卿。虞卿说："楼缓认为不讲和，明年秦军再来进攻，会割让更多的土地。如果讲和，楼缓又不能保证秦军不会卷土重来。这样说来，割地有什么用呢？明年秦军攻赵，又会得到本来得不到的东西，讲和罢兵，这不是自己消灭自己吗？不如干脆不讲和。秦虽善攻，不能取六城；赵虽兵败，亦不失六城。秦兵力尽而归，必然疲惫。如果我们拿出六座城池，献给天下强国，与之联合攻秦，虽有所失，亦有所得，不是强于坐而割地、自弱而益秦？如果照楼缓的意思办，割地事秦，明年秦国又要求割地，大王是给呢还是不给呢？不给，则盟好立绝；给，则坐而地尽，这还有个完吗？秦怀虎狼之心，贪欲不止，而大王之地有限。以有限之地，奉无已之求，哪里还有赵国的生路？大王一定不要割地。"赵王曰："好吧。"

楼缓得到消息，又去见赵王。他对赵王说："虞卿知其一而不知其二。秦、赵交兵，天下大悦，这是因为列国都打算坐山观虎斗，从中渔利。如今秦胜赵败，列国皆贺，难道不是说明列国倒向秦国了吗？大王何不尽快割地讲和，使列国疑惑，使秦国安心。不然，天下将乘秦之怒，因赵之弊而瓜分之。赵亡日可待，如何图秦？望大王决断，不要再犹豫了。"

虞卿闻讯，又来见赵王，对他说："楼缓为秦渔利，形势太危险了！赵兵大败，又割地求和，天下共疑之，又怎么能使秦国安心？这不是示弱于天下吗？况且臣所谓不割地，并不是说不能把城池送给别国。秦国索要六城，大王可以用五座城池贿赂齐国，与之并力攻秦，夺其土地，是失于齐而偿于秦也。然后，大王可与韩、魏修睦。韩、赵、魏、齐联兵攻秦，何患不胜？"赵王闻言说："此话有理！"立即派虞卿东行，与齐王谋共攻秦。

秦王闻讯大惊。虞卿还没有从齐国返回，秦国的使者已经来到赵国，商讨和议。楼缓见势不妙，仓皇出逃。

当赵国新败之际，局势混乱，不一而足。秦乘其弊，要求割地。楼缓助秦之谋，浑水摸鱼，居心叵测，自以为其计必行。但是，赵国局势虽然险恶，虞卿善谋，赵王能断，亦能解危拯困，不坠渔人计中。由此看来，事在人为，其言不虚。

事例：虚与委蛇谈家事，制造假象坏敌盟

春秋战国时期，列国纷争，或盟或攻，往往朝三暮四。齐闵王时，与魏国不和，便约见燕、赵、楚的丞相在卫国会面，准备联合攻魏。魏王闻讯，非常害怕，便与公孙衍商议对策。公孙衍说："大王勿忧，请予臣百金，破坏他们的联盟。"于是，魏王为公孙衍准备了车乘与黄金。

公孙衍预先打听到了齐王到达卫国的日期，提前去那里等候齐王。公孙衍以百金为见面礼，请求齐王在会见诸国丞相之前先与他见面，费了许多周折以后，终于得到允许。公孙衍见到齐王以后，寒暄落座，故意东拉西扯，拖延时间，并把话题扯到齐、魏关系，言谈阔论，滔滔不绝。

果然，公孙衍与齐王会面的消息很快便被燕、赵、楚三国的丞相知道了，而且还传来了一些谈话的只言片语。三国丞相十分怀疑，又十分恼怒，便对齐王说："大王与我们相约结盟，共攻魏国。如今，魏国使者公孙衍到这里来，大王竟然与他谈了那么久，这不是齐、魏合谋，打算对我们三国不利吗？"齐王解释说："魏王听说寡人到卫国来，特派公孙先生问候寡人，寡人并没有与他说什么。"但是，三国的丞相坚决不肯相信，无论齐王怎样解释都没有用。齐、燕、赵、楚合盟攻魏之谋也便就此告吹。

公孙衍用百金之小利，轻而易举地破坏了敌国的联盟，关键是利用了诸国之间的互相猜疑。当是之时，各国之间矛盾重重、本来就缺乏建立稳固同盟的基础，一有风吹草动，便会闹得不可开交。公孙衍正是看准了这一点，才能成功地制造假象，使联盟不攻自破。而齐王贪图小利，不识大体，竟然允许公孙衍首先入见。事后之解释，不仅难以自圆其说，而且越描越黑，愈说愈乱，实为咎由自取。

事例：用人而疑难成事，听信挑拨终自毁

公孙衍在魏国，欲助魏王以成霸业，鞠躬尽瘁，四处奔走。但是，魏王宠臣田需对他非常忌恨，从中作梗，使其不得施展。公孙衍无可奈何，只好与魏王摊牌。他对魏王说："臣竭力尽智，一心为大王开拓疆土，使大王威名远扬。然而，田需从中掣肘，而您又对他言听计从。如此，则臣永无成功之日。如果大王能斥逐田需,则臣可以留在魏国;如果田需仍在大王之侧,则臣即刻离开大王。"魏王说:"田需乃寡人股肱之臣。如果您感到不便,不论天下人怎样说,我都可以除掉他。这样吧,我将为您而将其斥逐,使他不敢干涉您的大事。如果他有不轨的举动,我就杀了他,如何?"公孙衍对这个回答十分满意,立即联络诸国,并把田文推举为魏相,共谋其事。

田需遭到冷落,问计于苏代。苏代应其求,前去游说魏王。他对魏王说:"臣请问大王,田文为魏国效力,会有为齐国效力那样尽心吗?"魏王答曰:"不会。"苏代又问:"公孙衍为魏国效力,会有为韩国效力那样尽心吗?"魏王答曰:"不会。"苏代便对魏王进言:"公孙衍重韩而轻魏、田文重齐而轻魏。这两个人,将利用大王之国,谋利于世。齐、韩得利,魏国得祸,大王又从何而知之?必不得已,臣请大王召回田需而置于左右,以牵制公孙衍与田文。此二人见王如此,必知田需其非亲信,如举事而不利于魏,将为田需告王而挫败,从而不敢妄生异心。不管此二人举事利于魏,还是不利于魏,大王置田需于侧,从中牵制,都对大王与魏国有利无害。"魏王以为有理,果然召回田需,置于左右。

用人不疑,疑人不用。魏王与公孙衍之言,实有明君之风,然初因公孙衍而逐田需,继而以苏代之言又置之左右。田需是否贤能,姑且置之弗论,岂用人之道,可以如此反复无常?苏代聪敏善辩,攻公孙衍、田文之来历,使魏王误以为二人将重韩、齐而轻魏,其心叵测,而魏王竟惑于其言,使田需得以复用,所谓自毁长城,自毁大计。

事例：为求尊重献狠计，左右逢源希渔利

专制政治之下，君主独尊，用人由己。选贤举能，往往成为空谈。不仅如此，用人不由公选，则趋炎附势之人，可以媚事主上，获取高位。此风一长，争权夺利之事便不可遏止。得位者如升仙，失位者似沉泉，争来争去，无所不用其极。

秦、赵大战之际，赵国屡败。赵王宠信建信君，一时之间，权势炙手。当时，魏牟路过赵国，曾经向赵王进言，劝其另选贤能，以应危局。魏牟用了一个譬喻，企图使赵王明白，即使做一顶帽也需要内行之人，何况治理国家，怎么可以随便用人？他说："如今秦军兵锋正盛，而大王竟然用一个无能之辈与强秦抗衡，不是自取灭亡吗？"赵王不用其言。

建信君贵盛无比，重臣韩向不服，处心积虑，争夺丞相之位。后来，翟章从梁国来到赵国。赵王与翟章谈了几次，非常欣赏他的才智，几次打算任命他为丞相，但翟章坚决推辞，不肯接受。翟章得到赵王信任，建信君与韩向都不高兴，尤其是韩向，更加受冷落。这时，一位名叫田驷的人对韩向说："我可以为大人排忧解难。"韩向问计，田驷说："我替您刺杀翟章。如果成功，赵王一定认为是建信君所为，赵王必怒而诛杀建信君。建信君被诛，翟章被刺，接替丞相职务的一定是您。如果赵王不杀建信君，那么，建信君就会因为您替他除掉了政敌而感谢您，与您成为至交。您施恩于建信君，不是也可以受到重用吗？"

田驷之计，可谓一箭双雕。进可攻、退可守，左右逢源。此计是否得手，不得而知，但其用心却十分险恶。如果韩向听信其言、施行其计，恐怕真正在浑水之中获渔人之利者并不是韩向。

事例：出尔反尔失信誉，首鼠两端招致祸

春秋战国时期，楚国原来较为强盛。不过，楚国内部矛盾频起，主昏于上，臣佞于下，内政外交，一片混乱，很快就变得衰弱不堪。楚怀王昏庸无谋，信任小人，斥逐君子，不可能有什么大的作为，却偏偏好大喜功，结果总是赔了夫人又折兵。当时，秦国势力日强，虎视诸侯，往往利用楚国的力量达到自己的目的。而楚怀王不明形势，几次上当，竟然丝毫不知反悔。

前306年，秦国与楚国联兵进攻魏国，包围了皮氏。魏国告急，派人游说楚怀王。说客对楚王说："楚国与秦国击败魏国，魏王恐惧，以为将有亡国之祸。这样一来，魏国必然向秦国靠拢，楚国岂不危险？大王何不背秦向魏。魏王心喜，必然以太子为人质，与大王结盟。秦国害怕失去楚国的援助，一定会献城池与大王。大王得到秦国的城池以后，不是还可以进攻魏国吗？一战而得秦、魏两国之地，又不失秦、楚之盟，大王何乐而不为？"楚王大悦称善，便背秦国之盟。魏王送太子入楚，双方休战。

秦昭王闻讯，又怒又怕，答应给楚国城池，准备与楚国重新进攻魏国。但是，秦军统帅樗里疾，对楚怀王背信弃义的做法十分生气，决定与魏国联盟，共攻楚国。不过，楚国掌握着魏国的太子。樗里疾担心魏王不肯牺牲太子的安全，结盟不成，便又派人去游说楚王。说客对楚王说："樗里疾派臣来拜见大王，要我转告大王：秦王打算献城池于楚。但是，魏国太子尚在楚国，秦王怎么敢贸然从事呢？请楚国归还魏国人质，秦国就将立即献出城池，两国巩固联盟，马上进攻魏国。"楚王以为背秦向魏之计取得了成功，立即答应，送走了魏国的太子。樗里疾得计，与魏结成同盟，大举进攻楚国。

楚怀王于大战之际，轻信说客之言，出尔反尔，首鼠两端，结果被魏、秦玩弄于股掌之上，为天下所笑。反自以为得计，其庸愚迟钝，似非一般可比。秦、魏浑水摸鱼，各得其利，说客之功，功不可灭，但是，如果不是遇到了楚怀王，又哪里会如此轻而易举地得手呢？

事例：乘机邀利贼芒卯，巧计周旋诸侯国

春秋战国时期的芒卯，是一个极善浑水摸鱼的策士。

当时秦、赵两国联兵伐魏，魏王十分担心。芒卯对魏王说："大王不必忧虑，臣有一计，可以应敌。"魏王从其计，派张倚到赵国去，对赵王说："邺这个地方，魏国很难保住。如今，大王联秦攻魏，魏王恐惧，求献邺地。请大王罢兵。"赵王大喜，召相国议事曰："魏王求以邺地与寡人讲和，条件是寡人与秦绝盟。"相国回答说："联秦攻魏，死伤士卒，所得也不过邺地。今不用兵而得邺地，臣以为可以答应。"张倚见赵王已经允诺，便说："敝国准备献地的官吏，已经到达邺地，大王将如何回报魏国？"赵王便与秦国断绝关系，封闭关津，秦、赵之间立即剑拔弩张。

赵、秦绝盟，赵王派使者到魏国索要邺地。不料，使者见到芒卯之后，芒卯却对他说："敝国所以与大王讲和，目的就在于保存邺地。所谓献邺云云，是使者妄言，我丝毫不知情。"赵王自知上当，叫苦不迭，又害怕魏国与秦国合兵攻赵，只好忍痛割五座城池给魏国，维持双方结盟关系，以对抗秦国。

这件事过去以后，芒卯名声大振，魏国君臣都对他深为敬重，赏赐之物，不可胜计。不过，芒卯对此并不满足，找了一个机会，对秦王说:"大王行事往往不利,问题在于没有得力之士在诸国做内应。臣闻明王行事不违中道,如今大王希望从魏国得到的,不过是长羊、王屋、洛林之地而已。如果大王能使臣作为魏国的司徒,则臣可以令魏国献出这些地方。"秦王闻言称善,便对魏国施加压力,使芒卯做了魏国的司徒。

芒卯做了司徒以后,立即回报秦王。他对魏王说:"大王所担心的是上游一带,此地接近秦国,一旦秦军来攻,朝不保夕。不过,秦国所要求的,不过长羊、王屋、洛林之地。大王何不献之与秦,秦王高兴,上游一带便免遭进攻。上游无患了,大王可以出兵攻齐,获得更多的土地。"魏王称善,便把这些地方献给了秦国。秦、魏约定联兵攻齐。

过了几个月以后,魏王不见秦国有出兵的迹象,心中怀疑,便问芒卯:"献地已经数月之久,而秦兵不出,这是怎么回事?"芒卯大惊失色地回答说:"臣罪当诛,不过,臣死了以后,秦、魏之盟必绝,大王便没有理由指责秦国了。不如赦臣之罪,派臣入秦,要求秦国履行承诺。"魏王便派芒卯入秦。

芒卯到了秦国之后,对秦王说:"魏王之所以把长羊、王屋、洛林之地献给秦国,就是打算请大王出兵共攻齐国。如今,地已献出,而秦兵不出,臣是死定了。不过,此后天下之士,谁还敢为大王效力呢?"秦王闻言猛醒,回答说:"国家有事,未暇出兵而已。既然您如此说,便可带兵而归。"十日以后,秦兵出,与魏兵会合,芒卯为将,东击齐国,夺其三十二县。

芒卯以齐国布衣,肆其口舌,纵横捭阖于赵、魏、秦三国之间浑水摸鱼,大获其利,虽几次陷入困境,却终能化险为夷,则可见其智识才略必有过人之处。不过，其人所为，不顾大局，非为仁义，徒增天下已乱之势而已。至于三国，被其玩弄于股掌之上，赵王贪利心切，背盟毁约，结果不仅没有得到邺地，反而损失五城；魏王病急乱投医，虽失长羊、王屋、洛林之地，但得赵五城，得齐数十县，可谓不赔不赚；秦王以出兵助魏，得其长羊、王屋、洛林之地，最为胜算。三王之高下，由此可以了然。

事例：为固己位搅浑水，化害为友得其鱼

春秋战国时期，司马熹三次被任命为中山国的丞相。中山国的宠姬阴简，对司马熹十分忌恨，千方百计进行倾害。司马熹担心禄位不保，不敢贸然行事，因此十分焦急。

恰好此时阴简与中山君的另一位美人江姬争夺后位，闹得不可开交。司马熹有机可乘，便对阴简说："您与江姬争夺后位，事成，自然有荣华富贵；不成，则恐身家性命不保。您欲成功，臣有奇计，为何不与臣共商大计？"阴简闻其言，大喜过望，回答说："如果事情成功，必有重谢！"

得到阴简的许诺之后，司马熹立即去见中山君。他对中山君说："臣有办法，可使中山强大，使赵国衰弱。"中山君大悦，说："愿闻其详！"司马熹又说："臣不敢妄言。必须亲自到赵国走一趟，观其地形险阻，人民贫富，君臣贤否，进行一番比较研究，才可以回禀大王。"中山君以为言之有理，便派司马熹去了赵国。

司马熹见到赵国武灵王，对武灵王说："臣听说赵国之人善于音乐，佳丽妙姝，美女如云。如今，臣来到赵国，遍游都邑，却发现民俗鄙陋，女子容颜平平，绝无佳丽美好之人。臣周游列国，无所不至，从来没有见过有比中山国阴简更美的女子。不知道的人，还以为是仙子，怎样形容都不会过分。她的容貌颜色，确实远超常人。不过，此女眉目鼻颧，犀角偃月，闭月羞花，沉鱼落雁，乃帝王之后，非诸侯之姬也。"武灵王闻言，心猿意马，不能自制，高兴地说："吾愿得之，如何？"司马熹回答道："臣是有感于阴简的美貌，不由自主，告诉了大王。如果大王打算向中山君索要此女，这可不是臣可以随意应允的。希望大王不要把臣的话泄露出去。"

司马熹辞别赵武灵王，回到中山。对中山君说："赵王并不是什么明君。不好道德，专务声色；不好仁义，专务勇力。臣听说他打算向大王索要阴简，以为姬妾。"中山君闻言恼恨，司马熹又说："赵乃强国，以势压人，索要阴简一事，不可避免。大王如果不许，则大兵必至，社稷不保；许之，则示弱于人，为天下耻笑。"中山君忧形于色，计无所出，对司马熹说："为之奈何？"司马熹这才说："大王可立阴简为后，以绝赵王之意。世上岂有向别国索要王后的道理！即使赵王有此欲念，敢冒天下之大不韪，也必然会遭到诸侯的谴责。"中山君以为言之有理，遂立阴简为后。赵武灵王闻讯，只好打消了原来的主意。

司马熹此计，与张仪在楚国时，蒙骗楚王与郑袖、南后，得三人之巨贿，异曲同工，有过之而无不及。当其地位受到威胁时，故意制造危机，从而纵横其间，上下其手，浑水摸鱼。结果，司马熹得固其权，阴简得其所欲。至于赵王与中山君，为司马熹所愚弄，一个枉自多情，另一个虚惊一场，而其中好处，尽归他人。由此观之，为人君者，聪明善察，防微杜渐，勿堕他人渔翁之计，确实需要小心谨慎，慎之又慎。

事例：少主聪明察真伪，昭帝不坠渔翁计

西汉昭帝幼年继位，霍光、金日䃅、上官桀等人共领尚书事，辅佐昭帝。霍光虽大权在握，政由己出，然忠心事主，处事公道，天下向往其风采。

霍光之女嫁给了上官桀之子上官安，生了一个女儿，品貌端庄。上官安企图借霍光之力，将其女儿纳入后宫，冀将来立为皇后，永操权柄。霍光以其女年方五岁，不宜入宫，执意不从。结果上官安借助长公主的近幸丁外人之力，说动长公主，将女儿送入宫中，封为婕妤。上官安父子因此飞黄腾达。为了报答丁外人，讨好长公主，上官桀求霍光封丁外人为侯，遭到拒绝；又求拜其为光禄大夫，又被拒绝。上官桀父子及长公主便对霍光恨之入骨，姻亲之家，顿时化为仇敌。至于燕王刘旦、御史大夫桑弘羊诸人，亦皆因不遂其志，互相通气联络，对霍光百计倾害。

一日，霍光不在禁中，上官桀等人以燕王旦的名义，上书言事，声称："霍光出行，仪仗违制，有僭越之举。又擅举无功之人为搜粟都尉，增加其幕府校尉。由此看来，霍光专权自恣，可能有不寻常的举动。臣等愿入京宿卫，以防奸臣阴谋政变。"

书奏之后，上官桀、桑弘羊诸人大肆活动，企图罢免霍光。一时之间，朝野震动。上官桀诸人万万没有想到，刚刚十四岁的昭帝，并不是一个简单的对手，也不是可以任人蒙骗、随意摆布的人。上官桀等人计议已定，拟定奏折。昭帝览奏，不加理睬。次日早晨，霍光听到这个消息，留在殿外待罪。昭帝问："大将军霍光安在？"上官桀回禀："由于燕王上告其罪，因此不敢入殿。"昭帝传旨："召大将军！"霍光入殿，免冠谢罪，不停地叩头。昭帝说："大将军不必如此！朕知此书乃诈也，将军无罪！"霍光问："陛下何以知之？"昭帝说："将军调发幕府校尉，不过十日，燕王远在藩邸，何以知之？更何况将军如欲作乱，也无须校尉参与。"左右闻昭帝之言，大惊失色。昭帝又令有司搜捕上书告变之人，其人潜逃，不知踪迹。昭帝督责甚急，上官桀唯恐露出马脚，奏请结案，声称："小事无须穷追不舍。"昭帝不从。

以后，只要上官桀之党向昭帝进谗言，加害于霍光，昭帝便怒加训斥："大将军忠臣，先帝嘱其辅佐朕躬，敢有诬毁者，坐其九族！"于是上官桀等人恐惧，不敢妄言。

司马光曾说，人君之德，莫大于至明，明以照奸，则百邪不能蒙蔽。汉昭帝正是这样至明的君主。周成王疑惧周公旦，汉高帝不任陈平，汉文帝罢免季布、疏远贾谊，汉景帝诛杀晁错，所谓"执狐疑之心，来谗臣之口"，与昭帝相比，岂能不怀羞惭！假如昭帝得到贤臣佐助，其功业一定会远远超过成康之治！

事例：任而不信失良佐，君主易欺少贤臣

同汉昭帝恰恰相反，汉元帝则是一位毫无主见、极易受人欺骗的君主。

汉元帝非常器重萧望之，欲倚以为相。朝廷里，弘恭、石显，以及其他一班奸佞之人对其侧目而视，必欲置之死地而后快。后来，刘更生派了一个亲戚，借地震之机，企图罢黜弘恭与石显，不料其事未果，刘更生被捕入狱，免官为庶人。弘恭与石显益发猖狂。

不久，萧望之的儿子萧伋上书，为其父申明以前的冤案。当时，弘恭与石显派其党羽诬告萧望之阴谋，罢免了萧望之的车骑将军，也是乘其休日上奏于元帝。元帝命弘恭问案，萧望之力辩，弘恭不听，又与石显等人上奏，称萧望之与人朋比为奸，诬陷大臣，离毁宗室亲戚，欲以专权，为臣不忠，大逆不道，应该送交廷尉。元帝初即位，不明内情，甚至不知道送交廷尉就是下狱，便稀里糊涂地准奏。后来询问别人，方才知道，也是大吃一惊，召来弘恭与石显责问，命其释放萧望之。二人竭力狡辩，声称如此，则天下不服。元帝无奈，只好下诏将萧望之从轻处置，事情不了了之。萧望之虽然没有被全部免除职务，但无辜被责，其子不服。等到诉状送交有司，弘恭等人又从中倾害，命有司复奏声称："萧望之前案证据确凿，并无冤情，而教唆其子上书妄诉，有失大臣之体，为不敬之罪，请逮捕治罪。"元帝问弘恭与石显如何处置，二人乘机谏言曰："萧望之前事，蒙陛下恩赦，不治其罪，复赐爵邑。不肯服罪悔过，而变本加厉，深怀怨望之心，教子上书，诽谤陛下，自恃曾为陛下师傅，必不下狱。如不系之于狱，折其威势，圣朝何以治天下！"元帝说："萧望之生性刚烈，岂肯受狱吏之辱？"弘恭、石显明知萧望之系狱，有可能自杀，却对元帝说："人命关天，萧望之岂能轻易从事，不必忧虑。"元帝乃许其奏。其年冬，石显持诏，令太常发金吾卫车骑，围住萧望之府第。萧望之见诏，仰天叹曰："吾曾备位将相，年逾六十矣。老而入狱，苟求活命，岂不是太不知耻了吗？"遂饮鸩自杀。元帝闻讯，大惊曰："我早知道萧望之不会受狱吏之辱，如今果然自杀，使朕痛失良臣！"涕泣不食，哀动左右，又召弘恭、石显，切加责问，良久乃止。元帝对萧望之十分怀念，岁时必遣使者祭祀。

元帝易欺而难悟,几乎达到了无以复加的程度。弘恭、石显最初谗害萧望之,元帝不明真相,情有可原。后来,元帝心知不可,却仍旧听从弘恭、石显之言,结果使萧望之自杀身亡。萧望之自杀前后,弘恭、石显的用心已经大白于天下,而元帝竟不能加以诛戮,以致奸臣肆无忌惮,忠良坐而受诛,国势日乱,朝政日非。仅仅涕泣不食、岁时祭祀,又有何用!

事例:惑于近侍,终至乱国乱家

君主专制,威权在上。上正则下不敢非为,上不正则下不得而正。故孔子曰:"政者正也。"但是,天下为家,天下为私,帝王非公选而立。父死子继,子贤则天下治,子愚则天下乱,其中并没有多少选择的余地。一旦愚主继统,朝中虽有贤臣,亦无回天之力。即使贤主在上,以天下为私产,疑惧臣下攘夺,亦不免处处猜忌,使贤臣不得施展其忠谋。不仅如此。既然天下为家,亲疏自然有别。外戚乃帝室裙带,诸王乃天子骨肉,与朝臣相比,其亲信程度大不一样,用为重任,天经地义。不过,帝王之家非同一般百姓。天伦之乐中,权势之争无所不在;利之所在,无所不为。兄弟阋墙、外戚夺位,历史上并不缺少显例。天长日久,帝王们逐渐认识到这一点,加以防范,宗室外戚篡权夺位机会也会大大减少。遗憾的是,帝王不可能既独尊又独治。偌大中国,诸事庞杂,内政外交,需人掌管。即使军国大计、最高决策,帝王也不可能事事躬亲,这就需人辅佐。但是,在宗室外戚、朝臣与帝王日益疏远的情况之下,这是一件很难把握的事情。宦官无室无家,为帝王之奴,绝对没有做帝王的资格,用起来方便顺手,又不必担心攘夺宝位,受到帝王信任,几乎是必然趋势。因此,宦官从奉侍宫禁，到传达诏命，再到握兵掌权，一步一步地成为治国的关键角色，也是必然趋势。在中国历史上，宦官专权，层出不穷，为祸惨烈而不能彻底消除，原因即在于此。

宦官没有资格做帝王，却不意味着没有权势欲。这些君主专制政体所造就的怪物，往往善用权术，许多人都是浑水摸鱼的高手。他们依附于帝王，又千方百计地控制帝王，以达到他们自己的目的。离开了帝王，他们无虎威可假，自然不成；为帝王所控制，纯做家奴杂事，又于心不甘，所以，历史上帝王与宦官之间，同样也是矛盾重重，风波频起。

宦官浑水摸鱼，上下其手而从中获利，在秦代以后愈演愈烈。赵高陷害李斯，愚弄二世，人所共知。东汉末年，十常侍蒙骗灵帝，窃其权柄，宦官之祸达到了一个高潮。当时，朝臣与宦官形同水火。党锢之祸，朝臣大受挫折。十常侍得计，更加肆无忌惮，朝野侧目，计无所出。灵帝曾说："张常侍是我公，赵常侍是我母。"对宦官百般恩宠。在灵帝的庇护之下，十常侍倾害忠良，蠹国乱政。他们攘夺公私财物，大造宅第，穷极奢华，制度规模，可与帝宫相比。灵帝曾打算登上永安侯台远眺，十常侍害怕灵帝看见他们的宅第，十分恐慌。便派人进谏，声称："天子不当登高，登高则百姓虚散。"灵帝信以为真，从此不敢复登台榭。

唐代大宦官仇士良在告老还乡之际，曾经对手下亲信说过一番话："我辈之所以得势，关键是善于浑水摸鱼。我辈务须引诱君主寻欢作乐，使其荒废政事，才好从中渔利。倘若君主专心国政、明察秋毫，我辈岂不都要死无葬身之地！"此话虽然恶毒，却也十分透彻，可谓一语道破天机。

飞龙在天或见野

事例：欺君欺夫，终为骄臣所欺

北魏末年，胡太后擅权。胡太后奢侈淫逸，信任刘腾与元叉。刘腾为卫将军、仪同三司，元叉为侍中、领军将军，二人恃宠骄横，权倾朝野。当时，世宗崩逝，太子年幼即位，朝政紊乱。清河王元怿，素有才能，辅佐幼帝，多所匡益，颇有声望。刘腾、元叉所为不法，常常遭到元怿的抵制，因此对他恨入骨髓。

元怿曾经推荐一个名叫宋维的人任通直郎。不料此人浮薄无行，见利忘义。刘腾与元叉买通了宋维，令其上告有人企图作乱，另立元怿为帝。事闻胡太后，下旨察验，证据不足，无罪开释。胡太后心知二人之枉，但惑于其言，对诬告者从轻发落，刘腾、元叉因此更加骄横。

为了永绝后患，刘腾、元叉再次对元怿加以陷害。二人买通中黄门胡定，令其上告："元怿收买胡定，欲毒死幼帝，事成之后，许诺胡定可得富贵。"这一次，二人绕过太后，直接奏明幼帝。幼帝年方十一，信以为真，遂下旨案问。刘腾与元叉密谋已定，将胡太后闭锁于嘉福殿，奉幼帝至显阳殿。元怿入宫，在含章殿后与元叉相遇，被元叉阻住。元怿问："你要造反吗？"元叉回答说："我是在捉拿反贼！"遂将元怿缚送有司。其后，二人胁迫朝臣，联名奏请诛杀元怿，逼迫胡太后与幼帝传旨杀人。在半夜时，将元怿害死。元怿死后，二人又伪称太后诏旨，归政于幼帝，从此以后，大权尽落其手。

元怿被害，朝野丧气。胡太后被幽禁于北宫，宫门昼夜紧闭，内外断绝。刘腾亲自掌管锁钥，连幼帝都不能与其见面。胡太后服膳俱废，不免于饥寒，非常后悔。叹道："养虎遗患，这句话说的就是我啊！"

刘腾、元叉得计，一为外御掌兵，一为内防握权。政无巨细，决于二人。幼帝称元叉为姨父，事之甚恭。及刘腾病卒，幼帝成人，元叉独专国政，逐渐放松警惕，时出游于外，流连忘返。胡太后察知其情，伪称："我母子隔绝，无复用事。愿意出家，修道于嵩山闲居寺。"群臣惊异，竭力劝阻，遂留帝宿于北宫，密谋黜废元叉。元叉不知内中之诈，许母子经常见面。不久，胡太后重新摄政，元叉被赐死于家中。

胡太后恃宠擅权，信任小人，结果为其所制。元叉用浑水摸鱼之计，欺瞒孤儿寡母，消灭政敌，专掌权柄，竟不能防微杜渐，反被胡太后卷土重来。得而复失，失而复得，其中教训，不可谓不深。

事例：乘虚而入，攘夺庸王江山

运用浑水摸鱼之计，尚需对手有可乘之机。倘若本源清澈，局外人又何以有条件上下其手？

南朝梁武帝自恃聪明，弄得国政日非，实力不支。当时，南北形势未定，南朝唯宜坐观形势，不可轻动干戈，开启战端。偏偏梁武帝好大喜功，以一统天下为己任，结果引狼入室，祸国殃民。

546年，东魏大将侯景与权臣高澄发生矛盾，密谋造反。侯景与南梁联络，求武帝出兵为援。朝臣大多以为不可造次，争执不下。恰好前一天夜里，武帝做了一个好梦，梦见天下太平。以为吉梦应兆，可借侯景之力恢复中原，便匆忙定计，派兵出援。不料，侯景为东魏军队打败，出援的南梁士卒也死伤殆尽。侯景率领残兵败将南下逃窜，进入寿阳。朝臣议论纷纷，梁武帝力排众议，拜侯景为南豫州牧。

侯景入寿阳以后，阴蓄异志，募兵征粮，勒索朝廷。梁武帝多方优容，有求必应。后来，梁武帝与东魏言和，侯景力谏不果，与梁武帝的关系愈来愈僵。每有表章，词气悖慢。梁武帝年老倦怠，虽知其事，亦无可奈何。侯景得知梁朝之虚实，更加狂妄不驯，遂加紧经营，联络势力，以图举事。

当时，鄱阳王密奏侯景有谋反之意，梁武帝不加明察，认为："侯景势孤力穷，前来投奔，譬如婴儿仰人哺乳。其势如此，岂能造反！"鄱阳王再次密奏，梁武帝竟然回报说："朝廷自有打算，何劳你来操心！"鄱阳王又请求率合肥之兵讨伐，梁武帝执意不从。后来，侯景联络梁将羊鸦仁一同举事，羊鸦仁不从，执其使者奏报朝廷。侯景上书称："若臣谋反是实，应以国法治罪；如查无实据，请杀羊鸦仁以谢臣！"又称："高澄离间臣与陛下，狡猾险诈，岂可尽信！陛下纳其奸计，与之言和，令臣感到可笑。臣怎么会与高澄重归于好，叛离陛下？臣请陛下把江西之地交臣管辖，如不许臣之所请，将率兵南下。这不仅是朝廷的耻辱，也是众臣的烦恼。"梁武帝闻报，派人慰问，对侯景说："这就好比贫穷之家，来几个客人，也算不了什么。您是朕唯一的客人，结果招待不周，令您恼怒，这是朕的过错！"便厚加赏赐，使者相望，不绝于途。

梁武帝好大喜功，不仅损兵折将，而且引狼入室。及闻侯景谋反，又不加认真防范，一味优容，真所谓自寻烦恼，自取其咎。548年秋，侯景起兵于寿阳，以诛杀中领军朱异、太子右卫率陆验、制局监周石珍为名，浩浩荡荡，杀奔建康。这几个人是当时有名的蠹国之臣，举国上下，必欲杀之而后快。侯景之举，使不明真相的百姓也受其蒙蔽。不久，侯景攻破建康，囚梁武帝于台城。梁武帝后来死在台城。侯景做了几天皇帝，兵败身死。

事例：浑水摸鱼，技高者得其利

北周孝闵帝性刚果，颇善心计。当时，宇文护封晋公，掌朝政。司会李植与军司马孙恒恐不见容，便联络一班小人，向孝闵帝大进谗言。双方各怀鬼胎，演出了一场渔翁浑水大战的闹剧。

李植与孙恒对孝闵帝说："宇文护威权日盛，谋臣宿将，争相攀附，大小之政，皆决其手。以臣观之，宇文护岂有恪守臣节，愿陛下早做打算！"孝闵帝本来疑心重重，对宇文护常加戒备，闻二人之言，点头称是，丝毫没有想到他们自己的小算盘。二人的党羽也乘机进言，声称："以先王之明智，尚委任李植、孙恒主持朝政，今以大事付此二人，何患不成！宇文护常以周公自比，臣听说周公摄政，长达七年之久。以陛下之聪明睿智，岂能于七年之中，任由臣下摆布！"孝闵帝听罢，更加相信李植与孙恒，遂暗中筹划，诛除宇文护。孝闵帝经常召武士在后园讲习，演练擒拿之术，准备一旦时机成熟，便乘势下手。

李植、孙恒虽然得到了孝闵帝的支持，但还是害怕对方势力太盛，不易成功。便四处拉人，参与其谋。这样一来，秘密便难以保守。一次，李植等人拉拢宫伯张光洛同谋，结果被张光洛告发。宇文护先下手为强，斥逐李植与孙恒为远州刺史。孝闵帝遭此打击，无可奈何，日思夜念，企图将二人召回。宇文护谏阻说："天下至亲，无过于兄弟。若兄弟相疑，还有什么人可以相信呢？先帝以陛下年少，嘱臣以辅佐之任，于家于国，兼于一身，不敢辞其辛苦，愿效犬马之劳。若陛下可亲理万机，威加四海，臣虽死犹生；只恐无臣在，奸臣得志，非唯不利于陛下，亦将倾覆社稷，令臣何颜见先帝于九泉之下。况且臣既为天子之兄，位至宰相，于此之外，尚有何求！愿陛下勿信谗臣之言，疏弃骨肉！"孝闵帝听完宇文护这一番涕泪交下的言辞，不由得为之感动，尽管心中疑虑不曾全消，但是不再企图召回李植与孙恒。但是，李植与孙恒的党羽却更加害怕，活动得更加频繁。他们暗中设计，计划在宴请群臣之际，捉住宇文护，即刻杀掉。不料，他们的计谋又被张光洛告发。宇文护再一次先发制人，与柱国贺兰祥、领军尉迟纲等合谋，召其入宫议事，及至，一一拿下，执送宇文护府第。

这一次，孝闵帝才感到大事不妙，独处于内殿之中，勒兵自卫。宇文护岂肯放过这一大好时机，立即派遣贺兰祥入宫，逼迫孝闵帝逊位，将其幽禁于旧宅之内。宇文护与公卿会商，废黜孝闵帝为略阳公，另立宁都公宇文毓，将李植、孙恒及其党羽悉数诛杀。过了一个多月，孝闵帝也被害身亡。

孝闵帝在位之时，李植、孙恒与宇文护双方钩心斗角，各为身谋。孝闵帝号称聪明，却不能利用这种形势，使其互相牵制，借机巩固自己的地位。李植、孙恒与宇文护各以渔翁自居，企图浑水摸鱼，居心叵测，而李植等人不仅不能乘乱取利，反而于浑水之中，授宇文护以柄，被其一网打尽。唯宇文护老谋深算，利用对方制造的浑水，以逸待劳，大获全胜。

事例：设疑求利，利其疑忌之心

浑水摸鱼之计，不仅对昏君乱国行之有效，对那些精明过人的君主，也同样可以使用。其中关键，是抓住对方的特点，以疑设疑，令其生疑，最终自毁长城。

隋文帝时期，高颎深受信任，文帝委之以大政，言听计从。文帝聪明深察，善权术，御下有法，但对高颎，从来不曾生过疑心。高颎感其知遇之恩，竭忠以报，君臣相得，国家渐治。

在君主专制政体下，君臣相得并不是主流，互相疑忌却是常有之事，只不过轻重缓急的程度有所不同罢了。高颎专心国事，竭心尽忠，大概是忘记了这一点，因此遇事果断，自行其是，却不料得罪了文帝周围的人，三人成虎，天长日久，众人摸鱼，水便愈来愈浑，文帝一人，即使再聪明，也难免被人迷惑。

文帝惧内，独孤后性妒忌，容不得文帝另寻新欢。后来，文帝在宫中看见尉迟迥的孙女，姿色美丽动人，便召入宫中，大加宠幸。不料此事被独孤后知道以后，竟然乘文帝上朝之机，派人将其杀害。文帝大怒，单骑出宫，在山谷中乱跑一气。高颎与人好不容易追上来，劝回宫中。文帝叹息道："吾贵为天子，不得自由！"高颎说："陛下岂可以一妇人而放弃天下！"文帝闻言消气，高颎又从中和解，使文帝与独孤后言归于好。独孤后本来很感激高颎，后来听说高颎把自己称为"一妇人"，顿生恼恨之心。

当时，太子杨勇失宠，杨广乘机活动，讨得独孤后欢心。独孤后以妇人之见，为杨广大说好话。文帝为其说动，暗中计划废黜太子，另立杨广。一次，文帝把自己的想法告诉了高颎。高颎说："长幼有序，岂可妄加废立！"杨广闻其言，恨之入骨，时与独孤后谋划，谗害高颎。

恰好文帝选东宫卫士禁卫帝宫，高颎力谏，文帝不悦，以为高颎之子娶太子勇之女，因此心存偏颇。及高颎夫人病卒，独孤后劝文帝为其另娶，高颎坚辞，涕泗交下。后来，高颎爱妾生了一个儿子，独孤后乘机对文帝说："陛下还能信任高颎吗？陛下欲为之娶妻，而他另有所爱，竟然不对陛下说实话，反而借故推辞。如今，爱妾生子，有何可说！"文帝由是对高颎日益疏远。

隋军伐辽之初，高颎力谏，及督师出征，无功而还，独孤后又从中进谗，声称："高颎本不欲行，陛下强遣之，他怎么肯尽心竭力呢？"文帝闻言，以为有理。当时，汉王杨谅为帅，恨高颎自专，不从其言，及回京之后，也向文帝告状，甚至诬告高颎要杀死他。文帝不由得不信。后来，高颎又受到一些牵连，遂被免职。文帝曾召高颎侍宴，对他说："朕不负公，公自负也。"又对大臣说："人臣不可要挟君主，自称第一。"

自此以后，高颎日被疏远，又被人诬告，除名为民。文帝中了别人的浑水摸鱼之计，尚不觉悟。及高颎罢斥，内无支柱之臣，杨广遂得行其弑君夺位之谋。其实，高颎之逐，根源正在文帝。其以疑人之心御下，反被人利用，疑其所不应疑，这是专制君主不可避免的悲剧。

三、聪明睿智　周密安排筹划

本计在政治斗争中的应用范围是相当广泛的。在君主专制政体下，因为缺乏透明感，上下之情不通所造成的空隙之中，野心家与形形色色的人物可以在各种场合，制造浑局、利用浑局，浑水摸鱼，从中渔利。但是，在运用此计的过程中，往往不但需要聪明睿智，而且需要周密安排，认真筹划。一旦失于疏漏，将不仅是功亏一篑，还有可能造成各方势力的敌意，后果不堪设想。

第一，在国与国之间。

中国历史，有分有合。合久必分，分久必合。合的原因很多，分的原因也不少。作为大一统的王朝，分裂为许多国家，其中的关键却同政治一样，在于各地区之间的隔阂。关津阻隔、山川、纵横的地理环境，风采各异，自成一派的区域文化传统，以及经济形态、社会结构、政治体制各方面的因素，都在这种隔阂的形成与发展过程中发挥作用。隔阂产生矛盾，矛盾又加剧了隔阂，其结果是国与国之间不同层次、方方面面出现空隙。利用这种空隙，便可制造混乱，从中渔利。周显王利用秦、齐矛盾，解九鼎之厄，钻的是对方求利心切的空子，设下圈套，使秦、齐大上其当；苏代利用周室东、西纷争，大搅浑水，得双方之金，钻的是对方互相夺利的空子，翻云覆雨，使双方拱手让利；公孙衍利用齐、燕、赵、楚互不信任，破坏其攻魏之盟，钻的是对方各有私利的空子，制造假象，使盟会不欢而散；秦、魏二国利用楚国的混乱，使其首鼠两端，为己所用，钻的是楚王利令智昏的空子，伪施以利，玩其于股掌之上；芒卯利用赵、魏、秦三国之间的矛盾，得其高爵重金，钻的是对方不明形势的空子，肆其口舌，并最终化险为夷。至于楼缓设谋欺骗赵国，欲为秦夺赵之六城，其计固妙，却不料为虞卿一眼看破，据理力争，终于使楼缓计破逃亡，则其智又自有过人之处。

第二，在君与臣之间。

君主专制政体，君臣原本应该一体，但这仅是理论上的假设，实际上并非如此。"普天之下，莫非王土；率土之滨，莫非王臣。"在君主专制政体下，芸芸众生都是被统治者。而所谓的统治阶级、统治集团，在某种意义上，只不过是"臣工"、"治具"。卿相百官，即使是在一人之下，万人之上，与君主之间也存在着一条鸿沟。利用这条鸿沟，不仅可以制造浑局，而且可以从中渔利。尤其是在权力极度集中的情况下，倘若君主圣明刚断，还可应付；至于中才之主，甚或下才之主，便不免受人愚弄。轻者丧威失势，重者破国亡家。齐威王之英敏，天下闻名，而竟中邹忌浑水摸鱼之计，为渊驱鱼，贬逐田忌；楚王惑于郑袖，而对所爱之美人施以劓刑；魏王用人而疑，结果使公孙衍不得施展其忠心良谋；中山君庸愚无主，乃使阴简得为王后，奸相司马熹得固其权位；胡太后欺夫欺君，终为骄臣所欺；隋文帝一世令名，毁于妇人逆子之手；萧衍老翁自恃英才，竟为侯景所惑，亡国而死无葬身之地；至于汉世元帝、灵帝，或任而不信，以致丧失良佐贤臣；或溺于宦竖，以致政事日非；反不如昭帝孺子，聪明善察，不坠渔翁之计，保全了霍光一门忠耿。由此可见，浑水摸鱼之计，在君主专制政体下，能够被广泛应用，且十分有效。

第三，在臣与臣之间。

专制政治所导致的结果，并不仅仅是君臣之间因存在空隙而有机可乘，而且是臣与臣之间因种种隔阂而派系林立，矛盾百出。臣子利用君主之愚庸取渔翁之利，君主也利用臣子之间的矛盾浑水摸鱼，巩固自己的地位。至于臣与臣之间互相倾轧，智短势孤之辈，自然免不了遭殃。张仪利用南后与郑袖惧怕楚王另有新欢的心理，骗取大笔贿赂；而郑袖又利用楚王美人力图讨好楚王的心理，使其自讨苦吃；至于北周宇文护与李植各设摸鱼之计，而后者最终一败涂地，则完全归咎于李植无谋，连累孝闵帝也被杀身亡。由此可见，搅得成浑水之局，也未必摸得着鱼。

四、置身混沌　意在乱中取胜

浑水摸鱼之计，是混战计的重要计谋。正因如此，施计者既可以利用浑水以渔利，也可以将水搅浑而渔利，浑水则成为重要的前提。政治斗争本来就是复杂多变的，混乱的局面也容易形成，也就给施计者以更多的机会。总括起来，这种计谋在政治上应用有如下基本特点：

第一，就浑水摸鱼之计在政治上应用目的而言，具有混乱性与自保性的特点。

面对复杂的政治局面，在形势不明朗的状态，从中发现可以获得的利益，这本身就是一种智慧。能够制造混乱，又不被混乱现象所迷惑，进而在混乱中谋取利益，其渔利性特点明确。

在混沌世界里，置身于混沌之内，能够保持一种清醒的意识，这是浑水摸鱼之计的重要前提，其混乱性特点明确，而施计者渔利的目的也很明确。身在局内而能够从局外观察，看到利之所在，就是有孚在道，得到根本，当然不会有什么祸害，这是自保性所在。

第二，就浑水摸鱼之计在政治上作用而言，具有欺骗与被欺骗性的特点。

欺骗是实施浑水摸鱼之计的主要手段。没有欺骗，便收不到浑水的效果，自然也就谈不上摸鱼的可能。以假乱真，以虚掩实，制造混乱，激化矛盾，才有可能从中获利。施计者意在混乱之中取利，但很难置身于混乱局面之外，身在混乱局面之内，也难免被人所欺骗，最终成为受害者。这就要求施计者既要清楚浑水摸鱼之计的重点所在，也要看到识破此计的关键，若是能够澄本清流，使谎言大白于天下，没有浑水的条件，摸鱼者也就难以获利。

第三，就浑水摸鱼之计在政治心态与智道效应上而言，具有易暴露性的特点。

由于浑水摸鱼之计是以欺骗为主要手段，所谓浑水，往往就是谎言与假象的组合。所以，一旦某一环节出现疏漏，往往引起连锁反应，全面暴露。更为重要的是，谎言与假象经不起时间的考验，只能用于一时。因此，此计大抵只能用于应急，不可作为根本之策。利用已成之混局，固无大妨；故意制造混局，则需慎之又慎。历史上喜用此计之人，大抵没有好下场，便是明证。

金蝉脱壳

——存形留势 志在稳敌脱险

本计云:"存其形,完其势;友不疑,敌不动。巽而止,蛊。"其大意是:保持阵地的原状,造成我方仍在原地防守的气势,使友军不疑,敌军不敢贸然进攻,当对方迷惑不解之时,隐蔽地脱离险境。此为混战之计,存其形势,抽去内容,变化多端,乱中取胜。

金蝉脱壳之计,由来已久。《幽闺记》有言曰:"曾记得兵书上有个金蝉脱壳之计",可为一证。《元曲·朱砂担滴水浮沤记》第一折:"兄弟,与你一搭儿买卖呀,他们倒做了个金蝉脱壳计去了也!"也可说明此计流传、应用之广。尤其在文学作品中,用来形容暗中脱身,例子很多。如《西游记》第二十回:"却说那行者、八戒,赶那虎下山坡,只见那虎跑倒了,塌伏在崖前。行者举棒,尽力一打,转震得手疼。八戒复筑了一钯,亦将钜齿迸起。原来是一张虎皮,盖着一块卧虎石。行者大惊道,不好了!不好了!中了他计也!八戒道:中他甚计!行者道:这个叫作金蝉脱壳计。他将虎皮盖在此,他却走了。"此段描述,形象地解释了金蝉脱壳之计的基本内容。

刘禅装痴弄傻，委屈以求身全

一、阴柔善伏　分身刚强形事

《周易·巽卦五十七》云：巽：小亨，利有攸往，利见大人。《象》曰：随风，巽。君子以申命行事。

【一爻】初六，进退，利武人之贞。《象》曰："进退"，志疑也；"利武人之贞"，志治也。

【二爻】九二，巽在床下，用史巫纷若，吉，无咎。《象》曰："纷若之吉"，得中也。

【三爻】九三，频巽，吝。《象》曰："频巽之吝"，志穷也。

【四爻】六四，悔亡，田获三品。《象》曰："田获三品"，有功也。

【五爻】九五，贞吉，悔亡，无不利。无初有终。先庚三日，后庚三日，吉。《象》曰：九五之吉，位正中也。

【六爻】上九，巽在床下，丧其资斧，贞凶。《象》曰："巽在床下"，上穷也；"丧其资斧"，正乎凶也。

在六十四卦中巽卦讲："巽而止，蛊。"其意可喻为暗中脱险，防止对方为害。《六十四卦经解》云："阴柔善伏。"又云："沈潜克刚。"巽，代表风，位于东南，有卑顺、怯懦之义，但旺于春，衰于夏。"巽"有"股"、"风"之义，故可喻为进退。"蛊"，惑乱也。"刚上而柔下"，故可止"蛊"。可推演出此计在政治斗争的可能和结果如下：

第一种，金蝉脱壳是创造机会，初爻便是阴，就要以谋造机，是进是退,见机而行。这种进退适合于军事,在一般情况下,人们往往会犹豫不定。

第二种,使用金蝉脱壳之计,要创造机会,二爻是阳,有两变卦,得到机会是非常明显的,即便是犹豫不决,也不失中道,因为刚强在位。

第三种,处在四变卦的阳爻之中,若是使用金蝉脱壳之计,不要以刚强在位,就频频使用,那样会失去机会,不能够收到最佳效果,因此要谨慎小心。

第四种,使用金蝉脱壳之计者处在阴柔的八变卦之爻,虽然失去阳刚的保护,但也会有些收获,即使是收获不多,也算是有功。

第五种,使用金蝉脱壳之计者回归刚阳的十六变卦之爻,即便是没有什么教导辅助,也会获利,因为其位中正,利于以刚强行事,乃是吉象。

第六种,金蝉脱壳之计是创造机会,而上九是阳爻三十二变卦,几乎将所有创造力都用枯竭了,此时再以刚强争利,是已经失去机会,不但争不到利,还会受其所累,成为凶事。

该计用于军事,主要是脱险之法。秘本兵法《三十六计》在解释此计时说:与友军联合对敌作战,要冷静地观察形势。如果出现另一支敌军,需要分兵迎击,则必须在表面上保持原来的阵势。由此可见,金蝉脱壳,并非一走了事,它是一种分身之法。当我方主力移动之时,应在原阵地上故作旌旗招展、金鼓喧天之态,使友军不生疑心,敌军不敢妄动。等到完成摧毁另一支敌军的任务返回时,友军与敌军方才发觉,甚至仍然一无所知。如此说来,在对敌作战之际,使用金蝉脱壳之计,乃是隐蔽地抽调精锐部队,去袭击别支敌军的谋略。这里所说的分兵袭敌,实际上是主动进攻的策略,对理解本计的应用原则,至关重要。

该计用于政治,则是在敌强我弱、身陷困境的情况下,稳住对手,保存自己,使对方无法加害。政治斗争变化多端,福祸难以预料,欲有作为,必须有遭致失败的心理准备,并且在困境之中运用谋略,化险为夷。因此,政治经验丰富的人,无不善用金蝉脱壳之计。

二、巧妙脱身　方为智者之算

金蝉脱壳之计的运用,乃是以巧为本。政治斗争纷繁复杂,对手多种多样,形势千变万化。运用此计,必须头脑灵活,手段高妙,还要真切地了解对手情况与当前形势。否则,虽欲脱身,也只能有如笼中之鸟、网底之鱼、阱中之兽,枉费心机气力,徒然挣扎。唯胜算之人,方能应付裕如,或预为安排,暗留出路;或批亢捣虚,入险不困;或高瞻远瞩,以退为进。

事例:未雨绸缪,预为脱身之计

脱身之计,变化无穷,运用之妙,存乎一心。临危不惧,固属勇者之德;预作安排,方为智者之算。

春秋战国时期,张仪自楚入秦。秦之谋臣陈轸名重天下,张仪忌之,企图破坏秦惠王对他的信任。陈轸心里清楚,便在张仪尚未到来之时,请田莘对秦惠王说:"臣很担心大王会像虢国之君那样糊涂。当时,晋献公计划讨伐虢国,畏惧舟之侨的威名胆略,便采用了荀息的计策,赠虢国之君以女乐,以乱其政。舟之侨谏而不听，便离开了虢国。晋献公得计，遂大举伐虢而破之。后来，晋献公又欲伐虞，畏惧宫之奇的威名胆略，便采用了荀息的计策，赠虞国之君以美男，命其破坏宫之奇的威信。宫之奇谏而不听，遂逃去。于是晋献公大举伐虞而灭之。如今，秦国称王，能对秦国造成威胁的，只有楚国。楚国知道秦国的大将横门君善用兵，谋士陈轸善用智，因此派张仪入秦，假借韩、赵、魏、燕、齐五国之势，企图除掉这两个人。希望大王不要上当。"张仪到了秦国以后，果然向秦惠王说三道四，因秦惠王已经有了心理准备，对张仪的话不听不信，还把他训斥了一遍。

张仪一计不成，又生一计，他又对秦惠王说："陈轸纵横捭阖于楚国与秦国之间。如今楚国对秦国并不友善，却对陈轸倍加推崇。这样看来，陈轸是自为身谋，并不是为秦国出力。陈轸打算离开秦国，回到楚国，大王为什么不允许他呢？"秦惠王闻言，不由得不信。便问陈轸："我听说您打算离开秦国，回到楚国，是这样吗？"陈轸心里清楚秦惠王此问的缘由，便坦然地回答道："不错。"秦王一听，大为恼火地说："张仪说的果然是实话！"陈轸不慌不忙地说："不仅张仪，大街上的人都知道。人所周知：孝己爱其亲人，天下人都希望他是自己的儿子；伍子胥忠其君主，天下人都希望他是自己的臣子。出售的仆妾被邻居买去，一定是好仆妾；休弃的妻子被同乡娶走，一定是好妻子。如果我不忠于君主，楚国会当我是忠臣吗？忠而被疏远，我不到楚国又到哪里去呢？"秦惠王闻其言，大加称赏，从此对他更加信任，言听计从。

陈轸乃当时名士，才德俱佳。当其遭到毁谤之际，初则未雨绸缪，防患于未然；继则临危不惧，从容应付，使张仪无可奈何。

真可谓大智大勇，兼而有之。

事例：有言在先，勿使进退维谷

在君主专制政体下，所要求的是，善皆归于君，恶皆归于臣。临危受命，成功则名归于君，失败则身家不保。更何况入于进退维谷之境，受命则费力而不讨好；不受命则立招大祸。于此之时，尤须用心盘算。

魏、齐、韩三国联兵攻秦，兵入函谷关，秦国形势危急。秦王召楼缓商议对策说："三国之兵深入秦国，寡人欲割让河东一带，与其讲和。"楼缓害怕秦王委派他去谈和，借故推托说："割让河东，代价昂贵；免于国患，实为大利。这件事，只有父子兄弟才可担当。大王为什么不召公子池商议呢？"秦王以为言之有理，便召公子池入宫。

公子池见到秦王，闻其言而知其意。他对秦王说："讲和会后悔，不讲和也会后悔。"秦王问其原因，公子池回答说："大王割让河东之地讲和，三国撤兵，大王一定会说：'太可惜了！三国已经快要退兵，我又白白送给他们三座城池。'这就是讲和之悔。如果不讲和，三国攻破函谷关，咸阳危在旦夕，大王又会说：'太可惜了，我竟然舍不得三座城池而不与他们讲和。'这就是不讲和之悔。"秦王闻公子池此言，当机立断地说："反正都是后悔，两害相权取其轻。我宁肯损失三座城池而后悔，也不肯因为咸阳危急而后悔。寡人决心讲和。"便派公子池出使三国。

公子池得秦王之承诺，以割让三座城池为代价，与三国讲和。三国兵退，公子池还，朝野上下无异辞。楼缓则因此躲开上下之怨，安身于官位，即便是秦王后悔，也不能够加罪于他，乃是巧妙脱身。

事例：巧计脱险，剖利害陈形势

春秋战国时期，列国纷争，礼崩乐坏。利之所在，无所不为。出使之人，倘无辩才大略，往往陷入困危之境而不能自拔。当是之时，欲行金蝉脱壳之计，非有过人之智，必不能成功。

楚怀王时，与秦结盟，对抗齐、魏诸国。楚王派景鲤入秦，联络关系。不料，秦国并无联盟的诚意，只不过打算从中渔利而已。景鲤入秦以后，有人向秦王献计说："景鲤乃楚王之爱臣，大王不如将其扣留，然后用他来换取楚国的土地。楚王同意，则秦国可以不用兵而得地；楚王不同意，则可杀掉景鲤。楚王更换使者，才具不如景鲤，秦国照样可以获利。"一举而两得，秦王便将景鲤扣留。

景鲤被扣留以后，并未惊慌失措。他派人去见秦王说："臣认为大王的权势将为天下人所轻视，而并不会获得土地。"秦王问其缘故，来人说："景鲤出使秦国，齐、魏两国纷纷献出土地，讨好于大王。之所以如此，是因为秦与楚结盟，势力增强。如今，大王扣留景鲤，是明明白白地告诉天下之人，秦国与楚国并无盟友关系。齐国与魏国知秦国势孤，必然轻视秦国，与大王为敌。楚国见齐、魏叛秦，不仅不会割让土地，还会结交诸侯，进攻秦国。如此一来，秦国社稷，岂不危险？不如放回景鲤。"秦王听罢，考虑了一番，下令将景鲤遣还楚国。

这一时期中，秦、楚、齐、魏钩心斗角，或盟或攻，翻手为云，覆手为雨，形势十分微妙。楚国与齐国争相事秦，秦国与魏国相互联络，又企图破坏齐国与楚国的关系。景鲤出使秦国，参与了秦、魏之间的谈判。楚怀王闻讯大怒，认为如果齐国知道了这件事，将会怀疑楚、秦、魏三国勾结，图谋伐齐，从而影响楚、齐关系，便打算治景鲤之罪。

景鲤得到消息以后，派人对楚王说："臣为景鲤参与了秦、魏谈判，向大王祝贺！"楚王不解其故，来人说："秦、魏谈判，意在与齐结盟而使齐、楚相攻。如今，景鲤参与其事，齐国绝不肯相信魏国与秦结盟将进攻楚国，况且齐国还会怀疑楚国与秦、魏两国暗中联盟，必将对楚国格外重视。因此，景鲤参与其事，大王将获大利。如果景鲤不这样做，魏国必令齐国与楚国绝交。齐国从之，必将轻视楚国。因此，大王切不可加罪于景鲤。这样一来，就会让齐国认为秦、魏、楚三国暗中有盟约，不仅会让齐国重视楚国，还会使他们怀疑秦国与魏国。"楚王闻言称善，不仅没有加罪于景鲤，而且还为他加官晋爵。

事例：施其辩才，以解必死之厄

以子之矛，陷子之盾，不仅可以使对方陷入自我矛盾的困境，而且可以使自己摆脱不利的困境。

有人向荆王献上不死之药，以求赏赐。侍从奉药入宫，一名官吏见到侍从，问所持何物，侍从告诉了他。官吏又问："可以吃吗？"侍从回答道："当然可以。"于是官吏夺过不死之药，三下五除二，吞进肚中。

荆王闻讯大怒，派人去杀死那位官吏。官吏求人对荆王说："臣问侍从，侍从说可以，因此臣吃掉了不死之药。这是侍从之罪，不是臣的过错。况且，人献不死之药，臣吃此药，竟遭杀戮之祸，这还是不死之药吗？分明是致死之药呀！大王杀了无罪之臣，不是让天下人都知道大王受了别人的欺骗吗？"荆王闻言称善，厚赏而释之。

这位官吏的话，不仅充满智慧，而且颇有深意。当是之时，神仙方术大盛，蛊政害民，不一而足。官吏夺不死之药而食之，志在使荆王醒悟，忠心固已可嘉，而又施其辩才，解脱杀身之祸，则其才智亦足为后人效法。

事例：纵横捭阖，挟人威以自全

张仪入秦，颇受秦惠王信任。后来，秦惠王死去，武王继位，对张仪就不像父王那样优容。左右与张仪有仇怨者，乘机进言，声称："张仪事先王，不能尽忠。"恰在此时，齐国派来使臣，责问秦国重用张仪，以出兵攻秦相威胁。一时之间，张仪内外交困，处境艰难。

张仪聪明过人，心生一计，立即去见秦王。他对秦王说："臣有愚计，愿献于大王。"秦王问："此事如何处理？"张仪说："为社稷考虑，东方有兵乱，大王可以收渔人之利，乘机夺取土地。如今，齐王痛恨张仪，臣之所在，必招兵祸。臣愿以微薄之躯前往梁国，齐国闻讯，必举兵攻梁。齐、梁交战不休，大王则可乘机伐韩，入三川，出函谷，直取东周，必能得其宗社礼器，挟天子，令诸侯，此王者之业也！"秦王不知是计，遂为张仪准备兵车三十辆，送他到了梁国。

张仪摆脱了秦王左右的攻击，梁国却受到齐国的威胁。梁王大惧，有逐客之意。张仪又对梁王说："大王勿忧，臣可以令齐国罢兵。"便派其舍人冯喜至齐，游说齐王。冯喜对齐王说："尽管大王痛恨张仪，对他还是应该加以厚惠，千方百计地为他想，让他再度受到秦国的重用。"齐王说："寡人甚恨张仪，张仪所在之处，寡人必举兵伐之，必欲置之死地而后快，怎么能说我要加以厚惠，为他着想呢？"冯喜回答说："问题就在这里。张仪离开秦国时，与秦王约定，前往梁国，令大王出兵伐梁。齐、梁兵祸不解，秦王即可乘乱伐韩，夺取东周祭器，挟天子以令诸侯。因为此故，秦王才把张仪送到梁国。如今，大王果然出兵伐梁，消耗国力，树敌友邦，使秦王信任张仪。这不是施惠于张仪又是什么呢？若是大王为张仪着想，当然也会从中得利的。"齐王闻言称善，于是罢兵。

张仪此计，一环套一环，设计精巧。既使政敌无所措其手足，使齐王无所用其士卒，又使秦王不生疑心。可谓"友不疑、敌不动"，不受其害，反获其利。

事例：为避己害，利其避害之心

张仪周游列国，纵横捭阖，为秦国谋利，亦为己谋利，诸侯屡次上当受骗，数欲置之死地，却始终不能得手。其中关键，就是张仪善于用计，尤其善于使用金蝉脱壳之计。

楚怀王时，与齐结盟。秦王用张仪之计，派他入楚，游说楚王，许诺说：如果楚与齐绝交，将割商於之地六百里予楚。楚王贪利，遂与齐绝盟。及问张仪割地之事，张仪竟然装糊涂，说当初只答应割地六里，并不是六百里。楚王大怒，下令把张仪抓起来，准备杀头。

张仪入楚，早已想好退身之计。他赠给楚王的宠臣靳尚大批金银财宝，令其为自己出力。被囚禁以后，张仪立即请靳尚为自己出面活动。靳尚对楚王说："囚禁张仪，秦王必怒，天下都会知道楚国失去了秦国的支持，楚国的地位可就危险了！"楚王闻言，心中犹豫。靳尚又去见楚王宠爱的夫人郑袖，对她说："难道您还不知道您很快就会失去楚王的宠爱吗？"郑袖大惊，问其原由。靳尚说："张仪对秦王忠心耿耿，屡立大功，很受秦王重用。如今被楚王囚禁，秦王千方百计要救他出去。秦王有爱女，年轻美貌，又选择宫中善音乐舞蹈者跟随她，携带大批金玉宝器，并献上庸六县之地，以此来交换张仪。秦女入宫，楚王必爱，秦女有秦国为后盾，又有金宝土地，必然夺走王后之位。楚王惑于她的美貌权势与资产，很快就会迷上她而忘掉您。如此一来，您不是将被疏远抛弃吗？"郑袖相信了靳尚的话，对他说："一切由您做主。您看该怎么办？"靳尚说："您何不赶快说服楚王，放出张仪，令其归秦。张仪得释，会时时感念您的恩德。张仪已归，秦女亦必不入楚，而秦国也会对您另眼相看。这样一来，您内有楚王之宠幸，外有秦国之支持，又有张仪为您奔走效力，您的子孙不是世世代代可以做楚国的继承人吗？这可不是一般的小利呀！"郑袖依言而行，果然说服楚王放回张仪。

张仪此计，利用了郑袖的避害求利心理，虚设疑阵，耸其听闻。楚王不察，惑于妇人之言，将错就错，放虎归山。如此易于听信谗言的对手，怎能不使张仪如鱼入水，游刃而有余。

事例：知止知足，退身以求免祸

君主专制政体，君主以天下为私产，股肱之臣，往往可以与共患难，不可以与共享成。此种事例，史不胜书。越国勾践称霸以后，范蠡引身自退，泛舟太湖，以求远祸。而文种不明时势，终招杀身之祸，已经成了妇孺皆知的典故。但是，真正能够像范蠡那样功成身退，却并不是一件容易的事情。

　　当年，智伯率韩、魏之兵伐赵，赵晋阳城被水围困，形势十分危急。三年之中，城中巢居而处，悬釜而炊，财食将尽，士卒病弱不堪。张孟谈以三寸不烂之舌，密访韩、魏之君，晓以利害，遂与之定盟，共灭智伯而三分其地。

　　张孟谈以存赵宗庙社稷之功，颇受赵襄子信重。但是，张孟谈不仅没有居功自傲，而且力求退身。他对赵襄子说："五霸之所以成功，大概是由于其君主善于控御臣下，不使臣下控制君主。因此，凡封为列侯者，不使处相位；自将军以上，不为大夫之职。如今，臣名显而身尊，权重而民服，臣愿意弃功名，除权势，隐居山野。"赵襄子闻言，心中不快地说："这是为什么呢？我听说辅佐君名必显，立大功者身必尊，掌国政者权必重，忠信在己众必服。这就是先圣之所以安国家、定社稷的原因。您以为对吗？"张孟谈说："君之所言，乃成功之美也。臣之所言，治国之道也。臣观乎古今，天下之势，有美而同，必相嫉也。君臣之权均而能美，是不可能的事情。前事之不忘后事之师。君若不能为之早作打算，则臣力不足以远祸。"言罢，凄怆之情，溢于形色。张孟谈离去以后，赵襄子一连卧床三日，最后才派人对张孟谈说："晋阳被围时，臣下不为国家所用，该如何处置？"张孟谈回答说："戮之。"推荐一位左司马，称其"效力于国家，安社稷，不避其死，以成其忠，君可委以大政"，赵襄子这才允许张孟谈隐居。

　　张孟谈功成身退，固为高节之士，但倘若言语不周，则亦有得罪之虞。故其语左顾右盼，虽决心引退，而犹露怆然之色，示不得已而为之，以释赵襄子之疑。由此观之，张孟谈得以功成身退，是由于他有过人之智的缘故。

事例：为君而谋，不入困厄之境

临危不惧，善于金蝉脱壳；未雨绸缪，预设退身之计。从根本来说，都不如审时度势，不入困厄之境更为高明。一旦入于危境，千钧一发，稍有差池，结果便是一败涂地，因此，真正的胜算之人，不仅要临危不惧，未雨绸缪，更要审时度势，善于高屋建瓴，立于不败之地。

魏安釐王时，与秦国交战。魏军大败，魏王打算入秦觐见秦王，以求讲和。周䜣闻讯，竭力谏阻。他对魏王说："宋国有位学者，出外游学三载。回家以后，直呼其母之名。其母问：'你学了三年，何直呼我名，这是为什么？'其子回答说：'我平生所佩服的，只有尧、舜。尧舜可以直呼其名。我平生所敬畏的，只有天、地。天地可以直呼其名。如今，母亲贤不过尧舜，大不过天地，因此直呼母名。'其母说：'你学的东西，都准备实行吗？如果是这样，希望你能够实行更重要的；你学的东西，有不准备实行的吗？如果是这样，希望你把直呼母名放在后面。'如今，大王奉事秦朝，还有没有可以代替入朝的事情？希望大王换一下，把入朝放在最后。"魏王回答说："您害怕寡人入秦不得归国，是不是？许绾曾经保证，如果寡人入而不出，便砍了他的脑袋。"周䜣回答说："即使像臣这样微贱的人，如果有人对我说'请你入于不测之深渊，保证你一定出来，如果出不来，将殉之以一鼠之首'，臣肯定不会答应。秦，不可知之国也，好比不测之深渊，而许绾的脑袋，就像老鼠的脑袋一样。陷大王于不可测之深渊，而殉之以一鼠之首，臣认为万万不可。"

魏王以为有理,但还下不了决心。支期谏曰:"大王可以先看看楚王的行动,再作决定。如果楚王入秦,大王可以抢先入秦;如果楚王不入秦,楚、魏合力,尚可以与秦国一争高下。"魏王这才拿定主意。但他又说:"寡人已经许诺范雎,如今不去,这不等于骗人吗?"支期说:"大王勿忧。臣可以令与范雎友善的长信侯说服范雎,请大王稍等。"

支期去见长信侯,对他说:"大王命我召您入宫。"长信侯问:"大王为何找我?"支期说:"我不知道。大王急着要见您。"长信侯力主魏王入秦,见状,不由得心虚,对支期说:"我要大王入秦,怎么能是为了秦国呢?是为了魏国呀!"支期冷笑着说:"您不必替魏国打算,先替您自己打算吧!您是要死呢,还是要活呢?是要贫贱潦倒呢?还是要荣华富贵?您先替自己打算清楚,然后再想魏国的事。"长信侯还想拖延,声称:"楼公即将入宫,我会随后而行。"支期喝道:"大王急令召您入宫,如果您不马上动身,我立刻杀了您!"

长信侯无可奈何,战战兢兢,随支期而行。到了宫门,支期对长信侯说:"我去禀告大王。"支期首先入宫,对魏王说:"您可以伪装有病,我已经吓唬了他一场,他不会拒绝您的要求。"长信侯入宫,见魏王抱病而卧。魏王对他说:"我已经许诺范雎入秦,如今却重病在身。不过,即使病死在途中,我也要成行。"长信侯见状,乖巧地说:"大王不必去了!臣可以说服范雎,取消入秦之议。大王勿忧。"

周䜣与支期皆为忠君之臣。周䜣善喻之以理,支期善行之以事。魏王庸碌,不可理喻,因此从支期之计,而不听周䜣之言。

如果没有周䜣与支期，魏王必入秦而不能出，就像楚怀王那样。

事例：晓以利害，使无害人之心

魏王入秦一事，无独有偶。秦王曾要求魏相信安君入秦，信安君大惧，不敢前往，便请苏代为其谋划，以求脱离险境。苏代应允，立即前往秦国。他对秦王说："臣听说：交友而忠不一定朋比为奸，朋比为奸却一定交友不忠。现在，臣有肺腑之言面陈于大王，又恐大王以为臣不忠，招致斩首之刑，希望大王明察！大王令人代替信安君执政，召信安君入朝，以固盟好，臣以为这只能使秦、魏之盟更加动摇。大王此举，也许是企图孤立赵国，臣以为这只能使赵国更加强大。魏王信任信安君，甚矣；委之以大政，厚加优礼；而信安君畏惧尊重秦国，人人皆知。如今，大王派人入魏为相，如果魏王不肯用，则此举毫无益处；如果用而不加信任，还会令魏王深感不安。对信安君来说，弃相位而入秦，是一件难以下决心的事情。大王使魏王有所不安，使魏相行所不能，又指望两国盟好日笃，这可能吗？因此，臣担心此举会使秦、魏关系破裂。秦、魏交恶，赵、魏必固其盟，上有决战之心，下有坚守之志，哪里还谈得上孤立赵国呢？因此，臣担心此举会增强赵国的实力。"

秦王狐疑。苏代又说："大王欲巩固与魏国的联盟，使赵国恐惧，不如利用信安君而加以尊崇。信安君居相位，则国安而名重；失相位，则国危而权轻。信安君事魏王尽忠，为身谋而自全，对大王一定尽心竭力。这样的话，赵之谋臣就会认为：'信安君宗族不贵、土地不广，事秦而秦甚善之，国得安，身得全。如今，赵与秦交兵，国处削弱之形，非得计也；结怨于外，招疑于内，身处困危之地，非善谋也。'于是将悔其前过，多献地以事大王。如此，则大王可拱手而获重利，尧、舜也不能与大王相比。愿大王明察！"秦王信其言，遂罢前议。

周䜣劝阻魏王，使其不入险地；苏代为信安君游说，使秦王无害己之心。其中机关，异曲而同工。魏主有忠耿之臣，信安君有忠耿之友，得脱其厄，岂属偶然。但是，苏代入秦，直截了当，剖明形势，攻其求利之心而诱之以利，其智计显然远过于周䜣。

事例：入险不困，反因之而获利

福兮祸之所倚，祸兮福之所伏。险与不险并没有一个绝对的界线。善用计者，不仅可以蹈险阻而如平地，而且以险制险，常可从中获利，则其效又远过于脱离险境。

齐闵王令周最出使韩国，废黜公叔，另立韩扰为相。周最受命，进退两难。他说："公叔与周君交厚，周君对他十分倚重。如今，齐王派我出使韩国，废公叔而立韩扰。人言道：'怒于室者形于市。'公叔怨恨齐国，与我无关，但是，得罪了周天子，怎么得了？"史舍在侧，对周最说："但去无妨，我会让公叔感谢您的。"

周最来到韩国，公叔闻讯大怒。史舍入见，对公叔说："周最本来不愿意接受这个使命，是我私下里勉强让他接受的。周最不愿意接受这个使命，当然是为了您的缘故；我勉强让他接受，也是为了您的缘故。"公叔不解其意地说："愿闻其详。"史舍说："我打个比方吧。齐大夫之子有一条狗，凶猛异常，叱之必噬人。一位客人自愿请求试一试。客人瞪着这条狗，缓慢地加以叱责，狗没有动。再加叱责，这条狗遂无噬人之心。如今，周最奉事足下，不得已而出使于韩。他将以礼陈说，并不急于露出本意。如此，则韩必然认为齐王不急于废黜您,从而不答应任韩扰为相。如果周最不来,必有别人出使。使者为了讨好韩扰,又与您没有什么交情,必然竭力催促韩王照办。这样一来,韩王就会应允。"公叔闻言,恍然大悟,说:"善!"从此对周最倍加优容,而韩王果然没有任命韩扰为相。

事例:喻情喻理,倾动人主之心

专制政治,本无道理可讲,更无情分可言。有理有情,全看君主是否爱听。当臣子陷入困境,面陈君主,言语之间,务须承人颜色,稍有过失,后果便不堪设想。明于此中奥妙,方有建功立业的机会。故古之谋士,莫不善于察言观色。

苏秦由齐归燕,燕王左右不悦,纷纷进言谗害,其说云:"苏秦,天下最不讲信义的人。大王乃万乘之主,如果对他加以优礼,岂不是让天下人认为大王与小人为伍吗?"燕王首肯,待苏秦甚薄。

苏秦心知其故,往见燕王,对他说:"臣初以东周贱民寄大王之门下,身无咫尺之功,而大王迎臣于郊,擢用于朝廷。如今,臣为大王之使节,东入于齐,得十城而归,有存燕之功。大王待臣如此之尊,一定是有人说臣不讲信义,在大王面前进谗。"燕王不置可否。苏秦继续说:"臣不讲信义,难道不是有利于大王吗?如果臣像尾生那样守信用,像伯夷那样讲廉洁,像曾参那样行孝道,奉事大王,行吗?"燕王说:"当然行。"

苏秦说:"如果臣有此高行,哪里还会来奉事大王呢?"燕王问其故。苏秦说:"孝如曾参,不肯离开父母在外面住宿一夜,大王可能派我出使齐国吗?廉如伯夷,不食周粟而宁肯饿死于首阳山下，如何肯步行数千里，来为衰弱的燕国效力呢？信如尾生，与人约而迟期，抱梁柱而死，怎么会虚张燕国声势，威慑齐国而取大功呢？况且所谓的信行，都是为自己打算，并不是为了别人，不过是自我掩饰，不肯进取罢了。三王代兴，五霸迭盛，岂用自我掩饰，大王认为自我掩饰有用吗？如果是那样，燕国的版图又怎么会扩大呢？臣有老母在周，而臣离开老母来事大王，不加掩饰，积极进取，看来与大王志趣不合。大王为自我掩饰之君，而我为进取之臣，这不是因为忠于大王而反受其殃吗？"

燕王说："忠信又有何罪？"苏秦回答说："大王不知。臣有个邻居，在远方为吏。其妻与人私通，丈夫将归，奸夫忧惧。其妻曰：'你不必担心，我已经备好毒酒，专等他回来。'两天以后，丈夫归来，其妻命小妾奉毒酒以献。妾知其为毒酒，献之则杀夫，告之则逐妻，为求两全，便假装跌倒，弃酒于地。丈夫大怒而笞之。小妾弃酒，上活夫，下存妻，忠心如此，而不免于责罚，这不是因忠信而获罪吗？臣之所为，真有些类似那位小妾。况且臣奉事大王，专心为国，今日获罪，臣恐怕以后奉事大王者将会裹足不前。臣游说齐国，不过是陈明利害，并没有欺骗之处。换了尧、舜，也不一定成功。"

燕玉醒悟，称："善！"谗之者遂杜其口。

事例：因势利导，攻者自取其咎

司马熹到赵国出使，因便请赵王替自己谋取中山国丞相一职。赵王允诺。公孙弘知道了以后，准备乘机排挤司马熹。

中山君外出，司马熹驾车，公孙弘在侧护卫。公孙弘对中山君说："为人臣，假借大国之威势，为自己谋求相位，这对君主意味着什么？"中山君说："我把他杀了吃肉！"公孙弘心中得意，望司马熹而窃笑。司马熹在车轼上叩头说："臣自己知道将死无葬身之处了！"中山君不解其意地问道："这是什么意思呢？"司马熹回答说："有人说臣该当死罪。"中山君说："算了，赶路吧。我全知道了。"不久，赵国派使者来，请中山君任命司马熹为相。中山君想起上次在路上的谈话，怀疑是公孙弘故设的圈套，对他大加疑忌，公孙弘无奈，只好逃走了。

司马熹挟外人之势，求一身之利，其罪固不容诛。公孙弘乘机倾害，亦属小人之心。但是，司马熹利用了这一点。公孙弘吞吞吐吐，司马熹欲言又止。二人素不相和，中山君心中十分清楚。二人都把心里的话藏起来，让中山君自己去猜。猜来猜去，越想越多，自然对首先发难者十分不利。及赵国使者至，中山君不疑司马熹而疑公孙弘，已经是必然之势。害人者反为己害，司马熹不愧为金蝉脱壳的高手。

事例：忍辱含垢，以为将来之计

秦相范雎，多谋善辩，佐秦王开疆拓土，富国强兵，功高位尊，国人不敢仰视。不过，范雎未入秦之前，可绝没有如此威风。

范雎是魏国人。一次，他跟随魏国中大夫须贾出使齐国。齐襄王听说他有辩才，私下里赏赐他黄金与饮食。须贾知道以后，以为范雎私通齐国，把魏国的机密告诉了齐王。回国以后，便禀告了丞相魏齐。魏齐大怒，对范雎严加拷打，打折了肋骨，打落了牙齿。范雎无可申辩，只好装死。小吏把他卷在苇席之内，放在厕所里，让客人在他身上便溺。魏齐说："以后再有人胡言乱语，范雎就是他的榜样！"

范雎乘无人之际，对看守他的人说："如能救我出去，必有厚谢！"守者允诺，乘魏齐大醉，请求把厕所里的尸体扔出去。魏齐稀里糊涂答应了，范雎遂得逃命。后来，魏齐知道范雎未死，大为后悔，派人寻找，没有结果。

范雎金蝉脱壳，脱离厄境，改名为张禄，由秦国使者带到秦，推荐给秦王。范雎佐秦王削除异己，巩固权势，周旋诸侯，封为应侯。几年以后，魏王派须贾出使秦国。范雎闻讯，穿上一套破烂衣服，悄悄来见须贾。须贾大惊，很同情他的处境，请他吃饭，又送他一件袍子。范雎谢过，毛遂自荐，为须贾驾车，前往相府。来到门前，范雎对须贾说："我先进去通报一声。"须贾等在门外，左顾右盼，不见范雎出来，只好询问门吏。门吏说："这哪里有什么范雎，刚才进去的，就是丞相张禄。"须贾这才恍然大悟，忧心忡忡。无奈之余，须贾膝行而入，向范雎谢罪。范雎责以前事说："之所以不杀你，是因为你送我的那件袍子，看起来尚有故人之情！"

范雎大宴宾客，让须贾坐在堂下，像马那样吃草料，百般羞辱。最后，范雎遣须贾归国，让他转达魏王："速斩魏齐头来！否则，我立即派兵扫平大梁！"须贾归国，告诉了魏齐。魏齐大惧，逃亡到赵国，在平原君家里躲了起来。

金蝉脱壳，变化多端，其中深意，并非消极逃跑。范雎受辱于魏齐，倘若任性使气，必然生路断绝。装死而逸，固属下下之策。但是，范雎用之，得以留住青山，为久远之计。因此，未雨绸缪，临危不惧，变害为利，只能顺势而动。智穷力竭之际，无所不用其极，只要能够奏效，便是好计。

飞龙在天或见野

事例：将错就错，释己错彰人错

人非圣贤，孰能无过。有过者未必受罚，无过者未必不诛。在君主专制政体之下，所谓法律，既不能人人平等，也不是无隙可钻，更能够为己所用，再加上工具的性质，其中漏洞更是无处不在。欲求有过而无罚，往往看你是否善于钻空子。钻小空子免小过，钻大空子免大错，聪明与愚蠢，这是一个重要区别。

范雎入秦，得王稽助，荐之于秦昭王。及范雎得志，遂举荐王稽为河东太守。后来，秦攻赵，王稽率兵围邯郸，赵人坚守，秦兵攻之一年有余，而城不可下。秦兵疲惫，军心浮动。有人劝王稽赏赐士卒，以定军心。王稽不从，自以为深得秦王信任，秦王不会听信别人的话。等到形势恶化，军吏遂告发王稽交结诸侯，阴谋造反。案结，王稽坐诛。

秦国法律规定，任人而所任不善，其人犯罪，举荐者同罪。当初，王稽做河东太守，曾三年不向朝廷汇报。郑安平降赵，其事也牵连到范雎。秦王唯恐伤了范雎的心，不仅不加责罚，反而厚加赏赐。如今，王稽阵前通敌坐诛，范雎为其荐主，亦当诛。秦王临朝，叹息不止。范雎大惧，计无所出。不过，范雎毕竟是范雎，老谋深算，善用金蝉脱壳之计。他对秦王说："臣乃东土之贱民，得罪了魏国，遁逃入秦。臣不识诸侯，举目无亲，是大王拔擢臣于逆境之中，使掌大政。天下都知道臣是大王亲自举荐的人。如今臣愚不可及，误荐王稽，坐与同罪，罪而当诛。不过，如果大王公开诛臣，势必使天下人知道大王荐错了人，从而招来物议。臣为大王考虑，愿意服毒自杀。死后，请大王以丞相之礼厚葬。这样，大王既可以治了臣的罪，又不会得一个误荐的恶名。"

范雎之言，软中有硬。表面上是为秦王着想，实际上却把秦王也牵在里面。我荐错了人，大王也荐错了人；治我的罪，大王也脱不了干系。专制之法，君臣有别，可以治臣，不可以治君，这是个大大的漏洞。君罪不可治，则臣罪亦未必治，治与不治，全凭君主高兴。范雎既抓住了法律的弱点，又抓住了君主的心理。不去与秦王正面交锋，大肆申辩，而是甘心认罪，在充分体谅对方难处的前提下，让秦王醒悟，于情于理，两便而两全。

秦王闻范雎之言，沉吟良久，最后说："算了吧，你的话也有道理。"于是免范雎之罪，对他更加优容。

事例：两害相权，弃重而取其轻

两害相权，弃重而取其轻，这是尽人皆知的道理。这个道理可以自己用，也可以劝别人用。如果使用得当，便可以收脱危解困之效。

春秋战国时期，齐国的张丑善用金蝉脱壳之计。一次，张丑作为人质来到燕国。不料，齐、燕交恶，燕王打算杀掉张丑。张丑闻讯，逃了出来，准备回到齐国。逃到边境，被守卫边境的军吏捉住，送往都城。张丑见势不妙，心生一计。他对境吏说："燕王之所以要杀我，是因为有人说我有宝珠。燕王企图得到我的宝珠，所以加害于我。如今，我已经逃了出来，宝珠也丢失了。但是，燕王是绝不会相信的。如果你非要把我解送都城，我就说你把我的宝珠夺去，吞在肚子里。燕王为了取出宝珠，一定会杀了你，剖开你的肚子，割断你的肠子。燕王志在必得，没有人能说服得了他。我是非死不可，不过，你也将被碎尸万段！"境吏听了张丑的话，非常害怕，只好把张丑放掉了。

张丑此番脱身，纯属大话欺人，对付境吏这样的无知之辈，尚说得过去。但要说动君主谋臣，则必须有真正的辩才。

楚威王憎恨齐臣田婴，必欲置之死地而后快。及楚国举兵攻齐，大胜于徐州，楚威王便打算乘机要求齐国驱逐田婴。田婴大惧，问计于张丑。张丑便去见楚王。他对楚王说："大王得徐州之大胜，是因为田盼不被重用的缘故。田盼为国，屡建大功，百姓慕其威名，乐为其用命。但田婴与田盼关系紧张，因此不用田盼而用申缚。申缚这个人，无德无才，大臣与百姓都讨厌他，大王因此才能取胜。如果大王驱逐田婴，田盼必然受到重用。田盼得位，必然重整旗鼓与大王决战，这对大王很不利。"楚威王认为其言有理，便放弃了驱逐田婴的念头。

张丑说服楚王，保全田婴，用的就是两害相权取其轻这个道理。楚威王对张丑的话，显然不能不加考虑，一旦加以考虑，便坠入张丑计中。

事例：以害相胁，令人为己除害

赵惠文王时，与诸国联盟攻秦，奉魏国为盟主。赵国谋臣虞卿对赵王说："以人情来说，大王认为是控制别人好呢，还是被别人控制好呢？"赵王说："这还用说吗？当然是控制别人好啊！"虞卿说："魏国得为盟主，关键是范痤在其中谋划。如果大王能献给魏王百里之地，或者万户之邑，请他杀掉范痤，魏王必从。范痤被杀，赵国就会成为盟主。"赵王正在为没有当上盟主而恼火，闻虞卿之言，点头称善，依计而行。

魏王贪利，见到赵国使者，立即答应下来，命司徒把范痤抓起来。范痤被抓下狱以后，给魏王写了一封信。信中说："臣听说赵王以百里之地为代价，请大王杀死我。我无罪而被杀，这是因为太卑微的缘故。以我之微躯，换得大王增加百里之地，此乃大利。臣私下里真是替大王感到高兴。不过，万一出了差错，大王得不到百里之地，而死者又不能复生，大王不是成了天下的笑柄吗？臣以为，与其用死人来换土地，不如用活人来换土地更保险、方便。"魏王览书，决定暂时不杀范痤。

范痤又给信陵君写了一封信。信中说："赵国与魏国，乃敌战之国。赵王送来一封信，魏王便轻率地许诺杀死范痤。我本无罪，曾为魏相，以国家之故，得罪了赵国。如果国家无有用之臣，虽有土地，又怎么能够守得住呢？如今，能够支撑魏国局面的，只有您了。魏王如果听信赵王之言，杀掉我以后，强秦效法赵国的做法，献上二百里之地，要求杀掉您，您有何办法免除灾祸呢？那样，您岂不是麻烦了吗？"信陵君览书，认为其言有理，立即说服魏王，释放了范痤。

兔死狐悲，同病相怜，此乃人之常情。魏王贪利，范痤以利说之；信陵君明势，范痤以势说之。此风不可长，长则永无休止，其势必危及信陵君。范痤考虑到这一点，因此开悟信陵君，使他来解脱，同时也为自己免除后患。其说恳切，绝无虚饰之词，而最终又切中要害。受其益者，非唯范痤，非唯信陵君，魏国亦在其中。

事例：放虎归山，自蹈危亡之境

秦末大乱，义军横行。项羽与刘邦共受楚怀王之命，入关击秦，约曰："先入定关中者，王之。"后来，刘邦先入关中，采纳别人的建议，派兵防守函谷关，以为日后之计。及项羽大兵至，关门已闭。项羽大怒,派黥布攻破函谷关,进驻戏下,有士卒四十万。当时,刘邦屯兵灞上,有士卒十万。

双方剑拔弩张,混战一触即发,恰在此时,刘邦的左司马曹无伤,为了讨好项羽,邀封求赏,便派人向项羽告密,声称:"刘邦企图称王于关中,拜子婴为相,据有关中珍宝。"项羽闻报,立即下令犒赏三军,准备次日出兵击破刘邦。项羽的谋士范增也对项羽说:"刘邦这个人,在山东之时,贪财好色,如今入关,不夺财物,不掠妇女,看来志在不小。我曾经派人望其气,见龙虎五彩,此天子之气也。大王一定要尽快消灭他,不可放过!"

项羽有位叔父,名叫项伯,与刘邦的谋士张良友善。他害怕刘邦兵败,玉石俱焚,便在夜间悄悄来找张良,劝他尽快逃走。张良闻言,对项伯说:"刘邦有难,丢下他不管,这是不义之举,我必须通报他一下。"张良去见刘邦,把项羽随后的行动告之,刘邦大惊失色。张良问:"您的士卒可以与项羽对抗吗?"刘邦默然地说:"不能。为之奈何?"张良说:"请对项伯说,您绝不会背叛项羽。"刘邦问:"您与项伯的交情是怎么来的?"张良说:"他曾与臣闯荡江湖,后来杀了人,是臣救他免于一死。因此,危急之际,他来通知我逃走。"刘邦又问:"您与项伯谁的年龄大?"张良说:"项伯年长于臣。"刘邦说:"请叫他进来,我将像对待兄长一样对待他。"张良费了九牛二虎之力,将项伯请进来。刘邦亲自举酒为他祝寿,又相约子女结为婚姻。乘项伯高兴,刘邦说,"吾率兵入关,秋毫不犯,统计户口,封存府库,等待项羽将军。之所以派人守卫关门,不过是为了防备其他武装力量出入,出现不测。我日夜盼望项羽将军,岂敢造反!请您替我解释一下。"项伯许诺，对刘邦说："明日一早，一定要来戏下谢罪。"项伯回见项羽，果然替刘邦说情，又说："刘邦如果没有攻破关中，您怎么敢入关呢？如今，您打算进攻有功之人，这不是不义吗？何不对他优容一些，以免引起非议？"项羽认为有理。

次日清晨，刘邦率领百余名随从，见项羽于鸿门，说："臣与将军合力而攻秦，将军战于河北，臣战于河南，没想到能先入关中，又在这里与将军会面。如今有小人进谗，离间将军与臣，望将军明察！"项羽于是释然地说："这些话是你的左司马曹无伤说的，不然，我怎么会这样？"又挽留刘邦入宴共饮。席间，范增几次示意项羽下手杀死刘邦，而项羽默然不应。范增无奈，召项庄入，对他说："项王不忍下手，看来，此事只有靠你了。你可以舞剑助兴为名，乘机刺死他。不然，我辈都将成为刘邦的俘虏。"于是项庄舞剑，故意靠近刘邦，伺机下手。项伯见状，也拔剑助兴，常以身体掩蔽刘邦。张良见势不妙，至军门，对樊哙说："项庄舞剑，意在刺杀主公。"樊哙便拔剑拥盾，撞翻卫士，闯入宴席，头发竖立，目眦尽裂。项羽为之一震，赏以酒肉。樊哙一饮而尽，置肉于盾上，拔剑切而啗之。项羽又问："壮士，复能饮乎？"樊哙说："臣死且不惧，一卮酒又算什么！秦政无道，天下皆叛，怀王命诸将入关，共破虎狼之秦，约定先入关中者为关中王。如今刘邦先入咸阳，秋毫不犯，屯兵灞上，以待将军。劳苦功高，不得封赏，反因小人之言，欲诛有功之人，这不是继续秦朝的暴政吗？"项羽无言以对，因赐樊哙坐。须臾，刘邦出如厕，遂与樊哙等人由小路逃回灞上。张良复入，对项羽说："刘邦不胜酒力，醉不能辞行。谨使臣奉白璧一对，拜献于将军足下；玉斗一双,拜献于亚父范增足下。"项羽问刘邦何在,才知道人早已逃走了。范增大怒,置玉斗于地,拔出剑来,击而碎之,愤恨地说:"竖子不足与谋!夺将军天下者,必此人也。吾辈都将成为刘邦的阶下之囚!"四年以后,垓下一战,项羽兵败,自刎于乌江。刘邦平定天下,西汉王朝的历史由此而掀开了新的一页。

鸿门宴上,刘邦本来绝无生路。但是,刘邦巧妙地利用了项羽的弱点,首先说动项伯,替自己在项羽面前美言。然后,入项羽之军,当面谢罪。最后是刘邦借上厕所之机,悄悄溜走。项伯其人,义而不识大体;项羽其人,骄而不明利害。倘若项伯不为刘邦所惑,项羽未必犹豫不决。两军实力悬殊,一战则胜负可知,况且,刘邦自入虎口,竟得安然脱身,项伯之愚陋,项羽之骄狂,都起到了重要作用。由此观之,刘邦固然善于金蝉脱壳,项羽则难辞放虎归山之咎。

事例:装痴弄傻,委曲以求身全

曹魏末年,蜀汉被灭,后主刘禅被俘虏,送到洛阳,封为安乐公。刘氏子孙及君臣封侯者五十余人。

当时,曹魏名存实亡,晋王司马炎握朝廷实权。司马炎曾与刘禅宴饮,召来蜀地歌妓,奏蜀乐,舞蜀舞。在席之蜀汉旧臣,观之感怆,无不下泪。只见刘禅喜笑自若,毫无悲色。司马炎对贾充说:"人之无情,乃至于此!即使诸葛亮还活着,也不能辅佐他永保太平,何况姜维远不如诸葛亮呢?"过了几日,司马炎又问刘禅:"想不想蜀汉故土?"刘禅回答说:"我在这里过得很快乐,不想故土。"蜀汉旧臣郤正知道这件事以后,对刘禅说:"如果以后司马炎再这样问,您应该哭着回答说:祖先坟墓,远在川、蜀,其心悲凉，无日不西向而思之。"又告诉他回答完以后，要闭上眼睛。后来，司马炎果然又向刘禅询问，刘禅便照着郤正的话依样画葫芦说了一遍，然后闭上眼睛。司马炎听罢，说："此话怎么这么像郤正的腔调？"刘禅闻言，惊视司马炎，说："诚如晋王所言！"左右见状，无不大笑。从此以后，刘禅的乳名阿斗，便成了傻瓜的代名词。

其实，刘禅未必像人们传说或史籍记载的那样傻。刘备死后，刘禅继位，诸葛亮受托辅政。倘若刘禅果真可以任人摆布，诸葛亮就绝不可能毫无障碍地推行他的治蜀方针。仅此一点，就足可以说明刘禅即使并非聪明睿智，至少识时务，知大体，清楚什么人可以信赖。

中国历史上，改朝换代比较频繁，几乎很少有人可以毫无差错地说出中国到底存在过多少个朝代。造成这种现象的原因，一是王朝的形成不由民意公选。成者为王，败者为寇，当王朝腐朽之际，政权难以和平交接。要么一场战乱，要么一场政变。这样一来，历史上不仅出现了众多的朝代，而且出现了众多的亡国之君。对新朝代的统治者来说，这些人既无用又危险，如何处置，颇费脑筋。表面上加以优容，以求笼络人心；骨子里疑神疑鬼，时刻加以提防。因此，历史上的亡国之君，极少有善终之辈。刘禅虽非圣智，但这个道理，耳闻目睹，岂能毫不知晓？云"乐不思蜀"，其中隐含着多少悲凉，并不是常人可以体会到的。但不这样说，又让刘禅怎样说呢？国破家亡，身为系囚，既已苟活，又何必自找麻烦呢？如此说来，刘禅不仅明智，而且极会做戏，假戏真做，真戏假做。不管怎样说，刘禅做到了使司马炎不生疑心。

金蝉脱壳，谁说刘禅不会用计？

事例：预为身计，不坐亲朋之罪

中国古代政治受血缘关系的影响，极为深重。一人得势，鸡犬飞升；一人获罪，祸灭九族。此种事例，不胜枚举。明智而识人者，见其亲朋势不可长久，往往预为自全之策，以求免于孥戮。此亦金蝉脱壳之一计。以下策略举几例，以备其说。

春秋战国时期，秦、赵交战连年。范雎使用反间之计，使赵王罢免廉颇，任用赵括。赵括之父赵奢，乃赵国宿将，有勇有谋。赵括饱读兵书，常与其父论辩。父亲虽然说不过儿子，但心里清楚，纸上谈兵，派不上用场。当赵王拜赵括为将的时候，许多人竭力劝阻，赵王固执己见，不加理睬。赵括之母闻讯，上书赵王，力言不可，赵王更是听不进去。其母对赵王说："如果赵括不称职，我请求大王不要诛杀家属！"赵王许诺。不久，秦、赵两军战于长平，赵括大败，全军覆灭。赵王大怒，欲依法诛其家属。其母即举赵王之前言为凭，力加申辩。赵王无话可说，只有履行承诺，不了了之。

东晋时期，王敦居外，手握重兵，阴有异志。王敦有个侄子，名叫王允之，幼而聪颖过人，知书达理。王敦很喜欢他，把他留在身边。当有宾客来访，便与其一起会客。王敦好夜饮，席间往往与人密谋造反。王允之惧怕受到牵连，又担心遭到王敦的猜疑，经常称醉离席，卧于别处。客人离去以后，王敦前来查看动静，只见王允之昏昏沉沉，于卧处大吐不止，弄得浑身上下污浊不堪。因此，王敦从来不曾怀疑王允之听到了他的密谋。后来，王允之的父亲王舒出任廷尉，王允之以探望父亲为由，回到京师建康，把王敦谋反的消息告诉了王舒与王导。朝廷闻讯,得以充分准备,应付危局。及王敦兵败,王舒一家没有受到牵连。

南朝齐时,车骑将军张敬儿权欲无限。他曾经做了一个梦,梦见旧村社中一树,枝繁叶茂,其高冲天。醒来以后,到处乱讲,自以为贵不可言。齐武帝闻之,怀疑他有不轨之心,而张敬儿不知改悔,恣意而为。张敬儿的弟弟张恭儿,见其兄行为如此放纵,知其必遭灭门之祸,便深居简出。其居处山峦阻隔,高门深院,迂回曲折,有若迷宫。居处常备快马好车,每当其兄捎来书信,张恭儿一定立即上马,然后与使者相见,以防不测。后来,齐武帝设计,于斋宴之际,将张敬儿捉住杀死,四个儿子也无一幸免。当齐武帝派人诛杀张恭儿时,却发现他早已逃入蛮族境内,行动如此迅速,令人惊讶。

齐明帝时,尚书令王晏恃宠骄恣,企图独揽大权。齐明帝夺位,曾得王晏大助。但是,齐明帝即位以后,王晏自以为有功于君,常常菲薄朝政,目无长上。天长日久,积怨渐多,齐明帝对他也十分猜忌。后来,齐明帝听说他请人相面,又自言当获大贵,便有心将其除掉,而王晏竟然毫无察觉。王晏有一位远房弟弟,名叫王思远,官拜御史中丞。当齐明帝谋划夺位时,他便劝阻王晏说:"兄蒙陛下厚恩,而助人篡夺宝位,不知兄将来如何立于朝廷?如能就此罢手,尽忠于陛下,及早自杀,尚可保全家室,不失美名。"王晏回答说:"现在哪有闲工夫想这些!"及齐明帝夺位成功,拜王晏为骠骑大将军,王晏大会子弟,对王思远说:"当时,弟劝我自杀,如果照你的话办,岂有今日!"王思远回答说:"依弟所见,现在还不算晚。"后来,王思远知道齐明帝疏忌王晏，又找机会劝他说："近来情形大异于前，您察觉到了吗？人们往往善于算计别人，而不会替自己打算，太危险了！"王晏不理。王思远离去后，王晏叹曰："世上竟有劝人去死的人！"几天以后，齐明帝在华林园将王晏诛杀，牵连了很多人。齐明帝知道王思远劝谏王晏之言，因此没有加罪于王思远。王晏的妻弟阮孝绪也感到王晏势不能久，因此坚决不与他往来。王晏到阮府拜访，阮孝绪总是逃匿不见。一次，阮孝绪食酱，赞其味美，一问，知道是王晏所送，立即将口中的酱吐了出来，并把剩下的退还王家。及王晏被诛，阮孝绪与其妻族，依法应当坐罪，大家都替他害怕。阮孝绪说："虽为亲戚，并无勾结，何惧之有！"果然没有受到株连。

齐东昏侯时，平西将军崔慧景作乱，率兵围攻建康。崔慧景久闻处士何点大名，早就想与他交往，以壮己之声誉，而何点从来不肯稍加应酬。及崔慧景兵围建康，派人把何点硬请到军中。何点自知崔慧景必败，惧怕受其牵累，见到崔慧景之后，终日所谈，不过礼义而已，未尝有一句话说到军事。不久，崔慧景兵败，何点被俘。东昏侯打算杀死何点，萧畅为其开脱说："何点与崔慧景所谈，只是礼义二字。况且何点与其谈礼义，使贼兵无暇思考战局，若非如此，建康城早已陷落。由此看来，应当给何点加封！"东昏侯闻萧畅之言，便赦免了何点。

事例：患得患失，终失脱身之计

功成身退，既需要明智，又需要果断。错过时机，后悔便来不及了。

北齐兰陵王高长恭，美姿仪，勇武有力，曾率兵与北周战于邙山，大获全胜。将士们对他非常钦佩，仿效他冲锋陷阵、指挥若定的神态，制作了两种乐舞，名之曰《兰陵王入阵曲》，国人歌之，奉若神明。齐帝闻其事，又忌又恨，高长恭惊恐万端，竭力寻找退身自全之策。

过了一段时间以后，本来廉洁奉公的高长恭，突然变得贪婪起来，不恤士卒，专务聚敛，弄得上下怨恨，名声大减。高长恭有一位知心朋友，名叫尉相愿。他了解高长恭的苦衷，但又觉得这样做并不是办法，便对高长恭说："您是不是因为邙山之捷，功高名重，恐怕引起猜忌，才故意显出贪鄙的样子，贬损名声，以求自全？"高长恭说："是。"尉相愿摇了摇头说："如果忌恨您，您这样做，不正是给人家提供诛杀您的罪名吗？这岂不是本欲避祸，反而加速了灾祸的到来吗？"高长恭闻其言，泪流满面，膝行而前，询问脱身之计。尉相愿说："您以前既有大功，如今又获胜利，声威更重。莫不如称病居家，不参与国政。"高长恭认为尉相愿言之有理，却一直未能照办。后来，江淮一带战事又起，朝廷欲命高长恭为将。高长恭这才认识到难以自全，后悔地说："我去年脸肿，如今怎么竟不发病呢？"便有病也不肯医治。即使如此，齐帝还是不放过他，派人送来毒酒，把他毒死了。

在君主专制政体下，帝王惧怕别人篡位，即使自家兄弟，也不会真正放心。南北朝时期，政局混乱，朝代频更，帝王恐惧猜疑，尤甚于前日。欲于此时退身求全，必须善于抓住时机，绝不能迟疑不定。一旦嫌隙已成，再图免祸，恐怕便只能是南辕北辙。高长恭初则授人以柄，继则痛失良机，又不能毅然决然地与齐帝一决雌雄，不任人宰割，又有什么办法呢？

事例：聪明善感，故作全无心肝

与蜀汉后主刘禅不同，南朝陈后主陈叔宝是公认的聪明人。关于陈后主，史书中有许多处讲他如何荒淫无道、残害忠良、信任奸佞、搜刮民脂民膏。其实，陈后主未必如此失德，即使真有这些罪状，陈朝也未必便是因此而灭亡的。须知，大厦将倾，非一木所能支，实力对比发生变化，其中原因很多，全怪陈后主，显然有失公允。

陈后主亡国之后，从六朝金粉之乡来到隋京。昔日威势，荡然无存。昨为万钧之主，今为阶下之囚，其中滋味，何消说得。不过，人总是人，人总要活下去。为了能够活下去，陈后主必须用心谋划，才能免于杀身之祸。

隋文帝并不是一个大方宽厚的君主。但是，他对陈后主却表面上十分优容，经常召见他，位同于三品之官。每次宴会，为了不使陈后主伤感，下令不奏吴地音乐。然而隋文帝的眼睛，时时刻刻在盯着他，陈后主明白，自己并没有让隋文帝放下心来。

为了解除隋文帝戒备，陈后主故意要求监守者奏明隋文帝，声称："我在这里，经常参加宴会，希望陛下赏一个正式官号，以便称呼。"隋文帝大怒，骂道："陈叔宝这个人，简直是全无心肝！"转念又想，陈后主此举，其中是否有诈？便问监守者，陈后主平时都干些什么？监守者回禀："陈叔宝经常喝得大醉，很少有清醒的时候。"隋文帝又问其酒量。答曰："与其子弟每日可饮一石。"隋文帝又有些不高兴，便告诉监守者，让陈后主节制一下。但是，过了一会儿，又说："让他尽兴吧。不这样，他该如何度日呢？"此后，隋文帝下诏将陈后主的家属在各地妥善安置，不再过问其事。陈后主费尽心机，终于得终其天年。

三、保全自身 是为进退之道

政治斗争中，危险无处不在。抱鱼死网破之心，杀出一条血路，虽不为不善，但毕竟成功的希望比较渺茫。至于金蝉脱壳之计，如运用得当，则不仅易收其效，而且无处不可使用。

第一，在国与国之间。

诸国争霸争雄之际，使者往来四方，承君之命，忠君之事，进出敌国，无异身陷虎穴。一言不合，便有性命之虞。因此，老谋深算之士，无不重视此计的运用，以防不测。景鲤奉楚君之命，联络秦国对抗齐、魏诸国，而秦国本无诚意，以致景鲤无故被扣留。倘若不是景鲤善用此计，临危不惧，说动秦王，便永无归国之望。张仪入楚，为秦王破坏楚、齐之盟，又不能如约割让商於之地。倘若不是张仪预先交结楚国宠臣靳尚，使其为己奔走，则楚王一怒之下，张仪早做了刀下之鬼。而张仪竟能安然脱身，回国复命，则确为善用此计之人。范痤为魏国奔走游说，使诸国奉魏为盟主，合纵攻秦，结果惹恼赵王，几乎身首异处。倘若不是范痤善用此计，说动魏王与信陵君，则绝无逃生之理。而周訢力阻魏王入秦，苏代使魏相信安君免遭入秦之厄，又都是不陷危境的范例，比绞尽脑汁方得脱险更为稳妥。至于刘邦于鸿门宴上溜之大吉，刘禅于囹圄之中装痴卖傻，陈叔宝亡国之后终日沉醉，或得卷土重来，或得终其天年，虽技不甚高，亦足供后人一观。

第二，在君与臣之间。

专制政治下的君臣关系特征，确实可用"伴君如伴虎"来形容。尤其在君臣猜忌、政局不稳之时，如何保全自己，实在需要耗费心机。陈轸在张仪未入秦之前，使秦王明白张仪的用心何在；公子池在与魏、齐、韩议和之前，使秦王明白自己的处境；范蠡、张孟谈功成身退；周最为齐王出使韩国以废公叔相位之前，使公叔明白自己的苦心；赵括之母在其子统兵出征之前，请求赵王先赦其罪；王允之、张恭儿、王思远、何点诸人，不参与其亲朋之胡作非为，都是善于未雨绸缪、预留退路的典范。至于荆王之官吏抢吞不死之药，而又施其辩才逃脱厄运；苏秦遭燕王之忌，而能以情理点悟燕王；司马熹遭公孙衍之攻击，而能因势利导，使对方自取其咎；范雎犯律当诛，而能将错就错，使秦王无法加刑，则显临危用计，亦必不可少。唯北齐高长恭功高震主，既无功成身退之谋，又乏临危应变之策，终于在劫难逃，饮鸩而亡。

第三，臣与臣之间。

臣僚互相倾轧，其危险性并不亚于君主猜忌臣下。而在己方陷入困境之时，金蝉脱壳亦为必用之计。需要注意的是，在这种场合下运用此计，往往必须动用第三种势力，即取得君主的信任。陈轸遭张仪之倾害，得以自全的关键是说服了秦王；苏秦遭燕臣之攻击，得以自全的关键也是说服了燕王；而司马熹击败公孙衍，保全禄位，则妙处在于利用了中山君的狐疑。至于范雎遭魏相之辱，装死潜逃；张丑为齐将所获，危言耸听，吓住对方，则无疑是背水一战。得成其谋，全凭对方之无能。

四、谋之所及　乱中以攻为守

在政治斗争中，使用权谋诡术乃是必然的现象，金蝉脱壳之计纳入混战计，其重要特点就是在混乱的局面下能够保存自己，在保存自己的情况下寻求制胜之道，故其特点是明显的。

第一，就实施方法而论，金蝉脱壳之计具有隐蔽性的特点。
运用金蝉脱壳之计，必须善于隐蔽自己的企图，否则极难成功，但未必一切都在暗中进行。从大量的事例中可以看到，公开行动，制造假象，在对方未察觉自己意图时逃脱险境，往往更易奏效。无论是隐蔽企图，还是公开假象，都要隐蔽自己的真实意图，不能够使人知道自己的心计，这也是实施此计的重要条件。

第二，就施计者而论，金蝉脱壳要求施计者在保全自己的情况下，还要具有进攻性的特点。
运用金蝉脱壳之计，目的首先在于保全自己。保全自己，即可卷土重来，最终消灭对方。因此，从根本上来说，金蝉脱壳只是进攻的前奏，并非纯粹的逃避。除此之外，在运用此计之时，往往也需要采取进攻态势，以迷惑对方。而以攻为守，往往更是保全自我的有效手段。

第三，就金蝉脱壳之计在政治斗争过程而言，具有混淆性

的特点。

运用金蝉脱壳之计,其意在保存自己,那么混淆是非,于乱中寻找适合自己的道理,既可以说服他人,又可以解脱自己,使他人不能够得知自己的意图。之所以金蝉脱壳纳入混战计谋之中,就是要在混乱的局面中,把握利于自己的机会,最终不受他人的危害,还能够获得利益,如此才能够把握该计的核心要点,即谋之所及,虑及己身。

关门捉贼

——小敌困之 势在置之死地

本计云:"小敌困之。剥,不利有攸往。"其大意是:对弱小的敌人,要包围起来歼灭。至于零散小股的敌人,虽然力量单薄,但行动自由,难以防范,因而不利于追击。此为混战之计,斩草除根,乱中取胜。关门捉贼的原意,是关上家门,捉住盗贼。以计谋名之,意为对弱小的敌人或敌对势力,要围而歼之,以免后患。此计与金蝉脱壳之计处于劣势不同,这里是自己处于优势,但要注意"贼困"之后的凶恶性,因此也有需要把握的时机。

一、柔而变刚 利在当机立断

《周易·剥卦第二十三》云:剥:不利有攸往。《象》曰:山附于地,剥。上以厚下安宅。

【一爻】初六,剥床以足,蔑,贞凶。《象》曰:"剥床以足",以灭下也。

【二爻】六二,剥床以辨,蔑,贞凶。《象》曰:"剥床以辨",未有与也。

当断不断,反受小人之乱

【三爻】六三，剥之，无咎。《象》曰："剥之无咎"，失上下也。

【四爻】六四，剥床以肤，凶。《象》曰："剥床以肤"，切近灾也。

【五爻】六五，贯鱼以宫人宠，无不利。《象》曰：以宫人宠，终无尤也。

【六爻】上九，硕果不食，君子得舆，小人剥庐。《象》曰："君子得舆"，民所载也。"小人剥庐"，终不可用也。

在六十四卦中，"剥"的意思是"剥烂"，乃"刻割"也，"落"也。"万物零落之象"。彖曰："柔变刚也。不利有攸往，小人长也。顺而止之，观象也。君子尚消息盈虚，天行也。"《六十四卦经解》云："'乾消至五，五至尊。'为阴所变，故曰剥也。"柔而变刚，小人得志，故不利有攸往。具体说来，就是不利于远追。可推演出此计在政治斗争的可能和结果如下：

第一种，关门捉贼是得到机会，初爻便是阴，是机会不是正道而来，其侵犯正道，当然是凶，乃是积小成大，并不是好机会，若是抓住机会，也会转害为利。

第二种，使用关门捉贼之计，是得到偶然机会，二爻还是阴，二变卦都是不利，在散乱无章的情况下，更要注意转机。

第三种，还是处在阴爻，有四变卦，若是使用关门捉贼之计，就要以阴柔之道而处之，查看转机所在，就是无咎。

第四种，使用关门捉贼之计者，一直处在阴卦，到了阴柔八变卦，已经是对自己十分不利了，凶象已经露出，却也是转机来临之时,不要因为凶而丧失勇气,要积极面对。

第五种,使用关门捉贼之计者,到第五爻,依然处在阴位,只能够以其人之道还治其人之身,也就得到转机,没有祸害,可以无往不利了。

第六种,关门捉贼之计等到转机来临,才来到上九阳爻三十二变卦,这就要以刚强行事了,获得硕果则对自己有利,但不能够让硕果丢失,若是被贼逃脱,则硕果无存,且贼人转机,因此要当机立断。

该计用于军事,主要是歼敌之法,即以优势兵力包围劣势之敌、将其一举全歼,切不可使其逃逸。秘本兵法《三十六计》在解释此计时说:捉贼之前关闭家门,不仅是因为怕盗贼逃走,而且因为怕他逃逸,以后为别人所利用。更何况为了不中对方的诱敌之计,对逃跑了的敌人不可穷追。贼性狡猾善变,长于奇袭,神出鬼没,有可能使我疲于奔命。《吴子》曰:"假如有一个亡命之徒,逃逸隐匿到广阔的原野之中,即使追捕他的人成百上千,也会因盲目而左顾右盼。这是为什么呢?是因为害怕他突然冲出来伤害自己。所以,一个不怕死的人,足以使一千人胆战。"追击盗贼,只要有逃脱之机,盗贼就必然为之死斗;如果断其去路,则必束手就擒。因此,对小股之敌必须加以包围歼灭。如果做不到这一点,就应放走不追。人们常说的"穷寇勿追",道理即在于此。

该计用于政治,则是动员己方一切力量,置对手于重围之中,寻找时机,断其归路,一举将其消灭,切不可令其逃逸,留下后患。在专制政治之下,政治斗争极为残酷。尤其是政权转移,决不能和平进行。你死我活之际,心慈手软,固然难成大事;追杀穷寇，亦可能反受其殃。或围或纵，关系成败，而关门捉贼之计，恰可以为人们提供启示。

二、见机行事　须知己更知彼

　　关门捉贼，以置对方于死地为目的，故其计甚毒。但仅有毒心，未必用得好此计。尤其是关门的时机，必须掌握得恰到好处。否则，关门过早，打草惊蛇，会使对方警觉；关门太迟，丧失良机，后果更难以预料。至于知己知彼，亦须充分加以注意。不掌握优势而欲关门捉贼，无疑自取灭亡。

　　事例：当断不断，反受小人之乱

　　置身于政治旋涡之中，既要善于谋划，又要处事果断。机不可失，时不我待，一旦落入对方圈套，失去主动权，后果不堪设想。特别是在专制政治之下，一旦发生政治冲突、权力争夺，往往便是你死我活，千万不可掉以轻心。

　　春秋战国时期，楚考烈王信任春申君黄歇。楚王当时无子，春申君非常着急。后来，门客李园把他的妹妹献给了春申君，怀孕以后，又说服春申君转献给楚王，生了一个儿子。李园的妹妹因此得到宠幸，立为王后，儿子立为太子，李园则居中用事，权倾朝野。但是，李园兄妹贵盛以后，又害怕春申君依恃太子之力，与自己争权，便处心积虑，日夜谋划，准备杀人灭口。

　　李园豢养了许多亡命之徒，寻找机会下手，消息泄露出去。后来，楚王病重，命在旦夕。一位名叫朱英的人对春申君说："世有无妄之福，又有无妄之祸。如今，您处于无妄之世，奉事无妄之主，岂能没有无妄之人？"春申君不解其意。朱英说："您做了二十多年的相国，实际上就是楚王。如今，楚王病重，即将死去。太子衰弱，卧病于床。您辅佐幼主，将来归政于太子，便是伊尹、周公；不归政于太子，即可南面称孤，自为楚王。这就是无妄之福。李园虽不治国，而为楚之国舅；虽不掌兵，而偷偷豢养亡命之徒。一旦楚王死去，李园必先入宫，矫命杀死您以灭口。这就是无妄之祸。您可任臣为郎中，楚王一旦死去，李园作乱，臣就可以先把他杀了，为您除害。这就是无妄之人。"春申君闻言，犹豫不决，说："您不要乱讲。李园是一个软弱的人，与我素来友善，不至于做出这种事来。"朱英知道春申君不会采纳他的建议，惧怕祸及其身，便逃走了。

十几天以后，楚王病死，李园果然先期入宫，控制太子，封锁王宫。又在四周埋伏人马，等候春申君的到来。春申君得到楚王死去的消息以后，为时已晚，入宫以后，被李园手下的人团团围住，乱刀砍死，把脑袋扔到宫外。随从见状，一哄而散。于是李园矫称王命，派人把春申君的家属及亲戚朋友全部杀死。

事例：巧设计谋，必欲置之死地

秦始皇死后，李斯与赵高矫诏立胡亥为二世皇帝，害死太子扶苏与大将蒙恬。赵高居中用事，权倾朝野。李斯失权，心中不满。赵高知道以后，心中怀恨，决心除掉李斯，以绝后患。他对李斯说："关东一带，群盗横行。如今，皇帝大征徭役，修建阿房宫，积聚狗马无用之物。我很想劝阻，但身贱位卑，不起作用。这正是您应该做的事情，为何无动于衷？"李斯不知是计。便请赵高为他寻找机会，入宫进谏。

赵高见李斯中计，心中暗喜。他趁二世正在宴饮作乐的时候，让李斯入宫。二世玩得高兴，不想被李斯搅扰，怒骂道："朕平日有的是闲工夫，丞相从来不求见；偏偏今日朕欢宴之时，丞相请求奏事！丞相这是以为我年少可欺呢，还是以为我愚蠢固陋？"赵高在侧，乘机进言说："先帝驾崩于沙丘之时，李斯曾参与拥立陛下的谋议。如今，陛下已经立为皇帝，而丞相并没有得到什么更多的好处。他的企图，是裂地而封王啊！如果不是陛下问臣，臣何敢言。臣知道李斯的长子李由为三川太守，由于陈胜等人都是丞相的同乡，所以李由纵虎遗患，甚至群盗路过三川城而官军不肯出击。臣听说他们经常有书信往来，只是没有查到证据，不明详情，因此不敢奏闻。更重要的是，丞相居外任事，权重于陛下。"二世闻言，便派人调查李由，以便掌握证据，惩治李斯。

李斯中了赵高之计，引起了二世对他的猜忌，实际上已经陷入赵高的重围之中。他上书二世，揭露赵高的罪过，声称："赵高擅权，威侔陛下，与当年田常相齐，弑君夺国，并无二致。如今，赵高有邪佚之志，僭越之举，贪欲无厌，陛下不早加防范，臣恐必为后患。"二世览书，全然不信，说："这算什么话，赵高不过是一个宦官，忠心耿耿，洁行修善，朕认为他是贤德之臣，你为什么要怀疑他？况且朕不依靠赵高，又依靠谁呢？赵高为人，精明强干，廉洁公正，下知人情，上顺朕意，你不必多言！"赵高闻讯，又对二世说："丞相所惧者，不过我一个人而已。一旦除掉我，他就可以恣意妄为，行其篡逆之谋。"二世听了，越发憎恨李斯。恰好冯去疾、冯劫等人联合李斯，奏请停止修建阿房宫，减省赋役。二世大发雷霆，下令逮捕他们，冯去疾、冯劫自杀，李斯入狱，势孤力单。二世命赵高审理李斯一案，痛加捶掠。李斯不胜酷刑，屈打成招。

李斯自以为有功于国，并无反谋，便从狱中上书二世，称："臣为丞相，治国养民，三十余年。秦地狭隘，不过千里；兵卒寡弱，仅数十万。臣尽心竭力，周旋诸侯，训练甲士，修明政教，遂兼并六国，统一天下。臣罪不容诛，早就该被杀掉了，愿陛下明察！"李斯希望二世览书，会有所醒悟，从而赦免自己。不料，奏书被赵高扣压，二世根本没有看到。为了制止李斯翻供，赵高又派其亲信伪装成御史，前往审核，李斯称冤，这些人便对其施刑。后来，二世果真派人复查，李斯害怕受刑，反而不敢说实话。二世派人前去调查李由，李由已被项羽部下击杀，使者归，赵高便假作证词，声称李由确实与李斯合谋造反。赵高结案，定李斯谋反之罪，腰斩于咸阳市，夷灭三族。李斯临刑，与其次子抱头痛哭曰："吾欲与你像以前那样，牵黄犬而逐狡兔于故乡东郊，岂可得乎！"

运用关门捉贼之计，关键在于关门一招。可由对方自行入门，亦可用计诱使对方入门；可耐心等待对方入门，亦可迫使对方入门。无论如何，关门的时机必须恰当，恰到好处。过早则打草惊蛇，过迟则丧失良机。赵高用计，使二世憎恶李斯，又从中上下其手，诬陷李斯谋反，此即关门之时。及李斯落入赵高掌中，由其任意摆布，而竟毫无醒悟，寄希望于二世之垂怜。岂知门既已关，不可复开。赵高阴毒之辈，岂能放虎归山，自遗后患！故善用此计者，不仅需要心狠手辣，不给对方喘息之机，而且需要善于谋划，善于关门。

事例：兔死狗烹，加罪何患无辞

功高震主，此乃大臣取祸之一因。历朝历代，开国功臣很少有善终者，关键即在君主专制，以天下为私。为身家之计，卧榻之侧，岂容他人鼾睡！当是之时，天下已定，尊卑已序，江山之内，天网恢恢，功臣宿将，自保不暇，倘生异心，更是自取灭亡。

刘邦灭秦立汉，韩信诸人功莫大焉。及天下稳定，有功不赏，封爵屡削，心中自然不平。前197年，陈豨起兵反叛。韩信与彭越称病，不肯随刘邦平叛，而暗中与陈豨联络，欲观形势之变，举兵响应。时刘邦亲自率兵出战，韩信与家臣密议，企图袭杀吕后及太子。部署已定，不料被人告发。吕后与萧何设计，伪称有人从刘邦军中至京，言陈豨已平，令列侯、群臣入贺。萧何骗韩信说："虽然有病，亦当强起入宫尽礼。"及韩信入，吕后派武士将韩信捉住，斩于长乐宫悬钟之室。彭越因不从刘邦出征，被废为庶人，贬于蜀中。途中遇见吕后从长安而来，便自见吕后，辩其无罪。吕后与彭越共至洛阳，对刘邦说："彭越壮士，今贬往蜀地，岂非自遗其患？不如遂诛之。"于是吕后派人诬告彭越再次谋反，遂夷灭三族。其余功臣，尤其是异姓诸王，大抵或平或诛，保全者极少。

韩信临死，曾有"悔不用蒯彻之计，乃为儿女子所诈，岂非天哉"之言，于是刘邦逮捕蒯彻，欲治其罪。蒯彻说："秦失其鹿，天下共逐之，高才疾足者先得焉。跖之狗吠尧，尧非不仁，乃是因为尧不是它的主子。当是时，臣独知韩信，岂知陛下。况且天下精明强干之人，莫不欲为陛下所为，其人甚众，陛下能够全把他们杀了吗？"刘邦无言以对，遂赦其罪。彭越旧臣栾布出使归来奏事，于彭越尸首之前，痛哭流涕。刘邦将其抓来，欲治其罪。栾布说："当陛下困于项羽之时，项羽不能置陛下于死地，就是因为彭越与陛下合力抗击项羽。当是时，彭越合楚则汉亡，合汉则楚灭。况垓下之战，如果没有彭越，项羽怎么会兵败？天下已定，彭越剖符受封，岂不欲传之万世。如今陛下以小过诛之，臣恐功臣人人自危也！"刘邦闻言，亦无话可说，遂赦其罪，拜为都尉。

蒯彻、栾布之言，说出了一个重要的道理。刘邦之所以得天下，韩信诸人功不可灭。当其为齐王之时，举足轻重于楚、汉相争之间，不于其时谋反，及天下已定，以单弱之势而谋反，岂合常理？但是，对刘邦来说，楚、汉相距于荥阳，韩信于危难之际，擅自称王于齐。其后，刘邦追击项羽，与韩信相约夹击楚军，而韩信竟然违约不至。那时，刘邦已有诛灭韩信之心，只是力所不及而已。其余异姓诸王，大抵因此而为刘邦所忌，亦大抵因其力有不及而得以保全至汉初。及天下平定，刘邦正欲一一诛除，兔死狗烹，无罪尚且不免，何况有把柄于手中？天下未定，诛之不仅力不能及，还会造成内乱，使项羽有可乘之机；天下已定，韩信诸人失去凭借，刘邦除其异己，犹如探囊取物，易如反掌。利之所在，情义无存，帝王之侧，皆为敌手。帝王关门捉贼之术，固非凡夫所可逆料。

事例：计中有计，成己计败人计

东汉和帝时，外戚窦宪专权。窦氏兄弟并为九卿、校尉，充斥朝廷。其党羽邓叠、邓磊、郭举、郭璜等人出入禁中，与窦太后互为表里，作威作福。后来，他们认为和帝碍手碍脚，便阴谋杀死和帝。

和帝对窦氏的阴谋心里非常清楚。但是，窦氏势力庞大，和帝势孤力单，几乎等于是被囚禁在宫中一样，与朝臣几乎没有接触的机会。当时，窦氏威震朝野，朝中大臣很少不是窦氏的党羽。因此，和帝的心事，也不敢与朝臣们吐露。

窦氏杀害和帝的阴谋紧锣密鼓，步步逼近。和帝处境越发艰难，只有宫内的宦官与其朝夕相处。中常侍钩盾令郑众，谨慎而有心计，对和帝忠心耿耿。危难之际，和帝只有与他共商诛灭窦氏的大计。当时，窦宪屯兵凉州，和帝害怕此时发难，会造成战乱，难以收拾局面，因此只有待窦宪回京之后，关门捉贼，一举全歼，才能收到不生后患的效果。但是，窦宪回京之后，加紧谋划，又会使形势对和帝更加不利。不过，权衡利害，和帝还是选择了在窦宪回京以后，伺机动手。

92年六月，窦宪与邓叠回到京师洛阳。和帝密计下手。他首先让清河王刘庆为他从千乘王刘伉那里弄来一部《汉书·外戚传》，偷偷送进宫中，仔细研究，又令郑众为他搜罗诛杀外戚的先例。胸有成竹之后，和帝突然驾临北宫，诏令执金吾及五校尉，勒兵守卫南宫与北宫，关闭城门，搜捕郭璜、郭举、邓叠、邓磊四人，下狱处死。除掉窦宪爪牙以后，和帝命人收回窦宪的大将军印绶，改封其为冠军侯，逼令窦宪即刻前往封国。为了不触动窦太后，和帝没有立即诛杀窦宪，而是在他到达封国之后，派人严加看管，过了一段时间以后，才迫令窦宪自杀。

窦宪谋划杀死和帝，蓄意已久，苦心经营，可以说是万事俱备。但是，风云突变，功败垂成，其中关键，是窦宪没有切实地把握住关门的时机。窦宪回京，其意或许就在即刻下手，却拖延时日,被和帝先发制人,一网打尽。其实,窦宪的十面埋伏,本身就存在着一个薄弱环节。素弄兵权之人,身握举国之兵,却偏偏忘记抓住守卫宫禁的金吾卫与五校尉。当是之时,双方互设大阵,虎视眈眈。关门捉贼,其门便是宫禁卫兵,谁掌握了这支军队,便掌握了门闩。百千之人,尽管不足以与百万大军临阵对敌,但捕杀几个手无缚鸡之力的对手,却富富有余。及窦宪羽翼被除,虽有百万之军,远水不解近渴,更何况天子威势,名正言顺,陷入其中,岂可自拔!机不可失,时不再来,弹指之间,沧海桑田。窦宪之败,可谓功亏一篑,咎由自取。

事例:骄狂之心,难有防身之计

东汉外戚擅权,例子不仅只有窦氏。桓帝时期,外戚梁冀秉政,权与君侔,朝野侧目。梁冀一门,前后有七人封侯,三人立为皇后,六人册为贵人,二人拜大将军,夫人女儿称君食邑者七人,驸马三人,其余为九卿、中郎将、河南尹、京兆尹、校尉者五十七人。梁冀独揽大权,把宫禁侍卫都换上了自己的亲信,宫内一切动静,梁冀了如指掌。四方贡献,珍奇之物,其上品先入梁府。官吏赏罚黜陟,由其一言,门庭若市,贿赂公行。许多人因为触怒梁冀,被其杀害。汝南人袁著,十九岁时入京,向梁冀建议及时退身,以求自全。袁著本自善意,却不料梁冀不仅听不进去,反而派人捉拿,袁著无奈,假装病死,扎了一个草人,放在棺木中埋葬,然后改名换姓,四处逃亡。但梁冀鹰犬遍及国中。不久,袁著被人捉住,梁冀下令,乱棍打死。

梁冀秉政日久,威行内外,天子形同虚设,大政方针,日常公务,一概不得插手。梁冀自以为宫禁内外,皆由亲信控制,风吹草动，无所不知。既然一切握于掌中，便可高枕无忧。于是恣行暴虐，日益骄狂。殊不知指掌之内，未必一切了然，其中巨细，时有变化。处于宫禁朝廷之间，如入危境，稍有不慎，马上招来祸端。更何况梁冀权高逼主，势必遭忌，竟然傲视一切，自以为得计，岂有不败之理？

梁冀所为，早已引起桓帝的怨恨。后来，梁冀认邓贵人为女儿，刺杀其姐夫，又欲杀其生母。桓帝闻讯大怒，决计诛杀梁冀。他借上厕所之机，向宦官唐衡询问有没有什么可靠的人，可为诛杀梁冀之助。唐衡推荐中常侍单超、小黄门史左悺、中常侍徐璜、黄门令具瑗等四人。桓帝便召单超等人进入内室，对他们说："梁将军兄弟专擅朝政，迫胁内外，公卿以下，莫不承其颜色行事。今朕欲诛之，你们看怎么样？"宦官对外戚擅权，自然心中不满，但梁冀势力太盛，单超等人不了解桓帝的底细，不敢贸然表态，便问："梁冀诚为国之奸贼，早该加以诛戮。但臣等懦弱庸愚，不知陛下究竟意下如何？"桓帝说："这还不明白吗？请你暗中设法诛之。"单超又说："诛之不难，只恐陛下腹中狐疑。"桓帝说："奸臣危国，罪固当诛，有什么可狐疑的！"桓帝与单超等人定计，噬单超之臂出血，以为盟誓。定盟决计之后，单超对桓帝说："陛下既已决计，勿与人言，恐事机泄露，为人所疑。"桓帝允诺。

单超等人与桓帝往来密切，逐渐也引起了梁冀的注意。159年八月，梁冀派中黄门张恽入禁中值宿，以防不测。桓帝闻讯，立即行动。黄门令具瑗派人捉住张恽，责以"擅入禁中，欲图不轨"之罪。桓帝驾临前殿，召诸尚书入朝，宣布梁冀罪状，命尚书令尹勋等群臣持兵器守卫各部门，命具瑗率禁宫守卫千余人包围了梁冀的府第，收回梁冀的大将军印绶，改封为比景都乡侯。梁冀见势不妙，与夫人一起自杀。梁氏宗族亲戚不分老幼，一律以弃市论，牵连公卿、列校、刺史、二千石不计其数，被诛杀者数十人。

梁冀架空桓帝，实际上已经形成了对桓帝的围困之势。但是，其门未关，桓帝并未成为瓮中之鳖，而梁冀竟然高枕安卧，不图久远之计。及闻桓帝举动异常，仅派张恽入值，观其形势，不能果断行事。其门欲关不关，不仅打草惊蛇，而且授人以柄。由此观之，梁冀之败，不仅在于疏忽而已。

事例：斩草除根，不留日后之患

关门捉贼，意在全歼，切不可纵虎归山，为日后之患。否则，对手逃逸，恣意所为，为患必烈。在这一点上，曹操是一个真正的明白人。

198年，曹操与吕布战于下邳，将其团团围住。吕布不听陈宫之谋，兵败势蹙，只好出城投降。吕布见到曹操以后，对曹操说："从今以后，天下就算定了！"曹操问其所以然，吕布说："明公所患，不过吕布而已。如今，吕布已降，若令吕布率领骑军，明公率领步军，天下何愁不平！"当时，刘备在座，吕布又以曾替刘备解围为由，要刘备为他求情，吕布说："刘玄德，你为座上客，我为阶下囚，绳子捆得太紧，你为何不肯替我说句话？"曹操闻言，笑道："缚虎不得不紧。"乃命侍卫稍微松一下绳子。刘备急忙喊道："千万不可！明公难道不知道吕布是忘恩负义的小人吗？"曹操认为有理，便下令将吕布缢死。

其实，即使刘备不说，曹操也不会放过吕布，曹操在后来挟持汉献帝期间的所作所为，充分证明了这一点。

曹操挟持汉献帝、迁都许昌以来，献帝只是一个傀儡而已。曹操把汉献帝的左右，全部换上了自己的亲信。一位名叫赵彦的议郎，经常向汉献帝献计献策，曹操对他非常厌恶，便把他杀掉了。从此以后，朝臣没有人再敢与献帝随意谈论时政。献帝对曹操十分惧怕。一次，曹操入宫去见献帝，献帝对他说："君若能辅佐我，当然最好；如若不能，希望放我一条生路！"曹操没料到汉献帝会说出这样一番话来，大惊失色，汗流浃背。从此以后，再也不去朝见献帝。献帝的处境日益艰难，朝不保夕，唯一能与外界联系的渠道便是几位外戚。但是，董承被曹操杀死以后，其女董贵人也被曹操害死。当时，董贵人已经怀孕，献帝几次为她求情，竟然毫无用处。伏皇后见状，惊惧不已，便给她的父亲伏完偷偷写了一封书信，让他秘密谋划诛杀曹操。书信中诉说在宫中与献帝备受欺凌的情状，血泪交下。伏完得信，不知所措。不久，事情泄露出去，曹操大怒，派御史大夫郗虑收回皇后玺绶，以尚书令华歆为副，勒兵入宫，收捕伏皇后。伏皇后关闭房门，藏于夹壁之中。华歆凿坏墙壁，把伏皇后硬拉出来。这时，献帝正在外殿，与郗虑对坐。伏皇后披头散发，光着两脚，边走边哭，对献帝说："陛下不能救我吗？"献帝说："我自己也不知道能活到哪一天。"又对郗虑说："郗公，天下竟然会有这种事！"伏皇后被幽禁而死，所生的两个皇子，皆被毒死，兄弟及宗族被杀者百余人。从此，献帝与外界的联系完全断绝，完全掌握在曹操手中。

事例：自投罗网，不为王而为寇

关门捉贼，要在关门。但关门二字，切不可作教条式的理解。

政治斗争就好像下围棋，你中有我，我中有你，互设疑阵，互相围困。生活中，人们常说："退一步乾坤大，饶一着万虑休。"但是，在政治旋涡之中，往往是一步错，步步错，全盘皆输，一败涂地。关键时刻，敢走险棋，当然会有胜负未卜之虞，但收局认输，死路一条，却也是一件更划不来的事情。因此，高屋建瓴，立于不败之地，固为上策；拼死一搏，鱼死网破，亦不失为大丈夫风范。棋盘上的棋子是死的，人却是活的。善于在你我混杂，胜负未卜之际，孤注一掷，才有可能走出真正的活棋。

曹魏正始年间，曹爽与司马懿争权。曹爽为人骄奢无度，自以为天下无敌，经常作长夜之饮，或外出游玩，流连忘返。谋臣桓范曾劝曹爽说："大将军总揽万机，典掌禁兵，不宜经常出游，一旦有人关闭城门，如何是好？"曹爽不听，我行我素。这一时期中，司马懿表面上步步忍让，可忍亦忍，不可忍亦忍；但在暗中，朝廷有名望的元老重臣，已经基本上被他拉拢过去。为了使曹爽不生疑心，司马懿装作老病不堪的样子，甚至喝粥都要由人喂，弄得满脸满襟，狼狈不堪。说起话来，上气不接下气，前言不搭后语，似乎奄奄一息，朝不保夕。

曹爽放松了警惕，继续宴饮游乐，司马懿加紧准备，迅速行动。249年春正月，魏帝谒高平陵，曹爽与其弟中领军曹羲、武卫将军曹训、散骑常侍曹彦随行。司马懿在洛阳城内以皇太后的名义，传令关闭城门，勒兵占据武库，派兵阻断洛水浮桥，以司徒高柔假节行大将军事，控制曹爽军营；太仆王观行中领军事，控制曹羲军营。部署已定，派人去见魏太后，奏称："大将军曹爽背弃顾命，败乱国典，内则僭拟君王，外则擅权蠹政，据禁兵，窃要职,安插亲信,伺察至尊,天下汹汹,人心思乱。臣受先帝之命,奉太后之旨,罢曹爽、曹羲、曹训典兵,以侯爵归于私第,如敢稽留车驾,便以军法从事!"

司马懿送来的奏章,被曹爽扣留。但是,洛阳已经被司马懿控制,曹爽成了丧家之犬,随从慌慌张张,曹爽也六神无主,只好与魏帝滞留宿于伊水南岸。司马懿派人去说服曹爽归降,声称只是免官而已,可保富贵。曹爽闻言,犹豫不决。

其实,曹爽虽然丧失其家,司马懿此时所得,亦不过一座空城。司马懿关门的时机,选择得并不算十分恰当。胜负未卜,关键要看曹爽敢不敢走险棋。谋士桓范闻变,逃出洛阳,来见曹氏兄弟。他对曹爽说:"当与天子共诣许昌,征发四方兵马,讨伐司马懿。"如果曹爽采用此计,围困洛阳,亦可收关门捉贼之功,而曹爽同样犹豫不决。桓范又转向曹羲,对他说:"您读了这么多书,难道连这么明显的形势都看不清楚?以曹氏门第,欲求贫贱度命,岂可得乎!匹夫一人,尚百计求活,您手中有天子,令于天下,谁敢不从!"曹羲不答。桓范又说:"从这里到许昌,不过二宿路程。许昌城内,府库颇丰,我身上又带有大司农印章,谷食亦不成问题。"曹氏兄弟始终拿不定主意。一直到了五更,曹爽终于垮了下来,投刀于地,说:"我亦不失作富家翁!"定计归降。桓范闻言,痛哭流涕地骂道:"曹真英雄豪壮之士,谁料到生下你们这些猪一样的后代,自取灭族之祸。"

曹爽兄弟回到洛阳,司马懿派人守住他的住宅,高墙之上,设有角楼,曹爽兄弟一举一动,全在司马懿掌握之内。曹爽自投罗网,尚不知死期将至。几天以后,司马懿以大逆不道的罪名,将曹爽夷灭三族。

事例：冤冤相报，用人计以制人

三国时期，孙吴大将军孙綝诛灭异己势力，滕胤、吕据皆遭其毒手，遂专擅朝政，为所欲为。及吴主亲揽政事，孙綝疑惧，称病不朝，以其弟孙据、孙恩、孙干、孙闿诸人分屯诸曹，以观时变。258年秋天，吴主暗中与全皇后、将军刘丞，谋划诛杀孙綝。吴主命全皇后之父全尚严整士马，准备围杀孙綝，并告诫全尚不得泄露出去。全尚的夫人是孙綝的堂姊，全尚不知轻重，草率从事，竟把此事告诉了夫人，夫人又告诉了孙綝，结果孙綝先发制人，杀死全尚与刘丞，率兵包围宫禁。吴主大怒，上马执弓，欲出宫杀孙綝，为近臣阻拦不果。孙綝得势，召集群臣，废黜吴主，另立琅琊王孙休。

孙休即位以后，孙綝权势更重。孙休为了保住自己的帝位，便与亲信大臣谋划诛灭孙綝。孙休表面上对孙綝厚加赏赐，优礼有加，实际上步步紧逼，层层围困。他擢升孙綝诸弟，以分孙綝之权。过了一段时间，孙綝见威权日去，不胜恐惧，要求出镇武昌，孙休假意允诺，有求必应，暗中却定下关门捉贼之计，准备在腊会之时，下手诛灭孙綝。腊会之日，孙綝称病，不肯入朝。孙休派了十几个使者，硬把孙綝拉到宫中。临行之时，孙綝对属下及家人说："准备兵马，以备不测。然后在府内放火，进宫禀告，我便可以借机脱身。"孙綝入宫，属下依计而行，果然派人告急，请孙綝回府。但是，孙休既已安排妥当，猎物已入网中，岂肯轻易放虎归山。便说："府上兵丁甚众，何劳您亲自操心！"把来人挡了回去。孙綝见势不妙，欲离席逃跑，被左右拿下。孙綝叩头，请求发配于交州。孙休说:"你怎么不肯发配滕胤、吕据到交州去?"孙綝又请求没为官奴,孙休说:"你怎么不肯将滕胤、吕据没为官奴?"便下诏将孙綝斩首,夷灭三族。

孙綝废黜吴主,另立孙休;孙休诛杀孙綝,用的都是关门捉贼之计。孙綝拥兵自重,围困宫禁,先下手为强,自以为得计,却不料反为孙休欺骗,自投罗网。当孙休使者接二连三,请孙綝入宫之际,正是孙休关门之时。孙綝心存疑虑,预为逃身之计,却没有想到孙休先下手为强,自己一入宫而不可返。由此可见,善用计者,必须防备别人用同样的计策来对付自己。遗憾的是,许多计谋之士往往看不到这一点,为别人设下网罗,反而自己钻了进去。

事例:既入重围,岂免旦夕之祸

在政治旋涡之中,一旦大势已去,便需要抛开一切。入他人重围之中,企图久安,真如痴人说梦。

东晋末年,刘裕权势日隆,举朝上下,莫不为其用命。晋恭帝见大势已去,倒也明智,因顺天时人意,不做无谓之举。420年,刘裕来到建康。傅亮承其意旨,劝恭帝禅位,写好了禅位诏稿,呈给恭帝。恭帝欣然操笔,依样誊写,一丝不苟。写完以后,对左右说:"桓玄当政之时,晋氏天下就已经完了。全赖刘裕扶持,又延续近二十载。今日之事,本该如此。"

恭帝逊位以后,封为零陵王,在故居秣陵县居住。刘裕派冠军将军刘遵考率兵防卫。恭帝明于形势,安然度日,但刘裕却并不放心,曾派琅琊郎中令张伟去毒死恭帝。张伟拿着刘裕交给他的毒酒,又悲又气,叹道:"杀君以求生,不如死掉!"便在途中自己把毒酒喝了。刘裕闻讯，并不肯罢手。他派人对恭帝严加控制，凡恭帝所生之子，一概杀死，以免留下祸根。恭帝心知其然，深居简出，与褚皇后独居一室之内，自己在床边埋锅造饭，一应饮食用品，皆由褚皇后亲自掌管。刘裕屡欲杀害，就是找不到机会。后来，刘裕命褚皇后之兄褚淡之去问候褚皇后，褚皇后只好与其在别室见面。褚皇后离开以后，士兵从墙上跳进去，逼迫恭帝饮毒酒自杀。恭帝说："佛教说：自杀者来世不得复为人身。"于是士兵用被子把恭帝活活闷死。

关门捉贼，必求歼敌，不留后患。此计甚毒，中之者必无生理。恭帝逊位，不做无谓挣扎，但却存有苟活之望。岂知刘裕以篡得位，哪里容得恭帝在世，令其食不甘味、寝不安席？故凡失位之主，大抵怀必死之心，倘不能金蝉脱壳，却指望对手垂怜，哪里还有生路？

事例：英明刚断，识此计破此计

发觉对方使用关门捉贼之计围困自己，必须审时度势，早做安排，才能够免于覆亡。

南朝宋文帝时期，宗室刘义康为司徒，专总朝政。文帝素有疾病，卧床累年，刘义康尽心侍奉，亲尝药石，或连夕不寐。其间，刘义康借秉政之机，树植亲党，朝士有才干者，皆被他搜罗入府，忤其意者，皆遭斥逐。一时之间，势倾远近，威震朝野。

刘义康专横跋扈，实际上并无异谋。但是，兄弟之间一旦成为君臣，便须小心谨慎。刘义康虽然精明干练，却素无学术，对君臣之间的奥妙之处不甚了然，自恃与文帝为兄弟，恣意所为。一些趋炎附势之徒，利欲熏心之辈，乘机巴结，企图从中渔利。

刘湛、刘斌等人，暗中密谋，欲立刘义康为帝。文帝察觉以后，兄弟之间，顿时成为对手。为了阻止刘义康扩大势力，文帝开始逐步削弱其权势。刘义康欲用刘斌为丹阳尹，文帝偏偏把他派到吴郡。刘义康又打算用刘斌为会稽太守，文帝偏偏另外用了一个王鸿。为了防备不测，文帝不再到刘义康府中。仆射殷景仁素有计谋，文帝倚以为重。当时，殷景仁卧病，文帝与其密函往来，大小之事，无不咨询。440年十月，文帝与殷景仁定计，诏刘义康入宿中书省，然后派人将刘湛、刘斌及其亲属党羽一并收监，或杀或逐。刘义康闻讯，上表逊位，被贬为江州刺史。

文帝此举，迅雷不及掩耳。殷景仁与文帝密函往来，朝中毫不知情。及诛杀刘湛之日，殷景仁命人拂拭衣冠，左右皆不晓其意。当天夜里，文帝诏其入华林园延贤堂，殷景仁乘小轿入，指挥若定，众人叹服。文帝之所以一举成功，关键却在于对方气候未成。刘义康羽翼虽众，但反意未定。刘湛关门捉贼之计，万事俱备，但刘义康未定，其门不得而关，遂至功亏于一篑。

刘义康贬到江州，颇悔前事，又担心文帝不容，日夜忧惧。后来，文帝到会稽公主府第宴饮，酒酣之际，公主叩头再拜，悲不自胜。文帝不解其意，公主说："义康必不为陛下所容，旦夕祸至，今特请陛下宽恕。"于是公主与文帝相对恸哭。文帝指着埋葬刘裕的蒋山发誓，必不害义康，又把剩余的酒封好，赐给义康，书曰："会稽姊饮宴忆弟，所余酒今封送。"刘义康遂免一死。

事例：养虎遗患，终为猛虎所噬

南齐武帝死后，郁林王继立，西昌侯萧鸾为尚书令，事无大小，与竟陵王萧子良参决。萧子良以仁厚见称，不乐世务，但萧鸾却并不是一个甘为人下的角色。其人外表俭素，居官清严有干才，很得朝野人望，骨子里却是野心勃勃，手段毒辣。

郁林王继位不久，萧鸾便计划篡夺帝位。他软硬兼施，拉拢了一大批智谋之士以及实权派，为废黜郁林王做准备。过了一段时间，萧鸾已经完全控制了朝廷，高官重位，悉为亲信。郁林王只顾享乐，起初并未察觉。后来，郁林王处处受到萧鸾的牵制，心中不平，便与人计议诛除萧鸾。

郁林王首先找鄱阳王萧锵商量。萧锵说："萧鸾在宗室当中，年纪最长，且受先帝顾命。我辈年少不堪重任，朝廷所赖，唯其一人，希望陛下勿以为虑。"郁林王闻言，顿时没了主意。回去以后，对徐龙驹说："我欲诛杀萧鸾，可无人同意，我自己又不能独立成事，看来只好暂且由他。"

萧鸾借郁林王放纵自恣之机，加紧谋划。郁林王的亲信萧谌、萧坦之皆被他笼络过去，不仅力劝萧鸾篡位，而且为其监视郁林王举动，通风报信。其余可以倚恃之人，皆被贬逐。萧鸾步步紧逼，郁林玉无计可施。及萧子良病卒，萧鸾更加猖狂。京城内外，传言纷纷。郁林王不堪其逼，又与中书令何胤谋划诛除萧鸾。不料何胤胆小怕事，不仅不肯为其出力，反而为萧鸾开脱，劝说郁林王不必担忧。郁林王无奈，又打算贬萧鸾为西州刺史，不果。是时，萧鸾党羽握兵权，掌政事，诸王皆被控制起来，不得与外人交通。郁林王无奈，对萧坦之说："外间传说，萧鸾与亲信谋划废黜我而自立，看来并非闲话，您听说什么了吗？"萧坦之说："天下哪里会有这种事，放着太平日子不过，闲来无事，废黜天子？朝廷贵臣岂容造此谣言，一定是尼姑们瞎说，千万不可相信！

如果陛下无端诛之，岂非动摇人心？"郁林王将信将疑，萧鸾闻报，加紧行动。494年7月，萧鸾先发制人，派萧谌入宫，大杀大砍，郁林王亲信曹道刚、朱隆之皆遇害。徐僧亮见状大怒，对众卫士说："我辈蒙天子之恩，今日正是报效之时！"结果也被杀害。萧鸾亲自率兵，从云龙门入宫，亲信党羽，紧随其后。萧鸾心中紧张，入宫之时，竟然掉了三次鞋子。这时，郁林王正在寿昌殿，闻外间有变，仓促下令关闭内殿诸门。及萧谌引兵杀到，郁林王跑到徐姬房中，拔剑自刺，刃不能入，遂以帛缠颈，由萧谌用乘舆抬出延德殿。萧谌初入殿时，宿卫将士皆操弓盾准备拒战。萧谌对他们说："我要捉拿的人，与你们不相干，你们不要动！"将士们相信了他的话。后来，看见郁林王被拉出来，将士们心怀忠耿，只待郁林王发话，而郁林王竟然一言不发，将士们大失所望，眼睁睁地看着天子被人拉到延德殿西弄，做了萧谌的刀下之鬼。郁林王死后，幸姬与亲信全被杀死。

郁林王之死，固然与亲信大臣辅佐不力有关，但更重要的却是他自己遇事不断。郁林王早已察觉萧鸾的阴谋，几次打算加以诛除，但总是惑于人言，不能痛下决心，以致迁延时日，养虎遗患，失去除掉对手的良机。对萧鸾来说，运用关门捉贼之计，对郁林王层层围困，竟能做到顺应人心，使朝臣自愿为其效力，使郁林王束手无策，坐以待毙，其中固然有郁林王放纵自恣、丧失人心等因素在内，但是布置之周密，行动之果断，显然也不可忽视。

事例：兄弟阋墙，覆巢岂有完卵

专制政治之下，天下为私。帝王之家，为了争夺权力，往往自相残杀。及嗣位之争有了结局，原来的对手便如陷入重围一般，倘无胜者怜悯,不仅自家性命难保,连子孙后代也会受到连累。当年曹操之子曹丕与曹植争位,曹丕获胜以后,对曹植百般刁难,弄得曹植不得不作了那首流芳百世的《七步诗》:"煮豆燃豆萁,豆在釜中泣。本为同根生,相煎何太急!"这首诗成于七步之内,曹植可谓才思敏捷。不过,究竟有多少人真正理解其中的哀怨与悲凉,还真难说。

南朝时期,政局动荡,天子之位,阴险狡诈者为之,君臣反目,兄弟阋墙,史不胜书。其中最突出的例子,便是南齐。齐武帝死后,萧鸾废黜嗣君,自己做了皇帝,是为明帝。明帝为人阴狠而善于矫饰,外宽厚而内忌刻。当年,明帝夺位之时,宗室诸王几乎拱手相让,但是,明帝得位之后,对诸王并不放心。明帝身体虚弱,惧怕不得终其天年,而近亲弱小,将为诸王攘夺,便决心杀绝宗室,尤其是高帝、武帝的子孙。明帝从前殿归后宫,常常叹息说:"我的儿子太小,而高帝、武帝子孙却日益长大,令人不安!"于是与陈显达、始安王萧遥光谋划。陈显达认为除掉这些人,并不是一件困难的事,但萧遥光认为应当逐步施行。其后,宗室诸王处境日益艰难,行动受到更加严密的监视与控制。明帝常令萧遥光乘小轿自望贤门入宫,与其密谋。及萧遥光出,明帝一定索求香火,对之呜咽流涕。次日,便会有一位宗室王受到诛戮。后来,明帝得了一次重病,几乎丧命,苏醒过来以后,命萧遥光尽快行动,杀绝高帝、武帝子孙。498年春,萧遥光将河东王萧铉、临贺王萧子岳、西阳王萧子文、永阳王萧子峻、南康王萧子琳、衡阳王萧子珉、湘东王萧子建、南郡王萧子夏、桂阳王萧昭粲、巴陵王萧昭秀等十王一齐处死。宗室诸王,几乎全被消灭。

隋恭帝在被缢杀之前，曾经说了一句话："愿从今以去，不生帝王尊贵之家！"隋末，炀帝同室操戈，大杀兄弟侄子，恭帝的感觉自然要比曹植深刻得多。但是，君主同室操戈，宗室自然无路可逃，只能束手就戮，而自残手足，后果却是陷入别人的重围。明帝杀绝宗室，结果被萧衍钻了空子，灭齐建梁；炀帝杀绝兄弟，结果被李渊钻了空子，灭隋建唐。旁观者的感觉，又当如何？

事例：玩火自焚，杀人必当自毙

北魏末年，秀容酋长尔朱荣为车骑将军、仪同三司，以及并、肆、汾、广、恒、云六州讨房大都督，兵势强盛，朝廷畏惧。当时，胡太后擅权，与魏帝嫌隙日深，尔朱荣乘机计划举兵入洛阳，控制朝廷。528年春，胡太后毒死魏帝，立皇女为帝。不久，又改立元钊。当时，元钊年方三岁，胡太后的算盘是借君主幼弱，永久掌握大政。尔朱荣有了借口，便发兵晋阳，直取中原。渡过黄河以后，尔朱荣立长乐王元子攸为帝，自封为侍中、都督中外诸军事、大将军、尚书令、领军将军、领左右千牛备身、太原王。兵锋所指，势如破竹。洛阳城内，郑先护、郑季明等人开门迎纳。入城次日，尔朱荣派骑兵捉住胡太后及幼帝，送至河阴。胡太后见到尔朱荣，百般辩解，欲求活命。尔朱荣拂衣而起，下令把胡太后与幼帝扔进了黄河。

杀了胡太后及幼帝以后，尔朱荣并不放心。费穆对他说："将军兵马不到一万之众，孤军深入，直下洛阳。既无战胜之威，又无群臣拥戴。京师百官知将军虚实，有轻侮之心，若不大行诛戮，恐怕他们结党密谋，将军北还之日，未至太行而内乱已作。"尔尔朱荣便请元子攸至淘渚,引百官于行宫西北,伪称祭天。百官到齐以后,尔朱荣骑兵将他们团团围住,责以丧乱天下、毒杀魏帝、贪残不法等罪名,一声令下,大杀大砍。可怜群臣贵戚二千余人,包括丞相、司空、仪同三司等元氏宗族,全做了刀下之鬼,元子攸的随从左右也全部被害。

元子攸成了孤家寡人,计无所出,便派人对尔朱荣说:"帝王迭兴,盛衰无常。今四方瓦解,将军起兵,所向无敌,此乃天意,非人力也。我受将军之恩,立为魏帝,志在全生,岂敢妄据大位!不意将军步步紧逼,一至于此。若天命有归,将军便可早日称帝;若推让不肯,亦当择其贤明者辅佐朕躬!"尔朱荣不敢贸然行事,遂迎元子攸回宫,叩头谢罪。

元子攸以退为进,稳住尔朱荣,又选择幸存之人,添充朝廷。侍局势稍安之后,立即谋划诛杀尔朱荣。他表面上不断地为尔朱荣加官晋爵,对他言听计从。又立尔朱荣之女为皇后,解除他的疑虑。暗地里加紧行动,伺机施诛。一次,尔朱荣见元子攸于明光殿,再次为围杀公卿谢罪,并表示对元子攸绝无二心。元子攸亦竭力劝慰,起誓发愿。尔朱荣高兴,请元子攸赐酒,于是喝得烂醉。元子攸打算马上杀了尔朱荣,但左右认为时机不可,劝阻元子攸,把尔朱荣移到中常侍省安歇。尔朱荣午夜醒酒,见自己睡在宫中,吓出一身冷汗,再也不敢合眼。

元子攸暗中谋划,尔朱荣也处处防范。他不仅使女儿做了皇后,还把他的亲信安插到朝廷之内,占据要津。双方互设大阵,互相围困,竭精用智,力图战胜对方。520年秋,尔朱荣谋划借行猎之机,挟持元子攸迁都。元子攸闻讯,加紧准备,表面上仍然优礼有加。这时，尔朱荣在朝中的势力日益扩张，属下之人十分跋扈，凌辱元子攸近侍，肆无忌惮。元子攸尽力忍耐，暗中却把诛杀尔朱荣的细节都已商量妥当。包括哪些人必杀，哪些人当赦，动手时如何防备尔朱荣拼命等等。一日，尔朱荣与元天穆入明光殿，元子攸事先埋伏好人马，准备下手。不料，尔朱荣坐食未讫，突然离去，其事未果。此后，尔朱荣对元子攸的谋略有耳闻。但是，尔朱荣认为元子攸软弱无能，又在自己亲信的控制之下，成不了什么大事，并没有认真对待。

几天以后，元子攸与亲信大臣再谋动手。元徽献计，以生太子为名，诱尔朱荣入朝，借机杀之。当时，皇后怀孕刚九个月，元子攸恐尔朱荣不信，元徽坚持其计，便伏兵于明光殿内，由元徽驰告尔朱荣，声称太子已生。尔朱荣不假思索，立即与元天穆入朝。元子攸闻报，不觉色变，只好大口饮酒壮胆。这时，诏书已经拟好，中书舍人温子升执诏出殿，尔朱荣恰好入殿，见温子升手中诏书，竟然不加理会，径直入殿，来到元子攸面前。尔朱荣突然发现有人从东门闯入，手持刀剑。见势不妙，尔朱荣冲向元子攸，企图拼命。元子攸事先在膝上放了一把刀，见尔朱荣冲来，举刀便砍。伏兵赶到，刀剑齐下，把尔朱荣与元天穆杀死。随来的三十多名侍从也被伏兵杀死。

尔朱荣死后，元子攸见其手板之上，写满了黜陟官员的姓名，所逐皆元子攸亲信，所留皆尔朱荣爪牙，不由得倒吸一口凉气，说："如果过了今天，朕左右尽被贬斥，尔朱荣便很难除掉了！"

事例：逞余威，聪明反被聪明误

陷入重围的对手，未必束手就擒；胜券在握的一方，有时对手也是束手无策。其中关键，固然在于形势之优劣，但对手的气质往往也发挥不小的作用。

549年，南朝梁侯景起兵寿阳，势如破竹，围攻京师建康。梁兵拒守，食尽援绝。不久，叛将董勋、熊昙朗引侯景兵登城，建康陷落。

梁武帝晚年骄庸，侯景之乱几乎可以说是他一手造成的。不过，梁武帝毕竟是梁武帝，萧衍老翁的大丈夫气概犹在，四十余年的帝王威风犹存。城破之时，永安侯萧确入宫，对武帝说："城已陷。"武帝安卧不动，说："尚可一战乎？"答曰："不可。"武帝说："天下是我自己得来的，又是我自己丧失的，有什么可遗憾的！"便对萧确说："你快回去，告诉你的父亲，勿以二宫为念。"然后，武帝派人慰劳守城梁军。

侯景派人入文德殿奉表，武帝召见。来人称："为奸佞所蔽，举兵入朝，惊动圣躬，今诣阙待罪。"武帝问："侯景何在？叫他来。"侯景带了五百名甲士，前呼后拥，来到太极东堂，见到武帝，于殿下施礼。武帝神色不变，从容问道："卿在军中日子很久，是不是太辛苦了？"侯景不敢仰视，汗流如雨。又问："卿何方人氏，敢到这里来，妻子还在北方吗？"侯景仍然无话可答。武帝再问："初渡江时，带了多少人？"答曰："千人。"武帝继续问："围建康城时多少人？"答曰："十万。"问："今有多少人？"侯景突然来了灵感，答曰："率土之内，莫非己有。"武帝无话。

侯景退出，对亲信说："吾常跨鞍对阵，矢刃交下，而意气安缓，绝无惧色。今见萧公，使人屏气，岂非天威难犯！我是不敢再见他了。"便纵兵大掠，派人严守宫殿，不许武帝随意行动，自称大都督中外诸军、录尚书事。

武帝虽被软禁,却对侯景无俯就之意。侯景为了装点门面,不得不有所奏请,而武帝数加折辱。侯景欲用宋子仙为司空,武帝说:"调和阴阳,乃三公之职,此物有何用处!"太子闻讯,泣谏。武帝说:"谁叫你来的!若社稷有灵,自当克复;如其不然,哭有何益!"侯景对武帝无可奈何,只好裁减武帝的饮膳。不久,武帝忧愤成疾而卒,年八十六。

事例:穷寇勿追,以免遭其毒手

运用关门捉贼之计,务求全歼对手,切不可纵虎归山。一旦对手得脱重围,穷追不舍,势必令其死斗。当是之时,伤人必深。

北齐世祖时,和士开得宠,与胡后关系暧昧。和士开专擅威福,与娄定远、赵彦深、元文遥、唐邕、綦连猛、高阿那肱、胡长粲等诸人,号为"八贵"。及世祖病死,和士开秘不发丧,谋划将太尉高睿及娄定远、冯子琮等人贬逐于外州,夺其军权。其事不果。及丧事已毕,高睿、娄定远等人奏请贬逐和士开。一时之间,朝中大臣异口同声,胡太后无奈,迫于众议,暂时许诺。

胡太后与齐帝召见和士开,问其计之所出。和士开说:"先帝待臣恩厚,众所周知。如今陛下幼弱,大臣乃有觊觎之心。贬逐为臣,正是剪除陛下羽翼。陛下可对高睿说,元文遥与和士开皆应出任外州,岂可一去一留!可先让他们留下一段时间,待诸事完毕,立即发遣。这样,他们便不会怀疑。"齐帝与太后允诺,依计而行,遂任和士开为兖州刺史,元文遥为西兖州刺史。高睿企图令和士开立即出京,胡太后故意拖延,一定要留和士开过百日。数日之内,双方争执不下。有人知道胡太后的本意,劝高睿说:"太后意既如此,殿下何苦如此。"高睿说:"事关国家大局,嗣主年幼,岂可令奸邪之辈在侧!不以死力谏,有何面目见天下之人!"便又去见胡太后。胡太后请高睿饮酒,高睿正色对曰:"我谈的是国家大事,不是为了这一卮酒!"说罢,拂袖而去。

和士开见高睿软硬不吃,又生一计,便向娄定远赠送厚礼,对他说:"诸权贵欲杀我,承蒙您的保护,得留活命,又用为刺史。今当告辞,谨奉一女子、一珠帘,以表谢意。"娄定远大喜,对和士开说:"还想不想重回朝中?"和士开答道:"在朝中久不自安,今得外任,实遂本愿,不想再回朝任职了。只希望您从中多加照应,永为大州刺史就行了。"娄定远深信不疑。和士开告辞,娄定远相送至门,和士开突然说:"我就要出远门,不知何日复归,要是能与太后与陛下见一面,当面辞行,那就太好了。"娄定远忘乎所以,便允许和士开入宫。和士开见到太后与齐帝,说:"先帝登遐,臣不能同死,真是羞愧。观朝臣之意,是欲行废立之事。臣出京之后,朝中必有大变,令臣何颜见先帝于九泉之下!"便号啕大哭。齐帝与太后也一起落泪,问:"计安出?"和士开收泪,答曰:"臣已入宫,见到陛下,还有什么可忧虑的,只须一纸诏书罢了!"是日,有诏贬娄定远为青州刺史,责高睿以不臣之罪。

和士开骗过娄定远,冲破重围,东山再起。高睿怒不可遏,第二天,又去见齐帝与太后,企图谏止。临行之际,家人劝阻,高睿说:"社稷事重,我宁肯以死报效先帝,也不能眼看着朝廷为小人操纵,乌烟瘴气!"行至殿门,有人偷偷告诉他说:"殿下千万不可进去。情况异常,恐怕有阴谋!"高睿说:"我上不负天,下不愧地,死而无憾!"便入殿,见到太后,慷慨陈词。胡太后竭力劝慰，高睿执意不从。出宫以后，来到永巷，突然遇见兵卒，将其捉住，送到华林园雀离佛院，由刘桃枝将其杀害。

高睿死后，和士开官拜侍中、尚书左仆射，重掌朝政。

高睿之死，是由多次失策造成的。当众怒难犯之际，和士开陷入重围，难以自拔。胡太后虽竭力回护，亦不能不顾众议。而高睿诸人中了拖延之计，不能穷追猛打，果断处置。及众心懈怠，和士开骗过娄定远，进入宫中，得胡太后及齐帝诏旨，高睿大势已去，却一意孤行，深入险地，穷追远赶，结果坠入小人计中，身死敌手。

事例：欲行己计，须防他人之计

王朝之末，天子之威荡然无存，有异志者乘机而起，或拥兵自重，或握权胁主。新贵旧臣，各为身谋，各为其主，往往一场混战。及局势澄清，营垒分明，往往不免于决战。当是之时，双方竭力拉拢势力，扩大阵营，围困对方，只有技高一筹者，才能在混战之中站稳脚跟，脱颖而出，掌握局面，因势利导，成就大业。

北周末年，杨坚以皇后之父的身份，参决朝政。杨坚善于拉拢人心，朝中才干之士，多投其门下，因此位望日隆，朝野瞩目。北周天元帝对杨坚素怀疑忌，几次打算除掉他，都因没有把柄而不果。曾对杨后骂道："必族灭你一家！"一次，天元帝召杨坚入宫，预先吩咐左右，如回话慌张，便下手诛杀。杨坚心知其谋，从容不迫，对答如流，天元帝看不出破绽，只好罢手。

天元帝病死以后，幼子宇文阐即位，是为周静帝。静帝年方八岁，刘昉、郑译、李德林诸人密谋，假称遗诏，命杨坚辅政。事情来得突然，众臣不知底细，仓猝之间，无所措其手足，大权遂落入杨坚之手。

杨坚得政，逐步进行篡位的计划。他广泛拉拢朝臣，亲附者重用，异己者贬逐，很快便控制了局面。但是，宇文氏旧臣颇多，在朝者握权，在外者握兵，宗室诸王实力也很雄厚，杨坚必须小心从事。他首先把亲信卢贲安排做相府宿卫，握重兵以自卫，以防不测，然后以千金公主将远嫁突厥为由，请赵、陈、越、代、滕等五位在外州的宗室王入京送行，把五王扣留在京城，控制起来，消除隐患。静帝幼冲，太后本为杨坚之女，生变的可能性不大。宗室诸王已被控制起来，无计脱身。只剩下几位元老重臣，不肯归顺，杨坚一一收拾，逐个围困。

杨坚密谋篡位，元老重臣亦不甘心失败。杨坚担心相州总管尉迟迥有异谋，借合葬之名，征其入朝。不料激起变故，尉迟迥举兵造反，许多州郡起兵响应，形成了军事对抗的局面。州郡起兵，朝中旧臣及宗室诸王也暗中联络，内外合势，一时之间，杨坚内外交困。赵王宇文招善密谋，他邀请杨坚至其府第做客。杨坚不察，带着酒肴前往。宇文招在室后埋伏下壮士，引杨坚入室。宇文招的儿子、亲戚排列左右，佩刀而立。杨坚随从皆被挡在门外，只有大将军杨弘、大将军元胄坐于门侧。杨弘与元胄是杨坚心腹之人，又有勇力。酒酣之际，宇文招假借切瓜，手持佩刀，企图行刺，元胄见势不妙，说："相府有事，不可久留。"请杨坚离席。宇文招大怒，斥责说："我与丞相说话，你是何人，胆敢插嘴！"元胄怒目而视，宇文招惊惧，赐酒，说："吾无恶意，你何必如此猜疑？"又伪装呕吐、喉干，屡欲入后室。元胄疑有阴谋，屡加阻拦。宇文招无计可施，又命元胄入厨取水，元胄不应，持刀肃立。正好滕王宇文逌来到,杨坚前迎。元胄对杨坚耳语道:"情形异常,公宜速去!"杨坚说:"他们又无兵马,能成什么大事!"元胄说:"先发制人,一旦伏兵杀出,大事去矣!"不久,元胄听见室后有甲胄之声,不由分说,拉起杨坚就走,边走边说:"相府里公事繁忙,公何得如此!"宇文招见杨坚逃去,持刀追赶,元胄挡在门口,拼力拒战,宇文招被堵在室内,眼看着杨坚溜之大吉,气得以指弹案,血流不止。几天以后,杨坚以谋反之罪,处死了赵王。此次事变,若非元胄在侧,杨坚入入网罗之中,几乎没有生还的希望。这种事情以后还发生了几次,但都没有成功。

杨坚吸取教训,更加小心谨慎。同时加紧行动,消灭对手。不久,州郡叛乱平定,朝中大臣就范,宗室诸王大多被诛,周静帝完全掌握在杨坚手中。次年,杨坚废黜静帝,自立为帝,建立隋朝。

三、审时度势　行事果敢专决

关门捉贼之计在政治斗争中主要适用于君与臣以及臣与臣之间,尤其是在政权转移之际,逐步消灭政敌,剪除君主羽翼,以夺其政柄,取而代之,是野心家们常用的计谋。

第一,君与臣之间。

在君主专制政体之内的政权转移,大体上有两种方式:一种是暴力推翻前朝;一种是政变篡夺帝位。无论是哪一种方式,都伴随着流血冲突。至于在争夺中失败的一方,便如陷入重围一般,保存性命，已属不易；东山再起，可能性微乎其微。汉献帝、晋恭帝、齐郁林王、梁武帝、周静帝，以及各朝各代失势失位之君的下场，足以说明这一问题。但是，野心家的计谋，未必一定成功。政治的战场之上，形势千变万化，你中有我、我中有你。互相包围之际，关门开门之时，说不定是谁变成了瓮中之鳖。审时度势，高瞻远瞩，果断行事，都是使用此计成功的必要素质。窦宪谋弑汉和帝，羽翼已成，万事俱备，却不料被和帝先发制人，一网打尽，失败的关键，就在于关门太迟；梁冀专擅朝政，架空汉桓帝，势力倾朝野，宫禁内外一概被其严密控制，但其门未关，桓帝日夜谋划，梁冀竟然高枕安卧，结果桓帝突然行动，梁冀反而陷入重围，只好自杀。东吴权臣孙綝关门捉贼，诛杀异己，废黜吴王，另立新君，自以为得计，却不料反中新君关门捉贼之计，身首异处。南朝刘义康自恃为宋文帝之弟，专擅朝政，树植亲党，斥逐异己，结果引起文帝猜忌，中其关门捉贼之计，一败涂地，若不是其姊会稽公主竭力相救，必无生理。尔朱荣兴兵向阙，控制北魏朝廷，废黜君主，屠戮公卿，成了事实上的皇帝，却不料元子攸以孤家寡人，柔而变刚，冲破重围，东山再起，杀死尔朱荣，重掌朝纲。由此可见，关门捉贼，实际上是一种极冒风险的计策。

第二，臣与臣之间。

臣子之间争权夺势，其残酷性也不亚于一场政变。而欲图消灭对方，从根本上解决问题，往往亦需关门捉贼。楚春申君以天纵之才，握政柄二十年，竟中李园之计，惨遭杀害。李斯与赵高共谋，诛杀太子扶苏，拥立二世胡亥，自以为是万世之功，可永保富贵，却不知中赵高关门捉贼之计，夷灭宗族。曹爽与司马懿争权，先声夺人，势盛权重，自以为天下无敌，或为长夜之饮，或为数日之游，却不料司马懿暗中谋划，突然动手，而曹爽于生死存亡之际，竟然苟求存活，终于一败涂地。北齐高睿驱逐和士开，追杀穷寇，却被和士开暗中逃逸，令高睿自陷重围之中，高睿不能用计自保，遂至遇害身亡。由此可见，关门捉贼之计在运用中的技巧高下，对胜败存亡十分关键。

四、避免疏漏　化风险为成功

关门捉贼之计，在混战计中，施计者算是强者一方，但中计者被逼上绝路，拼死一搏也是必然的，也就导致此计实施的危险性存在，故此需要把握要点所在，以确保自己的安全。此计在政治上与政治斗争中的应用，多是要置对方于死地，有着如下基本特点。

第一，就关门捉贼之计在政治斗争中应用目的而论，具有进攻性与阶段性的特点。

关门捉贼是一种进攻性的策略，与金蝉脱壳之计恰恰相反，其进攻态势明显。但是，这种进攻不是乘胜追击的优势，而是在混战的条件下，其阶段性特点明确。也就是说，在混杂的形势下，选择对手，分别强弱，逐个围歼，最后形成整体优势，围歼主要对手，要分阶段地进行，把握时机，才有可能获得成功。

第二,就关门捉贼之计在政治上实施而言,具有隐蔽性与突然性的特点。

关门捉贼,尤其在关门之际,往往突然进行,使对手于毫无防备或防备不周的情况之下,陷入重围,这是实施此计的突然性。在具体实施过程中,为了不使贼拼死一搏,不能够过早地暴露意图,必须善于隐蔽,以确保实施的突然性,故此隐蔽性乃是此计成功的重要前提。

第三,就关门捉贼之计在政治斗争中实施效果而言,具有彻底性与风险性的特点。

关门捉贼之计,如果运用恰当,可以将对手彻底消灭,这是彻底性。但是,困兽犹斗,即使成功地将对手包围,也未必能够顺利地实现自己的目的。因为此计实施的最后一个环节,乃是正面交锋,而这种解决问题的方式,无论力量对比差距有多大,也难以避免互相损伤,只要一个细节出现漏洞,便有可能全盘皆输,其风险性也是不言而喻的。

远交近攻

——利从近取 远交难以成害

本计云:"形禁势格,利从近取,害以远隔。上火下泽。"其大意是:当目标受到地理条件限制时,应首先攻取就近的敌人,不利于越过近敌去攻取远隔的目标。至于远敌,虽然与我们对立,亦可与之暂时结盟,使其不为我方之害,以利于各个击破。此为混战之计,减轻压力,各个击破,乱中取胜。

远交近攻之计,最早见于《战国策·秦策》,亦见于《史记·范雎蔡泽列传》。其原意是运用军事与外交手段,对诸侯国实行各个击破。在当时,这是一项超出同时代见解的战略,具有相当强的实用性和历史影响。史籍在记载范雎提出这项策略时,生动而详尽。

秦昭王时,范雎来到秦国。秦王闻其至,出庭相迎,执宾主之礼,其貌甚恭。入座,秦王屏退左右,跪而问曰:"先生将教给寡人什么呢?"范雎唯唯,秦王复请,如是者再三。

秦王长跪,又说:"先生不肯教诲寡人吗?"范雎见秦王之意甚诚,乃曰:"不敢。臣闻当年吕尚遇文王之时,身为渔父而垂钓于渭水之滨,互不相识。及交谈之后,立即拜为太师,同车而归,

扬长避短,巧固嗣位之权

这是因为可以深谈。文王得吕尚之辅佐，统一天下，身处至尊之位。假如文王疏远吕尚而不与深谈，周朝便没有兴盛之望，文王、武王也成不了匡世之君。如今，臣乃落魄羁旅之人，与大王素无交往，而想说的话又都是匡正君主之事，处于秦室骨肉之间，虽欲尽臣愚忠，然不知大王心意，故三问而不答。但是，臣并不是因为害怕才不敢说话。即使今日言之于前，明日伏诛于后，臣亦不敢有所畏惧。只要大王采纳臣言，臣死不足惜，亡不足患，漆身为厉、被发为狂，不足为耻。五帝之圣、三王之仁、五霸之贤、乌获之力、孟贲夏育之勇，皆有一死。死者，人人不免，臣之所愿，唯处必然之势，有涓埃之益于秦国而已。臣之所惧，唯被诛之后，天下之士杜口裹足不敢入秦而已。如今，大王上畏太后之严，下惑奸臣之态，居于深宫之中，不离保傅之手，终身暗惑，临政不明，大者宗庙灭覆，小者自身孤危，这才是臣所害怕的。如果臣死而秦国大治，臣虽死犹生！"秦王闻言，说："先生这是说的什么话！秦国僻远，寡人愚陋，天以先生赐寡人，以保秦国宗庙，此乃寡人之幸，先王之幸，秦国之幸！事无大小，上及太后，下至大臣，愿先生悉教寡人，不必讳言！"范雎再拜，秦王亦再拜。于是范雎乃言。

范雎说："大王之国，北有甘泉、谷口，南临泾水、渭河，右接陇西、巴蜀，左倚函谷、陇阪。战车千乘，劲骑百万。以秦兵之强，车骑之众，与诸侯争雄，犹如驱名犬而逐拙兔，易如反掌，霸王之业可成无疑。之所以闭关自守，不敢出兵夺取山东之地，是因为丞相穰侯为国谋而不忠，大王之计有失误之处所造成的。大王越过韩国、魏国去进攻强大的齐国，这是一个错误的计策。出兵少，则不足以击败齐国；出兵多，则秦国实力难以承担。臣以为，大王少出兵而令韩、魏倾国而出，并不是个办法。如今，韩、魏与秦不睦，越过韩、魏而攻齐，行得通吗？过去，齐国伐楚，破军杀将，大获全胜，而尺寸之地不入于齐国，难道是齐国不希望扩大地盘吗？是形势不允许啊！诸侯见齐国疲敝，君臣不和，举兵来攻，乘虚而入，以致齐国主辱军破，为天下耻笑。所以如此，是因为齐国伐楚而韩、魏得利。这就好比借给贼兵武器，送给强盗粮食一样可笑。大王莫不如远交而近攻，得寸则大王之寸，得尺亦大王之尺。放弃易得之利，而远攻不易得之国，不亦缪乎？"秦王闻言大喜，依计而行。数年之中，不但削弱了韩、魏，而且威震了楚、齐、赵、燕，奠定了统一基础。

一、各个击破　逐一消灭对手

《周易·睽卦第三十八》云：睽：小事吉。《象》曰：上火下泽，睽。君子以同而异。

【一爻】初九，悔亡，丧马，勿逐自复。见恶人，无咎。《象》曰："见恶人"，以辟咎也。

【二爻】九二，遇主于巷，无咎。《象》曰："遇主于巷"，未失道也。

【三爻】六三，见舆曳，其牛掣，其人天且劓，无初有终。《象》曰："见舆曳"，位不当也；"无初有终"，遇刚也。

【四爻】九四，睽孤，遇元夫。交孚，厉无咎。《象》曰：交孚无咎，志行也。

【五爻】六五，悔亡，厥宗噬肤，往何咎？《象》曰："厥宗噬肤"，往有庆也。

【六爻】上九，睽孤，见豕负涂，载鬼一车。先张之弧，后说之弧；匪寇，婚媾；往遇雨则吉。《象》曰："遇雨之吉"，群疑亡也。

在六十四卦中，"上火下泽"，其卦为睽。象曰："火动而上，泽动而下"；"天地睽而其事同也；男女睽而其志通也；万物睽而其事类也。""睽"的意思是违隔乖离，乃是相互矛盾的。"天异位，男女异姓，万物异形。"象曰："君子以同而异。"要从综合万物的角度，来分析事物的异同，因此要注意防范害己之物，同时也要关注利己之物。《六十四卦经解》云："私事可行己志"；"定大策、成大业，必共济也"；"百官殊职，四民殊业。文武并资，威德相反，共归于治。大归虽同，小事当异。又禹稷颜回同道而异趣；夷惠同圣而异术。孔子齐鲁之去，异迟速；孟子今昔之馈，异辞受，亦所谓同而异也"。求同存异，故能同男女、天地、万物之异而成其功，所谓"以同而异"，意义即在于此。可推演出此计在政治斗争的可能和结果如下：

第一种，远交近攻是要创造与把握机会，初爻是阳，利弊都在明面上，如何去创造机会，就是要权衡利弊，少许损失不足为怪，被人所谋也是正常，因此要趋利避害，也就把握正道了。

第二种，使用远交近攻之计，与攻交之方狭路相逢，也没有什么祸害，只要是处以正道，就是无咎。二爻还是阳，两变卦都是机会，面对机会，则要泰然处之，寻找利益。

第三种，三爻已经改为阴爻，有四变卦，面对交攻对手，则要以谋处之，观其所长，察其所短，以阴柔之道处之，务使自己身处正道，遇刚则柔，遇柔则刚，则要刚柔相济，才能够利己。

第四种，四爻又回到阳爻，在八变卦中，发现交攻对手之短长，采取刚强的手段去交往、进攻，都是有利无害的，因为已经掌握交往与进攻之道，可以畅行其志。

第五种，五爻再次回归阴爻，在十六变卦之中，使用远交近攻之计者，纵然在交往、进攻过程中少有损失，也不算是大害，依然可以用阴柔之道处之，必然会对自己有利。

第六种，六爻又回到阳爻，上九三十二变卦，这就要刚强行事，交往者以交往之道，进攻者有进攻之道。在履行道时，不能够让交往与进攻者怀疑自己，即便是交往与进攻者发现自己的意图，但没有怀疑的理由，还是成功的远交近攻。

该计用于军事，主要是各个击破。秘本兵法《三十六计》在解释此计时说：局势混乱之时，各派势力或分或合，变幻不定，互相争夺利益而无所不用其极。在这种情况下，不要去进攻远敌，而应以利结之。如果交结近邻，反而会变生肘腋。范雎之谋，以地理之远近为攻取或结盟的原则，道理甚明。

该计用于政治，则是分化或防止对手形成联盟，孤立并消灭对自己威胁最大、最迫切的对手，逐步实现自己的政治目的。此种策略，对实力不足的政治野心家逐一消灭对手、扩张权势极为有用。

二、认真筹划　避免远近皆失

运用远交近攻之计，可以达到对敌手各个击破的目的。但是，在具体运用过程中，如何判明形势，分辨远敌与近敌；如何采取行动，实施远交近攻，都需要认真筹划。错估形势，行动不利，往往会导致失败，并且影响自己的全部计划，以至于远近皆失。

事例：各个击破，终成夺位之谋

运用远交近攻之计，必须深谋远虑。既要掌握形势，明确自己的最终目的；又要行动果断，逐步清除眼前的障碍。

西汉末期，外戚王莽阴谋篡夺帝位，使用的基本策略，便是远交近攻。王莽善矫饰，有才干，成帝在位时，官至侍中、骑都尉、光禄大夫，在朝中已略有名气。当时，曲阳侯王根辅政，以卧病日久，屡次请求卸任。王莽企图取得辅政之位，但遇到了淳于长的有力竞争。淳于长是太后的外甥，深得成帝宠爱，贵倾公卿，结交诸侯，朝野瞩目。王根对淳于长也相当垂青，便推荐他接替自己的位置。王莽知道以后，便找机会对王根说："淳于长见您久病不起，私下里非常高兴，自以为可以代替您辅政，甚至已经在与公卿谈论时，已经是封官许愿了。"王根闻言大怒，王莽又把淳于长与废黜的许皇后私自交通，收受珍宝，企图使许皇后复位一事报告给王根。王根说："既然如此，为何不早告诉我？"王莽说："不知您究竟是怎么想的，因此不敢说。"王根命王莽将此事禀告太后，太后也很生气，又命王莽奏明成帝。淳于长免官，后来又被治以大逆之罪，死于狱中。成帝认为是王莽首先揭发淳于长谋逆之罪，非常赞赏，王根便推荐王莽代替自己辅政。成帝准奏，拜王莽为大司马。

王莽辅政以后，倾心礼士，克己不倦，聘请名贤作为属下，朝廷赏赐及封邑收入全部用来结交公卿士大夫。生活务求俭朴，夫人衣不曳地，见之者还以为是僮仆。于是声名大振，威望日隆。及哀帝即位，王莽罢官，天下之人犹以为冤，上书为其申辩者动以百计。三年以后，王莽复起。及哀帝卒，王莽倾心侍奉太皇太后，除掉董贤、赵昭仪、共王太后、傅晏等人，专掌朝政。当时，平帝幼弱，大司徒孔光是三朝丞相，深得太后信任。王莽极力尊崇，把孔光的女婿甄邯擢升为侍中、奉车都尉，暗中借用孔光之力，贬逐了何武、公孙禄、董武、毋将隆、张由、史立、丁玄等异己之人。平帝时，红阳侯王立虽不居位，但系太后亲弟，王莽惧其与己争权，使孔光奏告王立之罪，太后不从。王莽对太后说："如今汉家衰败，太后您代替幼帝统政，形势并不乐观。以公正之心治天下，犹恐不及，反而以私恩违背大臣之议，长此以往，群臣倾邪，乱不可止。应当先遣其回到封国，避过风头，以后再召回不迟。"太后无奈，只好照办。数年之中，王莽的对手被逐个拔除。

前1年，王莽秉政，总摄百官。孔光见王莽威权日盛，忧惧无计，便上书求退。王莽乘机说服太后，拜孔光为太傅，任命马宫为大司徒，除掉了这个对手。然后，又在次年使公卿上言，请太后下诏："自今以后，除封爵之事以外，其他政务，一律由王莽处置。"这时，王莽的权势，已经可以与平帝、太后并驾齐驱，成了事实上的皇帝。

王莽运用远交近攻之计，不仅表现在在朝廷之内对政敌分而治之、各个击破，而且表现在他在朝中大打出手之时，对天下百姓及在野士人大力笼络。这是一种更加阴险而有效的策略。士民的拥戴，对王莽篡汉至关重要。以朝廷为近敌，以天下士民为远敌。远交近攻，收取天下人心，窃居朝中高位，双管齐下，水到渠成。及王莽动手毒死平帝，朝中已无对手，天下已无异议，新朝就这样顺利地建立起来。

事例：扬长避短，巧固嗣位之权

三国时期，曹操的两个儿子曹丕与曹植钩心斗角，争夺储君之位。曹植生性机敏，多才多艺，辞藻华丽，口齿伶俐，很受曹操宠爱。曹丕虽然也不是凡庸之辈，但与曹植相比，才思稍逊。按照中国古代的宗法制度，继承人应该先长后幼，先嫡后庶。这样，曹丕便成为嗣位的首选人物。但是，当年曹操打算把女儿嫁给丁仪，曹丕认为丁仪一眼大、一眼小，相貌不佳，阻止了这门婚事。丁仪怀恨在心，便与丁廙、杨修等人盛称曹植之才，劝曹操立以为嗣。一时之间，曹植声名大振。

曹丕受到冷落，却并没有消沉。他表面上不动声色，暗地里却在积极拉拢势力，培植羽翼。许多中原名士投其门下，为他出谋划策，四处奔走。曹操为立嗣之事拿不定主意，问计于崔琰。崔琰说："《春秋》上说，立子以长，曹丕聪明仁孝，宜承正统。"曹操又问毛玠。毛玠说："袁绍以长幼嫡庶不分，导致宗社覆灭，此前车之鉴，岂可忘记。"曹操问邢颙。邢颙也说："以幼代长，前世之戒，您应当明白此中的利害。"曹操又问贾诩。贾诩默不作声。曹操怪而复问，贾诩说："我刚才想起一件事，因此忘了回答您的问话。"曹操问他想到了什么，贾诩说："我想起了袁绍、刘表。"因为此二人都是废长立幼,所以才导致内部混乱,最终国破家亡。如此暗示,曹操如何不明白,便大笑而止,曹丕继承人的位置也就确立了。

公卿之议自然倾向曹丕,但曹操心里喜欢曹植,这是一个颇难对付的问题。曹丕文才稍逊,不能与曹植抗衡,心中焦急。贾诩给曹丕出主意说:"您只要恢崇德度,克己勤业,朝夕孜孜,不违为子之道,就可以了。"其中深意,便是以己之长,克人之短。曹丕依计而行,勤勤恳恳,恭恭敬敬,曹植抓不到他的把柄,曹操对曹丕也说不出二话。一次,曹操率兵出征,临行之际,曹丕与曹植前去送行。曹植称述曹操功德,侃侃而谈,出口成章,辞义并茂。曹操听了非常高兴,左右随员刮目相看,赞不绝口。曹丕不知该做什么,手足无措,非常狼狈。这时,吴质对曹丕耳语道:"您只要流眼泪就行了。"及曹操告辞,曹丕悲伤万状,涕泣交下,左右见状,感动得也陪着流了许多眼泪。曹植的华彩辞章,被曹丕的眼泪冲淡,了无痕迹。曹操仔细琢磨,逐渐改变态度,认为曹植华而不实,诚心不足;曹丕虽无才思,但仁孝之心,天下难得。曹丕终于战胜曹植,被立为太子。

远交近攻,其计可以用于方方面面。扬己之长,击敌之短,可以说是这一计策的发挥与灵活运用。战胜克敌,莫如攻心;取悦于人,亦莫如攻心。弃敌取长,放弃华辞而以泪感人,简捷易行,与远交近攻之计殊途同归。远得朝臣之助,近得曹操之心,曹丕可谓善于远交近攻。

事例:自作聪明,反坠他人计中

运用远交近攻之计,必须善于利用对手阵营中的矛盾,分而治之。在政治斗争战场上，原本没有固定的阵营。知人知面，未必知心。因此，在运用此计时，必须对形势有充分的估计，对自己将要与之联盟的远敌，也要有清醒的认识。螳螂捕蝉，黄雀在后，自以为利用别人，稳住别人，除掉了对手，也许实际上自己反被别人利用，为渊驱鱼，为丛驱雀。

　　西晋惠帝是个白痴，即位以后，政局混乱，不一而足。当时，宗室与外戚争权夺利，矛盾十分尖锐。宗室与宗室之间、外戚与外戚之间，同样也是钩心斗角。惠帝的皇后贾南风，是个忌悍而又极具政治野心的人物。她曾经因为吃醋，亲手杀了好几个人，若不是杨太后从中解脱，贾后早已被废黜了。不过，贾后对杨太后并不感激，因为杨太后的父亲杨骏为太傅，对贾后企图干政的举动百般摧抑。所以，贾后欲专朝政，必须首先除掉杨骏。然后对付宗室诸王，一一加以诛灭。

　　杨骏与汝南王司马亮素有过节。晋武帝临终时，曾命汝南王司马亮参加辅政，遭到杨骏排挤，逃出京城。贾后以为有机可乘，便在与孟观、李肇密谋诛杀杨骏的同时，派人与司马亮联络，请他出兵相助。司马亮没有答应。贾后又去联络楚王司马玮。司马玮欣然允诺，立即启程，与淮南王司马允一同赴京。

　　贾后在这里犯了一个错误。她缺乏干政的实力，却又野心勃勃；她打算对外戚与宗室诸王各个击破，却过早地把诸王引入这场纷争之中。司马玮与司马允入京以后，贾后立即行动起来。291年三月，孟观、李肇诬杨骏谋反，奏请惠帝，宣布戒严，捉拿杨骏，楚王司马玮屯兵司马门，以为策应。当时，杨骏在府中闻变，惊慌失措，计无所出。杨太后在帛上书写："救太傅者有赏。"缚于箭矢之上，射出城外，结果被贾后所获，便又诬告杨太后与之同反。杨骏居所被围，仓皇逃到马厩，被追兵所杀。亲党故旧，皆被捕杀，夷灭三族，数日之内，死者数千人。

杨骏被杀以后，贾后权势骤升。但是，宗室诸王参与了此事，与其瓜分权力，平起平坐。汝南王司马亮入京为太宰、录尚书事，辅政；秦王司马柬为大将军，东平王司马楙为抚军大将军，楚王司马玮为卫将军、领北军中候，下邳王司马晃为尚书令。一时之间，贾后几乎是处在诸王的包围之中。诸王之内，野心勃勃之辈并不乏人，贾后表面上专掌大权，实际上已经成为诸王的工具，不仅不能对诸王实行各个击破，达到控制朝廷的目的，反而使自己陷入困境之中。尽管后来贾后挑起诸王之间的矛盾，除掉了几个对自己威胁最大的对手，如司马亮、司马玮，但是，真正获利者已经不是贾后。一场混战之后，贾后销声匿迹。由此看来，远交近攻，并非简单的各个击破，尤其在衡量远敌与近敌之时，切不可掉以轻心，让对方形成尾大不掉之势，坐享其成。

事例：制造矛盾，以求乱中取利

运用远交近攻之计，不仅要善于稳住暂时威胁不大的对手，集中力量攻击近敌，而且应该善于在对方阵营中制造矛盾，分裂其阵营，以便各个击破，实现自己的目的。

西晋末年，匈奴人刘渊起兵，建立了一个割据政权，国号称汉。刘渊死后，其子刘聪夺位，立其弟刘义为太弟，其子刘粲则做了相国。刘聪荒废政事，流连后宫，尽日饮宴，甚至一醉三日不醒，有时百日不出。军国大政，全部交给刘粲，只有杀人、拜官之事，才由中常侍王沈、宣怀，中宫仆射郭猗等人禀奏。这几个人乘机弄权，收受贿赂，卖官鬻爵，骄横不法，以致民不聊生，士卒怨愤。刘粲本人也是骄奢专恣，亲小人，远君子，国人不服。

当时，中护军靳准之女月光、月华并为刘聪皇后，贵盛莫比，阴怀异志，遂与郭猗等人深加交结。太弟刘乂常加斥责，靳准忌之，便与郭猗合谋，首先向刘乂开刀。

郭猗去见刘粲，对他说："殿下乃主上之嫡子，四海之内，莫不归心，为何拱手把天下让给太弟？我听说太弟与人谋划，要在三月上巳之日，于宴会中作乱，太弟即位，以主上为太上皇，以大将军为太子。这些人处于权力中枢，手握重兵，一旦举事，不仅不会失败，而且不会引起怀疑。太弟得志，殿下岂可保全？大祸临头，宜早作对策。我曾与主上谈及此事，主上以我是宦官，不肯相信。殿下只要把大将军从事中郎王皮、卫将军司马刘惇找来，一问便知。"刘粲许诺。郭猗又去见王皮与刘惇，软硬兼施。及刘粲召问，二人果然异口同声地说："臣有死罪，惟主上宽仁、殿下见怜。殿下所问是实，只是臣恐殿下不信，故不敢妄言。"刘粲信以为真。靳准又献计，请刘粲撤去东宫卫兵，让太弟与宾客自由往来，天长日久，无话不谈。过一段时间，搜捕宾客严问，定会找到证据，不由得主上不信。刘粲依计而行。

317年三月，刘粲命其党羽王平欺骗刘乂说，刚才接到诏书，称京师将有变乱，应当在衣内穿上甲胄，以备不测。刘乂不知是计，信以为真。靳准立即向刘聪秉奏，声称太弟谋反，已经披挂甲胄。刘聪大惊，便命刘粲包围东宫，捉拿刘乂。靳准等人又捉来十余名氐、羌酋长，严刑拷问，命其承认与太弟共同谋反。供状呈上，刘聪废黜太弟为北部王，诛杀大臣数十人，东宫卫兵一万五千多人被活埋。刘义离开京师以后,被靳准亲信暗杀。

刘义被废以后,刘粲做了太子,靳准做了车骑将军,朝中政敌,几乎被清洗干净。及刘聪病重,靳准升为大司空、领司隶校尉,成为大权在握的人物。刘聪死后,刘粲即位。靳准又诬告太宰刘景、大司马刘骥、车骑大将军刘逞、太师刘顗、大司徒刘励,欲行废立,将他们全部杀死。靳准成为大将军,军国大事,由其一手决定,刘粲则效法刘聪,整日在后宫宴饮,寻欢作乐。

318年秋,靳准率兵冲进光极殿,捉住刘粲,历数其罪恶,将其杀死。刘氏男女,不分老幼,一律在东市处斩。又将刘渊、刘聪的陵墓掘开,把刘聪的尸体斩首示众,将刘氏宗庙一把火烧掉。靳准自号大将军、汉天王,称制,署置百官。靳准把晋朝传国玺交给汉人胡嵩,对他说:"自古以来,胡人做不了天子。如今,我把传国玺交给你,还归晋家!"又遣使与东晋联络,准备归还晋愍帝的灵柩。靳准后来被刘曜击败。刘曜夺取帝位,靳准被乔泰、王腾等人杀死。

事例:为计不周,中人计中之计

设计远交近攻,而不明利害,不辨形势,结果中人之计,例子不仅只有西晋的贾南风。

东晋安帝时,司马元显专权,蠹乱朝政。当时,桓玄拥兵江陵,占据将近三分之二的国土,便有夺位之志。派了许多人伪造符瑞,声称自己命应帝王,当建大业,弄得人心惶惶。北府兵将领刘牢之,骁勇善战,兵强马壮,屡立战功,因为不受朝廷信重,同样也是怨气冲天,便阴怀异志,以观时变。

401年冬,桓玄给司马元显的父亲司马道子写了一封信,暗示将入京问罪。司马元显见信大惧。张法顺说:"桓玄承袭祖宗之威德,素有豪气,据有荆、楚,而阁下所管,不过三吴一隅。眼下公私困竭,恐其乘乱而入,应当及早设法。"司马元显问计,张法顺便建议派刘牢之为先锋,司马元显率大军继后,乘桓玄立足未稳,一举将其消灭。司马元显依计而行。次年春,东晋朝廷下诏,历数桓玄罪状,以司马元显为骠骑大将军、征讨大都督,刘牢之为前锋都督,出兵讨伐桓玄。

刘牢之虽为前锋,却满脑子都是自己的小算盘。他的想法是,司马元显对自己素无尊重信任之意,如果消灭了桓玄,司马元显权势益大,而自己功名日盛,肯定会遭到忌恨。自己拥有强兵猛将,何不坐山观虎斗,让桓玄除掉司马元显,然后自己乘隙击败桓玄,掌握朝政,便屯兵不进。

桓玄对刘牢之的举动十分清楚,知道刘牢之与司马元显不睦。但是,这两个人又都是自己的对手,唇亡齿寒。不分离刘牢之,司马元显的架子就仍然撑着,不会从根本上动摇。于是桓玄决定乘刘牢之观望之机,将其稳住,然后司马元显便将不战自败。

刘牢之的想法,已被张法顺看透。当司马元显派他去说服刘牢之时,张法顺便在回京后对司马元显说:"观刘牢之颜色,恐怕不会与您一条心。不如召其入京,杀了他,否则会坏了您的大事。"司马元显不肯相信。后来,张法顺又劝司马元显说:"桓玄的兄弟常为桓玄打探消息,应当将其斩首,以绝后患。如今,胜败之机,在于前锋。刘牢之反复无常,万一有变,则祸败立至。可令刘牢之杀死桓玄的兄弟,以示无二心。如违命不从,亦可及早防备。"司马元显又不从。

飞龙在天或见野

恒玄从江陵出发，一路东行。刘牢之从京口出发，一路西行。刘牢之到了溧州，参军刘裕请求出兵，刘牢之不许。刘牢之的舅舅何穆，应桓玄之请，劝说刘牢之："自古以来，戴震主之威，挟不赏之功而能自全者，您见过吗？越国的文种、秦国的白起、汉朝的韩信，奉事明君，功成之日，尚不免诛戮夷灭，何况司马元显乃凶愚之人？如今，您战胜则灭宗，战败则灭族，何不翻然改图，以求富贵？"刘牢之的外甥何无忌则受刘裕之托，说服刘牢之出兵攻击桓玄。刘牢之的儿子也对父亲说："今国家衰危，天下之重，在大人与桓玄。如果大人纵桓玄凌侮朝廷，使其威望日隆，权势日重，将来如何收拾？"刘牢之则认为："今日取桓玄，易如反掌，但司马元显却是更危险的对手。"便决计向桓玄请降。

刘牢之的儿子作为信使，来到桓玄军中。桓玄对他热情接待，拜为咨议参军，设宴共饮，观赏名书古画，以悦其心，而桓玄左右皆知刘牢之既降，便将会受到诛戮，偷偷取笑，而刘牢之之子浑然不觉。

刘牢之投降，桓玄势如破竹，直捣建康，司马元显全军溃散，仅与张法顺一人逃回府中，随即被桓玄捉住。晋安帝无奈，拜桓玄为都督中外诸军事、丞相、录尚书事、领扬州牧，兼徐、荆、江三州刺史，假黄钺、总百揆。东晋朝廷，完全被其控制。司马元显及其亲信被斩于建康市中，司马道子被贬出京城。

司马元显被杀以后，桓玄任命刘牢之为会稽内史，解除了他的兵权。刘牢之说："刚一开始便夺我兵权，这是大祸临头了！"刘牢之的儿子借故跑回父亲军中，劝其与桓玄决战。刘牢之与刘裕商量，刘裕说："将军以劲卒数万，望风降服，桓玄得志，威震天下，朝野人情皆已去矣！大势已去，吾不能从。"刘牢之又与其他将领商议，参军刘袭说："天下最不可做的事情便是造反。将军近日反司马元显，今日又反桓玄，反反复复，何以自立！"众将闻言，一哄而散。刘牢之计穷，一筹莫展，自缢而死。

刘牢之自以为可借桓玄之手诛灭司马元显，然后诛灭桓玄，远交近攻，万无一失，殊不知桓玄打的是同样的主意。其中关键，在于刘牢之的计划与桓玄相比慢了一个节拍。假如刘牢之争取桓玄中立，回师建康，诛灭司马元显，控制朝廷，然后回师西向，与桓玄决战，胜负虽不可逆料，却也不至于一败涂地。当是时，谁先控制朝廷，谁就占有了优势。桓玄知道刘牢之与司马道子的远近，刘牢之却不知道桓玄与司马道子的远近。双方使用同一计策，第一步走完以后，下一步要看的便是实力。远交近攻之计的精髓，便是在逐步消灭近敌的过程中，不断壮大自己的实力，而使原来的远敌、强敌不断变成近敌、弱敌。刘牢之本有取胜之望，却坐视桓玄壮大，还谈什么远交近攻？

事例：废昏立明，自取杀身之咎

南朝宋武帝死后，营阳王刘义符继位。刘义符昏庸骄恣，辅政大臣徐羡之等人担心获罪，心不自安，便日夜谋划，欲行废立。

当时，庐陵王刘义真警悟有文才，与谢灵运、颜延之、慧琳道人等一班文人墨客往来密切，曾说："将来得志，以谢灵运、颜延之为宰相，慧琳为豫州都督。"徐羡之对这些人十分讨厌，使人劝阻刘义真。刘义真说："谢灵运空疏，颜延之浅薄，正是魏文帝所说的文人无行。只不过性情所得，未能忘言于开悟褒赏而已。"徐羡之闻言，认为谢灵运、颜延之与刘义真朋比为奸，毁谤执政之臣，不仅把这两个人贬出京师，而且对刘义真产生了反感。后来，刘义真出镇历阳，多所求索，徐羡之等人每加抵制，以至刘义真对徐羡之也深怀怨恨，屡有不平之言。又上表要求还都，不得遂愿，更以为是徐羡之从中作梗。双方矛盾日益激化。徐羡之等人考虑，废黜营阳王刘义符以后，刘义真年纪最长，依次当立，岂不是前功尽弃。便利用刘义符与刘义真之间不和，向刘义符陈奏刘义真之罪，将其废为庶人，发配到新安郡。刘义真被废以后，吉阳令张约上书，为其申辩，认为朝廷立足伊始，不应兄弟相残，自断手足，应当广树宗戚，藩屏王室。徐羡之大怒，把张约贬为梁州府参军，不久又将其杀死。刘义真不久也被杀死。

刘义真废死，刘义符势力单弱。徐羡之等人加紧活动，将先朝旧将檀道济、王弘等人召入京师，共图大事。这时，刘义符在华林园玩得正高兴。在园内布设市场，陈列货物，亲自买卖；又与左右亲自牵引游船，在天渊池游览，根本不知道外面发生了什么事情。424年五月，檀道济引兵居先，徐羡之率兵继后，从云龙门闯进华林园。守御士兵先已被收买，没有发生任何抵抗。两名侍者从梦中惊醒，被士兵杀死。刘义符受了轻伤，被带出东阁，收去玺绶，囚于别宫。徐羡之等人与朝臣共立宜都王刘义隆为帝。不久，徐羡之派人把刘义符杀死。

徐羡之在与朝臣决定另立宜都王刘义隆以后，曾问傅亮："宜都王可与什么人相比？"傅亮答道："晋文公、汉景帝不如。"徐羡之说："如此，必能明白我的一片心意。"傅亮说："不一定。"刘义隆就是历史上著名的宋文帝，在位期间，成就了元嘉之治。刘义隆即位以后，进徐羡之为司徒，王弘为司空，傅亮加开府仪同三司，谢晦进号卫将军，檀道济进号征北将军。这些人加官晋爵，心中稍安。但是，不久以后，宋文帝便开始对他们采取行动。

宋文帝的策略，同样也是远交近攻。他首先把王弘、檀道济这两个后来参与的胁从者分化出来，恩威并施，使其反戈一击，为己出力。对徐羡之、傅亮与谢晦三人，亦分而治之。当时，谢晦拥重兵居荆州，宋文帝把他放在最后处置。426年正月，宋文帝下诏召徐羡之与傅亮。二人见势不妙，各自逃命。徐羡之逃出建康，自缢身亡；傅亮被擒，受诛。随后，宋文帝发大兵讨伐谢晦。当徐羡之秉权之时，曾以谢晦居荆州，檀道济居扬州，上游下游，互相呼应。及谢晦闻檀道济率军来攻，惊慌失措，不久，兵败被擒。

傅亮在被捉住以后，听人宣读宋文帝诏书，感叹地说："我受先帝顾命，黜昏立明，乃社稷之计也。欲加之罪，何患无辞！"其中说出来的，不仅是申辩，而且是追悔。计谋固为周密，而不明大势，只能作茧自缚，后悔又有何用！

檀道济自徐羡之、傅亮、谢晦败死之后，威望日隆。436年，宋文帝卧病，召檀道济入朝，下诏称其："潜散金货，招纳亡命，因朕重病，欲图不轨。"收付廷尉，问斩。檀道济被捕，尚不知根由，愤怒不已，大吼："坏汝万里长城！"

事例：杀兄弑父，谋夺储君之位

隋文帝为人，疑心特重，及其晚年，尤甚于前。不仅对公卿大臣心怀猜忌，就是自己的几个儿子，也严加防范。

隋文帝有五个儿子，杨勇以嫡长子，立为太子。杨勇为人忠厚，不善矫饰，又好声色，天长日久，逐渐失去文帝的宠爱。次子杨广，内骄纵而外节俭，处心积虑，谋划夺取太子之位。一次，文帝听说百官在冬至之日到东宫朝贺，心中不高兴，便问近臣："冬至之日，百官朝贺东宫，这是什么礼数？"有人回答说："此乃贺也，不能叫作朝。"文帝说："几个人前往，当然可以叫作贺，而有司征召，百官齐集，太子法服设乐以待之，焉得称之为贺！"便下诏责问。从此以后，文帝对杨勇更加猜忌。文帝皇后独孤氏，因为杨勇多美姬，而太子妃元氏暴病而亡，怀疑是杨勇所害，心中不平，也时时寻找杨勇的过错，在文帝面前屡进谗言。

文帝与独孤后对杨勇日益不满，给杨广造成可乘之机。他乘机活动，交结权臣，树立党羽，培植势力，同时不惜一切手段，争取文帝与独孤氏的好感。他摆出一副克己守礼的架子，平常公开场合，只与萧妃一个人居处。后宫所生子女，一概杀死。独孤后见杨广没有杨勇那样多的宠妾与子女，以为杨广真的不好女色，大加称赏。文帝与独孤后每次派人到杨广府中，不论贵贱，杨广都与萧妃亲自出门迎接，设宴款待，赠以厚礼。来人回禀，自然竭力为杨广美言。一次，文帝与独孤氏亲自来到府中，杨广预先准备，撤去珠帘华饰，换上缣素屏帐，藏起娇妾美姬，只留老丑奴婢，故意弄断琴弦，使上面沾满灰尘。文帝留心观察，看不出破绽，非常高兴，对朝臣竭力称赞杨广之贤，从此另眼相看。

杨广获得文帝与独孤氏的好感以后，加紧活动。他在任扬州总管时，一次入朝，临归之际，入宫向独孤后辞行，伏地流涕说："臣性识庸劣，恪守兄弟之义，但不知为何得罪了太子，对臣不满，屡欲加害。臣常恐太子进谗言，投毒杀臣，非常恐惧。"独孤后闻言，怒道："杨勇越来越不像话，害死太子妃，又欲何为！我活着尚且如此，我死了以后，还不把你们几个弟弟吃了！"便下决心废黜杨勇，另立杨广为太子。杨广又拉拢宇文述、张衡、杨素等人，在朝中大肆活动。杨勇闻讯，忧惧无计，遂用巫术，祈求自安。不料被杨素告发，于是文帝更加恼怒。杨广又派人对杨勇严加监视，搜寻过错，添油加醋，向文帝汇报。杨素见文帝动心，便公开提出废黜太子的建议，文帝命杨素办理，杨素罗织罪状，证成其罪。600年，文帝废黜杨勇，立杨广为太子。杨勇被废之日，说："臣当伏尸都市，为将来之鉴；幸蒙哀怜，得全性命！"再拜而出，朝臣莫不伤感。

杨勇被废以后，蜀王杨秀心中不平。杨广恐其为患，密令杨素搜罗杨秀罪状，奏告文帝。文帝便召杨秀回京。杨秀回到京城，文帝召见，没有与他说话。次日，派了一名使者，严词责问。杨广又假仁假义，率宗室诸王为其求情。文帝不允，欲治其罪。一位大臣劝阻说："陛下五子之中，秦王杨俊早卒，太子杨勇已废。蜀王杨秀性耿直，今遭重责，一旦发生意外，如何是好！"文帝大怒，几乎割了那位大臣的舌头，又对群臣说："应当斩杨秀于市，以谢百姓！"便令杨素办理此案。杨广见机而作，偷偷做了两个木偶，缚手钉心，披枷戴锁，写上文帝与汉王杨谅的名字，以及"请西岳慈父圣母收杨坚、杨谅魂魄"等字样，埋于华山之下，然后叫杨素去发掘出来，声称："杨秀妄用巫术，图害君父兄弟；又作檄文，云将率兵向京问罪。"文帝大怒，立即下诏，将杨秀废为庶人，囚于内侍省。

除掉杨勇与杨秀以后，杨广开始向文帝动手。604年，文帝病重，杨广入阁侍疾，亲写书信，向杨素问计。不料宫人糊里糊涂，把信交给了文帝。此时，独孤后已经死去，文帝左右，皆被杨广控制，因此胡作非为，甚至对文帝夫人陈氏施行非礼。文帝后悔不及，欲召杨勇，又被杨广阻绝。杨广见事势紧迫，命张衡入于寝殿，将文帝杀死。

杨广在几天之后即位，称诏杀死杨勇。汉王杨谅起兵于并州，不久亦被消灭。一班佐助杨广夺位的佞臣，在后来被逐一清除。宗室诸王，屡遭杀戮，所余无几。

杨广夺位，策划周密，分而治之，将文帝与诸子各个击破，终于遂其本志。司马光说："隋文帝性猜忌，至疑其诸子。为帝王者，内宠欺后，外戚擅政，大镇势强，庶子争嫡，为之四忌。而文帝徒知嫡庶之争，不知势钧位逼，虽同胞兄弟，不能无相倾夺，可谓得其一而失其三。"

三、知己知彼　远近均可驰援

远交近攻之计在政治斗争中的应用范围十分广泛。凡国与国、君与臣、臣与臣之间发生矛盾冲突，争夺权势或利益之时，均可运用本计以取胜。

第一，国与国之间。

国与国之间争夺利益，或企图统一天下，往往不可能一朝一夕解决问题。特别是在形势复杂的条件下，各种利益互相冲突，分与合只是暂时之计时，利用远交近攻之计，分化瓦解对方的联盟，将其各个击破，是极为有效的制胜手段。范雎就是根据当时各国分合不定、各怀心腹事的形势，提出了远交近攻这一经典性的原则。而秦昭王知人善任，依计而行，终于改变了原来的不利局面，数年之间，拓土开疆，威震六国，形成了高屋建瓴的形势。此后，秦国进一步应用这一计策，卒灭六国，统一天下。在中国历史上，秦灭六国，是最早、最成功地运用远交近攻之计的范例。

内政与外交从来都是大国实现崛起的两支杠杆，彼此不是替代的关系，而是相辅相成、缺一不可。韩非子强调国家自强固然不错，但外交也同等重要：一个错误的外交决策可能使本国在过去数十年苦心发展所积累的成果化为灰烬；一个正确的外交决策也能够为国家争取更好的国际环境、发展空间，加速其崛起进程。从历史上看，秦的崛起正是内行变法与"外连横而斗诸侯"两种策略双管齐下的结果。要顺利实现崛起，在内部继续深化改革、奋发图强的同时，也必须有效化解外部威胁和制约。在战争成本愈加高昂，通过外交策略缓和首强大国的敌意，离间、拆散敌对联盟，拉拢其他强国，控制与本国利益密切相关的小国或转移矛盾、转嫁危机等，都是次强大国的决策者必须切实考虑的战略措施。从历史经验来看，成功的外交是安邦定国，乃至建立"王业"的关键，他们宣称："外事大可以王，小可以安"；"安民之本，在于择交"。鼓吹"纵成必霸，横成必王"，将国家的兴衰成败系于外交策略的得失，也是值得予以关注的。

第二，君与臣之间。

君臣之间互相争斗，力图控制对方，也需要逐步进行。王莽篡汉之际，为了控制朝廷，使用远交近攻之计，将汉室羽翼一一拔除，最后才下手毒死汉平帝，完成自己建立新朝的计划。十六国时期，靳准、郭猗等人谋划废黜汉主刘粲，亦用此计，逐一消灭刘氏势力，终获成功。隋炀帝争夺继统之权，杀兄弑父，步步为营，更是运用此计的高手。至于南朝宋刘义符中徐羡之远交近攻之计，身死人手，而徐羡之等人于事成之后反为新君使用此计加以诛除，则问题不在于用计本身，而在用计之目的不明。

　　智谋作为一种政治工具，或者称之为"术"。"术"本来就没有善恶之分，为忠臣所用则是善术，为奸臣所用则是邪术。北宋文学家苏洵认为："噫！龙逢、比干不获称良臣，无苏秦、张仪之术也；苏秦、张仪不免为游说，无龙逢、比干之心也。是以龙逢、比干，吾取其心，不取其术；苏秦、张仪，吾取其术，不取其心。"清代王夫之则认为："申、商之言，何为至今而不绝邪？志正义明如诸葛孔明而效其法，学博志广如王介甫而师其意。无他，申、商者，乃劳长逸之术也。无其心而用其术者，孔明也；用其实而讳其名者，介甫（王安石）也。"在以私家权益计而入仕的情况下，臣下视政治功利的实现为目标，权术则是他们所崇尚的，为了实现政治功利，远交近攻则成为可以选择的计谋之一，内可以固崇，外可以有援，也显示出更深的政治目的。

第三，臣与臣之间。

　　臣下争权夺利，诛除异己，在局势复杂的条件下，运用此计，亦易取得成功。曹丕与曹植争夺嗣位之权，不直接与曹植对阵，而是扬长避短，首先争取曹操的赏识，堪称本计的发展与活用。但是，欲用此计以达目的之时，不仅要目的明确，还要对对手有正确的估计，更要对自己的实力心中有数。西晋贾南风欲专国柄，对司马氏宗亲实施远交近攻之计，结果挑起大乱，不仅没有逐步增强自己的实力，反而为渊驱鱼，为人作嫁，便是一个显例。至于东晋时期刘牢之与桓玄互用远交近攻之计，刘牢之于稳操胜券之时，反为桓玄所灭，则原因不仅在于用计不周，而且在于不明大义。因此，在运用此计时，各方面的因素皆应考虑进去。目光短浅，智虑不周，实力不足，都可能导致惨败。

《战国策·齐策四·孟尝君逐于齐而复反》云："事之必至者，死也；理之固然者，富贵则就之，贫贱则去之。此事之必至，理之固然者。请以市谕。市，朝则满，夕则虚，非朝爱市而夕憎之也，求存故往，亡故去。"为了自己的利益而以更大的利益诱惑他人，这正是远交近攻之计赖以实施的基础。

四、利益至上　远交变为近攻

政治斗争特点之一在于利益的争夺，为了自身的利益，各政治主体之间，既有对抗性的行为，也有为了利益与其他政治主体联合，无论是联合，还是进攻，都是基于自己的利益。作为混战计的远交近攻之计，因其独特的立意和功效，被各种政治主体所关注，而且经常应用到实践当中，这是有其基本特点的。

第一，就远交近攻之计在政治斗争中应用而言，具有可靠性和稳妥性的特点。

远交近攻之计，在政治斗争中把对手分化开来，区别对待，由小而大，由近而远，各个击破，无论何时、何地，都是一种较为可靠、稳妥的制胜之策。在己方实力充足、目的明确、计划周密的情况下，采用本计，不仅可以逐步消灭直接竞争对手，而且可以逐步扩大自己的势力，同时也就可以使下一步行动具有更大的成功把握。但是，所谓可靠性，是就本计运用的全过程而言，以本计来说，把一个巨大而危险的对手化整为零，其本身就有很大的难处，所以，这种可靠性只是相对的。在具体进行某一步骤时，仍然充满危险，只不过这种危险在逐渐被缩小的情况下，逐渐可靠了而已。

第二，就远交近攻之计在政治上实施过程而言，具有持久性与长远性的特点。

远交近攻之计，将一个整体目标分割开来完成，把对手分化开来逐步消灭，所以必然延长获胜的时间。因此，使用本计者必须善于忍耐，不能操之过急。实际上，急于求成，两线作战，四处树敌，往往欲速而不达，这是其持久性。远交是策略，近攻是目的，若仅仅为了目的而实施本计，便是人无远虑，即便是获得进攻的利益，也会在引起远交的怀疑与戒心的情况下，不但会失去既得的近攻利益，而且会失去远交的意义，这是本计的长远性特点所在。

第三，远交近攻之计在政治斗争实施过程而言，具有功利性的特点。

远交近攻之计的实施，根本不会顾忌什么道义，充满了功利。

天下没有不散的筵席，世界上没有绝对的朋友，只有永恒的利益，因此，此计的实施者，都是利益之交，只要对自己有利，不管他人死活，甚至在眼前利益的基础上，已经将远交者纳入下一步攻击的范畴。如范雎的远交近攻策略，对于远交者，并没有纳入友人的范畴，而是在利用远交的基础上，不断地近攻，最终使远交者逐渐成为自己的近邻，又可以近攻了。这种理念一直为秦国所奉行，最终在秦始皇时实现了统一中国的宏愿，而以前的远交，也在近攻的凌厉进攻之下，变成敌人，但也无法与之抗争，这也是值得深思的问题。

假道伐虢

——敌胁以从　假势乘人之危

本计云："两大之间，敌胁以从，我假以势。困，有言不信。"其大意是：处在敌我两个大国之间的小国，当敌方胁迫它屈服时，我方要积极加以援助，并借机把自己的势力渗透进去。对这种处于两难之间的国家，只空谈支援而无实际行动，不可能真正取得其信任。此为混战之计，乃是要乘人之危，壮大自己，在乱中取胜。

假道伐虢，是根据春秋时期的一个历史故事，从"假道于虞以伐虢"这句话演变而来的，有的也写作"假途伐虢"，语源出自《左传·僖公二年》。据记载，前658年，晋国已经成为诸侯当中的大国，当时在晋国的南面还有两个诸侯国，一个是虞国，一个是虢国，虞、虢两国同姓毗邻，唇齿相依，早就订有盟约，一旦有事，互相援救。晋献公为了进一步扩充疆土，对邻近的这两个小国，早就想兼并过来，便采纳大夫荀息的建议，实行了先灭虢，后灭虞，一箭双雕的策略。晋献公派荀息带着北屈所产的良马、垂棘出的美玉，到虞国去交涉借路攻打虢国事宜。虞公得了晋国的厚礼，又听了荀息的游说，不但同意借路给晋国，而且

武则天各个击破,拉一方打一方

亲自派兵打头阵。这年夏天，晋将里克和荀息率兵很快占领了虢国的下阳。三年以后，即前655年，晋献公再次向虞国借道进攻虢国，虞公不顾宫之奇的劝阻，又答应了晋国的要求，结果晋军灭掉了虢国，回师途中路过虞国时，便驻扎在虞国不走了，并乘其不备，发动突然袭击，轻而易举地灭掉了虞国。

一、危行言逊　可受无穷之福

《周易·困卦第四十七》云：困：亨。贞大人吉，无咎。有言不信。《象》曰：泽无水，困。君子以致命遂志。

【一爻】初六，臀困于株木，入于幽谷，三岁不觌。《象》曰："入于幽谷"，幽不明也。

【二爻】九二，困于酒食，朱绂方来，利用享祀。征凶，无咎。《象》曰："困于酒食"，中有庆也。

【三爻】六三，困于石，据于蒺藜，入于其宫，不见其妻，凶。《象》曰："据于蒺藜"，乘刚也。"入于其宫，不见其妻"，不祥也。

【四爻】九四，来徐徐，困于金车，吝，有终。《象》曰：来徐徐，志在下也。虽不当位，有与也。

【五爻】九五，劓刖，困于赤绂，乃徐有说，利用祭祀。《象》曰："劓刖"，志未得也；"乃徐有说"，以中直也；"利用祭祀"，受福也。

【六爻】上六，困于葛藟；于臲卼。曰动悔有悔，征吉。《象》曰："困于葛藟"，未当也。"动悔有悔"，吉行也。

在六十四卦中,"困"有困迫之意。彖曰:"困,刚揜也。险以说,困而不失其所。亨。其唯君子乎?贞大人吉,以刚中也。有言不信,尚口乃穷也。"其大意是:当陷入困境的时候,并不会失去所依靠,因此亨通,乃是君子所为吧?由此来看,没有灾祸,很有可能有利于"大人"的出现。这种以刚得中,乃是有言不信,则可以坚定信心,最终可以摆脱困境。此卦针对主动方而言,其行动是阴,其素质是阳,态度则是阴;针对被动方而言,无论是行动、素质、态度,都是阳,而困于阴。只要能够坚守正道,就会摆脱困境,最终得到亨通。《六十四卦经解》云:"君子处乱代,为小人所不容,故困。君子居险能说,危行言逊,故通。君子之困,由小人之谗,故有言不信。"可推演出此计在政治斗争的可能和结果如下:

第一种,假道伐虢也要创造与把握机会,所不同的初爻是阴,其创造与把握都建立在谋划之上,就要利用对方昏暗不明,利以诱之,害以威之,最终使对方就范。

第二种,使用假道伐虢之计,就是要使对方屈服,二爻是阳,二变卦是屈服之道,用强硬手段固然是无害,但也是凶;若是使对方困于自乱,对自己更为有利,故此要权衡屈服之道。

第三种,三爻已经改为阴爻,有四变卦,面对屈服攻灭的对手,以阴柔之道处之,可能难以施展计谋,若是不能够从根本上将对手击垮,对自己来说,并不是吉祥之兆,故此要全面考虑屈服攻灭的策略。

第四种,四爻回到阳爻,在八变卦中,向屈服攻灭的对手发起进攻,即便是以刚强的手段,不能够很快地得到效果,也是有所得,这是见利而动,虽然来之徐徐,且得之困难,还是可为的。

第五种,五爻依然处在阳爻,在十六变卦之中,使用假道伐虢之计者,若是急于用刚强取利,有可能陷入困境,若是利用其他的手段,可以收到更好的效果。伤其身不如得其心,若是在身心都能够屈服攻灭对方,可以受无穷之福。

第六种,六爻回到阴爻,上六三十二变卦,使用假道伐虢之计者,还是要阴柔行事,在不利于行动的时候,就不要行动;若是有利于行动的时候,也不能够迟疑,要尽快行动,不能够使机会丧失。

该计用于军事,主要内容是争取同盟,扩大自己的力量,并伺机将其吞并。秘本兵法《三十六计》在解释此计时说:借路用兵之举,并非仅仅依靠花言巧语可以骗得的。必须是这个国家如果不受一方之胁从,则将受双方之夹击。在这种情况下,敌方必然会用武力逼迫其屈服,而我方则可以用不侵犯它的利益作保证,利用其侥幸图存的心理,使其尽快信赖我方。这样,它便不能自立自存,因此可以不战而将其消灭。

该计用于政治,则是乘人之危,拉拢中间势力,以壮大自己;或拉一派,打一派,以实现自己的意图。在专制政治之下,矛盾错综复杂,处于政治旋涡之中,欲求扩大自己的实力与权势,必须善于利用矛盾,才能取得预期的效果。因此,假道伐虢之计在政治斗争中,也成为人们常用的方略。

二、一石二鸟　意在彼而及此

假道伐虢之计在运用于政治斗争时,有三个关键:一是就总的形势而言,第三势力不单独受到一方面的势力威胁,而是处在双方势力的夹击中,就当前局势而言,敌方用武力逼迫第三势力屈服;二是用计一方以不侵犯第三势力的利益作保证,利用第三势力侥幸图存的心理,赢得第三势力对自己的信赖;三是用计一方以较小的代价达到一石二鸟的目的,既消灭了敌方,又控制了第三势力。这三个关键一环扣一环,虽不是缺一不可,但如果不能充分利用,往往不能达到预期的效果。

事例:攀龙附凤,居奇货用奇计

假道伐虢之计,并非简单的大打出手。在政治斗争之中,从肉体上消灭对手,并不是上上之策。利用一切可以利用的力量,形成己方的绝对优势,实际上比消灭异己更划得来。反过来说,在两强或多强相争之际,看准形势,支持一方,然后借其力而行己之志,也是一种高明的策略。不过,运用假道伐虢之计,必须对将要支持、吞并或拉拢的对象有真正的认识,才能顺利地实现自己的意图。

春秋战国晚期,秦国诸公子争夺嗣君之位,各用其利势,无所不为。当时,秦太子的夏姬生了一个儿子,名叫异人,在赵国作人质。秦赵交恶,战争累年。赵人对异人十分冷淡,不加礼遇,而异人又非嫡子,秦人也不把他当作一回事。结果异人在赵国困顿潦倒,快快不乐。一次,阳翟大商人吕不韦来到邯郸,见到异人，对他很感兴趣。经过一番盘算，认为扶植一位国君于危难之中，所获之利，非经商所可比拟。用商人的话来说，此奇货可居，不可错过机会，便下决心去见异人。吕不韦对异人说："我可以使您摆脱困境，飞黄腾达。"异人笑道："您还是先使自己飞黄腾达以后再说吧。"吕不韦说："您不知道，我必须依靠您才能发迹吗？"异人明白吕不韦之意，遂与之深谈。吕不韦说："秦王已经老朽不堪，而太子所爱的华阳夫人又没有子嗣。您有二十多个兄弟，长兄子傒居于秦国，有士仓为之辅弼，势力已成。您既非嫡长，又不受宠爱，久在诸侯国中为质，一旦太子即位，您哪里有机会被立为嗣君呢？"异人问计，吕不韦说："能立嗣君者，唯有华阳夫人。不韦虽贫，尚可筹措千金，为您入秦活动。"异人说："如能成功，我将与您共同分享秦国。"

　　吕不韦便倾家荡产，筹得千金之资，把一半送给异人，另一半载以入秦。异人用这些钱大交宾客，树立名声；吕不韦则在秦国到处送礼。他向华阳夫人的姐姐献上厚礼，通过她向华阳夫人进珍奇宝物，声称异人贤德，不仅宾客遍天下，名重于诸侯，而且日夜思念太子及夫人，泪下沾襟，自言"以夫人为天"。华阳夫人闻言甚喜。吕不韦乘机进一步进言说："以色事人者，色衰则爱弛。今夫人您受宠而无子，不以繁华兴盛之时，在诸子之中选择贤德者立以为嗣，一旦失去宠爱，说话还管用吗？公子异人贤德，以不为嫡长，不得为嗣，困顿赵国，备受冷落。倘若夫人于此时立其为嗣，使其无国而有国，使夫人无子而有子，岂不是可以长宠不衰！"华阳夫人深以为然，便找机会对太子说："异人甚贤，众人称誉。妾不幸无子，愿以异人为子，以托妾身！"太子许诺，遂立异人为嗣，而请吕不韦辅之。

后来，异人在吕不韦的帮助下，离开赵国，回到秦国。及秦王卒，太子即位，异人立为太子。异人继位以后，以吕不韦为相国。异人践行了自己的诺言，吕不韦则达到了预期的目的。

事例：假以威势，令人从己之欲

前210年初秋，秦始皇东巡，病死于沙丘。当时，太子扶苏在上郡监军，秦始皇少子胡亥随驾而行。中车府令行符玺事、宦官赵高为了控制朝廷，遂谋划另立胡亥为太子，以继大位。

当时，秦始皇诸子争夺嗣位，胡亥虽然受到宠爱，但并没有立嗣的可能。不料天赐良机，始皇卒而胡亥在侧。赵高的如意算盘是，拥立胡亥，使其得望外之福，则己愿可遂。于是，赵高便说服胡亥，依其计而行。不过，赵高与胡亥之谋，必须征得丞相李斯的同意，才能成功。这时的李斯，与太子扶苏与大将蒙恬的关系并不十分和睦。始皇暴崩，李斯常怀惧色，唯恐太子即位，于己不利。赵高对李斯的心思十分清楚，便去说服李斯。赵高对李斯说："陛下赐太子扶苏的诏书及符玺，都在我们掌握之中。废立之事，唯由你我做主。丞相认为应该怎么办？"李斯说："此乃亡国之言。这种事怎么可以由臣下乱来？"赵高说："丞相想想，您的才能、谋略、功劳、人缘，以及太子是否信任，可以与蒙恬相比吗？"李斯默然曰："不及。"赵高又说："这样一来，太子扶苏即位以后，一定会用蒙恬做丞相。您将来怎么办呢？怕是会死无葬身之地！胡亥慈仁敦厚，一旦立为嗣君，岂会有功不赏？"李斯左右衡量，只好同意，便与赵高合谋，伪造诏书，害死扶苏与蒙恬，立胡亥为太子。

飞龙在天或见野

赵高上下其手，拥立胡亥，从此深得信任，掌握大权。李斯迫于形势，为了保全自己，中人假道伐虢之计，为虎作伥。殊不知此种联盟，乃利害所迫，兔死狗烹，鸟尽弓藏，赵高得势，岂容李斯存在，以分其权。不久以后，赵高设计，诛灭李斯，代其为相，独揽国政。

事例：运筹帷幄，和将相安帝室

刘邦死后，吕氏擅权，封王拜相，有夺天下之志。刘氏宗室诸王权力日削，坐立不安。丞相陈平虽尽忠刘氏，然大权旁落，计无所出，又恐祸及其身，便深居简出，屏退宾客。

陆贾焦急，去见陈平。恐其谢客，便夺门而入，一直来到陈平面前落座。陈平沉思之中，居然没有看见。陆贾问："您在想什么，如此专注？"陈平一惊，见是陆贾，便说："您猜猜看。"陆贾说："您富贵已极，还有什么可贪图的。如此深思，一定是为了诸吕擅权。"陈平回答道："不错。不过，如何解决？"陆贾说："天下安定，宰相最为关键；天下危亡，将帅最为关键。将相和，则人心归附。天下虽有变局，而大权不分。如今，吕氏擅权，您有心扶持刘氏，何不与太尉周勃交欢，深相结纳。将相合势，吕氏岂得妄为！"

陈平深信其言，赠以重金，为周勃祝寿，又准备丰盛的酒宴，与周勃共饮。周勃处于吕氏与刘氏之间，正在无可奈何之际，见陈平如此厚爱，遂厚加回报。将相一体，共助刘氏，吕氏夺位之谋，从此遭到挫折。

刘邦生前，曾称赞周勃厚重少文，必可安定刘氏天下。但是，倘无陆贾为陈平划策，周勃岂能有此作为。政治斗争纷繁复杂，千变万化，说不定什么人会在一夜之间变成关键性的中间力量。成败利害，就看谁能够把握时机，抓住这一关键人物，壮大自己的力量。由此可见，安天下者，非周勃，乃陆贾也。

事例：利用矛盾，以图匡复社稷

政治场上，两虎相争，不仅必有一伤，而且大有文章可做。处身于其间，自然有可能看错形势，押错筹码，以至全盘皆输；善用假道伐虢之计者，则可从中大获其利。

三国末年，曹魏出兵，两路夹攻，击灭蜀汉。魏将邓艾与钟会不和，矛盾日益激化。蜀将姜维见有机可乘，遂定假道伐虢之计，以图恢复社稷。

邓艾入蜀以后，自矜其攻伐之功，扬扬得意，对魏丞相司马昭之命颇有违逆。司马昭屡加劝阻，不得要领，心中不平。钟会入蜀以后，心怀异志，欲图割据，独霸一方。姜维深知其意，便对钟会说："君深谋远略，攻无不克，战无不胜，司马氏兴盛，全仗君之神力。如今，克复蜀汉，威震天下，万民折服，而司马氏反加疑忌。您将如何安排退路呢？为什么不效法范蠡，泛舟远行，绝迹于朝廷，全功名，保性命？"钟会烦恼地说："您说得太远了，我做不到。况且，如今的形势，还不至于走到这一步。"姜维说："君言果决，令人鼓舞。大计既定，其余琐事，皆在您掌握之中，不须老夫多言。"两人自此交往愈密，出则同车，坐则同席，犹如一个人。

钟会得姜维之助，依计而行。钟会首先告发邓艾有谋反之意，又模仿邓艾笔迹，伪作表章，其中辞气悖慢，狂傲不逊，以激怒司马昭。司马昭果然大怒，下令逮捕邓艾，押送魏京。钟会受命，率军急趋成都，统帅两支军队，实力大增，又有姜维所统蜀中士卒，自以为可以长驱直入，攻克中原，夺取天下，便假借押送邓艾入京为名，企图令姜维率五万人马出斜谷，自己统大军继后，直取长安，然后分兵夹击，攻克洛阳。正巧司马昭派贾充率大军入斜谷，计划与钟会共同对付邓艾。钟会知道以后，怀疑司马昭用贾充来牵制自己，立即会合诸将，声称讨伐司马昭，关闭城门，部署军队。

姜维见钟会中计，邓艾已被除掉，便劝说钟会进一步采取行动，将北来将领全部诛杀干净，以绝后患。然后割据蜀中，以图大业。姜维之意，是令钟会之军自相残杀，自除羽翼，自己则乘机杀死钟会，复立刘禅。姜维给刘禅写了一封密信中有云："希望陛下忍数日之辱，臣可使社稷危而复安，日月幽而复明。"

钟会听了姜维的建议，犹豫不决。此时，北来诸将及官吏已被软禁。钟会帐下有一位亲信将官名叫丘建，原为软禁的将领胡烈的部下，说服钟会，允许这些将领各派一名亲兵入内送饮食。胡烈乘机对亲兵说，丘建偷偷告诉他，钟会已经挖好大坑，准备把北来将士全部活埋。亲兵信以为真，一传十、十传百，无人不知。胡烈又给其子胡渊带信，命其救援。次日清晨，胡渊击鼓而出，士卒不期而至，拼力攻城。钟会与姜维正在府中，闻士卒哗变，率卫士力战，寡不敌众，被乱军杀死。

姜维之计，功亏一篑，其过不在计之不周，而在时势不可。即使姜维得行其计，诛灭钟会，亦未必可以重建蜀汉。不过，姜维忠心刘氏，其心可鉴，虽计破身死，亦不必过加贬责。谋事在人，成事在天。机关过于巧妙，往往不能奏效。

事例：存亡之秋，为国谋而获咎

君主专制制度最突出的缺陷，是君主的选择不由民意。父死子继，立嫡以长，这许多的条条框框，使得即使在帝王之家，贤德者也未必有机会成为嗣君。假如在位帝王所生诸子皆贤，自然是国家百姓之大幸；假如情况正好相反，国家百姓便将陷入水深火热之中。特别是嫡长子贤否，尤关国计民生，因此历来为人注目。当然，君主之立，也并非毫无选择的机会。改朝换代，宗室纷争，权臣拥立，都是进行这种选择的手段。不过，前一种手段往往伴随着剧烈的社会动荡，后两种手段则往往伴随着残酷的流血冲突。由于选择范围不大，即便是进行了选择，也有可能留下更深的隐患。

废立君主之际，各派人物粉墨登场，或为国为民，或为身为家，巧计奇谋，无所不用其极。参与争位者，竭力拉拢势力，以壮声威；有关的公卿大臣文武百官，深思竭虑，选择立场。其中也有忠耿之辈，为国为民，不惜利禄荣辱，甚至身家性命，或设谋用计，或据理力争。不过，这些人多半没有好下场。

西晋武帝时，太子司马衷是个白痴。当时，朝野上下都知道司马衷不堪为嗣，但各为身谋，没人出来说话。以贾充为首的一班佞臣，与太子妃贾南风串通一气，打算利用太子的愚昧，乘机擅权，千方百计，为太子歌功颂德。晋武帝受这些人的蛊惑，马马虎虎，还以为自己的选择英明及时，可以避免宗室纷争。278年，征北大将军卫瓘入京任尚书令。卫瓘忠于王室，在朝臣中，颇有声望，又具谋略，正直之人倚从为重。卫瓘入京以后，屡次打算把太子愚昧、不堪为嗣这件事奏告武帝，却总是找不到机会，毕竟他也不敢公然与贾南风一党为敌。后来，卫瓘参加了武帝在陵云台举行的一次宴会。卫瓘假装喝醉了酒，跪在武帝座前说："臣有话要说。"武帝不解其意，问道："卿所言何事？"卫瓘见周围人多眼杂，欲言又止，如是者三。最后，他抚摸着武帝的座位，意味深长地说："此座可惜！"武帝恍然大悟，怕被别人知道，便假意说："卿真是喝醉了！"卫瓘见武帝已悟，从此不再进言。

武帝对卫瓘的话虽然重视，心中却将信将疑。武帝平时也风闻太子之愚，只是不能确认，而且也不愿意确认。为了证实卫瓘的担忧实属多余，也证实世代聪敏的司马氏不会有愚昧的子嗣，他下令召集太子属官，摆设酒宴，挑选了一些疑难政务，命太子处理。贾南风大惧，唯恐露馅，请文才之士预作答案。文人作的答诏，文辞华美，引经据典。一位名叫张泓的属官对贾南风说："太子不学无术，陛下早就知道。这份答诏，咬文嚼字，一旦被陛下看破，追根问底，岂不是麻烦。不如朴实无华，直书本意。"贾南风深以为然，便命张泓起草答诏，许诺云："替我作一个好答诏，事成之后，与你共享富贵！"张泓作好答诏，由司马衷亲笔抄写，呈给武帝。其文虽无华辞，却分析透彻，合情合理。武帝看过以后，大加称赏，便把答诏首先交给卫瓘，询问："您看如何？太子并不像您说的那样！"卫瓘无言以对，局促不安，众人便知道卫瓘是武帝考察太子的根源。贾充在座，咬牙切齿，立即给贾南风报信："卫瓘这个老奴才，几乎使你家破人亡！"

司马衷终于被立为晋帝，就是著名的晋惠帝。贾南风借惠帝愚昧，专擅国柄，酿成八王之乱，蛮族乘机入侵，晋室由此而衰亡。贾充、张泓之辈，以拥戴之功，享尽荣华富贵，而卫瓘则被贾南风百般刁难,最后夷灭宗族。

贾充临死之时,非常担心死后得不到一个好的谥号。他的侄子贾模说:"是非功过,日久自明,谁也掩盖不了!"及贾充死后,朝臣为了贾充的谥号,发生一场争吵,最后决定,贾充昏乱纪度,谥为"荒公"。但是,晋武帝不同意,改为"武公"。不过,谥号归谥号,富贵归富贵,史家的笔墨是不会轻易为这种人留情的。

事例:乘人之危,反为对手所乘

西晋末年,北方少数民族入侵中原。匈奴人刘渊建立了一个割据政权,国号曰汉。刘渊死后,其四子楚王刘聪与太子刘和争位,互相猜疑。当时,刘和即位,以嫡子正统自居;刘聪为大司马,拥兵十万,屯于京城附近。

刘和生性猜忌,而驭下无法。宗正呼延攸、侍中刘乘、卫尉刘锐,由于各种各样的原因,对刘聪不满,企图诛杀刘聪及宗室亲王,便互相联络,积极谋划。他们说服刘和,声称:"先帝不知形势轻重,使齐王刘裕、鲁王刘隆、北海王刘义掌握禁卫之军,居于宫城;楚王刘聪统帅十万士卒,屯于近郊。如此,则陛下乃寄人篱下,政非己出。应该及早设法,免除后患。"刘和乃呼延攸的外甥,对舅舅的话深信不疑,便在一天夜里,召安昌王刘盛、安邑王刘钦商议。刘盛以为不可,劝阻说:"先帝梓宫未葬、尸骨未寒,四位亲王并无谋逆造反的行为,而一旦兄弟之间同室操戈,自相鱼肉,天下人怎样看待陛下!况且大业草创,陛下千万不要听信小人谗言,疑忌兄弟。兄弟尚不可信,还有什么人可以相信呢?"呼延攸、刘锐在座,闻刘盛之言,大怒,骂道:"今日所议,不容置否,你说的这是什么话!"命左右一拥而上,把刘盛乱刀砍死。刘钦见状，吓得浑身发抖。说："唯陛下所命是从。"于是定计。

第二天，刘和指挥诸人分头行动。刘锐率人往单于台进攻刘聪；呼延攸率人进攻齐王刘裕；刘乘率人进攻鲁王刘隆；尚书田密、武卫将军刘璿率人进攻北海王刘义。不料，田密与刘璿中途变卦，劫持刘义，夺路归顺了刘聪。刘聪知道刘和的行动，立即着手准备迎战。刘锐来到半路，得到田密与刘璿已经叛降的消息，折回头来，与刘乘、呼延攸合兵共攻刘裕与刘隆。二人突然被袭，猝不及防，皆被杀死。呼延攸又怀疑刘钦、刘安国等人有异己之心，把他们也杀掉了。

刘和初战得手，正准备纠集人马进攻刘聪，不料刘聪已经开始反攻，大队士卒涌向京城，破门而入，把刘和堵在光极殿西室之内，乱刀杀死，剁为肉泥。刘和被杀，卫士溃散，呼延攸、刘锐、刘乘三人都被擒住，斩首示众。几天以后，刘聪即位，做了皇帝。

刘和与刘聪明争暗斗，呼延攸、刘锐、刘乘等人欲襄赞君主，本来无可厚非。但此三人既怀自利之心，欲报私仇；又不明形势，以寡敌众；所胁迫之人，既用而疑，胜负本来已经了然，且又自相残杀，焉有不败之理。刘和暗而不明，用人不当，操之过急，使诛除异己之事，变成一场混战，失位身死，实为咎由自取。欲乘势而取人，反被对方所乘，假道伐虢之计，岂能如此简单！

事例：左右开弓，自取杀身之祸

两强并列之际，运用假道伐虢之计，支持一方，倾心相结，助其成功，自然可获大利。在这种场合，除了一定要认清形势之外,还要注意不使自己两线出击,以免腹背受敌。如果被人发现自己如此举止,势必造成双方对自己的夹攻之势,自己的地位便不再是左右逢源,而是左右为难,进退维谷了。在政治场上,一旦看准形势,便须坚持始终,该做赌博之时,便应孤注一掷,切不可轻易玩火,两线作战,多树敌人。

十六国时期,前燕大将慕容根追随慕容皝,屡立战功,颇受信任。慕容根亦自以为才高八斗,目中无人。360年春,燕主慕容儁死去,太子慕容暐即位。太原王、慕容儁之弟慕容恪,大司空阳骛,大司徒、上庸王慕容评与慕容根共受遗诏辅政。慕容恪进位太宰、慕容评进位太傅、阳骛进位太保、慕容根进位太师。慕容根向来不服慕容恪,见其总揽朝政,心中不满。当时,皇太后可足浑氏干预朝政,慕容恪颇有异词。慕容根以为有机可乘,便在双方之间煽风点火。

慕容根首先对慕容恪说:"今主上幼冲,母后干政,殿下身居枢机之地,应该防备意外之变,考虑一个自全之策。况且,定天下者,殿下之功也。兄亡弟及,古有此制。待先帝葬毕,殿下应该废黜主上,自立为帝。此乃大燕无穷之福!"慕容恪闻其言,大惊失色,回答说:"你是不是喝醉了?为何出言如此狂悖!我与你受先帝遗诏,辅佐幼主,为何突然有这种想法?"慕容根闻慕容恪之言,又羞又愧,唯唯而退。

慕容根又去说服可足浑氏和燕主慕容暐。声称:"太宰慕容恪与太傅慕容评图谋不轨,臣请率禁兵以诛之。"可足浑氏不知是计,准备照办。慕容暐说:"此二人,国家之亲贤,先帝选择,以辅佐朕躬,必不肯为此等事。谁知道是不是慕容根企图作乱呢?"

太后乃止。

慕容根没有说动双方火并，却引起了双方的怀疑。慕容恪把慕容根之言告诉了吴王慕容垂，慕容垂当即劝其诛杀慕容根。秘书监皇甫真也对慕容恪说："慕容根本来是一个凡夫小人，蒙先帝厚恩，参与顾命，而无智无识，骄纵日恣，必将为祸。明公今居周公之地，当为社稷深谋，早作准备，以防不测。"慕容恪认为，"今国家新遭大丧，强邻虎视眈眈，一旦宰辅之臣自相诛屠，恐令远近失望，宜先忍耐。"不久，慕容根又建议把都城由邺城迁回龙城。宰辅共议，闻于燕主与太后，真相大白，遂下诏将慕容根夷灭三族。

慕容根以小人之心，度燕帝叔侄之腹，以为两强之间，必有嫌隙，其于形势，固已属于妄测。倘慕容恪与慕容玮信其谗言，慕容根假道伐虢之计必中无疑。但是，慕容恪深沉有谋，忠心帝室；慕容玮明察善断，用人不疑。双方皆不为所动，此计便无从着手。

倘慕容根抓住一方，坚持不懈，即使不能成功，至少不会一败涂地。竟然两线出击，左右开弓，结果授人以柄，招致双方夹击，正所谓"有言不信"。

事例：翻云覆雨，终为替罪羔羊

政治场上，处于两强之间，一旦为人所用，切不可翻云覆雨，首鼠两端。反反复复，左顾右盼，不可能被人信任。一旦失利，往往身败名裂。

东晋在淝水之战以后，外部威胁暂时消除，内部倾轧随之又起。会稽王司马道子，忌谢安威望功名，欲专国柄，便向孝武帝屡进谗言。谢安的女婿王国宝，为人倾险，谢安讨厌他的为人，不肯擢拔。王国宝心中不满，见司马道子与谢安不和，觉得有机可乘，便结纳司马道子，合谋毁短谢安。司马道子也利用王国宝对谢安的怨恨，竭力拉拢，以为己助。

谢安遭到疏忌，司马道子取而代之，势倾内外，远近归附。孝武帝对他外示优宠，而心中不平。王国宝为了讨好司马道子，建议大臣奏告孝武帝，进司马道子为丞相、扬州牧、假黄钺，加以殊礼。其事虽然未成，但司马道子对他更加倚重。两人狼狈为奸，树植党羽，排斥异己。殊不知，孝武帝为了牵制司马道子，也在暗中物色人选，委以方面之任，王恭、殷仲堪之流，因此成为重臣。

王国宝依附司马道子，位势骤升，数年之间，官至中书令，又兼中领军，成为大权在握之人。这时，孝武帝与司马道子之间的矛盾已经公开化。双方各自拉拢势力，朝廷之上，一时党派林立，剑拔弩张。孝武帝对王国宝尤为憎恨，大臣屡加纠弹。王国宝大惧，唯恐受诛，权衡利害，便疏远司马道子，媚事孝武帝。孝武帝正欲利用司马道子的亲信，以防司马道子，见王国宝叛而来附，非常高兴。司马道子大怒。一次，两人在官署相遇，司马道子对王国宝大加斥骂，说到激愤之处，竟然抽出佩剑，投击王国宝。从此，两人绝交，成为仇敌。

孝武帝死后，安帝即位。安帝与惠帝一样，也是一个白痴，口不能言，寒暑饥饱，皆不能辨。司马道子势力复振，王国宝见势不妙，又倒向了司马道子，意欲痛悔前非，修复旧好，竭力献媚。司马道子为了对抗安帝心腹王恭、殷仲堪等人，也只好暂时捐弃前嫌，厚加抚慰。王国宝便重新参掌朝政，又一次成为权倾朝野的人物。

司马道子曾打算与王恭等人讲和，但王恭不肯俯就，便授意王国宝，伺机除掉这些人。王国宝的心腹曾劝其乘王恭入朝之机，伏兵将王恭杀死；王恭的亲信也劝王恭入朝杀掉王国宝，以清君侧。两人虽未立即动手杀人，但势同水火。王恭参加孝武帝葬礼之后，将还军镇，对司马道子说："主上幼而暗愚，大王秉政，应采纳直言，疏远小人。"王国宝闻其言，十分恐惧，力劝司马道子削夺王恭、殷仲堪的兵权；王恭、殷仲堪亦缮甲勒兵，预为防备，一时之间，朝野汹汹，人心不安。

王恭与殷仲堪密谋起兵讨伐王国宝。殷仲堪起初犹豫不决，桓玄劝殷仲堪说："王国宝素与您死敌，只是相互屠杀还没开始罢了。如今，王国宝执权，为所欲为。王恭势单力孤，必须与您合力，才可消除君侧之恶。东西夹攻，王国宝必死无疑。"殷仲堪便与王恭定计起兵，兴师问罪。

王国宝见到王恭、殷仲堪的问罪表章，惊恐万状。司马道子见势不妙，想起王国宝翻云覆雨之事，也不肯为其解围。王国宝大惧，计无所出，只好派出几百名士卒，到建康城外屯戍，以备不时之需。不料士卒在半夜遇到大风暴雨，一哄而散。王国宝的亲信王绪献计，要他捉住重臣王珣与车胤杀掉，以绝人望，然后挟制安帝与司马道子，发兵出讨王恭与殷仲堪。王国宝依计而行，捉来王珣与车胤。此时，王国宝方寸已乱，失去倚恃，往日威风荡然无存。见到王珣、车胤以后，胆怯不敢下手，反而向他们询问计策。王珣、车胤软硬兼施，又劝又吓，王国宝顿时没了主意，便上疏自请解职，诣阙待罪。司马道子苦于王恭、殷仲堪之兵逼迫，无计可施，见王国宝自请解职，立即应允。王国宝复又后悔，诈称有诏复其官职，意图再举。司马道子大怒，下令逮捕王国宝，把一切罪过，全推在他的头上，称诏令其自杀，将其党羽王绪等人也被杀逐。然后遣使向王恭道歉，请其罢兵归镇。一场风波，暂告平息。

事例：挖其墙脚，消灭难制之敌

王国宝死后，司马道子好不容易才使王恭与殷仲堪罢兵归镇。风波暂时平息下去，但司马道子的势力也大受削弱。司马道子的儿子司马元显，年方十六，文辞俊美，颇有才干，当时官拜侍中。他对父亲说："王恭、殷仲堪日益骄横，必为后患，应该暗中做些准备。"司马道子见儿子如此深谋远虑，非常高兴，便任命他为征房将军，以徐州为驻地，配置文武官吏以及大批士卒，谋划讨伐王恭与殷仲堪。

398年，豫州刺史庾楷，因司马道子割其所辖内四郡，大为不满，遣其子庾鸿对王恭说："司马道子任用王愉、司马尚之、司马休之兄弟，权势炙手，假借朝廷之威削弱方镇，前车之鉴，不可忘记。应当趁其谋议未成之机，早日下手除掉。"王恭以为其言有理，联络殷仲堪等人同攻京师。双方定计，以王恭为盟主，刻期举兵。两路大军浩浩荡荡，直奔京师而来。八月，殷仲堪先锋将杨佺期、桓玄至溢口，击败王愉，将其擒获。

司马元显对司马道子说："前此王恭兴兵，不加讨伐，遂有今日之祸，如果继续退让，下一个就轮到您遭殃了。"司马道子便把讨伐王恭、殷仲堪之事，全都交给司马元显处理。九月，晋室以司马元显为征讨都督，卫将军王珣、右将军谢琰、谯王司马尚之，各司其职，率兵参战。不料，官军小胜之后，白石一战便大败溃退，形势对司马元显极为不利。

这时，王恭一伙内部也出了问题。北府兵将领刘牢之，在王恭麾下，素不得志。刘牢之部下多为北土人士，骁勇善战。王恭依靠刘牢之的支持，却不把他放在眼里。自从胁迫司马道子除掉了王国宝之后，王恭自以为才气地位无人可比，威无不行，战无不胜，把刘牢之当作自己的附属。刘牢之亦颇负才干，见王恭待其如此无礼，深怀愧耻。王恭举兵之初，刘牢之便劝谏说："将军乃国之元舅，司马道子乃天子之叔。司马道子当国秉政，为将军除掉亲信王国宝，来书致歉，看来已经为将军所折服。割庾楷之四郡，于将军何干！"王恭不从其言，刘牢之更加怏怏不乐。司马元显知道以后，便派庐江太守高素前去游说，许诺刘牢之，一旦叛归朝廷，击灭王恭，便用刘牢之代替王恭的职位与名号。刘牢之动心，对其子刘敬宣说："王恭过去蒙受先帝大恩，今为帝舅，不能翼戴王室，反而举兵进攻京师，我实在不清楚王恭心里到底打的什么主意。一旦攻入京师，还能臣服陛下吗？我打算奉国家之命，反戈一击，以顺讨逆，未知可否？"刘敬宣说："朝廷虽无成康之美，亦无幽厉之恶。如今王恭举兵向阙，蔑视天威，与大人亲非骨肉，义非君臣，虽曾共事，而素不协睦。今日讨之，于情义何伤！"刘牢之便决意叛附朝廷。

王恭听人报说刘牢之有叛志，不肯相信。自以为待其不薄，不至于此。于是设酒宴，当众拜刘牢之为兄，把精良装备全部交给他。又命帐下大将颜延为前锋，率军急进。王恭此举，更勾起刘牢之的心腹之事。行至竹里，刘牢之杀死颜延，遣其子刘敬宣及女婿高雅之，回师进攻王恭。王恭不备，士卒溃散，落荒而逃。后来被人擒住，押送京师斩首。王恭溃散，殷仲堪只好退军。

事例：分其形势，置对手于死地

王恭败死，殷仲堪攻势受挫。司马元显又准备击灭殷仲堪，彻底消除后患。右卫将军桓修献计说："殷仲堪之兵，可以口舌破之。这些人倚仗王恭之势，意图跋扈。如今，王恭已灭，其心沮丧恐惧。如果以重利买通桓玄与杨佺期，二人必喜。桓玄可以牵制殷仲堪，杨佺期则可以倒戈击灭殷仲堪。"司马道子与司马元显依计而行，任命桓玄为江州刺史，以杨佺期为雍州刺史，贬殷仲堪为广州刺史，令其收兵。

桓玄与杨佺期追随殷仲堪，各有自己的打算。桓玄野心勃勃，杨佺期怀才不遇，两个人都企图借机发展自己的势力，问鼎朝廷。接到朝廷委任之后，殷仲堪大怒，桓玄与杨佺期则心中暗喜，不肯听从其调度。殷仲堪百般威胁，才使残兵败将回到荆州。回到荆州以后，殷仲堪、桓玄、杨佺期，形成了新的联盟。殷仲堪有兵而无职，桓玄有职而无兵，于是桓玄成为盟主，联络各方势力，连名上疏，为王恭诉冤。司马元显暂时无力进攻荆州，只好恢复殷仲堪的原职。

与朝廷妥协以后，殷仲堪与桓玄、杨佺期又开始内讧。桓玄在荆州，恣为不法，殷仲堪左右早就劝殷仲堪杀掉他。后来，桓玄成为盟主，日益矜伐，对杨佺期百般裁抑。杨佺期心中怀恨，便密劝殷仲堪在盟誓之时，袭而杀之。殷仲堪害怕桓玄被杀，杨佺期不可控制，坚决不许。但是，嫌隙已成，不可弥合。三人各归本镇以后，殷仲堪又与杨佺期联姻，以为互援，牵制桓玄。桓玄处于其压制之下，恐为其吞灭，便奏请朝廷为其扩大所辖地盘。司马元显正欲在他们之中制造矛盾，于是许诺，任命桓玄为都督荆州四郡军事，又命桓玄之兄桓伟，代替杨佺期之兄杨广的南蛮校尉之职。杨佺期勒其部伍，准备与殷仲堪共袭桓玄。不料，殷仲堪虽与杨佺期联姻，还是对他不甚放心，坚决制止。杨佺期既不能独力攻灭桓玄，见殷仲堪从弟屯兵北境，不解其意，只好打消原意。

殷仲堪无谋少断，同盟叛离，亲信又不能用，实际上已经陷入孤立局面。399年，荆州水灾，平地水深三丈，饥民遍地。桓玄欲乘机攻灭殷仲堪，发兵西上，写信给殷仲堪说："杨佺期受国恩而图逆，天下共诛之。如今，我已屯兵江口，如果您同意，便应杀掉其兄杨广；如不肯相从，我便率兵来攻。"殷仲堪无计可施，抓住桓玄之兄桓伟，命其写信，要桓玄罢兵。桓玄不加理睬。殷仲堪派兵阻击，又屡被桓玄打败。殷仲堪请杨佺期来援，而无粮饷军。杨佺期大怒，冒险出战，结果被桓玄击败，单骑落荒而逃，遭擒被杀，传首建康。殷仲堪闻报，逃往长安，亦被捉住，桓玄逼其自杀，兄弟亲朋，多遭戕害。桓玄擢拜荆、江两州刺史，都督八州军事，权势日隆。

从司马道子、司马元显秉政以来，东晋朝廷内讧纷起，焦点人物层出不穷。其势力消长盛衰，令人应接不暇，眼花缭乱。其中成败，无不在于用计之当否。假道伐虢，当时诸人几乎皆用此计，亦几乎皆中此计。利之所在，利令智昏；势之所存，有分有合。唯善用此计者,才能够高瞻远瞩,使人中计而不中人之计,削人之势、夺人之利而使自己利势双全。

事例:欲获其利,而失获利之道

假道伐虢之计,要认清形势,看准目标,尤其应该有自知之明,量力而行。否则,一来陷入于绝境,二来置己于死地。此种事例,史不胜书,而不自量力之辈,往往不顾前车之鉴,恣意妄为。

南朝宋孝武帝时,江州刺史臧质自谓人才难得,堪为国家栋梁,足成一世英雄,便潜怀异志,寻找机会,假道伐虢,以遂其志。

当时,太子刘劭作乱。臧质见荆州刺史、南郡王刘义宣庸暗易制,便竭力巴结,来到刘义宣所在的江陵,称名而拜,又劝其乘朝廷之乱,自立为帝。由于刘义宣已经宣布奉宋文帝第三子刘骏为帝,臧质之谋不成。刘劭被杀以后,刘骏做了皇帝,即孝武帝。刘义宣与臧质由于有拥戴之功,颇受信任,便更加骄纵。刘义宣居荆州,财多兵强,对朝廷节制,多有违背。臧质居江州,轻视孝武帝,政刑赏罚,独断专行。孝武帝表面上不加责罚,心中却很不满,对这两个人日益猜忌、疏远。

孝武帝曾经凌辱刘义宣的女儿,刘义宣由此对孝武帝大加怨恨。臧质见机,又写信密劝刘义宣举兵自立。信中说:"功高不赏,威高震主,古来少有全者。今万物归心于大王,声名彰著。见机不作,将为他人占先。若能命将屯兵江上,我率九江楼船为大王前驱,至少可得天下之半。大王率八州之众,徐进而入京,虽有韩信、白起之才,亦不能解建康之围。况且陛下失德,闻于道路,所用之将，多为我之故人。一旦兵临城下，谁肯为庸主尽力！时光荏苒，日月如梭，机不可失，时不再来。我经常担心死期将至，不得展其才干，为大王效命。到了那个时候，悔之何及！"刘义宣左右将领也心怀富贵之望，企图借臧质之力，成其所欲，便竭力赞成。刘义宣又联络豫州刺史鲁爽、兖州刺史徐遗宝，约以454年秋季举事。不料，鲁爽喝醉了酒，刘义宣使者来到的当天，鲁爽便起兵于寿阳。徐遗宝、刘义宣、臧质闻报，仓促举事。这时，才刚刚是二月份。

刘义宣起兵以后，奉表朝廷，请诛君侧。命鲁爽为征北将军，臧质则奉刘义宣为候补天子，自命为候补丞相。几路大军浩浩荡荡，杀奔建康。一时之间，远近震动。孝武帝恐惧，欲逊位迎刘义宣入京。竟陵王刘诞坚决不许，说："为何把宝座白白送人！"于是孝武帝振作精神，派领军将军柳元景、左卫将军王玄谟迎敌。

臧质外表上气势汹汹，实际上无谋无略。两军尚未交锋，王玄谟根据臧质的部署，已经看出他是一个不难战胜的对手。及临阵对敌，鲁爽醉酒，被斩于阵前；徐遗宝逃亡，被人杀死。刘义宣与臧质闻二人之败，惊骇不已，气焰顿消。太傅刘义恭又给刘义宣写信说："臧质小人无行，假猛虎之威，欲行其私。倘若得逞，恐非池中之物。"刘义宣见信，以为有理，对臧质顿生疑心。

五月，刘义宣到达芜湖，臧质献计，请派万人分兵夺取南州，牵制王玄谟，自己顺江而下，直捣建康。刘义宣恐臧质入京，不可控制，坚决不许。后来，臧质请求自率军攻南州东城，刘义宣又害怕臧质独得其功，不准其请。臧质才本中等，又为刘义宣疑忌，不得施展。结果，双方在南州大战，刘义宣与臧质兵败。刘义宣逃到江夏，又折向江陵，闭关自固，神不守舍，后来被部将囚禁。荆州刺史朱修之入江陵，刘义宣及其诸子、党羽皆被诛灭。臧质逃到浔阳，带上妓妾，奔往武昌，随从散尽。臧质至南湖，追兵至，遂匿于水中。不久，被人发现，射之中心，乱刀砍死，斩首送往建康。

刘义宣在江陵被部下囚禁时，懊悔不及，坐地叹道："臧质老奴误我！"殊不知人要误己，乃是己之误人，均是自误也。

事例：选择明主，终于翼成大业

运用假道伐虢之计，不仅要有自知之明，还要有知人之明。在两强相争之际，善于选择明主，才有可能附龙尾，乘凤翼，成人成己，建功立业。

南朝宋末年，后废帝刘昱暴虐好杀，政事日非，国家益乱。萧道成功高权重，为刘昱所忌。一日，刘昱闯进领军府，见萧道成裸袒而卧，便命其立于室内，在其腹部画了一个靶心，引弓搭箭，准备射击。近臣王天恩见势不妙，对刘昱说："将军腹大，自然是个好靶子。不过，一箭射死，便再无用。不如去掉箭镞，可以多射几次。"刘昱同意，乃去掉箭镞，一箭正中肚脐。投弓大笑曰："此手何如！"又曾自磨刀霍霍地说："明日杀萧道成！"陈太妃骂道："萧道成有功于国，若害之，谁还为你尽力！"刘昱乃止。

刘昱忌害萧道成，萧道成亦自为身谋，欲行废立。表面上，君臣一体，实际上已经分道扬镳。知道内情的公卿百官，见萧道成有废立之意，也纷纷择主而事，以为将来之计。

领军功曹纪僧真首先赞成萧道成，他说："今朝廷昏乱，人不自保，明公何苦坐受诛灭之祸！存亡之机，应当立断！"

青、冀二州刺史刘善明，听说萧道成准备奔往广陵起兵，劝他说："宋室将亡，愚智共知。公神武高世，当静以观变，因机而动，功业自定。如远离京师，岂非自贻猖獗，丧失根本！"东海太守垣荣祖也以为不妥，劝阻说："领军府距台城不远，明公出奔，岂能不为人知。如单骑而行，万一广陵闭门不纳，您到哪里去！恐怕明公一出府门，便有人告密，大事去矣！"

越骑校尉王敬则与萧道成深相结纳，夜间穿青衣，伏于道路，为萧道成探听刘昱的动静去向，又为其交结刘昱左右杨玉夫、杨万年、陈奉伯等十五人，在殿中伺机动手，杀死刘昱。477年七月，杨玉夫与杨万年杀死刘昱，王敬则把刘昱的首级带给萧道成，遂定废立之事。

刘昱死后，公卿商议主政之臣，王敬则持白刃胁迫，褚渊则暗度陈仓，声称："非萧公不可办此！"亲自把政务交给萧道成。及袁粲谋诛萧道成，与褚渊商议，褚渊即刻告密，袁粲之计遂败。

自萧道成定计废立，至顺帝禅位于齐，其间攀龙附凤者极多，不可尽数。这些人不仅倾心结纳，而且以其计谋才干，使萧道成转危为安，终于成功。这些人在萧道成称帝以后，封爵封官，为将为相，享尽荣华富贵。而那些死保刘昱的人，或杀或逐，或贬或疏，很快便被人们遗忘了。

事例：出言不慎，无端遭罹诛戮

用人不疑，疑人不用，此不变之法。运用假道伐虢之计，争取中间势力以为己助，尤其不可用人而疑，自去羽翼。而欲附骥尾者，处于两强之间，铤而走险，亦须事事小心，慎之又慎。稍有疏忽，便有可能招来杀身之祸。

北魏末年，高欢秉政，野心勃勃，诛杀异己，拉拢势力，培植羽翼。孝武帝被高欢所逼，亦暗中寻找可用之人，以图除掉高欢。

　　当时，重臣高乾官拜侍中、司空。他在信都之时，父亲病故，国家多难之际，无暇卸任服丧。及孝武帝即位，朝廷粗安，高乾上表请求为父亲完成丧礼。孝武帝准奏，解除其侍中之职。高乾本意，并不想放弃政务，但拘于礼法，不得不如此而已。没有料到孝武帝丝毫没有挽留之意，不由得心中不乐。不久，孝武帝欲图除掉高欢，外倚贺拔岳，内恃斛斯椿，又竭力拉拢元老重臣，壮己声势。见高乾为朝臣所敬服，欲其归己，便在一次宴会之后，把高乾单独留下来，对他说："卿历代忠良之后，今日又有奇功。名义上你我是君臣，实际上义同兄弟。应该立下盟誓，永为莫逆之交。"高乾仓促之间，不知孝武帝深意，便草率地回答说："臣以身许国，何敢有二心！"遂立盟誓。事过之后，高乾也没有通报高欢。

　　过了一段时间，高乾发现孝武帝举动异常，与贺拔岳往来密切，知其有除掉高欢之意。便对亲信说："主上不信任勋贤之臣而亲近小人之辈，祸难将至，必及于我！"便暗中与高欢联络。高欢召高乾至并州，面议其事。高乾便劝高欢夺位。高欢大喜，应允恢复其侍中之职，重新执政。不料，高欢屡次奏请，孝武帝就是不准高乾复职。高乾处于两强之间，进退维谷，又见祸机日近，便请求出任徐州刺史。孝武帝便准其奏。

　　高乾尚未成行，孝武帝听说高乾经常与高欢有密函往来，泄露朝廷机密，大怒。便下诏给高欢说："高乾与朕私有盟约，而今

飞龙在天或见野

反复两端,此种小人,岂可信任!"高欢读诏,以为高乾果真如此,大为反感,顿生疑心,便把高乾前后写给他的密信呈送孝武帝。不久,孝武帝安排妥当,召见高乾,把高欢送来的密函让高乾过目,令其对质。高乾自知不可免祸,说:"陛下自立异图,反而说臣反复无常。人主加罪,谁能逃得了呢!"孝武帝遂赐高乾自尽。

后来,高欢使者返回并州,把在场所见所闻告诉了高欢,高欢非常后悔。及高乾之弟逃到并州,高欢与其抱头痛哭一场。

事例:欲行其计,须防强中有强

北齐时期,权臣和士开,深受世祖信重,朝廷大臣恶其奸佞,咬牙切齿。为了永葆权位,和士开采纳了祖珽的建议,劝说世祖及早禅位于太子,以防宗室及外臣在其死后夺取帝位。世祖准奏,太子即位,是为后主。此后,和士开之宠长盛不衰,日益骄恣。

黄门侍郎冯子琮,以太后妹夫的身份,参与朝政。冯子琮本来对和士开十分巴结,及后主即位,自恃亲贵,忌和士开擅权,遂与之相互排挤,日益不和。后来,冯子琮升任右仆射,权势渐重,与和士开的矛盾日益激化。冯子琮企图除掉和士开,但和士开深受后主及太后的宠爱,不得下手,便在宗室诸王之中选择琅琊王高俨,倾心结纳。计划废黜后主,另立高俨,诛杀和士开,独专国柄。

高俨有宠于太后,身兼京畿大都督、领军大将军、御史中丞、录尚书事等数职,出入仪卫,颇为壮观,服器宫室,与后主等量齐观。不过,这些优宠之礼,高俨并不满足。他曾经对世祖说:"吾兄懦弱,如何控制左右!"世祖赞赏他的刚决之气,曾打算废掉后主,另立高俨。其事不果,怏怏不乐。又见和士开、穆提婆等人专横奢纵，心中不平。和士开与穆提婆二人也私下议论说："琅琊王目光奕奕，逼人心魄，与其对话，不觉流汗，比天子还要令人畏惧，应该尽早提防，采取对策。"便将高俨迁往北宫，五日一朝，不得随时面见太后。后来，和士开又欲令高俨出京任外官，夺其兵权。高俨大怒，冯子琮乘机进言，指责和士开离间高俨与太后。高俨更怒，声称要杀掉和士开，冯子琮竭力赞成，并策划趁机立高俨为帝。

571年七月，高俨令亲信上表弹劾和士开之罪，请求收监。为了不被后主和太后察觉，冯子琮把这份奏表，夹在其他一些无关紧要的公文之中，呈送禁中。后主马马虎虎，一起批复。冯子琮得到批文，交给高俨。高俨便称诏，命领军库狄伏连捉拿和士开。调动京畿士卒，埋伏于神虎门外。这一天，和士开早朝，库狄伏连在门外见和士开到来，把他骗到行台，伏兵拥出，乱刀砍死。

高俨的本意，只想诛杀和一人。不料事端一开，不可中止。冯子琮力劝高俨尽诛异己，乘机夺位。高俨便率三千余名士卒屯于千秋门，围住皇宫。后主派人召高俨入宫，不从。后主大惧，六神无主。这时，双方都注意到一个重要人物，即宿将斛律光。斛律光参与辅政，屡立战功，朝野瞩目，而且掌握兵权。谁得到他的支持，便等于胜券在握。高俨召请斛律光，后主也召请斛律光，关键时刻，斛律光倒向了后主。斛律光入宫，对后主说："小儿辈弄兵，不足为虑。"便与后主同往千秋门。斛律光至千秋门，先派人对士卒宣告陛下驾到。士卒闻讯，惊慌失措，散去大半。后主驻马于河桥之上，遥呼高俨。高俨不动，斛律光便来到高俨面前，对他说："天子之弟杀一匹夫，算得了什么！不必惊慌。"把高俨硬拉到后主面前，对后主说："琅琊王年少无知，肠肥脑满，轻举妄动。年长以后自然懂事，希望陛下宽赦其罪！"后主把高俨痛打一顿，暂时饶过。冯子琮及高俨亲党皆被处死。不久，后主派人将高俨杀死，时年十四。

运用假道伐虢之计，关键在于拉拢势力。和士开处于世祖与后主之间，翻云覆雨，窃取政柄，自以为得计，却不料遭冯子琮暗算，身首异处。冯子琮处于后主与琅琊王之间，纵横捭阖，上下其手，自以为得计，却不料被斛律光轻轻一句话，弄得前功尽弃。强中自有强中手，声势宜壮，自不必说；而主谋之人的才干，尤须注意。否则，徒有声势，望风瓦解，如何成得大事。

事例：各个击破，拉一方打一方

假道伐虢之计的实行，要求用计者必须善于利用矛盾，因势利导，在一定时期内拉拢一方，打击一方；击败一方之后，再集中力量收拾被拉拢的这一方。各个击破，两方都是失败者，只有自己才是胜利者。中国历史上唯一的女皇武则天，正是采用这一计策，击败一个个对手，最终篡夺了唐室，取得了皇权。

武则天原是唐太宗李世民的才人，是后宫中的三等宫眷。因为应着"女主昌"的图谶，在唐太宗病重时，为避杀身之祸，而自请出宫削发为尼。武则天生性争强好胜，落到这种地步，她无论如何也不甘心，日夜盼望着有朝一日能够回宫。她把回宫的希望寄托在皇帝李治（唐高宗）身上，因为高宗在做太子时，曾经与她暗结秦晋之好，在她出宫时，也曾表示继位后将接她回去。后来她真的如愿以偿，重新回到了离别三年的宫中，被晋封为昭仪。她能够顺利地回到宫中，有两个原因：一是高宗不忘旧情，履行前约，同时她在高宗到寺中行香时及时抓住机会，刻意打扮一番，重提旧情，声泪俱下地追叙寺中三年所受的苦楚，深深地打动了高宗的心；二是后宫争宠，皇后王氏为了壮大自己的力量，大力支持高宗接回武则天。

武则天回到宫中以后，便卷入了你争我斗的旋涡之中，面临的第一仗是后妃之争。后宫萧良娣，饶有姿色，为高宗所宠爱，册封为淑妃。萧淑妃生有一子，取名素节，高宗十分喜爱这个小儿子，封其为雍王。这引起了王皇后的忌妒，屡次在高宗面前进谗言，贬损萧淑妃母子。萧淑妃也不甘示弱，便反唇相讥。后妃之间的明争暗斗日趋激烈。王皇后支持高宗接武则天回宫，原是她与萧淑妃争宠的需要，她与萧淑妃争宠占不了上风，便想到了武则天。她想武氏一入宫，就会去夺萧淑妃的宠，萧、武二人一争，自己来个坐山观虎斗。这样，仇人多一敌手，自己增一臂助，何愁萧淑妃不败在自己手下。其实，她的如意算盘，是瞒不过武则天的。面对这种情况，武则天来了个顺水推舟，采取了拉拢王皇后、打击萧淑妃的策略。她装出一副真诚的样子，一味巴结皇后，对王皇后百般奉承，千般感激，使王皇后真心真意地把她当为知己了。王皇后常常在高宗面前夸赞武则天，称她如何殷勤，如何温恭。这样一来，武则天便和王皇后结成了联盟。武则天同时紧紧地抓住高宗，又对宫监们和颜悦色，十分体贴，更把高宗赐给她的财物赏给他们，逐渐地得到了宫监们的好感，后宫之中充满了对她的一片赞扬之声。武则天乘机千方百计地排斥萧淑妃，萧淑妃愤极上诉，高宗全然不予理睬，逐渐地冷淡了她。武则天还收买了一些耳目,对萧淑妃进行监视。萧淑妃失去宠爱,心中不满,有时在背后流露出一些不满的言论,武则天听了宫人的密报以后,一一地记载下来。等到汇集多了,就在高宗面前一下子抖搂出来,某月某日,萧淑妃在什么地方,当着一些什么人的面,说了哪些不满的话,一件一件,时间地点人证,全都有根有据,清清楚楚,不容高宗不信,便宣召萧淑妃,加以责问。萧淑妃在确凿的证据面前,无法否认。这样一来,便惹怒了高宗,萧淑妃被打入冷宫,贬为庶人。武则天往上爬的第一个障碍扫除了。

挤倒萧淑妃,这既是王皇后的目标,也是武则天的目标。在这一点上她们共同联手。在王皇后利用武则天的同时,武则天将计就计,反过来利用了王皇后,借助于王皇后的力量,施展自己整人的各种手段,将自己出人头地的第一个对手打了下去。在与萧淑妃的交手中,武则天已经初露锋芒,接下来,在后宫的争斗中,则更可以看出她的城府之深。

武则天击败萧淑妃之后,便想进一层下手。这进一层的做法,就是要扳倒皇后了。为了达到目的,她对王皇后使用了栽赃陷害的手段,同时蒙骗、利用了高宗。她栽赃陷害王皇后的第一招,便是亲手害死自己亲生的女儿,之后嫁祸于王皇后。永徽五年(654),武则天生了一个女孩。高宗十分喜爱这个小女孩,每天下朝回来总要来瞧上几眼。武则天却感到生女无用,索性定下了牺牲小女构陷皇后的毒计。有一天,王皇后到了武则天住处,武则天事先闻报,密嘱宫女之后,便躲了起来。王皇后未见到武则天,见床上的女婴很可爱,便抱起来逗弄了一番,之后便走了。武则天在王皇后走以后狠了狠心,扼死了自己的女儿,仍旧把孩子放在床上，用被子盖好。等到高宗来时，发现女孩已死，武则天欺骗高宗说她到御园采花，不知孩子是怎么死的，追问侍女，都说："正宫娘娘到此一行，曾见到她坐床抚摩，过一会儿便走了。"武则天继而顿足大哭，连哭带诉，声声怨恨王皇后。开始时高宗还不相信皇后能够下此毒手，武则天便呜呜咽咽地诉说王皇后的诸多大过，极力搬弄是非，百般诬陷，煽动高宗动了怒，使其产生了废掉皇后的想法。她栽赃陷害王皇后的第二招是使用"厌胜"之术，嫁祸于王皇后。武则天笼络、买通了王皇后宫里的人，让他们充当自己的爪牙，随时监视并密报王皇后的一举一动。她密令宫人制作了一个木偶，在上面写上高宗李治的名字以及李治出生的年月日，在木偶的七窍和心口部位插上钢针，悄悄地埋在王皇后的床下。之后唆使王皇后的近侍到高宗那儿去告发，说皇后怨恨皇上，与她母亲魏国夫人一起使用了"厌胜"之术，诅咒皇上早死。高宗带领内侍监的宦官前往皇后宫中验视，果然在皇后睡床下面的砖下挖出来小木偶，高宗不由得怒气冲天，指问王皇后。王皇后莫名其妙，吓得浑身乱抖，跪地申辩表白，高宗置之不理，下决心废去王皇后。

　　武则天为了彻底击败王皇后，极尽笼络之能事，时时拉拢高宗。她一意揣摩上旨，多方迎合，即使有意进谗，也都是旁挑曲引，慢慢地浸润，从来没有遽色，没有疾言。当她诬陷王皇后害死自己的女孩，高宗表示出废后之意时，她又故作惧色，忙向高宗摇手，并且说道："废后是何等大事，陛下不应为了妾言，孟浪举事。况且满朝大臣，没有人能够知道内情，一旦提出此事，必会有人出来谏阻。还望陛下三思，宁肯逐妾，不可废后。"听起来语气委婉，赤诚相见，表面上劝高宗不要废后，实则柔中带刚，步步紧逼，以退为攻，不仅逼着高宗在她与王皇后之间二者择其一，而且暗示高宗要排除大臣们的反对。当她以"厌胜"之术诬陷王皇后，高宗持着小木人来到她宫中时，她瞧着那木人儿，装出许多懊丧，几乎要咬碎银牙。及至看到高宗怒不可遏，转而又好言解劝，请高宗息怒保身。极力表现出对高宗忠心耿耿，表现出对高宗深切体贴。

武则天采取了这些手段以后，已经深深地蒙骗了高宗，将高宗紧紧地拉向了自己一方，同时将王皇后打得摇摇欲坠，促使高宗下定了废掉皇后的决心。这又是武则天拉一方打一方手段的效果。

事情到这里还没有算完，王皇后还没有最后被扳倒，因为在朝中王皇后还有势力，还有一些重臣在支持王皇后，他们坚决反对废掉皇后。这些支持王皇后的大臣主要有太尉长孙无忌、尚书右仆射褚遂良、吏部尚书柳奭等人。这些人在朝中官职很高，大权在握，有的是先皇太宗临终前任命的顾命大臣，有的是高宗的长辈至亲。武则天为了达到扳倒皇后的目的，必须扫除这些障碍，她在紧紧拉住高宗的同时，对朝中大臣们也采取了拉一方打一方的策略。

太尉长孙无忌，不但位高权重，而且是高宗的母舅，又亲受先皇唐太宗顾命，无论对朝中大事，还是对皇上的家事，影响力都很大。武则天看准这是一个关键的人物，就千方百计地在他身上打主意，一味讨好、笼络、收买他。她曾经亲自与高宗同往长孙无忌府中走动，在长孙府中设席欢饮。席间武则天摆出一副关心的样子问及长孙无忌的嗣子，十分热情地接见了在家的三个表弟，当她听说三个表弟年龄尚小，都没有官职时，就旁启发高宗说："舅舅是国家的元勋，理应全家受荫，请陛下推恩加赐，给三位表弟封个官吧。"高宗听了这一番话后，立即封这三位表弟均为朝散大夫。武则天对长孙无忌一家人表现得十分亲热，见面时握着长孙无忌夫人的手，一口一个"舅妈"地叫着，告辞时又与无忌妻妾等人一一握手，千般叮咛。她还以礼相送，派遣宫监押载金宝缯珠十车，送给无忌。她又指使说客前往说情。武则天的母亲杨氏，与长孙无忌的夫人是旧相识，武则天就利用这层关系，让杨氏去走长孙无忌夫人的门路。又由礼部尚书许敬宗前去进谒长孙无忌，向长孙无忌密谈高宗废后的意图，再三劝长孙无忌勉从。长孙无忌人虽然性情鲁直，心胸也有些狭隘，但是在大是大非面前，还不糊涂，他不相信王皇后会害死武则天的女儿，也不相信王皇后会使用"厌胜"之术诅咒皇上，因此他反对废后。武则天建议高宗给他的三个儿子授官，他固辞不受，高宗不允，才勉强接受。武则天与高宗到他府上商谈废后之事，他一味装呆作痴，不答一言，或者暂且用他语支吾。武则天送他十车金宝缯珠，他也只酌受数物，其余一大半则令来人璧还。杨氏说情，碰了钉子；许敬宗充当说客，受到他的斥责。这样，尽管武则天挖空心思，下很大力量去拉他，却始终没有拉动他。武则天在扳倒王皇后过程中，还拉拢利用了三个人。一是礼部尚书许敬宗，他在武则天与王皇后的争斗中，见武则天逐渐得宠，便乘势媚谀武则天，武则天把他收作心腹，亲请高宗加授他的官阶，使许敬宗得以待诏武德殿西闼。许敬宗不但各处游说，还在朝堂上公开扬言："田舍翁多收了十斛麦子，还要换换老婆，天子富贵拥有四海，废一个皇后，再立一个新的皇后，也是人之常情，有什么值得大惊小怪的，何必议论纷纷呢？"二是中书舍人李义府，这个人巧言令色，表面上对人笑容满面，内心里却是十分阴沉，人们称其为笑中刀。李义府本是东宫食客，及至高宗继位，便得职为中书舍人。长孙无忌恨他奸佞，上章弹劾他，奏请高宗将他贬为壁州司马。李义府得到消息，急忙上表，奏请废王皇后而立武则天为皇后，以讨好高宗和武则天。武则天把李义府收为心腹，高宗很是高兴，赏赐他珠一斗，擢升他为中书侍郎，后来武则天又请求高宗加授他的官阶，因而他得以升任为参知政事。三是司空李勣，他是朝廷的功臣，讲话有一定分量，但是在朝臣争论废后事宜时他却一言不发，又自称有病，不上朝议事。武则天看出李勣在废后这件事情上有意袒护自己，便劝高宗密召他入宫，与其商量易后事宜。当高宗私下问他时，李勣却回答说："这是陛下的家事，何必质问外人。"这话表面上看似中立，实际上是等于赞同高宗的主意。

　　武则天还怂恿高宗，对那些反对废弃王皇后、反对立武氏为皇后的朝中大臣进行了重点打击。在朝廷正式讨论废后事宜之前，首先下诏无端地将皇后的母舅吏部尚书柳奭，贬谪为荣州刺史。接着对尚书右仆射褚遂良下了手。褚遂良不仅位高权重，而且是先皇唐太宗指定的顾命大臣。他坚决反对废弃王皇后，认为对王皇后的指控是他人的构陷，并以自己曾接受先帝遗命有责任保护皇后为由，在朝廷上据理力争，反驳高宗废后的一切理由。褚遂良公开地反对立武则天为皇后，对高宗说："陛下一定想要更换皇后,也应当选择令族。武昭仪过去曾事先帝,人所共知,现今如果立为皇后,岂不被后人所讥笑吗?"武则天曾经在朝堂上公开唆使高宗扑杀褚遂良,多亏长孙无忌等大臣相救,褚遂良才免一死,后来被贬为潭州都督。

还有侍中韩瑗、中书令来济,先是上言谏阻高宗为武则天特增宸妃名号,继而上疏反对立武则天为皇后,还极力讼褚遂良之冤,阻止高宗加刑或斥逐褚遂良,深深地得罪了武则天,武氏必欲除之而后快,曾经暗示高宗处置他们,后来又授意许敬宗、李义府进谗言,诬陷他们图谋不轨,借机把韩瑗贬为振州刺史,把来济谪为台州刺史。又有长安令裴行俭,听说朝中正在围绕着废后立后之事进行激烈地争论,前往长孙无忌府中拜谒,忍耐不住,发了一通议论说:"武昭仪若立为后,必为国家大祸,太尉不可不争。"又激劝了长孙无忌几句。凑巧中丞袁公瑜也在场,他出了长孙无忌家门,就前往武则天母亲杨氏住处通风报信,杨氏随后便到武则天处告发,结果第二天一早,朝中便颁下诏书,把裴行俭贬为西州长史。

就这样,武则天击败了一个个反对者,终于扳倒了王皇后,高宗正式下诏,废皇后王氏为庶人,移置冷宫,武则天则被册立为皇后。武则天当上皇后以后,也没有放过业已遭贬的王皇后、萧淑妃,以及曾经支持过王皇后、反对过自己的大臣们。一次,武则天归谒家庙,高宗念及王皇后、萧淑妃的旧情,乘隙前往冷宫探视二人,并表现出恻隐之心。武则天回来后,有人将这种情况密行报知,她意识到,王、萧二人的存在,仍然是个潜在的威胁,就下了一道矫诏,命人将王、萧二人各杖一百,并且把她们的手足截去，投入酒瓮之中，二人忍着极大的痛苦活了几天以后，相继死去。二人死后，武则天又下令将二人枭尸，胁高宗下诏，将王皇后的母兄及萧淑妃的家族充戍极边，追夺王皇后已过世父亲的官爵。武则天又授意许敬宗、李义府二人，将曾经支持过王皇后，反对过自己的长孙无忌等人尽行贬死。后来许敬宗借理一件阴谋不轨案件之机，捏造口供，将长孙无忌牵连进去，贬其为扬州都督，后又进一步大肆株连，派人分别到几个贬官的住所，逼长孙无忌自尽，杀死了柳奭，又要杀韩瑷，韩瑷已先死，与这些贬官有关系的亲属、朋友也一个个贬的贬、逐的逐、杀的杀。

这一步，武则天彻底地胜利了。在后妃之争中，当萧淑妃得宠，王皇后处于不利形势下时，她本想借助于武则天的力量，打垮淑妃，巩固自己的地位，但是万万没有想到引狼入室，作茧自缚，让武则天来了个假道伐虢之计，既挤掉了萧淑妃，又扳倒了王皇后，一箭双雕，乱中取胜。王皇后是葬送了别人，也赔掉了自己，唯独白白地便宜了这个尼姑庵里出来的武才人。

到这里，武则天的假道伐虢之计并没有结束，她还在演。她的下一个目标就是唐高宗李治、李氏子孙，以及整个大唐江山了。在皇后位置之争中，武则天拉拢、利用的主要人物是唐高宗，唐高宗坚决站在武则天一边，使武则天得以把高宗的后妃一个个置于死地，把高宗的重臣一个个打下去，收拾得干干净净，而武则天一经得胜回兵，便把矛头指向了高宗，下一个倒霉的该轮到高宗了。

高宗性格庸懦，已为武则天所掌握，日子久了，她便渐渐地威逼自擅，骄恣起来，凌驾于皇帝之上，内外政事，她都要参与，后来几乎到了说一不二，不容高宗反驳的地步。高宗对武则天的专恣深为不满，曾经暗召侍郎上官仪，密议废黜武氏，并起草了一份废后的诏书，被武则天发现，与高宗大吵大闹起来，把高宗吓得魂魄俱丧，把废后的意见统统推到了上官仪的身上。武则天便唆使许敬宗上奏章，诬陷上官仪等人串通已废太子李忠谋逆。逼着高宗降旨，赐死李忠，杀了上官仪等人。至此，军国大权全归武则天掌握，高宗视朝，武氏在后垂帘，生杀予夺，任所欲为，一些蝇营狗苟的朝臣统称她为"二圣"，高宗则号称她为"天后"。到后来，高宗觉得这个皇帝当得没有意思，索性借口头痛、眼睛有毛病，干脆不去上朝，把朝政都交给了武则天去处理，武则天独霸了朝纲。

为了控制唐室江山，武则天还把手伸向了李氏宗室及唐朝臣子，对他们大肆杀戮。为了杀人，她重用了索元礼、周兴、来俊臣等几个酷吏，建立了投书告密制度，诬告的可以不受惩罚，发明了各种酷刑，严密监视宗室及大臣，一遇到有嫌疑可指，即诬人谋反，加以捕戮。仅仅几年，便先后诛戮李唐宗室贵戚几百人，大臣数百家，刺史、郎将以下更是数不胜数。为了控制权力，她甚至连自己亲生的儿子也不放过。武则天一共生了四个儿子，两个女儿。为了构陷王皇后，她掐死了自己的一个女儿。她的大儿子叫李弘，她当了皇后以后，逼迫刘氏所生的李忠让出太子的位置，李弘便被立为太子。李弘仁孝、谨慎，不像武则天那样狡狯，对自己母亲独揽朝中大权有些事情看不惯，常常忤旨，这样就渐渐地失去了母后的欢心。后来因为萧淑妃两个女儿的事，更深深地得罪了武则天。萧淑妃死后留下两个女儿，一个是义阳公主，一个是宣城公主，因为母亲得罪，她们被幽禁于宫中，年龄都已经超过了三十岁，尚未嫁人。李弘非常同情这姐妹二人，就代为请旨，将二人许配给了宫中卫士。武则天对李弘大为不满，在李弘随从高宗到合璧宫时，她亲赐酒食给他，之后他便腹中膨胀，服药无效，痛苦呻吟了好几天，年仅二十四岁便死去了。

武则天的二儿子叫李贤，容止端重，恣性聪敏，少时读书，过目不忘，曾受封为潞王，深受高宗喜爱。李弘死后，李贤继立为太子，当时武则天信任正谏大夫明崇俨，明崇俨向武则天进谗言说："太子福薄，不堪继承大位，而英王李哲长得跟太宗相似，相王李旦也有大贵之貌，从他们二人当中选一个立为太子，国祚才能长久。"武则天便很后悔立李贤为太子，组织人撰写了《孝子传》《少阳正范》等书，赐给李贤，暗寓训斥之意。李贤看出母后别有用心，母子间产生嫌隙。后来明崇俨被人杀死，武则天怀疑是李贤主使，李贤惴惴不安，索性沉湎歌舞，追逐声色，过一天算一天。不想他又因故得罪了司仪郎韦承庆，被韦承庆到武则天处告了一状。武则天派人到东宫搜查，搜出几百件甲仗，便将其作为太子谋反的证据，又诱使宫奴一口咬定太子指使人杀了明崇俨。武则天便提出要大义灭亲，拟将李贤置于死地。经高宗苦苦求情，武则天才同意将李贤免去死罪，废为庶人，幽禁起来，不久又将他流徙巴州。李贤在巴州住了几年，其间世事变迁，他的父皇撒手人寰，弟兄们升迁沉浮，多灾多难，死的死了，废的废了，在位的也只能做个傀儡，而造成这一切的，竟是他们的生身母亲。回首往事，他无限愤懑，忍不住写了一首《黄台曲》，以寄托自己的悲思和对小弟弟的怀念。诗中有云:"种瓜黄台下,瓜熟子离离。一摘使瓜好,再摘使瓜稀。三摘犹为可,四摘抱蔓归。"这个时候,他们三个兄弟都已经被"摘"了,他是多么担心留在京城的小弟弟再被母亲"摘"掉呀!当年李贤出居巴州时,武则天便担心他因为不满而谋变,如今看到了这首诗,体会到了其中的怨恨情绪,疑心就更加重了,便密嘱将军邱神勣驰赴巴州,逼着李贤自杀了。

武则天的第三个儿子是李显,初封周王,后改封英王,易名为哲。李贤被废以后,李哲被立为太子。高宗死时,遗诏令太子李哲继承皇位,史称中宗。中宗生性庸柔,素来被母后所挟制,不能独立主持朝中大事。他继位后,便尊天后武氏为皇太后,一切政事,均由太后裁决,武则天即临朝称制。中宗册封韦氏为皇后,擢升韦后的父亲韦玄贞为豫州刺史。中宗素来宠爱韦后,就想要进韦后之父为侍中。中书令裴炎认为韦玄贞没有什么大功,不宜立即擢升高位,入朝谏阻,再三力争,惹恼了中宗。中宗高声叱责说:"我就是把整个天下都给了韦玄贞,也无不可,何况区区一个侍中之职呢?"裴炎听后十分惶惧,便向武则天禀报。武则天自重返宫中以来,频频用计,击败了一个个对手,连连得胜,步步春风,扶摇直上,由才人进为昭仪,由昭仪进为皇后,由皇后进为太后,到此她并没有满足,还在得陇望蜀,想要实现更大的野心。听了禀报,她感到这是自己进一步攫取权力的好机会,便进行了一番秘密部署,命人带兵入宫,集百官入殿,她赫然临朝,宣布废中宗为庐陵王,理由是他已失德,想要把天下送给韦玄贞。武则天废弃了中宗,将其锢入别室,在李贤被逼自杀以后,又猜忌李哲，便令其出居房州，后又徙至均州。

　　武则天的第四个儿子是李旦，先后被封为殷王、豫王、相王。在中宗被废时，武则天曾问群臣："帝位应属何人？"其实这时在高宗所有的八个儿子之中，除了死的、贬的、废的以外，只剩下豫王李旦一个人了。要立皇帝，已经别无选择，无需再问帝位应属何人了。武则天之所以要这样问，是别有用心的，她是想要亲自出马，登上帝位。但大臣们当时众口一词，都说要推立豫王李旦，武则天尚不便独申己意。于是，李旦便被立为皇帝，史称睿宗。李旦虽然身为皇帝，却是居住在别殿里的，所有的国政，他都不能过问，形同虚设，就连这一朝的年号都不是皇帝的，而称之为"天后光宅元年"。武则天仍旧临朝称制，一切朝政全由她独自处理，当然朝堂上原来挂的那珠帘也早已撤掉不用了。武则天抓住朝政大权以后，最忌讳的就是还政。天后垂拱二年（686）正月，她为了收买人心，故作姿态，假惺惺地说要还政于皇帝，下诏归政给她的第四个儿子睿宗李旦。可是李旦心里清清楚楚，这是她的母亲在演戏，一想起几个兄长的遭遇，他就惶恐不安。他知道，如果自己真的接了政权，那么死期也就不远了。因此，他上表固辞。武则天便也顺水推舟，向大臣们宣布："皇帝不肯奉诏，是因为自己还年轻，让皇太后再协助他几年吧。"司马昭之心，路人皆知，朝野内外人们都清楚，武则天掌握了大权，还在进一步觊觎皇帝的位置。一些人对武则天的专政深为不满，同情李氏宗室的遭遇，更为诸武用事而愤愤不平。在这种情况下，李敬业在扬州起兵讨伐武则天，发出了著名的《讨武曌檄》。武则天召集朝臣，商议对策。中书令裴炎进言说："皇帝年长，不亲政事，因而叛党才有了借口,如果太后能够指日归政,那么叛众自然可以不战而平了。"武则天对裴炎劝她归政耿耿于怀,就把裴炎也株连到反案之中,最后将其杀头抄家。有两个大臣觉得裴炎冤枉,替裴炎辩解,也被逮捕下狱,后又将这二人分别贬谪、流放。有一个大臣刘祎之,曾经私下对舍人说:"太后既然已经废昏立明,何必再临朝称制,不如指日归政,以便安定人心。"舍人向武则天告密,武则天下令将刘祎之处死。就这样,凡是胆敢提出让她退位还政的人,她都严惩不贷。

武则天把权力牢牢地抓到手以后,便开始实现她当女皇的梦想。武则天的侄子武承嗣,让人找来一块白石头,在上面凿了"圣母临人,永昌帝业"八个大字,派人进献给武则天。武则天十分高兴,立即提拔了进献石头的人,把那块大石头封为"宝图",命令新建一座明堂,供奉那块石头。不久又把那块大石头更名为"天授圣图",给自己上了一个尊号叫"圣母神皇",又隆重地举行了祭奠洛水的大典,以扩大神赐明言的影响,称洛水为"永昌洛水",封洛水神为"显圣侯"。后来便正式即皇帝位,自称"圣神皇帝",改国号为"周",定年号为"天授",立皇帝李旦为皇嗣,赐姓武氏,对她娘家的子侄,也都封了王。至此,李氏江山正式落到了武氏手中。

武则天从处境艰难转到春风得意,从卑微的低层,爬到权力的巅峰,靠的是什么?靠的是计谋,靠的是手段。她在篡夺李唐江山过程中,拉拢、利用了一个个同盟者,击败了一个个对手,又把一个个同盟者打了下去,立于不败之地的只有她自己,这不能不说她的谋略、她的手段高人一筹。

三、利用孤立　事半功倍之效

假道伐虢之计在政治斗争中的应用范围十分广泛。尤其是在强弱之势尚未明朗之前，运用此计，可以利用一方，孤立一方，集中力量打击主要敌人，对击败政敌，攫取权力，都可收事半功倍之效。如果能够加以活用，还可以取得意想不到的效果。

第一，国与国之间。

假道伐虢之计，其源即出于国与国之间的互相冲突，用于这种场合，也尤其容易收效。需要注意的是，欲行此计，必须舍得对拉拢的对象施以厚利，并且对其处境及要求有真切的了解，这样才不会使自己的诺言无的放矢，造成"有言不信"的结果。

在国与国之间使用假道伐虢之计，则有大中小之分。对于大国来说，强强联合，也能够获得利益。"夫先与强国之利，强国能王，则我必为之霸；强国不能王，则可以辟其兵，使之无伐我。然则强国事成，则我立帝而霸；强国之事不成，犹之厚德我也。今与强国，强国之事成则有福，不成则无患，然则先与强国者，圣人之计也。"欲要假道伐虢，率先与强国结盟，强国能称王，自己也能称霸；强国不能称王，自己至少也可以躲避它的军事进攻。

对于中等强国而言，采取以自身为盟主的"结盟战略"。因为"安民之本，在于择交，择交而得则民安，择交不得则民终身不得安。"使用假道伐虢之计，其核心利益在于维护国家安全，并不是为了称霸。要达到维护安全的目的，就决不能两面树敌，要善于实施联盟战略。

对于弱小国家而言，使用假道伐虢之计也是在于维护国家安全，因为自身实力的关系，则有多种选择，若是依附大国，自己缺少发言权，充其量也就是"牛后"；若是联合其他小国，不仅有可能制衡大国，以其自身的实力，则有可能成为"鸡首"。是合众弱以制强，还是逢迎强者，这是弱国的选择，也是各有利弊。"王而不能自恃，不恶卑名以事强，事强可以令国安长久，万世之善计。以事强而不可以为万世，则不如合弱，将奈何合弱不能如一。"侍奉强国不能带来长久的安全，合众弱则很难团结起来，因此要慎重选择，最好是二者得以兼之，这就要有适当的策略。

第二，君与臣之间。

君主企图控制臣下，消灭敌对势力。臣子企图独揽大权，甚至取君主之位而代之。他们都必有可以借用的力量，才能达到目的。要做到这一点，就必须使用假道伐虢之计。

在政治斗争中，游离力量很多，面目不清，必须善于分析形势，看准对象，才有可能得手。在看准对象之后，施以厚利，作出恰到好处的承诺，同样是必不可少。吕不韦企图在政治上有所作为，如果不是看准了公子异人"奇货可居"；如果不是敢于倾家荡产以结其欢心；如果不是恰到好处地承诺改变其政治地位，便不会达到预期的目的。赵高企图独揽秦朝大政，利用了秦二世与李斯这两个游离的第三势力。他与李斯合谋杀害太子扶苏与大将蒙恬，拥立秦二世这个原本毫无希望继位的愚蠢之才，使其对赵高深信不疑。李斯为了保住自己的禄位，也不能不与赵高合作。赵高权势扩大之后，首先利用秦二世除掉李斯，然后又除掉二世，终于达到了预期的目的。与此相似的例子是贾充扶持晋惠帝。当时，贾南风与惠帝地位不稳，上有武帝之犹豫不决，下有卫瓘的坚决反对。贾充利用这种局面，花言巧语，上下其手，终于得以保住自己的地位。至于南朝宋末年，纪僧真、刘善明、王敬则、杨玉夫、杨万年、褚渊等人助萧道成成就帝业，则关键在于知人之明。

此计运用之时，失败的例子也不少。如前燕慕容根欲专朝政，见燕主慕容㬌势弱，便劝说慕容恪乘机下手，不料遭到拒绝，便又去动员燕主除掉慕容恪，结果又不成功，结果反而促使燕主与慕容恪联合攻己，终至宗族夷灭，其中关键，便是没有认清可利用的力量。东晋王国宝在孝武帝与司马道子争权之时，依附后者，大获其利，后来见孝武帝势盛，又反戈一击。及安帝即位，又与司马道子言和，竭力献媚。此举为从政之大忌，其祸岂止"有言不信"而已。及王恭、殷仲堪兴兵问罪，司马道子便抛出王国宝作为替罪之羊。其中关键，就在于用计者的摇摆。至于南朝宋孝武帝末年，臧质企图利用南郡王刘义宣行假道伐虢之计，控制朝政，结果计败身死，则原因主要在于臧质实力有限，并不能给予刘义宣以真正有力的支援。

第三，臣与臣之间。

臣与臣之间争权夺利，同样可以对游离势力大做文章，孤立对手，发展自己。赵高利用秦二世之庸愚，除掉李斯，是一个成功的例子。陆贾在刘氏诸臣与吕氏相争之际，以三寸不烂之舌，使陈平、周勃团结一心，将相和睦，尤为深识远谋之举。姜维在兵败之后，利用邓艾与钟会的矛盾，企图假道伐虢，匡复蜀汉，失败纯系偶然。司马元显企图利用殷仲堪与杨佺期对付桓玄，但既不能给这两个人以实际的支援，又不能使这两个人精诚合作，反被桓玄上下其手，各个击破。北齐和士开于世祖与后主之间翻云覆雨，窃取政柄，却不料被冯子琮暗算；冯子琮于后主与琅琊王之间纵横捭阖，大获其利，却不料被斛律光所败，前功尽弃。由此可见，主谋人的才干，在运用此计之成败中，亦至为关键。

四、威逼利诱　为己不择手段

假道伐虢之计与远交近攻之计截然相反，远交近攻是意在图近，假道伐虢则意在图远，但核心内容却是相同的，无论远近，都是为了自身的利益，故此在交往过程中，就要借助混乱的局面，没有混乱，也要制造混乱，以便在乱中取胜，这是混战计的特点。假道伐虢位于混战计之末，也是混战计最复杂、最难成功制胜的计谋，故此在实施过程中，有明显的特点。

第一，就假道伐虢之计在政治斗争中应用而言，具有易行性的特点。

在政治斗争中，尤其是在政治局势混乱之时，游离势力较多，利用此计，往往易于得手。正因为有各种势力的存在，假道伐虢之计的应用范围才比较广泛。如果加以活用，则几乎可以随处可用。在政治斗争中，本无什么真正的信誉可言，相互利用，是假道伐虢的通则。以假道伐虢的策略而言，无外乎投其所好，巧言进谏；因其所惧，危言耸听；夸言其长处而以利诱之，攻击其短处而以威逼之。为了自己的利益而以更大的利益诱惑他人，这正是假道伐虢之计的真谛所在，也是扩大自身势力的基本手段。

第二，就假道伐虢之计在政治斗争中实施而言，具有危险性的特点。

假道伐虢之计多用而易行，风险亦寓于其中。人人知有此计，人人欲用此计，说不定谁是被利用的角色。因此，欲用此计，必须在能够满足本计所需要的基本条件之外，对己方的实力、地位、才干等因素充分考虑，才不至于在互相利用之际丧失主导地位，全军覆灭。只有充分认识实施此计的危险性，才能够把握主动权，若是只见其利，而不知其害，是很难成功的。

第三，就假道伐虢之计在政治斗争中实施过程而言，具有混乱性的特点。

假道伐虢之所以纳入混战计中，就是实施者是处在混乱的形势之下，也就给施计者提出更高的要求。在国与国之间，对于对方国家的政治、经济、地理状况、风俗、民情甚至国君的志趣、爱好，都应该是了如指掌。在君臣之间，一定要深入了解对方的意图、取向，就连对方的生活细节也不能够放过。在臣与臣之间，不但要关心对手个人的各种情况，还必须了解对手的各种政治关系，一定要做到知己知彼，才可以实施离间、拆散、拉拢、控制、转嫁，乃至于消灭的目的，这也是假道伐虢之计从困境走向亨通的根本所在。

柏桦 说 三十六计与中国古代政治智慧 下

潜龙勿用
日乾乾

——并战计与败战计

柏桦 等 著　王山甲 插画

北方联合出版传媒（集团）股份有限公司
万卷出版公司

ⓒ 柏桦 等 2018

图书在版编目（CIP）数据

潜龙勿用日乾乾：并战计与败战计/柏桦等著．—沈阳：万卷出版公司，2018.8

（柏桦说三十六计与中国古代政治智慧）

ISBN 978-7-5470-4980-8

Ⅰ.①潜… Ⅱ.①柏… Ⅲ.①兵法—中国—古代—通俗读物②政治制度史—中国—古代—通俗读物 Ⅳ.①E892.2-49②D691.21-49

中国版本图书馆CIP数据核字（2018）第123818号

出 品 人：刘一秀
出版发行：北方联合出版传媒（集团）股份有限公司
　　　　　万卷出版公司
　　　　　（地址：沈阳市和平区十一纬路25号　邮编：110003）
印 刷 者：鞍山市春阳美日印刷有限公司
经 销 者：全国新华书店
幅面尺寸：145mm×210mm
字　　数：480千字
印　　张：19.125
出版时间：2018年8月第1版
印刷时间：2018年8月第1次印刷
责任编辑：胡　利
装帧设计：范　娇
责任校对：高　辉
ISBN 978-7-5470-4980-8
定　　价：65.00元

联系电话：024-23284442
传　　真：024-23284448
E - m a i l：vpc_tougao@163.com
网　　址：http://www.chinavpc.com

常年法律顾问：李福　　版权所有　侵权必究　举报电话：024-23284090
如有质量问题，请与印刷厂联系。联系电话：0412-2228073

目录

并战计——龙虎相争

偷梁换柱——频更其阵　乘乱吞并强敌　　5
一、智法兼备　暗藏化险之道　　7
二、蒙混欺骗　信与不信之间　　9
三、变换手法　计谋出奇制胜　　31
四、并战首计　欺诈巧妙实用　　46

指桑骂槐——杀鸡儆猴　制以险毒刚严　　49
一、行险而顺　以小损换大利　　51
二、旁敲侧击　行威武无怨恨　　53
三、审时度势　迂回取胜之道　　87
四、暗藏智慧　斗智斗勇斗奇　　108

假痴不癫——静不露机　意在大智若愚　　111
一、韬光养晦　寓机智于糊涂　　113
二、装疯卖傻　变被动为主动　　115

| 三、假戏真做　先谋后事者昌 | 149 |
| 四、并战重计　使敌猝不及防 | 167 |

上屋抽梯——假之以便　必要陷之死地　170

一、假之以便　取利须防后害	173
二、置梯诱敌　迎其意谋远图	175
三、隐藏伪装　以少损获大成	181
四、诱敌惑敌　最终战胜强敌	192

树上开花——巧布迷阵　以此虚张声势　203

一、借局布势　其羽可用为仪	203
二、对症下药　据时势变手法	208
三、力小势大　定要眼花缭乱	243
四、诡怪异常　弱者对付强者	260

反客为主——乘隙插足　循序扼其主机　264

一、排闼入室　均势转变强势	266
二、尊重规律　伪造以求新奇	269
三、奇谋妙计　智慧手腕并举	293
四、步步为营　不贪功不冒进	307

败战计——败中取胜

美人计——伐情消志　顺势保存实力　315
　一、美人相赠　使其体弱情疲　317
　二、献美伐情　寓计谋于其中　319
　三、以求生存　变劣势为优势　352
　四、财色阴谋　诱惑欺骗卑鄙　355

空城计——虚虚实实　力争奇而复奇　358
　一、虚以惑敌　意在化险为夷　360
　二、巧设迷阵　真虚假虚出奇　364
　三、手段高明　奇人奇事奇计　386
　四、夸张虚饰　制驭政敌之心　409

反间计——五间并用　意在乘隙取胜　414
　一、两军对垒　疑阵中有疑阵　416
　二、示假为用　巧用反间制胜　420
　三、乘虚而入　圣智也要用间　447
　四、诡道之术　成本低获利高　457

苦肉计——假真真假　离间全在真假　　461

　一、伪受迫害　迷惑麻痹离间　　463

　二、自我伤害　博信待机出奇　　467

　三、警惕对手　戒备防范之心　　485

　四、自损其体　寻求心理突破　　493

连环计——百计迭出　此策阻彼策生　　497

　一、使其自累　智将强敌可制　　500

　二、机巧环连　运筹制胜心机　　502

　三、统筹全局　智取强攻豪夺　　524

　四、海纳百川　集众长以补短　　535

走为上——全师避敌　志在以退为进　　540

　一、全师避敌　反败为胜之机　　542

　二、以退为进　谋求全胜之道　　545

　三、反败为胜　力不足谋补之　　570

　四、险中取胜　衰到极点转盛　　583

秘本兵法　三十六计　　589

后　记　　603

并战计
——龙虎相争

引　言

　　"并战计"是三十六计的第五套，由偷梁换柱、指桑骂槐、假痴不癫、上屋抽梯、树上开花、反客为主等六计构成。

　　"并战计"，一般地说是对付友军的。在历代王朝的兼并战争中，友军也是被列为潜在的敌人之中。当列强有求于友军与自己同仇敌忾、并肩作战时，有些时候会突然下手消灭或吞并友军。

　　"并战计"的六计，一言以蔽之，都是些阴毒至极的反常之举。如"偷梁换柱"，其核心是当同友军联合作战时，暗中换它的主力，使它作战不利，然后乘机吞并其兵力的计谋。"偷天换日"、"偷龙换凤"，都属此类；"指桑骂槐"，则是用杀鸡儆猴、敲山震虎的暗示手段，达到统率部众和树立威严的法术；"假痴不癫"，又是欺骗麻痹敌对势力，同时愚弄己方士兵，从而实现获取更大权力和势力的战略目标的计谋；"上屋抽梯"，则是用小利诱敌，使其覆没的阴毒之计；"树上开花"，则是借着别人的兵力来慑服敌对势力的谋略；"反客为主"，是在获益把握较大时，乘机扩充实力、兼并他人之利，变客为主的计策。

　　擅长于此类谋略者，非博鉴群书而逊色。就此类"并战计"

言之，自古至今，论述颇丰，如《戊笈谈兵·古今阵法·律藏赋》说："减天衡、地轴之营，及乃李靖之六花（阵）制度。"《孙子·九地篇》说："能愚士卒之耳目，使之无知。"《李卫公问难》载："自古诡道存之，则全诡不复增之、废之，则使贪、使愚之术，从何而使哉？太宗良久曰：卿宜秘之，勿泄于外。……诡道可使由之，不可使知之。……兵者，诡道也。托之以阴阳术数，则使贪、使愚，兹不可废也。"又载："臣较量主客之势，则有变客为主，则有变主为客之术。"再如《百战奇略·利战》载："凡与敌战，其将愚而不知变，可诱之以利；彼贪而不知害，可以设伏以击之，其军可败。法曰：利而诱之。"《孙子·虚实篇》说："能使敌人自至者，利之也。"这都是"并战计"的理论阐述。

政治与军事密不可分，这些计谋既可运用于军事行动，也可施之于政治斗争。即使是在军事中的运用，其操作也很难与政治截然分开。"兵不厌诈"，在战争中，施计用谋，常可收"不战而屈人之兵"之效，故孙子有"上兵伐谋"之说。政治斗争同样变幻莫测，奇谋妙计的运筹是克敌制胜的重要保障，杰出的政治家们以其超人的韬略导演出威武雄壮的历史活剧。

计谋、谋略是人类智慧的结晶，是人们政治、军事、社会斗争的经验升华。中国古代形成的"三十六计"，固然带有不可避免的局限性，但是同一计谋，往往既可为进步势力的正义事业服务，也可为腐朽势力的丑恶行径作伥，关键是使用它的目的和实施的对象、方法。因此通过这些计谋运用实例的叙述，不仅可以看到历史上光怪陆离、云谲波诡的政治斗争场面，而且可以从中得到智慧的启迪。

偷梁换柱

——频更其阵 乘乱吞并强敌

本计云:"频更其阵,抽其劲旅,待其自败,而后乘之。曳其轮也。"意思是:多次变动友军的阵势,暗中抽换它的劲旅,等待它自趋失败,然后乘机控制或吞并它。这就像《周易·既济》卦的爻象所显示的那样:拖住了大车的轮子,也就控制了大车的运行。

《三十六计》还为这一计加了一个说明性的按语。其原文是:"阵有纵横,天衡为梁,地轴为柱,梁柱以精兵为之。故观其阵,则知其精兵之所在。共战他敌时,频更其阵,暗中抽换其精兵,或竟代其为梁柱,势成阵塌,遂兼其兵。并此敌以击他敌之首策也。"其大意是:阵势有东西南北之方位,阵中有"天衡",首尾相对,作为战阵的大梁;"地轴"在中央,当作战阵的柱子。梁和柱的位置,都要部署主力部队防守。因此观察对方的阵势,就能知道他的主力在什么地方。与友军共同对敌作战时,频繁地更改他的阵容,暗中抽换他的主力,或者直接派自己的部队去代替他作梁柱,这样就会导致他的阵地出现坍塌之势,于是兼并他的军队。这是吞并这一潜在敌人后,再去攻击其他敌人的首要策略。

本计的提出,原是针对盟军的,但在实际应用中也用来对付

以假乱真,分身蒙混过关

敌军。从该计的本意来看，有以下两层含义：第一，通过不断地变更盟军（或敌军）的阵势排列、兵力部署，以及暗中调开他的精兵，抽换他的主力，来达到削弱他的实力，最终控制或消灭他的目的；第二，把自己的部队派到盟军（或敌军）的阵地上，去替换他们的主力（梁柱），从而控制或吞并对方。在这两层原意之外，人们经常看到的却往往是它的引申之意，即通过暗中偷换事实的手法来欺骗盟军（或敌军），保护自己。

偷梁换柱这个成语源于桀、纣"换梁易柱"的传说。据说夏桀王、商纣王力大无穷，能够"倒曳九牛，换梁易柱"。后来，"换梁易柱"就演变成"偷梁换柱"的成语，通常用来比喻玩弄以假乱真的手法，暗中篡改事物的性质或内容的行为。例如，在《红楼梦》中，乘贾宝玉神志不清之机，以薛宝钗冒充林黛玉而与他成婚，王熙凤施展的就是偷梁换柱的伎俩。

一、智法兼备　暗藏化险之道

《周易·既济卦第六十三》云：既济：亨小，利贞；初吉终乱。《象》曰：水在火上，既济。君子以思患而豫防之。

【一爻】初九，曳其轮，濡其尾，无咎。《象》曰："曳其轮"，义无咎也。

【二爻】六二，妇丧其茀，勿逐，七日得。《象》曰："七日得"，以中道也。

【三爻】九三，高宗伐鬼方，三年克之，小人勿用。《象》曰："三年克之"，惫也。

【四爻】六四，繻有衣袽，终日戒。《象》曰："终日戒"，有所疑也。

【五爻】九五，东邻杀牛，不如西郊之禴祭，实受其福。《象》曰："东邻杀牛"，不如西邻之时也；"实受其福"，吉大来也。

【六爻】上六，濡其首，厉。《象》曰："濡其首厉"，何可久也？

"曳其轮"是水火既济初九爻的爻辞。初九是变爻，变为水山蹇卦。既济为本卦，蹇为之反卦。因此，既济卦的对卦与反卦都是"未济"卦，"未济"卦的分量相对较重。既济卦中隐伏危机，危机的来源，在变爻中寻找。化险之道正是此计的奥妙。

根据阴阳变化的法则，可将偷梁换柱之计在各种政治条件下使用的结果，结合中国古代事例进行推演，一般可能出现以下六种情况：

第一，政治斗争有如人之渡水，仅濡其尾，表明水并不深，因此，运用此计可以保全无祸事。但是施行之中，无桥何以渡水？无舟何以渡水？说明渡水的艰难，情况的复杂，因而在隐藏的危机中，必须化险为夷。

第二，拖住车轮，车子就不能运行，在运用此计过程中，必须谨慎行事。在错综复杂的斗争中，为求得生存，保全自身，在成功之际，便要谨慎筹划，防患于未然。也就是说胜利在即，要乘此时算计友军，以免将来友军算计于我。只有这样，才能达到此计的目的。

第三，如果客观条件不利于己的时候，采取大的行动，就会导致失败。遇到这种情况，不能违反客观存在，贸然发动进攻，那样是很危险的，必须耐心地等待时机的到来。

第四，本身占据有利的位置，既要征服对手，又不能让友军摘去桃子，唯一可行的，就是吞并友军，合二力为一力，这样就可以大举歼灭敌人，得到极大的成功。

第五，在客观条件成熟之时，不仅要控制友军，要阻止友军前进，而且要吞并友军，以免自身遭受危机，处于劣境的情况发生。

第六，在政治斗争中，当位者要保全地位，必定戒备森严，不当位者思当位，也必定费尽心机，而当位者为防不测，以友为敌，狠狠打击，须以计达到目的。

综观上六种情况，说明偷梁换柱之计在实施过程之中千变万化，从既济到未济，无一爻不变，所以在卦的推演上，格外复杂。在古代兼并战争中，在政治斗争的舞台上，友军就是潜在的敌人，因此同仇敌忾之时，突然下手消灭或吞并友军，以友为敌，这是反常之举。而根据不同的情况，实施不同的手法，这是并战之计的根本。

偷梁换柱虽然是军事上的谋略，但在古今中外的政治角逐中，政治家们也将其作为一件法宝，用来瓦解和迷惑对手。而且军事与政治很难截然分开，军事上的斗法与政治上的斗智经常紧密地交织在一起。不过，本计在政治上的应用，更多的还是它的引申之意，而非其原始本意。

二、蒙混欺骗　信与不信之间

计谋在政治斗争中，有着极为重要的作用。只要运用得法，就可以少胜多，以弱胜强，这在政治斗争中的例子，是不胜枚举的。偷梁换柱之计作为并战计的第一个计谋，在政治斗争中的运用，其常用手法有以下四种。试举一些事例来看，则可见这一计谋的常用手法运用，在历史上引出了多么扑朔迷离的斗争场面。

第一，以计抽换敌方的主力，来达到削弱其实力，最终消灭他的目的。

并战计的特点是偏重于策略，偷梁换柱之计也在于去掉潜在的敌人，不是公开的，却是目的明确的，其手段必定是阴险的。

事例：换将易帅，赵军惨败长平

前264年，秦昭王命武安君白起伐韩。前261年，秦军包围韩国上党郡（今山西沁河以东），上党郡守冯亭将上党献给赵国，以求借赵抗秦。秦王大怒，命白起及左庶长王龁攻取上党郡，然后大举进攻长平（今山西高平西北），与赵国开战。

赵王派名将廉颇率军抗秦，与白起战于长平。秦军远离故土出征，欲速战速决，猛打猛冲；廉颇则避其锐气，据险结营，坚守不进，秦军攻势受挫。廉颇及其防御战略成为秦军取胜的最大障碍，秦国丞相范雎便施用偷梁换柱之计，设法除去廉颇。

范雎派奸细携重金到赵国都城邯郸，贿赂赵王身边的宠臣。奸细散布流言蜚语，谎称廉颇年迈胆怯，不敢与秦交战，且有降秦之意。又故意编造说，秦军最怕的不是廉颇，而是赵括，把本来怕廉颇、不怕赵括，偷换成不怕廉颇、怕赵括。赵王果然中计，不顾丞相蔺相如和赵括母亲反对，任命赵括为主帅，替代廉颇指挥作战。

秦国为什么煞费苦心地使赵国改任赵括呢？原来赵括只是一位擅长纸上谈兵的空头将军。赵括乃是赵国名将马服君赵奢之子，自幼熟读兵书，但缺乏实战经验，议论兵法，引经据典，夸夸其谈，自以为天下无敌。在与其父讨论用兵之事，其父虽然难不倒他，但却为他担忧。其母询问原因，赵奢说："用兵作战，险恶而又千变万化，而赵括却将它看为平常易事，将来如果统兵为将，必遭败绩。"事情果然为其父所言中。

赵括对于秦将，畏惧白起而轻视王龁。赵括曾向赵王表示，白起"战必胜，攻必取"，秦国如以他为主将，则须认真对付；而现在却任命王龁为主将，他遇到我就像秋叶遇到狂风一样，"不足当迅扫也"。其实赵括恰恰中了秦国偷梁换柱之计。秦国针对赵括惧怕白起、蔑视王龁的心理特点，表面上任命王龁为主将，而实际上却秘密任命白起为主帅上将军，命令全军严加保密，泄露者斩，从而麻痹了赵括，使其越发傲慢轻敌。

赵括率兵直趋长平，秦国前来迎战的正是王龁，赵括更加以为稳操胜券，便尽改廉颇防御战略，挥军大举进攻。两军交锋，赵军立即受挫，陷入重围。这时秦军杀出一员猛将，高喊："赵括中了武安君白起之计，还不赶快投降！"赵括得知是白起在指挥作战，不由得心惊胆战，方寸大乱。结果赵军全军覆没，赵括中箭身亡，赵国四十余万士卒被坑杀于长平，这就是著名的长平战役。

在长平之战中，秦国连续两次使用偷梁换柱之计。第一次是用计使赵国把统帅由知兵善战的廉颇调换成纸上谈兵的赵括，这犹如砍倒了赵国的擎天之柱。第二次是用计在表面上以副将王龁代替主将白起为本国统帅,而又在关键时刻揭示真相,使赵括始之以狂,继之以怯。两用偷梁换柱,都收到了良好效果,对秦国取得长平大捷起到了至关重要的作用。

军事是政治的继续,政治与军事密不可分。在这里,秦国两次用计,都是针对双方主帅任免的。而战争中的人事问题,既是军事问题,又是政治问题,因此这也是偷梁换柱之计在政治上的应用。

事例:抽其劲旅,曹操大败袁军

袁绍,东汉末年汝阳(今河南商水西南)人,字本初,出身于四世三公的名门世家。在割据混战中,袁绍迅速扩展了自己的力量,拥兵数十万,占据冀州(今河北省中南部)、青州(今山东省东北部)、幽州(今河北省北部)、并州(今山西)四州六地,可谓地广、兵多、粮足,是当时实力最为强大的军阀割据势力。在黄河以南的曹操却是他图谋称霸天下的最大障碍,因此自恃兵强势大,于建安四年(199)夏季,亲率精兵十万,战马万匹,向南进发,决心一举灭曹。

曹操面对袁绍气势汹汹的进攻,一直处于被动挨打的地位。这时的曹操虽然靠收编黄巾军和征服吕布、袁术等割据势力,建立了自己的军事力量,并挟持汉献帝迁都于许(今河南许昌),但与袁绍相比,在实力上却处于劣势。曹操不仅兵力不足,而且他所占据的黄河以南地区,连年战乱,残破不堪,物资匮乏。因此如何变被动为主动,变防御为进攻,在不利的态势下以弱胜强,就是摆在主帅曹操和众高参们面前的难题。

建安五年(200)二月,袁绍派遣大将淳于琼、颜良和谋士郭图进军白马（今河南省滑县北，时为黄河分流处），围困曹操的东郡（今河南省濮阳地区）太守刘延，自己率领大军进至黎阳（今河南省浚县东，为黄河北岸古津渡口），准备渡河直捣许都，由此拉开了著名的官渡（今河南省中牟东北）之战的序幕。

东郡地区是曹军的北部屏障，一旦失陷，袁军就会以此为缺口，挥师南下，因此曹军势在必守。四月，曹操亲统大军北上解救白马城之围。针对战局态势和袁绍志大才疏、骄横轻敌的特点，曹操与谋士们对战略战术作了周密的策划。著名谋士荀攸献上偷梁换柱之计。

荀攸，字公达，颍川颍阴（今河南许昌）人，出身士族，跟随曹操从征张绣、吕布、袁绍等，屡献奇谋，被任命为尚书令，后在征伐孙权途中病故。这时，他向曹操进计说，敌强我弱，不能硬拼，只有先设法分散它的兵力，调开它的主力，才能扭转局势，取得胜利。他提出的具体方案是，请曹操亲率队伍直奔延津（今河南省延津北），伪装成要渡河北上进攻袁绍后方的架势，袁绍见状必然会分兵前来迎战，这时曹操再挥师东向，飞奔白马，出其不意，袁军可破。

曹操采纳了荀攸的计谋，向延津以西的白马进发。在延津渡口，曹操布置军士、民众赶造船只，制造即将渡河的假象。袁绍闻报，惊恐异常，急忙率领主力队伍向延津移动，只留下颜良继续围攻白马。曹操见调动敌方精锐、分散敌方兵力的策略已经见效，便调转兵锋，与袁绍相背而行，日夜兼行，向白马挺进。曹军神出鬼没，已经逼近白马城，颜良方才发觉。颜良部队惊慌失措，仓皇迎战。由于主力已经被袁绍带走，颜军势孤力薄，军心涣散，腹背受敌，被曹军打得大败，主帅颜良也被曹军大将关羽斩首。

曹操白马大捷后，仍不与袁军主力硬拼，率部沿黄河南岸向西撤退。袁军南渡黄河，追杀而来。曹操撤至延津以南，见袁军大将文丑追军将至，便命令部队解衣卸甲，依山安营扎寨，又下令卸下马鞍，放掉马匹，并将辎重粮草放置山下营外。诸将不解曹操之意，只有军师荀攸心领神会，知道曹操在诱敌上钩。文丑有勇无谋，又急于为颜良报仇，头脑发热，果然中计。袁军开到，争抢辎重粮草、车辆马匹，队伍一片混乱。曹操见战机已到，命令曹军突然从山上冲下，猛烈出击，袁军被打得落花流水，大将文丑也被关羽斩于阵前。

颜良、文丑都是袁绍的名将，二将的阵亡大大削弱了袁军的实力。延津战后，曹军又主动撤退，退至官渡坚壁待战。曹军白马、延津大捷，为官渡之战的最后胜利奠定了坚实的基础。

曹操白马之战是运用偷梁换柱之计取胜的有名战例。如果不是使用偷梁换柱之计，而是直接去解白马之围，袁绍必将率主力前去增援，与原来围攻白马城的颜良会师，合力攻击曹军，这样曹操就会腹背受敌，在整体上处于绝对劣势。此计的运用，则分散了袁军，调开了他的主力，这样在白马战场上，解围的曹军在局部上就占有了优势，从而将颜良部歼灭。然后又用上屋抽梯之计将文丑部歼灭。两计连环，就使袁军元气大伤。

第二，以假代真，运用替换之法，达到自己的政治目的。

偷梁换柱的核心就是以假代真，也必然要进行蒙混欺骗，最终达到谋取利益的目的，其阴谋则是隐秘的，也会是不择手段的。

事例：偷换遗诏，赵高沙丘谋变

秦始皇三十七年（前210），始皇第五次东巡，公子胡亥、左丞相李斯、中车府令兼行符玺令事赵高等护驾随行。

在归途中，始皇忽得重病。始皇最忌讳谈死，因此群臣"莫敢言死事"。圣驾行至沙丘（今河北平乡东北）行宫，病势更加严重，便给长子扶苏写了一道诏书，命令他立即从北边赶回都城咸阳，主持丧葬之礼。这道诏书封好后，存放在中车府令赵高之处，并没有立即派使者送出去。始皇写好诏书后，崩逝于沙丘平台，这封诏书也就成了始皇立下的遗诏。

当时只有公子胡亥、丞相李斯、中车府令赵高及几个宠幸太监知道始皇已死，其他随行臣下毫无所闻。李斯考虑到，皇帝猝死于巡游途中，远离都城，没有戒备，如果诸皇子发动内乱或天下豪强兴兵举事，后果将不堪设想，便对始皇之死严密封锁消息，不予发丧，将棺柩放置在有窗牖的车中，运载前行，宠幸宦官侍候左右。为了掩饰真相，每天仍然按时进奉御膳，百官奏事照常进行，而由贴身宦官"上传下达"，赵高却乘机采用偷梁换柱之计发动了一场不流血的政变。

赵高自幼阉割为秦宫太监，为人机敏狡黠，通晓狱法，深受始皇宠爱，委以中车府令兼管印信符玺之事，乃机要之职。受命教公子胡亥学习司法断狱，便与胡亥交结在一起。始皇驾崩，赵高欲窃取权柄，专擅朝政，而胡亥昏庸无能，若继承皇位则可成为自己掌上之物；相反，扶苏及其支持者大将蒙恬则是最大障碍。扶苏是始皇长子，为人刚毅武勇，信人奋士，因谏阻坑儒触犯父皇，被谪遣北边，为蒙恬监军，二人相倚抗敌，信赖不疑。始皇有皇子二十余人，病危之际，唯独给扶苏遗诏，由其继位之意昭然若揭。因此赵高必欲置扶苏、蒙恬于死地。同时，赵高与蒙氏兄弟还有宿怨旧仇。赵高曾因事犯法，蒙恬的弟弟蒙毅审理此案，依律定为死罪，而始皇却特予赦免，赵高由此对蒙恬兄弟恨之入骨。

始皇客死沙丘，遗诏和符玺都掌握在赵高手中，为其篡改诏书、废立太子提供了有利的条件。他与胡亥、李斯密谋说："今上崩，未有知者也。赐长子书及符玺皆在胡亥所，定太子在君侯（李斯）与高（赵高）之口耳！"也就是说，定谁为太子继承皇位，全凭他们的一张嘴。经过三人阴谋策划，将始皇原立遗诏篡改为丞相李斯于沙丘受始皇遗诏，立胡亥为太子；另外又伪造一诏，赐扶苏、蒙恬死，然后加用御玺，封固送出。伪诏有云："朕巡天下，祷祠石山诸神，以延寿命。今扶苏与将军蒙恬将师数十万，以屯边十有余年矣，不能进而前，士卒多耗，无尺寸之功，乃反数上书直言，诽谤我所为，以不得罢归为太子，日夜怨望。扶苏为人子，不孝，其赐剑以自裁；将军蒙恬与扶苏居外，不匡正，宜知其谋，为人臣不忠，其赐死。"扶苏接旨悲泣，自杀而亡；蒙恬被捕下狱，服毒自尽。

始皇灵车继续向咸阳方向行进。时值炎夏酷暑，尸体腐臭，胡亥令将鲍鱼放置在一辆随行的车中，"以乱其臭"。灵车回到咸阳，胡亥主持发丧，葬始皇于骊山陵墓。胡亥继位，是为秦二世。赵高从此窃取朝纲，专权乱政，国是日非。

赵高运用偷梁换柱之计可谓得心应手。在沙丘之变中，他曾三用此计，即用始皇仍然活着的假象偷换其已经病逝的真相；用假遗诏偷换真遗诏；用鱼臭偷换尸臭。在政治、军事斗争中，敌对双方都在施计用谋。计谋本身往往并没有正义与邪恶的属性，它既可以为进步力量服务，也可以为反动势力作伥。赵高、胡亥通过连续三次玩弄偷梁换柱之计，达到了废立太子、篡夺朝政的政治目的。

事例：篡改诏书，帝位谜团难解

清雍正皇帝是怎样继位的，长期以来一直是个谜，今天仍三说并存。内中缘由还得从头说起。

清初，皇权与诸王旗主势力之间展开了长期激烈的斗争，而皇位继承问题又是双方角逐的焦点。为此双方各自施展了各种权术和计谋。

皇太子是皇帝的继承人，他的选拔和确立，成为皇位顺利交接的关键。康熙十四年（1675）十二月，康熙皇帝虽然年仅二十二岁，但却一反清初各帝生前不立皇太子的旧规，下诏册立刚满一周岁的嫡长子胤礽为皇太子，以求"垂万年之统"。太子长大成人，内则赞襄政务，外则扈从巡幸，对于加强对臣下的统御起到了重要作用。但是随着权力的增长，皇太子觊觎父皇之位的欲望也在膨胀，不免"中怀叵测"，图谋轮班夺权，便引发了皇帝与太子之间的冲突，以及诸皇子争为太子的内讧。康熙帝与太子胤礽的矛盾日趋激化，康熙四十七年（1708）九月，废除胤礽太子之位，将之幽禁。

康熙皇帝有皇子三十五人，成人者二十四人。争夺最高权力的欲望驱使他们拉帮结党，相互倾轧。胤礽被废去太子之位后，众皇子各显其能，都想立自己为太子，这又惹怒了他们的父亲，为此皇庶长子胤禔、皇八子胤禩，先后被革去爵位，胤礽重立为太子。胤礽恢复太子之位后，不改前非，僭越如故，康熙五十一年（1712）十月又被废除。此后康熙帝一直没有再公开册封皇太子，太子之位空缺十年之久。宗室内部的严酷斗争，使康熙帝深深感到，太子乃国之根本，"立非其人，关系匪轻"，因此在他在位时不宜公开册立，而应秘密建储（皇太子又称为"储君"），在临终或死后予以公布，以免诸子争位。

虽然没有公开立储，但是对诸子亲疏好恶的不同态度却是明显的。皇四子胤禛、皇十四子胤禵，受到了父皇特殊的宠爱和重用，实际上已被康熙皇帝内定为未来嗣君的人选。胤禛有过人的政治才干和谋略，在诸皇子争立太子的斗争中，他表面上不露"妄冀大位之心"，而内地里却结成了以年羹尧、隆科多等人为核心的皇四子党，为日后龙升宝座准备了力量。他的韬晦之计获得成功，以"循理守分"的形象，博得父皇的宠信，被封为和硕雍亲王。皇十四子胤禵同样优渥有加，恩宠非常，被任命为抚远大将军，统领雄师，征讨新疆，在诸皇子中是唯一授予大将军之职的人，可谓位尊权重。

康熙六十一年（1722）十一月十三日，康熙帝猝然而逝，皇四子胤禛继位登基，是为雍正皇帝。雍正帝是如何取得皇位的，大体说来有三种说法：

第一，受命说。据有关文献记载，康熙帝临终时宣布遗诏说："皇四子人品贵重，深肖朕躬，必能克承大统，著继朕登基，即皇帝位。"就是说，雍正即位是秉承遗命，是合乎朝廷法度的，没有什么阴谋。

第二，矫诏说，亦即篡改遗诏而即位。这里又有不同的说法。一种说法是，康熙帝早已决定皇十四子胤禵为继承人，因此在弥留之际，手书遗诏"传位十四子"。四子胤禛趁同胞弟弟胤禵远在边陲之机，盗出遗诏。将"十"字改为"于"字，成为"传位于四子"，从而登上皇位。另一种说法是，康熙帝病重，胤禛及诸子在宫门问安，隆科多受顾命于御榻前，康熙帝在他的手掌中亲书"十四子"字样。隆科多出见诸皇子，胤禛上前迎问，隆科多遂将掌中的"十"字抹掉，只剩"四子"，于是雍正继位。隆科多乃雍正帝之舅父，时任理藩院尚书、步军统领，手握重兵，担负着拱卫京师及卫戍皇宫的重任，实乃举足轻重的扛鼎人物。

第三，伪造遗诏说。这种说法认为，根据种种迹象，康熙帝生前所定皇位继承人是十四子胤禵，而不是四子胤禛，但是否立有文字遗诏及藏于何处，则不得而知。康熙帝深夜猝死，临终时并未宣布遗诏，这就为四子胤禛和步兵统领隆科多伪造遗诏提供了绝好时机。根据分析，雍正继统的经过是这样的：康熙六十一年（1722）十一月十三日夜，康熙帝在畅春园心脏病（或脑血管病）急性发作，突然而逝。当时诸皇子、嫔妃及王公大臣都不在场，只有近侍太监在身边。太监急忙把死讯禀报给守卫京城及畅春园的隆科多。皇帝在与外界隔绝的环境中猝然病逝，而暗定的嗣君，又远在数千里之外，这真是上天赐给了隆科多一个建树拥立新君之功的良机。隆科多便凭借着自己的军威，与皇四子胤禛密谋，由他公布伪造的传位给胤禛的所谓"遗诏"，然后登基即位。

第二种或者第三种说法如果成立的话，那么这里使用的都是偷梁换柱之计，即把皇位继承人由皇十四子偷换成了皇四子，即使这两种说法不能成立，那么当人们演绎这些假说时，心中想到的也是雍正帝使用偷梁换柱、瞒天过海之术夺取了皇位，可见这是一个为人们所熟知、在政治斗争中经常使用的计谋。

第三，通过替换的方式，制造假象，迷惑敌人，达到误敌、保护自身的目的。

实施偷梁换柱之计，在替换过程中，制造假象乃是必要的手段，其意在迷惑敌人，使敌产生错觉，上当受骗，既可以保护自己，又可以制胜他人。

事例：易位换服，侥幸化险为夷

前589年，齐顷公发兵入侵鲁国，又攻打卫国。鲁国、卫国请求晋国救援，晋国应邀出兵进攻齐国。

六月中旬，晋、齐两军大战于鞌（今山东济南市西），齐军战败，晋军司马韩厥率部追击齐顷公。战前，韩厥梦见父亲告诉自己，明天打仗时不要站在战车的左右，因此在作战中韩厥就站在中间驾驭战车。齐顷公在前面奔逃，为他驾驭战车的邴夏提出，后面追赶的战车上的驾车人是君子，应立即射杀他。齐顷公说，知道他是君子而射杀他，这不合乎礼，就把战车上的车左、车右射杀，韩厥幸免一死。

韩厥穷追不舍，继续追赶齐顷公。齐顷公战车上的车右大将逢丑父，见情势危急，便同齐顷公交换了位置，并替他更换了服装。逢丑父受伤，被韩厥追上，逢丑父命令齐顷公下车取水。韩厥误以为逢丑父是齐顷公，便将他捕获进献给晋国国君，而齐顷公却乘机被部下救走。晋国执政大臣郤克识破逢丑父的偷梁换柱之计，下令杀掉他。逢丑父大声喊道："如今还没有代替国君受难的，而我就是这样的人，你们还要把我杀死吗？"郤克受到感化，认为一个人不怕死而使国君免于祸患，杀了他，很不吉利，不如赦免他，用来勉励事奉国君的臣下，便把逢丑父释放归齐。

在这里，敌我双方将领不约而同地都运用了偷梁换柱之计。韩厥暗中由车左、车右换为中间驾驭，逢丑父暗中与国君易位换服，都起到了迷惑敌人、保护自己的作用。

事例：以假乱真，分身蒙混过关

伍员，春秋时楚国人，字子胥，后世提到他，一般都称呼他的字，即伍子胥。伍氏乃楚国世家望族，伍子胥的父亲名叫伍奢，是楚平王太子建的太傅；伍子胥的兄长名叫伍尚，为棠邑大夫。楚平王七年（前522），楚平王夺去太子建所宠爱的秦女占为己有，并废太子，太子建逃往宋国。太子太傅伍奢进言劝谏，楚平王大怒，将伍奢及其长子伍尚杀害。

楚平王听信奸臣太子少傅费无忌谗言，想把伍奢父子三人一起杀掉。伍子胥为人机智刚勇，楚平王派人来逮捕他，他贯弓执矢，怒向校尉，校尉不敢进前，他乘势逃走，决心待机为父兄报仇雪耻。

伍子胥得知太子建在宋国，便前往跟从他。两人又由宋逃到郑，由郑逃到晋。太子建与晋顷公合谋妄图灭郑，事情败露，太子建被杀。伍子胥带着太子建的遗孤公子胜向吴国逃奔。

二人昼伏夜行，来至楚、吴交界地面的昭关（今安徽省含山县西北）。昭关地势险要，可谓一夫当关、万人莫开。为捉拿伍子胥，楚平王派大将在此镇守，悬挂着伍子胥画像，严格盘查过往人等。伍子胥二人来至昭关附近，遇上隐居此地的神医扁鹊的徒弟东皋公。东皋公侠肝义胆，嫉恶扬善，在昭关曾见过伍子胥的画像，因此认出眼前的逃难者便是伍子胥，对他很是同情。他告诉伍子胥说，关上检查甚严，你这样过关，等于自投罗网。因此将他请到自己家中，并表示一定想方设法帮他出关。

伍子胥在东皋公家住了几天，东皋公还没把出关的计谋策划出来，只是每日美食款待。伍子胥见出关无望，心急如焚。这天夜里，他忧心忡忡，焦躁不安，辗转反侧，难以成眠。由于极度地忧愁和悲伤，一夜之间，正当壮年的伍子胥满头乌发全变成了白发，像换成了另外一个人。第二天清晨，东皋公见状，又惊又喜，祝贺伍子胥命运有了转机。他对伍子胥说，你的相貌改变了，检查的人很难认出来，我现在有了保你蒙混过关的好办法。

东皋公有一位好朋友叫皇甫纳，长得与伍子胥相像。东皋公将皇甫纳请来，给他穿上伍子胥的衣服，装扮成伍子胥的样子；同时将伍子胥装扮成仆人的样子，又用药汤给他洗脸，改变了皮肤的颜色。乔装打扮之后，一行人黎明时分行至关前。正如所料，守关军兵把皇甫纳误认为伍子胥，抓了起来。守关将士们听说抓到了伍子胥，喜出望外，争相观看，便忽视了对其他行人的盘查。伍子胥和公子胜乘着守军丧失警惕和秩序混乱之机，夹杂在行人之中，混出关去，逃出虎口。

伍子胥入关后，辅佐阖闾夺取王位，整军修武，国势日强。不久，带兵攻破楚国，因军功，封于申，因此又称申胥。

过关入关，是伍子胥一生事业的重要转折点。东皋公之所以能够使伍子胥渡过"水泄不通,鸟飞不过"的雄关,靠的就是偷梁换柱之计,即用皇甫纳作替身,偷换伍子胥这根"梁柱",以假乱真,渡过难关。

计谋的运用,并非全然随心所欲,它也要受客观条件的制约。东皋公之所以高明,在于他在实施偷梁换柱之计的过程中,既及时地捕捉和利用有利的客观条件(如伍子胥头发的变白和皇甫纳与伍子胥的相像),又积极发挥主观能动性,人为地制造假象(如改变二人的装束等),终于骗过敌人,赢得胜利。

第四,以虚幻的事实进行欺骗,达到调动控制对方,实现己方的预定目的。

由于偷梁换柱之计的欺骗性,编造虚假事实,让人在信与不信之间,暴露自己的意图,也就给施计者以明确的进攻方向,攻而取之,以制胜他人。

事例:指鹿为马,赵高威福自专

由于沙丘政变有功,赵高升为郎中令。为了稳固通过篡位而夺取的权力,他蓄意引导秦二世施行严刑酷法,诛戮宗室功臣。秦二世元年(前209)四月,秦二世东巡回宫,问赵高说:"大臣不服,官吏强横,诸公子必与我争,为之奈何?"赵高献策道:"先帝之大臣,皆天下累世名贵人也,积功劳世以相传久矣。"诸公子又都是陛下兄长,因此他们不仅看不起我这个出身卑贱的人,而且对陛下继位也未顺服,心中怏怏不满。在这样的形势下,陛下应该"不师文而决于武力",采取严法峻刑,诛杀反对者,"上以振威天下,下以除去上生平所不可者";同时"收举遗民","贱者贵之，贪者富之，远者近之"，培植自己的势力，这样就可天下俯首，德归一人，"上下集，而国安矣"。秦二世采纳赵高之议，大肆诛杀大臣、公子、公主，朝野震恐，人心惴栗。

赵高的真实目的是为了自己独揽朝政，而不是为了秦皇的天下世代相传。为了实现专权的野心，必须继续施展阴谋，架空二世，搞掉李斯。赵高时刻担心有人向二世奏事、揭露自己，因此劝诱二世深居禁宫，安享淫乐，而不必临朝亲政；有奏事者，直接由赵高接待，然后转达二世，如此"则大臣不敢奏疑事"，天下必称二世为"圣主"。秦二世又言听计从，自此沉溺宫苑，不再朝见大臣，朝政皆取决于赵高。接着，赵高又诬陷李斯欲"裂地而王"，李斯被腰斩于市，并夷三族。李斯冤死后，赵高升为中丞相，更加恣肆妄为。

赵高欲进一步独专朝政，但恐群臣不从，乃设谋弄计，检验众人对自己的态度。一次朝会，赵高向二世进献一只鹿，却睁着眼睛说瞎话，硬说这是一匹马。二世不解其意，笑着对赵高说："丞相误耶，谓鹿为马！"然后问左右大臣，这是鹿还是马？结果有的默不作声；有的回答是马，对赵高表示阿谀顺从；有的实事求是地回答是鹿。赵高对敢于如实回答的大臣怀恨在心，暗中对他们加以陷害。从此，群臣皆畏惧赵高，再也没人敢说与他不同的话。不久，赵高便逼死了秦二世，立二世之侄子婴为秦王。多行不义必自毙，赵高终被子婴杀掉，秦王朝也在揭竿而起的反苛政浪潮中灭亡了。

赵高"指鹿为马"是典型的"偷梁换柱"。这里并非真的有一匹马，而是把鹿指说为马，即用"马"的概念偷换"鹿"的概念，制造一种虚幻的"事实",用来测试人心的向背并借此树立自己的权威。当然,像赵高这样运用偷梁换柱之计,也只有在他专权擅政、淫威逼人的特定条件下才能奏效。

事例:伪称朝贺,韩信束手就擒

韩信(?—前196年),西汉初著名军事家,淮阴(今属江苏)人。幼年家境贫穷,以寄食度日。秦末陈胜、吴广起义,群雄并起。韩信起初投奔项羽,后来由于不受重视,归附汉王刘邦,经萧何推荐,被任命为大将军。在楚汉之争中,韩信率部平定三秦,攻破魏、赵、齐,屡建奇功,封为齐王。前202年,与刘邦会师,在垓下(今安徽灵璧南)歼灭项羽,与张良、萧何并称"三杰"。刘邦称帝后,夺其兵权,改封楚王。

钟离昧原是项王项羽的部将,素与韩信亲厚。项羽败亡,钟离昧投靠韩信。高帝刘邦怨恨钟离昧,闻知他在楚地,便诏令韩信逮捕他。韩信来到封国后,巡行县邑,拥兵出入,有人告发他欲起兵谋反。刘邦得奏,深以为忧,询问左右大臣有何对策,大臣们纷纷主张发兵攻打。著名谋士户牖侯陈平则献计,如果举兵征伐,韩信定要以武力抵抗,不如依照古天子巡狩之制,皇上伪称巡游云梦泽,在陈县会见诸侯,乘韩信赴会之机将其逮捕。高帝采用陈平之计,驾发云梦。

高帝将要至楚,韩信畏惧,欲起兵造反,又想到自己本来没何罪过;欲拜见皇上,又恐怕被捉拿。这时有人劝他,杀掉钟离昧,然后拜谒皇上,皇上必定高兴,这样就可免掉祸患。钟离昧向韩信晓以利害,指明汉之所以不敢进攻楚,是因为他在楚;如果逮捕他,向汉帝献媚,那么他死后,你韩信紧跟着也会被杀,并责骂韩信不义,然后自尽。韩信提着钟离眛首级进见高帝,高帝令武士捉拿韩信,将他捆缚起来,载在后面的车上。韩信感慨地说,这真像人们所说的那样:"狡兔死,走狗烹。"高帝回答他说:"人告公反。"于是将韩信押回洛阳,赦免其罪,贬为淮阴侯。此事发生在汉高帝六年(前201)十二月。

韩信见高帝嫉妒害怕他的才能,就假称有病不去朝见和扈驾随行,并日益心怀怨恨,怏怏不乐,羞与功臣周勃、灌婴等为伍。君臣矛盾日益加深,数年之后终于发展为对抗性冲突。

陈豨曾作过高帝的使者,受到信任。代地(今河北蔚县东北)是重要的北边。因此封陈豨为列侯,以代地相国的爵位监守边疆。陈豨离开都城之前向韩信辞行,韩信拉着他的手在庭院里踱来踱去,仰天长叹说:"你有什么话要对我说吗?我却有话想对你讲。"陈豨随即表示:"唯将军命是从。"韩信这才把心里话倾吐出来。他说道,你所辖代地乃天下精兵集聚之处,而你又是"陛下信幸之臣",因此如果有人奏报你谋反,开始时"陛下必不相信";但是再次奏报,"陛下乃疑";第三次奏报,必"怒而自将",发兵亲征。因此你应该在代地寻机起兵,我则"为公从中起"在都城作内应,这样"天下可图也"。陈豨素知韩信足智多谋,相信他们的造反定能成功,便同意合谋举事,回答说:"谨奉指教。"

汉高帝十年(前197)八月,陈豨果然兴兵反叛,高帝亲自统兵征讨。韩信里应外合,立即响应,一面暗中派人到陈豨军中通风报信,一面与家臣亲党约定,在黑夜伪传诏书,赦免在官衙服役的罪犯与奴隶,使其为己服务,然后发兵袭击吕后与太子,形成内外夹击之势。一切部署已定,只等陈豨消息。不料,韩信的谋反计划被人告发，如何粉碎他的政变阴谋，是摆在吕后及其谋臣面前的一项严峻而艰巨的任务。

吕后，即汉高帝刘邦的皇后。她辅佐高帝平定了异姓诸王。高帝去世，惠帝即位，她执掌国政。惠帝去世，她临朝称制，违背高帝之约，分封吕氏为王侯，又杀掉少帝，立恒山王刘义为帝，擅专朝政十六年，这些都是后话。

高帝亲征陈豨，守卫都城、稳定政局的责任就落在了吕后的肩上。她得报韩信阴谋反叛后，开始想把他召进宫来逮捕治罪，又恐怕他的党羽拼命抵抗，便与相国萧何策划出一条妙计。其内容是，假称有前线使臣从皇上那里回来报捷，陈豨已经战败被杀，群臣皆进宫朝贺。萧何还亲赴韩府邀请韩信入朝庆贺，欺骗他说，你虽然生病，但像这样的军国大事，也还是应该上朝的。韩信不得已，只好进宫。吕后早已布置好武士持戈以待，他一入室，就被捆绑起来，然后在长乐宫钟室斩首。韩信临刑，悔恨万端，哀叹道："吾悔不用蒯通之计，反为女子所诈，岂非天哉！"吕后不仅杀了韩信，还诛灭了他的三族。韩信所说的蒯通，即蒯彻，乃汉初策士。他曾向韩信献策，劝他与刘邦、项羽三分天下，鼎足称王，韩信没有采纳。高祖平定陈豨之乱后回到京城，得知韩信被诛，且喜且忧，询问韩信死时说了什么话，吕后将他所说的话相告。高祖下诏捉拿蒯通，想要烹杀他。蒯通被捕后，申辩缘由，获免释放。

陈平所献假游幸之名行逮捕之实的计策是偷梁换柱；吕后、萧何最后消灭韩信使用的还是偷梁换柱之计。在韩信、陈豨谋反联盟中，韩信实为盟主，将其击破，就等于"抽其劲旅"，断其梁柱，使谋反处于必败之地。而为了诛杀韩信，则以朝贺之名将之诳进宫来，用进宫贺捷偷换逮捕治罪。其实，当时高帝刘邦并没有取得大捷，陈豨败亡是在两年之后。

事例：假清君侧，七国实施谋乱

西汉吴王刘濞在发动"七国之乱"时，打出了"清君侧"的旗号。其实，清君侧是假，谋反分裂是真。而所谓的"清君侧"，从谋略的角度看，乃是偷梁换柱。

汉高帝刘邦在消灭了异姓王之后，又大封同姓王，企图以此"屏藩朝廷"。封赐齐国七十余城，楚国四十余城，吴国五十余城，三个藩国的领地占天下之半。几十年以后，诸王已是尾大不掉，严重威胁着国家的统一和中央政权的统治。其中尤以吴王刘濞为烈。他骄横不法，即山铸钱，临海煮盐，招纳亡命，蓄谋造反。为了维护国家的安全，有识之士纷纷进言，要求削弱藩王势力。倡言者中最有名的莫过于御史大夫晁错。

晁错（前200—前154）是西汉文帝、景帝时期著名的政治家和政论家。年轻时学习申（申不害）、商（商鞅）法家之学，后又研习今文《尚书》。文帝时，诏任太子家令，以其辩才深得太子刘启（即后来的景帝）的喜爱和倚重，有太子"智囊"之称。景帝即位后，升任御史大夫。他忧国忧民，关心国事，所论时务，皆切要领。鲁迅先生赞扬他的政论文章乃"西汉鸿文，沾溉后人，其泽甚远"。

晁错的"削藩"宏论更激起一场轩然大波。针对同姓诸王僭礼逾制，阴谋叛乱的危急形势，他多次上书主张削藩，即削减诸藩王的封地，削弱他们的势力，加强朝廷对诸王的管束。他在著名的《削藩书》中尖锐地指出，对诸藩，削之亦反，不削亦反。削之，其反急，祸小；不削，其反迟，祸大。如不采取强硬手段，将会形成"天子不尊，宗庙不安"的局面，贻害无穷。景帝采纳了他的意见，下诏削减楚王、赵王、胶西王和吴王的封地。吴、楚诸王对晁错的削藩策及朝廷的削藩举动，表示强烈的不满和顽固的对抗，并发展为武装叛乱，即"七国之乱"。

七国之乱的首领是吴王刘濞。他联合楚王、赵王、胶西王、济南王、菑川王、胶东王一同起兵，欲攻克都城长安，颠覆朝廷，分天下而治之。为了迷惑人心，掩饰篡国夺权的真实目的，他们扯起了"请诛晁错，以清君侧"的旗帜，说什么晁错离间"刘氏骨肉"，只有诛杀晁错，才能"安刘氏社稷"。也就是说，他们起兵的目的并不是反叛朝廷，而只是为了清除皇帝身边的坏人晁错。这时曾经当过吴国丞相的袁盎，也乘机极力劝说景帝杀掉晁错，恢复诸王封地，说这样七国就可罢兵。

景帝果然听信谎言，谓晁错"大逆不道"，下诏将其斩于东市。又派袁盎出使吴国，向七国宣布，现在晁错已诛，朝廷赦免七国起兵之罪，恢复被削减的封地，七国应立即收兵。但是七国却拒绝接受朝廷诏书，不肯罢兵，吴王刘濞更自立为"东帝"，气焰更加嚣张。到这时，他们已把"请诛晁错，以清君侧"的欺诈性彻底地暴露出来。在事实的教育下，景帝认清了他们的真面貌，命太尉周亚夫等率兵对之进行武力征讨，平定了叛乱。

把反叛朝廷偷换成"清君侧"，用漂亮的幌子掩饰丑恶的目的，瞒天过海，以假乱真，这就是吴王刘濞玩弄的偷梁换柱的把戏。阴谋终归要暴露，即使在当时就曾有人指出，刘濞起兵的真实目的是夺取国之神器，"以诛（晁）错为名，其意非在（晁）错也"。

第五，敌柱为己柱，制胜之道在其中。

偷梁换柱之计虽然是在欺骗对方，但也可以将自己的亲信，留在敌方阵营中，代替敌方的梁柱，变敌之"梁柱"为我之"梁柱"，从而达到控制以至吞并对方的目的。

事例：伴为献策，刘襄乘机起兵

汉高帝刘邦死后，大权尽归吕后，她滥杀遗臣和各王，想要变汉朝为吕氏天下，刘姓各王手中兵权也被削夺。

齐王刘襄自被削夺兵权后，整日闷闷不乐，他的部属田子春向他献计，齐王一听就同意了，派他到长安去。田子春到了长安，得知张石庆是吕后的心腹，便设法接近他，给他送去金银和好马。张石庆大喜；从此邀请田子春入府居住，两人亲如兄弟。一次，田子春给张石庆出主意，让他入朝奏请封吕氏三人为王，讨得吕后欢心，张石庆果然去了。吕后对张石庆大加封赏。

张石庆高兴地回到家中，将太后准奏封赏的事告诉田子春。田子春又给他出主意，让他再去宫中奏请吕后，赐赏给刘氏王，以免刘氏王对吕氏封王不满，起来造反。张石庆又去了，吕氏听着有理，要息事宁人，就派人召齐王刘襄入见。在陈平的帮助下，吕后无可奈何地将一支军马交给刘襄率领。没多久，齐王刘襄就率兵在山东起兵了。

事例：替换梁柱，曹操里应外合

东汉末年，群雄四起，互相争斗兼并。曹操为了消灭吕布，就让忠于曹魏势力的陈登，留在吕布身边。陈登表面上是吕布的谋士，骨子里是曹操埋藏在吕布阵营里的人。

吕布与陈登等合攻兖州诸郡，曹操率领大军与刘备等讨吕布，直逼吕布驻地徐州、萧关、小沛而来。在危急情况下，陈登以献计为名，与曹军里应外合，使曹操一夜之间攻下萧关、小沛、徐州三城。吕布在顷刻之间失去了有战略意义的三地，很快战败，死于白门楼。

陈登是当时沛相陈珪之子，他在首次谒见曹操的时候，就对曹操言吕布只有蛮勇而无计谋，为人又无信义，轻易去就，让曹操早日消灭他。曹操因此非常赏识陈登，立即拜他做广陵太守。陈登当时是作为吕布一方的人去见曹操的，却与曹操一拍即合。临别，曹操拉着陈登的手，言道："东方之事，便以相付。"这意思再清楚不过，从此，陈登就成了曹操安排在吕布营垒中的人。最终，他帮助曹操吞并掉了吕布。曹操通过运用偷梁换柱之计这一常用手法，在你死我活的政治斗争中，稳操胜券。

三、变换手法　计谋出奇制胜

偷梁换柱之计在政治上的应用范围是非常广泛的。几千年来，无论是叱咤风云的英雄豪杰，还是遗臭万年的阴谋枭雄，都为了各自的政治目的，变换手法广泛运用这一计谋，在政治舞台上展开了你死我活的争斗。

第一，在敌国之间。

在两个敌对国之间，双方处于敌对状态，这时，使用计谋很有必要。偷梁换柱之计在敌国间的运用不胜枚举。

1．弱国对强国的使用

弱国想要战胜力量比自己强大的国家，使用偷梁换柱之计，大多是以暗中偷换事实的手法来欺骗对方，保全自身，或者是采用计谋除掉敌方国家的重要人物，达到削弱敌方，最终击败对方的目的。

汉高帝三年（前204），楚汉之争达到了白热化的地步。这年夏天，楚霸王项羽率十万大军团团围困荥阳，急得刘邦赶忙召来谋臣陈平等商议对策。当时，刘邦提出割让荥阳以西来求和，被项羽身边重要的智囊人物范增给拒绝了。范增还劝说项羽从速攻取荥阳，不要放刘邦逃走。在这种情况下，陈平为刘邦献计，谋去范增，使项羽失去了主要谋士，遭受了无法弥补的损失。

计议已定，在项羽的使臣到达荥阳的时候，陈平命令手下以招待诸侯的礼仪来接待他，设宴款待，美酒佳肴摆满了一桌。这时陈平进来，故意失色道："我以为是亚父的使者，原来是项王的使臣。"说着就命人撤去宴席，改为粗米淡饭。使臣一赌气回返项羽军中，一五一十向项羽做了汇报，项羽果然对范增起了疑心。范增被蒙在鼓里，仍催促项羽早日攻打荥阳。他越催，项羽就越怀疑他与汉王有什么名堂。最后范增知道项羽已经怀疑他了，一怒之下就告老还乡。项羽丝毫也不挽留。范增已经七十多岁，老弱多病，又加上忠心耿耿得此下场，又气又急，没到家就因病死在途中了。

项羽的主要谋臣一死，项羽更加只凭勇武蛮干，所以没几年，就兵败自刎于乌江。汉王达到了暗中抽换敌方主力，进而削弱敌方的实力,最终消灭敌方的目的。

还在项羽自刎乌江以前,刘邦从重兵包围着的荥阳城逃出,也是用的偷梁换柱之计。在夜深人静的时候,陈平悄悄地打开荥阳城的东门,让两千多名妇女陆续出城。围城的楚军以为汉王突围,急忙集结部队,支援城东。但走到近处一看,都是些手无寸铁的妇女。楚军迷惑不解。这时,只见汉王的车子徐徐过来,有人喊道:"城中粮食已尽,汉王出来投降。"楚军高兴万分,喧声雷动,从四面八方赶到城东来看汉王投降。与此同时,城西门悄然打开,刘邦在数十骑部下保护下,跃马扬鞭,飞驰而去。当汉王的降车走近时,楚军才发现车中坐的不是刘邦,而是身穿王服的将军纪信。项羽气急败坏地烧死了纪信,但此时刘邦早已远去,追之不及了。

2．强国对弱国的使用

强国对付弱小国家,凭借谋略,可以巧妙地掌握主动权,以最小的代价获得最大成果。因此,计谋的运用,也是非常必要的。如若只靠兵强马壮,硬打硬拼,只会付出沉重的代价,延缓胜利的进程。

前229年,秦国名将王翦奉命率军攻打赵国。赵国名将李牧坚守城池,避免决战。秦军强攻不克,双方僵持不下。王翦考虑到秦军不利久战,必须设法除去李牧。于是他重金收买赵王的宠臣郭开,让他向赵王诬告李牧打算谋反。赵王果然中计,派人杀了李牧,改派平庸的赵葱、颜聚为主将。赵王自毁长城,赵军士气一落千丈。王翦利用这一有利战机,迅速指挥秦军猛攻,全部歼灭了赵军主力,赵葱战死,颜聚逃走。王翦乘胜直追,很快攻下了赵国都城邯郸，俘虏了赵王，赵国灭亡了。王翦用计除掉赵国的主将李牧，赵王中计，改派平庸无能的主将，这对秦国一举灭赵是有重要作用的，加快了秦国的统一步伐。

明神宗万历二十年（1592），日军以小西行长、加藤清正为先锋，率军十几万人，在朝鲜釜山（今韩国釜山）登陆，占领了朝鲜的都城王京（今韩国首尔），并先后攻陷开城（今朝鲜开城）、平壤（今朝鲜平壤），形势危急。朝鲜国王李昖连忙派使臣到明政府告急，请求援兵。明朝以宋应昌为经略、李如松为东征提督，率军四万援朝。1593年年初，明军在李如松率领下到达平壤城下。平壤城池坚固，易守难攻，再加上占据平壤的小西行长做好了守城的充分准备，要想攻克平壤也非易事。

李如松派游击吴惟忠攻北面牡丹峰，副将杨元攻小西门，都督佥事李如柏攻大西门，副总兵祖承训攻西南隅，他自己率领军队攻打南门。独留下东门不攻，又令裨将率领精兵三千人埋伏在大同江边。因为当时朝鲜国王李昖久湎于酒色，军备松弛，朝鲜军队战斗力较弱，所以，李如松特意让祖承训部士兵，都在明军衣服外再加朝军衣服，以麻痹日军。

攻城开始后，日军把主力都集中在明军攻打的西面和北面，对攻打西南面的"朝军"只留少部分兵力应付。祖承训部英勇奋战，很快就登上了城池，于是脱去朝军外衣，露出明军衣甲。日军方知中计，急忙又调动守卫西边的军队援西南，而明军加紧攻城，很快就攻入了小西门和大西门。日军眼看无法支持，只得弃城逃走。刚过大同江，又中了明军埋伏，小西行长狼狈向南逃走。明军就这样攻克了平壤。李如松运用偷梁换柱之计，调开敌军主力,掌握主动权,使敌人防不胜防,最终归于败走。

3．实力相当国家间的使用

在实力相当的国家之间,要想战胜对方,使用偷梁换柱之计更为多见,这是因为在势均力敌的情况下,只有适当地采用适宜的计谋,才能使胜利成为现实。

208年,曹操平定了河北袁氏,占据了荆州,于是顺流而下,征伐东吴。曹军士兵多是北方人,不习水战,曹操就任用荆州水军降将蔡瑁、张允,令他们操练水军,出战东吴。这样,蔡、张二人就成了东吴的心腹之患。

东吴都督周瑜正打算用计除去蔡瑁、张允,这时,曹操派周瑜的同窗好友蒋干到他那里做说客。周瑜计上心来,伪造了一封书信,然后设酒宴与蒋干接风。晚上,他邀蒋干同床而眠,在半夜里,命手下将那封书信急急忙忙送到寝室,周瑜假装醉酒,把信扔在一旁。蒋干悄悄起身偷看了这封信,大吃一惊,原来信是蔡瑁、张允与周瑜联系投降的。蒋干认为事关重大,决定把信偷回曹营。他趁天色未明,急匆匆地赶回荆州,把信交给了曹操。曹操见信果然大怒,立即不问青红皂白地杀了蔡瑁、张允二人。二人被杀后,曹操没有了得力的水军将领,军队水战能力极大地削弱了。更为重要的是,因为没有了熟习水战的将领,所以曹操才会进一步上当,接受庞统所献的用铁索连接舰船的计策。孙刘联军在赤壁火攻曹军战船,曹军船只无法自由行动,成了进攻的死靶,曹操遭到惨重的失败。周瑜用伪造的信件迷惑敌方,除去敌方主要将领,从而达到削弱敌方实力的目的。随后孙刘一方又派己方的谋臣庞统去曹军献策,替换曹军的梁柱,从而达到了战败敌人的最佳效果。偷梁换柱之计的运用,对赤壁之战的胜利,起了非常重要的作用。由此可见,只要运用得当,都会得到圆满成功。

　　三国时,曹操与刘备争夺汉中,进行了激烈的争斗。当时,魏蜀两军隔河安营。蜀国军师诸葛亮见双方势均力敌,就采用计谋出奇制胜。他命数百名士兵带着战鼓、号角,埋伏在河上游的山上,要他们听到炮声为号令,就使劲敲鼓吹号。于是,有时在黄昏,有时在半夜,蜀军只要炮声轰鸣,这些山上的士兵就拼命擂鼓和吹号。

　　曹操听到蜀营传来炮声和鼓号声,以为蜀军要去劫营,急忙出帐察看,却连一个蜀兵的影子也见不到,就回帐中休息。可是过了一会儿,蜀营又传来炮声和鼓号声,曹操不得不又起来。这样一连闹了几个通宵,使得曹军各个心惊胆战,担心蜀军随时可能去偷营,被搞得疲惫不堪。后来,曹操就把军营由隐蔽地方迁到宽敞地方,以防蜀军偷袭。诸葛亮见曹操中计,大军暴露,又被折腾得疲劳了,就率领大军渡过河去,背水设下兵阵。曹操一见,本来就多疑的他,被搞得更加紧张,双方交战后,蜀军佯败,故意沿途抛弃兵器。曹军士兵边追边拾,一片混乱。曹操见此情景,不敢恋战,下令处死抢拾蜀军兵器的士兵,赶忙撤退。诸葛亮这时率领蜀军追击曹军,使之大败而逃。诸葛亮用偷梁换柱之计,不断地调动曹操的军队,削弱其实力,最后战胜了曹军。

　　南北朝时南朝宋名将檀道济,在431年督师攻打北魏。历经三十余次战役,累战累胜。这时魏军见他孤军深入,就设法派轻骑袭击他的粮道,断其粮草。檀道济后方粮草一时不能供应,只得领兵而撤。可是路上有的士兵投降了魏军,把军中缺粮的情况报告了魏军。于是，魏军有恃无恐地紧追在檀道济军后边，情况危急。

檀道济见很难摆脱魏军，就召集将领商议对策，想出了一条妙计。夜深以后，宋军军中燃起火把，檀道济指挥数千名士兵来来往往，往空米袋中填装沙子，一边装，口中一边高声喊着："一斗，二斗，三斗……"他们把装好的沙袋放在帐外，袋口故意敞开，上面覆盖少量的米，这样，看上去就好像真的是一袋袋的粮食。天亮后，魏军远远看去，檀军营地像有一座"米山"。魏军主帅上当，让人把投降的士兵当作奸细杀了。檀道济闻报，立即拔营撤退，魏军果然不敢再追，檀道济率领将士从容地撤军了。这里檀道济用偷换事实的手法来欺骗敌军，用的也是偷梁换柱之计。

第二，在君臣之间。

中国古代自秦代以后，实行的是君主专制中央集权制度，在以皇帝为中心所设置的官僚系统，乃是金字塔形的架构，地方服从中央，全体臣僚服从皇帝，总体要求是"明主治吏不治民"。正如宋人文彦博说，皇帝"为与士大夫治天下，非与百姓治天下也"。统治者为了加强手中的权力之缰，就要不断加强专制，而在极端专制下，官僚政治更加恶性发展起来。

专制君主无所不统，有至高无上的权力。《商君书·修权》曰："权者，君之所独制也。"历史上，各朝皇帝都千方百计加强手中权力，独断专行。由于他不可能一个人独治天下，必须分官设职，付政于臣，因此，君臣之间围绕权力，矛盾斗争不可避免。群臣相互之间使用计谋在历史上极为常见。偷梁换柱之计作为并战计的一种，在权力之争中则更是经常为之选用的。

1. 君主对臣下的使用

君主对待臣下，要求他们必须唯唯诺诺，俯首听命，他们对手下的文臣武将总是不大放心，时时睁着一双警惕的眼睛，一旦发现臣下的不轨或过失，就毫不留情地处罚。对于任何对其权力、地位的挑战，以及潜在的威胁，都不容许存在。为了维护手中的权力，君主使用偷梁换柱之计对付臣僚，是很有功效的。

汉高帝三年（前204），项羽打败彭越以后，挥师向西，包围了刘邦所在的成皋。刘邦见项羽军来势凶猛，料难抵挡，就弃城出走，急忙赶往驻扎在修武（今河南获嘉）的韩信、张耳军中。刘邦因为在此以前，接连吃了几次败仗，他担心韩信、张耳会有贰心，拒绝他的指挥，便诈称汉使，假说有重要军事报告元帅，急入内帐之中。在韩信的内室里，夺过将印与兵符后，马上命令升帐，把众将都召集前来，重新安排职务，布置军务。等到韩信、张耳醒来起身时，汉王已经把一切都重新安排就绪了。二人大吃一惊，连忙乞求赦罪。刘邦就势夺了二人的军权，命令张耳留守赵地，封韩信为相国，命他收集兵员去攻取齐地。刘邦诈称汉使，瞒人耳目，暗中突入韩信内室，夺过将印兵符，实际是要夺去韩信将军之权。他假称汉使告急，偷换将印，达到了削去韩信军权的目的。

宋太祖赵匡胤用"杯酒释兵权"的计谋，削夺了石守信等功臣将领的兵权。赵匡胤担心这些人家中积蓄的财产太多，难免生出事来，便赏给他们每人一块地基，让他们大兴土木，建造府第。因此，每个功臣将领都花费了数万缗。

住宅完工以后，宋太祖在宫中设盛宴，让众将开怀畅饮，使他们喝得酩酊大醉。这时，太祖让人从各家宣来一个子弟，搀扶众将各自回家。赵匡胤亲自送至殿前，对各家子弟说："你们的父亲刚才在席上答应各自献给朝廷十万缗。"子弟们信以为真，连声应诺，磕头后扶着众将回府去了。有几个节度使第二天醒来后，问起自己如何回家的，在皇上面前是否有失礼的地方，他们的子弟就说，你们曾许诺献给朝廷十万缗。众节度使糊里糊涂，以为真有此事，所以就进表如数献给了朝廷这笔钱。宋太祖使众人拿出大笔的钱建造府第，又让他们拿出一大笔钱献给朝廷，这样才算对他们放下心来。赵匡胤采用偷梁换柱之计，以虚幻的事实来欺骗众将家人，使众将在兵权已经交出的情况下，把财产也献出一大半给朝廷，进一步削弱了他们的实力，使他们无法威胁皇权。

2. 臣下对君主的使用

臣下为了从君主手中争夺权力，独揽朝纲或进而篡位登基，施展偷梁换柱的伎俩，达到自己政治上的目的，这在历史上也很多见。

赵高"指鹿为马"，就是臣下对君主使用偷梁换柱之计的典型事例。赵高为了能够独揽朝纲，实现专权的野心，就睁着眼睛说瞎话，硬把一只鹿说成是马。在朝廷之上，当着众位大臣的面恣肆妄为，完全不把秦二世放在眼里。他是想运用计谋，检测众臣对自己的态度，看独揽大权的时机是否已经成熟。在赵高对于敢于如实回答的大臣加以陷害排除以后，就放手逼死了秦二世，立子婴为秦王，大权独揽了。

明太祖朱元璋病亡以后，其孙朱允炆继承帝位，是为建文帝。

为了巩固自己的统治，他采纳兵部尚书齐泰、太常寺卿黄子澄的计谋，削夺藩王的权力。朱元璋第四子燕王朱棣，"智勇有大略"，手中握有重兵，镇守北平。他蓄谋已久，眼见五位藩王被削废为庶人，就要轮到自己，他便先以假痴不癫之计欺骗建文帝，暗中积极准备起兵。随后，在建文元年（1399）以病好在王府设宴庆贺为名，将北平布政使张昺、都指挥使谢贵骗至王府，在酒席间擒杀二人，又攻夺九门，控制了北平，正式起兵。

燕王起兵后，为了说明自己的行为是正义的，就以明太祖的《祖训》为根据，指齐泰、黄子澄为奸臣，自称起兵是为"靖难"。这样，他就使自己的行为"名正言顺"了。后来，燕王打到了南京，登上了皇帝的宝座。把起兵反抗朝廷偷换成"清君侧"的"靖难"，是为了以光明正大的幌子掩饰夺位之争的残酷事实和真实目的，最终达到了夺建文帝帝位的目的。

第三，在臣僚之间。

在历史上，专制王朝的权力中心是以皇帝为核心，中央以宰相制度，地方以州县制度为支架建立起来的。皇帝借助于一个庞大的官僚体系赞襄庶政，而各级官员又层层向主管上级负责，并且相互制约。臣僚之间，是利害共存的关系，他们出于各自的政治目的及自身的利害关系，相互使用计谋，也是很自然的现象。

1．上级对下级的使用

恩威并举，这是上级对下级经常使用的手法，为了防止下级取代自己，或者反对自己，就必须采用计谋来压制。

三国末期，魏国征东大将军诸葛诞反对司马昭专权擅政，司马昭派兵把他围困在寿春（今安徽寿县）。这时，东吴孙权就派文钦、全怿带兵去救援诸葛诞。司马昭见此情景，他不采取硬攻而是采用计谋，走了三步棋。

第一步，他制造谣言，说东吴救兵将到，自己粮草已尽，不能持久，安排一些老弱官兵出去筹粮。诸葛诞信以为真，放宽了心，在城中大吃大喝，没等援兵到来，就把粮草吃用得差不多了。

第二步，东吴将领全怿的侄子全辉、全仪因为家庭纠纷，带着其母跑到司马昭军中，司马昭就假造全辉、全仪写给全怿的信，派人送给城中的全怿。信中说孙权因为寿春没有能夺取而大怒，要杀尽全怿在建业的家属。全怿看信后，非常害怕，他考虑来考虑去，最后率几千人出降了司马昭。

第三步，静待城中发生变故。因城中粮尽，诸葛诞与东吴将领文钦意见有分歧，诸葛诞杀了文钦，其子文鸯、文虎出城投降了司马昭。司马昭派兵保护他们，并在城下大喊："文钦的儿子我们都不杀，你们不必害怕。"这样，守城的将士听了，人心瓦解。司马昭见时机成熟，大举攻城，占据了寿春，吞掉了诸葛诞。

司马昭首先以虚幻的事实骗得诸葛诞信以为真，耗尽了粮草，接着又用偷换事实的手法将诸葛诞一方的主力全怿抽掉，削弱其实力，都是用的偷梁换柱之计，最后达到了吞并对方的效果。

唐僖宗时，朝廷派段秀实任泾州（今甘肃泾川县）刺史。当时，那里闹灾荒，盗贼蜂起，社会治安混乱。将领王童之暗中勾结了一些官吏，想要阴谋造反。他们预定某日五更时分行动。在头一天晚上，段秀实得到了密报。他立即把告密人留在府里，不许任何人走漏风声。自己装得若无其事，平静地回房睡觉，与往日一样。到了夜里，段秀实悄悄派人把更夫找来，假意责备他近日打更不准，要他从今夜起，每到更时必须先来禀告他。在一更的时间快到了的时候，更夫去报告段秀实，段秀实说去得早了，更夫只得把打更的时间向后推。就这样，按照段秀实的意思，更夫把每一更的打更时间都后延了。因此，那一夜还不到四更的时候天已见亮了。王童之见到天已亮了，大惊失色。原订五更行动的计划全被打乱，又无法及时与其他人联系，不敢轻举妄动。阴谋作乱的计划成了泡影。段秀实用暗中偷换更时的办法，平定了城中的一场祸乱。

2．臣僚之间的使用

臣僚之间，为了争权夺利，施展伎俩，运用计谋算计对方，是常有的事。偷梁换柱之计在臣僚之间的使用，在历史上是经常出现的现象。

东汉末年，董卓把持东汉朝政，关东等地豪强纷纷起兵反抗，孙坚也参加了讨董联盟。191年，孙坚在梁（今河南临汝东）被董卓部将徐荣打得大败。孙坚仅带数十人骑马突围。徐荣紧追不放，眼看快要追上。孙坚平日头上总是包着一领红色头巾，非常显眼。这时，孙坚把头上戴的红头巾解下，包在部将祖茂头上。徐荣人马以为祖茂是孙坚，就一直追着祖茂，而孙坚趁机从小路逃走。祖茂见后边追兵越追越近，灵机一动，翻身下马，把红头巾包在坟地里一个被火烧断的树桩上，自己则牵马隐蔽在百步外的草丛中。徐荣追到这里，看到红头巾，就里里外外扎扎实实地围上几层。但走近一看，才知上当，赶快上马再追赶，祖茂早已逃走了。在这里，孙坚正是以偷换的手法欺骗了对方，保存了自己。

唐僖宗时，卢龙节度使李可举，率军攻打河中节度使王处存。李可举部将率兵挖地道，钻进易州（今河北易县）城中，与李可举里应外合，占领了易州城。

王处存失去易州后，处心积虑打算夺回。他乘李可举占领城后，骄傲轻敌之机，针对弱点，设计攻城。他命令三千精兵，每人都蒙上羊皮，化装成羊的样子，趁着天黑，悄悄地爬向易州城。李可举的部下士兵看到远处来了一大群羊，争先恐后开了城门出来抓羊。谁知走到近前，"羊"都站起身来，猛扑过来。李可举部猝不及防，被打得大败，王处存马上收复了易州城。

3．下级对上级的使用

下级为了保住官位，大多对上级唯命是从。但对奸恶的上级，常常必须使用偷梁换柱之计来对付。

宋初，永新县（今江西永新）有一个大恶霸叫冯弧。他倚仗舅父是朝中的吏部侍郎，无恶不作，横行乡里，谁都不敢触动他。有一次，他与人下棋，输了以后，就用铁器把人砸死。永新县当时的县令姓魏，当即捉拿了这个恶霸，写了判处他的案卷，上报京城。谁知吏部侍郎干预此案，上面批下来的是"此案不实，另议"。同时，吏部侍郎还亲自给魏县令写信，说明冯弧是他的外甥，请他从轻发落，事成后保荐他升官。魏县令看后非常气愤，又把案卷报上去。可是，过了几天，仍给退了回来。魏县令见此情况，不能不采用计谋行事。过了些日子，魏县令又上报了一个案卷。这次的案卷上写着："杀人犯马瓜，无故杀人，应斩首示众，特报请审批。"很快上面就批复同意。魏县令接到批文以后，在

"马"旁边加上两点,又在"瓜"旁加一"弓"字,"马瓜"立刻变成了"冯弧"。就这样,罪大恶极的冯弧,被魏县令用偷梁换柱之计斩首示众了,大快人心。

北宋天禧四年(1020),丁谓任宰相,勾结宦官雷允恭,独揽朝政。上朝的时候,他不许臣僚单独向皇上奏事,为的是害怕别的大臣在皇帝面前说自己的坏话。大臣王曾平时非常乖顺,从来不违背丁谓的意思行事,丁谓对他很是信任。

有一天,王曾对丁谓说:"我老了,膝下无子,常常感到很孤独。想把弟弟的儿子过继为嗣,要当面乞求皇上的恩准,可又不敢有悖于您的旨意一个人去面奏,不知怎么办是好。"丁谓闻听是为个人继嗣的事,没有起疑,就让王曾一人去见宋真宗。王曾获准后就单独拜见皇上,把丁谓在朝耍弄权术,独揽朝政,压制群臣的恶行,一五一十面奏了。宋真宗这才知道丁谓欺上压下,是个奸臣。后来,仁宗即位,就把丁谓贬到崖州(今海南)去了。

4. 朝臣对外戚的使用

在统治集团中,外戚的特殊之处,就在于他们与一般的官僚不同,他们能够凭借与皇帝的联姻关系,获得尊贵的政治地位和高人一等的特权。当皇帝怯弱或年龄幼小时,外戚权力欲无限膨胀,就会弄权误国,有的给政坛带来一场混乱和仇杀,有的则把专权发展到最高峰,把皇位作为觊觎的目标,实现改朝换代。因此,忠于王朝的朝臣与弄权的外戚之间,也有必要使用偷梁换柱之计。只是外戚倚仗特权,朝臣使用计谋的难度更大。

汉高帝刘邦死后,其子刘盈立,是为惠帝。惠帝怯弱,太后吕雉用事。她为了巩固自己的统治地位,准备封自己的吕姓子侄为王，召集大臣议事。虽有朝臣不同意，但还是分封了吕氏。此后，吕后专权，加紧对刘氏子弟的迫害，这引起了朝臣们的不安。太尉周勃、左丞相陈平都担心诸吕权力膨胀，会危及刘氏天下。但是凭他们的力量，非但不能制伏诸吕，反而会引火烧身，二人只能够待机而行。

　　前180年，吕后死。临死前，她命侄儿吕禄为上将，管领北军，吕产统率南军。又遗诏封吕产为相国。吕后死后，诸吕有心想先下手斩绝刘氏后裔，因为畏惧朝臣，没敢轻易下手。刘邦的孙子朱虚侯刘章，是吕禄的女婿，他得知吕氏的阴谋，就偷偷派人告诉了他的哥哥齐王刘襄，让他发兵，自己做内应，诛灭诸吕，恢复刘氏天下。齐王果然立即发兵西征。吕产等人得报，急派大将灌婴率兵去平定。灌婴出兵与齐王联合，静等京城之变。朝中周勃与陈平见时机已到，便密召掌管符节的襄平侯纪通，一起来到吕禄在北军的驻地。因为太尉是不能主兵的，所以北军守卫不许周勃进入。这时纪通持节假传诏令，对北军将领吕禄说："皇帝命令太尉掌管北军，你赶快回到封国去。立即交出将印，火速出都，否则将要大祸临头。"吕禄信以为真，不得不交出将印。周勃手握印信，召集北军，下令道："为吕氏右袒，为刘氏左袒。"北军将士都袒露左臂，表示助刘。陈平得知周勃已得手，就让刘章去助之。周勃派刘章率兵入宫卫帝。刘章在未央宫中杀了吕产，南军的军权也夺了过来。周勃又立即派人尽诛吕氏，吕后精心培植的吕氏集团彻底垮台了。周勃就这样以偷梁换柱之计夺取了军权，诛灭了危及王朝的外戚势力，并且废掉吕后在惠帝死后立的少帝，迎立刘邦第四子代王刘恒为帝，是为汉文帝。

5. 忠臣对奸臣的使用

对于恶行昭彰的奸臣，忠臣也往往不得不采用这一计谋。

春秋时期，晋景公听信奸臣屠岸贾谗言，同意屠岸贾率兵诛杀了相国赵朔。赵朔的妻子庄姬是景公的妹妹，她逃到宫中避难，生下一子赵武。

为了救赵武，赵朔的家臣程婴就与同为家臣的公孙杵臼商议，决定把亲生儿子交给公孙杵臼，然后自己到屠岸贾那里去告发，说是公孙杵臼藏着赵氏孤儿。屠岸贾大喜，让程婴带人找到公孙杵臼，当即摔死了程婴的亲生骨肉。此后，程婴假扮医生进宫给庄姬治病，把赵武从宫中带出，悄悄带赵武逃到山中养育。程婴抛家弃子，背负着众人对他的误解和唾骂，历经千辛万苦，经过十五年，把赵武养育成人。晋悼公执政后，为赵朔平反，杀掉了屠岸贾。程婴舍亲子救赵武的忠贞义行，千古传诵。

四、并战首计　欺诈巧妙实用

偷梁换柱之计，位于并战计之首要位置，说明此计非常重要。同时，这一计谋应用范围广泛，手法独特。概括来说，偷梁换柱之计在政治斗争中的应用，具有以下的特点。

第一，以偷梁换柱之计在政治上的应用目的来说，具有明确性、变幻性、欺诈性的特点。

这里所说的明确性，是指使用偷梁换柱之计的目的是明确的。自始至终，使用者都是为了自身的明确的政治目的而使用这一计谋。无论是政治家、野心家，还是阴谋家，在政治角逐中，都用这一计谋来瓦解和迷惑对方，借此实现自己预定的政治目的。使用偷梁换柱之计，是他们达到政治目标的需要。

这里所说的变幻性，是指在错综复杂的政治斗争中，偷梁换柱之计具有强烈的变幻性，使用者或变易服装，乔装打扮，或假装对方身份、代替对方出谋划策，或暗中偷换事实、迷惑对方，保存自己，手法多种多样，变化多端。更有布置疑兵，不断变化敌方阵势排列，暗中抽换或调开其主力，削弱对方实力，以达到己方的目的。因此，变幻性成为此计的突出特点。

这里所说的欺诈性，是指使用此计的时候，为了达到自己的政治目的，不管是为进步势力的正义事业服务，还是为阴谋野心家的丑恶行径作伥，都具有很大的欺诈性，能够在运用此计时，迷惑对方，骗取对方的信任，或使对方判断失误。正因为是玩弄以假乱真的手法，暗中篡改事物的性质，或内容的行为，所以此计的欺诈性是一个特点。

第二，以偷梁换柱之计在政治上应用的作用来说，具有巧妙性、实效性的特点。

偷梁换柱之计的巧妙性，就在于通过多种变幻的手法，设法抽换敌方的主力，削弱敌方的实力，甚至变敌之"梁柱"为我之"梁柱"，然后乘机制胜。这必须在运用时格外巧妙设谋，使用难度较大，但其作用也会因"偷梁"的高明而产生神奇的效果。

偷梁换柱之计的作用具有实效性，这是因为使用这一计谋时用心巧妙，所以成功率很高。使用此计时，不待对方明白过来，就已注定失败了。因此，实效性与此计运用目的的变幻性与欺诈性是有密切关系的，"兵不厌诈"是古代军事家用兵的一个重要原则，在复杂的政治斗争中，也始终具有活力，增强了计谋使用作用的实效。

第三，以偷梁换柱之计在政治上的影响来说，具有实用性、广泛性的特点。

偷梁换柱之计在政治斗争中常见，具有很高的实用性。它适用于各种政治斗争，也适用于各种各样的人物。在历史上，政治家使用这一计谋，克敌制胜；野心家使用这一谋略，伪装掩饰恶名。他们都可以运用此计来实现自己的政治目的，这就使偷梁换柱之计在政治上具有很强的实用性。

指桑骂槐

——杀鸡儆猴　制以险毒刚严

本计云："大凌小者，警以诱之。刚中而应，行险而顺。"其大意是：强大的慑服弱小的，要用警告的办法来诱导他。适当的强硬，可以得到拥护；施用果敢手段，可以使人敬服。

统率一向不服从我的力量，去对敌人斗争，如果你调动他，他不理睬；你用金钱引诱他，反而会引起他的怀疑。这时，你可以故意制造误会，责备别人发生过失，借以暗中警告。所谓警告，就是从另一面诱导他。这是施用强硬而果断的手段迫使他服从的方法。也可以说，用于军事上，这是调兵遣将的方法；用于政治上，则是使人敬服的计谋。

按原文理解，指桑骂槐本意就是用杀鸡儆猴、敲山震虎的暗示手段，达到统领部下和树立威严的方法。此计用在军事上甚多，是一种励兵谋略，著名事例如韩信斩殷盖，诸葛亮挥泪斩马谡等；用于政治上也很多，政治纷争，错综复杂，为了政治的目的，必须要让法令贯彻推行下去，那么以严厉的"杀一儆百"之术，便可使臣民畏惧，市井安然。总之，治乱世，用重典；治乱军，用严刑。计谋是为了政治需要而制订的，是骂是杀，也须看实际需

依计行事，杀一士而儆众

要而定。没有必要镇压的，也可以改为申斥、处罚或批评等。总之，"骂"与"杀"不过是比喻的说法，其主旨都是为达到一定目的，甚至不惜存心嫁祸于人，使之当牺牲品。因此指桑骂槐的引申意为警而导之，即运用智谋进行间接批评，如讽谏等。间接批评的艺术，主要在于找到代替"槐"接受批评的"桑"。至于批评"桑"的程度，则应视具体对象和具体情况而定。可以耳提面命，或者微言讥讽，或委婉暗示，甚至讽刺挖苦，旁敲侧击，以期达到使"槐"幡然悔悟的效果。

一、行险而顺　以小损换大利

《周易·师卦第七》云：师：贞，丈人吉，无咎。《象》曰：地中有水，师。君子以容民畜众。

【一爻】初六，师出以律，否臧凶。《象》曰："师出以律"，失律凶也。

【二爻】九二，在师中吉，无咎。王三锡命。《象》曰："在师中吉"，承天宠也。"王三锡命"，怀万邦也。

【三爻】六三，师或舆尸，凶。《象》曰："师或舆尸"，大无功也。

【四爻】六四，师左次，无咎。《象》曰："左次无咎"，未失常也。

【五爻】六五，田有禽。利执言，无咎。长子帅师，弟子舆尸，贞凶。《象》曰："长子帅师"，以中行也；"弟子舆尸"，使不当也。

【六爻】上六，大君有命，开国承家，小人勿用。《象》曰："大君有命"，以正功也。"小人勿用"，必乱邦也。

本计计文"刚中而应，行险而顺"，是《周易·师卦》的彖辞。全文是："师，众也；贞，正也。能以众正可刚中而名，行险而顺。以此毒天下，而民从之。"师，指军队；贞，正道、正义之谓。意为将帅刚强坚定，持守正道，严肃部伍，就能得到部伍的拥护和响应；也能在艰难险阻面前顺利通过。以此态度治理天下，百姓也会顺从。

卦辞表明，政治因素和军事因素的统一，决定战争的胜负。贞，正也。政治因素就是指战争中能否坚守正道；性质是否是正义的；古代国家寓兵于民，战争过程中有没有足够兵源。因此，必须格外重视大人，也就是统帅的挑选，统帅率兵出征，首先要有威望，其次是纪律严明。能够统帅众人去进行正义的战争，就可以战无不胜，统治天下。统帅刚健稳重，能够得到君王的信任，在危急时刻能够顺天应人，就可以使天下安定。这样，百姓才愿意为其效劳。

将指桑骂槐之计在各种社会政治条件下使用的结果，结合中国古代事例进行推演，大致出现以下六种情况：

第一，治理国家、出师征战，都必须首先树立威望，纪律严明，不能逞性妄为，或一味采取阴柔手段，哄骗利诱，而是要采用适当的镇压手段，施以此计，因为不如此就会招致失败。体现在政治中，就是要有法度，以法治天下。

第二，臣僚要处理好与君主的关系，做到既能独立指挥处置，又不过分自作主张，使君主猜疑。这样才能得到君主的最高奖赏，完成安定天下的使命。

第三，此计在达到目的的过程中，有可能遇到风险，只有避开不利于己的因素，才能得到成功。

第四，运用此计之时，有可能客观条件尚不成熟，因此必须先后退，待机而攻，这样可保无虞。

第五，具备有利的条件，行动必定得到收获，出师无不利。但是如果任人唯亲，就会招致败绩，功亏一篑。因此，施用此计，必须果断行事，不避亲贵。

第六，此计使用得当，有位者将以功受邦，就是开国，或以功受邑，就是承家，可见必是大吉。根据以最小损失换取最大利益的行为原则，要挑最容易镇压而又能取得最大威慑效果的，对于地位卑微的，镇压了意义也不大。因此，为达到本计所要达到的目的，需要考虑周全。

综观以上六种情况，说明指桑骂槐之计在具体实施过程之中，要针对客观形势来变化，采取最为适宜的对策。形势是计谋的客观条件，此外，还有主观条件，也就是智慧、经验、心理、个性等。根据不同情况，采用有利于自己的对策，才能达到制胜的目的。

二、旁敲侧击　行威武无怨恨

根据传说，驯猴的人总是当着猴子的面，杀鸡给它看。这是因为猴子是最怕看见血的，一旦让它看见血的厉害，马上就可以驯服教化它。所以所谓"杀鸡儆猴",也就是"杀一儆百",即威胁恫吓之意。

第一,指桑骂槐之计在警示中的效用。

用于警示是一种权术的动态使用,也是驭众的有效手段。著名的政治家会用此妙术去治理天下,牺牲一些利益以获取更大的利益,追求最佳效果。

事例:依计行事,杀一士而儆众

姜太公辅佐周武王灭了商纣以后,西周王朝建立。这时为了巩固社会秩序,安定人民生活,就需要招纳大批有用人才来为国家效力。当时在齐国有一位贤人,名叫狂矞,在地方上很有名望,极为人们所推崇。姜太公听说后,就打算把他请出来为国出力。可是他接连上门拜访了三次,每次都吃闭门羹,姜太公就把他抓来杀掉了。周武王的弟弟周公旦是著名的政治家,可连他也不明白这是怎么回事,姜太公为什么要这样做。周公旦就去问姜太公:"狂矞是一位贤人,不追求什么富贵显达,而是过着隐居生活,他并不妨害社稷,这样的人为什么要杀掉呢?"姜太公说:"普天之下,莫非王土,率土之滨,莫非王臣。"并且告诉他天下大定之日,就是需要人才为国出力之时,在此时采取不合作的态度,像狂矞那样,如果人人都学他的榜样,我们还怎么治理国家呢?之所以杀掉狂矞,目的就是"以儆效尤"。这样一来,许多自命清高的隐士,就不会隐居不出了。

姜太公在这里运用的就是指桑骂槐之计,目的是起到杀一儆百的作用。访求贤才是治理国家的关键大事。当初,周文王为了早日灭商，到处访求贤才，终于在渭水的南岸，见到了垂钓的姜太公。姜太公姓姜名尚，又叫姜子牙，他老家住在东方。祖先在舜时当过大官，曾和禹一起治水，被封在吕，所以姜太公也叫吕尚。他起初在商朝怀才不遇，但一心想施展自己的才能，结果等到七十多岁，听说周文王广求贤才，就特地在渭水南岸垂钓等候。周文王与他结识以后，相见恨晚，立即把这位出类拔萃的人物请回宫，拜为太师。姜太公以七十多岁的高龄为文王所用，得到了施展才能的机会，完成了灭商的大业，建立了周王朝。如今周王朝初建，为了早日把周朝治理强大，一定要广为搜罗人才，试想有才能的人都采取一种避世的态度，隐居不出，不给国家效力，那么会是一种多么严重的后果！所以姜太公当机立断，采用此计来为王朝招纳人才扫清道路，使其他的人不敢仿效狂矞，而是出来为国所用。

同时，通过这种手段，消灭不与王朝合作的人，这是姜太公考虑巩固统治的需要。因为王朝初建，他不能让不与朝廷合作的、有才能的人存在世上，成为朝廷可能的隐患。此计的运用，妙就妙在是攻心之术，出人意料之外地杀掉了为人所推重的、有贤名的狂矞，甚至连周公都想不到。这样就使臣民心里害怕，知道畏惧，即使不出来为国所用的人，也不敢有什么妨害国家的轻举妄动。杀一儆百的意义，即在于此。出其不意地使用此计，起到了重大的威慑作用。

事例：杀一儆百，法不徇情避贵

前271年，赵奢任赵国的田部吏，只是个征收田税的小官吏。他到平原君家收租税，可是平原君家不肯纳税。那时赵国的国君是赵惠文王，平原君赵胜就是他的弟弟，而且身居相国。平原君在国内有很大封邑，田连阡陌，替他管理各处庄园的大管家就有九个。这几个管家仗着平原君的权势，从不肯认真向国家交纳田赋。上行下效，影响到其他贵族、官员们都不肯按规定交纳田税。赵奢一直等到规定的完税时间，也不见几位管家有动静，派人去催，又个个空手而回，甚至连管家的面都见不着。赵奢便当机立断，立即派一队武士把九个管家统统抓来杀掉了，引起很大震惊。

这一事例中，赵奢运用了指桑骂槐之计，目的是要杀一儆百、敲山震虎。当时的赵奢在赵国并没有什么地位和名气，只不过是一个征收田赋的小官吏。平原君赵胜，不但是赵惠文王的弟弟，又曾三度出任赵国相国。当时与齐国的孟尝君、魏国的信陵君、楚国的春申君合有"四君"之称，是战国时期有名的四公子之一。平原君富甲天下，养士三千，广为交游，门客满盈，又好侠士，不仅在赵国声名显赫，是人人敬仰的大贵族、大豪杰，就是在诸侯列国中也有很高声望，被公认为第一流的政治家。平原君有很大的封邑，但他的九个大管家仗势不交税，认为平原君是赵王的亲族，当朝相国，谁又敢把他怎样？何况一个刚上任地位卑微的小田部吏呢？他们根本没把赵奢放在眼里，表面上哼哼哈哈几句，心里很瞧不起赵奢。还觉得赵奢刚上任，不谙世故，就是"新官上任三把火"，也得找对了地方才点火，岂能奈平原君何？赵奢认为自己是担任国家征收田税的官员，平原君的封邑大，田税当然是大户，他不交，上行下效，别的贵族、官员也少交，或不交，他不遵法奉公，别人必然仿效，这其实是关系赵国兴衰存亡的大事。所以他想整顿国家田税，解决这个弊端，必然从平原君家开刀，才足以起到杀鸡儆猴、杀一儆百的作用。所以他毅然把平原君的仗势欺人、拒不守法的九个大管家抓来，以迅雷不及掩耳之势把他们斩首。当平原君知道他的九个大管家被赵奢杀掉，当然暴跳如雷。立即派人把赵奢抓来，准备杀了给管家们报仇。赵奢被抓到相府后，任凭赵胜叫骂、威胁，面不改色，毫不畏惧，镇定自若。这倒引起赵胜注意，使以仁义豪杰自居的平原君赵胜不得不暗暗佩服，便态度缓和地问："你凭什么胆敢不通过我，就杀我的管家？"赵奢平静地说："请大人想一想，您在赵国地位最高，最受尊敬。可是您的管家带头拒交田税，这样一来，许多有权有势的人都仿效不交田税。你们的土地又非常多，都不交田税，国家怎么办？交税是国家的法度，如果我对相府上这样严重违法的事放纵不管，这必然是削弱、破坏国家法度。法度松弛，国家必然衰弱；国家衰弱，其他诸侯国会乘虚而入，赵国就会有灭亡的危险。如果赵国灭亡，试问相国还能享受您的荣华富贵吗？现在我对相国违法的九个管家都不饶过，全国上下谁还敢抗税不交呢？如果全国的人都奉公守法，国家就会安定富强；国家富强了，诸侯们就不敢欺凌。您身为赵国的亲族，赵国的贵公子，是否该从国家着想。难道您愿为这点小事去坑害自己的国家吗？对于我，您如果不怕天下人耻笑，尽可以随便处罚我。"

这一番话，软中带硬，入情入理，平原君不得不心服口服。他发现赵奢是个有胆识的人，是个难得的人才。因此他不但没有处罚赵奢，相反，还把赵奢杀九个管家的原因、经过，一字不漏地向赵王叙说，而且极力推荐赵奢。赵惠文王接受了平原君的建议，启用赵奢，让他主管国赋财政。赵奢上任后，大力整顿财税，有了平原君家九位大管家的前车之鉴，赵国的豪门贵族，谁也不敢从中作梗。不出几年，赵国的财赋收入大幅度增长，国库殷实，成为诸侯列国中强国之一。

这里，赵奢是恰当地运用了指桑骂槐之计。在实施过程中，他做到有理有节，"等"、"催"、"警"而导之，都不行，才用强硬果敢的手段，把九个管家杀掉。赵奢选择了位高势大的平原君家开刀，法不徇情，就起到了杀鸡儆猴的最佳效果。一个地位卑微的田部吏，竟敢冒犯声名显赫的平原君，说明赵奢是为国家着想，不计个人安危，执法如山，确实是一个有胆识善谋略的人。后来赵奢曾受任为将军，精于用兵。前270年，秦国伐韩国，包围了阏与（今山西和顺），韩国派人向赵国求救，当时蔺相如、廉颇都认为"阏与道险且狭，救之不便"。只有赵奢力主救援，赵王就命他将兵往救。赵奢坚壁增垒，佯作就地固守，只守不援，麻痹秦军，继而卷甲急趋，直逼阏与，抢据北山，以先声夺人之势，大破秦军。赵奢以功被封为马服君。

事例：敲山震虎，施以奇谋妙略

战国晚期，是诸侯争雄、互相兼并、龙虎相斗的时代。在偌大的政治舞台上，秦王嬴政采纳李斯的计谋，使韩国在六国中第一个被灭亡。李斯所用的正是指桑骂槐之计，值得细细品味其中的玄机微妙。

从秦孝公任用商鞅实行变法图强以来，到秦王嬴政时，秦国已是兵强国富，实力远远超过了关东六国。席卷四海、统一天下的形势已基本形成，下一步需要具体考虑统一的时机、谋略和步骤。这时李斯向秦王进言，首劝秦王抓住历史的机遇；分析当前的形势，诸侯互相兼并，关东只剩下六国，现在是秦国万世难逢的好时机，以秦国的强大，灭诸侯，成帝业，天下一统，好比从灶台上扫除灰尘一样容易，千万别坐失良机。对他们不能只是硬攻，要善于运用谋略，要恩威并用，软硬兼施。李斯建议秦王派出谋士间谍，去游说诸侯，并让他们多带珠宝金玉，贿赂各国的权臣名士，可以重金收买，让他们为秦国工作，去蒙蔽其君王，陷害其忠良，离间其君臣关系，阻止其国与别国联合反秦。金钱收买不了的，就派刺客去杀掉他，这会使六国内部越来越乱。最后，秦国不难扫平六国，统一天下。秦王对这番进言，很是赞扬，立即采纳建议，不久又提升李斯为客卿，专门负责统一六国的战略计划。

正当李斯春风得意之时，不料起了一场风波。韩国是秦国近邻，国小势弱，常受秦国欺凌。为减轻秦国的军事压力，韩国就派了一个叫郑国的水工到秦国去，建议秦国在关中修建十条三百多里长的大水渠，凿山开道，引泾水灌溉田地。韩国的原意是使秦国耗费大量人力物力，疲劳不堪，就腾不出手来向东征伐。秦国不知道其用心，认为这是增强关中经济实力的好主意，就接受了。工程进行到一半，韩国的阴谋就被发觉。秦国一些守旧的宗室贵族，本来就对秦重用异国异姓的政策不满，就以水工郑国的事为借口说，其他国家人来到秦，都是为他们的君主做间谍的，请秦王下逐客令。秦王迫于压力，下了逐客令。这样，来自楚国上蔡一介平民的李斯，也不得不打点行装归去。但他不甘心，立刻上书秦王，指出：秦国赶走异国之客是错误的，历数自秦穆公这位强秦的奠基之君，到秦昭王的四位国君，都是靠任用客卿而为秦国的发展建立了功勋,如由余、蹇叔、商鞅、张仪、范雎等都是异国的来客,假如这四位君王,拒客而不纳,疏才而不用,秦国就不可能有今天这样的富强。李斯又以秦王对来自异国的珠宝、良马、乐曲等的喜爱为例,问秦王:"为什么这些不因非秦所产而摈斥,独独对士人,则非秦者去,为客者逐呢?"说明秦王重声色珠玉而轻人才,这不是想要"跨海内、制诸侯"的君王应该采取的态度。又进一步说要建立帝业的君王,必须要有泰山和河海一样的博大胸怀;今天的逐客,无异于给敌国送兵器,把天下智谋之士推向敌国,这对秦国来说是太危险了。这就是李斯著名的《谏逐客书》。铿锵有力的言辞,使秦王读后,立刻改变了主意,取消逐客令,追回已经上路离开秦国的李斯,并让他官复原职。一场因修渠引起的逐客风波平息了。而郑国渠的完工,不仅未能"交通疲秦",反而增强其经济实力,把平定六国提上了日程。

　　李斯提出平定六国需要选择弱点,正面突破,先灭韩国,再灭两翼,最后灭齐,就首先应以韩国为突破口。李斯分析了六国的地理位置和实力状况,认为韩国地处天下之中,又正当秦军东向之路。韩国国势弱小,如做突破口,这一炮容易打响。第一炮打响,不但可振军威,而且敲山震虎,从心理上慑服其他五国。秦军便向韩国边境进击,使韩王极度恐慌。李斯又亲自出使韩国,威逼利诱,迫使韩王向秦称臣。韩王就找韩非商量,作为韩国王室贵族的韩非,曾经与李斯是同学,都是荀况的学生。韩非曾经提出强韩之策,未被韩王采纳,就闭门著述。韩非著作集先秦法家思想之大成,风行一时。秦王嬴政读过韩非的著作,十分仰慕。

韩王考虑韩非有这些条件，就决定派他去秦国，想通过外交努力，保存韩国。韩非处于两难境地，作为一个深谙历史大势的思想家，知道秦灭六国已是水到渠成，不可逆转。作为一个韩国贵族，自然不忍他祖宗的基业毁于一旦，还得做一次最后努力，便上奏章劝秦王缓攻韩而急攻赵。李斯立刻反驳韩非的"存韩"之论，认为韩非此来，只能是维护韩国利益，不可能为秦着想，这也是人之常情。秦灭韩是不可动摇的，过去韩国每每在关键时刻与魏联合起来对付秦国，对秦是一个心腹之患。秦国和韩国的地形就像一块织锦一样交错在一起，韩国的存在，对秦国来说，就像木头里长有蠹虫一样，太危险了。一旦天下有变化，对秦国构成祸患的国家，没有比韩国更厉害的。别看韩现在顺服于秦，实际是顺服于强力，一旦秦保留韩国而去攻赵、齐，难保它不与赵、齐、楚合谋，从后面夹击秦军，故韩国不可信。力劝秦王不要为韩非的辩词所惑，要明察其心。最后，李斯建议，自己前往韩国，诱使韩王入秦，就可以韩王为人质，胁迫其大臣俯首归顺。秦王按李斯建议，一面把他的同学韩非关进监狱，一面让李斯出使韩国。韩王眼见秦国的大军压境，再也无计可施，只得交出传国玉玺，向秦国称臣归属。三年以后，秦又借口韩国背叛，向其全面进攻，韩在六国中第一个被灭亡，李斯的战略首举成功。接着，在不到十年的时间里，由近到远，各个击破，如蚕食叶，赵、燕、魏、楚、齐五国也先后灭亡，中国的历史翻开了新的一页。

　　秦灭六国的过程中，李斯提出首先灭韩国，是深谙指桑骂槐计之妙处。在并战中大凌小、强凌弱，秦强韩弱，第一炮容易打响，这不但振奋军威，而且从心理上慑服其他五国，这就起到杀鸡儆猴、敲山震虎的作用。在具体实施过程中，警而诱之，威迫利诱，无所不用其极，最后制造事端，借韩国背叛，一举歼灭。李斯在这里把指桑骂槐之计发挥得淋漓尽致。

事例：明察秋毫，制以刚正威严

明宣德五年（1430），苏州知府况钟上任。况钟第一次办公务时，群吏环立，请他在公文上做批示。他装着不懂，左右顾问，吏员怎么说，他就怎么批。拿文书给他看，也总是不看当否，就说可以。吏员们很高兴，就小看他，认为这位知府昏庸可欺，所以营私舞弊，无所顾忌。通判赵忱对他很不尊敬，况钟也只是"唯唯"，而不与之计较。过了一个月，忽然有一天，况钟让人拿香烛来，召集僚属以下全部集合起来，然后说："这里有皇帝敕书，过去没宣布过，今天向大家宣布。"其中有"属员人等作奸害民，尔即提问解京"、"僚属不法，径自拿问"等语。然后把地方豪绅召来，向他们宣布：作为知府，我有彰善惩恶之责。现准备了善、恶两个登记簿，谁是善户，谁是恶户，自己登记。善户我优礼之，"且宾致乡饮"，恶者我为百姓杀之。官吏乡绅大为震惊。况钟接着升堂，召集全部知府衙门下属的胥吏到来，说："某日有件事，你欺瞒我，偷偷接受贿赂若干，对不对？还有一天也是这样，对不对？"胥吏们一听都惊而佩服，不敢辩。况钟说："我不必多说了，把他的衣服脱掉，找四个有力气的人，把这个胥吏高高抛在空中，摔死他。"就这样，顷刻之间就摔死了六个胥吏，并暴尸于市，公布于众。如此处置，上下人等都很害怕，震动了整个苏州府。从此苏州府做坏事的人，都洗心革面，不敢轻举妄动。

以上事例是况钟巧用指桑骂槐之计来杀一儆百。选择他刚到任不久，这样时机是合适的；在他明察秋毫后，再制以刚正威严。

况钟，少小读书机会不多，靠自学成才。二十三岁被靖安县选中，做书吏九年，吏部考绩，礼部留任，后升郎中，做了十五年京官。他不是科举出身，但干练精明，廉正有为。那时正当宣德年间，锐意整顿内政，清理统治机构，惩治贪官污吏，同时也推动清理地方吏治。宣德帝以"郡守悉由资格，多不称任"，命部、院大臣荐举属官廉能者充任知府。经尚书蹇义、胡濙等推荐，况钟任苏州府知府。况钟是书吏出身，对这一阶层的情况，是有些了解的。但他并非下车伊始，就咿里哇啦，所以他先对文书判牒不随便发表意见，"阳作木讷状"，而是集中一段时间明察暗访，搞清情况。当他了解了苏州地方吏治多年不清，土豪与官吏勾结作弊，侵公害民，便觉得法不立则吏奸难除，最终是民受其害。所以他经过一段时间考察，得知吏民积弊之后，决定先拿不法的胥吏开刀，杀一儆百，这给当地豪吏一个下马威，宣示了浩然正气，惩治了邪恶势力，树立了威望，为后来正常办理公务，清扫出一条道路。从此再也没有人认为新来的太守昏庸可欺了。

围绕着整肃吏治，况钟在苏州先后向朝廷上奏十一次，罢免了十二名昏庸无能、无所作为的冗官，惩办了一批营私舞弊、侵公害民的赃官，提拔了一批办事公正的清正官员。由于过去苏州的吏治不清，苏州府所属七个州县历年积存了不少积案、冤案，况钟逐县清理复查，纠正了许多冤假错案，使苏州吏民震惊，奉法唯谨，坏人不敢为非作歹，安定了社会秩序。苏州因曾是张士诚的据点，所以开国之初，朱元璋对苏州征收的粮额独重。苏州府七州县，农田约占当时全国耕田总面积八十分之一，而交纳田赋却占全国的十分之一。在况钟到任之前，苏州治理不善，各级官吏、地方恶霸与江南织造太监勾结在一起，操纵苏州政局，一般上级官员都轻易不敢过问苏州的事情。当地的豪强恶霸，想方设法盘剥老百姓，苛捐杂税多如牛毛，人民负担沉重，规定的粮税年年拖欠。拖欠不下去，就向豪家借债，倍纳利息，至以子女抵偿或卖田逃亡。况钟到任当月，就上奏朝廷，要求根据减免诏书所规定的减免，但户部不准。况钟坚持上疏三次，终于获得批准，减免七十二万多石粮食，还实行折征，以布匹代替粮食，使得苏州府每年共减轻赋税一百五十多万石，苏州人民莫不欢颜。除此之外，况钟在苏州任知府十三年，清理军籍，兴修水利，发展农业生产，设济农仓，招还逃户，兴办学校，大规模扩建苏州府儒学，做了许多利民业绩，深受民众拥戴，民众几次上书请留，作歌传颂。盖自洪武开国以来七十余年，苏州太守无一人能满任者，只有况钟却连任了十三年，卒于任上。况钟死后，老百姓伤心痛哭。苏州和下属七州县都为他建了祠堂祭祀。"一折传奇十五贯，家家齐唱况青天。"况钟饮誉江南，为后世留下了一个清官形象。

况钟初到任不久，运用指桑骂槐之计，当场击毙了六个不法的胥吏，又设善恶簿。这种执法如山、杀鸡儆猴的做法，首先毫不留情地警告了贪赃枉法之徒，镇住了他们使之不敢轻举妄动。而后又一系列地严以驭吏，孜孜爱民，自身刚正卓特，其情操纤尘不染，受人爱戴。

况钟对于胥吏也是恩威并重的。在任苏州太守期间，一次府治起火，文卷都烧了，大火是由一个胥吏引起的。火灭后，况钟坐在废墟场上，把肇事的胥吏杖一百，以示惩罚，随即放其回家，自己则急上奏章，把罪归于自己，不累及该吏。起初该吏自忖当死，可是况钟说："这是我的事，你怎能担得起呢？"奏章呈上之后，况钟被罚俸，其为官廉明如此。况钟对该严的决不留情，而对一般过失也能体恤下情，因此威行而无怨，这也是况钟善于体会指桑骂槐之计奥妙。"刚中而应，行险而顺。"不刚则无威严，不足以服众；过刚，则暴而无以怀之。需要量情行事，恩威并用。这也说明况钟的为人和他的高尚品德。

第二，指桑骂槐之计的巧用。

面对强势则很难与之为敌，但要顾全大局，又不得不给予一定的警示，只能利用别的事，或虚构的事物，旁敲侧击，以达到想要的效果。当不能够与对方发生正面冲突，揭示事物的本相时，指桑骂槐往往是最佳手段。采取这种手段，表面上骂的是别的，骨子里却是骂人，能够以间接批评的方法，达到警而导之目的。

事例：以假乱真，暗用此计行谏

优孟是楚国宫中的老伶人，身长八尺，擅长言辞论辩。优孟平日善以滑稽的言辞来说三道四，所以很得楚庄王的宠信。当时，楚国的贤相孙叔敖刚刚去世，楚庄王很怀念他，十分悲伤。有一天，优孟到郊外去，见到孙叔敖的儿子孙安，正在山上砍柴，衣衫褴褛。问起是怎么回事，才得知因为家中贫困，所以孙安要靠砍柴度日。优孟心里很不是滋味，回到家后，特别制作了一套孙叔敖曾经很喜欢穿的衣服，戴着孙叔敖常戴的那种帽子，并且模仿孙叔敖的声音笑貌和一举一动，一直到学得惟妙惟肖。后来在楚庄王的宴会上，他就装扮成孙叔敖的样子去赴宴，并上前给庄王敬酒。楚庄王大惊，以为是孙叔敖真的复活了。这样一来，楚庄王更加想念他的贤相孙叔敖了，甚至想要拜优孟为相。这时优孟对楚庄王说，让他回家和妻子商量一下再决定，三天后再来任楚相，庄王同意了。三天后，优孟来见楚王，庄王问："你妻怎么讲？"优孟说："我妻子说千万不要出任相国，楚国的相国是不值得做的。孙叔敖做了十多年的相国，一生廉洁尽忠来治理楚国，才得以使楚国称霸。可是他死后，儿子没有立锥之地，还要上山去砍柴，才能维持生计。你要是做相国，不如自杀！"这番话使楚王听后猛醒，立即下令派人去召孙安入朝，封给他寝丘四百户，作为供奉孙叔敖祭礼的费用。

孙叔敖，是司马迁《史记》中记载的第一位清官，是楚国著名的贤相。孙叔敖在位时，对内曾经规划开凿了芍陂河工程，开辟了零娄的田地，发展农业灌溉，整顿吏治，发展生产。对外则辅佐楚庄王，在邲地大败晋军，奠立了以楚代晋称霸的基业，功劳大焉。孙叔敖为人又自奉极俭，因此身后没有财产留给后人。优孟在得知他的儿子靠砍柴度日这一情况后，并不是直接去找楚庄王指责他，而是巧妙地运用了指桑骂槐之计，假扮成孙叔敖，通过拒绝任相来表达出孙叔敖为相十几年，而后人却窘于生计的状况。这样使楚庄王触景生情，不需要更多的话语，马上就能使楚庄王猛然醒悟。

试想，优孟是一个微不足道的戏子，他虽能得到楚王宠信，但对于楚庄王应该封赐相国之后这样的事，是不能直接加以指责的，即使是当面指出，也要考虑大王的面子。优孟运用指桑骂槐之计，以假乱真，使楚王认识到，像孙叔敖这样一生为官清廉的人是很难得的，没有照顾好他的家属，既是一件过失，也不能够激励后来者为楚王效力尽忠。一次指桑骂槐的巧谏，既为孙叔敖子孙争得应有的待遇，也为楚庄王招揽贤才拓展了途径，乃是一举多得。

还有一次，楚庄王有一匹心爱的马，庄王给它穿锦绣的衣服，住华丽的房子，睡幕床、吃枣脯。马因为养得太娇嫩、太肥而死了。楚庄王命令群臣为马服丧，想用葬大夫那样的棺椁和礼节来安葬死马。大臣们都谏诤劝阻，庄王不听，并且下令："谁敢因马的事来劝谏的，处以死刑。"优孟听说这件事，就进入宫门，仰天大哭。庄王惊问："你为什么哭？"优孟说："这匹马是大王最钟爱的，凭着楚国这样堂堂大国，仅仅用大夫的礼节来殡葬它，礼太轻了，该用国君的礼节来殡葬它。我请求用雕有花纹的玉做棺，用梓木做椁，差精兵为马挖墓穴，老人和小孩背土修坟。让齐国、赵国使臣祭奠时陪于棺前，韩国、魏国的使臣护卫棺后。为死马立庙，使它享受太牢的祭礼，以万户之邑的赋税收入，来供它日常祭礼的费用。诸侯们听说了，必然都知道大王把人看得很轻贱，而把马看得多贵重啊！"庄王听了这番话，说："我的过失竟达到这种地步吗？那该怎么办呢？"优孟说："请大王让我把它作为畜生来安葬吧。"庄王便命令把马交给太官，把马肉做成肉脯，不让天下人传扬这件事。楚庄王贱人重马，群臣直言谏诤无效，优孟用巧妙的讽谏，使楚王取消了自己的错误决定。

优孟用的是指桑骂槐之计的归谬法，好比递给庄王一柄特制的放大镜，让他清晰地看到自己的行为是多么荒唐可笑，促其猛然省悟，立即纠正。楚庄王就是曾经在即位之初，不理政事，而后一鸣惊人的聪明刚察之王。他本人就很有心计，所以对优孟这个巧妙运用计谋的戏子，自然非常欣赏，而且很快就能心领神会。由此可见，指桑骂槐之计的使用也要注意对象，若是针对只见槐而不知桑的人，只要是指桑，就认为是直接针对槐，此计就难以实施了，需要变换计谋。

事例：巧用此计，智慧妙语连珠

指桑骂槐，体现一种间接批评艺术。这种批评手法，往往令人比较容易接受。或者不点名地指责某人，甚至通过寓言或讽刺挖苦，语言犀利但又委婉，采用善意的帮助态度，往往能取得较好的效果，特别是用讽刺，即以微言讥讪，是指桑骂槐的最高技巧，也含有深刻的教育意义。春秋末期的晏婴也是善于用讽谏这种指桑骂槐之计的，和优孟异曲同工。

有一次，齐景公让养马人给他养一匹他最喜欢的马，不料这匹马突然死了。景公大怒，让人拿刀把养马人给肢解掉。这时晏子正在景公面前陪侍，见左右拿刀进来，晏子并没有直接阻止他们，却问景公道："尧、舜肢解人体，从身上哪一部分入手呢？"聪明的齐景公马上就明白了晏子的话外之音。尧、舜乃是古代明主，他们从来不用酷刑，便下令不予以肢解，把养马人交给狱官处理。晏子说："他还不知道自己的罪过，就要死了，请让我数数他的罪状，让他明白自己犯了什么罪，然后再交给狱官。"景公说："可以。"晏子就数落说："你知道你有三大罪状，应判死刑。君王让你养马，你却把马养死，这是死罪之一；你把君王最爱的马养死，这是死罪之二；你让君王为一匹马的缘故而杀人，百姓知道了肯定会怨恨国君残暴，诸侯们听到这样重马轻人，肯定会轻视我们国家，甚至加兵于我们。你让君王的马死掉，使百姓积下怨恨，让我国的国势被邻国削弱，这是死罪之三。你有这三条应判死罪的原因，你是该死了，就把你交给狱官吧。"景公听了这些话，猛然醒悟，急忙说："放了他吧，不要为此坏了我仁义的名声。"

前531年，晏子奉齐景公之命，出使楚国。楚灵王以南方大国自居，没把齐使放在眼里，并有意借此羞辱齐使一番，以显楚威。楚灵王得知晏子身材矮小，特在郢都的城门旁开了个五尺左右的洞，让晏子从洞进城。晏子大声呵斥道："出使到狗国，才从狗门进，今天我出使到楚国，不应从这种门进。"楚王一听，急命军士开城门迎接。晏子一进郢都，又遭各种刁难。先是一群状如天神、手执兵器的大汉来迎，以反衬晏子的矮小；后又有一班智能之士出来戏弄，讽刺齐国，指责晏子，甚至挖苦说晏子身高不足五尺，力不能缚鸡，只会耍嘴皮子卖乖，等等。晏子都从容应对，言辞犀利，鞭辟入里，把这班大臣驳得哑口无言，满面羞惭而退。进见楚灵王后，楚王又亲自出马捉弄他。楚王轻蔑地说："难道齐国没有人了吗？怎么派你来当大使？"晏子反唇相讥说："临淄城有七千五百多户人家，人人撑开衣袖就成了阴凉棚，每人挥一把汗，全城就像下雨一样，人们肩碰肩、脚挨脚，怎么说没有人呢？"楚王说："那为什么派你出使楚国呢？"晏子回答说："我国派遣使臣有个规矩，什么样的人出使什么样的国家。有贤才的出使上等国，不才的人出使下等国，大人出使大国，小人出使小国，我最无才最没出息，所以只能出使楚国。"几句话羞得楚王面红耳赤。接着，楚王招待晏子喝酒。在喝到正高兴的时候，两个差吏绑着一个人走到楚王面前。楚王问："捆绑的人是怎么回事？"回答说："是齐国人，犯了偷盗罪。"楚王看着晏子问道："你们齐国人善于偷盗吗？"晏子离开席位回答说："我听说橘树长在淮河以南，就结橘子，长在淮河以北就结枳子，只是叶子相似，两者的果实味道则大不相同。这是什么原因呢？是水土条件不一样。今天这个人生在齐国不偷盗，进入楚国就偷盗，莫不是楚国的水土使百姓善于偷盗？"这幕戏是晏子来楚国前，楚王和侍臣策划来羞辱晏子的，没想到得到这种结果。楚王技穷，只好向晏子赔不是说："我原来想取笑大夫，没想到倒被大夫取笑了。"

又一次，晏子出使吴国，骄横的吴王自许为天子，命令引导宾客的小吏说："晏子要见我时，就喊：'天子请见。'"第二天晏子有事要见吴王，主管外交事务的官员说："天子请见。"晏子当即表现出吃惊的样子。那人又说："天子请见。"晏子仍然表现出惊异的样子。当第三次听说"天子请见"时，晏子又第三次表示大为惊骇，说："我奉国君之命，出使到吴王这里。是我不聪敏而感到迷惑不解，难道这是进入了天子的朝廷？请问吴王在哪里？"这之后，吴王方说"夫差请见"，用诸侯之礼接见了晏子。

从以上这几个事例可以看到：晏子在各种场合，屡次巧妙地运用了指桑骂槐之计中的间接批评方法，广泛地施展了他的广识通变之才，以睿智善辩之口才，赢得了威望，使他成为春秋时期最出色的政治外交家。

晏子名婴，出仕齐卿，先后从政五十六年，历事齐灵公、齐庄公和齐景公三朝，史书记载他见过必谏，每朝必谏，进忠极谏，给后世留下一个贤臣诤臣的形象。晏子善用指桑骂槐之计，很讲究进谏的方法策略，语智、善辩，善于运用犀利明快的语言技巧，当然这也是在一定的环境背景之下。晏子出使楚国，正是楚灵王时期，楚国兵强马壮，四下征伐，各诸侯国畏惧楚国之威，纷纷主动与楚国改善关系。晏子这时出使楚国，楚国君臣听到这一消息，依仗自己的国势强威，所以表演了一系列的戏弄晏子的计谋。晏子不卑不亢，从容应付，运用语言的艺术，战胜对方。晏子是代表齐国出使楚国，对楚国君臣的一系列恶作剧，不能直接批评和谩骂。处在诸侯混乱、群雄逐鹿的东周列国时代，晏子深知自己的处境，如果一生气冲动起来，说了不该说的话，完全可能导致一场战争，必须用计进行外交斗争。当时的齐国和楚国之间，虽然没有处在交战状态，却存在着利害冲突。以国力而言，当时对齐国不大有利。因为齐国是个贵族专政的国家，大贵族之间不断为争权夺利而互相倾轧，制造内乱，政权不稳。晏子对楚国君臣运用的指桑骂槐之计，丝毫没有火辣辣的火药味，只是做到针锋相对，寸土不让。楚王企图以开玩笑方式，来戏弄晏子，晏子也用笑谈隐喻的方式进行反击。当楚王使人伪装齐盗，且当晏子的面辱骂齐人时，晏子则巧妙地用果树异地的自然现象为类比，说明了齐人入楚则盗的道理，既巧妙地揭穿了楚王君臣的把戏，又给对方以有力的回击。晏子先迂回后反驳，使楚王无法逃避，自讨没趣，不得不向晏子赔不是。晏子凭睿智和胆识，在谈笑风生中，用微言浅谈，解决了繁难的纷争，获得了骂槐的效果，维护了齐国和自身的尊严，不辱使命，也赢得了楚王的敬重。晏子出色的外交活动，不仅改善了两国关系，而且提高了齐国威望。

出使吴国时，野心勃勃的吴王，竟然以天子自称，企图以此抬高自己，贬低齐国。晏子以计提醒吴王，两国是平等关系。难怪有人说，外交斗争搞得好，有时能达到"不战而屈人之兵"的目的，其作用胜似千军万马。

至于晏子救养马人的事例，那表面上数的是养马人的罪，实际上骂的是齐景公的重马不重人。因为君王是不便直接骂的。在这里他首先发出无答之问，提醒景公，有道之君，不会有肢解人的残暴行为。然后用数罪的方式，暗示杀人的反效果，正面文章反面作。景公听出了弦外之音，立刻放了养马人。晏子在智慧妙语之中巧用指桑骂槐之计，可谓达到最高技巧。

事例：暗藏谋略，讽喻谈笑之间

战国时期，魏国人范雎曾作为魏国使节须贾的随从，前往东方的大国齐国。齐襄王从臣下口中得知范雎其人能言善辩，是一个人才。所以他一方面冷遇魏国的使团，但另一方面又特别赏赐范雎，想要拉拢他。范雎虽然没有接受齐王的赏赐，却已经引起了须贾的不满。须贾以为范雎一定是个内奸，暗地里勾结齐国，出卖魏国的情报，回国后便把范雎如何得到齐王赏赐的事情，原原本本地报告了魏相魏齐。魏齐得知后大怒，命人狠狠棰杵范雎，将其肋骨都打断了，然后让人用草席将范雎卷起来，扔到厕所之中，让人随意在他身上小便，以侮辱他为乐。若不是范雎施小计贿赂看守之吏，被弃之荒郊，恐怕性命难保。

范雎命不该绝，却等来出头之日。秦昭襄王使者王稽出使魏国，经郑安平的推荐，范雎得以用张禄之名，被王稽带到秦国，引荐给秦王。当时秦王并没有马上重用他，只给了他一个下等宾客的职位。一年多时间没有召见，他也只好等待时机。

秦国之相穰侯打算越过韩、魏去攻打齐国，以便扩大自己的封地。范雎认为机会来了，就上书给秦王，得到被秦王召见的机会。范雎入宫以后，假做旁若无人之状。秦昭襄王老远出迎，他也装作没看见一样。旁边服侍的内官对他这种行为很恼火，推了他一下，大声说："大王来了。"范雎装作迟钝，翻着眼问："秦国有王吗？"范雎故意提高嗓门说这些话，唯恐秦昭襄王听不见。在这里，范雎就是巧用了指桑骂槐之计。

原来，当时秦国的相国是魏冉，是秦昭襄王母亲宣太后的弟弟，被封为穰侯。魏冉凭着这层关系，独揽大权。秦国原有任用客卿的传统，但魏冉极力排斥来到秦国的贤人智士，而将本家族的人安排在秦国朝廷内掌握大权。例如，宣太后的同父弟华阳君曾为将军，后因有罪逃到楚国，不久就被宣太后和魏冉召回，拜为左丞相。昭襄王的同母弟高陵君、泾阳君，也都以贵族身份执掌国政。随着秦国对外军事争斗的不断胜利，宣太后这一家族在朝廷的权势愈来愈大。他们不仅每人都有大片封地，成为全国最大封君地主，而且擅权专横，连国君都不放在眼里，出现了所谓"太后擅行不顾，穰侯出使不报，华阳、泾阳等击断无讳，高陵进退不请"的局面，使国家内政昏暗，对外斗争失利。本来穰侯魏冉被封于陶，其地在齐国边境附近，为了扩大自己的封地，竟越过韩、魏去进攻齐国的刚、寿两地，可见其势焰之高。穰侯魏冉在秦国擅权专国，早已为其他诸侯国所知，许多诸侯国都把魏冉视为秦国的最高统治者。国与国之间的一切交往，外国纳贡的一切礼品，都被魏冉一手操纵和独吞。秦昭襄王对此特别恼火，但鉴于魏冉已经营多年，羽翼早成，又慑于宣太后这一家族的庞大势力，昭襄王一时也无可奈何。范雎深深了解这一点，因此用此计起到敲山震虎之效。当时在昭襄王左右都是穰侯耳目的情况下，范雎不能直接讲明，只得以指桑骂槐之计，旁敲侧击的办法，指的是秦昭襄王，骂的是魏冉等专政乱政的人物，在讽喻之中暗藏了谋略。一方面范雎是要试探昭襄王对他是否有诚意；另一方面，暗示昭襄王上畏宣太后的威严，下惑于奸臣的献媚，居于深宫之中，身受他们的包围迷惑，而不能明察奸邪。这样下去，最坏的结局是使国家遭到灭亡，轻一点也将使昭襄王的地位难保。这就戳到了昭襄王的痛处，扣动了他的心弦。范雎进一步分析秦国的形势和内政，提出远交近攻等策略，秦昭襄王大为赞赏，决定马上任用他，破例拜范雎为客卿，让他参与谋划兵事和国政。

范雎抓住时机，打算进一步用指桑骂槐之计以警而导之。终于有一天，当秦昭襄王因魏冉的飞扬跋扈行为闷闷不乐时，范雎再一次挑起话题说："我在山东的时候，只听说秦国有太后、穰侯、华阳君、高陵君、泾阳君，但没有听说有大王。现在这些权贵把持朝政，就是人们所说的没有君王了。臣听说那些善于治理国家的人，对内、对外都要巩固和加强自己的权威。现在自乡间的低等小吏以上的各级官吏，甚至包括您身边的人，没有一个不是相国的人，臣看到您孤立无援，甚为您的君位不稳而恐惧担忧。此情发展下去，万世之后，恐怕掌握秦国大权的就不一定是大王您的子孙了。"秦昭襄王听此分析，极为惊骇，便决定当机立断，宣布废除太后，免掉魏冉相位，把魏冉、华阳君、高陵君、泾阳君全部驱逐出秦国。这样削弱了贵戚的力量，加强了王权，使秦昭襄王一直忧虑的君权旁落问题，得到解决。与此同时，秦王把相国的职位授给了范雎，并封范雎为应侯。此后，秦国一直实施范雎提出的远交近攻的谋略，蚕食诸侯，范雎为秦国的发展立下了功劳。

事例：戏中藏计，意会不可言传

明成化年间，明宪宗朱见深下令设立西厂，任命亲信太监汪直"提督西厂"。汪直飞扬跋扈，专权乱政。当时有个小太监名叫阿丑，善于演戏。一天，阿丑见宪宗来到面前，就扮作醉汉，撒泼骂街，叫喊不止。有人告诉他说："皇帝来了。"他谩骂如故。又有人说："汪太监来了。"他马上惊惶地撒腿就跑。人们问他为什么这样？阿丑说："今日人们只知道有汪太监，不知有他人。"阿丑又曾装成汪直的样子，手执两把钺来到宪宗面前。别人问他："你拿的是什么？"他说："我率领军队，就是依靠这两把钺。"问他是什么样的钺，他说："是王越、陈钺。"宪宗听后哈哈大笑，但笑后，心里明白这是阿丑讽喻汪直专权，渐渐注意到汪直权威过大和仇怨者众的情况。自此，对汪直就逐渐疏远了。

这段故事的背景，得从明代的重用太监，建立厂卫制谈起。明初，太祖朱元璋开始建立锦衣卫，为皇帝的耳目和御用工具。到明成祖时，因为他发动靖难，曾得力于太监，所以登上帝位后，对太监格外信赖，甚至不惜破坏朱元璋定下的"内官不得干预政事"的禁令，大量任用太监。朱棣认为仅设一个锦衣卫，还远远不够得心应手，尤其锦衣卫使用外臣，不如太监时刻在自己身边办事来得方便。在永乐十八年（1420），朱棣下令开设东厂，那是同锦衣卫平行的又一个特务机构。从此，明王朝出现由皇帝直接统辖的厂卫系统。这种厂卫制，与明王朝相始终，一直实行了二百二十余年。1464年，朱见深做了皇帝，是为明宪宗。这时明朝已经历了"土木堡之役"和"夺门之变"，国势日见衰落。各地官吏贪贿成风，横征暴敛，土地兼并加剧，民不聊生。一些人铤而走险，聚众反抗朝廷，威胁着明王朝的统治。在这种情况下，明宪宗特下令开设西厂，由太监汪直督办。

汪直先是在宪宗的宠妃万贵妃宫中服役，由于为人狡黠，奸诈异常，能曲意奉迎贵妃心意，受到万贵妃的宠信。由此被宪宗提升，成为宪宗的亲信太监。汪直被升为西厂总管后，身价倍增。西厂的规模比东厂更大，其隶役比东厂更多一倍。自京师至全国各地，无处不有，就是朱姓亲王也在其监视之中，其权威往往超出锦衣卫和东厂之上。西厂特务倚仗权威，诬陷好人，无辜被害者不计其数。宪宗还经常令汪直易服率校尉秘出视察，刺探民间隐事。汪直以锦衣卫韦瑛为心腹，屡兴大狱。例如，已故内阁大学士杨荣的曾孙、建宁卫指挥杨晔与其父杨泰，被害下狱，以酷刑考讯，使用一种名叫"琶"的刑具。这种刑具可使"骨节皆寸解，绝而复苏"。杨晔经不起酷刑之苦，妄言寄金于其叔父兵部主事杨士伟处。汪直也不奏请，便捕杨士伟下狱，并掠其妻子，结果杨晔死于狱中，杨泰论斩，杨士伟等都谪官。官宦之家尚且如此，老百姓更可想而知。汪直每出，随从甚多，公卿大臣都要让路。兵部尚书项忠因为没有让路，竟被汪直迫辱。朝廷上下，人人自危。内阁大学士商辂与其他大臣一起上奏汪直罪状，宪宗看了，反而大怒说："我用了个太监，怎么就能危害天下？是谁带头上这样的奏章？"并传旨严加斥责。经商辂等据理力争，宪宗不得已，暂罢西厂，但一月后旋即恢复。复开西厂后，汪直的气焰更加嚣张了。

与汪直勾结在一起，充当帮凶的主要是王越和陈钺。陈钺为辽东巡抚，正值汪直受命巡边，陈钺竭尽献媚之能事，设下盛大宴席招待，对其身边的人都有贿赂，使汪直对他更加喜爱。当时恰好兵部侍郎马文升奉命在辽东，是一位正直的大臣，因对汪直所作所为非常不满，所以在一片奉迎之声中，只有马文升置之不理，对陈钺也很怠慢，便立遭陷害，丢官谪戍。陈、王二人又给汪直出主意，"立边功以自固"，以求取升官加禄。汪直的出征，招致了边境的不安宁，欺官扰民，杀掠甚众。大臣们屡屡上疏密奏汪直的罪行，昏庸的宪宗却不肯相信。这样汪直更加有恃无恐，弄权祸国。一时九卿等官被汪直撤职者达数十人之多，诬告陷害的不计其数。同时乘机提拔亲信，升王越为兵部尚书，兼左都御史，陈钺为左副都御史，巡抚辽东。当时人们把王越和陈钺称为两把杀人的大钺，痛恨汪直的人，同时也痛恨王越和陈钺。

因此才出现了前面的一幕，在汪直权倾全国，宪宗昏庸执迷不悟的情况下，小太监阿丑可谓具有惊人之胆识。位卑而有正义感的阿丑，对汪直的作恶多端实在看不下去，但人微言轻，又不能向皇帝启奏，何况有地位的大臣上奏皇帝都遭到贬斥。阿丑利用自己的专长与能够见到皇帝的便利，在表演中暗用指桑骂槐之计，极为巧妙地来揭穿汪直的真面目，终于引起皇帝的憬悟，达到了骂"槐"的目的，也不会导致"桑"借机报复。

第三，指桑骂槐之计在政治斗争中的实效。

作为一种常用手法，指桑骂槐常常被应用到政治斗争之中，使用者为了达到政治目的，有意制造借口，巧妙地把握虚实，先谋后事，方能操胜券在手，百战不殆，其实效也是明显的。

事例：运筹帷幄，务必使人敬服

前698年，齐僖公死，长子诸儿即位，就是齐襄公。齐襄公荒淫无道，把齐国搞得很糟，人们都看出，齐国将会有祸乱发生。为了避祸，管仲和召忽保护公子纠逃到鲁国，鲍叔保护公子小白逃到莒国。果然不久后，齐国发生内乱，齐襄公被杀。第二年夏天，因齐国无主，齐国上卿高子和国子暗中通知公子小白回国即君位。鲍叔闻讯，立即护送小白回国。与此同时，鲁庄公也得到消息，赶快发兵护送公子纠回国，结果晚了一步。鲁庄公不甘心，在同年秋天，出兵伐齐，两军在乾时（齐地，今山东博兴县附近）开战，结果鲁军大败。就是在这场战斗中，管仲箭射了小白的衣带钩。乾时之战后，小白正式践位为齐君，这就是历史上著名的齐桓公。齐桓公即位后，听从鲍叔建议，不计一箭之仇，设计把管仲迎回齐国拜相，授以国政。

管仲的祖先是周武王的弟弟姬鲜，因被分封在管（今河南郑州市），建立管国，所以又姓管，姬鲜则被称为管叔或管叔鲜。后因管叔伙同商纣王之子武庚发动叛乱，被周公所杀，因此管姓后代也就衰落了。到春秋初期，管姓的后裔有叫管严的，生一子，即赫赫有名的管仲。管仲生于颍上（今安徽颍上县），在春秋初期属蔡国。管仲步入仕途以前，家境贫穷，曾做过生意，也曾做过养马人。管仲怀有远大的政治抱负，决心利用齐国的政治舞台，一展雄才伟略。

管仲对他所处的时代，看得清清楚楚。那时正当春秋初期，周王室的势力已经衰微，不仅失去了对诸侯国的控制能力，而且自己也就相当于一个二等诸侯国，只不过还保持一个"天下共主"的虚名罢了。相反，诸侯国的势力却迅速膨胀。由于社会经济的发展，诸侯国对别国土地和人民的占有欲也更加强烈，出现了频繁的兼并战争与大国争霸的局面。

春秋初期的诸侯争霸，主要在黄河下游各国之间展开。当时黄河下游的大国有郑、宋、卫、鲁、齐五国，小国则有陈、蔡、邢、谭、遂、纪、莒、杞等。最初中原地区曾出现郑国独强的局面，但自郑庄公死后，由于发生内乱，郑国的势力便中衰了。由于中原无主，诸侯混乱，造成异族交侵的局面。狄族、诸戎等经常给中原诸侯，甚至周王室造成威胁。在这种形势下，把中原各国联合起来，节制诸侯之间的肆意侵伐，抵御异族的侵扰，以便发展中原地区的经济和文化，就是当时客观形势的需要。也就是说，中原需要一个霸主，来代替周天子向诸侯国发号施令。这就看谁的力量最强，谁就能充当霸主的角色。

为了激励和帮助齐桓公实现称霸诸侯的目的，管仲深思熟虑，成竹在胸。他首先提出"尊周亲邻"的总方略，包括两个内容：一是采取各种手段（军事、外交等）使诸侯朝齐；二是令周天子给齐桓公的霸权地位以合法的外衣。为实行总方略，管仲建议桓公先修内政，后图外事，献出一整套改革方案，先使齐国"国富民安"，并且提出"仓廪实则知礼节，衣食足则知荣辱"的著名论断。在军事上，管仲提出要寓兵于民，并提出一套用军器赎罪的办法。在人才选拔方面，提出"匹夫有善可得而举"，从而提高了部分庶民的社会地位。为了保证一系列改革方案的施行，管仲还建议桓公改革中央官制。齐桓公接受这一系列的改革方案,并付诸实行,齐国也迅速强盛起来。

管仲想到要齐国称霸于天下,外交策略十分重要,又提出一套"亲四邻,广结交,以德服天下"的外交策略。其中重要一点,就是重新审查齐国的疆界,把侵占邻国的土地都还给他们,明确地标定邻国的边界。这样可以安定四邻,使邻国亲信齐国。管仲还主张积极发展和诸侯国的经济交往,实行"关市几而不征"的政策,即不征收关税和市场税。这样经济得以开放,又赢得了政治上的信任,提高了齐国的声誉和威望。

管仲也清醒地看到,由于历史的原因,以及现实的利害冲突,所造成的诸侯国之间的矛盾和斗争,是异常激烈而又错综复杂的。诸侯国之间的关系,也因此而呈现出反复无常的状态:今日友好,明日又反复;今日是盟友,明日又成仇敌。而强凌弱,大欺小,尚权诈,轻信义,更是普遍现象。因此管仲认为齐国处在这样一种时代环境中,要想称霸诸侯,光靠行德义是不够的,还必须"示之以武"。管仲辅佐桓公称霸的历史,乃是一部武力征伐史。征伐中的全部计谋,运筹帷幄是为政治服务的,目的是使齐桓公成为令人敬服的霸主。

前684年冬天,齐国开始对外用兵。用兵的目标是谭国(齐国西北边的一个小国,在今山东章丘西),因为齐桓公当年出奔莒国时,曾路过谭国,谭君对他很不礼貌。齐桓公回国即位后,诸侯国都来贺,谭国又不前来。小小的谭国,居然敢对齐国如此不恭,何以服天下?管仲与桓公策划了这次军事行动,把谭国灭掉,谭君逃亡到莒国去了。齐桓公"伐谭而不有",就是只征服它,并不贪其地而去占有它，也就达到了使许多小国对齐国"信其仁而畏其武"。

　　前682年，宋国发生争夺君位的内乱。第二年春，齐桓公邀集宋、陈、蔡、邾等国，在北杏（齐地，在今山东东阿县北）会盟，谋划平定宋国内战。这次会盟还征召一个叫遂的小国（在今山东肥城南），但遂不知什么原因没有到会。同年夏，齐桓公便借诸侯的兵把遂灭了，并且派兵到遂去驻守。

　　齐国伐谭和灭遂都是用了指桑骂槐之计。为了称霸诸侯，齐桓公不能不实行兼并战争，但得师出有名，便借口小小谭国竟对齐国如此不恭，即借谭的过失去灭谭。齐国要称霸天下，必须让诸侯国服他，才能步调一致，恭服霸主，树立威严。灭谭而不吞并其地，借以使许多小国对齐国"信其仁而畏其武"，恩威并用，达到敬服他的效果。灭遂也是一样，找其过失而灭之，更明显的是杀鸡给猴看，目的是给鲁国点厉害瞧瞧。因为遂是鲁的北部邻国，齐灭遂就直接威胁到鲁。当时鲁国在齐国的邻国中是最强的，又曾两次打败齐国，对齐国从来不太服气。在齐国出兵救燕时，向各国请兵支援，鲁国口头答应，却按兵不动。鲁国是当时齐国通向霸主道路上的主要障碍，由于齐桓公在管仲策划下，实行以德报怨的安鲁政策，以免其投靠楚国。齐国一方面努力与鲁国修好，归还以前所侵占的土地，并把伐山戎时所得的珍宝器物，拿出一部分给鲁国，说是进献给周公庙的祭品，这是以利诱之，使鲁庄公对齐国既惭愧又感激。第二年齐国伐莒，鲁庄公下令全国男丁全部参军入伍，连五尺童子都动员起来，支援齐国伐莒，关系有所改善。现在又通过灭遂，示之以武，给予一定的军事压力。

鲁国看到许多诸侯国都归附了齐国，感到寡不敌众，就主动与齐国修好，与齐在柯（齐地，今山东东阿城镇）结盟。这是管仲施用指桑骂槐之计，使齐桓公迈出实现霸业的关键一步。在齐桓公即位的第七年，开始登上霸主的宝座。

称霸之始，诸侯内部尚未完全和谐，因此又相继发生多次大大小小的武装冲突，经历了征伐不服、巩固霸业的战争，天下诸侯逐渐都表示要听齐国号令，齐国的威望大增。齐国的势力迅速发展，连楚国的盟国都归服了齐国，也引起楚国的不满。楚国早有向中原扩张势力的野心，曾经多次伐郑，进而阻止齐国在中原地区扩张。齐桓公考虑联合诸侯，救郑伐楚，想号令诸侯之国对屡屡伐郑的楚国来一个出其不意的打击。在当时条件下，如何隐蔽自己的战略企图，迷惑楚国，达到"攻其不备、出其不意"呢？恰在这时，齐桓公生活中出现了一个小插曲。

原来蔡国曾与齐国友好，为了加深两国关系，蔡侯把自己的妹妹嫁给了齐桓公。有一天，齐桓公和蔡姬在园中乘船游玩，蔡姬和桓公开玩笑，故意把船摇得来回晃荡，桓公不会水，怕船翻了，被吓得脸色都变了。桓公制止蔡姬，而蔡姬却故意撒娇不听，把船摇得更加厉害。桓公大怒，就打发蔡姬回娘家蔡国（都城在今河南上蔡县西南），以示惩罚，并没有要和蔡姬解除婚姻的意思。蔡侯认为此举就是休妻，感觉是莫大侮辱，就一气之下，把妹妹嫁给楚成王。消息传来，桓公十分恼恨。管仲便提出"以讨蔡之名，行伐楚之实"的方略。

蔡国与楚国相邻，拿下蔡国，再以迅雷不及掩耳之势，全力攻楚，就可打楚国一个措手不及。桓公兴兵讨蔡事在情理之中，以此掩盖伐楚企图，不易被楚识破。虽然事情的进展有了变化，伐蔡之后，消息泄露。管仲随机应变，灵活地变换方略，决定和楚谈判，以大义责之，使楚国不战而屈服，还借口楚国已经二年没有向天子贡献菁茅了。菁茅是一种较长的茅草，是楚国按惯例应向周王室贡献的一种特产植物。祭祀时把菁茅捆成束立在祭坛上，把酒从上面浇下，使酒顺着菁茅下渗于地，以象征神饮酒。这样就可以说是为天子而兴兵伐楚，迫使楚国承认不贡菁茅之罪，便与楚国在召陵（今河南郾城县）订立盟约，表示要共尊天子、友好相处。在这里管仲是又一次成功地运用了指桑骂槐之计，以讨蔡之名，行伐楚之实。既伐了蔡，又打击了楚国，为齐国出了气。这样做，既有为天子之名，又得了报仇之实，一箭双雕。

　　管仲一生，为齐桓公的霸业，尽心竭力，终于辅佐齐桓公九合诸侯，一匡天下，成为春秋时期的第一位霸主。在实现称霸和巩固霸业的复杂斗争中，管仲深得指桑骂槐之计的三昧，多次运用此计。作为霸主，要使诸侯国都服从他。不服从，可以利诱，可以制造误会，责备别人发生过错。可以警告，可以施行果敢手段，迫使他服从，直到消灭他，借以起到杀一儆百、敲山震虎的效果，慑服诸侯国和树立威信。总之，管仲运筹帷幄，务使诸侯国敬服，都为达到一个目的，就是让齐桓公为霸主，并进一步巩固霸业。

　　事例：行险而顺，妙用除奸之计

　　运用指桑骂槐之计，是骂是杀，要视具体需要而定，在紧要关头，有意制造借口，用刚毅和果敢的态度与手段行事，促使危急的局面发生改变，化险为夷是必要的。

潜龙勿用日乾乾

天宝十四载（755），安禄山造反。唐玄宗受杨国忠及杨贵妃姐妹怂恿，决定幸蜀，悄悄离开长安，特命龙武将军陈玄礼领兵护卫。刚走到马嵬驿（今陕西兴平西），众将士由于饥饿疲劳，个个怨愤，声言要铲除祸国殃民的杨氏豪门，否则六军不发。恰好这时，河源军使王思礼从潼关奔至，玄宗方知哥舒翰被擒，潼关失守。王思礼临行时密语陈玄礼道："杨国忠招乱起衅，罪大恶极。今将军何不扑杀此贼，以快众心。"陈玄礼说："我正有此意。"陈玄礼便先对军士说："今天下崩离，万乘震荡，岂不由杨国忠而起？若不诛之，何以塞四海之怨愤？"众将士说："念之久矣，事行身死，固所愿也。"正好这时，有吐蕃使者二十多人，原是来和好的，随驾而行，在驿门拦住杨国忠的马，诉说求食。军士们趁此大呼道："杨国忠与胡人阴谋造反，我等何不杀反贼！"众军蜂拥而前，兵刃乱下，应声杀了杨国忠，用枪挑着他的头悬挂在驿外，还一并杀了其子杨暄及秦国夫人、韩国夫人。军士仍围驿门不散，玄宗使高力士去问，玄礼说："杨国忠谋反，贵妃也不宜供奉左右；希望陛下割恩爱，把杨贵妃就地正法。"玄宗还犹疑不决。京兆尹司录韦谔上前进言道："如今众怒难犯，安危就在眼前，愿陛下从快决断。"高力士说："将士已将杨国忠杀死，而贵妃仍在陛下身边。他们怎能心安？愿陛下三思。三军安定，也就是陛下的安定了。"玄宗在此情况下，不得已才命高力士把贵妃带到佛堂上，用带子勒死。以车载着尸体停放在驿庭上，由陈玄礼进来观看。三军将士这才齐声欢呼万岁，重新整顿队伍，考虑继续前行的问题。杨国忠的妻子偕同虢国夫人逃往陈仓县，陈仓令薛景仙把她们杀死。杨氏一门遭此后果，罪有应得，人心大快。

在这个事例中，这惊心动魄的一瞬间，正是陈玄礼运用了指桑骂槐之计，才取得成功。当时陈玄礼和将士们怨愤填膺，对杨国忠恨之入骨，但杨国忠身为宰相，不便随便杀他，而又是非杀他不可，不杀不足以平军愤。六军不发，无可奈何。正在这时吐蕃使者来到杨国忠马前，便灵机一动，抓住时机，大呼："杨国忠反！"这样杀他就是顺理成章，乱臣贼子人人得而诛之，即使是皇帝也不能怪罪。这正是指桑骂槐之计中的一个含义：没有借口，而又非杀不可，那就只有制造事端，采取凶险而果敢的手段，即以杨国忠谋反为名杀掉他。

杨国忠众怨甚多，冰冻三尺，非一日之寒。玄宗在位时间很长，初期确有励精图治的精神。到天宝年间，年龄大了，志得意满，只想纵情声色，政治在走下坡路。先后用李林甫、杨国忠做宰相，他俩可谓天宝年间黑暗统治的代表。杨国忠是杨贵妃的远房堂兄，因堂妹而进用，贵妃得了宠，而且是"三千宠爱在一身"，便出现了"姐妹弟兄皆列土，可怜光彩生门户"的怪现状。杨国忠初为管财政的度支郎中，领十几个使职官衔，专门搜括民间财富，后做了宰相，兼领四十多个使职。他和韩、虢、秦三夫人，从驾到郊外华清宫，每家的奴仆穿一种颜色的服装，鲜艳夺目。老百姓见了这种声势，背后都咒骂，恨之入骨。玄宗后期，发动过一些不义的战争，边将武臣为了升官加爵，不惜推波助澜，挑起冲突。这些战争杀伤大量各族人民，消耗社会财富，给老百姓带来无限的灾难。安禄山在范阳发动叛乱，以"奉密旨讨杨国忠为名"，挥军南下，玄宗和杨国忠等沉溺在荒淫酒色之中，歌舞升平，毫无应变准备。"渔阳鼙鼓动起来"，才惊破了皇家的清歌妙舞。由于杨国忠怀疑哥舒翰想利用兵权推翻他，一再向皇帝诉说哥舒翰按兵不动，坐失良机。玄宗听了他的谗言，就连续不断地派出使者，逼哥舒翰出战。其实哥舒翰决定守住潼关天险，等待时机，战略是完全正确的。经不起御旨逼他出阵，于是大败，被俘，潼关失守。这又是杨国忠祸国殃民的一大罪状。潼关失守，叛军乘胜而进，势不可当。平安火三夜不至，玄宗大惊。召集廷臣商议，杨国忠力主幸蜀，廷臣不同意。杨国忠又让杨氏三姐妹同时去怂恿玄宗，玄宗便密召杨国忠进宫谋议，一面虚下亲征之诏，一面竟起驾西行。杨国忠为什么主张到四川避难？是因为他曾做过剑南节度使，西川是他的熟径，前日一听说安禄山反叛，他就私遣心腹，密营储蓄于蜀中，以备缓急。今倡议幸蜀，图自便耳。他跟虢国夫人说："我们有家业在彼，到那里不失富贵。"这个祸国殃民的杨国忠，为私利可以做尽坏事，不管国家和老百姓。出逃时，杨国忠和杨贵妃劝阻玄宗，独和杨氏姐妹、皇太子，并在宫中的皇子、皇孙、杨国忠、韦见素、魏方进、陈玄礼及亲近宦官、宫人出延秋门而去，仓促西行。一路上，杨国忠又主张焚尽左藏，烧掉便桥，杜绝百姓生路，幸得玄宗制止。这些恶行，陈玄礼和将士们看在眼里，恨在心上。到马嵬驿，天怒人怨，已发展到忍无可忍。假借谋反之名，立斩杨国忠，是人同此心、心同此理的。这是在千钧一发之际，当机立断，借事端杀杨国忠和杨氏一家，陈玄礼妙用了指桑骂槐之计中行险而顺的成功效果。

三、审时度势　迂回取胜之道

指桑骂槐之计在政治斗争中的应用范围广泛。政治家无不倾心于谋略的研究，因为谋略的核心就是"以最小的代价夺得最大的胜利"，是一门以巧取胜的科学，因此，历代政治家把它应用于政治斗争的各个方面。但是，为了各种不同的政治目的，需要采用不同的计谋和手法去对付，所以，施谋设计的运用范围就必须注意，在适宜的范围条件下应用，才能产生最佳的效果。

第一，在国与国之间。

各个国家之间，强弱本不相等。政治家在处理国家之间的关系上，使用指桑骂槐之计，其重点是强大的要慑服弱小的，就运用警告的方法去诱导它；必要时采用适当的强硬手段，可以得到拥护。运用果敢的手段，才能得到顺从。

1．强国对弱国的使用

在政治斗争中，强国对于比自己弱小的国家，都有吞并之心，但仅仅凭借实力去吞并也并非易事，所以强国为了打击对手，有必要使用指桑骂槐之计，首先示以警告，令其敬畏，然后制服之。

秦以虎狼之势吞并六国，席卷四海，统一天下的事例，就是最为典型的。李斯为秦王出计献策，选中韩国作为突破口，打响第一炮，使用指桑骂槐之计，起到敲山震虎的作用，先从心理上慑服其他五国。这样，韩国在六国中第一个被灭亡，随之如风卷落叶，其他五国先后灭亡，成就了大一统天下。

管仲相齐之时，助齐桓公建立霸业。征伐谭国和灭掉遂国，都是采用了指桑骂槐之计。为了称霸诸侯，齐国借口小小谭国对其不恭敬，借其过失去灭它，使诸侯国都能服从齐国，树立起霸主的威信。对于遂国，更明显的是杀鸡给猴看，使鲁国知警而不敢与之抗衡。齐国的兴兵伐蔡，也是政治上的需要，以讨蔡为名，行伐楚之实。齐国在建立霸业的历程中，多次极为典型地运用了此计，慑服诸侯国和树立威信，达到了称霸诸侯的目的。

2. 弱国对强国的使用

弱国对付强国，就必须谨慎行事，在政治外交场合要妥善处理，否则一不小心，就会酿成大祸，导致战争的风云突变。

晏子代表齐国出使楚国，以南方大国自居的楚国，丝毫不把齐使放在眼里，策划出戏弄羞辱晏子的一幕。晏子以此计妥善应付，使用微言讥讪，迫使自傲的楚王自忖不如，只好以礼相待。晏子维护了自己国家的尊严，在政治外交斗争中夺取了主动权。这是弱国对付强国的政治斗争中运用指桑骂槐之计的典型。

第二，在君臣之间。

中国古代国家是高度专制主义中央集权制的国家，君主是一国之主，统治一切。所谓"普天之下，莫非王土；率土之滨，莫非王臣"。君主具有最高的统治权，"独制四海之内"。为了保住手中的权力，历代君主无不想方设法，竭尽全力地加强手中的权力，不断强化专制的程度。

在复杂激烈的政治斗争中，君与臣之间是一种利害共存的关系。臣为君主的臣仆，但君主面对的群臣，是形形色色的。有忠臣，有功臣，有辅臣，有谏臣，还有权臣和奸臣等。君主与臣仆之间也是具有矛盾和权力斗争的，君臣之间的政治关系是极为复杂而多变的。

中国古代政治理论家，围绕君主的驾驭之术做过大量的论述，而历代的政治家也积累了大量的经验。姜太公就曾把"钓"用于君臣关系，认为掌握俸禄厚薄之权，就可以收买人才，使之尽其所能；掌握旌赏死事之权，就可招揽勇士，使之万死而不辞；掌握官位授予之权，就可让臣僚重视官位，使之尽其职守。

作为天下一尊的君主，需要臣民对他的畏惧和服从。大大小小的官僚，凭借君主所赐予他们的政治权势，需要统领下级和治理百姓，使之拥护和敬服。因此，使用计谋，使法令能够贯彻推行下去，是很有必要的。作为并战计谋的指桑骂槐之计，当是选择的主要对象。施以严厉的"杀一儆百"之术，可使臣民畏惧、市井安然。为了政治目的和需要，运用智谋进行间接批评，在错综复杂的政治斗争中，在纷争多变的人际关系中，也很有使用的必要。

1．君主对臣下的使用

在一般情况下，君主对臣子使用指桑骂槐之计，是为了多方面制约臣下，以达到恩威并重，使之俯首帖耳，因而实现顺利推行各种国家政策法令和教化措施的目的。因此，君主对臣子所用指桑骂槐之计的手法是多种多样的。

例如，齐桓公称霸以后，有一天，对管仲说："那些大夫们大肆聚敛钱财，又不肯扶困济贫，即使让粮食腐朽也不散发，如何是好？"管仲为他出谋划策，让他召见城阳大夫，责备一顿。齐桓公就责怪城阳大夫与宠妾嬖幸衣罗穿锦，击鼓作乐，而不顾骨肉兄弟无衣遮体，无食果腹，剥夺了城阳大夫的禄位。此后，功臣之家，都竞相散发粮食，救济远近的亲戚。国都中孤苦无告、不能自食的人也跟着沾了光，得以活命，国家饥民减少了。

齐威王时，励精图治，对地方官进行考察。当时阿大夫以重金买通威王左右的人，对威王说尽阿大夫的好话，竭力掩盖他的恶迹，同时又诋毁即墨的贤大夫。威王以两地的大夫为典型，立即封给即墨大夫万户之邑，同时把阿大夫和左右为其美言的奸人"烹之"。从此，举国畏惧，人人不敢饰非，全国也因此大治。齐威王以计治乱，达到了最佳效果。

唐太宗李世民在位时，将军长孙顺德接受了别人送给他的绢。事情败露之后，唐太宗在宫廷之上特意又赏赐给他几十匹绢。大理少卿胡演进谏说："如今他贪图贿赂，不但不处罚他，陛下还赏赐给他绢。这样他以为陛下不责罚他，不是助长了他的贪心吗？"太宗却说："不是的，如果他是个有廉耻的人，得到我赐给他的绢，那耻辱比受刑还要难受。如果他不知羞愧，不过是个禽兽而已，杀了他又有什么用。"原来，唐太宗使用指桑骂槐之计，出人意料之外，以特殊的方式处罚了受贿的官员。

唐代宗宠信宦官，奉命出使四方的人回京后，如果所得的财物很少，便认为是轻视皇帝的使命。因此，中使所至之处，公开索取贿赂，重载而归。德宗没有即位之时，素知这一弊病。即位以后，派中使邵光超赐给李希烈旌节。李希烈回赠仆人、马匹和七百匹缣绢。邵光超把这些东西带回朝廷，德宗大怒，杖责了他，并且把他流放了。于是，中使出使尚未归还朝廷的，都把所得的贿赂悄悄丢弃在山谷之中。对于主动送给他们的礼物，也不敢再接受了。唐德宗就这样清除了前朝的积弊。

指桑骂槐之计，突出的是杀一儆百的功用。因此采用此计的政治家，代不乏人，明朝开国皇帝朱元璋也是善用此计之人。

朱元璋用严刑峻法，整顿吏治，这在历史上是出名的，对当时贪官污吏的惩治和刑法的严酷也属历史所罕见。朱元璋曾规定，凡是官吏贪污钱财六十两以上的，就斩首示众。正因为如此，后世传说那时候建立了"皮场庙"。也就是说，将人斩首示众以后，还要剥皮楦草，在府、州、县衙门旁内悬挂，以至于这种被剥皮楦草的人皮，犹如庙里的神像，让人恐怖，使贪官污吏望之生畏。朱元璋是否真的剥皮楦草，现在已经难以考证，但这种刑罚却已经是家喻户晓。朱元璋在建立大明王朝过程中，采取过许多矫枉过正的策略，特别是在惩治贪官污吏及"奸顽"时，往往抓住一些典型，予以严惩，采取法外用刑，以实现其明刑弼教的方针。

还在与群雄争霸天下的时候，因为粮食匮乏，朱元璋曾下令禁止酿酒。当时朱元璋手下一员猛将胡大海，正在浙江一带拼死打仗。就在这时，胡大海的儿子犯了朱元璋的禁酒之令，按照法令应该给予惩治。因为其父胡大海在带兵征战中，所以都事王恺提出建议不要杀他，生怕杀了他会引起胡大海的不满，发生背叛事件。朱元璋不同意，坚持认为："宁可使大海叛我，不可使我法不行。"竟然亲手处死了胡大海的儿子。当时还在打天下的时候，朱元璋就以法令严明，超出群雄之上，这也成为其打下江山、得到成功的一个重要原因。坐定江山以后，朱元璋治国虽说是礼法并用，但对触犯法令也一直是严惩不贷。朱元璋暮年，曾经将驸马欧阳伦诛杀,其罪名就是违犯私贩茶叶之禁。

洪武三十年(1397)三月,朱元璋下令兵部严禁私茶出境。明代在边境地区实行茶马贸易,主要是用内地的茶叶换得边地的马匹。如果不禁止私贩茶叶,就会造成茶叶的贬值,而马匹价格相对升高,也会使得国家的财政有所亏损。朱元璋对此事非常关注,曾派官军巡边缉查走私茶叶,又令李景隆颁给边疆少数民族首领金牌勘合,免得他们接受私贩。但是私贩的现象,就是欲禁不止,私贩茶叶的事件屡屡发生。朱元璋才又命兵部重申禁约,颁发给四川、陕西官府及卫所。在这种情况下,驸马欧阳伦竟然不把法律禁令放在眼里,又派遣家人周保去边境私贩茶叶,牟取暴利。周保等人所到之处,横行霸道,骚扰非常严重,竟然让陕西布政使司官员派给车辆,为他们运输茶叶。陕西地方大吏见是驸马家人,都不敢惹他,只能俯首听命,征派民车数十辆。当他们经过兰县河桥巡检司的时候,周保等人对小小的巡检司吏更是蛮横,稍有不满意,就拳打脚踢,百般侮辱。小吏实在无法忍受,愤而上告。朱元璋知道此事以后,勃然大怒。为此不仅杀掉了周保等人及布政使司的官员,而且将驸马欧阳伦一并赐死,并褒奖了河桥巡检司的小吏。

朱元璋在这一案件的处理中,不仅严惩了作恶多端的周保等人,而且诛杀了驸马。这正是他采用指桑骂槐之计,欲借诛杀驸马,而通告全国,起到杀一儆百的奇效。欧阳伦以往多行不法之事,自以为是驸马,就可以胡作非为,无人敢问。朱元璋重颁私贩茶叶的禁令,可他仍然毫无顾忌,仍派家人在边地公开贩卖茶叶,骚扰地方。朱元璋以他开刀,就是以此向全国上下宣布,就是皇亲国戚，违犯私贩茶叶之禁令，也要被杀头，那么谁还敢以身试法呢？欧阳伦是安庆公主的丈夫，而安庆公主是马皇后所亲生，是朱元璋所宠爱的公主之一。安庆公主在洪武十四年（1381）嫁给欧阳伦，到洪武三十年（1397）欧阳伦被处死时，公主与他已经是十几年的夫妻。朱元璋毫不留情地赐死欧阳伦，就是要达到警而导之的目的，使全国臣民都能够遵行国家的法令，所以他才做出这样的决断。

朱元璋的禁令下达于这一年三月，六月就处死了驸马欧阳伦。在这么短的时间内，朱元璋运用此计证明了他执法如山，使包括皇亲国戚、边疆大吏在内的全国臣民都知道，他的禁令是不可违犯的，自然也就达到了他想要达到的目的。杀一儆百，维系了国家的纲常法纪。

2．臣下对君主的使用

君主是至高无上的，臣子在给君主出谋划策的时候，过于直言常常会触怒龙颜，招致杀身之祸。在这种情况下，臣下就要运用智谋，妙用指桑骂槐之计，运用得体，可以充分地起到警告的作用。

周定王九年（前598），南国霸主楚庄王兴兵陈国，讨伐杀死陈灵公的夏征舒。楚国军队风驰云卷，势如破竹，直逼陈国的都城，不久就擒杀了夏征舒。楚庄王将陈国吞并，纳入楚国版图，改为楚县。楚国的属国闻楚王灭陈班师回朝，都来朝贺。独有楚国大夫申叔时，刚从齐国出使回来，却不来朝贺，也不表态。楚庄王派人去责备说："夏征舒杀了他的君王，我兴兵讨伐，把他杀了，这难道错了吗？"申叔时要求见楚王当面陈述自己的意见。

申叔时问楚王:"您听说过'蹊田夺牛'的故事吗?有个人牵着一头牛,抄近路通过别人的田地,践踏了一些禾苗。这家田主人非常生气,就把这个人的牛给夺走了。这个案件,如果请大王您来判断,您怎么处理呢?"庄王说:"牵牛过田,践踏了禾苗,这当然是错的。然而所伤禾苗并不多,因这点事就夺人家的牛,太过分了。要我来判断,就批评那个牵牛的,然后把牛还给他就是了。"申叔时接着说:"对啊!大王能明断这个案子,那么对陈国的处理是否欠推敲呢?夏征舒杀其君有罪,但他又自立为新君。楚国出兵讨其罪,杀了夏征舒也就够了,今又吞并其国家,这与夺牛的性质不是一样吗?"楚庄王一听,顿然醒悟,称赞申叔时的高见,将陈国版图,交割给陈,恢复了陈国。

从以上事例可以看出,申叔时是巧用了指桑骂槐之计,以"蹊田夺牛"的比喻来暗中批评楚庄王灭陈是不对的。这是运用语言的艺术,用比喻来警而导之,用语婉转而贴切,不直接批评,这样也维护了君王的面子。尤其是在君王拥有绝对权威的时代,靠说话让君王改变了主意,可不是一件容易的事。说不定一句话说错了,顷刻大祸临头,性命难保。当然这与楚庄王的有战略胸怀,肯于纳谏有关。楚庄王是一位有雄才大略、工于心计的人,初即位时,为瞒过贵戚权臣的耳目,有意沉湎于酒色之中,不理政事,而且命令不准进谏。有一次大夫申无畏用隐语打动他说:"有一只大鸟,身披五彩缤纷的花纹,栖止在楚国某地的高冈上。时过三年,不声不吭,不飞也不鸣,不知是什么鸟?"楚庄王说:"这不是一般的鸟,三年不飞,飞必直冲云天;三年不鸣,鸣必惊人。你回吧。"申无畏也就心领神会。果然后来楚庄王就励精图治,称霸于诸侯。就是这个楚庄王，听了申叔时的"蹊田夺牛"的故事，马上幡然醒悟，立即交割了陈国的版图，恢复了陈国，做了一件取信于诸侯的仁义之事。这也充分说明，用计也要审时度势。申叔时在适当的时机，用比喻的手法，灵活地运用了指桑骂槐，警而导之，也就能够取得最佳效果。

齐威王即位之时，国家内忧外患，因此心中十分焦虑。一日，威王正在鼓琴，邹忌应召而至，进门就夸赞威王琴弹得好。威王认为他不知内情，就开口称赞，很是不悦，甚至起身抽剑相问。邹忌全然不顾，却借弹琴之事，说出一番道理，指出"琴音调而天下治，夫治国家而弭人民者，无若乎五音者"。齐威王听后惊愕不已，便改变话题，和邹忌大谈如何治理国家，如何取威定霸。邹忌应答如流，正中威王下怀，不由得大喜，当即拜邹忌为相。以后君臣齐心治理国家，使齐国很快兴盛起来。

唐初，太子李建成因为秦王李世民功高于自己，十分嫉妒。魏征当时为尚书，兼任太子詹事，屡次劝谏太子，太子始终不肯听从。魏征上疏高祖，请求告老还乡。唐高祖指责他道："你肯做潘仁的长史，却耻为朕的尚书吗？"魏征答道："潘仁是个寇贼，每当他要随意杀人，我进行劝阻，他都能听我的话，停止杀人暴行。因此，我做他的长史问心无愧。陛下是创大业的圣明君主，而我所说的话，如同向石头泼水一样，丝毫不为动。太子对我也是这样。我怎么敢久污天台，以辱圣朝呢？"高祖听了，当即任命他做太子太保，让他继续辅佐太子。

如前面事例所举，范雎运用指桑骂槐之计，警而导之，暗示秦王，使秦昭襄王决定当机立断，废除宣太后，罢黜其弟魏冉的相位，驱逐了戚党，削弱了贵戚的力量，加强了王权，从而解决了困扰秦王的君权旁落问题，这也是臣子运用谋略达到成功进谏君主的范例。

汉武帝的奶妈在皇宫住了几十年，不愿离开皇宫。渐渐地汉武帝嫌她啰里啰唆，好管闲事，讨厌她，打算把她送出宫去。奶妈在无可奈何的情况下，找到了东方朔，请他帮忙说说话。东方朔安慰她一番，并且对她说："在你向皇上辞行的时候，多回头看看皇上。我自有办法。"到了叩别汉武帝时，奶妈热泪盈眶，边走边回头看汉武帝。东方朔就在这时大声地说道："奶妈，你快走吧，皇上现在已用不着你喂奶了，还担心什么呢！"汉武帝闻听此言，不禁想起自己是吃奶妈的奶长大的，奶妈对自己有恩，心中感到内疚，便收回了成命，留奶妈继续住在宫中了。东方朔以指桑骂槐术，指的是奶妈担心，骂的却是皇上忘恩负义。但对皇上是不便直接骂的，只好用计间接批评。

第三，在臣僚之间。

在官僚政治下，各级官僚均是君主的臣仆，他们形成一个整体，利害共存。对君主和上级负责，是他们的首要本分。能够忠于职守，对上敬君主，对下爱下级和百姓的官员，称得上是好官，而在庞大的官僚群中，还有大量的奸恶之徒，他们欺上压下，做尽坏事，以满足个人的私欲。因此，官僚群体是一个复杂的人际关系网，在同僚之间、上级与下级之间也充满了明争暗斗和矛盾冲突。为了应付错综复杂的各种关系，臣僚之间使用计谋也是常事。

1．上级对下级的使用

在专制制度下，要求下级绝对服从上级。上级必须树立威信，才能统率部下，慑服部下，使其敬服，才能使政令顺利推行下去。否则，统率一群不服从的属下，自然难以久处其位。因此，上级对于下级，有必要应用计谋，以达到树立威信的目的。

春秋末期，吴国是一个正在崛起的国家。周敬王六年（前514）吴王阖闾执政。这个雄心勃勃的君主，决心西破强楚，东并越国，进而北上争霸中原，想继齐桓公、晋文公之后，成为一代霸主。为此，阖闾大量招贤纳士，利用他们对吴国的政治、经济、军事进行改革和整顿，以增强国家实力。楚国的伍子胥等人就是在此前后，逃亡到吴国受到重用的。伍子胥逃到吴国后，结交了孙武，两人成了好朋友。孙武，齐国人，青年时代由于赶上一次齐国贵族内乱，为避祸而逃奔到吴国，过着隐居生活，同时潜心研究军事和兵法。伍子胥了解孙武的才能，知道他精通兵法。阖闾在做吴王的第三年，想攻打楚国，找伍子胥商量，伍子胥趁机向吴王推荐了孙武。吴王想亲自试试孙武的才能，就下令召见孙武。

吴王向孙武询问许多有关兵法的问题，孙武一一作答，吴王十分满意。要求孙武将有关兵法的问题撰写成书，以便经常翻阅。孙武写成了十三篇专论兵法的文章，这就是流传后世的《孙子兵法》一书的来源。书每成一篇，呈给吴王，吴王读后，赞不绝口。吴王问孙武："你的十三篇兵法我读过了，可不可以试用一下呢？除士兵外，妇女是否也可以按兵法进行训练呢？"孙武回答："完全可以。只要绝对服从我的军令，不论妇道人家，就是小毛孩子都可为我所用。"吴王招来宫女一百八十人，叫孙武布下阵势，大家在旁观看。孙武提请从吴王宠爱的姬妾中挑选二人当队长，一百八十名宫女分两队，使二人各掌一队。然后教给她们战阵之法。仔细讲解，再三强调动作要求和纪律。孙武命宫女们人人持戟，对她们说："你们都知道你们的前心、后背和左右手吗？"宫女们说："知道。"孙武说："我命令你们向前，就是指前心的方向，向左就是左手的方向；向右，就是指右手的方向；向后，就是指后背的方向。"宫女们说："都记住了。"孙武又设专人手持大斧，作为监督和行刑者，准备惩罚违纪违令的人。然后孙武将操练要领和有关纪律三令五申，反复交代，并规定：队伍要随着鼓声前进或后退，乱了队形的斩杀无赦。之后，开始操练。等到第一次鼓响，宫女们都不按军令行事，却嘻嘻哈哈笑个不停，东倒西歪，怪态百出。孙武说："纪律不明，申令不熟，这是为将的责任，不能怪罪下属。"又把有关纪律和命令反复交代，重新击鼓发令进行操练，宫女们仍然和以前一样，毫无约束。孙武见此，就亲自操起木槌击鼓，宫女们更加捧腹大笑，并莺声燕语，好似百鸟归巢。孙武大怒说："纪律不明，申令不熟，是为将之罪。申令既明，而行不如法，就是士兵的过错了。"下令把当队长的两个宠姬斩首示众。这时吴王正在台上观看操练，见此大吃一惊，赶忙下令说："我已经知道将军能用兵了。两姬是我心爱之人，非此两人，食不甘味，睡不安枕，愿将军手下留情，千万别杀她们俩。"孙武说："臣既受命为将，将在军，君命有所不受。且军中无戏言，若徇军命，赦免有罪，将何以服众？"毅然下令斩了两个队长，用另外的两个女子做队长。这样一来，宫女们大为惊骇，鸦时间全军凛然，全场鸦雀无声，个个屏住声息，肃然而立。孙武重新击鼓下令，开始操练，宫女们循规蹈矩，按照鼓声左右周旋，前后进退，无不合乎兵法要求，人人都一丝不苟，谁也不敢稍有差池。操练完毕，孙武向吴王报告说："兵已训练好，阵列已经整齐，大王可下来检阅。现在我把队伍交给您，唯您所用，即使她们赴汤蹈火，也可以做到。"吴王因为孙武杀了他的两个爱姬，心情不愉快，表示不去看了。孙武就不客气地说："原来大王所喜欢的兵法，不过徒好其言，而不好用其实。"这时伍子胥在旁劝谏说："兵属凶事，不可以空试，带兵的人，不行诛罚，就不可使全军严明军纪。现在大王诚心求用贤士，想要兴兵伐楚，威加诸侯，而称霸天下，如果不用孙武为将，谁能带兵涉淮逾泗，为大王越千里而战呢？"吴王肃然改容，并对孙武大加赞赏，当即正式任命其为将军，积极策划伐楚的事。

  这个事例说明，孙武为了表现兵法可以使国家富强起来，采用指桑之法以达到敲打和警戒全体宫女们的骂槐目的。这是一种首先建立自己威信的做法。如果一味采用阴柔手段，哄诱之，只会助长部下的傲气，难以领导。孙武以适当的镇压，根据以最小损失换取最大收益的原则，毅然斩杀了担任队长的吴王两个宠姬，起了杀一儆百的作用。正因为杀的是吴王所宠爱的人，更显示孙武的法不避贵，执法如山，必然更能收到最大的威慑效果。使后来操练时宫女们没有一个敢违犯军令，这队娘子军终于训练有成，以此向吴王证明了兵法的重要。孙武用指桑骂槐之计，操练娘子军之事，也就传为千古佳话。

  战国初期，魏国的建立者魏文侯，晚年任李悝为相，吴起、乐羊为将，积极奖励耕战，支持变法改革，使魏国日益富强，开始称雄诸侯。魏文侯鉴于邺（在今河南安阳北，河北临漳西南）地处魏、赵、韩三国交界，是个战略要地，因过去治理不善，虽自然条件本来很好，有漳河水流经全境，但邺地竟是田园荒芜，城乡萧条，人烟稀少，老百姓困苦不堪，任命精明能干的西门豹去做邺县县令。

西门豹刚到任，就邀请当地父老们来，向他们了解人们的疾苦和灾情。父老们说："祸害是河伯娶妇，就是帮河神讨娘娘，所以弄得民穷财尽。"西门豹问："这是怎么一回事？"父老们说："邺地方上的三老和衙门里的吏胥，每年要老百姓缴纳捐款，收取的钱有几百万，用其中二三十万来帮河神讨娘娘，而剩下的钱就由他们和那班庙祝、巫婆们一起瓜分。每到为河伯娶妇季节，巫婆到处察看，见小户人家有姑娘长得标致的，就说她该是河神娘娘，就把人拉走，为之洗澡、更衣、梳洗打扮。还替她在河上打造一条船，算是河伯行宫，让那姑娘单独住在里面，作为斋戒。十几天后，把姑娘放在一张如同出嫁用的床上，把床放到河上，任其漂流。漂一段后，就沉到水里，说是让河伯接去了。许多有姑娘的人家，都怕灾难临头，相继外逃。因此田园荒芜，民苦不堪。这事已经进行了好多年，人们都说，如果不给河伯讨娘娘，大水就会冲来，把一切淹没，人也给淹死，所以不能不这样。"西门豹听后，心中明白了。他就约定：到了帮河神讨娘娘的日子，大家都到河边去送新娘，并请通知他也去参加。

到了那一天，西门豹带领随从吏卒赶到河边，三老、各级官员、豪绅，当地父老都已齐集河边，沿河两岸百姓围观的也有两三千人。只见那为首的老巫婆有七十来岁,有十来个女门徒站在她背后。这时,西门豹走到前面大声说:"喊河神娘娘,来让我看看是否标致。"巫婆便把姑娘领出来。西门豹看了一下那受害的姑娘,对三老、庙祝、豪绅、父老们说:"这姑娘长得不够漂亮,怎么能做河神的新娘娘呢?现在麻烦大巫婆去向河神报告一声,就说这个不成,要重选了改天再送去。"说完,就命吏卒抱起老巫婆投进河里。西门豹装出认真的样子,弯着腰注视河面,像是等待老巫婆回来。过了一会儿,故意说:"老巫婆下去这么久,怎么还不回来,想必是让河神留下了。现在需要派她的弟子下去催一下。"随即命吏卒把一个小巫婆也投进河里,过一会儿,又说:"老巫婆的弟子怎么也不回来?再派一个去催催她们。"又把一个小巫婆投进河里。这样一连把三个巫婆投进去,都不见回来。西门豹说:"看起来老巫婆,小巫婆都是妇道人家,不会禀报公事。现在就只好麻烦三老下去,把事情说明白了。"说完,命人把三老投入河中,依然一脸严肃地在河边等候。这时站在河边的那些剩下的巫婆、地方官吏、师爷、土豪劣绅都惊恐万状。西门豹说:"派下去的巫婆和三老都不回来,下一步该怎么办呢?"这些家伙吓坏了,怕下一步就轮到扔他们下河了,便一齐跪在地上,磕头如捣蒜,头磕破了,血流满面。西门豹说:"看样子你们都怕被派下去,那就再等一会儿。"又等了一会儿,西门豹说:"看样子是河伯把他们留下再也不回来了。既然你们都明白了这是怎么一回事,又都怕被派下去,那就暂且饶了你们,都起来回家去吧。"经过这一场惊心动魄的惩治,邺地就再也没有人敢提为河神讨娘娘的事了。

在这里,西门豹采用的是指桑骂槐之计。此前,他明察暗访,已经知道漳河因年久失修,每当夏秋之交,遇上暴雨,河水就泛滥成灾,一片汪洋,淹没庄稼,冲毁田园,这是自然灾害,哪有什么河神呢?但是当地三老、胥吏等地方小官吏却趁机勾结装神弄鬼的巫婆,把自然灾害说成是河神显灵,来欺骗愚昧迷信的老百姓,声言每年给河神献上美女,就可保安宁。他们借着给河神娶亲来敲诈钱财,中饱私囊,闹得地方上民不安生。西门豹了解了这情况,深知老百姓受蒙蔽多年,已习以为常,如果直接去跟大家说穿,肯定人们不信。只有在现场演出上面所说的那一幕,按现在的话说,是直观教学。西门豹装成很虔诚的样子,表演得也很逼真,把老巫婆、小巫婆、三老一个个扔到河里以后,河水根本没有反应,没有出现河神显灵。在众目睽睽之下,西门豹戳穿了这个骗局,惩办了老巫婆、三老那些骑在人民头上的邪恶势力,也看到了其余的诈财者们那怕死告饶的狼狈相,起到了杀一儆百的效果,也教育了民众。这说明西门豹除弊有方,而且计谋就在其中。下一步西门豹知道要巩固教育的效果,必须做点实事,让老百姓知道,可以和自然灾害做斗争,没有什么河神。魏文侯发动民众先后修筑了十二条水渠,引漳河水来灌溉农田,既肥沃了土地,又减少了漳河泛滥的灾害,老百姓受益匪浅。邺地人民为纪念西门豹破除迷信、除弊兴利的德政,把当年投巫下河的地方,改名叫"大夫村"。村外修庙、立碑,把西门豹领导修筑的水渠叫"西门渠"。

2.同僚之间的使用

同僚之间,相互使用计谋,也是常见的。利用计谋达到驾驭之功尤为重要,至少也要确保自己不被排挤。

春秋末期，齐国有田开疆、古冶子、公孙接三勇士，自诩是齐国三杰，很得齐景公宠信。这三人挟功恃劳，横行霸道，目中无人，并被乱臣收买，阴谋要夺取政权。幸而相国晏婴施二桃杀三士之计，把这三人除掉。晋国听说齐国三杰都死掉了，就兴兵入侵齐国的阿邑、鄄邑，燕国也乘机扰乱齐国的河上地方，这可吓坏了齐景公。经相国晏婴推荐，说田穰苴通兵法，文可以使众人亲近服从，武能威慑敌人，可以担当此任。齐景公请田穰苴入朝，拜为大将军，发给兵车五百乘，以抵抗晋、燕入侵，保卫国家安全。

田穰苴拜领了将军大印后，和国君派来的亲信、监军大夫庄贾约定，第二天的日中在军门会齐，请庄贾准时到达。第二天上午，田穰苴先到军门，让军吏竖起计时标竿，并使用铜壶滴漏，等待庄贾。庄贾自恃是景公宠臣，素来骄横，根本不把军令当回事，也没把田穰苴放在眼里。太阳当顶，庄贾不到。穰苴就推倒标竿，放掉漏壶之水，进入营中检阅军队，指挥士兵，宣布纪律条令，整顿军纪。宣布完毕，已是黄昏时分，庄贾才醉醺醺、慢悠悠地来到军门。穰苴问他："为什么迟到？"他仍满不在乎地说："亲戚朋友为我设宴饯行，耽搁了一会儿。"穰苴怒责他说："作为国家将领，受命那天起，就要忘掉家小；临阵整军，就要忘掉亲人；指挥军队打仗，就要忘掉自身的安危。如今国家遭到敌国的侵凌，边境骚动不安，国君食不甘味、寝不安枕，而以三军之众托付给你我二人，希望我们勇敢杀敌，为国立下战功，以解百姓倒悬之苦。可在这紧要关头，你却不紧不慢，对如此重任，熟视无睹。倘若打起仗来，面对敌人，你仍如此，岂不误了军国大事?"当即召军法官问:"按照军法,不按时报到的将士该如何处治?"军法官说:"当斩!"田穰苴立即命刀斧手把庄贾推出去斩首。齐景公听说,急忙派使者持赦免庄贾的手令,快马加鞭前往解救。穰苴说:"将在外,君令有所不受。"而庄贾早已人头落地。穰苴并以使者"驰骋军中"要依法治罪,按法也当斩,因考虑他是负君命而来,不便直接用刑,就杀了使者的仆人,并捣毁了他的马车,以示惩罚。于是军威大振,三日后出兵,田穰苴和士兵们同甘共苦,使得人人奋勇,个个争先,不肯稍有懈怠。晋、燕的军队,闻风丧胆,不战而退。齐军奋勇追击,收复了全部失地,保卫了齐国疆土,大胜而归。

　　以上实例,可谓施用指桑骂槐之计的典型事例。田穰苴在拜将之时说:"我一向地位低下,现在一下提拔起来做将军,官居大夫之上,声望不高、威信不够,怕士卒不服,百姓对我不信任。希望君王能任命一位宠臣,为国人尊重的大臣当监军。"齐景公答应了他的要求,遂派庄贾为监军随军前往。庄贾素来骄横不可一世,自恃是景公的宠臣,狂妄自大,根本不把田穰苴放在眼里。他问田将军出征之期,田穰苴回答:"明日就要发兵,中午开誓师大会。"叮咛他准时到达。庄贾置若罔闻,第二天日影西斜时,才缓缓来到,不顾军纪,故意延误规定时间入营。在这种情况下,田穰苴不得不用指桑骂槐之计,杀一儆百,威服部众,施用果敢而强硬的手段,斩杀了庄贾。作为田穰苴来说,出身卑微,骤然做了大将军,如何建立自己的威信,取得将士们的拥护和尊敬,以便顺利地统率部众,服从命令听指挥,以利作战是很重要的。所以在庄贾违犯军纪的时候,田穰苴不顾其是景公的宠臣,毅然将之杀了。这不仅说明田穰苴治军严明，刑不畏贵，且显示他执法如山，不徇私情，使众军士大为忌惮。正因为此举大出众军意料之外，会引起他们的极度震惊，从震惊到恐惧，从恐惧到顺从，是人们心理过程的自然演变。从此，全军上下只要听说主将的号令，没有不肃然起敬的。打起仗来，人人奋勇当先，战无不胜。这是田穰苴妙用指桑骂槐之计，杀一儆百的成功效果。以此大振军威、国威，保卫了国家的安全。

3．下级对上级的使用

作为下级，重要的是服从上级，把与上级的关系搞好，这样才能保住自己的官位或得到升迁。对于上级中为非作歹之徒，作为下级常常是无可奈何的。在这种时候，就有必要运用计谋，给其回击。

指桑骂槐之计，简而言之，用于军事上多是治军，用于政治则是严法令。东汉初年，六十九岁的董宣被任命为洛阳令，由于执法如山，被称为"强项令"、"卧虎令"，终于使当时混乱不堪的京城洛阳实现治理，这第一炮就是用的指桑骂槐之计。

洛阳是东汉王朝的京城，汉光武帝刘秀，经过十五年的艰苦奋战，才统一了全国，建立了东汉王朝。当年追随刘秀为建立王朝出过力的皇亲国戚、功臣显贵，都居住在洛阳城里，这些人居功自傲，不可一世，常常纵容子弟或奴仆飞扬跋扈，为非作歹，洛阳城区打架、斗殴、杀人的事件时有发生。朝廷走马灯似的换了几位洛阳令，都稳定不了局面，连刘秀也感到头疼。任命这位六十九岁的董宣，也是想让其循循开导，并没有想到他会有什么政绩。洛阳的权贵们当然也没有把这位年近古稀的老人放在眼里，却没有想到这个糟老头子,敢在湖阳公主头上开了一刀,这一刀真是石破天惊。

湖阳公主是刘秀的大姐,是刘氏家族的代表人物。刘氏家族在西汉末年混争中取得了领导权,经过十多年的兼并战争,夺得了天下,刘秀做了皇帝,刘氏家族当然气焰万丈,根本就不把国家法度放在眼里,觉得这是刘家的天下。湖阳公主当时就是洛阳地方上的一害,其府中豢养了成群的恶仆,整天在洛阳城里为非作歹,根本没人敢过问。董宣上任后,察访了情况,心中非常明白,要治理洛阳,首先要把权贵的气焰打下去,便选择权贵的代表人物、骄横不可一世的湖阳公主开刀。一次,公主的恶仆在光天化日之下于街上杀了人,董宣立即下令逮捕这名恶仆。恶仆躲进公主府里不出来,董宣派人监视。有一天恶仆跟公主的车马一同出来,董宣立即带人去拦住公主的车马。湖阳公主坐在车上,很傲慢地问,"你是什么人,敢拦我的车?"董宣自我介绍以后,说请公主交出杀人凶犯。那个杀人恶仆一看不妙,赶紧爬到公主车里,躲在公主身后。公主满不在乎地说:"你长几个脑袋,敢拦我的车抓人,好大胆子!"董宣怒气冲天,猛地从腰间拔出刀来,在地上画了道警戒线,高声责问公主:"你身为皇亲,不守国法,竟然袒护杀人凶手。"董宣一声喝令,洛阳县衙的人,一拥而上,把凶犯从公主车里拖出来,当场斩首。

湖阳公主感觉受到羞辱,立即掉转车头直奔皇宫,见到刘秀就又哭又闹,非要刘秀杀了董宣,给她出气不可。刘秀听了此话,心里也不大痛快,心想你董宣执法严明是好,可当众让我姐姐下不了台,不是把我也不放在眼里吗?便把董宣召进宫来,让卫士们当着湖阳公主的面,用鞭子抽打他。可怜老迈年高的董宣,因公正执法而受刑。董宣毫不畏惧,冲着刘秀说:"请等我把话说清楚,死也无妨。"刘秀说:"你冲撞我姐姐,不该受罚吗?"董宣义正词严地说:"皇上是大汉朝的中兴之主,一向注意德行,也说过要以文教和法律来治理国家。现在公主在京城纵奴杀人,皇上不但不加管教,反而责打执法的人,试问国家的法律还有什么用?国家靠什么来治理?今后谁还当这个洛阳令?"说着,就挺起脖子把头向殿上的柱子撞去,马上头破血流。光武帝刘秀被董宣这一番理直气壮的忠言打动,赶紧叫人把董宣拉住,并对他说:"只要你给湖阳公主磕个头,赔个不是就行。"董宣说自己没错,死也不磕这个头。光武帝想给湖阳公主一个台阶下,就让内侍去按董宣的头。董宣用两只手撑地,头也按不下去。内侍们心中佩服董宣,不用大力按,说董宣的脖子太硬,实在按不下。光武帝无奈,把董宣放了。湖阳公主这时看到董宣连皇帝都不怕,并不是单给她下不了台,气反而消了一半,光武帝把她劝了回去。刘秀倒很喜欢董宣那执法如山的牛劲儿,专门派人给他送去三十万钱。董宣把钱全部分给他手下的小官吏和士兵。从此,董宣狠狠打击豪强,"强项令"、"卧虎令"的威名传遍了全国。为非作歹的人,没有不心惊肉跳的,京城权贵们也规矩多了。

在这个事例中说明,董宣指的"桑"是湖阳公主的恶仆,骂的"槐"是湖阳公主一类的皇亲国戚、功臣显贵;他杀的是湖阳公主的仆人,整治的是湖阳公主一类皇亲国戚的飞扬跋扈、草菅人命、胡作非为的恶行。由于董宣执法如山,以计治乱,又宁死不屈,大义凛然,坚持正义,誓不低头,终于收到了杀一儆百的效果。光武帝终于也冷静下来，考虑到汉王朝的根本利益，向董宣作了让步。难怪，当时洛阳流传着一句民谣："桴鼓不鸣董少平。"意思是说，董宣做洛阳令，没有人敢犯法胡作非为，因此也就没人去官府门前击鼓鸣冤了。

唐代武则天时，宋璟在朝正派、有骨气，对皇帝敢于直言极谏。武则天的内宠张易之兄弟，虽然官位高于宋璟，但平素惧怕宋璟的刚直不阿。一次，他弟兄二人为了讨好宋璟，故意离座上前礼拜宋璟，说道："宋公乃是当今天下第一人，为什么位在下座？"宋璟回答："我才疏学浅，职位卑微，张卿却以我为第一，这又是为什么呢？"这时，天官侍郎郑杲也问宋璟："中丞大人为何称呼我为五郎呢？"宋璟道："以官位论，当称你为卿，可足下不是张卿的家奴，哪里来的什么'卿'呢？"满座的人听了，无不为之震惊。当时，自武三思以下都不得不小心服事张易之兄弟，生怕有错丢官，唯独宋璟不买他们的账，运用指桑骂槐之计，使他们个个夺气。

四、暗藏智慧　斗智斗勇斗奇

指桑骂槐之计是一重要的计谋，应用范围相当广泛。大致说来，这种计谋在政治斗争中的应用，具有如下基本特点：

第一，就指桑骂槐之计在政治上应用目的而言，具有明确性、果决性、迂回性、引导性的特点。

所谓明确性，就是说使用指桑骂槐之计，有着明确的政治目的。为了政治的目的,使用者注意谋略,进行了智慧的竞赛。身为帝王的,为了巩固自己的统治,为了使江山万世一系地传下去,"杀鸡儆猴";身为诸侯的,为了吞并弱小国家,"敲山震虎";身为权臣的,为了消灭一切潜在的政敌,"杀一儆百";身为忠臣的,为了忠于职守,"以威治乱";身为卑微小臣的,为于劝谏君主的政治需要,也不遗余力地"警而导之"。

所谓果决性,就是说在政治斗争中,指桑骂槐之计的使用尽管动机和目的各有差异,但果断而出其不意地来实现政治目的,是共同的特征。或"指",或"骂",都是乘其不备,刚察果断地进行的。

所谓迂回性,就是说在使用指桑骂槐之计时,无论是"指",还是"骂",都不仅仅针对直接对象,而是推而广之,涉及间接对象。唯其如此,才能够发挥奇效。

所谓引导性,就是说使用指桑骂槐之计,以警告的办法进行诱导,这样,在政治斗争中,使人敬服。是"指",还是"骂",都是以期达到使"槐"幡然悔悟的效果。

第二,就指桑骂槐之计在政治上应用的作用而言,具有推广性、奇效性的特点。

指桑骂槐之计的使用,在中国古代政治斗争中,其功效作用屡屡得到验证。根据政治的需要,没有必要镇压的,又可改为申斥、处罚或批评等。由"桑"推而广之,作用于"槐",这使此计在政治上的作用,增添了推广性的特点。

指桑骂槐之计的奇效性,在于使用的成功率极高,使用者为了达到政治上的目的,选择使用此计,在对象不加防备的情况下,突然出击，或采用攻心之术，往往得到成功，因此，具有奇效性。

第三，就指桑骂槐之计的政治上的应用影响而言，具有实用性、广泛性的特点。

指桑骂槐之计具有实用性，即指这种计谋适用于各种政治斗争，选择突破口，有强有弱，有亲有贵，无论是政治家，还是区区小吏，抑或是局外之人，都能够运用此计来实现自己的政治目的，使自己的愿望变成现实。因此，指桑骂槐之计具有很高的实用价值。

指桑骂槐之计同时又具有应用的广泛性。在错综复杂的政治斗争中，此计的应用范围广泛，且屡用屡验，成功率高，这就为此计广泛运用开拓了广阔的市场。因此，对历代政治家也有强大的魅力。

假痴不癫

——静不露机 意在大智若愚

本计云："宁伪作不知不为；不伪作假知妄为。静不露机，云雷屯也。"其大意是：宁可装着不知道而不采取行动，不可冒充聪明而轻举妄动。要沉着，不露声色，不泄露一点机密，就像冬天的云雷屯聚收敛待机而动一样。也就是说，假装不知道的，实际上却非常清楚，假装不行动的，事实上是因为不可能行动，或要等时机到来再行动。千万不要轻举妄动，在艰难困苦的时候，要不露声色，暗中策划经营。

古人对此计所含内容议论颇多。如《李卫公·问地》载：自古诡道存之，则全诡不复增之废之，则使贪使愚之术，何而使哉？太宗良久曰："卿宣秘之，勿泄于外。"最终说出"诡道可使由之，不可使知之"、"兵者，诡道也，托之于阴阳术数，则使贪使愚，兹不可废也"的道理。老子说："大巧若拙。"孔子说："大智若愚。"苏轼也说过："大勇若怯，大智如愚。"真正有才智的人，并不炫耀自己，表面看去，似乎很笨拙、糊涂。在兵法上把这种人采用的计谋，叫作假痴不癫，用在政治上就是一种政治韬晦之术。

此计的诀窍在于：寓机智于糊涂之中。郑板桥有名言："难得

巧施此计,孙膑绝处逢生

糊涂。""糊涂"既然"难得",就不是真糊涂,既然不是真糊涂,其中自然有一番打算。此计是并战计之一,意指在形势不利的情况下,通过装疯卖傻、碌碌无为的假象隐藏自己的才能,掩盖内心的抱负,避免政敌对自己的警觉,忍辱负重,以屈求伸,待机而发。决不跟政敌争一日一时之短长,也决不轻狂浮躁,贸然行事,以免招来杀身之祸。所谓留得青山在、不怕没柴烧,先保全自己,以便伺机而动,实现远大理想,成就大事业。除此之外,假痴不癫也是一种攻心术,可用于调动部下,稳定人心,实现预定目标。

一、韬光养晦　寓机智于糊涂

《周易·屯卦第三》云:屯:元亨,利贞。勿用有攸往,利建侯。《象》曰:云雷,屯。君子以经纶。

【一爻】初九,磐桓,利居贞,利建侯。《象》曰:虽磐桓,志行正也。以贵下贱,大得民也。

【二爻】六二,屯如邅如,乘马班如。匪寇婚媾,女子贞不字,十年乃字。《象》曰:六二之难,乘刚也。十年乃字,反常也。

【三爻】六三,即鹿无虞,惟入于林中,君子几,不如舍,往吝。《象》曰:"即鹿无虞",以从禽也。君子舍之,往吝穷也。

【四爻】六四,乘马班如,求婚媾。往吉,无不利。《象》曰:求而往,明也。

【五爻】九五，屯其膏，小，贞吉；大，贞凶。《象》曰："屯其膏"，施未光也。

【六爻】上六，乘马班如，泣血涟如。《象》曰："泣血涟如"，何可长也。

计文所说的"云雷屯"，系《周易·屯卦》的象辞。屯，指萌芽充满生长的艰难。意为君子在困苦之时，要像织布能手巧理纱线一样，暗中策划经营，肢体不支，脑子可动；明里不动，暗中可动。也就是以装疯卖傻逃出"屯"的处境。

卦辞表明，社会是复杂多变的，萌芽破土而出，在艰难困苦的时候，必须暗中进行经营策划，因此用计需要注意客观形势，不能轻举妄动。如果在时机尚不成熟的时候，就将事机败露，那么就会招致失败。此卦说明，凡本卦不足据，又没有变卦的，其对策必是一种反常之举。

根据以上的见解，把假痴不癫之计在各种政治条件下运用的结果，结合中国古代事例进行推演，大致会出现以下六种情况。

第一，在形势不利于己的时候，不要轻举妄动。必要时深墙壁垒，暗中进行谋划，等待时机的到来。这样才能逢凶化吉，达到本计所要达到的目的。

第二，客观条件为不利，敌方强大，因此大的行动安排不适宜，这时必须静不露机，切不可贸然行事，哪怕是长期蛰伏等待，也要待具备全胜条件以后，才能有所动作。

第三，如果违反本计原则，在客观条件不允许的情况下，追求不能得到的利益，而又没有相助之人，那么切忌轻举妄动，否则不但徒劳无功,而且必有凶险,应当一无所动,待机而发。

第四,在时机成熟以后,本身占据了有利的位置,取得了主动权,具有了全胜的条件,符合行动制敌之时,果断行事必然大吉。

第五,善于运用此计,必须考虑周到。政治斗争风云变幻,在符合使用此计条件的时候,表面不露声色,以假隐真,但不可做得过分,要恰到好处。若是搞得过于铺张扬厉,不仅会错失战机,而且会因行动混乱而招致政敌猜疑。因此,用计时一定要掌握得当,才能达到本计目的。

第六,敌强我弱,实力悬殊,正如草木初生之际,非常柔弱,故情势凶险。因此,在艰难困苦之中,施用此计,要付出痛苦的代价,而且随时有危险存在,必须克服各种困难,才能完成本计所要达到的目的。

综观以上六种情况,说明假痴不癫之计在实施的过程之中,是具有种种变化的。因此,在根据不同的情况,运用不同的手法之时,务必要考虑周全,这样才能变不利为有利,变被动为主动,以弱胜强。

二、装疯卖傻 变被动为主动

人的心理活动是由感觉、知觉、记忆、思维、情绪等感知因素所构成的,除受到客观的社会条件制约之外,还有超出社会之上的思想方法。不管人的心理活动如何活跃,最终也不会脱离社会政治经济的影响。也就是说,社会制约着人们的行为,影响着人们的心理，而人们的行为和心理又在一定程度上影响着社会。

第一，假痴不癫之计的真假难辨。

假痴不癫之计的运用，最为典型的手法之一，就是以装疯的假象来迷惑政敌，以便在政治斗争中保全自己，待机而动。大凡采用这种手段的时候，都是在情势万分危急之时。

事例：运用此计，行于险境之中

历代政治家运用假痴不癫的政治韬晦之术者甚多，孙膑运用此计脱身险境，随后报仇雪恨，助齐国大败魏国，就是著名的一例。

年轻时的孙膑与庞涓，都投在鬼谷子门下学习兵法，两人不仅是同窗好友，还曾结为八拜之交。庞涓表面上与孙膑交好，为人却刻薄妒忌，自知自己的才能远逊于孙膑，所以暗地里早就妒火中烧。学成之后，庞涓先下山到魏国做了将军，深得魏惠王的宠信，声名显赫起来。这时墨子周游列国到了魏，在魏惠王前举荐了孙膑，被任为客卿。庞涓生怕孙膑在魏国威胁到自身的地位，若是让孙膑得以施展才能，自己恐怕不会再有出头之日，便处心积虑地要置孙膑于死地。庞涓在魏惠王面前说孙膑是身在魏国，心在齐国，有里通外国之嫌。随后骗得孙膑的亲笔书信，篡改了内容，献给惠王作为证据。惠王信以为真，就让庞涓问罪。庞涓对孙膑施用了膑刑，挑去两腿的膝盖骨，使孙膑再也无法站立起来，成了废人，还给他脸上刺了字。庞涓只是为了骗孙膑写出鬼谷子注释的《孙子兵法》，才留他一条活命。

孙膑遭到这样的迫害以后，起初还受庞涓的假面所蒙蔽，为他写下老师私下秘授的《孙子兵法》。幸亏有个庞涓的家丁,把事情真相都明白告诉了他,孙膑这才恍然大悟,认清了庞涓的真面目。可是这时他身陷险境,肢体残疾,怎样才能摆脱庞涓的加害呢?便心生一计,当晚突然昏倒在地,忽而大哭,忽而大笑,口中念念有词,却又语无伦次,把写下的兵法统统烧掉,还对庞涓叩头不止,拉住他叫鬼谷先生。庞涓生怕有诈,让人把孙膑拖到猪圈里,虽污秽不堪,但孙膑倒头就睡,并且抓起猪粪和泥土就往嘴里送。这些举止,使庞涓相信了他是真的疯了,便慢慢失去戒心,不再严密监视他了。孙膑以猪栏为家,捡污物为食,披头散发,衣不蔽体,时出时入,时哭时笑;一直等到齐国使臣到魏国去时,才悄悄救孙膑逃离魏国。当时庞涓还以为孙膑投水死了,根本没有怀疑到他是逃走了。

想当初,庞涓以为孙膑从此不能站起来了,而且已经成了疯癫废人,不可能再对自己构成威胁了。孙膑在绝境之中,运用了假痴不癫之计,佯装作疯癫,以此麻痹了庞涓,使其产生错觉,进而放松警惕。殊不知这是孙膑巧用假痴不癫之计,为了迷惑庞涓,只求留得青山在,才能够东山再起,一雪前耻而报大仇。孙膑坚强地活了下来,忍受了难以想象的奇耻大辱,却从来没有失去信心。孙膑相信,只要能够保全性命,满腹的才学和韬略,必将有用武之地。正是这种假痴不癫之计,使孙膑得以保全自己,以屈求伸,待机而发。孙膑在逃出魏国回到齐国以后,终于得到显示才华的机会。

当时魏国非常强大,魏惠王成为继魏文侯、武侯之后的诸侯领袖。齐国素称东方大国,曾有着称霸诸侯的历史。齐威王即位后，这个雄心勃勃的君主，整顿内政，招纳贤才，使国力很快强盛起来，具备了与魏争霸的条件。孙膑回到齐国，正是齐威王虎视中原之时，绝对不会放过孙膑这样的人才，拜其为军师，谋划军事事宜。

周显王十五年（前354），魏惠王命庞涓为主将，起兵伐赵，包围了赵国都城邯郸。形势非常危急，赵国向齐国求救，孙膑大展才能的机会也就到来了。孙膑运用避实击虚、攻其必救的原则，创造了围魏救赵的战略，率齐军直捣魏都大梁。孙膑估计到庞涓一听国都被围，会马上回师，便以齐军主力在其途中必经之地桂陵事先埋伏好，大败魏军。这是孙膑以假痴不癫之计得以脱身后，第一次教训了庞涓，挫败了魏国。

前341年，魏国怪罪韩国背叛，没有参加逢泽会盟，就出兵攻打韩国。韩国向齐国求援，齐王出兵，孙膑仍作为军师随军出发。这时魏军的主将庞涓得知齐军又进攻大梁，就回军尾随其后，追击齐军。孙膑巧妙地运用减灶示弱的计谋，引诱魏军紧追不舍，埋伏主力军队于马陵地区的山谷之中，准备一举全歼魏军。孙膑特命人在路旁大树上写下八个大字："庞涓死于此树之下"，又命埋伏好的弓箭手，见有人举火看字，就乱箭齐发。庞涓果然不出孙膑所料，天刚黑，领兵进入马陵道，一直追至大树底下，并命人点起火把照亮树上字迹，此时齐军弓箭手乱箭齐发，魏军死伤无数，庞涓也身中数箭。庞涓自知中计，斗不过孙膑，愤愧拔剑自杀。这一仗齐军大获全胜，是历史上著名的马陵之战。从此魏国失去了霸主的地位，孙膑则不仅报了自己的深仇大恨，而且使齐威王取代魏惠王成为诸侯领袖，齐国得到霸主的地位，孙膑也因此名垂千古。

孙膑在政治上军事上获得极大成功，都是因为他具有出色的智谋和才干。而假痴不癫之计的运用，是他在政治上处于极为危险的境地时，采用的政治韬晦之术，通过装疯卖傻来隐藏自己，保全性命，以此避免政敌庞涓对自己的进一步迫害。采用这一计谋，孙膑经过周密的考虑，因为只有这样，才能使庞涓真正失去对他的戒心，放松对他的警惕和管制，以便伺机逃生。庞涓也果然中了他的计，真的以为他是疯了，而没有杀掉他，并且放松警戒，使孙膑得以逃出了魏国。孙膑这个刑余之人，在齐国大展才华，终于在战场上与庞涓一决雌雄，成就了显赫的功业，名垂史册。所谓"大丈夫能屈能伸"，孙膑假痴不癫之计的运用，说明他有出众的智谋，同时也具有极为坚毅的忍耐精神，不如此，是不能获得此计的成功的。唯有外表癫狂，内心极为冷静和沉着的人，才能出色地运用此计，在狡猾狠毒的政敌眼皮底下，要想达到保全性命的目的，并且最终实现了自己的远大抱负，原本就不是一件容易的事情。

孙膑所采用的假痴不癫之计，颇类似于苦肉计。但这是他在生命攸关的时候，急中生智而想出的绝妙之计，如果不运用此计，他就无法幸免于难，而后来的赫赫事功，也就无从说起。这是一位极具智慧理性的人，运用奇计脱离险境，绝处逢生的突出事例。

孙膑精心研读《孙子兵法》，所以能够成功地运用假痴不癫的计谋。孙子云："能而示之不能。"意思是说：本来是有能力的，但是却伪装作没有能力，通过掩藏真实的情况，制造假象蒙蔽敌人，麻痹敌人，使敌人上当受骗，达到战胜对方的目的。孙膑假痴不癫的妙计运用，是对《孙子兵法》的发挥。在马陵之战中，通过减灶以示弱，诱庞涓紧追不舍，最终战胜了庞涓，运用的也还是这一示弱的奇谋妙计。

第二，假痴不癫之计以假乱真，不仅仅是迷惑。

使用假痴不癫之计，通过伪装生病麻痹政敌，这并不是目的，真正的目的是造成政敌判断和行动的失误，使自己掌握有利时机，以便置敌于死地。

事例：以假乱真，其意志在必得

关羽是三国时期蜀汉的名将，智勇超群，纵横疆场长达三十年。赤壁大战后，荆州为刘备所得，后刘备收西川，取东川，荆州由关羽镇守。219年7月，关羽独当一面，率大军北伐曹魏的樊城。关羽利用秋季大雨、汉水猛涨的时机，水淹曹操的七军，一时威震华夏，却并没有想到大意失荆州，败走麦城，为东吴所杀。这风云变幻，与吕蒙巧施假痴不癫之计，以假隐真而取荆州有密切关系。

荆州位于长江中游，"北据汉沔，利尽南海，东连吴会，西通巴蜀"。对于曹操、刘备、孙权任何一方来说，都有极大的战略意义。赤壁大战后，荆州原属东吴所有，孙权听从鲁肃的意见，维护孙刘联盟，共同抗曹，所以暂以荆州借给刘备，待其入川以后再还。刘备入川站稳脚跟后，却不愿归还。由于荆州战略地位的重要性，东吴必欲夺回。孙权派大将吕蒙屯军陆口（今湖北嘉鱼西南），准备伺机夺取荆州。关羽打下襄阳后，也不是不曾想到加强荆州防卫。随军司马王累曾经提醒过关羽，认为："东吴吕蒙屯兵陆口，虎视眈眈地要吞并荆州，不可不防。"关羽遂令在沿江上下，或二十里，或三十里，选高阜处，置一烽火台，每台用五十军把守。倘东吴渡江，夜则明火，白天则举烟为号。王累又建议说："糜芳、傅士仁守二隘口，恐不竭力，潘浚平生多忌而好利，不可任用，应选忠诚廉直之人。"关羽自以为是，不听建议。这说明关羽对守卫荆州的意义估计不足，以为筑了烽火台，即可万事大吉。

　　吕蒙一直在处心积虑地夺取荆州。吕蒙早年在军营中，因军务繁忙，读书不多。后听孙权劝告，勤奋读书，博览史书和各家兵法，读书之多，连老儒生都赶不上。当鲁肃接替周瑜的职务时，曾过访吕蒙，一起商议政事。吕蒙告诫鲁肃说："关羽此人年纪虽大，却十分好学，几乎可以背诵《左传》。他为人刚直，雄心勃勃，然而性情自负，盛气凌人。你和他做对手，应当用明、暗两手策略。"由此可见，吕蒙在未与关羽正面相对时，就已经对关羽其人其事有了深入的了解。这就是《孙子兵法》所云："知己知彼，百战不殆。"当吕蒙发现荆州防守严谨，兵马整肃，一时无法夺取，就决定以计谋取之。吕蒙托病不出，以迷惑关羽，隐匿他进攻荆州的意图。吕蒙称病，连孙权也给瞒过了，只有陆逊猜破了他的计谋，两人便一起合谋。陆逊进一步出主意说："关云长自认为英雄，天下无敌，只是对将军（指吕蒙）有所顾忌。你不如趁此机会，假托病重，把陆口之任交托别人，而此人可对关羽极尽阿谀奉承之能事，使关羽骄傲无防。若荆州无备，再别出奇计以攻取，则荆州在掌握之中了。"从此吕蒙就托病不起，上书辞职，孙权便召吕蒙回建业养病。吕蒙推荐陆逊代他守陆口，理由是："若用已有名望之人，关羽必然提防，而陆逊为青年将领，很有才干，但尚无远名，非关羽所忌，由他代守陆口，必然于事有利。"孙权同意，即日拜陆逊为偏将军右都督，代吕蒙守陆口。

陆逊一上任，就修书一封，派人带着名马、异锦、酒礼等物，赴樊城去送给关羽。关羽指来使说："仲谋（指孙权）见识短浅，用此孺子为将！"看了陆逊的信，信中吹捧关羽的奇功伟绩，胜过晋文公与韩信。自谦是一介书生，要关羽多加指教；语词十分卑谨。关羽见其词意恳切，不禁仰天大笑，脱口而出："无虑江东矣！"此后，关羽真的不把陆逊放在心上、看在眼里，麻痹大意，大量抽调荆州守军，开赴樊城与曹军作战。结果前门拒狼，后门进虎。

孙权乘机拜吕蒙为大都督，总制江东诸路军马。吕蒙点兵三万，快船八十余只，选识水性的士兵扮作商人模样，都穿白色衣服，在船上摇橹，却把精兵藏在船舱中。同时还致书给曹操，约其进兵以袭关羽之后，并通知陆逊。随后令白衣人出发，驾快船往浔阳江去，日夜兼程，直抵北岸。江边烽火台上的蜀军盘问时，白衣人答道："我们都是客商，因江中阻风，到此一避。"并将财物送与守台将士，守军相信了，听任他们停泊江边。到夜里，天交二更，暗号一声，八十只船里的精兵俱起，把烽火台上的守军缚倒，将沿江紧要去处墩台的守军都捉入船中，便长驱直入，直奔荆州，神不知鬼不觉，关羽还蒙在鼓里。将至荆州，吕蒙将沿江墩台所获守军，用好言抚慰，各与重赏，让他们叫开城门，纵火为号。重赏之下，必有勇夫，这些守军听从吕蒙的命令，到半夜时分，到城下叫门，门吏一看是荆州自己的兵，就开了城门。

众军一声喊起，就放起号火，吴兵齐入，偷袭了荆州。

吕蒙袭取荆州，几乎是兵不血刃，原因就是用了假痴不癫之计。吕蒙首先看到荆州兵阵严肃，沿江又有烽火台，知道不能明攻，只能暗取。于是称病、辞职，又以没有名望的青年将领陆逊代他守陆口，这是以假的表象蒙骗关羽，而将真正的意图隐藏起来，等待时机。陆逊写信去吹捧关羽，以骄其心，这就使关羽从思想上解除了武装，放松了警惕，大量抽掉荆州的守军。吕蒙却处心积虑在暗中运筹，积极行动，用白衣商船偷运精兵，进一步蒙骗了守军，巧夺了荆州。由于关羽平时骄傲自大，盛气凌人，一些受过他蔑视侮辱的将士，对他既怕也恨，不愿为其所用。当东吴袭取荆州时，军无斗志，不战而降。这也在一定程度上帮助了吕蒙，使他以假乱真，巧用假痴不癫之计，夺得了荆州。

自从失了荆州，刘备急于为义弟关羽报仇。在诸葛亮等文武官员拥立他为帝后不久，就不顾诸葛亮、赵云等人的劝阻，执意起兵七十五万，定要灭吴，却被东吴所败，火烧连营，大伤元气。此后虽有诸葛亮六出祁山，却也不能挽救蜀汉的危局了。

第三，假痴不癫之计的示假隐真。

假痴不癫之计的常用手法，就是利用人们视觉的局限和思维习惯，巧妙地伪装自己，除了制造假象，以假扮真，迷惑敌人以外，有时还可起到稳定内部的作用，这是以假象蒙蔽的又一妙用。

事例：假戏真做，善以计谋取胜

曹操，字孟德，小名阿瞒，沛国谯县（今安徽亳县）人。自幼博览群书，才武过人，钻研兵法，又善用计谋。少年时的曹操喜欢打猎，"飞鹰走马，游荡无度"。他的叔叔对此很看不惯，几次三番在曹操的父亲曹嵩面前告他的状。曹操很讨厌他叔叔的做法，有一次他在路上遇见叔叔，就假装口眼㖞斜的样子。叔叔问他是怎么回事。他说："突然遭到一阵恶风。"叔叔把这事告诉曹嵩，曹嵩很惊慌，忙把曹操找来，见他的面貌和平时一样。曹嵩问道："你叔叔说你中风，已经好了吗？"曹操说："我可从来没有中风，只是因为叔叔不喜欢我，才被诬陷罢了。"曹嵩对弟弟说的话产生了怀疑，也就不再相信弟弟所说曹操之事，曹操就更随心所欲，无所顾忌。其实他叔叔是担心他将来不能继承家业，争列名门，甚至给曹氏家族带来祸患，所以才几次三番希望他父亲管教他，不想却引起曹操反感。曹操略施小计，报复了叔叔。

曹操三十五岁那年，乘讨伐董卓之机起兵，开始了政治生涯。作为政治家，曹操一生足智多谋，工于心计，成为中国古代政治家中善用计谋取胜的典型人物。曹操毕生用计甚多，如诈死计、隔岸观火、将计就计、反间计等，更屡次运用假痴不癫之计，往往假戏真做，以计取胜。

东汉末年，统一的帝国已经无法维持。东汉王朝的统治，在184年镇压黄巾军时，已经政令难出都门了。地方的州牧、郡守，与地方豪强结合在一起，在镇压黄巾军的同时，积聚力量，成为地方割据势力，相互之间展开了错综复杂的兼并战争。出身于四世三公的大贵族袁术，因遭曹操、袁绍夹击，率余众退屯寿春（今安徽寿县），割据扬州（今长江下游与淮水下游间），建安二年（197）称帝，自号仲家。当时称霸兖州的曹操，以汉室丞相身份，率军征讨袁术。由于袁军坚持，战争相持了很长时间。曹军粮食告急，军心涣散。曹操心生一计，在典仓吏（负责粮食供应的官）身上打主意。他把典仓吏叫来说："现在我军粮食紧缺，军中议论纷纷。我发现你身上有一样东西，可以消除这些不满情绪，不知道你愿意献出来吗？"典仓吏马上忠心地说："只要是能替丞相解忧分愁，我什么都舍得拿出来。"曹操便恶狠狠地说："我要借你的项上人头来派用场！"话音刚落，还没等典仓吏明白过来，曹操即挥刀将典仓吏的头砍了下来。随后令人到军营中四处散布："典仓吏克扣军粮，证据确凿，丞相已把他杀了。"兵士们听后，都大骂典仓吏，同时赞扬丞相铁面无私，军中的怨恨情绪很快就烟消云散了。

　　曹操亲自率领大军征讨张绣，正值盛暑天气，长时间的行军途中，一直没见到水源。将士们口干舌焦，十分难忍，几乎走不动了。曹操也心急如焚，担心这样下去，势必影响士气，对征战不利。猛然想出一个主意，传令道："前面有座大梅林，咱们赶到那里，大吃一顿酸甜的青梅，就可以解渴了。"士兵们听说有梅子，嘴里都自然地生出唾液来，就不感到那么口渴难耐了。大家振作精神情绪饱满地往前赶路，终于发现了水源，解决了喝水问题。后来的成语"望梅止渴"，就来源于这个故事。

　　曹操疑心很大，自从把持汉室朝政以后，无时无刻不在提防别人暗算他，即使是亲信和贴身侍卫，曹操也都怀有戒心。曹操曾对侍卫们说："在我睡觉的时候，你们不要随便走近我，如果有人靠近我，我就会在梦中跳起来杀人，你们服侍我的人千万注意。"一天，曹操躺在床上假装熟睡，故意把被子掉在地上。一个侍卫想要为他盖上被子，可是刚走到床前，曹操猛然跳起来把他杀了，接着又躺下睡了。等到醒了的时候，曹操又故作惊讶地问道："是谁把我的侍者杀了？"自此之后，曹操睡觉的时候，再也没人敢走近他。

还有一次，曹操对别人说："如果有人要谋害我，我会有预感，我的心会颤动。"便对一个亲信侍者说："你怀里藏着一把刀，悄悄地走到我身边，我说心动，卫士们就会把你绑赴刑场，那时候你什么话都别说，我保证你不会出什么问题，而且我还要好好报答你。"那个侍者信以为真，按他的话做了。结果，侍者一句话没说，就被杀掉了。侍者至死都不知道，这是曹操用的计谋，而左右的人还以为侍者是真正想要谋害曹操的人，因为他临死连一句冤枉都没喊。

曹操屡次运用假痴不癫之计，都成功地达到了预期的目的。借人头稳军心，是当曹操知道军中粮食匮乏，军心浮动时，他明知道粮食紧缺，是因为军粮没有运到，也明知道典仓吏忠心耿耿。可曹操假作不知，且利用典仓吏的忠心，诱他上当，杀了他，还散布他克扣军粮，嫁祸于人。借人头，稳定军心，消除不满情绪，同时还为曹操自己树立了威信。

"望梅止渴"，是当行军途中军队缺水时，曹操明知道前方没有梅林，而假说前面有梅林，这样迷惑将士们，是为稳定军心，鼓舞士气，以利征战。他真正的意图是取得战争胜利。

假痴不癫之计是并战之计，有个你死我活的问题。曹操为保护自己，提防别人谋杀他，他就假布迷阵，说他梦中会起来杀人，杀了人又故作惊讶，其实他根本没有睡。更有甚者，他说如有人欲谋害他，他会有预感，心必颤动。为进一步地使人坚信不疑，他假戏真做，和亲信侍者约定，只要按他的指示做，将会给他好处。其实他存心借人头，保护自己，慑服部下，不惜让亲信侍者背黑锅。这和借人头稳军心的事例是异曲同工。足见曹操诡计多端，谋略出众。

事例：不露声色，狄青巧布迷阵

狄青是北宋名将，字汉臣，汾州西河（今山西汾阳）人，行伍出身，每战勇不可当，善用奇计取胜，很受范仲淹的赏识，在对西夏战争中，屡建奇功。皇祐年间（1049—1054），狄青率兵征讨侬智高。

侬智高为北宋时广源州壮族首领。侬氏自唐初就称雄于西原（今广西扶南县西南），世袭为州的首领。其父侬全福原为广源州酋长，知傥犹州（今云南文山附近）。唐末，侬全福被交趾人所杀，其母阿侬改嫁商人而生智高。交趾人派官吏治广源州。智高十三岁时，杀生父商人，改姓侬。后与其母出兵攻占傥犹，建大历国。被交趾擒，不久放归。四年后，起兵反交趾，袭据安德州（今广西靖西），建南天国，改元景瑞。上表要北宋授予他邕桂节度使，宋朝廷不肯。侬智高在皇祐四年（1052）攻横山寨（今广西田东），占据邕州（今广西南宁），建大南国，自称仁惠皇帝，改元启历。又占领横（今横县）、浔（今桂平）等九州，围广州，复又北上，气焰甚高。

北宋朝廷令狄青率兵南下征讨镇压，在出征的路上，大军刚到桂林以南，路途艰险，行军不便，军心惶恐，士气不振。狄青看到这种情况，就假装拜神说："这次用兵，胜败没有把握，是继续前进，还是停止不前，我们无法决断，只好由神明来决断了。"

狄青便虔诚地向神祝祷许愿："我用一百个铜钱随手扔在地上，如果此次大军出征，能马到成功，一百个铜钱都应当面（不铸文字的那一面）朝上，若不是这样，那就只好班师回朝了。"狄青的左右将领齐来劝谏说："若真不是皆面朝上，怎么办？那会影响士气，我们是奉命出征啊！"狄青不顾劝阻说："那只好听天由命，由神来做主了！"在千万人的注视下，狄青突然举手一扔，一百个铜钱全部落地，细细一看，一百个铜钱的面都是朝上的。这时全军欢声雀跃，声震山林原野，狄青也异常兴奋。命手下人拿来一百个钉子，按照铜钱散落的疏密，用钉子把它们钉在地上。然后用青色的纱笼罩在上边，并亲自动手封好。说道："等我们大军凯旋归来，一定洒酒感谢神灵，那时再把地上的铜钱取回。"

侬智高盘踞邕州，用重兵把守险要隘口昆仑关。狄青大军到昆仑关附近后，就按兵不动，下令全军休整十天，筹备军粮。侬智高听探子报告，认为宋军粮草接济困难，不会马上进攻，就疏于防范。时逢正月十五元宵佳节，狄青又下令张灯结彩，欢宴三天。狄青大宴三军，侬智高更疏于防范。第二天夜里，正值风雨大作，宋军营里猜酒行令，欢声不断。这时狄青突然称病中途退席，换上普通将士的衣服，率一支突击队，冒雨前进，趁敌军防务松懈之机，一举攻下了昆仑关。侬智高重关失守，全军被击败。

狄青平定了邕州，班师回朝。回师之日，如前所说取起铜钱，僚属们一看，那些铜钱原来两面都是铸成一样的，全是不铸文字的一面。这个事例说明，狄青这次出征，连续用了假痴不癫之计。

狄青知道南方有崇拜迷信鬼神的风俗，所以他利用这种心理来稳定军心。他看出军士们的士气低落，知道此时、此地，不能用严厉军法等强制手段来逼迫军士们，但是可以利用他们迷信鬼神的心理，把上下都是面的钱掷在地上，哄骗军士。狄青明明知道，而假装不知道，装着懵懂，用这种方法去蒙蔽军士们。军士们一看都是面朝上，就马上精神抖擞，士气大振，个个怀着必胜信心，奔赴沙场。这是狄青用假痴不癫之计收到的效果。大军到达昆仑关，面对地势险要且有重兵把守的昆仑关，狄青知道只能智取，不能硬攻，便再一次用假痴不癫之计，用休整、筹备军粮、张灯结彩、大宴三军等表面现象迷惑、麻痹敌人，使敌人一步步疏于防范，从心理上解除武装，而产生轻敌心理。就在这敌军放松警惕之时，狄青却抓住有利时机，称病退席，易装率队，冒雨前进，出其不意、攻其不备，以迅雷不及掩耳之势，攻下了昆仑关，把侬智高的军队打得大败，一战而定广西。

狄青连续运用假痴不癫之计，首先是利用迷信鬼神的心理来愚弄自己的士兵，稳定军心；然后又不露声色，巧布迷阵，蒙蔽敌人，以计代战，智取昆仑关。这些都是为实现他的战略目标，就是击败侬智高，稳定北宋的西南边陲，终于获得了成功。

第四，假痴不癫之计在形势不利时使用。

隐藏自己的才能和抱负，掩饰内心的仇恨，特别是在对自己不利的情况下，能够避免政敌对自己的警觉，忍辱负重，以屈求伸，待机而发，乃是假痴不癫之计实施的要点之一。

事例：大智若愚，隐去常情之心

假痴不癫之计，即是一种政治韬晦之术，运用此计，心中必有谋大局、图长远的抱负，决不与对手争一日一时短长，决不能

"壮士受辱,拔剑而起",那就要"小不忍则乱大谋"了。刘秀可谓善用此计的人。

新莽末年,绿林、赤眉军横行天下。在绿林军中,以刘縯、刘秀兄弟为首的舂陵兵,战功卓著,却受到更始帝的猜忌。23年,刘秀在昆阳与绿林军首领王常、王凤等人以少胜多,用九千人打败了王莽的四十万大军,解除了王莽大军对更始政权的威胁。接着,又率兵攻下了颍阳,可谓劳苦功高。就在这时,他的哥哥刘縯却在宛城被更始帝刘玄给杀害了。与此同时,更始帝以及一些忌恨刘秀兄弟的人,都在观察刘秀的动向,以便伺机找借口杀掉刘秀,以除后患。当刘縯被杀的噩耗,从宛城传到正在父城的刘秀耳中时,早有预感的刘秀,仍然不啻五雷轰顶,痛哭失声!刘秀立刻意识到自己的处境危险,阴谋者的屠刀并没有因为杀了刘縯而放下。刘秀强忍悲痛,故作镇定,马上带着几名随从人员,从父城直奔宛城,求见更始帝。刘秀见到刘玄,纳头便拜,声称自己有罪,没有劝导哥哥,以致让他犯下死罪,所以特来谢罪。刘縯的属官听说刘秀到宛城来了,纷纷来向他吊唁,称刘縯冤死,劝他节哀。言谈吐语之间,刘秀从不流露自己的私情,不说一句不满意的话,口口声声只说自己有罪,更不提一句自己在昆阳之战中的功劳。刘秀草草地埋葬了刘縯,也不为刘縯服丧,饮食、谈笑和平时一样。刘秀的泰然神情,使更始帝和新市、平林的将领们解除了猜忌,认为刘秀不会谋反。更始帝刘玄本人甚至也觉得有些对不起刘氏兄弟,便拜刘秀为破虏大将军、武信侯。刘秀终于避免了杀身之祸。三个月以后,刘秀以破虏大将军行大司马事的身份,到河北镇抚州郡,网罗人才,招兵买马,开始了统一国家的大业。

在这个事例中,刘秀就是用了假痴不癫之计,政治韬晦之术。在新莽末年,社会矛盾进一步激化,声势浩大的绿林和赤眉军,要争夺天下。绿林军中又分"下江兵"、"平林兵",声势不断发展壮大,新莽政权摇摇欲坠,一些贵族豪强也为之震动。为了维护他们的政治经济利益,纷纷打出反莽旗号,加入绿林和赤眉军。如西汉宗室刘玄加入平林军,另一宗室刘縯、刘秀兄弟为汉高帝九世孙,南阳蔡阳(今湖北枣阳西南)人,则聚族人七八千人,起兵于春陵(今湖北枣阳南),称为"春陵兵",并与新市兵、平林兵联合反莽。23年2月,起义军拥立刘玄为帝,改年号为更始。当时,南阳豪强支持的刘縯、刘秀兄弟,没有取得政权,并在拥立问题上反对刘玄称帝,这就在更始政权内埋下了不和的种子。昆阳之战胜利后,刘秀又进军颍川,攻打父城(今河南平顶山西北),由于得到守父城的冯异和苗萌的归顺,刘秀不用一兵一卒,就取得了父城,还占领另外几座城池,刘氏兄弟的威名大振。这招来了敬仰,也带来了潜在的杀机。建立大功的刘氏兄弟,对无功而居尊位的更始帝刘玄是威胁,对有勇无谋的新市、平林草莽英雄也是威胁,同时也遭到同为出身豪强起兵的李轶之流的嫉妒。刘秀对这一切早有警觉,刘縯却自恃功高而麻痹大意。刘秀曾提醒过刘縯,而且为其兄的命运担忧。竟不幸而言中,刘縯终于被杀。当刘秀得知其兄被杀的噩耗时,悲痛欲绝。他恨刘玄,恨新市、平林将领,更恨策划谋杀的刽子手朱鲔,和卖友为荣的李轶之流,恨不得立即起兵报仇。但稍一思索,立即想到自己的处境,此时还是寄人篱下,羽毛未丰,稍有不慎,就会身首异处,何况那些杀害刘縯的人，一定正在窥测自己，伺机找借口除掉他，斩草除根。刘秀必须保存自己，留得青山在，不怕没柴烧，便忍辱负重，以屈求伸，强行压抑自己的真实感情，用假象来迷惑敌人，立时去宛城向刘玄请罪。新市、平林的将领原来估计刘秀一定会起兵为刘縯报仇，那时正好以此为由杀掉他，却没有想到刘秀主动跑到刘玄面前请罪，使原来磨刀霍霍的新市、平林将领们手足无措了。刘秀抓住刘玄性格上的特点，以他充当挡风墙。果然，刘玄对自来请罪的刘秀安慰了一番，说："这是刘縯的事，与你无关，你回去好好休息吧。"刘秀这第一步的韬晦就取得了成功。

当刘縯的属官来吊唁时，刘秀不露声色，还口口声声只说自己有罪，也不为刘縯服丧，饮食与谈笑如常，这种装傻扮懵的假象，又进一步麻痹了敌人，隐藏了自己。政敌们终于放了心，刘玄也颇有愧意，不但封刘秀为武信侯，还让其担任破虏大将军，使之拥有实际的权力，放其出宛城，就是放虎归山。

刘秀以破虏大将军行大司马事的名义，持节到达河北，所到郡县，考察政绩，发遣囚徒，废除王莽苛政，恢复汉制，颇得民心。在不断消灭割据势力的同时，发展壮大自己的力量。羽翼丰满后，即拒绝执行刘玄的命令，与更始政权从此分道扬镳，最终建立了东汉政权，建都洛阳，史称光武帝。

刘秀身处逆境时，采用了假痴不癫之计，取得了成功。此计是并战之计，是要拼个你死我活的，刘秀为避杀身之祸，大智若愚，隐去常情之心，用极大的忍耐，克制自己的巨大哀痛，忍辱负重，低声下气，以屈求伸。终于在危机四伏中，死里逃生，东山再起。

事例：大勇若怯，韬光养晦存身

刘备，字玄德，涿郡涿县（今河北涿州）人，汉中山靖王刘胜之后。好结交豪侠，与关羽、张飞结拜。以镇压黄巾军有功，授安喜尉。旋投靠公孙瓒，代领豫、徐两州牧。建安元年（196）冬，袁术与吕布联合进攻徐州，刘备战败，失去了栖身之地，只得投奔曹操，前往许都。汉献帝认刘备为皇叔，封为左将军、宜城亭侯。曹操对刘备礼遇备至，出同车，坐同席。曹操把刘备带到许昌的真实目的，并不是加以礼遇，而是要予以控制。因为刘备是汉室宗亲，有相当的号召力，又有关羽、张飞等猛将辅佐，一旦放虎归山，怕后患无穷。但又不能杀掉他，怕给自己加上枉杀名士的罪名，所以只能软禁。

当时汉献帝眼见曹操越来越飞扬跋扈，心中大为不满。遂密写一诏书，置于衣带内，赐予国舅董承。诏中要董承纠合忠义两全之士，伺机除掉曹操。董承请刘备参与其事，刘备答应道："既是奉诏讨贼，备敢不效犬马之劳。"这是一件关系身家性命的大事，如被发觉，必被曹操处死。从此后，刘备便以韬光养晦为谋略，故意做些碌碌无为的小事，在住处的后园种菜，亲自浇灌。关羽、张飞问他："你不留心国家大事，而做这些小事，是为什么？"刘备不能明言。有一天，刘备正在后园浇菜，许褚、张辽引数十人来园中，说是丞相有命，请刘备去赴宴。刘备心中忐忑不安，不得已随他俩去见曹操。曹操见到刘备后第一句话是："大家做得好大事。"刘备以为参与衣带诏密谋事发，吓得面如土色。曹操拉着刘备手，直到后园才说："玄德学圃不易。"刘备方才放心答道："无事消遣而已。"曹操拉着他走到小亭，一盘青梅，一樽酒，二人对坐，开怀畅饮。饮酒间，曹操问刘备："你久历四方，必知当世英雄都有谁？"刘备推却说："我肉眼怎能识英雄？"经曹操再三催逼，刘备只好把那些并非英雄的人物如袁术、袁绍、刘表、孙策、刘璋、张绣、张鲁、韩遂等称为英雄。当然被曹操一一否定。刘备说："除此之外，我实在不知道。"曹操说："袁术、袁绍等人都是碌碌无为之辈。所谓英雄，一定是胸怀大志，腹有良谋，量可以包宇宙，气可以吞天下的人。"刘备问："谁能当之？"曹操以手指刘备，然后指自己说："今天下英雄，只有使君与操耳。"刘备本来心中有鬼，一听这话，猛然一惊，手里拿的筷子，不觉掉在地上。正巧这时，风雨骤至，雷声大作。刘备便从容低头拾起筷子说："这雷声一震三威，太可怕了。"曹操笑道："大丈夫也怕雷吗？"刘备说："圣人听见惊雷疾风，都改变颜色，我怎么能不怕呢？"把失惊落箸的缘故，轻轻掩饰过去。曹操也因此不疑刘备。这是有名的青梅煮酒论英雄的故事。

在这个事例中，说明刘备在投奔曹操后，一直使用假痴不癫之计、政治韬晦之术。刘备后来是蜀国的开国皇帝，但他在未得诸葛亮扶助之前，未能建立根据地，总是寄人篱下。曹操于建安元年（196）奉迎汉献帝从洛阳迁都许县（今河南许昌市）后，就开始实施"挟天子以令诸侯"的谋略。天子掌握在曹操手里，也就同时掌握了中央政权，可以天子的名义发出各种诏书和旨意。例如，曹操在"移驾幸许都"后，就采纳谋士荀彧的"二虎竞食之计"，让刘备与吕布火并。曹操奏请诏命遣使往徐州，封刘备为征东将军、宜城亭侯，领徐州牧，同时附密书一封，使杀吕布。其后又假天子诏，令徐州牧刘备起兵讨袁术。刘备虽然明知这是曹操之计，但"王命不可违"，还是不得不去讨袁术，吕布则乘机攻下了徐州，达到了曹操预定的目的。可见曹操以天子之名义，为所欲为。刘备随曹操回许都后，汉献帝认他为皇叔，荀彧等一般谋士入见曹操，认为天子认刘备为皇叔，恐对曹操不利。曹操回答说："他既为皇叔，我以天子之诏令之，他更不敢不服，况且我留他在许都，名虽近君，实即在我的掌握之中，我怕什么呢？"确实如此，刘备并不因为成了皇叔而得到什么实际好处。不仅是因为他参与奉诏杀贼的密谋，而且刘备深知自己是处于逆境之中，身在别人的屋檐下，不得不低头，所以对曹操恭敬备至。通过装傻卖呆，做些种菜浇水的小事，来表示自己是胸无大志、碌碌无为，用这些假象来隐藏自己的才智，掩盖内心的抱负，避免曹操对自己的警觉，忍辱负重，低声下气，等待时机；留得青山在，以便日后从事一番大事业。

　　刘备确是胸怀谋略，非等闲之辈。这一点曹操和他的谋士们并非漠然不知，当初刘备来投奔曹操时，谋士程昱就曾说："看刘备有雄才，而甚得众心，终不肯久居人下，不如早下手除掉他，以免留下后患。"不过当时曹操说："方今收英雄时也，杀一人而失天下之心，不可！"那时曹操已看出刘备是英雄人物。在青梅煮酒论英雄时，曹操又试探刘备。可是刘备装傻充愣，说了许多并非英雄的人物，表示自己糊糊涂涂不关心国家大事，胸无大志，根本不知道谁是英雄人物。当曹操咄咄逼人，直指自己和刘备是当今英雄时，刘备怕曹操已识破了自己，因而惊得把筷子都掉在地上。但他究竟是老谋深算，沉着地俯身在地上拾起筷子，借低头藏过脸上的惊恐，而且又借口是因惊雷失箸。就这样刘备机警地、轻松地把闻言失箸的失态掩饰过去。曹操也因此不怀疑刘备，以为他真是为雷所惊。在事后，刘备把这件事告诉了关羽和张飞，关、张问他为什么这样做，刘备才向他俩道出了实情说："我之学种菜、浇水、育苗圃，就是为了使曹操觉得我胸无大志。想不到曹操竟指我为英雄，我怕不能蒙混过关，因而失惊落箸，只怕曹操看我吃惊，识破机关，幸而这时雷声大作，我借怕雷而掩饰过去。"至此，关羽和张飞对刘备的假痴不癫、韬光养晦的谋略才十分佩服。

　　由于刘备在曹操处一直扮演庸庸碌碌、糊糊涂涂的凡夫俗子模样，曹操逐渐对他也就放松了警惕。其后，曹操打算派兵阻拦袁术北上，刘备乘机请求承担这一任务。曹操就派他与朱灵等人领兵五万去截击袁术。曹操的谋士郭嘉急忙入见曹操说："刘备不可纵，不能放虎归山。"曹操觉得已有明令在前，不便更改。刘备则急急离开许都。关羽和张飞问他："兄长今番出征，为什么如此慌速？"刘备说："我是笼中之鸟、网中之鱼，今此一去，如鱼入大海、鸟上青霄，不受笼网的羁绊了。"可见刘备的假痴不癫之计、政治韬晦之术，获得了成功。果然，刘备离开许都到达下邳后，不顾曹操让他返回许都的命令，突然袭击曹操委派的徐州刺史车胄，公开打出了反对曹操的旗号，曹操后悔无及。建安五年（200），董承等图谋反曹操的案发，在许都的同谋者，都被杀害。刘备曾参与此事，也被揭露出来。曹操大怒，对诸将说："刘备是天下雄杰，今不趁他羽毛未丰而攻之，以后必成大患。"于是决定领兵东讨刘备。

　　刘备在寄曹操篱下时，身处逆境，如果不是用假痴不癫的韬光养晦之计，难免不遭杀身之祸。韬光养晦这一谋略的积极意义，在于实现自己的既定方针。刘备自参与衣带诏密谋后，即把消灭曹操作为自己的斗争目标。他韬光养晦，掩盖自己，是为了有朝一日消灭曹操。如果只为保护自己，虽然也有意义，但还不是实现这一谋略的真正意图。当然，消灭曹操后，恢复汉室是他的最终目的。最终刘备大勇若怯，韬光养晦，保存了自己，获得了成功。而后，刘备在诸葛亮的辅佐下，于221年正式称帝，国号汉，都成都，年号章武。与魏、吴鼎足而立，形成三国鼎立的局面。刘备不如此行事则历史就要重写了。

事例：大智若愚，寓机糊涂之中

三国时，蜀国政治家诸葛亮，在刘备死后，受托辅孤，治理蜀国。执政期间，积极实行法治，赏罚严明；抑制豪强，任人唯贤，推广屯田，以利耕战，使"民贫国虚"的蜀汉，呈现出"耕战有伍，刑法整齐"的景象。又对西南各族采取和好政策，促进了边远地区的开发。为实现他兴复汉室、统一全国的多年夙愿，于蜀汉建兴十二年（234）二月，六出祁山，亲率十万大军，由汉中出发，第五次北伐曹魏。大军越过斜谷，占领武功。魏大将军司马懿率兵抗蜀。

司马懿，字仲达，出身士族家庭。少时即被名士赞许，以为"非常之器"，为人多智谋，善权变。曹操时，曾进献过军屯之策和拉孙权打关羽之计，其军事才干和政治谋略已崭露头角。曹丕称帝后，升任抚军将军和录尚书事，参与了最高统治层大政的谋划。曹叡执政时期，他统帅魏军，独当一面。此次抗蜀，他将主力集结在积石原待机。诸葛亮进攻积石原受阻，退至五丈原（今陕西岐山）与魏军双方对垒相持。司马懿料定蜀军劳师远征，粮草不足，不宜持久，就采取坚守堡垒不战的策略。蜀军远道伐魏，每日消耗巨大，蜀中道路崎岖，粮运困难，最好是速战速决。诸葛亮千方百计挑逗司马懿出战，司马懿就是按兵不动。诸葛亮为诱敌交战，采用激将法，派军使送去一封信、一箱衣物。司马懿打开一看，里边都是红红绿绿的妇女衣物，还有一些光彩夺目的金银首饰。信上说："你统领中原之众，正应该披坚执锐，一决雌雄。可是你却甘于屈服，这和女人有什么两样？今天把妇女衣服送到，你可拜谢受之。如果耻于受辱，就按期决战。"司马懿看了，不动声色，欣然接受这份馈赠，并若无其事地和来使交谈，询问诸葛亮饮食、睡眠等琐事，不涉及军事。使者回答说："诸葛公日理万机，事无巨细都亲自过问，一天吃饭不过一点儿。"说者无心，听者有意。使者走后，司马懿对部下说："诸葛亮那么劳累，又吃得少，他还能活得长久吗？"更坚定了坚持对峙的决心。魏军将领们看到司马懿甘愿受辱，心中十分不满，纷纷要求出战，要求与诸葛亮决一胜负。谋士贾诩甚至说："公畏蜀如虎，岂不被天下人耻笑？"司马懿仍然不肯，而且装着不能自作主张的样子，上表请命，请魏明帝明确诏示。诸葛亮听说后说："这是司马懿哄骗众将的花招，兵法上说'将在外，君令有所不受'，何必千里迢迢请求朝廷批准呢？"可就这样，司马懿又得到朝廷的支持，众将也无可奈何。不论诸葛亮用什么方法，司马懿都按兵不动，疲劳蜀军。诸葛亮求战不得，只好在渭滨分兵屯田，作长期较量的打算。两军相持了一百多天，诸葛亮终因积劳成疾，心力交瘁，病故军中。姜维等人按照其生前嘱托，秘不发丧，组织蜀军撤退。

司马懿领兵追赶，但唯恐中了诸葛亮的计谋，不敢穷追，便率部返回关中。

这个事例说明，司马懿正是采用了假痴不癫的计谋。由于他分析了敌对双方的时间和空间条件，了解蜀军远道来征，蜀道粮运艰难，必望速战速决。魏军则人多将广，粮草无虑，他审时度势认定持久对峙，有利于己，不利于敌，所以坚守不战。面对诸葛亮这样强劲的对手，他尽量把自己的锋芒敛蔽。即使诸葛亮派人送来妇女衣物，羞辱他，逼他出战，仍然是不愠不怒。他明知道诸葛亮的用意，而假作不知。明知道"将在外，君令有所不受"，却装糊涂，故意上表请战，请明帝明确诏示，这就拖延了时间，蒙蔽了诸将，也就遏止了诸将的激愤心情。总之，司马懿打算以静制动，"凭你千言万语，我有一定之规"，坚不出战，只等蜀军粮尽自退，再行追击。要以最小的代价，夺取最大的胜利。司马懿不费一兵一卒，达到了他预期的目的。

事例：虚与委蛇，徐阶暗藏杀机

明代嘉靖年间，奸相严嵩专权，儿子严世蕃号称"小丞相"，父子二人卖官鬻爵，贪婪成性，纳贿无度，败坏朝政。当时朝中正直官员非常愤慨，纷纷上疏揭发指控他们的罪行。因严嵩得到嘉靖皇帝的信任，不但无法制止他们的恶行，反而使正派势力受到多次的打击。如杨继盛、沈炼等人，都被迫害致死。

徐阶在严嵩炙手可灼的时候，进入了内阁，"肩随嵩者且十年"，从不敢与严嵩平起平坐，只是追随在他的后边谨慎从事。徐阶在嘉靖皇帝斋醮所用的青词上格外加意制作，以此亲近皇帝，讨其欢心。一方面防备严嵩对自己下手，另一方面则伺机

"倒严"。

嘉靖四十年（1561），嘉靖帝所居住的永寿宫发生了火灾，只得徙居别殿。徐阶劝帝重修永寿宫，第二年改名万寿宫。对比之下，嘉靖帝对劝他居住南城（即明英宗在土木之变后回宫居住之所）的严嵩，已有几分不悦。这时徐阶又指使道士蓝道行，借着扶乩来昭示严嵩的奸罪。嘉靖帝素来迷信方术，宠幸道士，听了道士所言，不免心动。徐阶见此情况，认为时机趋于成熟，就暗中支持御史邹应龙等，上疏弹劾严嵩父子的不法之事。邹应龙的奏疏呈给皇上之后，徐阶却特地到严嵩府中去拜谒，对严嵩讲了许多安慰的话。严嵩听了以后，很是高兴，顿首拜谢徐阶，并且让严世蕃把全家妻儿老小都带到徐阶面前，当面托付给他。徐阶一回家，其儿子就暗示说："您平时被严嵩父子侮辱到极点，现在正是报仇雪耻的时候到了。"徐阶假意斥责他说："我因为严家才有今天，亏负良心与他作难，别人会怎么看我。"严嵩派亲信之人侦探徐阶的心意，见他说的话和以前是一样的，很是放心。此时皇上把严嵩罢免回乡，严嵩去后，徐阶仍是"书问不绝"。

回到家乡江西宜春的严嵩，并没有吸取教训，稍有收敛，其儿子严世蕃被充军到广东，却只在那里待了两个月，就悄悄逃回了原籍。在家乡，父子二人继续为恶不悛。袁州府推官郭谏臣，因公事到严府去，严府恶仆不但戏弄郭谏臣，而且还用瓦块对他投掷。郭谏臣一怒之下，就上疏给巡江御史林润，揭发严府侵占强暴的罪行，告发他们聚众谋反。林润马上奏报朝廷，嘉靖帝立即命将严世蕃等逮至京师。

到了这个时候，严世蕃还对前途毫不在乎，他说："任他燎原火,自有倒海水。"聚集其党私下谋划,自认为在自己的罪行中,行贿已经是无法掩盖的事实,但那不是皇上所深恶的方面,只是"聚众以通倭"的罪名大,必须设法删除。还补充填写杨继盛、沈炼之狱的事,这样既可激怒皇上,又可得到赦免。谋划好了以后,又让他的党徒到处去宣扬。主持审理案件的刑部尚书黄光昇、左都御史张永明、大理寺卿张守直,听信了传言,草拟了这一内容的疏稿,准备进呈给嘉靖帝。他们先将此疏稿带给徐阶过目。徐阶对一切都已心中有数,但是故作不知,问三人:"疏稿在哪里?"三人马上呈给徐阶看。徐阶看后,将他们带到内室,屏去左右,对他们说:"你们认为严公子是该死,还是该活呢?这个案子是想判他死罪呢?还是想判他生还呢?"三人说:"写上杨、沈之案,正是要判他的死罪。"这时的徐阶却言:"别自有说。"便讲出如果这样写,正是中了严世蕃之计。三人这才猛然醒悟。可是对于奏疏究竟如何写,才能置严世蕃于死地,仍没有主意。他们一再请徐阶出主意修改。这时只见胸有成竹的徐阶,马上自袖中取出了一份早已写好的疏稿,说:"拟议久矣。"三人一见,喜出望外。一份置严世蕃于死地的奏疏,就这样在徐府产生了。疏中历数了严世蕃的种种滔天大罪,特别突出了他的"潜谋叛逆"。揣摩透了皇上心理的徐阶知道,仅此一点,就足以致严世蕃以死罪。果然不出他所料,上疏以后,嘉靖帝震怒,令三法司核实后奏闻。徐阶急忙带着圣旨出宫来,三法司官员齐集在宫门外候旨。徐阶只简略地问了他们几句话,就回家去草拟奏疏。在奏疏中,他极力上言事已属实。就这样,严世蕃终于罪有应得地被判斩首,严嵩被黜为民,严府被抄,人心大快。后来严嵩老病而死。

徐阶在这一场"倒严"的政治斗争中，始终扮演着主角，而他所使用的计谋，就是假痴不癫之计。徐阶性颖敏、善权术，入阁以后，因为曾是严嵩的政敌夏言生前推荐的人，严嵩始终对他抱有敌意，所以徐阶的处境并不顺。但他善于韬光养晦，表面上故意恭谨地对待严嵩，实际上内心深埋仇恨。他的表面文章做得很好，一来可以保全自己的地位，二来也可以不露声色地伺机"倒严"。因为他知道，当时皇帝对严嵩是非常宠信的，严嵩权倾一时，炙手可灼之时，无论如何是无法搞倒他的。所以要先保全自己，等待时机。徐阶正是以假痴不癫之计，先稳住严嵩，以后随机应变，渐渐使皇上疏远他的。为了向严嵩表示好感，他特意在严嵩的原籍江西南昌建造府第，把户籍迁到江西去，并把自己的孙女许配给严嵩的孙子、严世蕃之子，以此打消严嵩对自己的猜疑。徐阶的计谋是很有成效的，在自己因青词日见被皇帝所宠信的时候，严氏父子也因为他许以姻亲之故而"坦然不复疑"。

嘉靖三十七年（1558），刑科给事中吴时来，刑部主事张翀、董传策，在同一天上疏弹劾严嵩。张翀和吴时来都是徐阶的门生，而董传策是徐阶的同乡。严嵩很容易地怀疑到他们上疏是徐阶所主使的，所以把他们下狱严刑拷问，想让他们说出背后是徐阶在指使，但三人最终也没有这样说。此后，徐阶对严嵩就更加小心，以称病、与世无争的假象来迷惑他。却对皇帝所喜爱的青词加倍用心制作，希图以此进一步讨得皇帝的欢心。到后来因为皇上建宫之事，徐阶得到了皇帝的宠信，而严嵩则因此事开始失宠。然而此时刚刚得到皇上宠信的徐阶，仍谨慎小心，以防有变。徐阶虽然看出皇上开始转移对严嵩的宠信，但毕竟对严嵩还有旧情，还需要静不露机才行。徐阶一方面推荐蓝道行入宫，以伪装的"神仙"降临来告诫皇帝驱逐严嵩父子，支持邹应龙上疏弹劾；另一方面，徐阶又假装什么也不知道到严府表演了一出好戏，百般安慰严氏父子。当他回到家，与其子的一段对话，更是别有用心。可见徐阶此人善于韬光之术，非同一般。他是怕皇上当时对严嵩尚有留恋之意，故而表面上密而不露。而事实上，嘉靖帝在严嵩罢相后，确曾流露过反悔之意，毕竟严嵩是他亲信了二十多年的宠臣。嘉靖帝曾下令"敢有再言者，同邹应龙一起俱斩"。意思表达得很含蓄，徐阶却对嘉靖帝矛盾的心态多有领悟。徐阶抓住严嵩罢相，自己升为内阁首辅的机会，清除朝廷中的严党分子，一反严嵩的所作所为，收买人心，在直庐的墙壁上亲笔书写了三句话："以威福还主上，以政务还诸司，以用舍刑赏还公论。"以此得到了名相之誉。

　　徐阶在严嵩罢相还乡以后，仍旧与他有书信还往，不时问候。这样一来，使得老谋深算的严嵩也信以为真，阴险狡诈的严世蕃竟也被他骗过，认为"徐老不会害我"，而更肆意妄行起来。这也是徐阶韬光养晦之术的一部分，在等待着最后的机会到来，好置严氏父子于死地。当这个机会终于来了的时候，他清醒地看到严世蕃的如意算盘，是让三法司官员中计，误入歧途，以此脱身。徐阶为了"倒严"已经韬晦了多少年，这时的他才终于从幕后走到了台前，用他亲手拟定的奏疏置严世蕃于死地。徐阶知道杨继盛和沈炼之狱都是严嵩一手造成的冤狱，但是他更知道两案最后都是由嘉靖帝亲自裁决的，皇上是不能让人指出错误的。如果中了严世蕃的计，按那样的上疏，势必触怒皇上，放走严世蕃，而告他聚众打算谋反，他就无生还之路了。徐阶不愧是官场之争的老手，他的韬晦功夫非常到家。难怪严世蕃在狱中说："先取徐阶首，当无今日。"徐阶终于使恶贯满盈的严氏父子，得到了应有的惩罚。

徐阶在嘉靖三十一年（1552）入阁，参与机务，到四十一年（1562）推倒严嵩，成为内阁首辅，四十四年（1565）杀严世蕃，查抄严府，此间一直运用韬晦之术，虚与委蛇，而暗藏杀机，以假的行为蒙骗严嵩父子，而将自己"倒严"的真实意图隐蔽起来。徐阶知道如若自己不这样，与严嵩正面相对，就会像杨继盛、沈炼那样，被严家迫害致死。因此他不得不以假隐真，行假痴不癫之计。知而伪为不知，绝不贸然行事，静待时机而发。通过筹谋妙算，终于迷惑、麻痹了敌人，瞒过了老谋深算的严嵩父子。运用智慧，实现了自己推倒严氏父子、清理朝纲的目的。这不能不说是徐阶假痴不癫之计运用得巧妙，他的假象确实迷惑住了严嵩父子，使他们难以辨别出真伪，严嵩终于败在了徐阶的手下。徐阶不愧是一位富有谋略的政治家。

事例：伺机而动，假象掩盖真相

在中国政治史上，运用假痴不癫之计，脱离虎口，转赴云南，发动护国战争的著名将军就是蔡锷。蔡锷，字松坡，湖南邵阳人。1911年武昌起义爆发，在云南起兵响应，建立起云南军政府，被公推为云南都督。在此期间，他对省政有所兴革，恩威并重，颇受军民爱戴。由于他在军界享有很高威望，又倾向革命，所以窃取辛亥革命果实的袁世凯一直对他放心不下。1913年，袁世凯便以组阁为理由，调蔡锷进京。企图以明升暗降，严加监视，妥为控制等手段软化他。从此，蔡锷用假痴不癫之计与袁世凯周旋。

袁世凯窃取中华民国正式大总统职务之后，仍不满足，又加紧复辟帝制的活动，要当"洪宪"皇帝。袁世凯倒行逆施，引起全国各界的公愤，其追随者们却纷纷上劝进表章。当时蔡锷被软禁在北京，不得不假意上劝进表，并通电云南，晓谕自己的部下拥戴帝制。蔡锷本来是倾心革命，反对复辟，醉心共和的人，一旦违背自己的信仰，加入到劝进者的行列，其内心隐痛可想而如。为了麻痹袁世凯，1915年8月15日，蔡锷又特邀袁世凯的心腹唐在礼以及一些在京高级将领，发起赞成帝制、拥护袁世凯的签名活动。蔡锷亲自写下"主张中国国体宜用君主制者署名于后"的题款，并签上了"昭威将军蔡锷"六个大字。不久，蔡锷还以经界局督办身份，代表全局和陆军训练总监蒋雁行等八人联名上书袁世凯，敦促他当机立断，迅速变更国体，实行帝制。9月16日，蔡锷又在宴请各省代表八十多人的宴会上，再次发表同心协力在中国实行君主立宪政体的意见。这一系列的假象，都是蔡锷韬光养晦的谋略，弄得袁世凯晕头转向。他怀疑蔡锷与自己为敌，却又抓不住把柄。他怕蔡锷拥护帝制不是出于诚心，在财政紧张之际，还是给蔡锷所兼督办的经界局拨去六百万经费。在袁世凯看来，用的是收买英雄的手段，不能说不周到，却没有想到蔡锷把这笔钱秘密汇往云南，成为日后举事反袁的经费。

为进一步迷惑袁世凯，蔡锷深自韬晦，每日纵情声色，饮酒狎妓，在八大胡同流连忘返，以至于北京传闻一代名妓筱凤仙与蔡锷将军喜结连理的桃色新闻。蔡锷对此并不辩白，处之泰然，表现出一副胸无大志、乐不思蜀的庸人姿态。蔡锷在北京还购置田产，用重金买别墅，日夜监工修葺，宣称是"金屋藏娇"。蔡锷还出入于琉璃厂古董铺，购置名人字画、古玩金石，做出打算长住京城的样子。更有甚者，不久北京城内法庭上出现了一件奇怪的事，即蔡锷与夫人口角，为的是蔡锷留恋妓院，有辱门风，不治家业，抛弃骨肉，因而闹到法庭要求离婚。蔡母也表示不满意儿子沉迷声色，便和蔡夫人及子女一起，当即收拾行李，号啕出门，离开了京城，这使袁世凯大为得意，说："我以前把蔡锷看成是英雄，现在看来，也不过是斗筲之器罢了。从此后，我可以高枕而卧了。"在充分施放烟幕掩护之下，蔡锷曾极其秘密地潜出北京，赶赴天津，与先期转赴天津的梁启超等人密议了在云南、贵州策动起义，通电全国，反对帝制，宣告独立的计划。会议之后，又悄悄返回北京，继续担任他在政府里的职务。蔡锷与京、津反袁势力暗中频繁联络，与西南军政人士密电往还，被袁世凯的鹰犬探出了蛛丝马迹。袁世凯立即派一伙武装军警，突然闯入棉花胡同蔡锷住处，翻箱倒柜，检查函件、电报，企图抓住蔡锷鼓动反对袁世凯的把柄，结果一无所获。对此蔡锷愤然责问、抗议，袁世凯也只能枪毙几个肇事的爪牙来搪塞。

形势所迫，京城不能再逗留了。蔡锷深知周围坐探密布，一举一动都受着监视，要脱离虎口，何其难也！必须机智地运用谋略，便继续运用假痴不癫的计谋，用假象和韬略迷惑敌人，等待时机。恰好这时，他身患喉疾，于是他以治病为借口，先请假五天，之后照常办公，又向袁世凯呈请到天津治病，理由是病情加重，精力难支。袁世凯批准他续假七天，到天津治疗。这样蔡锷就名正言顺地公开离开北京，实现了南下云南的第一步。蔡锷走后，有人提醒袁世凯说："蔡锷一去，无疑是纵虎归山。"袁世凯大惊，后悔起来，立即派出密探赶赴天津，探听虚实，发现蔡锷有时住进医院治疗，有时出现在灯红酒绿的酒吧和妓院。蔡锷这种自损形象的麻痹政敌之计再次奏效。其实蔡锷在天津期间，不仅派人赶往云南、广西联络起义，并把自己的照片和指挥刀等物，一起寄给已回湖南老家的母亲，抱定为捍卫共和制度而献身的信念。

蔡锷开始计划如何从天津脱身。为掩人耳目，也为安全起见，蔡锷不能直奔云南，便取道日本、香港等地，再转赴云南。就在这个时刻，蔡锷还在与袁世凯敷衍周旋。蔡锷经过化装，不仅改换了姓名，还换上了日本的和服，登上了日本商船"山东丸"，踏上了去日本的旅途。临行之前，蔡锷电告老友周仲岳，请其代为草拟续假三个月赴日本就医的报告，转呈袁世凯。事已至此，袁世凯也无可奈何，只得批准给假两月。蔡锷又给袁世凯上呈文说："锷病根久伏，不是旦夕间所能治愈。北京天寒地冻，孱弱之躯实难适应……近见日本天气温和，气候宜人，山水清旷，并且设有治疗胃病肺病的专科医院，这于治疗和调养十分相宜。这次航海东渡，实为病魔所迫，一旦身体恢复，就及早回国任职。"见到这份报告，袁世凯啼笑皆非，但事已如此，鞭长莫及，只得顺水推舟送个人情，要他调养痊愈，望早日回国。蔡锷在东渡日本的旅途中，为以防万一，把装有重要证件的行李箱，交同行的人携带，以便在遇到危险时设法脱身。在抵达日本后，避开新闻界，杜门谢客，表示此次赴日确实为治病而来，绝无政治目的。为提防在日本的袁记特务，蔡锷再次换装，离开东京到达横滨。为掩人耳目,蔡锷让朋友以他的名义住进东京医院。为了继续稳住袁世凯,蔡锷在横滨一口气写了许多信件,让朋友每隔几天就给袁世凯寄去一封,说明自己在日本的就医情况、衣食住行以及旅途中的所见所闻。就这样,蔡锷一面继续蒙蔽袁世凯,一面离开日本,转道香港、河内回云南。当袁世凯得知蔡锷已不在日本的情报后,立即指示在香港、云南的爪牙,责成他们拘捕、杀害蔡锷,但为时已晚。蔡锷成功返回云南,策划、发动的"护国运动"在云、贵地区蓬勃兴起,湖南、四川相继响应。在全国人民反对帝制的革命洪流配合下,很快打破了袁世凯当皇帝的美梦。

为掀起声势浩大的护国运动,蔡锷不顾个人安危,进行了比真枪实弹更惊心动魄的智斗,又万里辗转跋涉,终于摆脱控制,逃离虎口,这神话般的经历,充满传奇色彩与危险。在这一过程中,蔡锷通过一系列韬光养晦的举动、假象来掩盖内心的抱负。以纵情声色、购置田产、与妻子离婚等,来掩饰自己的真实面目,先麻痹敌人,随后安全地把家眷送回了老家。自己以极大的忍耐,甚至自损的牺牲精神,表面上屈从,暗中密谋起事,表现出为事业而献身的大智大勇。蔡锷之所以达到了预期的目的,正是巧妙地运用假痴不癫之计,以假象掩盖了真相,伺机而动的结果。一个聪明的政治家,深谙"小不忍则乱大谋"之道,在政治时机未到之时,善于拖延、等待、沉默、忍耐,甚至不得不做出违心的政治表态,这种缓兵待机的涵养,是政治家人际交往中的高超艺术表现。蔡锷正是这样,假如只知"壮士见辱,拔剑而起","大丈夫宁折不屈",京师只能够再多一个冤死鬼,其远大的抱负就不可能实现。

三、假戏真做　先谋后事者昌

假痴不癫之计在政治上的应用范围是非常广泛的。大凡政治家、野心家，为了实现自己的政治目的，在政治角斗场上互争雄长，进行智慧的较量，其中极为重要的制胜法宝，就是谋略。不懂得运用谋略，就必将为敌所制，一败涂地。因此，宁可伪作不知不为，不可伪作假知妄为，以静不露机为特色的假痴不癫之计，在政治家眼里，格外受到青睐，在中国古代斗争的实践中，应用范围相当广泛。

第一，在国与国之间。

在国与国之间，存在着很大的差异，有实力强大的，有国力弱小的。实力强大的，力图通过计谋吞并国力弱小的；国力弱小的，也力图通过运用谋略对付强大的国家。因此，二者相互都可以用假痴不癫之计，在迷惑对方的同时而保全自己，最终战胜对方。

1．弱国对强国的使用

弱国在强国威力之下，使用假痴不癫之计，示假隐真，迷惑对方，使其相信自己的力量弱小，不可能对其构成威胁，而在暗地里经营谋划，逐渐积蓄实力，待羽翼丰满后，双方力量对比发生了变化，这时一跃而起，吃掉对方。

越王勾践卧薪尝胆就是一个典型事例。当越国战败之时，勾践为了将来有朝一日报仇雪耻，东山再起，不惜一切代价，卑躬屈膝，侍奉吴王夫差。勾践以尽力效忠的假象蒙蔽了吴国，使夫差完全相信了他，放他回国。回国后的勾践一面扮演可怜的角色，向吴国乞怜，另一面却暗中积聚力量，最终达到复仇的目的，灭掉吴国而称霸于当时。

2．实力相当国家之间的使用

实力相当国家之间，存在着龙虎之争，在势均力敌的情况下，运用计谋来寻求制胜之道，就很有必要。

吕蒙作为东吴大将屯兵陆口，伺机夺取蜀汉名将关羽镇守的荆州。吕蒙见荆州防守严密，无隙可乘，一时无法得手，便托病辞职，以青年将领代之，迷惑关羽。致使关羽中计，麻痹大意，竟然抽调军队去与曹军作战。东吴乘机拜吕蒙为大都督，总制江东诸路军马，几乎兵不血刃地袭取了荆州。这次东吴获胜，正是运用假痴不癫之计的结果。

三国时期，蜀国政治家诸葛亮率兵伐魏，魏国大将军司马懿在五丈原固守，面对急于决战的诸葛亮，采取拖延战术，任凭蜀军骂阵，诸葛亮送妇女衣物羞辱，仍然能够不露声色，隐忍不战，看似是痴呆，实际上却不癫狂。蜀军承担不起消耗，诸葛亮承受不住积劳，最终是诸葛亮病死，蜀军只得撤回。司马懿以最小的代价，取得了胜利。

3．强国对弱国的使用

强国具有强大的实力，但在进行吞并弱国的过程中，采用计谋制胜，使目标得以圆满实现，也是很有必要的。

战国时，秦国经过商鞅变法，在政治、经济、军事、文化等方面都得到了迅速的发展，国力逐渐增强起来。秦国对其他诸侯国已经形成了咄咄逼人之势，六国诸侯为了自保，在赵国的洹水开会，订立合纵盟约，联合抗秦。面对六国的联合反对，秦相公孙衍主张先发兵伐赵，如果谁出兵救赵，就打谁，六国诸侯都怕秦国，联盟就被拆散了。谋士张仪坚决反对这样做，认为硬拆不如用计软拆，便献计秦王，出使楚国。当时齐、楚两国在六国中国力是最强的，两国结有同盟。张仪到了楚国，就对楚怀王说："要是大王决心和齐国断交的话，秦王情愿与贵国永远交好，而且还愿意把商於一带六百里土地献给贵国。"昏庸贪婪的楚怀王为利所诱，信以为真，就派人去齐国与齐绝交。齐宣王气恼之下，马上与秦共约攻楚。楚王派使者到咸阳去接收商於六百里地，张仪假装糊涂地说："大概是你们大王听错了吧。我说的是我的领地六里，哪有什么六百里。"使者回去报告，楚王气愤不过，立即发兵攻打秦国。这次秦国和齐国共同作战，楚国一败涂地，不但没有得到商於六百里地，而且连楚国汉中六百里土地也给秦国夺了去。楚国只好忍气吞声地向秦国求和，从此大伤元气。

秦国虽然强大，但要对付六国的联盟，也不是一件容易的事，不付出代价难以取得圆满的结果。张仪献策按兵不动，出使楚国，以计骗取楚王信任，使楚与齐断交。随后假装什么也不知道，把过去的许诺完全化为乌有，使楚国气急败坏，首先发兵，再让齐国协同应战，大败楚国。张仪以假痴不癫之计，不动声色地成功拆散了六国联盟。

第二，在君主之间。

在中国古代社会中，最高统治权力掌握在君主手里。国家以君主为中心，家国一体。在专制制度不断加强的情况下，官僚政治也畸形发展。在君臣之间，围绕权力，相互使用计谋是司空见惯的。作为整个统治阶层，君臣是利害共存的关系，权力之争也贯穿了中国古代政治。无论是君主，还是臣下，他们在复杂的人际关系中，在错综的政治斗争中，都是危机四伏的，要应付各种险象和潜伏的危险，就必须使用计谋，寓机智于糊涂之中的假痴不癫之计，是他们经常选用的一种计谋。

1．君主对臣下的使用

君主使用假痴不癫之计，手法是多种多样的。

唐安史之乱，唐玄宗李隆基听信杨国忠的建议，仓皇出逃，意欲到四川避难。行至马嵬驿，六军不发，直至诛杀杨国忠、赐死杨贵妃，护卫禁军首领龙虎将军陈玄礼方才约饬众军，请旨启行。众人认为杨国忠的部下将吏都在四川，就不愿西行。有人提议往河陇，或去太原，或请回京师，大家议论纷纷。唐玄宗意在去蜀，可是又恐拂众人之意，就只顾低头沉吟，不即明言。韦见素的儿子韦谔说："太原、河陇都不适于帝王所居，要是回京师，那就必须有抵御敌人的准备。如今兵马甚少，不如先到扶风，再考虑行止。"玄宗同意，在临行之时，许多百姓父老遮道挽留，玄宗好言抚慰，命太子于车驾之后，谕止众百姓。老百姓说："若皇太子与至尊都往蜀中去了，中原百姓谁为之主？"玄宗决定留下太子，命后军二千人及飞龙厩马匹分与太子，其余保护玄宗起驾西行。来至岐山，传说贼兵前锋即将到达，玄宗就催促众军星夜赶路，赶到扶风郡宿歇。路上一不留神，坐骑被藤条绊住，真是狼狈不堪。众士卒因连日又饥又疲，都潜怀离去之志，有不少的流言蜚语，又多口出不逊，连陈玄礼都无法控制，玄宗也只能隐忍而已。当时正巧有成都守臣所贡彩缎十余万匹送到，玄宗即命将彩缎陈列在庭院里，召集众将士说："朕老迈昏庸，委任失人，致使胡人作乱生事，势甚猖獗，不得不去蜀避难。大家随朕仓促入蜀，临行来不及与父母妻子告别，长途跋涉至此，劳累辛苦，又忍饥挨饿，这都是由朕政之不德所致，朕感到很惭愧，于心不忍。现将入蜀，蜀道难，且又路途遥远，人马疲瘁，远行不易。而郡县偏小，所属不能供应。如今大家可以各自还家，朕独与子孙及中宫内人辈，勉力前往。今与大家生离死别。大家可共分此彩缎，以助钱粮。如回家见到父母妻子及长安父老，为朕向他们致意。各位好自为之，不要以朕为念。"说完，涕泪沾襟。众人听了玄宗这番话，深为感动，也都伤感涕泣哭道："臣等死生愿从陛下，不敢怀有二心。"玄宗挥泪不止，过了好久，又对众人说："去留任凭你们自己，不忍相强。"大臣秦国模在后言道："天子仁爱如此，众心岂不知感？"众人大哭而出。玄宗命陈玄礼将彩缎尽数分给军士，流言蜚语也就平息下去，军心稳定。玄宗即于次日起驾，向蜀中进发，入蜀境，过万里桥，终于平安到达了四川。

　　玄宗这里所用的分彩计谋，也是假痴不癫之计的一种方式。他听到众军士的闲言碎语，口出不逊，当然明白他们的意思，但假作不知。一个流亡天子，如虎落平原，何况马嵬兵变，使他心有余悸，在这种逆境之下，天子之威是丝毫不起作用的。玄宗明知身处险境，只能够假作不知，假作不为，但也不能够听而任之，当大臣秦国模提醒"当以情意感动之"，聪明的玄宗当然明白，便放下天子之尊的架子，说出一番动之以情，感之于心，于情于理都感人肺腑，温暖人心的话语，终于使这些原本唯君命是从的军士们良心发现，感激涕零，誓死相从，流言蜚语也就消失了。玄宗争取了主动，使事态向着有利于自己的方面发展，平安地渡过了难关，到达四川。玄宗用假痴不癫之计，安定跟随臣僚及军士人心，最终得以转危为安。

清顺治十八年（1661），顺治帝死，其第三子玄烨即位，乃是著名的康熙皇帝。年仅八岁的玄烨即位，不可能理政，便由索尼、遏必隆、苏克萨哈、鳌拜四大臣共同辅政。四大臣之中，索尼年迈，遏必隆软弱，苏克萨哈资望浅，唯有鳌拜最为强悍。他出身"巴图鲁（勇士）"，处处都要凌驾在其他三位辅政大臣之上，在朝中结党营私，排斥异己，专横跋扈，把持朝政。

鳌拜以"复旧制"为名，要将镶黄旗与正白旗的土地加以调换，不足的，另外圈民地补充，以此扩大自己所在的镶黄旗的土地占有。当时遭到辅政大臣苏克萨哈、户部尚书苏纳海等大臣的坚决反对。鳌拜不顾反对，马上派人去实地勘查，强令换地，并且以"藐旨"、"妄奏"的罪名，处死了苏纳海等人。康熙帝虽然不同意这样做，却也无法制止鳌拜的恣意妄为。鳌拜完全不把年少的皇帝放在眼里，经常在康熙帝面前"施威震众"，斥责部院大臣，还拦截奏章，并多次伪造传达康熙帝的谕旨，一意孤行。鳌拜的野心越来越大，已威胁到康熙的皇权。

康熙六年（1667），康熙帝开始亲政。这时索尼已经病故，苏克萨哈见鳌拜专权横行，所以常常快快不乐。鉴于皇帝亲政，苏克萨哈上疏辞去辅政大臣的职务，乞求守护先帝陵寝，以保余生。这正触及擅权乱政的鳌拜的痛处，等于要他也把权力交出来，还给皇上。鳌拜哪里会甘心情愿呢？立即诬陷苏克萨哈抱有怨望，"心怀异心"，罗列其二十四条大罪，打算以大逆不道罪名，将苏克萨哈抄家处斩。康熙帝不答应，鳌拜竟然与皇上挥拳攘臂，声色俱厉地强奏数日，弄得康熙帝没办法，最终还是批准处死苏克萨哈。

苏克萨哈死后，遏必隆心知不是鳌拜的对手，越加圆滑，处处阿顺，明哲保身，根本不敢触怒他。鳌拜就更加目中无人，恣意横行。过年时，百官向康熙帝庆贺，鳌拜身穿着黄袍，俨然和皇上没什么两样。一次，鳌拜借有病不去上朝，康熙帝亲自前去探病，进入鳌拜的卧室之后，康熙帝御前侍卫看见鳌拜的神色异常，就赶快抢先奔到鳌拜床前，揭开枕席，发现一把利刃。这时的鳌拜大惊失色，康熙帝却镇定自若，笑着说："刀不离身，是满洲旧习，没什么可大惊小怪的。"话虽是如此说，但康熙帝心里明白，回宫以后，就以下棋为名召索额图入宫密议，制订了擒拿鳌拜的计划。不久，当鳌拜又一次大摇大摆地入宫朝见之时，康熙帝一声令下，手下一班"布库（摔跤）"少年将鳌拜猛扑在地，迅雷不及掩耳地将其捉住，下了监狱。康熙帝随之公布了鳌拜的三十条罪状，将其余党一网打尽。后来鳌拜死在狱中。

就这样，年少有为的康熙帝运用智谋，出其不意地擒获了专横不可一世的权臣鳌拜，而他所运用的计谋，即假痴不癫之计。

当时，康熙帝虽然只有十六岁，鳌拜根本不把这个小皇帝放在眼里。康熙帝深感到鳌拜集团的权势过于强大，党羽又遍布朝廷内外，如果想要治他的罪，避免对政局的影响，就不能不采用智取。在时机不成熟的时候，即使是在探病时眼见凶器，也能够佯作泰然处之，以此先稳住鳌拜，不使情况急转直下。多年来鳌拜的专横行为，康熙帝年龄虽小，却看在眼里，记在心上，平日静不露机，心中一直筹划着除奸。康熙帝在擒住鳌拜之前，就已经做好了准备，挑选了一班强壮的少年侍卫，在宫中日日操练摔跤格斗。鳌拜经常入宫，见到此况，还以为皇帝年少贪玩，司空见惯之后，也就放松警惕。鳌拜万万没有想到康熙帝在运用假痴不癫之计，状痴而心不癫，意在迷惑麻痹他。康熙与索额图定计，以这班侍卫出乎意料地突然袭击了鳌拜。鳌拜身为阶下之囚时，则是悔之晚矣。鳌拜虽然是力大强悍，却完全没有想到小皇帝会来这一手，等于是束手就擒。康熙帝施展聪明才智，巧妙运用假痴不癫之计，取得了铲除鳌拜集团的胜利。

2．臣下对君主的使用

假痴不癫之计的运用，最为典型的就是以装疯卖傻的假象，来隐藏自己的才能，忍辱负重，以屈求伸，商朝时的箕子就是一例。

商纣王暴虐成性，荒淫无度，日夜和他宠爱的妃子妲己，以及贵族幸臣们酗酒玩乐，过着"酒池肉林"、"为长夜之饮"的腐朽生活。纣王经常出去打猎游玩，使耕地荒芜，民不聊生。晚年的纣王更变本加厉，重刑厚敛，淫虐无度，拒谏饰非，打击宗室重臣，残害忠良，以致国势危急，民心动乱。纣王庶兄微子多次劝谏，纣王根本听不进去。微子为了避免灾祸，就愤而出走。箕子是纣王的叔父，身为太师，见到这种情况，也是无能为力。纣王的另一个叔父，少师比干，认为做了大臣，不能不冒死劝谏，便苦苦规劝纣王，一连谏了三天不离开。纣王恼羞成怒，将比干杀死，还把心剜出来看，对左右说："比干自以为是圣人，我听说圣人的心脏有七窍，我倒要看看他的心是不是有七窍。"箕子十分恐惧，怕残暴的纣王对自己下毒手，便假装疯狂，披头散发，胡言乱语，一点太师的尊严也没有了，完全像个癫狂之人。纣王见箕子如此，就把他关在囚牢里。

西伯侯姬昌，即周文王，一直准备灭商，但壮志未酬身先死。其子姬发承继其位，是为周武王，招纳贤才，励精图治，使国家很快兴盛起来。周武王见商纣王倒行逆施，大臣和诸侯大都叛离而去，觉得灭商的时机已经成熟。周武王与谋臣吕尚商议，率领三千勇士、四万五千甲兵，联合八百诸侯，大举讨伐商纣王。纣王发兵在牧野抵抗，因为纣王无道，士兵们纷纷倒戈，商军大败亏输。商纣王众叛亲离，见大势已去，逃回国都朝歌，登上鹿台，穿上宝衣，自焚而死。商朝灭亡，西周王朝建立。周武王从囚牢中放出了箕子。

箕子是中国古代文献记载，最早运用假痴不癫之计的政治家。箕子身为太师，却无法劝说纣王施行善政；面对纣主的残暴行为，出于恐惧而生计保全，通过装疯来使自己幸免于难。纣王在即位不久，就开始使用象牙筷子，箕子看见后，就说："用象牙的筷子，那么一定不会再用泥土的器具，而是要用犀玉之杯了。用象牙筷子和犀玉之杯，也一定不会吃什么粗茶淡饭，穿什么粗布短衣，而住在茅屋之下了。锦衣九重，高台广室，以此为标准，大肆追求，天下不足以供给。远方珍奇的贡品，车马宫室的制作营造，都没有止境。从此开始，恐怕是要走上绝路了。"果然不出箕子所预料，纣王很快就兴筑鹿台，修建琼室玉门，以狗马珍奇充斥其中，百姓们则不胜其苦，民心离散。

纣王还常常作长夜之饮，喝得昏天黑地，酩酊大醉，连年月日都忘得一干二净，不知当天是几月几日，就问左右的人，左右的人都回答说："不知道。"纣王就派人去问箕子。箕子想了一下，回答说："我喝醉了，也记不清今天是什么日子。"使者走后，弟子们问箕子："先生明明知道今天是什么日子，为什么说不知道呢？"箕子说："作为天下之主，而使一国失去了时间和日月的概念，天下已到了危急的时候。但是一国的人都说不知道的事情，唯独我一个人说知道，那我岂不是危在旦夕了吗？所以我假借酒醉，也推说不知道。"从这件事可见箕子提防纣王对自己起疑，已是处处在明哲保身了。

作为一个政治家，箕子凭着自己的政治才能，很早就敏感地从小事看出了纣王必将走向灭亡的道路。箕子没有回天之力，也没有像比干那样敢于直言进谏，却会保全自己。箕子以假痴不癫之计，巧妙地以假象来迷惑纣王，即便是被纣王关入牢狱，也没有被杀死，乃是示假隐真，给纣王以没有威胁的感受，正是此计的成功之处。

不仅是一般臣子，就是皇家子弟贵为王者，也不能不为了保全自己，使用假痴不癫之计。东汉北海王刘睦，好读书，礼贤下士，深得光武帝及汉明帝的喜爱。当时，西域与东汉王朝通好，鄯善王送自己的儿子到洛阳作为人质。按照规定，北海王派使者到京师去祝贺。刘睦对使者说："如果皇上问起我来，你怎么说呢？"使者说："大王忠心孝顺，仁慈善良，敬重贤人，我怎么能够不如实汇报呢？"刘睦闻言，不无忧虑地说："你如果真的这样说了,那我可就危险了。这都是我年少时候的事。你要是为我打算,就只能说我自从继承王位以后,意志衰退,喜声色游乐。只有这样,我才能免遭祸患。"使者连声称是。皇家子弟为王的,如果有好名声,威望越高,越会使皇帝放心不下,因为他有可能威胁到皇帝的帝位。刘睦为了使皇帝放心,才以此计示假隐真,这是保全自己的最好办法。

唐代郭子仪功业显赫,但他家的大门常常洞开着,任人出入,也不过问。郭家子弟认为,不论贵贱都可进入闺内,将会开启狎侮之心。郭子仪说:"这其中的道理你们怎么晓得。我的五百匹马全靠国家供给草料,食官俸的有千人,前进没有去处,后退又无根基。要是高墙深院,重门闭锁,内外不通,如果有以诬蔑为事的人,给加上不臣的罪名,满门抄斩,到那时就后悔莫及了。现在尽情敞开大门,即使有人想进谗言,也没有机会了。"大家听了心悦诚服。原来,郭子仪是在以假痴不癫之计远避祸患。

第三,在臣僚之间。

在中国古代专制制度下,官僚政治,作为一种与专制统治相结合的政治形态存在。官僚之间的关系是一种利害关系,出于自身的利害所在,也同样会出现种种矛盾斗争。平衡的维持不会长久,互争雄长的状况随处可见。在这种情况下,计谋的使用,自然是大有市场的。因此,政治斗争也是智谋的较量。

1. 上级对下级的使用

上级要求下级绝对服从,这在古代政治中是天经地义的。因为上级手中操纵着下级命运的王牌。然而,上级对下级也有必要运用权谋，这样一来可免去下级对自己位置的威胁，二来也可以笼络下级，使其忠心于己。在这种情况下，他们就选用了假痴不癫这一计谋。

曹操疑心非常大，在把持了汉室的朝政以后，时刻都在提防有人暗算他。即使亲信和贴身侍卫也在提防范围之列。曹操曾经假意装作熟睡，把被子掉在地上，随后把为他取被子的侍卫杀死，又故作惊讶，表示不知是谁杀的。用这种计谋，使得他睡觉的时候，再也无人敢接近他。盛暑之时，他又对长时间行军、口渴难挨的将士说："前面有座好大的梅林，赶到那里，就可以解渴。"使得他们振作精神又向前赶路。曹操运用假痴不癫之计，成功地达到了稳定军心以利征战的目的。

假痴不癫之计是并战计的一种，在复杂的政治斗争中，常常是你死我活。使用此计于上下级之间也是屡见不鲜的。

北宋名将狄青运用假痴不癫之计，先是利用迷信鬼神的心理，铸造百枚双面一样的铜钱，愚弄士兵是神助出师成功，稳住了军心；然后又不露声色，大宴三军，使敌人疏于防守，却在人不知鬼不觉的情况下，从宴会上悄悄退出，亲率精锐，直攻敌营，大获全胜。

2．下级对上级的使用

下级对上级，一般都有一种畏惧的心理。竭忠守分是下级的职责，但在保全自己这一关键问题上，下级对上级使用计谋，以应付各种复杂的局面，也是常有的现象。

明代文学家唐寅，字伯虎，与祝允明、徐祯卿、文征明齐名，称"吴中四才子"。关于唐寅一生的风流韵事多有传说，但这位江南才子，不仅能书善画，难得的是，也能够在险恶的政治斗争中，运用计谋保全自己。

明太祖分封诸王时，十七子宁王封在大宁。当时太祖诸子之中，以燕王最为善谋，以宁王最为善战。燕王靖难起兵之时，用计将宁王转到北平，把大宁给了朵颜三卫。后来又迁宁王到江西。到了明孝宗弘治年间，朱宸濠嗣宁王位。武宗时，他见皇帝整日沉于游乐，不理朝政，就认为有机可乘，想要图谋不轨。朱宸濠先通过向宦官刘瑾行贿，恢复了原来已被夺去的护卫。刘瑾倒台以后，护卫又被取消，便又勾结皇帝身边的亲信钱宁，终于又恢复了护卫。当时术士李自然、李日芳等人胡说朱宸濠有奇异的相貌，当为天子，又说南昌城东南有天子气。宁王朱宸濠本是个有野心的人，这就更使其野心迅速膨胀起来。朱宸濠特地在城东南建一座阳春书院，并且用重金到处招聘人才，打算发展自己的势力，为起兵夺取皇位做准备。朱宸濠久闻唐伯虎的才名，特地派人带了重金去苏州礼聘。唐寅以为这位宁王是爱才之人，是以礼下士的贤王，所以就欣然前往了。到了南昌以后，宁王以别馆居之，待为上宾。唐寅在南昌住了半年以后，渐渐感到气氛不对。宁王经常强夺民间田宅子女，豢养一群强盗，在江湖上打家劫舍。当地地方官员无人敢管，任他胡作非为。唐寅眼见朱宸濠所作所为，都是不法之事，所以料定日后必会阴谋反叛。唐寅感到宁王府是个火坑，必须想办法脱身。但怎么能够脱身呢？便采用了一个锦囊妙计——佯装癫狂。从此，唐寅饮食起居一反常态。朱宸濠派人给他送东西，他假装发狂，借着酒醉，当面脱去衣服，赤身裸体，使人无法接近。常常无端哭闹，捡吃脏物。又装着色情狂的样子，见到妇女就追。宁王得知后说："谁说唐寅是个贤才，不过是个癫狂之人而已。"就将其撵出了王府。这样，唐寅平平安安地回到苏州老家。

明武宗正德十四年（1519）六月，宁王果然发动叛乱。朱宸濠以庆贺生日为名，设宴诱骗地方官员进府，随后将不从反叛的官员，全部杀掉，并亲率舟师前去攻打安庆。巡抚都御史王守仁与吉安知府伍文定，急忙派兵会剿。王守仁先将朱宸濠老巢南昌攻下，不久捉住了朱宸濠，平定了叛乱。宁王事发后，那些被他礼聘为上宾的所谓名士们，都被列为逆党，无一幸免。只有唐寅，因为早有察觉，及早地佯狂脱了身，所以没有受到株连。唐寅在苏州桃花坞筑室而居，得以终老于故乡。

唐寅运用假痴不癫之计，平安脱身，保全了自己的性命名声。愚蠢的宁王朱宸濠还真以为他只不过是个癫狂的书生。唐寅运用此计，所想要达到的目的完全实现了，也正是此计的妙处。唐寅是一位极为聪慧而有才能的人，他的一生，表面上狂放洒脱，放荡不羁，不受礼俗的羁绊，实际上政治上的不得志与怀才不遇的苦闷，一直郁积在心底。年轻的时候，唐寅和同乡不拘小节的书生张灵，纵酒放荡，不事科举。经祝允明劝说，考中乡试第一，即解元。后因科场案牵连下狱，从此断送了一生的政治前程。在宁王重礼聘请下，唐寅以为自己怀才不遇、抱恨终生的日子可以结束，能够有机会施展自己的政治才华了。唐寅毕竟是个精明过人的人，在南昌目睹了宁王的所作所为以后，很快判断出宁王将有异志，也不会成功。经历过科场案风波的唐寅，绝不愿再卷入一场叛乱之中，只得以计脱身，保全自己。当唐寅佯装疯狂之时，必定要做出常人所不能做出的举动来,这样才能使宁王府上下都相信他是真的疯癫,而不会对他起疑心。唐寅知道如果当时要辞职回乡的话,宁王决不会答应,而且弄不好反会使宁王对自己起了疑心,甚至会招来杀身之祸。所以他采用计谋,以计脱身,这在当时不仅完全达到了目的,而且在宁王叛乱被平息下去以后,也保全了自己不被株连。由此可见,唐寅虽然是个文学家,但头脑清醒,巧施假象迷惑权贵的政治韬晦之术,一点也不逊于老练的政治家。

3. 同僚之间的使用

同僚之间使用假痴不癫之计,更为常见,这是因为同僚之间的利害关系最为突出,因此,彼此之间的关系紧张和冲突矛盾就更加鲜明。正因为如此,所以同僚之间使用计谋权术,实在是屡见不鲜。

春秋时期,齐襄公荒淫无道。公子小白进谏,襄公不听。鲍叔牙感到大祸将要来临,便侍奉小白逃亡到莒国。这时召忽、管仲侍奉公子纠逃出齐国,去了鲁国。

后来公子无知被立为君,又被国人所杀。鲍叔牙就奉公子小白回国,暂住在即墨。召忽、管仲则奉公子纠也赶到那里。管仲劝公子小白不要回国即君位,小白手下的人也很不高兴,面带怒容。管仲退下去,偷偷张弓射杀小白,正中他的衣钩,小白佯装被射中,口吐鲜血扑倒在车上。公子纠和管仲都以为公子小白已死,无人再与公子纠争夺君位,便不用匆忙赶回国内,而是在路上从容前进。没想到公子小白当时是咬破舌尖,假装身死,却在鲍叔牙的护送下,抢先回到国内,被立为国君,是为桓公。齐桓公即位，杀死公子纠，在鲍叔牙的推荐下，赦免了管仲，以其为相，使齐国很快富强起来。想当初齐桓公不使用假痴不癫之计，管仲也不会轻易饶过他，鲍叔牙也无法奉其入齐称君，可以说齐桓公棋高一着。

明代嘉靖以后，首辅之争激烈，内阁成员之间，相互防范和明争暗斗，杀机迭起。张璁对杨廷和、夏言对张璁、严嵩对夏言、徐阶对严嵩，都使用了假痴不癫之计，最终成功地扳倒了对方。

4．朝臣对叛臣的使用

中国古代政治风云变幻，为了争夺权力，上演了一幕幕悲喜剧。"成者王，败者寇"，这是天经地义的事。奸臣家破人亡，忠臣忠心其主的故事也就代代传诵。在对付希图获取君位的政治野心家的时候，选择使用假痴不癫之计，既可蒙蔽对方，进而达到顺利制胜的目的，又可保全自己。

明代武宗初期，宦官刘瑾专权乱政，远在西北的安化王朱寘鐇以声讨刘瑾为名，发动叛乱。

朱寘鐇是朱元璋的玄孙，其曾祖父为朱元璋第十六子朱㮵，被封为庆王；其祖父被永乐帝改封安化王（今甘肃安化）。朱寘鐇于弘治五年（1492）得嗣王位。朱寘鐇相貌魁梧，自命不凡，早有谋反篡位之心。朱寘鐇与生员孙景文、孟彬交往密切。算命先生王九儿，假借降鹦鹉神，妄言祸福以欺人，每次见到朱寘鐇，称呼他为"老天子"。朱寘鐇就越发想入非非，以为自己是天子之命，更加紧谋划反叛的阴谋。就在这个时候，刘瑾派大理寺少卿周东到宁夏去清理屯田，按照刘瑾的意思，周东以五十亩作为一顷，增加屯田数百顷，逼令交租，用收敛来的银两贿赂刘瑾，搞得民心怨愤。朱寘鐇乘机拉拢一些武将和军士，决定起兵叛乱。

朱寘鐇选定吉日，大摆宴席，请巡抚安惟学、总兵姜汉、大理寺少卿周东、镇守太监李增和邓广汉等赴宴，席间伏兵，杀了众人，焚烧官府，劫持河上船只，索取大量金银，伪造印章旗牌，发表檄文，以诛刘瑾、清君侧为名，起兵反叛，关中大震。陕西官员连忙上奏朝廷，正德帝命前右都御史杨一清为提督，太监张永总督军务，率兵前往讨伐。杨一清等人尚未到达宁夏，朱寘鐇已被宁夏游击将军仇钺捉住，平定了叛乱。

朱寘鐇发动叛乱的时候，正值游击将军仇钺以边防有警，率兵出御。朱寘鐇派人去招降，让他率领部下还镇。仇钺将计就计，引兵而至，假装投降，却不想被朱寘鐇夺了兵权。仇钺被解除兵权以后，称病在家，朱寘鐇的同党何锦、丁广等人经常去看他。仇钺伪装成推诚相见的样子，为他们出谋划策，暗地里集结军士，准备力量。一切准备就绪，就派人秘密出城，回来报告说朝廷大军旦夕就要到达了，以动摇叛军军心。仇钺乘机欺骗何锦等人说："应当赶快派兵守卫黄河渡口，以防东岸的兵力决河灌城，同时也使东岸的兵力不能渡过河来。"实际上仇钺已与黄河东岸朝廷兵力联系好了，约为内应。何锦等人不知是计，却信以为真，就率兵倾巢而出，只留下周昂一人守卫宁夏城，导致城中空虚。朱寘鐇想要出城祭祀，派人来叫仇钺去陪祭，他假装有病而不去。朱寘鐇不相信，就派周昂去探视，却不想仇钺借机椎杀了周昂，召集军士百余人，亲自披甲仗剑，纵马前行，去进攻安化王府。城中原本空虚，守将周昂又被杀，朱寘鐇只能够束手就擒。仇钺杀了孙景文等人以后，又假传朱寘鐇的命令，把何锦、丁广召回城来，却暗中把朱寘锸被擒的消息传出，导致何、丁之军大乱。何锦、丁广率少数亲信逃往贺兰山外，还是被明军捉获。至此，朱寘锸的叛乱仅仅经历十八天，就完全平息了。杨一清则借此劝说太监张永奏明皇上，逮捕刘瑾，结束了刘瑾的乱政。

在这一平定安化王叛乱的历史事件中，仇钺是建立了功勋的，论功被封为咸宁伯。仇钺在平定叛乱时所用之计，正是假痴不癫之计。

当朱寘锸初叛之时，仇钺佯装投降，随即假称有病在家，使朱寘锸同党信以为真，时常前往探望。在起兵之时，仇钺假装坦诚献策，使对方毫无怀疑，在以计骗取了朱寘锸等人的信任以后，在敌人的内部，有力地促成了朱寘锸叛乱的失败。朱寘锸发动反叛之时，京师就纷纷传说仇钺已经投降，且为叛军主帅；还盛传兴武营守备保勋是安化王的外应，因其与安化王有姻亲的关系。阁臣李东阳却说："仇钺一定不会投降叛党。保勋虽然是安化王的姻亲，但是因此猜疑他而不任用，那么与叛党有交往牵连的人都会害怕，不会反正了。"所以李东阳举荐保勋为参将，仇钺为副将，命令他们讨伐叛党。当时镇守固原的总兵曹雄，听说安化王反叛，也约集邻近各镇兵力，准备前往讨伐，秘密派遣手下传信给仇钺，约为内应。仇钺假装称病，正是等待时机。在这种情况下，仇钺一面"阴结壮士"，一面传播谣言，动摇叛军军心，还给叛军来了一个调虎离山之计，把宁夏城中的军事力量调出城去，以便自己能够迅速平叛，而不会遭遇到强大的反抗。随后仇钺更进一步采用假痴不癫之计，假称病重，将宁夏城中唯一留下的守将周昂骗至家中予以棰杀。安化王在府第中竟毫无所知，就已经成为瓮中之鳖。这不能不说是仇钺的计谋运筹巧妙，出人意料之外。安化王朱寘鐇的叛乱阴谋，竟然如此迅速地被仇钺带领的百余人彻底粉碎，也不能不归功于仇钺的隐藏真情，暗施假痴不癫之计所取得的成功。如若不是仇钺伪装有病，骗取信任，施用计谋，使宁夏城中空虚，乘隙而起，就近擒拿安化王，占领宁夏城，这场叛乱也许不会如此迅速平定。

四、并战重计　使敌猝不及防

假痴不癫之计是并战计之中重要的一计。此计应用范围广泛，常用手法多变。概括说来，这种计谋在政治斗争中的应用，具有以下的基本特点。

第一，从假痴不癫之计在政治上的应用目的来说，具有明确性、隐蔽性、迷惑性、深远性、突发性的特点。

所谓明确性，是指使用假痴不癫之计，具有明确的政治目的。从前举之例来看，所有此计的使用者，都将此计的使用与达到自身某种具体的政治目的相联系。在政治目的确定后，选择此计作为决定成败的关键。使用者，或是为巩固江山，或是为争夺天下。有的以屈求伸，成就大业；有的以退为进，终获权力；还有的以此稳住军心，以利攻战，不一而足。无论是装疯、装傻，还是装糊涂，他们都是在为达到自己的政治的目的而积极进取。

所谓隐蔽性，就在于使用这种计谋是将自己的真实意图掩盖起来，表面上装出另外一番模样来。姜太公说："先谋后事者昌，先事后谋者亡。"在政治目的确定以后,事贵机密,静不露机,是非常重要的。

所谓迷惑性,这是与隐蔽性相互联系的。将自身的真实意图掩盖起来,制造表面的假象来蒙蔽敌人,造成敌人的错觉,以致做出错误的判断,导致敌人的最终失败。使用此计的时候,不管是装疯、装傻,还是装病、装作不知,只要伪装巧妙,就可达到迷惑目的。

所谓深远性,是指此计的使用过程中,必定要谋大局,图长远,待机而发。决不跟政敌争一日一时的短长,不计一时得失,也决不轻狂浮躁,贸然行事。特别是在艰难困苦、形势极为不利的情况下,不露声色,暗中进行周密的策划经营。先保全自己,再伺机而起。

所谓突发性,就是说使用此计给政敌造成错觉,导致政敌做出错误判断以后,在敌人没有准备的状态下实施攻击,在敌人意想不到的情况下采取行动。攻其不备、出其不意,是用计的精髓和要旨。在敌人失去戒备或意想不到的时候,突然出击,使敌人猝不及防,导致其彻底失败。突发性一可避免暴露意图,二可在政敌省悟前便给予致命的打击。

第二,从假痴不癫之计在政治上的作用来说,具有转折性、奇效性的特点。

假痴不癫之计是一种具有迷惑性和突发性的计谋,又具有周密深远的特点。使用此计,其作用可使利与害在一定条件下互相转化,具有转折性。

在复杂的政治斗争中，使用这种政治韬晦之术，在形势不利于己的情况下，首先保全自己，以屈求伸，待机而动。时机成熟之后，再主动出击，积极进取，使形势向有利于己的方向转变。因此，运用此计，可达到转折的作用。

假痴不癫之计的作用功效屡屡得到验证，无论是政治家，还是野心家都大量地使用此计作为制胜的法宝。因为此计具有极大的迷惑性，所以政敌极易被蒙蔽，加之它的突发性，又使政敌猝不及防，因此，这一计谋不仅使用的成功率极高，而且具有神奇的效果。

第三，从假痴不癫之计在政治上应用的影响来说，具有实用性、广泛性的特点。

假痴不癫之计的影响具有实用性，这是因为这种计谋运用于各种政治斗争中，各种使用者运用此计来实现自己的政治目的，都能够达到预期的最佳效果。宁可伪作不知不为，不可伪作假知妄为，不动声色暗中策划，这在中国历代政治中，极具重要的实用意义。

就此计的广泛性而言，在复杂多变的政治斗争中，此计的应用范围极为广泛，既可对付外部政敌，又可稳定内部属下，都可获得奇特的功效。因此，在历代政治舞台上，此计屡屡被运用并应验，具有广泛的影响和生命力。

上屋抽梯

——假之以便 必要陷之死地

本计云:"假之以便,唆之使前,断其援应,陷之死地。遇毒,位不当也。"其大意是说,故意暴露破绽,给敌人提供方便,引诱它深入我方,然后切断其救援和策应部队,使其陷入绝境。就像《周易·噬嗑》卦中所说,去咬坚硬的腊肉而伤了牙齿一样,贪求本不应得的利益,必定要招致祸患。

此计语出《三国志·蜀志·诸葛亮传》:东汉末年,刘表长子刘琦为后母所不容,刘表也因后妻的原因偏爱少子刘琮而不喜欢刘琦。为改变境遇,刘琦屡次向他素来敬重的诸葛亮询问自安之策,却总是遭到诸葛亮的拒绝。一天,刘琦领着诸葛亮游赏后园,二人同上高楼。饮酒之间,刘琦让人暗中抽走上楼用的梯子,随后对诸葛亮说:"现在上不着天,下不着地,话从您口中说出,只进我一人的耳朵,可否请先生赐教?"诸葛亮便以春秋时期晋献公的妃子骊姬谋害太子申生和公子重耳之事指点他说:"你难道没看见申生留居京城而被害,重耳逃亡在外而获安吗?"刘琦听懂了这番话的意思,就悄悄地谋划如何尽早离开襄阳。恰逢黄祖去世,就请求父亲派他去做江夏太守,从而避开

乾隆帝明褒暗贬，陶正靖抑郁而终

后母而免遭祸害。

"上屋抽梯"又称"上楼去梯"。就军事谋略来说，包含了如下的含义。

第一，以小利引诱敌人，促使敌人上当，趋利而前，待中计无法自拔时，迅速截断其与后续部队的联络，一举歼灭。

此计的关键在于置梯诱敌，调敌就范。必须事先摸清对方的实际情况，了解其心理特征，投其所好，所设之梯必须保证能引诱成功，让对方在毫无觉察之中，捡起自认为是有利可图的诱饵。"置梯"目的达到后，必须果断迅速地"抽梯"，以迅雷不及掩耳之势解决战事，彻底歼灭敌人。《孙子·虚实篇》中所说的"能使敌人自至者，利之也"，就是指设圈套诱敌深入，使之前来就范，入网就擒。《百战奇略·利战》也说："凡与敌战，其将愚而不知变，可诱之以利。彼贪利而不知害，可设伏以击之，其军可败。法曰：利而诱之。"诱敌上套，聚而歼之的"上屋抽梯"计，于古今兵家谋略及成功战例中屡见不鲜。

前700年，楚国伐绞（今湖北郧县西北），两军在绞都南门相持不下。有人抓住绞国用兵轻躁的特点，向楚王献计，以不带护卫兵士的采樵人做诱饵吸引敌国。楚王依计而行。头一天上山砍柴的三十名楚军樵夫被绞兵抓获，第二天，楚军仍派樵夫上山，绞军忙争抢着追捕樵夫。却未料想，楚军已预先把阻击兵力埋伏在北门外，又在山中设下伏兵。待绞军进入伏击圈后，伏兵四起，绞军无以抵挡，被迫投降。楚军根据对手用兵的特点和心理因素，巧妙地以樵夫做诱饵，吸引性贪之敌步入圈套，从而一举歼灭敌人。可见，给对手提供一条通往他自认为是佳境而实为死境的道路,正是此计之妙处所在。

第二,自己切断退路,布置背水之阵,使兵士抱定必死的决心一往直前,与敌人决一死战。

正如《孙子·九地篇》所云:"疾战则存,不疾战则亡,为死地。"当情势险峻之时,让自己的兵士了解所处的境地,在有进无退、有敌无我的生死关头,与敌人进行殊死的斗争。身处死地的兵士,大多能最大限度地发挥力量,奋勇抗敌,其锐不可当之势,往往能使局面扭转,变被动为主动。这就是常言所说的"置之死地而后生"。秦末著名战役——巨鹿之战,就是成功的一例。秦二世三年(前207),秦将章邯率军攻赵,以重兵围巨鹿(今河北平乡西南)。楚怀王派宋义为上将军,项羽为次将,率军前往救赵。宋义在途中逗留不进,被项羽杀死。项羽面对强大的秦军,在军队渡过漳水后,便下令凿沉渡船,砸破锅甑,烧毁营房,只带三日食粮,以向士卒表示血战到底、誓不后退的决心。当队伍到达巨鹿之后,立即包围了秦将王离的军队,并切断其粮道,进而大败秦军,活捉王离。此役楚军无不以一当十,所向披靡,战胜了强大的敌人。成语"破釜沉舟"即由此而来。

第三,运用此计来对付与自己利害相关的人,这是该计的引申义,与"过桥抽板"、"过河拆桥"异曲同工。

一、假之以便 取利须防后害

《周易·噬嗑卦第二十一》云:噬嗑:亨。利用狱。《象》曰:雷电,噬嗑。先王以明罚敕法。

【一爻】初九，屦校灭趾，无咎。《象》曰："屦校灭趾"，不行也。

【二爻】六二，噬肤灭鼻，无咎。《象》曰："噬肤灭鼻"，乘刚也。

【三爻】六三，噬腊肉遇毒。小吝，无咎。《象》曰："遇毒"，位不当也。

【四爻】九四，噬干肺，得金矢。利艰贞，吉。《象》曰："利艰贞吉"，未光也。

【五爻】六五，噬干肉，得黄金。贞厉，无咎。《象》曰："贞厉无咎"，得当也。

【六爻】上九，何校灭耳，凶。《象》曰："何校灭耳"，聪不明也。

计文所说的"遇毒，位不当也"系六三爻象辞。噬嗑，即咬合。六三爻系动爻，变为离卦，因此，此计以噬嗑卦六三爻象辞为主，附辞以颐卦，再参以离卦。离、罹相逼，意为遭祸，暗含大难临头。"六三：噬腊肉遇毒。小吝，无咎。"因贪享口福，食不应食之物，就会受到毒害的侵扰。若及时醒悟，吐出食物，结果是上小当、学大乖。施计者对性贪者诱以利，情骄者诱以弱，愚昧者诱以伏。关键是熟悉对手习性，审时度势。注意技巧，方能成功。

根据《周易·噬嗑》的解释，对上屋抽梯之计在政治斗争中的运用大体可推演出如下内容：

一、切不可唯利是图，贪图本不该获得的益处。

二、任何成功均须克服困难，指望不费艰辛而轻而易举地获利是不可能的。

三、必须审时度势，了解和把握事物的客观规律，避开不利因素，不可贸然行动，否则必履凶涉险，欲速而不达。

四、须注意防微杜渐，限制和避免不利因素，切不可积重难返，陷入无法自拔的绝境。

五、在对方诱之以利的情况下，不要随便取利，免得招惹祸端，见利而取义，害小而能够免祸。

六、利置于前，害随其后，取利可免当时之害，不取利可免此后之害，则有利必取之势，故取利须防后害。

中国古代的军事家通过不断总结战争胜负经验，探索战争发展规律而创造的谋略手段，也直接影响着政治权术的发展。换言之，这些经过悠久历史考验的中国传统谋略思维方式，不仅仅适用于军事领域，也同样适用于政治、经济、科技等不同领域。其中，许多政治家的谋略就借鉴和运用了类似三十六计等一系列凝练而系统的权谋手段。

二、置梯诱敌　迎其意谋远图

兵家权谋的成熟和发展，对政治权术发生了直接的影响，从战争实践中总结和提炼出的符合战争规律的基本原则，在不断指导战争实践的同时，也启迪了人们的政治智慧，使那些政治家抑或野心家直接或间接地吸取来，借用到政治斗争的舞台中。

任何权谋都是以其诡秘为基础的。正如《孙子兵法》所说：

"兵者,诡道也。故能而示之不能,用而示之不用,近而示之远,远而示之近"。"凡战者,以正合,以奇胜。故善出奇者,无穷如天地,不竭如江河"。所谓诡秘,即不轻易把自己的真实意图暴露给对方,而是通过各种手段加以隐藏、伪装,同时,有意识地制造种种假象,迷惑对方,最终待时机成熟采取突然行动,出其不意,攻其不备,使敌人在毫无戒备的情形下遭到致命的打击,无论是在敌我兵力较量的战场上,还是尔虞我诈的官场中,出奇制胜是用兵及政治韬略中常用的方法之一。

事例:礼乐征伐,岂能够天子出

春秋初年,郑庄公在位的四十三年中,东征西讨,声威远扬,他曾经率领军队讨伐卫、宋,侵袭陈、许,也曾打败过周、虢、卫、蔡、陈的五国联军,在政治舞台上叱咤风云,风采非凡,一改礼乐征伐由天子出的局面,王成为可尊,但不能够称制,"尊王攘夷"的争霸高潮随之兴起。

鲁隐公六年(前717),郑庄公在朝拜周天子时不被礼遇。两年以后,周天子又任命虢公忌父为右卿,以分夺左卿郑庄公的权力。郑庄公对此泰然处之,没有流露丝毫的不满,甚至还引荐齐僖公去朝觐桓王。周桓王把郑庄公的一让再让,误以为是软弱可欺,就在周桓王五年(前707),正式宣布剥夺郑庄公的王朝卿士之职,郑从此也不再朝周了。周王以郑不肯朝觐为口实,举天子之师以伐郑,双方在缥葛(今河南长葛东北)交战。郑庄公采纳了子元的计策,大败周军。郑将祝聃一箭射中桓王的肩膀。此后,周室王权更加衰颓,郑国威望大增。

周桓王曾强行索取郑国的四个邑,却把不为周王所属的苏氏十二个邑给郑,以为郑根本就得不到这十二个邑,郑庄公也没有计较。繻葛之战后,郑庄公率兵进攻十二邑中的盟(今河南孟州南)、向(今河南济源南),盟、向请求议和,随即又毁约,郑便联合了齐、卫进行讨伐。周桓王不得已,只好将盟、向城邑中的百姓迁往王城(今河南洛阳),把两个邑给了郑。

郑庄公统治时期,面对春秋霸权迭兴、动荡不安的政治风云,能够以不变应万变,凭借其机智善谋,在忍耐中孕育行动,在静候中寻找战机,为郑国的强盛和在诸国中地位的确立立下了卓越的功勋。

事例:置利于前,欲取之而与之

在复杂多变的政治斗争中,为了欺骗政敌,使其放松警惕,疏于防范,以增强自身政治攻讦的突然性,运用上屋抽梯之计时,往往故意示弱隐强,通过对己方实力、才能、见识的隐藏,以各种假象表演,来隐藏锋芒,这就是人们常说的韬晦之术。即兵家所言:"用兵之道,示之以柔而迎之以刚;示之以弱,而乘之以强,为之以歙而应之以张,将欲西而示之以东。"目的在于"举措动静,莫能识也。若雷之击,不可为备"(《淮南子·兵略训》)。在尖锐复杂的政治斗争中,敛藏锋芒被视为增强自我保护,图谋进取的有效手段,因而被广泛加以运用。

隋炀帝杨广,为了骗取其父皇杨坚的信任,装扮出孝悌恭俭的模样,被立为太子。直至杨坚重病不起,才暴露其争夺皇位的权欲,杨坚虽终于识清了其真实面目,却为时已晚,弑父夺位的一幕无法避免地发生了。

老谋深算的唐高祖李渊,在隋末动荡的年月,为了达到其夺权建唐的目的，对炀帝也采取同一对策。为免遭炀帝的猜忌和迫害，终日"纵酒沉湎，纳贿以混其迹"，用表面的淡宁与无争，来掩饰其宏大的政治志向和野心勃勃的政治权欲。

政治权谋的有效与否关键在于能否把握对方实情，为了占据主动和有利势态，争斗双方都尽力使用各种手段去打探、了解对方的真实情况，争取心中有数，借以确定己方策略。这就是古代军事家孙子曾经说的"知彼知己者，百战不殆"，"不知彼，不知己，每战必殆"的规律。了解和把握敌我双方情况，对决战胜负有至关重要的关系。自古以来，在各类政治斗争中，把握对方的动态，摸清其实力，是制定斗争方略的前提条件，运用上屋抽梯之计亦然。

决定上屋抽梯计成败的先决条件是"置梯"是否奏效，置梯以诱敌，引敌上梯，而后抽梯取之，置之死地。欲置梯有效，必先搞清对方的心理，才能投其所好，放置诱饵，引敌就范，这些都不能依靠主观臆断、盲目行动。因此，任何一个政治家或阴谋家，无不工于心计。在君主面前，设法收买其左右，探听和揣摩君主好恶，靠其特有的敏感嗅觉察言观色，以期有针对性地采取相宜对策，顺阿迎合。在与同僚之间的抗衡中，为争取主动，先发制人，便尽力去了解对手的势力范围、政治意向、朋党亲信，甚至薄弱环节，以对症下药，有的放矢。唐高祖李渊在处理和李密的关系时，便抓住对方的弱点，以推奖助骄，顺迎其意而谋远图。

隋末各种武装势力最强大的一支，就是曾经"威之所被半天下"的瓦岗军。瓦岗军在翟让、李密的领导下，活跃于以洛阳为中心的中原地区，沉重地打击了隋朝统治集团和士族地主。

出身大贵族家庭的李密，在投身于瓦岗军之后，以勇敢善战、指挥有方和长于谋略,威望日增,很快获得了翟让的信任,并逐步掌握了瓦岗军的大权。伴随李密大权独揽和志得意满后的所作所为,与翟让之间的裂痕愈来愈深,最终杀害翟让,独霸瓦岗军的最高领导权。

杀掉翟让后,李密自以为拥众百万,坐对敖仓,兵精粮足,又稳操瓦岗军领导大权,而隋炀帝龟缩在江都不敢回中原,东都的隋朝兵力也不足为惧,遂有自矜之志。李密对部下不加体恤,不予赏赐,更排斥异己力量,致使瓦岗军内部人心不齐,组织涣散。李密个人的政治野心日益膨胀,妄自尊大,目空一切,以为未来天下之主非他莫属。

起兵于太原,最终登上帝座的唐高祖李渊却不然,他在冷静地审视着当时各派力量的消长,寻找有利的时机,消灭割据称雄而无远虑的对手,夺取天下。李渊对瓦岗军的力量非常重视,曾派人送信给李密,试图联络和利用这支队伍,以达到为己所用的目的。李密却在复信中趾高气扬,以天下为己任,称自己是四海英雄所推的盟主,望左提右挈,勠力同心,"执子婴(喻执代王)于咸阳,殪商辛(喻杀炀帝)于牧野",表达了欲彻底推翻隋朝统治的决心。信中提到要和李渊面结盟约,协力完成大业。

接到李密的信函,李渊认真地考虑如何处置。此时唐军正进军关中,若与李密绝交,必然是新树一敌,于己不利,不如卑辞推奖,以骄其志,利用瓦岗军来守成皋之道,断绝与江都的交通,并借瓦岗军之力拦击东都的隋军,使之不能在唐军入关后营救长安。趁李密骄矜不备之机,专意西征,待占据关中后,就能虎视天下,静观鹬蚌相争,坐收渔人之利。

李渊的考虑是以西取关中为首要大事，是超出群雄之上的高超见解。开国大业成败的关键，在于能否拿下关中，选择关中作为首要攻取方向，乃是非常明智的举措。就地理条件来说，关中有丰饶的物产资源，四塞之内，沃野千里，号称八百里秦川。东临黄河，三面环山，又处两关之间，是兵家必争之地。历史上从西周至隋九个朝代，都在关中长安建都，以关中作为成就帝业的根据地，最终经营四方，统一中国，意义至为深远。再者说，这里在隋末兵力非常空虚，虽然身为国都，却因炀帝巡幸江都而带走京师精锐的军队作为护驾的骁果，从而削弱了关中的守卫力量。东都的守军一直与瓦岗军、江淮军、河北军进行征战，无暇顾及关中。李渊决定，当务之急是直取关中。

　　李密在辅佐杨玄感反隋时，就曾劝他夺取关中，因未见采纳而放弃，杨玄感最终还是失败了。当李密主宰瓦岗军时，谋士柴孝和曾力劝他夺取长安，创业关中，李密却未能采用，却被李渊抢先一步，可见李渊的政治远见和军事谋略当在李密之上。

　　李渊主意已定，立刻让记室参军温大雅以李渊的名义复书李密，对杀炀帝、执代王之说表示不敢从命，申明自己"志在尊隋"，借以掩饰其夺取天下的鸿鹄之志。随即大肆吹捧李密说，当今能为民之主者，非君莫属。并自谦说，老夫年逾五十，早已没有宏大志向，愿欣然拥戴大弟（指李密），以期攀鳞附翼。惟愿大弟早登大位，以安天下，以宁兆庶。李密得书之后，喜出望外，对将佐们说，唐公如此推戴，天下平定是指日可待之事。从此，李密终日陶醉在得意之中，计划着攻下东都后称帝，所以专意对付东都隋军，无心外略。不仅让李渊从容地进取关中，甚至还帮助李渊牵制隋军，为关中营建一道安全的屏障。

《孙子兵法》云："兵者，诡道也，故能而示之不能，用而示之不用，近而示之远。远而示之近。利而诱之，乱而取之，实而备之。强而避之，怒而挠之，卑而骄之"，以求"攻其无备，出其不意"。又云："辞卑而益备者进也"。"故为兵之事，在于顺详敌之意"。注云："敌有所欲，当顺其意以骄之，留为后图"。李渊所采用的就是推奖助骄的上屋抽梯谋略，以谦卑的言辞哄骗李密，使他在自鸣得意时昏昏然，放弃对李渊的防备，使李渊轻而易举地进取关中，奠定了基业，再回过头来对付李密。李密如梦方醒，为时已晚，被迫归降。

三、隐藏伪装　以少损获大成

无论是作为兵家权谋，还是作为政治权术，上屋抽梯之计均有其运用的相宜场合和范围。特别是在政治、军事谋略运用的范围区分得并不明确，而是彼此交融、互相渗透的。

春秋战国时代，诸侯割据、列国争雄，国与国之间的斗争冲突非常尖锐，这样的政治格局，便决定了各国之间的政治、军事、外交斗争往往交织在一起。在不断处理国际关系、国内权变的实践中，权术得到日益发展，在后人总结的包括上屋抽梯等古代兵法三十六计之中，绝大部分是这一时期兵家权谋和战争经历的总结。兵家权谋的发展成熟，对政治权术的发展产生着直接影响，在诸侯纷争、国际关系紧张的背景下，在比较集中的国际斗争中，中国古代政治权术开始走向成熟。当大一统的中央集权建立并日趋发展以后，君主专制走向稳固和完善，政治权术的运用场合也发生了较大的改变，从集中的国与国的斗争转向较多的国内舞台，集中反映在统治阶级与被统治阶级之间，统治阶级内部包括君臣之间、同僚之间等斗争方面。所以说，政治权术的运用带有强烈的时代背景，紧随政治形势的变化而变化。

第一，在敌对政权之间。

1．弱者与强者之间

在敌对双方力量悬殊之时，势力微弱的一方，欲争取与强手保持均势，甚至战胜对手，权术往往是其保护自身、力挫对手的有力武器，即所谓智取。权术运用得当，往往胜过千军万马，兵不血刃的成功，无一不是权谋的功劳。上屋抽梯就是弱国对强国的成功权谋之一。

战国前期，魏国势力达到巅峰状态，并准备图谋攻秦。秦王自知以一国之力难以抵挡，就派卫鞅前往魏国游说。卫鞅向魏王建议，北结燕国，西联秦国，"先行王服，然后图齐、楚"。魏王闻听后心中大喜，自以为势不可当，天下以魏为大，便按照卫鞅的指点，以诸国之君的凌人盛气，出现在各国君主面前。魏的自大触怒了各国，使齐、楚、韩各大国与魏的矛盾日益尖锐，终于爆发了齐魏马陵之战，魏国十万大军顷刻间化为乌有，国力日衰。秦略施小计，为魏王设置了通向灭亡的陷阱，待其醒悟，为时已晚。秦则趁两国相争之时，垂拱受西河之外，迅速扩大了自己的势力范围。

弱国对强国在使用上屋抽梯之计时，更多的手法是向强手暴露自己的弱势，以"示弱"作为保护手段，不惜牺牲利益以满足强国愿望，换取强国的容忍和许可，以获得生存的机会，从而积蓄力量，创造一切改变双方实力对比的机会，以期以弱胜强。另一方面，利用此计以骄敌、惰敌、诱敌，使敌手改变态度，视我方无足轻重，放松防备，待出现可乘之机，迅速行动，以达歼敌之功。

2. 强者与弱者之间

上屋抽梯之计也常常被强手运用，为的是以最少的损失获得最大的成功。春秋时期，晋国为讨伐虢国，向虞国赠送良马美玉，以虚饰友好来掩盖"假途伐虞"的要求，以及吞并虞国的真实意图。假道之事最初发生在僖公二年（前658），至僖公五年（前655），晋侯再度请求假道时，宫子奇劝说虞公说："虢国是虞国的屏障，虢国一旦灭亡，虞国必随之而亡。我们千万不能诱发晋国的野心。所谓'辅车相依，唇亡齿寒'，正好说明了虞、虢的关系。"虞国国君不以为然，最终答应了晋的请求，接受了晋的礼物。晋在假道虞国一举灭虢以后，归途中就灭了虞国。虞公不识晋计，中计上梯，被强手不费吹灰之力消灭了。晋国虽然在实力上远胜于虞，但上屋抽梯计实施后，让虞国放松了戒心，从而加大了自己的优势，比单纯的实力较量减少了损失，增大了成功系数。

第二，在统治阶级与被统治阶级之间。

政治斗争是以阶级斗争为基础的，所以，政治权术既包含了统治阶级为维护和巩固统治而对人民所使用的各种欺诈手段，同时也包括被统治阶级为推翻残暴统治在斗争中运用的灵活多变的策略和斗争手段。

唐末黄巢领导的军队,风云十年,行程千里,席卷了大半个中国,在世界战争史中亦属罕见。黄巢军能够达到如此规模,与他善于应付局势、策略多变有直接的关系。信州之战,就是佳例。

当时,起义军驻屯信州(今江西上饶),军中瘟疫流行,死亡人数过多,一直紧追不舍的张璘始终无法摆脱。为了扭转不利局势,黄巢派人给张璘送去黄金,并向其统帅高骈致书表示愿意投降,高骈欣然同意,考虑着如何在收受黄金后诱军深入,乘机消灭黄巢,以得首功。此时各路藩镇兵马,包括昭义、威化、义武等军,都已到达淮河以南,准备协同高骈合力围剿。高骈担心他们抢功,向皇帝奏称:区区贼寇,不足劳用各地援兵,请求令其退回。黄巢侦察到各路援兵已然北渡淮河,遂与高骈断交,下达战书。高骈大怒,连忙命张璘迎战,结果一败涂地,张璘被杀,黄巢军声威重振。

信州之役,黄巢巧施贿赂,退敌援兵,一举击败对手,一计上屋抽梯,彻底扭转了局面,创造了以弱胜强的奇迹。

第三,在统治阶级内部不同阶层、集团及不同政治人物之间。

在君主专制与官僚政治的历史条件下,政治权术主要施展于统治阶级内部各种关系之间,包括君臣关系(如君主与权臣、忠臣、功臣等关系)及同僚之间的关系(如朋党关系、内外臣关系、官宦关系等)。为了各自不同的政治目的、物质利益,各个集团之间、个人之间展开激烈的斗争，其手段之高超、技巧之圆滑、花样之繁多，给政治权术以痛快淋漓的用武之地。朝廷内外一幕幕钩心斗角、尔虞我诈的剧目，或惊险，或卑鄙，林林总总，不胜枚举。

1．君臣关系

政治权力是以相应的权位为其外在标志的，不同等级的权位，意味着大小不等的政治权力。君位是国家权力的最高代表，作为一国之主，要保证皇位稳坐，除了防范被统治阶级的反抗外，更多的是注视着来自统治阶级内部的不安定因素，如何驾驭和控制群臣，排除威胁皇位的干扰，保证大权高度集中和行之有效，都是令君主大伤脑筋的事。

自古以来，权臣独揽大权，不可一世，对皇位直接构成威胁。尤其是在君主年幼或懦弱无用时，地位显赫的权臣，或是专横跋扈的宦官，或是位尊望高的辅政大臣，大有凌驾君主之上的威严，君主只能言听计从，无计可施。一旦新君不甘大权旁落，无法容忍傀儡身份的屈辱，试图收回君权，便会想方设法剥夺和分化权臣的权力。但是，这时的君主往往还不是权臣的对手，掌握实权的权臣树大根深，并非轻易所能铲除。每当此时，君主便须借助权谋，不露杀机，寻找一切可能的机会。这种较量有时要蓄力很久。正如康熙在亲政以后，不甘受制于顾命大臣鳌拜，但在他未有足够实力以前，仍处处小心，向鳌拜妥协，直至最后设计将鳌拜擒获。

正因为得君位者得天下，失君位者失天下，因此，高度集中的君权诱发了多少野心者生出"彼可取而代也"的奢望。掌握实权的权臣中就不乏跃跃欲试者。对他们来说,发动政变不失为一种有效而干脆的手段。赵匡胤就是通过陈桥驿兵变而黄袍加身的。

宋朝内部的隐患在于拥有众兵的统帅,特别是禁军的最高将领,往往成为发动军事政变的头目,赵匡胤就是靠禁军的力量夺取后周政权的。赵匡胤即位后,唯恐他人故伎重演,在平定扬州李重进的反抗之后,便以自己曾担任殿前都点检(禁军最高指挥者)为由,于建隆二年(961)下令罢免慕容延钊殿前都点检的职务,以及韩令坤等其他禁军将领之职,派往外地做节度使,此后不再设殿前都点检一职。

2. 君主与功臣及一般臣属之间

权臣毕竟是少数的,能否驾驭和控制大大小小的文武百官,除了建立一整套严密的政治制度外,还需要君主在方法和手段上下功夫。

首先,如何对待功臣。功臣由于功劳、名望及相应的实权,容易萌生异志,功高震主的功臣,也往往为君主所不容,担心他们一旦有何举动,会威胁皇帝的宝座,为此,对待功臣,往往不敢掉以轻心,或授以虚位,束之高阁,明升暗降,或剥夺其权位,使其远离权力中心;或削弱其实力,减少影响,扼制其发展。宋太祖赵匡胤为了巩固皇位,不惜向功臣武将开刀,杯酒之间便令众将交出兵权。当时,和他一起导演兵变的亲信有禁军将领石守信、王审琦、高怀德等人,在群臣中享有很高的威望。宰相赵普担心他们势力过大,日后危及皇位,便提醒太祖注意这些人手中的兵权。

赵匡胤开始并不以为然,认为赵普担心实在多余。赵普进一步规劝说："我相信这些人忠心事君,只是不放心他们的部下,万一有人野心日起,阴有异图,恐怕连他们也无法控制。"此话惊醒了赵匡胤,联想到自己如何夺兵权而登皇位,便觉得问题确实严峻。

即使想从这些功臣手中收回兵权,也不能被人责骂为过河拆桥,像当年刘邦登坐龙廷,基业已定后,一反解衣推食的态度,迅速排除异己,将韩信等功臣勋贵统统斩杀。毕竟是老谋深算,赵匡胤的做法高明得多。

秦朝灭亡后,亭长出身的刘邦,以微兵弱马最终战胜兵多将广的一代枭雄项羽,夺取天下,建立起中国历史上第二个统一的专制王朝。究其原因,重要一点在于他豁达大度,虽不善将兵,却善将将,用人不拘一格,尽其所能。在刘邦的麾下,有贵族出身的张良、贫民出身的韩信、县吏出身的萧何、屠夫出身的樊哙、布贩出身的灌婴,等等,没有这些贤才良臣的辅佐,刘邦是无法成就大业的。正如刘邦所说:"我以三杰取天下。论出谋划策于帷帐之中,而决胜负于千里之外,我不如张良;论治理国家,安抚百姓,调运军粮,使运输线畅达无阻,我不及萧何;论统率百万大军,战必胜、攻必克,我不如韩信。此三人皆人杰也,我能够重用他们,才是我所以取得天下的原因。"由于他知人善任,重用人才,故在楚汉之争中,各类人才在他手下尽力发挥作用,辅佐他打败项羽,兴建王朝。

前206年十月,刘邦在定陶即帝位,是为汉高帝。立国之后,昔日的谋臣猛将成了他心头疑忌的人物,尤其是对在楚汉战争中先后册封的异姓王,在当时楚强汉弱的情况下,分封之举,对笼络部下，分化和孤立对手，有过积极的作用。随着战争的结束，握有重兵的异姓王的存在，逐渐成了汉王朝中央政权的巨大威胁。为了巩固刘氏王朝的统治，刘邦开始进行消灭异姓王的斗争。

前前后后，刘邦杀掉楚王韩信、相国陈豨、梁王彭越、淮南王英布，又逮捕了张敖、臧荼，逼走了卢绾。相比之下，还是张良技高一筹，既没有像萧何那样蒙受锒铛入狱的凌辱，更未像韩信那样落得兔死狗烹的下场。当高帝入都关中，天下初定以后，张良便托辞多病，杜门不出，屏居家中修炼道家养身之术，因为他深谙帝业建成后，君臣之间相互猜忌的矛盾关系，故而逃避残酷的社会现实，恪守无为之教，以退让来避免重复历史的悲剧，不愧是激流勇退、明哲保身的典范。

功臣尚不得善终，一般文武官员则更难摆脱朝赏暮罚、忽迁忽徙的命运，时刻处在不稳定的状态中。

乾隆帝在位六十年，当太上皇四年，享年八十九岁，乃是一位传奇式人物，有关他的故事流传甚广。

乾隆帝即位的时候，经过康熙、雍正七十多年的锐意经营，国力显著增强，经济出现了繁荣的景象。在乾隆帝的不懈努力下，清王朝发展到了极盛时期，被称为"康乾盛世"。乾隆帝开办博学鸿词科，优容知识分子，笼络读书人，又组织编纂了空前绝后规模的《四库全书》；武功方面也卓有成效，不断平定叛乱，安边固防。曾两次平定准噶尔，又经历了回疆之役、大小金川之战，两次廓尔喀战役以及缅甸、安南战役等大小十余次战事。乾隆帝天资凝重，以刚柔相济的治国之道，把国家整治得妥妥帖帖，社会秩序井然，统治基础稳固，便自豪地声称是文治武功方面的古今第一人。乾隆帝曾志得意满地夸耀自己为"十全武功"，自称"十全老人"。乾隆帝总结治世成功经验时，以为在位期间共举两件大事，一是西师，二是南巡，前者指平定准噶尔和大小和卓的叛乱，统一新疆，后者分量似乎超过前者，是他最值得骄傲的行动。一方面，乾隆帝对自己的才干和政绩有极高的估价，另一方面是他喜怒哀乐等性情上的特点，因而影响了对反对意见的反映和态度。

就性格而言，乾隆帝比康熙、雍正更加敏感，自尊心和虚荣心更强。虽然在即位之初曾实行了一些宽松的治政方针，那是因为要改变其父严苛政治所带来的紧张气氛，改变官僚人人自危、百姓人心惶惶的不安定环境。当一系列改弦更张的措施发生了实效，缓和了统治集团内部以及朝廷内外的僵滞关系时，官民无不欢欣雀跃，颂声如雷，那时的乾隆帝比较注意听取臣下不同意见，并且鼓励直言进谏，献计献策。乾隆帝即位之初讲道："论才德和年纪，朕赶不上皇考（雍正帝），但自从朕即位以来已过半年，群臣中竟无人指出朕的过失，难道说朕所做的一切都能上合天理、下协人情吗？今后务必请大家直言无隐。"乾隆还在上谕中多次表示要广开言路、虚心纳谏，一时间，委婉温和的规劝，直率尖锐的指责，苦口婆心的诱导纷纷出现。有些进谏着实让他难堪，但他仍加以容忍，并对进言者颁以奖赏。专司监察弹奏科道官，在这种环境中也显得非常活跃。随着经济、政治、文化日趋繁荣，面对稳固的基业和日盛的国力，乾隆帝开始为自己的才干卓荤自豪不已，也暴露出对进言者的厌烦情绪，嫌他们的意见太琐碎，不屑一顾。同时,敏感的性格也使他越来越受不了臣下不留情面的指摘,自尊心受不住这等"不敬"的刺激。乾隆帝的厌烦情绪,使他在具体的政治活动中暴露得越来越明显,对进言者日益缺乏耐心,经常寻找借口,挑剔反驳,乃至斥辱进言者。乾隆帝在上谕中责辱言官说:"因为朕要广开言路,所以宽待言官,以收进言之益。不料这些人却见朕不加谴责,变得肆无忌惮。试问,近来进谏的大臣中,有几个真心诚意地提出了有益于国家政治的主张?朕留心观察他们的用心,无不是在处心积虑地追逐名利,即使提出建议,也不是出于为国为民的考虑,无非想博取虚名,指望能得到朕的赏识,有望升迁,多得养廉(指报酬)而已。"在乾隆帝眼中,进言者一概是追逐名利的无耻之徒。

更有甚者,为了阻止百官进谏,乾隆帝还想方设法寻找机会整治进言者,其中不少是玩弄政治手腕,以计谋玩弄性情直率、直言无隐的人。

乾隆五年(1740),乾隆帝召见太常寺卿陶正靖,希望他指出治政得失,并劝诱说:"你不必有什么顾虑,尽管如实讲出,这才有益于朕反省修身。"陶正靖不敢贸然直言,唯恐言多语失,触怒皇上。乾隆帝则摆出一副大度而坦诚的姿态,鼓励他说:"朕看你还是位骨鲠之臣,所以才向你询问政务得失,你姑且据实陈奏。"陶正靖便上奏说:"现在的政治环境很好,只有工部尚书魏廷珍深负众望,本来没犯什么大错,却在近日被赶回原籍。在对他的态度上,皇上言辞峻厉,根本不像是优待老臣的样子。"乾隆帝听了以后,和颜悦色地说:"你是朕专门选用的大臣,将来还要升迁进用。"陶正靖连连叩头谢恩,高兴而去。谁知没过几天,乾隆就降下旨书,将陶正靖的进言驳斥了一通,指责他为魏廷珍辩解,乃是营私之举,必须严加惩处。就这样,悲愤失望的陶正靖只好弃官回家,以课徒为生,不到两年就郁闷而死。

3.群臣之间

由于象征权力的官位会带来相应的社会地位、政治特权、经济利益,因此具有强烈的诱惑力量,也引来诸多为跻身官位,或希冀做更高官的人互相竞争。为了争取在竞争中获胜,一些人结成利害相关的朋党,与不同派别、不同集团互相倾轧,明争暗斗。更多的人则不惜运用智慧,借助权谋,各显高招,必欲置他人于死地,斗争异常激烈、残酷。唐代宰相李林甫正是这类人的突出代表。对于才望功业超出自己的人,或势位对己构成威胁的人,千方百计地排斥和击败对手,使自己在权力分配竞争中立于不败之地。

唐玄宗时期的宰相李林甫,以精明强干和擅长玩弄政治权术而知名。李林甫不能容忍别人才望功业超过自己,也听不得不同的见解,表面上与人友善,和颜悦色,却暗藏杀机,陷害和整治异己,所以人们称他"口中有蜜而腹中藏剑",成语"口蜜腹剑"就由此产生。

在李林甫与牛仙客共掌权柄的六年安定时期之后,由李适之代替牛仙客做了宰相。这位太宗直系皇族成员,以在禁军任职起家,先后担任了一些州的职务,以行政干练见称,做过河南尹、幽州节度使、刑部尚书等官。李林甫在和李适之共同掌理政事中,不喜欢他的粗疏直率,两人经常争权不和。为此,李林甫暗生毒计,诱骗李适之说:"开元年间以前,每年供给守边的士兵粮食、衣服费用不过二百万。天宝以后，兵员逐渐增多，每年却用一千零二十万匹绢，一百九十万斛粮。这样巨大的公私劳务费用，造成国库空虚，积蓄日少。长此以往，财源将会枯竭，必须开源节流，增加库存。华山有金矿，这是众所周知的，如果能开工采掘，一定能为国家增加无穷无尽的财富。何不奏闻皇上。"正直拘谨的李适之不知是计，被阴险奸诈的李林甫算计了，就如实地对玄宗讲了。

玄宗问李林甫是否知道华山金矿的事，李林甫回答说："早就知道了，只是华山是陛下的根本，王气所在，开凿华山可不吉利。"玄宗以为李林甫是爱护自己，便责怪适之，并要求他今后奏事，必先和李林甫商议后再报。不久，李适之被免除官职，大权由李林甫独揽。

四、诱敌惑敌　最终战胜强敌

不断的实战积累，促使人们将体味、揣摩到的一些相同经验，加以总结、归纳、凝练、命名，"上屋抽梯"即是其中之一。此计用之于政治斗争中，有如下几个特点。

第一，运用目的的明确性、直接性。

作为政治斗争的手段，其目的是为一定的政治目的服务的，而运用者对其所要达到的政治目的，是非常明确的，概括地说，任何政治权谋的施用，无不是以政治权力为直接目标的。

西晋末年，石勒在诛除王浚过程中，先以贿赂和收买，瓦解王浚及其将吏的士气，继而又卑词称臣，获得信任。在这一系列举措之后，石勒的政治志向却是非常明确的，所有的行动都是为既定的目的服务的。当时，由于八王之乱和由此引起的中原地区更大规模的胡汉移民，使经过短暂统一的西晋王朝，重又陷入四分五裂的状态。王浚（字彭祖）因参与平息八王内乱有功，升任骠骑大将军，都督东夷河北诸军事，领幽州刺史，据有燕国之地。晋怀帝即位后，又以王浚为司空，拥兵坐镇河北，与割据幽、并一带的刘琨遥相呼应，名义上还是晋的朝臣，却在暗中想方设法据地自立。

王浚为政苛暴，将吏亦十分贪残。他们广占山泽，引水灌田，淹陷冢墓，调发殷烦，民不堪命，许多人纷纷逃往鲜卑。属下韩咸直言切谏，被王浚一气之下杀了头。王浚又出兵攻讨不肯应召的段疾陆眷，反被对方所破。王浚因其父亲字处道，便说应了"当途高"的预言，谋称尊号（处道与当途同义，"当途高"为当时的谶语）。为此，谏臣胡矩被逐出，刘亮、高柔等人被杀。名士霍原，志节清高，王浚召来询问尊号之事，他默不作声，被王浚以勾结群盗罪杀掉。从此，士民骇然，缄口不言，王浚则骄矜日盛，不亲政事，而专任苛刻小人，其中他的女婿枣嵩，以及朱硕等人都是有名的贪横之人。

当王浚势力日渐衰微之时，石勒建立了后赵政权之后，便想袭取蓟州，但他摸不清王浚的底细，就派人前去暗中察看，并向谋臣张宾请教。张宾献计说："王浚名义上是晋朝大臣，实际上想废掉晋帝，自立为帝。可他又担心四海英雄不肯拥戴。现在，他希望得到你的支持，就像当年项羽想赢取韩信一样，你如今已威名远播，如果再以卑微的词句给他写封信，附上厚礼，表示死心塌地拥护他，还怕他不相信吗？欲谋人而让对方了解你的打算，那是任何事也办不成的。"石勒对他的建议深表赞同，随后就委派舍人王子春、董肇携带珍宝，奉表出使。见到王浚后，使者说："石勒本是小胡，遭遇饥荒战乱，流离困顿，窜命冀州，只是相聚以救性命。现在，晋祚沦夷，中原无主，而您却负州乡贵望，四海所宗。如今堪称帝王的人选，舍你还能有谁！我之所以捐躯起兵，讨伐那些暴乱小人，全都是为了替你扫清障碍。恳请您早些顺应天命，应从人愿，早登帝位，我奉戴您就如同待天地父母一样，愿您能体察我的微心，把我看作是您的儿子。"与此同时，石勒又派人给枣嵩送信，用重金贿赂他。

王浚正在为鲜卑段疾陆眷背叛自己，以及士民纷纷逃走而烦恼，听说石勒归附自己，又送来许多宝物，十分欢喜。他问来使王子春说："石公一时豪杰，据有赵、魏之地，却来投靠我做藩属，他的话可信吗？"王子春说："石将军才力强盛这倒不假，但是，以你在中州的声望在夷夏之间威行，他是无法与你相比的。自古以来，胡人做辅佐大臣的不乏其人，但却无人称帝称王。石将军并非不想称帝，让给您的原因是考虑到帝王自有历数，不是智力所能取的。即使强行争取来了，也一定得不到天意人愿的支持。石将军和你相比，就像月亮比于太阳。所以，总结了以往的经验之后，石将军决意归附于您，这正是他超过常人的明识，您又有什么可怀疑的呢！"王浚因此深信不疑，封王子春、董肇为列侯，并遣使报聘，以厚币酬谢石勒。

愍帝建兴二年（314），当王子春一行带着王浚的使臣来到襄国（今河北邢台）时，石勒事先把精兵隐藏起来，出出入入的都是些老弱兵士。使者回去后对王浚说："石勒手下都是老弱之师，态度也是真诚的。"王浚听了，益发骄怠，对石勒不设防。

石勒暗中加紧作攻袭王浚的准备。不久，把军队开到易水。督护孙纬飞报王浚，主张部署兵力拦阻，将佐也纷纷进言称："胡人贪婪无信，石勒的军事行动必隐藏着诡计，我们应该早做防备。"王浚大怒说："石公前来，正是为了奉戴我，谁敢再说攻击石公的话，一律斩杀。"众人便不敢再有异议，眼看着王浚为迎接石勒忙前跑后地摆酒设宴。

三月三日凌晨，石勒的军队到达蓟（今北京市），呼唤守将开门。门开后，怀疑城内有伏兵，就驱牛羊数千头走在前头，声言上礼，目的是想堵住城内各个路口。王浚这时才开始恐惧起来，坐立不安，不知所措，听凭石勒入城后纵兵大掠。王浚左右请求马上出击，也被他拦住了。石勒进衙升堂，把王浚捉起来，又让其妻陪伴自己，却让王浚在旁观看。王浚大骂："胡奴竟敢调戏于我，实乃十恶不赦！"石勒历数王浚的罪行说："你位居元台，手握强兵，却坐视朝廷覆亡而无动于衷，甚至还想自立为帝，如此贪心，难道不是十恶不赦吗！你委任奸贪小人，残虐百姓，陷害忠臣，燕土一方被你蹂躏践踏，这又是谁的罪过！"当即派手下五百名骑兵，押解王浚去襄国。途中，王浚投水自杀未遂，后被斩于襄国市口。随后，石勒将王浚的万余精兵一同杀掉，原王浚的部将纷纷争抢着找石勒谢罪，送礼行贿。石勒历举朱硕、枣嵩等人纳贿乱政的罪行，将他们一并处死，又没收了王浚将佐及其亲戚家中资财数以万计。

在石勒诛除王浚的过程中，石勒把握了王浚及其将吏的弱点，即贪婪而狂妄，便采取贿赂和收买的办法，以贿为饵，示以小利，使王浚、枣嵩之流轻而易举地上了圈套。石勒又以卑词称臣，使王浚骄横狂妄的野心更趋膨胀，放松了戒备，使石勒得以从容地准备行动，而待时机成熟，一举推翻王浚，取得决定性的胜利。石勒的做法不失为一种上屋抽梯术，表面上收敛锋芒，掩饰其政治志向，以解除给对手的威胁感，最终实现其真实的目的。

第二，运用手法的隐晦性、间接性。

这也是任何权术都具备的共同特点。所谓"术"，即"藏之于胸中，以偶众端，而潜御群臣者也"，"术不欲见"。一般而言，运用计谋更多的是采用间接的、诡诈的手法。上屋抽梯之计亦然，它要求将真实目的深藏不露，设法在暗中实行，而于表面则以假象加以掩饰，假象诱敌惑敌，使其在不觉中步入预设的陷阱。

东汉末年，鲜卑檀石槐称大汗时，分其地为中、东、西三部，属于中部的慕容氏，在慕容皝统治时逐渐强盛，慕容俊时已有兵力二十余万人，出兵击灭冉闵后，慕容俊自称燕皇帝，都蓟城（今北京），后定都邺，史称前燕，占据了相当于今河北、河南、山东、山西的大片中原土地。

在襄邑之役中显露头角的慕容垂，是慕容皝的第五子。当王朝面临衰亡的局面，东晋前来攻伐之时，慕容垂出任南讨大都督，亲率五万兵马抵御，切断荥阳石门桓温水军的退路，获得大胜，却遭到性多猜忌的慕容评和太后可足浑氏的嫉恨，最后死里逃生投奔了苻秦。

苻坚自立为帝后,在王猛的辅佐下,大力接受汉族文化,加强中央集权,抑制氐族贵族势力的发展,注意农桑,发展农业经济,使前秦成为北方最强大的国家。国力增强之后,便开疆拓土,灭前燕、前凉,取东晋梁、益二州,进兵灭代,将中原地区全部统一在苻秦王朝的势力之下,只剩下东南一隅的东晋,由司马睿在南迁的北方汉族世族和南方世族拥护下建立的东晋王朝,依靠长江天险和南方经济相对稳定发展的局面,得以偏安东南。王猛在世时,就劝诫苻坚不要贸然南下灭晋,晋虽僻处江南,却是正朔相承,上下安和,谢安当国,政治相对稳定,因而不要图谋灭晋。相反,被征服的鲜卑、羌族上层分子,才真正靠不住,应该尽早分散他们的势力,剪除其中有威胁性的野心者。苻坚却被一系列军事行动的胜利冲昏了头脑,认为自己强兵百万,资仗如山,黄河流域和长江上游大部分地区已被武力所征服,灭亡东晋当唾手可得。

382年,苻坚召集文武群臣,提出南讨东晋的主张,欲亲率九十七万大军,一举灭晋,让群臣加以讨论。秘书监朱彤随声附和,以为大兵压境,必能不攻自破。尚书左仆射权翼、太子左卫率石越等人,坚决反对。群臣退出后,苻坚留下弟弟苻融商议。苻融在分析了先秦、东晋双方实际情况后,认为此时伐晋时机尚不成熟,哭着规劝哥哥说:"鲜卑、羌、羯等布满长安附近,大军一旦东下,关中将受到极大的威胁。"苻坚的太子、爱妾也都来劝阻。鲜卑族的慕容垂和羌族的姚苌,分别私下来见苻坚,主张出征。慕容垂以小不敌大、弱不御强为理由,请苻坚圣心独断。一番话正中苻坚心意,觉得他们才是能与之共定天下的人。苻坚却万没料到，自己已不知不觉地入了二人的圈套。慕容垂和姚苌均是被苻坚征服的少数民族贵族，也就是王猛和苻融一再提醒注意的、威胁王朝安全的仇人。二人怂恿苻坚伐晋是有险恶用心的，他们想乘苻坚出讨东晋削弱前秦的国力，待苻坚彻底失败，就可以重新恢复昔日的统治。可惜苻坚没能识破真相，加之内心对大举伐晋早已不可改变，遂不顾一切地组织兵力征伐。

苻坚调集包括鲜卑、羯、匈奴、氐、羌等少数民族武装的百万兵马东下。以苻融和慕容垂等率步骑二十五万为前锋，姚苌率蜀兵顺流东下，苻坚带领步兵六十万、骑兵二十七万作为全军的主力。大军旗鼓相望，前后千里，水陆齐发，开始对东晋大规模进攻。

前秦军队数量占据优势，但并未全部集中到位。苻坚由长安抵达河南项城时，甘肃调发的兵员才到咸阳。四川的兵马刚刚沿江而下，河北的兵力才到徐州。真正抵达前线的，主要是苻融的二十五万人马。同年十月，苻融攻占寿阳（今安徽寿县），东晋派往寿阳的胡彬退保硖石（今安徽凤台县西南），向谢石求援，书信被苻坚截获。苻坚以为东晋无力还击，担心晋军逃走，便亲自率轻骑八千赶赴寿阳，与苻融会合。被苻坚派往晋军劝降的东晋被俘将军朱序，乘机把秦军的虚实向谢石作了汇报，建议在苻坚各路兵马未集中时，先发制人，谢石依计而行。十一月，派刘牢之进攻洛涧（今安徽怀定县西南洛水入淮处），谢石、谢玄乘胜而进，同秦军夹淝水而阵。苻坚与苻融在寿阳城头远望晋军队列严整，又遥望八公山上草木挥动，以为是东晋伏兵，开始流露惊惧神色。谢玄为迅速解决战事，派使者对苻融说："隔淝水不便作战，请秦军稍后撤些,待晋兵渡河后双方再决一雌雄。"苻坚想趁晋军渡河当中,以铁骑猛攻,遂同意后撤。谁知,军中将士不知后退意图,又听朱序在军中大呼:"秦军败了。"顿时阵脚大乱,一哄而退。晋兵趁势渡水进攻,败退的秦军只顾拼命逃窜,连耳畔的风声鹤唳,都误以为是晋军的追杀声。淝水之战,以苻坚的惨败而结束,此役使秦军损伤过半,苻融被杀,苻坚也被流矢所中。

在苻坚征调的各路兵马中,只有慕容垂带领的三万人的军队完整地保全下来,这支队伍奉命出击东晋郧城(今湖北安陆市),没有参加淝水会战。当苻坚从寿阳到达慕容垂军时,慕容垂护送他前往洛阳。慕容垂提出,要到邺城去祭扫先人陵墓,兼安抚河北,得到苻坚的同意。慕容垂离开后,立即自称燕王,打起复国旗帜,鲜卑、丁零、乌桓各族纷纷响应,队伍发展迅速,进取邺城。当时,丁零族的翟斌在新安起兵反秦,镇守邺城的苻坚庶长子苻丕,拨兵两千给慕容垂,派苻飞龙为副将,前往镇压。途中,慕容垂袭杀苻飞龙,正式反秦,在荥阳自称大将军、大都督、燕王。夺取邺城后,慕容垂控制了整个河北。386年正月,慕容垂自立为帝,定都中山(今河北定县),改元建兴,史称后燕。

与此同时,姚苌在羌族和西州豪族的支持下,在渭北自称大将军、大单于、大秦天王,势力发展很快,渭北羌胡依附的人数超过十万,苻坚派兵进讨亦未能取胜。此后,徒何鲜卑在慕容冲率领下包围长安,苻坚在五将山被姚苌所杀。进入长安后不久,慕容冲被部下杀死,徒河鲜卑东归,姚苌占取长安,在那里自立为秦皇帝,国号大秦,史称后秦。

慕容垂和姚苌隐藏个人真正的政治野心,巧用上屋抽梯之计,居心叵测地怂恿苻坚和东晋硬拼，苻坚浑然不知地中了计。待苻坚兵败势衰后，二人迅速崛起，如愿以偿地恢复了昔日的统治，建立了自己的政权。同时，其他少数民族贵族也纷纷独立，建立割据政权，北方重又陷入分裂混战的局面。

第三，表现形式的突发性、灵活性。

用计者在实施计划时，尽最大的可能掩盖其真实意图，一旦时机成熟，遂果断行动，而政敌困惑于假象，疏于防备，被突发性的行动搞得措手不及，仓促应战，失败的结局是注定了的。所以，出奇制胜、灵活多变是上屋抽梯计的一大特点。

西汉初年著名的政治家和军事家张良，聪明无比，屡筹良谋，在协助刘邦制定作战方略和政治谋略上，提出许多重要建议，与萧何、韩信一道，被誉为"汉初三杰"。

秦王政十七年（前230），秦灭韩时，张良年少未仕，倾其家财寻求刺客，欲暗杀秦始皇，为韩国报仇，后狙击未遂，更姓异名，亡匿下邳（今江苏睢宁西北）。十年苦读兵书，加之流离失所的艰辛，为他日后辅佐汉帝夺取天下奠定了基础。秦二世二年（前208），张良在率众投奔景驹途中，偶遇沛公刘邦，二人一见倾心。张良从此追随刘邦，成了他身边重要的谋臣。

鸿门宴后，项羽更加傲气十足，率兵进入咸阳，杀秦王子婴，烧毁宫室，大肆抢掠，激起百姓的愤慨。在诸王并立的局势下，项羽自立为西楚霸王，定都彭城，号令分封天下，共分封十八个诸侯和一个十万户侯。刘邦被封为汉王，驻巴蜀汉中。刘邦原有十万兵马，受封后，项羽只给他三万，加上自愿附从的人，尚不足十万。当刘邦带着人马愤愤不平地往南郑就国途中，心中盘算着有朝一日定要杀回三秦，问鼎中原。南郑路途遥远，士卒不服水土，又思念家乡的亲人，大家恋恋不舍，心情沉重，正在此时却传来消息说，张良命令士兵把栈道烧毁了，这是通往中原的唯一途径。栈道一毁，从此断绝了由汉中进入中原的出路。于是军中怨声四起，刘邦亦心中恼怒。张良的举措，恰恰表现他英明过人之处。在当时，分封的十八诸侯中，刘邦势力最强，被分封到汉中，这是项羽防范他的结果。即使刘邦到汉中就国，也会时刻在项羽的监视之下。张良焚烧了栈道，等于向项羽表示，从此再也不出汉中的意向，让项羽放松对刘邦的警惕，可以借此良机修缮甲兵，积极准备，待时机成熟，可以出奇制胜，直取中原。此外，入汉中的兵士都是中原之人，一旦栈道断了，也就断了他们因思乡心切而试图逃跑的退路。张良这一上屋抽梯计，既蒙蔽了项羽，又稳定了军心。果不其然，不久各路诸侯反抗项羽的斗争开始，刘邦遂采用暗度陈仓之策，平定三秦，从而占据了与项羽抗争的基地。

第四，实际运用的有效性、广泛性。

经过长期斗争实践，人们在不断总结经验教训的基础上，形成日趋成熟、精巧的权谋。从权谋形成过程来看，是长期经验的积累，是经过提炼、升华之后的经验性产物，能够为后人提供有效的借鉴。比如，以重金收买贿赂对手，以贿为饵，拴住、迷惑对手，而最终战胜对手，已成为屡试不爽的手段。这一手法也引入上屋抽梯计的置"梯"过程中，即以小利示敌，诱敌上钩。政敌见利忘害，不知因利成害，最终束手就擒。

权术的有效性还来自其隐晦性，因为隐秘常出乎人们的习惯逻辑思维方式和常态心理之外，每每让人在不知不觉中上当，无形中削弱了战斗力，为施计者增加了成功的把握。也正因为它的有效性，才决定了在权力争夺战中广泛的应用，其结果又使花样更为繁多，技法更为娴熟，招数更为诡秘，使权术一步步从简单到复杂，从稚拙到成熟。

树上开花

——巧布迷阵 以此虚张声势

本计云:"借局布势,力小势大。鸿渐于陆,其羽可用为仪也。"其大意是:借助其他局面布成有利的阵势,兵力虽小,气势却很宏大。这就像横空翱翔的雁阵,凭借其丰满的羽翼来助长气势一样。

本计按语云:"此树本无花,而树则可以有花。剪彩粘之,不细察者不易觉。使花与树交相辉映,而成玲珑全局也。此盖布精兵于友军之阵,完其势以威敌也。"大意是说:这棵树本来没有开出花朵,但是可以人为地使它有花。把彩色绸绢剪成花朵粘在枝上,不仔细观察的人不太容易发现。让假花与真树交相辉映,造成一个巧妙逼真的完整局面。这就是把精锐兵力布置到友军的阵地上,给原来虚弱的友军,人为地造成强大的声势,以震慑敌人。

一、借局布势 其羽可用为仪

《周易·渐卦第五十三》云:渐:女归吉,利贞。《象》曰:山上有木,渐。君子以居贤德善俗。

商山四皓入宫廷，张良妙计安太子

【一爻】初六，鸿渐于干，小子厉，有言，无咎。《象》曰："小子之厉"，义无咎也。

【二爻】六二，鸿渐于磐，饮食衎衎，吉。《象》曰："饮食衎衎"，不素饱也。

【三爻】九三，鸿渐于陆。夫征不复，妇孕不育，凶。利御寇。《象》曰："夫征不复"，离群丑也；"妇孕不育"，失其道也；"利用御寇"，顺相保也。

【四爻】六四，鸿渐于木，或得其桷，无咎。《象》曰："或得其桷"，顺以巽也。

【五爻】九五，鸿渐于陵，妇三岁不孕，终莫之胜，吉。《象》曰："终莫之胜吉"，得所愿也。

【六爻】上九，鸿渐于陆，其羽可用为仪，吉。《象》曰："其羽可用为仪，吉"，不可乱也。

树上开花之计计文所引"鸿渐于陆，其羽可用为仪"，是上九爻辞。该爻"鸿渐于陆"与第三爻重复，且观全卦，水鸟由山涧而到崖岸，到高地，到树木，到小山，乃是步步升高，最后不当突然复回平地，故知此句"陆"字有误，清代学者江永、王引之、俞樾均认为"陆"是"阿"字之误。阿、仪古为一韵，《诗·皇矣》有"我陵我阿"句，可为佐证。据《说文解字》："阿，大陵也。"则水鸟由小山飞上大山，句顺意通。

本计以《周易·渐卦》为推演之本，渐者，渐之进也，说明事情发展要有一个过程，必须由低到高，由小到大，由弱到强，由简单到复杂，不能期望一步到位，毕其功于一役。面对强敌，倘若想一蹴而就，必然容易急躁盲动，急躁盲动则思虑不周，破绽百出，不但不能收制敌取胜之效，反会招致强敌猛烈攻击，促成自己的覆灭。怎样才能由小到大、由弱到强呢？必须有一些中间环节。鲲鹏可以奋然高飞，一举冲天，但水鸟不是鲲鹏，不能由山涧一振翅而上高山，必须先由涧中游到岸上，登上高地，飞上树木，飞上小山，最后由小山飞上大山。在错综复杂的政治斗争中，一个人如果把自己看作一举冲天的鲲鹏，必然遭罗网捕杀，必须审时度势，利用时机，在他人不知不觉中，一步一步地进升，待到飞上大山，胜利在握，他人已无可奈何矣。

　　本计引用渐卦的中心，在于上九一爻所揭示的深刻哲理。小小的水鸟，伏在山涧之中，自然为人所轻视，但当它经过一番努力，站立在高山之巅，它的羽毛也显得格外绚烂美丽，见者必然肃然起敬。山巅上的水鸟与山涧中的水鸟依然是同一个水鸟，但又不似同一个水鸟，在人们的心目中，其仪态气势已是高下迥异了。处于斗争中的双方，对弱者一方说来，是要循序渐进，借用其他因素增强自己，就像水鸟因高山而增势，凭华羽以增美一样，以此虚张声势。对于强者一方来说，也不要认为自己的力量足够了，也要善于把其他力量化为自己的力量，同时，还要警惕弱者一方的行为，不使其计谋得逞。

　　根据上述见解，将树上开花之计在各种政治条件下使用的结果进行推演，大概会出现以下几种情况：

　　第一种，自己处于弱势，但又不会使用树上开花之计，借局布势，强己弱敌，这必然会导致最终失败。

　　第二种，自己处于劣势时，试图运用树上开花之计强己胜敌，但缺乏机智和忍耐，不能因势利导，循序渐进，让对方一看就知是假花，终难收效。

第三种，自己处于优势时，便自以为可高枕无忧，不把对方放在眼里，不调查情况，不研究对策，对方施展树上开花之计，自己却不知晓，最后必然莫名其妙地败于弱敌之手。

第四种，处心积虑地施展树上开花之计，借局布势，因势利导，装成一树假花，足可以假乱真，但对敌方估计不足，敌方过于高明，窥破己方的计谋，以计破计，以谋攻谋，此亦难以成功。

第五种，当自己处于弱势时，仔细地研究己方和敌方的情况，相机而动，对方鲁钝则以计愚之，对方高明则设计诓之，务必做到计虑周密，因人而施，因势而设，天衣无缝，这样才可保证获得胜利。

第六种，当自己处于强势时，绝不骄傲自满，丝毫不敢轻敌，一方面细致了解对方情况，分析各种可能出现的动向，防止对方施展树上开花之计，虽弱而强；另一方面也要利用可以信任的一切力量和机会，运用树上开花之计，使自己变得更强。这样必将万无一失，可奏全功。

知彼知己，百战不殆。计谋的使用手法不一，客观情况又千变万化，使用者务必善于分析情况，把握时机，设置假情况，巧布迷魂阵，虚虚实实，真真假假，击败对手，争取胜利。

该计用于军事，主要是借用其他因素以壮大自己的声势。在政治方面的主要作用是设置假情况，巧布迷魂阵，借用其他一切可以借用的力量，增加自己的力量，从此由小到大，由弱到强，最终战胜对手。该计的关键是要假中有真，弄假成真，做得巧妙，虽为假花，却又极难辨别其假。

二、对症下药　据时势变手法

　　政治关系的网络是错综复杂的，政治斗争的战场是激烈凶险的，置身其中者，犹如在浩渺无际的大海上航行，必须把握好方向，善于识别激流和暗礁，敏于预测风云和雷雨，灵活机动地应付各种各样的情况，才能免于覆舟之险，胜利地到达终点。树上开花之计的使用，因客观环境的多样性和复杂性，也呈现出五花八门的缤纷色彩。《孙子兵法》开篇即为《计篇》，把用兵视为诡诈的行为，并提出十二种"诡道"：能打，要装作不能打；要打，却装作不要打；要向近处，却装作要向远处；要向远处，却装作要向近处；给敌人以小利，去引诱它；迫使敌人混乱，然后攻取它；敌人力量充实，就要防备它；敌人兵力强大，就要避免决战；激怒敌人，却屈挠它；卑辞示弱，使敌人骄傲；敌人休整得好，要设法疲劳它；敌人内部不睦，要设法离间它。使用树上开花之计时，一定要注意以"诡道"出之，因时、因地、因人而异，切不可囫囵吞枣，一概而论。如果不顾客观情况如何，只是按照固定的模式我行我素，则无异于缘木求鱼，守株待兔，直如幼童嬉耍一般，欲其成功，不亦难乎！纵观历史上运用树上开花之计的成功事例，无不是对症下药，相机而行，不同的时势使用不同的手法。如果稍加归纳，树上开花之计在政治斗争中的常用手法大体上可以分为化虚为实、虚实相合、巧设诱饵、以假乱真、借力打力、借局布势等类别，下面分别举例诠释。

第一，化虚为实。

所谓化虚为实，就是在自己处于劣势或不利地位，而又没有坚实可靠的力量可以拉拢借用时，把一些玄虚缥缈或空虚不实的因素巧加装扮，无树生树，少花开花，使这些本来虚幻无形的因素，变成能够支撑自己的坚实力量。因此，化虚为实运用的多是以柔克刚的心理战术，此计成功展开时，可以化虚幻为现实，化腐朽为神奇。己方在人员数目方面，或许没有增加，但在气势力量方面，却可以大大消解对方，壮大自己。由于己方力量弱小，采用这种手法，一定要注意随时随人，因势利导，谋定而后动，切不可毛躁轻动，弄巧成拙，虚未成实，实亦化虚。

事例：商山四皓入宫廷，张良妙计安太子

张良是汉高帝最重要的谋臣，在楚汉战争中，运筹帷幄，决胜千里，立下殊勋。汉朝建立后，左右大臣多为山东（指函谷关以东）人，力主定都洛阳，张良则认为洛阳周围不过数百里，乃是四面受敌之地，不是建都的适宜场所，而关中沃野千里，地形封闭，乃是金城千里，天府之国。刘邦采纳了他的建议，定都长安。此后，朝端无事，张良因体弱多病，便闭门不出，练习气功。

忽有一日，吕后的弟弟建成侯吕泽派人把张良强邀到自己家里说："你一直是皇上的谋臣，现在皇上想改立太子，你还能在家高枕而卧吗？"原来，刘邦非常宠爱戚夫人，想废掉早在做汉王时就被立为太子的刘盈（吕后之子），改立戚夫人的儿子赵王刘如意为太子。大臣们多次谏争，刘邦却迟迟未下决断。吕后为此事焦虑不安，却想不出一点办法。有人对她说："张良善于谋划，而且皇上很信任他。"听了这话，吕后便让吕泽强邀张良问计。张良知道了这些情况后说："过去皇上在危急之中，接受了我的计策，现在天下安定了，皇上因自己的爱欲想易太子，这是骨肉之间的事情，就是有一百个像我这样的人，又有何用呢？"吕泽软磨硬逼地说："无论如何也要想一个计策。"张良说："这件事难以凭口舌之利争辩。皇上想招而又招不来的，天下共有四个人。这四个人年纪都很大了，都以为皇上轻慢侮人，故逃匿在山野之中，发誓不做汉臣。但是，皇上非常看重这四个人。现在你如果能不怕耗费金玉璧帛，让太子亲笔写信，派一个能言善辩的人前去恭请，这四人大概会来的。他们来了，奉以为太子宾客，时时随从太子入朝，让皇上看见他们，皇上必问，一问知是四个大贤人，这对太子必有帮助。"吕后听了，立刻让吕泽按张良所言，派人带着太子书信，卑辞厚礼，把四人请下山来，供养在吕泽家里。

汉高帝十一年（前196），英布造反，正赶上刘邦患重病，便想让太子带兵攻讨。四个人商议说："我们是来保护太子的，太子带兵，地位就危了。"便找到吕泽说："太子带兵，有功劳也不能再提高地位了，无功而返，从此就有祸事了。况且军中诸将，都是跟随皇上平定天下的骁将，现在让太子率领他们，就像让羊率领狼一样，他们必不肯尽力，无功而返是必然的。我们听过'母爱者子抱'这样一句话，现在戚夫人日夜服侍皇上，赵王如意常抱在皇上面前，皇上说'总不能让不肖之子位居爱子之上'，这不是明摆着要改立太子吗？你要赶快让吕后找机会向皇上泣涕进言说：'英布是一员猛将，善于用兵，现在诸将都是陛下故旧，让太子率领他们，就像让羊率领狼一样，必不肯尽力，让英布知道了这些情况，必定鼓西而行，直捣长安。陛下虽然患病，也应卧在辎车中亲征，诸将才不敢不出力。'"吕泽当夜就去见吕后，吕后找一个机会，按照四人的话向刘邦哭诉一番。刘邦说："我也觉得竖子没能力带兵，还是我自己去吧。"便率兵而东。张良强起病躯，到刘邦军营说："我理应随陛下出征，可病得太重了。英布的士兵剽悍，不要与他们硬战。陛下去了，应当让太子做将军，监督关中兵马。"刘邦说："就按你的话办。你虽然重病在身，还是要尽力辅佐太子。"

第二年，刘邦得胜回到长安，病得更厉害了。刘邦自知将不久于人世，更加急迫地要改立太子。张良进谏，不听。叔孙通博引古今，力陈不能易太子，刘邦表面上答应了他，内心还是想易太子。一天，刘邦举行宴会，太子侍坐，四个人跟随太子之后，他们都八十多岁了，头发胡须都白了，但衣冠甚伟。刘邦感到奇怪，问："你们是什么人？"四人趋前，自报姓名，乃是东园公、甪里先生、绮里季、夏黄公。刘邦大吃一惊，说："我派人访求你们数年，你们都躲避开我，现在你们为何跟随我的儿子呢？"四人都说："陛下轻视士人，每加辱骂，我们义不受辱，故而逃匿山野。听说太子为人仁孝，恭敬爱士，天下的人都愿意为太子赴汤蹈火，所以我们就来投奔了太子。"刘邦说："就烦请你们调护太子。"四人祝寿毕，快步离去。刘邦目送四人，召戚夫人，指着四人说："我想废掉太子，这四个人却辅助他，太子羽翼已成，难以动摇了。"并作歌道："鸿鹄高飞，一举千里。羽翮已就，横绝四海。横绝四海，当可奈何！虽有矰缴，尚安所施！"歌毕，戚夫人唏嘘流涕，刘邦起身离去，中断宴会。太子转危为安，保住地位。不久,刘邦去世,太子登基做了皇帝。

在册立太子的问题上,尽管从周代就形成了立嫡立长的原则,但这一原则能否真正被遵循,还是因时因事因人而异,历朝历代,围绕太子之位总是不断发生明争暗斗,祸起萧墙的惨剧不绝于史。刘邦虽然早在战胜劲敌项羽之前,就按照惯例立嫡妻吕雉之子刘盈为太子,但他认为刘盈过于柔弱,不像自己,并不喜欢刘盈。后来他宠爱年轻貌美的戚夫人,觉得戚夫人所生的儿子刘如意刚毅果敢,与自己相类,便想寻机废掉刘盈,改立刘如意为太子。刘邦是君,刘盈是臣;刘邦是父,刘盈是子;刘邦身经百战、老练敢为,刘盈生长宫中、幼稚软弱;刘邦拥有决定一切的权力,刘盈虽贵为太子却没有自己的武装力量。在这种局势下,刘邦为刀俎,刘盈为鱼肉,刘盈似乎只能听凭刘邦的宰割了。刘邦并没有隐瞒自己改立太子的意图,满朝文武俱知,一些开国元勋和直言敢谏之士也曾力劝刘邦不要废太子,刘邦一概听不进去。很显然,文武官员在这件事上,无法构成对刘邦的制约力量。如何才能保住刘盈的太子地位?当这个棘手的问题摆到足智多谋的张良面前时,他也颇费踌躇。按道理说,君主有过举,臣下只有劝谏一条路,但张良深知,尽管自己是刘邦最重要的谋臣,为汉朝立下赫赫功勋,然而现在已时过境迁,他的话不再有举足轻重的影响,特别是在皇家的内部"私事"上,更难发挥作用,就是他和满朝文武一齐进谏,恐怕也难扭转皇帝的心意,弄不好还会引起皇帝的猜疑,认为臣下结党营私,那样后果将不堪设想。在无现实力量可以利用的情况下,张良周密思索,想出一条树上开花的妙计,这就是与刘邦玩心理战,让刘邦相信太子已深深博得天下百姓的爱戴和拥护，人心所向，不可拂逆，倘若一意孤行，废黜太子，天下百姓必然会伤心失望，还可能生出不可预料的事变。为了制造这种效果，张良想起了"商山四皓"，这四个人并不是不想获得政治地位，只不过是因为刘邦对儒生一向傲慢无礼，甚至向儒冠中撒尿，名声太坏，他们怕投靠过来受到侮辱，故而逃匿山林，刘邦数次聘请，坚不肯就。太子有仁厚之名，如果卑辞厚礼迎请，他们是会下山的。皇帝请不到的人，太子却可以请到，这自然证明了太子名声是何等的好，太子的影响是何等的大，太子是何等地拥有民心的拥戴。果然，毫无实力、只有虚名的四位白发苍苍的老翁一下山，似乎有了神秘的力量，他们的一言，胜过满朝文武谏言万千，刘盈的太子地位转危为安，泰然无恙。张良因势利导，化虚为实，真乃千古一大智人！

第二，虚实相合。

所谓虚实相合，就是处于弱势的一方具备一定的力量，但仅仅依靠这些力量，又很难抵御或战胜对方，而且又没有现实的实际力量可以借为己用，在这种时候就需要施展种种计谋，借用精神力量或心理因素调动己方的潜在力量，挫抑对方的士气威焰，从而使实实在在的具体力量与空空幻幻的精神力量融为一体，大大提高己方的实际能力。虚实相合的手法与化虚为实的手法的差异是，后者本身的力量十分微小，不得不故弄玄虚，只要"骗术"得逞，就可成事，而万一"骗术"无效，则将因为没有抵抗能力而一败涂地；前者本身具备相当的力量，在此基础上再施展树上开花之计，对方若能中计，则万事大吉，对方倘若识破计谋，己方仍有一定抵抗能力，不致迅速溃灭。使用虚实相合的手法，关键是要借实弄虚，化虚为实，把虚与实巧妙结合在一起，使对方丈二和尚摸不着头脑，陷于虚虚实实、真真假假的迷魂阵中，从而收克敌制胜之效。

事例：火牛之阵古今奇，田单复国建殊勋

战国中期，齐国田单大摆火牛阵击溃燕军，光复齐国，历来被认为是运用树上开花之计的典型事例。

齐国和燕国是地处东方的两个大国，双方虽然都没有力量消灭对方，但都心怀觊觎，等待着时机。前329年，燕易王去世，其子哙即位。燕王哙为人愚黯，却又想名垂千古。权臣相国子之便想趁机篡夺燕国政权。子之的同党鹿毛寿利用燕王哙好名的心理，对他说："尧所以至今被称为圣贤，是因为有让天下的行为。尧想把天下让给许由，许由不肯接受，结果尧有让天下之名而实际上没有失去天下。现在大王若仿效尧的行为，将国家让与子之，子之必定不敢接受，大王却有尧那样的德行声誉了。"燕王哙大喜，遂让国给子之，子之却不想学习许由，毫不犹豫地接受了。将军市被心中不平，与被废黜的太子平合谋，起兵攻打子之，双方激战十数日，死者数万人，人心离叛。齐国抓住这个大好时机，派大军入侵燕，燕人箪食壶浆以迎齐军，燕国都城被攻破，子之被杀，燕王哙自缢。燕人立太子平为王，是为燕昭王。原来投降齐军的燕国城邑，见齐国有灭燕之心，颇为不满，这时听说有了新君，都重新归附燕王，齐军立脚不稳，只得撤军而归。

燕昭王以报仇雪耻为己任，筑黄金台以招贤士，许多有才能的人士从别国前来投奔，这其中就有具有杰出军事才能的赵人乐毅。前284年,燕昭王见时机成熟,便任命乐毅为上将军,联合秦、楚、赵、魏、韩五国之师,浩浩荡荡杀奔齐国。齐湣王亲自率领大军在济水之西迎战,大败。其他几国军队分路收取边城,独乐毅率领燕军乘胜追击,长驱直入,接连攻占七十座城池,齐国只剩下莒、即墨两城未被攻下。乐毅见强攻不下,又觉得齐国只剩下二城,如同握在自己的手中,便改变策略,让士兵退到离城九里的地方驻扎,宣布废除齐湣王的苛刻法令,减轻赋役,以收买人心。乐毅希望通过这些笼络恩惠措施,能使莒和即墨自动降服。但一直过了三年,二城还是拒不肯降。

齐国宗室中有一个叫田单的人,极有智术,通晓兵法,但齐湣王不肯重用他,只让他担任临淄市掾,主管集市贸易。燕兵攻进临淄的时候,田单率领宗族逃到安平,命人锯短车轴两端,并用铁皮把轴包起来。别人不知田单这样做是为什么,都暗暗讥笑。不久燕军进攻安平,居民又纷纷逃难,所乘之车大多因为车轴两端过长,相互碰撞,不能疾驰,也有不少轴断车覆。只有田单一族,因车轴短且坚固,顺利逃到即墨。即墨的守城长官死后,军中无主,便想推举一个懂军事的人为将。有人想起田单因车轴得全之事,便向大家推荐,拥立田单为主将。田单同士兵同甘共苦,把宗族妻妾都编入队伍,大家对他很敬畏。田单非常注意搜集军事情报,还常派人到燕国打探消息。

燕国有一位大夫名叫骑劫,颇有勇力,喜好谈兵,与太子关系较好。他很想得到兵权,对太子说:"乐毅能在半年之内攻下齐国七十多座城池,剩下莒和即墨,怎么这么长时间还攻不下来呢?恐怕他是故意不肯攻下,而慢慢地收买齐国的人心。过不了多久，乐毅就会自立为齐王了。"太子把这话告诉燕昭王，燕昭王斥责说："先王之仇，不是乐毅如何能报，有这样大的功劳，就是真想做齐王有何不可呢？"下令鞭笞太子二十下，又派使节到齐国，宣布封乐毅为齐王。乐毅非常感激，以死自誓，不肯接受齐王之封。潜伏在燕国的谍报人员，将太子受笞事报告，田单仰天叹道："齐国恢复的时机，大概在下一任燕王身上了。"

前279年，燕昭王去世，太子即位，是为燕惠王。田单知燕国王位易主，便派人到燕国传布流言说："乐毅早就想当齐王了，只是燕国先王对他有恩，他不忍心那么做，便故意缓攻即墨和莒二城，等待时机。现在新王即位，乐毅准备与即墨讲和了。齐国最怕的，是派别将以代乐毅，那样，即墨必残破矣！"燕惠王早就对乐毅有疑心，听到这话，信以为真，便派骑劫到齐国代替乐毅，召乐毅回国。乐毅怕回燕被杀，西奔赵国而去。

骑劫上任后，尽改乐毅之令，燕军都心怀愤怒。田单知道复国的时机到了，只是这时势力单薄，且因久遭围困，士气不振。一天早晨，田单向城中人宣布说："我夜里梦见上帝告诉我说，齐国将复兴，燕国将失败，不日将有神人来做我们的军师，我们就会战无不克了。"有一个士兵悟到意思，走到田单面前说："我可以当神师吗？"说完就迅速走开了。田单急忙把他拉住，对大家说："我梦中见到的神人，就是他呀！"便给这个士兵改换衣冠，让他坐在大帐中，田单以师礼事之。士兵说："我实际上没什么本事的。"田单说："你不要多说话就是了。"便宣布这个士兵为"神师"，每发布一项号令，必先向"神师"请教而后行。

一天，田单宣布说："神师有令，吃饭之前必须先在院中祭祖，这样会得到祖宗的护佑。"结果，祭品引来成群的飞鸟。城外的燕军见到大群的飞鸟有规律地到城中降落，甚感奇怪，又听说齐军中来了神师，便纷纷传言，说齐军得到了天神的帮助，势不可当，士气大挫，削弱了敌方的士气。田单又设法鼓舞己方的斗志，让人到燕军中散布说："乐毅太仁慈了，捉住齐国人都不杀，所以城里人不害怕。如果把俘虏的鼻子都割掉，让他们在队伍前示众，城里的人就会都吓破胆了。"骑劫听到这话，果然把俘虏的鼻子都割掉了，城里的人见投降就会被割掉鼻子，更加坚定了坚守城池的信念，以免被燕军俘虏。田单又让人扬言说："城里人家的坟墓都在城外，如果被燕军挖掘了可怎么好！"骑劫听到，又下令把城外的坟墓都挖掘了，还把死人的骸骨堆起来焚烧。当时的人对祖坟十分看重，见此情景，城里的人都涕泣愤怒，恨不得食燕军之肉，都跑到田单那里请战，以报祖宗之仇。田单知道士气已被鼓舞起来，便挑选了五千精壮士兵，先隐蔽起来，只派老弱士兵和妇女轮流守城，并派遣使者到燕军中，说城中食尽，准备在某日出来投降。骑劫得意地对部下说："我比乐毅如何？"部下说："你比乐毅强过百倍！"士兵都跳跃高呼"万岁"，以为胜利在望了。在田单的授意下，富户们都带着钱，暗中送给燕军将领，请求他们在城被占领后保全自己的家小。燕将都很高兴，给这些富户们每人一面小旗，让他们插在门上以作记号。燕军上下，都在做着进城发财的美梦，一点战争的准备也不做了，呆呆地只等田单出降。

决战的时刻来了。为了弥补兵力不足，田单让人把城中的牛搜罗起来，共得千余头。田单命令给每头牛都披上绛色的衣服，上面用五色画有龙纹，每个牛角上绑上一把尖刀，牛尾巴上则绑上一把浸灌膏油的麻苇。在约定"投降"的前一日，这一切都安排停当，众人都不解其意。田单杀牛备酒，候至日落时分，把原先挑选的五千精壮士兵召来，饱以饮食，然后将他们的脸上涂得五颜六色，让他们手持利器，跟随牛后。田单让百姓在城墙上凿了几十个口子，把牛从口子中赶出，用火点燃牛尾巴上的麻苇。火烧牛尾，牛又惊又怒，拼命往前跑。此时，燕军认为明日即墨就要投降，都安心地在呼呼睡大觉。忽然听到驰骤之声，从梦中惊醒。燕军阵营被牛尾上的火把照耀得如同白昼，放眼一望，到处是五色龙纹，突奔而来，角刃所触，不死即伤，顿时乱成一片。脸上五颜六色的五千士兵，不言不语，逢人便砍。燕军早就听说齐军中来了位"神师"，今日见这么多神头鬼脸，不知何物，早吓破了胆。田单亲自率领城中人鼓噪呐喊而出，老弱妇女皆击铜器为声，震天动地。燕军纷纷逃命，自相践踏，死伤无数。骑劫乘车落荒而逃，被齐军杀死。田单整顿军伍，乘胜追击，战无不克，将燕军全部赶出齐国，所失七十余城都回到齐国手中。

  在这场燕齐对抗战中，乐毅连下齐国七十余城，但在莒和即墨城下遭到挫折，强攻不下，说明莒和即墨是有一定实力的。作为即墨的守将，田单正是依靠这种实力为后盾，才能长期坚守。否则，无论他多么足智多谋，也只能眼睁睁地看着城池陷落。即墨虽然在一段时期内有御敌之力，但强敌围困，长久不解，如此下去，粮草日见减少，士气日见低落，无异坐以待毙，复国更是无望。田单知道乐毅是智谋之士，难以计愚，故而绝不轻举妄动，先施展离间计，以愚弄新即位的燕王，促成燕王用骑劫代乐毅为燕军主将。时机成熟，田单便运用树上开花之计，巧妙施展虚实结合的手法，尽可能地挫抑敌人的士气，鼓舞己方的斗志。比如，他利用人们的迷信心理，假托神师，增强了齐军的信心，这是利用神道以强己；他利用飞鸟聚食，造成假象，使燕军疑神疑鬼，削弱了斗志，这是利用神道以弱人；他鼓动骑劫割降者之鼻，掘齐民先人坟墓，把齐军的愤怒调动到极点，人人都立下血战到底的决心，这是利用敌军之作为，鼓舞己方之士气；最后，他大摆火牛阵，借助火牛以壮声威，使得弱小的齐军的力量成倍增加，这是借动物以生势增威；在利用火牛时，他还同时利用原来弄神弄鬼给燕军造成的心理态势，使人数众多、力量强大的燕军惊惧失措，以为齐人真有神兵相助。田单施展这一连串的计谋，起到了借其他因素以壮己声威的作用，使本来弱小的齐军的战斗力不断提高，本来强大的燕军的战斗力不断降低，终于以少胜多，驱强敌于国门之外，完成了复兴齐国的大任。

事例：寇准定下御敌策，借助皇威退辽兵

北宋与辽接壤，经常处在辽军入侵的威胁之下，宋人对辽颇有畏惧之心。宋真宗时，辽军再次大举南下，兵临澶州城下。边境将领驰书告急，一夜之间竟达五次。这些告急文书都被寇准扣住不发。皇帝闻之，大为惊骇，召寇准责问。寇准回答说："陛下若想了结此事，不出五天定见分晓。"皇帝问如何了结，寇准请皇帝御驾亲征。朝臣们一听，知事体重大，心生恐惧，纷纷准备退朝，以免皇帝怪罪。寇准不让大家走，让大家侍候皇帝起驾出征。皇帝不想亲征，又不好说出口，便说回宫思考一下。寇准说："陛下一入深宫，臣见到您就难了，国家安危大事如何收拾，还是不走为好。"大臣毕士安也力劝皇帝接受寇准的建议,皇帝只得暂且应允。

宋朝上下都知辽军厉害,皇帝虽然答应了亲征之事,却心里犯难,有些朝臣为身家性命着想,更惊恐不安,极力阻止亲征。临安(今浙江杭州)人王钦若请皇帝暂避金陵(今江苏南京),阆中(今属四川)人陈尧雯则请皇帝暂往成都。皇帝犹豫不决,同寇准商议。寇准说:"谁为陛下出此下策,其罪当斩。陛下神武英明,将士团结和睦,倘御驾亲征,敌人必闻风丧胆,落荒而去。纵使不亲征,或出奇兵挫败敌人的计谋,或坚守阵地疲劳敌兵,此皆能稳操胜券,何必弃宗庙社稷而走金陵、成都?真这样做,必人心涣散,上下解体,大宋江山危矣!"听了这话,皇帝觉得甚有道理,亲征的信心坚定起来。

皇帝一行抵达澶州,远远望去,辽军阵营整齐,声势浩大。随行大臣们都惶惶不安,请求皇帝就地驻扎,不要过河。寇准一再坚请说:"陛下若不毅然渡过黄河,那么我军人人自危,而敌军却不会受到震慑,这不是取威决胜之道。况且我方王超率领精兵屯于山中,扼住辽兵的咽喉,李继隆、石保吉分兵以掣辽兵左右肘,四方援兵陆续到来,为何迟疑不敢前进?"高琼也一再坚请渡河,还指挥卫士赶快准备好车辇。皇帝无奈,率众人渡过黄河,来到北城的门楼之上。远近的宋军望见帝辇的华盖,士气高涨,欢呼万岁,其声音数十里外都能听到。辽军见宋军士气高昂,颇为惊惧。

皇帝将军事大权委与寇准,寇准号令严明,处事果断,士卒对他很敬畏佩服。不久,辽军数千骑兵逼近城下,寇准命令士卒出击,斩杀俘虏了大半。辽军损失惨重,只得退去。皇帝返回宫,留寇准在北城之上坐镇指挥。过些时候，皇帝派人去看寇准在干什么，只见寇准正与别人饮酒下棋，歌声、戏谑声、欢呼声，不绝于耳，根本不像面临强敌的情形，倒像是在游山玩水。皇帝得知，非常高兴，说："寇准如此从容镇定，我还担忧什么呢？"寇准的行为既让皇帝放下心来，也大大稳定了军心，增强了大家的胜利信心。

辽朝见军事上占不到什么便宜，就想通过谈判获得些利益，便派遣大臣韩杞同宋以前派往辽的使臣曹利用一起前来请求结盟，让宋朝把关南的土地割让与辽。皇帝说："割地之事，毫无道理。若辽坚持割地，只有决一死战。若只是索要金银玉帛，倒对朝廷大体无甚伤害。"寇准一听，力加劝谏，反对以银帛求和，还建议让辽向宋称臣，并向辽索要幽、蓟二州之地。他说："必如此，才可保边境百年无事，不然，数十年后，他们又起贪心了。"皇帝不听，想尽快结束对峙状态，命曹利用前往辽军议和说："实在不得已，每年给辽百万钱亦可。"寇准闻知，把曹利用召到帷幄之中说："虽有圣旨，你答应辽的岁币不得过三十万，否则我就杀你的头。"曹利用知寇准之言非儿戏，在谈判桌上极力坚持，辽见宋军士气旺盛，一时无隙可乘，也不敢强求，最后双方达成协议，辽与宋约为兄弟之国，尊宋帝为兄，宋每年给辽白银十万两、丝绢二十万匹。和约定后，辽军北还，边境复安。

辽是宋的宿敌，时时刻刻威胁着宋的安全。宋太宗时，攻灭辽所扶植的北汉，便乘机进击，包围了辽南京（今北京）。但在高粱河（今北京西直门外）之战中，宋军遭到惨败，宋太宗仅以身免，乘驴车仓皇南逃。从此，宋军不敢北进，而辽军却时时南下，宋军很惧怕辽军。这一次辽军大举进攻，来势汹汹，宋朝朝野震惊，大多数人有惧战情绪。从实力上看，宋朝地大物博，兵力众多，并非不堪一击，辽军若想长驱直入，确也不是一件易事。应该说，宋朝之处于劣势，并不是实力上的劣势，而是心理上的劣势。面对辽军的攻势，宋朝廷必须冷静镇定，稍有不慎，轻则丧师失地，重则国破家亡。在这危急存亡之时，寇准力促皇帝出征。皇帝亲临前线，虽不能冲锋陷阵，却极大地鼓舞了士气，守军虽还是那些人马，但两军相逢勇者胜，无形中增强了许多战斗力。辽军突见宋帝亲临，士气高昂，内心惊惧，无形中削弱了战斗力。寇准面对强敌，丝毫不惧，饮酒弈棋，谈笑自若，也有利于安定士卒，增强信心。"借局布势，力小势大"，寇准运用树上开花之计，使皇帝权威这一"虚"的力量，与前线守军这一"实"的力量结合起来，借用皇帝权威这一因素，增强守军的威势力量，以此虚张声势，大获成功。最后虽未能劝住皇帝不向辽输送银帛，毕竟保住了宋朝北方领土，将损失控制在较小的限度内。

第三，巧设诱饵。

所谓巧设诱饵，就是把自己的意图包裹起来，让对方看起来可以获得利益，引诱对方上钩，运用欺骗的手段使对方入我彀中，以达到预期的目的。这种手段就像是在没有花的树上造出一朵鲜艳夺目的花朵，勾引对方去采摘，从而掉入树下的陷阱中。这种手段容易被人识破，不可轻用。使用时，必须把对方的情况了解得很透彻，就像垂钓者熟悉各种鱼的习性一样。钓饵不可笼统使用，必须因人而异，务要投其所好，以产生强大的诱惑力，使对方欲罢不能，即使明知有一定危险也在所不惜，甘愿被牵着鼻子走。

事例：张仪设计诓楚王，拆盟强己弱敌国

战国时期，齐、楚、燕、韩、赵、魏、秦七雄并立，其中西部的秦国、东部的齐国和南部的楚国力量最强。张仪和他的师兄苏秦，凭着三寸不烂之舌，游走于各国之间，合纵连横。在前313年前后，楚国与齐国结成联盟，共同对付秦国。秦王想去伐齐，又怕楚国起兵帮助齐国，便想拆散他们的盟约。秦王把相国张仪召来问计，张仪回答说："凭着我的三寸不烂之舌，南游楚国，伺机向楚王进言，必定能使楚国与齐国断绝关系，转而与秦国友好。"秦王听后很高兴，说："就按你的意见办吧。"

张仪拜辞秦王，来到楚国。楚王见张仪这个大名人来了，便命令把上等宾馆整理好，让张仪居住。楚王问张仪："你到敝国来，有何见教呢？"张仪说："我这次来楚国，是想让秦、楚建立起友好关系。"楚王说："我何尝不愿与秦结盟呢！但是秦国屡次出兵攻伐楚国，所以我也就不想和秦国结盟了。"张仪说："现在虽然有七国，但大国只有楚、齐与秦三家。秦与齐结盟，则齐国势力大增。秦与楚结盟，则楚国势力大增。不过秦国的心意，是想和楚国结盟。这是为何呢？因为齐与秦是婚姻之国，却多次负秦。大王您却与齐交好，触犯了秦王的忌恨。现在大王如果能闭关与齐国断绝关系，秦王愿意把当年商鞅从楚国攻取的商於之地六百里归还大王，还愿意把秦女嫁与大王为妾，这样秦、楚世为婚姻兄弟，共同抵御诸侯的侵犯。"楚王听了这话，很是高兴，说："秦国肯把旧地还给我，我怎么还会偏爱齐国呢！"当下答应下来。楚国的大臣们都认为楚国将要收回失去的故土了，纷纷向楚王称贺，只有客卿陈轸表示反对。楚王大怒说："我不发一兵一卒就能得到六百里地，群臣都祝贺，你为什么反对呢？"陈轸说："不然，以臣看来，商於之地得不到，齐、秦将要结盟了，齐、秦结盟，楚国的祸事来了。"楚王问："你这么说有何根据？"陈轸分析说："秦国所以看重楚国，是因为楚有齐国这个盟友。现在如果与齐断交，则楚国就陷入孤立无援的境地了。秦国还有什么可重视楚国的，而会割让商於之地六百里？张仪回到秦国，必定食言，辜负大王。"楚王听了很不高兴，问："你说怎么办？"陈轸说："最好的办法，是表面上和齐国断交而暗中依然交好，派一名使节跟张仪去秦国。如秦国给地，那时再与齐断交也不晚；如不给地，仍与齐交好，共同对付秦。"楚王说："希望你闭上嘴不要再多说，就等着看我得到土地吧！"

楚王下令北关守将，不要让齐国使节进入楚国，派将军逢侯丑随张仪到秦国接收土地。一路上，张仪与逢侯丑饮酒谈心，欢若兄弟。快到咸阳时，张仪假装醉酒，失足从车上跌下来，左右侍从忙将他扶起。张仪说："我的脚伤了，需要立刻医治。"便先乘车入城去了。向秦王汇报过，便躲在家里伪称养伤，一连三月不上朝。逢侯丑见不到秦王，只好去见张仪，也是因伤不见。逢侯丑只得上书秦王，把张仪许地之言说了一遍。秦王复书说："张仪如果有约，我一定会履行。不过听说楚与齐尚未断交，我怕被楚国欺骗了。还是等张仪病愈入朝，弄清楚再说吧。"逢侯丑把秦王之言报告国内，楚王说："大概秦国认为我没有彻底和齐国断绝关系吧？"便派勇士到宋国，借宋之符节，北上到齐国边界，把齐王百般辱骂一番。齐王大怒，立即派人到秦请求交好。张仪听说齐国的使臣到，知道计谋已成，便称病愈入朝。在朝门遇到逄侯丑，张仪故作惊讶地说："将军为何还没有受地返国，尚滞留我国？"逄侯丑说："秦王只等你病愈面决，现在你病好了，就请进去向秦王禀报，早日划定地界，我也好回国复命。"张仪说："此事何须请示秦王？我所说的，是我的俸邑六里，愿献给楚王。"逄侯丑说："我受命于寡君，言商於之地六百里，没听说只有六里。"张仪说："楚王大概听错了吧？秦国的土地都是百战所得，岂肯以尺土让人，何况六百里土地呢！"逄侯丑回国汇报，楚王大怒说："张仪真是反复无常的小人，我一定要生吃他的肉才解恨！"便起兵伐秦，结果被秦齐联盟杀得惨败，汉中之地六百里反被秦国夺去。

张仪是战国时期著名的纵横家，诡计多端，辅助秦王，实行远交近攻的策略。为了牵制秦国，楚国与齐国结成联盟，使秦国不敢放手行动。面对这种情况，张仪决定设计诓骗楚王，让楚王自己断绝与齐国的盟友关系。张仪非常了解楚王的心理和秉性，掌握了楚王的两大特点：第一，楚王虽然与齐结成联盟，但又觉得齐国远离楚、秦二国，倘若真的发生战事，不免有远水救不了近火之虞，而楚国与秦国毗邻，时刻处在秦国的威胁之下，倘能建立友好关系，则可缓解面前的危机；第二，楚王为人十分贪婪，又庸懦昏聩，缺乏主见，轻信人言。针对这两点，张仪投其所好，用"六百里地"在本来无花的树上装成一树假花，引得楚王跷足去摘。楚王的贪心给宿敌秦国带来莫大利益，秦国不费一兵一卒，仅凭着张仪的一张巧嘴，竟然拆散了齐楚联盟，使秦之仇敌、楚之盟友转变为楚之仇敌、秦之盟友，借局布势，强己弱人，真是树上开花之计的成功运用。

第四，以假乱真。

所谓以假乱真，就是制造一系列假象，以蒙蔽对方。树上开花之计的妙处，就在于弄虚作假，在本来无花的树上造出来，但在运用这一手段时，一定要周密策划，细心布置，务必做到天衣无缝，毫无破绽，看起来十分真实，让对方信以为真。《孙子兵法·势篇》指出："善于出奇者，无穷如天地，不竭如江河。终而复始，日月是也；死而复生，四时是也。"以假乱真的典型特点就是一个"奇"字，必须刻意求奇，奇之又奇，尽量背离常规的思维方式，出乎对方的意料之外，这样才能收到出奇制胜、绝处逢生之功效。

事例：唱筹量沙骗魏将，檀道济全师而退

南朝宋文帝时，想趁北魏四面受敌之机，出兵收复河南之地。大将到彦之奉命北伐，北魏因主力部队此时正与柔然作战，便主动退却，到彦之不战而取得河南大片土地，欣喜若狂。可惜好景不长，北魏腾出手后，倾兵南下，除滑台（今河南滑县）等少数据点外，河南之地得而复失。宋文帝急忙派檀道济率军北上，二十多天来到济水边，已经与魏军交锋三十多次，大多胜利，一直打到历城（今属山东）。檀道济的兵力并不多，又孤军深入，粮草也不慎被魏军烧毁，困在历城，十分危急，只得设法退兵。

檀道济率军刚刚开始南撤，不想有宋兵叛逃，把宋军缺粮的详细情况告诉了北魏将领。北魏立即派遣大军追赶檀道济，想把宋军紧紧围困起来。宋军将士看见大批魏军追来，都十分恐惧，只有檀道济却非常镇静，传令宿营扎寨，埋锅做饭。见此情景，魏军也不敢贸然发动进攻，便派了许多间谍混入宋军营垒，以探听虚实。檀道济知军营中有魏兵探子，但并不进行清查，而是将计就计，想出一个妙策来。

当天晚上，宋军营里灯火辉煌。掌管军粮的将官带着一些士兵清点军粮。兵士们每装满一袋，粮官于计筹时，就高唱："再加二百斤，满十万斤了！""满二十万斤了！"粮袋叠起，堆得如小山一般。一个士兵故意失手，把一袋白花花的大米撒在地上。魏军间谍躲在暗处，看得真切，赶快跑回去报告魏将，说檀道济营里的军粮还绰绰有余，如跟檀道济决战，恐怕又要打败仗。魏将闻听，以为在此以前告密的宋兵是假装投降，故意引诱他们上钩，一怒之下，便将投降的宋兵推出斩首了。他们哪里知道，宋军量的并不是白米，而是一斗斗的沙土，只有上面的几袋，才是真正的粮食。

第二天，魏军主将亲自策马到宋军阵前观察动静，只听宋军营中，鼓声大震，门旗开处，檀道济身着便服，坐在车上，缓缓而行，车后大队宋军戴盔披甲，从容列队而行，步伐整齐，魏军在他们眼里就像不存在一样。魏军偏将劝主将下令进攻，主将因为被檀道济打败过多次，颇存畏忌，不肯进攻，下令后撤十里，还说："我受命之时，主上再三叮咛：'檀道济足智多谋，不可轻敌。'现在他从容撤兵，军容整齐，必有诈谋，不可进击。此所谓穷寇莫追，追必中伏是也。"就这样，檀道济竟然在面临绝粮的困境下，突出北魏大军的包围，全师而返。

由于檀道济多次立下大功，引起宋朝权贵的忌妒和猜疑。有一次，宋文帝患病，其兄刘义康和心腹们商量说："万一皇上出现什么不幸，留下檀道济总是祸根。"他们便诬陷檀道济谋反，矫诏处死。檀道济被捕之时，恨恨地把头巾摔在地上，痛心地斥责道："你们这是在自毁长城啊！"果然，北魏得知檀道济被杀，相互庆贺说："檀道济一死，南方再也没有让我们害怕的人啦！"进而图谋南侵。有一次，北魏大军一直攻到江北，宋文帝在建康的石头城上眺望远方，感叹道："檀道济如果还在世，就不会让胡骑横行到如此地步了。"可见檀道济确实是不可多得的将才。

檀道济唱筹量沙，全师而还，是树上开花之计的典型运用。树上开花，就是要以假乱真，借用其他因素以壮己声势，震慑敌人。檀道济孤军深入，兵少粮少，在北魏大军的势力范围之内，稍有不慎，必然全军覆没。檀道济审时度势，冷静分析形势，认为军粮供应是关键问题。当时宋军的粮食存量已不足供应三日，让自己的士兵们知道了，必然军心涣散，人无斗志；让敌人确切了解了这一点，必然会重兵围困，使宋军坐以待毙，不攻自破。檀道济以沙充粮，使人误以为军中尚有充足的粮食，既稳定了己方军心，又挫抑了敌方的气焰。最后，他故意身着便服，缓缓而行，使敌方主将疑神疑鬼，而敌人起疑，无形中也就大大增强了己方的力量。可以说，檀道济借局布势，用沙子和超人的镇定装扮了树上之花，在敌我力量悬殊的情况下，竟毫无损伤，悠闲而回，计策之妙，真令人拍案叫绝。

第五，借力打力。

所谓借力打力，就是在依靠自己的力量难以达到目的的情况下，借用友方、他方，甚或敌方的力量来壮大自己，实现自己的目标。使用这一手法者，处于两种以上的势力之间，必须计虑周详，集聪明、智慧与机敏、狡猾于一体，善于挑拨离间，善于制造矛盾，善于利用各种势力之间存在的矛盾和利益冲突，借此制彼，借彼制此，以这股势力牵制那股势力，用那股势力对付这股势力，于鹬蚌相争之中，坐收渔翁之利。《兵经百字·借字坛》云："己所难措，假手于人，不必亲行，坐享其利，甚至以敌借敌，借敌之借，使敌不知而终为借，使敌既知而不得不为我借，则借法巧也。"此正借力打力之谓也。

事例：杨一清借阉除阉，刘皇帝末日来临

明正德帝是有名的荒唐皇帝，即位伊始，就虚张声势，贪图玩乐，重用刘瑾、马永成、谷大用、张永等八名宦官，号称"八虎"。其中刘瑾为人阴毒，最有心计，他知道正德帝好玩，便日进鹰犬、歌舞、角抵之戏，引导正德帝微服出游。正德帝对他宠爱有加，使之逐步把持了朝廷大权，势焰熏天，以致当时人说有两个皇帝，一个朱皇帝，一个刘皇帝。刘瑾为非作歹，为了打击异己，竟将内阁大学士刘健、谢迁等五十三人定为奸党，在朝堂张榜示众，还让群臣跪于金水桥之南，恭听宣布奸党名单和训诫。对于刘瑾的变乱朝章，胡作非为，许多大臣都敢怒不敢言，想除掉他，又无机会。

正德五年（1510），安化王朱寘鐇谋反，正德帝命都御史杨一清率军征讨，由太监张永监军。张永与刘瑾同列"八虎"，本为同党，后来对刘瑾的骄横跋扈颇为不满，两人之间的裂痕越来越深。这次他奉命出征，正德帝身穿戎服，亲自送到东华门，赐予关防、金瓜、铜斧,很受宠遇。大军未至,朱寘鐇已被当地守将擒获。杨一清到宁夏,安抚军民,局势很快安定下来。杨一清从小就以神童著称,很有智略,痛恨刘瑾,知张永与刘瑾不合,见张永仍深受皇帝信用,觉得现在是除掉刘瑾的好机会。杨一清曲意结交张永,两人相处得甚为融洽。有一天,杨一清寻机叹息说:"宗室的叛乱,赖公之力平定了。外乱易除,国家的内乱还不知如何了结呢!"张永不解地问:"这话是什么意思?"杨一清促膝向前,在手掌上写了一个"瑾"字。张永觉得很为难,说:"刘瑾日夜在皇上左右,党羽众多,耳目很广。"杨一清见张永也有意除掉刘瑾,只是下不了决心,便进一步说:"公也是皇上信任的人,这次平定叛乱的重任,不交与他人而交与公,足见皇上对你的宠信。现在大功告成,回朝奏捷,公如寻找机会与皇上讨论这次平叛之事,趁机揭露刘瑾的罪恶,极力陈说海内百姓愁怨,都怕皇上遇心腹之变。皇上英明果断,必定会听从你的意见诛杀刘瑾。除掉刘瑾,公将更加受到重用,矫正刘瑾弊政,收拾天下人心,这样公就能名垂千古了。"张永还是担心,说:"如果事情不成,怎么办?"杨一清鼓励说:"话从公嘴里说出来,皇帝必信。万一不信,公叩头据地而哭,请求死在皇上面前,皇上能不动心吗?只要皇上意动,必须马上动手,一刻也不能延缓。"张永的信心被鼓舞起来,说:"我就豁出老命报答皇上的恩德吧!"

张永上疏向皇帝告捷,并说将于八月十五日到京向皇帝献俘,刘瑾命令缓期进行。张永怕事情有变,便提前入京,举行献俘礼毕,皇帝设宴慰劳张永,刘瑾等都陪侍在座。夜深了,刘瑾等先行告退,张永便拿出藏在身上的朱寘鐇反叛时痛诋刘瑾奸恶的檄文，并向皇帝历数了刘瑾的多起恶事。正德帝已喝得有些醉醺醺的，低着头说："刘瑾辜负了我。"张永说："此事不可延缓。"马永成等也早对刘瑾不满，立刻在旁附和。正德帝在夜间就下令逮捕了刘瑾，关在菜厂，并分遣官校查封刘瑾的多处宅邸。次日早朝后，正德帝向各大臣出示了张永的奏疏，宣布把刘瑾降为奉御，谪往凤阳。正德帝亲自主持抄没刘瑾家产，结果抄出伪造的皇帝玺印一枚、穿宫牌五百，以及衣甲、弓弩、衮衣、玉带等违禁物品。在刘瑾每日拿在手中的扇子里，也发现藏着两柄匕首。正德帝这时才真的勃然大怒说："奴才果然反了！"立命将刘瑾下狱审讯，然后凌迟三日处死，其族人、逆党皆被诛杀。

刘瑾在正德帝为太子时就侍奉在身边，正德帝嗣位后，宠遇日加，他利用手中的权力，遍植死党，内阁大学士焦芳、刘宇，吏部尚书曹元，锦衣卫指挥杨玉、石文义等，都是他的心腹，他们互相勾结，互通声气，正直的朝臣们要想搬倒刘瑾，实在是难上加难。杨一清抓住了也很受皇上宠幸、却又与刘瑾有嫌隙的张永共事的机会，曲意结交，使张永对自己产生好感，然后动之以情、晓之以理，鼓起张永的勇气和信心，御前请命，胜过举朝共谏，竟使刘瑾这棵根深枝繁的大树，转瞬倾倒。因局布势，借宦官之力以除宦官，遂收事半功倍之效，妙计之用，大矣哉！

事例：压北借南北制南，袁世凯窃取大权

1911年10月10日，武昌起义爆发，成立了军政府。消息传来，清政府震惊，王公大臣尸位素餐已久，面对变局，束手无策。这时有人想到了袁世凯，敦促清政府尽快予以起用。袁世凯出身官僚地主家庭，叔祖袁甲三因镇压捻军有功，官至漕运总督。

潜龙勿用日乾乾

袁世凯本有枭雄之才，凭着在官场上的关系，很快爬上高位。甲午战争之后，朝野上下都认识到旧式军队的无能，便倡议改练新军，袁世凯走通李鸿章的门路，竟获得训练新军的职权，在天津小站训练新建陆军，为自己积累了一笔丰厚的政治资本。戊戌变法期间，因向荣禄告密，加速了变法失败，却大受慈禧太后赏识，升任山东巡抚。八国联军攻入北京，又因勤王有功，李鸿章去世后继任北洋大臣。1908年11月，光绪皇帝和慈禧太后相继去世，光绪皇帝之弟载沣之子溥仪继位，载沣任摄政王。载沣本想杀掉袁世凯为光绪皇帝报仇，因军机大臣张之洞等人极力营救，仅罢职了事。袁世凯怏怏回老家彰德养"足疾"去了。如今面对武昌起义点燃的熊熊烈火，清政府无计可施，只得接受建议，起用袁世凯。

10月14日，清政府发布上谕，任命袁世凯为湖广总督，负责对付革命军。袁世凯是一个狡猾的狐狸，不是一条扔给块肉就可引来的狗。接到上谕后，宣称"足疾"尚未痊愈，拒绝出任湖广总督。他觉得清政府虽然受了革命军的惊吓，但还不够，还要让清政府受到革命火焰的更多煎熬，才能交出更多的权力。果然，清政府吃不住劲儿了，于10月20日，派袁世凯的老朋友、内阁协理大臣徐世昌到彰德，敦促袁世凯出山。袁世凯当即提出六项条件：一、明年召开国会；二、组织责任内阁；三、开放党禁；四、宽容武昌起事人员；五、授以指挥前方军事全权；六、保证饷糈的充分供给。六条的核心，是要清政府把政治上和军事上的全部权力都交到他手中。清政府无奈，只得答应这些条件。

袁世凯知道让清政府一下交出全部的权力是不容易的，故而仍留在彰德不即出山，只是暗中活动，指挥自己的部下、第一军统领冯国璋，向汉口发动猛烈攻击，占领了汉口。袁世凯于10月31日从彰德到信阳督师，知道仅靠武力难以扑灭革命军，同时也要继续给清政府加压，攻占汉口后，袁世凯也随即到达，命令冯国璋暂缓进军。11月1日，清政府宣布以庆亲王奕劻为首的内阁免职，授袁世凯为内阁总理大臣，命他"即行来京，组织完全内阁，迅即筹划改良政治一切事宜"，同时，湖北前线的军队仍由他节制。袁世凯见他的条件清政府都接受了，心中大喜，但表面上不动声色。袁世凯一面按惯例上疏谦辞总理大臣的任命，一面派人与武昌军政府都督黎元洪联系，试探军政府的态度。黎元洪表示不赞成君主立宪，应实行共和政体，同时称赞袁世凯是"我汉族中之最有声望、最有能力之人"，谓第一任民国总统非袁世凯莫属。在革命的压力下，清政府于11月3日颁布《宪法信条十九条》，给总理大臣以组成内阁的权力："总理大臣由国会公举，皇帝任命，其他国务大臣，由总理大臣推举，皇帝任命。"11月9日，资政院依照《十九条》选举袁世凯为总理大臣。

袁世凯既从清政府手里获得期望的权力，又摸清了湖北军政府动摇妥协的脉搏，也就不再耽搁，于11月13日抵达北京，迅速组成自己的内阁。为了进一步动摇武昌军政府的信心，袁世凯命令北洋军向汉阳发动猛攻。11月27日，汉阳失守。11月30日，北洋军从汉阳的龟山炮轰武昌，进行威胁。武昌人心浮动，谣言四起，好像北洋军马上就要打过江来了。袁世凯并不是真的想摧毁黎元洪为首的军政府，这个军政府在压制清政府和对付较坚定的革命者两方面都是有用的，可以成为手中的一个筹码。因而，北洋军只是隔江炮轰武昌,并不是真的发动过江进占武昌的攻势。袁世凯还请英国人出面牵线搭桥,与黎元洪达成停战协议,随后于12月8日,双方又在上海展开和谈。在和谈中,袁世凯公开打出的旗号是实行君主立宪,其代表在谈判桌上则透露袁世凯的真实想法,即不反对共和,条件是总统必须由袁世凯来当;核心的问题只是"筹一善法,使和平解决,免致清政府横生阻力","使清政府易于下台,使袁氏易于转移"。

正在这时,孙中山于12月25日从国外回到上海。12月29日,聚集在南京的各省代表举行会议,选举孙中山为临时大总统。12月31日,孙中山由上海抵南京,次日,就任临时大总统,中华民国宣告成立。孙中山的突然回国,对袁世凯顺利推行自己的计划是个阻碍。他立即中断了上海和谈,并指使冯国璋、段祺瑞等四十八名亲信将领通电南方,声称坚决反对共和,拥护君主立宪。同时,他更加主动地拉拢黎元洪,把驻扎在汉口的北洋军撤退到离汉口约一百里的孝感,把主要精力用来对付南京政府。袁世凯虽然中断了上海和谈,但不放弃停战议和的旗帜,与南方的代表伍廷芳秘密讨论结束清朝统治的条件。南京政府中成分复杂,九个总长中,立宪派和旧官僚占了大半,妥协势力占上风。

袁世凯弄清了南京政府的情况,知道南京政府不可能独立地有所作为,便反过来对清政府加压。1月13日,袁世凯让手下将领们致书清政府的王公大臣,说:"查亲贵王公大臣财货寄顿外国银行者数千百万,若不尽买公债以纾国难,非但财不能保,杀身之祸且在目前。"王公大臣人人自危。16日,袁世凯以内阁总理名义上奏说:"人心涣散,如决江河,莫之能御",希望皇太后和皇上赶快召集皇族商议帝位去留问题，倘再拖延，必有内溃之日。上奏后，袁世凯就托称生病，不再上朝，由内阁中的一些阁员代表他同皇室联系。皇太后召集王公贵族，开了几次御前会议，均无结果，这些人虽救世无术，却也不甘心自动退出统治舞台。袁世凯见状，便采取进一步的措施。1月26日，袁世凯派人暗杀了禁卫军协统、贵族中的少壮派领袖良弼，以恐吓王公贵族。同时，指使手下将领联合奏请皇帝立即退位，确定共和政体。在奏文上签名的，正是二十三天前通电反对共和的原班人马，只有冯国璋因统领禁卫军，不便参与，未签名。袁世凯是清政府唯一的顶梁柱，事已至此，清帝只有退位一条路了。2月12日，清帝正式退位。14日，孙中山为形势所迫，也向参议院提出辞职。15日，参议院选举袁世凯为临时大总统。至此，袁世凯的野心完全实现了。

袁世凯是一代枭雄，野心勃勃，虽反复无常，人品卑下，却很有心计，工于政治手腕。在辛亥革命爆发后的数月中，袁世凯充分发挥了狡诈伎俩，善于识别局势，利用局势。在他的手中，南方的革命成为压制清政府让位的王牌，而北方的清政府又成为同南方的民国政府讨价还价的筹码；他手中掌握的北洋军又成为调解的砝码，当需要迫使南方让步时，他就指使手下将领们出来站在北方一边，当需要迫使北方让步时，他又指使这些将领出来站在南方一边。对袁世凯来说，北方的清政府和南方的政府，都是他的对立面，是他决心要除掉的，但经过他的狡猾运用，这两个对立面都起到了加强他的威望和力量的作用，最终他既取消了北方的清朝统治，又取消了南方的民国政府，集大权于一身，先为总统，后为皇帝，虽身败名裂，而导演的这出政治剧，确实够惊心动魄的。以南压北，以北制南，促成利局，借局布势，此乃树上开花之要机，虽用非其人，但此计的妙用于袁世凯的一连串活动，确实也洞然可观。

第六，借局布势。

所谓借局布势，实际上是综合运用树上开花之计的一种手段，上面介绍过的几种手段以及其他手段都可以融会贯通，混合交替地加以运用。这种手段一般出现在持续时间较长的政治斗争场合，它不是计划周密、前后交叉、计计相连的连环计，却也要多种计策并用，前前后后施展一连串的诡谋。使用这种手段，关键是要时时刻刻注视着局势的变化，随缘而入，见缝插针，把握好时机，能用何计就用何计，能设何谋就设何谋，务应出于柔道，不可用强，循序渐进，步步进逼。当然这一切都要围绕一个中心目的进行，这就是把一切可以利用的力量都借用过来，强固己方，打击对方，最终战而胜之。

事例：骊姬设计害太子，献公接连入圈套

晋武公晚年求娶于齐，齐桓公以宗女嫁之，是为齐姜。此时晋武公已很衰老，齐姜年少而美，世子诡诸与齐姜发生私情，生下一子，暗中寄养于申氏，故取名申生。前677年，武公死，诡诸继位，是为献公，立齐姜为夫人、申生为世子，任命里克为世子之傅。前662年，晋国出兵攻打骊戎，骊戎主求和，将两个女儿献给献公，长曰骊姬，次曰少姬。骊姬相貌美丽，又工于心计，不久就得到献公宠爱，逾年生下一子，取名奚齐，又逾年少姬也生下一子，取名卓子。献公越来越宠爱骊姬，竟立骊姬为夫人，封少姬为次妃。献公打算改立奚齐为世子，与骊姬一说，骊姬心中早就想这样，但又不露声色。她思谋再三，觉得无故变更世子，群臣必然不服，出面谏阻，而且献公的庶子重耳、夷吾与申生关系很好，此事若办不成，引起他们的提防，反而坏了事。想到此处，她便对献公说："申生立为世子，各诸侯国都知道，而且申生贤而无罪，不可废黜。您如果因为我们母子的缘故废掉申生，我宁可自杀也不答应。"献公以为她说的是真心话，也就把这件事搁下不提。献公有一个很宠幸的优人，名叫施，常出入于宫禁，骊姬便与他私通，与他商议废立之事。优施出主意说："应该以封疆为名，让申生和重耳、夷吾到外地出镇，然后从中行事。但此事应由外臣口中说出，才见出是忠谋。现在主上宠信的大夫有两人，一个叫梁五，一个叫东关五，别人合称他们为'二五'。夫人如果肯出重金贿赂'二五'，让他们相机进言，事情必成。"骊姬闻言大喜，拿出许多金帛，让优施去办这件事，"二五"巴不得结交君上的宠姬，双方一拍即合。晋献公不辨忠奸，果然派世子申生出镇曲沃，重耳出镇蒲城，夷吾出镇屈邑。这样，晋献公身边只有奚齐和卓子这两个儿子，宠爱之情不由得与日俱增，骊姬更使出浑身解数献媚取宠，"二五"也不时在献公面前夸赞奚齐。

申生为人忠正小心，又屡次带兵出征，立下战功，一时竟无加以陷害的借口。骊姬非常焦急，又与优施商议。优施说："君上虽然对世子日益疏远，但知子莫若父，他了解世子的为人，若诬告世子谋逆，他必然不相信。夫人只有经常在君上面前哭诉，表面上赞扬世子，话里暗含诬谤，才能见效。"骊姬是很聪明的女人，一听此言，心里也就有了主意。夜半时分，她伏枕而泣，晋献公慌忙询问原因，她只是抽泣，再三推托，不肯明说。晋献公逼着她讲，她才收泪说道："我就是说出来，您肯定也不相信。所以哭泣，是怕不能长久侍奉在您身边啊！"晋献公说："你为什么说出这种不祥之言？"骊姬回答说："我听说世子为人外仁内忍，他在曲沃，极力给人民实惠，人民都愿意为他效死力。他这样，是有目的的。他经常对人说君上您为我所迷惑，国必乱，这话举朝皆知，就是君上您不知道啊。他莫非是想用清君侧的名义，祸及君上，您何不杀了我以谢世子，阻止他的阴谋。不要因为我让百姓受苦啊！"献公听了，果然有些不信，说："申生对庶民都很仁惠，难道对父亲反倒不仁吗？"骊姬说："您说得有道理。不过我听说，地位高的人与庶民对仁的理解是不同的，庶民以亲爱为仁，地位高的人以利国为仁。只要对国家有利，还有什么亲情可讲呢！"献公又说："申生很重视声誉，他难道就不怕留下恶名吗？"骊姬说："过去周幽王不杀宜臼，把他流放到申，申侯联合犬戎杀幽王于骊山之下，立宜臼为君，是为周平王，成为东周的始祖，至今代代相传。有此事件，幽王之恶益彰，谁还把不好的名声加到平王头上呢！"

听了骊姬的话，晋献公悚然而惊，披衣起坐，越想越觉得骊姬说得有理。骊姬见晋献公已被自己的话说动，便进一步火上浇油说："您为何不自称年老，把国家交给申生呢？他得到国家，满足了欲望，或许会放您一条生路。"掌握权力的人很少会甘心情愿地交出权力，哪怕是交给自己的儿子，更何况晋献公已对申生起了疑心。他听了骊姬的建议，断然拒绝让位，下了惩治申生的决心，可又找不到借口。骊姬见时机成熟，献计说："赤狄皋落氏屡次侵犯我国,您为什么不让申生带兵讨伐,看看申生是否真的能收拾人心。如果他打了败仗,处治他就有借口了。如果他打了胜仗,说明他的确已是人心所归,他自恃有功,必有异谋,那时再惩罚他,国人必然心服口服。"晋献公觉得这个主意很高明,果然传令让申生率领曲沃的士兵去讨伐皋落氏。大臣里克进谏说:"太子是国家的储君,所以国君出行便让太子监国。太子应该朝夕在国君身边,派去远方已不适宜,哪能让他统兵出征呢?"晋献公说:"申生已多次带过兵打过仗了。"里克说:"过去太子带兵,都是跟随您出征,现在让他单独领兵,不可。"听到这里,晋献公仰天而叹,说:"我有九个儿子,哪个是太子,还未定呢。"一听这话,里克立即明白了晋献公对申生的态度,默然而退,告诉大臣狐突。狐突听了,知申生地位危险,急忙派人给申生送信,劝他不出战,应该逃走。申生是个忠孝之人,虽然明白了父亲让他带兵出征是想试探他的心,还是不愿违抗君父之命,说:"违抗君命,我的罪过就大了。如果在战斗中我有幸战死,还可以落下个好名声。"便率军出去,打败了皋落氏,向晋献公报捷。骊姬说:"看来世子果然是人心归附了,怎么办呢?"晋献公说:"他的罪过还未显露,再等待一阵子。"狐突预料国家将出乱子,便假装患了重病,闭门不出。恰在这时,虢国屡次进犯晋国南境,边关告急,晋献公准备派兵伐虢,骊姬又趁机说:"何不再让申生出征,他威名素著,士卒愿意替他效力,一定会成功。"晋献公因相信了骊姬先前说的话,怕申生战胜虢国之后,威名更盛,更难以驾驭,踌躇不决,询问大夫荀息的意见。荀息认为虢国与虞国同姓比邻,相互救援,出兵讨虢不一定会获胜,不如抓住虢公好色的毛病,赠以美女,让他不理政务，再贿赂犬戎侵扰虢国边境。晋献公依言而行，果然大见成效，在虢国内外交困之时，又按照荀息提出的先假虞灭虢，然后再灭虞的计策，派里克为上将，荀息为次将，灭了二国。

骊姬本想怂恿晋献公派申生伐虢，不想由里克代行，又兵到功成。骊姬认为里克是申生一派的人，很觉忧虑，对优施说："里克功高位重，我无以敌之，怎么办？"优施说："荀息的功劳和智慧都不在里克之下，如果请求君上派荀息为奚齐和卓子之傅，抵挡里克足足有余了。"骊姬跟晋献公一说，献公也就答应了。将荀息拉到自己一边后，骊姬总觉得里克在朝，对实现自己的阴谋终归是个阻碍，想收服他，或至少让他保持中立。优施又献计说："里克为人外强而中多顾虑，如果晓以利害，他很可能首尾两端，然后可慢慢收归我用。里克喜欢饮酒，夫人如果能设宴，由我出面陪里克饮酒，我用言语试探他，他听得进去，是夫人的福分，他听不进去，就算我这个优人与他开了个玩笑，也不会出什么事。"骊姬便为优施准备好酒食，优施与里克约好，携酒至其家。酒至半酣，优施为里克唱歌道："暇豫之吾吾兮，不如乌乌。众皆集于菀兮，尔独于枯。菀何荣且茂兮，枯招斧柯。斧柯行及兮，奈尔枯何！"里克问："什么是菀，什么是枯？"优施说："拿人做个比方，母亲身为夫人，儿子将成为国君，根深叶茂，众鸟依托，这就是菀；如果母亲已死，儿子又得谤，祸言将及，本摇叶落，鸟无所栖，这就是枯。"说罢，优施就告辞而去。里克知优施出入宫禁，深受国君和夫人宠爱，越想越觉得他的话暗藏玄机，不待天明，就到优施家询问究竟。优施把里克让入内室，对他说："我早就想告诉你，可你是世子之傅，所以才未敢对你直言，恐怕你怪罪。"里克说:"能使我预先思虑免祸之策,这是你对我的爱护,我怎么会怪罪呢!"优施遂附耳低语说:"君上已答应夫人,将杀掉世子,改立奚齐。内有夫人主持,外有中大夫协助,事情必成。"里克一听,心生恐惧,叹息说:"支持君上杀掉世子,我不忍心,辅助世子对抗君上,我又才力不及,我就中立旁观吧。"便假装坠车伤足,不再上朝。

笼络住了荀息、里克这两名朝廷重臣,骊姬就不用担心改立世子会遭到外朝反对了,下一步的工作是促使晋献公下定杀世子之心。一天夜里,骊姬对献公说:"世子久居曲沃,你何不把他召回一见呢?不过,你要说是我思念他,这样我有德于他,将来或许能免杀身之祸。"献公依言召回申生,申生拜见骊姬时,骊姬设宴款待,次日申生入宫谢宴,骊姬又留饭。夜里,骊姬流着眼泪对献公说:"我想挽回太子的心,所以以礼待他,不想他更无礼了。"献公问:"他做什么了?"骊姬说:"我留他吃饭,酒半酣时,他调戏我说,'过去我祖父老的时候,把我母亲姜氏给了我父亲,现在我父亲老了,肯定要把你留给我。'说着就要拉我的手,我坚决拒绝,才避免受辱。您若不信,我可以与太子同游园囿,您躲在台上亲自观察。"献公答应了。第二天,骊姬先把蜜涂在头发上,然后招申生到园中同游。蜂蝶闻到蜜珠,围着骊姬的发髻纷飞。骊姬说:"世子替我驱赶一下蜂蝶吧。"申生从后面用袖驱赶,献公望见,以为申生真有调戏之事,不由得大怒,便想抓住申生处死。骊姬劝阻说:"我把世子召来,使他被杀,就等于是我杀了他。而且宫中暧昧事,不可传扬,先忍耐一下吧。"献公便让申生回曲沃,暗中派人搜求申生的罪过。

几天后,献公到外地狩猎,骊姬抓住时机,派人告诉申生说:"我梦见你母亲齐姜诉苦,说没有饭吃,你赶快祭奠一下吧!"申生果然祭祀其母,派人向献公呈送胙肉,骊姬向酒肉中下了毒。过了几天,献公回宫,骊姬把申生致胙之事告诉他,献公拿起酒就想喝,骊姬拦住说:"从外面送进来的食物,都应该先试一下。"把酒洒在地上,地面鼓起水泡来;把肉丢给狗吃,狗立即就死了。骊姬还假装不信,召来一名小内侍,强迫他尝酒肉,七窍流血而死。直到这时,骊姬才佯装大惊失色,呼天抢地地说:"老天爷呀,国家将来就是太子的,君主已老,难道就不能等待几天吗,非要杀君不可!"说完,又跪在献公面前,痛哭流涕地说:"太子所以做这种事,全是因为我们母子的缘故,请您把这酒肉赐给我吧,我愿替你而死。"说着,拿起酒就要喝,献公急忙夺下,气得半天说不出话来。待缓过一口气来,献公怒气冲冲来到朝堂,召集诸大夫议事。狐突早就杜门不出,里克以足疾为辞,其他人毕集朝堂,献公把申生的"逆谋"告诉群臣。群臣面面相觑,不敢置对,只有东关五自请带兵讨伐太子。献公任命他为主将,以梁五为副,率领二百乘兵车,开往曲沃。申生闻讯,自缢而死。申生死后,骊姬又想除掉重耳和夷吾,二人闻讯,逃往国外去了。于是献公立奚齐为世子,骊姬的愿望得以实现。

骊姬陷害申生,扶立奚齐,是一场惊心动魄的宫廷斗争,她运用了树上开花之计,获得成功。骊姬作为战败的骊戎送给晋献的礼物,本无什么地位,但她凭着自己的美貌和才智,博得献公宠幸,生下奚齐,从此便有夺嫡之心。但她深知,申生立为世子,诸侯尽知,且申生为人仁孝,颇得人心,力量强大,自己一时尚不是他的对手。若想除掉申生，须从两方面下手，一是在献公身上下功夫，让他不但厌恶申生，还要相信申生是大恶之人，才能痛下杀手；二是在朝臣身上下功夫，剪除申生的羽翼，增强自己方面的力量。在这两方面，骊姬都运用了一连串计谋，无所不用其极。比如，为了让献公相信申生有调戏她之意，竟想出以蜜涂发招引蜂蝶的主意，在本来无花的树上做出花来，而且做得逼真之至，让献公亲眼看见，借献公自己的眼睛欺骗献公。其他计谋，莫不是因势利导，借局布势，壮大自己，削弱对方。就这样，骊姬步步为营，稳扎稳打，巧设机关，布置陷阱，最终把申生逼上绝境，使奚齐取而代之。

三、力小势大　定要眼花缭乱

树上开花之计具有很强的适应性，应用范围是十分广阔的。可以说，只要有人的地方，就有施展此计的可能，自天子以至庶民，概莫能外。大体说来，由于此计的内容是"借局布势，力小势大"，可以说是为弱小者想出的计谋，故而大多数场合，弱小的一方对强大的一方使用此计，借用一切可以借用的因素来壮大自己的声势；势均力敌的双方借用此计以强己弱人，增强获胜的可能和信心，也较常见；强大的一方使用此计以使自己变得更加强大，获得绝对胜利的把握，这种情况也不是没有，只是较少一些。

第一，在敌国之间。

只要有两个以上的国家存在的地方，国与国之间就会有矛盾，绝对协调一致的国与国关系是不存在的，因为每个国家的国力不同，各国所面临的问题、所追求的目标不同，在国际舞台上，在政治、经济、军事各领域不可避免存在着竞争，这就构成了一张充满矛盾的错综交织的大网，每个国家都被编织在这张网上，无法脱开，即使想与世无争，也不可能，一则想不与他国争，他国可能主动与你争；二则其他国家之间的争斗也会波及本国。试看今日之地球上，国家林立，许多小国何曾敢招惹大国，可又有多少小国的内部及外部事务不得不遭受大国干预？中国古代的历史，在先秦以前，特别是周天子的权威衰落以后，林立的诸侯国之间你争我夺，矛盾重重，你方唱罢我登场，局势正与今日世界有些相类。先秦以后，虽然天下一统的观念深入人心，出现过不少盛极一时的统一朝代，但分裂割据的时候也不少。在处理国与国之间的关系时，特别是当双方处于敌对状态时，树上开花之计就有了用武之地。

1．弱国对强国的使用

所谓弱国，就是在人力、物力上不如对方的国家，这样的国家若想仅凭实力与对方抗衡，无异于以卵击石，因而必须采取灵活的态度和多种多样的策略与强大的一方周旋，使用树上开花之计以打击对手、增强力量就是一策。战国时田单复兴齐国，南北朝时檀道济全军而退的例子，都是在处于弱势时，运用树上开花之计获得成功的典范。

春秋时期，越王勾践卧薪尝胆，十年生聚，十年教训，终于灭掉强大的吴国，杀死曾使越国蒙受奇耻大辱的吴王夫差，这是流传千古的历史事件。在十年中，勾践为了麻痹吴国，保全越国，削弱吴国，富强越国，施展了一连串计谋，其中也包括树上开花之计。比如，有一年，越国发生饥荒，勾践命令大夫文种到吴国借贷了一万石粮食，用来赈济饥民。次年，越国风调雨顺，农业丰收，这倒使勾践犯了难，觉得："若是不归还上年向吴国借贷的粮食，就会失掉信用，吴国也会以此为借口征讨越国；要是如数归还，就会使吴国更加富强而不利于越国。"最后，接受文种的建议，从粮食中把子大粒满的挑选出来，然后蒸熟，如数归还了借贷吴国的粮食。吴国人见越国人送来的粮食颗粒饱满，非常喜欢，以为这都是良种，都留到第二年春天做种子用，结果都未发芽，因为颗粒无收，吴国发生大饥荒，国力大为下降。在这里，勾践用熟粟装扮树上之花，引诱吴国人上当，而熟粟给勾践带来的利益，有过于一次大征伐。

2．实力相当国家之间的使用

实力相当的国家，双方的力量，基本处于均衡状况，要想战胜对方是十分困难的。为了打破均衡，使自己哪怕占一点点上风，双方无不绞尽脑汁，各出奇招，树上开花之计往往能够发挥奇招的效果。

战国时期，西有秦，南有楚，东有齐，三国之间相互的实力差别不是很大，楚与齐合则损秦，秦与齐合则损楚，当楚与齐结成联盟的时候，秦国很是担忧，想破坏楚齐联姻，若是威以武力，恐怕不仅拆不散，反而使联盟更加巩固。张仪施出诱饵，以六百里商於之地为假花，不费吹灰之力，就使楚国主动与齐国断绝关系，齐国则派使节到秦主动要求结盟。

北宋时期，宋人虽然对辽军在心理上存有恐惧，实际上双方实力相当。辽军骁勇善战，但在人力物力上不如宋朝丰富；宋军的战斗力不如辽军，但宋朝物阜民丰，后继力较强。在这种时候，辽朝南侵，宋朝只要气势不馁，就不致一败涂地。寇准力劝皇帝出征，借皇帝的威望以提高士气，收到一定成效。

西晋灭亡，晋元帝司马睿在江南建立东晋，中原人士大量南迁，祖逖也带着部曲逃到江南，被司马睿任命为豫州刺史。祖逖屯驻在淮阴一带，制造兵器，招集士卒，聚集了数千人。当积蓄了一定力量后，便上书要求北伐，获得批准。祖逖渡江北上，锐意恢复，收复了淮北的大片土地。在攻打东川之时，祖逖派部将韩潜与后赵大将桃豹相争，双方几经交战，胜负难分，相持四十余日，粮饷供给都发生困难。为了迷惑敌人，祖逖派人用布袋装满土，用一千多人一直送到韩潜军中，同时又派几个士卒挑着米谷在道旁休息。桃豹军发现了这几个零散士卒，派兵追赶，这几个士卒都扔下所挑担子逃命去了。桃豹军把担子抢了回去，一看都是粮食，以为韩潜军中粮食还很充足，而自己军中粮饷快要匮竭，便不敢恋战，趁夜逃走了。论双方势力，韩潜与桃豹旗鼓相当，倘若展开决战，鹿死谁手尚未可知，要长期相持，对于供给线很长的祖逖军来说，也是很危险的事情。祖逖施展树上开花之妙计，真真假假，虚虚实实，竟然不战而退敌。

第二，在中央朝廷与地方势力、地方势力与地方势力之间。

所谓地方势力，就是具有一定独立性的势力集团，如封国、起事者、叛乱者、割据者、军阀、少数民族部落、宗教团体等，都可归入其类。中央朝廷对地方势力虽有法理上的权威性，但地方势力却不一定听从中央朝廷调遣和节制，而且许多地方势力具有相当大的实力，中央朝廷不是轻易就能控制和消灭的，地方势力会利用一切可以利用的手段与中央朝廷抗衡。当中央朝廷的力量比较衰弱的时候，还会出现许多地方势力并立的现象，各种势力之间的关系与先秦时期各诸侯国之间的关系有些类似。在中央朝廷与地方势力、地方势力与地方势力之间的矛盾冲突和殊死搏斗中，树上开花之计常被运用。

1．中央朝廷对地方势力的使用

对于比较弱小的地方势力，中央朝廷往往不惜劳民伤财，使用武力加以镇压。对于力量比较强大的地方势力，武力镇压的手段常常失效，有时还会因旷日持久的战争给朝廷的统治带来危机，这时就必须在政策上进行变通，运用一些政治计谋以缓解危机。

东汉时期，居住在西北的羌人，不满朝廷的压迫，起兵反抗，声势十分浩大，朝廷派兵镇压，却总是平而复起，此伏彼起，没有长久的效果。大将军邓骘认为，朝廷屡兴兵役，旷日持久，损耗太大，不如干脆把羌人居住区放弃。虞诩对这种建议很不以为然，认为如果放弃了羌人居住的凉州等地，汉朝的疆域大大内缩，本属内地的三辅地区则变为边塞，这是很危险的，何况凉州一带的士兵很勇猛，羌人之所以不敢进入三辅，就是因为有后顾之忧。凉州士兵之所以肯与羌人作战，就是因为他们自认为是汉室的臣民，凉州是汉朝的一部分，倘若放弃凉州，迁徙当地人民，人民安土重迁，一定会心中怨恨，倘若举兵反汉，席卷东来，朝廷将无法抵挡。皇上听了虞诩的分析，才醒悟过来，没有铸下大错。

虞诩又想出一个计策，建议朝廷下令中央三公九卿，都征辟凉州数人为官，把当地刺史、太守、令长的子弟都委任为府吏。这样一方面可以奖励凉州将吏为朝廷守土的功劳，另一方面也有利于控制凉州将吏，实乃是借他力以为己用的妙策。皇上依计而行，局势逐步安定下来。

北魏秦王元祯所用戮囚之计，与虞诩的计策有异曲同工之妙。在大胡山一带的蛮人，时常抄掠州郡村民，朝廷禁止无效，若是发兵征剿，蛮人退据山中，山深路险，易守难攻，很不容易奏效。元祯被任为南豫州刺史，决定以计收服蛮人。元祯设计召来一些蛮族首领，让他们观看射箭。元祯从部下选择了二十多名善射者，又让一名囚犯换上戎服，夹杂其中。元祯自己先射，箭箭都中靶心，然后让那二十余人轮射。轮到囚犯时，没有射中，元祯当即下令斩首，蛮族首领们见状，无不惊骇。在此之前，元祯还让十几名死囚穿上蛮衣，到城外某一地点等待。射完箭后，恰好有一阵风吹过，元祯仰头看天，装模作样地对蛮族首领们说："风气大暴，有贼人入境，但人数很少，只有十几个，现在城西五十里左右的地方。"当即命令轻骑前去搜捕，将那十几个死囚押回，予以正法。蛮族首领都以为元祯很有法力，从此不敢再作乱了。元祯的这些做法，很工于心计，利用蛮族首领的迷信心理，装腔作势，故弄玄虚，不费一兵一卒，就保证了局势安宁。

2. 地方势力对中央朝廷的使用

当地方势力试图与中央朝廷抗衡，或者起而欲推翻中央朝廷的时候，也常施展一些计谋。相对说来，地方势力与中央朝廷的力量相比，总是存在一定差距，故而地方势力常使用树上开花之计，试图削弱中央朝廷的权威和威信，争取人心，从而使自己的力量逐步壮大。清朝初年，吴三桂封平西王，镇守云南；耿仲明封靖南王，镇守福建；尚可喜封平南王，镇守广东，三家合称"三藩"，势力很大，对清王朝的统一和稳定构成很大威胁。康熙帝亲政后，借尚可喜上疏罢藩，要求回辽东养老的时机，毅然决定撤藩，三藩之乱爆发。吴三桂为了获得民众支持，在檄文中打出"共举大明之文物，悉换中夏之乾坤"的口号，试图借助人们对刚刚灭亡不久的明王朝的怀念之情，煽动起反清情绪，从中获利。吴三桂使用的这种手法就是树上开花，历史上在类似的场合中曾多次使用，且往往能收到一定效果，只是这一次吴三桂失算了。这是因为他以明王朝守边关大将的身份引清兵入关，又直接参与了镇压南明的行动，甚至一直穷追到缅甸，捕杀了南明的永历帝，以向清政府献媚，人们对他的行为记忆犹新，现在反过来试图唤起民众对明王朝的感情反清，非但没有号召力，反而更让人们鄙夷。

各种反抗朝廷的武装力量，在起兵之时，也经常使用树上开花之计，且每获成功。陈胜、吴广以一乡之长，威不足以服众，力不足以制敌，采取装神弄鬼以邀人心，打着扶苏、项燕的旗号以服众，以反苛政为名，很快获得民众的支持。元末红巾军的韩山童、刘福通，利用民间秘密宗教拉拢一部分人，但不足以服众，便在河道中偷偷埋下一具只有一只眼的石人，上面刻着"石人一只眼，挑动黄河天下反"。当石人被挖出后，再加上信众的传播，巨大的舆论力量，使更多的人相信反元必胜，以至于纷纷加入反元的队伍，不可一世的元王朝便岌岌可危了。利用舆论收买人心，抓住朝廷某些失误，大肆宣传，是各种反抗朝廷的力量惯用的手法，有树无树，有花无花，定要人们眼花缭乱。

3. 地方势力对地方势力的使用

地方势力与地方势力之间也常常发生矛盾纠葛，有时为了争夺地位、地盘、人口、资源等，还会发生激烈的战争。为了打击以致消灭对方，各种阴谋诡计扮演着重要角色，树上开花之计也常见运用。例如，以诡计多端著称于世的曹操，得知马超会合韩遂在关中反叛，不得不前去征讨。在曹军进攻下，马超腹背受敌，为了摆脱困境，便向曹操请求割地求和。得地罢兵事小，韩遂与马超联合事大，若是让他们联手，非但关中不保，中原也危矣。在这种情况下，曹操一方面应允马超求和，一方面约见韩遂，进而挑拨他们的关系。曹操在与韩遂会面的时候，大谈两人旧日的交情，却绝口不谈军事。马超得知韩遂与曹操会面，急于想知道他们谈了些什么，韩遂如实讲述。在两军对垒之时，不谈军事，只论交情，怎么能够让马超相信，也导致联合变成互相猜疑。不久曹操又给韩遂一封信，在关键之处涂抹窜改，韩遂不知是计，便将之交给马超看。马超则以为是韩遂在信上做手脚，便怀疑韩遂与曹操合谋害自己，进而产生嫌隙，非但不能够协同作战，还自相残杀，给曹操以乘机进击、大获全胜的机会。

第三，在皇室宗亲之间。

自古以来，宫廷就是个矛盾丛集的地方，围绕着名位权力，皇帝与皇子、嫔妃之间，皇子与皇子之间，总是你争我夺，钩心斗角，你死我活的殊死搏斗也屡见不鲜。多少雄才大略的君主，如秦皇汉武、唐宗宋祖，以及明太祖朱元璋、清康熙大帝，都在这方面栽过跟头。看似平静的高墙深宫之中,存在着无数的阴谋,形形色色的计谋都被使用着,或用以防身,或用以害人,斗争从未停止。

1．皇子对皇帝的使用

在古代,太子是国之储君,将来要登九五之尊,因而太子之位着实让人眼红。一般人无权问津,但皇子中觊觎这个位子者,历代都大有人在。已经获得太子之位的,当然要千方百计,死死保住;没有得到太子之位的,则千方百计,陷害太子,取而代之。由于立太子的大权掌握在君主手里,皇子们也不得不常与他们的父皇动动心眼,玩玩心计。

三国时期,曹操挟天子以令诸侯,自称魏王。曹操用人时把才能放在第一位,也想在儿子中选一个有才能的为世子,做自己的继承人。有可能被立为世子的,是曹丕、曹植、曹冲。曹冲自小聪明过人,五六岁时,就解决过称大象的分量这个难题,深得曹操宠爱,却没有想到在十三岁时,突然夭亡。能够竞争世子位置的曹丕和曹植,当然不会因为兄弟之谊而相让。曹植才思敏捷,文才比曹丕高,周围又有一大批名士为友,这些名士常在曹操面前赞扬曹植的品行才学,以至于曹操曾几次打算立曹植为世子。为了争取主动,曹丕身边的谋士吴质,让曹丕约束自己,装成一个有品德的人,用自己的品德盖过曹植的文才。在曹操出征时,曹丕和曹植一起到路边送行,曹植口若悬河,滔滔不绝地赞美曹操的功德,曹操听得美滋滋的。曹丕知道自己的辞令比不过曹植,便按照吴质的建议,一言不发,只是装得满脸悲伤,在曹操将要启行时,跪在路边放声大哭,众人劝解不住,曹操也被感动得落下泪来。这样，大家都夸赞曹丕的纯孝，而把曹植华丽的辞藻早忘得一干二净了。就是采用这类办法，曹丕不放过任何机会，在曹操面前刻意用自己的"诚笃"衬托曹植的"轻浮"，竟然使曹操感情的天平逐渐倾向曹丕，最终立他为世子。

2．后妃对太子的使用

在母以子贵的中国古代，后妃们都盼着自己的儿子能够被立为太子，将来登上皇位。自己没有儿子的，也希望立一个自己喜欢的皇子，倘若所立太子不是自己的儿子，或不是自己喜欢的皇子，便要设法废黜他，除掉他。明目张胆地除掉太子是大逆不道的事，一般人不敢这样做，便采用陷害的方法，使用树上开花之计，借助皇帝之手实现自己的目的。

晋武帝司马炎的儿子司马衷是个白痴，司马炎怕他葬送了晋朝的江山，曾想废掉他，一来由于有人劝谏，二来司马衷有个很聪明的儿子司马遹，司马炎终于没有这样做。司马衷即位后，司马遹被立为太子。皇后贾南风因为司马遹不是自己所生，很忌恨他。后来，贾南风自己"生"了个儿子，更把司马遹视为眼中钉、肉中刺，必欲除之而后快。尽管贾南风凶狠泼辣，还是不免有所顾忌，不敢毫无缘由地除掉司马遹。一天，贾南风诈称司马衷身体不舒服，召太子入朝。司马遹入朝后，贾南风让心腹宫女陈舞把他领入殿内，赐给酒和枣，硬是把他灌醉，然后趁醉把事先拟好的一封信让他抄写。信上说："陛下应该自己裁决，不然，我就要去结果他；中宫也应该自己裁决，不然，我也要亲手去结果她。请谢妃同时行动，切勿犹豫，以防后患。"贾南风把这封信给司马衷看，呆傻的司马衷哪里会辨真假，立即召集公卿商议，准备赐死太子，经两个老臣力争，才从轻把太子废为庶人，最后还是被贾南风给害死了。

第四，在君臣之间。

君与臣是一对矛盾的统一体，双方有共同的利益，每一方又都有自己特殊的利益，就不免会有矛盾和冲突，为计谋的使用提供了条件。就君主一方来说，虽然具有至高无上的地位，在法律上有决定一切的权力，但在具体运用时，仍不得不考虑客观情况和臣下的意见，讲究一下施政技巧，以免刚愎自用，激化矛盾，搞得众叛亲离，威信扫地。就臣下一方来说，虽然是君主的下属，进退黜陟、生杀予夺之权操于君主之手，但也不是没有抗衡的力量，只要方法得当，就能改变君主的决策，甚至可以逼君就范。因此，双方都有一个借用一切有利因素，增强自己的力量，推行自己的政策的问题。

1. 君主对臣下的使用

聪明的君主，绝不妄自尊大，而是对政治运作有着精深的了解。当局势顺利，他的政策深得人心的时候，是不会骄傲自满，而是设法进一步调动臣下的积极性；当局势不太顺利，他的政策遭到抵抗和反对的时候，也会首先自我省察。如果认为自己的行为和政策有不当之处，就加以改正。如果坚信自己所推行政策的正确性，就会设法排除阻力，坚定不移地予以推行。一个君主会不会、善于不善于使用计谋，对统治效果有重大影响。

战国时，燕昭王登上王位后，摆在面前的是前王留下的内乱外患烂摊子，想振兴燕国，却缺乏能担当各方面事务的人才。当时各国对人才的争夺是很激烈的，燕国没有任何优势。有一个叫郭槐的人，给燕昭王出主意说："从前有个国君，用千金购买千里马，三年都没买到。一个侍从请求去完成这项任务，结果很快就用五百金买回一堆死马骨头。国君大怒，说：'花了这么多钱买了一堆马骨，有什么用？'侍从说：'死马尚且用五百金购买，更何况活马呢？天下之人必然以为国君肯出高价买马，千里马会自动送上门来。'果然，不到一年工夫，就得到三匹千里马。现今大王真想广招贤士，就把我当千里马的骨头看待，从我开始。"燕昭王依计而行，为郭槐修建了华美的住宅，以师礼事之。各国未尽其才的贤士，见燕昭王对郭槐如此器重，觉得自己才能超过郭槐，肯定会更受器重，便纷纷来到燕国，其中包括赵国的名将乐毅，齐国的著名学者邹衍、谋士剧辛等人。燕昭王奋发图强，有了这么多贤人辅佐，燕国很快就强大起来了。郭槐向燕昭王提出的，就是借局布势的树上开花之计，此计一施，立见成效。

越王勾践也很善于用计，在出兵伐吴途中，也随时注意提高士气。勾践率大军起程，走到郊外时，在路上有了个大青蛙，眼睛睁得大大的，肚子鼓得圆圆的，蹲在路边不去，似乎很愤怒的样子。勾践手扶车前横木站起来，向青蛙致敬，对手下人说："青蛙的这种样子，多么像一位渴望战斗的勇士，所以我对它很敬佩。"全军将士知道了此事，都说："大王如此尊敬怒蛙，我等难道连一只青蛙都不如吗？"便相互劝勉，决心死战。勾践真是一个聪明的国王，利用一只青蛙，就大大激励了将士。

北魏孝文帝虚张声势，妙计迁都，更是君主对臣下成功使用树上开花之计的典范。

孝文帝是鲜卑人，本名拓跋宏，后改汉姓为元，名叫元宏。他五岁就继位做皇帝，由太皇太后临朝称制。孝文帝耳濡目染，从这位很有政治手腕的祖母那里学到不少政治经验。孝文帝坚持不懈地进行改革，推行汉法，得到许多人的支持，但也遭到不少鲜卑贵族的反对。为了减少鲜卑贵族的影响，创造一个有利于汉化的环境，他打算把都城从平城迁到洛阳。如果孝文帝把这个意图明确托出，许多贵族必然起而反对，就是孝文帝乾纲独断，强令迁都，虽可办成，难免不惹出许多麻烦。在这种情况下，孝文帝不提迁都之事，却召集大臣们商议攻伐南齐。

孝文帝让太常卿王谌用《周易》占卜，结果得到"革"卦，"革"有"变革"、"革命"之意。孝文帝顺势解释说："从前成汤和周武王革命，顺应天命人心，这是大吉大利之象。"任城王拓跋澄不明孝文帝之意，出来唱反调说："陛下累世发达，拥有中原之地，现在准备出兵伐齐，却卜得革命之象，恐怕不一定是大吉大利呢！"孝文帝非常不悦，呵斥道："国家是我的，由我说了算。你难道要阻挡众人的心愿吗？"拓跋澄说："国家固然是陛下的，但我身为国家大臣，焉能知有危险而不言？"孝文帝无奈，只能宣布退朝。

拓跋澄是有影响的人物，在迁都这件事上，应得到他的支持，这样会增加主张迁都一方的力量。回到宫中，孝文帝把拓跋澄召来，屏退左右，对他说："平城乃是用武之地，难以长治久安，移风易俗，故而我想迁都洛阳，你以为如何？"拓跋澄是支持孝文帝变法的人，听了这话，立即回答说："陛下想迁都洛阳为家，以便经营天下，周、汉两朝都是这样才昌盛起来的。"孝文帝问："北方人安土重迁，留恋故土，要迁都他们必定不情愿，这怎么办呢？"拓跋澄说："迁都之事非同小可，非平常人所能料到，这是可以理解的。陛下圣明，应早做决断，这样，别人也就无可奈何了。"孝文帝大喜，说："你真是我的张良啊！"决心遂定。

　　孝文帝还是丝毫不露声色，仍然声言伐齐。九月间，大军到达洛阳，正赶上久雨不停。孝文帝抓紧时机，明知路途泥泞难行，却下诏促令各路大军前进，自己也身着戎衣，手执马鞭，策马前行。众位大臣见皇帝不顾客观情况，一意孤行，都跪在马前叩拜，劝谏说："如今大军伐齐，天下百姓都不愿意，不知陛下因何如此独断专行？我们情愿冒死相请。"孝文帝早就等着这一幕出现，便就坡下驴，晓谕群臣说："我们现在兴师动众，如果什么事情也办不成功，还能用什么昭示后人呢？如果不继续南进讨伐齐国，也不能北返，就应当迁都到这里。"事已至此，群臣也想不出别的办法，南安王拓跋桢说："成大事业的人，不与众人谋划。现在陛下如果停止南伐，迁都洛阳，这正是我们的愿望、众百姓的幸福。"群臣皆欢呼万岁。其中有些贵族不愿意都城南迁，可又害怕南伐之苦，也就不再多说。孝文帝蓄谋已久的迁都大计，终于成功。

　　借局布势，是树上开花之计之精髓。善成事者，利用各种可以利用的因素来帮助自己，尤其是力量不足之时，更需要虚张声势，巧布迷阵，在本无花的树上造出花来，在对立面的迷迷糊糊中，便实现了自己的目的。孝文帝可算是善用此计的佼佼者。北人的特性是不愿远离故土，这是普遍的心理状态，如果孝文帝把迁都的事和盘端出，让大臣们讨论，恐怕举朝议论纷纷，莫衷一是，不愿迁都的大臣们有了心理准备，必然千方百计加以阻止，或者还会结成联盟，共同反对。在强大的压力下，孝文帝若想实现迁都，就不太容易了。孝文帝竟突发奇想，把江南的齐国拉来增强自己的力量。他闭口不提迁都，只谈伐齐。征战乃是平常事，大臣们的阻力较小，就是不愿伐齐者，也难以像反对迁都那样找到合适的反对理由。当到达洛阳后，孝文帝实际上把不愿迁都者置于两难境地：或者同意伐齐，或者同意迁都。这些人不愿伐齐，两害相权取其轻，也就不敢站出来反对迁都了。都既然迁了，再采取安抚之策，压制反对势力，就容易多了。

2. 臣下对君主的使用

臣下的权威力量比不过君主，要想与君主抗衡，在与君主的斗争中占上风，必须借助其他力量。春秋时期，卫国的州吁，弑杀同父异母的哥哥卫庄公，夺取了君权。石碏是卫国的老臣，对于州吁的行动很气愤，而他的儿子石厚却是州吁的好友。石碏很想除掉州吁，但州吁已登上王位成为君，自己是臣，在力量上无法与州吁对抗。正苦思无计的时候，州吁派石厚向石碏请教安定人心的方法，石碏觉得这是一个良机，可以施展树上开花之计，借他国之力除掉州吁。石碏对石厚说："安定君位并不难，如果州吁去朝见天子，取得合法地位，百姓还有什么不服的呢？"石厚说："怎样才能见到周天子呢？"石碏说："陈国国君正受周天子宠信，卫国与陈国的关系又很和睦，可以先去见陈君，让他从中斡旋。"石厚和州吁都觉得这是一个好办法。石碏暗中写信给陈国，请求陈君趁机逮捕州吁。州吁和石厚满心高兴地去了陈国，不承想自投罗网，送了性命。卫国人重新立公子晋为国君，局势很快安定下来。

第五，在臣民之间。

臣民之间包括两方面的关系：一是官吏与官吏之间的关系，一是官吏与人民之间的关系。官场是个矛盾交织的地方，奸佞的官吏，自不必说，就是正直的官吏，想要超然物外，相安无事，也是不可能的。奸佞的官吏为了营私舞弊，招权揽势，会耍很多手腕，施许多诡计。正直的官员要想为朝廷兴利除弊，除奸去恶，也不得不施展许多计谋，耍许多花招。在治理人民的时候，有作为的官员往往也不是采取一味压制的办法，而是善于以民制民，而为了做到这一点，也需要运用一些计策。

1．官吏对官吏的使用

战国时期的吴起，很有才干，足智多谋，在自知不能免于死的情况下，竟然能借助楚悼王的尸体，清除了一大批政敌，千古之后，也不能不使人拍案称奇。

吴起深受楚悼王信用，被任命为相国，大力推行变法，削减贵族的特权，受到他们的忌恨。楚悼王一死，尚未入殓，因变法而失去特权的旧贵族就等不及了，他们发动暴乱，要杀死吴起。吴起逃进楚悼王寝宫，知道性命难保，就死死抱住楚悼王的尸体，结果被乱箭射死。根据楚国法令，坏王尸者有灭族之罪。楚悼王的儿子楚肃王即位后，追查此案，遭到灭族竟达七十多家。

明太祖朱元璋也很富于心计，在还未取得天下的时候，就曾用树上开花之计保护自己。朱元璋投在郭子兴帐下，很受赏识。郭子兴把养女马氏嫁给了他，并让朱元璋和自己的两个儿子一起统率军队。郭子兴的两个儿子愤愤不平，就想害死朱元璋，准备在酒中下毒。朱元璋看出了他们的心思，也得到他们准备下毒的消息，便时刻提防，并思谋震慑住他们的方法。一天，三人一同外出，行至中途，朱元璋突然跃马而起，仰头向天，似乎看见了什么，大骂二人道："刚才空中的神人说你们想在酒中下毒害死我，我有什么对不住你们的地方？"二人一听，大为吃惊，吓出一身冷汗。朱元璋依靠装神弄鬼的方法，唬住了二人，使他们再也不敢有谋害的念头了。

2．官吏对民众的使用

古代地方官吏对一方平安负有全部责任，朝廷任命的官员，一般到县级为止，县级以下，主要是多依靠地方上有影响的人物协助管理。为了治理地方，官吏们常常挖空心思，运谋施计。

北周文帝时，雍州盗贼横行，民不安生。新任雍州刺史韩褒到任后，经过秘密查访，发现盗贼多是州中大户。韩褒佯装不知，把一些大户招来说："我是一介书生，不懂捕贼之事，还要多仰仗诸位。"便把有劣行的少年都任命为主帅，各管一块地界，让他们限期捉贼，到期捉不到，以故意放纵盗贼论罪。这些人非常惶恐，都条列名单，列举以前某事是某人所为。韩褒把名单都隐而不发，贴出告示，限令有罪者自首，过期不自首者，籍没家产以赏赐如期自首的人。果然，在十日之内，过去为盗的人纷纷前来自首，韩褒与名单对勘，竟一个不少。韩褒赦免他们的罪过，责令自新，州境大安。官府力量有限，倘若韩褒到任后发兵捕贼，大户从中作梗，纵容包庇，很难捉到真贼，也难保不是旧贼未去、新贼又起。韩褒不动用一兵一卒，而是运用官府权威，采取以贼治贼的办法，收到奇效。

清乾隆时，上海县典史熊会玢，其权责在于缉捕盗贼，管理监狱，得知有个江上强盗，名叫"拦江网"，气焰十分嚣张，往来行人多受其害，地方官难以制服，禀告上司，准备发兵围剿。大军一到，玉石俱焚，盗贼虽然能够剿灭，但县民也难免受兵灾。熊典史劝阻上司出兵，自请前往缉拿。熊典史只带着两个差役，到"拦江网"时常出没之处，高呼："熊少公来了！"几百名强盗手持弓箭，将他包围。熊典史神态自若，毫不惊慌，斥责贼盗们说："孽种，明天巡道、游击带领三千兵马前来会剿，你们还能活命吗？我作为本县典史，不忍见你们不教而诛，特来开导，你们若能改邪归正，还有一条活路。"强盗们扔下弓箭，表示愿意从命，第二天就用长绳捆绑着"拦江网"进城投诚了。巡道和游击发兵围剿，当然有可能消灭强盗，但这样做，一来劳民伤财，官军难保不有损伤；二来强盗之中，有些人是迫于生计，才铤而走险的，发兵围剿，他们也就没有了自新之路。熊典史力阻发兵，亲往盗贼活动之处，威以利害，不用官军动手，就借助盗者之手抓住了罪魁祸首，既安定了地方，又没造成损失，真是一个干练、爱民的地方官。

四、诡怪异常　弱者对付强者

树上开花之计是一种比较复杂的计谋，应用范围广泛，在千变万化的政治局势中，呈现出种种不同的面目，但又万变不离其宗，有着自己鲜明的特色。

第一，就树上开花之计在政治上的应用目的而言，具有拼搏性、迷惑性、时机性的特点。

所谓拼搏性，是说树上开花之计具有很强的进击性，是壮大自己力量的有效手段。特别是在自己处于弱势、陷于被动的局面下，更应运用此计，与敌方周旋到底，拼搏到底。由于双方处于敌对地位，势不两立，弱势一方时刻都面临着很大危险，除非自认不敌，甘心妥协退让，向对方屈服，否则就要不惜一切代价，借用一切可以借用的力量，壮大自己。有时，为了对付最主要的敌人，甚至可以放弃一些原则，主动和与自己有矛盾的第三方和解，结成哪怕是很短暂的联盟关系，如此才能收力小势大之效。

所谓迷惑性，是说兵不厌诈，要竭智尽虑，制造虚假的情况，尽力使对方弄不清虚实，摸不着头脑，陷于迷魂阵中。这样，就是自己比对方的实力差，由于对方的意志已被搞得昏乱不明，昏乱则怯，不明则惧，风声鹤唳，草木皆兵，不但友军和其他方面的力量可以被我借用，就是自然界的事物以及虚幻不实之物，无不皆可为我助阵，我之实力自然大大增强，敌方志乱心迷，进退失策，士气必然低落，实力将大为下降，如此就很容易战而胜之了。

所谓时机性，是说树上开花之计的使用具有很强的时间性，必须时时刻刻毫不放松，要勤于搜集情报，掌握事态发展情况，抓住最有利的机会，显露树上之假花，真真假假，虚张声势，声势增减。当友军、他军和其他力量呈现出可用之机时，必须当机立断，积极主动地采取措施，务必把可借用的力量全部借用过来，最充分地发挥它们的能量。客观形势变幻莫测，有些机会稍纵即逝，必须争占先机，不能迟疑不决。

第二，就树上开花之计在政治上的作用而言，具有巧妙性、伸展性的特点。

所谓巧妙性，是说树上开花之计的招法多有诡怪异常之处，能收到意想不到的效果。由于树上开花之计的关键是装扮假花类似真花，敌人很难识破，因而在此计发动时，常常出乎敌人意料之外。敌方既然事先没有预料到，当然也不会做有关的准备防御工作，无备之处必是最薄弱的环节，己方在对局势有充分了解的情况下，倾注全力攻击敌方薄弱之处，虽不像瓮中捉鳖那般简单，却也容易克敌制胜，大获成功。

所谓伸展性，是说树上开花之计具有很强的扩充功能，本是一个谋略，有各种手段可以运用。在运用这些手段时，都要围绕一个明确的中心目的。各手段之间虽不一定像连环计那样丝丝相扣，却也要具有不可分割的内在联系。一个手段的使用，必须自然地为另一个手段的使用创造条件，各手段同时并存，或前后相继，波波相激，涟漪四扩，妙用无穷。

第三，就树上开花之计在政治上的影响而言，具有适用性、变通性的特点。

所谓适用性，是说树上开花之计在政治领域能够发挥较大影响，具有广泛的适用性。树上开花之计虽然追求的是"力小势大"，是一种弱者对付强者的策略，但绝非只有弱者才可使用。强者对弱者、势均力敌者之间使用此计，也可以收到很大成效。强者在整体实力上固然超过弱者，但尺有所短、寸有所长，强者也有弱处，如果强者不善于运用计谋，使自己的弱处得到补救，很可能就被弱者抓住，借局布势，反弱为强。势均力敌的双方总体实力接近，但双方绝不可能一模一样，毫无差别，必然存在诸多彼强我弱之处，更须用计加强。因此，树上开花之计，是一种适用性的计谋，处于政治斗争战场的人们均可用之。

所谓变通性，是说树上开花之计具有很强的灵活性，可以运用到各种情况中，也可以和其他各种计谋配合使用。比如，在没有其他力量可以借用的情况下，可以把树上开花之计和反间计结合起来，使敌方营垒中分裂出一股可以为我方利用的势力。如果把树上开花之计的内涵理解得过于狭窄，过于强调树上开花之计的独特性，在实际运作中，就会难以找到合适的施展场所。因此，必须善于融会贯通，举一反三，内引外联，才能使树上开花之计的影响力充分发挥出来。

反客为主

——乘隙插足　循序扼其主机

本计云:"乘隙插足,扼其主机,渐之进也。"其大意是:趁着有空隙就插足进去,设法把握住它的主动权,这必须循序渐进。本计按语云:"为人驱使者为奴,为人尊处者为客;不能立足者为暂客,能立足者为久客;客久而不能主事者为贱客,能主事则可渐握机要,而为主矣。故反客为主之局:第一步须争客位;第二步须乘隙;第三步须插足;第四步须握机;第五步乃成主。为主,则并人之军矣;此渐进之阴谋也。"大意是说:被人摆布、驱使的是奴隶,被人尊重的是客人;不能站稳脚跟的是暂时的客人,能站稳脚跟的是长久的客人;长久当客人但不能参与决策的是卑贱的客人,能参与决策就可以逐渐地把握主动权,就变成主人了。所以反客为主的局势,第一步必须争取到客人的位置,第二步必须善于抓住时机,第三步是必须插足而入,第四步是必须把握主动权,第五步就可以当主人了。当了主人,就可以接管他人的军队了,这就是循序渐进的谋略。

反客为主之计,史有论述。《李卫公·问对》载:"臣较量主客之势,则有变客为主、变主为客之术。"杜牧注《孙子兵法》

谦虚谨慎藏奸计，王莽代汉建新朝

载:"我为主,敌为客,则绝其粮食,守其归路。若我为客,敌为主,则攻其君主。"此计典出何处,事例颇多,难以断定。仅举一例:三国时黄忠攻夏侯渊营寨,因信心不足,慌忙与法正商议。法正曰:"夏侯渊为人轻躁,恃勇少谋。可激励士卒,拔寨前进,步步为营,诱夏侯渊来战而擒之,此乃反客为主之法。"黄忠依计而行。夏侯渊闻得知此情,准备出战。张郃曰:"此乃反客为主之计,不可出战,战则有失。"夏侯渊不从。后来夏侯渊中计,被黄忠诱杀。

一、排闼入室　均势转变强势

与树上开花之计相同,反客为主也是取《周易·渐卦》之义。"渐之进也"之句,即出自《渐卦·彖辞》,其全文是:"渐之进也,女归吉也。进得位,往有功也。进以正,可以正邦也。其位,刚得中也。止而巽,动不穷也。"大意是说:渐渐地向前行进,就像女子出嫁,有一整套婚嫁的礼节,必须按规定程序逐一进行,方能吉祥。九五爻刚健骁勇,居中得正,象征着显要的地位和辉煌的功绩。只要循序渐进,就会慢慢登上九五之位,振兴国家。只要安静毋躁而又谦逊和顺,这样来行动就不会陷入困穷之境。

渐卦爻辞及其解释,在树上开花之计中已经提及,兹不复引。

本计以渐卦为推演之本,所取为渐卦由下到上、层层递进的发展策略。按照《周易》的理论,内卦代表自己,外卦代表对方。内卦为艮,暗示自己要像山一样的坚忍和耐心,严守次序,步步为营;也要用山一样的安静来伪饰自己,把自己的野心严密包裹起来。渐卦的初爻是阴爻，又在最下方，地位卑微，柔嫩弱小，正像个小孩子，此时一定要逆来顺受，保持恭顺沉默，以免被赶出门去，争不到"客位"。初爻一变，渐卦成为家人卦，说明经过自己的忍耐、努力，就可以获得主人信任，被视为家庭中之一员，此时也就有了"客位"。取得"客位"之后，便需要积蓄力量，把压在自己头上的人一一搬掉，而自己首当其冲的对手是二爻位。但自己地位、力量在六二之下，只可智取，不能力争，要利用老门客之间的矛盾，让地位更高的门客把六二除掉。在初爻已变的基础上，六二再变，家人卦成为小畜卦，畜者蓄也，此时自己小有积蓄，小有权力，反客为主的第二步"乘隙"已告成功。按照《象辞》的解释，渐卦三、六爻应阴阳匹配，但三爻为阳，与上九不相应，说明九三与最高级的门客之间有矛盾，九三则与六四阴阳相比，联合起来对付上九，此时自己施展手段，或劝九三自动离去，或使九三被迫离去，占据其位。九三再变，小畜卦成为中孚卦，中孚是指诚信、信任，说明自己取得主人信赖，可以听到一些机密事了，第三步"插足"成功。自己虽然插进足去，但不可得意忘形，骄傲自大，必须与上九阴阳相比，自己只要一味柔顺，必会使上九起恻隐之心，地位不断巩固。六四地近九五，又与九五阴阳相比，最受主人信任，自己的柔顺也会博得六四的好感，引为助手，把一些机密事交给自己去做，参与的机密越来越多，地位越来越高，也就越具备了取代六四的条件。六四再变，中孚卦成为履卦，履是指履行、践履，说明自己控制了军机大权，实现了第四步"握机"。此时已由内卦进入外卦，不必再一味柔顺忍耐，而是可以放手行动了。此时作为主人的九五，或许可能察觉自己的野心，但心腹尽去，陷于孤立，虽利用威势，极力抵抗，终究阻挡不住大势，正如车轮滚滚，独力难当。九五再变，履卦变成为睽卦，睽是睽隔、乖离之意，说明自己与主人彻底摊牌，彻底决裂，自己排闼入室，反客为主。

根据上述见解，将反客为主之计在各种政治条件下的使用结果进行推演，大约有如下几种情形：

第一种，自己处于劣势，但束手无策，不会使用反客为主之计，改变现有状况，逐步占据主动地位，只能永远被动受制，被对方压在下面。

第二种，自己处于劣势，试图运用反客为主之计，变被动为主动，取代对方。但由于不能循序渐进，不善隐蔽欺瞒，过早地暴露了自己的意图，对方奋起反击，自己此时胜势未成，无力反抗，必然半途而废，功败垂成。

第三种，自己处于优势，便自认为坚不可摧，不知大风会起于青萍之末，蚁穴可溃决千里长堤。虽感到了对方的存在，但把对方看得过于弱小，把危险看得过于遥远，最后必将被对方反客为主，一败涂地。

第四种，自己处于弱势，但并不气馁，不认为毫无希望。而是表面柔顺，暗怀计谋，一步一个脚印，步步为营，逐渐积蓄力量。到最后关头，与对方展开决战，取得胜利。

第五种，自己处于优势，但并不自高自大，不可一世，而是居安思危，如履薄冰，如临深渊，时刻提防对方的野心和计谋，自己也不失时机地运用计谋，迷惑对方，利用对方，控制对方，从而确保自己的地位稳如泰山，坚如磐石，不可战胜。

第六种，双方处于均势地位，都图谋战胜对方，消灭对手。在这种情况下，哪一方能取得最后胜利，就在于哪一方的手腕高超，能成功地使用计谋，壮大自己的势力，削弱对方的力量，由均势转变为我强敌弱。

该计用于军事，主要是巧妙利用客观条件变被动为主动，争取到战争的主动权。在政治方面，该计主要是弱小的一方要抓住一切可以利用的时机，乘隙而入，首先立稳脚跟，然后循序渐进，逐步侵夺对方的势力和权力，待自己由弱变强，对方由强变弱后，夺取对方的权力和职位而代之。该计的关键，是不要操之过急，避免在自己的力量还不足以压倒对方时，被对方窥测到自己的目的，从而被压制下去。

二、尊重规律　伪造以求新奇

政治形势是千变万化的，倘若不知权变，立于不败之地是很困难的。古语云："运用之妙，存乎一心。"在使用计谋时，必须将高度的原则性和高度的灵活性结合起来。所谓原则性，就是要对一个计谋的内涵有着透彻、精深的了解，每个计谋都有着自己的特点，有着规律性的东西，如果不掌握这种规律性的东西，知其然而不知其所以然，贸然使用，必然进退无据，难中肯綮；所谓灵活性，就是要在使用计谋时随机应变，因地制宜，采取变通的态度，在不违背规律的情况下，尽力对计谋进行伪装和改造，以求新奇，千万不能掇拾前人之牙慧，照搬前人用过的老套，这样必然会丧失先机，反为对方所制。一个不懂得把原则性和灵活性结合起来的人，是不配使用计谋的，勉强使用，也难奏功，大多数时候恐怕会被对方将计就计，搬起石头砸了自己的脚；一个真正善于把原则性和灵活性结合起来的人，在政治斗争的战场上才能进退得体，左右逢源，游刃有余。正是由于计谋的使用有这样两方面的要求，同一个计谋才会以不同的面目，在不同的场合出现，发挥神奇的作用。即以反客为主之计为例，在历史上使用此计获得成功的大有人在，然而细细揣摩，不同的人、不同的时代、不同的场合，使用此计的手法是颇有差异的。大体说来，反客为主之计的使用手法可以归纳为先发制人、步步为营、见缝插针、绵里藏针、刚柔并济等。

第一，先发制人。

所谓先发制人，就是在处于被动或不利的境地的情况下，善于制造时机，利用时机，采取主动，积极反扑，抢占先机，变被动为主动，一举占据优势地位。采用这种手法，一定要注意明辨形势，知彼知己，选准时机。因为自己处于弱势，仅仅依靠实力难与对方抗衡，只有出其不意、攻其不备，才有可能获胜，倘若犹豫不决，鲁莽草率，或不当机立断，或使机密外泄，就无法做到"先发"，即便是"先发"了，也难收"制人"之功。

事例：班超攻灭匈奴使，鄯善诚心归汉廷

班超，字仲升，扶风平陵（今陕西咸阳市西人），自小就很有志向。汉明帝时，奉车都尉窦固出击匈奴，让班超代理司马之职，另率一支部队进攻伊吾，大战于蒲类海，获得胜利。窦固看出班超是个有才干的人，便派遣他与从事郭恂一道出使西域。一行人到达鄯善国，鄯善王对他们恭敬备至。可是，过了不久，鄯善王忽然对他们疏远冷淡起来。班超便对随从人员说："你们是否觉得鄯善王对我们冷淡了？这一定是匈奴的使者来了，鄯善王心中犹豫，不知依附哪一方好。聪明的人在事情尚未萌芽时就已有感觉，何况现在事情很明显了呢。"

原来，汉朝和匈奴是相互敌对的两大势力，双方经常发生战争，又都想把西域置于自己的控制之下，以孤立对方，打击对方。西域存在着许多绿洲国家，但每个国家都不大，人口少，力量也较弱，对汉朝和匈奴，哪一方都得罪不起，只能采取模棱两可的策略，哪一方力量强、威胁大，就依附哪一方。所以班超一行到达后，国王热情招待，而当匈奴使者也到达时，鄯善王便不敢表现出与汉朝使者亲近，以免得罪匈奴。

知彼知己，百战不殆。班超虽然猜测匈奴使者已到，但还是要核实一下，以免误生枝节。班超把服侍自己的鄯善人召来，诈他说："匈奴使者已到了好几天了，现在他们在哪里呢？"侍从突然被问，不知所措，只得把事情真相和盘托出，说："他们已到了三天了，现在住在三十里以外的地方。"得知这一确切消息，班超立即将侍从禁闭起来，召集起自己所带来的三十六名随员，与大家共饮，酒酣，激怒大家说："你们和我现在都在万里异域，想建功立业。现在匈奴的使者才来了几天，鄯善王就对我们疏远冷淡了。如果匈奴人让鄯善王把我们逮捕送往匈奴，我们的骸骨恐为豺狼食矣！你们看怎么办？"众人都说："现在我们都处在危亡之地，是生是死就看你的了。"班超说："不入虎穴，焉得虎子？当今之计，只有趁夜用火攻击匈奴人，使他们不知我人数多少，把他们全部消灭。消灭了匈奴人，鄯善人也就吓破了胆，我们的大功就告成了。"众人说："这事应当与从事郭恂商量一下。"班超发怒说："吉凶就决于今日。郭恂是文官，听到这个计谋必定害怕，倘泄露出去，我们白白送死，还算什么壮士呢！"众人说："那就按你说的办吧。"

初夜时分，班超率领众人偷偷摸到匈奴人的驻地。这时正好刮起大风，班超让十个人拿着鼓藏在匈奴人住所后，对他们说："看到火点燃了，就一起鸣鼓大呼。"其他人则手持兵刃弓箭埋伏在门两边。班超顺风放起火来，埋伏在前后的人一起呐喊，鼓声震天。匈奴人突遇变故，大乱，纷纷向外逃窜，使者及三十余名随从被杀死，其他随员一百余人都被烧死。

第二天，班超把鄯善王召来，拿出匈奴使者的人头给他看，鄯善一国震恐，被班超的威势镇住了。班超好言好语，百般抚慰，劝鄯善王与汉朝交好，鄯善王便把儿子送到汉朝做人质。其后，班超奉命继续在西域从事外交活动，西域五十余国都送质子到洛阳，与汉建立起友好关系。

班超率领三十余人到鄯善，依靠汉朝这一后盾，他们受到了热情招待。但当百数十人的匈奴使团到达时，这一切都改变了。匈奴在军事上并不比汉朝弱，使团的人数，又大大超过汉朝，对鄯善是一个现实的威胁，鄯善王心怀疑惧，疏远汉使，也是必然的。在孤立和敌对的环境里，班超这三十余人就显得过于单薄，力量太弱了。如不抓住时机，争取主动，让匈奴人知道了消息，抢先下手，不仅班超这三十余人要埋骨荒野，鄯善也会投入匈奴怀抱，给汉朝对匈奴的整体战略造成重大损失。在这危急存亡之时，班超审时度势，认为鄯善王不会主动开罪汉朝，用不着担心，关键是对付匈奴人，战胜匈奴人则汉得鄯善，被匈奴人击败则汉失鄯善。

在敌强我弱、敌众我寡的局面下，班超有勇有谋，毅然定计，利用匈奴人不了解情况的有利条件，以夜色做掩护，放火鸣鼓，猝然出击，一举而获全胜，威震鄯善，反客为主，为汉朝立下赫赫战功。

第二，步步为营。

所谓步步为营，是一种在长期相持过程中的策略，其要点是稳扎稳打，一步一个脚印。《孙子兵法·形篇》云："昔之善战者，先为不可胜，以待敌之可胜。不可胜在己，可胜在敌。"其意思是说：善于打仗的人，先要造成不会被战胜的条件，来等待可以战胜敌人的机会。不会被敌战胜，却在于敌人是否犯错误暴露了弱点。孙子的这段话可以说是步步为营手法的要机，运用此手法最忌讳冒进，在羽翼尚未丰满、时机尚未成熟的时候，就与对方摊牌是很危险的，一定要善于忍耐，善于隐蔽，先把自己置于万全之地，然后时刻窥视对方的弱点，不放过任何机会，逐步扩张势力，最后反客为主，取而代之。

事例：无远虑渐失政柄，收人心田氏代齐

陈完是陈国的公子，因陈国内乱，怕大祸殃及身，便逃到齐国，改姓田氏。到重孙田须无时，步入仕途，在齐国已有一定地位。田须无去世后，其子田无宇继续事齐庄公，很受宠爱，地位益重。在齐国的贵族中，田氏与高氏、栾氏、鲍氏，颇有四雄并立之势。其时高氏的家主是高强，栾氏的家主是栾施，鲍氏的家主是鲍国。高强之父高蛮因驱逐高止，潜杀闾邱婴，引起国人不满，高强继其父为大夫，也把国人的怨愤承袭下来。高强年少嗜酒，栾施也贪恋杯中物，两人很合得来，与田无宇、鲍国也就来往较少，四族遂分成二党。高强和栾施两人聚饮，醉后常谈论田、鲍两家短长，两家闻知，渐生疑忌。

一天，高强醉后鞭打一个仆人，栾施也帮着他打。仆人怀恨，连夜跑到田、鲍两家，说高强和栾施准备聚集家众突袭田、鲍二家，田无宇和鲍国急忙召集家众，分发盔甲武器。派人打探消息，回报说高强和栾施正在栾家痛饮，才知是仆人谎报情况。田无宇与鲍国商量说："仆人的话虽不可靠，可我们起兵的事他们必定知晓，产生怀疑。倘若他们先下手攻打我们，再后悔就来不及了。不如趁他们饮酒无备，前去袭击。"便率领两家甲士杀往栾家，将栾府围住。栾施急忙点起家众迎战，从后门突围而出，高氏家众闻讯也赶来助战，双方都奔向王宫，相持不下。栾、高屯于宫门之右，田、鲍屯于宫门之左。齐景公闻变，紧闭宫门，命人召见晏婴，晏婴劝齐景公助田、鲍以攻栾、高，于是栾、高大败，逃奔鲁国去了。

田、鲍既胜，便将栾、高两家的财产对半分了。鲍国将家财据为己有，田无宇却别有打算，将分得的土地财产造册登记，献给齐景公。齐景公大喜。田无宇还给齐景公的母亲孟姬送了一份厚礼，孟姬对齐景公说："田无宇诛除强宗势族，以振兴公室，胜归于上，这种谦让的品德应该得到报偿。你何不把高唐之邑赏赐给他呢？"齐景公按照母亲的话做了，田氏开始富足起来。田无宇还想进一步做好人，便对齐景公说："各位公子当年被高强之父高虿驱逐出来，实在是无辜受罚，应该把他们召回来。"齐景公答应了，田无宇以齐景公的名义，派人分头去迎接流亡在外的子由、子商、子周等公子，并用自己的私财为他们置办幄幕器用以及随从人员的衣履。诸公子能够回到祖国，已是欢喜不尽，又见器具应有尽有，非常完好，知是田无宇送给他们的，个个都感激不尽。田无宇索性一不做二不休，大出家财，凡公子公孙没有俸禄的，都以私禄分给之，又访求国中有贫穷寡者，私下送给他们粮食。田无宇去世后，其子田乞继承了他的这些做法，极力施惠于民，向外借贷时，以大斗出，收回时，却以小斗入，贫不能偿者，则把债券焚毁。晏婴看出了田氏的野心，屡次劝谏齐景公，让他宽刑薄敛，给人民以实惠，以挽留人心，但齐景公执迷不悟，不肯听从。田氏便逐步获得齐国人心，宗族越来越强大，人民心归田氏，愿为田氏赴汤蹈火。

齐景公病重，命左右相国夏和高张立宠姬芮子之子荼为太子，景公死后，国夏和高张立荼为王。田乞和齐景公的另一个儿子阳生友善，对立荼一事很不满。田乞表面上对高张和国夏表示尊敬亲近，上朝时常与他们并车而行，对他们说："各位大夫都不想立荼为王，现在荼已立为王，您们辅助他，各位大夫人人自危，都想作乱。"又欺骗各位大夫说："高张很有威胁性，不如先下手搞掉他。"诸大夫表示同意。田乞便联合鲍牧和各位大夫，率兵杀入王宫，经过激战，高张被杀，国夏逃奔莒国，国王荼则逃奔鲁国去了，遂立阳生为王，是为齐悼公，由田乞为相专国政。

田乞死后，其子田常代立。鲍牧与齐悼公有嫌隙，杀掉悼公。

悼公之子被立为王，是为齐简公，以田常和监止为左右相。田常一心想害监止，但监止很受简公宠爱，搞不掉他。田常便重施其父故技，大斗出，小斗入，收买人心。当基础牢固后，田常便起兵杀害了监止，并杀简公，立简公之弟为王，是为平公，田常为相。田常杀了简公，怕其他诸侯国起兵讨伐，便把过去侵夺的鲁、卫二国之地归还二国，遣使与晋国韩、赵、魏三氏及吴、越交好，对内则论功行赏，亲抚百姓，齐国便安定无事了。田常对齐平公说："施德是人所喜欢的，由你来行；刑法是人所厌恶的，由我来行。"如此五年，齐国的大权民心全部归于田常。田常势力既盛，起兵尽诛鲍氏、晏氏、监氏及公族之强盛者，把齐国自安平以东直至琅琊的土地，都划为自己的封邑，封邑面积比齐平公拥有的土地要大得多。至此，齐国基本上已是田氏的了。其后，田常子田盘，田盘子田白，田白子田和，世专齐政，田和最终取代齐康公，成为齐国的君主。

田氏自陈国逃到齐国，势单力孤，经过数代经营，竟能在几大强宗并立的情况下发展出自己的势力，且脱颖而出，实在是方法得当，正合"乘隙插足，扼其主机，渐之进也"之言。纵观田氏代齐的过程，最值得注意的有两点：一是极力收拢民心，把民众的支持从公室拉到自己这边来；二是利用齐国贵族之间错综复杂的矛盾，寻找同盟，抓住时机，把有可能成为自己对手的强宗大族一一消灭。在代齐这件事上，田氏并不操之过急，而是从巩固基础入手，稳扎稳打，步步为营，循序渐进，经过几代人的不懈努力，终使田氏大盛，在齐国一枝独秀，最后水到渠成，瓜熟蒂落。由魏文侯替田和向周天子进言，由周天子正式册封田和为齐侯，既代齐国之政，又无篡夺之名，田氏之心机可谓深矣。

事例：争主动培植羽翼，大礼议获得全胜

明正德十六年（1521）三月，明武宗病死，既无儿子，又无亲兄弟。按照血缘亲疏，孝宗之弟、武宗之叔父——兴献王的长子朱厚熜当继位为皇帝，是为明世宗。武宗去世后，存在着三股左右政局的势力：一是以孝宗皇后张氏为首的皇室勋贵；二是以首辅杨廷和为首的官僚士大夫；三是明武宗身边的亲信及佞幸之臣。由于武宗荒淫无道，举朝上下都认为他身边的亲信佞臣负有不可推卸的责任，早就义愤填膺，故而武宗一死，前两股势力就合力将第三股势力清除，以作为安定天下、收拢人心的手段。

四月十二日，朱厚熜从封国所在地湖广安陆州（今湖北钟祥）来到北京，身边只带有五十名兴王府的人，这些人地位很低，无甚影响。望着紫禁城巍峨的城阙，朱厚熜觉得有些孤零零的。但是，朱厚熜是个性格刚愎、不易屈服的人，还在路上，就下定了争斗的决心。皇帝乃是最高主宰，既然被选为嗣君，本身已具有了非同小可的影响力，要把握住这一主机，让整个朝廷跟着自己走，而不能依照他人的意愿走。

以张太后为首的皇室勋贵和以杨廷和为首的官僚士大夫，都希望把朱厚熜纳入孝宗、武宗一系，既继统，又继嗣。张太后之所以同意立朱厚熜，除他依伦序当立，很重要的一个原因，觉得他只有十四岁，便于控制，但如意算盘落空了。朱厚熜到达北京，礼部官员拟定礼仪，如皇太子即位礼。朱厚熜不同意，说："遗诏以我嗣皇帝位，非皇子也。"杨廷和请按照礼部官员所拟礼仪行事，由东安门入居文华殿，择日登基。朱厚熜坚执不允，大臣们只好让步。朱厚熜自大明门入皇宫,出御奉天殿,即皇帝位。在议定年号时,杨廷和建议用"绍治",意思是继孝宗弘治朝而治,朱厚熜不用,改为嘉靖。朱厚熜借此表明,在帝系问题上要争独立,不肯纳入孝宗、武宗一系。初步斗争的胜利,使朱厚熜领略了帝权的威力,决定把握主机,循序渐进,直到万全获胜。

登基之后四天,朱厚熜派人去安陆州迎接母亲蒋氏。又过两天,下诏命令礼部召集大臣商议其父兴献王祀典和尊称。礼部尚书毛澄在杨廷和的支持下,会集文武群臣六十余人上议,认为应该效法汉朝和宋朝对类似事件的处理先例,称伯父孝宗为皇考,改称生父兴献王为皇叔父,称生母蒋氏为皇叔母。朱厚熜拒绝这种变易父母的做法,命令再议,但杨廷和、毛澄坚持初议。朱厚熜知己羽翼未丰,不好硬碰,便将此事暂且搁置,等待时机。不出所料,数月之后,希图进用的观政进士张璁出来替他说话了。张璁于七月初上疏说:"朝臣引汉、宋故实,但此事与汉、宋不同。汉哀帝、宋英宗都早就预养宫中,立为储嗣,故既继汉成帝、宋仁宗之皇位,又为之后嗣。现在陛下以伦序当立,只继皇统,又必为孝宗后嗣。"朱厚熜见疏大喜,立即抓住时机,下诏尊生父为兴献皇帝,生母为兴献皇后,但杨廷和封还手诏,拒不奉命。九月下旬,朱厚熜生母蒋氏抵通州,以尊称未定,不肯入国门。朱厚熜遂以"避位奉母归藩"要挟群臣。张璁趁机又奏上《大礼或问》,劝朱厚熜奋然独断,维护父子大伦。张太后和杨廷和为代表的两派势力只得让步,同意朱厚熜尊生父母为兴献皇帝后,蒋氏才入京。杨廷和则把张璁调任南京,并寄语让他不要在议礼之事上再与自己为难。十二月中旬,朱厚熜又提出兴献帝后宜加称

"皇"字，杨廷和再次封还手敕，与九卿一同劝谏。不久，恰巧清宁宫发生了一场火灾，杨廷和借机进言，谓火灾是"废礼失言"所致。朱厚熜只得暂且妥协，称孝宗为皇考，张太后为圣母，称兴献帝后为本生父母，不加"皇"字。

　　经过几番交锋，朱厚熜明显感到缺乏羽翼，力量不足。朱厚熜曾试图把杨廷和一派拉拢过来，但没成功。在议礼时，杨廷和封还御批四次，执奏凡十三疏。据说，朱厚熜还派宦官到礼部尚书毛澄家，长跪请求通融，毛澄也不肯妥协。朱厚熜虽心怀愤懑，但知道时机不成熟，还须耐心等待。朱厚熜知道，在皇权高于一切的时代，终究会有依附者的，只是时间问题。张璁本想借议礼升官，现在被打发到南京，怎能甘心。在这里，他很快与席书、方献夫、桂萼等人拉扯在一起。四人都想通过议礼骤至高位，常在一起谋划。时间过去两年，桂萼在南京首先发难。嘉靖三年（1524）正月，张璁上疏请改称孝宗为皇伯考，兴献帝为皇考。此时朱厚熜也与初登皇位那段时期不同，其地位已经巩固，权威已经树立。见疏后，朱厚熜特旨召见了张璁、桂萼、席书赴京议礼。接着罢黜杨廷和，任命席书为礼部尚书。四月，追尊兴献帝为本生皇考恭穆献皇帝，上兴国太后尊号为本生皇母章圣太后。五月，张璁、桂萼又联合上疏，请去掉"本生"二字。朝臣们闻听此言，群情激愤，准备将张、桂二人作为奸臣在朝堂上打死，但二人得到武定侯郭勋的庇护，朝臣们无从下手。七月十二日，朱厚熜召见群臣，宣布生母章圣皇太后去"本生"二字。群臣纷纷上疏反对，朱厚熜一概留中不答。群臣共二百二十九人跪于左顺门外，高呼："高皇帝！孝宗皇帝！"朱厚熜多次宣谕命群臣退出，但无人肯应。此时朱厚熜羽翼已丰，无所畏忌了，决定同大礼议中的反对派最后摊牌，命内臣将跪伏官员的名字全部录下，将其中一百九十三人逮捕下狱，制止了左顺门跪伏事件。几天后，正式处理此事，四品以上官夺去俸禄，五品以下官员一百八十余人被廷杖，其中翰林院编修王相等十七人被杖至死，为首的丰熙等八人严加拷讯，发边地充军。这样，反对派被一举打了下去，朱厚熜也可以一意孤行了。九月，朱厚熜决定改称孝宗为皇伯考，张太后为皇伯母，献皇帝为皇考，章圣皇太后为圣母，并诏令天下。嘉靖六年（1527），命张璁入内阁，支持议礼的官员纷纷进用。七年（1528）六月，朱厚熜颁布《明伦大典》，申说议礼的合理性，并进一步处分反对派，退休在家的杨廷和被削职为民，毛澄已故，削生前官职。

大礼仪所争论的问题，在今天看来，不过是事关礼仪的小事，但在当时，是非常重要的朝章大事。在这一争论中，不论朱厚熜的看法是否合理，他采用的斗争艺术是很巧妙的，可以说是很好地运用了反客为主之计，采用了步步为营的策略。朱厚熜以藩王之子入继大统，身单势孤，没有自己的势力基础，面对的却是皇室勋贵和官僚士大夫两股根深蒂固的势力。在这种情势下，朱厚熜虽心有主见，不为张太后和朝臣所左右，但若毫不妥协，一味硬顶，其后果也颇难逆料。朱厚熜沉着机智，对任何机会都抓住不放，在朝臣中间制造矛盾，利用矛盾，该妥协则妥协，该强硬则强硬，使自己的地位不断稳固，而议礼中的反对派则被逼得节节后退。最后，当力量积蓄达到一定程度，胜利在握时，朱厚熜也彻底摊牌，清除了朝廷中的反对派势力，实现了尊崇亲生父母的愿望，使自己的权威大大上升。

第三，见缝插针。

所谓见缝插针，是指在复杂的情况中，善于发现矛盾，利用矛盾，巧于创造时机，抓住时机。在没有机会的时候，绝不胡冲乱撞，因小失大，而一旦有了机会，哪怕是很小的机会，也绝不放过，而是要牢牢把握住，进行最充分的运用，恰如水银泻地，无孔不入。运用这一手法的关键，一是要判断准确，不要把不是裂缝的地方误认为裂缝，下针失误；二是不要因裂缝小而不为，只要有缝，就及时下针，只要把针尖扎下去，左摇右晃，裂缝必然越来越大，不愁成不了大事。

事例：李世民劝父起兵，唐国公变为天子

隋炀帝登上帝位后，好大喜功，骄奢淫逸，民怨沸腾，很快就出现了全国性的大动乱。隋大业十三年（617），隋炀帝任命唐国公李渊为太原留守，镇压各处反叛势力。李渊开始打了几次胜仗，但反叛势力由于归附者众，不仅未被消灭，反而越打越强，越打越多，李渊无计可施，深感恐惧。

李渊的次子李世民，年方十八，有勇有谋。据说李世民十六岁那年，隋炀帝北巡雁门，被突厥始毕可汗率大军包围，他向屯卫军将云定兴献计说："始毕可汗竟敢出兵包围天子，定然认为我军仓促之中无法前去救援。我们如果在白天让士兵举着旗帜，几十里内都不要断绝，夜里则敲钲击鼓，遥相呼应，突厥必定以为大队援兵到来，望风而逃。"云定兴依计而行，果然收效。由此可见，李世民胆略、才干之高了。现在，李世民见反叛势力如火如茶,知道隋朝末日已到,便暗下决心取而代之。他礼贤下士,散布家财,结交宾客,许多人都愿意与他结交。晋阳县(今山西太原南)令刘文静,见李世民胸怀大志,非同凡响,更与他结成生死之交。

李密加入瓦岗军后,隋炀帝下令捉拿与李密有关系的人,刘文静因与李密联姻,也被逮捕入狱。李世民到监狱探望时说:"我来看望你,并不只是出于儿女之情,还想与你共商大计,不知你有何高见?"刘文静说:"现在皇上远在江都,这正是夺取天下的大好时机啊!太原的老百姓都避兵移到城中居住,我担任晋阳令多年,认识其中的豪杰之士。一旦把他们召集起来,可以得到十万人。你父亲手下的人马,还有数万。如果利用这些力量起兵进入关中,向天下发布号令,不出半年,帝业可成!"李世民返回家里,越想越觉得刘文静说得很有道理,私下里部署宾客进行活动。

此事必须得到李渊的同意,而李渊为人非常谨慎小心,不一定会同意。李世民知道晋阳宫监裴寂与李渊关系较好,而裴寂又支持自己的计划,因而就请裴寂劝说李渊,裴寂答应伺机而动。这时,突厥入侵马邑,李渊派兵抵抗,接连打了几个败仗,很怕隋炀帝知道后加以追究,焦虑不安。李世民趁此机会,屏退左右,对李渊说:"现在皇上无道,烽火四起。父亲如果只顾坚守小节,下有贼寇作乱,上有国法严刑,不出多久,李家就面临危亡了。不如顺应民心,大兴义兵,转祸为福,抓住上天赐给我们的良机。"李渊斥责说:"你怎么敢说出这样危险的话!"第二天,李世民又劝说父亲:"大人受命讨伐逆贼,可盗贼越来越多,您能讨伐得了吗?就算真能尽数灭贼,功高震主,您的处境恐怕就更加危险了。只有照我昨天说的办,才可以免去灾难,请您不要再疑虑。"李渊叹息说:"昨天一个晚上我都在想你说的话,觉得很有道理。今日之事,听凭你去做,家破人亡由你,代家为国也由你。"李世民还怕父亲改变主意,就请裴寂派晋阳宫人侍奉李渊饮酒,加以劝导,打消李渊的顾虑。

李渊把刘文静从监狱中放出来,命令李世民、刘文静、长孙顺德、刘弘基等人分头招募兵马,仅十余天就召集了近万人。李渊还派人把正在河东作战的两个儿子李建成和李元吉叫回来,并让人到长安招来女婿柴绍。太原的两个副留守,见李渊父子举动异常,怀疑他们有异志,想起兵讨伐,李渊立即借口他们勾通突厥,捉住斩首。为了集中兵力争夺天下,李渊又依照刘文静的计策,派人带着厚礼向突厥可汗求和,突厥可汗答应帮助李渊。

一切准备就绪,李渊便自称大将军,命李建成和李世民分别担任左右领军大都督,刘文静任司马,率领三万人马浩浩荡荡开赴长安。行至霍邑(今山西霍县),遭到隋将军宋老生的阻击。此地道路狭隘,再加上连降大雨,道路泥泞,唐军的后勤供应中断,军中又流传起突厥准备偷袭太原的谣言,李渊大为恐慌,决计返兵太原。李世民劝父亲说:"现在田间的粮食满地都是,还愁缺粮?宋老生并没有什么可怕的,我们以义兵之名号召天下,如果还没有打仗就后撤,岂不使人失望。退守太原一城一池,怎么能保全自己呢?"李渊不听,仍然下令回师太原。李世民又去劝谏父亲,这时李渊已睡下了,无法进去,李世民就在外面放声大哭。李渊听到,召李世民入帐询问。李世民说:"现在军队进攻则取胜,退却则溃散。军队溃散在前,敌人乘隙在后,我们灭亡的日子不远了。我怎能不痛哭呢！"李渊听后猛然醒悟，说："军队已打发回去，怎么办？"李世民说："右路军尚未出发，左路军虽然回去，但还未走多远，可以追回。"李渊便让李世民和李建成连夜前去把左路军追了回来。

唐军施展诱兵之计，引诱宋老生追击，将他击毙，攻下霍邑，继续西进，在关中农民军的配合下，很快渡过黄河。李渊留在长安的女儿，在丈夫柴绍离去后，也回到鄠县别墅，分散家财用来招募人马，得到了几百人。当时，李渊的叔伯弟弟李神通闻知李渊起兵，也从长安逃到鄠县山里，和长安大侠史万宝等人率领一万多人响应李渊，并与李渊之女在渭北会师，人们称这支由李渊之女统率的部队为"娘子军"。李渊军势如破竹，很快攻下长安。为了笼络民心，宣布约法十二条，把隋朝的苛令一概废除，还扶立隋炀帝的孙子杨侑做傀儡皇帝。次年夏天，隋炀帝在江都被部下刺杀，李渊废掉杨侑，自己即皇帝位，改国号为唐。

唐王朝的兴起，也是反客为主的事例。面对国家分崩、群雄并起的局势，作为国家重臣，又是隋皇室姻亲的李渊，倘若迟疑不决，消极地站在朝廷一边，是很难保全自己的。李世民正是看清了这一点，力劝李渊见缝插针，把握住非常难得的大好机会，不做反叛势力与隋王朝之间的挡箭牌，而是以自己手中掌握的兵力为基础，加以招募扩充，乘隙插足，公开打出旗号以逐鹿中原，最后变客为主，由隋朝的唐国公转化成大唐天子。

第四，绵里藏针。

所谓绵里藏针，有两种意思，一是指外貌和善，内心尖刻；

二是指柔中有刚，外柔内刚。在使用反客为主之计时，这两种场合都可能出现。元代石君宝《曲江池》第二折云："笑里刀剐皮割肉，棉里针剔髓挑筋。"可见这种手法对敌方的杀伤力是很大的。这一手法的关键，是不与对方摆出决战的架势，不流露出取代对方的意图，而是极力迎合、笼络对方，似乎甘拜下风，让对方麻痹大意。在对方毫无戒备或警惕性不足的情况下，己方暗中策划，秘密行动，逐步积蓄力量，取得主动地位。当自己羽翼丰满之时，再与对方进行最后决战，此时对方虽认清了自己的真面目，但大势已去，无可奈何矣，只能眼睁睁地看着己方反客为主，取而代之。

事例：谦虚谨慎藏奸计，王莽代汉建新朝

王莽，字巨君，是汉元帝皇后王氏的侄子。汉朝外戚屡有专权之局，王莽的伯父、叔父在汉元帝、汉成帝的时候，居位辅政，一门竟有九个侯、五个大司马。王氏一门虽然贵显，但由于王莽的父亲王曼死得早，未能封侯。王莽的从父兄弟们极尽声色犬马之乐，唯独王莽家境孤贫。王莽虽然缺乏财富，但他的才智比从父兄弟们都高。王莽知道要想出人头地，就必须博得好名声，便生活力求节俭，为人谦让。王莽在沛郡陈参门下研习《礼经》，十分刻苦，衣服被褥同其他贫寒的儒生一样。王莽侍奉母亲和守寡的嫂子，养育亡兄的独生儿子，非常精心周到。王莽广泛结交才俊之士，对各位伯叔父都很恭敬。

王莽的行为见到了效果。汉成帝阳朔年间，其伯父王凤患病，王莽在王凤身边侍疾，尽心竭力，亲自为王凤尝药，蓬头垢面，一连几月未解衣安睡。王凤自然很欣赏他，临死的时候，把他托付给皇太后和皇帝，王莽因而被任命为黄门郎，升射声校尉。后来，他的叔父成都侯王商上书，表示愿意把自己的一部分食邑分封给王莽。长乐少府戴崇、侍中金涉、胡骑校尉箕闳、上谷都尉主阳并、中郎陈汤，都是当世名士，都为王莽说好话，王莽便逐步受到皇帝器重，永始元年（前16）被封为新都侯，食邑一千五百户。王莽的官职也不断迁升，至骑都尉、光禄大夫、侍中。

王莽尝到了沽名钓誉的甜头，更加注意表现自己，爵位越高、态度越谦虚，家里有钱就散与宾客，赈济别人，不留余财。王莽进一步结交名士，拉拢朝臣，让侄子王光到博士门下受学，自己休假的时候，便带着羊酒去慰劳王光的老师，王光的同学们也都沾了光，都感念王莽的好处。王莽安排王光与自己的儿子同日结婚，宾客盈门，王莽故意让人每隔一会儿前来禀告，说母亲某处疼痛，要吃某药。王莽听后，便起身去照料母亲，直到客人散尽也不出来，以显示自己的大孝。后将军朱博无子，王莽便买以婢女，对人说："我听说这个女子家中的人能生儿子，就为朱子元买下了。"当天就把婢女送到朱博家中。通过这些举动，王莽的声誉越来越高，朋友越来越多。当时，有官职的大臣纷纷推荐王莽，无官职的名士到处宣扬王莽的美德，王莽的声望已在他的各位叔伯父之上。

其时，太后姐姐的儿子淳于长，以才能为九卿，地位在王莽之上。王莽暗地里搜求他的罪过，通过大司马曲阳侯王根予以揭露，淳于长被杀，王莽被视为忠直之士。王根请求退休，推荐王莽代替自己，皇帝便提拔王莽为司马，时在绥和元年（前8），王莽年已三十八岁。王莽虽然已经出类拔萃，身居辅政之位，但并不以此为满足，一心想使自己的声誉超过前人，因而克己不倦，广泛聘贤良以为掾史，皇帝赏赐给他的钱财都用来供养读书人，自己的生活更加俭约。王莽的母亲病了，公卿列侯的夫人们纷纷前来探望，王莽的妻子出来迎接，穿着布短衣，仅仅遮住膝盖，别人还以为她是王家的仆人，一问才知是王莽的夫人，无不惊讶。

担任辅政一年多，成帝驾崩，哀帝继位，皇太后王氏被尊为太皇太后。太后命王莽回自己的封地休养，以避哀帝外戚之家。王莽在家闭门不出，谨慎小心，以增加自己的令誉。一次，二儿子王获杀了一个奴仆，在当时，法律虽然规定不得擅杀奴仆，但这种事很多，没有人把这当作一回事。王莽却狠狠斥责王获一番，迫令他自杀。大家知道了，都说王莽公正无私。王莽在家待了三年，这期间有数以百计的官吏上书为王莽鸣冤叫屈，说不应该让他在家闲着，应让他在朝执政。元寿元年（前2），发生了日食，这在当时被认为是上天示警的大事，贤良周护、宋崇等人，趁机在对策中为王莽歌功颂德，汉哀帝便征王莽入朝。

王莽回到京师一年多，哀帝去世，没有儿子。当时傅太后、丁太后都已先死，政事仍须由太皇太后王氏主持，她即日驾临未央宫，收取玺绶，派人飞马招王莽，将军国大政都交他负责。太皇太后与王莽定策，迎中山王入继皇位，是为平帝。平帝年仅九岁，太皇太后临朝称制，代行皇帝职权，具体政务都付托给王莽。王莽暗中指使益州负责官员，让塞外部落贡献白雉。元始元年（1）正月，他奏请太后下诏，把白雉献于宗庙，群臣便纷纷上书，说周成王时，周公辅政，越裳人曾献白雉，现在王莽辅政，德高功大，致有白雉之瑞，正与周成王时事体相同。按照圣王的法度，臣下有大功，生前就应得到美号，所以周公生前就托号于周，王莽有定国安汉之大功，应赐号安汉公，增加封户。太皇太后按照群臣建议，以王莽为太傅，号安汉公，邑封二万八千户。

元始五年（5），平帝去世。当时汉元帝的直系后裔没有在世者，而宣帝的曾孙中尚有活着的封王五人，列侯、广戚侯四十八人，应从他们中选择一位继任皇帝。但他们都是成年人，王莽怕继位后于己不利，就以"兄弟不得相为后"作借口，从宣帝玄孙中挑选了年龄最小的广戚侯子婴即位，年仅三岁。王莽给子婴取的年号是"居摄"，表明由自己摄政。太皇太后很信任王莽，诏令王莽朝见自己时称"假皇帝"，也就是"代理皇帝"。此时，王莽距帝位只有一步之遥了。

梓潼人哀章在长安求学，一向好说大话，见王莽欲据帝位，便制作了一个铜匮，写了两张标签，一张上写"天帝行玺金匮图"，一张上写"赤帝行玺刘邦传予黄帝金策书"。书中说王莽当为真天子，太皇太后应顺天命传位于王莽。王莽见此大喜，急忙到汉高帝庙中拜受神匮，声称自己不敢不顺从天命，便即真天子位，改国号为"新"。到此，太皇太后王氏后悔莫及，大骂王莽，但已无济于事了。

王莽因篡汉之事，一直被后世骂为奸险之徒，观其行为，的确充满机巧。西汉后期，外戚在政治生活中的地位越来越重要，往往把持朝政。王莽出身外戚之家，一门九侯，大司马之职操于叔伯父之手。王莽因父亲早死，在这个显贵之家内却显得颇为孤单清贫。如果他与从兄弟们一样，是不会受人重视的，很难爬到重要职位上。在当时的社会环境中，除家族地位外，个人的才识德行，能帮助人们博得声名。王莽既不能指望从家族地位中获利，便从建立声名入手，采取一切手段沽名钓誉，结果，在皇太后王氏的侄子们当中，王莽显得鹤立鸡群，也博得伯叔父们的青睐，在他们的提携下步入仕途。既入仕途，王莽的家族背景就对他很有帮助了。有家族背景的依托，再加上他不为暂时的成功所迷惑，而是循序渐进，折节下士，声名越来越高，地位越来越尊，朝野无不称颂，最后不用多费周折，瓜熟蒂落，帝位到手。

第五，刚柔并济。

所谓刚柔并济，是说刚强的同柔和的互相调剂，硬的与软的两手同时或交替使用。柔，有两层意思：一是为了避开对方锋芒，避免正面冲突，在时机不成熟的时候，尽量不与对方展开决战；二是为了让对方放松警惕，安枕无忧，以便自己可以稳步地加强自己的地位，做好各方面的准备工作。刚，也有两层意思：一是在适当的时候，偶尔露峥嵘，给对方以威慑，打乱对方阵脚，在乱中寻找机会；二是在有比较充分的把握的条件下，选择合适时机与对方摊牌，毫不手软地攻击对方，把对方彻底击垮。

事例：声色不露斗奸凶，阉党集团被清除

明熹宗是个昏庸无能的皇帝，朝政大权逐步掌握在宦官魏忠贤和乳母圣夫人客氏手中。魏忠贤在朝廷内网罗了大批党羽，形成了"阉党"集团，其中著名的有五虎、五彪、十狗、四十孙之辈。内阁中凡是反对魏忠贤的人，无不遭到迫害，杨涟等六人、周起元等七人，先后被逮入诏狱，遭受了非人的折磨，惨死狱中。不仅对朝臣如此，对不迎合自己的妃嫔，魏忠贤也痛下毒手。例如，张裕妃性情刚烈，不买魏忠贤的账，魏忠贤便矫旨将她幽于别宫，绝其饮食，将她活活饿死。凡熹宗宠幸过的宫女，魏忠贤必置之死地而后快。对于魏忠贤的为所欲为，熹宗从来不闻不问，只是觉得魏忠贤是忠臣，不断荫官加爵。魏忠贤被称为"九千岁"，魏氏一门就有好几人被封为公、侯、伯。各地官员唯魏忠贤马首是瞻，最后竟掀起给魏忠贤建生祠之风，生祠几遍天下。朝廷内外，几乎到了只知有魏忠贤，而不知有皇帝的地步。

天启七年（1627）八月二十二日，熹宗去世，魏忠贤当天夜里派人把熹宗之弟信王迎入宫中，是为崇祯皇帝。当时朝臣尚不知熹宗去世，宫廷内外都是魏忠贤的党羽，崇祯帝怕遭暗算，入宫时，衣袖里装上一些食物，不敢吃宫中的东西。那天夜里，崇祯帝秉烛独坐，心里忐忑不安，从一个宦官那里要了一把剑放在身边，听到巡逻之声，就起身慰问，赏赐酒饭，以笼络人心。即皇帝位后，崇祯帝虽然把清除阉党集团视为头等大事，但他知道阉党根深叶茂，不可盲动，稍有不慎，不仅除奸不成，还可能招来杀身之祸。崇祯帝以高度的忍耐力克制自己，丝毫不露驱逐魏忠贤之意。魏忠贤也在试探崇祯帝，请求辞去提督东厂之职。崇祯帝不答应，还赐给魏忠贤的侄子宁国公魏良卿、安平伯魏鹏翼铁券，以稳其心。

崇祯帝的计划，是待机而动，从剪除魏忠贤的羽翼下手。一向与魏忠狼狈为奸的奉圣夫人客氏，请求出外居住，崇祯帝批准，魏忠贤少了一个互通声气的伙伴。魏忠贤的忠实干将太监李永贞上疏称病，崇祯帝当即命他回老家养病。接着，李朝钦、裴有声、王秉恭、吴光承等，魏忠贤手下的大太监们，相继请求退休，崇祯帝概予允准。身边的执事人员，逐渐都换上了原来信王府的旧人。这样，魏忠贤在宫中的羽翼，被不动声色地剪除掉了。

　　崇祯帝的态度高深莫测，阉党分子坐卧不宁，有些吃不住劲了。十月，魏忠贤在外廷最得力的干将、兵部尚书崔呈秀的父亲去世，请求回籍丁忧。阉党分子杨所修便上疏请皇帝允许崔呈秀回籍守制。接着，御史杨维垣、贾继春先后上疏攻击崔呈秀，说他"卖官鬻爵，贪淫秽迹，不可枚举"。他们这样做，一来想试探一下皇帝的态度，二来借攻崔以保护自己。崔呈秀受到攻击，请求罢职。崇祯帝不想操之过急，让自己的态度过早地暴露，便下旨慰留崔呈秀。崔呈秀连上三道辞疏，崇祯帝才下了一道言辞温和的圣旨，予以批准，并让他乘坐沿途驿站车马回乡。在这件事上，崇祯帝态度虽然表现得模糊不清，但意向已明。不久，崇祯帝又将首先倡导为魏忠贤建生祠的浙江巡抚潘汝祯削职为民，以作试探。阉党虽布列朝端，但无人敢出面申救。崇祯帝看到了阉党的软弱，增强了自己的信心，只等待时机，对阉党大加挞伐了。

　　当时朝中多阉党的党羽，又都惧怕魏忠贤之威势，都不敢出头弹劾魏忠贤。倒是官位较低的工部主事陆澄源、兵部主事钱元悫首先发难，上疏声讨魏忠贤的罪恶。崇祯帝觉得说得还不够具体有力，仍隐忍不发。接着，嘉兴贡生钱嘉征，疏劾魏忠贤十大罪，一并帝，二蔑后，三弄兵，四无二祖列宗，五克削藩封，六无圣，七滥爵，八掩边功，九伤民财，十通关节。疏上，崇祯帝命人把魏忠贤召来，让内侍把奏疏读给他听。魏忠贤非常恐惧，急忙用重金贿赂原信王府太监徐应元从中缓解。崇祯帝得知，立即将徐应元斥逐。十一月，命将魏忠贤安置凤阳，旋又命逮治。

魏忠贤行至阜城（今属河北），听到逮治的消息，与李朝钦都自缢而死，客氏也被笞死于浣衣局。崔呈秀在老家听到魏忠贤的死讯，知自己终不能免，呼酒痛饮，饮毕自缢。后来，崇祯帝又大张旗鼓地清除阉党，钦定逆案，阉党共二百六十余人都受到了惩罚，或处死，或流放，或禁锢终身。

在清除阉党这件事上，崇祯帝颇费心机，表现了高超的政治技巧。当时阉党遍布朝野，盘根错节，内阁、六部等重要部门都操纵在他们手中，势力很强。崇祯帝唯一的优势，就是手中的皇权。皇权虽至高无上，但在这非常时刻，也不能滥施，否则不但不能成事，反惹杀身之祸。蛇无头不行，鸟无头不飞，崇祯帝清醒地认识到，清除阉党的主机，就在魏忠贤这个阉党的总头子身上，只要除掉了魏忠贤，阉党便失去了力量的中心和主心骨，也就容易收拾了。魏忠贤既然为阉党总头子，处在蛛网的中心，一触动他，整个蛛网都会有反应，因而不能鲁莽从事，必须慎之又慎。崇祯帝抓住魏忠贤这一个"主机"，但又先不触动他，而是从外围入手，把他的党羽爪牙从他身边弄走，可以说是事事都意在魏忠贤，可事事又都不落实在魏忠贤身上。在表面不动声色、暗地里却你死我活的斗争中，崇祯帝凭借皇权的威力，逐步把握住了主动权，并促使阉党发生分裂。最后，在时机成熟之际，迅速出击，将魏忠贤诛除，阉党分子失去主帅，树倒猢狲散，只能听天由命，等待审判了。

无论是在自然界，还是人类社会，无不体现出变异性与统一性的有机和谐。一个松树林，尽管株株都是松树，但又株株不同，要想找到两株一模一样的松树是困难的。计谋的使用也是如此，尽管使用的都是反客为主之计，但只要仔细分析，就会发现，反客为主之计在几千年的政治斗争中使用了许多次，但每一次都有着自己的特色，有着自己的面目，完全雷同是不存在的。因此，上面归纳几种手法，只是较常见的几种大的类别，远没有穷尽所有手法。可以说，反客为主之计的手法变幻无穷，没有尽止。

三、奇谋妙计　智慧手腕并举

反客为主之计作为克敌制胜的重要手段之一，曾被运用到政治斗争的各个领域、各个方面。本计原文为："乘隙插足，扼其主机，渐之进也。"可见此计与树上开花之计一样，主要是弱者对付强者的手段。弱者与强者倘若公开搏斗，而有力者胜是唯一的法则，弱者自然无能为力。但人类是高级动物，不同于自然界的其他动物，动物仅以自身的力量为凭依，身强力壮者胜，体弱无力者败。人类最可宝贵的是其智慧，政坛更是斗智斗巧的场所，因此，政治斗争的胜负，主要是看政治手腕的高低，政治计谋的巧拙，无怪乎政坛上阴谋诡计不断，奇谋诡计不绝了。

第一，在国家之间。

国家是政治单位，每个国家都有自己的特殊利益，弱国都想保护自己不受外来势力的干预和入侵，强国则都想扩充自己的势力，干预别国事务。因此，国家之间的矛盾斗争是与国家的存在伴随始终的。为了达到各自的政治目的，不论是强国还是弱国，都千方百计地施展政治计谋，其中包括反客为主之计。

1. 弱国对强国的使用

弱国在实力上不如强国，有时在强国面前不免低声下气，以求保全自存。但若一味退避忍让，强国势必得寸进尺，提出越来越蛮横无理的要求。因此，在时机合适或忍无可忍的时候，弱国也要不畏艰险，敢于抗争，争取主动。战国时期蔺相如完璧归赵，就是这方面的典型事例。

秦昭襄王听说赵惠文王得到一块和氏璧，是稀世珍宝，很想据为己有，就派遣使者到赵国，提出用十五城交换和氏璧。赵国的实力不如秦国，赵惠文王虽不想交换，可又不敢拒绝秦国，怕秦国以此为借口攻打赵国。在这种情况下，蔺相如奉赵王之命，到秦国去以璧换城。秦昭襄王见到和氏璧，非常喜爱，与臣下及后宫互相传看，却闭口不提给赵国十五城之事。

蔺相如知秦国无意给城，就谎称和氏璧有小小的瑕疵，要指给秦君臣看。秦昭襄王把璧交给蔺相如。蔺相如说："秦国想白白地得到和氏璧，我们国君本来不想交换，因为秦是大国，我们不得不按要求做。秦国虽然强大，怎么能说话不算数而失信于天下呢？临来时，我们国君斋戒五日，才把和氏璧郑重交给我，以表示对秦王的尊敬，大王却在和氏璧面前傲慢无礼，随便给亲信传看，又没有交付城池之意。赵国虽弱，也不能容忍如此无礼的举动污辱寡君。大王若真想得到和氏璧，就仿效我们国君，也斋戒五日，然后受璧。如恃强硬夺，和氏璧将和我的头一起化为碎块。"说毕，举璧向柱子撞去。秦昭襄王急忙制止，答应蔺相如提出的条件。蔺相如回到住地，让随从化装成平民，带着和氏璧回赵国去了。斋戒结束那天，秦昭襄王让蔺相如交出和氏璧。蔺相如回答说:"秦国做事一向不讲信用,我怕受骗,三天前就派人把和氏璧带回赵国去了。秦国真想得到和氏璧,就请先割十五城给赵国,赵国绝对不敢得城而不予璧,开罪大国。否则,就请大王治我欺罔之罪。"秦昭襄王见蔺相如有理有节,璧又不在他身边,只得依礼送蔺相如回国。

在这件事上,蔺相如稍有迟疑,必然有辱使命,赵国将丧失和氏璧而得不到十五城。蔺相如窥破秦王心意后,使用诈计,把和氏璧送回赵国,从而抢占了先机,变被动为主动,终于不辱使命,使秦王无可奈何。

2.强国对弱国的使用

强国在总体实力上比弱国强盛,但在局部力量上却未必总能超过弱国,因而也有一个乘隙插足,变被动为主动的问题。汉朝在总体实力上比匈奴强大,但在汉朝与匈奴的战争中,也吃过不少的败仗,这是因为汉朝无法倾注全力于一隅,把全部人力物力投入到对匈奴作战中,因而在局部战场的力量较量中,常有处于劣势的时候。班超在鄯善国,远离强大的祖国,面对着人数远远超过己方的匈奴使团和态度捉摸不定的鄯善王,也明显处于劣势,若不是班超当机立断,施展反客为主之计,抢先行动,除掉匈奴使者,震慑住鄯善人,后果实在是不堪设想。

有时,强者一方全力攻击弱者,却总是不能得手,而强者故意示弱,反能获得主动,达到预期目的,这也是反客为主之计的一种方式。春秋时期,楚武王征伐汉水流域的随国,野心没有得逞,双方决定议和。在随国使节到来之前,斗伯比献计说:"我们未能征服汉水以东各姬姓国,不是力量不够,是策略不对。我们临以大军，威以武力，这些小国就团结一致对付我们，故而事情难成。随国在汉水以东诸国中是比较大的，它强大起来，就会抛弃周围的小国，各小国离心离德，楚国就可以顺利得手了。请大王解散军队，以使随国得意忘形，妄自尊大。"随国使者到楚国后，认为楚国武力不强，回去后果然请求出兵追击楚兵，随国人跃跃欲试。倘若随国出兵，正好中了斗伯比的诡计，随国必然会撞得头破血流，后果可想而知。幸亏随国有一位名叫季梁的贤人，也是足智多谋之士，及时向随侯陈明利害，拆穿了楚国的诡计，才避免了悲剧的发生，楚国的反客之计没有得逞。

3．实力相当国家之间的使用

实力相当的敌对国家，若想在对峙中占据优势，一是要靠实力，二是要靠计谋。谁能采取有效措施，迅速增加自己的实力，谁就具备了优势基础。谁能采取变化多端的计谋与对方周旋，谁就容易占据上风，或至少能更好地保护自己。在双方的交往中，应该善于发现对方的缺陷和裂缝，巧加利用。宋朝的富弼就是一位这样的人。

契丹派遣使臣向宋朝索要关南之地，富弼奉命去契丹陈说利害。富弼一到契丹，契丹皇帝就斥责说："你们宋朝违背盟约，闭塞雁门，增加塘水，修治城隍，登记民兵，意欲何为？契丹群臣请求发兵南下，我以为不如遣使求地，如宋朝不肯给地，再发兵不迟。"富弼没有正面回答问题，而是向契丹皇帝陈述发兵南下谁可获利："契丹与中国往来通好，是人主得其利而臣下无所获，用兵则恰恰相反，是臣下得利而人主遭祸。所以鼓吹用兵的人，都不过是为自己的利益打算罢了。"契丹皇帝忙问究竟，富弼分析说:"晋高祖欺天叛君,末帝昏乱,国土狭小,上下叛离,所以契丹出兵灭了后晋。但是,在战争中房获的金银财宝,都成为臣下的私财,而贵国的壮士健马,却损失了大半。当今宋国疆域辽阔,精兵百万,号令严明,上下一心,贵国如与宋朝开战,并无必胜把握,即使真能获胜,损失的壮士健马,是群臣承受,还是人主承受呢?如与宋朝继续交好,宋朝每年输给契丹的白银,都归人主所有,群臣什么也得不到。"

富弼见契丹皇帝一边听,一边不住地点头,知道自己的这番话起了作用,才正面回答契丹皇帝的质问:"闭塞雁门的目的,是为了防备西夏进犯;塘水的开挖,事在两国通好之前;城隍普遍修旧翻新,民兵也是增补缺员,所有这些都没有违反两国的盟约。"如果富弼一开始就说这番话,契丹皇帝必定不信,认为富弼是在敷衍塞责,蒙混过关。但富弼先设身处地,站在契丹皇帝的立场上分析用兵的利弊,博得契丹皇帝的好感,从而反客为主,在心理上占据了优势,后面的话也就易入契丹皇帝之心了。经过富弼的努力,两国之间避免了一场大战。

第二,在宫廷之中。

宫廷是非地,萧墙祸福多,古今宫闱之间,多少欢乐,多少忧愁。善用计谋者,往往可以骤至高位,甚至男可履九五之尊,女可至皇后之位;不善用计谋者,身入圈套而不知,不仅权位不保,甚且身首异处,成为阎罗殿里的柱死鬼。可以说,宫廷之中,处处杀机;萧墙之内,在在诡谋。一部中国宫廷史,充满了多少骨肉相残、惨绝人寰的悲剧。

潜龙勿用日乾乾

1. 皇子对皇子的使用

中国古代帝王妻妾众多，生子亦广，如秦始皇有二十几个儿子，明太祖有二十六个儿子，康熙帝的儿子更多达三十五个。儿子不止一个，但国家不能分割，能接替皇位的只能有一人。历史上围绕太子之位，皇子之间展开过许多次明争暗斗。如杨广夺嫡，就是杨广利用皇帝、皇后和太子杨勇之间在感情上出现的裂痕，大施诡计，使哥哥杨勇被打入冷宫，自己取而代之，登上太子宝座，最后又谋害了父皇，登基称帝。

隋朝末年的社会动荡，群雄并起，李世民力劝父亲李渊起兵，化家为国，成就了李唐帝业，但李世民并未因功被立为太子，其皇位也是依靠宫廷政变获得的。李渊登上帝位后，虽然觉得李世民劳苦功高，但还是根据立长不立幼的传统习惯，册立长子李建成为太子，李世民和弟弟李元吉分别被封为秦王和齐王。为了提高李建成的威信，李渊屡次委任他去办军国大事，但他屡屡辜负父皇的期望。比如，凉州（今甘肃武威）人安兴贵归降时，李渊命李建成前往原州（今甘肃固原）接应，时值盛夏，天气酷热，李建成一边赶路，一边打猎，士兵疲劳过度，大多逃走，回到长安时，队伍已是七零八落。与李建成相比，李世民屡立大功，先后平定了刘武周、窦建德、王世充等割据势力，极大地巩固了李唐政权，威望日隆。对此，李建成深感不安，便拉拢李元吉，图谋陷害李世民。他们从后宫入手，向妃嫔们赠送礼物，让她们在李渊耳边说李世民的坏话。李渊信以为真，几次召见李世民，严加斥责，对李世民越来越疏远，而对李建成和李元吉越来越宠信。得到了父皇的支持，李建成和李元吉越来越肆无忌惮，一心想害死李世民。一次，他们请李世民到东宫赴宴，在酒中下了毒。李世民不知，饮下毒酒，幸亏救治及时，才保住性命。武德九年（626），突厥犯边，李建成和李元吉决定借此剥夺李世民的兵权，进而把他除掉。李建成奏请让李元吉挂帅出征，并派李世民手下的大将尉迟敬德、秦叔宝等人一起随军出征，李渊均予批准。在这危急时刻，李世民经过与支持者密谋，决定先发制人，反客为主。

李世民在皇宫玄武门布置好伏兵，趁李建成和李元吉上朝由此经过，将二人杀死。李渊闻讯，目瞪口呆，知木已成舟，无法挽回，便下诏命令一切军队都听李世民节制。三天之后，又正式册立李世民为太子，处理一切政务。不久，李渊退位，自称太上皇，李世民正式即皇帝位，贞观之治由此开始。

2．后妃对后妃的使用

后宫之中，真正的男人只有一个，这就是皇帝，而难以胜数的妃嫔宫女们的地位如何，完全依赖皇帝对自己的态度，能否得到皇帝的临幸和宠爱，是她们唯一的希望，但很难说爱。珊瑚枕上千行泪，不是思君是恨君。后宫也是一个小社会，充满了名利权位之争。武则天为了取得皇后的地位，甚至不惜以自己的女儿的生命为代价，其残酷程度可想而知。

汉景帝是一位很有作为的君主，也不能防止自己的后妃之间的争斗。汉景帝登上皇位后，立薄太后的内侄孙女薄氏为皇后，但薄皇后一直未生育。汉景帝立栗姬生的儿子刘荣为太子，封王夫人生的儿子刘彻为胶东王。两年后，汉景帝将薄皇后废黜，栗姬和王夫人都想当皇后，两人展开明争暗斗。按说，栗姬最受汉景帝宠爱，儿子又被立为太子，当皇后的可能性比较大，但她过于骄横，不会笼络人，利用可以帮助自己的力量，又不如王夫人聪明，最终被王夫人反客为主，不仅自己没当上皇后，儿子的太子之位也丢了。

　　汉景帝的姐姐长公主刘嫖，有一个女儿，名叫阿娇，她很想把阿娇嫁给刘荣，托人向栗姬说媒，栗姬对刘嫖常引荐美人给汉景帝很痛恨，一口回绝，把一个难得的得力帮手推开了。王夫人得到这个消息，便极力讨好刘嫖。刘嫖见她尊重自己，又提出把阿娇嫁给刘彻，王夫人当场就答应下来，而刘彻更会来事，讲要得阿娇，贮之金屋，使刘嫖很欢喜。从此，刘嫖和王夫人联合起来，共同对付栗姬。栗姬并未意识到自己的危险，骄横依然，一点也不用心讨好汉景帝。汉景帝有一天觉得身体不适，便对栗姬说："我百年之后，就把其他姬妾生的儿子都托付给你了，你要好好待他们。"这分明是看重栗姬，栗姬却不明所以，认为是汉景帝偏爱其他姬妾，当场顶撞了几句。汉景帝很生气，对她的感情日渐淡漠。刘嫖抓住机会，劝汉景帝改立刘彻为太子，汉景帝下不了决心。为了促成此事，王夫人暗中挑动大臣，让他们以"母以子贵"为由，上书请求册立栗姬为皇后。汉景帝中了圈套，以为这是栗姬做的手脚，一气之下，把太子刘荣废为临江王，并禁止栗姬与自己见面，栗姬不久就气死了。后来，刘彻被立为太子，王夫人也如愿以偿，登上了皇后的宝座。

　　第三，在君臣之间。

　　君主是国家的拥有者，是权力的行使者，古代虽有"雷霆雨露,俱是天恩","吾皇圣明,臣罪当诛","君叫臣死,臣不敢不死"之类的说法,但这只是理论上的,事情并不如此简单。君主的权力并不是在任何时候都是绝对的,都能畅通无阻。为了贯彻自己的意图,推行自己的政策,或者收回旁落的权力,君主免不了要要些计谋。如朱厚熜尊崇亲生父母,崇祯帝清除以魏忠贤为首的阉党势力集团,无不施展其计谋。臣下为了在君主专制的条件下自我保护,或者为了揽取更多的权力,甚或为了取代君主的统治,更是需要挖空心思,对君主用诈使计。读一读田氏代齐、王莽篡汉的过程,就会对此有深刻的体会。

反客为主之计是政治斗争中的常用手法,历史上不少朝代是使用这一手法建立的。经过三百多年分裂之后实现统一的隋王朝,就是杨坚篡夺了北周政权建立的。

杨坚出身于名门望族,父亲杨忠在西魏、北周时,官至大将军、大司空。杨坚因有这样的家庭背景,十六岁就升至骠骑大将军。明帝宇文毓登上皇位后,一方面授杨坚为右小宫伯,晋爵大兴郡公,以示优宠;另一方面对他又有些不放心,曾派会相面的大臣赵昭暗中观察杨坚。赵昭报告说,以杨坚的面相,最高只能做到柱国,宇文毓才放下心来。宇文毓之后,做皇帝的是武帝宇文邕,升杨坚为左小宫伯,进位大将军,出任随州(今湖北随县)刺史。此时把持朝政的是宗室宇文护,非常忌恨杨坚,多次设计陷害,均未成功。后来,杨坚袭爵隋国公,又把长女许配给武帝的太子宇文赟为妃,地位更加巩固了,几次奉命率军出征,还被委任为定州(今河北定州)总管,实力和威望不断上升。宇文赟即位后,拜杨坚为上柱国、大司马,不久又升为大后丞、右司武、大前疑，宇文赟每次外出，还都让杨坚留守都城。

杨坚的地位越来越高，宗室成员对他更加猜忌，谋害他的阴谋接踵而来，但都被他躲过了。后来，宇文赟也对他起了疑心，只是未找到借口，不便杀他。所幸宇文赟只当了半年多皇帝，就因荒淫过度而死，他的儿子宇文衍即位，时年九岁。宣帝的腐朽统治早已引起许多有识之士的不满，人们又普遍不相信一个儿童皇帝会带来什么新气象，有些人便劝杨坚早作打算，取而代之，杨坚也决心总揽军政大权。他们假传宇文赟的遗命，让杨坚入朝主政，总揽一切军国要事，不久又诱使宇文衍拜杨坚为左大丞相，节制文武百官。杨坚大施仁政，很快就得到了民心的拥护。

宗室集团看出了杨坚的野心，试图对抗，但为时已晚，有的被杨坚处死，有的被杨坚收服。在时机成熟之后，杨坚便正式取代北周，建立隋朝。杨坚与北周宗室集团一直存在着矛盾，曾多次面临生命危险，倘若他固守臣子大义，力保北周，恐怕早晚也得被害。在部分朝臣的支持下，杨坚当机立断，揽取大权，反客为主，取代北周，不仅保住了自身性命，还开创了一个统一王朝，名传千秋。

宋朝的建立，与隋颇有些相似。赵匡胤出身于军官家庭，在郭威推倒后汉、建立后周的斗争中，积极支持郭威，受到重用。郭威去世后，养子柴荣继位，赵匡胤被提升为归德军节度使，还是禁军的高级将领。后又任命赵匡胤为殿前都点检，成为禁军最高统帅。柴荣死后，其子柴宗训继位，年方七岁。

五代时期政权更迭频繁，值此幼君临朝、人心不稳之际，正是改朝换代的好机会。赵匡胤很想尝尝当皇帝的滋味，但又不把这层意思表露出来，而是鼓动手下将领来干。次年正月初一，北周朝廷正在庆贺新年，突然接到契丹和北汉联兵南下的情报，朝中大臣经过商议，急忙派赵匡胤带兵出征。其实，当时并无北兵南下之事，这纯粹是赵匡胤一伙制造的假情报。赵匡胤率领大军到达都城汴梁（今河南开封）东北四十里的陈桥驿，扎营安歇。此时早已造好了舆论，大军驻下后，将官、军卒东一伙，西一堆，窃窃私语，都觉得应拥立赵匡胤为天子。军官们找到赵匡胤的弟弟赵匡义和归德节度掌书记赵普，他们早就等待着这一时刻，立即对军官曲加抚慰，让他们各回本营，控制军队，以防不测，同时派人回京城向禁军将领石守信、王审琦通报消息，这两人与赵匡胤关系非常密切，答应在内协助。一切准备就绪，赵匡义和赵普在第二天黎明率领众军官来到赵匡胤寝所，大家齐声呐喊，愿拥戴赵匡胤为太子。赵匡胤假意推托，将领们把事先准备好的黄袍披到赵匡胤身上，叩头行礼，山呼万岁。赵匡胤也就不再谦辞，带领军队返回汴梁。由于有石守信、王审琦为内应，军权都掌握在赵匡胤手中，朝臣都无可奈何，只能承认既成事实。赵匡胤反客为主，开了宋朝数百年的基业。

第四，在臣僚之间。

臣僚之间存在着许多利益分歧，常常爆发冲突，相互之间钩心斗角，或明攻，或暗击，不一而足，故俗语有"官场如战场"之说。为了增加胜机，特别是在自己处于不利地位的情况下，他们常常运用反客为主之计，化解对方的攻势，由被动变而为主动，由弱势变为优势。

1. 上级对下级的使用

中国古代官制的精神是相互监督,相互牵制,身为大僚,也常受攻劾,不得不以计御之。清代直隶总督方观承,为人精明强干,深得从政诀窍。时逢直隶丈量八旗土地,历经多年也搞不清楚,御史范廷楷、林玉等上疏参劾方观承。方观承知道这些言官只知高谈阔论,不了解实际政务之艰难,便心生一计,想挫一挫他们的锐气。方观承上疏谢罪,奏称范廷楷、林玉刚正有才,请派到直隶补个官衔,帮助办理丈地事宜,皇帝允准。范、林二人到任后,方观承对他们甚是尊重,待以宾礼,并立即把大量丈地任务交与他们。八旗土地多是王公田产,很难清理,二人开始还能据理力争,寸土不让,不久便知道了其中的难处,无法继续下去,就向方观承顿首谢罪。方观承笑道:"你们以前只图言辞之快,哪里知道外官的难处。虽然如此,你们丈地之事皇上已知道,不能立即中止,你们还得努力干下去,粗略有个眉目,才好交差。"二人只好硬着头皮去干,等到旗地稍清,锐气早已磨尽。方观承使用反客为主之计,把弹劾自己的言官放在矛盾丛杂的实际事务中,让他们体谅外官的难处,使自己由被弹劾的被动地位,变为居高临下、置身事外的主动地位。

2. 同僚之间的使用

同僚之间,因为地位相近,更容易发生矛盾,把对方视为自己的竞争对手,或严加防范,或设计陷害,或曲意交结,手法不一,花样各异。如嘉靖时,夏言与严嵩同在内阁,也都是以青词得幸。夏言先进内阁为首辅,因为豪迈有俊才,纵横辩博,人莫能屈,依恃皇帝宠信,很是骄横。严嵩后入内阁,在夏言之下,虽然对夏言恭谨和顺，却也咬牙切齿，试图取而代之。严嵩对嘉靖帝处处表现得谦卑忠勤，对同僚也是恭敬礼让，对夏言更是卑躬屈膝，却一直在寻找夏言的短处。嘉靖帝推崇道教，特赐香叶冠（道士帽）与夏、严二人。夏言以大臣应穿朝服，不戴香叶冠，而严嵩在嘉靖帝召见时，在官帽下戴香叶冠，故意让嘉靖帝看见。夏言轻视道士，严嵩收买道士替自己在皇帝那里进美言。在众口铄金的情况下，夏言渐渐地失去嘉靖帝的恩宠。觉得时机成熟，严嵩在嘉靖帝单独召见时，痛哭流涕地诉说夏言平时对他和其他大臣肆意欺凌，再借日食之名指斥夏言傲慢犯上，致使夏言被免官，严嵩得以入内阁参与机务，却没有想到三年后嘉靖帝再召夏言入阁为首辅。夏言不改故旧，依然专横，对严嵩施以报复。严嵩表面上笑语周旋，暗地里却在伺机反攻，终于借收复河套之事，以交结陕西三边总督曾铣为名，按照"奸党罪"，将夏言斩于西市。

3．下级对上级的使用

下级在行政级别上要受上官管辖，为了保住乌纱，步步升迁，不得不唯上官马首是瞻，除非像陶渊明那样不为五斗米折腰，否则受窝囊气是免不了的。但也有的下级官员善于运用反客为主之计，制约上级，不但能保住官位，还有可能升迁。清乾隆年间，丹阳县主簿熊会玢，身为佐贰官，本来就受人轻视，再得到能吏之名，更难免招上下左右忌妒。熊主簿上任伊始，便把本县七个捕快召来，让他们供出所隐藏的盗匪。这七个捕快自恃有长官为后台，因此相视而笑，毫无惧怕之意。熊主簿因为已经掌握证据，便大刑伺候，逼迫这七个捕快招供，招出十三名强盗，全部捕获，使丹阳知县很丢面子。熊主簿又因为有士兵在县城内为非作歹，也不通知该地驻军守备，就将士兵鞭笞，等于是得罪了守备。地方文武官员都痛恨熊主簿，媒孽其短。熊主簿也不是好欺的，早就搜集知县、守备作恶的事情，扬言要到巡抚处呈告。恰巧巡抚因熊主簿干练，想委任他办理疑案，调其到巡抚行辕。知县、守备十分恐惧，便向熊主簿低头认罪。熊主簿也不计前嫌，摆酒言欢，各自赌咒发誓，永结盟好，将各自的讼状焚毁，化敌为友。熊主簿声名鹊起，很快升为知县。

第五，在官民之间。

官民之间使用反客为主之计的事例也不少，许多地方官在处理盗贼及群体事件的时候，并不一味蛮干，而是审时度势，采用相当的计策。东汉顺帝时期，名儒张纲不畏强暴，得罪了外戚梁冀。后来，广陵郡有一个叫张婴的人杀了刺史、太守，聚众数万，公开反对朝廷。梁冀便暗中活动，让张纲去做广陵太守，想借叛军之手除掉张纲。张纲受命后，并不要求增派兵马，而是单车赴任，只带着十几个人到达张婴的大本营，询问疾苦，表示既往不咎。张婴深受感动，率众投诚，局势很快安定下来。张纲深知，反叛者铤而走险，是官逼民反，不得已而为之，所以他才敢深入起义军营地，争取主动，果然大见成效。

清康熙时，黄州知府于成龙在上任的路上，得知有一伙强盗，盗首姓张，勾结官府，连府县的捕役都是他们的眼线，不用说难以拿到他们为恶的真凭实据，就是有些证据，还未缉捕，早有官府的人通风报信了。想到此，于成龙居然装扮成逃荒之人，化名杨二，投到张家为仆，负责打扫庭院，因为办事勤快谨慎，被张姓盗首视为亲信。于成龙借机了解到他们犯罪事实及其同伙姓名、窝赃地点，然后才到黄州府上任，当即召集捕快，直奔张家，捉拿强盗。张姓盗首最初还想抵赖，于成龙大喝一声："你看我是谁？"张姓盗首没有想到自己的亲信杨二，居然是位知府，只得伏首请罪。于成龙将黄州府几十个盗案都交给张姓盗首，让他协助破案，可以免其一死。在张姓盗首配合下，黄州府多少年的盗案全部破获了。于成龙清廉能干之名也由此传播开来，"于青天"之名从此开始传遍全国。

四、步步为营　不贪功不冒进

每个计谋都有自己的特点，有自己的规律，把握住它的特点，依照它的规律行动，就容易成功。相反，不了解它的特点，不按照它固有的规律办事，无异于盲人瞎马，要想获得胜利，难乎其难。

第一，就反客为主之计在政治上的应用目的而言，具有主动性、曲折性、蒙蔽性的特点。

所谓主动性，是说与一些主要用于自我保护目的的计谋相比，反客为主之计是使用者有意识地选择。该计的使用，虽然也有在受到对方威胁和攻击的条件下用以反击的情况，但这种现象是较少的，大多数时候是处于弱势地位的人采取的主动姿态，目的是要通过这种手段，在对方的势力范围之内，甚或在对方的庇护和支持下，积蓄反对对方的力量。历史上许多使用此计获得成功的人们，原来都是对方的臣下或部属，受到对方的信用，便利用这种信用发展自己的势力和威权，最终取代了对方。

所谓曲折性，是说由于处于弱势的人，要想积蓄起足够的力量，不是一朝一夕就可以完成的，往往要经历一个长期的过程，如前面介绍的田氏代齐，竟然经历了数代人的时间。在这样长期的过程中，遇到一些意外情况、遭受一些挫折是难免的，能够成功运用此计的人，必须具备坚忍不拔的性格，不达目的绝不罢休的精神，充分认识到道路是曲折的、前途是光明的，只要坚持不懈，不屈不挠，终究会到达胜利的彼岸，获得"主位"。

所谓蒙蔽性，是说由于反客为主之计的使用往往过程较长，且又是"身在曹营心在汉"，在对方的营垒中从事反对、推翻对方的活动；或是在对方的势力笼罩之下聚集反对对方的力量，因此必须进行得非常缜密，要处处小心，处处警惕，尽量不露出蛛丝马迹，一旦有所暴露，也要善于补苴罅漏，千万不能引起对方的怀疑。否则，在实力尚不足以与对方抗衡的情况下，就让对方洞悉了自己的意图，无异以卵击石，会遭灭顶之灾。

第二，就反客为主之计在政治上的作用而言，具有攻击性、毁灭性的特点。

所谓攻击性，是说由于反客为主之计不是保护性的计谋，具有很强的进取性和攻击能力。从表面上看来，因为反客为主之计讲究循序渐进，以柔克刚，似乎是一种比较软、缓的斗争手法，其实不然，这一点正是该计的厉害之处，由于它步步为营，一步一个脚印，不贪功，不冒进，每一步成功都建立在坚实的基础上，这就减少了出现纰漏的可能性和危险性，就像建造楼房，地基打得深、打得牢，才能建得高，每一层都很牢固坚实，才无倾倒之虞。因而，此计看似柔和迂缓，实际上步步都有攻击性。

所谓毁灭性，是说反客为主之计的作用一旦发挥起来，就不只是给对方一个偶然性的或暂时的打击，让对方一旦醒过神来，还有重新集结力量的可能，还有出手反击的能力。由于此计是在隐蔽状态下稳步进行的，力量积蓄得极为厚实，在没有绝对胜利的把握时，绝不轻易发动，故一旦进入决战，就是各方面都准备得很充足了，必将势不可当，给对方以毁灭性打击，斩草除根，不留后患。

第三，就反客为主之计在政治上的影响而言，具有有效性、全面性的特点。

所谓有效性，是说反客为主之计在政治斗争中的应用，成功率是很高的，具有很大的影响力。古往今来，使用此计而得以由下级变为上级、由臣变为君的大有人在。使用此计的失败者，往往是不能按照此计的内在要求办事。此计之关键是由柔弱之客位进到刚健之主位，刚柔之间，必须审时度势，细加思量，该挺进时不可退缩，该退缩时不可挺进，如此必可进而有功，进而得位，将此计的效用发挥得淋漓尽致。

所谓全面性，是说反客为主之计对于客观条件的要求不是很严格，可以广泛地加以应用，可以应用于政治斗争的各个领域。对外在因素要求严格的计谋，只能在特定条件下使用，条件不具备，就是想用也无可奈何，就像风筝一样，没有风力以为凭借，就是想让它高飞，也飞不起来。反客为主之计对外在条件没有特别的要求，就像渐卦所说的鸿一样，鸿有高飞之功能，是否能够高飞，外在因素不是主要的，关键在于它们自己。处于被动地位的人们，都可以根据客观情况对此计变通性地加以利用，从而争取主动。

败战计
——败中取胜

引 言

"败战计"是三十六计的第六套,由美人计、空城计、反间计、苦肉计、连环计、走为上等六计构成。

所谓"败战计",是指在政治斗争中,施计者如何置之死地而后生的计谋。它也是政治斗争较量结束之后,失败的一方不甘于失败而设法摆脱困境,希求渐次走向胜利而采取的非暴力的种种谋略。如"美人计",是用物质、美女诱惑敌对势力,使其安逸享受,斗志衰退,内部分崩离析,再施以武力进攻的谋略。"空城计",是利用虚虚实实的迷惑手段,使敌对势力用常规头脑思维而引起所谓的慎重,撤兵而去,或自行收敛。"反间计",纯系利用敌对势力的离间而以其人之道还治其人之身的小技。《长短经·五间》载,陈平以金纵反间于楚军,离间范增,楚王为之疑忌,当属此例。"苦肉计"应是"反间计"能否得逞的补充手段之一。因为它是以自我伤害为代价,取信于敌对的计谋。"连环计",则是为了获取胜利的稳妥,同时施行的有机的谋略。至于"走为上"之计,是在实力悬殊的情形下施用的。但是,必须明确地认识到,"走"的目的是为了获得更大的胜利。

与此相联系，若获胜的一方踌躇满志，不谨慎警惕失败一方的举动，被其计谋所迷惑，亦可走向失败；若能洞察其言行，识破其用心，则可保持胜利成果，且使之不断扩大，始终立于不败之地。

换言之，在漫长的政治历史长河中，任何政治集团、派别和个人，尤其是处于弱小地位的集团、派别和个人为了达到本集团、派别和个人的政治目的，或者壮大力量，取得一定的政治地位，或者企图对对立的集团和派别取而代之，等等，他们所施行的策略和计谋，无不充分体现在"败战计"特点上，亦超不出"败战计"所涉及的范围。而要反败为胜，变劣势为优势，其难度是极高的。然而，政治斗争中的胜负往往都是暂时的、相对的，随着条件、环境的变化，力量对比的调整，用计能力的高下变化，都可能发生戏剧性的改观。加之人们一般在极其困难的情势下，也就是说处于山穷水尽、走投无路之际，都有着强烈的求生欲望。所谓置之死地而后生，其道理也在于此。求生的欲望激励他们闪现出智慧的火花，照亮面前的一片生机。"败战计"在军事战争中是如此，而在政治斗争中也被众多的暂时处于劣势的弱者所采用，而且千变万化，奥妙无穷，给尔虞我诈、钩心斗角等纷繁的政治角逐，涂上更为绚丽的色彩。

美人计

——伐情消志　顺势保存实力

本计云："兵强者，攻其将；将智者，伐其情。将弱兵颓，其势自萎。利用御寇，顺相保也。"

该计的意思说：面对强大的敌人，首先应该把它的将领作为攻击目标，并且采取有效的手段将其制服；若其将领足智多谋，用明显的战术雄略正面攻击，难以达到目的，那么就应该用较为隐蔽的手法，诸如金钱、美色等，加以腐蚀，使之耗其精，移其神，劳其身，萎其体，竭其力，陷入难于自拔的声色享乐之中。这样，将领情绪萎靡，无意于进击，率领的士兵也随之失去斗志，所谓强大的兵势也就不再强大了。用这种从"伐情"入手，"内蚀"其空的办法对付敌人，尽管自己的力量弱小，不仅能不受侵害，而且还可以利用时机，变被动为主动，发展实力，最终战胜貌似强大的敌人。在军事战争中众寡悬殊时敌对双方是如此，而在政治斗争中，也不例外。

这里应该明确美人计的真正含意。美，在这里是动词，而美人，其意是用金银珠宝和容貌美好的女子，去笼络腐蚀军事战争中的强敌和政治斗争中的敌对势力，使其丧失斗志，既因贪欲而

有施氏忍辱献妹喜

身体疲弱，更因独霸其美、众渴而自甘，从而增加部属士兵和臣僚的怨恨，将士离心。借此机会，自己稳固和增强实力，而随着时间的推移，在力量对比上逐渐发生变化，当自己的势力与对方匹敌，或者超过对方时，再利用有利时机，反败为胜。

一、美人相赠　使其体弱情疲

《周易·渐卦五十三》云：渐：女归吉，利贞。《象》曰：山上有木，渐。君子以居贤德善俗。

【一爻】初六，鸿渐于干。小子厉，有言，无咎。《象》曰："小子之厉"，义无咎也。

【二爻】六二，鸿渐于磐，饮食衎衎，吉。《象》曰："饮食衎衎"，不素饱也。

【三爻】九三，鸿渐于陆。夫征不复，妇孕不育，凶。利御寇。《象》曰："夫征不复"，离群丑也；"妇孕不育"，失其道也；"利用御寇"，顺相保也。

【四爻】六四，鸿渐于木，或得其桷，无咎。《象》曰："或得其桷"，顺以巽也。

【五爻】九五，鸿渐于陵，妇三岁不孕，终莫之胜，吉。《象》曰："终莫之胜吉"，得所愿也。

【六爻】上九，鸿渐于陆，其羽可用为仪，吉。《象》曰："其羽可用为仪，吉"，不可乱也。

九三象辞"利用御寇，顺相保也"，是美人计的核心，与九五爻相照应，变为风地观卦。也就是说，以渐卦的九三爻象辞为主占卜，要参看观卦。占得渐卦，就表明自己的实力从总体而言，不如对方强大。在这种情况下，若想反弱为强，必须在条件许可的前提下尽可能多地采取一些非常手段。又由于渐卦的对卦、反卦、来卦都是雷泽归妹，所以，还必须参考归妹卦，综合考虑。

对于上述记载，注家颇多，各不相同，众说纷纭，其焦点多集中在对文字的具体解释。就一般的诠释言，这段文字应该做如下解释：在一场激烈的血与火的战争之后，战败的一方，兵马被杀戮殆尽，哀鸿遍野，战战兢兢地降落在平坦的焦土瓦砾之上，任人宰割；在家的妇人，无依无靠，生下来的儿女也无力抚育。这就是在渐卦的九三爻中显示的凶兆，然而，还有一线生机，即"利御寇"。具体说来，它主要是指精神、意志而言。尽管满目凋敝，一片荒凉，奄奄一息，但是只要精神不死，还是可以找到抵御强大对手的机会和手段，这主要表现在蠕动的妇人被破衣烂衫掩盖着的强烈复仇火焰。从辰卦二阴在下、一阳在上的卦形观察，二阴预示虚弱无力的女性，一阳预示着强烈的复仇意志。对丧子的老人、丧夫的妻子来说，已是劫后余生，生不如死的哀痛，激起报仇雪恨的强烈欲望。只有千方百计，即使是忍辱负重，不择手段去达到复仇的目的，也在所不惜。这是促使弱方由弱变强、反败为胜的一个方面。

另一方面，也就是对敌对势力，必须认真分析，根据不同的对象，施以相应的对策。在渐卦中由于有九三爻变，才形成了势不两立的敌对关系。然而卦巽意为柔顺，而且九五爻与下卦六二相应。因此，"巽"的柔顺与九五、六二的相应，就表明对方在朋友关系中会呵护友人，在激烈的对抗中，也不会将对方斩尽杀绝。这是出于九五爻显示的以其强大、尊崇的地位所含有的虚荣、傲慢和假仁假义的宽容。这样，就给处于弱小地位的人们报仇雪恨提供了一线希望。所谓一线希望，是相对而言的，如果利用得不好，就会稍纵即逝。所以必须不惜一切代价地紧紧抓住，巧妙地利用。

九三爻动，变为风地观卦，必须参考观卦。九三爻属于渐卦之下的卦辰，预示着高山一般坚不可摧的复仇意志，它必须深藏不露。否则，就会招来杀身之祸。而九三爻动，变为风地观卦之下的卦坤，坤是阴，是极为柔顺之意。具体地说，就是对敌对势力表现出柔顺怯懦，奴颜婢膝，阿谀奉承，任人欺辱宰割，还要表现出诚心诚意，以此来满足敌对势力凌驾于自己头上作威作福的虚荣和傲慢之心，使自己能够生存下去。为实现自己的复仇目标争取时间，创造条件。

敌对势力贪欲是多种多样的，有的需求疆土，有的需求金银珠宝，有的需求美色。实践证明，馈送疆土，增加敌对势力的力量，是下策；馈送金银珠宝，增加敌对势力的财富，是中策；只有以美貌的女子相赠，使其意志消散，体弱情疲，引起臣属的怨恨，才是上策。这就是在漫长的历史演进中，美人计得以施行且多有成效的原因。

二、献美伐情　寓计谋于其中

美人计属败战计之列，正如其本计所云，是在自己国家将亡而未亡之时，或者国家虽亡而希图东山再起，或者国家已亡而又不甘屈辱，以己之身为代价，进行报复；或者胸怀大志，没有进阶之门等情况下，所施行的一种计谋。所以，在不同的环境、条件下，其运用方法就多不相同。就一般情况而言，美人计的常用手法有以下几种。

第一，献美伐情，国颓自灭，待胜之计在其中。

爱美之心，人皆有之。惑于美色而不为美迷，属于清醒者；溺于美色而沉湎，则属于昏；宠美色而偏听，乃是属于庸；若是为美色所惑而不能够自拔，则容易因贪淫而误事，甚至为美色所困。大千世界，无奇不有，基于人的弱点，觊觎权力者，献美而求其所欲，也就成为一种常道。

事例：有施氏忍辱献妹喜

夏王朝建立之后，有其辉煌的岁月，但传至第十四代的夏桀时，已是风雨飘摇，大厦将倾，岌岌可危。

夏桀其人，据说智力超群，颇有腕力，可以扳直铁钩。然而好大喜功，追求奢侈，贪图享乐的欲望没有止境。夏桀继承王位期间，在夏国北方的昆吾、豕韦都先后称霸，在其东边的商国也日益强大起来。相比之下，夏王朝日渐衰败。夏桀不甘心这一现实，企图依恃自己的智力和勇武，出兵讨伐相对弱小的邻国。夏桀权衡之后，选择有施氏为突破点，亲率士兵前往。

有施氏深知自己不是夏桀的对手。当得到夏桀率军前来讨伐的情报之时，一面派兵守御，一面召集臣僚筹划对策。为难之时，集思广益，想出了一条暂避祸患的美人计，借以瓦解夏桀的攻势，使自己得以保存，以图后举。计策已定，有施氏部落的首领便令侍从在城门上悬挂白旗，以示投降之意，条件是：夏桀若停止讨伐，有施氏便献上天下无与伦比的美女妹喜。

妹喜是有施氏人家的子女，又黑又亮的一头秀发，长可及地，明眸皓齿，光彩照人。夏桀一见，便心摇神动，魂不守舍。立即答应有施氏的求降，鸣金收兵，带着妹喜和有施氏贡献的金钱财宝返回夏朝都城。

天生丽质的妹喜，使夏朝后宫的宠妃个个黯然失色，夏桀一心一意爱怜着妹喜。为了讨得妹喜的欢心，夏桀下令重修宫室，富丽堂皇高大无比，抬头仰望，大有倾倒之感，故名为"倾宫"。宫内筑琼室瑶台，走廊上镶嵌着象牙，床榻用白玉雕琢，极尽奢侈豪华之能事。妹喜深知自己是兵败求生的贡品，牢记有施氏的耻辱和肩负报仇的使命，便千方百计地纵容夏桀浪费钱财，结怨臣民。夏桀对此毫无觉察，只贪图妹喜的美貌、性感的体态，从中获得从未有过的激动，也对妹喜唯命是从。有一天，妹喜与夏桀对饮，妹喜说："舞女长得太丑陋，舞池也太寒碜。应该挑选年轻貌美的少女，穿戴五彩绣衣，重修舞池，三千人同时起舞才能赏心悦目。"夏桀立即委派得力宠臣按照妹喜所言办理。一时间，弄得鸡犬不宁，百姓叫苦连天。好不容易挑选了三千少女，赶制出五彩绣衣，还得找乐师编曲教舞，宫墙之内，忙忙碌碌，待乐师报告舞曲演练已毕，夏桀急可不耐地命令即日在倾宫演出。妹喜陪着夏桀倚栏而观，只见一队队身着不同颜色绣衣的舞女冉冉而入，大红、翠绿、天蓝、雪白等色分队而立，锦旗花枝色彩斑斓。随着舞池乐起，各色队伍混在一起，时而交相辉映，时而色彩分明。三千少女，个个脸似芙蓉，腰若细柳，随着音乐节拍，翩翩起舞，翠摇珠动，红飞绿舞，千姿百态，变化无穷；再伴以犹如娇鸟啼春的清脆歌声，使夏桀目迷神移，乐不可支；妹喜也心花怒放，兴奋异常。次日再次舞歌，间隙时由宫奴巡行斟酒，妹喜嫌有碍观赏，便献上一策：与其个个赐酒赐食，不如筑一酒池，池边设肉山脯林。舞罢一曲，由舞女自行采食，将另有一番情趣。夏桀拍手称赏，即刻召见侍臣曹触龙、于辛，命其在倾宫园内修筑可以泛舟的大池，池中贮酒，池旁置肉山脯林。曹、于二人为了邀宠，特别卖力，先令百姓挖一又长又大的池子；将泥土堆成小山，栽种树木；池壁用大石砌成，池底铺上鹅卵石，大小相间，洁净无比，贮以美酒，作为池水；小山上铺绿色布帛，重叠摆上窗肉，犹如石块；树木上挂着用红绿布帛包裹的肉脯，似花若叶。又制作一轻巧的小船，供夏桀、妹喜乘坐，往返浮游于池中。工程完竣，夏桀与妹喜前往观览，一见精致的酒池脯林，喜不自胜，急切地登上小船，荡漾池中；三千美女绕池歌舞。歌罢一曲，美女们趴在池边做牛饮之状，接着上山摘吃肉脯，欢声笑语，不绝于耳。夏桀放眼望去，若处在香国之中，流连忘返，如此歌舞不止，还嫌白日太短，又举灯火，作长夜之饮。美女的绣衣沾上酒痕油渍，又赶制新装。三番五次更换，都摊派给穷苦百姓，众百姓敢怒而不敢言。

妹喜对此渐渐厌倦，就怂恿夏桀到民间寻找身怀绝技的角色，诸如弹唱小曲的歌伎、奇形怪状的侏儒、玩杂耍的艺人等，召进宫中，供其取乐。可是，时过不久，妹喜又生厌倦，且突发奇想，对夏桀说："撕裂布帛的声音十分悦耳。"夏桀立即下令每天进贡一百匹布帛，命力大的宫女轮番撕裂给妹喜听。单调的撕裂声弄得夏桀和美女头昏脑涨，又再变新法：妹喜脱去红妆，穿起戎服，招摇过市。几日过后妹喜忽然觉得，还是浓妆艳抹更能使夏桀沉迷，便恢复红妆，肆意修饰。不仅如此，妹喜觉得倾宫虽然豪华，但太沉闷，提出要与夏桀上朝，见见群臣朝拜的场面。夏桀当然听从，就搂着妹喜上朝，还让妹喜坐在自己的腿上，听群臣奏事，任由妹喜随意决断。

一批正直的臣子看到夏桀沉迷女色，荒淫无度，靡费钱财，无不为夏朝的命运忧虑。太史令终古首先苦谏说："勤俭失道的君王，必有亡国之虞。"夏桀不以为然，还以天上的太阳自许。终古见其执迷不悟，便全家逃往商国。大夫关龙逄看到夏桀不仅不纳终古的劝谏，反而强令诸侯国增加贡品，任意挥霍；四处派兵，搜罗美女宝货，供其玩乐，就捧着黄图进宫劝谏，声泪俱下。夏桀厌恶关龙逄进宫扰乱了他与妹喜的淫乐，勃然大怒，夺过黄图，扔进火炉，黄图顿时化为灰烬。关龙逄对此十分痛苦，便冒死说道："君王不务贤明，不爱百姓，夏朝的灭亡，指日可待。到那时，悔之晚矣！"夏桀一听此言，气得浑身发抖，喝令侍卫将关龙逄推出斩首。

忠臣出走、被杀，佞臣则像苍蝇一样乘虚而入，围绕在夏桀跟前，投其所好，搜刮百姓，以大量的金银财宝和美女来满足夏桀的贪欲。不堪重负的百姓，愤恨地说："天上的太阳为什么不快点灭亡！"面对众叛亲离的时局，夏桀仍沉湎于花天酒地之中，不知祸患将至。当他听到商国日益强盛，为开拓疆域，攻占昆吾，还要进兵夏朝，惊怒并生。可惜强壮魁梧勇武的夏桀，自妹喜入宫之后，日夜淫乐，现在已经是手无缚鸡之力了。夏桀仍骄狂自负，决心与商国的兵马决一雌雄。两军相遇，夏桀毫无招架之力，只得步步后退，丢盔弃甲，溃不成军。商汤率兵乘胜前进，攻入夏朝都城。夏桀与妹喜出逃，最终还是被商军活捉，流放到南巢而死，夏王朝的四百余年统治也至此终结。

事例：妲己受宠乱商国

商汤灭夏桀，建立商朝，历经数百余年，传位给纣王，政治统治也由此走下坡路。当时商王朝奢侈之风极盛，宫廷用度，入不敷出。唯一的办法，就是以其天子之尊，向各诸侯国勒索贡品。若不按时按量进贡，即兴兵讨伐。有苏氏因为没有如数交纳贡品，商纣王就亲率兵马前往勒逼。有苏氏国君得知，恐惧异常，此时只想如何保住国家，但连年饥荒，财力交困，无法交足贡品，只好把自己的女儿贡献出来。这个女儿就是妲己，娇艳绝伦，使纣王一见钟情，爱而不能够自拔了。

妲己陪伴纣王返回商都，在旅途中，纣王醉眼凝望，妲己的举止真若天仙般妩媚妖娆；与之交谈，声音悦耳动听。纣王满心欢喜地拥着妲己回到宫中，再看旧宠，一个个丑陋不堪，从此宠爱在妲己一身。

男人在女人面前炫耀，无非有三：权力、金钱、英姿，好虚荣者，则会不遗余力地显示，在证实自己能力的同时，满足征服欲。纣王三者都有，而妲己就是要消耗商王朝的实力，至少要保证有苏氏不再受商王朝的威胁。所以妲己对纣王豪华的安排，从来没有满足，即便是奢侈过度，妲己也权当一笑。为了显示宠爱在一身，纣王为妲己大兴土木，建造琼楼玉宇，历时七年，占地三里,名为"鹿台",装点得富丽堂皇。接着又在鹿台周围,修筑花苑园囿,广集奇禽异兽、狗马等畜养其中。在沙丘一带营造离宫别馆,以满足妲己的欲望。

自妲己入宫,纣王百依百顺,言听计从,肆意挥霍,使得宗室为之寒心。先是箕子默然叹息,深表忧患;继而是商容、比干一同劝谏,纣王不纳,商容只好告老还乡。忠良之臣的沉默和引退,恰恰给纣王提供了为所欲为的机会,对妲己更加宠爱;妲己也不忘父王的嘱托,放手怂恿纣王沉迷酒色淫乐,靡费资财。且看妲己美人的作为:

商朝的别都,奢侈之风极盛,贵族大贾终日歌舞,无止无休。因而有朝歌之称。妲己嫌商调缺乏韵味,时时流露出厌烦之意。纣王便令宫中乐师师延作北鄙之调,靡靡之音,音调窈渺飘荡,听得人心动神移。接着选拣民间美女,练舞习歌。还仿夏桀时的酒池荡舟和肉山脯林。所不同的是,当纣王与妲己泛舟酒池时,有成百上千的裸体少男少女,在肉山脯林间追逐打闹,做出不少风流事,纣王受到感官刺激,也不由自主地搂抱妲己,脱衣解带。

妲己对此并不满足,还要干预政事,在君臣之间惹起事端。一日,纣王闷闷不乐,妲己问其故。纣王说:"鹿台虽然建造完工,也算是豪华壮丽,但园囿的珍禽异兽、花鸟虫鱼及歌舞的少男少女还未齐备,诸侯们又停止进贡,现在花费供不应求。我欲兴兵讨伐,群臣反对,竟然对营建鹿台别馆提出异议。"妲己听罢,笑着对纣王说:"此等区区小事,大王不必在意。诸侯停止进贡,只有讨伐一法,当年若不是大王亲征有苏国,我怎有机会入宫侍奉大王。那些臣子敢对大王的作为说三道四,是大王太仁慈和刑法不严的缘故。"纣王以为妲己言之有理,心想讨伐罢贡的诸侯,还算是好办;对辅佐自己的群臣施以严刑峻法,一时还难以有什么口实。妲己见纣王犹豫的神态,似有难言之隐,便进一步蛊惑道:"群臣对大王说三道四,是诽谤犯上。"同时设计出一种酷刑,即"炮烙之刑"。

这种刑具是用铜铸成长约五尺、宽约三尺的铜格(后改铸成铜柱)架在火炭上烧烤,令囚犯在上面行走,使其烤烫致死。

待炮烙刑具制成后,纣王便召来朝中的诸侯和大臣。诸侯、大臣们进得宫来,见庭中用木炭燃起熊熊烈焰,上面的长方形铜格烧得通红,直冒青烟,个个疑惑不解,不知作何用途。施礼已毕,纣王高兴地说:"以往刑法太宽,致使诸侯不按时进贡,群臣不认真办事,百姓不服政令,多有诽谤。特制此炮烙刑具,借以严肃朝政。"诸侯和群臣听得此言,吓得浑身战栗。纣王看见此刑的威慑力,心中十分得意,便令侍卫从宫门外拖来两个百姓。纣王说:"这两个刁民肆意诽谤朝政,煽惑百姓犯上作乱,特处此刑。"便将两个百姓推上铜格。只见两人在铜格上大声惨叫,颠仆跳踯,顿时俯伏其上,皮焦肉烂,生出些许黑烟。诸侯、群臣面如土色,忧惧交加,纣王却开怀大笑不止。

正当此时,敢于直言的诸侯梅伯,走出朝班说道:"大臣所言,多有不妥。先王成汤仁及禽兽,网开三面,得到天下诸侯的拥戴。当今仁未及,政未周,惠未布。理应节财爱民,简刑薄赋,广施恩泽。怎能设此酷刑,残杀百姓呢!"纣王一听此言,勃然大怒,厉声痛斥道:"你多次诽谤,我容忍不究。今日又来胡言乱语,可见与刁民是一丘之貉,严惩不贷。"纣王的话,并未使梅伯畏惧,他继续奏道:"臣之所言,是不忍商朝的六百年社稷毁于一旦,大王若以忠言为诽谤,臣敢受炮烙酷刑,使天下后世知臣之忠、君之暴!"纣王怒不可遏,令侍卫把梅伯推上铜格。比干等群臣苦苦求情,纣王才改口将梅伯推出斩首。又命将梅伯尸首剁成肉酱,分赐诸侯,下令若不按时进贡和诽谤朝政的,皆处以此刑。诸侯得到梅伯的肉酱,愤怒不满的情绪日益高涨。九侯国君的女儿得知父王闷闷不乐的情由后,请求入宫进谏,殊不知纣王喜淫不喜正,九侯之女入宫仅一日,就被纣王给绞死了。九侯、鄂侯也做了纣王的刀下之鬼。

西伯侯姬昌,对纣王的暴虐,愤怒不已。岂料这一情绪被人告发,纣王将其逮捕,囚于羑里。姬昌被囚期间,研究八卦图,推演出《周易》来,其子伯邑考为搭救他,带上珠宝到商朝做人质。不料,未救出父亲,自己却被害致死。残忍的纣王将伯邑考做成肉羹,赐给姬昌。最后,还是周国给纣王献上美女和奇珍异宝,再用百两黄金买通纣王宠臣费仲,才将姬昌搭救回国。姬昌深知纣王的残暴和贪财好色,就投其所好,借以麻痹纣王,使纣王失去警惕;趁机广施恩惠,联络诸侯国,势力日渐增强,连与商都朝歌临近的黎国也对周国臣服。

纣王对周国的举动熟视无睹,仍整日与妲己淫乐。不仅如此,又用燕地产的红蓝花汁调制成一种化妆品——胭脂,供妲己涂抹,显得更加妖艳妩媚,纣王为之兴奋不已,面对美人,酒兴大发,欢饮不休,纣王醉卧数日,迷迷糊糊,不知天上人间。

纣王的残虐无道,使比干、箕子、微子等十分忧虑,他们多次苦谏，纣王无动于衷，依然我行我素，致使一些正直大臣，纷纷离商而去。为了保住商朝宗祀，比干和箕子劝纣王的亲兄微子离开朝歌，微子依其言而去。纣王并没有因亲兄出走而觉得众叛亲离，反而觉得身边少了一个絮絮叨叨的人，在佞幸包围下，可以尽兴地与妲己寻欢作乐，继续作恶。

一年隆冬，纣王和妲己登上鹿台赏雪，见河边一老一少背负柴薪过河，年老者步履稳健，年少者缩手缩脚，纣王觉得奇怪。妲己信口说什么，老者腿骨血髓盈，少者腿骨血髓虚。纣王当即令侍卫下楼，将一老一少的腿砍断，以验证妲己所言。纣王与妲己查看老少骨髓盈虚，比干入宫来见说："一老一少被砍断双腿，犯有何罪？"纣王一时语塞，比干接着恳请纣王修德爱民，弃恶从善。纣王一听此言，勃然大怒，斥责比干退下。比干毫不畏惧，直视纣王、妲己，厉声说道："大王不理政事，听信狐女妖言，祸国殃民，残暴无道，导致商朝危在旦夕。今天大王不答应弃恶从善，臣决以死谏。"妲己听得此言，心中畏惧，再看纣王气得满脸通红，觉得可以借机离间，杀死比干，便冷冷说道："照叔父说的意思，好像大王是暴君，你是圣人。听说圣人的心有七窍，不知是真是假？"纣王听到妲己的话，心领神会，便丧心病狂地令侍卫把比干开膛剖心来看。比干之妻赶到宫中求情，纣王见其怀有身孕，便与妲己打赌是男是女，当场剖腹检验。可怜比干之妻，救夫不成，反被开膛破肚，鲜血淋漓。当箕子赶到宫中，见此情景，大吃一惊，愤恨地对宫奴说："如此残暴，商朝岂能不灭！快快通报，我要当面苦谏。"纣王与妲己饮得兴高采烈，得知箕子前来没有好听的，对宫奴随口说道："把箕子囚禁为奴。"

纣王的商朝所面临的是诸侯背商服周，群臣中有的出走，有的被杀，有的被囚，有的被罢官为奴，就连其亲叔父比干也被剖心而死。百姓敢怒而不敢言，等待时机，推翻昏庸残暴之君，商王朝覆亡迫在眉睫了。

与此相反，继周文王之位的武王姬发，礼贤下士，节俭爱民，势力日益强大。当周武王得知比干被剖心而死，箕子被囚为奴时，认为灭商的时机已到，遂调集兵马，讨伐纣王。号令一出，各地诸侯纷纷响应，且拥戴周武王为天子，浩浩荡荡，渡黄河向西进发。

纣王纵欲过度，难以重现昔日的英雄本色。匆忙中召集兵马，应召者寥寥无几。只好把奴隶和俘虏组织起来，驱赶着去迎战周兵。结果可想而知，牧野一战，商兵纷纷倒戈、溃散，纣王在猛将恶来的保护下返回鹿台。

遭此惨败而又恶贯满盈的纣王，自知难为周兵和百姓所容。在他死到临头时，还要再次作恶，他命左右侍从把所有奇珍异宝都集中到鹿台，与妲己一起披金挂银、穿戴整齐地双双端坐在珠宝之中，令侍从点火，焚毁鹿台。就这样，花费千百万穷苦百姓心血和汗水构筑的豪华无比的鹿台，连同纣王、妲己以及敲骨吸髓而得来的奇珍异宝，顿时化为灰烬，商朝灭亡。有苏国君若九泉有知，当为他施用美人计的成功而感到欣慰了。与此相联系，因美人妲己怂恿纣王作恶，带给穷苦百姓的苦难，也是有苏国君始料不及的。

上述两个事例，前提相同，即在己国将亡而又不甘心于灭亡之时，所采取的美人之计。此计实施的步骤也如出一辙：通过美人妹喜和妲己怂恿夏桀和纣王沉迷淫乐，靡费资财，离间君臣关系，结果弄得众叛亲离，怨声载道，危机四伏，导致灭亡。诚然，夏、商两国的灭亡，是其国内日趋尖锐的矛盾的结果，而妹喜和妲己的怂恿，仅加速了它的灭亡。请看：第一步，以色迷人，沉溺淫乐，惑其志，弱其体。妹喜和妲己，称得上是绝代佳人。当她们被作为贡品入宫之后，夏桀与纣王视原来宠爱过的后妃们如敝屣，钟爱集于其一身，死意淫乐，不理朝政。第二步，追求豪华奢侈，肆意挥霍，费其财，祸其国。夏桀时建豪华宫殿，造酒池脯林，裂帛；纣王筑鹿台，费时七年，占地三里，又有园囿之建，珍禽异兽，充于囿中。致使入不敷出，进而增加诸侯的贡献，勒索百姓，敲骨吸髓，结果，诸侯、百姓怨声载道，人心背向。第三步，设置酷刑，招致怨恨，离间君臣，诛杀正直。夏桀的胡作非为，商纣的残暴无道，引起臣僚的不满，一批正直大臣如终古、关龙逢、梅伯、比干等，纷纷直言劝谏，被妹喜、妲己迷惑的夏桀和商纣，不仅不予采纳，反而诬其诽谤，处以斩首。尤其是妲己怂恿制造的炮烙之刑，残酷无比。就连商纣的叔父比干，最后也难逃开膛剖心之刑。如此一来，君不君，国不国，不亡何待。

第二，舍美愚敌，消志乘攻，创胜之计在其中。

在敌方骁勇无比、势强力大之时，难以与之争锋，但勇者往往也有弱点，好色常是其短，非用美人计不能赚他，然后临时见机而作，乘虚而入，便可以获得胜利。好色，男女一也，夫子云："吾未见好德如好色者。"故此施用美人计，要因人而异，需要投其所好。

事例：郑武公嫁爱女、斩良臣、意迷胡国

郑桓公是周宣王的弟弟，也是郑国的开国之君，前771年，被申侯和犬戎杀死，郑国人立桓公之子掘突为君，是为郑武公。

郑武公把如何增强国力当作奋斗目标，所以在消灭了邻国和东虢之后，下一步就要攻占胡国。郑武深知胡国的实力，若不施计谋，率兵直接进攻，胜机很小，便曲意拉拢，给予许多好处，借以迷惑和麻痹胡国。

郑武公主动派遣使者前往胡国，表示要将爱女嫁给胡国君为妻，永远友好往来。胡国君十分高兴地接受了。到了出嫁之时，郑武公又以极为丰厚而豪华堂皇的嫁妆相陪。胡国君更加乐不可支，觉得郑武公是真心待己，从而放松了对郑国的警惕。郑国无缘无故地嫁女，胡国的一些老臣则以为郑武公没有怀好心，向胡国君讲，郑武公威武过人，既阴险、又狡诈，嫁女之举绝对不是什么友好，其中必有不可告人的用心。老臣们以郑武公消灭邻国、攻占东虢为例，劝谏国君不要被其表面的友好举措所迷惑。还特别指出，郑国目前正加紧练兵，吞并胡国之心已经彰显。胡国君觉得老臣们的话有些道理，却还是有些犹豫，就在此时，郑国却传来谏臣关其思被杀的消息，胡国君臣的怀疑也因此烟消云散了。

郑武公深知平白无故嫁爱女给胡国君，肯定会引起胡国君臣上下猜疑，便想出消除胡国疑虑的办法，故此召集群臣会议。郑武公讲："自消灭邻国和东虢之后，一直没有出征，下一个进攻的敌人当在何处？"诸臣面面相觑，谁也不明白郑武公的心思，只有谏臣关其思坦率地说："当然是胡国。"却不想郑武公闻言大怒道："真是一派胡言！你难道不知我爱女嫁给胡国君为妻吗？怎能攻打胡国。看来你是有意挑拨离间我国与胡国的友好关系,让寡人落个不义之名!"立即吩咐左右,将关其思推出斩首,以儆效尤。同时警告群臣,若再有人如是说,一定严惩不贷。胡国君臣见郑武公如此,也就相信郑国是友好真诚的。

郑武公施此计谋,做得不留破绽,使胡国君臣对郑国信任不疑,完全丧失了应有的警惕。结果当郑国突袭时,毫无戒备,以一败涂地而告终。郑武公为了攻取胡国,斩杀良臣,抛舍亲生骨肉,其代价是昂贵的,用心堪称良苦。

与此相类似,战国时期赵国的赵襄子为攻取代国,也玩弄郑武公故技,将其姐嫁与代王,再赠与金银珠宝,使其失去警惕。嗣后便邀代王到句注山饮宴,击杀代王。趁代国混乱之机,赵襄子挥兵攻占了代国。

第三,以美贿臣,顺势求存,制胜之计在其中。

在父系社会,妇女沦为附属地位,在家从父,既嫁从夫,夫死从子的"三从",尚且是家庭关系,若是把妇女当作财产,则在交易的过程中,定要谋求某种利益。在政治斗争中,为了谋求政治利益,妇女往往也就成为政治斗争的牺牲品,但她们也脱离不开政治,当然也会在政治斗争中推波助澜。

事例:晋献公宠骊姬、贿权臣、罢黜申生

前672年,晋献公派军攻打骊戎,两军交战,骊戎兵望风而逃,晋军势如破竹,如入无人之境。骊公在危急之中,无奈献上骊姬、少姬两个女儿,以避免骊戎的败亡。

骊姬、少姬色艺俱佳,在晋宫众嫔妃中,如鹤立鸡群,献公为之倾倒，宠爱集其一身。骊姬不久即生一子，名为奚齐，少姬也生一子，名为卓子。至此，献公共有八子，除奚齐、卓子外，还有齐姜所生的申生、大戎所生的重耳、小戎所生的夷吾等，而且已经立申生为太子。

由于骊姬妖冶妩媚，且诡诈多谋，献公对其唯言是听，将之立为夫人，少姬则为次妃。骊姬仍不满足，还想除去三位公子，尤其是废掉申生，立奚齐为太子。为实现此目标，最紧要的是先让三位公子离开京都。骊姬分析了宫廷形势，京都只要打通献公宠臣梁五和东关五的关节，才有可能。主意打定，便备两份厚礼送给梁五和东关五。"二五"得到如此丰厚的礼品，当然按骊姬之意行事。结果，献公命太子申生前往祖庙所在地的曲沃，重耳驻守面对强秦的蒲城，夷吾驻守面对翟人的屈邑。奚齐、卓子留在京都绛城。接着，骊姬在献公面前挑拨离间，诽谤中伤申生，使献公对申生产生怀疑；又唆使献公派申生率军讨伐赤狄，不全部消灭，不可返回。意为赤狄难以消灭，借此黜除。不料申生大败赤狄，胜利归来。骊姬见此计落空，便大肆散布流言蜚语，予以中伤。

申生周围有一批忠良之臣，大夫里克尤为重要，成为骊姬实现目标的最大障碍。骊姬一面不惜重金贿赂里克，一面邀其夫妇宴饮，借以联络感情。终使里克放弃主见，保持中立；为了使骊姬放心，索性称病免朝，闲住家中。骊姬见障碍不存，便趁机令申生往曲沃生母齐姜祠庙祭祀，把祭祀用的酒肉带回给父王食用，骊姬暗中使人在酒肉中放毒。当献公进食时，骊姬故作关心之态说道："酒肉从曲沃带回，往返数月，待试试后食用不迟。"献公以为言之有理，就把酒洒于地上，地面倏然隆起水泡；再把肉扔给狗吃，狗立即口吐白沫而亡；令厮役品尝，七窍出血。献公见此，怒不可遏，决心杀死申生。

申生明知有人故意陷害，但无法辩解。不得已，只好逃往曲沃，在祖庙上吊自杀。骊姬心中暗喜，但还有重耳、夷吾，便与梁五、东关五商议对策。准备来朝的重耳、夷吾在中途得知申生被诬而死，便匆忙返回。献公听到这一消息，确信三位公子谋叛无疑，立即派兵遣将捉拿，重耳、夷吾分别逃亡，献公遂立奚齐为太子，骊姬的目的达到了，晋国的内乱也就加剧了。

晋国之乱，其源始于献公迷恋骊姬，中了骊戎的美人计，拒纳朝廷忠良之臣的劝谏。晋献公准备攻打虢国时，又施行美人计，使虢国公迁怒和疏远大夫舟之侨，为其吞并虢国创造条件。

事例：晋荀息献美女、灭虢国、顺夺虞国

虢国在晋国的南边，中间隔着虞国，而晋、虢二国的恩怨由来已久，视对方为亡我之心不死的劲敌。

虢国公整日以训练兵马开拓疆土为务，骄横不羁，不节俭爱民。太史嚚为之痛心，多次劝谏，均遭拒绝。好在有大夫舟之侨，足智多谋，直言敢谏，且能摸透虢国公的心思，凡遇重大政事，善于引导，有理有据，虢国公不得不纳。因此，虢国的实力日益增强，统治稳固。晋国想消灭它，大有困难。

当晋献公为此破费神思时，大夫荀息求见，一针见血地说："《周书》云'美女破舌'。大王不是为虢国的舟之侨忧虑吗？若选几个美女送给虢国公，使其荒于政事。这样，舟之侨定会劝谏，虢国公不仅不会言听计从，还会觉得他碍事。然后，再以金银珠宝贿赂左右，诽谤中伤舟之侨。如此一来，舟之侨再神通广大，也难于在虢国立足了。"献公拍手连声说："妙计，妙计！"随即令荀息筹办。荀息奉命而行，很快在民间挑选出有天生丽质的十名美女，稍作调教和修饰，个个媚态十足。献公便修书一封，带些珠宝，把美女送给虢国公。

不出荀息所料，虢国公见到这些异国美女，别有一番风韵，不由得心花怒放，遂如蜂采蜜似的整日游离其间，无心政事。舟之侨少不得屡次劝谏，恨得虢国公咬牙切齿。足智多谋的舟之侨，知虢国公已色迷心窍，谏之无益，就携带妻子儿女，躲于深山。

舟之侨的出走，给晋国消灭虢国创造了条件。若要攻打虢国，必须经过虞国。当献公正为此思虑不得其计时，荀息又上一策：以名马美玉送给虞国公而借其道。献公知荀息之策可行，但又担心虞国名臣宫之奇识破其谋，收下名马美玉而不肯借道。荀息早有判断，以为宫之奇性情懦弱，不敢固执己见，加上虞国公有喜爱美男之癖，宫之奇与虞国公一起长大，非常亲昵，宫之奇今非昔比，年老色衰。我们向虞国公送名马美玉的同时，再选送一批优伶乐伎，投其所好，宫之奇就难以进其言了。献公采纳其策，付诸实施。虞国公得到名马美玉及年轻貌美的优伶乐伎，喜不自胜，加上荀息的一番恰如其分的恭维，犹入五彩云中，不仅即刻答应借道，而且情愿充作攻打虢国的先锋。宫之奇得知此情，急忙入宫谏阻，虞国公不等宫之奇说完，就让他退下。

由于虢国的战斗力较为强大，晋、虞二军联合进攻，仅攻占了下阳，并未使其亡国。两年后，再次派兵前往。虞国公不听宫之奇的劝告，仍与晋军联合，宫之奇只有离虞赴秦。晋军消灭了虢国以后，在凯旋之时，大军驻扎虞国，向虞国公献上掠夺来的美女歌伎和金银珠宝。在虞国公还处在喜悦之中，毫无戒备的情况下，已经成了晋国的俘虏，被押送晋国京都。与此同时，荀息没有忘记把以前送给虞国公的名马美玉奉还献公。献公以胜国之君，目视名马，手持美玉，满意地笑了。

第四，自辱求存，保实再生，求胜之计在其中。

夫辱不辱在人，受辱不受辱在己。虽然被人欺凌，不过眼前受辱，若是不甘受辱而轻生，也不会得到人们的同情。明知受辱，却能够逆来顺受，受辱而知耻，等待时机，积极争取，焉知没有雪辱之时。

事例：勾践卧薪尝胆、献美女、行贿赂、智灭强吴

自古以来，国与国之间，兵戎相见，胜而败，败而胜，生生灭灭地演变着。吴越两国的胜与败、败与胜，生出许多耐人寻味的故事，并且表现出在战败之后如何运用自辱其身、寻求胜机的美人之计的手法来。

吴王夫差之父阖闾，在与越王勾践的争战中重伤而死。夫差为报杀父之仇，守丧日毕，即命伍子胥为大将，伯嚭为副将，率倾国之兵，讨伐越国，且志在必胜。当吴军来到越境，勾践召集三万之兵与之对抗。结果，兵力众寡悬殊，越兵惨败，仅剩五千人退至会稽。在越国将亡之时，范蠡进言道："战至如此地步，唯一的办法就是送上丰厚的礼物，以谦恭的哀求，讨得吴主的哀怜和同情。若其不允，君王只好自辱其身，去做吴王的奴仆，寻求时机，以图再举。"勾践令文种以范蠡之言前往，言卑情切地向吴

王请求，且答应交出越国，让越王和王妃供吴王驱使。吴王见此情景，本想允诺，而在侧的伍子胥，列举史例，劝阻吴王，且说若不趁此良机灭越，后患无穷。吴王以为其言有理，拒绝文种。

勾践得知夫差拒绝，万念俱灰。文种进策云："以财色贿赂嫉贤妒能而又贪财好色的吴王宠臣伯嚭，投其所好，定能请和成功。"勾践同意，文种带上八名美女、二十双白璧，进献给伯嚭，果然顿时生效。次日伯嚭就领着文种叩见吴王。吴王仍持前议，决心彻底灭越，以慰父王在天之灵。伯嚭摇动如簧之舌，说什么允越求和，既可得越国财富以增强吴国实力，又可博得仁义美名，号召诸侯，名实俱获。否则，越国余兵，困兽犹斗，吴国虽不至于失败，但消耗人力物力，并非上策；倘有疏漏，还会贻笑于诸侯。吴王夫差为之心动，转而问文种，越王是否愿入吴侍奉。文种立即叩头，答称越王甘心情愿侍奉大王。夫差便应允越国讲和投降，伍子胥予以谏阻，吴王不听。文种回报越王，勾践立即挑选珍宝，又选三百三十名美女，装载上车，分送吴王和伯嚭，遂签订盟约。吴王十分满足，胜利归来。

前492年，勾践怀着极其伤感和屈辱的心情，带着妻子在范蠡的陪同下入吴为奴仆。离开越都时，朝臣少不了一番劝慰，让其忍辱负重，以图来日东山再起。勾践心怀远图，认为暂时的坎坷，命中注定。入见吴王，跪拜俯首，感恩戴德之情溢于言表，说得夫差也觉得于心不忍。伍子胥得知勾践入事吴宫，其意不言自明，急速进谏吴王趁机诛杀勾践，以绝后患。吴王以"诛降杀服，祸及三世"为辞，回绝伍子胥。伯嚭在旁劝吴王勿食前言，夫差便饶恕勾践不死，命其在宫中为奴养马。

成大事者，必经磨难。勾践自辱其身，目的在于复国。勾践与妻子、范蠡在吴宫中小心翼翼，不愠不怒。夫差派人去观察勾践的行动，只见他们穿的是破衣烂衫，吃的是粗糠野菜，勾践看马喂草，范蠡砍柴打草，勾践夫人做饭洗衣，个个安分守己，一副心甘情愿的模样。吴王得知此情，也认为他们意志消磨殆尽，再无尊严可言，从而放松了对败国之君应有的警惕。

一晃三年过去了，夫差反倒觉得勾践君臣十分可怜，生出恻隐怜悯之心，再加上伯嚭的讲情，打算放他们回国。伍子胥赶来劝阻说："夏桀、殷纣，囚成汤、文王，不杀而留有后患，结果夏被汤灭，纣被周亡。现在大王不仅不杀勾践，反令其回国，岂不是放虎归山，将重蹈夏桀和殷纣的覆辙吗！若不早除勾践，必悔恨终生！"夫差采纳其言，将勾践夫妇及范蠡重新囚禁石室。

文种在越国得到伯嚭传来信息，越王等不久将获赦免回国，接着文种得知事有逆转，急忙派人携带珠宝美女贿赂伯嚭。伯嚭入见吴王，引经据典，劝说吴王以仁德为重，方能成就霸业。夫差也觉其言不无道理，答应病愈之后，再议赦还勾践之事。

范蠡精通医术，知吴王疾病将很快好转，便建议勾践前往探病，要表现出对吴王无限忠诚和谦恭的样子，以便博得吴王的好感和信任。次日，勾践即通过伯嚭叩见吴王，显得十分忧虑，跪拜询问病情。恰在此时，吴王要大便，勾践便请饮溲尝便，判断病情。待尝过之后，高兴地对吴王说："大王的病很快就会痊愈。"吴王为之感动，当即答应勾践搬出石室，养马驾车，待病痊愈，赦其回国。

事也凑巧，不几日，吴王病真的好了，临朝理事。一日，大摆宴席，待勾践以宾客之礼。伍子胥见此礼遇，挥袖而去。接受越国金贿的伯嚭为防止伍子胥再生枝节，使勾践顺利回国，便趁机在吴王面前大肆攻击伍子胥。第二天，伍子胥果然面见吴王，苦言相劝，一针见血地指出："越王入臣于吴，其谋深不可测；虚府库而不露愠色，是欺瞒我王；饮溲尝便，是食王之心肝；入吴为奴，是为灭吴！若不省悟，将大祸临头！"吴王不悟，斥令伍子胥住口退下。就这样，因吴王一叶障目，不纳忠言，专信谀词，才使勾践及妻子、范蠡提心吊胆地回到越国，勾践感慨万端，复仇之志，坚定不移。

勾践回国后，千方百计地侍奉吴王夫差，发动男女采葛，织成十万匹细布进献给吴王，以满足他的嗜好，讨得他的欢心和信任。吴王高兴了，返还越国的八百里国土。勾践暗暗地实施其复仇的计划，且以身作则。"日卧则攻之以蓼，足寒则渍之以水，冬常抱冰，夏还握火，愁心苦志，悬胆于户，出入尝之，不绝于口。"平日，勾践耕种，夫人织布，节衣缩食，出不敢荐，入不敢传，苦身劳心，取得百姓拥戴。同时对诸侯国的士民以礼相待。不长时间，越国人口增加，生产发展，民气日张，实力日强。

当吴国伐齐凯旋的消息传到越国，文种向勾践进谋说："古人云高飞之鸟死于美食，深渊之鱼死于芳饵。大王若想伐吴复仇，仍要投其所好，参其所愿。"勾践精神为之一振，请文种详细说来。文种侃侃而谈，提出九术之策：尊天地事鬼神以求其祸；重财帛以遗其君，多货贿以喜其臣；贵籴粟麦以虚其国，利所欲以疲其民；遗美女以惑其心而乱其谋；遗之巧玉良材，使其起宫室以尽其财；遗之谀臣，使之易伐；强其谏臣，使之自杀；君王国富而修利器；利甲兵以承其弊。文种最后说："大王用此九术，破吴灭敌，报怨复仇，易如反掌。"勾践连连点头称妙，认真研究九术，逐步付诸实施。

说来也巧，吴王正在修建姑苏台，勾践立即命令搜集巧匠良材，送给吴王。吴王看到勾践送来的又长又大的木料，喜出望外，便根据良材的尺寸，重新设计宫殿规模，增派百姓服役，费时八年，才予完工，因而浪费人力、物力、财力，可谓劳民伤财。

接着又令文种和范蠡挑选越国最漂亮的女子西施和郑旦，送给吴王，投其淫而好色之癖。吴王见西施美如天仙，能歌善舞，多才多艺，顿时入迷。又为其建馆娃宫，铜构玉栏，珠玉装饰，富丽无比。馆娃宫外，又有鸭城、鸡城、鹅城、酒城之筑，耗资不计其数。此后，遂与西施在宫中淫乐，将朝政交给伯嚭。伍子胥多次劝谏，均遭斥责。

吴王为了西施、郑旦，挥金如土，致使百姓疲惫，国力日衰，勾践趁机派文种请籴吴国。伍子胥知文种用心，谏阻吴王说："虎狼不得委以食，蝮蛇不可恣其意。"伯嚭却以德义反驳伍子胥。吴王夫差正以勾践臣服得意，批准借给越国粟麦万石。次年，越国将粟麦蒸煮后还给吴国，夫差见颗粒硕大饱满，十分高兴，不仅由此认为勾践讲信用，还要臣下将归还的粟麦留做来年的种子。结果，种子入土，没有发芽出苗，一年耕耘，颗粒无收，百姓饥困。夫差不知危难，仍骄横无羁，依恃勇武，准备兴兵伐齐。伍子胥再谏，惹恼吴王，令其往齐劝降。伍子胥知吴亡只在时日，便与儿子一起赴齐，托友人照顾，然后返回吴国。伯嚭趁机进谗言，把伍子胥赴齐托子之事大肆渲染一通，吴王听信不疑，令伍子胥自杀。伍子胥含泪从命,临死前对家人说:"我死后,请把我的眼睛剜下来挂在东门城墙上,我要看看越国灭吴的大军。"吴王夫差得知此言,怒不可遏,即令侍卫用马革将伍子胥尸首包裹,抛入江中。铮铮良臣,了却一生,吴王再也听不到逆耳忠言。伯嚭遂晋升为相国,朝政更加腐败。

前482年,勾践从西施传来的情报得知,吴王率精兵强将往黄池会诸侯,谋取盟主,只留太子及老将弱兵在国内把守。勾践便派兵遣将,讨伐吴国,吴军大败。吴王得知,惊得哑口无言,面如土色。赶紧与诸侯签订盟约,急忙赶回。此时兵疲民困,只好向越国求和。勾践审时度势,慨然应允。由于吴王没有吸取教训,在内仍重用伯嚭,宠爱西施,诛杀太子;在外又与齐、晋、楚以武为相对峙,兵力日渐消殒。四年之后,勾践再次派兵攻打吴国,笠泽一战,吴军大败而逃,夫差奔至阳山,越军四面围困。伯嚭已经投降,夫差不得已,只好再次向勾践求和。

范蠡与文种对勾践说:"大王卧薪尝胆,奋发图强,熬了二十二年,今日定要除掉夫差,以避后患!"勾践犹记会稽之败,夫差不杀的恩德,派人告知夫差,给他甬东之地,给三百仆役,以终其养。夫差羞愧难言,自杀而死。

数年后,勾践消灭了吴国,杀死伯嚭、扶同;范蠡多谋远虑,携西施远走高飞。只有文种,不听范蠡规劝,以为有功,终被勾践赐死。

吴越间的败而胜、胜而败,几经反复,多所曲折。仅就夫差和勾践而言,异同极为分明。其相同处表现在:当处于劣势之时,以复仇为目标,都能够忍辱负重,苦心积虑,时时警惕,不达目的誓不罢休。例如，夫差为报杀父之仇，派专人在门庭处，迎其出入，却要提醒勾践杀阖闾之事。勾践兵败入吴为奴，不愠不怒；回国后，卧薪尝胆，以图再举。但两者的结果迥异：夫差羞愧自杀身亡，勾践消灭吴国，得到诸侯领袖的地位。这一差异，关键在于美人计的妙用。

当勾践兵败会稽，请求讲和而不得之时，是文种献策，以珠宝美人贿赂夫差宠臣伯嚭，且以入吴为奴为条件，才得以不死；继而被囚石室，伍子胥谏吴王立即处死，斩草除根之时，又是伯嚭，以仁义为辞，从中劝说，紧张情势，随之缓解；当勾践等小心翼翼，终日劳作，无悔无怨，引起夫差的怜悯，择日赦其回国，经伍子胥一番论说，而又重新将勾践等拘于石室之时，文种再次遣人以财色贿伯嚭，使勾践等解除囚禁，养马驾车。由于勾践有忠臣范蠡出谋划策，勾践探夫差之病，竟饮溲尝粪，以判吉凶。尽管夫差以胜利者自居，骄横傲慢，但这一举动，不论是在精神上，还是在感情上，所起的作用都是巨大的，他一方面使胜利者得到了精神上的满足，以为勾践表现得如此卑贱，精神崩溃，只能为奴仆，不会有东山再起之心；从而在感情上，夫差不得不出于怜悯寄予勾践以同情，以至放其回国。

再以臣僚间而言，夫差下有伍子胥、伯嚭，勾践下有文种、范蠡。伍子胥、文种、范蠡足智多谋，深思远虑，洞察一切；伯嚭贪财好色，舍利忘义。伍子胥的忠信，被伯嚭的奸邪抵消。君王偏听偏信，由胜转衰。文种、范蠡目标一致，精诚团结，竭尽全力，出谋划策。君王为摆脱困境，虚心求教，付诸实施，由弱转强。由此可以看出，胜国之君因其胜而骄，因其骄而暴露出对方可乘之隙；败国之君因其败而谦，因其谦而深藏不露，虚心倾听臣僚意见。尤其是勾践回国后的卧薪尝胆，文种所献以美人计为核心的取吴九术，可谓是美人计的精品。因勾践运用适时得当，终于实现了由弱变强、灭吴复仇的目标。这就是《周易》中说的渐卦九三爻变为巽卦示以柔顺之意。

第五，献美图官，以求显达，获胜之计在其中。

献媚兴谀，假仁假义，见人极尽温和，存心无不奸诈。这种人在施展计谋的时候，事事为自己打算，在奉承他人的时候，能够使人觉得是赤胆忠心，实际上欺人昧心，图利害人。

事例：张仪诱以美色、挟郑袖、去谏臣、求得富贵

张仪与苏秦，同以鬼谷子为师，是战国时期著名的纵横家。苏秦发迹较早，一举为相，张仪却靠美色才求得富贵。

张仪经过一段坎坷曲折之后，想以继位不久的楚怀王为突破口，求得一官半职，发挥其聪明才智。不料，楚怀王不理不睬，十分冷淡。话不投机，只好起身，准备前往晋国。临行时，张仪说："我将赴晋国，那里的女子都是貌若天仙啊！"这句话说得楚怀王顿时形如呆鸟，垂涎欲滴。待楚怀王缓过神来，即刻笑着给张仪让座，设宴款待。席间，楚怀王令侍者拿出许多珠宝交给张仪，烦他到晋国挑选美女。

这一消息传到南后和怀王的爱姬郑袖那里，二人为之焦虑不安，分别暗中遣人送给张仪黄金千百两。张仪心领神会，如数收纳。

张仪起程前来给楚怀王告辞，再次被待为上宾，热情异常，

大摆宴席。由于张仪接受了南后和郑袖的黄金,便趁楚怀王高兴的时候,提出请君夫人一起欢饮,楚怀王应允。待南后、郑袖来到席间,张仪故作吃惊之状,举止失态,楚怀王看到,十分不悦。张仪便叩拜道:"臣罪该万死,前日曾夸口为大王挑选绝色美人,岂不知天下的绝色美人早在大王左右。"楚怀王听张仪如是说,喜不自胜,得意而陶醉。张仪诱以美色,得到了许多黄金珠宝,突然富贵起来。

其后,张仪为秦惠王的相国,推行连横之说。为了分化齐楚联盟,再次来到楚国。此时的张仪,非昔日之比,楚怀王急忙拜访张仪。张仪凭其三寸不烂之舌,劝说楚怀王与齐国绝交,与秦结为盟友。若能如此,秦可将商於六百里肥沃的土地割让给楚国,并选二十名绝色美人供楚王享用。楚怀王觉得这是件好事,立即答应。谏臣陈轸劝说应该谨慎,待秦国允诺兑现后,再与齐国断交不迟。可是楚怀王被沃地美女所诱惑,执迷不悟,听从张仪的说教。结果,不出陈轸所料,秦国不仅不给土地美女,还与齐国结盟,无形中,楚国被孤立。楚怀王十分气愤,派兵攻打秦国,败得更惨。不得已,竟然以黔中地方相交换,索取张仪。

张仪对这一结局早已料定且有准备,便主动请求赴楚。张仪一到楚国,就被严加看管,楚怀王打算择日处斩张仪,以泄胸中愤怒。与张仪友谊颇深的楚国大夫靳尚找到郑袖说:"楚王要杀张仪,秦国准备许以上庸六县土地,并选能歌善舞、貌若天仙的女子送给楚王,以便赎回张仪。到那时,你肯定受到冷落,终日要与孤灯相伴了。若劝楚王放走张仪,你的荣宠将一如既往。"这番话说得郑袖坐立不安,急忙找楚王规劝。为了保住自己的地位,郑袖添油加醋，晓以利害。楚王觉得有理，便传令释放张仪，设宴款待，送其返秦。

事例：吕不韦破家得相国

一个以贩卖为生的商人，靠微利养家糊口，却能够抓住机会，破费家产，谋得相国，权倾朝野，这就是人人皆知名声显赫的吕不韦。他之所以能够成功，主要是他抓住机会，充分运用以财色为核心的美人计。

战国时期，秦国与赵国结盟，互不侵犯，派王子王孙为质。当时，秦昭襄王就将太子安国君的儿子子楚入质于赵。后来，秦国不讲信用，多次派兵攻打赵国，赵孝成王十分气愤，且迁怒于子楚，意欲处斩，以平胸中之恨。由于平原君反复劝谏，才将子楚安置在丛台，派大夫公孙乾看管，且减其廪禄，致使子楚出无车马，用无余资，犹如囚禁一般。

韩国商人吕不韦在其父的教诲下，决定谋国，便到赵国首都邯郸寻找机会。吕不韦得知子楚的境遇，不由自主地拍手说道："此奇货可居！"以商人的眼光和头脑，走上谋国之路，便采取以财色为核心的美人计。

第一步，讲明利害，取得信任。

吕不韦在见子楚之前，先备黄金送给看管子楚的公孙乾，打通关节。从此日复一日，或者设宴请饮，或者置酒答谢。一天，吕不韦与公孙乾在丛台痛饮，酒至半酣，吕不韦说："何不将子楚请来同饮？"公孙乾哪能不依，即刻叫子楚与吕不韦相见，问了些生活起居之类的话，以示慰问，不曾涉及主题。

数日后，再见子楚，正逢公孙乾有事，不在身边，吕不韦便对子楚说:"你是王孙,落得这样的处境,十分令人同情,难道不曾考虑过归国吗?"子楚颓丧地说:"现被置于此地,犹如囚徒。生活尚且难以为继,岂敢有归国之想?"吕不韦说:"你若愿意归国,我可想出脱身之计。你难道没有看到,秦王年老,你父宠爱华阳夫人,如今膝下无子。你虽有兄弟二十余人,你父未宠信其中一人。你何不归国,求为华阳夫人之子,待机谋为太子?"子楚听到此处,转忧为喜,立即回答道:"先生的话说得极好。不过,谋立太子,谈何容易。"吕不韦说:"现在的难处关键是用无余财,既无法给你父亲和华阳夫人贡献礼物,以表孝心;又无钱结交朋友,我虽不富裕,但愿意以仅有的资财,为你解困。"子楚听后,感激不已,急忙跪下叩拜,并表示将来诸事遂愿,共享富贵。吕不韦见子楚的话出于至诚,便给他黄金,令其买通左右人等,广为结交朋友宾客,改变处境。子楚言听计从,一一照办。

第二步,赴秦游说,动之以情。

吕不韦购买许多珍奇异宝,作为礼品,来到秦都咸阳,为子楚归国铺路。吕不韦先求见华阳夫人的姐姐,把子楚夸奖了一通,随即献上礼品,说是子楚思念姨娘,以此薄礼,表示孝敬之心。同时把送给华阳夫人的礼品,托其转交。并说王孙早年丧母,就把华阳夫人当作自己的嫡母,整日为不能奉养而愁苦。

当华阳夫人的姐姐把礼品转交时,华阳夫人极为高兴,其姐趁机按照吕不韦的意思称赞子楚贤明孝顺。最后说:"古人云,以色事人,色衰爱弛。不如趁现在色未衰、爱未弛,就认子楚为嫡子,将来有个依靠。"华阳夫人知自己生子无望,收子楚为子,不失为一种办法,便找了个机会对安国君说:"妾受宠爱,不幸无子。

都说子楚贤明孝顺,不如现在就把他立为嫡子,使妾身有托。"安国君爱屋及乌,满口答应,且刻符为据,上写"适嗣子楚",从中剖开,各执一半。由于当时秦赵交兵,子楚难以顺利归国,安国君请示父王。秦昭襄王正迁怒于赵国,未予答复。吕不韦得知,又以金银珠宝贿赂宠臣王后之弟杨泉君,才得到秦王允诺。安国君与华阳夫人高兴异常,给子楚准备了黄金和许多食物、衣服,托吕不韦转交。

第三步,献赵姬,笼络子楚。

吕不韦回到邯郸,先拜访公孙乾,再见子楚,将为谋取王太孙的地位,如何奔走,大肆渲染了一番。子楚喜不自胜,作揖叩头,感激涕零,视其为再生父母。

吕不韦绝非等闲之辈,要想借子楚既得到荣华富贵,又能产生政治影响,还必须另谋良策,镇住子楚,而良策佳谋莫过于献美女。一日,吕不韦约子楚饮酒,席间让自己的爱妾且有身孕的赵姬出来陪酒。久处丛台,寂寞异常的子楚,见到赵姬腰若杨柳,貌似芙蓉,娇娆多姿,顿时目眩心迷,魄散魂飞。也许是子楚酒壮色胆,直言索要赵姬。吕不韦假装不悦,子楚下跪再求。吕不韦显得无可奈何,方答应将赵姬送他,并明示两条,一是必须纳赵姬为正室;二是若赵姬生子,必须立为嫡嗣。垂涎欲滴的子楚,二话不说,全部答应。

子楚与赵姬在丛台,虽说环境萧条,但二人恩爱异常。尤其是子楚长期愁苦寂寞之心,得到了极大的慰藉。十月后,赵姬生一男儿,时为秦昭襄王四十八年正月一日,便取赵姓,名为政。

吕不韦暗自欣喜，从中看到了一本万利的希望。因秦国远祖姓嬴，就叫嬴政。这就是历史上统一六国的第一位皇帝秦始皇。

第四步，护送子楚归国，自谋相国。

赵政三岁时，即秦昭襄王五十年，秦赵再次交战，情势危急。吕不韦为自己的前途计，劝子楚赶快离开此地。吕不韦托言兵战不休，无法买卖，需急速返回故乡，只求顺利出走，不惜任何代价，仅贿赂各城门军将及公孙乾的黄金，就有三百斤之巨。子楚扮成仆人，混入吕不韦家人中出城，进入秦军大营，拜见督战的秦昭襄王。祖孙相见，极为欢喜，令子楚速赴咸阳，以免父母惦念。

到了咸阳，吕不韦还不忘嘱咐子楚改穿楚服，以博得出身楚国的华阳夫人欢心。结果，效果极佳，华阳夫人为之感动不已。

秦昭襄王兵败回国，心中愤懑。尽管如此，仍封吕不韦为客卿，食邑千户。六年后，年已七十的秦昭襄王死，太子安国君继位，是为秦孝文王，在位一年而死，子楚继位，是为秦庄襄王，立嬴政为太子。当时的相国蔡泽深深知秦王与吕不韦的关系绝非寻常，主动辞官。秦庄襄王不食前言，拜吕不韦为丞相，封为文信侯。

至此，吕不韦不惜破费家产的代价，居奇货，终得报偿。以财色为核心的计谋运用得可谓成功。

在中国历史上，以财色"美"人，即以金银珠宝、绝代佳人去投敌对势力的所好，使其迷惑麻痹，从而得到自存，继而发展实力，最终战而胜之，此计久用不疲，似乎都达到了预期的目的，但仍有例外，偷鸡不成蚀把米的事例，屡见不鲜。

事例：强中自有强中手，赔了夫人又折兵

魏蜀吴三国鼎立，时而联此攻彼，时而联彼攻此。但有一点是共同的，即为求自身的发展，不被消灭。赔了夫人又折兵，是吴蜀间的一段故事。

蜀主刘备，东奔西走，寄人篱下，一生坎坷，用诸葛亮之策，才有所发展。待刘琦病死，才自领荆州牧。这个荆州，是借东吴孙权的，在借时就说好刘琦死后，即归还给孙权。当孙权派鲁肃索还荆州时，诸葛亮软硬兼施，答应刘备攻取西川后归还。

鲁肃没有完成孙权的使命，返回柴桑，先与周瑜说明。被周瑜一番抢白的鲁肃，心情更加沉重。忽一日有消息传来，说刘备的甘夫人病死，周瑜自作聪明，献出一计：以将孙权之妹许给刘备为妻之由，把刘备骗到南徐，加以囚禁，然后让诸葛亮拿荆州来交换。请示孙权，孙权也认为其计妙不可言，即命吕范为媒前往荆州。吕范不知是计，欣然领命。

吕范见到刘备，将主公孙权嫁妹一事，如实道出，并将孙权之妹称赞一通。若蜀吴结亲，家国两便，最后说，吴妹不肯远嫁，得皇叔前往东吴。刘备得此好事，心中高兴，又担心是计，便让吕范回馆休息，自己去找诸葛亮筹划。

诸葛亮听罢刘备叙述吕范来意，心中暗笑，心想周瑜此计虽妙，我自能高其一筹，定叫他竹篮打水一场空。想到此处，就对刘备说："主公勿忧，高高兴兴地去东吴结亲吧！"

当诸葛亮派孙乾与吕范同往江南答谢返回后，一切筹备妥当，已有三条妙计交付赵云收藏，依次而施。遂令赵云、孙乾率五百名军士护送刘备到东吴与吴侯之妹成亲。三条妙计为何？

第一计，大造舆论，争取主动权。

209年冬，刘备一行来到南徐，船只傍岸，赵云打开第一锦囊，细读其计，乐不可支。立即命五百军士，披红挂彩到南徐的大街小巷采办礼品，大肆宣扬刘备与吴侯之妹结亲，顿时沸沸扬扬，家喻户晓，人人皆知。孙权得知，认为如此张扬，周瑜之计，怎能实施？加上朝中老臣和孙氏亲戚纷纷找来，都觉得以嫁妹之名，杀死刘备，夺回荆州，十分不妥。商议结果，不得不假戏真做，先招刘备为婿，将其留在南徐。至于荆州的归还，从长计议。

第二计，假报军情，催促刘备速还。

刘备成亲之后，住在孙权为其重新整修的东府里，十分惬意，乐而忘归。赵云等人见刘备终日沉溺酒色，时至年终，还无归意。在此焦急之时，想起了军师的吩咐，便打开第二个锦囊，一看此计，便直入东府，见刘备，着急地问道："主公不想荆州了吗？"刘备为之一愣。赵云接着说："军师使人来报，曹操起大军取荆州，要报赤壁之仇，形势危急，请主公速回。"刘备似有难处，犹豫不决。赵云看在眼里，献上一计说："开春正月之日拜贺时，可说是到城外望北祭祖，邀夫人同往。我等事先在城外等候，主公与夫人一到，就起程回荆州。"刘备一想，事到如今，只好如此。其间，孙夫人少不了向刘备发怒，经刘备把此事的前前后后，详细叙述，孙夫人长叹一声，上车同行。

第三计，神机妙算运筹严密，刘备安然回荆州。

正在宴请文武大臣的孙权，一听刘备偕夫人出走，急命陈武、潘璋率军士追赶，捉拿刘备。孙权担心陈、潘畏惧，不能成事，又将所佩之剑交给蒋钦、周泰，令其取刘备及夫人的头来见。

原来周瑜考虑刘备可能寻机出走，早就派徐盛、丁奉在要冲处把守。当刘备行至途中，见前有重兵，好不着慌。赵云见此危急，立即打开第三个锦囊。刘备看罢，哭泣着对孙夫人说："在此当口，还请夫人喝退拦路的吴兵。"孙夫人杏眼圆睁，一通连珠炮般的质问，徐盛、丁奉哑口无言，只得令军士让开，眼睁睁地看着刘备一行远去。不一会儿，陈武、潘璋率兵来到，徐、丁将孙夫人的愤怒和质问叙说一遍。陈、潘心想，孙夫人是孙权之妹，今日气恼，令我们前来捉拿；明日气消，说不定又来怪罪我们。既然徐、丁奉周瑜之命，结果如此，何况我们，便令军士原地休息。正在此时，蒋钦、周泰赶到，见徐盛等四将和军士歇息，不曾追赶刘备，十分愤怒，随即道出吴侯命他们先杀夫人，后斩刘备之令，说："徐、丁二将速报都督，派快船去水路捉拿，我等从旱路追赶。"众将应命，率兵而去。

　　赵云等护送刘备及夫人，一路急行，来到刘郎浦，已是人困马乏，精疲力竭，本想歇息，忽见尘土滚滚，追兵将到，万般危急。突然望见江岸有二十余船只，一字排开，赵云急忙护着刘备及夫人走上为首的大船，其他人等分别上了船。这时，诸葛亮摇着鹅毛羽扇笑着说："主公无恙，我已在此等候多时了。"刘备定睛细瞧，船中之兵，都是荆州水军装扮的，便抚着诸葛亮的手，连连称赞军师神机妙算，运筹严密。与此同时，惭愧之情，油然而生。蜀船刚刚离岸，蒋钦等四将率吴兵来到江边，诸葛亮站在船头，对四将说："你等回报周都督，若要运用美人计，先好好选择对手才是。"船至江中，只见周瑜率水师战船而来。诸葛亮即令船靠北岸，从陆路前行。周瑜迅速赶到江边，上岸追赶。忽然关羽率领兵马从旁杀出，周瑜大惊，挥兵后退。行不数步，黄忠、魏延左右围攻，周瑜兵马纷纷逃至江边，乘船而去。这就是周瑜定计取荆州，赔了夫人又折兵的故事。

此例说明，美人计的应用，还有对象、条件、环境之分，其中选择对象是第一位的。孙权采纳周瑜之计，以刘备为对象，一般地说是可以的，但失误在于忽视了刘备的军师诸葛亮的智慧，也就是在实施这一计谋之前，没有认真考虑刘备周围的环境和条件，更没有考虑到环境和条件的制约性和影响力。由于这种制约性和影响力，可以使计谋本身发生变化，甚至扭曲，其结果变成事与愿违，南辕北辙，走向事物的反面。

三、以求生存　变劣势为优势

美人计列入败战计之中。就争战的双方而言，是处于劣势，或将被灭亡的一方，运用此计摆脱困境，争取时间，变劣势为平势或优势，抑或避免灭亡，以求生存，进而得到发展。军事斗争是政治斗争的集中表现。因而，美人计在政治斗争中的应用范围极其广泛。

第一，美人计在强弱国家之间的运用。

在中国古代，权力的大小，威望的高低，与统治地域的广狭、人口的众寡成正比。因此，对土地的要求、人口的掠夺，是当时政治斗争的重要内容。相对弱小的国家，时刻都有被大国吞并的危险。一旦这一危险发生，弱小的国家为了求得生存，就派使者前往讲和，献上金银珠宝、绝色美女，乞求强国之主，使本国不亡。有施氏献妹喜与夏桀，有苏氏献妲己与纣王，褒国献褒姒与幽王，尤其是越王勾践自辱其身，入吴为奴，终于灭吴等，都是典型的事例。

美人计的应用过程，绝不仅于此。也就是说，用计者不以自己的生存为满足。一种难以遏制的复仇之心，促使他利用美人受宠的条件，尽其所能，引导强国之主沉溺于淫乐，靡费奢侈，勒索百姓钱财，招致怨恨；离间君臣，胡作非为，自我孤立，酿成风雨飘摇和内乱之势，以致走向灭亡。当然，这种结局，用计者不一定都能亲自看到，但上述事例足以说明，美人计的运用，达到了预期目的。

美人计的运用，也是多种力量的较量。具体地说，在强弱国的臣僚间，也在斗智斗勇。如晋献公欲灭虢国、虞国，因有舟之侨、宫之奇分别为两国国公谋划，难以得逞。荀息施以"美女破舌"、"美男破老"之计，除去舟之侨和宫之奇，晋献公不费吹灰之力，吞并了虢国和虞国。再如吴王夫差为报父仇，率兵攻越，大获成功。当此之时，吴王大臣伍子胥的头脑始终是清醒的，另一宠臣伯嚭却是贪财好色之徒。越王勾践战败，死到临头，其臣范蠡、文种精诚团结，忠心护主，利用伯嚭的弱点，实行美人计，种种难题，迎刃而解，终于灭吴复仇。与此相反，吴主孙权用周瑜设计的以嫁妹为名收回荆州之计，因诸葛亮的智慧高其一筹，而赔了夫人又折兵。

第二，美人计在君臣之间的应用。

君主专制政体下的君臣关系，总的来说就是出令和行令的关系。但作为臣，有三六九等。接近君的臣，有的参与政令的制定，或影响到君制定政令；其次是掌理政令的实施；再次是政令的执行者。这就构成了臣的不同等级和职权范围。换言之，不同等级的臣具有不同的权力和地位。作为臣子，要想保住已经得到的权力和地位，关键是如何处理好与君的关系。或投其所好，包括物质的、精神的，甚至君的怪癖嗜好，都要从各个方面予以满足。否则就会遭到不测，甚至性命难保。明正德帝，史称风流皇帝，好嬉游，江彬等投其好，导君远出，乐而忘归。不仅宠爱有加，还官至镇国公，提督团营。明天启帝，好工匠，日事砍削，不厌其烦，魏忠贤多方侍候，深得宠信，终于独揽大权，以至呼"九千岁"。

君虽有出令之权，但如何使政令实施，统治稳固，同样给臣子赐予珠宝，赐予官爵，赐予美女等此类事例，代代皆有，不胜枚举。这都属于美人计的应用范围。

还有另一种情况，即无职无权贫困潦倒的白丁，当属弱者的范围。他们又不甘于自己的处境，企图谋得一官半职，或者一旦能涉猎荣华富贵，也大都靠美人计来实现。战国时的张仪初到楚国，结交楚相，不料相府失璧，都怀疑张仪偷盗。不分青红皂白，鞭打数百，因不屈服，狼狈而归。后来，又求见即位不久的楚怀王。怀王亦十分冷淡，张仪在无可奈何之际，投怀王喜欢女色的癖好，说得怀王笑逐颜开，立即拿出很多珠宝令其在晋国选购美女。张仪欢天喜地地回到馆舍，南后和宠姬郑袖，担心怀王得了新欢而忘旧宠，又分别送给张仪白玉黄金。张仪当然深知其意，如数收纳。仅提示一下美色，就突然富贵起来。此后不久，居然做了秦相。吕不韦以财色为钓饵,取得了煊赫的地位,也是在君臣之间应用美人计的典型。

第三,美人计在争夺皇位继承权中的应用。

在君主专制政体下的政治斗争,主要表现为权力的争斗,其权力争斗的激烈、凶狠,莫过于皇位继承权的争夺。这是因为古代的皇帝,拥有至高无上的权力,生杀予夺,集于一身。争得皇帝的继承权,被立为太子,就是准皇帝,何日继位统驭天下,只是时间问题了。因此,这种争夺激烈异常,其手法也是阴险狡诈、诡计多端。美人计的实施与运用,也颇有奇效。史载,隋文帝杨坚与独孤后相亲相爱,誓无异生之子,这是以前朝为借鉴,防止嫡庶为继承权引起争斗的缘故。杨坚认为五子同母,又早立长子杨勇为太子,其余皆封为王,出京镇守,不会有兄弟争夺之忧。岂不知,被封为晋王、出镇扬州的次子杨广,另有图谋,想取太子而代之。杨广先装出极为孝敬听话的样子,博得母亲的爱怜,趁机诉说太子的胡作非为;接着召集谋士,以重金佳丽贿赂朝中大臣杨素、杨约,从中斡旋;又行诬陷,除去忠良之臣。如此一步一步地迷惑其父其母,终于如愿以偿。

四、财色阴谋　诱惑欺骗卑鄙

美人计在政治斗争中实施的特点,是由美人计的内容决定的。美人计属败战计的范畴,其前提是战败或将亡之时,为了生存或东山再起而实施的计谋,也可以说是弱者企图赢得时间,使其自身发展壮大,敌对势力由强变弱,最后可以战而胜之。此计的内容,是以财色为核心,再辅以其他手段,方能达到预期目的。由此可以看出,美人计本身,一是战败者,亦即弱者;一是财色惑人,从而在政治斗争中实施此计时,表现出应变性、隐秘性、欺骗诱惑性、卑鄙性等特点。

第一,美人计在政治斗争中实施的应变性、隐秘性的特点。

当大军压境,或政敌突然发起攻击,自身的安危受到威胁,一些有识之士,无不劝谏君主施行以财色为主要内容的美人计,借以解除威胁,求得暂时的安全。即使竭尽府库之财,也在所不惜,这是应变性。同时,此计必须隐秘地进行,馈送金银珠宝、绝色美女,投其所好,但表面上,是表示臣服、顺从,还要自我谴责一番,绝不能在财色上过于渲染,大做文章,从而使政敌的心理得到满足,给自己留点求生的希望。

第二,美人计在政治斗争中实施的欺骗诱惑性特点。

凡是运用美人计的一方,绝不仅仅为了求得暂时的安全,而是以财色为政治钓饵,实现东山再起之志,因而表现出明显的欺骗诱惑性。

第三,美人计的应用特点,还表现施计者的故作恭顺之状的卑鄙性。

以看似真诚到足以打动强者之心,处处都要小心谨慎。越王勾践作为败国之王，入吴为奴，养马驾车，心甘情愿。尤其是饮溲尝粪以辨病情的举止，使吴王深受迷惑，连伍子胥的忠言也听不进去，才使其得以回国，卧薪尝胆，奋发图强，重振昔日雄风，一举灭吴，报仇雪恨。

空城计

——虚虚实实　力争奇而复奇

本计云:"虚者虚之,疑中生疑;刚柔之际,奇而复奇。"其大意是:虽然没有设防,却要故意显示其空隙,使本来就疑窦丛生的敌人,更加疑上加疑而难以揣摩;在敌众我寡、敌强我弱的紧要关头,施用以柔克刚之技而取得胜利,就会更加奇妙莫测、出奇克敌。

空城计,源于《三国志》蜀国军师诸葛亮巧计用兵,以空城之虚势而智退司马懿所率数十万魏军而获胜的民间演义故事。据《三国志·蜀志·诸葛亮传》记载,三国时期,蜀国丞相兼军师诸葛亮率领蜀军进行北伐,屯兵阳平(今甘肃文县),与司马懿统率的魏军长期对峙。诸葛亮派蜀军大将魏延率军东下,自己只留下少量兵力守城。此时,司马懿率二十万魏军进行阻拦,却与魏延的蜀国大军错路而行,未曾遭遇。在魏军离阳平城尚有六十里地时,侦探向司马懿禀报说:"诸葛亮正在城里,兵少力弱。"诸葛亮这时也闻知魏军已到,但魏延率军已走远了,无力回援。蜀军将士失色,胆战心惊,不知所措。诸葛亮此时却十分镇定自若,毫无惧色,命令军营之中偃旗息鼓,严禁随便出入军帐。又令人

秦相静迷同窗友，李斯妒杀韩非子

打开阳平城四面的城门,派一些老弱残兵在城门内外扫地洒水。司马懿深知诸葛亮用兵一向持重,看见眼前似乎是座空城,却又深疑其城中埋伏重兵,便急令引军北撤上山。第二天,诸葛亮见司马懿引兵自退,便拊手对左右的将领们大笑说:"司马懿一定以为我表面上装得胆怯,而实际上埋伏着强兵,所以沿着山路退兵了。"直至后来,魏军的侦探又将实情报告时,司马懿才悔叹不已。当然,人们为了神化诸葛亮,又在诸多戏曲里与舞台上,让诸葛亮不仅镇定自若,而且又故意在城门楼上焚香抚琴,一旁则有幼小书童侍候,甚至以一曲而笑吟司马懿,等等。这些均表明后世人们普遍地对这种用计的谋略与手段赞许,不断进行美化、赞扬、艺术加工。这一计谋故事,更衍化出高明的政治家、军事家利用其虚虚实实的惑敌手段,诱引或迫使政敌、敌军的强劲攻势停止、落空,进而转败为胜、转危为安、逢凶化吉的谋略技法。

一、虚以惑敌　意在化险为夷

《周易·解卦第四十》云:解:利西南。无所往,其来复吉;有攸往,夙吉。《象》曰:雷雨作,解。君子以赦过宥罪。

【一爻】初六,无咎。《象》曰:刚柔之际,义无咎也。

【二爻】九二,田获三狐,得黄矢,贞吉。《象》曰:九二贞吉,得中道也。

【三爻】六三,负且乘,致寇至,贞吝。《象》曰:"负且乘",亦可丑也;自我致戎,又谁咎也?

【四爻】九四,解而拇,朋至斯孚。《象》曰:"解而拇",

未当位也。

【五爻】六五，君子维有解，吉，有孚于小人。《象》曰：君子有解，小人退也。

【六爻】上六，公用射隼于高墉之上，获之，无不利。《象》曰："公用射隼"，以解悖也。

初六爻的象辞讲："刚柔之际，义无咎也。"意思是说：占得此爻，没有咎害。因为初六爻与九二阴阳相比，与九四阴阳相应，虽然不会大吉，但也不会有灾难。解卦的含义是解除困难。下卦坎为险，上卦震为动，象征着脱困而出。初爻在最下方，是卦的开始部位，象征危难初解之时，也是必须在一开始就要迅速解决困难，才能够无咎。

在战争中占得此卦，自身肯定处于凶险之中，如果没有凶险，解卦的卦义也就无从谈起了。什么样的凶险呢？内卦坎为陷，表明自己被陷，即遭围困。这里有两种可能，一是被陷在城中，二是被陷在战场。倘若是后者，又有两种可能：一是侥幸突遇援军，解脱危难。这在卦义上虽然能够成立，但是用不着计谋。而《周易》在此书内都是为设计而用的，因此可以排除这种可能性。二是硬性突围，损失惨重。这样便与卦义及初六爻、象辞之义不符，所以也可以排除。

据此可以断定，占卦人是被陷在城内。下卦坎既为险又为陷，表明敌极强而我极弱，城中并无守御之力，所以这种围困极为凶险。这里又有两种可能：一是援军从天而降，这纯属偶然性因素，用不着计谋，因此可以排除。二是没有援军，或者虽有援军也是远水近火。只有在这种几乎毫无生机可言的凶险情境下,才必须用怪异的计谋来出奇制胜,从而最终化险为夷。至此,占卦人的确切处境,已经明了,就要先求无咎,再求无不利。

占得此卦,见初六爻动,可知解决问题的关键便在初六爻上。初六为阴爻,又在最下方,极为柔弱,象征着己方的兵力不堪一击。然而,初六的爻辞却明言无害。如此凶险的情势,怎么会没有咎害呢?象辞解释说,这是由于"刚柔之际"的缘故。刚柔之际,亦即刚柔相互交际接应,柔中有刚,刚柔混杂,使人弄不清到底是刚是柔。就如同初六爻,本为柔弱之极,你若乘弱攻之,因它上比九二,再上应九四,瞬间便可由弱变强,那时你便会大大地吃亏。"刚柔之际"也是兵法上的诈术,指表面上摆出老弱残兵,其实内藏精军,以达到诱敌入彀的目的。问题是,我方根本无"刚"可言,按常理绝不能应用此术,否则敌人便不是"入彀",而是长驱直入,一下子便能置我方于死地。其实,奥妙也正在这儿。所谓奇出于正,怪谲诡异的奇谋,都建筑在常识常理的基础之上。按照常识,人总是要千方百计地掩饰住自己的弱点的,如果大鸣大放地暴露自己的弱点,一般来说都是别有用心。既然如此,我方便可利用这种常规性的心理,把敌人的思路引向"刚柔之际"的诈术,使敌人把我方的虚弱误当成诱饵。

从卦象上看,下卦坎为陷,既象征自己被陷,又暗示自己可以设造陷阱。这个陷阱当然是假的,但敌人若相信了,它就成了真陷阱。《红楼梦》中有句诗云:"假作真时真亦假。"在这里可以反过来用,即"真作假时假亦真"。比如,从卦形上看,初六爻代表自己的虚弱无力,我方有意暴露出这一点,敌方就会把真实的虚弱当成假象。往下来，与初六相比或相应的九二、九四阳爻，是暗示我方要装作兵强马壮的样子，这本是假象，敌方却反而把它当作真相。这种一正一反的思维方式，正是人们的习惯性思路。所以，无论是"真作假时假亦真"，还是"假作真时真亦假"，都是思维逻辑的反映。空城计就是建筑在这种思维逻辑之上的。需要注意的是，此计的适用时间很短，只应用在初六爻所代表的时段内。如果一开始不能唬住敌人，其结果便是一败涂地。

再参考归妹卦，归妹即嫁妹，也有回到原来的归宿地之意。这表明，此计将应用成功，敌人会被"刚柔之际"的扑朔迷离搞得疑疑惑惑，而最终还是谨慎占了上风，撤回了部队。

空城计是个家喻户晓的典故，诸葛亮使用，是他对司马懿的了解，而司马懿中计，也是出于对诸葛亮的了解。一向性情持重稳健的诸葛亮，这种反常的做法，使司马懿不得不疑。由此可见，空城计实际上是一场心理战，如果没有对敌手个性心理的深刻了解，即便占出解卦，也不能轻易应用此计。

空城计用于军事，主要是一种由败而转胜之计与谋略。战场上两军相对，彼此的战略意图与军事举措，均相互保密，因此互不摸底，具有很大的隐蔽性与盲目性，这就为向敌军故意示空、示虚而掩实藏真，提供了极大的可能和机会。据《兵法圆机·空》载："敌之谋计利，而我能空之，则彼智失可擒。或用虚以空之，或用实以空之，神也！"其大意是：要设计使敌之战略要求落空，然后乘敌惊慌失措时战而胜之。这样，就必须要能够虚虚实实，真真假假，变化无穷，进而使敌人虚实难分，真假莫辨，感到我军如有神助一般。这就表明，空城计在军事上的应用，关键是必须抓住准确的行计的战机，加以巧妙地利用；其次，则是要正确地使用心理战术，以干扰敌方、困扰敌军，使之产生错觉、误判，而为自身获胜创造战机。

空城计在政治斗争中，也是经常成为政治家、阴谋家、野心家们所应用的手法。各种政治势力在相互斗争中，为引敌、诱敌，使之进入所设政治圈套，则常用空城之计。为了避敌、驱敌、严敌、退敌，有时也以虚掩实，以空蔽真，运用政治心理的干扰之术，以打乱政敌的行动计划，而收利己之效。为了摸清政敌的真实意图、动向、态势、实力，最后击溃与消灭敌对势力，以便转败为胜，也必须使用空城计，使敌手过早地暴露目标，然后自己再制订制驭之策。这样，就使此计在政治斗争中被反复、频繁地与其他计谋交替使用，其成功、失败之事例，历代皆有，层出不穷，不绝于书。从而，更使此计富有虚张性、实效性、诱陷性、威慑性的色彩。

二、巧设迷阵　真虚假虚出奇

空城计在政治斗争中，经常成为政治家、野心家、阴谋家们的惯用手法，虽事例各有所不同，功利亦有各异的侧重，手法亦多种多样，但归结起来，可分为以下互为关联的三种手法。

第一，实胆虚势，以迷迫疑，待胜之计在其中。

这种手法的重点是"迷惑"政敌，使之生疑而停步不前，借此观其态势，察其详情，然后伺战寻机，将敌制驭，以获胜利。

常用的具体手段，又有明迷、暗迷、动迷、静迷等。

1．明迷

所谓明迷，即是指在政治斗争中，在与政敌相互的政治意图保密状况下，施用空城计的一方，为制驭、驾控对手，便假意向对方示恩惠、示优渥，公开地进行封赏，以迷惑对方，并用政治的"空头支票"来痹敌、笼敌，甚至借此之力来为己服务。待时机成熟时，再将政治上的潜在敌人一举消灭。

事例：韩信定三齐求封，刘邦明迷授王印

在楚汉战争时，刘邦多次利用第三方势力，以达到削弱项羽势力的目的，其中巧用韩信，是刘邦获胜的转机。韩信初投项羽，因不被重用，转投刘邦，亦没有得到重用，便再次逃离，经萧何月下追回，向刘邦力荐，始得重用，任大将军。刘邦曾采纳其策，攻占关中之地。楚、汉相持于荥阳、成皋间，韩信率军击魏破代，更用数千人背水为阵，行"陷之死地而后生"之策，大破赵军二十万，阵斩赵军主将陈余，继而攻燕夺齐，占据黄河下游之地。

韩信率军略定赵、燕、代诸地，又尽取三齐之地时，便遣使面陈汉王刘邦，请求自立为假王。刘邦一听韩信使者所述，便十分恼怒，且当使者之面大骂韩信说："我久困于此，朝夕盼望你率军前来救我，你至今不仅不发军前来，却要自立为王！"此时，颇具政治头脑与谋略的张良，在汉王刘邦的身旁。张良早就清醒地估量到，身为大将军、坐镇一方的韩信政治向背与一举一动，在尚未分胜负的楚汉之争中，他的向背决定胜负，更何况韩信率军远在黄河下游的齐地之域，要自立为王，汉王鞭长莫及，亦根本无力阻止其称王之举，若是汉王不准，恰恰是将韩信推给敌方。

故此张良在听刘邦痛斥韩信、大骂使者的话以后，便急中生智，连忙在案下轻轻地踢了他一脚，暗示其失礼与不智。刘邦经张良在关键时刻的提示，方才大梦初醒，立即改口嬉笑怒骂道："大丈夫既定诸侯，要做就做个真王啊，又何必要封假王呀！"这样，前后对比，刘邦的这番政治表演，不仅十分出色，且使谩骂做得天衣无缝、恰到好处，更让使者与韩信都不会生疑。汉王刘邦为了实践诺言，派遣张良为使节，持所封王印绶前往齐地，封韩信为齐王。一个顺水人情、一张政治空头支票，使韩信吃了定心丸。韩信戴上空头王冠之后，也被牢牢地拴在汉王刘邦的政治战车之上，刘邦明迷之计终获成功。前202年（即汉高帝五年），韩信率军与刘邦会合，击楚王项羽于垓下（今安徽灵璧东南）。西汉建立后，被夺兵权而改封楚王，再以阴谋叛乱而降淮阴侯，又以勾结陈豨发动叛乱之名为吕后所杀。

正当楚汉相持的关键之时，韩信拥兵而求封，这既是政治野心的暴露，又是对刘邦的要挟。作为政治家的刘邦，经张良提醒，转怒为喜，将计就计，真戏假做、假戏真做，用空头齐王之冠，明白、大方地赏封与韩信，使之迷惑而摸不着主子的政治真底与终极目的所在。刘邦抛出的封王这条政治缰绳，不仅擒住了可能成为伤己的"猛虎"，而且驯之为挽骑效命的"烈马"，不但收揽住了韩信的政治欲望，而且为日后一统天下、逐个消灭政敌打下了坚实的政治基础。刘邦对韩信的以空揽实，以明赏迷敌的政治举措，乃是空城计的妙用。

2．暗迷

所谓暗迷，乃是与明迷政治手法相对而言。在政治斗争中，往往有诸多潜在的、势高位重、权大的政敌,这样敌对双方除明争之外,更着重于暗斗与隐蔽较量。在明里、表面上,敌对双方在政治上均无多大动作举措,甚至"空无所为",然则暗中却加紧积聚力量,以待政治决战。即施暗计以迷敌、惑敌,使之神麻痹、意懈怠,待时机成熟,再聚而灭之。帝王对权奸的诛除,多用此计法。

事例:窦宪弄权逞淫威,和帝暗迷诛外戚

东汉时期,外戚、宦官相互勾结,把持朝政,结党营私,弄权拥势,贿赂公行,政治日趋腐败。汉章帝建初二年(77),窦皇后立,窦氏兄弟外戚势力得势。和帝即位,窦太后临朝执政,窦宪以侍中操纵朝政,任车骑将军。和帝永元元年(89),窦宪又率军出塞三千里,击破北匈奴于稽落山。功成后任大将军,封武阳侯。

永元三年(91),窦宪立下大功以后,威名越发显赫,他以耿夔、任尚等人为爪牙,邓叠、郭璜为心腹,用班固、傅毅之辈为他撰写文章。州刺史、郡太守和诸县县令,大多由窦氏举荐任命,这些人搜刮官吏百姓,贪污贿赂。司徒袁安、司空任隗弹劾了一批二千石官员,连同受牵连者,被贬官或免职的达四十余人,多是窦党。窦家兄弟对此十分怨恨,但袁安、任隗二人声望甚重,难以加害。尚书仆射乐恢对窦宪等人专横,深感忧虑,上书云:"陛下正年轻,继承了帝业,各位舅父不应控制中央大权,向天下显示私心。目前最好的办法是,在上位的人以大义自行割爱,在下位的人以谦让的态度主动隐退。这样,四位国舅才可以长久保住封爵和国土的荣耀,皇太后才可以永远没有辜负宗庙的忧虑。

这确实是最佳的良策。"奏书呈上，未被理睬，乐恢便称病请求退休，返回故乡长陵。窦宪暗中严令州郡官府，胁迫乐恢服毒而死。朝廷官员十分震恐，全都观望风色而逢迎窦宪的意思，无人敢违抗。袁安因和帝年幼势弱，外戚专权，每当朝会进见之际，与公卿谈论国家大事的时候，无不呜咽流泪。上自天子，下至大臣，全都依靠信赖袁安。

这年冬季十月，汉和帝下诏，让窦宪到长安会面。窦宪到达时，尚书下面的官员中有人提出要向窦宪叩拜，伏身口称"万岁"。尚书韩棱正色道："同上面的人交往，不可谄媚；同下面的人交往，不可轻慢。在礼仪上，没有对人臣称'万岁'的！"倡议者都感到惭愧，因而作罢。

永元四年（92），窦氏父子兄弟官为九卿、校尉，遍布于朝廷。穰侯邓叠、步兵校尉邓磊兄弟，及其母亲元氏，与窦宪女婿、射声校尉郭举，及其父长乐少府郭璜等人相勾结。元氏与郭举可以出入宫廷，得到窦太后的宠幸，共同策划杀害和帝。和帝暗中了解到他们的阴谋。当时，窦宪兄弟掌握大权，和帝与内外臣僚无法亲身接近，一同相处的只有宦官而已。和帝认为朝中大小官员无不依附窦宪，唯独宦官中常侍、钩盾令郑众，谨慎机敏而有心计，不谄事窦氏集团，便同他密谋，决定杀掉窦宪。由于窦宪出征在外，怕他兴兵作乱，所以暂且忍耐而未敢发动。恰在此刻，窦宪和邓叠全都回到了京城洛阳。当时清河王刘庆特别受到和帝的恩遇，经常进入宫廷，留下住宿。和帝即将采取行动，想得《汉书·外戚传》一阅，但惧怕左右随从之人，不敢让他们去找，便命刘庆私下向千乘王刘伉借阅。夜里，和帝将刘庆单独接入内室，又向郑众传话，让他搜集皇帝诛杀舅父的先例。是年六月二十三日，汉和帝临幸北宫，下诏命令执金吾和北军五校尉领兵备战，驻守南宫和北宫，关闭城门，逮捕郭璜、郭举、邓叠、邓磊，将他们全部送往监狱处死。并派谒者仆射收回窦宪的大将军印信绶带，改封为冠军侯，同窦笃、窦景、窦瑰一并前往各自的封国。和帝因窦太后的缘故，不能够正式处决窦宪，却选派严苛干练的封国宰相进行监督。窦宪、窦笃、窦景到达封国以后，全部被强迫自杀了。

当初，河南尹张酺曾屡次依法制裁过窦景，及至窦氏家族败亡，上书说："当初窦宪等人受宠而身居显贵的时候，群臣阿谀附从，唯恐不及，都说窦宪接受先帝临终顾命的嘱托，怀有辅佐商汤之伊尹、辅佐周武王之吕尚的忠诚，甚至还将邓叠的母亲元氏比作周武王的母亲文母。如今圣上的严厉诏命颁行以后，众人又都说窦宪等人该当处死，而不顾他们的前前后后，推究他们的真实思想。我看到夏阳侯窦瑰一贯忠诚善良，曾与我交谈，经常表露出为国尽节之心。他约束管教宾客，从未违犯法律。我听说圣明君主之政，对于亲属的刑罚，原则上能够赦免三次，可以过于宽厚，而不过于刻薄。如今有人建议为窦瑰遭到迫害，必不能保全性命而免去一死。应只对窦瑰予以宽大，以增厚恩德。"和帝被张酺言辞所感动，因此窦瑰独得保全。窦氏家族及其宾客，凡因窦宪关系而当官的，一律遭到罢免，被遣回原郡。

窦宪一伙，在临朝听政的窦太后的支持纵容下，外拥重兵，内结朝臣，甚至策划加害于皇帝自身。此时的汉和帝，虽年轻单弱，却颇有政治头脑与谋略，在运用空城之计的"暗迷"政敌手法时,一是察敌情、度时势,将窦宪一伙的预谋,暗中侦知,以定行动方略;二是觅人选材,将正直、机敏、有心计的宦官郑众,引为政治心腹,又将刘庆作为密谋的政治伙伴,共商大事;三是向历史寻谋找据,以为诛除外戚政敌的政治依据;四是亲临宫中,坐镇指挥;五是调兵遣将,一举处决同党郭璜等人;六是等待时机成熟,为防窦宪在外兴兵作乱,故待其回京师时,一起发动。在此之前,和帝都故作忍耐之状,无所举措,借此以麻痹政敌、迷惑窦氏集团,显示其软弱无力之状。实际上则暗中加紧做政治准备,待诛除同伙后,又对窦宪一伙,立即收印、降封、遣回、送监,然后强令自杀毙命;至于其他官僚同伙,则一律罢官遣籍,以消除政治祸根、清绝后患。这是古代政治上处于相对劣势、弱势的年轻帝王,巧用空城之计的谋略思想,给政敌施用暗迷之策,一举诛除强敌、转败为胜的成功范例。

3. 动迷

所谓动迷,即是指在政争之中,政敌双方对峙的状态下,施计的一方为制驭、消灭对手,便抓住政敌的心理、政治、举措上的失误与薄弱环节,然后采取真真假假、虚虚实实的带有迷惑、迷幻性的行动、举动,以此奇举,来瘴敌、诱敌、瓦解敌志,攻心夺势,迫使其疑惧,再伺机趁势将其政敌与部众一举而歼。

事例:韩信"动迷"四面楚歌,项王别姬乌江自刎

前203年(即汉高帝四年),韩信攻占了黄河下游的齐国地区,汉王刘邦经过一年的政治治理与军事整训之后,亲自率军,与韩信、彭越、英布等部众,进攻楚军,将项羽所部紧紧围困在垓下(今安徽灵璧东南)。

垓下地处齐地不远，是淮河北岸平原上一块崛起的高岗之地，项羽所率的十万楚军被围在此地。楚军人缺粮、马无草，再加上寒冷的天气，可谓是悲惨凄绝。项羽面对汉军的铁壁合围，目睹部众的景况，只得守着营帐，长嗟短叹，满脸愁云，毫无对应之策。一天夜里，项羽在帐中辗转难眠，久不能寐，突闻远处西风吹得树枝沙沙作响，且在风声中还夹杂着凄厉的歌声。项羽步出营帐之外，披袍仔细辨听，知道歌声是从远处汉军营地里传来的。

汉军营地中传来阵阵楚歌之声，乃是韩信施用的对楚军将士的政治攻心之术，即"动迷"之举。当汉军合围楚军于垓下时，作为深谋远虑的政治家韩信，清醒地对彼此的政治、军事实力与态势进行过客观的分析和剖辨，认为西楚霸王项羽，一向骁勇过人，楚军虽仅十万余众，强悍犹存，若是殊死拼斗，尚不知鹿死谁手。由于楚军长期奔杀，目前疲惫已甚，现被汉军久围，士气必然低落。涣散军心，丧其斗志，乃是上策。韩信决定施用空城计中的"动迷"之术，在夜深人静之时，命士卒们唱起楚歌，料定楚军士兵听到楚歌，会有思乡厌战之心。果不出所料，楚军闻歌，纷纷潜逃。韩信又令士卒吹起埙来，众军伴埙而歌，如泣如诉，字字饱含思乡之情，声声似诉别亲之凄苦。江东弟子听此哀歌悲曲，既感到动人心魄，又联想其自身的处境，无不肝肠欲裂，连项羽也难免其扰。此时项羽心烦意乱，只得与身旁的佳人虞姬在一起，借酒浇愁，以消烦闷。英雄此时泪下，感慨万千地唱道："力拔山兮气盖世，时不利兮骓不逝。骓不逝兮可奈何！虞兮虞兮奈若何！"骓是乌骓马，虞是虞姬。这首歌成为这位不可一世的盖世英雄在战败后，所作的最后绝唱与生命断弦之响。楚军将士眼看着内无粮草，外无援兵，再拼下去只有死路一条，大多数开小差逃走。项羽见士卒纷纷逃散，深知大势已去，势难再挽回，在率领八百子弟兵左冲右突之后，自刎于乌江，西楚自此覆亡。

在垓下之地的楚汉决战中，与其说是两军的最终决斗，倒不如说是一场政治大较量。身为大将军的韩信，将军事之争作为政治之战来打，将两军对垒，作为政治攻心的好战场，他以文对武，以艺攻心，以动迷敌，以空对实，以虚幻敌志。此为三奇与多奇之处，再加上汉军的铁壁合围的军事实力、实胆、实势，更使楚军上下动摇，心无斗志，迅速瓦解。韩信的空城之计动迷敌心之术的成功，关键在于准确地把握住施计的时机与特定环境条件：一是"时"（年终岁尾，正是倍思亲念乡之际）；二是"势"（楚军被围，大势已去）；三是"景"（楚营人困马乏，内无接济，外无援军）；四是"情"（楚军听楚歌，闻歌生情，败军闻悲歌，摧其斗志，困兽四围唱哀歌，必不再斗）。致使不损一兵一卒，而获十万之众的楚军帅死卒降的胜利。这样，便为楚汉长期的政治军事相争，画上了一个圆满与成功的句号；更为空城之计、"动迷"惑敌之术，增添了一个美妙、生动的注脚。

4．静迷

所谓静迷，即是指在政治斗争中，处于相对劣势者施展一种空城计的手法。尖锐激烈的政治斗争中，处于劣势的一方，不甘心自身被对手战胜，在经过初次较量、交锋以后，便将敌方的政治实力状况摸清。在查清政敌实力与底细后，便采用以静迷动、以佯静而掩暗动。在窥时伺机的前提下，看准时机，抓住敌手的弱节与薄环，一举猛攻反击，出奇制敌，则可反败为胜。这种"静迷"

的伎俩，多被古代野心家、阴谋家用作置政敌于死地的撒手锏。

事例：秦相妒迷同窗友，李斯妒杀韩非子

战国时期，诸侯相争，据地称王；由于各诸侯国统治与称霸的强烈需求，导致了各种政治学说与治国道术的兴起，形成了众多的政治流派与思想家。他们著书立说，讲学论道，且各自立门授徒。一时间，竟形成了百花齐放、百家争鸣的繁荣景象。各诸侯国的大小国君们，可根据自身的政治需要与好恶，进行选择，奉行其要，或变法，或称霸，或治国，或灭敌。思想家们则乐于以"良禽"、"良臣"自居，择木而栖，择主而事。

韩非子是法家思想和流派的著名代表人物，所提出的政治主张，是以时代发展为前提的，认为今世必然胜过往世。在治国之道上，则要求君主建立"法治"，确立君主专制中央集权，取消诸侯的世袭制。其学说见于后人整理的《韩非子》，五十余篇，十余万字。

韩非子是韩国的公族，曾与李斯是同窗好友，同出于荀卿（荀况、荀子）的门下。他多次上书韩王，倡议变法图强，因未被采用，乃发愤著书立说以明志。秦王嬴政慕其名，遗书韩王，强邀韩非子到秦国来。秦王曾经读韩非的著作，看到其中大谈"君临之术"，不由得感叹："如果能见到这个人，并与他交往，就是死了也没什么遗憾的了！"还以为韩非是古人。秦国丞相李斯，是韩非的同学，听到秦王对韩非的夸赞，很不是滋味，也不得不告知秦王，韩非现在韩国，致使秦王兴兵讨要。

秦始皇十三年（前234），韩非来到了秦国，秦王很高兴，却因韩非有口吃面麻的生理缺陷，不能够当面表达，而大失所望。

李斯恐怕秦王重用韩非，心生陷害之谋。先是对韩非讲："大王都读过你的著述，赞叹不已。这次大王请你来，就是要让你施展雄才大略。秦国有了你，就会如虎添翼。"然后则勾结秦国的贵族姚贾，一起在秦王面前诽谤、谗害，说什么"韩非是韩国的公子，现在大王要兼并诸侯，韩非终究会帮助韩国，而不会帮助秦国。大王既然不用他，只可将其久留在秦国，不可放他回到韩国，但这是自留后患，不如找个罪名，按法律杀了他。"秦王认为李斯、姚贾说得有道理，便下令司法官吏治韩非的罪。李斯则派人送毒药给韩非，让他自杀。韩非想在死之前当面向秦王陈述自己的意见，李斯、姚贾二人却故意不让他见秦王。后来秦王后悔了，派人去赦免韩非时，为时已晚。

由于秦王嬴政读韩非著述后，对之仰慕赞叹不已，这就引起了丞相李斯的妒忌之心，深恐失去秦王的信任而失势，此其一。韩非到秦后，秦王立即召见，更使李斯在秦王面前处于劣势，此其二。李斯阴谋勾结姚贾，加害韩非，方能自保，转败为胜。在这场政治斗争中，李斯采用空城之计的"静迷"敌手之术，表面上待韩非热情、赞扬，装作十分谦恭之状，以迷惑政敌韩非，使之无防、不备；暗中却在秦王面前进行恶毒的中伤与陷害，致使偏听偏信的秦王下令治韩非的罪。此时，李斯又在表面上派人送毒药给韩非，让其自尽，暗中则加速其死。当韩非要面陈秦王时，李斯却不让见，致使韩非含冤而死，不给秦王反悔的机会。这是政治阴谋家李斯因妒恨同窗好友韩非，使用以静迷敌、以佯奉而阴害、以虚（莫须有之推论）加实（加害其实罪）的政治权术，对其进行诬害致死，自身则在政治权势上转败为胜、克敌转安的成功实例；也是阴谋家将空城之计，作为政治斗争中克敌的诡道之术的高超运用。

第二，示虚掩实，威加以惧，创胜之计在其中。

这种手法的重点是"虚"（示虚），用示虚来掩实，从而对政敌威加以惧，使之不敢继续进攻而避走、惊退。在政敌、敌方惊恐的状况下，再寻机觅隙，以真正的实力，对之进行毁灭性的打击。这是用真真假假、虚虚实实之术，在政治斗争的复杂环境中，克敌制胜或转败为胜的有效策略手段。常用的具体手段，又有真（示）虚、假（示）虚的区别。

1．真（示）虚

所谓真（示）虚，是指在政治斗争的关键时刻，敌对双方都急待摸清、了解敌手的实力、动向时，用计的一方，便公开地、真正地向敌方显示、显露、表明自己的空虚状况，以之诱敌、威（慑）敌、惧（退）敌、引敌，待敌方出击或有所举措时，则后发制敌而一举歼之。

事例：丁谓真虚，矫旨复官逐李迪

宋真宗赵恒（997—1022年在位），是北宋王朝的第三个皇帝，晚年患病后，病情一天天恶化，已不能再像以往一样，处理政事。当时，李迪、丁谓都是宰相。丁谓是专横跋扈、怀有政治野心的人。特别是寇准被贬斥以后，丁谓逐渐大权独揽，甚至任命官吏也不上报。李迪非常生气，曾经激愤地跟同僚说："我李迪起身于布衣百姓，十几年位至宰相，有机会报效国家，死了也不遗憾，怎么能够以依附专权大臣来保全自己的主意呢！"

天禧四年（1020）冬月的一天，丁、李二位宰相商议兼职一事，李迪已有太子少傅衔，应该同时兼任中书侍郎、尚书仆射，丁谓坚决不同意，只让他兼尚书左丞。李迪不能忍受，气得变了脸色，陡然站起。十一月十九日，早晨等待上朝时刻，丁谓又打算让林特任枢密副使，兼领太子宾客。李迪说："林特去年迁升右丞，今年改任尚书，又入东宫任宾客，这都不是朝官公选，人们议论不止，况且已经上奏授林特为太子詹事，怎么可以改变呢！"接着，便破口大骂，抡起笏板要打丁谓。经同僚极力解劝，才避免相互殴打。李迪气愤不过，便到长春殿去见皇帝。

宦官随之捧来制书放在御榻前，宋真宗说："这就是爱卿们兼任东宫职官的制书。"李迪进前说："东宫太子的官属不应当增设，臣下不敢接受这项任命。"接着斥责丁谓奸邪不正，玩弄权术，偏爱林特、钱惟演而嫉妒寇准。"林特的儿子杀人，不加追究，寇准无罪被贬斥远方，钱惟演因为是丁谓的亲戚就使之参政，曹利用、冯拯是丁谓的私党。臣愿意与丁谓一同到御史台接受审问对质。"宋真宗让丁谓、李迪等人先退出，只留下枢密使、枢密副使商议此事。宋真宗起初打算把丁谓、李迪交付御史台审理，曹利用、冯拯说："大臣下狱审查，不只是骇人听闻，何况丁谓本来就没有争执的意思，让他与李迪当堂对质，也不合事理。"宋真宗说："是非曲直没有分晓，怎能不加明辨！"不久怒意渐渐缓解，就说："朕当很快有所处置。"钱惟演进前说："臣与丁谓，乃是婚姻关系的亲戚，若是排斥丁谓，臣愿意退居原来的职位。"宋真宗只能够安慰众人，命令学士刘筠起草制书，将丁谓、李迪各降一级，罢免宰相。丁谓降为河南府知府，李迪降为郓州知州。

当制书尚未发出时,李迪则请求在承明殿谒见回话,又请求在内东门谒见太子,力陈他所讲的话外人不知道。丁谓则暗中图谋再回中书,钱惟演也恐怕丁谓一旦出京,自己失掉援助,便禀告宋真宗请求留下丁谓、李迪,因而说:"辽国使者将要到来,朝里没有宰相。冯拯是旧臣,可以担任宰相职务。"宋真宗许可,改任丁谓为户部尚书,李迪为户部侍郎。当时事出仓促,这份制词是由舍人院拟写的,学士刘筠所拟写的制书却始终没有实行。当天,钱惟演和任中正、王曾等人都依开始商定的,迁升品级兼领东宫官,关于太子议政的诏书,以及关于冯拯、曹利用等人的制书全都作罢。

丁谓进入承明殿谒见回话,宋真宗追问他与李迪相争的情况。丁谓说:"不是臣下敢和他争吵,乃是李迪怒骂臣下,如今也是后悔,臣下还是愿意留任。"宋真宗命赐座,左右侍从准备设个坐墩,丁谓回过头说:"得圣旨,我已复官平章事。"就换机凳进来。宋真宗让入内都知张景宗、副都知邓守恩传达诏令,送丁谓往中书,依旧视理政事,同时诏令李迪出任郓州知州。

丁谓开始传达诏令,让刘筠草拟恢复宰相制书。刘筠不接受诏令,才召来晏殊执笔。刘筠从枢密院出来,在院南门遇见晏殊,他侧脸走过,不敢向刘筠作揖,乃是心里有愧之故。

在此之前,宋真宗长期患病,语言有时错乱,曾经满腔怒气,跟辅佐大臣说:"昨天夜里皇后带着妃嫔宫女们都往刘氏家去,就把朕一人留在宫中了。"众大臣都不敢答话,李迪进前说:"果真如此,陛下何不依法惩治?"过了很久,宋真宗清醒了,说:"没有这回事。"刘皇后恰巧在屏风后,听到君臣对话,因此憎恨李迪。李迪之所以不能留在朝廷,不仅是丁谓等人的诬陷,还有刘皇后幕后策划。

乾兴元年(1022),宋真宗驾崩,宋仁宗即皇帝位,由于年幼,由刘皇后辅政,朝廷又将宰臣丁谓加官司徒。这时王曾对丁谓说:"从中书令至谏议大夫、平章事,职任是一样的;枢密使兼任侍中也未尝不可。现在君主年幼,母后临朝,你手持政柄,竟将几十年空缺未用官职突然加以任命,能不招来大家议论吗?"丁谓不听劝告,又将寇准再贬为雷州司户将军,李迪贬为衡州团练副使,同时向朝野宣布他们的罪过。寇准的罪名是与周怀政交结,李迪的罪名是结党营私。在商议流放驱逐寇准、李迪时,丁谓注视王曾说:"房东恐怕也免不了罪责哩!"这是指王曾曾经把房屋借给寇准住,使王曾不敢说话。知制诰宋绶值班,起草贬责诏词,丁谓嫌写得不深刻,就用自己的意见改定。诏书中所说:"当丑徒们干犯法纪之际,正值先皇患病之初,遭到这番震惊,以致病情加重。"这都是丁谓的话。

丁谓憎恨政敌寇准、李迪,一定要置之死地,便派遣中使携带敕书前去赐予二人。中使禀承丁谓的意旨,用锦囊装着宝剑高举在马前,表示将要有所诛杀的样子。中使来至郓州,李迪听说这次与往日大不相同,立即自杀,幸被他的儿子李东之抢救,才免一死。去看望李迪的,中使就记下名字;有赠送食物的,中使扣留,直到发臭腐败,也不给李迪。李迪的门客邓余愤怒地说:"小子要杀我李公来巴结丁谓吗?邓余不怕死,你杀我李公,我一定杀你!"他陪同李迪去衡州,形影不离,李迪因而得以保全。有人对丁谓说:"李迪倘若贬谪身死,怎么对付士人的评论呢?"

丁谓说："将来好事书生记载此事，不过说句'天下惜之'而已。"当初，李迪贬官衡州，丁谓告诫中使，要拿着诏书催促李迪上路。郓州通判范讽，特意留下李迪几天，为其治办行装设宴送行。

　　北宋时期，被人称为"五鬼"之一的宰相丁谓，政治上怀有野心，为人奸邪险伪，手段阴狠毒辣。为了将政敌、宰相李迪置之死地，便运用空城计中的"真虚"而"后实"的手段：一是专横独断，同为宰相的李迪，据理力争，他却将其激怒后，又故意不答语，显示一"空"；李迪要打他，又逃躲不还手，显示二"虚"，以便在皇帝面前加害政敌，留下政治"把柄"。二是与李迪同遭贬谪后，又暗中图谋，留在朝中，以便为矫诏复官"实击"政敌做准备，此又先"真虚"（服从）然后"后实"（暗中图谋）。三是矫诏而复相位，又是用先"真虚"之法，真宗询及与李迪争吵的原委，他则说自己未争吵而是李迪怒骂，同时又借机表示愿意留任，再施"后实"之技，借帝赐座之机，便诡称且矫诏说已得圣旨复官，且立即要晏殊草拟恢复宰相制书，以防过迟而露出马脚。同时，进一步在皇帝面前陷害攻击政敌李迪，使之不得复其官位。四是仁宗即位、刘太后辅政后，丁谓为加速置政敌李迪、寇准于死地，就更变本加厉运用先"真虚"，即本是进一步贬谪李迪之官，却故用中使持剑送敕书，"虚晃"一枪，致使李迪见来者不善，被迫自杀，幸被救起。然后，则又用"后实"之术，要中使逼命李迪启程上路，赴被贬之任所，且不许其他官员与之交往，李迪身心俱受到严重迫害与摧残。丁谓置政敌于死地、加害李迪的政治目的，亦基本达到与实现。其政治手腕的"阴"、"毒"、"狠"、"险"，由此可见一斑。难怪当时京城时人对丁谓的权术，有"欲得天下宁,当拔腿中钉(谐音指丁谓)"的民谚,足见对其痛恨程度。

2. 假(示)虚

所谓假(示)虚,是指在政治斗争中,施计的一方,为了引诱政敌对手将其"底牌"打出、彻底暴露实力,便故意佯装其"示虚"之状,以表无还手之力、招架之功的"空城"之势。待到敌手的攻势减弱、技穷力乏之时,再一举进行反击,而"显真"、"露实",将其制驭或击灭。

事例:吕布"假虚"脱身走,壮士闻筝砍空床

东汉献帝初平三年(192)四月,吕布与司徒王允诛除了董卓以后,由于王允执意不赦免跟董卓入洛阳京城的凉州部将和部属,结果遭到董卓旧将的围攻。五月,王允及全部家小均被杀死,吕布则仅带领数百骑冲出重围,自洛阳途经武关到南阳,投奔袁术。吕布自以为亲手杀死董卓,对袁家有功,因此放纵部下士兵抢掠,袁术对此十分不满。吕布察觉后,心不自安,便离开袁术,去河内投奔张杨。凉州的董卓旧部李傕等人,悬赏捉拿吕布,形势吃紧,吕布又从张杨处逃走,改投袁绍。

初平四年(193)六月,袁绍与吕布率军深入朝歌境内的鹿肠山,讨伐于毒。围攻五日,攻破于毒,斩杀了于毒及其部下万余人。袁绍便顺山北行,进攻左髭丈八等乱匪,将乱匪全部斩死。又进击刘石、青牛角、黄龙左校、郭大贤、李大目、余氏根等,又斩杀数万人,乱匪的营寨全部遭到屠戮。袁绍又与黑山军张燕,以及在四营的匈奴各部落,在雁门的乌桓部落,在常山一带交战。张燕有精兵数万人,战马数千匹。袁绍与吕布联合进攻张燕,一

连战斗了十余天，张燕军死伤虽多，但袁绍军也感到疲惫，双方各自撤退。

吕布自投奔袁绍以来，自恃有诛除董卓之功，加之与袁绍联合击败张燕的战功，颇为得意，也使袁绍十分不满。吕布部下的将士，多为凶横强暴之徒，袁绍也颇为厌恨。吕布发觉袁绍的不满之后，惧怕有杀身之祸，便向袁绍请求返回洛阳，袁绍答应，并以皇帝的名义任命吕布兼任司隶校尉。袁绍心中十分清楚，让吕布返回洛阳，无异于放虎归山。若是让吕布回到洛阳，肯定能够东山再起，最终会威胁到自己。就在吕布启程的当晚，袁绍故意选派三十名精壮武士，跟随吕布，名为护送，实际上暗中命令他们在途中秘密将吕布害死。

吕布也早已察觉袁绍派武士护送的真正意图，便将计就计，命令随行武士们住在自己帐篷的附近。夜晚，吕布命人在自己帐内弹筝，却悄悄地溜走上路了。三十名武士，听到吕布帐篷的筝声，畏惧他的英勇，不敢贸然下手。等到夜深人静，筝声停止，才悄悄摸进帐中，进去便乱杀乱砍，却没有听到喊声。等点起火把看时，却只有一张古筝安放在几案上，哪里有吕布的人影。武士们急忙回禀袁绍，导致袁绍大为恐惧，以为吕布会偷袭，立即下令关闭城门，严加防守，却不想吕布率军已经走远，鞭长莫及了。

吕布生于东汉末年的乱世，起于草莽之间，年轻气盛，作战勇猛，政治上亦诡计多端，善施计谋，以制伏政敌。吕布与袁绍交往，本来仅是政治上的暂时性结合，彼此心怀鬼胎，各有所图。他们彼此都想吃掉对方，以壮己势。这种面和心不和，必然导致彼此对立与关系破裂。吕布在回洛阳途中，更巧施"假（示）虚"之计，以达"掩实"克敌的目的。吕布先是示其离袁而回洛阳之"假虚"，而掩其东山再起、回马制敌（袁绍）之"实"，此其一；继则示其袁绍所遣壮士营帐围列，自身被围、被困之"假虚"，而掩其将行计脱逃出走之"实"，此其二；再则示其筝响人在帐中之"假虚"，而掩其乘夜幕出走之"实"，此其三。这样，竟然在三十名壮士的眼皮下面溜走，以致壮士只能乱砍空帐与床被而已。由此，既显示出吕布施用此计的高超与娴熟，更映照出袁绍与壮士的愚蠢与无能。

第三，无形有阵，反败为胜，制胜之计在其中。

这种手法的重点是"阵"（有阵），用无形来掩盖其有阵，用无形来掩其有形（阵）。其实质仍是以"空"（无形），来引诱、导化、吸引政敌、对手，使之能"乘夜而入"、"乘空进城（阵）"、"乘隙（无形）达间（阵）"，然后，待政敌、敌人入"城（阵）"之后，再露其"实"、现其"真"、用其"阵"，或分割，或包围，或逼降，或聚歼，最后，转"败"为胜，将政敌集团的主帅及同伙，一举消灭。这种手法，常用于对付团伙性、群体性、帮派性的政敌、对手，己方后发制敌而获胜。且利于干净、彻底、全部消灭政敌，清除其势力。采用的具体手段，则又有奇（空）阵、惑（诱）阵等。

1. 奇（空）阵

所谓奇（空）阵，是指在政治斗争中，敌对双方力量对比上，一强一弱，非为均势。弱势一方的用计者，为了战胜强敌，便布其奇（空）之阵，先满足政敌的巨大索求，以引其贪、以诱其欲，使之得寸进尺，步步入其奇（空）阵；待逞其骄、耗其力、损其志、散其体之后，再联合诸弱，分进合击，转败为胜，置强势之政敌、对手于死地。

事例：智伯强索百里地，段规"奇阵"逞顽敌

春秋末期，韩、赵、魏、智四家成为晋国最强的势力。这四家中当权者是智伯瑶、赵襄子无恤、韩康子虎、魏桓子驹。智伯瑶势力最大，想独吞晋国，先打算削弱其余三家。智伯瑶以奉晋侯之命，准备治兵伐越，恢复霸王的地位为借口，要每家拿出一百里的土地和户口来归"公家"，也就是"智家"。

前455年，智伯瑶率领中军，韩的军队担任右路，魏的军队担任左路，三队人马直奔赵家。赵襄子知道寡不敌众，便退居晋阳。不久，智、魏、韩三家的兵马，把晋阳城围住。赵家士气旺盛，坚守城池。双方在晋阳城外，相持近两年。前453年，智伯瑶想出一个办法，把晋水引到西南边来，用水淹晋阳城。在水将没城之前，赵襄子派谋臣张孟谈偷出晋阳城，去游说韩、魏两家。张孟谈对韩康子、魏桓子说："唇亡齿寒，赵亡以后，灭亡的命运就轮到你们了。"韩、魏两家的参战，本来就是被迫的，又见智伯瑶专横跋扈，恐怕以后危及自己。为了自身利益，决定与赵襄子一起倒智。韩、赵、魏三家用水反攻，水淹智伯瑶的军营，智伯瑶驾着小船逃命，被赵襄子抓获，将之杀掉了。赵、韩、魏三家平分了智氏一族的土地和户口，分别建立了三个国家，即三家分晋。

在韩、魏、赵三家联手施用"空城计"的"奇（空）阵"手

法，以击灭智伯瑶强敌的过程中，主要行一引、二诱、三导、四灭之策：一是段规以百里之地拱手相予政敌智伯瑶，以引其贪心不止；二是任章以魏之万户之邑、百里之地相予，更诱智伯瑶索欲难平；三是韩、魏派军随智伯瑶围晋阳之地，以导入奇（空）阵之地；四是韩、魏、赵三家联手，出奇制敌，反用水攻智伯瑶之军，使之措手不及，被擒杀消灭，且夷族分其土地。这是政治斗争中，以弱胜强，奇、空、险、绝，环环相加，而置强敌于死地的最为典型的例证。

2. 惑（诱）阵

所谓惑（诱）阵，是指在敌对双方尖锐激烈的政治（军事）斗争中，一方为战胜另一方，先以其弱，故意暴露，以示于对方，而惑之、迷之，将敌方引入诱入阵中，再出奇制胜，加以击溃和消灭。

事例：西夏强寇犯边境，曹玮"惑阵"溃敌军

北宋真宗时期，为了争夺黄河以西塞外地区的统治权，宋与西夏经常交兵。西夏自恃兵强马壮，常常寇犯宋王朝的西北境一带。当时宋军有一员名将曹玮，深受朝廷厚爱，率军驻守在渭州（今甘肃、宁夏部分地区），临近西夏。

景德四年（1007）二月二十八日，宋真宗任命曹玮为西上合门使，奖赏其卫边之功。曹玮在镇戎军时，常用"惑阵"之计，以诱敌军，然后加以消灭。有一次出战小胜，侦知敌人已经走远，就驱赶着缴获的牛羊物资车辆往回走，队伍很不整齐。部下担心，对曹玮说："要牛羊没有用，不如扔弃，整好队伍返回。"曹玮不回答。西夏兵离去几十里，听说曹玮贪牛羊之利而军队不整，就

马上返回袭击。曹玮的队伍越走越慢，待到地形有利处，就停下来等待。西夏军队将要到达，曹玮就派人迎上去对他们说："藩军远道而来，一定很疲惫，我们不愿乘别人疲惫打仗，请你们休息一下兵马，过一会儿决战。"西夏军正苦于疲劳，都很高兴，整好队伍歇息。过了许久，曹玮又派人告知说："休息好以后可开战了。"双方各自擂鼓进军向前，一交战，大破西夏军，然后放弃牛羊凯旋。曹玮语气徐缓地对部下说："我知道藩兵已经疲劳，才故意做出贪利的样子来引诱他们。等到他们再来，几乎行进上百里路了，如这时乘他们锐气正盛就打，还会互有胜败。跑远路的人，如果稍获休息，就会双足麻痹，站不起来，士气也尽了，我就借此而战胜他们。"

又有一天，曹玮驻军渭州边境之地时，正与客人下棋，这时部下禀报说："守卫在边境上的一些官军士兵叛逃到夏国去了。"官军士兵叛变投敌是件大事，若是一般人听闻，或有勇无谋的匹夫之辈得知，既会暴跳如雷，又会惊慌失措。曹玮却不然，听完禀报以后，镇定自若，似乎没有发生此事一般，照常下棋。等到部下禀告完毕，曹玮不慌不忙地说："不要紧，那是我派遣他们过去的。"曹玮不假思索的答复，恰似无心却有心，消息很快传到了西夏。西夏之王最初见有宋军士兵来降，万分高兴，以为可以大获成功，宋军即将土崩瓦解。如今得知是宋军主帅曹玮故意派遣的，就认为投奔过来的都是奸细，当即将这些宋军士兵统统杀掉，还将他们的头颅割下，扔到两军交界之处，以示惩戒，证明自己没有"上当"与"受骗"。从此，曹玮所统率的宋军官兵，再也没有人敢叛逃降敌了。

曹玮虽然身为宋军的战将，但颇具政治头脑，且善于将政治谋略之术与攻心之策，谙熟地运用到原本是政治斗争的军事较量中去。曹玮擅长使用"空城计"中的"惑阵"之术以诱敌、引敌，既向西夏军"示疲"、"贪利（牛羊）"、"示空（隙）"，用以招诱、迷惑敌人，待敌长途跋涉又稍加休整，尚未真正恢复体力、战斗力时，以逸待劳，出击敌人，一举而获全胜。宋军叛逃夏主，原本是实实在在的"真"众"实"卒，经曹玮用计迷"惑"敌主，却是将"真"、"实"化为"虚"（逃）、"假"（降）之举；使原本无"计"可施之事，巧引为"惑"敌的有计之图谋，从而"逼"使"迫"从敌主不得不信此为"派遣"之"卒"，将成为后患无穷的内奸与隐患，终于全部清除杀掉。这样一来，则可收多重政治军事效应：其一，是叛逃自此可止；其二，敌主再也不敢收留投来的宋军官兵；其三，宋军军心不再动摇，防止自扰；其四，此政治攻心、惑敌、迷阵之术的成功，将起到威慑敌军将士、主帅的作用，使之处于处处被动、挨打与防不胜防的受制驭状态；对己军更有正军、肃纪、整威、惩戒的重大治军与心理效应。曹玮政治上用计的"高"、"谋"、"惑（敌）"、"奇（诡）"特点，由此也充分显现出来了。

三、手段高明　奇人奇事奇计

空城之计在政治斗争之中，使用得相当广泛，无论是政治家，还是阴谋家、野心家，为了达到与实现其自身的预定的某种特定政治目的，都会以不同的手法来将它实施使用。在何种条件与政治环境下使用此计，又在何种范围内应用，才会有效，否则就会无效，这却是有着一定的规律的。只有在适合施用空城之计的政治范围内，使用空城之计才会收到实效与多效。如果一旦在不适宜用空城之计的政治范围内使用它，那么不但得不到预期的政治效果，相反却会因错用、误用此计，被强劲、高明的政敌、对手识破，甚至将计就计、反施其计，则会招致巨大的灾祸，出现用计不成反伤己的政治功能上的失利、副作用。因此，在中国古代的政治斗争中，大凡高明的、施计成功的政治家或阴谋家、野心家们，都高度重视、选择、注意空城之计的应用范围。

第一，在敌国之间。

政治上的敌对之国，有国力强大的、兴盛的，也有实力相当的，更有国力弱小的。无论是哪一种政治上的国家敌手，都可以在彼此相争相斗中，向对方施用空城之计。不过，敌对国家之间，本来因为彼此在政治上处于互不相让、你死我活的敌视状态，彼此之间，本能地便存在一种防范心理。这就要求施空城之计的一方，具有相当高的技巧、智慧谋略、审时度势、善握机遇的水准，既要使对方相信、不疑本国所显示的外在真表、实象，又要使对方看不出本国所要企达、实现的既定政治目的。最终在立足于本国力量与现实的基础上，通过用计以击溃或制灭对手。

1．弱国对强国的使用

对于比自己国家强大的政治敌国，使用空城之计的重点在于"示空"、"示虚"、"示弱"，运用掩饰锋芒、巧示假象的手法与技巧，使对方相信自己国家的弱小、可欺、可诈、可灭，从而引诱、招来敌国对自己早已料定和预期的进攻，这时再将暗中早已积聚、隐藏、待发的力量（军事的、政治的威慑力量），一举施放出来，以"示真"、"示实"、"示强"的威力、速度，将敌国击溃、消灭。

前666年，楚成王派出由六百乘战车组成的强大队伍北上，攻打中原之地的政治敌国——弱小的郑国。楚军攻势强劲，且来势汹汹，很快攻占了郑国都城近郊的桔秩之门一带，郑国死生未卜，危在旦夕。在强敌临门、大军压境的危急时刻，郑文公便连忙召集文武百官商讨应敌之良策，但谁也拿不出最好的办法来。此时，只有叔詹认为："强楚之军，首次使用六百乘战车的兵力，表明是怀着必胜的信心前来的，故最担心、最顾忌、最害怕的便是首战失利。这样，便决定了楚军在军事决策和行动上，必然处处小心谨慎，稳扎稳打，而不敢急速冒进。我们恰可将敌国的弱点、弱势加以利用。特别是他们不敢冒风险之点，更可大做文章。"郑文公采纳其意见。叔詹一方面急速派出使者向齐、鲁、宋三国告急求救，一方面亲自在城内行计部署安排，巧施迷敌、惑敌的"空城计"。叔詹将军队埋伏在都城之内，使楚军看不到一兵一卒，不仅将城门大开，还让街市上的百姓往来如常，且不要流露出恐惧、惊慌失措的样子，让楚军看到郑国都城市井安定，人民生活与往常一样。当叔詹布置就绪时，楚军的先头部队已推进到了逵市，先锋统帅斗御疆一马冲至城门下，举目一看，却见城门大开，城中市民百姓从容不惊，城上更悄无声息。斗御疆一见此情此景，认定其中必有诡诈之计，便不敢贸然进城，在城外等候楚军统帅子元。子元到达后，也摸不清郑军的实力与底细，想等进一步摸透城中的虚实以后，再定攻城之计。当子元立足未稳且尚未摸透郑军的实底时,却听到齐、鲁、宋的援郑大军快要到了。子元害怕楚军腹背受敌,便率军匆匆撤退,还安慰众将说:"楚军已经深入到郑国都城的逵市了,即使未攻下也算是胜利。"以此来掩饰自己的真正失败与中计之气馁。

秦汉之际的匈奴冒顿单于,"示弱"而"隐强"以反击敌国东胡的实例,亦是实施"空城计"以弱胜强的成功例证。冒顿先送给东胡千里马,又送心爱的王后,借以示弱。当东胡索要土地时,冒顿见时机成熟,断然拒绝,且率军攻打东胡,直奔王宫,将东胡首领斩杀,收回了被强敌一时夺去的千里马与王后,转败为胜。

2．强国对弱国的使用

强国虽具有强大的政治军事实力,以其实力可以震慑邻国、弱国,但要以实力吞并弱国不是一件容易的事,因为弱国面对实力强大的政治敌国,无论是从心理上,还是行动上,都怀有戒心和准备,必然会使强国在吞并时遇到顽强的抵抗,且需付出极高的代价,这对强国来说,也是很大的顾虑。在这种情况下,强国为能够以极小、极少的代价,获得巨大的胜利与实惠,又能威慑与击溃政治上的弱势敌国,就必然实施"空城计",故意向敌手"示假"、"示迷"、"示乱(惑)",以疲敌、懈敌、痹敌,然后待敌人松懈并被引入其圈套、计阵之后,再乘势一举"示真"、"示强"、"示威"于敌军,且将其消灭。

西汉初年,北方的游牧民族匈奴首领冒顿,在用计谋将东胡一举消灭之后,便成为军事与政治上的强国。汉王朝由于刚刚建立,经过楚汉战争,政治军事实力损失殆尽,亟须休养生息。在这种状况下,面对强大的北方匈奴,也只能够处于弱国的地位,但也不甘心。

汉高帝七年（前200），刘邦亲自率领大军，前往北方攻打强敌匈奴。事前为了侦察、摸清匈奴军队的实力状况，刘邦便派了几个使臣前往匈奴，顺便打探匈奴的军队和战斗力。匈奴单于冒顿，是一位颇有政治头脑和军事谋略的人物，善于用计，早就看出刘邦的用意，便将计就计，利用这些汉使，向刘邦传递回假情报。

冒顿单于首先将自己的精锐部队全部隐藏起来，用一些老、弱、病、残的士卒守卫军营，以示其虚弱困惫之状。使者果然被冒顿的"空城计"所蒙骗，返回长安后，便将他们在匈奴所见一五一十地向刘邦作了报告。刘邦信以为真，认为此时正是匈奴内部空虚、军疲兵弱之时，恰是进攻克敌制胜的好机会。基于这种误判、误断与错觉，这年冬天，刘邦便亲率二十万汉军，浩浩荡荡地向北开进。此时，谋臣刘敬认为匈奴其中定有诈伪之处，向汉高帝进行谏阻，劝其放弃进军的计划，以防中了冒顿单于故施迷惑的"空城之计"。刘邦一意孤行，执迷不悟，深信使臣所讲匈奴军弱师疲，再加之汉军业已开拔，不但没有采纳刘敬的建议，反而怕他的言论会影响汉军进攻的士气，居然下令将刘敬关了起来，继续率军北上。

北国风光，千里冰封，万里雪飘，天寒地冻，汉军多是南方之人，在一饥、二寒、三困、四疲的情况下，战斗力已经十损二三，士气也为之低下。当刘邦率领汉军的先头部队到达平城（今山西大同东北）附近时，冒顿单于早已率领四十万匈奴大军在此等候。刘邦进入冒顿的隐蔽阵地时，匈奴军队便以绝对的优势，将刘邦的汉军与后续部队迅速地分割开来,加以包围,刘邦被围困在白登山上,汉军则首尾不能相顾。

刘邦被匈奴军队围在白登山上,整整七天七夜,缺粮断水,几乎陷于绝境之地。幸亏陈平足智多谋,设计破敌,才使得刘邦得以死里逃生冲出重围。就施用"空城计"和迷惑诱敌之阵的冒顿单于来说,作为军事上的强国,却将政治谋略与军事计策,二者兼施并用,强国以最少的代价,将暂时为弱国的汉军与统帅击得溃败,取得巨大胜利。

东汉末年,政治、军事实力上处于强国地位的东汉王朝(较之弱小乌桓而言),出兵北方,远征乌桓(今河北、辽宁部分地区),同样施用空城计的政治军事谋略之术。曹操这个强国之主将,却取得了劳师远征而战胜乌桓敌弱之国的巨大胜利。

汉献帝建安十二年(207),曹操率领数十万大军远征乌桓。当时正赶上夏季,大雨不止,泥泞难行,乌桓人还在交通要道派兵把守,曹军受阻无法前进。曹操十分忧虑,便向无终县名士田畴询问对策。田畴说:"这条道路每逢夏秋两季常常积水,浅不能通车马,深不能载舟船,是长期不能解决的难题。原来右北平郡府设在平冈,道路通过卢龙塞(今河北迁安县西北的喜峰口),到达柳城(今辽宁朝阳西南)。自从光武帝建武以来将近二百年,道路塌陷,无人行走,但道路残迹依稀可循。现在乌桓人以为无终是大军的必经之路,大军不能前进,只好撤退,因此他们放松戒备。如果我们默默地回军,却从卢龙塞口越过白檀(今河北宽城)险阻,进到他们没有设防的区域,路近而行动方便,攻其不备,可以不战而捉住首领蹋顿。"曹操说:"很好!"便率军从无终撤退，在水边的路旁留下一块大木牌，上面写着："现在夏季暑热，道路不通，且等到秋冬，再出兵讨伐。"乌桓人的侦察骑兵看到后，当真以为是曹军已经离去。

曹操命令田畴率领他的部众做向导，上徐无山，凿山填谷，行进五百余里，经过白檀、平冈，又穿过鲜卑部落的王庭，向东直指柳城，距离二百余里时，乌桓人才知道。乌桓首领蹋顿以及辽西单于楼班、右北平单于能臣抵之等，领数万名骑兵迎击曹军。八月，曹操登上白狼山（今白鹿山，位于辽宁喀喇沁左翼蒙古族自治县东境），突然与乌桓军相遇，乌桓军力强盛，曹军车辆辎重都在后边，身披铠甲的将士很少，曹操左右的人都感到畏惧。曹操登高一望，见乌桓军队阵容不整，就纵兵攻击，又派张辽为先锋杀出，致使乌桓军队大乱，结果斩杀蹋顿和各部落王爷以下的乌桓首领，投降的胡人与汉人军民则共达二十余万之众，取得重大的政治军事胜利。

作为政治家、军事家的曹操，一生深谙政治谋略之术，在率军攻取乌桓的过程中，施用"空城计"，不仅迷惑了敌军，而且还用了虚虚实实、真真假假的手法，出奇制敌，一举获胜。就其施计的过程而言，显示出如下的用谋技巧与特点：其一是"奇"，为击乌桓取其近捷之路，避开敌人，曹军循走废弃近二百年的"奇"路残道；其二是"假"，本为另寻奇路进军，却佯插木牌，假称退军不返，以此迷惑敌人；其三是"空"，曹军乘敌麻痹、斗志松懈之"空"隙，更趁奇路而来、敌不设防、沿途无阻的敌军布防之"空子"，钻进后长途奔袭而至，待敌军发觉，为时已晚；其四是"袭"，白狼山的决战，曹军居高临下，颇占优势。加之曹操俯观乌桓敌军，人多却志散，势众却步乱，便乘虚而命强将突袭独攻，致使敌溃不成军，且遭帅死众俘的覆亡。曹操巧用此计，以较少代价而获降俘二十余万军民的巨大胜利，真可谓是奇人（曹操）用奇计（空城计），奇袭（乌桓）获奇功（斩获数十万）。

第二，在君臣之间。

中国古代长期处于君主专制中央集权的统治之下，这种统治是以君主为中心，从中央到地方的各级统治机构，也都是围绕专制君主而设置的。在这种情况下，无论是君还是臣，都处在君臣上下左右的政治关系之中，有着复杂多变的人际关系网。这个由权势、地位、利益、金钱支配的"大网"，处处是陷阱，处处有危险，步步有险阻，步步有危机。因此他们均保持高度警惕，不敢有丝毫的松懈和麻痹大意。否则，便会招致诸多的灾难与祸患，轻则丢官失君位，重则会被杀身送命。在中国古代的君臣之间的政治角逐与官场斗争中，为着维护自己的切身利益，为着保官、保爵、保禄，为着护位、护权、护威，不论是天子帝君，还是高官显宦或卑职微吏，彼此之间，施用空城之计的政治策略，均大有市场，有广阔的用武之地。且成功与失败之例，代不乏举。

1. 君主与权臣之间的相互使用

在君主专制制度下，围绕权力这个中心，君主虽有生杀予夺之权，但权臣却有辅佐拥戴新主之势。君主对臣下，尽可问罪兴师，但一旦权臣得势，新主幼弱，臣下也可以挟天子而令天下。倘若权臣为外戚或宦官，则权势更可欺君、逼帝，威震朝野。这种臣尊而君卑、臣强而帝弱的反常政治局面的形成，既是君权与臣权斗争的结果，也是新一轮政治斗争的肇始。诸多有着政治谋略与远见头脑的帝王，面对君权的失落与权臣的扩张，便常常在与权臣的政治斗争中，使用"空城计"的手段，"示弱"、"示假"、"示虚"于权臣，使之麻痹、松懈，认为新君软弱可欺；然后，暗中集聚政治力量，准备进行政治较量。待权臣及同伙"空不及防"之时，乘势进行政治袭击，对之"示强"、"示真"、"示实"，将其全歼，彻底清除根除政治隐患与敌对势力。

东汉末年，著名的权臣、外戚、大将军梁冀，曾经权倾三朝，把持朝政二十年，最终被汉桓帝利用"空城计"的政治谋略手段，借助亲信宦官的力量，一举将其诛除。

梁冀本为大将军梁商的儿子，两妹为汉顺帝、汉桓帝皇后。汉顺帝永和六年（141），梁商死，梁冀继为大将军。汉顺帝死，梁太后临朝，梁冀任大将军，参录尚书事，理朝政达二十年之久，先后拥立汉冲帝、汉质帝、汉桓帝三帝，在任时骄奢横暴，排斥陷害异己，为所欲为，屡将弹劾他的官员逼害致死，还不肯善罢甘休。

梁冀家族一门中，前后共有七个侯，三个皇后，六个贵人，两个大将军。夫人和女儿享有食邑而称君的七人，儿子娶公主为妻的三人，其他担任卿、将、尹、校等官职的五十七人。梁冀把持朝廷威权，独断专行，凶暴放肆，日甚一日。威势和权力震动内外，桓帝只好拱手，什么事都不能亲自参与。对于这种情况，桓帝早已愤愤不平，曾经单独招呼小黄门使唐衡，问道："我的左右侍卫，和皇后娘家不投合的，有谁？"唐衡回答："中常侍单超、小黄门使左悺与梁不疑有仇。中常侍徐璜、黄门令具瑗，经常私下对皇后娘家放纵骄横表示愤恨,只是不敢开口。"桓帝将单超、左悺叫进内室说:"梁将军兄弟在朝廷专权,胁迫内外,三公、九卿以下,都得按照他们的旨意行事,现在,我想要诛杀他们,你们二位的意思如何?"单超等回答说:"梁冀兄弟的确是国家的奸贼,早就应该诛杀;只是我们的力量太弱小,不知圣意如何罢了。"桓帝又说:"确实如你们所说,那么,请你们秘密谋划。"单超等回答说:"谋划并不困难,只恐怕陛下心中狐疑不决。"桓帝说:"奸臣威胁国家,应当定罪伏法,为什么狐疑不决呢!"便把徐璜、具瑗也叫来,桓帝和五个宦官共同定计,且将单超的手臂咬破出血,作为盟誓。单超等人对桓帝说:"陛下既然已下定决心,千万不要再提这件事,怕会引起猜疑。"

梁冀果然对单超等产生猜疑,遣中黄门张恽入宫住宿,以防范意外变故。具瑗令属吏逮捕张恽,罪名是"擅自从外入宫,想要图谋不轨"。桓帝登上前殿,召集各位尚书前来,揭发了这件事,派遣尚书令尹勋持节统率丞、郎以下官吏,手执兵器,守卫省阁,将所有代表皇帝和朝廷的符节收集起来,送进内宫。又派遣具瑗率领左右御厩的骑士、虎贲、羽林卫士、都侯所属的剑戟士,共计一千余人,和司隶校尉张彪一起包围了梁冀的府第。派光禄勋袁盱持节,向梁冀收缴了大将军印信,将之改封比景都乡侯。梁冀与妻子孙寿,当天双双自杀。梁不疑、梁蒙在此以前已经去世。梁氏和孙氏的家族,包括他们在朝廷和地方的亲戚,全部逮入诏狱,不论男女老幼,全都押往闹市斩首,尸体暴露街头。受牵连的公卿、列校、州刺史、二千石官员,被诛杀的有数十人。太尉胡广、司徒韩寅、司空孙郎,都因阿附梁冀,没有去保卫宫廷而停留在长寿亭，被指控为有罪，以减死罪一等论处，免去官职，贬为平民。此外，梁冀的旧时官吏和宾客，被免官的有三百余人，整个朝廷，为之一空。当时，事情突然从皇宫中发动，使者来往奔驰，三公九卿等朝廷大臣都失去常态，官府和大街小巷犹如鼎中的开水一片沸腾，数日之后，方才安定，百姓们无不称快，表示庆祝。桓帝下令没收梁冀的财产，由官府变卖，收入共计三十余亿，全都上缴国库，减收当年全国租税的一半，并将梁冀的园林分散给贫民耕种。

以大将军梁冀为首的外戚集团及其同伙，位高权重，威势显赫。由于长期把持朝政，更有着玩弄阴谋诡计的丰富政治经验。身处帝位的汉桓帝，不仅势单力薄，且其行动举止均在梁冀一伙的监视之下。这样的行计背景、条件，决定了汉桓帝要诛除梁冀权臣集团，必须采用"空城计"的政治计谋，用虚实、真假相间，奇而又奇的方式，才能以弱胜强、转败为胜。作为有着一定政治能力的汉桓帝，在运用"空城计"诛除权臣梁冀集团的过程，则又有着如下特点：

其一，"示空"掩实而瞒敌。臣下多次上书弹劾梁冀一伙罪行，桓帝均不采纳，无动于衷，且任梁冀一伙对臣下的杀戮，虽早已愤恨在心，却故作政治上于无权、空无作为之状，以瞒敌伙的耳目与政治嗅觉。

其二，"示弱"掩强而骗敌。汉桓帝虽对梁冀一伙的专权，早已愤愤不平，却为了示弱而拱手让权，诸多朝中事务的定夺裁决均不能亲自参与，以便等待时机、寻找机会与积蓄政治力量，借此以欺骗、麻痹梁冀一伙政敌。果然，他们更加骄横跋扈、为所欲为，甚至派刺客直接谋杀宫中的邓贵人之母，以逼其强暴。

其三，"示假"掩真而防敌。当邓贵人之母被梁冀所派刺客杀害未遂，逃入宫中，寻求庇护时，汉桓帝终于下定诛除梁冀一伙的决心，与唐衡、单超等五个亲信宦臣密谋，盟誓、定计等均在暗中秘密进行，表面上则一切照旧运转，假装无事的样子，以消除政敌的疑惧之心，以防止梁冀一伙政敌过早发现，暴露目标后功败事泄。

其四，"示常"掩奇而克敌。汉桓帝与亲信唐衡、单超、左悺、徐璜、具瑗，是与梁冀一伙对立、有仇的宦官，密谋商定与积极准备，便寻找一个政治借口，将梁冀派往宫中来监视住宿的官员张珲，以寻常的图谋不轨之借口，加以逮捕，且按常规、常法、常例，处置此事。汉桓帝不是将此事化小、化平，而是抓住此事化大、穷追，召集百官，采取一系列奇、急、迅、猛的举措，乘势将梁冀府第重兵包围，逼令自尽（虽表面改封侯，却夺收大将军印信，使之知晓大势已去，无可挽回之态）。接着，将其族人全部诛斩殆尽，再将其政治同伙、帮凶诛杀，并将梁冀家产没收归公（国库），取得出奇克敌的成功。

2. 权臣对君主的使用

在变幻无常、尖锐复杂的政治角逐中，皇帝尽可以运用自己手中的权柄，抓住机会，寻隙觅间，充分利用权臣身上的弱点、凭借自身的权力，将权臣制驭或诛除。同样，权臣亦可以在政治斗争中，积蓄力量，寻求同伙，待到势力壮大时，则充分利用时机（自己或他人创造而成的），运用政治权术与计谋，并调集一切力量，来为达到与实现其重大政治决策、目的而服务。南朝刘宋的权臣萧道成，便是凭借手中的武力、实权，佯为懦弱、空无大志，阴则另有宏图的人物。他成功地运用"空城计"的政治谋略之术，便取代刘宋而成南齐的一代新君。

萧道成出身平民布衣，刘宋末年，任建邺（今南京）令、中领军将军。乘诸王相互残杀，独掌朝廷兵权。宋明帝泰豫元年（472），在临终时任命他为右卫将军、兼卫尉，与袁粲等共同掌管朝廷大事，从而统领了中央禁卫军，成了朝中四位（萧道成、袁粲、褚渊、刘秉）显贵人物之一。尽管如此，萧道成总是表现得小心谨慎、胸无大志的样子，常说自己是寻常之人，与空无所求的普通人相等。

刘宋后废帝刘昱，是个年仅十岁登基的小暴君。刘昱在当皇太子时，常常亲自动手，缘漆帐竿，爬到距地面一丈多的高处。他喜怒无常，侍从官员无法劝阻。明帝屡次让他的母亲陈太妃痛打。刘昱即帝位后，对内害怕皇太后、皇太妃，对外害怕各位大臣，不敢放纵。自从行过加冠礼后，宫内宫外对他逐渐失去控制，刘昱便不断出宫游逛。最初出宫，还有整齐的仪仗卫队。不久，便丢下随从车马，只带身边几个人，或跑到荒郊野外，或出入于街头闹市。陈太妃每次乘坐青盖牛犊车，尾随其后，监视、约束，他便换乘轻装快马，一气奔跑二三十里，让太妃追赶不止。仪仗卫队也畏惧大祸临头，不敢追赶，只好把部队驻扎在另外一个地方，远远眺望而已。

明帝曾经把陈太妃赏赐给宠信的弄臣李道儿为妻，后来又把她迎接回去，生下刘昱。因此刘昱每次改穿便服外出，就自称刘统，或自称李将军，经常穿短裤、短衫，无论军营、官府、街巷、田野，到处出入。有时夜晚投宿旅店，有时白天就睡在大路旁边，在下等人中间挤来挤去，跟他们做买卖，有时遭到怠慢侮辱也欣然接受。任何低贱的事情，像裁制衣服、制作帽子，只要看过一遍，就能够学会。刘昱从来没有吹过篪，拿起篪来一吹，声音便合曲调。等到京口事变平息，刘昱骄纵横暴尤为严重，没有一天不出宫，不是晚上出去，凌晨回来，就是凌晨出去，晚上回来。随从人员手执短刀长矛，路上的行人，不管是男是女，不管是狗、马、牛、驴，只要碰上，立即诛杀，无一幸免。百姓忧愁恐惧，店铺及行商，全都停止经营，家家户户，白天闭门，路上行人几乎绝迹。钳、锤、凿、锯不离刘昱左右，只要稍稍不合意，便顺手抓起凶器，当场杀人剖腹。一天不杀人，就闷闷不乐。宫廷侍从和朝廷官员，担忧惶恐，饮食作息，都不能安稳。阮佃夫与直阁将军申伯宗等，密谋趁刘昱到江乘打野鸡之时，宣称奉皇太后命令，传唤仪仗卫队回京，关闭城门，派人逮捕刘昱，废黜，拥护安成王刘準。想不到密谋泄露，477年五月二日，刘昱逮捕了阮佃夫等，斩首示众。

  皇太后经常教训，刘昱很不高兴。正逢端午节，太后赏赐一把羽毛扇，刘昱嫌它不够豪华，下令御医配置毒药，打算毒死太后。左右劝阻他说："如果真的这样做，陛下便要当孝子，怎么还能出入宫门玩耍游戏？"刘昱说："你这话很有道理。"才打消主意。

  477年六月二十二日，有人上告散骑常侍杜幼文、司徒左长史沈勃、游击将军孙超之，跟阮佃夫同谋。刘昱立即率领卫士，亲自突击三家，全部诛杀，砍断肢体，把肉一块块割下，连婴儿也不能幸免。沈勃正在家中守丧，卫队还没有到，刘昱抽刀独自一人冲在前面，沈勃知道不能避免，赤手空拳搏斗，猛击刘昱耳朵，骂道："你的罪恶，超过桀、纣，死在眼前。"最终被刘昱砍死。

有一天，刘昱闯入领军府，当时天气炎热，萧道成正裸身躺在那里睡觉。刘昱把萧道成叫醒，让他站在室内，在他肚子上画一个箭靶，自己拉紧了弓，就要发射。萧道成收起手板说："老臣无罪。"左右侍卫王天恩说："萧道成肚子大，是一个奇妙的箭靶，一箭射死，以后再也找不到这样的箭靶了。不如改用圆骨箭头，多射几次。"刘昱就改用圆骨箭头，一箭射去，正中萧道成的肚脐，把弓扔到地上，得意地大笑说："这只手如何！"刘昱对萧道成的威名十分畏惧忌恨，曾亲自磨砺短矛说："明天就杀萧道成。"陈太妃骂道："萧道成对国家有大功，如果杀了他，谁还为你尽力！"刘昱才住手。

萧道成忧愁恐惧，与尚书令袁粲、中书监褚渊密谋废黜刘昱，另立新君。袁粲说："主上年纪还小，轻微的过失，容易改正。伊尹、霍光的往事，在这末世已难实行。即使成功，最后仍无安身之地。"褚渊沉默不语。领军功曹丹阳人纪僧真对萧道成说："现在，皇上凶残疯狂，无人可以自保，天下百姓盼望，不在袁粲、褚渊，明公怎么能坐待被剿灭？存亡的关键，请深思熟虑。"萧道成同意。

萧道成的大儿子萧颐正任晋熙王刘燮的长史，兼行郢州事，萧道成打算命萧颐率郢州军顺长江东下，在京口会师。有人劝萧道成回广陵起兵，萧道成对代理青、冀二州刺史刘善明说："很多人劝我北上据守广陵，恐怕不是长远的打算。现在秋风将起，你如果能跟垣荣祖联合，稍稍挑动胡虏，我的各种计划当可实施。"同时也告诉东海太守垣荣祖。刘善明说："宋国将亡，无论愚蠢人和明智人，都看得一清二楚。北虏如果有什么行动，反而会成为你的祸患。你的智慧韬略和英勇武功高过当世，只有一个办法，那就是安静地等待时机，再趁机猛烈出击，大业自然告成，不可以远离根本之地，自找灾祸。"垣荣祖也说："领军府距离宫城，不过一百步，如果你全家出奔，别人怎么会不知道？如果单枪匹马，轻装前往，广陵官员万一关闭城门，拒绝接纳，下一步将逃向哪里？你只要举脚下床，马上就会有人敲宫城的城门，向朝廷告发，你的大事就糟糕了。"纪僧真说："主上虽然凶暴丧失天道，可是刘家王朝几世建立的政权还算坚固。你百口之家，同时向北出奔，绝不可能。即使进入广陵，天子居住深宫之中，发号施令，指控你是叛徒，你有什么办法躲避！这不是万全之策。"萧道成的族弟、镇军长史萧顺之，以及萧道成的次子、骠骑从事中郎萧嶷，都认为："皇上喜爱单独出来乱窜，在这方面下手，比较容易成功。外州起兵，很少能够成功，反而徒然比别人先受祸灾。"萧道成这才取消原意。

东中郎司马、代理会稽郡事李安民，打算拥护江夏王刘跻，在东方起兵，萧道成加以制止。

越骑校尉王敬则主动暗中结交萧道成，一到夜里，王敬则就换上平民衣服，匍匐路旁，替萧道成侦察刘昱的行踪。萧道成命令王敬则秘密结交刘昱左右亲信杨玉夫、杨万军、陈奉伯等二十五人，他们都在宫城内殿中任职，窥探机会。

477年秋七月初六日夜晚，刘昱身穿便装，走到领军府门口，左右侍从说:"府里的人全都熟睡,我们为什么不跳墙进去?"刘昱说:"今天晚上,我要到别的地方玩个痛快,明晚再来。"员外郎桓康等在领军府大门后全都听到。次日,刘昱乘坐露天无棚车,跟左右侍从前往台冈,比赌跳高。然后,前往青园尼姑庵。夜晚,来到新安寺偷狗,找到昙度道人,煮狗肉吃。吃过狗肉,醉醺醺地回仁寿殿睡觉。弄臣杨玉夫一向得到刘昱的宠信,这时候,刘昱忽然对杨玉夫大为痛恨,一看见他就咬牙切齿地说:"明天就杀了你这小子,挖出肝肺!"这天深夜,命杨玉夫观察织女渡河,说:"看见织女渡河时,马上叫醒我;看不见,就杀了你。"当时,刘昱出宫进宫,没有一定的时间,宫中各阁门,夜间都不敢关闭,负责宫廷保卫的官员,惧怕跟皇帝见面,都不敢出门。禁卫军士卒更是躲得远远的,内外一片紊乱,互不相关,没有人管理。当天夜晚,王敬则出营等候消息,杨玉夫等到刘昱呼呼大睡时,与杨万年合伙取下刘昱的防身佩刀,抹了刘昱的脖子。然后假传圣旨,命外庭演奏音乐。陈奉伯把刘昱的人头藏在袍袖里面,跟往常一样,神色自若,宣称奉皇帝派遣,打开承明门出宫,把人头交给王敬则。王敬则飞马奔向领军府,敲门大喊。萧道成恐怕是刘昱的诡计,不敢开门。王敬则把人头从墙上扔进去,萧道成令人洗净血迹辨识,果然不错,这才全副武装,骑马而出。王敬则、桓康等都随从其后,直往宫城,到了承明门,宣称皇帝御驾回宫。王敬则恐怕守门官兵从门洞往外察看,用刀柄堵住门洞,同时咆哮催促。门打开,进入宫城。从前,每逢夜晚,刘昱闯出闯进,都急躁凶暴,守门卫士震怒,从不敢抬头。所以,今晚之事,没有一人怀疑。萧道成进入仁寿殿,殿中官员惊慌恐怖,听到刘昱已死的消息后，都高呼万岁。

　　七月初八日早晨，萧道成全副武装，站在殿前庭院一槐树下，以皇太后的命令召集尚书令袁粲、中书监褚渊、中书令刘秉入殿举行会议。萧道成对刘秉说："这是你们刘家的事，应该如何决定？"刘秉还没有回答，萧道成顿时大怒，胡子翘起，双目发出凶光，如同闪电。刘秉说："尚书省的事，可以交付给我。军事措施，全依靠你。"萧道成依次让给袁粲，袁粲推辞不敢当。王敬则拔出佩刀，在座位旁跳起来，厉声道："天下大事，全都要萧公裁决，谁胆敢说半个不字，血染我刀！"说着亲手取出白纱帽，戴到萧道成头上，要求萧道成登基称帝，并威胁说："今天谁敢乱动？大事要趁热一气呵成。"萧道成板起面孔，呵止说："你什么也不明白！"袁粲打算开口说话，王敬则大声喝他闭嘴，他只好闭嘴。褚渊说："非萧公不足以办理善后！"就把处理一切事务的权力交给萧道成。萧道成说："大家都不肯接受，我怎么可以推辞。"便提议，准备法驾，前往东府城，迎接安成王刘凖继任皇帝。萧道成卫士抽出佩刀，筑成刀墙，命袁粲、刘秉起身，二人面无色，离去。当天，萧道成又以皇太后的名义，发布命令，列举刘昱罪状，说："我密令萧道成暗中运用智谋。安成王刘凖，应君临万国。"追封刘昱为苍梧王。皇帝仪仗队抵达奉府门前，刘凖命守门的人不要开门，等候袁粲的到来。袁粲到了之后，刘凖才动身到金銮殿。七月十一日，刘凖即皇帝位，即宋顺帝，改年号为昇明元年，实行大赦，把刘昱安葬在南郊祭天神坛之西。

　　接着，萧道成又自封为司空、录尚书事、骠骑大将军，从而以侍中、司空、太尉独揽朝政大权。昇明三年（479），萧道成又自封为相国、齐王。不久,即废掉宋顺帝刘準,自立为帝,改国号为齐。萧道成即南齐开国之君齐高帝,改年号为建元元年(479)。

萧道成虽身为武将,却有颇具谋略的政治头脑。面临复杂多变的政治形势,萧道成在诛除残暴幼主、代宋称帝的政治斗争过程中,巧用"空城计"的政治策略,在君权与臣权对垒的政治斗争"棋盘"中,实现了关键性的三步棋,从而为臣权的胜局奠定了基础。

第一步棋:"佯空"、"佯弱"而暗实、暗强。面对刘昱小暴君的政治残暴行为,手握重兵、身为老臣的萧道成,却故作无动于衷、无所作为之状。表现出空无大志、弱不堪击的样子,既不救臣僚,更听任刘昱的恶作剧摆布,将大肚当作活箭靶以取乐,待刘昱扬言要杀他时,却又装作倘死则不能作乐靶,取悦于帝。实则在暗中积聚力量,等待时机。

第二步棋:"佯服"、"佯静"而暗结、暗动。为了消灭政敌刘昱,萧道成排除了用公开在广陵起兵反抗的办法,在表面上仍归服朝廷,装作一副无所举动的样子,以痹敌、懈敌。暗中却在与刘昱身边的亲信、宫中主上左右的人,结成政治同盟,共同策划诛除政敌的周密计划。终于伺准机会,由杨玉夫、杨万年、王敬则等人一起,合伙将刘昱斩杀,并及时向萧道成报告,以准备下一步行动。

第三步棋:"佯谦"、"佯让"而暗控、暗夺。待萧道成与同伙将政敌刘昱诛杀以后,立即以皇太后之命召集其他三位元老重臣,商议军国大事。此时,萧道成既剑拔弩张、威势逼人,又故作谦让之状，以试探他们的政治态度。倘若谁稍有沉默，便立即遭到呵斥、训诫，逼令作出拱手让权的表态才善罢甘休。同伙王敬则更为横蛮，表演也淋漓尽致，一面威胁群臣，谁敢说萧道成半个不字，便要血染兵刀；一面更取出白纱帽，戴到萧道成头上，要他立即登基称帝，却遭到假模假样的制止。在大权集于一身后，萧道成又假谦、假让，推辞说众命难为，重托难推，便名正言顺地独揽朝廷大权，为代宋称帝作了最为重要的政治准备。果然，在立新帝后不到两年时，便将其废黜而正式登上了齐帝的宝座。

第三，在臣僚之间。

在政治斗争的角斗场上，臣僚之间是利与害同时并存的。彼此之间，既有同为臣下，要侍君奉主，有其共同的政治利益需要维护的一面；同时，为了在帝王面前争宠、争权、争利、夺势，臣僚的上下级之间、同级之间也必然展开与进行生死存亡的搏斗与厮杀。运用"空城计"的政治谋略手段，消灭政敌、剪除对手的势力，清除异己，等等，则是诸多精明、高超的政治家、阴谋家、野心家臣僚们常用常施的政治手法之一。

东汉献帝建安元年（196），刘备集合起万余人的部队，吕布认为受到威胁，就亲自出兵攻打刘备。刘备在沛城被吕布打败，失去了栖身之地，只好投奔曹操。曹操知道刘备不是甘居人下的人，便把他带到许昌，目的是要控制他。刘备为了防备曹操加害自己，便实行韬晦之计，在屋后开了一大片菜园，终日种菜浇园，想让曹操以为他是个胸无大志的人。

建安四年（199）夏季的一天，曹操请刘备喝酒，酒饮至半酣，忽然天色大变，乌云翻滚，暴风雨将至。曹操由天外龙挂（闪电），论说到当今的英雄之辈。曹操在酒席上，从容地问刘备，谁算得上当世的英雄。刘备列举袁术、袁绍、刘表，都被曹操否定，却用手先指刘备说："如今天下的英雄，只有您和我罢了，袁绍之流，是算不上数的！"刘备听了，心头顿觉一惊，以为曹操看穿了自己的心思和政治图谋，手中筷子不觉掉落在地上。恰巧天空一声雷响，刘备便趁机急忙加以掩饰说："圣人说：'遇到迅雷和暴风，使人改变脸色。'真是这样啊！"以示自己胆小怯懦不堪，竟连雷声也会害怕。曹操一见此状，并听到了回答后，对刘备冷笑了一声，以为刘备真是个无用之人，不堪重用，从此逐渐放弃了对刘备在政治上东山再起的警惕性，任其自便。

　　事后，刘备眼看政治时机渐渐成熟，且对自己较为有利，决定尽快脱身。恰逢此时，曹操决定派遣刘备与朱灵去截击袁术，刘备不仅欣然领军受命，且一再表示要为曹操效劳，尽力完成此命，不负厚情款待之恩。刘备此时犹如得到大赦一般，连夜带领队伍出发了。曹操谋士程昱、郭嘉、董昭等人劝阻说："不可派遣刘备率兵外出！"曹操有些后悔，派人去追，哪里还能够赶上？结果袁术退回寿春，朱灵班师回朝，刘备则杀死徐州刺史车胄，很快便拥有部众数万人，曹操则难以剿灭，进而成为重要势力，历经挫折，终于形成魏蜀吴三国鼎立之势。

　　刘备与曹操，虽同为汉王朝的臣属同僚，却是争雄天下的潜在政敌、对手。失去地盘、投身曹操的刘备，寄人篱下，受制于敌，故又有上下之间的关系。一方面，刘备不得不看曹操的脸色行事，以求自存；另一方面，却又胸怀大志宏图，随时伺机以待实现。为此，他使用政治韬晦之计、空城之谋，以脱身自立。关键的一步是要向曹操展示自己的空疏无能与无害之处，使之不防和放心，方才有化险为夷、脱身他图的可能。

刘备施用"空城计"的政治谋略，对付曹操的监视、控制，主要有如下的特点。

首先，是"示空"（无害）。刘备种菜浇园，空度时日，消磨精神，以向曹操表明早已倦于官场争斗，是一个胸无大志、无所乞求的人，以防曹操的戒心，而实际上则是在观风察势，等待时机窥测政治方向。

其次，是"示疏"（无图）。当曹操设宴与刘备对饮论当今英雄时，刘备深知曹操的政治试探用意，又故意"疏忽"而泛指三袁之辈，既表自己的粗疏无能，更表无心问鼎称雄的政治野心，实际是行政治的韬晦之计，暂时潜藏自己，以防过早暴露政治目标。

再次，是"示怯"（无用）。刘备乍一听曹操所论，指明自己与曹操才堪称当世英杰时，既吃惊又暗喜，生怕曹操识破他的政治目的和各种用计的良苦用心，以至于惊得筷子失手坠地。恰闻惊雷，才故作掩饰强辩，向曹操示以胆怯无能之状。只是给曹操留下刘备胆怯、怕事、无用的印象，且放松警惕，实际这给了刘备脱身以可乘之机。

最后，是"示服"（无争）。曹操派军队给刘备，要他去截击袁术，企图一箭双雕，借袁术之手消灭刘备，又可试验其本领和对己的忠心如何。刘备则表示坚决服从，且连夜领军上路出击，以示"耿耿忠心"。实际上这是将刘备放虎归山、给虎添翼，刘备深恐有变，故造成难追之势。果如所料，曹操听部属的劝阻后，立即追悔莫及，但领军的刘备确实是"驷马难追"了。领曹军出击的刘备，不仅攻城略地，杀官斩吏，且乘势进行招抚部众，扩大队伍地盘，反过来又击败曹军，终成称雄天下之奠基。

至于同级官僚之间，巧用空城之计的政治谋略，而战胜政敌对手的，更不乏其例。

北周静帝大象二年（580），隋公杨坚被封为左大丞相，自此权倾朝野，更加在政治上跃跃欲试。北周的相州总管尉迟迥，是杨坚潜在的政敌和对手，杨坚便派亲信韦孝宽去替换尉迟迥的官职。韦孝宽赴任途中，进至朝歌，尉迟迥派遣部下大都督贺兰贵来迎接。韦孝宽与贺兰贵交谈，从言谈话语中，觉察到尉迟迥可能会有变故，便假装有病，缓慢而行，派人以寻医买药为名到相州，暗中侦察尉迟迥的动静。韦孝宽的侄子韦艺任魏郡太守，也被尉迟迥派去迎接韦孝宽。韦艺是尉迟迥的同党，不肯讲出实情，韦孝宽则以斩首相威胁，韦艺只得招吐实情，将尉迟迥密谋反叛之事讲出。韦孝宽立即带着韦艺向西奔还，为了躲避尉迟迥的追杀，每到一个亭驿，就把驿站里供使者换乘的驿马全都驱赶走，对驿官说："蜀公尉迟迥很快就要到达，赶快准备酒宴招待。"尉迟迥派遣仪同大将军梁子康，带着数百名骑兵追赶，每到一个驿站，都是丰盛的酒宴，却没有驿马可以替换，很难再追赶，韦孝宽也因此幸免于难。

准备篡权以代的隋公杨坚，与忠于北周朝廷的尉迟迥，彼此形同水火，互为政敌与障碍，生死争斗较量，也势在必然。以韦孝宽取代尉迟迥，使这种政治角逐白热化了。对于韦孝宽来说，掌握尉迟迥反叛证据最为重要，以斩首逼迫韦艺讲出实情，带领人证回去禀报杨坚,乃是第一要务。为了防止尉迟迥追杀,韦孝宽便巧施"空城计"的谋略手段,并取得了胜利。其具体做法是:一是"示弱"(称病),以派人买药寻医为名,先往相州进行打探侦察尉迟迥的具体动静,以决定行动方略;二是"示假"(诈胁),用斩首相要挟、胁迫韦艺吐出实情,查明尉迟迥的全部政治密谋,为将来置敌于死地,奠定了基础;三是"示空"(驱马),为防止尉迟迥的追杀,将驿站的换乘驿马全部驱赶走,使驿站真正成为废、空之站,无所使其能;四是"示惠"(酒宴),以麻痹、松懈、延缓敌人。追兵既无马可换以追,又有丰盛的酒宴,也就无法快速追赶,韦孝宽则可以从容告变,为杨坚平定尉迟迥赢得了极为宝贵的时间。

四、夸张虚饰 制驭政敌之心

空城之计是第三十二计,却是败战计的第二计,既表明此计重要位置的不可替代性,更说明它是家喻户晓的由败转胜的重要政治计谋。古往今来,此计在各种政治斗争中应用十分广泛,范围更为广阔。概括起来,这种计谋在政治斗争中的应用,有着如下的基本特点。

第一,就空城之计在政治斗争中应用目的而言,具有虚张性、威慑性的特点。

所谓的虚张性,即指使用空城之计时,施计者着重将自身的弱点,故意向政敌对手显示出来,且加以夸张和虚饰。这样做,即使对方面临这种状况时,难以准确估计、评定其真情实底,也更加显得高深莫测，以为潜藏暗计与重兵，基本上是望而却步，或迟疑不前。由此可见，这种表面上的虚张性，实际是声势、声威上的未可知性，难以预测性和莫测性的外化，有着却敌、御敌、制敌、防敌的强大心理效应和目的。

所谓威慑性，是指在政治斗争中，空城之计的实施运用对敌方具有广泛的、多重的、群体的、多层面的威慑、胁迫的目的。通过对敌方的"示弱"、"示空"、"示虚"、"示假"等举措，从而在政治斗争中的战略对比上，将劣势转化为暂时的优势，将被动化为主动，然后转败为胜。在这一过程中，真真假假、虚虚实实，彼此交错使用，致使政敌真假莫辨、虚实难测，在斗争的关键时刻，从政治心理上先吃了败仗，且潜在地受施计者的暗控与制约，使之举棋不定、迟疑不决，从而将最佳的战机白白丢失殆尽，且将优势变为了劣势，主动变为了被动受制，在施计者的威慑作用下，转胜为败，被动挨打。

第二，就空城之计在政治斗争中作用而言，具有迷惑性、诱陷性的特点。

在政治斗争中，政敌双方均具有一定的实力，可以凭借与依赖，否则无以依存，也无以与对手进行较量。由于彼此处于敌对状况，因此防范心理甚重，且相互保密，无法得知实力的真实情况，尤其是各自的战略意图、行计举措更是秘而不宣。在这种状况下，空城计的施用，便更能发挥出独特的政治斗争功能与效应。具体而论，是可以"迷惑"制（驭）敌与"诱陷"克（灭）敌，从而以较少的代价取得较大的胜利成果。

所谓迷惑性,是指空城之计的施计者,采用各种公开的假象,或示假隐真、或示虚隐实、或示空隐藏、或示平隐奇、或示静隐动、或示弱隐强、或示死隐生、或示病隐壮、或示忠隐奸、或示曲隐直、或示和隐战、或示隙隐谋,致使政敌对手,无法辨认真情实况,更无法知晓用计者所要企达的政治目的、战略意图,常常迟疑不决、徘徊观望、止步不前或擅自退却。这样,不仅起到"迷"住敌方的作用,更有着蛊惑、逼惑、迫惑、引惑、压惑政敌对手,使之在心理上受挫、受阻、受制、受损,从而在"败势"中撤离退却。施计者既可收"迷惑"制(驭)敌、止拒攻势、挫其锐气之功;进而更可抓住有利战机,以逸待劳、以实击虚(敌之心虚)、以暗击明,转守为攻,对所制驭之敌,乘势追歼、奇袭,出奇制胜,收到击溃歼灭政敌的功效。

空城之计在政治斗争中的诱隐性作用,基于其特定的施计手段,即"空"、"假"、"虚"、"弱"以示敌,以露其外,而真正将"实"、"真"、"盛"、"强"隐藏起来,待敌方中计后,一举歼灭之。这种手段与政治计谋,若是行计者将它施之于那些急功趋利、好求速胜、冒失盲进、独断专行、作风跋扈的政敌、对手,则往往能收到实效与多重功利,且很快能发挥在政治上将政敌团伙加以诱惑,然后使之陷于包围之中,最终不能自拔而被消灭。

第三,就空城之计在政治斗争中的影响而言,具有易用性、普遍性的特点。

空城之计作为在政治斗争中常见与颇为有效的手段,具有很高的易用性。所谓易用性,即是指这种计谋非常适用于各种政治斗争，无论是强者，还是弱者；无论是政治家，还是阴谋家、野心家，都能够使用这种计谋来实现自己的政治目的，而且很容易收到实效。这是因为政治斗争的核心，说到底是为了实现对权力的掌握、控制与争夺；而权力本身又具有巨大的吸引力和政治感召力，拥有权力便拥有一切，这是千百年来政治斗争场合中人们不疑和奉行的一条神圣信条。为了争夺、获得更大的权力，必然要战胜、制服政敌与敌手。要战而胜之，空城之计的先示空、示假、示弱的手法，以欺骗、蒙蔽政敌，使之麻痹松懈，摸不清实底，或中计上当，然后再后发制敌，这是诸多施计者最常见、易学、易懂、易会的思路和手法"套路"。加之历史上施此奇计者，又备受人们美誉和称道，代有传人，代有成功实例，更代有佳话传扬，更使得此计成为家喻户晓的计谋，且注入诸多民间、官场、士人的群体性智慧，使之更加完善、丰满，弱势者易学此计，然后转败为胜，奇迹般战胜、制服强敌，在无形中更扩大了它在政治斗争中的影响。

空城之计在政治斗争中应用的普遍性，是因为此计有其存在的文化环境和政治条件，这就为此计的普遍使用，提供了广阔的市场。这种特定的文化环境和政治条件的最大特征是，为官入仕之人，从皇帝到下层官吏，均必须树立良好的外在政治形象和政治道德水准。总之，只注重"外表"，而不追寻、探究内里实质。这一特征引发人们由表及里，而非由里及表去判断、观察事物。为了不表露自己的政治企图、欲望，以免树大招风，多用示空、示弱、示虚、示假以迷惑对手、政敌，以采取"空外实内"、"曲线救权"、"用计胜敌"手法取胜的方式，这就为意图以最小代价、最捷途径、最巧方式来企图达到、实现政治意图的人们，提供了广阔的使用市场，大大增加了空城计在政治斗争中应用的普遍性。

第四，就空城之计的政治斗争心态与智道效应而言，则有着威慑心理（虚张诱陷）、逆反效应的特点。

空城之计作为政治斗争中的一种重要的政治谋略，制敌、克敌、胜敌的一个关键之点，在于施计者对于政敌、对手在政治心理上的攻势与扼杀效应。也就是说，在充分利用政敌心理上的巨大"误区"和"弱点"来施计、行计、用计、胜计。只有如此，才能威慑政敌，也才能利用真真假假、虚虚实实的手法，出奇制胜。那么，空城之计，利用的心理"误区"、"弱点"、"盲区"是什么呢？具体而言则是："求存"心理，此其一；"求胜"心理，此其二；"自卫"心理，此其三；"防范"心理，此其四。正是在巧妙调动、运用这些弱盲之点的基础上，又采用逆反的方式，示假而隐真，示空而隐实，招敌上钩后，再行擒拿制服，然后歼敌获胜，从而使这场政治斗争与较量，取得了敌对双方均出乎预料的结果。

反间计

——五间并用　意在乘隙取胜

本计云:"疑中之疑。比之自内,不自失也。"其大意是:敌我双方对垒对阵时,在疑阵之中再布疑阵。从而,使得在敌人阵营内部出现自我矛盾,且将这些矛盾为我所用,我则万无一失。反间计,则具体指在敌人营垒、敌阵内部,采取手段,收买间谍、内奸,以作我方内应,使敌人内部分化瓦解,我方则能迅速克敌制胜。

"反间"一词,见于《孙子·用间》中所载:"反间者,因其敌间而用之。"杜佑注曰:"敌有间来窥我,我必发知之,或厚略诱之,反为我用;或佯为不觉,示以伪情而纵之,则敌人之间,反为我用也。"反间计的由来,则出自《长短经·五间》中记载的故事:"陈平以金纵反间于楚军,间范增,楚王疑之,此用反间者也。"意思是说,在秦末楚汉相争中,刘邦的谋士陈平用金钱施反间计于楚,离间楚霸王项羽同军师范增的关系。楚王果然中计,怀疑范增与汉军暗中有勾结,便不那么相信他了。结果,范增被迫只好离走回家,但却病死于路途之中。后来,这个故事便演绎为反间计。其本意是做间谍的,要促使敌人互相怀疑嫉恨,而做

岳飞明示敌间,将错就错擒贼

反间谍的,则是要利用敌方间谍来离间敌方。总之,要在敌人内部做工作,使之内乱与互相猜忌、怀疑倾轧,然后在削弱其有生力量之际,乘隙进攻,击溃敌人与敌手。

一、两军对垒　疑阵中有疑阵

《周易·比卦第八》云:比:吉。原筮,元永贞,无咎。不宁方来,后夫凶。《象》曰:地上有水,比。先王以建万国,亲诸侯。

【一爻】初六,有孚比之,无咎。有孚盈缶,终来有它,吉。《象》曰:比之初六,有它吉也。

【二爻】六二,比之自内,贞吉。《象》曰:"比之自内",不自失也。

【三爻】六三,比之匪人。《象》曰:"比之匪人",不亦伤乎?

【四爻】六四,外比之,贞吉。《象》曰:外比于贤,以从上也。

【五爻】九五,显比,王用三驱,失前禽。邑人不诫,吉。《象》曰:"显比"之吉,位正中也。舍逆取顺,"失前禽也"。"邑人不诫",上使中也。

【六爻】上六,比之无首,凶。《象》曰:"比之无首",无所终也。

据秘本兵法《三十六计》原文记载,反间之计是由"比卦"

的逻辑原理推演而来的。水地比卦六二爻的象辞云："比之自内，不自失也"。意思是说：从内部亲密比辅君主，不曾自失正道，所以吉祥。

比，是相亲、依附之意。此卦下卦坤是地，上卦坎是水，地上有水，地得水而柔，水得地而流，正是相亲相辅的象征。从卦形上来看，此卦的主体是九五爻。九五为当位之阳爻，又属君位，至中至正，上下又有五个阴爻追随着，象征在一个团体中，群众依附领袖的形象。

五阴追随一阳，是就卦的整体形状而言的。若在战争中占得此卦，须分内外卦以区别敌我，这时就不再是单纯的群阴比阳之象了。分出内外卦后，因为上卦有强大的九五爻，而且每一爻都当位；下卦坤则为至柔至弱之体，而且有两个爻不当位，可见双方实力悬殊，自己只有充当追随者的资格。追随即"比"，但此时已不再是群阴逐阳那种自然的追随，而是作为附庸、臣下、奴婢的屈辱之比。附庸国的安危，全视宗主国的需要而定，所以随时都有开战的可能；还有，若是不愿意俯首称臣，那么即刻就会兵刃相见；总之，战争是不可避免的。一旦拉开战幕，以双方的实力而言，除了用计谋出奇制胜外，自己只有束手待毙。内卦坤是阴谋诡计的总象征，暗示着用计是此时唯一的出路。

计从何出，可看卦形所显示的反常处。上下卦既为敌对之体，那么，下卦之初六、六三，分别与上卦之六四、上六相斥，便属正常现象。只有六二爻与九五爻的相应，显得极其不合情理。九五爻是敌方的君王，六二为当位居中之阴爻，代表己方的主帅；既然两国首脑阴阳和谐，彼此有情，还打什么仗？即便宣了战，也会很快缔结和约。由于爻象的引申义是极繁杂的，所以如果此时既不能媾和，又不会弭战，就应当迅速排除六二爻作为己方主帅的象征义，另外寻找其他符合实况的含义。六二爻位居下卦正中，象征自己的内部；自己内部有人为敌方君主暗为援应，则此人必是间谍无疑。六二爻象辞为"不自失"，表明此人不失节操，忠贞不贰。六二爻辞为"贞吉"，即吉祥，没有危险，表明此人或是隐藏得很深，或是己方不便除去他。可见，这是一个既不能消灭，也无法收买的间谍。由于此卦中只有六二、九五这一对爻阴阳相应，所以他们彼此间的亲密就显得尤为深切。九五对六二，必定是信任有加，言听计从。此时，应当制造假情报，并让六二在极其自然的状态下获悉这一情报。六二必定遣人将此假情报禀告九五，而九五也必定深信不疑。这样，反间计就成功了。

参考变卦坎，"坎"是陷阱、重重险难之意。由于坎卦是因六二爻的变动造成的，而六二爻是间谍，所以坎卦的解释，就是敌人落入了圈套，遇到了重重险难。六二爻本来是当位的，变为阳爻后便不当位，在卦形上又表现为一阳凸显在二阴之中的形象，暗示其间谍身份的败露。六二变为九二后，与九五两阳相斥，暗示其因间谍误传情报而造成的损失，相当于敌人内部的自相火并；因为坎之九二属内卦，所以又表明我方因敌人的失误而有了可以与其相抗衡的刚强力量。

反间之计用于军事，主要是一种在败中取胜的计策与谋略。两军对垒时，为达到"先机制敌"，或"不战而屈人之兵"的目的，便多使用反间计这种"软"的一手，以配合军事行动的硬攻，常获得意想不到的奇效。军事上对反间计的使用，十分广泛。《兵法圆机·间》载:"间者,怯敌心腹,杀敌爱将,而乱敌计谋者也。"其法则有:有生有死,有书有文,有画有谣(歌谣、谣言、谣传),用歌用赂(贿赂),用物用爵(许以官爵),用敌用乡(同乡关系),用友用女,用恩用威等。或将间谍派入敌营之中,或将敌派间谍捕获后,重金收买,使之"反报"再为自己服务,将计就计等。其最终目的是为克敌制胜和实现既定的战略目标服务。

在政治斗争中,反间之计,更经常成为政治家、野心家、阴谋家们所惯用和常用的伎俩。在与政敌、对手集团的尖锐激烈较量斗争中,为着制造假象,以麻痹敌人或转移其注意力重点,便常使用反间计的惑敌骗术。在政治斗争中进行反间,无论是收买双重间谍,还是将计就计,借间用间,都不过是巧施政治迷骗、转移术而已。对此,《孙子兵法·用间篇》中,把间谍分为五种,即因间、内间、反间、死间、生间。其中,因间,又称乡间,"因其乡人而用之"。就是利用敌方的同乡、同事和朋友等私人关系充当间谍,搜集情报,以达到战胜对方的目的。使用政治骗术,不仅在于给政敌、对手制造、展示完全的假象,而是要善于改变实际的景象或者转移其重点。为此,这种骗术的巧妙,在于要使敌方深信不疑,需要付出和透露某些真实情况。该计的机智则在于注意施计时所用材料、对象的效果上,故对敌情须了若指掌才行,方能对症下药,使之成为埋入敌营中的政治定时炸弹,并能及时、准确、正点引爆。正由于此计实施后,在敌营及后方起爆开花,可收克敌制胜的奇功异效,就使反间计在政治斗争中,为各政治人物反复、频繁或与其他计谋交替使用,并且成功、失败之事例,不绝于书,更使得该计具有诱取性、伪诈性、离间性、内溃性的色彩。

二、示假为用　巧用反间制胜

反间计在政治斗争中，常为惯用手法，虽事例各有不同，手法亦多种多样，但归结起来，可分为以下互为关联的三种手法。

第一，厚赂其间，化害为利，待胜之计在其中。

这种方法的重点是化害为利，为我所用。收买双重间谍，将原本为敌服务之"敌间"，变为为己服务之"我间"；将敌派来的"害间"，赂买后化为暗中为己谋利的"利间"，从而，为克敌制胜创造条件。反间的具体手段，则又有利化、逼化等，均为暗用敌间为己服务之法。

1. 利化

所谓利化即是在政治斗争中，当政敌集团派来的间谍，被施计的一方发现或捕获后，不是进行公开审讯，将其身份暴露于外和公开，而是将其予以保密，弄清其来意与政治目的后，暗中以重利重金加以收买，使他变为己方控制之下给政敌、对手提供情报的双重间谍，达到化害为益的目的。

事例：穆公利化谍使，由余弃主投秦

春秋时期，晋国谋士由余，聪明敏锐，学识广博，才华过人，在晋国时却长期怀才不遇，遭到奸人忌妒，只得离开晋国，后来辗转投奔到了秦国西边的西戎国，被委以重任，成为国中的权臣。

西戎国主赤班见近邻秦国日益强盛，便派遣由余为使臣，实际上是作为间谍，到秦国去考察出访，打探政治军事实情。秦穆公任好（前659—前621年在位），为显示秦国的富强并以此相利诱，便亲自陪同由余参观御花园和富丽堂皇的宫殿。面对这种高规格的接待，以及秦国展示的豪华，由余仅仅是笑而不语。秦穆公有些不解，便询问其观感如何。由余反问道："请问大王，花园是人工建造，还是鬼神代劳所修呢？"显然有一些讽刺之意。秦穆公有些恼怒地说："戎夷人不懂得礼乐，又怎么能治理好国家呢？"由余则冷冷地回答说："什么礼乐，它恰是中国长期战乱的原因。古时圣人制礼作乐，原本是约束民人，使其行为有所遵循。但现在有权势的人，却将礼乐作为掩饰自己劣迹的幌子。我们戎国，人们不受礼乐的拘束，上下真诚相待，君王无为而治，不重刑、不扰民，已经达到圣人所言的境界。这样看来，礼乐有何用。"秦穆公听了之后，竟无言以对，便向大臣百里奚复述了这一切。

百里奚则说："由余原本是晋国的大贤人，对此我早有所闻。"穆公说："邻国若有大贤人将威胁秦国，像由余这样的贤人为西戎谋事划策，实在太可惜呀！"

百里奚则乘机禀告："内史廖足智多谋，大王您可以请他商讨对策。"内史廖见了穆公后，果然出奇谋说："西戎王赤班，身居边陲之地，孤陋寡闻，从未听过中国之乐声，若给他送去一队女乐，必使其沉迷于声色之中，而荒废政事。另外，可将由余盛情厚待，挽留一年，使其逾期不归。这样，戎王必然要对他心怀疑虑，而加以疏远。到那时，由余将会留仕秦国。"秦穆公采纳了他的建议，便精选了六名擅长音乐歌舞的宫中美女，送给西戎国王。戎王赤班一见，万分高兴，从此便每日白天狂歌欢舞，夜里则由美女伴寝，神魂颠倒，渐渐将政事疏怠了。由余被秦国盛情款待一年之后，才回到西戎国。西戎国主怨他迟迟不归，且心有疑忌，再加上由余劝赤班不要过于迷恋女色音乐，更激起他的反感，进而疏远了由余。在万般无奈的情况下，由余已经预感到西戎国难逃灭亡的命运，便有了投奔秦国之意。

不久，秦穆公派出间谍到西戎国与由余秘密见面，由余便投奔到了秦国。由余到了秦国之后，受到了秦穆公的召见，并封他为亚卿。由余在西戎是权臣，又参政了多年，对该国的山川地形、军政内幕、人文实情，了若指掌。为了报答秦穆公的厚遇之恩，便献出了攻破夺取西戎国的奇谋妙计，并请秦穆公派兵征讨。秦军到达西戎国境后，因为对山川地形以及敌情的了解，避实击虚，连灭西戎十二国，西土尽归秦所有，使秦可以称雄于西方，问鼎于中原。

由余既是西戎国主派遣使秦的政治间谍，同时又是一位颇有才能、深知敌之内情的大贤人。这样的人物，若为敌则将成害，遗患无穷，若能利诱为己则将化害为利。秦穆公对此深有认识，为了"利化"由余，采用如下手段：其一，以礼相款、盛情以遇，来显示国之盛强与礼乐之道，以"礼"利化之；其二，施计换得由余留秦一年，迟迟归国，使之与国主离间有隙，为了避祸，只能够投秦，此乃以计利化之；其三，奔秦后，穆公召见，封以高官显职，使之有报效知遇之恩之意，此为以富贵利化之；其四，由余献灭西戎奇计谋略，秦王用之，收取大胜之效，此为化害而收实利。

2. 逼化

所谓逼化，即是指在政治斗争中的紧急关头，将敌方派来的间谍、密探，侦明察实后，则用威势，或强逼、或杀逼、或凌逼，使之道出敌营之内情实况，然后为己所用，再将其杀灭之。这是以威势逼敌，随之化害为利的妙策。

事例：东吴逼化曹探，周瑜查核敌情

东汉献帝建安十三年（208），赤壁大战前夕，这既是曹、吴的军事较量准备阶段，又是双方政治间谍大战的序幕。刘备军师诸葛亮借来东风，东吴大将周瑜见出兵击曹的好时机到了，连忙调兵遣将。

在双方政治间谍战中，蔡中、蔡和是曹操派到吴军中来的两个间谍，时时都在刺探军情，不断暗中往曹营送情报，见周瑜部署军马，估计要出兵打仗了。为了核实情报准确与否，他们试探着向周瑜打听："周都督，东吴兵强马壮，粮草也很充足，众军都急着打仗立功呢！我们兄弟俩也恨不得马上杀进曹营。"周瑜早已知道这两个家伙的身份，便故意不动声色地说："立功的时机到了，本都督正想要重用你们俩。"周瑜见左右闲杂来往人员太多太乱，便向他俩使了个眼色说："咱们出去一下吧，我有事要与你们商量。"一行人走出军帐，进入树林，又沿小路登上山顶。蔡中、蔡和见此处僻静无人，断定要谈军机大事，暗自高兴。但见周瑜突然拔出剑来，他俩心里一惊，以为身份暴露，周瑜要杀他们。周瑜将此一切都看在眼里，然后不慌不忙地对着一块山石磨起宝剑来了，一边磨一边说："养兵千日，用兵一时，今天晚上就要大破曹兵，我要重用你们俩人。"此二人才将上提的心放了下来，又进一步套周瑜的话说："我们俩人熟悉曹营的情况，都督想知道那里的什么情况，我们都能够说个清清楚楚、明明白白，不知道你是不是用得着我们俩？"周瑜没有回答，只顾埋头磨剑，直磨得雪亮闪光，才住了手。周瑜这时才来问他们："听说曹营的战船都连了起来，是吗？"他俩也不隐瞒，便说："是的，简直成了水上营寨，实在难攻得很呢！"周瑜一听，禁不住哈哈大笑起来说："我要放一把火呢？好大的东南风呀！这是天助我也。"蔡中、蔡和吓得几乎要叫出声来，同时又急欲将此情报送回曹营，便假惺惺地说："火攻必胜，我们二人愿做先锋。"说完正要告辞退走，周瑜却仰天大笑三声说："慢着！还有更重要的事情要重用你俩人。"此二人立即跪拜说："谢都督抬举，不知有何差遣？"周瑜走近二人身旁说："我要借二位的头，试我的剑！借二位的血，祭我的旗！"迅即将二人斩杀，这两个政治间谍在最后被核实了重要情报后，也终于人头落地。接着，赤壁大战便紧张地开始了。

　　周瑜对曹操派来的蔡中、蔡和这两个政治间谍，在发现其身份后，既未秘密审讯，也未捕获，而是暗中控制其行迹。在大战前夕，为了进一步核实情报及用计的可行性，便施威逼化之计，将此敌间，用完之后逼杀，以化害为利。其施计的步骤是：第一步，诱间出帐，周瑜借二蔡刺探军情之机，骗以重用之事，诱以出帐上山；第二步，试其心计，周瑜借当晚要大破曹兵之举，试出二人对曹营情况的熟悉之事；第三步，核其敌军情报，周瑜乘势问及曹军战船连寨情况，二蔡只得吐露实情，且自认为难攻难破，周瑜最后核实了情报；第四步，测其计之可行度，周瑜借二间谍的反应，直接透露欲乘风用火攻曹军战船，二蔡立即反应既惊且忧，又急欲逃走送信。这一切使周瑜从反面证实了此计确乎出自曹军所料，大为可行，便按计行事，随即将两个政治间谍斩杀，以防情报的泄露。二蔡虽然为害，但最终却在关键时刻，被周瑜巧施逼化之策，化害为利了。

第二，佯忽隐间，示假为用，创胜之计在其中。

这种手法的重点是示（假）为用，为我所用，即佯忽而故隐其间，以为达到克敌制胜的目的。实施反间计的一方，如果发现了敌方派来的政治间谍，并摸清了他们的来意后，不要露出声色，以"佯忽"之状，故意容忍和隐忍其"敌间"，装得像根本不知道一样，采取将计就计、将错就错的办法，透露出一些假情报，使敌人以假当真。借以利用敌人的错误之隙，来达到与实现自己预定的政治目的。采用的反间计的具体手段，则又有巧示、明示等，亦为暗用敌间为己服务之法。

1．巧示

所谓巧示，是在政治斗争中，当敌对的两个政治集团相互对立时，一方派至另一方的政治间谍，被发现或明知其身份、任务后，施计者的一方，便采取十分巧妙的办法，借用有利时机，故作疏忽之状，而将事先已经准备好，要送、赠敌间的假情报礼物，遗送给他们。政敌获取这些"至宝"后，就会采取相应对策，这恰好中了施计者事先预定下的政治圈套，从而为一举破敌、擒敌，克敌制胜，打下埋伏。这是巧借敌间之手，诱导纵使政敌、对手犯错误，以留下政治的巨大间隙，然后乘隙攻敌的神机妙算。

事例：周瑜巧示蒋干信，曹操错斩败赤壁

汉献帝建安十三年（208），曹操占领荆州以后，决定攻灭东吴。曹军多北方人，不习惯于水战，荆州降将蔡瑁、张允水军统领，熟悉水战诀窍和战术。曹操用此二人，打造战船，操练水军，准备大举攻东吴。

东吴都督周瑜，深知曹操水军对吴军的威胁，蔡瑁、张允又是水战专家，若是让他们把曹军都训练成水战能手，吴军的优势全无。周瑜年轻有为，足智多谋，颇有政治眼光和头脑，曹操对他颇有忌惮，想劝降周瑜，对左右也流露出自己的想法。曹操幕僚中有个名叫蒋干的人，以前与周瑜很有交情，便自请去吴军说降周瑜。曹操深知周瑜不好对付，但有总强似于无，还是同意蒋干前往去试一试，即便是不能够说服周瑜，至少也能够打探出一些情报。

蒋干奉曹操之命，来到吴军，见到都督周瑜。周瑜何等聪明，焉能不知蒋干政治间谍身份，将计就计，开门见山地说："子冀（蒋干的名号）不辞辛苦，远道而来，是为曹操当说客的吧？"蒋干心里一惊，好半天才定下神来，慌忙回答说："我们是老朋友，今日难得有幸相逢，怎么能这么说呢？倘这样，我就告辞了。"周瑜笑着说："既然不是为曹操当说客而来的，又何必马上就起身告辞呢？"便命人召集吴军的将士部众，举行盛大宴会，款待这位老朋友。宴席间，蒋干几次想劝说周瑜投降曹操，但见周瑜态度严正不苟，且不卑不亢，迫于威势，便很难启齿开口。过了一会儿，周瑜却主动热情地拉着蒋干的手说："大丈夫生于世上，倘若遇到知己之主时，更需要竭尽忠心，外托君臣之义，内结骨肉之恩，言必听，计必从，祸福与共，纵使有像苏秦、张仪、陆贾、郦生那样的人再生出来，口若悬河，舌如利剑，无论多么动听的话语，也不能动摇我的心啊！"说完之后，又立即拔出剑来，在宴席上边舞边唱，之后又与蒋干痛饮起来，直到众人都酩酊大醉之后，酒席才散。

周瑜拉着蒋干不放，与之同榻而卧，不久便鼾声大作。蒋干翻来覆去睡不着，见周瑜酣睡，推叫不醒，便起身在帐中查看。蒋干借着灯光，发现案几上放着一封信，便拿起来看，却是蔡瑁、张允与周瑜联系投降之事。蒋干不由得大吃一惊，四下张望，发现无人，就把这封信揣到怀里，连夜跑出吴军营帐，回到荆州，把信亲手交给了曹操。曹操一向多疑诡诈，容不得部下反叛，竟然信以为真，不辨真伪，将蔡瑁、张允二将斩杀。待手下人禀报二将已杀的时候，曹操才醒悟过来，连说："我中周郎之计了。"周瑜反间计获得成功，致使曹操杀了谙习水军的蔡瑁、张允两员大将，水军则难以训练，再被庞统诱以大船连环，则难逃赤壁火烧之灾。

这是古代政治斗争中使用反间计而赢得政治军事大胜利的著名事例。周瑜在行此计时，目标十分明确，就是要清除曹操手下两员懂水战的干将蔡瑁、张允，免去东吴心头之患及策略行事的巨大障碍。关键时刻，曹操派来了政治间谍蒋干，周瑜将计就计，实行反间，终致获胜。在行计之时，周瑜的政治策略手段，体现在"巧"上：其一，巧借其人以示，周瑜利用曹操派来说降的政治间谍蒋干，以旧谊而示之亲密无间，使之防不胜防（实际上是识敌而佯装不知），为行计扫除了心理上的障碍；其二，巧借其机以示，周瑜召集部将举行盛大酒宴，款待蒋干，一示其盛情，二示其不知其来意，三示其醉生梦死之态，以痹敌、懈敌，为行计创造良好的环境和时机；其三，巧借其信以示，周瑜醉与蒋干同榻而卧，又故意将伪造的蔡、张投降信遗弃几案之上，造成蒋干有可乘之机、可钻之隙，这就为行计提供了反间的重要依据和凭证；其四，巧借曹操之手以除敌，蒋干将伪信到手后，如获至宝，连夜赶回曹营报告，曹操气恼之下信以为真，枉杀了张、蔡二将，自我清除左膀右臂，待醒悟为时已晚，终铸赤壁大败之大错。可见，周瑜对敌我的政治实力，曹操的政治心态与性格弱点，政治间谍蒋干的来意与可用之处，反间所要达到的目的方式、时机、条件等，均有着正确的评估和精准的分析、识辨、判断力，方能生此奇效妙应。

2．明示

所谓明示，即是在激烈、尖锐的政治斗争中，敌对双方均存有强烈防备、戒惧心理的状况下，为了利用敌方派来的政治间谍，以推行迷惑、麻痹政敌，且进而诱导对手中计犯错误的反间之术，便可采用公开的、明确的方式，给敌谍传送其所需的真（实则是假，佯假隐真）情报。使之到手后，为己方充当迷惑、诱敌的义务"通信员"、"传报人"，待敌方深信不疑后，再乘其不防、不备和政治空隙，进行攻击，一举实现其政治意图。

事例：岳飞明示敌间，将错就错擒贼

抗金名将岳飞，是优秀的军事指挥家，也是杰出的政治家和善用政治计谋者。岳飞曾巧施反间之计和明示之策，使金国国主废黜伪政权头目刘豫（先前被金人封为大齐皇帝）；也曾经实施政治反间之计，擒灭叛乱土匪贼王。

刘豫在北宋末年时，曾历任河北提刑等官职，金兵南侵时弃职潜逃，后来投降金国。金国为了以汉制汉，在建炎四年（1130），利用刘豫来控制中原和陕西地区。绍兴六年（1136），岳飞奉命率军向刘豫发动进攻，连连获胜，刘豫不仅失去许多地盘，军粮被焚烧殆尽，致使金太宗大失所望，而金国大将军兀术，本来就看不起刘豫，未免生出厌恶之心。岳飞探知这一重要的敌情和政治动向后，便想借金大将兀术之手，除掉刘豫这个汉奸。恰在这时，宋军捕获一名金军主帅兀术派来的政治间谍，岳飞便决定利用这名间谍，进行反间，进行政治离间活动。布置停当以后，岳飞下令将抓获的政治间谍押来，假装认错人的样子，故意面带怒气地指责间谍说："你不是宋军营中的张斌吗？我派你到齐国（即刘豫伪政权）密约诱骗兀术前来，你为何就一去不回呢？我只好另外派人前去询问，才知道刘豫已经答应了，今年冬天一定将兀术骗到清河来。派你去送信，你把信送到哪里去了？你真是胆大包天，竟敢违背我的命令！"这个金军的政治间谍为了活命起见，只好将错就错，承认了违命之罪，并答应今后一定遵命行事。岳飞命人制造了一封蜡丸书，然后正声厉色地对金国间谍说："这次我就饶了你，再派你去见刘豫，询问举事的详细时间地点。你若要再误事，那就一定要斩首问罪。"说完后，便用刀划开金军间谍的腿肚子，把蜡丸书藏到腿中，并警告他，这事要绝对保密，不准向任何人泄露。金国政治间谍得到蜡书以后，如获至宝，急忙回去禀告。金国大将兀术得书，当即奏报金熙宗。恰巧在此时，刘豫派遣的使者也到达金国，请求金国出兵援助。金熙宗和大将兀术秘密商定后，便诡称出兵协助刘豫伐宋，待金国大军开到开封以后，便猝不及防地将刘豫捕获，废除伪齐政权，南宋也少了一个政治大敌。

绍兴二年（1132），湖东一带土匪啸聚，叛匪曹成号称部众有十万人，打家劫舍，占山为王。岳飞奉命率军前往征讨，土匪畏惧岳飞威名，惊呼："岳家军来了。"逃跑的逃跑，投降的投降。曹成自恃人众，拒不接受招抚。岳飞上奏朝廷，力主军事围剿，得到朝廷认可。岳飞在贺川境内捕获到叛匪头目曹成派来的一名政治间谍，就想到以此间谍来"明示"，实施政治反间之计。岳飞将此敌间捆绑，置于营帐之内，却不马上发落，而是先处置其他军务。岳飞先是询问主粮官吏军粮情况，告知"军粮已尽"。岳飞故意说："那就先到茶陵去，再做进一步打算！"回头发现曹成的政治间谍在，则表现出一种失言难悔，装出担心后怕的样子，顿足气急地离去。

岳飞暗中命令看守间谍的士兵，故作疏忽之状，使此间谍能乘隙逃跑。敌间将岳飞军中无粮及要到茶陵筹措军粮之事禀告给曹成，使之放松警惕。岳飞则密令全军饱餐，乘夜奔袭曹军。岳飞以八千之众，一举击溃曹成叛匪近十万之众，逼得曹成走投无路，只得接受朝廷招安，多年的匪患被清除，岳家军也由此壮大起来。

岳飞使用政治反间之计，在对付内外不同的政敌过程中，均采用"明示"之法，巧借敌间之手，递送假情报，使政敌对手上当中计，最后获胜。其明示的具体特点是：其一，"明示"其人，所示的人恰是敌方派来的政治间谍，由于他在敌我之间均有联系，且深受政敌的信任和赏识，故利用他来实行"反间"，将假情报义务传递给敌人，既可靠，又可行，且能将计就计，顺利达到其政治目的，此为计成的"人"的保障；其二，"明示"其物，如岳飞故意将金人的间谍误为己军派遣的张斌,又授其蜡丸"信物",一示深信不疑,二示此情报的特殊价值,三示此举的成败事关重大,四示此事乃是生命攸关。这样,便加大了用反间之计的分量,强化了假情报的真实催化效应,使敌人到手才真如获至宝,为行计创造可靠条件和保障,此为计成的"物"的保障;其三,"明示"其密,除示物之外,还需用一系列故意向敌间泄密的办法,来骗取政治间谍。例如,岳飞将宋军与刘豫预约共同起事反金叛降的重大机密,故意泄露给敌间;将官军缺粮,回茶陵撤军筹粮之重大"军事机密",泄露给曹成间谍等,目的是使敌间在主子面前一可邀功,二可不疑而中计,此为计成的"机(遇)"的保障;其四,"明示"其错,故意向政治间谍泄露自己的"误失"、"失措",如岳飞故意认错人,故意不分场合地泄露军情,且又故意呈现"失言后悔"之状,等等,甚至错将敌间派回、放归等,目的均是示隙,让敌人信以为真,然后迷惑政敌对手、麻痹他们,诱导政敌犯错误,按计行动,进入政治陷阱之后,再一举克敌制胜,此为计成的"诱(化)"的保障。

第三,虚实兼用,间诱制驭,制胜之计在其中。

这种手法的重点是以"间(诱)"制驭政敌,采用虚实兼用的办法,引诱政敌,使之按计行事。这种虚实的办法,实际上是采用"五间"之法的反间之外的"四间"办法。这种办法较之反间的不同,在于为了"诱引"政敌,打乱政敌的部署,加剧敌人内部矛盾,创造可利可攻的政治间隙,派遣为己服务、打入政敌、对手内部的政治间谍,内外配合、里应外合,两面夹击,进而为顺利实现其政治意图作准备铺垫。

采用"行间"计的具体手段,则是有死间、生间、因间(乡间)、内间等,这些都是使用"行间"、"派间",打入敌人内部,使之为己方服务之法。

1. 生间

所谓生间,是指在政治斗争中,来去方便,既能从政敌对手那里获得情报,又能亲自把情报送回来的人。这种政治间谍,一般具有较高的素质,并有方便的公开身份作掩护,因而对政敌的危害更大更烈,并且不易暴露自己的真实身份与目的,极易将政敌置于死地。

事例:权奸佯装冤屈,巧用生间计谋除敌

1449年,瓦剌贵族也先率军攻打明军。宦官王振挟持明英宗率军五十万亲征,行抵山西大同,闻前方战败,惊慌撤退,至土木堡(今河北省怀来西)被瓦剌军追及。明军将士饥渴疲劳,仓促应战,死伤十万余人,随行大臣十余人被杀,明英宗被俘,王振罪有应得,被乱军所杀,史称"土木堡之变"。明英宗被俘,朝野震惊,其弟郕王主持朝政,不久即位为帝,是为明代宗。是年十月也先挟明英宗逼近北京,明将于谦率军严阵以待,也先无计可施,谋求与明议和,遂于1450年将明英宗送回北京。

1457年,明代宗患病,欲立皇储,以解除朝野忧虑,尚未议决。明代宗病情日重,不能临朝主事,便召武靖侯石亨至榻前,让他安排皇储大事。

石亨见明代宗病重,不久于人世,思前顾后,心生一计,退朝后便去找都督张轨和太监曹吉祥说道:"你们愿立大功吗?"张、曹二人一听此话，丈二和尚摸不着头脑，不禁诧异惊问："什么事情？"石亨故为神秘之状，悄悄向他们说："皇帝病重，要立储，何不使上皇复位。"曹吉祥一听，拍手称快，连声道："石公妙计！石公妙计！"石亨接着说道："这是我一个人的想法，事关重大，还得找谋士商量再定是否最终可行。"张𫐐道："大常卿许彬怎样？"石亨点头称是。随即三人一起赶到许彬住宅密商谋划。许彬矍然道："这可是千古流芳、名垂青史的举世之功，可惜我年迈体衰，无能为力，有一人最理想，为何不去和他商议？"石亨忙问是谁？许彬讲："就是徐有贞。"石亨等当即前往徐有贞家，谈及上皇复辟事，徐有贞非常赞成，并建议说："此事应事先给南宫打招呼通报方妥。"石亨回答说："三月前已密告。"徐有贞说："等得到审报才可以付诸实施。"不久，得到允准，徐有贞乘着夜色朦胧到石亨家密谋，并告已得到南宫复报，请早定计。石亨道："就在今夕行动，千万不可错失良机。"经过密商，石亨、张𫐐仓皇离去进行筹备。徐有贞焚香祝天，与家人诀别道："我要干一件惊天动地的大事，若事成，全家共享荣华富贵；事败露，全家祸必杀身，尽遭诛戮，以后除非我做鬼再回来。"家人一听，不寒而栗，洒泪挽留，徐有贞挥手竟去，与石亨、张𫐐和曹吉祥等率领子弟兵约千人，一齐拥入禁门。当时天色晦暝，石亨惶恐不安，悄悄问徐有贞："这次行动能成功吗？"徐有贞厉声叱道："事已至此，只能进，不能退！"率众逼近南宫，宫门紧闭，他们破门毁垣而入，上皇尚未就寝，正在秉烛观书，见他们冲入，惊问："你们要干什么？"他们跪伏在地，齐声道："请陛下登极。"上皇说道："这事须慎重！"徐有贞说："人心一致，请陛下速登舆。"说罢即呼兵士举舆入内，徐有贞手扶上皇出座乘舆，助挽以行。上皇询问徐有贞等的姓名和职务，他们各自作了介绍。不一会儿到达东华门，守门人厉声呵止，上皇也厉声道："我是太上皇，有事入宫，谁敢阻拦！"守门人一听，吓了一跳，走近一看，果然不错，遂连声说："请进！请进！"他们直入奉天殿，请上皇下舆登座。遂鸣钟击鼓，大开诸门。文武百官闻声匆匆忙忙来朝房，恭候代宗视朝，忽闻奉天殿有呵斥声，不知发生何事。彼此面面相觑，各有惊色，茫然不知所措，却见徐有贞从殿内走出，大声呼道："太上皇复位了，众官为何不进谒？"文武百官一听，几乎惊呆，个个面色苍白。事已至此，大势所趋，谁敢反抗，只得各整衣冠，依次登殿，跪伏在地，山呼万岁。

这时代宗正卧病在床，忽闻钟鼓声，强打精神，着衣下床，踉踉跄跄来到殿上，不禁惊异起来，忙问太监发生何事，太监禀告："南宫复辟了。"代宗连声说："好！好！好！"就气喘吁吁返回，面壁而卧。翌日，上皇临朝诏改景泰八年为天顺元年，复称皇帝。英宗论功行赏，徐有贞、曹吉祥、石亨、张轨等人皆立有头功，受到格外的封赐加官晋爵。位居显官要职，权极恩隆，真是不可一世。

随后，石亨、曹吉祥自恃功高，恣权行事，并侵占民田，胡作非为，随心所欲，闹得内外汹汹。徐有贞观察英宗，对石、曹有厌恶情绪，对他们的做法不满，"自异于曹、石"，遂在英宗面前旁敲侧击，力图施加影响，英宗为之心动。御史杨瑄列状上奏，英宗询问，徐有贞禀告："件件如实，并无虚枉。"英宗下诏嘉奖杨瑄，称他为贤御史。曹、石闻讯大惊，急忙相聚密商，设法用计对付徐有贞。当时徐有贞得到英宗的宠信，时常与帝屏人密语。曹、石便想离间英宗和徐有贞的关系。曹吉祥买通一个小太监，经常秘密潜入英宗密语的室内，窃听谈话内容，然后故意泄露出去。英宗得知惊问："你怎么知道这些谈话内容的？"曹吉祥讲："是徐有贞告诉的，某日某事，外间无人知道。"英宗便对徐有贞心存戒惕，并逐渐与他疏远起来。这时恰逢御史张鹏上奏，请求皇上惩办曹、石。奏章未上，被石亨的心腹王铉得知，便秘密向石亨报告，石亨急忙转告曹吉祥，同至英宗面前诉说。曹、石齐声奏道："张鹏是太监张永的从子，张永被杀后，心怀不满，伺机报复，欲图东山再起，扬言要为张永报仇雪耻，暗中结党拉派陷害群臣。我们蒙受皇上隆恩厚爱，虽死不忘，恳求皇上勿再使张鹏陷害别人。"说到这里，竟放声痛哭起来。英宗见状问道："张鹏怎么会无故陷害别人？你们先回去，朕留心就是了。"

次日，果然弹劾曹、石的奏章上呈，为首署名的便是张鹏。英宗尚未看完，便下令按奏章上的姓名一一召入，责问道："曹吉祥、石亨等率众迎驾，立有卓著不灭功勋，你们为何要诬告他们！"遂将张鹏等人，一律逮治下狱。曹吉祥、石亨乘机再次到英宗面前诉说："张鹏等人如此大胆欺骗皇上，主要有徐有贞暗中出谋，徐有贞与臣等有矛盾，想借别人之手，置臣等于死地，徐有贞不除，朝内无安宁之日。"英宗越听越气愤，勃然大怒，奋然起立道："将徐有贞逮捕入狱！"曹吉祥、石亨欣然退出，弹冠相庆，互祝终于将徐有贞除掉。

这是石亨、曹吉祥联手收买"生间"，通过反间手法，将政敌徐有贞置于死地的实例。从计谋的运用过程看，双方的斗争激烈尖锐，你死我活，针锋相对，不可调和。由于石、曹二人的"生间"计谋更高一筹，故以徐有贞的失败而告结束。简而言之，石、曹的生间计谋有如下特点：一是首先离间英宗与徐有贞的关系，切中要害。收买太监偷听英宗与徐有贞密谈的内容，然后广为散播，故意让英宗听到，然后乘机诬陷这都是徐有贞玩弄的阴谋诡计，使英宗迷惑，开始不信任徐有贞并疏远他。二是瞒天过海，恶人先告状有方，又不露马脚，使英宗不得不有所顾虑，怀疑徐有贞另有他图。三是曹、石二人掩耳盗铃、落井下石、嫁祸于人手法巧。他们混淆是非，颠倒黑白，浑水摸鱼，使英宗如堕五重云雾，神志迷乱，真假虚实难辨，不得不信任他们是冤枉受害的。四是每次谗诌时机把握得恰到好处，激怒英宗，使之感觉到徐有贞在欺骗愚弄，罪不容诛。他们借英宗之手，将徐有贞送上了治罪台，真可谓是道高一尺，魔高一丈。

2. 死间

所谓死间，是指在政治斗争中故意散布假情况，让我方政治间谍知道后，向政敌传递假情报，待政敌上当受骗之后，其间谍往往被处死。这种进行假传情报，诱敌上当，事后难免一死的间谍就是死间。死间通常有两种：一种是政治间谍本身也是受骗者，他误假为真，判断不确，不自觉地传递了假情报。另一种是有意传递虚假情报、扰惑迷乱政敌，而将自己的生死置之度外的间谍。有时死间也有起死回生的例外。

事例：李靖妙用死间出奇制敌

李靖，字药师，凉州三原（陕西三原县）人，精通兵法，深谙用间之道。唐太宗李世民为保卫边疆，打击突厥的侵扰，于

629年命李靖为行军总管，以张公瑾为副，以李世勣、薛万彻等为诸道总管，领兵十万，分道北进，攻击突厥。

李靖率轻骑三千，自马邑出兵，直趋恶阳岭。颉利可汗大惊道："兵不倾国来，李靖胆敢率孤军至此？"惶恐不安。李靖侦察到这一情况，便派出间谍前去策反。颉利可汗的亲信将领康苏密投降，并献出隋萧后及炀帝之孙杨正道。接着在夜间率军袭击定襄，大获全胜，颉利可汗逃往碛口，正准备营垒自固，李世勣又率兵杀来。颉利可汗料知碛口无坚难守，狼狈逃往铁山。唐太宗接到捷报，当即进封李靖代国公（后改封为卫国公）。称赞说："李靖反以三千骑兵喋血虏庭，夺取定襄，这是自古未有的奇迹，这一胜仗，足可洗刷我渭水之耻！"

颉利可汗失败后，派出执失恩力，来到唐都长安谢罪，并愿举国降附。唐太宗派遣唐俭等出使突厥，对颉利进行安抚，并派李靖前往迎接颉利入朝。李靖在出发前向副将张公瑾说道："颉利虽然战败，但不是势穷力竭，力量尚强大，若让他得到喘息之机，伺机逃入漠北，犹如纵虎归山，极难对付消灭。现在我们派去使者安抚，颉利必然放松警惕，以为我朝真的与他休战睦和，有机可乘。若选骑兵一万，出其不意，攻其不备，必然取胜。"张公瑾说："陛下已下诏准其投诚归降，派出的使者正在突厥行使君命，若出兵突袭，固然可以取胜，但我们的使者一定会被杀害！"李靖说："机不可失，时不再来，当年韩信破齐，就用此策，只要击败突厥，唐俭又何足惜！"

李靖当机立断，连夜发兵，直奔颉利大营而来，沿途所遇的突厥兵一律予以擒获，以防走漏风声。唐俭来到突厥军营，颉利可汗亲自接见，得知唐太宗已恩准投诚向化，甚感欣慰，正在设宴款待，忽然探马火速前来禀报："李靖大军直趋军营而来，离这里只有十多里了。"颉利听后惊惶万分，迷惑不解，向唐俭问道："这是怎么回事，大唐天子已经准许我归顺唐朝，为什么又要出兵？"唐俭茫然不知所措，急忙起座道："可汗不必惊疑，我来时未和李总管（李靖）见面，想必他不了解可汗已经归附，待我出去说明情况，他一定会撤军的。"说完，两人肩并肩携手出帐，唐俭跨马驰去。颉利一听这话，信以为真，眼巴巴望着李靖撤军。

岂曾料知，警报络绎传来，说李靖所率大军正全速前进，相距只有五里。颉利困惑不解，便出帐遥望，果然李靖率大军浩浩荡荡疾驰而来，自知来不及整军抵抗，慌忙跨上轻骑连夜出逃。部众见可汗狼狈而去，群龙无首，顿时四处逃命。李靖率大军如入无人之境，直入突厥军营，共斩杀一万多人，俘虏十万，颉利的妻子义成公主被杀，其子叠罗支被擒获。颉利可汗遁逃后，被大同道行军总管张宝相括捉，押送京城长安。被李靖作为死间的唐俭，最后脱身生还。自此，东突厥被消灭，从阴山到北部大沙漠统归唐朝管辖。

这是唐代名将活用反间与死间的计谋策略，两次突袭突厥可汗颉利，重创与战胜击败的经过。第一次使用反间计，策反突厥将领，瓦解并争取到了颉利可汗的亲信将领康苏密投降，从而大大削弱了颉利的战斗力，创造了极佳的战机。第二次利用唐太宗派往突厥军营的安抚使唐俭为死间，乘颉利可汗麻痹松懈，以及准备不足与渴望媾和的心理，发动突然袭击，使颉利猝不及防，仓皇逃命，其部则全军歼灭，其本人也成了唐朝的俘虏。唐俭作为死间,虽不知唐朝为何突降神兵,直冲而来,却由于他的机智勇敢,随机应变,非但没有身遭杀戮之祸,而且"临刑"蒙混脱逃,起死回生。

3. 内间

内间就是指在政治斗争中,收买利用政敌阵营中举足轻重的人物(如官吏、权贵、宠臣)为间谍,因为这些人是政敌内部身居要职的人,有的深知内情,有的能左右政局,通过他们为内应,遥相为援,利用他们来挑拨离间,陷害忠良,造谣惑众,往往是功半事倍。如果运用得当,谋划周密,技艺高超,将会起到意想不到的重要作用。这是利用心理战术与政治计谋克敌制胜的常用手法之一。一般情况下,有七种官吏有可能被收买,即:暗潜敌营充作内间,有才能但不在位的人;有过失而遭到惩罚的人;虽受到重用但很贪财的人;职位低下而感到委屈的人;得不到信任的人;因为声誉受到损害而又希望显露自己才能的人;没有固定立场、脚踏两只船的人。

事例:厚赂内间,有的放矢除名将

韦叔裕,字孝宽,京兆杜陵人。韦家是三辅的大姓,世代为大官僚。韦孝宽从小涉猎经史、博学多闻。刚到成年,就逢萧宝夤举行叛乱,韦孝宽挺身而出,请求充任军队的前锋,因此受到西魏朝廷的奖赏,随即被任命为统军。从此,韦孝宽开始了军旅生涯,在与东魏进行的多次对抗中,屡建功勋,迄西魏文帝时,以大将军行宜阳都事,不久又出任南兖州刺史。之后,韦孝宽就一直率军处在与东魏(即后来的北齐)斗争的最前列。韦孝宽所进行的几次较为著名收买内间的活动,也就发生在这一段时间内。

韦孝宽使用反间手法，并用重金收买东魏官员充当内间，除掉北齐著名将领左丞相斛律光，就是南北朝时期最成功而又著名的一次政治间谍活动。

565年，北齐任命斛律光为大将军。斛律光是东魏镇南大将军斛律金之子，从小精于骑射，以武艺知名，在对北周交战中，屡战屡胜，特别是汾北一仗，挫败韦孝宽，给北周造成巨大威胁。韦孝宽痛定思痛，朝思暮想，认为凭借军力战胜斛律光已经不可能，便筹谋利用间谍，离间北齐朝廷和斛律光的关系，借助北齐朝廷之手将斛律光铲除。

当时北齐后主昏庸、政治腐败，朝政大权由宦官、权臣祖珽、穆提婆等人把持独揽，朝野内外莫不侧目，个个敬而远之，唯有太傅咸阳王斛律光，一向鄙视他们，只要看到他们在皇帝身旁窃窃私语，便怒火中烧，时常按捺不住，斥骂他们是"阴谋奸诈小人，不知今日又出何诡计"。斛律光曾对诸将说道："边境消息，指挥兵马，过去赵令常与我们商议，而今盲人（祖珽因芜菁子烛熏烤而失明）掌握机密后，完全不与我们商议，什么事无论巨细都独断专行，根本不把我们放在眼里，恐怕国家大事要被他贻误。"这话传到祖珽耳中，他知道斛律光怨恨自己，便贿赂奴仆，密探斛律光的一言一行。奴仆禀报："相王（斛律光）每天晚上都抱膝闷坐，常常自叹'盲人入朝，国必危亡'。"祖珽听到这话，自然将斛律光视为眼中钉，怀恨在心。后来穆提婆曾要求斛律光把女儿嫁给他，斛律光没有同意，接着又反对齐主将作为军备之用的晋阳良田赏赐给穆提婆，自然又与穆提婆结下仇恨。祖珽和穆提婆联合起来，狼狈为奸，寻找斛律光的差错，待机而动，准备将其铲除。

北齐统治集团内部的这些矛盾,被密切注视其动向的韦孝宽所侦知。韦孝宽对斛律光的英勇善战、足智多谋深为不安,现在又得知斛律光与齐后主、权奸的矛盾,以为有机可乘,便派间谍进行离间活动,想假齐后主之手,除掉北周的心腹大患斛律光,削弱其力量,为灭亡北齐打下基础。

韦孝宽针对斛律光与北齐后主及权奸们的关系,编造了两句歌谣:"百升飞上天,明月照长安。高山不推自崩,槲木不扶自竖。"编好之后,韦孝宽派间谍将这两句歌谣散布到北齐京城中。祖珽听到后,谙悉歌谣的寓意,正中下怀,索性又加了两句:"盲老翁背受大斧,饶舌老母不得语。"并让儿童们在大街小巷传唱。穆提婆听到后,就告诉其母陆令萱。陆令萱不明白歌谣是什么意思,便召祖珽作解释。祖珽故作深思之状,笑道:"对了,百升是一'斛'字,明月是斛律光丞相表字,盲老翁是指我,饶舌老母是指尊严。"陆令萱面带怒色道:"如此说来,这首歌谣不但辱骂你我,而且危及国家。"便与祖珽密谋,将歌谣之事告诉后主。后主迟疑道:"斛律光丞相是否真有此不良意图,还得观察,不能轻信谣传!"祖珽向后主进言说:"斛律光一家历代掌握兵权,明月声震关西,斛律丰乐威行突厥,女为皇后,男尚公主。斛律氏位尊势重,这首歌谣中的话确实令人生畏忧虑。"齐后主听后一言不发,待祖珽走后,召问大臣韩长鸾。韩长鸾回答:"此事宁可信其无,不可信其有,斛律光对朝廷忠心耿耿,不会怀有二心。"后主便将此事搁置起来。

几天之后,祖珽见宫中毫无动静,再次求见后主,说有机密事情禀报。后主令众人回避，只留何洪珍在旁。后主对祖珽说："前几天得到你的报告，本想马上除掉斛律光，韩长鸾说此事不可能是真的，所以中止行动。"何洪珍未等祖珽开口，抢先回答说："如果本来就没有除掉他的想法，也就算了，而现在有了这个想法又不果断地实施，万一泄露出去，后果不堪设想。"后主认为何洪珍讲得很有道理，说道："分析得合情合理，我知道了！"祖珽知道后主已有决心才离去。

后主仍然犹豫不决，正在此时丞相府佐封士让上书密奏说："斛律明月前次西征而还，陛下命解散军队，他却率军临逼京师，实为图谋不轨，只是事未成功而罢休。现在听说他家私藏兵器，奴仆上千，还经常派人到其弟、其子那儿搞阴谋活动，其反叛已见端倪。应乘其不备，及早动手将他除掉，否则后患无穷。请陛下速决！"密奏中的"军逼京师"与后主从前的怀疑正好吻合。后主阅毕，对何洪珍说："我以前怀疑他要谋反，现在看来果然如此。"便让何洪珍将祖珽召来密议对策，祖珽认为如果无故将斛律光召来，他必然会产生怀疑而不肯前来。为消除其疑虑，可由陛下赐给他一匹骏马，让他明日乘骑此马陪同陛下幸游东山，他必然前来向陛下谢恩，只需埋伏二三壮士，便可捕杀此贼。"后主依计而行。翌日，斛律光不知其中奸谋，果然单骑入谢，行至凉风亭，下马步行，蓦然有人从背后猛扑，斛律光险些倒地，回头一看，原来是大力士刘桃枝，便怒斥道："我对陛下忠心不贰，你为何要如此行事？"刘桃枝不语，喝令几个壮士将斛律光按倒在地，用弓弦紧勒脖颈，活活扼死。后主下诏宣称："斛律光谋反，现已伏法。"不久，后主又下诏夷灭其族。这样，经过韦孝宽的间谍内间活动,再加上后主的错误猜忌和佞臣的谗言,曾经"深为邻敌所慑惮"的大将斛律光被除掉了,也就大大削弱了北齐的力量。周武帝听到斛律光被杀的消息后,异常高兴,大赦境内,并积极准备进攻北齐。577年,周武帝率军攻入邺城。入邺后,周武帝还特追赠斛律光为上柱国、崇国公,指着诏书说:"此人若在,朕岂能至邺。"周武帝的这番话,可以看作是对韦孝宽用间除掉斛律光的高度评价。

这是北周良将韦孝宽平时注意搜集了解掌握敌方的情报,厚待间谍,收买贿赂北齐内间,巧借政敌内部矛盾不合之机,有的放矢,以谣间和反间并用,借敌之手除敌,削弱敌势的成功事例之一。其用计技巧与成功的奥妙在于:一是死死盯住主攻目标(斛律光),收买内间,侦窥政敌可乘、可陷、可害之处,将强争明斗化为暗斗、暗制之术,不择手段,不遗余力,使强敌陷入内哄自制之中,不能自拔,进而将其优势耗疲于自相牵制与互斗,无法全力对外。二是借题发挥(谣间)、浑水摸鱼、无中生有的害人技艺高超,使政敌完全落入圈套,竟置国难、江山社稷于不顾,彼此厮杀,两败俱伤,大有螳螂捕蝉,不知黄雀在后之势,中人奸计,被人所利所乘。三是等待时机,诱发矛盾斗争,借刀除敌有术。

4. 因间

又称乡间,"因其乡人而用之"。所谓因间,是指在政治斗争中,为了达到削敌制敌灭敌的目的,利用敌国的同乡、同事和朋友等私人关系充当间谍,搜集情报,掌握政敌的一举一动,为战胜政敌创造有利条件。这一计谋被广泛应用于政治斗争的厮杀搏斗，其技艺手法却因人而异，纷呈多彩，令人叹为观止。

事例：商鞅诈和，魏人中计迁都

商鞅，卫国人，又称卫鞅，善用智谋韬略。起先在卫国谋事，因不能施展才华，便到魏国，遂委身相国公叔痤。公叔痤知道卫鞅才华出众，曾向魏惠王推荐，尚未被重用。后来，其友公子卬向魏惠王极力引见卫鞅，惠王仍然未予任用。公叔痤病死之后，卫鞅听说秦孝公下令招贤，遂离开魏国到秦国，得到重用，实行变法，数年之间，使秦国大变，由弱变强，威震关东。

前353年，齐国与魏国交战，魏师大败。消息传到秦国，卫鞅知道这是削弱魏国的天赐良机，趁势向秦孝公说："秦魏比邻之国，势不两存，非魏并秦，即秦并魏，魏大败于齐，可以乘机伐魏，魏不能抵挡，必然东迁，这样秦国可据山河之固，向东争取各诸侯，到那时秦国自然成为中国的霸主。"孝公欣然听从他的建言，任命卫鞅为大将，公子少官为副手，调兵遣将讨伐魏国。

秦军从咸阳出发，浩浩荡荡向东挺进。魏国驻西河守臣得到警报，急速向魏惠王告急求援。魏惠王召集文武群臣商讨御秦卫国之策，公子卬说："当年卫鞅在魏国时，与我友善，我曾向大王推荐卫鞅，大王不听，臣愿领兵前往，先与讲和，如若不许，然后固守城池，向韩、赵求救。"百官群臣都赞同他的意见。魏惠王当即拜任公子卬为大将，率兵五万，奔救西河。魏军行抵吴城安营扎寨，一切安排就绪，公子卬正要派人往秦营送信，请求卫鞅息兵罢战。守城将士前来禀报："见有秦国大将卫鞅差人送信，正在城外恭候。"公子卬急忙命缒城而上，拆书一看，原来是卫鞅的亲笔信，大意如下："我与公子相得甚欢，亲如手足。今虽各事其王,为两国之将,怎能忍心动武,互相残杀,我想与公子相约,双方撤兵,相会于玉泉山,乐饮而罢。使后人称我们两人之友情,如同管鲍。公子如肯俯从,幸示其期!"公子卬读罢信,喜形于色,非常感慨,说道:"正合我意,英雄所见略同。"便厚待使者,立即回信,约定三日内相会。

卫鞅接到复信,知道公子卬已经上钩,说道:"我的计划就要实现。"再派信使入城确定会面日期,并告:"秦兵前营已经后撤,所剩兵马已派到左近山岭打猎。只待与将军相会,便全部撤回秦国。"同时派人携带旱藕、麝香赠送公子卬,说这两种物品是秦国的特产,旱藕有益于健康,麝香可以辟邪,聊志昔日之情,以表永结友好。公子卬更加感激卫鞅的情义,回信致谢。

卫鞅得到回信,确信公子卬无疑,将大军埋伏在玉泉山下,只听山上放炮为号,便从四面八方杀出,擒获魏国来人,不许放走一人。

到了相会的日子,卫鞅首先派人入城向公子卬禀告,他只带三百卫士,已经赶到玉泉山恭候。公子卬信以为真,也仅带三百人,携带酒食,乘车前往玉泉山与卫鞅相会。卫鞅在山下列队相迎,公子卬见卫鞅的随从人员很少,并且没有兵器,坦然不疑,以为不是圈套。相见之际,各叙昔日交情,并谈到今日两国和解休战的重要性与迫切性,无不欢喜。两边都备有酒席,公子卬是东道主,首先向卫鞅敬酒,卫鞅叫两个手下人回敬公子卬。这两个人都是秦国有名的勇士,一个叫乌获,一个叫任鄙。他们正互相敬酒沉浸在友善气氛中时,卫鞅以目视左右暗示,瞬间只听山顶一声炮响,山下亦炮声相应,声震山谷。公子卬大惊,问卫鞅:

"怎么会有炮声,你是否在欺骗我?"卫鞅笑着说:"暂欺一次,尚容告罪!"公子卬发现受骗,想要逃跑,被乌获紧紧按倒在地,动弹不得,任鄙指挥左右把魏国的随从人员全部捉拿。

卫鞅吩咐将士把公子卬押上囚车,送回秦国,然后把魏国随从释放,并赐酒压惊,仍用原来车仗,让他们跟随乌获和任鄙进入吴城,谎称主帅赴会回来,让他们打开城门。从命者有重赏,抗命者斩首。公子卬的随从,谁不怕死,个个俯首听命。一切安排妥当,乌获假扮公子卬坐于车中,任鄙做护送使臣,乘车随后,城上魏军认得是自家随从,即时开门,让"公子卬"进城,那两员勇将一混进城,便杀散了守城士兵,随后卫鞅率领大军赶来,杀进城去,顿时城内魏军大乱,各散逃命,卫鞅纵军乱箭射杀。魏军听说大将被俘,溃不成军,弃城逃遁。卫鞅占领吴城,长驱而入,直逼魏国都城安邑。魏王闻讯,大惊失色,匆忙派遣大夫龙贾往秦军求和。卫鞅说:"魏王不能用我,我才出任秦国。蒙秦王之厚爱,尊为卿相,并以兵权交我,若不灭魏,有负重托。"龙贾说:"人常言'良鸟恋旧林,良臣怀故主'。魏王虽不能任用足下,然父母之邦,足下安得无情?"卫鞅沉思良久,言道:"若要我班师,除非将西河之地尽割与秦方可。"龙贾应诺向惠王报告。惠王只得屈从,当即令龙贾奉西河地图,献于秦军求和。卫鞅按图受地,胜利归来,公子卬也不得不降于秦。魏惠王感到安邑接近秦国,难以固守自安,便迁都到大梁(今河南开封市)。这是卫鞅利用他和魏国公子卬的旧交,玩弄因间计谋,诈和诱敌擒将,大败魏国,迫使魏惠王举国迁都的事例。

从计谋的实施过程看:公子卬听说秦军主帅是卫鞅,自告奋勇率军前来，就有实施因间谋略的初衷，因为他的真实意图被诡计多端的卫鞅揣摸看穿，所以不但没有成功，反而被卫鞅所乘，因间而用，竟然没有察觉，结果以己身被擒而告失败。卫鞅反施因间之谋的高明之处在于：一是顺势利导，积极呼应，首先修书，以甜言蜜语，畅叙思念阔别之情，假示无意为敌，只想讲和休战，不断以所谓的友情为幌子，施放烟幕，麻痹对方，掩饰真正意图；二是派使馈赠礼物，奉上秦国所出特产，以示不忘昔日之情，以表永结友好，假示面晤之切，借势谎称秦军主力已经撤回，无意与其对阵鼓垒，进一步麻痹公子卬，使其信以为真；三是巧设"鸿门宴"，调虎离山，使公子卬落入精心策划的圈套，无法施展英雄用武之地，犹如牢笼中的困兽，听人摆布，不得不束手就擒，坐以待毙；四是巧借"公子卬"，深入虎穴，里应外合，深谙诡道与兵不厌诈之术的活用，以及政敌对抗的真谛。

三、乘虚而入　圣智也要用间

反间计是败战计中的第三计，是处于暂时不利或劣势时，常用于对付政敌的计谋策略之一。这一计谋虽然具有很强的适应性，"非圣智不能用间"，但是针对不同的对象，要采用不同的方式、方法。按离间的对象，可划分为纵向离间和横向离间；按离间方式，有单边离间和双边离间；分化离间的具体方法，又有散布谣言、制造误会、扩大矛盾、一拉一打等形式，应用范围很广泛，在适宜的范围条件下应用，才能产生最佳的效果，为达到预期的政治目的服务。

第一，在敌国之间。

中国古代众多国家政权林立，本身就说明它彼此之间的对立和矛盾，是不可调和的。弱国图存，强国制敌，你争我夺，此起彼伏，针锋相对，权谋计策更是层出不穷。

1. 强国对弱国的使用

强国使用反间计对付弱小国家，皆借谋略，依恃国威军势，掌握主动权，察伺时机，五间并用，乘虚而入，往往以最小的代价，获得最大的战果。战国群雄逐鹿中原时，野心勃勃的秦王对魏国的公子信陵君深以为患，把他视为蚕食魏国的障碍，必欲早日乘机除之而后快。秦昭王为了挑拨离间信陵君与魏王的关系，派人带了黄金到魏国，寻找到被信陵君所杀晋鄙的门客，让他去在魏王面前诽谤信陵君说："公子流亡国外十几年，现在又东山再起做了魏国的大将，各诸侯国听从他的指挥。如今在众多诸侯的心目中只知道尊重信陵君，而不知道有您魏王，且公子本人也有心趁此机会登基。众人慑于公子的威名，也都准备拥戴他为王。"起初，魏王并不相信，可是听得多了，不免也犯起猜疑，不安起来。俗话说道："无风不起浪"，更何况说得有板有眼，令人不得不相信。与此同时，秦国又接二连三地派出使者去见信陵君，奉献礼物，假意庆贺他登基为王。信陵君本人看到强秦竟然派使者前来，自以为了不得，开始飘飘然起来，居然没有觉察秦国的真实意图。魏王耳闻目睹这些似是而非、真假虚实难辨的种种迹象，信以为真，就派人取代了信陵君的职务。信陵君此时明白是因受诽谤而被废除职务的，就借口有病不再上朝，与门下宾客昼夜饮宴，醉生梦死，喝着浓醇的美酒，而且沉湎于女色，不分日夜，饮乐无度，整整四年，终于不可救药，命归黄泉。秦昭王得知信陵君已死，认为吞并魏国的计划实现了一半，便调兵遣将，大举征伐魏国，连克十二座城池，设置了东郡。此后，秦国更是得寸进尺，继续不断地蚕食吞并魏国领土，使魏国无法招架。十八年之后，攻陷了魏国的京都大梁，魏王也成了阶下之囚。

2．弱国对强国的使用

弱国对强国使用反间计，一般表现为屈从强国所提出的苛刻条件，暂时予以应承，献出部分国土、宝器、美女、财物等，求得自存，或者暂时的妥协，然后等待时机，不惜重金收买贿赂敌国的权要人物充当内间，由其从政敌内部拨弄是非，激化矛盾，使其君臣之间、兵将之间互不信任，彼此猜疑，不能共同对敌，或者误导政敌进入歧途，从而实现扰乱政敌，或打击削弱强敌的目的。如前494年，吴王夫差为报父仇，亲率大军攻打越国，在夫椒一举击溃越军，越王勾践只剩下五千甲士，退守会稽。在越国生死存亡之际，勾践接受大夫文种卑辞厚礼的建议，向吴王求和。勾践认为"吴太宰伯嚭贪，可诱以利"，命文种选美女二人，并带上大量金玉珠宝为厚礼，秘密收买伯嚭，使其充当内间。伯嚭接受贿赂后，引文种朝见吴王。文种对吴王一方面好言求和，一方面又委婉地暗示，如果大王赦宥越王之罪，不予穷追杀绝，越王不仅称臣，而且还将越国的珍宝都献给大王。否则，越王就会杀妻灭子，毁其金器，率五千士卒与吴国决一死战。这时，内间伯嚭在旁边对吴王说："越国已经惧服称臣，如果赦免越国，这对吴国将是极为有利的。"吴王认可伯嚭的意见，正准备答应时，伍子胥反对说："越王这个人很能含辛茹苦，现在若不灭掉越国，将来大王一定要后悔的。"吴王却固执己见，在伯嚭的怂恿下，接受了越国请降纳贡的条件，然后班师回朝。

前484年，吴王听说齐景公死，齐国内乱不已，所立国君又软弱无权，形同傀儡，有机可乘，便兴师北伐。伍子胥劝阻说："勾践食不重味，吊祭死者，问候病者，时刻打算复兴越国，东山再起，卷土重来。不除掉勾践，一定会成为吴国的祸患灾难。现在吴国让越国存在，就好比一个人有腹心之病。大王先不灭掉越国，却去攻打齐国，这样做不是大错特错吗？"吴王拒绝了伍子胥的劝阻，仍率军北伐齐国。在艾陵击败齐军，威服邹国、鲁国，大胜而归。吴王凯旋后就责备伍子胥，而伍子胥却劝他不要高兴得太早，不久便会大祸临头。吴王勃然大怒，伍子胥想自杀，却被吴王闻讯制止。吴王已经对伍子胥很不信任，便不再采纳他的谋划。

在此之后，吴王又准备伐齐，越王勾践采用鲁国子贡的计谋，率领军队助吴伐齐，同时，又用重金贿赂太宰伯嚭。伯嚭因多次收到越国的贿赂，更加愿意暗中为越国效力，便随时随地替越国说好话。吴王看到越国出兵帮助攻打齐国，对伯嚭的进言也就更加深信不疑了。伍子胥再次劝阻吴王说："越国是我国的心腹之患，现在却听信他们的虚假言辞、骗人的行动，而醉心于攻打齐国所能得到的利益；即使攻克了齐国，也不过就像得到一块不能耕种的石田一样，丝毫无所用处。"伍子胥还引用《盘庚之诰》中的话来劝阻吴王，要吴王放弃攻齐而应先灭越国。吴王不但听不进去，还派伍子胥出使齐国。

这时越王勾践多次用重金收买吴太宰伯嚭，并得知伍子胥与吴王、伯嚭的矛盾不断加深的情报后，就决定派越大夫逢同到吴国进行挑拨离间活动，以除掉越国的心腹大患伍子胥。

当时，伯嚭与伍子胥的矛盾已经十分尖锐，经常为越国的事情发生争执。逢同的到来，更为伯嚭攻击陷害伍子胥增添了助手。伯嚭与逢同共谋，狼狈为奸，在吴王面前故意谗言，置伍子胥于死地。伯嚭对吴王说："伍子胥此人刚愎残暴，缺恩寡义，尤好猜忌，无事生非。他现在心怀不满，恐怕将成为国家的不测之祸。过去大王打算进攻齐国，他认为后患未除，不能贸然北伐，而后来大王败齐，建立了勋绩，他却因自己的谋划未被采纳而恼羞成怒，公报私仇，怀恨在心，伺机报复。此次大王欲再要伐齐，他又专横固执，强行阻拦，并恶毒地诋毁大王，企图指望用我国的失败来证明其计谋是正确的。现在大王要亲征，集中全国的军队讨伐齐国，而他却因计谋未被采纳就装病不从，大王不可不防备，他若想乘机作乱，是不难做到的，况且我已经派人暗中侦察他的行动了。当他出使齐国时，就已经将其儿子留在了齐国。作为一个大臣，在国内不得意，就会向外投靠诸侯。他自认为是先王的谋臣高参，而现在不被重用，常常心怀不满，牢骚满腹，必有异志他谋，希望大王早日除掉这个祸害。"吴王本来就对伍子胥的多次劝谏耿耿于怀，认为是故意找茬，听了伯嚭的这一番谗言之后，决定除掉伍子胥，派人将属镂之剑赐给他，令其自杀。

越王勾践在采用收买内间的方法害死伍子胥的同时，还卓有成效地开展外交、经济方面的斗争，以削弱吴国的实力。针对吴国与齐、楚、晋争锋，越国制定了结齐、联楚、附晋的外交方针。

为了讨得吴国的欢心，勾践还经常赠送宝器珍玩，为了助长吴王的骄奢淫逸，选送美女西施、郑旦给吴王。特别是送给吴王大量珍贵木材，极力怂恿吴王大修宫苑，以疲惫其财力和人力。另外，还假借饥荒，向吴国借贷粮食，使其仓库空虚。而在偿还时却把粮食煮熟，并建议吴国用作种子，致使吴国当年颗粒无收。就这样，越国耗费了吴国大量人力财力，为越国灭吴创造了有利条件。

前473年，越军大举进攻吴国，以绝对优势的兵力攻入吴都，勾践断然拒绝了吴王的求和，夫差被迫自杀。越军北上与齐晋等诸侯相会于徐州，各诸侯纷纷前来朝贺，越王号称霸王，成为春秋时期最后一个霸主。

3．势均力敌国家之间的使用

势力相当国家之间，使用反间计并想达到预期的政治目的，首先必须要做到知彼知己，能够正确判断势态发展变化的规律及其结果，抓住共同关注问题的要害实质，对症下药；其次要足智多谋，具有高超的施谋用计的技巧；再次是示假隐真扬虚，施放各种烟幕，掩盖真实意图，对构成威胁的敌国的联盟，进行挑拨与分化瓦解，化不利因素为有利条件，变被动为主动，以为迷敌削敌图存强盛而谋。如战国时期，齐王准备在卫国会见燕、赵、楚三国的丞相，结成联盟排斥魏国。魏王得知这一动向之后，担忧他们共同谋划攻打魏国，便将此事告诉了公孙衍。公孙衍说："请您给我一百金，我去挫败他们的结盟计划。"魏王为公孙衍准备了车辆，载上金子。公孙衍计算着齐王抵达卫国的日期，便提前率五十辆车马来到卫国，用百金贿赂了齐王的左右，要求先得到齐王的接见。齐王果然接见了他。公孙衍在齐王那里安然而坐，从容不迫谈论着燕、赵、楚三国之间的矛盾恩怨以及彼此的利害得失。

燕、赵、楚三国看到魏与齐关系暧昧，不知其中有何交易，由此而生怀疑，对齐王说："您与我们三国相约排斥魏国，可魏国的使者公孙衍来见您，您却同他谈了那么久的时间，这不明明是要同魏国谋算我们三国吗？"齐王解释说："魏王得知我来到卫国，派公孙衍来慰劳，我并没有与他说什么啊！"岂知齐王越解释，反而越使人疑窦丛生，愈加不安。燕、赵、楚三国都不再相信齐王有结盟的诚意，结盟的计划也就告吹了。这是公孙衍巧用反间计的谋略，借助齐与燕、赵、楚三国之间的矛盾恩怨，无中生有、肆意挑拨，以非常人的逻辑思维，佯装与齐亲密之状，节外生枝，令其盟友狐疑而存敌戒心理，使联盟不成而告流产的生动事例之一。

第二，在君臣之间。

在中国古代的政治生活与斗争中，君臣之间围绕权力，矛盾斗争不可避免。君臣相互之间为此而施计用谋，明争暗斗，剑拔弩张更是司空见惯，极为平常。反间计作为败战计的一种，在权力之争中，当然经常为政治家、野心家和阴谋家选用。该计的频频使用，也从另一方面说明，君臣关系的和谐是暂时的，冲突矛盾倒是不可克服的常态，是永恒的政治主题。

1．君主对权谋之士的使用

君主"朕即国家"，至尊、至隆、至崇的特性，以及权力的独占欲，要求臣下必须做到忠贞不渝，誓死不二，俯首听命。因此对于任何对君主权力地位的挑战，以及潜在的威胁，都不容许存在。一旦发现有这种苗头，无论这人是自己的臣属谋士，还是他国的智士能臣，都会寻机伺时，予以打击或铲除，而反间计正是他惯用的伎俩之一。如范雎早年，曾经投到魏国大夫须贾门下。一次，魏王派遣须贾出使齐国，范雎随从供职，在齐国一留数月。齐襄王听说他能言善辩，很有谋略，欲除之而后快，便别有用心地赐予黄金和酒肉等物。范雎身在异国，肩负通使重命，岂敢擅自受用私馈之物，一再辞谢不纳。须贾身为正使，遭遇冷落，却见随从受到优待，心中颇不是滋味，以为范雎暗中将魏国机密出卖给齐国，因而得到这样的厚赐报偿，便怒火中烧，生下了暗害范雎的念头。须贾绞尽脑汁，翻动妒肠，欲擒故纵，假意嘱咐留用酒肉，封还黄金。范雎不知此为奸计，没有多想，依嘱而行。回到魏国之后，须贾则向相国魏齐指称范雎私受贿赂，有辱使命。魏齐勃然大怒，不问青红皂白，命令舍人拷打范雎，打得皮开肉绽，肋折齿落，最后不得不亡命秦国，实现政治抱负。这是齐襄王巧用挑拨离间，一拉一抑之策，轻而易举铲除敌国谋士的事例。

2．臣僚对君主的使用

臣僚为了与君主争权夺利，达到自己不可告人的政治目的，往往不择手段，无所不用其极，施用反间计的谋略，搞阴谋诡计，打击削弱政敌，更是屡见不鲜。有些较为明智的臣僚，出于国家利益的考虑，也会乘机对威胁本国存亡的他国的君主施用此计。如前300年，智士苏代派人对燕王说："齐国向南攻破了楚国，向西使秦国屈服，使用韩、魏两国的军队和燕、赵两国的民众，就像用鞭子驱赶羊群一样。假如齐国向北攻伐燕国，即使五个燕国也是抵挡不住的。大王为什么不秘密派遣使者，把游客谋士分散出去活动，疲劳齐国的军队，困乏齐国的百姓，然后乘机散布各种流言蜚语，混淆是非，扰乱民心，使人不能明辨虚实真伪，这样就可以使燕国世世代代不再忧患齐国的侵略了。"燕王说："如果我有五年的时间，就可以达到这样的目的了。"苏代想了想说："请大王给我十年的时间完成此事。"燕王很高兴，给苏代安排了五十辆车马，让他南下出使齐国。

苏代对齐王说："齐国向南攻破楚国，向西使秦国屈服。使用韩、魏的军队和燕、赵的民众就像用鞭子驱赶羊群一样。我听说当今的事业中，为王的必须诛除残暴，拨乱反正，拔除无道，攻伐不义。现在宋国的国君竟敢射天鞭地，铸了天下诸侯的群像，放在厕所里当侍者，伸出手臂弹击铸像的鼻子。这是天下最大的无道与不义。大王不去讨伐，您的威名因此才未能树立。况且宋国是中国最富饶的国家，与贵国接邻。您得燕国一百里还不如得到宋国十里。讨伐宋国，名义上是伸张正义，而实际上又可以获得利益，大王您为什么不这样做呢？"齐王认为分析很有道理，极为赞赏，便调兵遣将，兴师讨伐宋国，三次挫败宋军，宋国就灭亡了。燕王得知后，立即与齐国断绝了关系，率领天下诸侯共同讨伐齐国。经过一次大战、一次小战，终于使齐国疲惫不堪，国贫民穷，元气大伤，无法北伐与燕为敌，不能够对燕构成威胁了。这是苏代替燕国而谋，以反间分化挑拨之计，离间齐宋，使之相争，待两败俱伤之后，乘人之危，联合诸侯削弱齐国，消除不安定因素，保存自己国势的范例之一。

第三，在臣僚之间。

在中国古代政治斗争中，妒贤嫉能，争权夺利，针锋相对，是官僚之间彼此关系的真实写照。无论是在上级与下级之间，还是下级对上级以及同级之间，权臣对外戚、忠臣对奸臣、宦官对外戚之间，为了立于不败之地，保住已经拥有的权势与荣华富贵，经常施用反间的计谋，以制服打击削弱竞争的对手。其手段和方法，因人、因时、因事而异，无不绝妙至极，令人防不胜防，毫无招架抵挡之力。智者斗智，计谋手法变化无穷，更是让人叹为观止。如秦国相国甘茂，有一段时间忧心忡忡。这是因为秦王重视将军公孙衍，把堂堂的相国大人冷在一边。就在甘茂想方设法采取陷害行动之时，突然有人汇报了一个令人震惊的消息，传言国君要更换相国，候选人就是公孙衍。原来，因为秦王曾经悄悄地对公孙衍说："我近来考虑想让你为相国。"这句话，让甘茂的幕僚偷听到了。这则消息看来是准确无误的了。甘茂也不是一个等闲之辈，意识到事态的严重性，故作镇静，马上拜见国君，出人预料地表示祝贺说："在大王您就要得到有为的相国之际，请让我向您表示祝贺。"国君大吃一惊，心想："不会吧，他怎么会知道的。"连忙掩饰说："你说到哪儿去了。我不是把国事都交给你了吗？哪还需要什么别的相国？"甘茂直截了当地说："大王您不是想任命公孙衍为相国吗？"秦王问："你这是从哪儿听来的谣传？"甘茂略作停顿，说出了致命的中伤之辞："咦，是将军自己这样说的呀！"可想而知，这时秦王对"泄露机密"、毫无"城府"的公孙衍，可以说是恨到极点了，无论如何辩解也是无济于事的。公孙衍非但没有当上相国，反而遭流放，断送了官运。

四、诡道之术　成本低获利高

反间计作为处于劣势所使用的智谋诡道,自然有其独特的应用范围、实施方式和特征。概括而论,反间计在政治斗争中的应用,具有以下特点。

第一,以实施方法而论,反间计具有应变性、技巧性的特点。

所谓应变性,是指在政治斗争中,使用反间计,五间并用的先决条件在于"乘"政敌之"隙"而取胜。为了制造、扩大、加深这种敌之内部的"隙缝"、"隙口"、"隙裂"、"隙痕",使之有可"乘"之"机",可"利"之"会",可"使"之"人",可"掌"之"柄",可"预"之"期",可"谋"之"图"。这就促使施计者、策划者、行计者,具有高超的随"机"应"变",随"隙"而"乘",随"势"就"谋",随"人"行"计"的智慧和能力。具体而言,它要求用计者一是要具备高超的智谋,二是要善于察变应对,三是要具有预见性,能够待时创机,因势利导,而又能迷痹政敌的本领。

所谓技巧性,是指用计者的手法技艺而言的。因为使用反间计具有很大的危险性,所以在实施此计谋时,稍有不慎,即有可能招致失败,前功尽弃。这就要求施计者必须把握用计施谋的技巧性与艺术性,使政敌上当而又不觉察。具体而言,行计者在用计过程,一须巧于应变;二须巧于应对,不露破绽;三须巧于周旋；四须巧于应付局面；五须巧于审时察势；六须巧于用心计，进行暗算；七须巧用诡诈；八须巧用骗术；九须巧于乘隙钻营；十须巧于脱身以避祸，陷敌而己存、制敌而自保。

第二，以反间计在政治斗争中应用目的来说，具有诱取性、内溃性的特点。

所谓诱取性，是指运用此计的目的在于诱导敌人上当受骗，被施计者在暗中牵着鼻子走，导演势态朝着有利于自己的方面发展，等待时机打击削弱政敌。大凡在政治斗争中，实施计谋，其目的不外乎克敌与制胜而已。克敌可以削弱、消灭政敌；制胜则可使自己转败为胜、转危为安、转弱为强。作为反间之计，是处于劣势时施计者所用，目的更为明确，却又不能过早暴露目标，否则会惊动政敌。因此，必须充分利用己方的劣、弱、困、险、危，而欲降、变、溃的政治优势，造成假象、瘴敌、惑敌。然后，再寻找有利于己、不利于敌的时机，用间里应外合，乘隙进攻，转败为胜，用以克敌。要如此，则须先以假诱敌、用间惑敌、用（情）报扰敌、用谣乱敌，使之四顾不暇、真假莫辨，从而造成可乘之隙、可乘之机。

所谓内溃性，是指利用政敌内部的分歧或矛盾，借机对其加以利用，并煽风点火，使其裂痕不断扩大，就可能破坏政敌内部的团结，自相争斗，不能共同对敌，使固有的优势在内自耗自疲，根本无暇外顾，给政敌以可乘之机。这不仅是在政治斗争中用间的根本目的，也是其用五间的手段，潜入敌之内部，使之起着我方代理人、为我服务、发挥特定政治效益，开辟新的战线的宗旨所在。这种效益、目的，则具有逆向的、自溃的、潜在的、隐蔽的、欺骗的、内耗的特点。因此，它既是我方的"内应"，更是敌营中的政治暗伤、隐患，又将引起政敌内部的"癌变"，催化其内轧、内耗、自残、自伤、自杀，加速其内溃的败亡。

第三，以反间计在政治上应用的作用来说，具有伪诈性、离间性的特点。

所谓伪诈性，是指因为用计者的最终目的是想方设法削弱政敌。为实现这一宗旨，用计者一般表现为不择手段，示伪隐真，以虚掩实，无中生有，捕风捉影，偷梁换柱、移花接木，更是其惯用的伎俩诡道。在政治斗争中，敌我双方既有公开的对阵，更有隐蔽的较量。两条战线，相辅相成，缺一不可。实施计谋，本身就是双方斗智、斗勇、斗法之事，包含着极大的暗藏性、神秘性。

作为反间计本身的作用，使用五间所要企达的效应，一是欺蒙以为信，二是诈骗以为真，三是认友以为正，四是误敌以为己，五是惑忠以为奸，六是疑实以为虚，七是迷奸以为忠，八是诈虚以为实。这一切的实现，是以五间的特殊身份、环境、条件、诱因、时机作掩护。用计者诡道之术的胜算，政治手腕的高超、胆识的过人、冒险意识的强化，亦是此计特定政治作用发挥的强性"催化剂"与"活力剂"。

所谓离间性，是指用计者的目标首先在于达到离间分化瓦解政敌，然后坐观势态的发展变化，创造条件，待时乘机削弱敌人，进而为战胜强敌铺平道路。从古代政治斗争中使用反间计的谋略看，用计者一般均处于劣势或不利地位，所以用计时多为五间并用,计计相扣,环环相叠,极少单计使用,这也从另一方面说明反间计的确有其特定的含义,不同于其他计谋。具体而论,用间的目的,在政敌营垒内部寻求代理人,或打进去,或拉出来,其最终目的在于"乘隙"、"制隙"、"造隙",寻求政治突破口,加以利用。最佳做法是进行"离"、"间"、"分"、"割"之术,使敌内部不和、不睦、内哄、内乱。然后,使政敌被迫两面作战、多向出击、八方兼顾,这样强势难以发挥,优势遂成劣势。从而在战略力量对比上,发生根本变化,而用计者则可利用这种变化,由弱变强、由败转胜、由劣转优,置之死地而后生了。

第四,以反间计在政治斗争中的影响来说,具有实用性、广泛性、普遍性、易用性的特点。

无所不用其间,这说明该计的实用性;无论强者、弱者,都可以用间,则是该计的广泛性;无论是君臣、敌国、同僚、上下级,都可以使用该计,则是普遍性;行间的成本与获利相比,本小利多,方便使用,这是易用性。凡此,都说明反间计无处不在,无所不用其极,更显示出此计的丰富多彩。

苦肉计

——假真真假 离间全在真假

本计云:"人不自害,受害必真;假真真假,间以得行。童蒙元吉,顺以巽也。"其大意是:人们一般都不会自我伤害。倘若受伤遇害,别人便会信以为真。如果能将假的变成像真的一样,而真的又变成像假的一样,则离间计谋就可以实现。因此,要像欺骗幼稚的儿童那样来迷惑敌人,迎合其同情心理,顺着他的性情来暗中活动。

"苦肉计"一词,首见《吴越春秋》卷二《合庐内传第四》,讲的是要离施苦肉计杀庆忌的故事。又见《三国演义》第四十六回:"孔明曰:不用苦肉计,何能瞒过曹操?"这便是家喻户晓、妇孺皆知的"周瑜打黄盖"的故事。赤壁之战(208)前的一天,曹操错斩了魏军将领蔡瑁。蔡瑁堂弟副将军蔡中、蔡和二人假意憎恨其主子曹操,同时感到自身难保性命,而向吴军诈降。都督周瑜心中有数,顺势将他俩安排在军营之中。第二天,在吴军的作战会议上,部将黄盖提出投降之策,致使主战的周瑜勃然大怒,要将黄盖斩首。这是因为出兵之前,有令在先,诸将谁敢提"投降"二字,定要斩首。众将见此,便纷纷上前替黄盖说情,甘宁

要离智激吴王残,博信刺杀庆忌

更以身担保，但黄盖仍被打出营帐。由于众将的苦苦哀求，黄盖才被罪减一等，改为打一百脊杖。黄盖结果被打得皮开肉绽，鲜血淋漓，扶回帐中，疼得几次昏死过去。副将鲁肃看过黄盖以后，来到孔明船上，对孔明诉说。孔明对此事却相当冷漠。几天之后，参军阚泽拿着黄盖的投降书诈投曹操，上面写着："愿率部归降。"曹操却对此十分生疑。就在此时，蔡中、蔡和的密信也送到曹营，证实了黄盖受刑的消息，曹操对此相信不疑。阚泽接受曹操的旨意回到江南，向黄盖报告了前往的经过。二人商议后，阚泽又给曹操写信说："黄盖将带着船头插青龙旗的粮船过江投降。"待决战时刻到了时，吴军则水陆遥相呼应，向三江口附近进发，寻找进攻的时机。周瑜打黄盖，明明是二人商量好了，自家人打自家人，却偏偏装成是一个主战、一个主降，主战的统帅，打了主降的大将，并骗过曹操，使黄盖诈降成功，火烧了曹军八十三万。这既是利用苦肉计进行政治斗争成功的实例，更是进行自我伤害，借以取信敌人，行政治离间活动的典型谋略。

一、伪受迫害　迷惑麻痹离间

《周易·蒙卦第四》云：蒙：亨。匪我求童蒙，童蒙求我。初筮告，再三渎，渎则不告。利贞。《象》曰：山下出泉，蒙。君子以果行育德。

【一爻】初六，发蒙，利用刑人，用说桎梏。以往吝。《象》曰："利用刑人"，以正法也。

【二爻】九二，包蒙，吉。纳妇，吉。子克家。《象》曰：

"子克家"，刚柔接也。

【三爻】六三，勿用取女，见金夫，不有躬。无攸利。《象》曰：勿用取女，行不顺也。

【四爻】六四，困蒙，吝。《象》曰："困蒙之吝"，独远实也。

【五爻】六五，童蒙，吉。《象》曰："童蒙"之"吉"，顺以巽也。

【六爻】上九，击蒙。不利为寇，利御寇。《象》曰："利用御寇"，上下顺也。

据秘本兵法《三十六计》原文记载，苦肉计是蒙卦五爻的象辞："童蒙元吉，顺以巽也。"六五爻动，变为风水涣卦。意思是说：蒙昧的幼童正在接受教育，由于他对蒙师恭顺谦逊，所以吉祥。

蒙，是蒙昧、启蒙、教育之意。既然蒙昧，必易受骗，所以也可以引申为欺骗。此卦六五爻独动，若从此卦的原意来说，六五爻动而九二爻相应，表明君主谦恭下士，以民为师，是吉象。在战争中，六五爻为主帅位，本不宜动；动而又下迎我方之九二，更是愚蠢至极。其象辞为"顺以巽"，把作为敌人的我方当作老师，和顺谦逊，言听计从，这完全是一副甘心上当受骗的样子，所以此时最宜行骗。只是，骗术万千，该选择哪一种呢？

从卦形上看，外卦中有两爻，与内卦有相应的关系，唯独六四爻，既与初六不相应，又与六三不相比，显得很为突出。这表明，敌方尚有睿知之士，会拆穿我方的骗局。所以，虽然敌方君主幼稚可欺，我方设计也不能太简易，其思维水平必须超出常识性的推理逻辑之上。

从卦象上看，内卦坎为险为陷，自身处于坎卦时，总难免要有所伤害损失。陷又可引申为坑害，同样表明要先给自己造成带有危险性的伤害。这个卦象，暗示了计谋的类型，是以伤害自身为前提，这样便自然会推导出苦肉计了。

既然坎为陷阱，那么这个陷阱必然是由初六、六三两个阴爻组成的坑，而九二爻既可以是坑中的坠落物，又可以是坑面上的遮盖物。作为坠落物，由于九二为不当位之阳爻，表明因其性情刚暴，或被自己人嫌弃，或与自己人有龃龉；作为遮盖物，表明正因此人与自己人不和，所以最适合当诱饵。九二虽然不当位，是敌人觊觎的对象，并且也不会真的卖身变节。还有，由于是刚爻，所以遂得到严重的肉体伤害；由于不当位，亦即不安其位，表明其人渴望改变环境，甚至不惜去冒险。只要找出符合以上条件的这么个人，此计便可畅行无阻。由于内卦为坎，所以也必有其人。

九二与六五相应，表明其受到伤害后，投奔六五，必受其接纳。按照常理，人是不会伤害自己的，既然受了伤害，肯定是别人加予的。六五本是雕虫小技便能诱其上当的人，遇到这种表面上极其合情合理的骗局，自然是深信不疑了。上九与六三相应，表明其偏信我方，所以会随声附和。至于六四，即使心存疑惑，但因六五智力有限，这种超出了常规性逻辑思维的骗局，纵有十张口，也难以对六五解释清楚，只能无可奈何了。九二便可乘机行事，做我方的内应。

参考变卦风水涣，上卦巽为风，下卦坎为雨，乃风调雨顺的吉象。风为雨之先声，风又可助雨势，所以风是为雨服务的。由于六五爻动，蒙卦才变成涣卦，表明敌人因自己的蒙昧，给了我方可乘之机。

苦肉计是建筑在伤害自己人的基础之上的，伤害的程度，要视对方的智力高低而定。上述不过是假定情况的一种，不可拘执。对方也许并不愚昧，甚至挺聪明的，只是与我方相比，如小巫见大巫而已。总之，对方的思维水平越高，我方的苦肉之计便要演得越烈。苦肉计的担当者，有的是自愿的，如周瑜打黄盖，便是愿打愿挨；有的则是被迫的。苦肉计有用得极其残忍的，即以杀害自己人来取信于对方；甚至牺牲自己的儿女骨肉，用人质的办法来蒙蔽敌人，这在古人是常见不鲜的。

苦肉之计用于军事，主要是一种转败为胜之计与谋略。两军对垒时，在敌人严密戒备、无隙可乘的情况下，为了能骗取敌人的信任，可利用人们不会自我伤害的心理，暗中进行自我伤害，自我损失，从而给敌方故意造成一种受排挤，受到迫害，进而无以自存的假象，来迷惑与麻痹敌人，且乘机乘隙打入敌人内部，用以实现从内离间敌人，从里瓦解敌营的战略目的。

在尖锐、激烈、复杂、多变的政治斗争中，苦肉之计，也经常成为政治家、野心家、阴谋家们所采用的手法。在与政敌、对手的斗争中，为了转败为胜，或为了摸清对手的内情，或为了从敌方内部离间、分离政敌，或为了在向政敌对手展开进攻时，能"里应外合"，均实施此计以打入政敌内部，进行破坏与配合。为行苦肉计，以迷惑政敌、骗取对手的信任，多采用自我伤害、伪受迫害、引敌害己、授人以柄、伪装病态等伎俩，以博得同情。

利用这种"感情"上的"漏洞",打入政敌营垒之中,再制造政治上的"空隙",以作可乘之机。进而以此为突破口,发动攻势,最后以收克敌制胜之效。这样就导致此计在政治斗争中的反复、频繁,或与其他计谋一起交替使用,成功失败的事例,历代皆有,不绝于书,更使得它富有自损性、诱痹性、待变性、奇发性的色彩。

二、自我伤害　博信待机出奇

苦肉计在政治斗争中,经常成为政治家、野心家、阴谋家们惯用的手法,虽然事例各不相同,手法亦多种多样,但归结起来,却可以分为以下互为关联的三种手法。

第一,自害自伤,以博信赏,待胜之计在其中。

这种手法的重点是"博"敌相信与赏识,以骗取信任,从而使自害自伤之假才能成真,才能潜入政敌内部,完成孙悟空钻进铁扇公主肚子里的任务。且进而获取政敌对手的政治情报,实行政治离间,造成政敌内部的分裂不合等,以为瓦解政敌、克敌做各种必要的配合与准备。

采用的具体手段,则又有博信(求得政敌信任不疑)、博赏(博得敌人的欣赏、赏赐)等。

1. 博信

所谓博信,即是指在政治斗争中,通过己方营垒中,深受迫害之伪状,即用伪受迫害之状,在走投无路、生命有虞的状况下,只得选择投敌、叛变、叛逃之路,来投奔敌营,并有一定分量的"见面礼",或为自己所受之伤,或为可供之情报,或为许诺之条件等,以使政敌消除疑心,从而深信不疑,使己打入敌营后,方能站稳脚跟,然后按预定计划行计、行事,以求呼应、配合行动。

事例:要离智激吴王残,博信刺杀庆忌

春秋时期,吴王阖闾刺杀了吴王僚,登上王位以后,吴王僚的儿子庆忌,逃奔到国外,招募勇士,伺机复仇。阖闾深知庆忌胆量与武艺高强过人,故对其活动极为忧虑,为除政治隐患与强敌,决定派勇士行刺庆忌。伍子胥向阖闾推荐身材矮小、腰大貌丑的勇士要离。要离为"博信"庆忌,便采用了苦肉计,故意智激吴王以残害自己。

有一天,伍子胥与要离一起,入朝拜见吴王,并要举荐要离为将军,统率吴军去进攻楚国。吴王一听,便怒斥伍子胥:"此人身矮力弱,杀鸡无胆,骑马无威,怎能带兵打杖?"要离则呈奏说:"大王可谓忘恩到极点了,伍子胥为大王安定了江山,大王却不肯替他报楚王的杀父之仇。"吴王听后,便勃然大怒说:"这是国家大事,非你所知,居然还敢当面责辱寡人,真是岂有此理。"当即命人将要离的右臂砍了,且下狱治罪,并拘禁了他的妻子。

过了不久,伍子胥暗叫狱官放松监视,要离趁机越狱跑了。吴王大怒,下令将要离的妻子斩首示众,以示惩戒。要离逃出吴国后,探知庆忌在卫国,便投奔而去,且沿途逢人便诉说自己的冤情。到了卫国见到庆忌后,庆忌先是怀疑诡诈,不肯收容,直到亲见他被吴王致残的右臂,方才相信,且问他投奔自己的意图何在,要离则说:"臣闻阖闾杀了公子的父亲,夺了王位,现在公子联合诸侯,想复仇雪恨,所以特跑来投靠您;某虽不能替公子冲锋陷阵,但做向导还可以,因为我对吴国的山川地形还是十分熟悉的。只要能为公子报仇,我亦雪了吴王杀妻戮子之恨,也就算是心满意足了。"庆忌仍未敢深信,直到心腹报告要离之妻子确实被吴王斩首示众了,才逐渐相信要离。庆忌与要离谈复仇之计,提出:"阖闾用伍子胥和伯嚭为谋士,选将练兵,国内大治,我兵微力寡,怎能与他抗衡?"要离说:"伯嚭不过是个无谋之辈,只有伍子胥算个智勇皆备的人才,却与阖闾貌合神离。"庆忌则追问其原因。要离答道:"伍子胥之所以尽力帮助阖闾,目的在于想借吴兵以伐楚,为其父兄报仇雪耻。但现在楚平王已死,仇人费无极也亡故了。阖闾则要安于王位,天天只顾沉湎于酒色之中,不想替伍子胥复仇了。前不久,伍子胥曾保荐我率兵去伐楚,吴王便曾当面斥责他,且加罪加害于我。由此伍子胥对阖闾积怨颇深。这次越狱逃跑,也是伍子胥买通狱官才成功的。他曾当面叮嘱我:'你此去先面见公子,察看动静。若肯为我伍子胥报仇,愿作内应,以赎过去杀君之罪。'公子如果现时还不肯发兵入吴,更待何时呀?"说完便在地上撞头,且俯地大哭。庆忌听罢,则表示愿听他的话,答应在短期内起兵伐吴。接着,又将要离带回自己的根据地艾城,将他作为心腹,且委派他去负责训练军士,修置兵船。三个月之后,庆忌果然兴兵伐吴,分水陆两路向吴国进军。进军中,庆忌与要离同坐在一条兵船上,船到中流,但后面的船却忽然跟不上来。要离趁机对庆忌说:"公子可在船头坐镇,这样,船工们便不敢不卖力了。"只见庆忌坐在船头,要离则用一只手持戟侍侧一旁。突然水上起了一阵怪风,要离则转过身去,猛然一戟插在庆忌的心窝之上，直穿出后背。庆忌见自己遇刺，便拼死反抗，将要离两脚倒提在水中沉溺三次，再苦笑说："你可算是个勇士，连我都敢行刺。"左右兵士要将要离刺死，庆忌则说："此乃勇士也，放他走好了。"说完，自己也因流血过多，伤势过重，倒地而死。要离见自己所施苦肉计已获成功，任务已经完成，便也夺剑自刎身死了。

要离为了完成自己的政治使命和任务，首先是必须接近吴王的政敌庆忌；其次则是要取得他的信任；最后，则是为其出谋划策，牵着他的鼻子走，且乘其不防，攻其不备，置之于死地。为"博信"于庆忌，要离使用了颇为高妙，且具极大迷惑性的"苦肉计"政治手段：一是佯激吴王，使之激怒，然后为其断右臂，以示惩戒；二是使吴王狱系要离，使之成为阶下囚；三是吴王斩杀要离之妻子以示众，使之更欠政治血债。这三部曲中，导演是伍子胥，引荐者、放囚者、诡称"离德者"都是他。此三部曲实施后，果然庆忌对要离深信不疑，并将他视为政治"知己"，引为心腹；接着，便按要离所设"伐吴"政治圈套行事。在"伐吴"途中的船上，要离则乘庆忌不防不备，将其刺死。要离在实施此计中，也付出了断臂、妻斩、子戮、杀身的沉重代价。

2．博赏

所谓博赏，即是指在政治斗争中，施计者通过巧妙伪饰的"自伤"式手法，从而做出在己方阵营中受迫害、受残伤、受冤罪的样子，以此假象行计，苦心在于博得敌对阵营中政治首领、政敌的依赖和赏识，接着便进一步施计行谋，"假戏真做"完成既定的政治任务，达到克敌制胜、从内部瓦解与损耗政治对手的目的。

在此种手法中，为"博"政敌信与赏，既需以自伤之苦来进行伪饰、巧装以惑敌，更需以皮肉、心灵的巨大牺牲，惨烈代价，用灵与肉的"血伤"来展示给敌人，以释其疑，用"血肉"之残以博政敌的信赖。

事例：王佐断臂伪降金，博赏敌首作内应

岳飞与金军主帅兀术在朱仙镇对阵交锋时，兀术义子、金军年轻小将陆文龙，骁勇善战，屡斩宋军将领，拔营攻寨，十分了得，连岳飞对他也一筹莫展，高挂免战牌，等待时机。

宋军部将王佐，得知陆文龙乃是宋潞安州节度使陆登之子，陆登力战金军，城破自刎而死，是时陆文龙尚在襁褓，兀术便收为义子，教其兵法武艺，故此英勇无比，宋军很难胜他。王佐深知岳飞的苦衷，便提出实施苦肉计，前往金营说降陆文龙。王佐唯恐岳飞不允，便用"自伤"、"自残"之法，取剑砍下自己的右臂，用药止血之后，夜入岳飞大帐，讲明自己的意图。臂已经砍断，无法接续，岳飞也只得潸然泪下，让王佐去金营游说。

王佐连夜赶至金营，见到守卫金兵，说明来意，并求见兀术。当见了兀术之后，王佐哭诉说："小臣王佐原是洞庭湖杨幺的部臣，曾受封为侯。只因杨幺事败，小臣无路可走，才不得不归顺了宋营。现今大军到此，大败宋军，又连斩数将。岳飞无计可施，只得挂起免战牌。昨夜他聚集诸将领商议军务，小臣进言说，如今金兵二百万南下，如同泰山压顶，如若再战，犹如以卵击石，实难对敌。不如差人讲和，庶可保全，方为上策。不料岳飞一听，竟勃然大怒，反说臣怀有二心，命人将臣砍去一臂。且要小臣前来降顺报信，说他即日就要擒捉狼主，杀到黄龙，踏平金国。臣若不来，他则要再断另一臂，因此特来哀告恳求狼主。"说完故意放声哭泣，且从袖中取出断臂呈给兀术验看。兀术听了，心中大为哀怜，就对王佐说："你为吾家断了此臂，受此大难。现封你为苦人儿之职，在此养活你一生。"传命军中："今后苦人儿到处居行，任他行走，违令者斩！"王佐得以在金军中随意穿营入寨，行动自由。

　　有一天，王佐来到陆文龙营中，见有一老妇便向前问候，得知老妇是河间府人。经过交谈，得知老妇是陆文龙的乳母，且了解到他们的身世，回去画了一幅画。过了几日，王佐来到陆文龙营寨，因为他在金营四处行走，善于说书讲故事，故此陆文龙让王佐讲历史故事。王佐先讲"越鸟南归"，是越国西施带到吴国的鹦鹉，一直不说话，待西施最终回归祖国以后，鹦鹉又开口说话了；又讲"骅骝向北"，是杨家将焦赞，人死马被俘，最终马不食草，向北方长鸣死，以殉主人。王佐绘声绘色，使陆文龙唏嘘感叹，被故事中的人物所吸引，以至于每日必听王佐所讲故事才能够安寝。一日，王佐让陆文龙屏退左右，拿出那幅画来。但见画中大堂上一个将军自刎倒在地上，一个妇人也自刺而死，另外一位妇人抱着一个小孩在啼哭，周围站着许多金兵，其中一位金军主帅，颇似其父王兀术。王佐按图而讲："这画中故事，乃是十几年前的中原潞安州，恰逢金军攻城，节度使陆登兵败之后，不肯受辱，自刎在大堂之上，夫人不忍独生，也自刺而死，这位怀抱的孩儿，名叫陆文龙，抱孩子的乃是乳母。"陆文龙听到此问："那个孩子为什么也叫陆文龙？"王佐说："那年金军攻破潞安州，陆登老爷尽了忠，夫人殉了节。兀术见公子幼小，便叫乳母带着，认作义子，现今已十三年了。可叹呀！这陆文龙不但不给自己的父母报仇雪恨，反倒认仇作父，好不令人痛心呀！"陆文龙说："难道你说的是我吗？"王佐道："说的正是你，若是不信，请问奶娘便可知晓实情。"话犹未尽，奶娘走了进来，哭着说："将军之话，句句是真，老爷夫人死得好惨哟！"陆文龙听罢，跪倒在地说："不肖之子，哪知有这般实情。今日知晓，怎不与父母报仇？"说完便拔剑要去杀兀术。王佐拦住说："公子千万不可莽撞，且再容几时，等待时机成熟，报仇之后，归返宋营，方是上策。"陆文龙则听从王佐调遣和安排。

此时金军刚刚添置"铁浮陀"，即轰天大炮。金军统帅兀术大喜，将此炮调运至宋军营地周围，备好火药，准备半夜三更轰击，可以将岳家军一举消灭。陆文龙获悉此情之后，告知王佐。时间紧急，刻不容缓，王佐让陆文龙以"箭书"通报岳家军。岳飞接到箭书之后，立即将各部人马撤往凤凰山。待到三更时分，金营中果然用轰天大炮攻击宋军，火光冲天，地动山摇。岳飞站立在凤凰山头，见此烟火腾空的情状，不禁叹惜说："多亏陆文龙的一封箭书，及时相告。也更惜王佐的一条断臂，方才挽救了宋军十万人马的性命。"次日天明，王佐携陆文龙、奶娘逃出金营，来到岳飞营地，宋军平添一员猛将。

王佐断臂诈降金，是中国古代政治斗争中，使用自伤、自残之术，以"博赏"政敌，实施"苦肉计"而获大胜的典型事例。在此计的实施过程中，王佐以骗取金军主帅兀术信任为前计，以策反战将陆文龙为后计，既获取重要情报，又临阵倒戈，真真假假，但目的明确。究其施计的具体特点：其一，王佐断臂诈降金，断臂是真，但诡称为岳飞加害则是假；其二，到达金营后，见到兀术，呈其断臂是真，然诈称为此遇害，不得不避祸降金则是真中有假、假中有真；其三，兀术因王佐断臂而"博赏"于他，封为"苦人儿"之职，准其在军营中自由行动，这一切是真，王佐因其真"苦"之血"肉"而收到了奇计之妙用；其四，兀术与陆文龙的义父义子关系，既是真来又是假，真中有假、虚中有实。王佐揭示陆文龙的本来身世，呈其实情，则是真。又以其真，戳穿其假，从而达到策反陆文龙的政治目的，为宋军获取与传递重要军事情报，避免了重大的损失与伤亡。王佐在完成自己的政治使命和任务后，则得以与陆文龙、奶娘一起，胜利返归宋营。可见，在施用"苦肉计"策略时，王佐先是以真伤假情，"博赏"于金军主帅兀术。次则真情真事，呈示给陆文龙，以揭其假义父、假义子的"伪情"。在"博"的手法上，前者是以假"博"真（信赖），后者则是用真（情）揭假（义）"博"真（反正）。足见其政治手法技巧之多样化与艺术化。

第二，亡羊诱残，授柄待变，创胜之计在其中。

这种手法的重点是"授"柄以敌，以求待变。以暂时性的示弱、示虚、示降的假象，蒙蔽、欺骗、麻痹政敌，使之丧失警惕与防备。再等待有利的时机与条件的成熟、转换、变化，一旦时机有利，再加以反扑、进攻，将政敌置于死地，进而获取战略性的成功与胜利。这是以战术性的退却而赢得宝贵时机与战机，最后转入反攻，夺取战略性进攻获取胜利的重要政治策略手段。在具体的运用上，为在尖锐、复杂、多变的政治斗争中，博得政敌的深信、不疑，进而不防，则多采取"亡羊"与"诱残"的伎俩，以收其政治显效。

采用的具体手段，则又有诱授（引敌害己）、主授（主动受控，将刀子主动授敌）、质授（给政敌留下人质、信物作柄，以利将来进攻）等多种形式。

1．诱授

所谓诱授，是指在政治斗争中，为实施苦肉之计，且保证成功，首先必须要使政敌因"苦"而引发同情、怜悯之心，进而则是深信不疑。只有如此，才能进一步打入政敌集团或营垒内部。其次，要做到此点，最好的办法则是"诱授"，即引诱政敌害己，然后造成假象和口实，方能使真正的政敌深信而不防。最后，也才能达到施计的既定政治目标，收到多种的政治效应。

事例：宋军诱授西夏主，番将小过受重责

北宋庆历（1041—1048）年间，知清涧城事种世衡，率领宋军与西夏对峙。他除了在军事上严加防范和守备外，还实施与运用了政治斗争的手段，特别是善于迷惑、麻痹敌人的苦肉之计。

种世衡部属内，有一位番将，是从西夏军队投诚的。种世衡经常以一些小小的过错，迁怒于番将，还把他人的错失，也都归罪于他，轻则辱骂，重则杖脊，该番将经常被打得皮开肉绽，血流满地。种世衡的下属们，认为番将没有犯什么大错，不应该受此重刑。种世衡勃然大怒，不但严厉斥责下属，而且还加重处罚，打得番将卧床数日而不能够起。

番将可怜，下属同情，也难免议论，以至于怨声载道。番将不堪受辱，声称要逃走，下属不是劝留，而是劝逃，给番将提供方便，使之得以回到西夏。西夏主元昊，也是英武过人，在宋军之中有不少眼线，早就得知番将的遭遇，再加上其是本族人，因此信任有加，让番将在枢密院任职。枢密院是军事指挥中枢，西夏主元昊能够让番将办理军国大事，则可见毫无怀疑。自此以后，种世衡犹如有了千里眼、顺风耳，西夏的一举一动，他无不事先知晓，所以屡战屡胜。一次，在大破西夏军之后，人们惊奇地发现，番将一直跟随着种世衡，甚为亲昵，才知道是种世衡使用苦肉计，让番将回西夏搜集情报，因此无不称奇。

此计的策划者是著名将领种世衡，具体的实施者则是具有特殊身份的番将。番将因小错而受迁怒，受重刑，造成血淋淋的创伤，下属求情而受牵连，不讲道理，以至于怨声载道，也就使苦肉计的影响更大。这是典型引敌害己的"诱授"手段，这种政治斗争手法，收到了意外的效果：其一，使他能以受迫害的苦刑重犯的身份，逃回西夏元昊的营中；其二，他受责打的"血肉"之躯，不仅免除了元昊的疑惧之心，而且更加赏识他、信任他，使之有了政治资本；其三，他利用元昊所给的政治特权，出入于枢密院等机要重地，便于搜集情报，进行活动，完成其特殊的政治任务。长期的、公开的活动，既不受阻，更无人怀疑，且身份还未暴露，这是此计的成功之处。其关键在于种世衡与番将之间的配合默契，再加上下属们的传扬，因此行动迅速，不露痕迹。足见其行计用策政治手段之高以及技巧的谙熟。

2. 主授

所谓主授，是指在复杂、激烈的政治斗争中，实施苦肉计时，为了使计策与目的不过早暴露在政敌面前，也不致使行计者的身份败露，便采用"主授"的手段，即自己主动受授，甚至将刀子主动授予政敌。表面上看，自己十分被动，实质上不仅不会被政敌发现，而且还会收到加倍信任的效果，有利于行计者达到和实现其既定的政治目标。

事例：燕太子主授秦王，荆轲献图以行刺

前227年，秦军灭赵以后，派大将王翦率大军攻打燕国。燕国地处长城以南，易水以北，国小人寡，本来就是一个弱国。在秦国大军压境之时，在军事上根本不能阻止秦国的进攻。即使想联合诸侯国家共同抗秦，也是远水难救近火。燕太子丹便决定实施苦肉计来解救这一燃眉之急。

燕太子丹原来在秦国作为人质抵押，受尽折磨，后来化装逃回燕国，一心要报前仇。在谋臣田光的帮助下，燕太子丹结识了有勇有智的刺客荆轲。荆轲受命于燕国危急之时，力图用刺杀秦王嬴政的方式来解此急，以入秦使者的身份去晋见秦王。当荆轲赴秦临行前，燕太子丹将他送至易水之上，为其设宴饯行。好友高渐离击筑（乐器的一种），荆轲和而歌道："风萧萧兮易水寒，壮士一去兮不复还！"这一千古绝唱，充分表现了荆轲悲壮的心境，以及气贯长虹、勇冲霄汉之概。为了接近秦王以行刺，荆轲采用向秦王奉献燕国山川物产人文的详尽地图和秦国一直追捕、逃亡在外的将领樊於期头颅的方式，用以迷惑秦王，且以此作为政治"诱饵"。

秦王在咸阳宫中召见了使者荆轲，见其呈献，则大喜过望，并亲自览奉献之图，但"图穷而匕首见"。荆轲拔其匕首急刺秦王，却因秦王绕柱而避，未能刺中而失败。荆轲自己则全身八处被创，不能站立，仍然怒骂秦王不止。直至死后，依旧"双目圆睁，宛如生人，怒气勃勃"。这是中国古代政治斗争中，用"主授"方式，实施苦肉之计策略的典型事例，虽未能成功，却也使荆轲名垂青史。

荆轲没有成功，主要是由于其副手秦舞阳胆小怯懦，一见秦王宫中的威武宫廷武士，便吓得面如土色，变了常态，引起秦王嬴政的怀疑，被叱下了台阶，俯首跪下，直至被击杀身死，始终未能起到有力的配合作用所致，且过早暴露目标和意图。使计划难以圆满实现的缘故。

此苦肉计的直接策划者为燕太子丹和谋臣田光，实施者则是壮士、刺客荆轲及其副手秦舞阳。其"主授"手法主要表现在：一是呈奉秦王攻灭燕国前夕所急需的燕国山川、风物、地形、险要的地图，主动授予，致使秦王大喜，而减少对来意的怀疑与不安，更便于接近和行刺；二是献上秦王一直多年追捕而不获的逃将樊於期的头颅，使秦王既除去心头之患，更喜使者心之至诚。这关键的两手，使得行计的行动得以按预定计划实现和进行。此计虽因诸种原因未能达到既定的政治目标，且加速了燕国的灭亡，但"主授"方式，本身却包含着多种隐患、隐忧，使行计者面对诸多突发事件和偶然因素，难以驾驭和妥善处置。这是行计者败多于成的重要原因。加之行计双方，均有其政治警惕性、惊惧性，在政治军事斗争的关键时刻，更是处处严加防范，这就为行计增加了更多更大的难度。秦舞阳的失常态、荆轲的图穷而匕首见，均使秦王从怀疑而到最后的惊觉和防避，直至转败为胜、转危为安，使行计者功败垂成，荆轲亦不得不饮恨而亡。然就计谋本身而言，其"主授"之巧、行计之妙、选人之精、施计之勇，均堪称典范。

3. 质授

所谓质授,是指在长期、激烈的政治斗争中,暂时处于弱者、败者、弱势者地位的政治家,为战胜强者、政敌、对手,在实施苦肉之计时,往往采用将自己留在政敌对手的身边、营垒之中,以作"政治人质"的办法,兼献各种珍玩器物,以作战败者降服归顺的"政治信物",且以此作为"政治把柄"。再进一步养精蓄锐、励精图治,图谋东山再起,实现其长期的战略目标。这种苦肉之计实施时,需有极高的政治手腕和心计,方能成功。否则,一旦败露,将功亏一篑。

事例:勾践质授吴王侧,忍辱偷生图兴越

春秋末年,吴、越是在长江下游今江苏、浙江一带兴起的两个国家。先是吴国强盛,越国衰弱。前494年,越王勾践却自不量力,想用奇袭、攻其不备的方法将吴国打败,突然出兵,结果却在夫椒(今太湖洞庭山)一带,被吴军打得大败而回。勾践率领残兵败将五千人退守会稽,见大势已去,败局已定,便决定投降。经过讨价还价,勾践称臣为奴,亲自到吴侍奉吴王。

越王勾践作为失败之主与政治人质,以大臣文种等驻守越国,在大臣范蠡的陪同下前往吴国。勾践派遣范蠡带着金帛美女去见吴太宰伯嚭,请他在吴王面前多加关照。勾践到达姑苏,与夫人一起裸露上身,一步一拜,进入吴宫,俯伏于地上,范蠡将美女、金帛、珍宝等呈献。吴王夫差与勾践原本有杀父之仇,如今勾践卑躬屈节,叩首乞怜,竟然让其生出怜悯之心,居然让勾践为其父阖闾去守墓,充当养马苦役。为了羞辱勾践,吴王夫差每次驾车外出，让勾践牵马步行车前，任吴人嘲笑辱骂，他低头俯身，一副顺从卑贱的样子，使人更看不起。

勾践每日砍柴养马，夫人除粪洒扫，范蠡执炊做饭，吃了上顿没下顿，因此个个面黄肌瘦，形容枯槁，衣服百结，破烂不堪，那些服苦役的卑贱奴仆，都比他们强。即便是如此，吴王夫差也没有放松监视，但勾践等人既没有怨恨之色，又没有哀叹之声，每日服贱役，乐此不疲。就这样，一连几年，勾践都没有取得夫差的谅解，却等到夫差生病。在范蠡的策划下，通过太宰伯嚭，勾践得以探视夫差，亲尝粪便而恭贺夫差不久病将痊愈，以至于夫差感叹："此事恐怕连太子也做不到。"居然认为勾践是忠心，放其回归越国，给其卧薪尝胆，十年生聚，十年教训的机会，却不想勾践不再给夫差以机会了。

这是在吴越政治斗争中，勾践成功地采用"质授"之本，实施苦肉之计，暂时忍辱为奴，从而麻痹政敌，赢得宝贵的时间和机遇，最终灭吴的成功事例。越王作为"政治人质"，战败后到吴王身边服苦役，此"质授"苦肉之计的特点和政治效应则有：其一，自己作为人质，则可保存有生实力，使五千军队和部分臣僚得以幸存下来，为将来政治上的东山再起留下"火种"；其二，到吴国以后，以自身、夫人、范蠡服苦役的皮肉之苦，可以消除吴王的政治戒心和疑虑，以为再无复国兴业的宏图大志了，起到了很好的政治掩护"烟幕弹"的作用；其三，勾践以自己的苦心侍奉病中的吴王夫差，甚至不得不忍辱尝其粪便以表"忠心"、以示"臣服"，进而感动、触发了吴王的"恻隐"之心，最后下令遣送他们回越国，且设宴庆功送行；其四，越王回国之后，牢记在吴之苦与深仇大恨，最终东山再起，兴复越国，打败吴军。这一切，均是回越的结果，乃是吴王夫差给了越王勾践政治喘息之机、休整之时、复兴之遇。所以，后人说"可笑夫差无远虑，中了越王苦肉计"，正切中其要害之处。也显示出了勾践行计之高妙、政治效应之深广。

第三，示伪以痹，转败奇胜，制胜之计在其中。

这种手法的重点是伪以麻痹、松懈政敌，在政敌心理"盲区"、"误区"的基础之上，利用其不防、不备、不料、不御的弱势，攻其之弱以使自己转败为胜，转守为攻。甚至还可将"点"、"线"之己"强"而化作、形成"面"、"体"之强势，从而扭转其整个政治斗争的局面。凭此计法，小可以脱身、脱险、避祸，大可以攻敌、胜敌、灭敌。所示之伪，多用现假藏真、显弱隐强、佯退实进等政治斗争策略技法。

运用的具体手段，则又有巧示（伪病）、直示（伪伤痛）、间示（伪装死）等。

1. 巧示

所谓巧示，是指在复杂的政治斗争中，处于暂时不利的一方，在施用此计时，采用向政敌"巧示"（伪病）其弱、其病、其溃、其乏之状，用以痹敌、懈敌，使之不防不备。然后，诱其政敌前来，在自己的权力范围之内，加以制服或消灭，从而转败为胜，实现其既定政治目标。

事例：孙坚巧示膏肓病，太守贪利被斩头

东汉灵帝中平元年（184），别部司马、议郎、长沙太守孙坚，奉朝廷之命，与袁术联合，出兵讨伐董卓。孙坚率兵抵达南阳时，已拥有数万的人马。孙坚为筹措军队的粮饷，行文给南阳太守张咨，索要军粮。张咨自恃雄踞一方，有与诸强抗衡的能力，拒绝提供军粮。孙坚想面见张咨，说明原委，却被拒绝。孙坚对左右说："我刚奉朝廷之命发兵讨伐，就遇到阻力，以后怎能在部属中保持威望、行使号令呢？"便对外假称得了急病，形将不起。全军将士惊惶不安，不知所措。张咨听到，暗自惊喜，还是要做表面文章，传呼巫医作法，到山川祈祷神灵，声称希望孙坚早日康复，却巴不得其病死。

孙坚派遣亲信告知张咨，说孙将军已经病入膏肓，将不久于人世，请张太守前去，把这数万人马交付给他统领。张咨心中暗喜，若是有了这支兵马，进可以争雄天下，退可以割据一方，岂不是上天送给他的礼品？想也没有想，便亲率五百名亲兵，带着许多牛羊美酒，到孙坚军营慰问探视。孙坚在营帐卧床接见，叫部下设酒款待，在彼此相谈甚欢之时，长沙主簿入帐禀报："大军前行，南阳道路尚未修好，讨逆军所需用的物资粮食，地方官府不给准备与筹办，南阳张太守阻碍我军前往讨伐董卓，请求按军法严厉惩处。"张咨听罢，惊恐万状，欲要脱身，已经不成，便眼巴巴地看着孙坚。只见孙坚从床上跃起，喝令手下将张咨捆绑起来，推出辕门，斩首示众，南阳郡便归孙坚所掌握。自此以后，孙坚率军所过之处，地方郡县无不争先恐后地迎接，也就没有筹措粮草之忧了。

孙坚出兵讨伐，首先必须号令三军，使之令行禁止；其次则须筹措粮草，以供军需，否则，粮草不先行，军马亦难以行动。只有做到这两点，才能在混战、割据争夺的激烈政治斗争中，立于不败之地。然而，南阳太守张咨却成为他政治上的第一个"障碍"，为清除此障，采用苦肉计中的"巧示"伪病的手法：其一是用急发之"重病"迷惑、麻痹政敌，使之不明真情，同时又能给政敌留下"弱势"的假象和阵势。其二是孙坚称病中暗许给张咨兵马，诱以扩大其军事实力，使之有利可图，有便宜可贪占，使之作政治诱饵，用以上钩。其三是入营来探病的张咨，受到酒宴款待，完全不防备，孙坚借故翻脸，只能束手就擒，被斩首示众。一个敢于抗命不筹粮的太守，终于成为孙坚政治斗争中实施苦肉计的牺牲品。

2．直示

所谓直示，是指在尖锐激烈的政治斗争中，在关键时刻，实施此计者，采用"直示"（对其部下直接惩处敢于声言倾向敌方者，使之伤痛）手法，再加反间之计，来瓦解政敌，或破坏政敌内部营垒，或转败为攻，或使政敌计划落空等。

事例：周瑜打黄盖，一个愿打、一个愿挨

在周瑜火烧赤壁前夕，除了等待东风之外，就是担心不能够接近曹操的战船，火烧之事也就难成。正在此时，老将黄盖前来献计，与周瑜一起演出一幕苦肉计。东吴都督周瑜召集诸将，下达命令，让备足三个月粮草，准备四面攻打曹军。吴军处于守势，守尚且不容易，还要四面进攻，这岂不是找死？老将黄盖挺身而出，指斥周瑜年幼无知，明知不敌，却要进攻，等于是找死，若是前去送死，还不如归顺曹操，可以免当前之危急。周瑜虽然年轻，毕竟是主帅，岂容黄盖如此嚣张，顿时翻脸，要手下把黄盖推出辕门斩首示众。诸将纷纷下跪，替黄盖说情，希望周瑜念老将军战功卓著，免其一死。周瑜气愤难平，姑念诸将的面子，下令将黄盖重责五十军棍，以儆怯战者。行刑军士畏惧周瑜，不敢从轻行杖，直打得老将黄盖皮开肉绽，鲜血淋漓，多次昏死过去，以至于吴军上下为之叹息。

受到重惩的黄盖，派心腹给曹操送信，讲自己投降曹操，且准备里应外合，一举消灭东吴军队，杀死周瑜，以报军棍之仇。一向多疑的曹操，如何能够相信呢？派出奸细，四处打探，确认黄盖被打之实情，还验看伤处，还报曹操。伤痕俱在，黄盖又气愤难平，曹操也就相信黄盖真降。过了几日，黄盖来信，约定率领运粮之船插青龙旗为号，曹操大喜。

约定之日，黄盖率领几十只船，上面装满浸透膏油的干草、芦苇，船头插着青龙大旗，驶向曹操水军大营。曹操坐在大船等候黄盖率船来降，见插有青龙旗的船驶来，以为黄盖果然不失信，却不想粮船将近，着起火来，冲入曹军连环船队，顿时一片火海。孙、刘大军乘机全线出击，曹操几十万大军大败亏输。

这是中国古代政治斗争中周瑜所施的典型的苦肉计并成功的范例。此计在实施中，有如下特点：一"苦"则苦在黄盖劝周瑜率部降曹遭拒；二"苦"则苦在枉遭重杖，直打得老将军血肉模糊、皮开肉绽；三"苦"则在黄盖多次给曹操投降信表的良苦用心和实施计谋。终使曹操不仅不疑，且听任黄盖的摆布，最后在不防不御中间上当受骗。在苦肉计中深陷，几乎全军覆没。

3．间示

所谓间示，是指在尖锐的政治斗争较量中，暂时处于弱势，或被击败的一方，为保存自己，往往用装死的办法，迷惑政敌，使之松懈不备，然后在猛然间，突发奇技、奇功，使政敌受击而措手不及，自身则转危为安，为将来转败为胜打下基础。

事例：李广间示装死计，痹敌匈奴得逃生

西汉武帝元光六年（前129），大将军李广率领一路汉军出雁门，不巧碰上了匈奴军队的主力，在战斗中了敌军的埋伏之计，汉军寡不敌众，奋战到最后全军覆没，受重伤的李广也被匈奴军队捉住了。匈奴骑兵将俘获的李广放在一个用绳子编织的大网兜里，架在两匹马中间，准备将其送到大帐去请功。李广深知，若是被抬进匈奴军中大帐，再想逃脱，几乎是不可能的，只有途中可以逃生。为了麻痹敌人，李广在网兜内一动不动，似乎已经死去，却时不时偷眼张望。正在此时，有一个匈奴骑兵从身边经过，但见该骑兵身背弓箭，坐下乃是骏马。李广突然从网兜内跃起，将那名骑兵推下马去，夺下弓箭，驾马便跑。匈奴人不曾防备，待醒悟过来时，已经难以追上了。

这是李广被俘后，运用苦肉之计，死里逃生的故事，也是运用苦肉之计虎口脱险的典型事例。李广用装死的办法松懈、麻痹匈奴骑兵，使之不防不备，猛然间运用自己的奇技绝巧夺马而逃生。这是李广能够抓住战机的结果，也是将苦肉之计成功地运用到实战的事例。

三、警惕对手　戒备防范之心

苦肉之计在政治斗争中，应用的范围十分广泛，无论是政治家，还是阴谋家、野心家，为了达到与实现某种特定的政治目的，都会以不同的手法来使用它。在何种背景、条件下使用苦肉之计，并有可能成功，乃是有一定的规律的。也就是说，只有在适合使用苦肉之计的范围里，该计才会有其政治效用，如果在不适宜的范围内使用，不仅得不到预期的政治效果，反而会因此招致灾祸。在中国古代的政治斗争中，政治家们均非常重视苦肉之计的应用范围。

第一，在敌国之间。

政治上相互敌对之国，有国力强大的，有实力相当的，也有国力相对弱小的，但无论是哪一种敌国，均可以在政治斗争中，使用苦肉之计。由于政治上相互敌对之国，彼此之间本来就存在着一种严重的防范心理，这就要求实施苦肉之计的一方，需要具有相当高的水准、十分谙熟的政治斗争技巧才行。也就是说，既不要过早暴露自己的真实意图和目的，又要使对方深信自己的"忠诚"与"良苦"用心，进而在施计后，实现企达的政治目的。

1. 弱国对强国的使用

对较为强大的敌国，实施苦肉之计的弱国，重点在于向对方"示苦"、"示弱"，即运用掩饰锋芒、示苦隐真的手法，使敌国相信自己的弱小，不会对他们构成威胁，同时在政治上是无所作为，甚至准备向敌国强者屈膝、献城、投降，以此作为政治诱饵，以使敌方尝其甜头贪利而上钩中计。

事例：晋臣巧施苦肉计，秦康公贪城失利

秦康公（前620—前609年在位）时，秦国乘晋国内部纷争之际，出兵伐晋。当时秦国大将西乞术，身边有一位来自晋国的谋士，名叫士会，运筹帷幄，出谋划策，致使秦军接连获胜。晋国相国赵盾十分忧虑,深知士会的才能,若不除去,将对晋国不利。赵盾为扭转败局,战胜强秦,便与晋国六卿之一的臾骈,及擅长权谋的魏寿余等一起,实施苦肉计,以招徕士会,瓦解秦军。

赵盾在朝堂之上,命令魏寿余去镇守魏城。魏寿余则以自己从来没有带过兵打过仗为由,拒绝接受命令。赵盾勃然大怒,除了严加训斥之外,还限其三日前去镇守,倘若违反,斩首示众。魏寿余被训斥之后,回到家中便酗酒谩骂不止,借故殴打厨役,急急忙忙地收拾家中细软,声称要去投降秦国。挨打的厨役跑到赵盾那里告密,赵盾派大将韩厥前往抓捕魏寿余。韩厥故意放走了魏寿余,却将其夫人投入狱中。魏寿余逃往秦国,在秦康公面前陈述自己的冤情,献上晋国魏城的地图、户口簿,表示自己愿意去劝说魏城军民投降秦国。为了表示"忠心",魏寿余请秦康公派熟知晋国的使者与自己一同前往。

聪明绝顶的士会,早已经看出魏寿余的用心,关键时候,一言不发。秦康公贪城图利,不假思索,便派士会与魏寿余一起前往魏城。魏寿余赚得士会,告知赵盾,兴兵拒敌,打败秦军。秦康公不但寸土未得,还失去士会这样重要的谋士,则更难以争胜,只能无功而返。

2. 强国对弱国的使用

较之弱国而言,强国无论在政治军事经济实力上,均较有实力和强大,但在政治斗争中凭借自己的实力去战胜政治对手,却绝非易事。因为弱国面对实力强大的敌国,在心理上、行动上、策略上,均有着本能的戒心。要想使用苦肉之计,必须先突破这种障碍,然后才得以行计,且达到以较少代价战胜对手的目的。

如若在政治斗争中相遇，行计的强国以退却、退让之策，以示虚示空，向对方展示"苦肉"之中的"巨利"、"甜头"，诱其吞此饵。待其吞饵中计后，再行制驭之术。

事例：齐将苦心开城门，戎兵中计军覆没

前706年，北戎军队攻占了齐国的祝阿城，又兵临历城之下。敌军来势汹汹，并向齐国纵深地带推进。齐厘公感到形势严峻，一面组织国人抵抗，一面向郑、鲁、卫等诸侯国求救。郑庄公得到齐厘公的求援信后，便派大将世子忽率军前往救援，首先抵达齐国的历城城下。齐厘公与世子忽共商退敌之计，决定利用北戎军队"胜不相让，败不相救，可诱而歼之"的特点，实施苦肉之计，"苦心"使招，诱之以利，使之上钩。为引诱敌人，齐将公孙戴仲将历城城门打开，出关向敌人挑战。北戎军队统帅小良，立即率众迎击，两军交锋，各有胜负，戴仲渐渐不支，率领齐军绕城向东路逃走。小良不知是计，率领大军紧追不舍，而北戎将领大良也贪功急进。小良部众抵达东门时，忽然从四处射出无数的箭矢，滚木礌石齐下，打得北戎军队人仰马翻。小良连呼中计，率军急撤，却遇上大良的人马，双方拥挤在一起，进不得进、退不能退，互相践踏，死伤无数。齐将公孙戴仲和埋伏的齐兵趁势出击，北戎军队狼狈逃窜，在路上又遭到郑国大将世子忽所率郑军的埋伏，小良被乱箭射死，大良在阵前被斩杀。中了齐、郑两国所设的"苦肉计"的北戎军队，只落得个全军覆没的下场。

第二，在君臣之间。

中国古代政治斗争中，君主与臣子之间，既有共同的政治利益,相互维系,以共同实行统治,同时,为了权位,彼此又是竞争的对手,都是官场角逐中互不相让的政敌。为制服、制驭、降制对手,在政治斗争中,经常使用苦肉之计,以达到和实现其特定的政治目的。施计者通常是以"苦"、"弱"来引诱试探政敌,待其暴露真实实力和意图后,再采取行动,以制服对手,或许可以达到、实现多重的政治目的。

1. 君主对权臣的使用

在政治斗争的紧张角逐中,君主对于手中握有权力的臣下,既要使用,但又不放心。为考验其忠心程度,常用苦肉之计,以"先苦后甜"之术,来对其政治忠诚度进行检验,可谓用心之"良苦",政治手腕之"巧妙"。

事例:太祖怒施碎牙计,转怒为喜试忠奸

建隆元年(960)十二月的一天,宋太祖在后宫园林用弹弓打麻雀,此时朝中近臣声称有紧急公务,请求谒见,及见时,却是日常事务。宋太祖认为被打扰了游玩的兴头,十分不满,便大发雷霆,发怒责问奏事的官员。奏事官员从容回答:"臣下以为,此事还是比用弹弓打麻雀要紧急。"宋太祖一听此话,恰似火上浇油,越发愤怒,举起手中的弓柄就捅他的嘴巴,当即打掉这位奏事官员两颗牙齿。被打掉牙齿的官员,慢慢地从地上拾起被打落的牙齿,揣在自己的怀中。宋太祖则骂道:"你怀揣牙齿,是还要想同朕打官司吗?"官员回答:"臣下没有同陛下打官司,自然应当有史官记下此事。"宋太祖听后,立即转怒为喜,连声夸奖这位官员忠贞、耿直、秉正,并立即赏赐大批的金银绢帛,用以慰劳勉励他。

这是作为开国之君的宋太祖,实施苦肉之计,试验权臣的忠奸与政治品德的典型事例。借此更可提高君主在臣下的威望,还可留下自身虚怀纳谏的美名。

2．权臣对君主的使用

古代的君主,对臣民拥有生杀予夺之大权。权臣对君主,既有敬畏的一面,即"伴君如伴虎",必须时时加以戒备、提防。另一方面,在皇权与臣权的政治斗争角逐中,权臣为维护自身拥有的权势特权利益,为保住其政治地位和官位,也常常施用"苦肉计",其惯用手法便是"以退为进"、"佯退实保"的办法,向君主"示退"、"示弱"、"示惧",消弭君主对臣下的政治"戒心"、"防范之心",进而实现其政治目的。

事例：宋祖即位优前相,群臣施计求自存

建隆元年(960)二月,宋太祖赵匡胤,为了显示对前朝后周旧臣的优厚待遇,便对后周的三位宰相,即首相范质、次相王溥、末相魏仁浦,全部都给予政治上的优厚礼遇,给他们加官晋爵。其目的在于笼络旧臣,使他们更加忠心,帮助自己辅治天下。

按照前朝的行政、议政、施政旧制,凡遇有重大政事,皇帝必定命令宰相大臣坐下商议,到了事毕空闲,皇上命令赐茶,臣僚才能退下。赵匡胤即位,仍然如此。范质等人为宰相后,又被加官优待,深知其中的政治危险因素和祸端,惧宋太祖政治手腕和遇事英武决断,十分注意收敛行迹。在赵匡胤为他们加官晋爵的时候,他们请求：凡有政事,均应写成札子进呈,听取圣意,由皇帝亲自裁决定夺。宋太祖同意这种请求,宰相坐论与皇帝共决政事的制度,自此消失了,皇帝得大权独揽。范质等人被加官晋爵，通过巧施此以退求保的"苦肉计"，使他们参政大权"旁落"在皇帝手中，既可以避免皇帝猜疑，也可以得到最大的"政治避难港"，以确保荣华富贵。

第三，在臣僚之间。

在"朕即国家"的君主专制体制下的官场，充满尖锐、激烈、复杂的政治斗争，君主利用权术以控驭群臣，群臣则通过尔虞我诈、弱肉强食的角逐，争相讨好邀宠于"圣上"，为加官晋爵、封妻荫子铺平道路。臣僚实施"苦肉计"，多是借以保身保位、以退求存、以退求进。其手法多以"示假隐真"、"示退隐进"、"示弱隐强"为主，用以欺骗、麻痹、松懈同僚政敌，使之不防不备，然后或保存住自己，或乘势进攻、战胜对手。

1. 同级臣僚的使用

同级官僚之间的政治角逐与斗争、多围绕权位、官职这一中心进行。由于职少官多，往往同一官职，不仅竞争激烈，而且互相排挤。在这种状况下，亦有不少官员，采取以退为守、以让求存的"示弱"之"苦肉计"策略，来保住自己的既得政治权势、利益，更进求名节及对后人的荫庇，企达与实现更大的政治目标。

事例：窦仪巧赞同僚功，妙施苦计求自保

宋乾德四年（966），翰林学士、礼部尚书窦仪，从前在滁州时，封存库藏绢帛，不发给属下，得到宋太祖赵匡胤的夸奖，屡次要任用窦仪为宰相，这时赵匡胤开始厌恶宰相赵普，意欲找他人替代。赵匡胤召见窦仪，言谈中透露赵普一些不法之事，称赞窦仪才能出众。若是一般人，肯定顺从皇帝的旨意，随声附和，窦仪却恰恰相反，不断地赞扬开国元勋赵普公正忠诚、光明磊落、德才兼备，而自己无才无德，不敢望赵普的项背。君臣之间谈不拢，也就不欢而散。

窦仪回到家中，高兴地把几个弟弟找来说："我必定不能做宰相，但也不会被流放到朱崖，窦家一门从此可以保全了。"宰相赵普不知道窦仪在皇帝面前盛赞之事，便排陷打击，使赵匡胤打消任用窦仪的主意。窦仪当年去世，赵匡胤说："上天为何这么快夺去我的窦仪啊！"不但赠授其官，还重用其兄弟后代。这是窦仪对忌恨自己的同僚赵普，采用"示功隐过"、"示忠隐奸"、"示贤隐否"的"苦肉计"手法，寻求明哲保身家的结果，也是苦肉之计政治效应的显现。

2．上下级官吏的使用

上下级官吏之间，为争夺官位、职位，为夺取权势，或为保住与巩固自身的既得利益，而进行尖锐、激烈、你死我活的斗争，则是官场政治斗争中的常见现象。为了夺取战胜对手、政敌的胜利，他们彼此之间，也常施用"苦肉计"，以前述的手法和惯用伎俩，进行麻痹、松懈政敌，然后再一举乘势主动出击，置对方于死地而后快。

事例：况钟巧施苦肉计，先纵后惩治奸吏

况钟是明朝初年著名的清官，曾经在衙门当小吏，永乐时以政绩被推荐到朝廷，授以礼部郎中。宣德五年（1430），被推升为苏州府知府。上任前，宣德帝曾经召见，赐给他由皇帝亲自签署敕书，授予其不待上奏，可以自行处置政务的特殊权力。况钟深知苏州府衙内猾吏奸胥狼狈为奸、苦害良善的行径多多，为掌握确切事实，真凭实据，巧施"苦肉计"，采取"先（故）纵后惩（治）"的办法，使他们上钩。况钟到任以后，管事书吏拿着公事案卷送批，他不问可否，一概批准，猾吏奸胥认为他软弱可欺，胆子也愈来愈大。苏州府通判赵忱，自恃出身高贵，根本不把况钟放在眼里，独断专横，况钟也视而不见。

下级胥吏欺瞒，同僚恃强挤对，况钟都隐忍下来，却也心中有数。不久，况钟命令所属官员及胥吏到府中集合，当众宣读皇帝的敕书，当读到"所属官员吏员如做不法之事，况钟有权自己直接捉拿审问"时，无不为之吃惊。况钟读完敕书，当即升堂，先揭露胥吏中作恶为奸之事，让他们心服口服，然后让衙役把这些胥吏衣服脱掉，四个衙役抬起一人，高高抛向空中，如是再三，直到摔死为止，一共摔死六个胥吏。况钟令人将胥吏尸体放在街市示众，以儆其余。况钟实施"苦肉计"惩治奸吏，致使苏州大小官吏无不惊恐，小心办事，不敢再肆意为奸，清正廉洁得以张扬，刁官奸吏遭到严惩，苏州府得以大治。

四、自损其体　寻求心理突破

苦肉之计位于败战第四计，其承上启下的位置，也决定该计的重要性。苦肉计的实施，有着因时、因事、因人而施的特点，其特定的内涵和专有的特性，在策略与技法上也特殊，在政治斗争中备受人们的青睐，应用范围十分广泛。总括起来看，此计在政治斗争中的应用，有如下基本特点与效应。

第一，就苦肉之计在政治斗争中应用的目的而言，则有着自损性、奇发性的特点。

所谓自损性，是指苦肉计行计的重要一环，就是要求施计者必须制造"苦"、"难"、"虚"、"弱"的假象，用以麻痹、迷惑政敌、对手，使之不防、不备、不御、不虑，进而使自身先处于守势，再伺机、窥时、察弱、乘虚，对对手展开攻击，使之战败或内溃，由此转败为胜，转守为攻。要做到此点，使本来就具有警惕心、防范心的政敌，能相信所示之"假"，所示之"苦"，所奉之血"肉"，施计者则须自损其体，自吃其苦，自受其罪，自污其名，只有如此方能赢得政敌的同情、信任、怜悯等，从而在敌方的心理上，赢得"同情分"，在政治心理防线上打开一个"突破口"。

由于在政治斗争中应用苦肉之计，具有极大的心理战因素和冒险性，因此它的成败得失，很大程度上取决于行计者对全局、敌我双方政治斗争态势的正确评估，对发展趋势的准确分析、把握。斗争局势是瞬息万变的，当各种机遇出现时，不能够放弃，因为机会总是稍纵即逝。把握机会，就要求施计者在整个计谋的应用过程，须采用奇、险、惊、快的方式，方能企达与实现既定的政治斗争的目标。因此，在施计目的性上，须具有"奇发性"的特点，使政敌出其不意，防不胜防，然待醒悟时却已败局注定了。

第二，就苦肉之计在政治斗争中的作用而论，则具有诱痹性、待变性的特点。

在政治斗争中，实施苦肉之计时，行计者向政敌、对手所显示、展现的"苦"、"血"、"损"、"弱"、"虚"等,具有政治上、心理上的多重效应:在政治上,为的是使政敌相信自损者,确为敌方的代理者、利益维持者、忠心者;在心理上,则为的是引诱和诱发敌人的同情心、怜悯心、恻隐心,在此掩护下,则可起到奇特的政治防范心理的淡化和麻痹作用。

至于实施苦肉之计的待变性作用,则体现在诸多方面。通观在政治斗争中苦肉之计的实施全过程,通常是循着示"假"、示"苦"、示"弱"以诱敌→痹敌→降敌(降服敌心)→间敌→击敌→败敌的路子走,其发展、推进,有着一个等待、趋变、渐变、速变的过程与特点。当行计者示"苦"以赢得政敌信任、同情、怜悯时,抵达、钻进敌人营垒、心脏中去之后,便要等待时机,以求一逞。或离间,或内应,或反攻,或出击,则须待机而动,审势以行。否则,将会功亏一篑,造成苦上加苦、最终自灭的结果。

第三,就苦肉之计在政治斗争中应用的心理和智道效应而言,更有着奇发心理、速胜效应的特点。

在中国古代政治斗争中,诸多苦肉之计的施计者,在行此计时除用"苦",用血"肉"诱敌、痹敌、懈敌外,更以出奇招、发奇兵、布奇阵,给政敌以意外的打击,使之措手不及、猝不及防,方能收到克敌制胜的理想效果。在政治斗争心理上,确有先声夺人、出奇制胜的特征,且由此而引发出速战速决、快速制胜的多重效应。施计与行计的全过程,不仅可以检验用计一方的高超政治斗争技巧,而且可以看到他们纵驭全局、把握机遇的特殊本领,乃是政敌双方斗智斗勇的必然结果。从智道效应上讲，苦肉之计及其在政治斗争中的应用，本身便是一场智力、心力的竞技，也是策略技巧与艺术的表演，只不过有浓厚的政治色彩和被蒙上神秘的外衣罢了。

连环计

——百计迭出　此策阻彼策生

本计云："将多兵众，不可以敌，使其自累，以杀其势。在师中吉，承天宠也。"其大意是：敌人兵将众多，不可以硬攻、力攻、直夺，应当运用多种计谋策略，使敌人自相钳制、自相攻伐、自相倾轧、自为消耗，借此以打掉敌人的气势，削弱敌人的有生力量，最后再乘机战而胜之。此计谋如果运用得巧妙的话，便有如得到天神的护佑与相助一般顺利、吉祥。

连环，系指将多数环圈连贯起来，成为互相环连的串子。连环计作为一种政治与军事谋略，是指在政治与军事斗争中，面临复杂多变的局势，施计者常用百计迭出，即使此策遇阻，则彼策生效的办法，环环相扣，计计相连，借此获胜。正如《兵法圆机·迭》所说："大凡用计者，非一计之可孤行，必有数计以襄之也，以数计襄一计，由千百计练数计，数计熟，则法法生，若间中者，偶也；适胜者，遇也。故善用兵者，行计务实施，运巧必防损，立谋虑中变，命将杜违制。此策阻彼策生，一端致而数端起，前未行而后复兴；百计迭出，算无遗策，虽智将强敌，可立制也。"此计名称的由来，源于古代的小说与戏曲。明人罗贯中

晏婴外引桃,巧施除恶计

《三国演义》便有"王允巧施连环计"的故事情节。其实"连环计"一词，又是根据元曲"锦云堂巧定连环汁"而来。其具体内容，则是指东汉末年，王允与蔡邕巧设美人连环计，将美女貂蝉先许配给吕布，后又送给董卓，从而激怒吕布，掀起义父义子之间的内部矛盾与剧烈摩擦，最后导致互相斩杀，借吕布之手诛除董卓的故事。元曲的这段故事，到了明朝初年，人们又修改订正了元曲本事，演绎为王允要暗算董卓，将一支"玉环"交给貂蝉，并授以密计，让她按计行事，终于获得成功，戏曲也改名为"连环计"。《三国演义》将此故事情节，加入诸多民间传说，进行艺术加工，更富有戏剧特色，情节更加生动，人物的艺术形象也更为丰满，用计的过程也更为详尽和富于情趣。至此，"连环计"一名，便在民间不胫而走，成为家喻户晓的用计代名词。至于吕布、董卓戏貂蝉，貂蝉施计遇董、吕，更是人们津津乐道的故事，貂蝉也几乎成为连环计的代名词。

此计本意是由于敌人十分强大，互为同盟，朋比为奸，相互勾结，在这种情况下，不可强攻，只能智取巧破。运用引发矛盾、伺机暗控的方式，使政敌内部互相倾轧、争斗，彼此摩擦，以消耗敌之有生力量。在敌疲内伤的状况下，施计者寻时觅机，一举将敌人歼灭。这一过程中，施计于敌之内部与行谋于敌之外部，乃是内外结合，互行互补，宛若环环相连、节节相加一般，使强敌无喘息之机。只有如此，施计者所要企达的战略意图才有可能实现。

一、使其自累　智将强敌可制

《周易·师卦第七》云：师：贞，丈人吉，无咎。《象》曰：地中有水，师。君子以容民畜众。

【一爻】初六，师出以律，否臧凶。《象》曰："师出以律"，失律凶也。

【二爻】九二，在师中吉，无咎，王三锡命。《象》曰："在师中吉"，承天宠也，"王三锡命"，怀万邦也。

【三爻】六三，师或舆尸，凶。《象》曰："师或舆尸"，大无功也。

【四爻】六四，师左次，无咎。《象》曰："左次无咎"，未失常也。

【五爻】六五，田有禽。利执言，无咎。长子帅师，弟子舆尸，贞凶。《象》曰："长子帅师"，以中行也；"弟子舆尸"，使不当也。

【六爻】上六，大君有命，开国承家，小人勿用。《象》曰："大君有命"，以正功也。"小人勿用"，必乱邦也。

据秘本兵法《三十六计》原文记载，连环之计也是从《周易·师卦》的逻辑原理推演出来的。"在师中吉，承天宠也，王三锡命，怀万邦也"，是师卦九二爻的象辞，按照一般性的解释，意思是说：九二爻统帅军队，持中不偏，可获吉祥，必无咎害，会受到六五爻长子的宠爱。由于九二怀有平定天下万方的志向，所以多次受到君王的褒奖。

师，即军队，兵众之意，又可引申为众多。上卦坤为地，乃广袤之体，三个阴爻接续而排，共有六段，密密匝匝，象征敌军之众。下卦坎为水，地在水上，有变水为淤积之象，表明敌众我寡；坎又为险为陷，表明我方陷于危险之中。幸亏坤又为顺，表明敌人来势并不凶猛，还有转圜余地。

占得此卦，既然是敌众我寡，取计之道，则要以少取胜。从卦形上看，九二是唯一的刚爻，被上下五个阴爻包围，为群阴逐阳之象，也为一阳率众阴之象。阴为小人，见强者趋之若鹜，若一旦失去统帅，必然群龙无首。所以，九二爻至关重要，有了它，全卦才有了中心，有了秩序。但是，九二爻恰恰为动爻，动而变阴，小人失去了统帅，无人管束，必然会产生上述无序状态。九二爻动，变为坤，为地卦，坤乃阴谋诡计的象征。上卦本为坤，下卦又变为坤，两个坤即两个计，计上加计，一环扣一环，亦即连环计。从坤卦的卦形来看，无一相应，无一相比，一片杂乱无章。这里面寓意深远，暗示取胜之道，就在于使敌人的长处变为短处。敌人将多兵多，便要设法造成敌人的混乱，使敌人互为所绊，自相践踏，兵多反被兵累；我军乘乱攻之，必大获全胜。

爻象辞的解释，应当符合占卦实际的需要。所以，九二爻的象辞"承天宠也"，就不能理解为九二爻与六三相应，受到天子的褒奖；而是指占卦人若能使用连环计，就会像鬼助神佑一样，取得意想不到的战果。

连环之计用于军事，主要是一种由败转胜、以弱胜强之谋略。

在军事斗争中，两军对垒，由于敌人力大势强，且互为声援，在这种敌强我弱的状况下，必须使用各种计谋，智夺巧取，以避强攻硬夺受挫，或遭受不必要的损失。这些计谋中，最重要的是要挑起敌人内部的争斗和拼夺，使之损势耗力，再加利用，以开创有利战机，采用彼策另计，或强攻，或奇袭，或诱敌以陷，乘势聚而歼之，以夺取更大的胜利。

在政治斗争中，连环之计，经常成为政治家、野心家、阴谋家所惯用常使的手法。在与群体性、帮伙性的政敌、对手的较量斗争中，为着尽快干净、彻底、全部地消灭政敌，必须百计迭出，采用各式各样的政治谋略，如引矛（暗控）、分治（各击）、环连（机巧）等术，先引发政敌内部的矛盾、摩擦，促进并加速其火拼、内耗；随之再分进合击，或分治，或合击，或围歼，推波助势，使之消耗有生力量；接着，则是使政敌对手就范，束手就擒。或以机巧连环之术，此计受阻而改行彼策，使敌人与其同伙分化瓦解之后，予以歼灭击溃。此计在政治斗争中，本身已经包容诸多计谋策术在内，计计相扣，环环相连，各种手法交替使用与出现，从而富有引发性、推助性、分合性、迫胁性的色彩。

二、机巧环连　运筹制胜心机

连环计在政治斗争中，经常成为政治家、野心家、阴谋家们制敌获胜的惯用手法，虽事例各有不同，手法多种多样，但归结起来，则可分为以下互为关联的三种手法。

第一，引矛暗控，以待彼累，待胜之计在其中。

这种手法的重点是引（发）矛盾，暗控其势，然后再待政敌在内部矛盾的剧烈冲突、火并、斗争中，耗力疲累后，伺机进攻，以夺取胜利。

采用的具体手段，则又有外（促）引、内（化）引、激（发）引、导（速）引等诸多形式。

1. 外（促）引

所谓外（促）引，是对政敌的同伙内部，为加速其矛盾斗争与分化，则由外引入催化剂，促使内部进行激烈矛盾与冲突，施计者则对引入的催化剂（或人或物）进行暗中调控，适时加温促变，使敌人内部矛盾的缺口加速扩大，耗损其元气。待政敌元气大伤与致疲受累后，再乘机加以进攻，使之覆亡。

事例：晏婴外引桃，巧施除恶计

春秋齐景公时，手下公孙接、古冶子、田开疆等"三士"，因为勇猛过人，战功卓著，再加上景公的宠信，横行无忌，人多畏之。著名政治家、齐国相国晏婴，则使用连环计，智除"三士"。

在齐景公接待鲁昭公时，晏婴献上新采摘的桃子。两位国君品尝鲜桃之后，还余下两个，就要赏赐晏婴与鲁国丞相，二人推辞，晏婴便建议给在座有功者食之。公孙接、古冶子抢先争功，将这两个鲜桃吃了。田开疆战功赫赫，其声名远在那二人之上，认为"士可杀不可辱"，功大不能够食桃，一时激愤，竟然拔剑自杀。公孙接、古冶子觉得惭愧，认为无颜面对世人，也拔剑自杀了，没有想到中了晏婴的连环计谋。

晏婴身为齐国的相国，巧借二桃之物，外引政敌三士内部的矛盾，并加以催化、加温，最终竟能以连环之计，除掉三士。这是古代政治斗争中，巧施连环之计，最终克敌制胜的典型事例之一。

在该计的实施过程中，呈现如下一些特点：其一，选时择机准，为清除三个横行无忌的武将，晏婴决定在适当的时机、条件下进行，齐鲁国君见面的宴会，乃是行连环计的最佳时机，因为隆重、热烈，并具权威性，三士都愿意在这种场合下自我表功邀赏。其二，所引外物非常巧，借二桃这个外物，来激化三士内部的矛盾，颇具吸引力、权威性。桃子虽不是什么珍贵之物，但以两位国君所赏，则非同一般，象征着荣誉、名分，代表着功劳、宠信，争而夺之，并不意外。其三，"因矛"暗控的手段精妙。晏婴要以二桃赏赐三士，实际上是制造矛盾，号称以功行赏，就是让他们争功，其实不管是谁，都会认为因争功而不让人乃是一种不道德的行为，三士谁先自杀，都不意外。其四，连环计的权术技高在于巧妙地利用"名节"。名誉与节操是古人最为看重的，为之而死，往往会认为是履行一种道义，三士以死正名，并没有觉得有什么不妥，别人也不会有什么猜疑，只能够感叹而已。这正是晏婴巧施连环计的妙用，既除恶人，又保全自己，还没有得罪景公，可谓是高超精绝。

2. 内（化）引

所谓内（化）引，是指在政治斗争中，敌国之间或敌对集团、群体之间展开较量时，施计者为了实现自己的政治意图，着重从对方内部下手，进行分化瓦解，然后以促使早已存在、潜藏的内部矛盾激化，冲突增加，来耗尽其实力，使之彼累此疲。在这种状况下，再一举达到自己预定的政治目标。

事例：子贡内引成合纵，群雄争战保鲁国

春秋战国之交，群雄争霸，诸侯各国交兵，恃强凌弱、以大欺小，则是常见现象。这种政治格局为连环计的实施，提供了最佳市场。诸侯国为了实现政治意图，或克敌存己，或乱敌利己，或制敌取胜，常常施用连环计。孔子的杰出门生子贡，不但是孔门的佼佼者，也是政坛上的杰出人物。子贡巧用连环计，促成诸侯政治合纵，内引各国内部矛盾，促使他们争斗厮杀，达到保存鲁国的目的。

齐国权臣田常准备派军征讨鲁国。一个"万乘之国"，兵临"千驷之国"，优劣自见，鲁国危在旦夕。为了保全鲁国，孔子派子贡去说服齐国，不要进攻鲁国。子贡凭借卓越的才能，花费十年时间，巧施政治连环计，使鲁国安然无恙。

子贡先抵达齐国，向田常游说："你讨伐鲁国，实在是个大错误！"便详尽、透彻地向田常阐明不能攻打鲁国的道理，要田常以伐鲁之师去攻打吴国。为了安抚齐国上下，子贡提出去游说吴国，让吴国救鲁伐齐，使齐国攻吴名正言顺。

子贡游说吴王，认为吴救鲁，可以扬威于天下，攻齐不但有利可图，而且可以进入中原，迫使强大的晋国屈服，成就霸业。当得知吴王以越王勾践为隐患时，子贡则提出入越游说，以消隐患，要吴王尽管出兵。

子贡来越国游说勾践，开门见山地讲吴国要先攻灭越国，再兴师去中原问鼎之事，要勾践派兵助吴王北伐齐国。这样，吴胜则会问鼎中原，无遑后顾，越可以攻吴复仇；吴败则军力消耗，不再强大，越国仍然可以进攻复仇。勾践采纳意见，派兵助吴，使吴王认为后顾无忧，亲自率军讨伐齐国。

子贡再到晋国游说，讲吴国倾国而出与齐国交战，若是齐国打败了吴国，越国必然随之大乱，吴国亡而齐国胜，必然威胁晋国。要是吴国打败了齐国，必然问鼎中原，将兵临晋国。因此要晋国修造武器，休养士卒，做好打大仗的准备，以晋国牵制吴国、齐国，鲁国则高枕无忧了。

在子贡的游说下，吴国与齐国在艾陵交战，齐军大败。吴军兵临晋国，两国在黄池交战，晋军获胜。越王勾践立即渡江偷袭吴国，由于国内空虚，吴国大部分地区沦陷，吴王因后顾之忧，急忙回师援救，又被晋军追袭。这支久疲之师，长途奔袭，人困马乏，哪里是养精蓄锐、立志报仇的越军对手，三战皆败，被越王围困，吴王夫差自杀而国灭，越国开始称霸。

子贡成功地运用了政治连环计的策略，十年之中，改变了五个国家的命运：保全了鲁国，败乱了齐国，灭掉了吴国，使晋国强盛，又使越国得以称霸。

子贡作为一位负有政治使命的使者，在诸侯国之间，穿梭游说，目的在于保全鲁国。保全之计的上策，是实施政治连环计，其具体手法上，则又以引发诸侯国之间内部矛盾，使之加剧为宗旨。为了使群雄相争斗，鲁国坐收渔人之利，子贡在挑斗之术上，狠下功夫，不但使各诸侯国的国君跃跃欲试，而且在争斗之中处在欲胜不可、欲罢又不能的状态。这些政治挑斗的手法，归纳起来有如下几种：第一种手法是挑拨之术，前往齐国游说，重点是挑拨齐国与吴国的关系，让准备进攻鲁国之师，转攻吴军，这样既可解鲁之倒悬燃眉之急，又可以将祸水引向吴国。第二种手法是鼓动之术，子贡既鼓动吴王夫差救鲁之危，又煽动他诛除讨伐残暴的齐国，以大利可图、问鼎中原为诱饵。第三种手法是晓利之术，子贡对越王勾践晓以生死存亡的利害，让其以兵助吴，胜负均可获利，使越不得不从。第四种手法是警以危害的凶险之术，要晋国做好大战的准备，无论是齐国胜，还是吴国胜，都会与晋国争锋，使他们都无暇顾及鲁国。子贡的连环计，使齐、吴、越、晋都处于紧张争斗之中，乃是一计套四虎，鲁国在坐山观虎斗中，得以自存自保。

3．激（发）引

所谓激（发）引，是指在政治斗争中，敌对双方均为群体性的政治团伙，施计者的一方，为了克敌制胜，运用连环计，以便寻机窥势、巧借隙口，将早已存在于政敌内部的矛盾，加以激发、扩大，从而使此"隙口"成为可乘之机、可图之利，再激使政敌内部自相残杀、相互火并、自我消耗，以达到诛除政敌的目标。

事例：王允激引吕布怒，一石连击三敌鸟

东汉末年，董卓挟持汉献帝西迁长安，自立为太师，把持朝政，专横跋扈，为所欲为。汉献帝初平三年（192）春，董卓任命其弟董旻为左将军，侄子董璜为中军校尉，执掌兵权。董氏宗族及亲戚都在朝中担任大官，就连董卓侍妾刚生的儿子也被封为侯爵，把侯爵用的金印和紫色绶带当作玩具。董卓所乘坐的车辆和穿着的各种衣饰，都与皇帝的一样；对尚书台、御史台、符节台发号施令，也犹如皇帝一样；尚书以下的官员都要到太师府去汇报和请示，俨然是帝君。董卓在郿地修建了一个巨大的堡坞，墙高七丈，厚也有七丈，里面存了足够吃三十年的粮食。董卓认为：

"大事告成，可以雄踞天下；如果不成，守住这里也足以终老。"

董卓性情残暴，随意杀人，部下将领言语稍有差错，当场就被处死，致使人人自危。司徒王允与司隶校尉黄琬、仆射士孙瑞、尚书杨瓒等，密谋除去董卓。王允等商议后，决定施用政治"连环计"，先从吕布下手，加速激化董、吕二人之间的矛盾，使之自相残杀。

中郎将吕布，不仅精于骑射，而且力气超过常人，是董卓的义子。董卓害怕有人害己，以吕布为贴身护卫，对之信任有加。董卓性情刚愎，稍不如意便发火，曾经为了一件不合自己心意的小事，拔出手戟掷向吕布。幸好吕布身手矫健，避开手戟，和颜悦色地道歉，董卓方才息怒作罢，殊不知吕布已经因此生出怨恨。董卓命吕布守卫中阁，吕布好色，与董卓侍女私通，也是心中不安。

王允得知吕布的情况，就想利用他诛杀董卓，却没有想到吕布说："我与董太师乃是父子，如何能够背父？"王允故意激怒云："你自姓吕，与他本没有骨肉关系，如今顾虑自己的生死都来不及，还谈什么父子！他在掷戟之时，难道有父子之情吗？"吕布哑口无言，虽然答应，却没有反董之心，王允则要逼其行动，使其难以反悔。

有一天，汉献帝患病初愈，按例应该庆贺，在未央殿大会朝中百官。董卓再专横，也还是臣，理应入贺。当日，董卓身穿朝服，乘车入朝。从军营到皇宫的道路两侧警卫密布，左侧是步兵，右侧是骑兵，戒备森严，由吕布等在前后侍卫。王允命士孙瑞自己书写诏书交给吕布，让他见机行事。吕布让同郡人、骑都尉李素与勇士秦谊、陈卫等十余人冒充卫士，身穿卫士的服装，埋伏在北掖门。董卓进门，李素举戟刺去，董卓内穿铁甲，未能刺入，只伤了他的手臂，跌到车下。董卓回头大喊："吕布在哪里？"吕布则大喊："奉皇帝诏命，讨伐贼臣！"董卓大骂道："狗崽子，你胆敢如此！"说时迟，那时快，吕布还没等董卓骂完，就手持铁矛将其刺死，并催促士兵砍下头颅。主簿田仪及董卓的奴仆，扑到董卓的尸前，又被吕布杀死。吕布从怀中取出诏书，命令官兵们说："皇帝下诏，只讨董卓，其他人一概不问。"官兵们听后，都立正不动，高呼万岁。百姓们更在街道上唱歌跳舞，以示庆祝。长安城中的士人、妇女卖掉珠宝首饰及衣服，用来买酒卖肉，互相庆贺，街市拥挤得水泄不通。董卓的弟弟董旻、侄子董璜以及留在郿坞的董氏家族老幼，都被他们的部下用刀砍死或用箭射死。董卓的尸体被拖到市中示众。当时天气渐热，董卓因身体肥胖，油脂流到地上，看守尸体的官吏便做了一个大灯捻，放在董卓的肚脐上点燃，从晚上烧到天亮，就这样一连烧了几天。受到董卓迫害的袁氏家族门生们，把早已斩碎的董卓尸体收拢起来，焚烧成灰，扬撒在大路上。郿坞中藏有黄金二三万两，白银八九万斤，绫罗绸缎，奇珍异宝堆积如山。献帝任命吕布为奋威将军、假节、礼仪等待遇均与三公相等，封温侯，与王允一起主持朝政。

当董卓被诛杀时，左中郎将、高阳侯蔡邕正在王允家做客，听到这一消息后，为之惊叹。王允见此状，则为之勃然大怒，斥责蔡邕说："董卓乃是国家的大贼，几乎灭亡了汉朝的统治。你是汉朝的大臣，应当同仇敌忾，而你却怀念他的私人恩惠，反为他悲痛，这岂不是与他共同为逆吗？"便下令逮捕蔡邕，送交廷尉。

蔡邕承认自己有罪,说:"虽然我身处这样一个不忠的地位,但对古今的君臣大义,耳中常听,口中常说,怎么会背叛国家而袒护董卓呢!我情愿在脸上刺字,砍去脚,让我继续写完《汉史》。"许多士大夫同情蔡邕,设法营救他,但没有成功。太尉马日䃅对王允说:"蔡伯喈是旷世奇才,对汉朝的史事典章了解很多,应当让他完成史书,这将是一代大典。况且他所犯的罪是微不足道的,杀了他,岂不使天下士人失望!"王允却说:"从前武帝不杀司马迁,结果使得他所作谤书《史记》流传后世。如今国运中衰,兵马就在郊外,不能让奸佞之臣在幼主身边撰写史书,这既无益于皇帝的圣德,还会使我们这些人受到讥讽。"马日䃅听了王允这番杀气腾腾的话后,退了出来,对人说:"王允的后代大概要灭绝!善人是国家的楷模,史著是国家的经典。毁灭楷模,废除经典,国家如何能够长久?"蔡邕冤死在狱中,而王允后来被董卓的部将夷灭三族。

王允所行政治连环计,既借吕布之手,诛除了政敌董卓;又亲手寻机制造冤案,以同情董卓为名,而消灭了政敌良臣蔡邕,还挟持了吕布,可以假天子之威以行己意,真可谓一石而三鸟,一环而套擒三虎了。通观其施计过程,既周密细致,又步步推移,使其政治意图得以实现。具体用计手法可以分为四个步骤:一是激(发)吕布对董卓的杀身之仇、无义之恨,使之不再犹豫动摇,且离间其义父子关系;二是引(导)参加诛杀董卓的政治行动密谋计划,并做内应;三是动(除),在诛杀董卓的行动中,其他人均配合吕布的行动,使之能保障计划的实现与成功;四是连(株连),在诛除政敌董卓以后,王允又借口蔡邕同情董卓,将其株连治罪。王允除掉最大政敌，顺便消灭另外一个政敌。此举政治目的有二：一是诛杀董卓可以邀功请赏，且博取天下人心、百官信任，受封加官；二是诛杀蔡邕，对反对自己的朝野人士予以警告，倘若有反对者，将同样下场。这是善于玩弄政治权术的王允，借机警告政敌的最为巧妙、最为高超、最为精明的方式，亦可获多效。

4. 导（速）引

所谓导（速）引，是指在政治斗争中，施用连环之计者，为了引发政敌内部矛盾，使之彼此争斗，消耗其实力，在政敌疲累之时，再行进攻，以达到与实现所要企及的目标。这种具体手法，主要是采用"引导"之法，在政敌内部矛盾加剧之后，根据矛盾斗争的发展变化，实施此计者采用将矛盾变化朝着有利于自己的方向"引"与"导"，速其促成之后，或将政敌制服，或将政敌消灭。

事例：司马导引赵王使，相国妙策驭政敌

战国时期，中山国是一个处在强国夹缝中生存的小国，相国司马憙是一位颇有才华和具有谋略思想的政治家，深得中山国君的信赖。这样一位正直、干练的相国，却遭到政敌、国君的宠姬阴简的妒恨和中伤，常在国王身边说司马憙的坏话。阴简的中伤，使司马憙进退维谷，若是公然与阴简作对，乃是与近人争，必不能够胜；要是不进行抗争，阴简会得寸进尺，必欲除掉司马憙而后快。观望当前形势，既要阴简不能够中伤，又要保住相位，在竞争中能够取胜，司马憙则采用"导（速）引"之法，以连环计来制服对方。

有一次,赵国派来使者。对于强大的赵国,中山国当然不敢怠慢,相国司马熹则寸步不离地陪同使者。在招待宴会上,司马熹说:"听说赵国擅长乐舞的美女很多,是这样的吗?"使者说:"也不尽然,赵女徒有其名,并不是都擅长乐舞。"司马熹故意压低声音,神神秘秘地说:"中山国有一位足可使贵国的朝野内外和各位勋贵显戚大吃一惊的美女,就是中山国国君宠姬阴简,不但貌若天仙,而且擅长乐舞。"一番言语,让赵使心驰神往,回国之后便禀告赵王。爱美之心,人皆有之,有此美女,赵王岂不动心,立即再派使者,前往中山国索要美女阴简。按照当时国与国之间的政治惯例,后宫美女,就像珠宝、金银一样,均可作为赠答的礼物。赵国向中山国提出此要求,虽然有以强凌弱的嫌疑,却也符合惯例,中山国没有拒绝的道理。

中山国君不愿意将宠姬拱手让人,却也无法拒绝赵国的请求,只好与司马熹商议对策。若是将阴简送往赵国,司马熹虽然能够少了一个中伤他的人,但也难免没有别人继续中伤,不如将阴简争取过来,以为己用。在群臣议论是否将阴简送给赵王之时,司马熹冷静旁观。若是不将阴简送给赵王,很可能给赵国以出兵的理由,赵强而中山弱,则有可能亡国;若是将阴简送给赵王,中山国君则很难割舍,群臣若是提出应送,也未免得罪国君,而失去自己的官爵。一时间,宫内宫外,都束手无策,也不知道如何才能够打发赵使。

众人皆醉我独醒,司马熹胸有成竹地献策云:"臣下有一策,既可以回绝赵王的要求,又可不触怒赵王,使赵国不再觊觎中山国,可免兵灾之祸。"中山国君急不可耐地讲:"相国有万全之策,可速速讲来。"司马熹说:"诸侯交往,索要妃嫔美女,乃是惯例,但没有索要王后的。若是把阴简册封为王后,赵王则难以索要,我们则没有拒绝,赵国应该会知礼而后止。"中山国君听从了司马熹的建议,赵王也就断了念想,而阴简被册封为王后,对司马熹感恩戴德,不但不予中伤,而且还帮助他说好话。

司马熹的连环计是针对政敌阴简而来,在实施过程中,主要采用了导引政敌内部矛盾发展,转向对自己有利,进而制驭和制服对手。其关键性的策略步骤有三:第一步是向赵王使者透露中山国君宠姬阴简的美貌、才华,使赵王上钩、上套,此为一导一引;第二步是赵王再派使者向中山国君索要阴简,且出语强硬、催逼甚紧,大有不得手便要兵戎相见之势,加速了政敌内部矛盾的激化,此为二导二引;第三步是司马熹在关键时刻解危献策,既使中山国保全,又使阴简得升王后,赵王因此无索要的理由,司马熹则收了阴简之心,还成为济危解厄、解中山国之倒悬的功臣。这样既在政治上、道义上、心理上,取得了巨大的胜利,又将政敌制驭、制服,摆脱了自己在国中腹背受敌、进退维谷的政治困境,此为三导三引。

第二,推波助澜,分治各击,创胜之计在其中。

这种手法的重点是"分"(治),将政敌分而治之,分割瓦解,再加以各个击破,获得预想的胜利。连环计的实施,就是要一环扣一环,关键在于施计者要能巧用政治、心理、权术的战术,使之政敌分开,实行分与治,让政敌自顾不暇,难以互通声气,不能够互为声援,便于各个击破,进而实现既定的政治目标。一些阴谋家惯用此术，采用的具体手段有明分与暗分。

1. 明分

所谓明分，是指在政治斗争中，施用连环之计者，面对群体性的政敌集团，不能一举制胜，立即予以制服，只能够采取名正言顺的公开方式，来离间、分化、瓦解政敌，层层剥离，进行击破。此过程中，又有顺时造势、顺水推舟，将分治政策之波澜加以推助，真正成为壮阔之势。

事例：奸相权施明分计，众直臣连贬降官

北宋仁宗时，吕夷简身为宰相，却把持朝政，以权谋私，且屡屡陷害忠直的臣僚。景祐三年（1036）五月，朝中正直有才干的大臣，天章阁待制、权知开封府的范仲淹，上疏向皇帝言事时，无所回避，大臣权贵们大都憎恨他。范仲淹目睹吕夷简主持朝中政事以来，不断起用提拔其同类、同党、同伙，便向宋仁宗献上《百官图》，指着《百官图》所排列的前后顺序，对皇帝启奏说："这么做是顺序的正常升迁，那么做则不是顺序升迁；这么做才是公正的，那么做则是不公正的，更何况提拔和黜免近臣，凡破格提拔的，不宜全是宰相决定。"请求皇帝明察。吕夷简知道后，非常不高兴，趁仁宗询问有关政事时，便攻击范仲淹。吕夷简说："范仲淹迂腐不切实际，有名无实。"范仲淹听说此事，就写了四篇评论，献给宋仁宗。第一篇是《帝王好尚》，第二篇是《选贤任能》，第三篇是《近名》，第四篇是《推诿》，指称时政的弊端。又说："汉成帝宠信张禹，不怀疑国舅家族，所以招致了王莽之乱，臣下恐怕今天的朝廷中，也有张禹那样的人物，败坏陛下的家法，不可不早加辨识。"吕夷简闻之此事，勃然大怒，又将范仲淹说过的话在宋仁宗面前一一分辩，为自己开脱洗刷，还向皇上控告范仲淹越职越权来陈奏朝廷的大事，并引荐私党同类做官，离间君臣的关系等罪名。范仲淹则前后上疏，予以回答辨析，言辞更加严厉，直指吕夷简营私舞弊。毕竟是吕夷简把持朝政，范仲淹被贬职外放为饶州知州。侍御史韩缜，是吕夷简的同党，见范仲淹被贬官，便马上迎合吕夷简的心意，请求将范仲淹的朋党名单张贴在朝堂，严禁百官越职言事。宋仁宗允准。

当时追究朋党相当急切，士大夫们畏惧宰相吕夷简的权势和淫威，很少有人肯为范仲淹送行的。天章阁待制李纮、集贤校理王质，携酒去给范仲淹饯行，王质还独自留下来和范仲淹相谈数晚。有人因此事来弹劾，王质不予辩解，却说："希文（即范仲淹）是位有贤德的人，能够算作他的朋党，那可是很荣幸的事！"王质曾经担任过蔡州府的知州，蔡州人每年按时祭祀唐藩镇吴元济的庙。王质说："怎么竟有叛逆丑恶的人在庙中享受祭食呢！"派人捣毁了吴元济的像，改立狄仁杰、李愬等忠臣的塑像，加以祭祀，可见其为人与政治品德。

范仲淹遭奸相吕夷简诬陷贬官后，朝中的谏官、御史等人，没有敢为他说话的，只有秘书丞、集贤校理余靖向皇帝奏言说："范仲淹从前上疏言事，说的是陛下母子之间、夫妻之间的事，尚且以为他说的合乎典礼而从优加以奖励；今天竟被指控抨击大臣，而加重谴责。臣下认为，倘若他的言论不符合圣意，就在于陛下听与不听而已，怎么能当成罪过呢！西汉时，汲黯在朝中做官，认为平津侯公孙弘，为人多诡诈奸猾；东吴张昭评论军将，认为鲁肃年少做事粗疏，不够谨慎；汉武帝刘彻、吴主孙权照样任用，没有猜疑。陛下自从亲监国政以来，则三次贬官驱逐上书敢于言论国之大事的人，恐怕这不是太平盛世的善政之举。请求迅速收回对范仲淹贬官的成命。"宋仁宗不但没有收回成命，在奸相吕夷简的煽动下，又将余靖贬官到外地，去监筠州酒税。

宋仁宗在吕夷简的挑唆下，又贬太子中允、馆阁校勘尹洙，为崇信军节度掌书记，监郢州酒税，也被发配外地，其中也有到郢州去负责征收酒税的事务一项。其原因则是他敢于为范仲淹贬官仗义执言。尹洙上奏说："臣下曾经认定，范仲淹为人正直诚实，不歪不邪，情义上既是我的老师，也是我的朋友。自他被加罪以后，朝里多有人说臣下也是被他推荐的，范仲淹既然由于结党营私得罪，那么臣下自然就应当随从处罪，乞求从速降职罢黜，用来彰明国家的大法。"宰相吕夷简见此奏书，十分愤怒，在皇帝面前加以挑唆，也将尹洙贬逐。

由于奸相吕夷简同党高若讷的陷害和出卖，朝廷又在吕夷简的把持下，将敢于为范仲淹遭贬而鸣不平，指责谏官高若讷的镇南节度掌书记、馆阁校勘欧阳修，贬官为夷陵县的县令。

欧阳修遭贬的原因是，吕夷简的同伙、右司谏高若讷，曾向皇帝上奏，告发与出卖欧阳修，奏书说："范仲淹贬职以后，臣下尊奉朝堂上的敕榜，不敢妄加营救。今欧阳修却发出书信给臣下，对我说范仲淹平生刚强正大，通古知今，朝班中没人能和他相比。欧阳修还责骂臣下不能分辨范仲淹无罪，居然有脸面见士大夫，出入朝廷自称谏官，还说臣下不知人间有羞耻事。又说当今天子与宰相因为不合心意放逐贤人，指责臣下不敢进言。臣下认为，贤人是治理国家的依靠，假若陛下由于贤人不合心意而予以贬逐，臣下应该力争。范仲淹不久以前，由于论事确切坦率，迅加进用；现在则肆意狂言，咎由自取，怎能说他无罪！臣下恐怕中外吏民，说天子不合心意贬逐贤人，那造成的损失就不小了。请求命令有关官员，召见欧阳修，加以告诫晓谕，以免蛊惑众听。"接着便将欧阳修的书信上交。正因为欧阳修的书信既激怒了高若讷，更触怒了高的后台奸相吕夷简，所以才招致贬官。

当时，西京留守推官、仙游人蔡襄，曾撰作《四贤一不肖诗》，在京城广为流传。诗云："人禀天地中和生，气之正者为诚明。诚明所钟皆贤杰，从容中道无欹倾。嘉谋谠论范京兆，激奸纠缪扬王庭。积羽沈舟毁销骨，正人夫从奸者朋。主知膠固未遐弃，两辅五马犹专城。欧阳祕阁官职卑，欲雪忠良无路岐。累幅长书快幽愤，一责司谏心无疑。人谓高君如挞市，出见缙绅无面皮。高君携书奏天子，游言容色仍怡怡。反谓范文谋疏阔，投彼南方诚为宜。永叔忤意窜西蜀，不免一中逸人机。汲黯尝纠公孙诈，弘於上前多谢之。上待公孙礼益厚，当时史官犹刺讥。司谏不能自引咎，复将忆过扬当时。四公称贤尔不肖，谗言易入天难欺。朝家若有观风使，此语请与风人诗。"四贤即指遭贬官的范仲淹、余靖、尹洙、欧阳修；而不肖之徒，则是指为虎作伥的高若讷。

短短的一个月内，朝中先后有四位臣子遭谄中计，被贬官外放，这表明奸相吕夷简的阴毒和诡计之得逞，更证明他玩弄的政治连环计的"明分"之术的成功。吕夷简施用此术，有如下特点：其一，以"越职论事"、"离间君臣"、"引用朋党"三大罪名，公开地、名正言顺地向范仲淹首先发难，一举将其贬官出京。其二，对敢于替政敌范仲淹申辩者，一律治罪。先是张榜公布朋党名单，以便杀一儆百,分化瓦解政敌集团,以皇帝之名,"明分"其内,再各个击破。接着,在实行上,又将首鸣不平者余靖贬官。其三,推波助澜,将触怒吕夷简,且请求随范一并治罪的尹洙,加重惩处治罪贬官。其四,利用同党、同伙、帮凶高若讷之手和政治出卖,将仗义执言的欧阳修贬官外放。这样,奸相不仅用"明分"之计,朋党政治圈套之环套住主要政敌、对手范、余、尹、欧阳四人,而且更行分治各击之术,借推波助澜之势,将他们先后贬官,予以瓦解。

2. 暗分

所谓暗分,是指相对"明分"之术而言的。在政治斗争中,施计者往往采用明里佯亲、佯近、佯忠、佯直之态,来接近政敌、对手,随时随地伺机察势,一旦有了机会,便在暗中进行攻击、陷害、诬蔑、中伤,对政敌分而治之,各个击破,且推波助澜,随时就势,落井下石,以分化瓦解政敌及支持者,将其击溃。唐玄宗时口蜜腹剑的奸相李林甫,便是惯用政治连环之计与"暗分"克敌之手的政治老手。

事例:丞相口蜜暗分臣,权奸腹剑陷忠良

唐玄宗天宝元年(742)三月,李林甫被委任为宰相,对于朝中百官凡是有才能和功业在自己之上,受到玄宗宠信,或官位快要超过自己的人,一定要想方设法加以清除,尤其记恨那些由文学才能而进官的士人。李林甫表面上装出友好的样子,说些动听的话,暗中却阴谋陷害,乃是"口有蜜,腹有剑"的人物。

例如,玄宗在勤政楼垂帘观看乐舞,兵部侍郎卢绚以为玄宗已离开,就提鞭按辔,从楼下穿过。卢绚风度清雅,玄宗目送其远去，感叹卢绚含蓄不露的风度。因为李林甫常常用金钱贿赂左右的人，玄宗的一举一动，都了如指掌。李林甫对卢绚的儿子说："你父亲素来有名望，现今交州、广州需要有才能的人去治理，皇上想让你父亲去，不知是否可行？如果害怕远行，就应该降官，否则，只有以太子宾客或詹事的身份在东都任官。这也算是优惠贤者的任命，不知如何？"卢绚听后，十分害怕，就主动奏请担任太子宾客或詹事。李林甫又恐怕违背众望，任命卢绚为华州刺史。到官时间不久，又诬陷说卢绚有病，不理州事，任命为詹事、员外同正，什么实权都没有。

再如，玄宗问李林甫："严挺之现在哪里任命？此人可以重用。"严挺之当时为绛州刺史。李林甫退朝后，即召严挺之的弟弟严损之说："皇上十分器重你哥哥，为何不乘此机会，上奏说得了风疾，请求回京师治病。"严挺之就听从了李林甫的话。李林甫因此奏言："严挺之衰老中风，应该授以散官，便于治病养身。"玄宗听后，感叹不已，只能够任命严挺之为詹事，再改任汴州刺史。河南采访使齐浣为少詹事，二人都是员外同正，一道在东京养病。齐浣也是因为在朝中素有名望，所以遭到李林甫的猜忌。

奸相李林甫运用政治连环之计的"暗分"之术，对朝中政敌百官，进行分治各击时，常看准玄宗的心思与政治举动之机，随其时、就其势，阳奉阴违，两面三刀，进行推波助澜，以使政敌官员们不得不进入他所设置的政治圈套，然后再迫其就范，这一切都是在暗中进行的。李林甫行"暗分"之术，惯用的手法则是采用政治连环计"四部曲"方式：其一，是"暗探"玄宗皇上的好恶，以及可能采取的对政敌官员的任用、升迁政治举措，然后再采取对策；其二，是"暗唆"，如对卢绚之子、严挺之弟弟的名为"关怀"出主意，实为"暗唆"，以使受害者有"咎由自取"之感；其三，是"暗诬"，在皇帝面前，则对准备任用、升迁官员进行诬告，或诬有病，或说有疾，不能胜任，致使皇帝不得一改初衷，打消此念；其四，是"暗陷"，经李林甫的暗算之后，那些政敌不仅不能被升迁、任用，且降为散官闲职，还身居京城，名为"照应"，实际上被暗中监视与控制。李林甫清除政敌、陷害忠良的政治目的，则借用此计与"暗分"之术，逐步得以实现。

第三，迫其就范，机巧环连，制胜之计在其中。

这种手法的重点是"连"（环），即先对政敌施计，加以引诱、招诱、惑诱，使之进入预定设置的政治圈套以后，迫其就范，去其势，夺其威，损其力，耗其志，再用机巧环连之术，或逐步消灭，或加以制服，或连击使之溃，以实现自己既定的政治意图。采用的具体手段，则有计连、套连等。

1. 计连

所谓的计连，是指在制服政敌、对手的激烈政治斗争中，施计者使用计谋与计策，且连连行计、频频出击，从而使政敌在此凌厉的攻击下，不得不就范。与之同时，在制服敌手之后，再实现其预定政治目的。

事例：楚王献地囚张仪，计连激妒靳救张

战国时期，秦惠文王曾要挟楚国，想以武关外的商於之地，来换取楚国的黔中（今湖南沅陵县西）之地。楚怀王为报曾被张仪政治欺骗之仇，向秦索要张仪治罪，对秦王说："我不愿用土地进行交换，只愿得到谋士张仪，便可献出黔中之地。"秦王不忍心以张仪交换，却又垂涎黔中之地，正在左右为难之际，张仪主动请求去楚国。秦王认为："楚怀王因为你前一次曾背弃了割让商於之地六百里的诺言，欺骗而侮辱了他，所以甘愿以黔中之地来换取你，只怕是此行一去，凶多吉少，性命难保啊！"张仪十分从容地说："秦国强大而楚国弱小，我又与楚国的宠臣靳尚十分友好，靳尚正受到楚怀王的夫人郑袖的信任和重用，郑袖所说的话楚王总是听从的。况且我是奉了您的命令和委派，作为使者而去楚国的，楚王怎么敢杀害我？退一步说，即使我被楚王杀害了，但为了秦国而赢得了黔中之地，这也是我心甘情愿的啊！"秦惠文王便派张仪为使者，出使楚国。

张仪到了楚国，立即被楚怀王囚禁起来，打算尽快杀掉，以解心头之恨。张仪朋友靳尚对楚怀王夫人郑袖说："您知道您现在即将在怀王跟前不受重视了吗？"郑袖十分惊讶，询问原因。靳尚说："您想呀！秦王喜欢张仪，必定要想方设法救他出来。现在秦王准备要用上庸六个县的土地贿赂楚王，选聘美女献给楚王，把宫中善于歌舞的美女送给楚王做妾。这样一来，楚王便会看重土地而尊重秦国，也就必定会宠爱新来的秦国美女而疏远您。依我之见，您不如立即向楚王进言，让他放了张仪，他感激你，就会为你效力。"郑袖权衡利弊得失后，听从了靳尚的话，去说服楚王。郑袖说："凡是做臣子的，都是为自己的君主效力卖命，现在黔中之地还没有交给秦国，秦王就派遣张仪来出使，这是对您的极大的尊重啊！您不仅没有以礼相待秦国的使者，反而还要杀掉张仪。这样一来，秦王必然会因为张仪被杀而发怒，肯定会发兵来进攻楚国。请求您让我搬到江南去住，以免得将来被进攻楚国的秦国军队所杀害。"楚怀王听到此言，也觉得杀了张仪得不偿失，便赦免张仪，按照使节待遇接待。

张仪所施连环计中，关键人物和起因是秦王与楚王的土地之争。张仪为使秦国获取楚国的黔中之地，甘愿冒死前往楚国，且用机巧"计连"之术，迫使楚王就范，然后自身也得以赦免，载誉而归。

张仪在对楚王使用"计连"政治攻心术时，采用了如下步骤：第一步，是冒死攻心，楚王急欲报仇，愿以黔中之地换张仪，估计他不敢前往，这样就可留下口实，却没有想到张仪以秦使身份冒死前来，要楚王兑现献黔中之地的诺言；第二步，张仪到楚被囚后，靳尚营救时，利用了郑袖的嫉妒心理，乃是间接攻心；第三步，郑袖听从靳尚的劝告，以失地为损、秦军进攻为由，声言避祸，实是恭维爱好虚荣的楚王，为了不失黔中之地，也不给秦国发兵利用，故作大度地释放张仪，待以使者之礼。张仪巧施连环计，既没有让楚王杀了自己，又索要到黔中之地，使楚王一直处在理亏的境地。

2．套连

所谓套连，是指在政治斗争中，施用政治连环计者，智设若干连环"圈套"，诱使、引使、逼使、迫使政敌与对手，进入圈套，连连中计。施计者不断用招，以迫使政敌就范，进而实现所要达到的政治意图。

事例：张仪巧施套连计，中伤樗里使出亡

樗里子是秦惠文王同父异母弟弟，足智多谋，人称"智囊"。

曾经统兵作战，不断拔城拓地，屡建战功，被封为将军，升为丞相。樗里子身居高位，后台强硬，且聪明过人，却被由魏到秦任丞相的张仪，视为政敌与对手，被其多次使用"套连"之计中伤，不得不长期流亡国外。

秦惠文王九年（前329），魏国人张仪来到秦国，他是善于玩弄政治阴谋诡计、权术的老手，很快地便取得了秦惠文王的信任，次年，代替了公孙衍当权，为秦国的丞相。为了大权独揽，张仪使用政治连环计，将政敌与对手樗里子引入局中，将之排挤出秦国政治舞台。

张仪首先将樗里子派到楚国去做特使。秦楚两国势均力敌，经常在双方交界处进行拉锯战，致使两国关系紧张。樗里子此行的政治目的，就是为了缓和两国的紧张关系。樗里子作为秦使到达楚国，楚王也派特使回访秦国。楚国特使受张仪之托，对秦惠王说："我们楚王很钦敬、佩服樗里子的为人，想要让他做楚国的相国，请您务必应允。"楚使之所以这样提出政治要求，恰是张仪设置的政治圈套，因为张仪力劝楚王"向秦王要求留下樗里子"，声称这样可以使秦楚盟好，且可以得到贤能帮助。

楚王听信张仪所言，让特使向秦王提出请求，张仪则借机对秦惠文王说："听说樗里子作为秦国的使者，到了楚国以后，置大王交给他的任务于不顾，竟然想在楚国当丞相。现在楚王特使来提此事，说明确实真有其事。如果疏忽大意的话，秦国很可能被樗里子给出卖了。"叛国投敌，那还了得，秦王勃然大怒，非但不听楚国特使所请，却催促樗里子火速回国。樗里子闻知秦王恼怒，如何敢回秦国，只好长期亡命国外，等到惠文王与张仪死去，才敢回到秦国，已经是物是人非，不可能在政治上再有作为了。

张仪为清除政敌与对手樗里子，在实施正中连环之计的"套连"术时，所设置的政治圈套有：首先，将樗里子派遣到楚国，此为第一个政治圈套，目的是要让他远离秦国的政治中心和舞台；其次，秘密要楚王留下樗里子做相国，此为第二个政治圈套，以便为诬陷樗里子提供依据；其三，要楚王的使者公开向秦王提出樗里子留楚任相的请求，此为第三个政治圈套，以为中伤提供有利时机；其四，乘楚使的请求提出之机，对秦王晓以利害，并对樗里子进行恶毒的中伤、攻击、诽谤，以激怒秦王，此为第四个政治圈套。樗里子被连环的圈套套住，在张仪的攻击之下，既无法当面对质，更无法辩诬，也就断绝了归秦之路。施计者张仪制驭政敌、清除对手，得以在秦国政治舞台上独舞。

三、统筹全局　智取强攻豪夺

连环之计在政治斗争中使用相当广泛，无论是政治家，还是阴谋家、野心家，为了达到与实现某种政治目的，都会以不同的手法来使用它。在何种条件下使用此计，在什么范围内使用此计，是有着一定规律的。只有在适合使用连环之计的范围里，连环之计才会产生效用；如果在不适宜用连环之计的范围使用，不但达不到预期的效果，反而会因此计而招致灾祸。因此，在中国古代的政治斗争中，政治家们都非常注意连环计的应用范围。

第一，在敌国之间。

政治上敌对国家之间，有国力强大的，有实力相当的，也有国力弱小的，但无论是哪一种敌国，都可以使用政治连环之计。由于敌对之国处于政治、军事敌对状态，彼此之间本来就有着一种相互防范、防备的心理存在，这就要求使用政治之连环之计的一方，具有相当高的水准，既要使敌国能中计上当，还要能使对方就范时不被觉察。

1．弱国对强国的使用

对于比自己国家强大的敌国，使用政治连环之计的关键点在于示弱、示虚、示短，然后引使、诱使、惑使强国上当受骗，待其得寸之际，还其一尺，予以反击、攻打，使之防不胜防，反败为胜。

战国时期，齐国、秦国均属于强大之国，而燕国较之前者，则属于国势相对弱小之国。就在齐宣王辟疆（前319—前301年在位）时期，强大的齐军趁着燕国国丧之际，侵入燕国，夺下数十座城池。燕易王（前332—前321年在位）接到齐军攻城夺地的消息后，请来谋士苏秦，对他说："先生刚来燕国时，先王曾派你出使齐国，成功地促成六国合纵，然而今日齐国背弃盟约，先前不过攻击赵国，现在居然向我燕国出兵，若任其如此胡作非为，那我燕国岂不成为天下之笑柄？当时促合六国盟约的是您，现在委屈您去齐国，万望将掠夺的土地归还我国。"苏秦奉燕王之命，来到齐国，见到齐宣王，却是"俯首以庆，仰首以吊"。此中的"庆"，是向齐宣王祝贺，由于侵燕战争，使得齐国的领土又进一步扩大。此中的"吊"，是向宣王诉说，齐国的命脉将从此断绝。

这祝贺、哀吊,一前一后接踵而至,齐王一时竟也给弄糊涂了,便求教于苏秦。苏秦讲:"大王应该听说过这样一句话,即使人在垂死边缘,也不会笨到去吃乌喙(一种草莓的名称)。因为吃了乌喙,只会加速死亡的步伐。燕国虽然只是个小国,但燕王与秦王之间有亲戚关系,如今您夺下燕国领土,则贵国今后势必与秦国成为仇敌。如果强秦做了燕国的后盾,大举进攻齐国,那齐国不就像垂死的人吞食乌喙一样吗?"

齐宣王脸色一沉,因为说到其担心之处。苏秦接着说:"自古以来的成功者,都知道'转祸为福,转败为胜'这句话的道理,所以我认为大王如果能把从燕国夺下的土地,交还给燕国,则是最佳的解决办法。如果把土地归还给燕,燕王必定大喜,秦王也会很高兴,你们便可尽释前嫌,结为亲家。之后再找机会让燕、秦臣服于齐,燕、秦两国一旦臣服,则其他诸侯也必先后来归。今日你虚言服秦,放弃燕国那点小土地,乃是为将来的天下霸业奠基。"苏秦凭借三寸不烂之舌,使齐宣王交还了燕国土地。

苏秦是战国时期著名的政治家、合纵家,为了抵御强秦的侵犯、吞并,联合六国以御秦。在为燕易王夺回被齐宣王乘机所夺去的土地过程中,使用了连环之计的显计与隐计。所谓显计,是对齐王的一"庆"一"吊",使之落入套中,不能自拔,而急欲出圈脱套;所谓隐计,是苏秦对齐王此举的得失利弊分析,明示揭晓,认为很可能引起强秦的来犯,使燕秦联合起来,若是退还土地,既可以使秦王心服,又可以使燕王大喜,彼此因为是亲家,燕来服,秦必来服,诸侯来服,齐国霸业可以重建,威逼利诱,终于使齐归还燕国之地。

2. 强国对弱国的使用

强国对弱国使用连环之计，主要是采用常见不疑、佯弱隐强的手法，其所要达到的重点，则是让弱国失去必要的戒备之心，然后寻其有利时机，设置圈套，让其中计就范。

晋文公重耳颠沛流离十九年，终于成为晋国国君。晋文公对内拔擢贤能，对外联秦合齐，继齐桓公之后，成为春秋五霸第二个霸主。其对弱国施用的连环计，颇有特色。重耳在流亡之时，受到各国不同的待遇，在卫遇到绝粮，在曹受到偷窥，此时兵强马壮，可以复仇之名，进攻弱国。先是晋文公要攻打曹国，便派使臣向卫借道，卫国君臣害怕晋国"假途灭虢"，拒绝所请。晋军兵临城下，迫使卫国人驱逐卫成公。晋文公以此责怪鲁国，鲁僖公杀死公子买以谢罪。晋文公舍鲁而攻曹，曹共公知道楚军来援，拼命抵抗，竟然将晋军阵亡的将士的尸体悬挂于城楼之上暴尸，晋军则将曹人祖坟挖出来晒骨。曹人哀求晋军，愿意以晋军尸体交换祖宗之骨。晋军借机偷袭，攻破城池，俘获曹共公。为了安抚各弱国，晋文公赦免曹共公，使之复国。在城濮之战打败楚军之后，晋文公以周天子之命，召集诸侯会盟，齐、宋、鲁、蔡、郑、卫、莒、陈、邾均来会盟，推晋文公为盟主。

晋文公在征服各国的过程中，不断施用连环计，如伐曹而假道卫，攻卫而怪罪于鲁，拒楚而压宋，一环扣一环，使诸侯国纷纷臣服。晋文公在位，前后征服齐、秦、宋、郑、卫、鲁、陈、蔡、莒、邾等国，成为霸主，则有赖于连环计策的成功。

第二，在君臣之间。

中国古代，基本都是处在君主专制中央集权统治之下。在这种状况下，国家是以君主为中心的，"朕即国家"，君权、皇权高于一切，凌驾一切之上。从中央到地方的层层控制的统治机构，都不过是君主实行统治的工具而已。然而，作为不同的权力集团、官僚阶层之间，虽有上下尊卑之别，有着某些共同的政治利益，需要加以维护外，在权力与财产的分配上，也会因某些不均而造成矛盾和冲突，这是必然的现象。水能载舟，亦能覆舟。君权、皇权需要臣权、相权加以维护，而后者则依靠前者得以行权用势。这二者之间，亦有诸多矛盾，君主为了制驭臣下，臣下为了愚弄支配君主，都要在政治上交易，进行明争暗斗。这一切则为政治连环之计的实施，提供了广阔的市场。

1. 君主对权臣的使用

在一般的情况下，新君主即位以后，朝中会存在着反对势力，有的来自先朝的元老重臣，有的则来自王族内部的觊觎王位者。后者有王族的血统与强大的政治势力，手中也有权势与一定的政治号召力。在这种情况下，新君主为了消除政治上的隐患和大敌，也为巩固自己的统治地位，往往采取"智取"而非"硬攻"的方式，来达到这一目的。在"智取"的方法中，连环计的使用，则是常施的政治伎俩之一。

前743年，郑庄公寤生即位，其生母姜氏时时刻刻都在算计着如何废除庄公，立其爱子共叔段（即庄公之弟）为王。手中握权的共叔段，虽不得不向庄公称臣，却也跃跃欲试，想与姜氏里应外合，互相勾结，完成夺位计划。母子合伙制定了袭郑篡位的密谋。庄公对此早已觉察，获悉他们密谋之后，并没有采取断然措施，毕竟阴谋尚未完全暴露，若是过早动手，不但会得到不能够容弟之名，还会得到不孝的罪名，故此郑庄公静观其变。

郑庄公与大将公子吕为了消灭政敌、粉碎争夺爵位的共叔段、姜氏所发动的政变，便实施连环计，设置了一系列的政治圈套予以制服。这些迭出的计谋有：其一，"诱敌计"，以佯称去周王室当差，故意留下政治空白之区，以引诱政敌出笼上钩；其二，"扰敌计"，当截获阴谋叛乱的密信后，公子吕便派士兵扮作商人，混迹于共叔段的封地京城之中，在城楼放火以扰敌自乱；其三，"伏敌计"，郑庄公在鄢城附近埋伏重兵，公子吕则在共叔段封地京城附近设下埋伏，以里应外合，伏击叛乱；其四，"合击计"，当共叔段离开封地京城不久，城楼燃起大火，公子吕趁机夺下此城，待共叔段回援时，军中大乱；共叔段去攻鄢城，又遭郑庄公的伏击。当共叔段逃回封地京城时，又受到郑庄公与公子吕的两面夹击而兵败，只好自杀身亡。郑庄公终于除掉了政治上的强劲对手，解除心腹之患。

2．权臣对君主的使用

权臣与君主之间，既有共生共荣的关系，又为了权力和财富的分配、利益的大小，引起矛盾和冲突。许多权臣为了保住自己的权势地位，往往取悦、献媚于君主，以取得信任，再利用信任来达到自己的目的。胡人安禄山，便是一个外愚内精，颇有政治头脑、善于伪装与玩弄政治阴谋诡计的老手。安禄山先是千方百计讨好唐玄宗与杨贵妃，获得信任以后，逐渐获得兵权，得以暗中发展自己的势力，以便发动叛乱。

安禄山是营州地方的胡人，原名阿荦山，母亲是女巫。父亲死后，带着安禄山嫁给了突厥人安延偃。适逢突厥部落败散，就与安延偃的哥哥的儿子安思顺逃到幽州，冒姓安氏，名叫禄山，因为通六国语言，就做了互市牙郎（即汉胡之间进行互市贸易时的中间商），因为以勇敢著名，被幽州节度使张守珪招为捉生将，常常带着数名骑兵出去，每次都能够擒获数十名契丹人，因此深受张守珪的喜爱，收其为养子。

天宝六载（747）正月，唐玄宗任命安禄山为范阳平卢节度使。这位体重三百余斤，肚子能够垂过膝盖的安禄山，外表看似愚笨老实，内心十分狡猾，常令部将刘骆谷留在京师长安刺探朝廷的动向，时常向朝廷奉献俘虏、杂畜、异兽和珍宝玩物，以讨皇帝的欢心。安禄山在玄宗面前应对敏捷，常常还夹杂着一些诙谐幽默的言语。玄宗曾经开玩笑地指着安禄山的肚子说："你这个胡人肚子中有什么东西，竟然这么大！"安禄山回答说："没有什么东西，只有对陛下的一片赤心！"玄宗又曾让安禄山去见太子，他见后不跪拜，却说："我是胡人，不懂得朝廷中的礼仪，不知道太子是什么官？"玄宗说："太子就是将来的皇上，朕去世之后，代朕做皇上统治你的就是他。"安禄山说："我愚蠢，过去只知有陛下一人，不知还有太子。"不得已而跪拜。玄宗以为安禄山赤胆忠心，格外优宠。玄宗曾在勤政楼设宴，百官都坐在楼下，却单独为安禄山在楼上设座，使之坐在靠近皇帝之处。玄宗命杨铦、杨锜、杨贵妃三姊妹等，与安禄山兄弟姊妹相称，其进入宫中却奏请要做杨贵妃的儿子。玄宗与贵妃在一起，安禄山先拜贵妃。玄宗问为什么，安禄山说："我们胡人的习惯是先母而后父。"借此讨玄宗与贵妃开心。

天宝十载（751）正月，玄宗命令在长安亲仁坊给安禄山建造宅第，务求奢华壮丽，不计钱财。安禄山住进新建的宅第后，设置酒宴，并请求玄宗下敕书让宰相至宅第赴宴。这一天，玄宗原来准备在楼下击毬，居然取消了游戏，命令宰相去赴宴。又每天让杨家的人与安禄山选择风景优美的地方游玩宴会，让梨园弟子和教坊乐队陪伴。玄宗每吃到一种鲜美的食物，或者在后苑中猎获了鲜禽，都要派宦官骑马赐给安禄山，以至走马络绎，不绝于路。正月二十日，安禄山生日时，玄宗与杨贵妃又赏赐给安禄山许多衣服、珍宝器物以及丰盛的酒菜食物。过了三天，又把安禄山召进宫中，杨贵妃用锦绣做成的大襁褓裹住安禄山，让宫女用彩轿抬起。唐玄宗听见后宫中的欢声笑语，就问在干什么，左右的人说是贵妃为儿子安禄山洗身。玄宗亲自去观看，十分高兴，赏赐给杨贵妃洗儿金银钱，又重赏安禄山，尽兴而散。从此安禄山可以自由出入宫中，不加禁止，有时与杨贵妃同桌而食，有时一夜不出宫，宫外许多人都知道这些丑事，玄宗却不知道。

天宝十四载（755）十月，一身兼任三镇节度使，阴谋准备、厉兵秣马酝酿近十年之久的安禄山，终于举起反叛的大旗，纠集三镇军队及同罗、奚、契丹、室韦兵共十五万人，号称二十万，在范阳起兵反唐。安禄山之变不仅给唐朝社会带来破坏和灾难，而且是大唐帝国由盛转衰趋亡的重要转折点。

安禄山虽为胡人部将，但具有政治头脑，将自己的全部聪明才智，施于政治斗争之中，善于权术与玩弄阴谋诡计。在长达十年的叛乱准备活动中，一方面为唐王朝镇压平定敢于反抗朝廷的边民部族，立下了汗马功劳；另一方面，则是使用连环计，百计迭出，施展各种政治本领，来巴结、讨好唐玄宗与杨贵妃，以此揽权、受宠、获恩，集聚政治军事经济实力，痹敌、懈敌，然后一朝反叛，终致初期锋芒极锐，攻城夺地，甚至逼使唐玄宗仓皇出逃，入川避乱。安禄山为了取信玄宗与杨贵妃，以获取更多朝廷的信息与情报，施用的计策有：其一，"表忠计"，安禄山一面派亲信在长安，打探朝廷动静；另一方面，又每年进贡、献俘，且转输之人，不绝于道，以此假象向朝廷表忠心，来麻痹政敌。其二，"献诚计"，当玄宗问其大腹时，他则戏称肚中全是对陛下一片赤心，以假献其诚心，讨好皇上。其三，"苦肉计"，见太子故意不拜，称为胡习，待玄宗释其地位时，则又假称只有陛下一人，不知还有太子。以此反常故作苦肉之策，更反衬出自己只忠于玄宗一人而已，以收取悦讨欢之效。其四，"讨欢计"，安禄山见杨贵妃后，先拜贵妃，以行讨欢之策，且又奏请做杨贵妃的儿子，认其为母，认玄宗为父，且因玄宗宠信杨贵妃有加，故安禄山此举更可收共讨欢于玄宗、杨贵妃之效。其五，"显威计"，安禄山豪华住宅落成后，要宰相与百官来赴宴，以显其政治威势和特殊政治地位。其六，"寻宠计"，安禄山生日时，玄宗与杨贵妃的种种娇宠之举，使安更得意忘形，且获自由出入宫中、不受禁止的特权，致使其身兼范阳、平卢、河东三镇节度使，手握大权与重兵，最终起兵反叛。

第三，在臣僚之间。

在君主专制与官僚政治下，官僚之间的"利"与"害"是同时并存的。作为官僚群体，他们在对付皇权与民众方面，有共同的利益，有需要维系的一面；但在另一方面，在权益、官职的分配、升迁、得失上，往往又因不均、不衡而发生激烈的冲突与斗争。连环之计的施用，百计并施的策略，则均是为着实现既定的政治目标服务。不少政治家、阴谋家、野心家，为着权势的争夺和官位的升迁，多采用此计对付同僚政敌、竞争对手而获胜。

元和年间（806—820），唐宪宗认为天下已日渐安定太平，心思便移到了纵情娱乐声色方面上来。池台馆舍越修越雄伟高大，殿阁楼宇更加富丽堂皇。大臣中心怀叵测、早窥相位的程异、皇甫镈，探知唐宪宗的心思想法后，便屡次上供进献赋税羡余银两，以为大兴土木之费。因此，唐宪宗独排众议，任命他们为宰相。皇甫镈知道自己不得人心，便更加以巧媚皇上来巩固地位。皇甫镈奏请削减内外官员的俸禄，以补充支付国家用度。唐宪宗为此下诏实行，被给事中崔祐封驳回去，认为这样将引起众怒，宪宗只得作罢。

唐宪宗把宫中清理出的积年压库的东西，交给度支尚书进行估价后变卖，但这些东西早已陈朽不堪，根本不能使用。皇甫镈为了讨皇上的欢心，竟然高价购买，发给守边官军充饷。这些绫罗绸缎却早已糟朽不堪，风一吹，手一摸，便纷纷断裂或成为粉末状，哪里还谈得上使用呀！守边官军们十分抱怨和愤恨，把这些根本就不能穿用的糟朽绫罗绸缎，都聚积在一起，用一把火将它们烧毁。大臣裴度上奏，讲到守边官军为何焚烧这些绫罗绸缎，乃是不堪使用，反而怨恨皇帝。皇甫镈在朝堂指着自己的靴子说："这只靴子也是从内库里清理出来的，我用自己的俸钱二千钱买下来穿用，这靴子便十分结实耐久。那些军士兵丁们所说的内库清理出来的东西不能用，显然其中有诡诈不实之处。"唐宪宗信以为真，便不相信裴度所言。裴度乃是朝廷的重臣，带兵讨伐叛乱，立过大功，就是因为这些库藏绸缎之事，得罪了皇甫镈等人，被发往太原去镇守边关。

要想专权邀宠，就要排斥异己，皇甫镈与李逢吉、令狐楚勾结在一起，容不下有声望的大臣。如宰相崔群，极有声望，上书直言时政，毫不隐晦，时常指责皇甫镈等为奸作弊，不免引来怨恨。当时皇甫镈鼓动群臣给宪宗上尊号，宰相们在讨论加上何字时，肯定会有一些分歧，所以才议论。皇甫镈背着众宰相，直接上奏云："昨天群臣们在一起商议皇上徽号，但唯独崔群一人不同意给陛下徽号中加上'孝德'两个字。"以此激怒宪宗，下旨将崔群贬为湖南观察使，将之赶出京城。为了固宠，皇甫镈向唐宪宗贡献方士、僧人，以长生不老之术来邀宠；重金收买唐宪宗宠信的中尉吐突承璀，使之为内援。这一连串的计谋，使皇甫镈的宰相位置稳固，不但能够独揽大权，而且能够操纵政务，还能够结党营私。

皇甫镈出身进士，历任监察御史、吏部员外郎、判度支、户部侍郎等官，能够爬上宰相的位置，对同僚臣下文武百官，进行排挤、陷害；对皇帝则千方百计进行献媚、取悦、讨好，乃是政治上的连环计。其对上用"软"的一手进行欺骗；对同僚官吏与政敌，则主要采用"硬"的一手，进行诬陷、打击、排挤，且此计穷而彼计生，以达其预定政治目的为止。在实施政治连环计的计谋则有：一是"巧媚计"，当皇甫镈探知要大兴土木，以供玩乐时，便屡次上贡、进献赋税羡余银两，以此"巧法"取媚于宪宗，讨得欢心，终使官位上升至宰相之位；二是"嫁祸计"，排挤、诬陷直臣、战将、政敌裴度。皇甫镈为讨皇上欢心，除用高价购得宫中积年库存朽物外，还故意发给守边的将兵与士卒。结果，裴度上奏朽物被怨愤官兵焚烧的原因经过时，皇甫镈又在朝上乘机诬陷，以嫁祸于裴度，致使裴度被排挤出京城而去外地镇边；三是"中伤计"，对政敌、素有声誉、人望的宰相崔群，皇甫镈为除掉他，早已候机已久，乘给宪宗加徽号之机，进行中伤，以激怒皇上，然后，借皇上之手，名正言顺地将崔群逐出朝廷，贬官外放；四是"邀宠计"，皇甫镈向宪宗引荐方士、僧人，贡献长生不老之药与万寿之术，贿赂深受宪宗宠信的中尉，以为内援，既为向皇上邀宠请功，更为自己在政治上得势专权与结党营私开辟了道路。真可谓四计兼行，软硬并用，且实施后，兼收数利，得到政治连环计的实效。

四、海纳百川　集众长以补短

连环计是败战计之第五计，乃是败战已经达到转胜的意境，具有海纳百川的融汇性、此消彼长的变幻性、百计迭发的持续性。这些特点的存在，使它既不可能为他计所取代，且能够集众计之长、以补本策之短，也就决定了此计的应用范围十分广泛。总结起来，这种计谋在政治斗争中的应用有如下基本特点。

第一，就连环之计在政治斗争中应用目的而言，具有引发性、迫胁性的特点。

所谓引发性，是指连环之计施用者，面对众多敌壮势威的对手，不能强攻，更不能硬拼，必须内外结合，软硬平兼施。采用多种计策与谋略，将政敌分割瓦解，或引发其内部矛盾，使敌人内部自耗、自战、自累，再乘敌疲之机，予以削夺与消灭。恰因如此，在施计时，不仅手法有多种变换，而且具有连续性与环结性，才能积小胜为大胜，积单胜为多胜，积时胜为连胜。这样一来，每一计策的使用与实施，实际上均会引出、续发新的计策，以推动、完成总体克敌制胜的目的。如奸臣行媚上计讨好皇上，则为了夺权、得势，或行其清除政敌的诬陷计、嫁祸计，开辟道路，最终能够连续胜克政敌，攫取权势。

迫胁性也是实施此计的重要目的性之一。在实施连环计的过程中，施计者本身面对强敌势众者，要以计取胜，是以连续而手法多变的计谋为本，争取转换为胜利，一是要有周密的计划；二是要有审时度势的能力；三是借助有利于己的机会和条件；四是本身应具备一定的依托后盾与实力才行。特别是最后一个条件，无论是政治家、野心家或阴谋家，在施行连环之计，以达到其既定政治目的时，多是借助君主及上级的支持、鼓励、宠爱、恩遇，拉大旗作虎皮，或假传圣旨，或借助尚方宝剑之神威，才能够将政敌制服，面对其他准备抵御的政敌群体、帮伙、集团，或潜在的对手，也要杀一儆百，充分发挥连环的功效。连环计所达的政治迫胁性目的，乃是通过摧毁政敌而显现出来。

第二，就政治连环之计在政治斗争中的作用而言，则具有推助性、分合性的特点。

所谓分合性，是连环计施计的对象是群体的、互为关联的政敌，也具有集团势力，是强劲的对手，既有一定的利益联系，也有政治警觉性。在这种情况下，对方也不会坐以待毙，同样也会施计反击和进攻。政治斗争中多变的形势，敌对双方力量的对比，使施计者不得不量力而行，在把握各种诱发性与偶然性因素的基础上，采用多变的手法，予以分进合击。连环计的百计迭出的技巧，不但适合分化瓦解政敌，而且适合各个击破，收到攻其一敌而威慑众敌的效果。连环计的环环相扣，常常能够造成政敌自防、自惊、自扰、自困，以至于顾此失彼。施用者利用这个机会，在政敌内困、自耗、自损、自累，难以解脱困境之时，予以分而治之，连续不断地予以制服或战胜之。

至于推助性的作用，乃是建立在分合的基础上。由于施计者对政敌对手集团不断进行分而治之的打击，促使政敌分化，也就有利于合击，在扩大战果的同时，从总体上战胜政敌对手。连环计也不是没有漏洞，在连续用计时，也会暴露自己，进而受到各方面攻击，故此计追求自保方面多，战胜方面少，这也是败战计总体的特点，将自己处于败者的地位，就能够清醒地发现胜机。

第三，就连环之计在政治斗争中的影响而言，具有直夺性、广泛性的特点。

作为政治斗争中常见和颇为有效的手段，连环计具有很高的直夺性影响和效应。它不仅表现在手法的实效上，还表现在实用上。所谓的直夺性，即是指这种计谋非常适用于多种政治斗争，无论是强者，还是弱者；无论是政治家，还是野心家、阴谋家，都能够运用这种集多种计谋于一体的连环之计，来达到和实现自己的政治目的，而且很容易收到实效。恰是政治斗争中，敌对政治势力集团往往在长期酝酿之后、矛盾聚积到一定程度，到了"决战"、"决胜"和总"爆发"时，政治连环之计的功效才非常显著。实施过程中，施计者在评估双方态势后，从后盾、依托者那里寻求到强大支持，便对政敌集团采取多变、多计、多谋、多策的明攻暗算、阳分阴解，使之处于被动挨打之后，在其内部激变，自残自伤，或各自为战时，再加强攻击，一举夺得全局的胜利。故这种胜利是直接的、逼夺的、智取而来的，影响也是重大而直接的，颇具威慑力和直取夺胜的震撼力。

连环计在政治斗争中的广泛性影响，是从此计应用本身的声势、规模、目的、效应、影响等方面生动地体现出来的。敌对政治集团的大规模斗争与使用政治连环计所行的决战决胜，多在历史的关键时刻、转折关头出现、进行。因此，政治家们运用得当，可使国存政清；如果奸臣、野心家、阴谋家施计得逞，则可暂时改变政治实力的对比和社会的发展势头，给社会带来巨大灾祸和消极影响。唐代的诸多实例表明了此点。正因如此，各国之间，帝王与权臣之间，官僚之间，敌对政治群体之间，为着自身的权势、利益和生存，为着消灭、制服、战胜政敌，广泛采用此计的诸多手法，进行仿效和应用，致使连环计本身在政治斗争中影响广泛而深远，且继起使用、仿效者代不乏人。

第四，就连环之计的政治心态与智道效应而言，具有迫胁心理（分合以击）、连锁效应（多米诺骨牌）的特点。

在实施连环计过程中，有着行计时间长、涉及面广、手法多样、连续施用的特点，这就要求施计者必须具有相对强劲的实力，才能给政敌、对手以心理压力与攻势，使之感到"威胁"、"逼迫"，却又不得不迫行就势，中计受制，受到分合以击后，甚至自相残杀与内耗，更给敌以有利之机、可乘之隙。这对施计者来说，则是取胜的基本心理保障条件之一。至于其连锁的、多米诺骨牌式的智道效应，则是通过连环计实施的阶段效应（点线式）和总体效应（平面、立体式）上的必然趋势、态势而体现出来的。

走为上

——全师避敌 志在以退为进

本计云:"全师避敌。左次无咎,未失常也。"其大意是:保全自己,避开强敌,寻机待变;虽为退却,并没有失去战胜之道。"走为上"一语出自《南齐书》卷二六《王敬则传》:南朝宋亡之后,萧道成称帝,是为南朝齐。在齐明帝时,王敬则以萧道成的辅国将军的身份起兵反叛。明帝病情加重,危在旦夕,明帝之子萧宝卷准备逃跑,有人将此情报告王敬则,敬则认为萧宝卷此时逃跑,是上策,便说道:"檀公三十六策,走为上计。"再检《南史》卷一五《檀道济传》,其中记载道:元嘉八年(431),到彦之侵北魏,已平定河南,北上征讨,转战至济上,北魏军势强盛,遂攻克滑台。道济与北魏交战三十余次,多获胜利。因远征师劳,粮草难以为继,待军马进至山东历城,粮草已尽。此时有投降的南朝刘宋军士将此情告知魏将,于是士帅忧惧,毫无斗志。道济决定退军,一走了之。为了迷惑魏军,便来了个"唱筹量沙",即命令军士以沙当粮,一边过秤,一边高喊所称的数量,最后把剩下的少量粮食撒在沙滩上。待到天亮,北魏的侦探远望,看到刘宋军粮食还有很多,回报主将,不敢贸然追击,又以投降的刘

鸡鸣狗盗为逃生，狡兔三窟留走地

宋军士谎报,全部斩杀。道济安全而归。另外,据《战略考·南宋》记载,毕再遇与金兵对垒抗击,由于金兵势力强大,宋兵力弱势单,毕再遇便趁夜色浓重,全军撤退,只留下旌旗在阵地上迎风招展。不仅如此,还在撤前,把羊倒挂起来,两只前蹄放在战鼓上。羊倒挂难受,前蹄不停踢动,战鼓随之咚咚震响。金兵将领听到鼓声,以为宋军仍在守垒备战。不久,因羊气绝,鼓声停止,此时金兵将领才发觉上当,想派兵追击,无奈毕再遇已率兵远走高飞了。自王敬则一语一出,流传极广,《水浒传》《元曲》中亦有引用,诸如"三十六着,走为上着"、"三十六计,走为上计"等。

此计实为兵法所说的"强而避之"的策略,《孙子·虚实》载:"退而不可追者,速而不可及也。"《始计》又载:"强而避之。"《吴子·料敌》载:"四邻之助,大国之援,凡此不然敌人,避之勿疑;所谓见可而进,知难而退也。"《应变》有载:"不胜速走"、"退还务速"。其意相同。

一、全师避敌　反败为胜之机

走为上也是从《周易·师卦》逻辑推演的计谋,"师卦"六四爻象辞:"左次无咎,未失常也。"意思是说:六四爻,军队撤退暂避,免遭失败之害。《象传》认为"师"是"众","能以众正,可以王矣。刚中而应,行险而顺,以此毒天下,而民从之,吉有何咎矣。"由此,可推演出此计在政治斗争的可能和结果如下:

本计中心为走,把握走的时机和目的,自然是吉而无咎的事。

走不仅仅追求无咎，而是为了东山再起，其为败战计之末，正是从败到胜的转机。

第一种，使用者必须掌握走的时机，也就是符合当时的形势，把握走的规律，自然是无咎之事。否则，必是凶事。

第二种，使用者在走之时，没有丢掉自己的主干力量，有此力量犹如得天之宠。此爻为刚，以刚为上，故利有大的动作，有功则吉，无功而凶。此为两变卦，刚则吉，柔则凶。

第三种，使用者在走之时，自己的力量受到损失，这本是凶险之事。然而，本计有行险而顺的变化，逢此情况，应注意时机的转变。此为四变卦，亦即伤众而不能走，走更易伤众，伤而走入险地，伤而化险为夷。其向好的方向发展，是能够等到时机，败中取胜。

第四种，使用者面临的是被政敌吞灭的危险，以退为进，以守为战，自然没有过咎。此爻为八变卦，即在退守中的多种可能。善退者，退亦进也；会退者，退而保全也；能退者，退而伤众少，逼退者，退而伤众多。善守者，守亦战也；会守者，守而能自全；能守者，守而不失其要；逼守者，伤而不害其本。可见在有利的情况下，退守也是争战之道，故无咎害。

第五种，使用者在走之时，于路上设下埋伏，为将敌引入埋伏之内，这就需要大张旗鼓，诱敌上钩，这是无过咎之事。若敌主离埋伏地尚远，即大肆声张，不但不能将敌引入埋伏之内，自己还会受到损失，故贞凶。此爻为十六变卦，说明在退走中谋战敌方的复杂多变，其成功失败都在变化之中，必须见机行事，掌握制胜的时机。

第六种，以退为进，以守为攻，是走为上计的根本。要用此道制胜，处事须要严密。使用者欲得开国兴家的大功，必须要处事严密，做到谋不外泄，才能掌握制胜根本。要做到谋不外泄，就不能用小人，因为小人（或庶民）众多，最不容易保密，尤其是在败战的情况下，小人多趋利而附强。此时上爻为三十二变卦，中间变换最多，因为谋必有人同议，议而不使其泄，个中手段有着许多不可思议之处。

本计用于军事上，是以退为进，在不利的情况下，避开强敌，在走当中寻找敌方的弱点，这是用兵之常道。一般来说，弱者面临强敌，与之决战则易自灭；如不决战，敌必相攻。要想保全自己，避免与强敌相拼，一是投降以全师，但这只能保全一时，不能保之长远；因为降后的主动权在敌方，秦坑赵卒四十万，项羽坑秦卒二十万，血的教训在，降非上策明矣。二是求和以全师，但这不是单方可以决定的，再者，劣势求和，优势者必然平添许多苛刻条件，其丧权辱国则在所难免，当然也不是上策。三为退却以全师，这是败方可以做出决定的事，全师以退，虽不免要失去一些利益，诸如土地财物等，但留得青山在，不怕没柴烧，有全师在，反败为胜的机会总会有的，故为上计。

本计用于政治上，则主要是针对身处劣势的一方，首先是保存自己，其次是战胜对方。在政治斗争中，处于劣势的一方，如何避强待机，在保全自己的同时，寻找胜敌的途径，这是败中取胜的最佳计谋。

走为上计是在政治斗争中常用的计谋。在政治家、野心家、阴谋家当中，善于应用者，则保全自己，寻机取胜，此为求胜而走之道;不善于应用者,则难免被强敌所欺,难以振奋,此为失败而走之道;善于应用,而且能够把握住走和战的时机,此为争胜而走之道。

综上述六种情况,可以看出走为上计在使用中多变的特点。不论其怎样多变,都是以"刚中而应,行险而顺"为根本的。本来,败战是在不利的情况下出现的。本计以《周易·师卦》为推演,在于其五爻为阴、一爻为阳,充分体现中国古代的"力不足而谋补之"的认识。

二、以退为进　谋求全胜之道

《荀子·修身》云:"君子之求利也略,其远害也早,其避辱也惧,其行道理也勇。"也就是说,君子在求利时不斤斤计较,其对危害能早早躲避,其对侮辱有较高的警惕性,其勇于去做合乎道理的事。能够躲避危害侮辱,不计较小利,而勇于按道理行事,这是使用走为上计的必要前提。

在复杂尖锐的政治斗争中,作为政治家尚且存有害人之心不可有、防人之心不可无的观念;野心家和阴谋家们则不免"上与之欺主,下与之收利侵渔,朋党比周,相与一口,惑主败法,以乱士民"(韩非语)。似此也就决定政治斗争的复杂多变。为能够在政治上谋得立足之地,摆脱自己的不利地位,作为败战计的走为上计,则成为政治家、野心家、阴谋家们首选的计谋。

在政治斗争中,政治家、野心家、阴谋家们处在不利的情况下,为了改变当前的处境,往往采用走为上计,这是因为本计的

潜龙勿用日乾乾

本旨在于从走之中寻求改变不利的处境。所谓的走,不是逃跑。

意大利著名作家拉·乔万尼奥里在《斯巴达克斯》一书中,描写角斗场上的斯巴达克斯时,有这样的一个情节。三十个色雷斯人和三十个沙姆尼特人进行角斗,经过两个多小时的生死搏斗,只剩下一个色雷斯人(即是斯巴达克斯)和四个沙姆尼特人,其余都战死在角斗场上。这时的斯巴达克斯身受三处轻伤,所面对的是四个强有力的敌人。虽然那四个敌人也受了不同程度的伤,但斯巴达克斯独力难当,"他明白自己的死期已经临头了"。就在绝望之时,斯巴达克斯采用了走为上计。斯巴达克斯跑了五十步,突然回身反扑离他最近的一个追击者,"用弯弯的短剑刺穿了对方的胸膛"。然后扑向第二个追击者,"用盾牌挡开对方短剑的冲刺,在观众狂热的呼喊下杀死了他,到了这时候,几乎所有的人都已认为色雷斯人必胜无疑了"。因为现在斯巴达克斯所面对的只是两个浑身负伤和精疲力竭的沙姆尼特人。果然,斯巴达克斯获得这场角斗的最后胜利。

《斯巴达克斯》的作者是根据古罗马的荷拉齐乌斯战胜库利阿齐乌斯三兄弟的传说加以文学化的。这个传说距今两千多年,可见这种计谋出现之早。本计谋在中国出现的也不迟。据传说,黄帝与蚩尤作战时,被蚩尤部族团团围定,又正值大雾迷漫。蚩尤族凭借优势向在大雾中的黄帝部族进攻,"军人皆惑",黄帝部族有全军覆没的危险。正在这时,黄帝部族有一位叫作"风后"的人,制造一辆指南车。这辆车子的前面,有一个铁制的小仙人,伸出手臂,正指南方。靠着这辆车子的引导,黄帝才能统率着他的军队,冲出大雾的重围。黄帝部族冲出包围,重整旗鼓,占据有利地形，最终战胜蚩尤部族。这也是走为上的战例。

第一，全师固本，变不利为有利，待胜之道在其中。

走为上计在政治上的应用，与在军事上的应用有同等的功效，都是为了改变当前不利的处境，在走的过程中寻找制胜的机会。因此，这种走就不完全是单纯逃生的走，而是有胜敌目的。当然，走的最根本是保全自己，只有保全自己，才能言及胜人。然而保全自己和战胜他人，在具体实施上存在明显的差距。

事例：鸡鸣狗盗为逃生，狡兔三窟留走地

战国时，齐国的田文继承其父田婴之封地薛城，封为孟尝君。孟尝君好客，"招致诸侯宾客及亡人有罪者"，以此罗致"食客数千人"。食客众多，必为之传扬，孟尝君的声名鹊起，远近传闻。

秦昭王听说孟尝君的贤名，将之召到秦国，任命为相。身为秦相，对于孟尝君来说，应该是件好事。但外人进入秦国柄政，难免遭人妒忌，也容易引起君主的猜忌。故此，有人向秦昭王说："孟尝君贤，而又齐族也，今相秦，必先齐而后秦，秦其危矣。"秦昭王听后便改变主意，非但没有拜相，反而将孟尝君囚禁起来，"谋欲杀之"。

孟尝君身处危境，不得不想法脱身。思前想后，认为能左右秦昭王意志的，莫若秦昭王新近宠爱的幸姬。但送去的礼物幸姬都看不上，只是要一件狐白裘。这狐白裘本是天下无双之物，孟尝君在入秦时已将之献给秦昭王，此时怎能再有一件？在无可奈何之际，其门下有一位"能为狗盗"的食客，潜入秦宫藏室，盗出狐白裘，献给幸姬，果然获得秦昭王赦免放还齐国之令。孟尝君恐怕秦昭王反悔，急忙率食客们奔驰而去，至夜半抵达函谷关。秦国制度，鸡鸣开关，日落闭关。夜半到达，离开关之时尚早，若秦昭王派人追来，孟尝君仍难逃危难，为之焦急万分。这时，其门下"有能为鸡鸣"的一位食客，学起鸡鸣，顿时引起关内百姓家的鸡随之鸣叫。关吏误以为天将亮，便开关放人，孟尝君得便出关，急急奔去。孟尝君走出不到一顿饭的工夫，秦昭王派来的追兵赶到，但已望尘莫及。

孟尝君这次出走，主要是避祸，应该说也是上计，但此时没有与秦相战之意，故不算是本计之中的上策。

孟尝君归国之后，齐国任命他为相，主持政务。然而，孟尝君声名太大，齐王在别人的谗毁下，常常怀疑他；秦、楚二国也妒忌孟尝君的贤名，用计来离间孟尝君与齐王的关系。因此，齐王"以为孟尝君名高其主而擅齐国之权"，孟尝君的处境相当不妙。

孟尝君手下有一位食客，名叫冯谖，深知孟尝君树大招风，弦满易损，积极为孟尝君经营后退之路。

首先，冯谖借孟尝君让他去封地薛城收取贷钱利息之时，采用"能与息者，与为期；贫不能与息者，取其卷而烧之"的办法，为孟尝君收买人心。这样，在齐缗王遭到田甲之劫时，怀疑是孟尝君指使，孟尝君为避祸而出奔薛地，"未至百里，民扶老携幼，迎君道中"。薛地成为孟尝君安身之处。

其次，孟尝君逃归薛地，虽有薛民的拥护，但薛地狭小，只能安身，不能立命。所以冯谖对孟尝君说："狡兔三窟，才能免其死耳！今君有一窟，未得高枕而卧也。请为君复凿二窟。"于是，冯谖单车前往秦国（一说是魏国）游说秦王，使秦王派遣"车十乘，黄金百镒以迎孟尝君"。然后冯谖在秦使未出之前，兼程回到齐国去游说齐王，使齐王"召孟尝君而复其相位，而与其故邑之地，又益以千户"。这时冯谖对孟尝君说："三窟已就，君故高枕矣。"

此后，齐缗王欲去孟尝君，孟尝君恐祸及于己，则走往魏国。魏昭王以为相，后来联合秦、赵、燕国，共同伐破齐国，齐缗王亡死于外，齐襄王即位，"畏孟尝君，与连合，复亲薛公（孟尝君）"。在各国竞争中，"孟尝君中立于诸侯，无所属"，却"为相数十年，无纤介之祸者"，得力于这种狡兔三窟的策略。这种策略在走为上计之中，不算是上策，但符合"刚中而应，行险而顺"的根本，掌握了争战的主动权。

事例：刘玄德三走寻机，诸葛亮一谋定鼎

东汉末年，经过董卓之乱，军阀争战，天下大乱，形成了群雄割据的局面。在此混乱之时，以"贩履织席为业"的刘备，因得到大商人张世平、苏双等的资助，也聚集徒众，参与角逐。然刘备势单力孤，只好辗转依附他人。

刘备先是依附公孙瓒，后改依徐州牧陶谦，适得陶谦病死，刘备得领徐州牧，步入诸强行列。虽然刘备稍有势力，但是还不具备争雄的条件。既然没有争雄的条件，又拥有一定的实力，自然成为别人觊觎的对象，其迫不得已地一而再，再而三地使用走为上计。

第一走，失实地转投曹操，恨国贼计走徐州。

刘备领徐州牧之后，袁术以徐州四达之地，又临近自己的地盘，便派兵来争。双方交战经月，互有胜负。在急切难取的情况下，袁术联结吕布,"许助以军粮",让他袭击刘备。

吕布本来从长安逃出，没有一处地盘可以容身，便前来投奔刘备，刘备收留他，让他屯兵下邳之西。吕布得到袁术的资助和支持，遂率兵袭击刘备的后方。刘备腹背受敌，连败而兵溃,"饥饿困蹙，吏士相食"，只好向吕布请降。吕布因袁术答应给的军粮不到，与袁术发生纠纷，乃以刘备为豫州刺史，让他屯兵小沛，共拒袁术。

刘备屈居小沛，不断招兵买马，不久就扩充为万余人。吕布感觉到刘备的威胁，便率兵攻打刘备。刘备不支，率残兵出走，转投曹操。曹操当时欲收买人心，也为了除掉吕布，便增益刘备之兵，给与粮草，使之收拾散兵，共图吕布。

建安三年（198），曹操亲自率军，与刘备共同攻灭吕布。在平定吕布之后，曹操挟持刘备回许都。曹操虽对刘备恩宠有加，表之为左将军，而且"礼之愈重，出则同舆，坐则同席"，但实际上是将刘备控制起来。

曹操深知刘备是不甘久居人下者，故曾对刘备说:"今天下英雄，惟使君与操耳，本初（袁绍）之徒，不足数也！"刘备听而大惊，将匕箸掉在地上，幸当时迅雷突起，刘备得以遮掩过去。正在此时，汉献帝授予外戚车骑将军董承以衣带密诏，让他谋诛曹操。董承势单力孤，便找到刘备相谋。刘备考虑自己势单力孤，没有马上答应。不久，董承等所谋败露，所有参与者均遭屠戮，刘备幸免于难，但心不自安，恐祸将及己。

正在刘备进退两难之际，袁术欲经徐州与袁绍联合，如果二袁联合，势力将大增，于曹操甚为不利。在这时，刘备说服曹操，让他督率军队去邀击袁术。曹操本是爱才的,很想让刘备为己用,也就派遣刘备督朱灵、路招等军前往。

曹操派刘备出战之事为曹操的谋臣程昱、郭嘉、董昭等得知,即向曹操进言,讲到刘备"终不为人下",不能将之派遣出京。曹操恍然大悟,急派人追赶,刘备已经兼程出走,攻下徐州,杀徐州刺史车胄,再次成为一方割据势力。这次出走,刘备不但逃出曹操的控制,避免被屠戮的危险,而且再度攻占徐州,取得在群雄割据中自立的资本,也体现了走为上计的败中取胜的特点。

第二走,失妻丢将又穷途,无地少兵再胜走。

刘备叛离,这使曹操甚为恼火,便亲自率军前往征讨。刘备此时刚得地盘,尚没有安顿下来,大军赶到,自然难与相争。在危急之时,刘备求助于袁绍,但袁绍观望待变,迟迟不动,失去战胜的机会。以新起之师迎战久战之军,刘备如何能胜?结果,刘备只带数十人投奔袁绍,而妻子及猛将关羽,都落入曹操手中,刘备又过起寄人篱下的生活。

袁绍对刘备还算是很热情,曾经前往二百里去迎接,但毕竟只是礼遇,得不到什么实际的好处。刘备也深知没有实力,寄人篱下的生活不好过,便招逃亡士卒,渐渐也有一些兵马。正在此时,曹操再度进兵,袁绍起兵相迎,袁、曹在官渡相持。

关羽虽被曹操所擒,但不肯久留曹操之处,只图立功报曹操知遇之恩,然后出寻刘备。这次关羽随曹操军与袁绍相争,关羽是欲立大功的,故杀敌奋勇,"策马刺(颜)良于万众之中,斩其首而还,绍军莫能当者"。关羽的奋勇,对于寄人篱下的刘备来说,处境更加不妙,其思走之心也就日甚一日。

正在曹操与袁绍在官渡相持之时，汝南黄巾军残部在刘辟的率领下，背叛曹操以响应袁绍。刘备借此机会，向袁绍请战，经袁绍同意，刘备率本部兵马脱离袁绍的控制，来到汝南地区经营。刘备在曹操后方攻城略地，曹操甚感不安，但又不能脱身。后经部下大将曹仁所请，曹操派曹仁率军攻打刘备。刘备此时所率多是袁绍的军队，"未能得其用"，挡不住曹军的虎狼之师，结果大败。刘备在无可奈何的情况下，只好重回袁绍那里，此次出走没有获得预期的结果。

长久在袁绍之处也不是长计，刘备便说服袁绍，联合荆州刘表，共击曹操。袁绍觉得有理，就让刘备带领本部兵马南去经略。这一回可是脱离虎口，故刘备兼行重回汝南，沿途收罗人马，不久便达数千人，并且把曹操所派的蔡阳之军消灭，在汝南经营起来。

汝南地处中原，处在群雄包围之中，北有曹操，东南有孙权、黄祖，西南有刘表。在此地发展本不是长久之计。不久曹操在官渡战胜袁绍，得以专心来对付其他的割据势力，刘备当然是首当其冲。201年，曹操征讨刘备，刘备不敌，只好南去依附刘表。

刘表在曹操与袁绍相争无力南顾之时，在南方经营，竟有"地方数千里，带甲十余万"，成为引人注目的割据势力。此时南方战事较少，北方战争不断，再加上刘表颇有好贤之名，北方有许多人纷纷来到荆州避乱，中间不乏杰出人士，如司马徽、崔州平、王粲、徐庶、诸葛亮等著名人物。

刘备穷途来依，刘表亲自郊迎，待以上宾之礼，毕竟是权力所在，刘表也不可能重用刘备，只是给他增益一些士兵，使之屯兵新野，以抵御北方曹操。刘备本人是不甘居于人下的，此时有比较安定的生活环境，开始搜罗人才，发展自己的势力。一时间，"荆州豪杰归先主（刘备）者日益多，（刘）表疑其心，阴御之。"刘备又被猜疑，其在新野立足也就困难了。

第三走，内外交困赖贤才，拥众而走得人心。

刘备驻屯新野时，结识了徐庶，经过徐庶的推荐，刘备得知号称"伏龙"的诸葛亮；又经司马徽介绍，得知号称"凤雏"的庞统。刘备在中原时就注意延揽人才，罗致到关羽、张飞、赵云等战将，但缺少善于出谋划策的智囊人物，如今听说有此杰出人才，岂能放过，不惜三顾，将诸葛亮请到自己身边。自此，刘备有了出谋划策的人，其问鼎于天下的理想才开始得到实施。

诸葛亮，字孔明，琅琊（今山东临沂北）人，父亲早死，随从父诸葛玄到豫章（今南昌市）为官，后流寓襄阳，诸葛玄死后，诸葛亮躬耕于隆中，过着自耕农的生活。诸葛亮虽居乡间，心怀大志，"每自比于管仲、乐毅，时人莫之许也"。很少有人能看出他的才能，只是崔州平、徐庶等数人认为其才过古人。现在经刘备三顾，诸葛亮决定出山。在出山前，诸葛亮回答刘备提出的兴汉室、争天下的问题，这就是历史上有名的《隆中对》，或称为《草庐对》。据《三国志·诸葛亮传》所记载这答词云：

"自董卓已来，豪杰并起，跨州连郡者不可胜数。曹操比于袁绍，则名微而众寡，然操遂能克绍，以弱为强者，非惟天时，抑亦人谋也。今操已拥百万之众，挟天子而令诸侯，此诚不可与争锋。孙权据有江东，已历三世，国险而民附，贤能为之用，此可以为援而不可图也。荆州北据汉、沔，利尽南海，东连吴会，西通巴、蜀，此用武之国，而其主不能守，此殆天所以资将军，将军岂有意乎？益州险塞，沃野千里，天府之土，高祖（刘邦）因之以成帝业。刘璋黯弱，张鲁在北，民殷富而不知存恤，智能之士思得明君。将军既帝室之胄，信义著于四海，总揽英雄，思贤如渴，若跨有荆、益，保其岩阻，西和诸戎，南抚夷越，外结好孙权，内修政理；天下有变，则命一上将将荆州之军以向宛、洛，将军调率益州之众出于秦川，百姓孰敢不箪食壶浆以迎将军者乎？诚如是，则霸业可成，汉室可兴矣。"

诸葛亮这个估计基本符合以后历史的发展，也是三国鼎立的基础。但对于诸葛亮和刘备来说，给他们的时间太少，因为图谋两州之地的行动尚未实施，曹操的大军就以泰山压顶之势攻打过来。

208年，刘表病死，曹操趁机向荆州进攻。这时，刘表幼子刘琮继位，畏惧曹操势力，便举州投降。是时刘备正驻樊城，很久才知刘琮投降，曹军已至，迫不得已，乃率众向荆州首府襄阳进军，面见刘琮，责以背父，又去刘表墓前哭泣拜辞。这种行动感动荆州人士，他们纷纷投向刘备，一时间跟从者竟有"众十余万人，辎重数千辆，日行十余里"。曹操大军在后追赶，随从人众多而兵少，有人劝刘备弃众而走。刘备说："夫济大事必以人为本，今人归吾，吾何忍弃去！"结果被曹军追到当阳长坂坡，血战之后，刘备"弃妻子，与诸葛亮、张飞、赵云等数十骑走，操大获其人众辎重"。刘备丢失人众，赶往夏口，会合关羽和刘琦的水军，得以暂时转危为安。后经过诸葛亮的努力，促成孙刘联合，赤壁一战，破曹军，鼎足之势基本形成。

刘备此次出走，内有刘琮降曹，外有曹军紧追不舍，可称得上是内外交困，幸亏有诸葛亮从中谋划，张飞、赵云等人的死战，才从危难中走出。虽然刘备受此一惊，但他的所作所为，深得人心，这种人心则是刘备的立足之本。所以说刘备此走，似愚而实智之大矣！

一谋：刘玄德困守公安图江陵，庞士元谋走西川定蜀汉。

赤壁之战后，刘备当上了荆州牧，驻守在公安。此时孙刘两家和好，但矛盾仍是重重。本来孙权将妹妹许配给刘备，想以此控制刘备。但是刘备也不甘示弱，向孙权借江陵为荆州驻所，因此地西控巴蜀，东通吴会，南接衡湘，北指襄樊，为四达之地。这样一块要地借出，孙吴自是不愿意，只是孙吴看到曹操仍占据荆州北部，不想再开辟新战场，想借刘备之力以分曹操之势，于是提出，刘备取得西川，当归还荆州与吴。刘备此时"北畏曹公之强，东惮孙权之逼，近则惧孙夫人生变于肘腑之下"，对于孙权的条件，当然是满口应允。

刘备以很大的代价谋得江陵，有了比较稳定的据点，但荆州经过赤壁大战，残破不堪。刘备迫切需要一块安身立命之地，那就是益州。"益州户口百万，土沃财富，诚得以为资，大业可成也！"正在刘备垂涎益州之地时，益州牧刘璋派法正前来请援。

原来刘璋在蜀中的统治不稳定，内有当地大吏赵韪起兵叛乱，外有张鲁在汉中窥测，这时又逢曹操率兵攻打张鲁，曹兵又有进攻蜀地的迹象。刘璋自感不能应付，便派法正前往江陵，请刘备入川相助。

法正原本是扶风（今陕西）人，建议刘璋去请刘备的是蜀人张松。本来蜀人与外来的人之间存在尖锐的矛盾，赵韪起兵，就是这种矛盾激化的反映。现在他们联合起来，招引刘备，共同反对刘璋，可见刘璋在蜀是不得人心的。

法正见到刘备，当时献策说："以明将军之英才，乘刘牧之懦弱；张松，州之股肱，响应于内；以取益州，犹反掌也。"这本是天赐良机，刘备反倒犹豫不决。庞统从旁劝说，刘备又搬出他的信义，怕"以小利而失信义于天下"。庞统进言道："乱离之时，固非一道所能定也。且兼弱攻昧，逆取顺守，顾人所贵。若事定之后，封以大国，何负于信！今日不取终为人利耳。"刘备也深知其中利害，多年奔走于群雄之间，至今尚未得到一块真正的安身立命之地，进西川当是最佳选择，也就应允。当即留诸葛亮、关羽、张飞、赵云等分守荆州，自己和庞统率步卒数万奔向益州。

到了涪陵，刘璋前来迎接，张松、法正、庞统都认为此时擒住刘璋，可以"无用兵之劳而坐定一州也"。刘备以恩信未著，不可轻动，不同意这种方案，而接受刘璋的任命，率军前往葭萌去征讨张鲁。

刘备在葭萌"厚树恩德以收众心"，而刘璋集团对留刘备还是去刘备发生争执，曹操又率军攻打孙权，孙权请刘备援助。当此之时，进有张鲁为敌，退又有曹军虎视，驻则难免招刘璋之猜疑，处境相当不妙。目睹此状，庞统再进计说："今阴选精兵，昼夜兼道，径袭成都，刘璋既不武，又素无预备，大军卒至，一举便定，此上计也。杨怀、高沛，璋之名将，各仗强兵，据守关头，闻数有笺谏璋，使发遣将军还荆州。将军遣与相闻，说荆州有急，欲还救之，并使装束，外作归形，此二子既服将军威名，又喜将军之去,计必乘轻骑来见将军,因此执之,进取其兵,乃向成都,此中计也。退还白帝,连引荆州,徐还图之,此下计也。若沉吟不去,将致大困,不可久矣。"

从庞统的上计来看,孤军深入,似有些冒险,但也不无成功的可能;后来邓艾便采取此种方法攻打成都,一举灭掉蜀汉的。以中策来看,先歼刘璋强将,然后逐步推进,虽不免有伤亡争战之苦,但毕竟保险系数较大。以下策来看,退兵荆州,固然有比较稳定的后方,但再次进川的机遇不知何时才有。因此,刘备采纳了中计,经过两年多的征战,才攻下成都,平定益州。

从庞统的上、中、下计中,都可看到走的内容。其上计是积极的走,采用的是避实就虚,亦即兵行诡道。其中计是虚假的走,采用的是虚张声势,亦即出其不意。其下计是平稳的走,采用的是扬长避短,亦即固本求进。无论是采用哪种计谋,都是以取西川为根本目的。由此可见,走为上计虽是以走为本,但在如何走的问题上,还是存在着很大差异的。

第二,寻机待变,以期出其不意而攻其不备,败中求胜之道。

走为上计之所以成为政治家、野心家、阴谋家们首选的计谋,在于本计的要旨是全师为上,在全师的过程中,还注意到寻机战胜对手。也就是在不利的情况下,采取什么方法来改变当前的处境。本计以"走"为中心,而不是用"逃"来表述,其重点就在于走并不是逃,而是寻机制胜。

处于劣势的一方,在力不如人的时候,会将"走"表现成

"逃"的样子，造成对方的错觉，使其在判断上产生失误。然后，使用者寻找时机，以出其不意的手段向其发动进攻，便争得实际的优势，进而掌握克敌制胜的主动权。

事例：朱元璋二走成事业，冯李朱三计取天下

朱元璋（1328—1398年在世），濠州（今安徽凤阳）人，是中国历史上唯一出身于贫苦农民家庭的开国皇帝，自然有其独特的经历。

朱元璋幼年为人放牛，苦熬至十七岁，其家乡发生旱蝗大灾及时疫，父母兄相继病死，家贫无依的朱元璋只好到皇觉寺当了和尚，以期得到温饱。不料只五十多天，寺中因灾荒也断炊烟，朱元璋不得不出走家乡。

第一走，侣影相将走四方，饱尝白眼志勤学。

朱元璋在无可奈何的情况下，离开家乡，到外地托钵化缘，实际上是沿街乞讨。三年多的时间，他"朝突炊烟而急进，暮投古寺以趖跎。仰穷崖崔嵬而倚碧，听猿啼夜月而凄凉。魂悠悠而觅父母无有，志落魄而佚伴。西风鹤唳，俄淅沥以飞霜。身如飘蓬逐风而不止，心滚滚乎沸汤"。身历庐州（今安徽合肥）、固始、信阳、汝宁（今河南汝南）、陈州（今河南淮阳）、鹿邑、亳州（今安徽亳县）、颍州（今安徽阜阳），历尽艰辛，饱尝人间冷暖，最终又回到皇觉寺。

此次乞讨式的生活经历，使朱元璋开阔了眼界，熟悉了淮西一带的地理人情，丰富了社会知识，结交一些朋友，为以后在这一带发展打下坚实的基础。一个托钵乞讨的小和尚，每走一处，自然少不了领略别人的白眼，乃至冷嘲热讽的挖苦或辱骂。这种

心灵上的创伤，一方面促成他的发奋图强，故此，朱元璋回到皇觉寺以后才开始"立志勤学"；一方面刺伤他个人的自尊，培养起他猜疑残忍的性格。正是这些，对朱元璋今后发展有至关重要的影响。

第二走，卜金钱北去南投还是留，走濠州东征西进原为强。

朱元璋回到家乡，原想安心生活，不期元末农民大起义爆发，其家乡也被义军首领郭子兴所占领。元王朝当然不能容忍义军攻城略镇，当即派彻里不花率三千铁骑前来镇压。刀兵之下，玉石俱焚，朱元璋所在的皇觉寺被元军焚毁，朱元璋失去寄食之地。

无处安身，去向何方？在义军方面有其小时的伙伴汤和相请，然而受传统思想影响很深的朱元璋，认为这是反叛，是大逆不道之事，故犹豫不决。再次托起盂钵出走乞食，三年艰辛足以使之却步。留下不走，寺毁人逃，衣食不继，实在难以为生。思前想后，朱元璋决定听天由命。按心理学家的研究，人在困境和顺境时，最容易产生幻觉，相信有某种力量决定着自己的命运。朱元璋此时便相信了天命，采用中国古老的占卜方式——卜金钱。

在皇觉寺被焚烧后的残垣之内，朱元璋面对残缺不全的佛像，摸出身边仅有的两枚铜钱，暗暗祈祷：如果两枚铜钱正面朝上，那么他便托钵北上谋生；如果两枚铜钱一正一反，那么他便在寺中驻守待死；如果两枚铜钱反面朝上，那么他就去投"贼"，参加义军，以谋衣食。祈祷完毕，朱元璋闭上双眼，将两枚铜钱放在两手中间，上下摇动，然后向上一掷。待铜钱落地，急忙睁眼来看，只见两枚铜在地上团团转了许久，两枚都是反面朝上。这样，朱元璋就要去投义军，以时人的观念就是"从贼"。这样的结果，朱元璋实难接受，便又拾起铜钱，重新在手中摇了起来，再次向上掷去。这一次，朱元璋不敢马上睁开眼，直等到没有声息，才睁眼来看。事有巧合，这次依然是两枚铜钱反面朝上，朱元璋相信这是天命了，便束装前往濠州，投到郭子兴部下充当一名步卒，时年二十五岁。

朱元璋有幸在郭子兴部下充当亲兵，在战斗中的表现很容易为首领看见，所以才两个月，朱元璋便提升为九夫长，调到郭子兴帐下做事。不久，在一次战斗中，郭子兴负伤，朱元璋不顾个人安危，将郭子兴背出危险之地，这就更加引起郭子兴对他的好感，而把养女马氏（即是后来的马皇后）许配给他。从此，朱元璋有了靠山，军中号称"朱公子"。直到这时，朱元璋才有这个官名，字国瑞。

朱元璋虽有郭子兴为靠山，但在濠州尚有孙德崖等人，名位还在郭子兴之上，彼此之间矛盾丛生。朱元璋在这中间虽百般调护，也难免于火并。在难展大志的情况下，朱元璋征得郭子兴的同意，回家乡去招募士兵。去时是穷困和尚，归时是威风凛凛将军，其影响力非常可观。一时间，朱元璋少时的伙伴和乡邻，如徐达、周德兴、郭兴、郭英、吴良、费聚等纷纷前来投效，不久便得兵七百余人。郭子兴大喜，便任命朱元璋为镇抚，让他率领这些人马。自此，朱元璋才真正成为带兵的将领。

数支起义军驻在一起，相互之间经常发生冲突。郭子兴名望又不如人，朱元璋虽百般调护，也难免受人冷眼。在无可奈何的情况下，朱元璋放弃自己召来的七百余人，只带领徐达、汤和、吴良、吴祯、花云、陈德、顾时、费聚、耿再成、耿炳文、唐胜宗、陆仲亨、华云龙、郑遇春、郭兴、郭英、胡海、张龙、陈桓、谢成、李新材、张赫、周铨、周德兴等二十四人，脱离队伍，前往定远。

朱元璋虽势单力孤，脱离队伍，却在实际上采用了走为上计。以当时形势来看，朱元璋在郭子兴部下很难施展抱负；而各地在大乱之时，纷纷起兵自保，很少有心怀大志的，如果登高一呼，响应者自然众多。果然，朱元璋在定远张家堡驴牌寨，招编民兵三千人，不久又收编横涧山义兵二万余人。正是此走，"不逾月而众集，赤帜蔽野而盈冈"。朱元璋有了自己的力量，走上建功立业的征途。

第一谋：冯国用析大势首倡所依，朱元璋图根本进据金陵。

朱元璋得到这支军队之后，加紧训练几天，便整军向滁阳进发，谋求扩大势力范围。在路上，朱元璋得到一位谋士，那就是冯国用。

定远人冯国用和冯国胜兄弟，"俱喜读书，通兵法"，因当时战乱，而结寨自保。朱元璋路过他们的寨子，二人前来投效，深得朱元璋信任。有一次，朱元璋与冯国用讨论天下大事，冯国用曾讲道："金陵龙盘虎踞，帝王之都，先拔之以为根本。然后四出征伐，倡仁义，收人心，勿贪子女玉帛，天下不足定也。"在此之前，朱元璋虽胸有大志，还没有想到夺取天下的问题，现如今冯国用已经讲到这个问题，并将希望寄托在朱元璋身上，而且还为之勾画了一张成功的蓝图，不由得使朱元璋深感欣慰，当即委任冯国用为幕府参谋。

事态正如冯国胜所料，朱元璋在淮南发展一段时间之后，挥兵直指金陵，占据这个四达之地，并且以此为根本，走上他的夺取全国政权的道路。

第二谋：朱元璋困于人事，李善长巧解疑难。

朱元璋在前往滁州的路上，一位怀才不遇而渴望富贵的儒生投奔他，这就是明朝开国第一名臣李善长。

李善长（1314—1390年在世），字百室，安徽定远人。幼年读书，想以科举入仕做官；成年以后，目睹当时重吏轻文，便改学文案书牍；求官不就，又改为经商，并且因此发了财；元末农民起义，打破其继续发财之梦，却又勾起他谋求大贵之心。

在元末群雄竞起之时，李善长以独到的眼光，看中朱元璋这位青年将领，便弃家出走，投向朱元璋。

李善长以其老谋深算，先给朱元璋勾画出一幅布衣天子的蓝图，后给朱元璋提出一个效法的榜样——汉高帝刘邦。一夕长谈，使朱元璋雄心勃勃，也使朱元璋对李善长倾心推重，并委以重任。

一个放牛娃、小和尚、小步卒，在两年多的时间内，居然能够"将兵三万余，号令严明，军容整肃"，本来就使当时起义的老将们深怀嫉妒，尤其是朱元璋占领滁州之后，郭子兴率所部前来依靠，这种嫉妒便更加明显。

以郭子兴来说，朱元璋是其女婿，本有渊源，但毕竟是养女婿，别的将领离间的话，自然很容易传到他耳中。老资格的将领要郭子兴除掉朱元璋，至少要削弱朱元璋的实力。郭子兴虽不至采用前者，但对后者还是接受了。面对郭子兴的不断侵削，朱元璋敢怒不敢言。就在这时，郭子兴征调李善长到其帐下办事的命令下来，朱元璋只好忍痛割爱。

李善长经过权衡利弊之后，决定不去郭子兴帐下，找到朱元璋，将自己所拟订的消除郭子兴猜疑的办法，告诉朱元璋，这就是走为上计，分为两部分：

　　其一是走门路。李善长讲要消除郭子兴猜疑和众将领的嫉妒，可以走此三线。外线，就是让朱元璋尽可能地对郭子兴表示恭顺。内线，就是让朱元璋的夫人马氏经常向岳母张氏送金银财宝，使张氏为自己进美言。下线，就是让李善长去联络疏通郭子兴的旧将，使他们放弃前嫌而不再进谗言。李善长的计谋可称老谋深算，滴水不漏。此计一行，不但避免一次可能发生的火并，而且使朱元璋声名日增，并得到节制诸将的大权，巩固了地位。

　　其二是离开郭子兴的身边。所谓在内而危，居外而安。李善长让朱元璋以滁州粮少人众，粮饷难继为名，向郭子兴请命攻打歙州（今安徽歙县）。一可以远离是非之地，二可以挺进江南，实施占领金陵的宏图大业。果然，此计一行，朱元璋摆脱羁縻，建立自己的根据地，走上夺取天下的道路。

　　第三谋：老儒生智献九字诀，朱元璋威震群雄胆。

　　元至正十五年（1355）三月，郭子兴死，朱元璋代领其众，并接受小明王韩林儿宋政权的任命，成为名正言顺的重要将领。翌年，朱元璋攻占了江南重镇集庆路（今南京市，朱元璋改名应天府），实现其第一个战略目标。这时的朱元璋虽名义上尊奉以韩林儿为首的大宋龙凤政权，实际上已经成为独立的军事政治实体。

　　本来朱元璋对宋政权的任命就不满意，曾经说过："大丈夫宁能受制于人耶！"只是在众谋士的劝说下，"念林儿势盛可倚藉，因奉宋龙凤年号以令军中"。现在朱元璋占据东南最为富庶的地区为根据地，而且拥有雄兵数十万，有了称王称霸的本钱。朱元璋本人有称王称霸的欲望，依附的众将谋士有攀龙附凤以图富贵的意念，此时自立为王是完全可能的。

称王还是不称王，朱元璋本人还有一些顾虑。为此，曾经向一位老儒生朱升征求过意见。朱升当时向朱元璋讲了九字名言，即"高筑墙，广积粮，缓称王"。这九字后来成为这段时间朱元璋所奉行的方针。

高筑墙，是要朱元璋巩固现有的根据地；广积粮，是要朱元璋发展生产，准备长期战争的物质基础；缓称王，是要朱元璋讲求实效，为长远考虑，且莫因称王而树大招风，成为众矢之的。

这一计谋内含走为上计的基本道理。首先，本计要求全师避敌，这九字诀完全是站在全师的立场之上，要求避虚名而求实惠；其次，本计要求全师寻机而战，这九字诀又是站在自己发展的立场上，攻城略地而不招众怒，其功效必大；再次，本计要求不失战胜之道，九字诀则又是站在战胜的立场上提出的。基于此，朱元璋欣然采纳，而且脚踏实地地认真实行，逐渐走向称王称帝的道路，缔建了大明王朝。

第三，出走避祸，以内外安危转换，制胜之道在其中。

走为上计的"走"是宏观概况，有着比较深刻的内涵。为何而走，走向何方，如何来走，是否走得脱，走后干什么，包含着许许多多的机变，稍有不慎，往往会自蹈败机，这正是败战计的特点。

打得赢就打，打不赢就走，这在战争中是常见的事。因为走是可以暂时改变当时不利的局面，走之中可以寻找有利的战机。与军事基本相同的政治，当然也存在这个问题。政治往往不是明火执仗，大多是在明争暗斗。明争得赢就明争，明争不赢就暗斗，这里蕴藏着深邃的智慧。

政治斗争中的暗斗，符合走为上计的要求，明争不行，暗斗补之，暗斗不过，全身避之，避而寻机，伺而取之，等等，一连串的策略，缺一不可，少一则不是完计。这正是政治斗争复杂多变和政治家、野心家、阴谋家们内心世界多姿多彩的具体反映。

事例：重耳避祸走诸国，刘琦求全赴江夏

春秋时，晋献公得到新宠骊姬、少姬姐妹，姐妹各生一子，这样就涉及谁是继承人的问题。晋献公有八个儿子，其所谓贵生者有五个，即长子申生，次子重耳，三子夷吾，以及骊姬、少姬姐妹生的奚齐、卓子。

献公在未得到骊姬时，就将长子申生立为太子，成为法定的继承人。在母以子贵、妻以夫荣的古代社会，妇女所依托的就是子与夫。现在献公年老，在世时间无多，骊姬正在年轻，所寄希望的当然是已生之子奚齐身上。然而，奚齐为诸公子，终不能继承公位，一旦献公撒手而去，奚齐所得甚少，骊姬也难得显贵，其害太子而谋己子继承，也自然就付诸行动。

在骊姬、少姬姐妹的怂恿下，献公有了废太子之心。在当时太子为国之本，无故废太子是要受到多方面责难和制约的，献公也不能马上决定，故此采用如下步骤：

首先，献公建立上下二军，自己将上军，让申生将下军，明为重用，实欲寻找申生的过失，以便废之有名。这一点为大夫士蒍所看出，他对别人说："太子不得立矣。君主改其制，而不让太子公患难；轻视太子所任，而不考虑太子的危险。君主有疑心，太子怎能久在其位？"便为申生出了一计："与其勤而不入，不如逃之。"就是走为上。申生对父亲抱定愚忠，不肯离去，结果"谗言弥兴"，处境开始危险。

其次，献公让太子帅师，赐予他自己所穿的衣服，佩以金印，按照君主的待遇出征。表面上看，这是推崇，实是欲加之以罪。当时大夫狐突认为："君有心矣。"梁余子养认为："死而不孝，不如逃之。"当然，申生是不能接受这种建议，而是采取"修己而不责人，则免于难"的对策，暂时渡过这次危机。

再次，献公命太子去曲沃，重耳去蒲城，夷吾去屈地，奚齐去绛地，分别驻守在外，在表面上看是一视同仁，实际上是在疏远太子，以便寻找其过失。当时仆人赞说："太子殆哉！君赐之奇，奇生怪，怪生无常，无常不立。"更何况君主"恶其心，必内险之；害其身，必外危之。危自中起，难哉！"

经过如上步骤，献公认为可以废掉太子，另立骊姬之子奚齐，并将此想法告诉骊姬，希望骊姬高兴。不想骊姬听而泣下说："太子之立，诸侯皆已知之，而数将兵，百姓附之，奈何以贱妾之故，废嫡立庶？君必行之，妾自杀也。"献公讨个没趣，却因此对骊姬更加信任。

其实骊姬何尝不想让自己的儿子当继承人，只不过她的手法比献公更为高明一些，采用的是"佯誉太子，而阴令人谮恶太子"的策略。

前656年，骊姬对太子申生说："君梦见齐姜（申生生母），太子速祭曲沃，归厘（祭品）于君。"申生怎敢违背后母之命，便赶到曲沃祭祀，将所祭的肉类贡献给父亲。是时献公出猎未归，祭品放了两日，使骊姬得以从容下毒。献公回来，看见儿子送来的祭品，便欲食之。骊姬急忙拦阻说："胙所从来远，宜试之。"便将酒泼于地上，地上马上隆起大泡；将肉喂犬，犬即刻便死；与在旁的小臣食，小臣也死。这时骊姬哭泣道："太子何忍也！其父在而欲弑代之，况他人乎？且君老矣，旦暮之人，曾不能待而欲弑之！太子所以然者，不过以妾及奚齐之故。妾愿子母辟之他国，若早自杀，毋使母子为太子所鱼肉也。"凄凄切切，早使献公心疼不已，杀太子之意也就由此而生。

骊姬所言，有人告知申生。申生登时不知所措，急忙逃回自己驻守的曲沃城。匆忙一走，实不是上计，故当时有人对申生说："为此药者乃骊姬也，太子何不自辞明之。"申生辩白说："不想招父怒，故而出走。"人劝说道："既然要走，可奔他国。"申生想了一阵，实在难有出路，便说："被此恶名以出，人谁内我？我自杀耳。"竟自杀以报生父。

正在此时，重耳和夷吾来朝。这二人现在是奚齐继位的竞争对手，骊姬当然不能放过，便在献公面前潜害二人。二人听到风声，连父亲也不见，急忙出走，各回自己的驻守地，严兵自守。

以一封地之力对抗一国之力，当然是难以抵挡，不得不自谋生路。当献公之兵临蒲地之时，重耳逾垣而走，逃往翟国，而后游历各国，在秦国的支持下回国嗣位，是为晋文公。献公之兵压向屈邑时，夷吾凭借坚城，顽强抵抗，坚持一年而溃，最后逃往梁国；献公死后，国内大乱，奚齐、卓子先后被杀，夷吾在秦穆

潜龙勿用日乾乾

公发兵护送下回国即位，是为晋惠公。

再如东汉末年，刘表趁天下大乱之时，在江南发展势力，很快拥有雄兵十余万，地方数千里，在荆湘一代称霸，"居处服用，僭拟乘舆焉"。群雄争霸，都是子承父业，刘表多病，继承问题就更加引人注目。

刘表有两个儿子，长子刘琦是前妻所生，次子刘琮是后妻蔡氏所生。蔡氏当然是爱自己所生而恶其所仇。蔡氏的弟弟蔡瑁，外甥张允，因蔡氏之宠，在刘表手下为官，很得刘表信任。按中国传统，长子继承，刘琦身为长子，自然应该取得继承权，这样对蔡氏当然不利。这三人便内外煽惑，陷害刘琦而夸誉刘琮。

身处这种地位的刘琦，内不能与父通言，外没有亲信可交，内心十分不安。正在此时，刘备三顾茅庐请来诸葛亮。刘琦深知诸葛亮的谋略过人，便请谋自安之术。继承问题乃是家事，涉及此事，弄不好会招致其家上下怨恨，诸葛亮当然不轻易为之设谋。刘琦请谋不成，乃同诸葛亮同升高楼，然后让人把梯子撤去，对诸葛亮说："今日上不至天，下不至地，言出子口，而入吾耳，可以言未？"诸葛亮见此状，也不得不说话了，但他没有直接讲刘琦的家事，而是用前面所讲的例子来影射说："君不见申生在内而危，重耳居外而安乎？"仅此一句，刘琦便领会其中用意，向其父请为外任，到江夏就任太守之职，避开遇害的可能。

由上可见，申生、重耳、夷吾、刘琦，都使用了走为上计，但所得的结果却是不一样的。这里就包括为何而走，走向何方，如何来走，是否走得脱，走后干什么等诸多的问题。

申生之走，出于害怕，完全没有什么思想准备，故在冷静下来之后，感觉到没有出路，便走上自绝之路。这是不善使用走为上计者。

重耳之走，出于避祸，有一定的思想准备，故在策略上，一面采用严兵自守，一面谋求下一步出走的地方，所以达到免祸图存的目的。这仅仅是能够使用走为上计者。

夷吾之走，同重耳一样，但比重耳要高明一些。一是他在屈地顽强抵抗年余，给晋国臣子以很深的印象。二是在兵溃出走之时，将走向何方，如何来走，是否走得脱，走后干什么等诸多问题都考虑在内。夷吾原想去翟国投奔重耳，其近臣冀芮说："不可，重耳已在矣，今往，晋必移兵伐翟，翟畏晋，祸且及。不如走梁，梁近于秦，秦强，吾君百岁之后可以求入焉。"这里就包括许多问题，走梁国为安，靠秦国可脱祸，更重要的是走后还要回来争夺继承权，考虑得非常周全。故此，夷吾能在重耳之前就任晋君。这是善于使用走为上计者。

刘琦之走，出于避祸自全，完全是经过"阴规出计"的深思熟虑，故此能够保全自己，并因此得到一定的实力。这些实力在以后不但保证自己的安全，而且还救下刘备，成为赤壁之战中的一支重要力量。这虽不算是善于使用者，但也算是应用得比较得体。

有关走为上计使用的事例很多，其手法也各有不同，但其基本目的都是为了保全自己，并千方百计地战胜对手。既然是保全自己，其中存在着各种不同的情况。比如说富而保财，贵而保官，难而避祸，铤而走险，等等，条件不同，使用的手法自然也有差异。此计是败战计，虽总的前提是力不足，但力不足到什么程度，其间有着许多微妙的变化。况且力不足谋补之，补到什么程度才能战胜对手，也就决定手法的复杂多变。

三、反败为胜　力不足谋补之

　　计谋，在人类社会的应用本来就是非常广泛，力不足而谋补之，这是人与其他动物的最大不同之处。然而，计谋的应用，不但要受到客观条件的限制，还有人自身的智慧因素。客观条件限制计谋的使用范围，而人的智慧往往又能冲破客观条件的限制，并且在一定的条件下改变客观条件，这是人的主观能动。

　　一般说来，凡是希望使用计谋的人，就最有可能获得使用计谋的条件；那些没有想到使用计谋的人，在客观条件的逼迫下，自觉或不自觉地也会使用计谋；无论是主动还是被动地使用计谋，都存在着因计谋而受益者和因计谋而受害者；有受益和受害，就有比较。在比较中，成功者对人们追求计谋是个促进，失败者对人们追求计谋又是个警戒。这样代代流传下来，就使计谋本身得到不断的完善，也使使用手法不断丰富，更扩大了使用的范围。

第一，在国与国之间。

　　走为上计是败战计，总的要求是在力不足的情况下，谋求战胜对手。基于此，这种计谋一般多是小国、弱国对大国、强国使用。从整个方面来衡量，大国无论是在政治、军事、经济实力上都要优于小国，不过小国也有他的优势和特长，那就是地域小而求生存的自强心，在自强心的驱使下，其发展也就比较快；此外，因为国小而事权比较集中，事务的决断也就比较快，其适应形势的发展也就要比大国快。有这些特长，在众强林立下求生存、谋发展，或多或少可弥补实力上的不足。

刘备在与曹操争雄之时，实力明显不如曹操，但刘备"虽颠沛险难而信义愈明，势逼事危而言不失道"。按刘备自己的话来说："与吾为水火者，曹操也。操以急，吾以宽；操以暴，吾以仁；操以谲，吾以忠；每与操反，事乃可成耳。"这就是在力不足的情况下，用一定的政策和谋略来弥补。

以政策来说，这基本上是本国内部图强发展的问题。当然，政策本身也包含谋略的一方面。以谋略来讲，其本身固然有内部图强的一面，但更主要的是对付外来势力，其锋芒多指向对手，尤其是针对强手，谋略往往会弥补自己实力上的不足。即使是因实力上的差距，你不想，也认为不可能战胜对手，至少可以保存自己，这就是走为上计的最基本的功效，而这些对于弱小国家是至关重要的。

事例：高季兴走马论二失，李存勖夸功失五州

923年，李存勖与朱梁征战多年，终于灭掉朱梁，自己称帝，国号为唐，史称后唐，建都洛阳。李存勖，也就是后唐庄宗，自以为血战二十年而得天下，志骄意满，藐视天下。

当时后唐虽号正统，但其四周分布着许多割据势力，纷纷自立为王，独霸一方。他们对正统虽然阳示尊崇，但也无不阴为自全。在正统王朝势力强大时，他们遣使纳贡称臣，乃至亲身至京朝拜；当正统王朝势力中衰，或者有内忧外患时，他们则置正统王朝于不顾，乃至乘其之危而攻城略地。

后唐庄宗血战夺天下，势力正蒸蒸日上，这些割据者都感觉到危机存在。其势力较强者，修武备，屯粮草，拥兵自保；其势力较弱者，急忙收拾珠宝金玉，派遣使臣，前往纳贡称臣，请求保护。其中割据蜀中的王建，是属于前者；割据于荆南的高季兴，则属于后者。对于前者，后唐庄宗当然不容，聚集兵力，准备征伐；对于后者，后唐庄宗也不轻易放过，一纸诏令，宣高季兴来京朝拜。

天子有诏，去与不去，高季兴手下的谋士发生争执。主张去的认为："后唐强大而正处在兴盛之时，不去必招致后唐之恨，况荆州处于四战之地，觊觎者巴不得荆州有战事，以便从中取利。"主张不可前往的认为："高季兴为后梁故臣，握强兵，居重镇，后唐早欲灭之，此一去，必为所留，成为后唐的人质，荆南也将不保。"高季兴经过权衡利弊之后，最后决定还是前往。

到了洛阳，后唐庄宗待以贵宾之礼，但庄宗左右的伶官向高季兴求货无厌，稍不满足，便向庄宗进谗言，庄宗便有意把高季兴留在朝中。此时扣留高季兴，对于后唐来讲是有弊无利的事。因为后唐初建，如不以信取人，地方割据势力便会不服，乃至联合起来共拒后唐，故大臣郭崇韬劝说庄宗不要扣留。有一次，后唐庄宗召见高季兴，在谈话高兴之时，庄宗用手拊高季兴之背，以示亲厚。高季兴出朝，即令绣工将庄宗拊背之手迹刺绣在衣服之上，到处招摇，使人知道他现在正得庄宗的宠信，以减少谗言进入。

高季兴用计保全自己之后，开始谋取自身的利益。当后唐庄宗与高季兴谈论天下大事时，曾经讲道："吾已灭梁，今天下负固不服者惟吴、蜀，吾欲征之，何者为先？"高季兴马上考虑到自身的利益：后唐庄宗若攻吴，必经高季兴的地盘，难免会出现晋灭虞虢的现象；灭吴之后，回师便可将自己灭掉。如果高季兴对庄宗所问避而不答，必会引起庄宗的怀疑；答而不中意旨，也会引起庄宗的不满，乃至因此失去回荆南自己地盘发展的机会。在此情况下，高季兴开始实施其走为上计的计划。

当高季兴得知后唐庄宗正在为伐吴还是征蜀犹豫之时，便将庄宗的注意力向对自己有利的方面引导，便上计道："蜀地富民饶，获之可建大利，江南国贫，地狭民少，得之徒无益。宜伐蜀便。臣请以本道兵先进。"从表面上看，高季兴是为庄宗打算，实际上却无一不站在为自己利益的筹划的基点上。首先，避开伐吴，可免自己腹背受敌和后唐假道之危。其次，力主伐蜀，后唐之兵可不经自己的腹地，而且还能在其中谋求扩大地盘，得到夔、忠、万、归、峡等州之地。再次，也就是高季兴所谋的中心，可以因此离开庄宗的控制，回到自己的势力范围去，避免身为人质，国为所灭。果然，后唐庄宗对高季兴肯为先驱，甚为高兴，好言安抚之后，登时发遣高季兴回荆南准备。

高季兴得到恩准，当即整装急去，"倍道兼进"，逃离庄宗所控制的地区。在此时，高季兴才感觉重负已去，开始对左右论起后唐庄宗之失来。高季兴说："此行有二失：来朝，一失；纵我去，一失。"也就是说，后唐庄宗让他来朝拜，本是失策之事，因为他了解到后唐的虚实，得知庄宗的真实情况，以他的说法是："主上百战以取河南，对功臣夸手抄《春秋》，又曰'我于手指上得天下'，其矜伐如此，而荒于游畋，政事多磨，吾可无虑矣。"那么，后唐庄宗放他回归，更是失策，因为知人所短，又脱人所控，其自立报复之心必生，在行动上必要有所作为。其实，后唐庄宗对自己所失有所察觉，在高季兴走出不及十日，便感觉到自己的失策，急忙令襄州节度使刘训伺便将高季兴杀掉，无奈高季兴脱离虎口，逃生情急，丢弃辎重，率卫队数百人星夜奔驰，斩关而去，当后唐庄宗诏书到达时，他已回到自己的辖地，追之不可及矣。

高季兴回到自己的势力范围，便"缮城积粟，招纳梁旧兵为战守之备"。至于与后唐庄宗相约的伐蜀先驱事，高季兴虚张声势，未尝出一兵一卒。等到后唐兵取王蜀，其朝中却乱起，庄宗被弑，明宗李嗣源即位，内部不稳，无暇外顾，高季兴便劫留后唐珍宝金帛四十万归己，并以曾与庄宗有约，索取五州之地。后唐明宗正忙于内部，不想再乱生于外，竟将五州之地划给高季兴。这正是：高季兴一走探虚得实，李存勖失策丧财失地。

由上可见，高季兴面对强大的后唐，采用的策略就是保存自己，所实施的走为上计是内走探虚实、外走逃祸难，在强国之下求生存。这种做法后来为其子高从诲所继承。史称高从诲"为人明敏，多权诈"。荆南地狭兵弱，又处于四战之地，周围都是强邻。高氏处于列强包围之中，对强者采用称臣的办法，"盖利其赐予"。对实力稍弱的，趁他们往来必经荆南之时，"常邀留其使者，掠取其物，而诸道以书责诮，或发兵加讨，即复还之而无愧"。这种所作所为，正如"俚俗语谓夺攘苟得无愧耻者为赖子，尤言无赖也，故诸国皆目为'高赖子'"。正是这种无赖的作风，使高氏所在的荆南国得以在群雄角逐之中，存活五十七年。也可以说，这种无赖作风，不失为弱小国家生存之道，也可以说这是弱小国家在力不如强大国家的情况下的谋略，更体现了走为上计的保存自己的特点。

第二，在君臣之间。

在君主专制政体下，君主独断的权力所受到的威胁，主要来自内外两个方面。在外，主要是来自周边国家的威胁，这种外力的威胁，对于专制君主来说，虽然有国灭身亡的危险，但在抵御外来侵略上，全国很容易达到同仇敌忾，外力想灭掉一国也不容易。因此说，对君主专制的最大的威胁是来自本国内部。

按照韩非的政治理论，专制君主所受到本国内部的威胁是来自多方面的。专制君主的周围存在着各种政治势力，他们为了某种不同的经济利益和政治目的，既是君权的支持者，又是君权的分取者，有时还是君权的觊觎者，彼此之间存在着相互利用和相互制约的关系。基于此，君主与各种政治势力之间，既不能坦诚相待，又不能流露真情，而是在高度的戒备状态下，用尽心机地窥探对方和驾驭、利用对方。这一切都是在高度的智力活动下进行的，稍有不慎，就会有一方遭到难以设想的灾难。正因为君主与各种政治势力之间，既存在着存亡与共，又存在着你死我活的关系，谋略在他们中间才应用得频繁而广泛。

无论是君主，还是各种政治势力，不可能久占优势，但任何一方也不甘心任人宰割。以君主而论，胜者君临天下而位居九五之尊；败者身首异处，或遭受难以忍受之辱。以各种政治势力而论，胜者挟天子以令天下，或举朝无不畏其气焰；败者满门抄斩，或饱受人间羞辱和苦痛。在这种情况下，君主和各种政治势力追求确保胜势是必然的,在处于不利的情况下,期以制胜也是必然的。那么,作为败中取胜,或保全自己的走为上计,则成为他们自觉不自觉使用的计谋之一,而且得到发挥和充实。

事例:和帝密谋走北宫,窦宪中计失权势

东汉和帝时,外戚窦宪以拥立之功,得以"侍中内干机密"。后来因刺杀宗室刘畅事,被太后闭于内宫。是时正值南匈奴单于投降,请求汉出兵进攻北匈奴,窦宪因此请求进攻匈奴,以免于死罪,这是采用走为上计以自全。

果然,窦宪将兵在外,"秉三军之重",其兄弟窦笃、窦景"总宫卫之权",又有太后为援,足以控制朝廷的形势。在这种情况下,朝内虽有人反对窦氏专权,上书弹劾,但不是被寝而不报,便是被贬官迫害,朝野为之震慑。

窦宪北征,建立殊功,勒石燕然,凯旋还朝,其威名大振;更兼他"以耿夔、任尚等为爪牙,邓叠、郭璜为心腹,班固、傅毅之徒典文章",可谓盘根错节,根深蒂固,故朝野上下"望风承旨,无敢违者"。

当时的和帝,只不过是个十几岁的小皇帝。于内有太后临朝主持朝政,于外有窦氏父兄把持朝政,这个小皇帝"与内外臣僚莫由亲接,所与居者阉宦而已"。对于窦氏集团的专横跋扈,汉和帝隐忍不发,暗暗观察形势,寻找可乘之机。和帝看到,虽然窦氏专权,其党羽遍布朝野,还养有许多悍士、刺客,但还有一些朝臣将生死置之度外,多次上书弹劾窦宪及其党羽,如司徒袁安、司空任隗、尚书韩棱等。和帝因宫禁所隔,不能与这些人商议事务,诸事只好隐忍。外朝之官可信不可依,和帝便从左右寻找可信赖的人,发现中常侍钩盾令郑众"谨敏有心机,不事豪党,遂与众定议诛宪"。

诛除窦宪,则不是一件容易的事。因为窦宪将兵在外,掌管护卫皇宫的军队又多是窦宪的亲党,于内还有太后与他们相应,故和帝多次"虑其为乱,忍而未发",等待时机。永元四年(92),窦宪在外战事平定,回到京师,和帝有了聚而歼之的机会。于是,和帝与郑众和宗亲清河王刘庆相谋,决定采取行动。

京城之内,遍布窦氏的势力,如果逮捕窦氏党羽的诏令一发,窦氏凭借内外势力,挟持和帝,再凭太后的懿旨,废掉和帝,另立新君,那样和帝便无能为力,只有听任别人宰割。基于此,和帝等人采用走为上计,在诏令发出前,悄悄地潜出宫禁,出得京城,来到北宫。然后将诏令发出,令执金吾(京城治安军长官)、五校尉(北军,即京师卫戍军)勒兵将皇宫和京城诸门紧闭,收捕窦氏党羽入狱,派使者收去窦宪的大将军印信,遣令窦氏兄弟以诸侯就国,然后于国迫令他们自杀,成功地除掉窦氏外戚势力。

由此可见,和帝之所以成功地清除外戚窦氏势力,其关键在于他事先脱离窦氏控制的地区,使窦氏不能实施挟天子以令天下的计谋。在君主专制政体下,无论是母后、外戚、宦官、权臣,想达到专权的目的,都必须以君主的名义来实现。各种政治势力挟制君主弄权的政治局面,也不过是君主专制的变态形式。正因为如此,君主要想不受制于人,必须要摆脱别人的挟制,因此,走为上计不失为君主摆脱别人挟制的上策之一。

事例:李存勖推功论佐命,郭崇韬遭怨难存身后唐庄宗李存勖在与后梁血战争天下时,曾经兵困郓州(今山东东平县西北)。当时,后梁诸镇兵大举进攻,契丹又发兵攻击其后,正在"成败未可知"之时,庄宗左右都希望罢兵,"庶几以为后图"。这时身为枢密使的郭崇韬,力排众议,让庄宗亲自率军,避开后梁诸镇的兵锋,直捣后梁京城汴梁,认为这样"不出半月,天下定矣"!庄宗听从郭崇韬的建议,"从郓州入袭汴,用八日而灭梁",夺取了中原的统治。

大功告就,论功封赏,与庄宗一起在战阵上血战二十余年的带兵将领们,没有一个居首功的,从来没有在战场上搏杀一次的郭崇韬却功居第一,被赐予铁券,位兼将相,执掌国政,可见庄宗对他的信任之深。郭崇韬因庄宗的信任,思以图报,"遂以天下为己任,遇事无所回避",尽心尽力地辅佐庄宗。

后唐庄宗知音晓曲,能歌善奏,故喜欢伶人。这些伶人因宠而生事,"出入宫掖,侮弄缙绅,群臣愤嫉,莫敢出气,或反相附托,以希恩幸,四方藩镇,货赂交行"。作为辅政大臣的郭崇韬,当然不愿让这些伶人与政,每每加以裁抑之,也就招致这些伶人的怨恨。再者,郭崇韬虽以计谋佐庄宗成天下,但身未参与血战,资望又比一些人浅,现身居显位,也难免遭到这些人的怨嫉。伶人与这些人内外交进谗言,郭崇韬感觉到危机的存在。

在内有侧目之人、外有怨恨之将的情况下,郭崇韬开始想到避祸。他曾对故人子弟讲:"吾佐天子取天下,今大功已就,而群小交兴,吾欲避之,归守镇阳,庶几可免祸,可乎?"想到走为上计。走而欲保全自己,但如何走,走后又如何,这些问题,郭崇韬没有考虑在内。看到郭崇韬的计策不全面,故人子弟说:"俚语曰：'骑虎者，势不得下。'今公权位已隆，而不多怨嫉，一走失势，能自安乎？"于是为其设计走的步骤道："今中宫未立，而刘氏有宠，宜请立刘氏为皇后，而多建天下利害以便民者，然后退而乞身。天子以公有大功而无过，必不听公去。是外有避权之名，而内有中宫之助，又为天下所悦，虽有谗间，其可动乎？"这个计谋的前半部分，可以说是恰到好处，不失为自全保节的妙策；后半部分则重在恋权保位之上，实际上是涉处险地。

　　果然，郭崇韬按计而行，深得大多数人的拥护。在此时，郭崇韬以自己权位已极，向庄宗辞职引去。庄宗正依郭崇韬以为治，岂能放之出走，便说道："岂可朕居天下之尊，使卿无尺寸之地？"坚决不放其离去，并且加官封赏。郭崇韬因庄宗的推心置腹，也不便强辞，更不愿失去权势，便留在朝中继续辅政。既然留在朝中，原来的政敌也没有因庄宗对他信任有加而退出争斗，郭崇韬当然也免不了再受谗言的困扰。

　　同光三年（925）夏，霖雨不止，又值暑热，湿热难忍，庄宗思建高楼以避暑。土木之功，不可善动，又值国家初建，征伐未定，四处需要钱财，此时大兴土木，对于身居辅政的郭崇韬来说，不得不通盘考虑，便上书切谏。这时庄宗左右人进谗言道："崇韬之第，无异皇居，安知陛下之热！"只此一语，其深刻的内涵，早以使庄宗气恨怨恼疑齐集。其所气者，身为天子建一高楼尚有人拦阻；所恨者，郭崇韬竟有无异皇居的宅第；所怨者，自己所重用的人竟敢不顺从他的意志；所恼者，郭崇韬对自己竟敢"眉头不伸"；所疑者，郭崇韬总是要立大功，功高则有震主之危。在这种情况下，对郭崇韬的谗言更容易进入，郭崇韬也感觉到危险的存在，又开始寻求自安的办法。

本来郭崇韬在实施故人子弟的前半部计谋之后，抽身离去，这是使用走为上计的最好时机，现在庄宗开始对他疑心之时，再使用走为上计，只有丢去现有的荣华富贵，全身保节，才有可能成功；但他不舍得荣华富贵，还想出外"立大功为自安之计"，这就错上加错。

正在郭崇韬"以谗自危"之时，后唐庄宗决定让皇子魏王李继岌为元帅领兵伐蜀。庄宗考虑到"继岌，小子，岂任大事"，便让郭崇韬为招讨使，佐李继岌征蜀，实际上是郭崇韬主持军政。

大军出师十分顺利，仅七十天便将前蜀攻灭，郭崇韬将蜀国兵马财帛数目上报朝廷。庄宗看后，很是不满地说："人言蜀天下之富国也，所得止于此邪？"这句话给怨恨郭崇韬的人以可乘之机，"因言蜀之宝货皆入崇韬，且诬其有异志，将危魏王"。这使庄宗顿时怒起，派宦官马彦圭去蜀察看。李继岌是刘皇后之子，马彦圭将郭崇韬欲危李继岌之事一讲，刘皇后也不念当初郭崇韬奏立她为皇后之德，竟"教彦圭矫诏魏王杀之"。一代忠臣名将，就这样丢了性命。

由上可见，郭崇韬两次使用走为上计，前一次是成功的，但留恋荣华富贵，该走而不走；后一次是失败的，同样是为了荣华富贵，出走去立大功以自安，这正是走入死地。由此可以看出，臣下对君主使用走为上计，除了要夺君主之位而代之的特殊情况下，一般是不能留恋荣华富贵的。只要贪图荣华富贵，走必是难事，走又是难脱。在伴君如伴虎的专制制度下，本来就是"权门要路身是灾，散地闲居少祸胎"，其对君主使用走为上计，只有

"功遂身退"才为上策。

第三，在官僚集团之间。

官僚们都爱好权力，他们为争夺权力而采取了不同的手段和竞争形式，在这里有他们的性情、机遇、才能的因素，也有他们所处的政治环境因素。政治环境的好坏，往往会改变一个人的性情、机遇和才能，而一个人的性情、机遇和才能又往往会决定他采取什么样的手段和形式。

在专制政体下，臣下所获得的权力，主要是从君主那里得来的，"中国帝王的政治经济权力，一方面使他扮演为地主的大头目，另一方面又扮演为官僚的大头目，而他以下的各种各色的官僚、士大夫，则无异是一些分别利用政治权势，侵渔人民的小皇帝"（王亚南语）。在这种情况下，上级与下级之间有类似君臣的关系，但与君臣关系又有本质上的区别，因为官不是世袭的，而且存在着上下流动，这就使他们之间的相互利用和排斥的关系，具有明显的保位和争夺的特点，这些特点在同僚之间也不例外。

贪图权力是官僚们的特性，不断地追逐权力，谋求保持或扩大权力，这也是官僚们所期望的和刻意追求的。为此，他们竭尽所能，采取各种各样的手段，使用多种谋略，使他们之间的关系变得复杂起来。在复杂多变的情况下，有些官僚是青春得意马蹄疾，有的官僚难免是垂头顿足而长吁短叹，但他们都在为自身的利益而拼搏。在拼搏过程中，走为上计成为他们所重视的计谋之一。

首先，走为上计适应于争权夺位，这是官僚们所喜欢使用的重要原因之一。

在前文曾举孟尝君鸡鸣狗盗为逃生、狡兔三窟留走地的例子。孟尝君使用走为上计，不但多次免去灾祸，而且"为相数十年，无纤介之祸"，使其在争权夺位上一直掌握主动。

其次，走为上计适应于保全名节，这是官僚们所被迫使用的原因。

在官场上，充满了尔虞我诈、钩心斗角和相互排挤的现象。在这种情况下，一些正直之士和功高劳苦的名臣，难免受到左右的妒忌和刻意的陷害。所谓功大不容身，循善则有妒，行贤则见嫉，仁人志士难免遭到谗毁诬陷。

为躲避谗毁诬陷，一是采用韬晦的手法，将自己的锋芒掩饰起来，尽量以谦恭自卑的行为来取得别人的好感，使他们少进或不进谗言。二是采用沽名钓誉的手法，用金钱、官位、婚姻、感情等来拉拢一些人，使他们为自己说好话，并以此来压倒谗毁诬陷。三是采用躲避是非的方法，尽量不搅入是非当中，亦即多磕头少说话，使人不以己为意，也就不会招人所害。

以上三种手法都是站在保全功名利禄的基础上，虽在一定程度上起到躲避谗毁诬陷的作用，但在人品上总有些缺陷，仁人志士则难以为之。既然难以为之，又不愿横遭诬陷，更不愿引颈受戮，走为上计不失为最佳选择。例如春秋越国的范蠡功成而泛舟五湖，汉代张良名就而愿弃人间事，唐代李泌身事三朝而白衣辅政等，都是比较突出的事例。这样做有一点是为大多数官僚们所不能放弃的，那就是功名利禄要弃之而不顾。虽然士大夫讳言利，但大丈夫在世，所求者立德、立功、立言的三不朽，仍是仁人志士所不愿放弃的,所以他们在做出这种选择时,难免犹豫不前,前所举郭崇韬之例,就是这样。

再次,走为上计适用于避祸卸罪,这是官僚们经常使用的原因。

官僚们有一个共同点,那就是计较自身的利害关系而不问青红皂白,是所谓"知利害不计是非者"。在这种情况下,一旦工作上有什么失误或过失,官僚们会想尽一切办法推卸责任,在难以推卸之时,也希望能够避开灾祸。走为上计的全师避敌,寻机待变,正适应这种情况,当然为官僚们所乐于使用。

总之,走为上计是在保全自己的基础上再寻机战胜对手。既然是保全自己,其市场必然广阔。仅就政治上而言,本计上到君主保位,下到百姓避祸,都可以使用。再加上本计的全师、避难、求胜、争胜和反败为胜的特点,更引起从事政治活动的人们注意。经他们的刻意追求和变换手法的使用,就使本计有比较稳定的市场。这不但给本计增添许许多多的传奇效果,也扩大了本计的影响,使本计应用范围更加广泛。

四、险中取胜　衰到极点转盛

走为上计作为败战计之末,位于三十六计之尾,按循环规律来讲,事物到了尽头,就要返回。也就是说,走为上计到达终结,就要返回胜战计之首的瞒天过海之计。故此,本计与瞒天过海之计有许多相同之处。即使是如此,本计与瞒天过海之计仍有很大的不同,那就是瞒天过海有盛极而衰的一面,走为上计有衰极而盛的一面,这也就是古语常讲的居安而思危,物极而必反。基于此,本计在政治斗争中应用的基本特点与瞒天过海之计有所不同,而具有其独到的特点。

第一,就走为上计在政治上应用而言,具有求稳性、突然性的特点。

所谓的求稳性,是指本计的全师为上。本计要求既要避开敌人的锋芒,又要全师不失,这就是求稳。

所谓的突然性,是指本计的寻机待变,在退却中寻找敌人的弱点,以"败"态而迎"骄"敌,很容易取得出其不意的效果;这种出其不意,就是突发性。

求稳性和突发性相结合,就使本计的使用者虽在不利的情况下,也能掌握扭转大局的主动权。如高季兴单身赴后唐朝拜,其目的在于能够保全自己荆南之地。以后唐庄宗的看法,割据各国畏惧他的实力,纳贡献地是在情理之中,不料高季兴竟敢为诸国先,亲自来朝拜。这种突然性打乱庄宗的原来部署,也使他不便将高季兴扣为人质,自然使高季兴达到保存自己荆南势力的根本目的。这就是所谓的"刚中相应,行险而顺"。再如,庞统为刘备谋划取蜀三策,其上策固然可能早定全蜀,但风险很大;其下策虽然全师待变,但很难得知何时再有机遇;其中策风险较小,既不伤全师之道,又符合突发性的特点,故刘备采纳,并达到基本目的。

从本计的演变来看,此计适用于处于劣势的一方反败为胜,故以虚实变诈为基础。所谓的虚实变诈,包括以假隐真、虚张声势、假戏真做、故弄玄虚。以假隐真,即是以假象迷惑对手上当,使之走进自己预设的圈套;虚张声势,即在走之时故显强大,使对手不明真相,不敢前来相逼,以达到全师的目的;假戏真做,即把自己的真实情况当作假情况故意透露给对手,使对手认为是故意行骗,而不敢轻易前来相逼,以此全师而去;故弄玄虚,即以自己的假情况当作假情况透露给对手,使对手疑假有真,不敢前来相逼。实力不如人,使用变诈手段迷惑对手,虽然具有很大的风险,一旦被人识破,必然被人吞没,但这种变诈的灵活应用,在力不足而谋补之的情况下,仍然有求稳的一面,这正是败战计的特点。

第二,就走为上计在政治斗争中的使用效果而言,具有险中取胜的特点。

《孙子兵法·虚实篇》云:"夫兵形象水,水之形避高而趋下,兵之形避实而击虚,水因地而制流,兵因敌而制胜。"这是战争的一般规律,也是政治斗争的一般规律。水的特性是居高而下会有强大的冲击力,遇到高山险阻则转而流向他方或聚集起来不断集蓄能量,在平原大川则平缓舒张。以水之势来表达政治斗争,其居高临下者,固然锐不可当,但其冲击力过后,其优势则不可复得,故避其锐而趋其缓为取胜之道;其遇险阻者,有分流聚集之势,分流则缓其力,聚集则蓄其能,故分其流而去其积为取胜之道;其平缓舒张者,无险急之势,则便于驾驭,但不能造其形而激其流,故以平稳为取胜之道。

走为上计所处境况就是在对手居高临下的情况下的一种避锐

趋缓的计谋,因此具有险中取胜的特点。前文所举的孟尝君经营三窟,留有避锐趋缓的余地;重耳逃避骊姬的迫害,等待回国争位的时机;刘备三走避强敌,谋求自立;高季兴附强势,深入虎穴探虚实;朱元璋躲谗避名,谋求发展实利,无不是在不利的情况下采用避锐趋缓的方法获得成功,都具有险中取胜的特点。

险中取胜本身具有很大的风险性,稍有不慎,非但不能取胜,而且还会丢失本计全师的根本。如前文所讲,刘备避吕布之难而走曹操,几次险些被害,赖以闭门种菜,示无大志以免之;投袁绍、依刘表,遭到对方疑心,避祸受祸,朝夕难申其意;高季兴亲自朝拜,险些被留而不归;朱元璋遭到郭子兴的猜疑,几被众老将所害。故此,本计要求全师为上,胜敌次之,能胜敌也要先在全师的基础上胜之。伤师胜敌,这对于本身处于劣势的政治势力来说,如不是得大于失,绝不能采用。本计的上策是避强待机,在保全自己的同时再寻找胜敌之机,其履险是迫不得已情况下的应急之计。使用者不经深思熟虑,切不可滥用,也不可常用,这也是败战计的共同点。

第三,就走为上计在古代的政治环境而言,具有机遇性、适应性的特点。

在君主专制政体下,政治权力不但具有决定人的生死荣辱的功效,还有决定一切的威力。在这种情况下,对权力的崇拜和追逐就特别激烈,对权力的追求欲望也特别深。为了得到权力,就要有竞争,但在缺乏公平时,使用正常的手段,凭借自己的才能和智慧以取得权力或扩大权力,则是非常困难的事情。不能使用正常手段，在被他人取代或加害时，则需要使用权谋。权谋成为政治上必然存在而广为人们使用的东西之后，本身就有制谋和反制谋的特点，这就要看谁的机遇更好一些。

适当的环境、适当的机遇、适当的才能，纳入复杂的政治领域之后，则要看谁的权谋更高明，手段更适应。走为上计的立意在保全自己，这本身就适应于复杂的政治斗争。这是因为，无论是取得权力和扩大权力，还是保持权力和巩固权力，都必须在自己生存的基础上，皮之不存，毛将焉附？失去这个根本，也就谈不上权谋的使用，更谈不上权力的欲望。正因为本计是站在全师的基点上，才能够适应这种复杂多变的政治环境，这正是本计适应性的体现。

机遇虽然有它本身的偶然性，但机遇本身有其存在的环境和人为的创造。在不同的政治环境下，会出现不同的机遇；同样，不同的性情和才能，又会创造不同的机遇；在这种情况下，就看谁能够把握住机遇。机遇本身有稍纵即逝的特点，抓住并掌握机遇，这对一般人来讲，并不是什么太难的事。然而，能够创造机遇并掌握机遇的，这便是比较难的事了。本计的在走之中寻机待变，正是在创造机遇；创造机遇，如不能把握，也不能说是完美，这就是本计的机遇性。如前文所讲的郭崇韬，本来创造了机遇，于内有刘皇后相助，于外有诸镇强将的拥护，于上得庄宗推重加恩之心，于下得民众悦服之安；但郭崇韬失去这些机遇，直等到内有刘皇后之恨，外有领兵将领之怨，上有庄宗心疑，下有群小进谗，方才想到实施本计，自然为时已晚。这也说明本计的机遇性的存在。

总之，走为上计是处于劣势的一方经常采用的计谋，其本质是在避实就虚，其效果往往是转变不利的局面，最终通过抓住机遇而战胜对手。按照循环规律，此时则返回首计，即胜战计的瞒天过海之计。新计从旧计中脱胎出来，不可避免地带有旧计的痕迹。瞒天过海之计的常用手法与走为上计的常用手法有相同类似之处，也就说明这一点。不过走为上计与瞒天过海计的根本基点不同，走为上是在劣势下使用，瞒天过海是在优势下使用。这正是：天罡三十六，周天三百六十度，度度相连生千变；计谋三十六，权谋三百六十道，道道相兼成万化。天地变化的无穷，人类智慧的萌发，有许许多多的东西是需要人们重新认识的。

秘本兵法 三十六计

总 说

六六三十六，数中有术，术中有数。阴阳燮理，机在其中。机不可设，设则不中。

【按】解语重数不重理。盖理，术语自明；而数，则在言外。若徒知术之为术，而不知术中有数，则术多而不应。且诡谋权术，原在事理之中，人情之内。倘事出不经，则诡异立见，诧世惑俗，而机谋泄矣。或曰：三十六计中，每六计成一套，第一套为胜战计；第二套为敌战计；第三套为攻战计；第四套为混战计；第五套为并战计；第六套为败战计。

第一计 瞒天过海

备周则意怠；常见则不疑。阴在阳之内，不在阳之对。太阳，太阴。

【按】阴谋作为，不能于背时秘处行之。夜半行窃、僻巷杀人，愚俗之行，非谋士之所为也。昔孔融被围，太史慈将突围求救。乃带鞭弯弓，将两骑自从，各做一的持之。开门出，围内外观者并骇，慈竟引马至城下堑内，植所持的射之。射毕，还。明日复然，围下人，或起或卧；如是者再，乃无复起者。慈遂严行蓐食，鞭马直突其围；比敌觉，则驰去数里矣。

第二计　围魏救赵

共敌不如分敌；敌阳不如敌阴。

　　【按】治兵如治水：锐者避其锋，如导流；弱者塞其虚，故筑堰。如当齐救赵时，孙子谓田忌曰："夫解杂乱纠纷者不控拳；救斗者不搏撠。批亢捣虚，形格势禁，则自为解耳。"

第三计　借刀杀人

敌已明，友未定，引友杀敌，不自出力，以《损》推演。

　　【按】敌象已露，而另一势力更张，将有所为；便应借此力以毁敌人。如子贡之存鲁、乱齐、破吴、强晋。

第四计　以逸待劳

困敌之势，不以战；损刚益柔。

　　【按】此即致敌之法也。兵书云："凡先处战地而待敌者佚，后处战地而趋战者劳。故善战者，致人而不致于人。"兵书论敌，此为论势。则其旨非择地以待敌，而在以简驭繁；以不变应变；以小变应大变；以不动应动；以小动应大动；

以枢应环也。

第五计　趁火打劫

敌之害大，就势取利。刚决柔也。

【按】敌害在内，则劫其地；敌害在外，则劫其民；内外交害，则劫其国。

第六计　声东击西

敌志乱萃，不虞，坤下兑上之象。利其不自主而取之。

【按】西汉，七国反，周亚夫坚壁不战。吴兵奔壁之东南陬，亚夫使备西北；已而，吴王精兵，果攻西北，遂不得入。此敌志不乱，能自主也。汉末，朱隽围黄巾于宛，起土山以临城内，鸣鼓攻其西南，黄巾悉众赴之；隽自将精兵五千，掩东北，遂乘城虚而入。此敌志乱萃，不虞也。然则声东击西之策，须视敌志乱否为定。乱则胜；不乱将自取败亡。险策也！

第七计　无中生有

诳也，非诳也，实其所诳也。少阴、太阴、太阳。

【按】无而示有，诳也。诳不可久而易觉，故无不可以终无。无中生有，则由诳而真、由虚而实矣。无不可以败敌，生有则败敌矣。如令狐潮围雍丘，张巡缚藁为人千余，披黑衣，夜缒城下，潮兵争射之，得箭数十万。其后复夜缒人，潮兵笑，不设备，乃以死士五百斫潮营，焚垒幕，追奔十余里。

第八计　暗度陈仓

示之以动，利其静而有主，益动而巽。

【按】奇出于正，无正则不能出奇。不明修栈道，则不能暗度陈仓。昔邓艾屯白水之北，姜维遣廖化屯白水之南而结营焉。艾谓诸将曰："维今卒还，吾军少，法当来渡而不作桥；此维使化持吾，令不得还，必自东袭洮城矣。"艾即夜潜军，经到洮城。维果来渡。而艾先至，据城，得以不破，此则是姜维不善用"暗度陈仓"之计；而艾察知其"声东击西"之谋也。

第九计　隔岸观火

阳乖序乱，阴以待逆。暴戾恣睢，其势自毙。顺以动豫，豫顺以动。

【按】乖气浮张，逼则受击，退而远之，则乱自起。昔袁尚、袁熙奔辽东，尚有数千骑。初，辽东太守公孙康，恃远不服。及曹操破乌丸，或说操遂征之，尚兄弟可擒也。操曰："吾方使康斩送尚、熙首来，不烦兵矣！"九月，操引兵自柳城还，康即斩尚、熙，传其首。诸将问其故，操曰："彼素畏尚等，吾急之，则并力；缓之，则相图。其势然也。"或曰：此兵书火攻之道也。按：兵书《火攻篇》，前段言火攻之法；后段言慎动之理，与隔岸观火之意，亦相吻合。

第十计　笑里藏刀

信而安之，阴以图之；备而后动，勿使有变。刚中柔外也。

【按】兵书云："辞卑而益备者，进也；……无约而请和者，谋也。"故：凡敌人之巧言令色，皆杀机之外露也。宋曹武穆玮知渭州，号令明肃，西人惮之。一日，方召诸将钦，会有叛卒数千，亡奔夏境。堠骑报至，诸将相顾失色，公言笑如平时。徐谓骑曰："吾命也，汝勿显言！"西人闻之，以为袭己，尽杀之。此临机应变之用也。若勾践之事夫差，则竟使其久而安之矣。

第十一计　李代桃僵

势必有损，损阴以益阳。

【按】我敌之情，各有长短。战争之事，难得全胜。而胜负之决，即在长短之相较。而长短之相较，乃有以短胜长之秘诀。如以下驷敌上驷，以上驷敌中驷，以中驷敌下驷之类，则诚兵家独具之诡谋，非常理之可推测者也。

第十二计　顺手牵羊

微隙在所必乘；微利在所必得。少阴，少阳。

【按】大军动处，其隙甚多；乘间取利，不必以战。胜固可用，败亦可用。

第十三计　打草惊蛇

疑以叩实，察而后动；复者，阴之媒也。

【按】敌力不露，阴谋深沉，未可轻进，应遍探其锋。兵书云："军旁有险阻、蒋潢并生芦苇，山林翳荟，必谨复索之，此伏奸之所藏处也。"

第十四计 借尸还魂

有用者，不可借；不能用者，求借。借不能用者而用之，匪我求童蒙，童蒙求我。

【按】换代之际，纷立亡国之后者，而代其攻守者，皆此用也。

第十五计 调虎离山

待天以困之，用人以诱之。往蹇来返。

【按】兵书曰："下政攻城。"若攻坚，则自取败亡矣。敌既得地利，则不可以争其地。且敌有主而势大；有主，则非利不来趋；势大，则非天人合用，不能胜。汉末，羌率众数千，遮虞诩于陈仓崤谷。诩军不进，宣言上书请兵，须到当发。羌闻之，乃分抄旁县。诩因其兵散，日夜进道，兼行百余里。令军士各作两灶，日倍增之；羌不敢逼，遂大破之。兵到乃发者，利诱之也；日夜兼进者，用天时以困之也；倍增其灶者，惑之以人事也。

第十六计 欲擒故纵

逼则反兵；走则减势，紧随勿迫。累其气力，消其斗志，散而后擒，兵不血刃。需，有孚，光。

【按】所谓"纵"者,非放之也,随之,而稍松之耳。"穷寇勿追",亦即此意。盖不追者,非不随也,不追之而已。武侯之七纵七擒,即纵而蹑之,故展转推进,至于不毛之地。武侯之七纵,其意在拓地,在借孟获以服诸蛮,非兵法也。若论战,则擒者不可复纵。

第十七计　抛砖引玉

类以诱之。击蒙也。

【按】诱敌之法甚多,最妙之法,不在疑似之间,而在类同,以固其惑。以旌旗金鼓诱敌者,疑似也;以老弱粮草诱敌者,则类同也。

第十八计　擒贼擒王

摧其坚,夺其魁,以解其体。龙战于野,其道穷也。

【按】攻胜则利不胜取。取小遗大;卒之利,将之累,帅之害,功之亏也。全胜而不摧坚擒王,是纵虎归山也。擒王之法,不可图辨旌旗,而当察其阵中之首动。昔张巡与尹子奇战,直冲贼营,至子奇麾下。营中大乱,斩贼将五十余人,杀士卒五千余人。巡欲射子奇而不识,剡蒿为矢。中者喜,谓巡矢尽,走白子奇。乃得其状,使霁云射之,中其左目,几获之。子奇乃收军退还。

第十九者　釜底抽薪

不敌其力,而消其势,兑下乾上之象。

【按】水沸者，力也，火之力也。阳中之阳也，锐不可当；薪者，火之魄也，即力之势也，阳中之阴也，近而无害。故力不可当而势犹可消。尉缭子曰："气实则斗，气夺则走。"而夺气之法，则在攻心。昔吴汉为大司马，尝有寇，夜攻汉营。军中惊扰，汉坚卧不动。军中闻汉不动，有顷乃定。乃选精兵夜击，大破之。此即不直当其力而扑消其势力。宋薛长儒为汉州通判，戍卒开营门，放火杀入，谋杀知州、兵马监押。有来告者，知州、监押皆不敢出。长儒挺身出营，谕之曰："汝辈皆有父母妻子。何故作此？然不与谋者，各在一边。"于是不敢动。惟本谋者八人突门而出，散于诸村野，寻捕获。时谓非长儒，则一城涂炭矣。此即攻心夺气之用也。或曰：敌与敌对，捣强敌之虚，以败其将成之功也。

第二十计 浑水摸鱼

乘其阴乱，利其弱而无主。随，以向晦入宴息。

【按】动荡之际，数力冲撞，弱者依违无主；敌蔽而不察，我随而取之。《六韬》曰："三军数惊，士卒不齐，相恐以敌强，相语以不利。耳目相属，妖言不止，众口相惑。不畏法令、不重其将：此弱征也。"是"鱼"，混战之际，择此而取之。如刘备之得荆州、取西川，皆此计也。

第二十一计 金蝉脱壳

存其形，完其势，友不疑，敌不动，巽而止，蛊。

【按】共友共敌，坐观其势。倘另有一敌，则须去而存势。则金蝉脱壳者，非徒走也，盖为分身之法也。故我大军转动，而旌旗金鼓，俨然原阵。使敌不敢动，友不生疑。待已摧他敌而返，而友敌始知，或犹且不知。然则金蝉脱壳者，在对敌之际，而抽精锐以袭别阵也。

第二十二计　关门捉贼

小敌困之。剥，不利有攸往。

【按】捉贼而必关门者，非恐其逸也，恐其逸而为他人所得也。且逸者不可复追，恐其诱也。贼者，奇兵也、游兵也，所以劳我者也。《吴子》曰："今使一死贼，伏于旷野，千人追之，莫不枭视狼顾。何者？恐其暴起而害己也。是以一人投命，足惧千夫。"追贼者，贼有脱逃之机，势必死斗；若断其去路，则成擒矣！故小敌必困之，不能，则放之可也。

第二十三计　远交近攻

形禁势格，利从近取；害以远隔。上火下泽。

【按】混战之局，纵横捭阖之中，各自取利。远不可攻，而可以利相结；近者交之，反使变生肘腋。范雎之谋，为地理之定则，其理甚明。

第二十四计　假道伐虢

两大之间，敌胁以从，我假以势。困，有言不信。

【按】假地用兵之举，非巧言可诳。必其势不受一方之胁从，则将受双方之夹击。如此境况之际，敌必迫之以威，我则诳之以不害,利其幸存之心,速得全势。彼将不能自阵,故不能战而灭之矣。

第二十五计　偷梁换柱

频更其阵,抽其劲旅,待其自败,而后乘之。曳其轮也。

【按】阵有纵横,天衡为梁,地轴为柱,梁柱以精兵为之。故观其阵,则知其精兵之所在。共战他敌时,频更其阵,暗中抽换其精兵,或竟代其为梁柱,势成阵塌,遂兼其兵。并此敌以击他敌之首策也。

第二十六计　指桑骂槐

大凌小者,警以诱之。刚中而应,行险而顺。

【按】率数未服者以对敌,若策之不行;而利诱之,又反启其疑。于是故为自误,责他人之失,以暗警之。警之者,反诱之也,以盖以刚险驱之也。或曰:此遣将法也。

第二十七计　假痴不癫

宁伪作不知不为;不伪作假知妄为。静不露机,云雷屯也。

【按】假作不知而实知;假作不为而实不可为,或将有所为。司马懿之假病昏以诛曹爽,受巾帼、假请命,以老蜀兵,所以成功。姜维九伐中原,明知不可为而妄为之,则似痴矣!所以破灭。兵书曰:"故善战者之胜也,无智名,无勇功。"当其机未发时,静屯似痴;若假癫,则不但露机,且乱动而群疑:故假痴者胜,假癫者败。或曰:"假痴可以对敌,并可以用兵。"宋代，南俗尚鬼。狄武襄（青）征侬智高时，大兵始出桂林之南，因伴祝曰："胜负无以为据。"乃取百钱自持，与神约："果大捷，则投此钱尽钱面也。"左右谏止："倘不如意，恐沮师。"武襄不听。万众方耸视，已而挥手一掷，百钱皆面。于是举手欢呼，声震林野。武襄也大喜，顾左右，取百钉来，即随钱疏密，布地而帖钉之，加以青纱笼护，手自封焉。曰："俟凯旋，当酬神取钱。"其后平邕州还师，如言取钱，幕府士大夫共视，乃两面钱也。

第二十八计　上屋抽梯

假之以便，唆之使前，断其援应，陷之死地。遇毒，位不当也。

【按】唆者，利使之也。利使之而不先为之便，或犹且不行。故抽梯之局，须先置梯；或示之以梯。

第二十九计　树上开花

借局布势，力小势大。鸿渐于陆，其羽可用为仪也。

【按】此树本无花，而树则可以有花。剪彩粘之，不细察者不易觉。使花与树交相辉映，而成玲珑全局也。此盖布精兵于友军之阵，完其势以威敌也。

第三十计　反客为主

乘隙插足，扼其主机，渐之进也。

【按】为人驱使者为奴，为人尊处者为客；不能立足者为暂客，能立足者为久客；客久而不能主事者为贱客，能主事则可渐握机要，而为主矣。故反客为主之局：第一步须争客位；第二步须乘隙；第三步须插足；第四步须握机；第五步乃成为主。为主，则并人之军矣：此渐进之阴谋也。

第三十一计　美人计

兵强者，攻其将；将智者，伐其情。将弱兵颓，其势自萎。利用御寇，顺相保也。

【按】兵强将智，不可以敌，势必事之。事之以土地，以增其势，如六国之事秦，策之最下者也；事之以布帛，以增其富，如宋之事辽、金，策之下者也；惟事之以美人，以佚其志，以弱其体，以增其下之怨，如勾践之事夫差，乃可转败为胜。

第三十二计 空城计

虚者虚之，疑中生疑；刚柔之际，奇而复奇。

【按】虚虚实实，兵无常势。虚而示虚，诸葛而后，不乏其人。如吐蕃陷瓜州，王君焕死；河西汹惧。以张守珪为瓜州刺史，领余众，方复筑州城。版幹裁立，敌又暴至，略无守御之具，城中相顾失色，莫有斗志。守珪曰："彼众我寡，又疮痍之后，不可以矢石相持，须以权道制之。"乃于城上，置酒作乐，以会将士。敌疑城中有备，不敢攻而退。又如齐祖珽为北徐州刺史，至州；会有陈寇，百姓多反，珽不关城门，守陴者，皆令下城，静坐街巷，禁断行人。鸡犬不乱鸣吠。贼无所见闻，不测所以。疑惑人走城空，不设警备。斑复令大叫，鼓噪聒天；贼大惊，登时走散。

第三十三计　反间计

疑中之疑。比之自内，不自失也。

【按】间者，使敌自相疑忌也；反间者，因敌之间而间之也。如燕昭王薨，惠王自为太子时，不快于乐毅。田单乃纵反间曰："乐毅与燕王有隙，畏诛，欲连兵王齐。齐人未附，故且缓攻即墨，以待其事。齐人惟恐他将来，即墨残矣！"惠王闻之，即使骑劫代将。毅遂奔赵。如周瑜利用曹操间谍，以间其将，亦疑中之疑之局也。

第三十四计　苦肉计

人不自害，受害必真；假真真假，间以得行。童蒙之吉，顺以巽也。

【按】间者，使敌人相疑也；反间者，因敌人之疑，而实其疑也。苦肉计者，盖假作自间以间人也。凡遭与己有隙者以诱敌人，约为响应，或约为共力者，皆苦肉计之类也。

第三十五计　连环计

将多兵众，不可以敌，使其自累，以杀其势。在师中吉，承天宠也。

【按】庞统使曹操战舰勾连，而后纵火焚之，使不得脱。则连环计者，其法在使敌自累，而后图之。盖一计累敌，一计攻敌，两计扣用，以摧强势也。如宋毕再遇，尝引敌与战，且前且却，至于数四，视日已晚，乃以香料煮黑豆，布地上，复前搏战，佯败走。敌乘胜追逐，其马已饥，闻豆香，就食，鞭之不前。遇率师反攻之，遂大胜。皆连环之计也。

第三十六计　走为上

全师避敌，左次无咎，未失常也。

【按】敌势全胜，我不能战，则必降、必和、必走。降则全败；和则半败；走则未败。未败者，胜之转机也。如宋毕再遇与金人对垒，一夕拔营去，留旗帜于营，豫缚生羊悬之，置前二足于鼓上；羊不堪倒悬，则足击鼓有声。金人不觉，相持数日。始觉之，则远矣。可谓善走者矣。

跋

夫战争之事，其道多端。强者、练兵、选将、择敌、战前、战后，一切施为，皆兵道也。惟比比者，大都有一定之规、有陈例可循，而其中变化万端，诙诡奇谲、光怪陆离、不可捉摸者，厥为对战之策。"三十六计"者，对战之策也，诚大将之要略也。闲尝论之：胜战、攻战、并战之计，优势之计也；敌战、混战、败战之计，劣势之计也。而每套之中，皆有首尾、次第。六套次序，亦可演以阴……（下缺）

后　记

　　此书是二十五年前进行策划的，历经两年有余完成之后，由北京燕山出版社出版。为了有畅销书效应，出版社把书名改为《三十六计全书》，将原本中国古代政治的主题冲淡，许多中国古代政治的内容被删除了，特别是各计有关政治斗争中的推演部分不见了，以至于人们认为这就是一般讲三十六计的著作，忽略中国古代政治的内容，有舍本求末的感受。

　　三十六计分为六套计谋，每套计谋相对独立，又相互关联，涉及面较为广泛，若是以一人之力，必然旷日持久，因此在完成样稿以后，就与同仁共同协商，各自承领一册的编写任务。最初的书稿，引子与总说及第一分册由柏桦撰写，第二分册由陆发春撰写，第三分册由王熹撰写，第四分册由赵毅、任爽撰写，第五分册由张显清、高寿仙撰写，第六分册由张德信、柏桦撰写，王熹还撰写了第二、四分册的引言部分。

　　当时因为是追求通俗易懂，参与编写的学者恐怕失去学者名分，大都不愿意署真名实姓，采用笔名，现在应该无所顾忌了，因为你们不能够说是功成名就，却也是博士、硕士弟子们满天下，著作等身，此也不会妨碍你们的学术，故将真实姓名标出，以显示曾经的付出。时过二十五年，参与者有的已经去世，大部分也都退休，没有退休者也别有研究方向，对于中国古代政治与三十六计之事从那个时候就不再过问了。因为选题是柏桦最初设定的，也是最初样稿撰写者，再加上一直从事中国政治法律制度史教学与研究工作，所以还关注此问题，时常进行整理，不断充实内容。

此次出版，是柏桦在原稿基础上重新进行修订，在体例上重新规划，增加各计所据《周易》逻辑进行政治斗争中推演的内容，还增删修订一些事例，文字也进行了修改。由于当时是成于众人之手，在选择事例时，也各随己便，所以事例有些冲突之处，在修订时虽然注意更换事例，但各人论述角度不同，也不能够全部改变，姑且存之，以尊重编著者的劳动。

此书承蒙万卷出版公司慨允出版，经编辑通力合作，提出修改意见，统一体例，在此表示衷心感谢。更不会忘记二十五年前合作的同仁，感谢你们此前的付出，才会有今天这样的书。

柏　桦
2018年春正月